施 公 案

（上）

佚 名 著
苏 子 校注

金盾出版社

内 容 提 要

《施公案》是晚清一部公案兼侠义的通俗小说，其故事始于说书人，后经文人敷演而成，作者不详。作品以施仕伦为中心人物，从他任扬州府江都县令写起，到升任漕州总督止，详细描写其审案断案，剿寇招抚的故事，情节曲折生动。小说以康熙年间的施世纶为原型，塑造了一个秉公审案、执法如山、安暴济民、惩恶扬善、忠君重义、清正廉洁的清官形象。全书共分上中下三册。

图书在版编目（CIP）数据

施公案/（清）佚名著；苏子校注．—北京：金盾出版社，2017.12
ISBN 978-7-5186-0406-7

Ⅰ.①施… Ⅱ.①佚…②苏… Ⅲ.①侠义小说—中国—清代
Ⅳ.①I242.4

中国版本图书馆CIP数据核字（2017）第240184号

金盾出版社出版、总发行
北京太平路5号（地铁万寿路站往南）
邮政编码：100036 电话：68214039 83219215
传真：68276683 网址：www.jdcbs.cn
双峰印刷装订有限公司印刷、装订
各地新华书店经销
开本：880×1230 1/32 印张：47.25 字数：1250千字
2017年12月第1版第1次印刷
印数：1～4 000册 定价：142.00元

前　　言

中国古代公案传奇小说是中华传统文化的一个重要组成部分，虽然就其文学价值而言，它们比不上中国古典四大名著《红楼梦》《三国演义》《西游记》《水浒传》，但在中国古代小说大家庭中，仍然具有一定的文学价值。被称为中国古代三大公案传奇小说的《包公案》《狄公案》《海公案》，当属中国古代公案传奇小说的代表作；《施公案》又将公案与侠义合璧。这四部公案传奇小说，情节生动，通俗易懂，自问世以来一直深受大众的喜爱。

《施公案》是晚清一部公案兼侠义的通俗小说，其故事始于说书人，后经文人敷演而成，作者不详。小说以康熙年间施仕伦为中心人物，从他任扬州府江都县令写起，到任漕运总督止，详细描写其审案断案，剿寇招抚的故事，情节曲折生动。塑造了一个秉公审案、执法如山、安暴济民、惩恶扬善、忠君重义、清正廉洁的清官形象。

施世纶（1659—1722 年）是清朝著名水师提督施琅之子，曾随父参加武力收复台湾之战。为官后历任泰州知州、扬州知府、江宁知府、苏州知府，左副都御史，直至漕运总督。在任政绩卓著，深得康熙帝欣赏，称其为官“非常清廉”，并指其“遇事偏执，普通民众与诸生打官司，他一定会袒护民众；诸生与缙绅打官司，他一定会袒护诸生”。

康熙六十一年（1722 年）四月，施世纶因病提出告老还乡，康熙帝下旨挽留。同年五月，施世纶病逝于淮安任上，终年 64 岁。遗疏请求随父施琅葬在福建，康熙帝允许了他的遗嘱，下旨奖赏他的清廉，并予以厚葬。

本次编辑出版的《施公案》分为上中下三册，在保留全书整体面貌的前提下，对有的章回做了合并；对书中的疑难字词加了注释，以期更便于作者阅读。

编注者

目　录

(上)

（中）

（下）

第一回　胡秀才告状鸣冤　施贤臣得梦访案

话说江都县有一秀才，姓胡，名登举。他的父母为人所杀，头颅不见。胡登举合家吓得胆裂魂飞，慌忙出门，去禀县主。跑到县衙，正遇升堂，就进去喊冤。走至堂上，打了一躬，手举呈词，口称："父师在上，门生祸从天降。叩禀老父师，即赐严拿。"说着，将呈词递上。书吏接过，铺在公案。施公静心细阅。上写：

> 具呈生员胡登举，祖居江都县。生父曾作翰林，告老家居，广行善事，怜恤穷苦，并无苛刻待人之事。不意于某日夜间，生父母闭户安眠。至天晓，生往请安，父母俱不言语。生情急，踢开门户，见父母尸身俱在床上，两个人头，并没踪影。生忝居学校，父母如此死法，何以身列校庠对双亲而无愧乎？为此具呈，嚎叩老父师大人恩准，速赐拿获凶手，庶生冤仇得雪。感戴无既。沾仁。上呈。

施公看罢，不由点头，暗暗吃惊，想道："黉夜入院，非奸即盗。胡翰林夫妇年老被杀，而不窃去财物，且将人头拿去，其中情由，显系仇谋。此宗无题文章，令人如何做法？"为难良久，说道："即委捕厅四老爷，前去验尸。你只管入殓，自有头绪结断。"胡秀才一听，只得含泪下堂，出衙回家，伺候验尸。

且说施公吩咐速去知会四衙，往胡家验尸呈报，把呈词收入袖内，吩咐退堂。进内书房坐下，长随送茶毕，用过了饭，把呈词取出，铺在案上翻阅。低头细想，此案难结。欠身伸手，在书架上拿了古书一部，系《拍案称奇》，放在桌上要看；对证此案，即日好断这没头之事。将《拍案称奇》，自头至尾看完，又取了一部，系海瑞参拿严嵩的故事。不觉困倦，放下书本，伏于书案之上，朦胧打睡。梦中看见外边墙头之下，有群黄雀儿九只，点头摇尾，唧哩喳啦，不住乱叫。施公一见，心中甚惊。又听见地上哼哼唧唧的猪叫；原来是油光儿的七个小猪儿，望着贤臣乱叫。施公梦中称奇，方要去细看，那九只黄雀儿，一齐飞下墙来，与地下七个小猪儿，点头乱噪。那七个小猪儿，站起身来，望黄雀拱抓，口内哼哼乱叫。雀噪猪叫，偶然起了一阵怪风，把猪雀都裹了去了。施公梦中一声惊觉，大叫说："奇怪的事！"施安在旁边站立，见主人如此惊叫，不知何故，连忙叫："老爷醒来！醒来！"施公听言，抬头睁眼，沉吟多时。想梦中之事，说："奇哉！怪哉！"就问施安这天有多时了。施安答道："日色西沉了。"施公点头，又问："方才你可见些什么东西没有？"施安说："并没见什么东西，倒有一阵风刮过墙去。"施公闻言，心中细想，这九只黄雀、七个小猪奇怪，想来内有曲情。将书搁在架上，前思后想，一夜未睡。直到天明，净面整衣，吩咐传梆升堂。坐下，抽签叫快头英公然、张子仁上来。二人走至堂上，跪下叩头。施公就将昨日梦见九只黄雀、七个小猪为题出签差人，说："限你二人五日之期，将九黄、七猪拿来，如若迟延，重责不饶。"将签递于二人。二人跪趴半步，口称："老爷容禀：小的们请个示来。这九黄、七猪，是两个人名，还是两个物名，现在何处？求老爷吩咐明白，小的们好去访拿。"言罢叩头。施公一听，说道："无用奴才，连个九黄、七猪都不知道，还在本县应役么？分明偷闲躲懒，安心抗差玩法。"吩咐："给我拉下去打！"两边发喊按倒，每人打了十五板。二人跪下叩头，复又讨示，叫声："老爷，究竟吩咐明白，待小的们好去拿人。"施公闻言，心中不由大怒，说："好大胆的奴才！本县深知你二人久惯应役，极会搪塞，如敢再行啰唣，定加重责！"二人闻言，万分无奈，站起退下去，访拿九黄、七猪而去。施公也随退堂。

施公一连五日，假装有恙，并未升堂。到了第六日，一早吩咐点鼓升堂，坐下。衙役人等伺候。只见一人走至公堂案下，手捧呈词，口称："父师，门生胡登举父母被杀之冤，求父师明鉴。倘迟久不获，凶犯走脱难捉。且生员读书一场，岂不有愧？如门生另去投呈申冤，老父台那时休怨！"言罢一躬，将呈递上。施公带笑道："贤契不必急躁。本县已经差人明捕暗访，专拿形迹可疑之人，审得自然替你申冤。"胡登举无奈，说道："父台！速替门生申冤，感恩不尽！"施公说："贤契请回，催呈留下。"胡登举打躬下堂，出衙回家。

且说施公为难多会，方要提胡宅管家的审问，只见公差英公然、张子仁上堂，跪下回禀："小的二人，并访不着九黄、七猪，求老爷宽限。"施公闻言，激恼成怒，喝叫左右拉下，每人打十五大板。不容分说，只打的哀求不止，鲜血直流。打完提裤，战战兢兢，跪在地下，口禀："老爷，叩讨明示，以便好去捉人。"施公闻言无奈，硬着心肠说道："再宽你们三日限期，如其再不捉拿凶犯，定行处死！"二差闻言，筛糠打战，只是磕头，如鸡食碎米一般。施公又说："你们不必多说，快快去捕要紧。"施公想二役两次受刑，亦觉心中不忍，退堂进内。可怜二人还在下面叩头，大叫："老爷，可怜小的们性命罢！"言毕，又是咚咚的叩头。县堂上未散的三班六房之人，见二人这样，个个兔死狐悲，叹息不止，一齐说："罢呀！起来罢！老爷进去了，还求那个？"二人闻言，抬头不见老爷，忍气站起，腿带棒伤，身形晃乱。旁边上来四个人，用手搀架下堂。

且说施公退堂，书房坐下，心中想："昨日梦得奇怪：黄雀、小猪，我即以九黄、七猪为凶人之名，出票差人。无凭无据，真难察访。不得已，两次当堂责打差役，倘不能获住，去官罢职，甚属小事；怨声载道，而遗臭万年。"前思后想，忽然灵心一动，转又欢悦，如此这般方好。随叫施安说道："我要私访。"施安听得，不由吓了一跳，口称："老爷，如要私访，想当初扮做老道，熊宅私访，危及性命，幸亏内里有人护救。而今再去，内外人役，谁不认得？"施公一听，说："不必多言，你快去就把你穿的破烂衣服取来，待我换上。"施安不敢违拗，只得答应，出书房到自己屋内，将破烂衣服搬出，送至老爷房内。

且说施公将衣换上，拿几百钱，带在身上，以为盘费之用。

施公自到任后，没有家眷，只跟来施安等二人，衙内并无多人，还有两名厨子。施公吩咐晚饭用毕，趁着天黑，好出衙门，以便办事。吩咐施安小心看守，施安答应，随将主人悄悄送出，又对看门皂隶说道："老爷今日出去私访，不许高声，快快开门。"施公步出，一溜一点而去。

施公正走中间，只见茶坊之内，一些人在灯下坐着吃茶。正往里面钻，走堂的见衣服破烂，不像个吃茶的客人，就出言不逊。施公一听，心下不悦，后又叹息：既然私访，计较什么话？只作不闻。叫："走堂的，快拿茶来，要用香片，快些泡来。无论什么点心，只管拿来，吃完照数给你们银钱。"走堂的闻言，就不敢轻慢了。随即送上茶来，并各式点心。施公坐着吃茶，侧耳听那些人言言语语。内中一人道："你们这县内，老爷清正。自到任来，诸事廉敏，体恤民情，一方福星，真可谓青天！"众人说完，大家走散。施公一见，欠身将茶钱会清出店。

夜晚路上人稀，忽然乌云密布，狂风大起，细雨纷纷，甚为焦急，又觉身疼，忽然想起："我何不到城隍庙里去避雨投宿？"随即迈步前行，一溜一点来至庙前。瞧一瞧四顾无人，庙门紧闭。那雨密密而下，沉吟叹气，没奈何且在山门之下容身。可喜雨止云散，一轮月光，地湿难行。鼓楼已交三更，只觉身上寒冷，实在满目凄凉。贤臣只为民情，绝无反悔之处，只知为官与民除害，诚谓事君能致身，快乐而无怨。只愁胡宅人命，如何访出真犯，如何结案？耳内忽听交五鼓，堪堪黎明，一夜未眠，渐至天亮。见有往来行人，连忙起身，出了台阶，一溜一点，向街坊上走。把这顶破帽子按了个齐眉，纵然撞着熟人，把头一低而过，留神细访那土豪恶棍，以及那杀人凶犯。

堪堪①时交巳刻，肚内饥饿。见有个饭店，正进去吃饭，迈步前走。那知掌柜的一见施公相似乞丐，浑身破绽，面目漆黑，一声大

① 堪堪（kān kān）：佛经语，意渐近；渐渐；慢慢。见唐三藏法师玄奘译《药师本愿功德宝卷》："六道轮回，来往无其数。末法堪堪，各人寻头路，休等临性命全不顾。"

喝，叫："那穷人不要进来!"施公一听，即住脚步，带笑回答，叫道："掌柜的，不必口出恶言，我是照顾你的，并非讨饭之人。我如今会过了钱，然后吃饭何如?"说罢将钱取出交于柜上。于是才端东西来。施公一边吃，一边暗叹，正叹世情之薄，往外观看，见一个半老妇人，走到店前，又哭又喊。年纪约三十余岁，披头散发，脸上青紫。怀抱小儿，两眼流泪，口内数数落落道："奴家现有千般怨恨，这段冤枉，活活屈死人了！欲去告状，偏偏的县主又病，衙门人拦住。我这屈情，挨到几时申冤?听说县老爷官清似水，谁知竟不坐堂了。未知病系真假，若是假病躲懒，有负皇恩，不理民词，枉为民之父母！明早我且去告，击鼓鸣冤，如再不准我告，我就一头撞死!"说完，又哭又骂。后面围绕许多人看。施公听见，暗说道！"好叫人不解！一个妇人，竟敢毁骂官府。但不知所为何情?待我出店跟他去，自得其详。"

且说访拿九黄、七猪二役，回到家中，吃酒商量九黄、七猪的事情，竟无法访缉。子仁说："英兄，咱二人日期都忘了。你我歇一夜，明日假装乞丐，再于城里关外，日夜巡访。不怕为难事，只怕不专心。"公然闻言，点头道："既办公事，要自己竭力。"二人酒饭都已吃完，安息一宿。次早起来，即忙改扮停当，同出门去，要访九黄、七猪的消息。子仁说："今日乃是七月十五日，往年江都县里，关外观音院寺，我见办会的不少。我二人现未访着囚犯，何不到此关外莲花院庙中走走?"公然答应："使得。"二人一同迈步，直向庙而来。登时到了门首，看一看清门净户，并不办会。二人立了一回，见庙中角门内，走出两个小沙弥来。留心细看，但见：大的约有十五六岁；小些的有十一二岁，个个生得唇红齿白，即如小女孩一样。一个手拿扫帚，一个手拿斗箕，嬉嬉笑笑，走至山门以外。二差看见，忙忙让开。两个小和尚抬头看见二人，身上褴褛，点头叹惜道："你等可来不着了！往年间，我们院里，必做盂兰盆会①，二位穷大哥，要吃点

① 盂兰盆会：即中元节，七月十五日，祭祀先人。俗称鬼节、七月半，佛教称为盂兰盆节。

个斋饭，是容易的。今年不能了，我们庙内来些人，倒像闹丧的，因此不办了。”大的说：“你哥儿们既来，也无空回之理。如肯替我们打扫打扫，我自然与你饭吃。”二差听说，一个来接扫帚，一个来接斗箕，一面扫地，一面同小沙弥讲话，问道：“二位小师父，几时做和尚的？师父叫何名字呢？”二人答道：“我本是良家子弟，因自小多病，无奈做了和尚，起早至晚，烧香、扫地、念经。我师父真厉害，他的法号，人称“九黄僧人”。小和尚说得无心之话，两公差闻言，不由心内一动。英公然向子仁挤挤眼：“九黄”二字对了！又见一人从外挑了一担菜蔬，往庙内送去，还有鸡鸭鱼肉。公然看见，要察访真情，叫声：“二位小师父，我今胆大，借问一声，依我想来，此乃善地，不知用此等物何故？既不办会，或是请客么？”小和尚见问，就望着大沙弥连忙努嘴。小沙弥方交十二岁，那知好歹，先就嘴快说：“穷大哥听我细细说来，千万外面勿要告诉别人！我家师真真厉害，手使单刀，有飞檐走壁之能，结交天下英雄，江湖弟兄。今日当东请客，故买鸡肉。还有一言，我们庙内缺少烧火之人，二位愿意，岂不是好？”二差听了此言，正中机关。子仁带笑，又问道：“令师想在庙中，我们进去见见，如其果能用我二人，深感大情。”沙弥见问，又低声说道：“我们家师，今日早晨进城，未回庙中，在城里尼姑庵内。七月十五办会，请客演戏，夜晚还放烟火。那女尼是我家师的干妹子，年纪二十多岁，生的美色。家师代他买的庙宇，传授他武艺，跨马抡刀，件件皆能。法名叫七珠姑姑，远近皆知。”大沙弥在旁听见，大喝一声，骂道：“小秃驴！你又混学舌！前者师父打谁呢？又说瞎话！叫师父知道，把筋还要打断了你的！”正说间，忽从内里走出一人，凶眉恶眼，粗壮高大，大叫一声：“大沙弥，后面的哥儿们叫你！”大沙弥答应，即忙跑进去了。未知后事如何，且看下回分解。

第二回　探消息知县看办会
请僧尼公差下说辞

且说公然见天色将晚，叫子仁到别处吃饭，既得真信，快快回衙。子仁答应：“一同出寺，进城禀报，好结此案消签，也算你我第一大大的功劳。”说着，满心欢喜。

且说施公从饭店出来，跟随那妇人，窃听哭诉告状的缘故，竟白跟了一回，不得明白。见天色尚早，不便回衙，“何不出城访访，等天晚回衙……”想过，迈步出了城门，可巧正遇二差，欣然而来。施公远远望见二差，是乞丐打扮，不由赞叹：“我且躲避，任他过去。”不意二人早已看见，随后跟来。施公进庙，公差紧行，也进了庙中。施公坐在台阶。二人一看无人，抢步下跪，叫声：“老爷，小的等奉差访拿九黄、七猪，今在莲花院内，访得九黄与七珠，乃是干兄妹，系苏州人，先奸后拐到此。”施公听说，忧化为喜。又问：“因何名叫九黄、七猪？”二差说：“他徒弟曾对小的说过：因他师父背后有黄豆大的九个猴子，故名九黄；尼姑因胸前七个黑痣子，故名七珠。恶僧庙内，还有盗寇十二名，无所不为。”从头一一禀明。

施公听说，沉吟良久道：“天色不早，你二人随我进城。天黑到十字横街，瞧瞧凶僧淫尼举动。”言罢站起。二差跟从施公进城。看那军民人等，闹闹吵吵，听那些人议论纷纷：也有说“县主比前任好”的；也有说“耳软听信衙役”的；也有说“私访爱百姓”的；也有说“县主真真清廉”的。正中一人，唤一声说：“你们住口，莫要乱说，仔细县衙人听见，你可吃不了的包子！”施公在众人之内，窃听闲话，为的是公案不结。

抬头只见一片灯光，人语喧哗，又见挤挤嚷嚷："到了！到了！"

施公站在众人之中，看见这法台上——正对观音庵门，搭了一座高台——台上结彩悬纱，花灯接满。正面设了一法座。座上一个和尚，浓眉大眼，满脸横肉，头戴佛冠，身搭红衣；口喧佛号，手叠佛印，混捏酸款。两边有众僧陪座。细看非尽男僧，还有女僧，一旁接音，年纪俱在三十上下。因七月佳节，天气还热，个个光头无帽，身搭偏衫。虽说接音，其中一人，杏眼含春，与凶僧眉来眼去，嬉笑颜开；还不住的东张西望，卖弄轻狂。施公看罢，又往台下一瞧，正中设摆高桌，两旁板凳。数了一数，一边九个尼姑，两边共十八位，皆穿法衣，俱是光头脑袋。接打各样法器，年纪俱在二十上下，个个风骚，人人袅娆。虽无脂粉，俱是齿白唇红，面似桃花。虽然俱打着法器，口念佛语，也是视南瞧北，看那满面芙蓉，并无一点道心。贤臣看罢，暗暗点头："怪不得搅乱江都！原来如此。这正位上坐者，必是九黄；且众尼之中，未知哪是七珠？"细看桌子上首，有个打鼓钟的女僧，别有风流，较之众尼，更生美貌。施公看后，暗说："难怪招惹僧俗乱心！"听见法器连打三阵，天有二更时分，施食放完，许多军民四散。施公同了二差，说："这九黄、七珠原故，我全知晓。你二人明日先不用进衙门，还到莲花院中，千万小心，引诱小和尚，套问真情；把那十二名盗寇的根由，访明回衙，定计以便拿获。"二役答应，于是施公趁天黑回衙。

施安迎接施公进房，净面更衣。酒饭用完，上床安息一夜。至次早，起来净面，吩咐点鼓升堂。施公坐了大堂，众役排班。施公伸手拔签二枝，向下叫王仁、徐茂。二人答应，即上前跪下。施公说："你火速去把十字街观音庵七珠尼姑请来，本县要办吉祥道场；还到城外莲花院，把九黄和尚请来，本县要僧尼登坛。"二人答应，下堂而去。又往下吩咐，去请振守府；又派那些马步三班人役预备。

且说去请九黄、七珠的王仁、徐茂二人，会在一处同行，彼此闲谈县主之事，不觉来到观音庵前，一同步进庵里。那七珠淫尼，正在禅堂内，心中思想九黄和尚情浓，忽听院内走得脚步响动，心下惊疑。说道："什么人？一定是施主送香来的。"想罢，喊一声："小尼。"那里答应，来了小尼，走入禅房，满面笑迎。口称："师父，不知呼唤弟子，有何吩咐？"淫尼见问，说道："你快去看看，是谁在那里走得脚步响？"小尼闻言，忙忙跑出，一见二人，就问："你们是哪里来的？怎么往里硬闯？我们这是女僧所在，岂可轻易进来么？"二差听说道："我们是县衙里头儿。你快去告诉令师，我们奉县主之命，来请七珠姑姑，立刻进衙去，办吉祥道场。"小尼一听，即回言道："呵呀！原来是衙役老爷呢！略等一等，我回明家师，回头再来请你进去。"言罢，即转身进禅房，将公差之言说了一遍。七珠一听，心中不解，说："县主请我办事？"细想："施不全与我并无往来。闻近日众家寨主们，闹的多少人命案子，莫非有什么知觉？若不去，他是一县之主，居他治下；若去，又恐不便。"沉吟一会，偶生一计，说："有了，我何不如此这般允他？"遂叫："小尼，请他们来见我。"小尼答应，出去把二差引入禅房。七珠偷眼一看，两差人不过是缨帽袍套，拐古唧当的打扮，鹰儿爪的相貌。七珠心烦，无奈口称："上差，到此何干？"小尼献茶。二人一见，浑身软麻，神飘魂荡，意马难拴。人人说七珠美貌，今见方知话不虚传。淫尼与二差问了姓名。二差便说："我二人奉县主之命，来请你到衙，办吉祥道场。须得尊驾亲自跟我们同去方好。"说罢，忡怔怔的歪着头，目不转睛看着尼姑。七珠一见，暗骂二役，皮脸可恶，如不是王法之地，立刻叫你的人头落地。今施不全叫人来请，有些吉凶难定。我想城内人命极多，或有动静消息，亦未可知；倘无动静，不去，又是不便。沉吟一会："管他什么，少不得要去走走。就有变动，料着外有九黄哥哥，众家寨主；自己又能飞檐走壁，马上双刀，何足畏哉！恼一恼马践江都，杀他个魂胆飞裂！就见他何妨？"想罢，假意带笑，叫声："上差，不知单叫我进县，果还叫那别的人？"徐茂说："请北关莲花院的九黄师父。你们就走罢，我家县主立候着呢！"七珠带笑说："上差少坐，待我更换衣服，一同进衙。"二差听说就走，心中欢喜。七珠即换了一套新衣服出来，二差鼻子里，只是闻着阵阵的兰香。留神一看，真真可爱，一言难尽，把他个心中难熬，口内不住地赞叹，说道："快走！"七珠出了禅房，叫小尼快来关门。小尼说："来了。"淫尼在前，公差跟着在后，一同出庵。

且说徐茂相伴七珠进衙，叫王仁出城去请九黄和尚。王仁答应而去，不敢怠慢。出了北关，无心看那庙外之景，忙进角门，正往里走，抬头看见公然、子仁，倒吓一跳：他两个打扮乞丐的形相，在那里打扫山门后庭。王仁心下纳闷，方要上前说话，只见公然把手忙摆，子仁摇头抛眼；他二人恐有旁人识破了机关，走漏消息。王仁心灵，连连点头，往外而行。窃喜庙内无人瞧见。三人先后出了庙，走到僻静所在，各叙各人之事。王仁说："奉差来寺，特请九黄进县。"公然、子仁听说，心下吃惊，叫声："老弟！快些回去！你想请他，万万不能。"

王仁道："还求二兄指教，小弟如何行法才好？"公然说："贤弟！此凶僧大为厉害，单刀双拐，半空能行，过楼房，如走平地。现今聚了许多强盗，个个武艺纯熟，万夫之勇。"王仁听完公然之言，不由噗哧笑了一声，叫声："英哥，休要惊吓！俺在六扇门里走动，若要没些本领，小弟如何敢在公门应役？今日务要将九黄和尚请去。"又说："只须如此这般，管叫他应允，二兄但请放心。"说罢，张、英二差站起，先进庙去。王仁略迟一会，迈步进庙，走至院中，一声大叫："庙内有人么？"

庙中走出僧人，一见就问王仁："你是哪里来的？是做什么的？"王仁道："你说我是谁？"僧人带笑说："你好像衙门中公差么？请入内堂吃茶！"王仁跟僧人走入庙堂，让坐敬茶已毕。王仁说道："我无事不来，今领县主之命，立刻请你九黄师父，进县去办吉祥道场。"僧人一听，带笑说："上差少坐，待我禀明了当家，就来请你们去见。"说罢，迈步穿门，走入密室。

九黄和尚正同十二个响马饮酒作乐，忽抬头看见小僧，说："你不在外面照看门户，为何进来？"小僧就将王仁之言，告诉九黄。九黄心中不悦，带怒道："你去回复他，就说我少时出来见他。"小僧答应，出了密室，来见王仁说："我师父就出来。"

且说凶僧听得公差来请他，望着众寇说道："列位寨主，依我想来，施不全差人来请，不知是好意，是歹意。同你们倒要商议商议，方保无事。且闻他诡计多端，狐媚假道，若进衙，恐其不便。"众寇见问，一同说道："虽说是你们所行之事甚大，我等料大胆之人，不敢惊动于你。江都文武官员，何畏之有？如有风吹草动，战马撒开，杀得他个江都县天昏地暗！请你，你就去见他何妨？随机应变，见景生情。若设坛场，你就念经。自今来往走动，你我交好，又怕何人？我们在此打听消息。九哥又能走壁飞檐。果有不测，弟兄都住这里，一同努力上前，杀官劫库，把人斩尽，翻城变海。我等高山啸聚，官兵无可奈何！"凶僧一听，心中大喜道："众位言之有理。你们在此，我到前面，见他有何言语。若是礼貌恭敬，我就应允；倘是自夸上差，即便把他杀了。"说罢站起，凶僧歪歪斜斜出来，狂言大话："何人请我念经？九老爷不受钱的。"王仁看见九黄凶恶，暗道："倒应了他二人之话，自应小心。"便问小僧："这就是你当家的师父么？"小僧说："正是。"王仁恼在心内，忙移步至凶僧面前。见九黄闭目合眼，酒气喷人，王仁心中灵明，走至九黄身旁，带笑道："大师父好呵！"九黄虽醉，心里明白，听公差问好，把醉眼一睁，答道："我好！你好么？"王仁肚里骂："好个撒野的贼秃，令人可恼！"又暗想："且住！我来求他，少不得下些气儿。"无奈何，答道："承重九老爷一问，何以克当。"未知后事如何，且看下回分解。

第三回　公差请凶僧　守府助贤臣

且说凶僧斜着两眼，说："你就是县衙里公差么？"王仁答道："我就是。特奉县主之命，来请九老爷法驾，进衙去办吉祥道场。故此小的方到宝刹惊动。"凶僧听说，心中不悦，叫声："朋友，你可了不得了！你瞧不起人。我银钱多有，也不等念经的钱用。你自己去说与你老爷，我不去的。"王仁听了，心中着忙：不去如何是好，不如再与他些软话，再看如何。

忽听凶僧复又冷笑道："岂有此理！江都县界内，除九老爷一人，难道众和尚都死完了？莫说施不全请我不去，不是九老爷说句大话，就是万岁爷宣我，我不去，也是平常的事情。"王仁一听，即忙带笑，打了一躬，叫声："九老爷！不要生气！你老人家不去，小的该倒运了。如何回复县主之命？九老爷若不发点善心，小的回去，县主要将我活活打死了！九老爷是佛门弟子，无处不行慈悲，那不是行好么？我的九老爷，只可怜我王仁当差役的苦处，千万相求，开一线之路，求九老爷的法驾一行，我小的就得有命了。"凶僧坐在椅子上，正在生气，耳内只听得九老爷长，九老爷短，说了多少趋奉的好话，方见凶僧一笑，骂道："鬼嘴的猴儿头！呕得你九老爷也没有法儿了。也罢！你九老爷如不怜你，这就苦了你。"王仁一听凶僧应允，喜不自胜，就连连打躬道："真是救命了！谢过九老爷，少不得劳法驾起身。小的还有个伙计，先请观音庵的那一位七珠尼僧，进县共办道场，已经去了。咱们赶上，一同进县，县主一见齐到，岂不甚好！"凶僧听得明白，心中大悦，肚内暗想："我当只请我一人，谁知还有七珠妹妹。如知请他，我早应允，大胆去也何妨？施不全若是诚心请我，没有什么歹意，大家平安。”心方想罢，说：“上差少等就去。”步入禅堂，往后而行。众寇笑脸相迎，问明原由，俱各敬酒已毕。凶僧进房，换上美色衣服，暗带防身兵器，辞别众寇，往外而走，叫道：“上差！你我同走。”王仁答应，出庙进城。

且说施公暗自忖度擒九黄、七珠之计。差役进来跪说：“本城守府振大老爷衙前下马。祈老爷定夺。”施公一听，坐下摆手，说：“知道了。”贤臣忙出公座，下了大堂迎接。二位老爷手挽手，说着满洲语。施公问守府：“阿哥好么？”振公回答：“好！”施公见堂上人多，不便言讲心事，吩咐：“尔等不必散去，本县与振老爷讲话，回来办事。”众役答应伺候。

且说施公与守府进二堂坐下。长随献茶已毕。施公见左右无人，说道：“今日特请驾临，烦鼎力相帮。只因几件人命盗案。今日凶僧、淫尼，与众寇作了许多人命案件未结。现发差请九黄、七珠到县，假说作吉祥道场为由，拿他二人。除非如此这般，求老兄相帮，大事可定。”守府一听，答道：“自当协力捉拿。小弟暂且告辞回衙，好暗派兵马，早作预备。”施公送出守府而去。

堂事方毕，又见请九黄、七珠的王仁、徐茂上堂，跪下，口尊：“老爷，小的二人，把僧尼都传了来，在衙门外等候。”施公吩咐：“进来！”二役答应出去，领僧尼上堂。施公看那恶僧：豹头环眼，黑肉满脸，须七寸许，年约四旬；又看淫尼：白面如粉，唇红齿白，年纪不过二十以外，生的袅娆，站在堂前，并不下跪，打躬问讯，含笑问道：“老爷，叫我何事？”

施公一听，心中暗怒，勉强含笑说：“奉请二位，本县虔诚还愿，许下僧尼对坛念经，各请十三位拜忏。行观灯、破狱、取水、金桥过往、放烟火、施食，行水陆吊挂、金身佛相。幡帜宝盖，要扯满棚。僧冠僧衣，普用一切，都要新鲜。香烛齐食，有烦二位费心。明早设坛三天，共要多少白银？”僧尼闻得施公之言，九黄叫声：“大老爷，小僧承县主吩咐，不辞辛苦，应当照办。”淫尼带笑说：“九黄爷，小尼穷介。”九黄复叫声：“大老爷，明早登坛，我们二人先要取些银子，以备请客之资，余待事毕再算。”施公叫施安取银，交付僧尼，出衙而去。每人又各请僧尼十三名，预备行事，及应用物件，一切齐备。

且说施公见僧尼领银去后，吩咐移文去知会守府，暗派兵丁，捉拿凶僧、淫尼二人。衙前搭起对面彩台、芦棚各五间。又悄悄分派衙内三班人等，明日如此这般。施公吩咐已毕，又见胡登举上堂，手捧催呈，一旁打躬。施公接呈子，说：“贤契请回，本县虽未捕获，现今暗中查有踪迹，事在早晚结案。”

胡登举答应，出衙回去。又见堂下走上二人，跪在左右，都举呈词，同口呼冤。施公就问：“尔等何事？不用如此，个个讲来！”一个说：“小人名叫海潮，久在本县居住，昨晚偶出怪事：贼人盗去东西，又把女儿抢去。婆家日后要娶，如何是好？求恩公派人拿贼，以消其恨。”施公一听大惊，又问：“这个你为何事？”那人说：“小人名叫李天成，南北贸易。昨在界内，被强盗将伙计砍死路旁，货物劫去，求老爷差人速拿强人。”施公闻说，就知是九黄和尚与那十二名强盗做的事。施公道：“尔等呈子留下，听传结案。”二人答应而去。施公退堂，众役散出，个个你言我语。

且说凶僧淫尼领银各回庵院。九黄回寺，会晤十二个兄弟，言说：“县衙办事，明早设坛，我已应允。倘有吉凶，众兄弟必须商议而行。”不言众寇提防，且说施公退堂，书房闷坐。沉吟：“江都这些豪霸，施某所为小计，必要捉清。那人命盗案，犹如雪片飞来，还有无头的案件。观音庵里尼姑，莲花院内凶僧，还有十二个响马。我今设计要拿凶徒，先捉强盗，再拿余党。”施公前思后想，不觉三鼓，宽衣安睡。次日起来净面，更衣已毕，吩咐施安，到外面预备停当，专等僧尼对坛，施公好出去拜佛。

且说九黄和尚，先打点铺排一应佛像，送至县衙，在经棚内陈设。凶僧随后请众僧，一同进县，共办佛事。七珠也是先将法器送至县衙，各样陈设，结彩挂好。鼓楼旁边，搭起高棚。不多时，僧尼陆续入县，各归各棚，茶房献茶已毕。守府振公，来至衙门外下马。入报，施公迎出大门。二公都是蟒袍补褂。

施公在僧棚内参拜主坛；守府在尼棚内参拜主坛。九黄、七珠个个身藏兵器，提防不测。二公进棚拜佛，九黄留神偷看，并不带多人跟随，凶僧淫尼一见这般光景，就不以为有别意了，一齐站立。施公带笑，望九黄说："和尚请坐，大众不用多礼。"众僧回答："不敢。"都站立合掌向心。施公上香行礼毕，起身外走，带笑说："本县失陪。"二公出棚，大堂设椅而坐，闲谈。

僧尼点鼓敲磬，打了三通，烧香开赞，宣毕，正了法器，就叫茶房送茶。献毕，僧尼就铺排幅幡执事等物，运出衙门。守府县公所办，人民随着走看，那街市上三教九流，都看热闹行香。走了四条街，回至衙前，鼓手吹打大锣大鼓，响声应天。住了法器，斋房吃斋。二人带领多人，拥进棚来。吩咐下役人等，将汤、饭、菜，不住地折换新鲜的。使唤人的手脚不闲。僧尼留神，看视二位老爷动静，还是别无他意，都放下心怀，安然吃斋。饭毕，各入经棚。众僧茶毕，取水请神，天晚施食一台，三更方散。僧尼出衙，各归寺院。次早进县。凶僧淫尼，见无动静，才觉放心。施食已毕，散出回寺。

话说施公叫施安："快去如此这般，到北关莲花院内，把英公然、张子仁，叫他暗暗进衙，有机密事用他。"施安答应出衙。不多时二人进衙。施安到书房禀明。二差跪下叩头。施公含笑说："起来，听我吩咐。"二人站起，施公说："你们在庙中，怎么样来呢？"二人口称："老爷在上，那庙中十二寇与众僧，个个俱是全身本领。小的们看他都有些手段，论起来真好武艺。"施公听说道："不用你们夸讲，本县深知你的武艺也不弱。现有一事，须你二人去办，别人反要误事。这莲花院十二寇，烦你二人，设法拿他。若是走脱一人，拿你家口入监，限今夜将他等捉来。"二役一听，浑身打战，复又跪下，说："强盗实是厉害，刀马纯熟，求老爷多派人去。"施公听说大怒道："你二人本领，本县深知。总要你等今晚三更到庙，捉拿十二寇与众小和尚。但有错误，唯你二人是问。"二役不敢再说，诺诺连声而退。未知后事如何，且看下回分解。

第四回 二役复入莲花院 两官定计擒僧尼

且说庙中那些和尚，一早都进衙入棚，念经作法，见无动静，并不介意。凶僧、淫尼俱不带防身兵器，念完经时，各上斋堂；斋完仍归棚内，伺候施食。

且说守府、县公，彼此讲满洲话，如此定计，到晚捉拿僧尼。及至天黑点灯之时，僧尼都上法堂。在施食台上，正位是九黄，左右接拨文的是别僧。施公就在九黄身后坐定。二公伺候两三日，施食都是这样的，凶僧故不理会。

这一日，振公暗挑好汉，外穿长衣，内穿绑身小衣，暗带兵器，跟随施公左右，好捉凶僧。自下高桌两边，坐着两溜和尚，接打法器；尼姑那边也照样办理。振公也照施公行事，专坐在七珠背后；台上也跟随两人伺候。只等施公那边动手，这边也就动手。内外埋伏停当，专等号令，一拥而入，并力捕获。

且说二差去庙中，拿十二个响马。二役走至庙中，两个小和尚一见带笑道："两位穷大哥，你们不打扫佛殿，往哪里去来？"公然说："你有所不知。昨日听见城中吴乡宦家放堂，打量去赶个早儿，那知给了点子稀汤。"小和尚笑盈盈道："你们运气不好，我们给你们送菜，找你不得，到晚上吃罢！再烦二位上楼打扫。"二役大喜答应，正好趁机打听响马消息，便好下手。随即取了苕帚、簸箕，上楼打扫。渐渐天晚，点了灯烛，十二强盗聚会上楼饮酒。

猜拳行令，将到三更时分，都吃得有几分酒了。因等九黄回家再饮，商量要去打劫人家。二公差趁空将蒙汗药浸在酒中，又要哄小和尚取酒菜，以戏法为由，把小和尚绑个结实，棉花塞口。二公差转身叩门，又到厨房。众僧个个贪杯，一见二人，说："穷大哥，与我们张罗，再谢。"英公然、张子仁同说："使得。"出厨房至楼下，听上面还有人声，就知药性尚未行到。二人暗急曰："此时县内还无救应，如何是好？"

且说县里施食台上僧尼之事。九黄舒展喉咙，声音响亮，吐字真切。台下僧配法器，虽然配着法器，个个看着僧尼。堪堪三更时分，施公看棚里外埋伏兵役甚多，专等号令下手。施公一看，就扬扬得意，暗送眼色。快头心下明白，就知凑空叫动手了。又送眼色与壮丁、马快、兵役。快头不敢怠慢，走到凶僧背后，把九黄连腰抱住，滚在台下。各人各持铁尺短棍，乒乓一阵，把九黄两肘两腿打伤，难以转动，绑捆结实。振公那边，见众人大乱，也就动手。七珠方散施食，正在闹热间，忽听人声，尼姑正在暗惊。守府站起，忙使饿虎扑食的架式，把七珠后腰一抱。七珠复用力挣扎，二人一齐跌倒尘埃。七珠用解法要跑，两个快头扑上，手持铁尺，当肩一下。七珠空手，难以躲避，打得二目发昏，跌倒在地。振公趴起说道："好厉害！淫尼力大。"叫兵役捆住。即时皆捆起来，守府这才放心。淫尼满口混喊，守府令人打了一顿嘴巴，淫尼不敢喊叫。其余僧尼也不敢转动，令人看守。

二人会同，带领兵役，开北门，灯笼火把，照如白日，直到莲花院庙内。公差等得心急，只见远远一片灯光，就知城内人马来了，说道："我们快去迎接！"二人往前紧跑几步，迎着跪下报名。施公带笑问道："你二人办的事情如何？"二人见问，随即将事说明。施公一听大悦，叫声："振阿哥，你我先守住山门。叫他们二人带了兵役进去，将强盗拿住。其余众僧全行捆绑，一同回衙。"守府答应，随吩咐公然、子仁："带兵五十名进庙，将强盗与众僧捆绑，抬进城去，重赏尔等。"

且说二公差领兵一拥而进，直至玉皇阁。十二寇被蒙汗药治住，俱被擒了。又领至厨房，余僧醉卧，登时被擒。二役报明，二公下马进庙，廊下坐定，灯火照如白日，吩咐带上众寇与僧等问话。公然说："众寇被药酒所迷，尚未醒来。小和尚明白。"施公说："带上来!"二役走至空房，掀开棉被，把口中棉花挖去，解开脚下之绳，提到二公前。施公用手一指，喝道："你休得胡言！九黄已经被擒，若不实说，立取你狗命!"

小和尚听见九黄、七珠被擒，知道不好了，说："老爷不用动刑，我们实说了。"就将从前怎生进寺，如何作恶，如何奸淫，夫妻如何避雨，诱女进庙内，乱棍打死他男人，把妇人养在庙中，尸首现在庙后一一说明。施公一闻，就说道："既有妇人，衙役跟去唤来。"

不多时带到，施公一看，那妇人泪眼愁眉，形容憔悴。施公问道："你是那里人氏？丈夫到那里去了？"那妇人口叫："老爷，小妇人丈夫，姓杨名进宝，被和尚害死；将小妇人强占在寺。"施公说："为何不替你夫告状？缘何夫死从僧？"那妇人说："关在空房，万难脱身。"施公说："也该一死全节，何忍偷生，不顾大义？本县不便细问其故。"那妇人说道："小妇人住在罗文路，名叫罗凤英。丈夫贸易折本，无奈投亲。只因大伯住在江都城内十字街前生理。小妇人同夫投奔到彼，还可度日。不料至此下雨，暂在山门避雨。适遇恶僧无故用棍把夫打死，将奴身藏住宣淫。小妇人无奈，只望拨云见日，替夫申冤，叫大伯领尸入土，小妇人纵死九泉，也可闭目。"施公一听，意甚悯切。天已大亮，施公吩咐："你且起来，随本县进城，自有公断。"又吩咐将十二寇并一切人等带着，留兵看守庙宇。分派已毕，二公出庙，上马进城。大街两旁之人，观看拥挤不开，议论纷纷不表。

且说两个男子，一个妇人，拦马跪倒，口喊"冤枉!"未知后事如何，且看下回分解。

第五回　状告泥土地　哑巴喊冤枉

且说两个男子，一个妇人，拦马跪倒，口喊："冤枉！"二公勒马，打量这女子：年纪约有三旬，头挽仙髻，桃面朱颜，腰似杨柳；青衣蓝裤，三寸金莲，杏眼微睁。两个男子：一个相貌凶恶，衣帽齐整；一个口眼歪斜，一身粗衣，白袜尖鞋，睁眼张口，满面发青。施公看罢，说道："尔等都是告状的么？"那恶人先答应道："是。"忽又一人喊冤，系告土地。其人不过是俗常打扮。施公吩咐："一并带起，当堂再问。"青衣答应上锁，二公并辔进衙，至滴水檐下马，立刻升堂。振公旁坐，三班排列。

只见角门跑进二人，上了公堂，大叫："县主爷爷，小人来报屈情。"

施公坐堂，看那告状之人，身穿绸绫，生得清秀，年纪四旬有余，面貌慈善。看罢，施公道："报上姓名来，有什么怪事？"那人说："小的姓王，名叫自臣，住在东关。父母亡故，只有妇室。小的在东关作典当生理，家之对门，有座地藏尼庵，女尼在内。昨晚小的回家稍迟，月明当空，约三更时分。小的来至家门首叫门，忽见庵门之上，挂着两个男女人头，吓得小的魂魄俱无，急进家门，将门关上。直到天明，不敢隐瞒。今早尼庵中女僧老尼，反来怪人。不得不报。"施公闻言，心中暗想，真正奇事都出此地，除非如此办法。想罢，吩咐衙役，跟王自臣传了庵主来。该值答应，随同而去。

施公又叫衙役，速去带那告奸的海潮来听审；再将报抢劫杀命的李天成并胡登举传来听审。众役答应而去。施公吩咐先带凶僧听审。

公差答应，立刻带上，一齐呼堂施威。凶僧并不下跪。施公大怒，骂声："凶徒，快快实招过犯！"九黄大叱："贫僧，如来佛教之下的弟子，谨守规法。原是请办佛会，为何拿我？大清法严，凭什锁擒？"施公见他一派不忿之气，用手一拍："本县给你个对证！"叫两个小和尚上来跪下。九黄一见，骂道："小秃驴来此何干？"小和尚说："你的事情犯了！你不如早些招认罢！免得驴脚吃苦。"施公道："你的凶恶，本县已访真切。"吩咐把凶僧带下去，将莲花院众僧带上来。青衣答应，把八个僧人，带上公堂跪下。施公反带笑脸开言道："你等实说，本县定然轻恕。"和尚们一听，叩头回道："求老爷只问九黄，则人命盗案，登时就明。"施公吩咐带下去，又把十二寇带上，一齐跪下，相貌狰狞。此时众寇药酒都醒，知道被擒。施公说："本县有一言，与你们好汉商议。目下九黄、七珠被拿。本县颇有好生之德，你们实言讲来。要替九黄、七珠瞒昧的，反误自己。不但自家受了罪过，还不知性命如何，你们想想。"强盗一听施公吩咐，个个感化，不约而同口称："老爷，小人们不敢不招，方才宪训煌煌。只求老爷把九黄叫来，好当面对词，即见清浑。"众寇说完，又说："叩祈老爷超生！"施公听罢众寇之言，说道："少时即唤问凶僧。你们报名上来，本县好分别结案，以便开脱。你各说了姓名，再叫九黄到堂面对。"众寇一听，都报姓名，说道：凤眼郭义、上飞腿赵六、宽胳膊吴老四、快马张八、抱星鬼周九、铁头刘五、活阎王乔大、独眼龙王三唤、小银枪杜老叔、朴刀赵二、单鞭胡七。挨次报名已毕。

施公吩咐将名记了。又叫这一班人带下，另在一处，勿与九黄见面。原差答应押下。又叫告土地的那人，立刻提到公堂跪下。施公说："你是告土地的么？"那人答应："是。""即将实情诉来。"那人口称："老爷听禀：小人今出无奈，舍命告土地尊神。小人家住县城以外桃花村，名叫李志顺；妻子就是本村王氏之女，自幼联姻。父母亡故，又无兄弟儿女。因家贫困，没奈何出外经营。小人束手空拳，有开药铺的亲眷，留小人学生意。刻苦三年，积了五六十两银子，牵挂妻子无靠，小人辞回，仍扮讨饭之人。那日到家，要试妻子之心。

小人走进土地庙内，四望无人，把银子埋在香炉之内，交给本庄土地庙回家。可敬妻子耐守苦节。次日到庙内香炉中取银子，那银子却不见了。小人思想无计，还来告当方土地之神。叩求青天大老爷判明。”

施公一听笑了，两班衙役，个个抿嘴。施公叫道：“李志顺，你的银子交与土地，虽无人见，那神是泥塑的，混来胡告，就该打嘴。今日准你，你且回去，明日在庙伺候，本县去审土地。”李志顺答应，叩头出衙而去。

施公又叫把告状的男女三人带来问话。原差答应带上，男左女右，跪在地下。施公道：“你告状为何事？快快说来！若有虚言，本县官法如炉。”下面那雄壮之人先说，叫声：“老爷，小人姓周名顺，住在城外五里桥。父母不在，缺弟少兄。此妇是我妻子，素贤而守清贫。积善之家，偏生祸乱。那一个他是哑巴，姓武，原系无籍之人。怜其贫苦，留他家中使唤。吃了饱饭，改变心肠，他竟狠心，竟敢讹我妻是他妇，拿刀持杖，竟与小的拼命。小人无奈，同妻进城，在老爷台下告状。叩求老爷作主，判断申冤。”诉罢叩头。旁边急得哑巴连声喊叫，二目如灯，泪似雨下；说话不明，急得拍拍胸膛，抓耳挠腮，不能言语；不顾王法，呜呜乱喊，只像疯癫，堂上人皆发笑。

施公向下说道：“你不必着急，你与周顺先下去，少迟与你们结案。”施公设计问妇人道：“本县问你，想必你们夫妇心慈。那哑巴素日老实，你与周顺怜其孤苦，留在家中使唤，也是有的。可恼不怕王法的，妄生讹心，说你是他的妻子。本县也恼这种狠心人，该重打，逐出境外，免得你夫妇受害，这是正理。本县问你，你到底是哑巴之妻，还是周顺之妻呢？快些说来！”那妇人答道：“小妇人乃是周顺之妻。”施公又说：“本县想来，你素与哑巴非亲非戚，焉肯招来入内行走，便不回避么？只用你实说一句，本县立刻一顿大板，追了哑巴的狗命，决不姑容这人在江都地方胡闹。你快说来！”施公一片虚言，那妇人认以为真，即说道：“小妇人不敢谎言，那哑巴是我哥哥，小妇人是他妹子。因丈夫叫他在家过活，谁知他改变，衣冠中禽兽。因此丈夫无法，才来告他。”施公引诱实情，毫不动怒，吩咐下去，带周顺上堂跪下。施公含笑道："周顺，你听了本县初任江都，最恼棍徒。你好心待人，反成冤家。哑巴真是不良的棍徒，本该打板枷号示众。本县问你，这哑巴不是亲戚，焉能留下？面生之人，岂能进门？必是哑巴无理，得罪于你，反目无情。快实说来！"周顺见问，心慌意乱，张口结舌。施公见周顺这般形相，便说道："周顺你不用着急，快说来！"

众役便排刑具。周顺见追的紧了，更没主意，说道："小的与哑巴，是有些亲。"又转说道："是姑舅亲。"施公哈哈大笑道："你们到底是姑舅亲。"吩咐把周顺带下去。又叫哑巴问话。

只见堂下两个人走来。看是先前尼姑庵门口来报挂人头的王自臣与尼姑，跪在下面。王自臣道："老师父，当家师，我是多年邻居，你自说昨晚山门挂人头的，今往那里去了，你说实话。"施公听了大喝道："好奴才！上堂混闹。自有本县裁处，你先下去！"王自臣随即下堂。施公说道："女僧你不必害怕，这事依本县想来，你若欺心，庵中把人害死，岂肯将头反挂在山门？必是你早晨开门，看见了心中害怕，藏起来也有的。"

尼姑一听，心中发颤。未知后事如何，且看下回分解。

第六回　地藏庵出异事　尼姑隐匿人头

施公看尼姑如此，又叫："女僧不用思虑，只管说来。本县自有开脱你的道理。"尼姑口称："老爷，小尼祖居本县人氏。父母俱亡，自幼出家，谨守清规。今降大祸！小尼并不知有什么人头，恳求老爷恩典。"施公听罢尼姑之言，故意带笑说："女僧，适才王姓诬证了。"再问王自臣道："王自臣，你见人头挂在庵门，你来主报。这里尼姑反说没有。"王自臣说："老爷，小的与尼姑，往日并无仇恨，岂敢赖人。求老爷用刑严问，若无此事，情甘认罪。"言罢叩头。施公吩咐把尼姑拶起来。青衣答应上来，拶起尼姑，左右把绳一摆，"哎呀！"吓得浑身打战，说道："老爷，小尼招了。小尼开门，见了两个人头挂在庵门，一时心中害怕，叫老道抛在野外，给他纹银五两，是实。"

施公听了尼姑之言，说道："好大胆的恶尼，见了人头，就该来报才是。权且下去！"青衣答应带下。吩咐把庵中老道拿来对词。公差答应而去。不一时拿到，战战兢兢跪下。施公问道："老道人，你将人头抛在何处？从实招来！"老道说："小的今年七十五岁，一身孤零，栖身庵内。那日图银几两，包送人头，恐人看见，抛在隔墙一家院子内，即回庵中是实。"

施公一听，说道："好个迷徒！"吩咐公差，同他到那一家，把人头取来。倘无人头，把那家主带来。公差答应，出去不多时，带了一人上堂跪下。公差回道："小的同老道到了那家，原是广货铺子后院。小的问他们人头一事，那店主与众人异口同声说：'没见人头。'小的就把店主带来了，请老爷定夺。"施公听罢，叫声老道："你把人头果然抛在他家院子里吗？”老道答应：“是的。”施公就问那店主说：“老道将人头抛在你院中，你见过？只管直说，此事与你无干。”那人叩头说道：“老爷容禀：小的祖居山西，今到江都贸易。三间门面广货铺子，到后房共有五层，买卖作了十有余年。小的姓刘名叫君配，今年五旬，铺中伙计十多人。小的墙内，未见人头。若说是有，焉敢无因诳哄老爷，况且人多目众，谁人不晓？求老爷明察。”

施公听罢，吩咐再把他店中伙计叫一人来。公差答应，去不多时，带一人上堂跪下。施公见此人衣帽随时，年纪不过四旬，就问道：“你是刘君配的伙计么？”答应：“是。”又说：“那地藏庵内老道，说将两个人头抛在你家后院之内，快些说来！”那人口叫：“老爷在上，容小民细禀：小的祖居山西，与店东同府。姓王名公弼，今年四十五岁。有个表弟，昨日早晨往后院去，如今未回，不知去向，也无踪迹。正在愁烦，老爷使差查人头之事，小的全然不晓，只求老爷台前恩赐，速找小的表弟。”言罢痛哭。

施公说：“奇了！正追人头，又出怪事。”思忖良久，心生一计，何不如此这般。想罢，叫声：“王公弼，你的表弟往后院一去，就不见了？”王公弼说：“正是。小的那日听见财东说：‘表弟到后院跳出墙口，随即就不见踪迹。’”施公听了，心内明白，吩咐王公弼：“你且下去伺候。”施公吩咐：“把老道夹起来！”众役发声一拥而下，抬过大刑，摆在当堂。那老道人吓得魂飞天外。

众役扳倒老道，拉去鞋袜夹起。施公吩咐：“拢起！”老道发昏，用水喷醒。口称：“青天！小的原本抛在后院是实。”施公说：“松了夹棍，抬在一旁。”又叫：“刘君配，那老道所言，你听见否？你若不招，本县要来夹你了！”刘君配说：“小的真正没见。”施公大怒，吩咐夹起来再问。众役上来，将刘君配夹上，一拢，昏迷过去。用水喷醒，又问不招。吩咐敲几扛子。刘君配受刑不过，说：“招了。”施公说：“官法如炉，不怕不招。快些实说！”

君配招道：“那日微明，小的肚痛要出恭，就至后院。忽然一响，看见却是男女两个人头。小的即至院外一看，并无一人。心中正想，王公弼的表弟开门，也到后院。他看见人头，与小的要诈银洋；若不依他，就要告状。因此小的忽起杀人之意，哄骗允他。哄他至坑旁，使他不防，当头一棍打死。小的把那两个人头，俱埋在此坑之内。铺内无人知晓是实。”施公一听，吩咐写供。又叫人知会捕衙，立刻去起验人头，对词结案。不多时，捕衙回署。施公见有男女人头，放在当堂。公差把胡登举传来。登举方要打躬，见有人头，上前细看，说是父母的头，双手捧定，一阵大哭。

施公道：“胡贤契，这就是令尊、令堂的首级么？”胡登举含悲道：“正是！”口称：“老父台，速拿凶贼，替生员父母申冤，感恩不浅。”施公说：“贤契稍待，以便结案。”胡登举立在一旁。施公吩咐带九黄和尚听审。不多时带上，凶僧昂然站立。

施公大怒道：“你这囚徒，事已败露，还敢强硬。夹起来再问！”众役发喊推倒，把刑一拢，九黄“哎哟！”昏绝。用水喷醒。他叫道：“老爷，小僧照实招认定供。”施公吩咐把小和尚带来对词。衙役带上跪下。施公道：“本县先问你，杀死胡翰林夫妇，为何将人头挂在尼庵门上？快说！”小和尚说：“老爷若问，小僧深知。那九黄在庙饮酒，小僧常时伺候。他与七珠原系通奸。城中胡乡宦，本是庵内施主。那日翰林同夫人小姐到庵内焚香，看破了淫尼，甚属不堪。翰林催了夫人、小姐回家。七珠羞愧。九黄替他报恨。那日酒后，跳墙过去了，一个时辰，手提两个人头回来。七珠心中大喜。”施公又问：“如何挂在尼姑庵门呢？快讲！”小和尚说：“老爷，那九黄是色中饿鬼。那日进城，从地藏庵门口过，见一个美色尼姑，把他魂引去。因不得到手，九黄回庙，愁思无门可入。若将人头挂在庵门，必将庵主锁拿进县，得空他好飞檐走壁，夤夜淫骗。倘若不允，用刀杀死。”

施公听罢，吩咐将小和尚带下。施公又问九黄凶僧：“小和尚之言，可听见否？”凶僧一听，就说：“罢了！应该命尽。老爷不必再问，小僧招了。”施公吩咐传胡相公上来。未知后事如何，且看下回分解。

第七回　贤臣判结案　行文斩众凶

且说胡登举上来，站立一边，施公带笑说："贤契，方才九黄、七珠等对词，都听真了？"胡登举含悲说："门生听真了。叩求老父师严究候结。"施公道："祸因自招，财能生事。令尊当朝半生，身居翰林；贤契也读孔圣之书。嗣后莫招三姑六婆之人。令堂不到尼庵，焉有此灾？以恩作怨，七珠、九黄才下狠心。这首级，贤契带回府去安葬，专等回文斩贼。再劝你免悲伤。"胡登举听毕跪叩，说："多谢恩师指教之恩，今与门生报仇，来生衔环。"言罢叩首站起，退至旁边，脱下衣服包好，抱在怀中，下堂出衙回家不提。

再说施公不免叹息，又叫把刘君配带来，与王公弼地藏庵的道人上来对词结案。差役答应，全带上来。先问尼姑说："祸因你起，听本县判断：见头就报，焉有此患？带累多人！财买老道抛去首级，迷徒图银，忘却残生；人头抛在人家后院，哪知移祸与人，暗有神明。君配就该当官来报。事可逢巧，又生祸端。遇公弼表弟，心生不良，见头讹诈银子五百。刘君配疼银，又生拙志，棍打顾生，埋在一处。天网恢恢，疏而不漏。"

又问："老道，你是那里人氏？"老道说："小的河南人氏，名叫吴琳。只因家贫流落江都。"施公说："尼姑给你五两银子呢？"吴琳向腰中取出。公差接过，放在公案。又问尼姑："你隐藏人头，移害与人。拉下去重责十五大板！"放起下去。又叫："王自臣此事算你有功。老道之银五两，赏你去罢！"又吩咐将老道收监，取有回文发落。又往下叫："王公弼、刘君配，你二人听我吩咐。"公弼说："叩求老爷，替小人表弟报仇。”

施公说：“本县作文具报，但等回文正法。你将表弟速速埋葬，随时传你，报仇申冤”公弼听罢，叩首谢恩。施公又叫：“君配，当日见人头早报，焉有今日？因你起了亏心害人，应当抵命。本县详文回来，再行判定。”施公叫人解押刘君配回铺，算清账目，交了买卖，带回入监。

且说施公吩咐行文，报明上司。又见衙役下跪回话，说：“被盗去财物强奸女儿的海潮带到。”施公说：“叫上来!”不多时海潮上堂跪下。施公道：“你告盗骗失女。众凶已被本县拿住，少时叫你结案。”吩咐先把九黄、七珠带下去，再把十二寇带上来。众役答应，立刻带上跪下。施公叫：“海潮，你认认十二人之内，见过那几个，好与结案。”海潮答应，上前挨次看了一遍，跪下口称：“老爷在上，容小人禀明。那日晚上眼花昏迷了，叫女儿上前来认罢!”施公说：“使得。”

海潮叩首而去，不多时同女儿上堂，跪在一旁。施公见他愁眉不展，两眼含泪，见人惭愧。施公看罢，道：“海潮，叫你女儿上前去认。”答应：“领命。”走下来至寇盗面前认盗。

海潮说：“那晚就是这些个贼，把我口中塞紧棉花。那个用绳子捆我的，打我的，登时吓得我二目昏花，认不真切。因此叫吾儿认真切记。”女儿认罢，上堂回明。

施公带怒，叫十二寇说：“你们偷盗人财，罪难轻恕；见色强奸，罪上加罪，快些实说!”十二盗各自招认。施公吩咐海潮，领女回家。详文到时，再领贼赃。谢恩而去。

施公又问众寇：“那海潮、李天成二人之赃，现放何处？”众寇说：“两家财物，银钱花费一半，下剩在莲花院内。”

施公一听，吩咐将招单拿下去，叫众寇画押呈上。施公带笑说：“你们听我吩咐，我这里行文，详报上司。少不得委屈你们，在监候着喜信。本县但有开脱生路，无不尽力。”众寇认作好话，个个心喜，一齐答应。施公叫禁役收监，吩咐小心。禁子答应，把十二寇带去收监，多加防范。

施公又叫小和尚上来，说：“你们再把凶僧之过，说与本县听听，好结此案。”小和尚遵命，自始至终，又说一遍。施公听罢，与招单相符，又提僧尼，画押呈上。立刻吩咐：连十二寇共作移文，详报上司。回文一到，以便正法结案。又吩咐禁子，当堂给九黄钉了脚镣，又把七珠打了三十大板，打个死去活来，这才同收监内。又把施食的十二个和尚带来跪下，施公说：“尔等内有莲花院中僧人否?”众僧回道：“我等十人，各庙居住，他俩是莲花院的。”施公说：“你们十人，既不是九黄庙中之僧，与你们无干。从今以后，你们谨守清规，本县今日开放你们，去罢!”众僧一一谢恩，叩首起来，下堂念经出去，各回本庙而去。施公又看二僧，面貌慈善，都有年纪，不像行恶之人，说：“你二人同这小和尚回庙，焚修去罢!”三僧谢恩，叩头起来，回莲花院。余僧俱跪下。施公看去，腰粗膀大，凶眉恶眼，个个都是不法之人。不问情由，抽签掷下：每人打三十大板，一面枷在江都县路口上，一月示众。问：“情愿还俗，即发回家为民!”

又叫施食的十二尼姑跪下。一看，就认出不贤惠的有四个尼姑，吩咐带在一旁。向那八个尼姑说道：“你们听本县吩咐，你们各回庵去。七珠自作自受。从今你们须守清规。那七珠的观音庵内，每人轮流照看焚修。但有风吹草动，本县查出，定不宽恕。去罢!”八尼一齐答应，叩头而去。四个尼姑都担惊怕。施公说：“你们四人做的坏事，你们自己明白。还有什么辩处，快快实说！本县好结此案。”四尼不敢强辩，个个叩头，口称：“老爷，小尼心邪。不料老爷的神目如电。小尼等岂敢虚言强辩，只求老爷看佛面。小尼以后改邪归正，谨守清规了。”未知后事如何，且看下回分解。

第八回　当堂申文详报　判哑巴打手式

且说施公听了四尼之言，大笑道："国法难免，把四尼推下，每人重责十五大板。"皂役答应，齐喊拉将下去，登时打完。断离尼庵，还俗配人。施公放了四尼，又吩咐知会四老爷，亲到莲花院，清查财物。传海潮、李天成领赃；再叫他等文书回来，看立斩众盗，以解心中之恨。公差答应下堂去，知会四尼，传海、李二姓，跟去莲花院查财物。

且说施公又叫将哑巴带上来，登时带到跪下。但见二目流泪，急得搓手抓肚拍心，指指口，摇摇手。众役与振公都不解其意。施公说："武二你不必着急，方才你抓抓肚子，是自恨不会说话；拍拍心，是心中明白本县打的手式。只要你把手式打的明白，本县就立刻替你审明。"哑巴一听，心中暗喜，连连叩头。施公说："你家住何处？"哑巴见问，用手向东一指。

施公说："东关以外。"哑巴点点头。施公又问："什么地名？"

哑巴用手指头，满地混画。施公吩咐给他纸笔写来。哑巴接了，立刻写完。衙役呈上。施公说："家住双塔寺。"哑巴点点头。

施公又问："你家中有什么人口？"哑巴摇摇头。施公说："只你一人，父母手足全无，是不是？"哑巴点头。施公叫声："武二，少时本县叫周顺夫妇上来，不许你多嘴，你再打手式。"哑巴点头。

施公吩咐把周顺夫妇带上来。叫道："周顺，你与武二是什么亲眷？再说一遍，好替你结案。"周顺心内打算主意：先前问我说是姑舅亲，少不得还照旧又说了一回。施公听罢，微微冷笑，说："本县问你，与哑巴是姑舅亲么？”答应：“正是。”又问：“你这门亲，你女人知道么？”说：“老爷，小的与武二系表兄弟，千真万真。小的女人焉有不知之理？”

施公说：“既是真亲，你女人固然知道。少时叫女人上来，不许你开口！”答：“小的岂敢多话。”

施公叫那妇人上来跪下。施公道：“本县要问你。你也知道，方才你可听见你夫主说：父母俱亡，田宅花尽，你哥哥不成器，胡闹。不知真假。本县问你是否？”那妇人答道：“小妇人出嫁六年，我哥哥口不能言，自幼哑巴。”周顺听见，就多言起来。施公动怒，吩咐打嘴。不管他，乒乓乒乓打完，打得血水淋漓。施公叫道：“你妇人不用胡思乱想，实诉真情，本县自有公断。你要听真，少时本县问哑巴，不许你多嘴。”

那妇人答应道：“晓得。”跪在一旁。施公叫道：“武二，本县问你，不许撒谎，周顺是你什么亲戚？”武二摆手摇头。施公说：“你与他无亲？”武二点点头。又问：“那个妇人与你什么亲眷？”武二听了，把手指那妇人，又指指自己。

施公问哑巴说：“你与那妇人有什么亲？”哑巴指了自己，将两手第二指十字架儿，反正比比；又把身子侧倒，将手比枕：一人同睡之相。又起身抓抓肚子，拍拍心口，急得呵呵连哭带诉。施公带笑叫声：“武二，本县深晓。你才用手指指他，说你们不是兄妹；又把手指指头十字比比，你们是夫妻；躺在地，你们是同枕之人；抓抓肚子，是不能说话；拍拍心，是心里明白。你的冤枉，别人不知，本县猛省！是不是？”武二听毕，登时止泪，拍着胸膛，又指指施公，又往外朝上指指天，又连叩了几个响头。施公深知他心里，说：“指指天，指指官，言官可比天，判的是了。”施公说：“不用比，有了：那妇人是你妻子。本县问你，现有丈母没有？”武二摇头。又问：“你有丈人没有？”武二点点头。施公说：“你既有丈人，岂不是有了活口么？好对证了。”说罢大笑，吩咐差人跟了武二去，立刻把他丈人传来，问明了好结案。差役答应而去，将武二带下同往。周顺与那妇人一听去传武二的丈人，登时变了面色。施公看得明白，吩咐将他二人押去收监，要小心看守。牢头答应，带下收监。天晚，守府见施公判案如神，心中大悦，欠身告辞。

施公相送。二公手拉手儿走着。守府大笑，夸奖施公，一口满洲言语。说着送至衙外，彼此哈哈欠腰分手。

施公进衙，又见一公差跪下回话道："小的奉命跟了白獭去，到了北关外汇河，那个白獭往河内指一指，乱叫一声，旁有一洞，钻入里面去了。小的回来禀明，请老爷定夺。"施公听说，一声大喝道："好个胆大奴才，竟敢把那白妖放走，空身回来。待本县明早亲自去验，再看缘故，追你狗命。下去！"

公差起来，吓得诺诺而退。施公吩咐："明早伺候本县往桃杏村判泥土地。"衙役答应。施公退入后堂，走入书房坐下。用饭已毕，在灯下开看古今书籍。施安就溜出去躲懒。未知后事如何，且看下回分解。

第九回　俟天明往审土地　问老者赖亲结案

且说施公独坐看书，天交二更时候，耳内忽听唧唧鼠叫。

施公往下细看，拿灯一照，只见地下跑过二个水鼠，咬在一处。

看见施公，他两个一齐立起，前爪儿拱，口中唧唧的乱叫。施公心下自疑，说："这也奇怪，往日鼠见人必躲，今日为何大胆，竟不怕人，莫非他也来告状么？"想罢，取灯细看，两鼠齐往房外而去。施公秉着灯烛随去，找到书房门首，即不见了，地上只有新瓢半片。施公拾起来，转身将灯放在桌上，坐下细想这瓢片、水鼠之故，不觉自叹。忽见施安送茶进来，站在一旁。施公手内拿茶，暗想为官哪得清闲，晨起晚眠，我想显显威名，岂知官司烦难。又听衣架上衣服掉落，施公闻声，即叫施安拈起，搭在架上。连掉几次，施公心内就明白了：明早升堂，这般断法。想罢宽衣上床而寝。次早，净面更衣吃茶，吩咐伺候升堂。登时鼓响梆敲，升了公堂，众役呼堂。施公想昨晚之故，伸手抽签二枝，高叫："徐茂、郭龙。"二役答应，上前跪下。施公吩咐："徐茂，你去把瓢鼠限五日拿到。郭龙，你去把流衣限五日拿到。若过限日，重责不饶。"二役答应，接签为难，无奈下堂出衙而去。

且说施公方要起身去审土地，只见公差同押了哑巴的丈人，来到跪下。施公看那老人：面皮苍老，形容瘦弱，发须皆白，色如银丝；吁吁而喘，还带咳嗽，二目昏花，微有泪痕；头戴毡帽，浑身布衣、布鞋、布袜，手持拐杖，年纪花甲，面貌慈善。施公看毕，问道："你是哑巴什么亲戚？"老人见问，口叫："老爷，哑巴是小的女婿，同村居住，情好结亲。他的父母亡故，小人无奈，招他上门。只因女儿不甚贤惠，憎夫不能言语，暗中偷逃，不见踪迹。哑巴心急，也出在外。今蒙老爷传唤进城，叩求老爷判明情由。”施公带笑说：“不必悲伤。本县问你，家住那里？你叫什么名字？”老人回道：“小人住双塔寺，名叫张君美。”施公说：“有个周顺，你可认得么？”老人说：“周顺乃是小人的内侄儿。自从女儿逃了，至今也没有见他。”施公一听大怒，把周顺并那妇人提来。青衣不敢怠慢，立刻带来跪下。老人一见周顺、女儿，明白了八九分，不由不发怒。施公道：“周顺，快把拐骗之事说来！”周顺仍不肯招，施公吩咐夹起来。众役发喊，一齐上前推倒，套上夹棍，将绳一收。周顺昏将过去。周顺醒来，又见那妇人手也拶起，直痛彻于心。只得实招说：他姨妹嫌弃哑巴，二人偷情，后又逃走，要成夫妇。一一招认。施公听他二人招供，吩咐书吏写供，拿下与周顺同那妇人画押呈上。施公过目，定罪已毕，吩咐把周顺打了二十大板，拖起跪下。施公说：“周顺，你通奸拐骗，恕你不死，收监，伤好充军！”君美、哑巴见周顺收监不表。施公吩咐把那妇人拉下，重责十五大板，以戒私通。打得淫妇喊叫。哑巴求情。打完，施公说：“你们翁婿听了：此妇带回家去，切莫招闲杂人等来。日后久而知羞，改邪归正。去罢！”君美、哑巴叩谢，三人出衙去。

施公吩咐前往土地庙去审事，下堂上轿，吩咐执事人等，登时出了北门。那跟白獭的公差，跪下回话，说：“白獭从此钻下水去。”施公一听，说：“你等起去，待我验看。”施公轿内远远望看树下之穴无数，大小不同。验罢，施公说：“他用嘴指了几指，钻入树下？”答应：“正是。”施公说：“罚你下河摸上来！”那两个公差无奈，只得下河。幸当天气温和，脱去衣服鞋袜，跳在河内。有一顿饭时，慌忙上岸，不顾穿衣，跪在施公轿前，心内战战兢兢，口中叫道：“老爷，小的摸着一个死尸，用绳子拴着一扇小磨子，搬不起来，回明老爷知道。”

施公听了，沉吟一回，吩咐卫豹：“下去，把那拴的尸首，用刀将绳割去，搬上；再把磨子拿上来。本县重赏你。”卫豹复又下去，即将死尸拉上；次把石磨拉上岸来。穿好衣裳，立在一旁。施公验尸，浑身无衣。又看石磨一个眼儿。那些百姓，看的不少。

且说施公在轿内暗想，只一扇阴磨有眼，将尸坠下，要有那一扇有脐的阳磨，定然明此冤枉。遂差李茂领签：“不许怠慢！限五日以内，必要见真；若是粗心大意，重责不恕。”

说罢，又吩咐起轿，来至东关。方上吊桥，忽然天变，狂风大作，震天灰尘，黄沙乱滚，日色无光。耳内只听人声乱喊。霎时风定尘伏，施公就问众役：“方才是什么响？”公役答应，近前看见轿顶没了，连忙回说道：“轿顶刮去。想必被风刮落河内。”施公一听，心内大惊，吩咐起去，将此处地保传来。

公役即时叫了来，跪在轿前报名：“地方王保伺候。”施公说：“此段地方你管的？本县轿顶刮落河内，你快些找来。”王地保答应，脱下鞋袜，去摸了多时不见；复又去摸，把轿顶摸着，上岸，穿衣，手持轿顶，走至轿前跪叩，口称：“老爷，小的摸着轿顶了。”施公一见大悦，说道：“你且起来。”即将轿顶安上。“本县问你，轿顶在何处摸着？”地保回说：“小人摸到桥桩之下，有二尺多深，伸手摸着的。”施公见事有可疑，又问：“你叫什么名字？”回说：“小的姓夏名叫进忠。”施公说：“你再到那摸轿顶之处，不论何物，摸来我看。”夏进忠复又去摸，不知摸着何物，且看下回分解。

第一〇回　解开螃蟹情弊　差人访拿凶犯

且说水手夏进忠下去，摸了多时，并无别物，只有一蟹，拿来请验细看。施公细看有碗口大的螃蟹，浑身发青，其形可疑，四个爪儿，两个钳子。看罢，心内暗说奇怪！灵机忽动：方才狂风阻路，刮去轿顶；轿字拆开，乃“车、乔”二字，却像光棍之名。又摸出此蟹，四根爪儿。必须如此这般，方能结案。发签差王仁说：“你领此签，限三日把车乔拿进衙门听审。”

王仁无奈，接签答应而去。施公吩咐起身，不一时将到桃杏村，忽听喊冤之声。施公用脚一蹬，轿夫连忙停步。门子上前，揭起轿帘。施公问：“什么人喊冤？”公差带上，原是一个贫妇，口称告穷。施公一听，不由发了一笑说：“世上也有告穷的么？这是你生成八字。想来你无依靠了。我念你年老，发在尼姑庵中，叫差役送你去罢！说本县之言，交代明白。”青衣答应，贫妇谢恩。军民称颂不表。

施公直往桃杏村审土地，人役马夫，前呼后拥，登时进村。

地保跪迎轿前报名：“东关里地方王麻子，迎接老爷。”门子说：“起来引路！”入村不多时，大轿到土地庙中。施公下轿，想先看破绽，再升公座。想罢进庙，闪目看了上面：供奉一位土地，左右侍立二位小童。供桌以下，左判官，右小鬼，并无别的陈设，只有一个大香炉。施公看罢，心中纳闷，肚中自语：“这事全无题目可做，怎么是好？”不得已转身出庙，升了公座，吏役人等，左右侍立。施公往四面看了一看：来看的男男女女，如佛头一般，周围环绕。施公看罢，将脸一变，说：“要审土地！”吩咐：“叫告土地的李志顺快上来。”公差一听，回说道：“李志顺伺候多时。”施公点头，又叫把庙内土地抬出来听审。众役答应，不敢怠慢，一个个跑入庙内，立刻把位泥土地尊神抬出。施公故意做腔站起，带笑把手一拱，高声说：“施某今日惊动老兄了，请坐。”言罢回头，吩咐看座。青衣答应，拿了一张椅子，放在下面，众役把土地抬起，放在椅子上坐定。青衣在旁站着。施公设智推情，忙出公座，往前一溜一点，哈着腰紧行几步，故伸双手，倒像与人拉手的那一种款式。又见施公把手拉了，复倒退几步，哈着腰带笑，大声说：“贤契请坐！”又吩咐：“把我的公座抬过来，对坐好商议事情。”青衣答应，把椅子拿来，放在土地对面。施公又故意哈哈腰退步坐下，眼望土地讲话，叫声：“贤契，休要见怪，惊动尊驾，为的民情。我是知县，你也是一方之主。我与你居官一样，阴阳一理，原无二致，都受皇恩，所事不过管辖百姓，公判民间冤枉，不负朝廷雨露之恩。请问本村李志顺回家，将银子埋在炉中，老贤契就该留心照应才是，为什么被人窃去？为何知情不举？既为守主，贤契只管告诉与我，好拿窃银贼人。你我官官相护，我不碍你；若是不说，即作表文，升天参事，你莫后悔。”

施公满口正捣鬼语，忽然听见众人之中，有人冷笑一声说：“真真捣鬼！是哄愚人。”施公一听怒道：“什么人说话？带他过来！”衙役即行到众人内找寻，将说话之人，带至公案前跪下。施公问道：“你姓什么？名叫什么？你笑本县是哄愚人，想来偷银的你必知情，从实说来！如不招认，立刻处死。”那人叩头，口叫：“老爷，小人叫刘二。因见老爷审问土地，是以小人不觉失笑。小的该死，叩求老爷施恩。”施公问：“你如何知土地庙内有银？”刘二说：“小的是李志顺同村之人。那日晚间，李志顺回来，酒店相遇，上前问候他，李志顺不理。小的气忿不过，随后即跟他去。他夫妇叙话，方知他的银子在香炉内。小的即到庙中，将银取了。现闻李志顺在老爷台下投告土地，老爷已准他状。今日审土地，是以带来，分文未动。”即将银包呈上。施公吩咐叫志顺上来，打开银包，看过银子数目，跪禀：“银数不少。”施公大怒道：“你今银子有了，本县问你知罪否？可恼你不念糟糠之妇，反怀疑心，才有失银之故，理应重处。那刘二虽说偷银，原是气忿戏弄。盗听言语，本该重责枷号。但本县有好生之德，罚你二人修理土地神庙，重装金身。”二人叩头谢恩。施公吩咐打轿回衙。此案施公审土地事，不得而已；既为民之父母，不得不为民分忧。

失银无证，从何处追问。岂不知土地泥塑，何能说话？借审土地之名，百姓晓得奇闻之事，看者千万，同在内中，察其形色。不料果然刘二说出，始得结案。可见施公为民用竭苦心，不愧民之父母。

且说李茂奉差缉访磨盘踪迹，访了数日，并无影子。限期又到，恐怕责打，只得四处找寻。那一日进一酒店，看了桌子底下，放着一扇有脐的小磨子，用心细看，与河内小磨相同，即问：“开店的，你桌下小磨，那上扇放在那里？我要借用一用，就还。”开店的见问，回说道：“老客人，那上扇磨盘没有。我自到这李姓铺子，只有下扇。如有上扇，客人尽可借用。”

李茂闻言冷笑道：“我倒有上片，不知是一副不是一副呢！须把你这半扇配去合合，是不是？”掌柜的心中不悦，说道：“客人酒并未吃，倒说醉话。既不照顾，请便出去。”公差一听，心中大怒，说：“爷们与你好说不去，牵着才走。”便将那锁绳拿出，套在颈上，不由分说，牵着就走，说：“你不认得，我们是奉太爷之命，特来叫你带这小磨进衙门里去。”掌柜的无奈，只得立起，同出店门。

且说施公大轿，前呼后拥，方进东关。街道狭窄，人多拥挤，执事前行。忽听道旁一人，高声哭喊不止。施公轿内一听不悦，心内说：“此人胆大！知本县过路，喊叫，定有奇冤。”

施公吩咐：“住轿，把喊叫之人，立刻拿来。”该值一听，连忙跑去，一拥上前，拉到轿前跪下。那民浑身打颤叩头。施公就问：“你有什么冤枉？快说来！”青衣又喝：“快说！”那人说：“小的住在南关以外，姓王名叫王二，父亲去世。”未知后事如何，且看下回分解。

第一一回 戚胡子告妻 黑犬闯公堂

话说王二说："小的父亲去世，慈母在堂，兄弟全无，卖豆腐为生。因为看老爷，我被众人所挤，石狮子打倒，一盘豆腐都打碎了。"施公听罢说："带起王二来，锁拘石狮子听审。"军民人等听见审石狮子，以为新闻，三五成群，甚是热闹。

且说奉命锁拿石狮子的公差，见施公大轿去远，齐至石狮子跟前。只见多年狮子，横歪在地，被土埋了半截。卖豆腐人在旁。众公差个个报报怨怨，用力渐渐掘出，用绳抬进县衙。

贤臣立刻升堂，书吏三班喊堂。才要吩咐书吏，看那招供，忽听堂下叫一声——不知从那里进来一只黑犬，跪至堂口。可也奇怪，竟至公堂，他就不胡跑乱跳，把身形伏地，前爪儿跪下，抬起头来，望贤臣汪汪大叫三声，不住摆尾。清官与书吏三班人等，留神察看。各役举棍要打。贤臣喝退。施公腹内自思说："这狗来得奇怪。跑上公堂，他竟会下跪，大叫三声就不动。

我施某有心不究，古云：'马有垂缰之力，狗有守户之功。'他果有灵性，问他必懂。"贤臣想罢，带笑说："那只犬，你是畜生，敢来闹公堂，大叫三声。果有屈情，再叫三声。"那犬听见吩咐，随又叫了三声，叫毕趴伏不动。贤臣称奇，说："尔等去叫人跟了他去，若有缘故，立刻拘拿见我。"该签役名叫韩禄，进来答应，上前接签。那犬咬着公差衣服，拉着出衙而去。贤臣吩咐退堂。

施公用毕茶饭，传出点鼓升堂。清官升堂，书吏三班，站立两边。贤说："带上石狮子听审！"公差答应，无奈将石狮子抬上堂来。

又把王二带到。施公叫声："王二，本县因从前坐轿子，被石狮子绊倒，碎了你的豆腐，你才大叫。"王二答应："是。"施公说："少时我问石狮子，他若不应，算你说谎言不实，难免责打。你且起去，跪石狮子一旁，好与他对词。"

王二至石狮子旁边跪倒。贤臣原是哄骗。贤臣离座，一跛一点，走下公堂，至石狮子跟前站住，吩咐："拿椅子来！"该值人答应，把椅子拿来。贤臣瞧看军民甚多，心生一计，勃然变怒，吩咐衙役，将仪门关锁，传众百姓上堂。衙役答应，高声叫道："老爷传众人堂问话！"众人无奈，皆上堂跪倒。施公道："尔等是什么人？"众人同声说："是买卖人。"施公说："来本县衙门何事？尔等既是生意之人，理宜守居，各做其事，何得擅入衙门，听审官事？吵吵闹闹，应该何罪？"众人磕头，说道："子民无知该死，求老爷施恩饶恕。"施公思想良久，说："尔等求饶，本县姑念愚民免责，每人罚钱十文，与王二以作资本。"

众人身边带有钱文，随即交接；也有未带钱的，向相熟借给。

衙役挨次接钱，凑得共有串余，拿到施公面前。贤臣吩咐："传王二上来领钱。"王二跪倒。施公说："你将钱拿去回家，尽心生理，孝养寡母，不可枉费。"王二磕头，谢太爷恩典。施公吩咐开放仪门，众人俱各散出衙门，议论纷纷不提。

且说贤臣吩咐退堂，施安献茶用饭。堪堪天晚秉烛，施公灯下观看古今书籍，看到天有三更，人都去偷懒，独有施安伺候。忽听门外脚步之声，贤臣往外问："什么人？"那人豪气答应："我呀！"一掀帘帏，闯进书房。贤臣留神观看：小帽青衣，浑身钮扣，腰紧搭包，单刀横腰，薄底快靴；年纪二旬有余，颔下无须，满面凶恶，带着怒容，身轻体健，甚是雄壮。

贤臣看罢，不慌不忙，面带春风，问道："壮士黉夜入内，有何事情！"那人大叫道："施不全听真！我本豪杰英雄。江湖朋友被拿进监，我心不平，有意反狱。你把众家兄弟快放出来，若有一字不允，今晚伤你之命，除却众害，好叫朋友任性而行。"

言罢抽出刀来，用刀一扬，举在空中。施安一见，魂不附体，躲在外边桌底之下。贤臣高叫：“壮士停手！施某好比笼中之鸟，救应全无。生死任从尊意，暂容片刻，再杀不迟。壮士来此何为？本县就死，也是要忠言尽心，即死闭目。”那人闻听，横刀住手，微微笑说：“有话快快说来！”未知后事如何，且看下回分解。

第一二回　飞贼书房行刺　施公言明大义

且表那人听闻，一声大叫："施不全有话快说！你好闭目受死！"贤臣一见，虽然心中胆怯，忠字在心中，全无显出惧色，满面含笑，叫声："壮士，既容言明肺腑，施某将言语奉剖，细详大理。忠孝节义，人生世间，都须有点，不枉奔走风尘。我施某官居县宰，清廉自守，难趁百人之心。俗说为臣要忠，作子必孝，大丈夫不忠不孝，枉生世界。为官要与地方除害尽忠，岂能顾众？因此多人恨我。"贤臣又云："人有善念，天必从之；心怀恶意，众祸相侵。不思己过，还怨恨别人。壮士明义，人不犯法，而律虽严，无罪之人，心也不惊。既要作孽，天地难容，施某若是留情，我即不忠。他们果系英雄好汉，你今害我，岂有偷生怕死，虽死何惧哉？壮士想想，那些猫鼠同眠，无能之辈，可惜好汉前来，与彼报仇。施某死后，今古标名，可惜壮士反落恶名。"施公言罢，故意哈哈大笑道："壮士要杀，任从于你，我不全皱眉，算个什么人。"

那人被施公这些话说了个进退两难，低头一想，叫声："不全！我要杀你，易如反掌。你今把作官的印给我拿去，见江湖众友，作进衙凭据。"贤臣闻听，眉头一皱，计上心来，一阵冷笑道："壮士不用留情，一刀把我杀死，倒也爽快。想施某为官失印，也是一死，请壮士想想。"那人闻听，心中不悦道："不全，不拿印出来，定要杀你。"施公无奈，故意迟迟拿出一个布包，在桌上打开，取出一物，点头叹气，双手递过。那人随手接去，不管真假，出房就走了。贤臣说："好汉留名！"

那人见问，微微冷笑说："吾便留名，有何惧哉，吾大名就叫'我'！"告罢，纵身一跳，踪迹全无。施公呆了半晌，叫声："哎哟！吓死我也！"吓了一身冷汗，自叹说："不亏三寸不烂舌，吾命休矣！"叹罢，回书房来找施安。忽听桌下哼，施公秉烛一照，施安浑身打颤。施公大骂："畜生！如此恩待你，畏刀避剑，若不念你勤劳，我决不恕！"

一夜未眠，天亮吩咐升堂，点鼓喊堂，贤臣坐下，抽签叫王栋、王梁。二人答应，上前跪倒。贤臣说："本县差你兄弟两人，领签限五天，将名叫'我'拿住，来见本县。如若违限，定行处死。去罢！"王栋、王梁叩头，口尊："老爷，与小的个示下。这个'我'到底是谁？吩咐明白，小的好去拿。"施公见问，硬着心肠，一声断喝："咳！满口胡说。你们既闯江湖，连'我'也不认的？下去。"二人无奈，领签下堂不表。

且说施公又见那只黑犬跑上公堂，摆尾摇头，爬在堂下。

又见跟犬的公差，跑了个张口结舌，上堂跪倒。贤臣叫声："韩禄！"见公差进门叩头，喘吁口尊："老爷容禀：小的跟犬出了北关数里之遥，漫荒无人之处，此狗跑进芦苇之内，前爪刨土，鼻子又闻。小的借锄，搜掘了三尺多深，底土埋一死尸，身上无衣，有刀伤血迹。年纪不老，相似病形。小的看罢，用土掩盖，留下地方看守尸首，小的特来禀报。"贤臣听罢，沉吟多会，腹内自说了：必须如此这般。贤臣灵机忽动，叫声："韩禄，你就将此犬带去，小心喂养。再去知会四老爷，验明尸首刀伤，留地方看守！"公差答应爬起。贤臣往下叫："那黑犬听真：古言良马比君子，畜类也是胎产。既有鸣冤之故，心必灵通。你就跟韩禄家去，叫他喂养，不可乱跑。但有不遵，本县把你重处！"那犬听得此言，爬起跑过，随在差役后边，不表。

贤臣又见二人抬着一个磨盘，公差跟进角门上堂。又带着一人，跪在一旁。青衣跪倒回话："小的将阳磨拿到！"贤臣吩咐："放在旁边，将河中那扇磨盘取来。"李茂答应，不多时，取到放在一处。施公吩咐道："李茂将二扇合在一处看看。"公差连忙端起，往一处一合。只听得响，合在一处，不大不小，正正一副。贤臣往下叫那人："本县问你，河内小磨坠尸，被本县搜出。如今小磨相对，快把害人之故，从实招来，免得用刑。"洪顺只得叩头，口称："青天，磨盘坠尸，小人不知。小民祖居江都。北关外桃柳村姓李的开设一座酒铺，嗣后不开，才盘给小人。一应器皿，言明价银一十两。当时交足银子，不知他的去向。收拾铺子，才见一扇小磨在后面存放。昨日公差拿来小人见老爷。至于死尸，不知情是实。"施公又问"你叫什么名字？"回答："小人名叫洪顺。"施公说："虽言你到铺原有一扇，此话思来，也是有的。你果不知李姓去向？"

正然讲话，忽见堂下跑上一人跪倒，高声大叫："老爷，要找李姓，小的知道。"施公说："你姓什么？"回道："姓王名德，与洪顺是表兄弟。"施公说："若不拿来，将你治罪。"

贤臣抽签道："李茂，你就跟王德前去，把这李姓拿来问话。"公差接签。王德叩头爬起，一同下堂。

且说奉命拿"我"的公差王栋、王梁二人，带签出衙，一直就走。王栋向王梁说道："想当年咱何等快乐。只因身犯官私，拿进衙门。前幸县主开恩，收在衙内应役。如今逢到这难办差使，叫咱无处去拿，我想依旧去做绿林。"言罢，回身就要走。王栋用言劝了几句。王梁无奈，随兄去访。

且言奉命拿流衣的公差郭龙，他爱吃一杯，吃了个大醉，一走出店来，唧唧嚷嚷的骂人。耳内听见有人谈论，只道浑身发热，肚子胀大，访医调治。又一人说道："有异人，此人姓刘，由南关来的，不想是个高人。我的病症，是他治好。看好就谢国手刘医。"郭龙闻得此言，立刻酒醒。"刘医"二字，管他是与不是，拿来搪塞免打。忙行几步，赶上那人。郭龙问："刚才你说刘医，但不知他住在何处。我有要事求他，借问一声。"那人说："郭爷，刘医生大夫，是我街坊。跟了我来，到他家去。"

且言王栋、王梁一连九天，没有访着消息。一日南关三官庙唱戏，弟兄无心打听，王梁叫声："兄长，何不到酒楼去吃酒？"王栋说："使得。"二人迈步向前，刚至楼下，忽听楼上一声大叫："谁敢拿我？"王栋、王梁听见，慢慢上楼，悄言说："有了踪迹，咱们进铺，瞧探明白，好上楼去拿他。"王梁低低回答："晓得。"他二人追向程店家。一见认得的。店主带笑，忙忙站起，口说："上差，好久不到小铺，今日光降！"王栋、王梁说："楼上有什么？"掌柜的说："今来了一个恶人，拍桌子打凳，吃了烂醉，闹得不像样，年轻雄壮。"王栋、王梁说："不如趁醉下手要紧。"说罢，忙上前楼。强人正在睡梦之中。二人上去捆住，就用杠子抬往县衙而来，不表。

且说公差徐茂，一连几天，并无题目。这一日入茶铺消愁，明为吃茶，暗暗留神。只见又来几人，内中一人，大怒说道："我自吃茶，不用了。他瓢老鼠如今长大混充财主，忘记他父卖瓢——瓢半片，即是他父外号。"徐茂正访瓢鼠，听见提"瓢老鼠"三字，心中一动，正打主意。外面又有一人，吵吵骂骂的。徐茂说："不吃茶。"起身会钱，出铺观看。但见五短三粗，凶眉恶眼之人打架。徐茂上前说："列位闪开，让我走！"

余人退后。徐茂说："你先不用打，事犯了！"那人闻听，话截心病，登时变色，说："罢了！跟你去见老爷，回来再说。"

徐茂点头，拿出无情锁，套在那人项上，扣上疙瘩，拉了去了。

未知后事如何，且看下回分解。

第一三回　义士保贤臣　私访关家堡

且说公差郭龙，跟那人去带大夫刘医。他转弯抹角，登时来到。那人用手指道："这门里就是，你叫罢！我有事不能奉陪。"一拱手回头而走。公差闪目观看，果然门上有板牌，黑漆大书"国手刘医"。看罢，郭龙上前用手击门，高声叫道："里边有人么？"不多时，里边走出一人，摇摇摆摆慢慢走出。

手中拿扇，长袍短褂，体面不过，年纪四旬上下。郭龙一见，不容分说，伸手扣住。刘大夫气得大声嚷叫："你是何人，为什么揪我？"郭龙说："你事犯了。"哗啦拿出锁来，套在项上，拉着就走，不表。

且说贤臣一连两天并未升堂，闷坐书房，思索无形之案难结。次早吩咐点鼓升堂。只见王仁、赵虎二差，叩头求限，再拿众犯。贤臣硬着心肠说："尔等二人，久役必猾，专会求限。"伸手抽签："拉下每人打五大板！"挨次打完。贤臣说："再限十天，如违加倍重责。"二人谢恩下去，无奈出衙办事。

仪门又进了三人，走上公堂跪倒，回话："小的跟着王德，将李姓拿来。"施公摆手，公差退后。贤臣叫声："王德，这人就是前面开铺子李姓么？"王德答应："是。"贤臣说："与你无事，下去！"王德叩头，爬起而去。施公往下问那人："你姓李么？"答应："是。""名字叫什么？"回道："小人名叫李龙池。"又问："当日北关外桃柳村，你开过铺子吗？"答："是。"

又问："为什么不开，盘与洪顺？"李龙池说："因伙计回家去，小人一人不能照应，才盘与洪顺。”施公说：“你伙计那里人氏，姓甚名谁？哪时回去？”龙池说：“小的伙计苏州人，姓郝名叫良玉，年三十九岁。”贤臣闻听，话已相对。书吏把北关验尸报呈拿过，贤臣就明白了，复叫：“李龙池，你的伙计苏州人，本县把他带来，与你对词。洪顺告你之故，你可晓得么？”

李姓闻听，就答应回说道：“老爷，只管拿文去提。”贤臣闻听，道：“人来，带洪顺问话。”该值人答应，回身中堂，立刻带来，跪在一旁。施公说：“洪顺，铺店主李龙池盘与你么？”洪顺回答：“是他。”又问：“你盘他铺，见过他的伙计无有？”洪顺说：“小的未见。”

且说堂外王德听得明白，冒冒失失，跑上堂来，跪下口尊：“老爷，小的见过郝良玉的。”贤臣闻听，大喜，道：“将王德带往北关外，叫他把尸认认，回来再问。”公差答应，不多时，回到公堂，公差退后。王德跪下口尊：“老爷，那尸竟是郝良玉的。不知何人谋死，抛在河内。可怜！可怜！”施公闻言，叫声：“王德，与你无干，下去。李龙池你可听着了，分明是你谋害伙计，贻害于人。吩咐拿夹棍来夹起！”

两边答应，如虎如狼，一齐拥上，掀倒，拉去鞋袜，套刑一拢，昏迷。冷水喷活，仍然巧辩。施公说：“本县与你证据。快把两扇磨子拿来！”差役答应，立刻抬放堂下。凶徒还辩不招。

施公说：“必是见财起意谋害。还敢强辩！人来，夹棍上加刑。”

公差答应，上前用棍敲打。恶人死去活来，说：“招了！”施公吩咐：诉上来！恶人忙将见财起意，把伙计灌醉勒死，拖往河内，磨盘坠尸，不能漂起，日后将店盘去，避祸之故，滔滔说了一遍。施公听毕，提笔定案：李龙池图财勒死伙计，律应抵偿；折产追赃存库。申文到苏州，招郝良玉亲人收尸领赃。死尸暂掩官地。洪顺释放。王德有功，赏钱十千。判毕，拿下给恶人画招呈上。施公叫书吏作文详报。令禁卒把李龙池收监。王德、洪顺领赏而去。

又见公差王栋、王梁回话，说：“小的二人，把‘我’拿到，现在衙外。”施公闻听大笑，说道：“带进来！”王栋答应，不多时，抬进一人。王梁把单刀放在堂口，站立。施公离座，一溜一点，细看那“我”是谁？怎见得，有首诗曰：

自小生来胆气豪，八岁学成武艺高。

大胆江湖无伴侣，今朝带酒灾殃遭。

龙逢浅水未升飞，满怀志量不能标。

施公见他浑身上下，绕了一身绳子，双合二目。施公点头叹惜，弯腰与那人亲手松绑。王栋、王梁一见着忙，跪倒回话：“老爷要是松了他，倘若逃走，再要拿他，比登天还难。”施公说道：“有眼不识泰山！他乃盖世英雄，今日何以至此？”

二役无奈，闪在左右。但见与那人把绳子全解。那人翻身爬起，盘膝坐在地上，闪目垂头不语。施公见他也不跪，带笑说：“壮士受惊了！”又善化一回。野性知化，下跪说：“老爷今释放我，心下何忍，愧见朋友，愿求一死。不然，投到老爷台下，少效犬马微劳，以报饶命之恩。”施公说：“你有真心，施某万幸。”

那人说：“小人若有私心，死不善终。”施公听说，伸手拉起，说：“好汉，你的大名，本县不知。”那人回答：“小的名叫黄天霸。”施公说：“此名叫之不雅，改名施忠，壮士意下如何？”

天霸说：“太爷吩咐就是。”施公大悦，转身升堂，吩咐施安说：“王栋、王梁每人赏银五两，免差。”二人领赏谢恩不表。

又见二人跪倒回话：“小的徐茂，奉命将瓢老鼠拿到。小的郭龙，奉命将大夫刘医拿到。”施公说：“此二人音同字不同。”吩咐：“带上来！”答应。不多时，带至跪在左右，公差退下。施公闪目观看，问：“瓢姓，你实在叫何名？从实说来，本县好放你。”那人见问，不敢撒谎，说：“小的是本县穷民。小的父亲在日，卖过瓢，所以诸人取笑叫瓢半片。”施公闻听，对了那晚鼠拉半片破瓢之故。那人又说：“小人本姓毛，名叫毛老儿，顽笑人叫瓢老鼠。小的无过犯，公差锁拿，不知何故？”

言罢叩头。施公又问：“大夫，你叫流衣么？”那人回答：“小人名叫刘凤。因大夫二字，称名‘刘医’。小人分外守法，不知为何锁拿？”施公心中有些为难：无据为证，怎么动刑？坐下思维，心生一计，说：“有了。”往下叫声：“徐茂，把他暂且带下，不许作践。拿住对头再问。”又叫郭龙近前，附耳低言说：“把那城隍庙内十日限期，如此设机，不可泄漏。”郭龙奉令下堂，同着徐茂，同往庙内用计。

且说施公同书吏，低低秘密说话。书吏点头答应。去后，堂前忽然狂风骤起，只见檐瓦掉落三块，跌得粉碎。施公大惊道：“莫非是房上瓦三块，檐三片。”书吏接言：“此方有个恶人阎三福，前任刘县主坏在他手内。”施公才要追问，忽听一片喊冤进门。留神下看，有许多人，老老少少，上堂跪下，哭哭啼啼，一个说：“恶霸名叫关大胆，打死小的父亲，叫犬吞吃。”一个说：“小的妻子被硬霸作妾。”一个说：“徒赖小的欠他银钱。”一个说：“强奸小的女儿；刚交十五岁的儿子，霸去作奴仆。”一个说：“小的母亲从他门前经过，拉进家去，配成夫妇；看见小的家房屋好，假契一张，就叫腾出。”一个说：“知道小的稻田禾壮，硬割去。”一个说：“恶奴管家阎三福又名三片，爱者就抢。老爷不与民作主，小的们难居住江都了！”

言罢，众人磕头。施公说：“尔等不必混嚷！准告。”又说：“那一人把你的事，慢慢实说。”一人答应，口称：“大老爷，小的细禀：关宅仗势利害。他父作过本朝监院，告老回家，甚是豪富。他父辞世，生一子名叫关升，见妇女美貌，谋害奸骗。远近叫他关大胆，杀人如同儿戏，遭害者不少。前任县主，小的等去告状，可惜清官被参。今复舍死投天。”施公说：“尔有状拿来。”七人答应，每人递上呈子。施公一张一张看完，与他们说：“待对词结案。”众人答应，叩谢而去。吩咐退堂。

施公书房坐下，仆人献茶，手拿茶杯。不多时摆饭，施忠同桌而食。饭罢茶毕，施公思想，短叹长吁。施忠看见施公为难，走过来，口尊：“恩主，有何疑难心事？小的自能出力报效。”施公就将告关家之事，又前次打扮老道，二次为九黄、七珠扮乞丐，备说一遍，这次仍欲私访。义士回答："这有何难，只用老爷扮作客商，小的改扮，跟随老爷骑驴，小的跟随老爷，到了饮马河关家堡，私访贼徒。纵然难得消息，小的夤夜施展走壁之能，暗进贼室，何愁大事不成？"施公闻听大喜，连连说"好"！叫声："施安，明日掩门，只说老爷有恙。"次早改装，腰中带钱。施忠进内，收拾停当起身，忙把行李搭在马上，拉出宅门而去。一路听军民议论纷纷，不觉来到饮马河边。施公低低叫声："施忠，少时若入虎穴，你要小心。"好汉答应，心中早有主意。

未知后事如何，且看下回分解。

第一四回　施公改姓私访　豪奴识破贤臣

且说王仁自从讨限，挨了十五大板；又给十天限期，无精打采，混了两天。这日私访到北关以外，肚饥饿了。有个熟饭铺，坐下吃饭。忽听铺外嚷闹说："爷们一个钱也是照顾，算你养身父母。缘何瞧不起我？要这样也没有，要那样也没有。我才知道江都县欺人。我在家何人敢慢待我车乔。"却巧王仁走到跟前，听见车乔二字，即走上前。打量了打量，不容分说，套锁拉起那人就走。来到县衙，听老爷染恙，只好等升堂，好交签票。且将车乔锁在那里。

且说施公到了关家堡，见那边树下，有人乱跑。他一溜一点，走到一人跟前，一看，原是老叟，须发皆白。含笑问说："借问一声，此地何名？"老叟见有人问话，抬头打量，是买卖人打扮，站起带笑回答说："不敢。客官要问此地，往南去，名叫饮马河。"老者复又往东一指，说："那边有树围绕，那里叫作关家堡。可恶得紧！千万不要往那里去。"老叟才要往下说，却听见那壁厢一片马蹄之声。闪目细看，但见是一群人马，蜂拥而来。老者一见，只吓得魂飞天外，把舌头一伸，转身磕头，慌忙奔走而去。施公不解何故，才要回步，那一群人马来至面前。施公举目细看，有赞为证：

恶人妆扮胆气豪，前排顶马带腰刀。
家奴万恶多任意，英英耀耀眼眶高。
人人缨帽红映日，个个短褂配长袍。
独霸此方文武惧，性好贪花任逍遥。
豪奴三鞭举头上，专打黎庶灾殃遭。

前呼后拥多威武，扬鞭打马四下瞧。
三五成群频抢妇，败兴无遇一多娇。
见色妄自号大胆，远近居民望影逃。

又见中间一人，骑着骏马，衣帽华丽，年有三旬，扬眉吐气。旁有一人，兔头蛇睛，衣帽应时，年有五旬——面前一个随奴。施公耳中正听咆哮声音。那年老人嘴内哼哼响响几声，人们一拥过去，有一箭之遥。又见哧的的，吧拉拉，跑回几匹马，来至施公面前，一个个扑扑跳下马来。内有那年老人，上前带笑，举手望施公说话，口尊："客家，老爷请客官一叙。"施公心下惊疑，腹内自思："莫非他识破本县？若前去，吉凶不保；不去，又可惜施某劳苦。俗言不入虎穴，焉得虎子。"望施忠，施忠点头。施公暗喜："有你保我，何足惧哉？"施公望众人带笑说："愚本与你主人素不认识，未必是叫请我。"

众人齐声道："不错。"施公说："既承贵老爷美意，就到府上一拜。"言毕迈步，随众而走。

施公一路仔细看，来到关家堡。依壕沟旁边，桃柳槐桧，板桥直过府门下。两株大树下，立着许多院奴。施公暗叹：不亚虎穴龙潭！众人下马停步。施公无心观看。

施公随恶奴走至门外，见那人进内打一躬，上前至恶棍跟前，双膝跪倒，口尊："老爷，小人们奉命，把客人叫来伺候。"

关升闻听，说："罢了！"那人叩首站起，闪过一旁。恶棍闪目外看，站立一人：麻脸、缺耳、歪嘴，鸡胸驼背，身躯瘦弱，容甚不好。看罢心中不悦，叫："那客人既进了我的宅舍，缘何发惧？只管来见。"施公闻听，心下着忙，腹内说："罢了，罢了！可算入绝地了！"想毕，把心一横，迈步溜点进门，强陪笑脸，把手望恶人一拱，说："买卖人有礼。"恶人望施公说："施县主，你来的意思，我已知道。且坐下，我有事问你。"

施公闻听恶人识破，明知祸事到身，也就怕不得许多，故把手望恶人拱了一拱，带笑说："买卖人大胆谢座！"转身一屁股坐下。恶人一见微笑说："不枉你我通家之好，前来看我。"复又叫声："施县主，我且问你，你此来必为你黎民。总而言之，你我乃明家达子，来意倒要实讲，咱们露面不藏私。知道你未曾上任，扮云游老道，捉五虎，把此方的光棍，被你杀尽。又听为九黄、七珠，假扮乞丐说话，念经拿捉，也叫你拿到。这次难为你，好高想：扮作客人前来哄我。话要实说，只怕还有商量。我已经把你机谋看破，你不实说，也难放你回去了！”

施公听恶人之言，心中着急，勉强陪笑道：“官长，错认了人了。我是作客之人，焉敢自寻死路。你去裁想，吾真是贸易之人。既承呼唤，还求吩咐明白，放我出去。”故意装愚人之相，站起向恶人深打一躬，转回身子，就要出走。关升座上微微冷笑说：“施知县，你先莫慌，来意我已透彻：私访关某作恶之人。”施公道：“世界上广有同姓同貌之人，官长赖我是县堂，岂不活活把人急杀。”恶棍闻听此言，心头火起，叫声：“人来，尔等与我把这可恶的赃官，绑捆起来，高高吊在喂马棚，拷打一顿！”众奴答应，一拥上来。贤臣只吓了个身软体战。阎三片说：“且自招从！”又见施公还不说实言，阎三片说：“既不招认，与我绑了！”众奴答应齐上，四马拴蹄绑起，立刻就到喂马棚，用绳抛过驼梁，把个县主拉在悬空。恶奴阎三片说：“打！”好厉害，施公被打得死去活来。不表。

且说义士施忠，看见恩主去后，把驴送在店中，回来好等消息。等至天黑不回，想施展走壁之能，夤夜入院，以救恩官。义士想罢，连忙牵马到店拴上，就将酒食煎炒吃尽。天气不早，腰带利刃，起身出店，到关家堡打探消息。四下寻找，不见踪影。又见宅门紧闭，他心内着急，就知其故，有些不妥，急想窥探。忙解单刀，插在背后，慌忙迈步，往里行走。真急煞好汉，四面寻找了多时，并无影踪。英雄一想，不能怠慢，跑跳过沟去。走至墙根，暗暗踹高，施展武艺，将身纵到墙上。施忠舍命去找恩主，天井内房，都找遍了。爬到瓦龙，往下观瞧。

忽听房下脚步响声，留神细听，是妇人声音。好汉救那恩官的心急，又听这边男人说话声音。口中不言，心内自思：好像熟人言语，莫非江湖一拜之朋；不在绿林，黄夜至此，有何事情？仔细看准，好救难中之人。想罢，偷眼隔窗瞧看，提刀人越聚越多，见内中一人似贺天保的形容。好汉仔细看罢，心中欢喜，即忙迈步往房内就走，将利刃拿在手内，为的是日久不见，难以凭信。咳嗽一声，就见里面，贺天保手拿短刀，正自威吓难民王二，刀映灯光射入两目。难民苦口哀告。天保忽听有人进房，不由吃惊。认出是结拜弟兄，说："老弟为何黄夜到此？"施忠听说话亲热，满面春风。叫声："兄长，自从那年分手之后江湖闲游。闻听江都拿住响马朋友，县衙行刺。见贤臣忠心治国安民，是以饶命，当即留名。后来吃酒被获擒拿，与我亲解其绑，以恩报怨，舍死放我。感动天地，弃却绿林，报效县主。"从头说了一遍。施忠又说："兄长在关宅，必知详细。"天保见问，也将情形告诉施忠。

二人直奔马棚，回手取刀，嚓嚓挑断施公身上绳缚。天保把手提起贤臣，不闻哼吟之声。施忠说："恩主醒来！"不见动转。

天保恐人瞧见，双手提起施公，浑身攒力，高擎上去，叫声："贤弟上墙，小心接住。"施忠上墙，伏身探望，双手抓住施公。天保挺身举起。好汉就力拉上去了。施忠回身将贤臣放在棚上，提出天罗地网。又低叫道："兄长快出墙去，我好送恩官下来。"天保答应说："晓得。"好汉对着施忠，要显本领手段，在墙拐角把身子一拧，脚朝上头往下，展翅之状，手扒墙檐，伸脚挂住瓦龙，挺身跃起来，至施公一处。施忠说："兄长快下墙外，好救县主出去。"天保依言从墙上跳下，等接贤臣。施忠也不敢怠慢，双手提起贤臣，放在墙头；忙解腰带，拴在施公腰间，这才用力把贤臣系到墙下。天保接住，解开带子，将施公背上肩头而去。施忠不见动静，低声叫唤："贺哥，你在那里？"不听答应，好汉随即下墙。

施忠耳边忽听哨声响，便顺音如飞追去。只见松林透出灯光。施忠进林一看，内有残庙，殿中有灯，又听人声不断。施忠进入庙内。那伙人借灯光认出施忠，嚷说："黄寨主到了！"

众人闻听，都奔向施忠。施忠随手拉住一个，原是旧日朋友。好汉满脸含笑，真乃三生有幸，都拉拉手。随见他们已将施公放在桌上，天保一旁站立。施忠与众人详道细说。个个动气，才要粗暴，却被施忠拦住。好汉见施公面如金纸，只当丧命，心中一急，拿出单刀，才要自刎；只听恩官大叫一声："腰肋疼杀我也！"施忠尊声："老爷醒来。施忠在此，小的无能，使恩公受刑。"贤臣听见"施忠"二字，睁眼又伸了伸手，说："虽然疼痛，觉着有些活动。"贤臣翻身坐起在供桌上，看见施忠正着急；瞧瞧满殿灯光，人有许多，暗想："我刚才吊在马棚受刑，莫非命尽？不然焉能到此？"叫声："施忠。"好汉连忙答应。施公说："本县问你，我与你梦中相会呢？还是在阳世？"未知后事如何，且看下回分解。

第一五回　回县审豪霸　举监闹公堂

施忠回答老爷说："今幸恩公无恙，现在阳世。"就把自关宅同天保如何搭救他到此，备说其细。正说间，贺天保走过叩头，又叫众家弟兄过来叩头，个个跪倒。天保口尊："老爷，小的等俱是响马，叩求太爷开恩，从今改正，愿投太爷台下，以助犬马之劳。"贤臣闻听，说："好汉请起，有话商议。"众人站起。施公说："众位好汉，本县有拙言奉告：依我瞧来，你们这样的壮士，何愁高迁。今言投顺施某，感情不尽，就是一家。本县保举做官了，你们二位目下就可显矣！施某岂敢埋没了众位好汉，即时改过，还望三思。"贤臣又带笑说："施某还有一件奉恳：拿捉关升、三片，再把王姓夫妻救出，一并解进官衙。难民好作状头。本县动刑严究，好定恶人重罪。"

众好汉一齐答应，留下两个保守贤臣，其余八人前去。越墙进院，拿住两个家奴引路，登时关升、三片，及众恶奴，个个用绳绑起。又把男女救出。王二夫妻上前叩谢救命之恩。好汉叫声："王二，少时你挽你妻，同我们去见老爷，一同回县。"

王二夫妻答应，叩首站起，闪在一旁。又吩咐关宅家奴引路，开门送出宅外。王姓夫妻在前，众寇押关升、三片。见恶人迟慢，拿刀背就打。

不表关宅家奴投亲友送信，天亮进城搭救。且说众寇离了关家堡，登时回到庙中，押众犯进殿门，见了贤臣，一齐告明就里。贤臣听见得了关升、三片，少不得心中欢喜，仰天大笑。

贤臣说："有劳众位，异日再谢。"众人各散。又说："趁此回县。”施忠答应，转身望天保说：“兄长保护老爷，少等一刻。我去把驴牵来，老爷骑回衙。”天保说：“快来!”施忠答应，迈步出殿，到店招驴牵到庙前。贤臣一见，慌忙出殿。两家好汉，扶持着爷上驴。施忠拉着关升、三片，王二夫妻跟随天保后面，押出三义庙上路。此时天亮，王二挽妻——足中鞋弓袜小，紧紧跟随。恶人主仆二人惭愧不走，天保拳打脚踢。二人无奈，只得随驴紧走。豪奴恶棍，虽说受屈，心中不服。军民一见，欢悦不表。

且说贤臣骑驴，多人围随，登时进了江都城门，竟奔县衙。就有那些县役，见了贤臣，个个上前跪接进衙，至滴水檐下驴。立刻升堂，传齐内外书吏、马步三班人等，喊堂站班。只见施忠、天保带领关升、三片，王二夫妻上堂。施公一摆手，施忠等站立一旁。贤臣吩咐书吏写牌，一面放告；又叫人传先前告状七人进衙，当堂对词。分派已毕，叫声：“施忠，请贺壮士!”

天保闻听，忙上前双膝及地，往上跪倒。贤臣一见大悦，带笑说：“壮士免礼，救命之恩，永存报答。理应留在衙内，尤恐不雅，怕招风声。”天保闻听点头，叩谢县主饶恕之恩；又与施忠说了几句，下堂出衙而去。

且说贤臣见施忠带天保出衙，施公心才放下。但见角门外，进来多人，个个手举状呈，跪在月台前。贤臣一见，就知是见牌告状，心中大悦，吩咐：“人来，尔等把告状人都叫他们起来，站在月台下东边。既有呈状，接上来，本县看明呈词，叫着上堂回话。”下役答应，立刻接状，不许堂下喧哗，将状送上公案。贤臣伸手，一张一张阅完。未知后事如何，且看下回分解。

第一六回　严讯三片贼　细问受害情

贤臣看完状词，吩咐把关升带来听审。众役知关宅势力，又怕贤臣法度森严，无奈一齐迈步至堂外，把恶人关升、三片紧紧推拥，扯到堂下。众役齐声喊叫："下跪！"恶人不跪。贤臣一见，不由微微冷笑，骂声："凶徒，真真胆大！无法无天，坑害黎民。差人拿你，竟敢不服，私打官兵。本县为民父母，与民除害，私自访你。恶人关升、三片，你竟认识本县，把我骗进室内，胆敢吊在马棚之上，藤鞭打我。你一心要害我，幸神佛保佑，暗里有救。家将施忠，一时救我出虎穴。你们作为，我亲眼看见；今又有告你多人。再者，罪犯见官不拜，应该死罪。你们二人实招，免受刑法。"关升大叫："施知县，你我官司打不清。私访由你，不该勾通响马。明为私访，实行打劫，抢去首饰、衣服、金银。不用审我，问你罢！或是官休私休，快些说来！"三片接说："话实不错，作官不该与响马私通。"

施公闻听大怒，叫："人来！尔等把他二人的耳朵拧上，再着人用棍打腿，看他在本县面前跪不跪？"众役答应，立刻将两个恶徒，苦打一顿。恶人疼痛不过，只得跪下。贤臣骂声："该死囚徒！"骂毕，叫声："人来，把王二夫妻带上对词。"下役答应，立刻带王二至堂前跪倒。贤臣说："王二你夫妻怎么遭害，快快言明！"王二见问，泪流叩头，口尊："青天爷爷，容民细禀：小的父死，只有寡母。一家三口，离关家堡不远，做小本生意。那日妻子站在门前，看见关升骑驴经过。妻子陶氏回避不及，便被他家家奴抢去。讹赖说小的欠他的银子百两，有银交还，放给妻子；若是无银，算作妾婢。无奈小的赶去，被拉进他家。哀求无用，用非刑苦打我，锁在屋内，夤夜暗暗谋害。幸亏爷爷家人将小的一一救出。只因那日恶人搬抢吵打，家中寡母活活吓死，尸灵还在床上。”诉罢叩头。贤臣闻听，用手指定关升，骂声：“大胆！敢作这样伤天害理之事，从实招来！”关升仍是不招，贤臣吩咐打嘴巴，各打了三十个嘴巴。

两个恶人那里架得住，打得满口流血。贤臣又叫众青衣退后。施公才要叫原告对词，动夹棍严究，只见打角门进来四人，摇摇摆摆，往上厅走。四个穷酸，一齐带笑说：“关大爷受惊了。”三片说：“反了！事毕再议！”贤臣坐下，听得明白，早已参透来意，带笑道：“四位贤契来意，我已深知。免开尊口，请回。”

正说间，州尊差人投书。施公拆开一看，不近情理——为恶棍关升讲情。施公吩咐把五人硬往外逐出。尤义回州复命。州官怀仇——派施公拿黄河套水寇银勾大王。且说四穷酸也气忿忿回家，打点行赃州尊，欲坏施公事情，不表。

且说那告状之人，与瞧看书吏、军民下役等，一见贤臣把五人硬叫拖出衙门堂外，个个皆言忠正。

却说施公见下役把五人拖出，心中气平。还恐有人来搅扰，吩咐立刻闭门看守，不放一人出入，有心严究恶人定案。叫：“人来，快带关升、三片上来！”差人答应，立时带上。两个恶人不肯下跪，坐在地上。贤臣微微冷笑，说：“关升、三片，你这两个囚徒，好手段，真乃不错！我问你两个，还有什么变动？料你纵有泼天的本领，也不怕你两个。今日先尝尝夹棍的滋味！”吩咐：“动手夹起。只待本县取了口供，才好定罪，好与那些仇未报冤未申的了案。”言犹未毕，下边答应，一齐发喊，弄翻倒地。关升、三片走了真魂，口内齐说：“不好，救星全无。早知施公如此厉害，不该在马棚吊打！”耳边只听堂上声响当当，撂下夹棍。

公差上来拉去鞋袜，叫两恶人骑上。两个人，一人掌刑，拢着恶人；一人手提犯人胸膛。绳子一拢，二恶人死去。施公吩咐：“住手。”停了一会，关升“哎呀”一声，阎三片忍痛咬牙，哼了一声，说道："爷爷宽恩饶恕，从前做的事，我尽招认。"

关升也一一招认。施公闻听两个恶人齐都招认，叫书吏把众人告的状子呈上，按重款定了个十恶不赦的斩罪，叫人拿下。恶人画了招认呈上。施公过目，叫人卸刑。又叫："告状人等，听本县严究关升、三片同招，定成死罪。本县即刻辞详上司，回文立斩。那时传尔等瞧看，正法报仇。请你四老爷，把尔等带到关宅，把霸占人丁妻子，各认领回，不许冒认。占去房屋、地亩、物件，仍归本主。"众人闻听，齐口称："谢太爷救命之恩。"施公吩咐："起来。"众人答应。施公叫人把告状人等带出，知会四爷到关宅招认。施公吩咐而行。杀死人命，责在关升，不用细说。施公吩咐传禁卒上堂，把恶人主仆，上刑收监。生员人等，叫书吏作稿，说他们藐法闹堂一节，安心作对。

差人送到府学。那穷酸交官通吏，行贿府学。老师接住文书，怎作恶人？未知后事如何，且看下回分解。

第一七回　施公修家书　差施忠上京

施公也怕关升同州官、众儒怀仇报复，恐有不便。堂毕，写封家书上京，一来与老太爷上寿；二来也要保自己头巾。立起退堂。书吏、马快、三班，瞧看军民人等，议论纷纷，都与施公担惊不表。

且说施公退堂，进书房归座。施安献茶。施公思想州官怀仇；又想道：太老爷的生辰，理当差人上京拜寿。施公伸手拿起纸笔，将家书登时写毕，封好，差义士施忠到京。

不言施忠随即次日起程。且说施公天晚秉烛，独自看那未结呈词招稿，好明早升堂，不觉天交三鼓。施公困倦，上床安歇。

次早起来，净面更衣，吩咐点鼓升堂，坐下。书吏上堂，衙役伺候。拿车乔的差人王仁上堂，跪下回话："小的奉命把车乔拿到。"施公一摆手，王仁站起。施公虽说出签叫拿车乔，今日到了，又无原告题目，如何判断？沉吟良久，无奈下问："你叫车乔？"答应："是。小人本姓乔。因为车造营生，人都叫小人车乔。"施公听他不是江都声音，说得一口京话。施公说："你是何处人氏？"车乔说："小人是京都人。"问："来江都何干？不许隐瞒，快快实诉，好放你回京。"车乔口尊："老爷，容小人细禀：小人祖居京城。父亲早丧，只剩寡母，并无弟兄，住海岱门外栏杆市标杆胡同，赶车催牲口为生。花儿市口程万全堂老药铺，有个蛮子姓陈，吃茶饮酒，彼此相好；他认小的母亲作为干母。他因得病，想回家乡，雇车叫送至扬州，择日起身。小的抛母送他到家，挂念老母，要速回京。路过江都，小的到店吃饭，走堂欺是远客，张口就骂。小的与他理论。遇着老爷公差，不容分说锁来！真正冤枉。求老爷明断，放小的回家探母，感恩不浅。”说罢不住叩头流泪。施公闻听点头，心中为难。

且说暗中鬼魂，岂肯相容。命差人韩禄带进喂养之犬。死尸冤魂附在黑犬身上，看车乔在堂上跪着，连忙跑跳到恶人身边，带耳连腮咬了一口。恶人魂惊：“哎哟！哪家喂养的犬？好不顾王法！”想要站起，怎奈魂伏黑犬，那肯放松，摇头摆尾，不撒口儿，咬得车乔乱叫：“救命！”施公想起黑犬郊外刨出死尸，今见此犬上堂痛咬，就知应此人身上。施公高叫：“黑犬听着！若是为故主报冤，畜生既能通灵性，听我吩咐：此乃朝廷设立公堂，焉许混闹？他有过恶，自有皇法治罪。再要无礼，定要重处。闪在一旁，听本县问他可也！”畜生那时闻听，松口退在一旁。但魂伏黑犬，张牙睁眼，哼哼嗔此恶人。又见车乔口中咿咿胡说：“谋财害命，如今害着自家。冤冤相报，焉能逃脱？”施公便有主意了，叫声：“王仁，上前跪在一旁。本县问你，不知他牲口上，还驮着何物？”

王仁回说：“驮的是被套行李，现存店中。”施公说：“取来我看。”王仁下堂，去不多时，取到放在堂下。众目同观：一个有毡子的大褥套，一个小褥套儿，取出来堆了一地，棉袄、单袍、小衣、靴袜、被褥全有。小套里取出一个包儿，银钱不少。

施公看罢，参透其故，带怒叫声：“车乔，本县问你，你送亲回家，为何这样饱载行李？快些从实说，免动严刑，你休生含糊！”恶人见问，故意作屈，泣哭不招。“人来，将他夹起！”

众役答应，一拥齐上，请过大刑，伸手推倒，车乔嘴脸朝尘。拉去鞋袜，套上夹棍。恶人害怕，口叫：“冤屈！”夹棍拢得凶恶，犯人昏迷。用水喷过，车乔睁眼，叫：“青天爷爷，小人实招。”施公吩咐：“住刑！”公差答应退后。施公说声：“车乔，快说真情！”当说：“大老爷，小的原系送陈姓回家。他在江都城中城隍庙后居住。小的见他衣服、银钱，偶起贪心。一路无得下手，行至江都临近荒地，小的见四下无人，把陈姓用刀扎死，抛尸水坑。天黑歇店，次日起身，被人拿住解县。自知害人，无人知觉，那晓犬来执证。当日陈姓在万全堂药铺中，从小抱养此狗，昼夜不离左右，把黑犬养大，得病回家，难舍此狗，带犬回家。小的害陈姓，此狗吓得跑了，踪影全无。那知这黑畜生，竟会告状鸣冤！这是已往真情，只求免刑，情甘领罪。”施公听罢，说：“好大胆奴才，既已认亲，就该好好送他回家，与理才通。缘何又有歹意，谋害人死？上天不容！只晓黑犬是一畜生，即不理论。你哪知道黑犬救主报恩，用刀杀死他主，掩埋水坑下边，即为此犬看真，当堂来告，领人掘出死尸拿你。你今朝把事情犯了，报应循环，真真不错。黑犬鸣冤，可垂千古。你的恶名，遗臭万年！”施公一番话，说得车乔无言可对。施公吩咐人来卸了恶人夹棍；又叫书吏呈招，拿下叫恶人画了十字呈上。

且说施公提笔，断车乔谋财杀命，应该抵偿不赦。断毕，又差人到城隍庙后，把陈姓嫡亲，立刻传来，当堂言明其故。陈姓至亲，哭恨不绝。施公吩咐：“把车乔的牲口，立刻变卖，连衣服银钱等物，交其领去，取尸掩埋。”又叫陈姓亲自把黑犬带回去恩养。分派明白，不必细表。贤臣又叫书吏作稿，立刻申文；又令禁卒将车乔收监，等回文正法不提。

施公才要退堂，忽见门上人慌慌张张，跑上公堂，跪倒回话，说：“衙外马上一人，口称：有州尊太爷的紧急公文到了。请老爷定夺。”施公闻报变色，一摆手，那人叩首爬起，回身下堂。贤臣心中细想：这狗官人，有什么动静？他若与关升讲情，也未可知。遂即吩咐：“着他进来。”州官来人，随即上堂，将文呈上即回去。

且说贤臣展开，上写：“本州示江都县知悉：顷奉上文，以渡口黄河套一带水寇作乱，劫伤客商，名曰银勾大王，为贼首一名；其伙同刘六、刘七，均藏在海面，招募会下水人几百。素知江都捕快个个能干，限一月内获到。如拿不到，革职！年月日期。”贤臣看罢，心中大怒，骂声：“狗官！害我不浅！”思想多会，计上心来：何不如此这般，将先谋而后用兵。施公吩咐。未知后事如何，且看下回分解。

第一八回　州文催办事　县尊瞧来文

施公吩咐退堂不表。且说差去拿老庞、解四的两名公差，自从领了签票，城里关外，访了几回，不见形影。到了这日，赵虎、刘奇两人，关外撞见，同到一座小庙，坐在石板，彼此报怨，说道："十天限期，眼下将满，违限照例要打。纵然宽限寻找，又没原告，先要人犯，只得耐性访拿。"二人讲话，只听打呼震耳。公差举目观瞧，殿内一人，躺着睡觉，满身破烂。那人一翻身，如神差鬼使，忽说睡语，咿咿唔唔，一声大骂："解四！我把你这狗娘养的，躲着我走，又不与我言。"呼呼又睡。赵虎闻听，低言望刘奇说道："老弟你听见么？咱们何不如此这般，给他个巧诈。是不是，再讲。"刘奇回答："使得。"二人站起，一同迈步进殿。刘奇走到那人身边，也冒冒失失，用手往那人肩上加劲一拍，大叫一声："老庞呵！解四回来了。"那人闻听，梦中惊醒，一翻身坐起。忙问："在那里呢？"公差回答："就是我。"那人睁眼一看，认得是公差，忙忙站定笑说："二位上主，为何与我取笑？"二人闻听，立刻变脸，张口就骂："老庞，我把你狗娘养的！解四在那里呢？跟我们找找他去，要有了他就没你。"那人闻听，只当真话，口尊："二位公差，他家我认得的，里面找找他。倘不在家中，我再领爷们去找找有何不可？"二人回答："快走，到了他的门口，如叫不出来，只管骂他，有祸与你无干。"那人回答说："是。"不多时，来至解四门首。那人上前用手拍门，叫几声不见答应，依着公差，放着高声叫着解四就骂，公差们在一旁。

且说解四正与妻闲话，耳内听到门外骂得不堪，心中之气往上直冲。神差鬼使，他那里受得住气话，即迈步出房开门，冒冒失失，照着那人就气呼呼大叫："老庞没廉耻!"他二人揪起就打。两名公差听得明白，说："有了解四的名字。"一齐抢步上前，不容分说，回手抖出铁锁，套上二人，拉起就走，往县而来不表。

且说施公退堂，进入书房，取出州里来文细看，心中发恨，点头想计：施忠不在，如何是好？忽然想起一人，着施安即去传李升立刻来见。去不多时，传进李升，朝上跪倒，施公说："起来。"李升叩首站起。施公满面带笑将州文要拿水寇的话，说了一遍。又说："我今着你同施安去探黄河套事情，若得真信即回。"李升答应说："老爷吩咐，小的与施安同去。"施公叫声："施安，莫辞辛苦，你同李升前去办理。"施安次日同李升早晨起身不表。

且说施公用毕晚饭，茶罢，天色黄昏，秉上灯烛。施公独坐，看那未结之案。看到三鼓，才宽衣上床安歇。

次日，施公起来净面毕，吩咐升堂上坐。书吏衙役伺候。施公往下吩咐："尔等马步三班听真：今日本县往城隍庙内判事，吏役伺候。"众役答应，个个手忙脚乱，登时执事刑具，预备停当。轿夫抬轿，施公上轿出衙。

且说未访关升之前，奉命访拿瓢鼠、刘医的徐茂、郭龙两个公差，昨日就知道今日老爷在城隍庙审事，他们就照施公之命，用计出衙。二人先带瓢鼠、刘医二人，出了店门，也往城隍庙而走，二人一边用计说话。不说瓢鼠、刘医两个私谈所行之事，不觉一齐来到城隍庙门首。只见老道门首站立。他一见公差锁拉二人来到，道人满脸带笑，口尊："二位上差何往？进小观坐坐吃茶。"徐、郭二人闻听，带笑说："好说。道兄，我二人特来扰茶，恐当不便。"道人笑请相让，一同进了城隍庙的角门。刚越灵官殿，来到配殿，徐茂叫声："道兄，今日午间，老爷到你观中问事，少不得茶水早早预备才好。"老道回答："有现成的。"五人又进西殿，看了看，原是一座子孙殿。徐茂把瓢老鼠、刘大夫，一边一个，锁在小鬼脚上。郭龙带笑，望着郭、刘二姓说话："你们弟兄两个，也无用发迷了，听我告诉。你们哥儿两个自把主意拿正，若是见了我们老爷，只管响唧唧的回话。古人云：'越怕越有鬼。'实告诉你们罢，我们终日跟着老爷，深知他欺软怕硬。"二人回答："多谢上差的指教。"言毕，公差与道人出了殿，仍用锁把殿门锁上，三个人说说笑笑。耳闻其音，都往后边去了。

未知后事如何，且看下回分解。

第一九回　施公审木柜　戚胡子弃妻

话说瓢老鼠、刘医见两名公差锁了殿门，与道人往后去了，配殿就坐他二人，迟有顿饭之时，不听人声。他二人闪目细看，只见正座供着九位娘娘，下面两边都是众神，紧靠着那边，一口破木柜，余外并无别物。满殿尘土，厚有指许，蜘蛛结网。瓢老鼠看罢，先就长吁短叹。又迟一会，忽叹不止，低声望那边刘医说："谁能知我的这宗事情？除你，外人不知。家兄有病，请你看脉吃药不效；家嫂原系风流，彼此招情。家兄在时，不能称心，因此才起谋害之意：商议用砒霜毒死病兄。家嫂守寡，与我通奸事情，作的安妥，邻居亲朋不知，平平安安载余，与嫂嫂暗里夫妻。何故今日拿咱两个，莫非你口齿不紧呢？"那刘医听了说道："你我既做的亏心，谁敢口齿不稳？人命关天，非同儿戏，岂肯老实告诉与人？依我猜来，一定是你嫂子又续了人，追欢之间，信口说出，别人听在腹中，人后对人乱讲。当差的闻风禀到县尊，因才拿你我。少时县主判问，咱们拿个主意，趁此无人，早些商议。"刘医又说："咱们两个，舍出下身不要，万不可招。如若招出来，决然抵命；挺刑不招，还得活命。必须改过前非，学作好人。"瓢老鼠闻听点头说："刘先生，你的主意不错。"二人正自私语，打定主意，忽听痰嗽之声，吓了一跳，并未听准声音在那里。复又细听，多时不闻人声。瓢老鼠又忍不住，叫声："刘先生，刚才是你痰嗽？"刘大夫回答："我无有病，为什么痰嗽呢？"瓢老鼠听说："你无痰嗽，外面又无人影，这就奇了。殿中就只你我，都没痰嗽，可是怪呢！"瓢老鼠思想多会，说："是了，刘先生不是你我胡猜，这一定是上面的娘娘，闻之不顺，痰嗽一声，拦住咱们。”刘医闻听，低低回声：“瓢老鼠你了不得了！你竟吓得满嘴胡说。刚才我听的声音，像你身后，缘何赖娘娘呢？阿弥陀佛，也不敢当了。”瓢老鼠闻听，扭项一看，自己身后，就只有顶破木柜，自己颈子锁在小鬼腿上。二人讲够多时，复又说：“是了，一定是鬼大哥见怪。”言罢，吓得他回身冲着泥小鬼跪倒磕头，祷告说：“鬼大爷，鬼祖宗，饶过我们罢！”吓得刘医也没脉了，登时发怔。

且说施公坐轿出衙，来到城隍庙里，公差道人在道旁站立，等侯迎接。三人跪下通名，门子一旁喝道：“起来。”二人答应站起。施公下轿，迈步进庙，至灵官殿坐下。问郭龙、徐茂：“事情委办妥么？”二人回答：“小的们遵照老爷吩咐所行。”

施公说：“带瓢鼠、刘医问话。”公差答应，忙叫道人拿钥匙开锁，推开门，把二人拉出殿来，跪在公案之前。施公说：“尔等把所犯过恶，快快实招，免得受刑！”二人见问，叩首说：“老爷在上，容小的奉禀，二人江都良民，并无犯罪。”贤臣闻听，微微冷笑，高声往殿里问话：“有了没有？”殿内有人答应：“回老爷，定然有。”施公吩咐差人去把殿中那木柜抬出来。众役立刻把柜抬出，放在对面。

施公吩咐开柜。道人答应，上前用钥匙开柜。开了柜门，自里面跑出一人，手拿纸笔，走到公案，放在桌上。贤臣闪目一看，心中明白。唯有瓢老鼠、刘医一见，只吓了个魂飞胆裂，浑身打战。“头里听见痰嗽之声，我尔胡猜，原来柜内有人。”贤臣说：“瓢鼠、刘医，谅你二人无可巧辩，跟本县回衙定案。”二人闻听，泪眼愁眉，不敢张言。贤臣吩咐：“搭轿回衙！”众役答应，贤臣起身。

刚出庙门，才要上轿，忽听对过有男女之声吵嚷。又听妇人喊骂，又说：“清官难断家务事情！”贤臣闻听，心中不悦，吩咐：“人来，尔等去速拿吵嚷之人，进衙问话。”青衣答应：“是！”贤臣上轿回衙。公差领定瓢鼠、刘医跟随，登时进衙升堂。贤臣吩咐：“带瓢鼠、刘医结案。”衙役立刻带进，跪在堂下。施公微笑说：“你二人还有辩处没有？”二人见问，叩头求恕，情愿领罪。贤臣叫人立把瓢鼠嫂子拿到，当堂跪倒。

施公提笔问话，那妇人一一承招。即时判断：瓢老鼠毒兄图嫂，本应立斩。梅氏通奸谋夫，即刻处决。刘医图财卖方，毒死良民，应当充军烟瘴。判毕拿下，来叫恶人画押。贤臣过目。

又叫把男女三人重责三十大板，传禁卒收监。立刻作稿，申详上司，等回文正法。

片时，又见堂下带上男女二人，披头散发，跪在那边。下役打千回话："小的把吵嘴之人拿到。"施公下看男女二人，带怒问说："你等系何亲眷？"男子见问，先就说话，口尊："老爷容禀：小的并非亲故，乃是夫妻，因事不明拌嘴，被老爷差人拿来。"施公闻听，心中不悦，一声大喝："咳！你们夫妻吵嘴，人间常有，缘何骂我？应该何罪？"那个见问，叩头说："者爷容禀：小的姓戚名顺，本县居民，贸易为生，昨日讨下五十两银子，酒醉归家，暗把银子放在床上铺内。今朝不见，问妻不知，因此吵嘴。小的要当官鸣冤。狗妇回言，失口自犯。被老爷听见拿来，叩恳老爷公断。"

贤臣闻之并不生嗔，反为带笑。又问那妇人："你的男人藏银，你没有看见，因此争吵，是与不是？"那妇人说："老爷，银子我没有看见。"施公眉头一皱，计上心来，带怒叫："戚顺，你乃在路带酒，是自不小心，失去银子，也是有的。误赖妻子，以致吵嚷，算无家教，理当归罪于你。人来！看守戚顺，明日重处。"其妻释放归家。

未知后事如何，且看下回分解。

第二〇回　贤臣审竹床　判断告妻案

话说施公吩咐："搭轿。"又说："带戚顺同去。"不多时到了戚顺家，吩咐："带戚顺夫妻问话。"二人跪下。施公说："戚顺，你的银子放在床下坛内，除你夫妻，再无外人知晓？"

施公又问："戚顺之妻，本县且先问你，娘家姓什么？"那妇人说："小妇人娘家姓刁。"施公问："你夫带酒回家，银子放在床下坛内，你无有看见么？"妇人说："不知。"施公说："适才复验床下踪迹，只见有往来手扒的手印；紧里边又有个人身子印子。事甚可疑。"施公验毕，出归房坐，故意施威："人来，快把大胆床坛拿来，本县严审。"差役跑进几人，把床坛拿出。施公大叫："床坛，听真，尔等家主告你，问藏银，快快实讲，不然本县就要动刑！"复又故意点头。"缘何你们说不知？岂有此理！人来！快把竹床重处！再问。"下役虽然答应，心里暗笑，不敢怠慢。施公又一想，说："竹床翻过。"一看，床下蜘蛛结网全无，点了点头，吩咐："着实打起来！"登时把张床打得破烂。施公说："住刑。叫他诉招。"迟了一会，施公自言："怪不得，因年深月久，受了男女阴阳气候，得空参星拜斗，得了的精气，不能正果。偷了家主银五十两，交与城隍庙的小道，为的是好上供烧香祈神，脱他轮回之苦。"施公又说："偷银既与了道士，人来，即拿城隍庙的小道，一同戚顺、刁氏，赴县听审结案。将门封锁。"

施公进衙，立刻升堂。只见下面把戚顺夫妻带来，跪在左右。差人退下。

施公叫声："戚顺，听本县吩咐！你银交床坛，被人盗去，交结城隍庙的小道。竹床受刑俱招，都是刁氏之过。少不得本县就要难为汝妻。来人，把他拶起来再问。"

众役发喊，一齐同上，立刻拶上刁氏，只疼得粉面焦黄。刁氏忍刑不过，说："情愿实招。"施公摆手停刑。施公冷笑，骂声："恶妇！那怕你心似铁，不怕你不招，快快说来！"刁氏回答："老爷在上，小人细禀：小妇人今年二十九岁，半路改嫁戚门。与小道士认得，是以往来。丈夫戚顺贸易，时常在外。前日夫主出去讨账，那晚小道在小妇人家中。不料丈夫半夜带酒归家叫门，慌得小妇人把小道藏在床下，披衣开户。丈夫大醉，小妇人又不敢秉烛，怕他看出形容。细听睡熟，小妇人即便送小道出门。次早夫起，床下去摸，不见银子，说小妇人偷去。因此吵嚷。"施公叫声："戚顺，你的银子有了。你听刁氏所供，有点不好。"施公叫带小道问话。登时带至，跪在一旁。

施公问小道："刁氏言说与你私通，你还盗去银子五十两。快快实招。"小道说："并无此事。"施公吩咐："动刑！"登时夹起。小道高声喊叫："招了，招了！"施公摆手，停住刑具，定了招稿。

未知后事如何，且看下回分解。

第二一回　气恼黄杰士　智擒三水寇

贤臣叫人将银取来，戚顺看是不少。贤臣吩咐卸了男女的刑具，又令人拿下招词，男女画了招字，复又呈上。贤臣叫声："戚顺，本县问你，妻还要否？"戚顺见问，往前跪倒半步，口尊："老爷，不用问了，想这种老婆，小的不要他了，叩求老爷当堂发卖。"贤臣说："算你还有男子之志。"遂提笔判断：妙龄不守清规，通奸盗银，二罪俱犯，应重责三十大板，城隍庙前枷号一月；卸枷之日，照律重处还俗。戚顺自不小心，应责。姑念失偶，释放。刁氏与小道通奸，忘其夫妇恩义，应该处治；传官媒当堂领下官卖，价银领去。判毕拿下。叫："戚顺，你画个字。"发放已毕，不表。

贤臣忽又想起出签拿老庞、解四的事？赵虎、刘奇各拉一人上堂。庞大先说："小的庞大，他叫解四。小的们乃是本县人氏，因为开铺折本，盘与钱姓。"贤臣又问："你姓什么？"

那人见问，叩头碰地，口称："老爷容禀：小的是本县居民，姓钱名叫廷玉。父母早丧，只有小的一人。要寻买卖为生，可巧他那边有铺，一应家伙。中人说合，倒与小的。言明制钱五千。中人名叫解四，铺主姓庞。小的接生意，只有两月，不知把小的二人拿来何故？"贤臣说："叫你二人，并无别故。你二人做的事情，还来问本县么？"吩咐人来先把他二人夹起再问。那老庞受刑不过，扭项大叫："解四！我顾不得你了！"说："老爷叫人不用动刑，招了。小的两个开铺正没趣致，那日夜晚，见一孤客，被套盛有东西。小的两人诱哄进铺，用酒灌醉，谋杀，将尸首砍得数块，装在床袋放在鱼池边。淹埋之后，各分银六十两，衣裳在外。恐有祸事，是以倒铺与钱姓。小的招认的事实，不连累好人。”贤臣说：“解四，你招不招?”解四见庞大招认，只得也招承了。施公吩咐书吏，定了口供，拿下二人画了手押呈上。施公提笔判断，批道：害杀过客——不知家乡。解四应该抵罪，立斩。老庞年老，应定秋后绞罪。追解四家产，变卖入库。令人到池边找着尸首，赏棺木仍埋鱼池一旁；墓前立碑，一面上写被害情由。施公判毕，立刻作稿，申详上司，不必说了。

且说施公至三鼓而寝，次日升堂，忽有鸣冤之声，自角门进来。一个少年女子，跪在堂下，泪流满面。施公吩咐接状。书吏答应，接上呈词，放在公案。施公举目观看，上写：

具呈为万恶侄谋夺家产，斩宗灭后，冤辱贞节事。妾王氏贞娘，叩禀：青天大老爷台前。亡夫方节成，本系盐商，家财数万，九十无子。妾父素受方公之恩，以妾报德。亡夫一宿而终；妾怀孕足月，生男襁褓。不料族侄方刚，嫉妒生谋，冤妾为私情不节——岂九十老儿生子?亲邻皆顺方刚之言。族中长幼二十余房，公分夫主家财；推出母子无归。妾之父母，皆以方刚之言为准，冤辱逼妾于死路。幸得母舅收留。往往呈告，皆被方刚买通官吏，各有司衙门，不准辩白，以致冤成覆盆。今日幸睹青天，恩准陈情上告。再乞叩青天大老爷，恩准提究灭伦欺孤之恶侄，救正脉之香烟。庶妾身清白不枉，操持节志，生死血沐，继恩于万世矣。

施公看罢状词，往下开言，问说：“王氏，你的父亲叫什么名字?做何生理?你今多少年纪?嫁与那盐商时，有几多岁数?”那妇人说：“老爷，少妇的父亲名叫王守成，领方盐商一千两资本，出外为客。不料遭风，资本消尽，不敢露面。只因祖母身亡，缺少棺木殡葬之资，小妇人父亲无奈，出门设法。盐商闻知，叫小妇人父亲前去说道：‘作客为商，赚钱折本，乃是常事，何必挂怀。’前项又送纹银百两。殡葬祖母之后，又叫小妇人父亲与他侄方刚共办行商之事。小妇人父亲感其大恩，更叹老者九十无子，情愿将妾献与商人为妾，苦苦哀求，方公允纳。不料一宿怀孕，次日方公身亡。家产俱系方刚执掌，余事俱载呈状之上。”施公听了，又看妇人举止端庄，叫声：“王氏，你是几岁嫁的？”王氏叩头说道：“小妇人嫁他之时，才十六岁。二月二十日过门，二十二日数尽。奴情愿守志，族人不容，逼奴改嫁，以死不从。自产婴儿之后，步步谋害，羞骂小妇人。爷娘无奈，将小妇人领回，要害妾命。喜幸母舅收留，以全方门之后。已经六载，含冤未申，今朝始得拨云见天。”施公想当日长沙太守寿高八十养儿，记长沙周文碑题道：

九十公公养一娃，有人耻笑有人夸。

若是老夫亲骨血，后来依旧作长沙。

施公心说：“可知方公九十生子，积德感动上苍。”想罢叫声：“王氏，难为你贞心持节，扶养幼子，本县给你分清皂白。”

王氏见准状词，连连叩头。施公叫声：“王贞娘，明朝把你父母、舅舅带着德保同来堂上听审。”王氏听说，拭泪下堂。施公随即出票，传那方刚族中老幼，限明日午堂听审。公差答应，接票而去。

且说施公升堂，施公吩咐：“带上王守成夫妻来。”青衣答应。夫妇走上跪倒。施公说：“你女贞娘告状。快把此事情节，细细诉来。”王守成夫妇见问，叩头流泪：“禀老爷，贞娘乃是小人之幼女，干出丑事。”施公微微冷笑，骂声：“奴才！满口胡说！亲生女子，谁不心疼？你说以女报恩，你这奴才，非是疼女，系误其终身。说什么生男养女，分明是卖你女儿。如今说她不端，有否凭证？如再巧辩，一定动刑！”施公又问：“你女既无别事，为甚被逐回家？方姓血口喷人，你愿受其辱，你为何追逼他死？快把情由说明。若有言差语错，动刑拷问。”

王守成含泪口尊：“老爷，小的也曾分辩：若不满十月，算小的闺门不紧；已经十个月满足，如何是为败坏？怎奈方宅族人不依，当面受污。小的也觉荒唐，是以领回，逼他自死。偶遇内弟刘之贵苦救贞娘，随他舅家过活。贞娘屡次要告，无遇清官。今幸青天荣任，乞祈公断。”施公听罢，吩咐刘之贵、贞娘母子二人上堂。青衣答应，带至下跪。施公先看德保，虽然仅五六岁，却是品貌端庄清秀，天庭饱满，地角方圆，两耳垂肩，鼻如悬胆，十分安详。身穿锦红棉袄，随他母跪在一旁。

施公心中大喜，把他抱上来，搂在怀中。施公便问之贵说："你甥女被方刚丧其名节，王守成尚且疑心，你夫妇留下，是何缘故？"刘之贵跪爬半步说："老爷，小的知道甥女从小遵守规矩，嫁与方宅，成其夫妇；花烛二日，太翁就终，令人可怜。适喜十个月满足，诞生一子。方族藉以九十生子为辞，图赖产业情真。"施公说："你言有理。世间也有九十生子之理乎？"之贵见问不言。施公又问："你为何不答？"刘之贵说："若论九十生子的话，也有半信半疑。小的默思，甥女平日是个最贤慧的，若要冤他有私心，小的死也不信，因财图害甥女是实。"施公闻言含笑说："难为你凭信贞娘，真乃眼力高强。九十老儿种子，世间也算奇事。因你们少读诗书，哪得知道？本县自有凭据，除其疑心。"贞娘一闻此言，连忙叩头。施公吩咐道："刘之贵、王氏起来，站在一旁，听候发落。"

施公又命人传方刚合族人等，上堂听审。施公说："尊宅那位是族长？"只见上来一人，名叫方敏文，扫地一躬，口尊："老父台，方家支派族长，就是商人。"说罢下跪。施公说："去世的方节成是你的何人？"方敏文回答："是商人的嫡派族侄。"施公说："你那堂侄娶王氏，族中知道么？"方敏文说："这件事，族中都皆知道。但只不是明媒正娶，原是通房使妾。"施公说："九十纳宠，你们为何不拦？"敏文说："商人同合族也曾劝过。怎奈贞娘之父苦苦缠扰，以恩酬情。族侄虽然九十，身体康健，两下情愿。不料只一宿而终。贞娘如同追命之鬼！望父台判断。"施公微微冷笑，叫声："老兄，莫非贞娘暗里有什么隐情？你侄之死，若有屈意，只管实说。本县严刑拷问！"方敏文闻听，不由暗喜。施公又说："我且问你，老者无子，几时去世？合房全无挂孝，莫非你们是一姓两字？快实讲来罢！"未知后事如何，且看下回分解。

第二二回　巧折辩服众　救孤寡回家

话说方敏文说："商人们与节成是嫡派亲支，现有家谱可证。"施公说："是嫡派亲支堂叔，也有一年反服，今并无一人穿孝。"敏文说："节成已经死了五载，方刚是他嫡亲堂侄，过继与节成为嗣。三年孝服已满，邻里街坊可证。"施公闻言，故意吃惊，说："又来了！你越发胡说。既你侄儿死过五载，连他死的情由，你也不明白，要本县追问，你还敢说亲支嫡派？"问得敏文无话回答，只见磕头。施公伸手指定，连骂："你就该死！真是衣冠畜生！既为嫡派族长，为什么人死情由，不去问明？安顿王氏，心怀反意。分明你们长幼谋害他，贪图堂侄家产，不顾纲常。恐其娶妾生下子嗣，难分家业，所以害其父，今又谋其母子。岂不知苍天难容！一宿成胎，冤枉贞娘私情，逞强逐出，家财肥己。全不想图谋家财灭嗣，应该何罪？你既为族长，即是头一罪人。"施公吩咐："先打三十戒方再究！"青衣答应，就要动手。

忽见敏文长子二府方标，乃捐纳出身，领头向前一躬，尊声："老父台，暂息雷霆，听治下细将情由禀明。"施公吩咐暂且停住。就问说："年兄有何分辩？你是方节成的何人？"方标说："节成是职员堂兄；家君本是族长。堂兄有疾而终是真。九十老人如风中之烛，草上之霜，绝不该纳妾合欢。不惜性命，丧其残生，尚无嗣子。现有成嗣之人，族中之人甚众，谁敢来侵吞家产？堂兄果是有人谋死，尸骸必有伤痕。老父台不信，开棺请验。若有参错，情愿领罪。堂兄果能种子，也是阴德所感，谁不愿从？但只过门一宿，族兄年老，无人凭信，所以将贞娘逐出。虽说通房使妾，行出丑事，关系方门声名。到底王氏年轻，不知羞耻，必有私情。十月生子，如何算得？”

施公闻听，微微冷笑说：“据你说来，却也有理。节成入殓，既无伤痕，你父如何又说要本县拷问王氏呢？”方标听说，满面飞红，口尊：“老父台，家君今来到此，为王氏不贞，气郁在心，望老父台宽恩。”说罢一躬。施公说：“据你讲来，实是量狭之故，想着官报私仇。这也容易，把王氏叫来，夹几夹棍，拶几拶子，给他出了气如何？”方标闻言，连连打躬道：“职员无知冒犯，情愿领罪。”施公叫声：“年兄何言领罪。本县说个人情，少缓刑处。那淫乱之妇，告你合族。而你贤父子当堂说他送暖偷香。但此事无凭无据，你父子怎肯无故蜚言？”又说：“孤儿不是节成之子，通情何人？求年兄说出名姓，拿到立刻严刑究问。”方标闻听，连忙控身，尊声：“父台，若问王氏淫邪，实无凭据，只因服侍亡兄一宿而亡。但是年老，血败精枯，是以起疑。老父台明镜高悬，细细判断。”施公含笑说：“年兄现在爵禄荣身，将来也要临民，岂能顺着那些无知愚蠢之人乱说！贼情以赃为证，奸情以双为凭。若不满十个月生儿，是她父母拘禁不严；既满十个月，就是你方宅门中之事。德保既不是节成骨血，要拿奸夫是谁？若是无凭无证，即为以强欺弱。年兄之父，身为族长，自有家法，快说奸夫姓名，以便论罪。若无证据，难怪王氏含冤。”

施公一席话问得方标张口结舌，汗流如雨，不住打躬，口尊：“老父台吩咐的极是。家君虽是族长，原不同居。王氏虽是通房使妾，先兄家中奴仆最多，持家不严，也是方刚之过。族人因方刚年幼，所以不便深究。只可逐出无耻之妇，免得再生祸乱。”

未知后事如何，且看下回分解。

第二三回　仗乡绅巧言折辩　差二府追问奸夫

施公闻听不由一番大笑，说："年兄越发糊涂起来！日后还要为官出任，道理不明，谁肯相服？方刚年轻，族长就该照应，岂不知小儿作罪，祸遗家主，那容家下作乱。未曾逐他，就该先把情由问出。若说不知踪影、姓名，分明愚蒙本县。凭你狡辩，全然无理，年兄多费工夫！"施公登时动怒，方标一见着忙，无言回答，自觉理屈，羞愧满面。

施公又吩咐传方刚上堂。下面答应。方刚战战兢兢，阶前跪倒。施公说："你多少岁数了？"方刚说："商人二十二了。"施公向方标说："他竟比王氏还长一岁，你如何说他年幼无知？"

方标不住地打躬领罪。施公又问："方刚你继嗣几年了？快快说来！"方刚说："商人过继之时，刚十七岁。"施公说："既在他家已经六年，你说年老当家，必然是你。"方刚闻听，越发怔，无由对答，跪在下边。施公把惊堂木一拍，问道："你为何一言不发？"方刚说："不知老爷所问何事？"施公说："你来为什么呢？你仗是盐商，在本县跟前推诿。我且问你，把王氏逐出，说她作了丑事，与何人苟合？你可说来！"方刚说："商人终日在外办事，并不知情。"施公说："你既然不知，为何把德保驱逐出门？德保不是你义父骨血呢！"方刚回禀道："原是族人说的。"施公说："既是私情，就该拷问根底。你只顾分财肥己，即不辨真假，仗势威吓。寡妇孤儿，含冤负屈，申冤到此，叫本县与她判断分明。你今若指出奸夫，有了凭据，将王氏定罪；无凭据，显系斩宗灭嗣。该当何罪？你要知王法无情！"方刚闻言，登时变色，磕头碰地说道："商人粗心该死，合族生疑是真。王氏若有败门之事，家下共有百十余人，岂无一人知觉？断不是商人家做的事，定是她父母家中做米之事。她虽生孩儿，岂能方家承嗣？王氏一派力辩。族长本拟苦苦追问查奸；王氏父母恐众观不雅，代其哀求，是以带王氏而回。"施公怒嗔，叫声："方刚！若是她父母闺门不紧，如何到十个月才生？你们合族人的妇女们，都是怀胎几个月生子呢？"方刚目看族长，不能对答。

谁知方刚的堂兄方连是新科进士，见他对答不来，连忙上前打躬，口尊："老父师容禀：十月生儿，论理难怨王氏含冤。九十老者种子，也难怪方家疑心。老父师明鉴如神，此事古今罕闻。贞娘不无暗地私情，若谆谆拷问，有碍颜面。今王氏告状公堂，求父师断明。"施公含笑叫声："年兄，贵族说王氏无耻，并无什么凭据，真假难辨，是不是呢？"方连说道："老父师明镜高悬。"

施公说："莫怪你族中少见少闻，又还欠读书。自古以来，老人生子，如刘元普八十余尚生一子；皆因他阴功浩大，故天特报其德。有成九十，较之八十，又长十年，谅来贵族不能辨其真假。要求清白，又有何难辨出，把家庭仍归于他；若果有私情，将王氏当堂立刻处死！"方连闻之，心内欢喜，向上打躬说道："老父师吩咐分明。"施公说："这件事年兄虽依，贵族若输，分去家财，如何是好？"方连说："合族情愿公赔。"

施公说："年兄金榜题名，清高贵客，断无失言之理。只恐内中有不情愿的，年兄与贵族言明方好。"

方连暗思纳闷：这施公先说少见少闻，还欠读书，莫非有什么花样？思想多会，即道："老父师，若怕族中人不应允，何不齐叫上堂问一问。"施公说："有理。"随把方宅合族叫上，将前情说了一遍。合族同声答应说："公同赔垫，终无更改。"施公听罢说道："昔日文王曾生百子，八十五岁而生周公旦，乃九十九子。武王未登殿时，周公旦之外，又得雷震子大义男，凑成百子。固论你方族有这许多读书之人，岂不知晓？因分家财，就推不知。此中一比就有效验，你们推解。但凡过古稀，能生子者，此子骨髓不满，身不耐寒，惧热怕寒；站在日中无影，即有也须细看，才能看出——先天不足之故。本县之言，尔等皆不信。《藏经》[①] 之中，有七言绝句一首：

七十生儿惧暑寒，精神衰微形影单。

老者生儿能健壮，定有旁人拜孝男。

贤臣说："德保方交五岁，你们家有与此子同年的抱来比比，自然分出真假。本县说你们少读诗书，见识甚少，你们未必宾服。"方家族人闻听，惊喜交集，堂下叩头打躬，口尊："老父师，若能验出真假，德保果系无影，节成有后；王氏贞娘烈节，祖宗增光，感恩不浅。"

方标令人叫管家把病孩儿抱来。施公观看：比德保短小，骨瘦如柴，身穿夹袄，愁眉不展。施公冷笑，遂把众人骂了几声："畜生，与本县还敢胡混！小儿有病怕冷，比孤儿胜似一层。"未知后事如何，且看下回分解。

① 《藏经》：《大藏经》的简称，为佛教经典的总集，有多个版本，比如乾隆藏、嘉兴藏等。

第二四回　众商人堂前请拜　不白人洗却沉冤

施公看罢婴儿，向方进士说道："此是何人之子？"方连回说："来保之子。来保今年二十七岁。"施公说："此子虽然有病，穿的是夹袄。德保那样肥胖，当此初秋，却穿一件棉袄，可见比那孩子大不相同了。"

施公又命衙役，到街市上将五岁孩子找了几个来。施公将德保递给差役。孩子都在丹墀下。叫人拿各样东西、玩耍食物等类，哄着他们玩耍。同在院中，闹闹哄哄。那瞧看的军民，议论不表。施公叫上方宅族长，下去看看德保影儿。方敏文答应，尽心细看：个个小孩皆有形影，唯德保形影总看不甚明。只当年老眼花，仔细又看，仍无影儿，就不相同。登时族长如小儿呆望，惊得打躬叩头，恳求赦免。施公吩咐："青衣，先将孩子送出，每人赏银一两，都在族长方敏文家去领给。"青衣答应，遵依而行。

施公又对堂下说："你们不肯认罪，恳求本县，使我劳尽心力。你等若是愚民，还可恕了。尔等乡绅读书明理之人，似觉难容，即不深究，人说本县赏罚不公。若诸公无意吞谋产业，为什么将有病孩童抵塞混充？自然更怕冷，以致本县当堂审问不真。你们存心不善，情理实实难容。本县有心加刑治罪，你们宦家体面何在？族众每名罚米五十石，以备冬日济贫。族长年尊不公，额外罚银百金，为庆贺去世老翁生子之礼，及旌奖王氏贞娘操守之真。限三日把家产归齐。尔等将轿子，合族绅宦，都到刘门迎请节妇、德保，好叫他光宗耀祖，转回家门。至于方刚立嗣，不该逐出孤寡，从今一应家务，概由王氏掌管，永不准方刚经手。如有人不遵者，来禀定夺。”方族人等，一齐打躬，叩头拜谢。

施公这才吩咐传王氏、刘之贵、王守成夫妇上堂跪倒。施公叫声：“王守成，本县为汝女贞娘，判明泾渭，当日方宅之人，怨你女儿作了无耻之事，你夫妇逼那节妇自尽，险些儿误她母子之命。本当加刑治罪，姑念你因羞辱，实出无奈。你还要怜年少烈孀孤儿，从今必须诸事照前。若是有人欺压她母子，只管来禀本县知道。”王守成夫妇闻听，往上叩头说：“大老爷今将女儿污名洗清，小的就死也安。”施公听罢，又叫声：“王氏，听本县吩咐：难为你泾渭分清，今朝辨白，你心无愧，暂且跟你母舅回家去。三日内家财归齐，花红鼓乐，迎接回转方门，执掌家务，与方刚无干。看他孝你如何，若有不好，立刻赶出。仍与老翁守节，抚养幼子。本县详情，门第增光，流芳万世。”贞娘听罢谢恩。施公又向刘之贵说：“可羡你能识贞娘节操，恩养甥女、外孙，非是容易。总要照常照应他母子。一应家用物，盐行买卖，也须你时刻代伊料理。德保成人，子承父业。他族人若有侵欺孤子寡妇之处，来禀本县拿究。”刘之贵叩谢。

方敏文心中暗想：草目翎毛，尚且有影，真真奇怪！这定是节成亲生骨血，可见是有屈情。施公见方敏文呆思，就知应验。吩咐：“传方商人上堂。”敏文堂前跪下。施公说：“你看德保有影无影？”敏文口呼：“青天老爷，真正无影。”施公说：“这就是老翁有德，上天不爽之故。小儿健阴之体，赤身亦无妨碍，你将有病孩儿领过来，比德保瘦弱，仅穿夹衣；街上众童都是单衣，就在堂前脱衣一试，立刻分明。”施公说：“人来，你们把各家孩子脱去衣裤，都哄着玩要。”青衣答应，遵依而行，把病孩子也是脱去。小儿贪吃贪玩，俱都喜悦，不怕寒冷；唯独德保不耐风寒，与他果子银钱俱不要，哭着要穿衣服，口中呼唤妈妈。方盐商合族人等，面面相觑。施公坐在上面摆手，吩咐：“青衣把小孩抱着，与他穿衣服，交与王氏，领在一旁，伺候发落。”

施公又叫上方家合族之人，说：“你等胡言，无凭无据，又没比例，所以心内怀疑不信。今日当堂试过，有什么不服，只管讲明。”方宅族人闻听，含羞抱愧，面面飞红，一齐打躬叩头，都说：“青天博通古今，明见如神。寒族无知，冤枉王氏贞娘。那知有成阴德，怀下子嗣。从此再不胡行，望父台开恩。”施公听罢，微微冷笑说道：“这等说来，诸公的疑心去了，没有不服之处了！”方宅合族一口同音说：“谢太爷的大恩，给绝户断出孩儿，为节妇洗明冤枉，并无有不服之处。”施公说：“你们不该冤枉节妇有那外事，因家财坏节妇之名。怎知贞娘青春嫁与老者，为她爷娘受过恩德。哪料一宿而终。可怜操持，立志不去改嫁，给你方门增光。此乃去世老翁阴功大，使王氏产养后代。你们为家财逐她出来，若非告到本县案前，王氏贞娘之屈，如何得申？臭名莫洗。你们既系乡宦读书之家，岂不知律有明条，全不想斩宗灭嗣，应该何罪！快快说来，按律定罪。”

方家合族之人，听得施公要按律治罪，叫他们自招，吓得魂飞。唯施公又派人押下家族人等，限三日取齐，家产交明。各人允纳，俱各散出。

施公后又差人挂匾额一面，旌贞娘节烈；立刻禀明上司，当堂存案。吩咐退堂，入书房。刑房书吏送来人犯招稿。施公灯下观看，至晚宽衣上床而寝。

次早，施公净面整衣升堂。放告牌挂出，只听喊冤之声由角门而入，又一人至堂前下跪，说：“小妇人冤枉！求太爷恩准判断。”施公闪目观看：原是一年老贫婆，有五旬上下，身上穿布衣，两眼垂泪。施公说：“你为何事？家住那里？细细说来！”贫婆说：“小妇本姓崔氏，家居城外双杨树。孤儿寡妇，母子务农为生。今年种了几亩田地，每日种灌，结的茄子甚大。实指望卖钱还税，不料被人偷去，儿子因怒染病，不但无钱交纳国税，冬天衣食皆无，只有死路。幸值老爷判事如神，因此前来告状，求老爷拘贼救命！”施公闻听，微微笑道：“你种茄子，近有街坊邻居。所稼种之地，晚间必要巡查。”崔寡妇见问，说：“老爷，小妇的园子紧靠河边，夜间没有巡查，不知那贼来偷去。”说罢，放声大哭。施公说：“贼人不过偷盗茄子，难道连茄根都拔去不成？”崔寡妇说：“他要茄根何用？只恐茄子长大，还是来偷。”施公说：“茄子已被偷去，共有几回？据实说来！”寡妇回答：“茄子偷去有六七回，算来价钱五千有零。虽然茄根仍在，只能给那粪钱、人工钱。”施公叫声：“崔氏，茄子已经失落有六七回，又不比别的盗案，拿着有赃可证。贼偷茄子，挑到长街，随时卖去，又不知姓名是谁，既拿住也是枉然。无凭无据，怎然查问？本县念你孤寡，逢贼之害，秋季钱粮免你。偷茄子只可认个晦气，且自回去。”崔氏不肯下堂，青衣将他扶出。那些瞧看军民不悦，议论纷纷不表。

施公见崔氏去后，却又暗着青衣前去查访有无，差同崔氏下去。这日施公升堂，时才午初，差往双杨树崔氏家的八个公差，当堂回禀。施公一见，便问：“你们可将本县吩咐之言，告诉崔寡妇么？”众役回禀道：“依办。”正说话间，又有差去叫卖茄子的，几个公差回话说：“小人们奉差把守东门，将卖茄子俱都拿来。”施公闻听，满心欢喜，吩咐：连担子全带进来听审。不多时，担子筐儿都放到堂前，个个害怕，跪下叩头。

施公留神观看。问说：“你们是江都县的居民么？你们都是江都百姓么？”施公又问：“叫什么名字？报上来！”齐说：“赵大、刘二、周三、阿四、金五、姚六。”个个书吏记明，各写一帖儿，就令各人即去认各人的担子，将帖贴上，站定。青衣上堂复命。施公连忙离座，来到茄子面前，数了一数，共四十三担。施公细细看验，瞧到二十筐的上面，伸手拿起一个，看了多时，看出破绽。又见几个茄苞，又看筐上贴的姓名。施公看过，放下茄子，转身归座，往下吩咐：把偷茄之人白进忠、白进义带来听问。青衣答应，立刻下去带上跪倒。二人不住叩头，口尊：“大老爷听禀下情：小的弟兄，本籍江都，小买卖营生，不敢越理胡行。不知拿到什么事情？”施公闻听说：“万恶凶徒，你二人欺心胆大，还敢在公堂说谎。崔家与你何仇？不顾别人，把茄子偷来。孤儿寡妇，痛心伤情。你早些实招，免得动刑。”二人闻言叩头，口尊：“青天老爷，寡妇茄子，不知何人偷去，小的不知其故。”施公见不肯招认，带怒骂声：“贼徒！竟敢巧辩。分明是你们偷去了，还说屈情。本县把你个真赃实犯指出。青衣把筐内茄子，多拿几个上来观看！”公差答应，不多时拿到，放在公案上面。施公说：“白进忠、白进义，你们口称未偷崔氏茄子，本县问你，既是自家种的，为何茄苞儿还未长大，因何就摘？”二人闻听，一齐强辩。施公说：“这茄子因何个个打着窟空，这又是什么原故？”二人闻听，一齐发怔，说：“是虫咬的，或被风打的，也是有的。”施公闻听，不由大怒，说：“分明偷的茄子，公然肥己。今日事犯，尚敢胡说！昨日崔氏告状，本县故意施下暗计，差人密访，令她母子将大小茄苞，针孔穿过。你二人今日已经中计，还辩什么？”吩咐公差拿着茄子给他们看。青衣将茄子拿来。

二人一见，个个都发呆，无言可对，只是磕头求饶，说：“小的原是一时起有歹心，当夜窃盗。”施公闻听冷笑，说：“你这两个该死的奴才！要是你们自种的茄子，岂肯一时尽摘？只顾自己过活，不肯顾别人，天理何存？你们还说什么？可叹崔家老妇好容易种的，真正费心费力，只望卖些银钱度日。你们坑害于她，真正可恶！今日实犯难逃，依律处治。还是依着盗人律例，还是赔补？此二条任你们择！”二人说：“情愿赔补。”施公说：“本县儆戒你，下去将二人拉住，每人重责二十大板，再叫赔补。”青衣答应，上前重责。二犯叫苦哀哉！施公吩咐差人：传崔寡妇上堂。不多时，崔氏跪在下面。施公说：“尔茄子着他赔偿。”一齐退下。

施公正要退堂，忽见施安进来。遂问李升访拿水寇之事。

不知施安如何回答，且看下回分解。

第二五回　施安报凶信　施公痛义士

施安见贤臣问李升，不由心中一痛，泪如雨下。贤臣一惊，说："难道其中有什么缘故？你快快讲来。"施安拭泪心悲，口尊："老爷，要问李升，令人大痛。前者小的奉命私探黄河套，扮作客人。那一日赶到黄河套，小的们下在渡口旅店之中。天有下晚之时，小的身乏打盹，李升独自出了店门。小的睡醒，问他何往？店中回说不知李客出店，并无留信。小的有心去找，不知去向。等至黄昏，不见回店。小的坐到三更时分，忽然睡去。李升迈步进房——小的如同梦中，只见他说：'老爷恩重如山。我私探水寇，误上贼船。到了江心，忽听胡哨一响，四下来了许多船只。我命丧水中。'"施公闻听，不觉泪下，即问："如今怎么拿贼报仇？"施安又说了一番。施公又哭之不已。只叫施安拿银送到李升家里，安其妻子之心，不可说此凶信。施安说："晓得。"不表。

且说外面云板声响。不多时，只见施忠进来。施公看见义士，心中甚喜。好汉上前请安，口尊："老爷在上，小的施忠回转京内，老太爷都好。今有回书一封，请老爷过目。"遂从怀内取出，双手呈上。施公接过，为国心烦，不看家书，先告诉李升之事。施忠闻听水寇之猛，李升之义，心中难忍，一声大哭起来，说："老爷不必悲哀，今李升已死，老爷何用担惊？等小的去会水寇，与李升报仇，兼答恩养之德！"又说："小的还讨二人！此二人乃是兄弟，名叫王栋、王梁，武艺高强，小的深知。"施公点头，伸手提笔，立刻标写红票，递与施忠收起。施公复又吩咐说："你三人务要机密行事，不可招祸。你去打点行李，明早好走。”好汉答应，回到自己房中不表。

且说施公把家书打开，细看一遍，看完不觉二鼓。施公困倦，站起收了家书，宽衣解带，上床而寝。次早升堂办事，叫施忠三人起身。三人一同迈步出衙。众差役纳闷私言不必说。

且说他三人到无人之处，施忠这才言奉差的缘故，一一告诉栋、梁二人知道。又将李升死的话，说了一遍。三人不胜叹惜。王栋带笑说：“当日我们兄弟二人，绿林贸易，山东一带，颇有名望，不知在江湖吃多少亏。昔年撞见捕官，甚是厉害，弹弓无虚，长枪短棒，人人惊怕。围住我们，兄弟两胁中箭。忽见一人骑着黄马，扬手发镖，并不脱空，伤了几人。我们赶上，请他留名：外号飞镖黄三太。生得仪表如此，一时分手而别，至今未曾相逢。”施忠闻听说：“二位，这就是先父那匹黄马，日行千里。他独作绿林；嗣后改换心肠，归农学作耕种。小的八岁，学会家传之艺。父母西归，亦入绿林。十五出马，并无对手。今年二十二岁。”栋、梁闻听，说：“原是令尊大人，失敬，失敬！”三人即时叙了年庚八字，结为生死之交。王栋居长，次者施忠，王梁居三。三人叙说，天已三更，方才安歇。

次早起来，出店去探水寇消息，连在江口探听几天，并无踪影，三个好汉正在着急。店东只知三家好汉，也是江湖客人，并不知是县中差役，便高声大语，叫：“小心早掩店门！”

且说三名水寇，今晚是刘六、刘七的东道，请银勾大王挂角蛟。堪堪天晚，水寇驾舟，离江出岸，竟奔刘家店而来。三个贪杯好色，正在热闹。

且说施忠等三个好汉，店中商议妥当，知会店中拿贼之故；各带随身兵器，侧耳细听，那边歌声震耳。

王栋说：“天气不早，你我过墙行事。”施忠答应，三人上墙，观看动静。翻身顺墙溜下，脚占实地，大叫道：“尔等水寇听真：今逢狭路，快出来受死；口言不字，把刀斩尽。”

且说三寇正然高兴，酒有八分。银勾大王等三寇，怀抱娼妓取乐。闻听人喊，心慌意乱，往外就跑，被施忠、王栋、王梁三人，在离店不远之处，前后捉获，绑捆起来。好汉这才通名，说："我名施忠。三人奉县主之命，特拿你等。"把三人捆起，天明到渡口。武职衙门廉三元千把等官，那敢怠慢，立刻传令发兵到店，等候护送。三个好汉叫把水寇抬在车上。两家店主，不敢言语，只求无事。

且说施忠忽见有群人来得不善。施忠说："列位小心，等我挡住那些鼠寇。"下车站住，迎面拦挡。喽兵水卒们看见，个个跑散，各保性命，施忠方又走转回来。

且说贤臣这一日升堂。廉三元上堂口尊："老爷，今有京都差官，不久到县。"施公闻报，吩咐书吏三班人等，伺候到接官亭，迎接差官。众役答应，到接官亭等候。廉三元跪倒回话，禀："老爷，差官离此不远。"贤臣说："再去打探！"三元答应退去。贤臣又吩咐："人来，即发书吏回县衙。门上挂灯结彩伺候。"该值答应而去。

且说贤臣起身出亭，闪目一看：尘垢飞空，对子马、龙旗、王仗拥来。贤臣急走几步，跪在尘埃报名。马上差官说："起来。"施公站起，不乘轿，骑马绕道先行进城，衙前下马，躬身等候。扬州官员得信，也到江都县衙之前。州官引领，跪接钦差大人。钦差上堂居中站立，众官跪听宣读。钦差高声朗诵：

> 江都县知县施仕伦，为官爱民，作事清廉。不惧势利，忠正可嘉。再扬州作官不清，有害百姓，贪赃殃民，有坏国风，革职为庶，宽恩免究。扬州现在令二衙暂权，不日补缺。命江都知县会同知州二衙，盘查扬州仓库；但有亏空，行文上报，治罪议处。钦此。

钦差读罢，众官叩头谢恩，州官立刻脱去吉服，换上便衣。

贤臣含笑，躬身望钦差说话，口尊："大人，卑职等斗胆，请大人敝邑暂歇金亭馆驿，卑职等好尽恭敬之诚。"钦差伸手拉住施公的手，叫声："贤兄说那里话，你我乃通家之好，何言恭敬。可贺贤兄初任成名，不日高迁。出京见过令尊翁之面，本欲盘桓几日，奈钦限紧严，不敢停留，暂别再会。"未知后事如何，且看下回分解。

第二六回　众寇得凶信　会议江都县

差官苦辞下堂，众官跟随出衙，送到界外，众官回转江都。

扬州坏官，先告辞出衙，等候交任，盘查仓库。扬州二衙，姓王名辉，乃东昌人氏，以文才选的。为人耿直，深服施公断才。

王辉带笑望施公说话，口尊："县令，贪官坏任，上谕命你我二人盘查仓库；又令下吏代理，少不得领教，一同进州。"贤臣素闻王辉与贪官不合，为官正大，一闻王辉之言，施公忙忙站起，躬身口尊："州尊大人，卑职何敢多言，任凭尊裁。"王辉闻听，起身赔笑说："贤令请坐，你我乃通家之好，何须套言。"施公连忙回答："恕卑职斗胆。"王辉笑说："下次再提卑职二字，有失体统，令人耻之。贤令请坐，公议正事要紧。"

施公坐下，对王州尊说："你我先让他回州，好作手法。如此这般，大家取便，岂不美善？"王辉闻听，回答："甚妙。"

二公正议之间，忽见施忠进来，走至贤臣身旁，跪倒回话说："小的奉命到黄河套。水寇吃醉被擒来，官兵护送。"从头至尾，说了一遍。贤臣闻听，说："事毕领赏！"施忠站起，又叫书吏写了回票。好汉手拿回文出衙，交与班头带回黄河口不表。

且说贤臣即命书吏出告示，贴在十字要路口，上写：

扬州府江都县正堂施，晓谕江都远近人等知悉：今奉上文到县，五日以后出斩九黄、七珠，并莲花院十二寇。内有恶人关升、豪奴三片；还有那些应斩六徒，尽行诛之。传其仇家，到法场瞧看正法，以报仇雪恨。无论军民人等，知悉。

话说贤臣与二衙一同出衙，马步快兵跟随。施忠、王栋、王梁保护水寇车辆，前呼后拥，到江都城。瞧看军民，称赞不表。施公与二衙解水寇，兼上扬州盘查仓库。

且言扬州、江都远近，有四名响马，称为南方四霸，个个武艺精通。黄天霸改名施忠，手使金镖三支，已改邪归正。一名贺天保，苏州人氏，年三十六岁，黄胡子，使得朴刀，骑红鬃马。第二名濮天雕，年三十二岁，黑面目，五短三长，江南人氏，手使单刀，坐骑青马。第三名武天虬，杭州人氏，二十六岁，手使亚虬枪，坐骑白头马。

且说三寇议到江都劫法场，救莲花院十二寇，因有兔死狐悲之故。贺天保见过施忠，打那关家堡同救施公后，知道贤臣忠正，是施忠义主。若说不去，又有伤绿林好汉。偶生一计，公私两便。面议：各带手下到江都，到西门外观斩犯。寻了一座酒店住下，令人暗暗打听。

且说贤臣同王辉押解水寇，进了扬州。贪官坏任无职。二衙、县令进州。施公把三名水寇，交与州官收监。当即二衙受事，与知县盘查仓库，所有亏空要赔。原官移住馆驿，变产交还。贤臣告辞回衙，进书房坐下。施忠献摆茶饭完毕。天黑秉灯，施公查对各犯呈词，想起杀场斩囚，犯人甚众，难保无事。

施忠见施公为难，好汉参透其意，说："老爷，倘杀场之内有变动，小的承管，只请放心。"施公当时坐堂。施忠旁立。施公吩咐王栋、王梁兄弟，二人答应，上前跪下。贤臣先叫，"王栋，传你到西门外正面，高搭凉棚五间。门前要悬花结彩，内设文武公案，伺候明日吉时行刑，不可错误。"王栋答应，叩首下堂办事。贤臣又叫："王梁，你去知会府守振大老爷。就说本县奉请，明早借兵卒，先到西门外保护法场。人人雄壮，器械鲜明，务必要请大老爷驾到；并去晓谕江都门军，明日西门紧闭。"王梁答应出衙而去。又叫："徐茂，你去说与禁子，明日五鼓预备。"徐茂答应转身下堂。又吩咐那些内外马步三班人等听真：明日五鼓，全班伺候。贤臣分派已毕，站起退堂，进内书房坐下。望施忠讲话，说："你出衙察探事情如何？"

施忠说："小的已见贺天保面，说有人要劫法场。"施忠又向贤臣说："依小人意，即将九黄、七珠、十二寇在衙前先行斩决，可无妨碍。"贤臣听施忠之言，略略放心。贤臣又看这些应斩之人，件件理清，不觉心内也安。待至三更时分，方才安寝。

次早净面用茶已毕，贤臣升堂，吩咐："再搭囚棚二间。你们诸事小心，事毕有赏。"英公然答应，回身下堂办事不表。又叫道："张子仁，你去出城请振大老爷。说明马步兵营，巡查四面，若有仇家来进杀场，瞧着正法报仇，问对了姓名放进，寸铁不许带入监斩棚。右边站立，不许叫喊。你把守囚棚，等本县押犯出城，一同守府监斩。"又叫跟随人役在南牢门首，即设公案；再预备刽子押犯。登时预备停当。贤臣移步至狱门首升座。该值人手取斩犯牌高擎，如飞来到监门，高声大叫："里面禁子听着！牌提五处出监；又提四个恶犯：关升、阎三片、五虎、花大。"那贤臣手提朱笔点名，押赴西门而来。王梁一见，开放城门，押着众犯，来至杀场。见守府振公带领兵马，在棚内巡查严密。

且说众寇在住处等信。武天虬、濮天雕先发小卒，探听消息。这名小卒，哨探杀场外面，回绕兵丁巡查，城门紧闭，只说城内绑犯；这名小卒，忙忙进店急报，众寇也就不敢迟慢，打扮各样人物，暗带兵器。濮天雕未出店，先传暗令……不表。

这贤臣把西门斩的囚犯绑出门外。刘医、瓢老鼠早已发出。贤臣吩咐："快把众寇都提出监来听点名。"差役答应，手举囚犯牌，跑到监门喊道："里面听着，犯人按名照数点提！"禁子闻听，一拥进牢，提出众寇，点名推出衙外。施忠一见，吩咐营兵，查看巷口。屠家抡刀如飞，登时开斩。一连三次，把十二寇斩了。施公道："点九黄与七珠僧尼二人，照样上绑。"未知后事如何，且看下回分解。

第二七回　州县官闻志　捉风审小鬼

话说从牢内绑出九黄、七珠凶僧恶尼。贤臣、施忠命众役推出衙外，屠家手举刀落。

且说施忠见杀了十二寇、九黄、七珠，大事定矣！可无劫法场之虞，跟着施忠也大悦。贤臣起身上轿出衙，施忠乘骡后跟。四名司刑的屠户，带领士兵人等，紧随县主，竟奔西门而来。王梁一见，那敢怠慢，叫门军将门开放。贤臣轿出西门，众人役跟随飞奔杀场。

且说武天虬一见城门已开，眼望天雕说道："杀场来的犯人甚奇，怎不见我一拜之朋一起押来，都是无干人犯。兄长你挨开门。"又道："出来人夫轿马。莫非此来，内有众友见面？此时须要齐心努力，刀杀官役。今日踏平江都，不必留情。"天雕点头。

且说施公登时进了杀场，下轿。人报守府到。两人分旁而坐。

且说城中哨探的那名小卒跑来，对濮、武口呼："众家寨主，不好了！"即将城中十二寇、九黄、七珠已斩，说了一遍。

贺天保闻听，不以为意。唯有天雕、天虬一闻此言，一声大喊："呀！气死人也！好个不义黄短命，不思神前一拜。少不得大家与你作对。"言罢，又一声喊，气填胸膺，即向众寇一声暗号。只见八名强寇，站立一字排着，个个拿出兵器。贺天保一见，既行劝住，说："你们众家兄弟，不必动手。人已经被斩了。十二人虽系朋友，自作取死。此事官也遵的王法。勿要动手，二位寨主、众家兄弟听真，此事何用作难！"用刀一摆，命众人齐收兵器，瞧看热闹。

且说施公与振公在监斩囚棚内，二人闲谈，等施忠去动斩刑，取悦人心。施公正与振公谈话间，探报子下马，上前跪倒："小的来报，廉三元与老爷叩头。"施公说："所报何事？快快言来。"探报子答应："小的回老爷，扬州补缺州官到任，请老爷前去迎接。"施公说："我已晓得。"探报即起身出杀场而去。

施公吩咐："带人犯进棚。"五虎、关升、三片，姜酒烂肺谋奸的董六，老庞、解四、车乔、瓢老鼠、李龙池、刘君配、梅氏、王婆等不过是杀绞，斩而诛之。立刻仵作抬尸，散了杀场。有那瞧看了仇家的，个个合掌念佛。真乃是军悦民欢，不必细表。

且说施公与守府二公，出棚上马，乘轿进城，十字口分手。

施公因接迎州官回衙，进内更衣。出来吩咐：马步三班人等，不用跟随。轿夫散去，牵马伺候。不多时拉到两匹马。施公乘马，施忠骑在后，随同出衙。他主仆二人，巳刻进了扬州衙门。

施忠服侍下马。施公一溜一点，同进州衙角门。但见堂前彩结悬灯，三班六房闹闹哄哄，大小官员站起迎接恭敬。施公站在居中。官吏带笑，齐呼："县主，专候台驾到临。州尊太爷刚才来到，怪县主未去迎接，带怒进内；又传话出来，有礼相见，即履堂规。"施公闻听，恼怒在心："我今奉旨监斩犯人，是以未能远接太爷。但言有礼相见，这说他升官，便要铺堂的？不用商议，快去打点礼物。"官吏闻得，信以为真，齐说："县主速去办理，以免太爷见怪。"言罢，个个出衙门回去。施公带笑说："列位还是伺候州尊，勿要远去。我也回去打点金银。"州役答应："小的晓得。"

施公吩咐了即往外行出衙，同施忠步行往西一座饭店。施公进去，施忠挽马拴住，随后进铺。好汉旁站。堂官过来带笑："请问：爷们用酒用饭？吩咐小的好办。"施公回答："不拘什么，这好吃的，快些办来。"走堂端上汤饭，排了桌上。主仆二人用毕会钞。施公与施忠商议州礼之事。不知后事如何，且看下回分解。

第二八回　州官罚县把门　硬驳众官礼物

话说施忠办买八色水礼，开礼单，写手本。贤臣起身，出铺上马；施忠拿着食盒，往衙而来。州官可巧回衙。贤臣叫声："施忠，拿手本礼单。"施忠递过。施公吩咐："你可拉马在此等候，我进去投递。"贤臣带笑上堂，望书吏问话，不知哪位是内司？内中书吏回答，说："那边坐的就是。"贤臣闻听，扭项观看，来到那人面前，把手本礼单奉上，带笑说："奉烦投递。"那人接手本礼单，往内宅回话，口尊："老爷，今有江都知县施仕伦，具手本礼单。"赃官闻言，心中大悦。瞧了瞧礼单，不过是平常礼物，并无银两，心下沉吟，不由动怒，将手本礼单扯碎，叫声："进禄出去，快快告诉于他，本州不敢担受礼物，少时升堂。"进禄答应，来至大堂，见了施公，就把吩咐之话，说了一番。贤臣听罢，转身下堂出衙。施忠上前，口尊："老爷，不知事情如何？"贤臣心中有气，不便细说，叫声："施忠，把那礼物，叫抬盒的人拿回去。"说罢，起身走至台阶，赌气坐下，专等机会怄气；又暗骂贪赃狗官！众同寅及书吏上前，就问说："老爷生气，为送礼之故？"贤臣说："太爷清正，我施某带来重礼不受，反罚我小官把门。是以在此代太爷辞礼。"众官吏听施公之言，个个迟疑。半晌讲话，说："县主，既是州尊之命，焉有不遵之理？我等何苦去碰？可吩咐将礼抬回。"专等贪官升堂行礼，齐至大堂伺候。

就有内司走过，开门见礼。见官吏回言——照着施公的话，说了一遍。内司听了，心中恼怒，去见贪官，叫声："老爷，了不得了！不用等礼。小的才见施知县投帖送礼。老爷动气，说：'偏不要！'他赌气，放下坐褥，把守大门；见众官的礼到，竟大胆吩咐说：‘太爷一概免礼！’众人把礼拿回。老爷还讲什么？”州官听说：“快去吩咐外班，我立刻升堂。”进禄走到外宅高声说道：“三班伺候，太爷坐堂！”只听得梆鼓齐鸣，赃官上堂拜印已毕。官吏参拜；官役、牢头、禁卒，各乡的地方、保甲人等，叩头已罢。贪官要寻施公，带怒便叫：“江都知县闻话。”施公遂即向前，口称：“施不全参拜。”州尊听见贤臣报名，慌忙站起一摆手，即便说：“请起。”施公站起，躬身一旁侍立。州官又叫：“施知县，你知罪么？”施公躬身回答：“卑职不知，在大人台下领教。”州尊刘元见答，含怒说：“本州钦受御旨，点我扬州管理万民。大小官员都来迎接，唯少贵县。莫非轻视本州？你等我盘查仓库再讲，若有一点私弊，立刻革职。”贤臣闻听，强笑躬身行礼说：“非是卑职莫来迎接，唯因今朝奉旨监斩人犯，国规完毕，始敢动身。及赶到衙门，大人驾已早到，万望大人宽容。盘查仓库，请算；或足或少，自然有数。”刘元听罢，面带愧色。忽见堂下走上一人，公案前跪倒，手举呈词。州官接状词观看，上写：

具诉告人东邻赵大、西舍王二、前居张三、后住李四、地方陈虎，呈为本郡南关以里，东路口坐东向西，有三教寺一座。山门正殿，四层配殿，群房共计七十九间。数年并无僧道在内焚修，每逢初一、十五，有邻人进寺烧香。本月十五日，众人进庙献供，进殿遇见怪事，众目同视：第四层魁星殿内，泥小鬼项挂少妇人头一颗，并无尸骸。不敢隐匿，众人共同叩恳大老爷秦镜高悬，查昭不白之冤。子民感叩洪恩，万载无既。

州官看罢，不由肺腑吃惊。他在座上，不好明言，自己暗叫：“我刘元大运不济，上任就逢此事。头一个施不全对头，还未判断；他是我命中仇星，到手银子，他偏横挡。”贪官急中生计，肚内说：“何不如此这般，公报私仇！”刘元故意叫声：“县令施不全伺候。”贪官说：“今寺中有无尸人头一案，委汝验明，三日内断出尸亲。本州才升到此，不能办理。我出批，你作速去办！”言罢，提笔写上：

州批县审。批为本州南关以里，路东三教寺内，魁星殿中，泥鬼项上，挂少妇人头一颗，无尸。投告者：前后邻居、地方人等公举。必须三日内断出尸亲详复。倘三日内不结，该令才短，摘印后递取，决不轻恕。

州官写毕下递。贤臣接过。贪官下叫："陈虎，你领县官速到三教寺断鬼回复。"施公深打一躬，走下堂来。刘元吩咐退堂。众官散出，都与施公担惊。贪官又派人役取刑具。贤臣看见刑具，微微冷笑出衙。忽见一人慌慌张张至施公身旁跪倒，乃是地方陈虎，奉州官之命，跟来回话。好汉服侍施公上马，施忠乘驴，地方引路，竟奔三教寺而来。

贤臣偶然灵机一动，叫地方陈虎上来。贤臣说："本县问你：你缘何呈报人头之事，不带凶犯上来？理该把你重处。"

地方回答："人头挂在鬼项。"贤臣却说："又来了，你既呈报妇人头挂在鬼项，本该就把令鬼带来。是谁把人头挂在他的项上，好明不白之冤。"施公吩咐快去。地方赌气趴起，转身去拿绳杠。不多时陈虎进庙，令人伺候公案，一应铺设停当。地方引路，贤臣进内升座。又见本州四名衙役、刑房、乡绅、总保甲、牢头人等，上前叩见，报名已毕。贤臣下叫陈虎，地方答应跪到。施公说："传四邻回话。"陈虎答应，翻身下行。立刻就有人跪下说："小的张三、小的李四、小的赵大、小的王二，老爷在上，小的叩头。"施公说："我问尔等，知此妇死的缘故么？"四人从头至尾，诉说一遍，呈词无异。未知后事如何，且看下回分解。

第二九回　传四邻问话　各人报姓名

四邻报名诉罢，走下出殿。贤臣安心要看庙内破绽，好推情断事，审人头屈冤之案。贤臣站起离座，一溜一点下殿。施公同众役与施忠，从新绕殿，转过游廊、配殿，群墙瞧遍，并垣墉之处；又至后殿梓童殿上，左照右观，并无尸骸。心想：少不得打草惊蛇，再察形迹。主意已定，忙回至大殿。下役人等围随。贤臣升座留神，只见那些瞧看军民，闹闹哄哄乱说："从未见过审泥小鬼的这稀奇事。"纷纷说话不提。且说贤臣吩咐带小鬼，陈虎答应，抬上。施公安心展才惊众，判断泥鬼。贤臣伸手提笔上写：

> 州批县审。本州南关以里，路东有三教古庙一座。山门大殿共三层，计七十九间。后有梓童殿中，小鬼项挂少妇人头一颗，无尸。今本地方呈报，众目同观事实。此庙内数年以来，并无僧道焚修。现今原被告全无，州尊委本县施断，严限三日以内回复。尤恐此郡举监生员，三教军民不知，今出示晓谕知悉：愿瞧者赴庙听审泥鬼。倘有断不清明之处，许尔等公举。特示。

写完往下又叫陈虎："你把告示速去贴在冲要之处。"贤臣又说："听我吩咐，今州尊委我，派你等四人，大家公办。审清人头，大家有功。若是你我怠慢，州尊恼怒，罪名非轻。"

四公差闻言，也是鼻内流酸。贤臣恼在腹中，故作不知，说道："陈虎，你去把住庙门，并吩咐举监军民三教之人，他们既来进庙瞧看，许进不许出。如有不遵，立刻锁拿去见州尊严究，就算杀人之犯。如期莫怨施某断事不明。你要徇私，放出一个，本县送你算犯法之人。”陈虎闻听，吓了一跳，无奈答应：“小的晓得。”这地方把告示贴上，回来复命。贤臣一摆手，地方闪在一旁。

天色将晚，贤臣瞧月台上站着泥塑小鬼，项挂少妇之头。看罢眉头一皱，计上心来。离座出殿，走至月台，带笑高声说话：“你们这内中举监人役，贤愚不等，瞧看本县审鬼，须听我施某吩咐，不可顽法。”只听答应，上来跪下。贤臣就问：“你是仵作，名叫什么？”回说：“小的名叫张五。”施公说：“你把鬼项挂的少妇首级验看，是何物所伤，不许粗心谎报。”

张五答应，至泥鬼眼前，取出一根筷子，拉着那少妇之头，细细瞧看多时，回身进殿回话：“老爷，小的细验明白：妇人头上，致命斧伤二处；脑袋是斧子砍下来的。”贤臣闻听，一摆手，仵作退下。贤臣设计，诱哄愚民，审鬼是由头，好追寻题目，说：“本县奉州尊所委，势难诿卸。皇上点我作官，岂肯有负圣恩。本县幼年习学法术，与你报仇雪恨。”霎时间，忽见东南狂风大作，旋风来了乱滚，垂着泥鬼打转。贤臣一见，就知其意，不由得暗喜，感动佛祖神圣。往下高叫：“风中女鬼，听我吩咐：不可徇私，快捉人犯；本县差人带你到人群里找去。”随叫：“马腾你跟旋风，不可拦挡，任他旋转。倘有可遇之处，领来见我。”

马腾答应，思想无奈，迈步出殿，跟定旋风，东就东，西就西。旋风滚得急快，公差两眼似灯。马腾高叫：“列位开路，莫挡风神。”众人闻听瞎叫，心中无亏还好；有亏之人，面上变色。旋风在人空中钻出钻进，找寻仇人不见，又起一阵狂风，往寺外而滚。马腾也随即跟出，转眼不见，心下为难。正在思想，忽见旋风从阴沟里进庵，复又出庵来引公差进内。那风习习连转三转，从阴沟刮入庵内去了。公差一见，说：“杀人之犯，一定在内，何不进庙？”用手拍门，高叫：“里面有人么？”

女僧正坐，忽听外面打门，忙唤：“小尼，看外面什么人打门？”

小尼回身来至角门开门。那公差迈步进庵，闪过，找风。只见旋风声习习，往里直滚。公差哪管内外，跟风往里就来。那风忽进禅堂，声习习围着大尼姑团团而转，刮得尼姑用袖遮面。

马腾一见，不管好歹，回手取锁哗啷一声，就套在女僧项上。那风出房，又起一阵大风刮去不见。那个尼姑吓得面色焦黄，口中直叫。公差不由分说，拉起就走，穿街越巷，直奔三教寺而来。

那些瞧看军民人等一见，个个说："人拿来了！咱们快听老爷断鬼。"贤臣听得明白，闪目外观，只见锁拉一人，却是女僧，头上无帽，白面秋波，桃腮杏眼，樱桃小口，甚是窈窕。身穿绫罗，足登镶鞋，年纪三旬。迈步上台阶进殿跪下，公差报名："小的带女僧。"贤臣闻听摆手，马腾退后。贤臣点头，难怪尼姑性乱，败坏法门。叫声："女僧听真，今有屈死女鬼，在本县台下投告，私通谋杀他命，冤魂聚而成风，引领差人拿你。快快实诉，免得动刑。"那尼姑口尊："老爷，小尼本州人氏，多病出家，奉公守法，不敢为非。老爷就便夹死，岂不冤枉佛门弟子么？"贤臣闻听，微微冷笑，往下吩咐一声："女尼不用强辩，你去在台上把鬼项挂的人头看真，回来再讲。"

尼姑只得爬起出殿，走到泥鬼面前，睁眼一看那颗人头，不由心中害怕，忙忙回身进殿跪倒，口尊："老爷，令尼看过，不识其面。"贤臣闻听微笑："你竟是满口胡说。本县知道其故，屈死冤魂，是你所害，因奸杀命，还不肯实招。"喝叫："两边与我拶起来再问！"众役答应，把女僧拶起。十指连心，痛不可忍。又吩咐："加拶。"只见陈虎回话："禀老爷，今有本州三老爷，奉太爷之命到寺。"不知何事？且看下回分解。

第三〇回　三衙奉命催审　奸夫与尼对词

扬州三衙奉州官刘元之命催审，马到寺门。见人进报，不见县公迎接，心中不悦。此人系蛮地之人，捐纳三衙到此，不觉暗恼在心："待我进寺，看他怎样审法？"走上月台。贤臣难越大理，立刻下迎，一步一点，至殿槛就不向外，满脸说些带笑客套，高叫："三爷恕我有事在身，失迎之过，另日赔礼。"

三衙回答道："岂敢。"迈步进殿。三衙把手一拱，随即坐下，二人言讲人头之事，三天案件限满。这位三衙姓穆，名叫作印，在旁听审。

且说尼姑上拶不肯招认。贤臣吩咐："加拶。"尼姑总不招认。贤臣用手一指，喝叫："大胆恶尼！你不招认，且下去。"叫声："施忠，你同马公差速到庵内，将所有庵内尼僧，不论大小，都拿来问话。"

好汉答应，迈步前行，与马腾离三教寺，竟往白衣庵而去。

不多时拿到众尼，上殿跪倒。贤臣观瞧女僧已罢，说："你师父犯下之罪，她赖你们谋害人命。你要实说，莫要虚言。"尼僧见问，吓得磕头碰地，口尊："青天爷爷，小尼今年十八岁，命犯孤寡。八岁进庵，蒙师训诲，紧守清规，法度最严。不知何故，将师徒全拿送寺？叩求青天爷爷秦镜高悬！"贤臣大怒，吩咐动刑。一连三拶，可怜把小尼十指拶伤。怎奈心坚似铁，不肯招认，只求超生。又说："小尼并无过犯。"贤臣说："她不招，吩咐卸去刑具带过，不许与那小尼见面，换过答话。"

青衣答应，遵依而行。且说施公为难，吩咐："人来，把那二个小尼带上问话。”下役答应，立刻带到，吓着叫她下跪。

只见那小尼，浑身旧衣褴褛，粗眉凹眼，漆黑的麻子，长的不堪。施公看罢，腹内暗转，要明此冤，得诱哄于她。满脸笑着，忙出公位，小尼面前，伸手拉住，叫声：“小孩子起来，不用啼哭。你的师父、师兄先回庵中去了。跟了我来，我好叫人送你回庵中，不用哭。不听说，我还叫人把你锁上，还打一顿板子。跟了来罢！”言毕，拉起小尼，往上走来。施公复归公位坐下，也不嫌脏，取这腰间纺绸手巾，替那小尼擦那眼泪鼻涕，拭干细看，带笑问话：“小孩子，太爷问你，你今年几岁了？不要哭，不害怕，告诉我，好买东西你吃。”回头叫声：“施忠，你去买些果子与她吃。吃饱了，好送她回庵。”好汉答应，去不多时，买了些果糖食。施公伸手拿起，递与小尼，复又带笑说：“小孩子吃罢。吃得饱饱的，好送你回庵，不害怕。”小尼闻听，快活活，笑嘻嘻，接过就吃。

且说三衙暗笑，我看他审事平常，倒会哄小孩子，若到限期怎了？

不言三衙有气。且说贤臣诱哄真情，一回手，把腰间小小的花荷包解下，挂在小尼胸前。俗言小孩子识哄，哪里见得吃的？又见给一个最好荷包，乐得她眉开眼笑，指手画脚的，叫声：“太爷，你这个荷包给我可好装钱，便宜了我师父了。”

施公听出题头，不由心中大悦，扭项叫声：“施忠，把你腰中散钱给我些。”好汉答应，回手腰中打摸些钱，递与贤臣接过，都给小尼装在荷包里。贤臣带笑说：“小孩子，这些钱带回庵去，好买东西吃。我问你，不知昨晚来的那位太爷，是你的什么人？你告诉于我，我好叫人送你回庵去。”小尼见说，心喜欢得手脚乱动，一面欢笑，说：“太爷你问我，我不敢说，师父要打我。”施公说：“你师父不在这里，你只管说，好送你回去。”小尼四处一看，果不见师父，这才说：“那位太爷，比你还俊。他每晚半夜，总到庵中，带些酒肉饽饽，与我师父、师兄，饮酒顽耍。饽饽和肉，我吃饱了，打发我睡，还给我钱。每日晚上，嘱咐于我，不准告诉外边之人。那太爷白日并不见来。”

施公闻听大悦，下叫：“人来，快把那老、小二尼带来对词。”下役答应，翻身下走。不多时，把二尼拿来跪下。贤臣说：“你们不招，有人招了。叫那孩子，把告诉我的话，对你的师父、师兄，再说一遍。”小尼见问，复又啼哭，叫声：“太爷，我不合你好咧！我说了告诉你，不叫我师父、师兄知道，因何又叫他们来对话呢？我不说，我怕打。”旁边老尼闻听着忙，叫声：“你不要胡说，回庵送了你的小命！”贤臣说：“人来，掌嘴巴！”一声答应，上前边五下嘴巴，打得牙落。贤臣又问小尼，小尼又照前说了一遍。二尼闻听，无言可对，个个仰面长叹道：“命该如此。”口尊：“老爷，不用再问，小尼招了：师徒同与西茶铺陈姓往来是实。”贤臣吩咐：“人来，带下老、小二尼，少时对词。”下役答应，立刻带下。

施公这又吩咐马腾：“你速拿西关茶铺陈姓听审！”马腾接签下来出寺。不多时将陈姓带到上殿跪下。贤臣喝道：“今州尊委我断人头公案，鬼诉真情，旋风到庵，捉拿女僧，诉说尔因奸杀命。快快实招，免得动刑！”那人见问叩头，口尊：“老爷容禀：小的与尼姑并无通奸之事。如杀人，更没此事。老爷上裁。”贤臣说：“你倒言通理顺，善问如何肯招！”吩咐人来，将他夹起。未知后事如何，且看下回分解。

第三一回　判明妇人头　回复见州尊

下役答应一声，夹棍夹起。陈公义见无据证，求生忍刑不招。贤臣说："好一个恶徒！"吩咐："人来，快把三名女僧带来对词。"下役立刻带上跪下。贤臣叫声："小尼，你认认那人，是你假太爷不是？快说！不说打嘴。"小尼跪下害怕，即细看回答，叫声："老爷，这就是那个太爷。"贤臣闻听，事情都对，心中大悦，问那老尼："你快把实情招来，免得动刑。"老尼见问，不由仰面长叹，眼望公义叫声："冤家，不用强辩，老尼替你招罢！"尊声："太爷听禀：小尼俗家姓屈。父住东关，无儿，只生二女。小尼年幼多病，因此许进西关白衣庵中。不多几年，师父在外募化修塔。后来小尼又收两个徒弟，谨守清规。遇见西关茶铺陈公义，见小尼容貌好看，反用心计，进庵许愿，常常往来。请小尼到他家里，不防被他灌醉奸骗。酒醒无奈，续通奸了徒弟。打算无人知晓。不幸父母去世，发送事毕。小尼妹妹许嫁与人；妹夫姓贾名君车，贸易在外。妹夫出门，妹子暂住庵内。公义那晚来至庵内，看中妹妹芳容，忍心要行苟且之事。妹妹不依，气得寻死觅活，只要告状！陈公义带酒行凶，用斧砍死，尸首埋在庵后。他半夜将人头拿出尼庵，嗣后不知怎样挂在鬼项？只求青天再问公义便明。"贤臣扭项下问："公义，从实招来。如有一字虚假，立刻处死！"陈公义见问，回答："小人情犯是实，不敢强辩。小人南关有一仇家，想着移祸雪恨。那晚仇家有事，人烟不断，小人未曾得手，故把人头隔墙抛在三教寺内。小人不知怎样接在鬼项。是实。"贤臣闻听说已招，不必深究，吩咐带下，跪在一旁伺候。又叫带过老小三尼，事情算结。少时贤臣又叫："地方看守着人头，等回复州尊，再起这头。"那瞧看军民议论不表。

且说贤臣同三衙到了州衙门首下马，进了角门。下役带着犯人。贤臣向书吏手中接过招词，一跛一点，方至州尊衙内。

施公带笑说："烦你代我通报一声。"那人站起说："老爷请坐少等，我替老爷递进。"内司伸手接过，迈步进里，把招词递给贪官。他看一遍，不过因谋奸不允，害死妹妹。奸夫理宜身头二处，回复起尸完案。刘元看罢，心中又喜又恼，喜的是不全的断法精奇；恼的是江都县有他作对，不能行事。贪官眉头一皱，计上心来：何不打点一分重礼，差心腹家人暗暗上京，求皇亲索老爷快快提拔他离江都。——贤臣借贪官的力，倒升转顺天府不表。

且说贪官又叫人传出，命三衙起尸验明，早入堂结案，暂把人犯寄监。刘元的内司奉命上堂，见了贤臣，不过说了几句褒奖之语。贤臣随即出衙，叫声："施忠，天色晚了，到馆驿歇息，明早起身。"

次日主仆出了扬州，在路正言贪官的过恶。贤臣抬头，见迎面跑过几匹马来，又听得内有一人大叫："伙计们，不用上扬州去，这位老爷就是江都县的清官施公！"只见那些人听说，跑回坐骑，个个跳下马来。众人跪在当头，哭诉情由。贤臣不解其故，勒马留神，都系买卖打扮。个个惊慌，挡在当头，口中只嚷。内有一人腮流痛泪，口尊："老爷，小的前已告过失盗情形，蒙老爷拿获斩犯报仇。另搭伙计，别处治货。从此经过五里碑，路遇一伙强盗劫财，尽行抢去。吓得小的等抱头不顾财帛，只得逃命。小的等特奔扬州来报贼情，幸而途遇爷爷，叩求青天救命。小的名叫李天成。"说罢。一齐磕头。贤臣闻听李天成三字，想起前番的莲花院十二寇那一案，就是此人失盗，贤臣长叹，叫声："李天成，可叹你命犯贼星！今搭伙又被寇盗。但五里碑不是本县地界，属扬州的辖管。"客人闻施公言语，似有不管之意，放声大哭。被这些人哭得贤臣心软，说："你等莫哭。寇去有多远？人有多少？"那些人口尊："老爷，贼去多远，小的等只顾逃命，未曾细看，不知几人，只闻称贺寨主，声音渐去无踪。"施公闻听，想必是贺天保在内，彼时临别，言过保江都无事，此地方乃属扬州地方。嗣又劫法场，多亏义士施忠吓退。贤臣想罢，何不拿话说于施忠。说："施忠，方才他言，内有贺天保，想是绿林之人。他当初原说保我江都安然无事。此地虽属扬州管辖，然与我交界接壤。今番又猖狂抢劫客商，其情可恶，真不啻匹夫小人之谈。但不知你管与不管？"施忠一听羞愧，一声大叫曰："气杀我也！"双脚跳了几跳，说："恩主不用急躁，老爷略等，小的前去。"

天霸言罢催马而行，未顿饭之工赶上，果是贺天保同众朋友。施忠一见喜悦。贺天保见施忠说他言而无信，不觉惭愧。天虬、天保面红说道："原物未动，老弟拿回送还客人，我等就此散去，免伤弟兄和气。"言毕，带怒叫声："众友，想你我尘土不染，方称英雄，义气为重。"其余众人抛下货物，都骑上马，高叫："黄老弟，但愿你指日高升，才见得朋友。"

众人将手一拱，齐跨坐骑，扬长而去。众人去后，贺天保自知理短，羞过一阵，无奈眼望施忠讲话，叫声："黄老弟，为你一人，愚兄伤却众友。没的说，你把货物银两拿去，交还原客。我也告辞了。"好汉尊声："天保兄长，你我不比他们，何用介意，另日狭路相让。"随叫众客原物照数收去，众客千恩万谢而去。不知后事如何，且看下回分解。

第三二回　皇恩诏贤臣　回京都引见

贤臣见施忠，就问：“事情办得如何？”好汉从头至尾详禀一番。贤臣甚喜，又向众好汉说道：“容日再谢！”贺天保等九人，闻听施公之言，就势告辞。各上坐骑，施公相送。众寇望施公说话：“异日再会！”言罢一齐上马，催驹回归林中。

施忠回到树下站立。贤臣说：“施忠，就此起马进县。”

好汉闻言牵马，施公乘马，施忠扳鞍。主仆并辔，正走之间，抬头看见江都城门。进了闹厢，入门闹市，耳内听得斧锛之声。闪目一瞧，路东一家好齐整宅舍，原是水作，在那里安盖大门。

贤臣一见，肚内把天干地支细细推算；值日神将，从头暗数。心中说道：“既盖大门，岂不择日？他家如此不懂礼义，难道他家无有读书之人？今日黑道五鬼破坏，要想兴隆，万万不能。其中必有缘故。本县何不问其内里之情？”随叫：“施忠，你去把安门的家主叫来，我有话问他。”好汉下马，迈步走到那家门首，带笑开言，说：“借问你们一声，那位是家主？”门里一人，年有四旬，应声答道：“不敢，愚下就是。不知有何见谕？”施忠说：“本县老爷有话问你。”那人闻听，连忙整衣戴帽，迈步出门，跟定好汉，来至施公面前。那人并不下跪，深深一躬，口尊：“老父师，生员不知驾到，未得远接。”施公说：“贤契免礼。本主一事不明。贤契既读孔圣之书，必达周公之礼。安门换户，乃是吉祥之事，今日五鬼破坏，动土岂不有损？”那人闻听，复打一躬，口尊：“老父师，门主既读诗书，岂有不看宪书之理。奈门生家没有学馆，请了一位先生，知晓阴阳风水，烦先生择拣吉期，道今日甚好。门生也有些不懂，问他之故？他说不用提起，安门之时，必有明公问，故此门生伺候这里。今听老父师呼唤，门生特出拜见。”贤臣闻听，心中纳闷，叫声：“贤契，此人大约与你有仇。”那人回答：“无仇。”施公说：“既是这样，你去把他叫来，本县有话问他。”

那人答应，回身去不多时，回来手举字柬，口尊：“老父师，门生家先生有书一封，叫门生拿来，求老父师一看。”又说：“今日理当叩见，恐其冲破县尊，眼下不能高迁矣！”贤臣闻听心悦，说：“此人奇异。我先看看字体，是何言语。”

想罢，伸手接过封皮，上写：“今月今日今时，县尊驾到……”

贤臣心惊，面视时分相对。贤臣点头说：“妙哉！待我看里面如何？”上写：

> 山东曲阜县民人孔净，字奉江都县主。今日今时，台驾回转，路过此户。马上且观。吾乃孔圣之后，微习天文地理之妙术。今日系五鬼破坏之期，内有吉星冲破，不敢报名，恐泄天机，神鬼见怪。此户转祸为祥，家道丰盛，子在父死，夫存妻亡。顶带绵绵，代代恒足矣！民人孔净数字不恭，求恕具。

贤臣看罢，不由吃了一惊。心中默言，此人学术通神，未来预知；此柬犹如板上钉钉，所言真正不错。我只知古人书中之理，却不晓陋室之中有此高人。但能有日官到极品，必请孔净主文。有心此时行聘，唯恐轻妄。贤臣沉吟多会，除非如此这般。想罢带笑说：“贤契听我一言，回府替我多多拜上孔先生。就说本县路过，不曾修帖奉拜，容日再谒。”那人闻听，又打一躬说：“门生请教老父师，今日安门到底好不好。”施公见问，含糊答道：“贤契不必追问，今日最大吉大利，贤契请回言罢！”贤臣把字柬插入靴桶里。贤臣讲罢，不多时主仆进县。

这日黎明，点鼓升堂，书吏人等伺候。忽见廉三元上堂回话：“老爷在上，小的探得京都传牌到了，召老爷回京。此缺新补江都老爷，不日就要上任，老爷定夺。”贤臣闻说，吩咐：“再去打探回报。”

且说贤臣暗说："我若回去见主，遇了机会，我必参你！"贤臣心恨州尊，即叫六房盘查清结，好交代，以备回京。

诸事分派停当，只见从角门来一人，上堂至公案旁跪下，口尊："少爷在上，老奴请安。"贤臣含笑叫声："施孝，你来江都有何事情？老太爷、老太太安否？"老奴见问，答道："满宅人俱各平安。太老爷特叫老奴前来接少爷进京。查清仓库，太老爷说不可缺少，务要盘查仓廒毕，一同进京。"施孝说毕站起。廉三元下面叫道："小人禀老爷，新任老爷离此不远了！"贤臣一摆手，上报退去。贤臣离座上轿，出城至接官厅等候。不多时新官已到，二人礼毕，一同进署交印、盘查仓库诸事，具结交代明白。新官送施公出衙。施忠、王栋、王梁三人，把贤臣送进馆驿。

且说贤臣专等明早起程；又写字一封，打发施忠去请孔先生到京。施忠接柬，领命出馆。不多时回来，上前禀话："小的奉差役投书孔先生，无容相见。回字一封，请老爷过目。"施公接过书，皮上写："民人孔净，字奉贤公。此柬不可令旁人观看，目下也不可自观。明公到了官居总漕，身逢大难，再观此柬，必有应验。"贤臣看罢，暗道真神人也！依言将书收入锦囊之中。

且说施忠、王栋、王梁三人，见施公严肃，个个溜到避人之处。王梁带笑开言，望施忠、王栋说话，叫声："二位老弟，愚兄一言公议。明日县主回京，你我早定主意。自当差以来，我先灰却上进之心。新官已上任，要想在施爷台下办事，断然不能。且又未知新官情性，可与施公性贤。孰料你我命小福薄。若是跟随进京，谅来也是小县。倒不如辞决施公，退归林下，与众朋友无拘无束，岂不快乐？望二位三思而行。"施忠闻言，沉吟不语。王梁答言说："兄长讲的不错，很在理上。"施忠见他二人都是如此言说，不由意动，心活点头。三人一同迈步，进庭到施公面前，一齐下跪。施公一见不解，忙问说："你三人这等光景，有何事情？"王梁先就接言，口尊："老爷容小的细禀：今日老爷高迁，明日起身，小的等不忍分别。再者，小的三人，蒙老爷恩待，深感高厚。本欲伺候老爷进京，奈小的有家口牵连，因此叩见，小的等不能进京。”贤臣闻听一惊，自思：王家兄弟不跟犹可，听其口气，连施忠也有不跟之意。

施公不悦，望施忠说话，叫声：“施忠，我问你，他二人不跟我进京，有恋新官之意。你想想，你不跟我去，岂不有负当初意？你今日败子回头金不换。我念你侠义，待你可也不薄。兼之你父母俱故，缘何你也辞我？”施忠见问，口尊：“老爷，小的父母虽已辞世，祖茔在此，不肯远离，断了祭扫。古人云：为臣要忠，作子要孝。老爷高升，乃万千之喜。无如小人草木之身，不敢言忠，命小福薄，不敢上京，情愿墓庐守孝。”言罢叩头求恕，恳求老爷恩典。

且说施公无言可对，沉吟多会，开口说：“你三人今日齐辞本县，你们心灰意懒，不愿跟去。古言孝悌忠信，纲常大义。人生天地间，不过占一个字，要想十全，万万不能。俗云：尽忠者，不能尽孝。欲尽忠，想恋故土祖茔，即不能远行。本县难以留你同我进京，请问你们意归何处？告诉于我。”三人一齐叩首：“老爷请听，小的等仍归林下，须学古人。”施公道：“本县还有一句话：‘好歹贤愚，心要改正’。岂不闻猛虎回头？别再落那朽名。”三人闻说，猛然点悟，叩谢老爷指教之恩：“老爷，小的若不冲天明志，死后怎入祖坟？”施公说：“驷马难追，总要信行。”言罢，把手一摆，下面三人叩头立起。

忽又见一人上庭跪下，口尊：“老爷，小的是振守府大老爷的家人。老爷奉差公干未回，知道老爷高升回都，不能亲送。小姐、太太吩咐小的，送来路费银五十两，还有家信一封。求老爷带上京去。”从怀内把银子、书信取出，一并递上。不知后事如何，且看下回分解。

第三三回　十里亭乡宦饯行 桃花店得信心慌

施公接过，带笑说："多承你家老爷费心。回去告诉太太，替我致意道谢。我钦限急紧，不能面辞，容日到京拜见。"家人答应，出馆而去。

且说贤臣带笑望施忠、王栋、王梁说话："我无物可敬，还是银子五十两，留与你三人，莫嫌菲薄。每人作件衣，作为纪念。"言罢，把银递与三人。施忠接过，三人复又叩头。登时天晚，贤臣用饭已毕。秉上灯烛，坐谈闲话，一夜未眠，天已大亮。举监军民人等，候送贤臣回京。众人又饮酒饯别。施忠、王栋、王梁随众而散。

且说贤臣的驮轿驮子、家人马匹，围随上了官塘大道，竟奔京都，趱行程途。正在饭时，俄而一座店面，贤臣打尖歇息。

施孝下马，上前伺候。贤臣下了驮轿，护送上房坐下。施安等外面照看驮子，骡夫卷下驮件，喂上牲口。店小二揩桌，带笑问道："老爷吃什么东西？吩咐小的好去传话。"贤臣见他一团和气，回答："不拘什么东西，荤素都使得，只要快速。"店小二答应晓得。不多时用手托定，摆在桌上。贤臣用毕拿下，与下人吃完。施安会帐。贤臣拿茶，忽然听墙壁房中有人讲话，说："伙计，咱们快些吃饭，收拾收拾，等这位坐上驮轿的老爷走，好搭伴同行。你不曾走过，出了这座桃花镇，不远漫洼，那就是恶虎庄。眼力要差，不是玩的。若是撞见他哥儿们，所有行李都得留下。"又一人回答说："老弟放心走吧！咱们有什么，除了性命就是人。再者，不过是旧衣服，他也不要；就拿了去，怕他怎的？可恼远近官员，都为家身，惧怕贼寇，由了他们胡闹，损人利己，路截商客！”又一人说：“你们哥儿，你也不用怕。贼不同党，这南路一带有四霸，谁人敢惹的？有个姓黄的名叫天霸，比那三霸行事能干。虽说是贼，专截贪官污吏，不截孝子节妇、孤客穷商。闻听黄天霸投到扬州府江都县施老爷。你没见过好官府，真正清似水，明如镜，断事如神。又闻得天霸改名施忠，当了内司，盗贼还怕几分。昨日你听见施老爷升进京都，施忠不跟，告辞不知去向，也怕不得许多造化。”闲说罢，出店挑起担子，也有背包的，走过门去。施公看得明白，心下钦服：“好汉施忠，名不虚传。放他走了，岂不可惜！放他归林，便宜盗寇作乱。话说且住，我过恶虎庄，倘要被盗寇拦截，少不得借施忠名头，吉凶再讲。”

一时贤臣吩咐起身。下人扶持上了驮轿，走出店外；家人上马，齐出桃花镇，疾奔恶虎庄而走。贤臣思想后悔：不该放走施忠。自己怨恨自己行的不是，才有今日担此惊怕，只恨不能插翅飞过此庄。众人正自奔走，心里都想逃过险地。刚到漫洼，忽听马嘶，四面跑马，登时围绕上来。众客商魂飞魄散，抛下被套，各顾性命。施公的驴夫久惯路程，惧强盗的规矩，不敢前走，忙把驮子围住。四面人马围裹上来。得禄、得寿年轻，不管死活，开口大骂：“少要上前惊着老爷！你们狗命不保。”只听得一声响，把得禄打于马下；得寿放马就跑。贤臣着急，高叫：“好汉，且休动手！初到宝庄，有英雄好几位，认得我施某。今日提名道姓，休要见罪。第一名姓贺名天保，第二名姓濮名天雕，第三名姓武名天虬，第四名姓黄名天霸。四家好汉，都与施某会过面，胜似同胞兄弟。”盗寇闻听，停刀说：“众家兄弟听真，休要动手。必须禀明寨主再讲。”

一人飞马进了恶虎庄，至门前下马，进厅口尊：“寨主，买卖到门，万千之喜！又遇施不全来临。我常听见兄长念及，因此未动手，请令而行。”天虬闻听，想起：莲花院内十二寇都死在杀场；尤惧怕天霸，被其羞惭。直到而今，仇还未报。

天虬沉吟多会，望天雕讲话道：“濮兄长，狗官到来，令人想起从前之事，甚是伤心。不可迟疑，就此出去。”吩咐上马，二寇乘马，登时来到施公驮轿一旁，慌慌忙忙下马。故意忙行几步，跑至贤臣面前，迎着拱手，口称："贤公既到，请进荒庄一叙。"贤臣答说："多承寨主美意，少不得施某领情。"二寇闻听甚喜，随叫人引路，请贤公坐的驮轿骡子在前，二寇上了马，跟随后面，到恶虎庄而来。转眼至庄门首，众寇下马。

施孝等上前与骡夫搭下骡轿，贤臣即曲躬下来。二寇相让，一同进门上厅，分宾主坐下，立刻置酒。贤臣告辞不允。武天虬性快，口尊："老爷，不知上京何事？"且看下回分解。

第三四回　恶虎庄遇寇　聚义厅报仇

贤臣见问，带笑就将奉旨召进京城引见，施忠离归林下的话，说了一遍。武天虬一闻施忠不在面前，称了心怀，满面得意笑容，口尊："贤公，恕小人失陪。"贤臣说："请便。"天虬望天雕眼色一递，当即告退，在僻静处会议。

不表余寇相陪，且说二寇同到厅后，武天虬叫声："兄长，理该冤仇当报了。黄天霸、贺天保既未跟随，咱们还怕哪个？"商议：即把施不全剥衣绑在厅柱之上，把他剐心，与十二弟兄享祭亡灵，有何不可？二人商议已定，复归坐位。施公方欲告辞。天虬面带怒色，大叫："施不全！今日大王有句话问你：有仇不报怎么讲？"贤臣就知命不远矣。施公心忠，也不怕了，面无惧色，答道："有仇不报非君子。"天虬闻听，拍手大笑，说："好！"即唤："人来，把狗官拿下！剥去上身衣服，绑在厅柱之上，与死去十二寨主剐心祭奠。"小卒答应，一齐拥上。吓得书吏等，一见吓走真魂，迈步想跑。濮天雕取刀下了绝情，又将施孝、施安、得禄、得寿绑起，将四人绑在厅柱之上。四人把死都弃于度外，破口大骂。堪堪主仆命在旦夕。二强盗哭祭十二寇方毕，才要去取贤臣心肝献祭，从外跑进一人，在众寇面前跪倒，仰祈："众位大王，小的奉命四路哨探踩盘，今有一起贩红花紫草绸缎商人，路过离庄不远。打听明白，只有差官四名保护，本领平常，特禀寨主。"二寇摆手，再去哨探。小卒爬起而去。天雕说："依愚兄看来，施不全好似笼中之鸟，还怕他飞上天不成？我们先出去满载而归。"那众寇一齐出门，各骑上马前去。

且说施忠、王栋、王梁三人，自从施公告别之后，心中挂念施公。催马刚过桃花镇，带领了众人，正要奔恶虎庄；又听行路之人言谈，众寇截夺一起人去。施忠望王栋、王梁说话，叫声："二位兄长，可都听见了么？必是濮天雕、武天虬他二人记怀前仇，今日狭路相逢，截住施公，不能前行。我们快行，施公必遭大难！"言罢，好汉催马如飞而去。

众寇正被李五一阵弹弓，打得着伤。无如强寇比先愈多，将李五围住。李昆正在进退两难，认得是施忠，李昆不由大喜，忍不住大叫："黄老弟，你从哪里来？想杀我李五哥。"施忠心中只记施公，留心细找，耳内忽听李五二字，按马一看，原来是镖行神弹子李五。又望那边瞧见濮天雕、武天虬，并不见施公与家人驮轿骡子。施忠这才将心放下，带马上前，带笑回答："李兄长可曾会过武、濮二寨主么？"李五说："久已闻名，未曾会过。"施忠说："今日应了俗语：大水冲了龙王庙咧！没得说，今求众位赏我黄天霸点脸，大家笑合笑合，也免旁人耻笑。"言毕，催马过去。众寇一见施忠到来，一齐来到近前。唯有天虬、天雕心惊，无奈叫声："黄老弟，贵体可安？"施忠陪笑答道："二位兄长，与众家寨主，近来康泰。"

施忠又问武、濮："寨中二位嫂嫂可好？"二寇回答："托赖安好。"又问说："二位兄长难道不认得李兄么？"二寇回答："不曾见过。"施忠说："列位不用动手，大家见见。"话犹未了，王栋、王梁也到。众人不识。施忠代答，望众寇说话："你们不认得他兄弟，这就是常说的王栋、王梁。"彼此在马上拉了拉手，见礼已毕。施忠说："众位仁兄老弟，容我一言奉禀。这位李兄长，名昆，绰号神弹子。结交远近朋友，贯走镖行。今日到庄，他算一客。"大家含笑说："咱们既涉江湖，朋友要紧，免伤和气。"二寇依言。李五闻听，下马收弓，说道："众位寨主，恕小弟多有得罪。"言罢，李五收拾货物起程，告辞施忠等而去。

施忠见李五去后，望二寇说："兄长，小弟进庄拜见嫂嫂。"

二寇闻言，不免心中着急，答说："老弟高情，我二人回庄替贤弟代问。”施忠闻二寇言，不由疑惑。天虬、天雕思量施忠必要进庄，说：“黄老弟休要客套，咱们胜似同胞，一母所生，如何恼着愚兄？”彼此说话，一同进庄。天雕催马到僻静处，叫心腹小卒，速即回庄，如此这般。小卒答应而去。施忠说：“二位兄长，小弟请问：此庙收拾的很好，未知内里供着何神？”天雕带笑回答：“此乃姓许的重造一座三义庙。”施忠说：“很好！三义庙。但不知庙内有赵云无有？就与咱们一样，南有四霸天结义：贺天保居长，天雕居次，天虬居三，我岂不是四弟赵云么？”天虬说：“老兄弟你比赵云还使的，怎比兄是一个鲁莽张飞！这算你赖我了。”说毕催马进庄。到了门首，一齐下马，彼此谦让进内，众寇左右相陪。小卒上前巡杯。天虬望施忠说话，口内连呼：“老弟，你不在江都县跟官招福，未知到敝处何干？想当初愿结生死，都在绿林很好；偏你要想妻荣子贵，洗手不干，又不称心。”施忠闻言，气恼在胸，为施公忍耐在心，带笑说：“三哥，你的话讲得不是。我天霸虽作绿林中人，谁不晓得专截贪官污吏，爱劝孝子贤孙！当日因众友，才到江都县里行刺。施老爷哪知是位杰俊。施公进京面圣，我如要跟随，何愁不得高升？小弟因为祖茔在此，岂肯断了祭扫，弃其坟墓？故尔直辞施公不去，为的庐墓守孝。三哥言我天霸之过，岂有此理！”天雕听此一番急话，连忙高呼：“小卒，换大杯上来。”小卒答应，登时拿到。武天虬说：“老弟休要记念在心。”好汉接酒，用手举盏；看光景，难以问话，故意连饮数杯，现出酒形，装作说：“我已醉了。”众寇说：“老弟量如沧海，缘何说醉？千万不可逃席。我等敬酒。”施忠回答：“少陪。”就迈步出厅闲步，走到马棚边，从门缝细观——终被他看出破绽来了。未知后事如何，且看下回分解。

第三五回　镖死武天虬
自刎濮天雕

话说施忠隔着门缝一望，看见驮轿骡子都在院内；又望见那边马棚内，跌倒几人，躺在地上。好汉吃惊，酒气全无。如若是恩公有难，大约丧命。恨我匹夫，悔心误事。早来焉能落空？心内一急，就一跳上墙。顺墙趴过那边，脚站尘地。忙至马棚打听施公吉凶，瞧见骡夫，问道："你知老爷在何处？快快说来，好救尔等之命。"骡夫见说："老爷未曾伤命，闻口内塞棉，用绳反背捆在那边空房之内。"施忠听见贤臣有命，减却愁容。连忙上前，回首取刀，把缚骡夫绳挑断。二人爬起。

施忠说："你二人不用远离，我去救老爷要紧。"言罢，好汉迈步竟奔空房。

且说跟施公的那名小卒，见好汉隔门越墙而过，不敢怠慢，跑在厅上，一声大叫："众家寨主，不好！黄寨主见锁着马圈，隔门缝一望，越墙而过，进圈去了。"天虬、天雕听闻，就知事情败露。二寇恼羞成怒，大叫："好个负义囚徒！安心要来寻气。"站起，用手把桌子往王栋、王梁一推，只听"哗喇！"碗盏杯盘，落地粉碎，豁了王栋、王梁一身菜汤。两个好汉气往上撞，随身都带着兵刃，不由怒从心上起，连忙站立，上前动手。地方窄狭，二人见空，各使飞步，跑出当院，回手就刷的抽出兵刃。武天虬一见，大叫："二哥，你擒拿这两个鼠辈；我去捉拿黄短命，好一并报仇。"天雕等答应，各抓兵器出厅，围住王栋、王梁动手。

天虬今日把施忠的厉害忘了，伸手在架上忙取把亚靶枪，迈步忙至圈门首。心头有气，也不顾叫人开门，用力一脚，“咯噔！”把门踢开，雄赳赳闯进圈门，高声大骂：“我把你无义之贼！吾来拿你。”好汉见武天虬要动粗鲁，不由他动杀人之心。

回手忙取镖托在手掌上，大叫：“武哥休得撒横，今朝小弟难顾刺血之盟。”两下相隔数步，施忠哪肯容情，单臂一举，提着金镖，对着天虬心窝，刷的一声响亮。武天虬“嗳哟！”——“叽咯”倒在地上。镖穿前心，天虬魂魄飘荡，手脚乱动，命归泉下。施忠也觉伤心，为施公难以顾义，不免从今江湖落骂之名。好汉叹惜上前，腰间取镖，擦去血迹，收在身边。忽见家人王虎赶到，施忠叫声：“王虎小心看守房门，若有差错，追你的狗命。”好汉嘱咐一番，迈步往前院而来，帮王栋、王梁成功。

话说后跟小卒，看见天虬丧命，吓得惊魂失色，跑至前院，说：“不好了！武寨主被黄寨主一镖穿心而过，死在马圈之内。”

天雕闻听，大叫，“啊哟”一声：“气死人也！”天雕抛下王栋、王梁，竟奔施忠，扑头一刀。好汉侧身躲过。天雕一刀砍空，气得破口大骂：“狠心贼徒！你为保全一人，伤好多朋友，我与你誓不两立。”高叫：“众兄弟，大家拿住匹夫。”众寇答应，一齐都奔施忠。好汉能飞檐走壁，身轻体健，并不招架，跑到那边。天雕砍空，使的力猛，往前一栽。施忠说：“仔细栽着身体，小弟又要惹不便了！”天雕闻听，只羞了个面红。施忠又见余寇跑到墙下，复又将身纵起，站在墙头，展眼之工，上了大房。天雕一见，只急得怪嚷。众寇心惊。施忠坐在房背上面，故意哈哈大笑，叫声：“濮兄长，听小弟奉劝拙言，休要动气。小弟当初既为县主，难顾友情。古言：为人须要始终如一，半途而废，算什么人物？小弟既然骑在虎身，要想下虎，万万不能。我天霸若无擒龙手段，焉敢长江搅浪？况我的本事，众位深晓。寨主留情，黄某有义，放了施公，领你大情；众位若无义气，以天虬为样，一镖一个，谅无处可跑，试试天霸狠毒手段。列位允与不允，快快讲来！”

群寇闻言，齐说：“不好！”唯天雕一声怪叫：“待我擒拿于他！

今日先叫他试试我箭罢。”房上施忠闻听，暗想：“我何不先下手？”取出金镖，托在掌中。天雕方要去取弓箭，施忠此时不肯少停，高叫：“兄长莫要怨我，你不留情，谁人有义？”只听刷的一声响亮，盗寇臂上受伤。濮天雕往后一仰，“啊呀！”显些跌倒。钢刀难举，抛于地上，疼得他浑身是汗，眼望房上开言就骂：“断义绝交！你心太狠！彼时原说同生同死，有官同做，有马同乘。今镖伤同盟，理上欠通。”说着拿起刀来，天雕竟自刎而死。众寇一见，登时散乱，顾不着围王栋、王梁。房上施忠心中暗叹自己绝情：因为施公一人，绿林中全伤义气。房上一声喊叫：“哪个要动，黄某不容！”手捏房椽，翻身落下，脚站实地。又满面带笑，说：“众家寨主，莫要见怪，人生天地之间，全凭忠孝节义。当日天霸归顺施爷，既有当初，必有今日，全信难以全义，万望列位包涵。”不知后事如何，且看下回分解。

第三六回　好汉救贤臣
天霸叙旧言

众寇闻施忠之言，一齐弃棒并棍，口呼："黄寨主，我等原是武、濮二位手下，他们既死，我等愿弃绿林，各自四散。"

施忠闻听，带笑回答："众位各随其便。"好汉望王栋、王梁说："二位兄长，快跟我来，搭救施爷要紧。"二人又恐众寇相随，全进马圈来；先至空房门首，命家人王虎持刀把守房门，不准乱进。小卒将门开放。这施公与施安等主仆五人，口内塞棉，二手反捆，正都愁死。忽听一声门开，心下着忙，腹内说："不好！要命人来也！"开目细看，见是施忠、王栋、王梁，心中纳闷。肚里又说："他三人到此来，莫非我心想得迷了？"正自惊疑。施忠赶上前，见贤臣光景，心里叹惜，口呼："恩公在上，恕小的等救应来迟。"贤臣闻听，急得口不能言，张瞪着眼。施忠纳闷。王虎上前来，赶忙伸手与他主仆把塞口棉花掏出，又用小刀挑去绳缚。贤臣活动，心中惭愧，不觉泪下。施忠劝解恩公，站在旁观。吩咐小卒立刻把衣服取来，与他主仆穿好。王栋、王梁左右搀扶，贤臣迈步，回转西厅。

施公上坐。众寇两边站立。贤臣眼望施忠、王栋、王梁说话。叫声："三位好汉，救我之恩，何以答报？容日结草，铭腑难忘。"施忠口尊："老爷，容小的一言奉禀：小的三人，只知老爷回转京城，朝王见驾，就要升官。哪晓路遇无情之寇，把爷诱进恶虎村中，摘心祭灵，逢此大难。老爷虽不在眼前，天使其然，小的等到此救护，也是忠心感动天地。今日小的几句不平之话，当着绿林众友，表说心怀。我天霸为老爷，伤却江湖朋友，四海忘交。此时为爷镖打天虬；天雕着伤自刎。小的今不顾人之秽骂，愧见天下弟兄。小的为老爷，只为图名上进，孰知劳而成空。当年为友行义，施展飞檐走壁，夜静更深，进衙书房以内，提刀行刺。老爷见小的并不心惊，明言大义。小的醒悟，方知恩公是为能臣。要留姓名，小的即说叫我，未伤爷命，是以留情。老爷送我出房，上墙而走。嗣后小的带酒遭擒，王家兄弟押进县衙。小的自知性命难保。恩公并不动怒，又蒙释放，亲解其缚。老爷在堂上讲说道：'一人成名，九祖光荣。作贼为寇，究竟不久。哪个江湖害人者寿过八旬？'小的听此金石之言，愿投拜恩公台前。小的为报恩改过，黄河擒拿水寇；关家堡救爷，捉拿恶豪；定计斩决十二寇。小的使碎心机，总买不动恩公之心。老爷只顾不用我天霸，闭塞投者，以挡后来。"好汉越说越有气，颜色更变。王栋、王梁旁边连忙相劝，道："老弟使不得，不必刚暴。皆因命小福薄，难怨贤弟。如今当念恩公相待情分。"施忠点头后悔，知说错了，岂不叫别人瞧不起吗？回嗔作喜，吩咐："小卒，快杀猪宰羊，收拾酒饭。"

且说小卒答应，顷刻停备。天色将晚，小卒摆桌设椅，让贤臣上坐，众寇下陪。摆设肉山酒海，小卒巡行。酒过三巡，菜用美味已毕，此时施公这才答应，心里还想施忠上京。未知肯否？且听下回分解。

第三七回　施忠见二嫂 火烧恶虎庄

施忠高叫："众位兄弟、老爷，今晚听小弟有几句拙言奉禀：只因为信即难全义，镖打三兄，二哥自刎。小弟心中牵挂二位嫂嫂，到老归根，究靠何人？众位，二位长兄若是有后，何用悬心？日后成人长大，知道我伤他父亲，好报仇雪恨，黄某却乐。我伤人，人伤我，倒也理当。唯二位嫂嫂正在年轻，我们若是不管，又恐伤亡兄之情，且是难事。众友请出嫂嫂，问问情形，我才放心。小卒快请二位夫人，前厅有话商议。"

小卒答应，登时入内，将刘氏、李氏请到。众寇同施忠相见。观她们雅淡梳妆，都在十八九外。施忠带笑，让二人上位正坐。好汉上前行叔嫂礼，躬身拜见，说道："二位嫂嫂相谅。小弟原本耿直，方才镖伤武兄，濮哥自刎。可惜二位兄长无后，嫂嫂倚靠何人？"二位夫人因言："黄叔叔不必多言。我们闻得你兄已死，我等坤道，冰霜节烈，何须多虑？我们唯寻死以报汝兄英名，少时便见分明。"施忠闻言，自觉惭愧无颜，勉强答应："二位嫂嫂，你去升天，我却放心。"刘、李二氏拜辞便行。少时小卒来报，二位夫人自缢窗棂之上。

施忠暗叹一回，复又归座，高叫："众家寨主，此事并非天霸心毒。出乎自然，以尽他夫妻之情，倒也罢了！"吩咐天明在此庄掩埋；四面放火烧之。众寇答应，搬运柴薪，依言办毕。

且说贤臣羞愧。又见众寇饮酒，眼望施忠，叫声："好汉，我还有一言商量。施某蒙你救命数次，屡蒙壮士搭救之情。只因我官卑位小，暂时委屈于你。而今圣旨召我进京见驾，倘能升擢，补报你的大德也！壮士若肯同我前去，管保有始自能有终。若有得意之处，也免人传我之不仁。还请三位细详。”施忠闻听冷笑，口尊：“老爷，快快歇心，休提上京之话。小人们不敢从命，无如福薄，灰却上进之心。想起老爷未上任之先，带领施安装扮出门；熊家有难，命在顷刻。若非佛天保佑，来一壮士，外号傻三，名叫李升，夤夜救你出险地。他不过得一马快役职。黄河出水寇，上司行文到县，限期一月捉齐，违限革职。彼时命傻三去访，命丧水中。嗣后老爷闻信，也属平常，赏银数两而已。他妻无靠，嫁与别人。算是跟官一场，白白丧命，痴心妄想，总成画饼。老爷恩收天霸，小的擒水寇，保住老爷前程；后来屡次尽心。细想此事，如作春梦。临危急回头一想，因此心灰意懒。恩公免此设想，小的从此不再跟官了！”贤臣闻听，愧汗交流。王栋、王梁听不过意，叫声：“黄兄长不必讲了。古云尽忠而不能怜下。恩公待你我三人，情出恒常，只是命途不济。大家畅饮，看看天亮，好各干其事。”

且说施忠闻言，回嗔带笑，让贤臣用毕酒饭，撤去碗盏。吩咐：“先把贤臣送出庄外。”又叫：“小卒自家养的，各把家资领去，无论大小分资。”等候事毕，小卒放火。施忠又出庄至贤臣驮轿以前，带笑说：“老爷此去上京，路上平安，指日高升。小的等不能远送。”施忠告别，言罢乘骡而去。

贤臣一见，心下难忍，叹惜不已，吩咐起程。骡夫答应，催动牲口。施安、施孝、得禄、得寿四人，围随入官塘大道。

朝行夜宿，饥餐渴饮。这日天晚进了彰仪门，至西河沿，离前门不远，下住三合店内。茶饮饭毕，骡夫喂料牲口，施孝看守骡子驮轿，施安伺候贤臣。灯下正看面君的律例，耳内忽听丝弦之声，贤臣不解：莫非店中有家眷？既开店就该回避。贤臣正自思想，未知后事如何，且看下回分解。

第三八回　贤臣心下疑　侧耳细听音

贤臣说："施安你去打听正房内是什么弦唱，访真回话。"

施安答应，转步出房，走到院中，听店外锣声三棒，瞧见门房内闪出灯光。至门首把门一推，见一人在灯下写账。听见门响，他停笔一看，慌忙站起，口称："客官请坐。"施安带笑，问道："上房是什么人饮酒？"店东在施安耳边低低说了几句。

施安点头，起身就走，回步走进东厢房。贤臣一见，就问："打听真了么？"施安说："大老爷，小的打听得是：前门里西兵部巷黄带子八老爷，与东交民巷红带子三老爷，把海岱门外、东边便门以里、雷震口双杨树的赛昭君八姐、赛天仙五娘子两名秧歌脚，接到店中取乐。"贤臣闻听，想："京都大邦之地，也容这种人混闹。可笑朝中文武，俱是畏刀避剑之人，不管闲事，岂不有负皇恩？我今既遇此事，明早朝上必奏。"夜深贤臣安息。

次早，贤臣净面更衣，上驮轿。一应驮子，收拾妥当出店。

家人一齐跨鞍上马离店。霎时出了西河沿的巷口，转弯。听城门响，东西门大开。家人围随，骡夫加鞭，拥进前门，来到镇海侯施太爷门首。看门人一见，哪敢怠慢，跑出多人，搭下驮子，抬下驮轿。贤臣下来入内。正遇太老爷与老夫人闲坐。贤臣上前请安，太老爷吩咐坐下。太老爷说："仕伦，你把江都做官情形，多陈与我听。"贤臣自始至终，一一告禀。太老爷叹息一会，说："我儿乃皇家题奏，明晨逢五入朝之日，带领引见。为父身体不爽，今日早发家人送告病职名去了。你今歇息一晚，明日先得须见国舅，好带你面君。"

且说贤臣答应告退，就回自己房内。夫妻相见，欢喜不胜。

次早贤臣净面更衣，出来门首上马，到国舅府门前。可巧正逢皇亲。贤臣一见，慌忙下马，连忙抢步上前打躬，口尊："皇亲大人在上，卑职乃扬州府江都县施仕伦，请国舅大人安。"

皇亲闻听，带笑哈着腰儿，伸手拉住贤臣的手，叫声："阿哥请起。昨日皇上还问你。我今带领引见面君。"仕伦答应："卑职晓得。"言毕，皇亲先行上马，贤臣随后乘骡，竟奔朝门而来。登时来至外禁门。

早有引见官员等候，见国舅到来，举职名手本，曲着腰儿，往前紧跑几步，赶上躬身带笑，望皇亲道着客话，说了几句。

国舅闻言，说："我知道了。阿哥，你办事不错，少时面君。你们小心，皇上问什么，奏什么，不许多话。"众官答应。国舅命带领施公与引见人员，同至内禁门，递了哈勒呢思哈①。皇亲回手接过职名，吩咐说："尔等不必进前，在此处伺候，听我好信，引带你面君。"众官答应。

且说此日随膳奏事，等辰刻到进膳的时分。这日该梁、卫二位值日。卫公派人敦请。国舅哪敢怠慢，移步至梁九公跟前，躬身带笑，口尊："太府！"少停，高擎官员职名，说道："各该引见，恳求尊驾将职名带进。面君的牌子，写得甚清。借重你老，皇上若喜，官员无有不感高情。"太府闻听，含笑说："国舅免说客套。职分当为，敢不遵行？"顺手接过职名"江都县施仕伦"。太府道："闻听说此公作官倒清廉。"即转身进去。顷刻，吃饭时分，只见先是膳盒子奉进；后是梁九公出来，站立金阶，高叫："旨下！"国舅闻听，令众人紧跑几步，近前跪听宣读。上面高声朗诵："这班人挨次升官补缺。今单宣施仕伦见驾。"众人望阙谢恩已毕，皆引领散去。

且说国舅与施公上前。梁太府一见，心中不悦，无奈说："跟我来。"二人答应，随后数步，登时领到太和殿前。皇亲与施公，无旨

---

① 哈勒呢思哈：满族语，应为职名手本。

不敢近前，站立金阶。只见九公进殿，不多时出来点首。国舅同施公一见，站一旁弯着腰儿，紧跑几步，至九公面前。梁九公说：“国舅候旨，仕伦跟我面君。”施公答应，随进了太和殿。九公退在一边。贤臣上前，行三跪九叩礼。皇上叫声：“施仕伦，抬起头来。朕耳闻你在江都作官清廉，你今将所结之案，实奏朕听。”未知后事如何，且看下回分解。

第三九回　顺天府到任
秧歌脚出境

贤臣就把江都事情，从头至尾，说了一遍；又把施忠好处，奏了一遍。又奏扬州刘元到任，索要礼物一事。皇上听罢，说："皇亲进殿！"梁九公答应，慌忙引国舅进内，跪在一旁。皇上怒说："国舅，刘元本是无耻之徒，汝何保举到任？索勒属官银钱，施仕伦送礼八色不收，竟罚仕伦把守大门。朕想其中必有弊端。"索皇亲闻听，口尊："陛下，奴才焉敢欺主。刘元唐县素日清廉，奴才方敢保举扬州。路隔遥远，哪知索取银钱。叩主仁恩宽赦。"皇上闻奏大怒说："你欺君瞒朕，寡人概罪于你。且看皇亲，暂免不究，着你罚俸一年。"国舅谢恩，心内恐惧，叩首站起退出，痛恨贤臣。

且说万岁叫声："仕伦还有何事奏来？"贤臣答应。又将捉风审鬼之故，件件细奏。皇上听罢大怒，旨下："梁九公传出：即将刘元革职为民，放人另补。"九公答应，传出不表。皇上带笑又问："还有何事，只管奏朕。"贤臣答应奏道："那日钦差至江都县，主公召臣速即进京。新官到任，交代清白。星夜赶程，来至彰仪门。天黑难进城门，在西河沿三合店内住下。臣到夜晚，又逢怪事：丝弦嘹亮，妇人混乱歌唱，男女饮酒取乐。令人打听，乃是官家子弟宿店，荒淫酒色。这贱人名曰'秧歌脚'，打扮风姿，惹得那无籍之徒，勾引那良家子弟，明唱暗卖，有害军民。"

皇上闻奏不悦，说："朕不知禁地有这种事情，乱国家风俗。卿家所奏，即行驱逐。"

贤臣叩首谢恩。皇上叫声："仕伦，听朕加封：即升顺天府尹。

赐彩缎八端，白金千两。自今以后，准卿面君奏事。”贤臣叩头谢恩。皇上带笑说道：“朕问你，那黄姓已改名施忠，现在哪里？快把他叫来，朕好重用于他。”

贤臣连忙回奏说：“自恶虎村救臣一命，当时回家而去。圣谕臣当差人找他前来，以受皇恩。”皇上闻奏说：“卿家出朝，即速召来，朕好重用。”言罢，龙驾还宫。

索国舅回府而去。贤臣也出禁门。家人扶他上马。家丁前呼后拥，到了自己府门下马。进内与施侯太老爷、太夫人请安已毕。正好外面报子到了。太老爷大悦，叫声：“仕伦，快叫人打发喜财，办你的事去罢！”施公答应起身，出厅到院，吩咐管家打发喜钱。只见远近亲朋，都来道喜。施公定日期庆贺。

次日天明，贤臣起来净面，更衣出来，大门外上马。就有顺天府的衙役都来伺候，迎接新官到任。贤臣进了顺天府衙，印绶供在上面。贤臣参拜已毕，升位坐下。属员书吏，马快步三班人等，叩见已罢，复又喊堂。众役见贤臣身躯瘦小，暗笑。被贤臣瞧破，要想法警众；忽想起正事，伸手抽签，叫声：“陈虎！”公差答应上前跪倒。贤臣说：“你领此签，速到前三门外，限月内把‘秧歌脚’逐出境外。倘若玩法不遵，一并处死。”差人接签出衙不提。

且说贤臣忽听衙外喊冤声，开目向外观看：只见门上人拦挡，急得那人喊叫。贤臣吩咐：“人来，尔等把那喊冤之人带来。”差人答应，翻身走出，大叫：“老爷吩咐：你们不必拦打那人，叫他问话！”随即带进那人跪倒。贤臣细看那人头上无帽，面皮苍老，须发皆白，尖嘴缩颈，浑身褴褛，泪眼愁眉。

贤臣看罢，说：“那一贫人，本府问你什么冤枉？只管慢慢实说！”那人叫声：“老爷，听老奴细禀：老奴姓董名叫董成，家住东直门药王庙门西小街口，年七十一岁；妻六十九岁。主母五十岁；小主二十七岁。老爷在日作江西巡抚，作官八载得病。新官到任，盘查库饷，亏空数万银两，家产折变尽绝。后来人丁转回京来。”董成一一哭诉。未知后事如何，且看下回分解。

第四〇回　施公准告金　退堂回私宅

贤臣一见老奴悲伤，不觉慈心一动，说："董成不必恸哭，屈情只管实诉。本府与你作主！"老奴闻听，尊声："青天爷爷，老奴主仆坐吃山空，饥寒难受。老奴苦作营生，常常做工挣几文钱，到家糊口，因此衣服鞋袜烂完，老奴忍饥饿在家。主母看老奴狼狈，不忍，说：'老爷居官之时造金两锭，重二十两。上有团龙，原为传家遗金。现受饥寒，拿金一锭去换，以度光阴。'老奴拿金去换，不料金铺小视董成，拿话盘问，老奴只得从实相告。他说：今日太晚，明早取银。"

贤臣听了，说："董成，金子拿回，明日再换，何用为难？"

老奴见问，说："老爷，金铺却将金子留下，明日取银。老奴就说：'明日取银，何物为凭据？'众人说道：'换金老铺，远近无欺。金铺自然与你执照。'财东提笔写毕，用一手印。那时老奴记挂主母忍饥，与他要钱一串，是以急急而回。主母怪老奴留金铺内。及次早赴铺取银，金铺竟装不认识老奴，怒目横眉断喝。老奴取出执照，放在柜上。不防跑过一人，抢到手中撕烂，捺入火炉焚化。急得老奴浑身打战，与他说理。铺人反倒大骂！"贤臣说："董成住口。铺家瞒金情真，就该当众街坊，与其说理才是。"董成叩头，尊声："青天爷爷，金铺内倒跳出几人，当着众人说道：'人生天地之间，总要良心。愚下小铺年代已久，生意并无欺心，哪有黄金十两？若有不信，请进铺内一看，倘有金子，算是我讹诈人家。分明你穷途讨钱不给，便生歹心。就是换金子，又无执照，空口讹人！'众人听说齐笑，都骂老奴。不容分说，又打了老奴一顿。无奈送信与主母，倒说老奴昧下金子，屈情难申。”贤臣听罢，察言观色，却像是真。吩咐：“董成，本府与你访察。快快回家禀报你的主母，五日到衙拿金。”老奴闻听止泪，连忙叩头，道：“但能有了金子，申明屈情，虽死也感大恩。”言讫站起而去。贤臣也未发签票，退堂回宅。

一日，贤臣乘马到正阳门外，即访二条胡同。贤臣听老奴董成说的换金铺面，留神细看：见有坐北向南三间门面，金馆相对。贤臣带领了家人，到铺门首下马。贤臣到在这钱铺内，人不认得，只当换金赐顾之人，财东满面带笑让座。贤臣坐在柜外饮茶，说：“在下要换十两重一锭金子使用，正面有龙的才好。”伙计答应：“倒有一锭。”

这财东闻听，心中有病，忙说道：“那锭金子早已兑换出了。这位老爷要正面团龙十两一锭的，容日惠顾。”贤臣见那人拦说，却参透他是昧金是实。故意带笑，请问：“贵姓？”那人回答：“贱姓陈。”贤臣又问：“宝铺是尊驾开的么？”那人回答说：“是愚下开的。”贤臣说：“扰茶了。既无现成的，改日再换。”言罢告辞，出铺上马。

他主仆顿辔，正走之间，只见满街人都乱跑。贤臣心下不解，留神细看，勒马慢行。军民彼此言说：“咱们快躲！今日九门提督①查看营城。陶大人在万岁前有脸，满朝文武都怕，自从作提督以来，法度森严。”贤臣看罢，心里说：“一个提督出城，这等厉害，打得路绝人稀。要是王驾出都，就要把房子拆了？”贤臣正想催马前行，一名营兵上前，用墨鞭子拦住，说：“请回罢！让大人过去再走。”施公闻听生气，说：“正要见见大人去！”家人收马。贤臣一努嘴，家人把马牵进巷口。贤臣迎着提督的马头，双手伏地，高声报名：“臣顺天府知府施仕伦迎接王驾！”陶公大吃一惊，一勒丝缰，低头认得是不全施公，趴伏地上，吓得慌忙下马，伸手扯住说：“请起。”未知后事如何，且看下回分解。

---

① 九门提督：九门步军巡捕五营统领的简称，主要负责京师守备和治安，统合北京内城九座城门（正阳门、崇文门、宣武门、安定门、德胜门、东直门、西直门、朝阳门、阜成门）内外的守卫和门禁，还负责巡夜、救火、编查保甲、禁令、缉捕、断狱等，实际为清朝皇室禁军的统领，品秩初为正二品，后于嘉庆年间升为从一品。

第四一回　贤臣跪提督　陶公求贤臣

贤臣反装惧罪之形，口尊："陛下，恕臣之罪，臣今来此前门，为一宗公案，查察真情，求陛下赦免。"陶公闻听施公之言，吓得着忙说："休要取笑，施老爷你言说接驾二字，其实不该。吾乃提督，并非王驾。今日出城查营，跑过此间。贵府与我顽笑，不大要紧，笑坏军民。施大人快快请起，须要尊重。"

贤臣闻言站起身来，带怒说："尊驾官威高大，国家封疆大臣。你既食君禄，必须秉正理民，执法平等，总是要遵礼。大人想，自身不正，焉能治民。圣人之书，周公之礼，天子至贵，亦应遵行。庞周定律，萧何之例，古今法度，传到大清。圣上出宫，也不过如此威严断人行。要像尊驾也如此，圣驾出就得拆房行路。再者还有清朝仪制：亲王才放马五对。提督并非国戚皇亲，私越国律，罪名非轻。今日出城，私摆对马五对，威严惊众，与理不通。吓得我顺天府尹叩头，只当皇驾出城。施不全今日大胆，先行禀过。少不得惊动大人，且请放手，想你为冢宰显臣，长街闹市，焉得不惧怕。古语云：臣不奏，职之过。既食君禄，理当报效。也算不全大胆，明早面君，必奏大人今日之事。且松手，尊驾只管查营。不全告辞进城，另有机密，不可明言。异日领教。"

九门提督一闻施公之言，羞得面红过耳，将手一摆，带愧叫声："施老爷！留情要紧，须看同僚之分，晚上到府领教。"

言罢，吩咐人来，告诉把对子马统行撤去，唯要顶马；也不用威吓人了。该值答应，依言撤去。且言陶公带笑，口尊："施老爷先请。”贤臣闻听，也不肯久恋，回说：“不全有罪了！”

言罢，二公哈哈大笑分别。家人拉马，二公扳鞍乘驹，分南北而去。贤臣心中有事，连饭也不吃了，带领家人进城回宅。

且说九门提督心中烦恼，不去查营，也回城中。到门首下马进内，多官散去。该值官伺候陶公，进内书房坐下。茶饭懒用，心中大烦。想这祸难消，长吁短叹。谁知查营撞着施府尹，须得小心提防着；倘或明日参我，又当如何？左右为难，偶生一计，何不如此这般。想罢，吩咐管家进内传话。诸事停当，来至书房，陶公修书一封，递与管事家人。复又吩咐：“如此这般。急去，不可使外人知晓，密投侯府下书，快去即回。”

管家答应，照依主人行事，令人端定礼物出衙，竟奔侯府而来。

且言施公进内，与太老爷、太夫人请安已毕，回到自己住宅书房坐下。心中思想：明日面君参提督；事毕下朝，进顺天府好断金子案。想罢，手提笔写参九门提督折子。

贤臣写完折底，预备明日题奏。

且说施侯这日厅上闲坐，忽见得寿、得禄笑哈哈走至身旁回话，口尊：“太老爷在上，今陶提督差人来见，口称还有书札投递。”施侯闻听，心中烦想说：“陶花歧与我并无来往。他今叫人下书，莫非有什么风声不好？”施侯问声：“得禄，快把你太老爷叫来。”

得禄答应。不多时，贤臣上厅至太老爷身旁侍立。施侯说：“坐了。”贤臣坐在下面，施侯就将下书之故说毕。施公闻听，心中明白，微微冷笑。不敢瞒父，将前事告知。施侯说：“为人不必过傲。陶花歧九门大人，权衡非小。而今满朝文武，不敢拦阻。他久已私放对子马，科道各官，无人敢参。依你想怎样？俗云：‘踏人一脚，预防一拳。’要看同僚之分，见事和气，何苦为仇？”贤臣闻听，心中不悦。无奈带笑，口尊：“父亲何用挂心，受禄不做险中险，怎能名传天下扬。为儿在街当人已夸口，若不面君，落人笑谈。他既差人求见，看看来书上写何言。要是哀而不伤，若过得去，就是大家平安。权威仗势，我不惧怕，教他认认为儿！父亲只请放心，为儿自有道理。得禄出去，见陶府管家的，只须如此这般。”得禄迈步至大门，只见陶府管家，上前带笑答说：“你就是陶府的人么？”那人见问，回答：“不敢，愚下就是。”迎至下处，带笑说：“奉求替小弟进去回说：我家老爷请太老爷安。小柬一封，微礼一盒。见书札自然收礼。”言罢从怀中取出书信，双手递过。得禄接柬放在盒盖上面，弯腰端起盒子，揽在怀中，进去放在地，把柬奉到太老爷面前。施侯说：“与你大老爷看。”施公接过拆开，闪目瞧着。上写：

陶花歧柬奉贤公面前。须念同僚一殿之臣。某一时昏愦，行事稍错；私越国律，罪名非轻。贤公若将我过面君启奏，重则革职，轻则罚俸，陶某怎见合朝文武？望贤公海量宽恕。特肃寸柬，如同亲造府门。微礼一盒笑纳，纹银千两，聊表寸诚。数字不恭，顿首拜具。

贤臣看毕，哈哈一笑。站起望施侯讲话，口尊：“父亲，此书竟是求儿恕他。”施侯闻听，叫声：“仕伦，他既恳请于你，尔可恕之，倒也罢了。这一盒礼物，不知什么东西？”且看下回分解。

第四二回　面君奏国律
皇上准题本

贤臣见施侯相问，连忙回答："是白银二十封。"施侯闻听，叫声："我儿，九门提督与你下书送礼，恐其科道闻风，有所不便：参你受贿作弊，反为不美。我儿难道只许你参人，不许人参你不成？必须三思而行，方保无虞。"贤臣闻说："父亲大人何用挂心，些微小事，他既送来，不收叫他反为担惊。明朝五鼓登殿，不参他越国法，为儿现有一计：收礼面君，不收礼更要登殿，以压众僚。"施侯点头。贤臣叫声："得禄告诉于他：知道了。"得禄答应，拿起盒子，转身下厅，带笑依言说了。陶府管家接过盒子，递与跟伴，哈哈腰儿分别。得禄进内。

且说陶府管家回转。他不知"知道"二字这么贵重，投回府中，照样就说。不多时来到府中，禀复主命。

且说贤臣提笔思想：已受人情，如何再参提督私放对子马款呢？为难多会。不若明早面君，如此这般启奏。倘或准本，岂不成清室定例！"提笔刷刷，立刻写完草稿，从头至尾，看了一遍，折好装入木匣。次早起身，贤臣净面，便出门上马，穿街越巷，登时来到禁门。个个下马下轿，王公侯伯、文武大人，至公议处，按品级而坐。

看看辰刻，请膳毕进宫。梁九公站上金阶等事。那些官忽然听得里面人大叫道："有圣旨下，单宣府尹面君。"贤臣闻得有旨，连连答应，越众出班，一溜一点，走至禁门，秉正双膝跪下，口称："接旨。"俯伏在地。九公正传宣召旨。梁九公一见，说："快跟我来。"贤臣平身，随后进太和门，至殿台阶下。梁九公进殿不多会，只见他站立殿外，望贤臣一点首。施公不敢怠慢，哈着腰儿，打一躬，走金阶，步玉路，同进殿内。

梁九公退闪一旁。贤臣口呼“万岁”三声，行了三跪九叩首朝王礼毕，俯伏在地。皇上问曰：“仕伦，朕看卿家奏草，乃清室家例。依卿准奏。就命卿家亲自验看，晓谕八旗众家。朝臣对子马、顶马，自今规则已定，有人越例者，听参。”

国家亲王，许放对子马四对；世子、驸马，许放对子马四对；贝勒、觉罗，许放对子马三对；黄带子并五爵，许放对子马两对。九门提督，许放顶马二匹；六部大人，许放顶马一对。八旗古塞按板沙依梅音，许放顶马一匹；无荫封的各旗，许放顶马一匹。

皇上说：“即命卿家晓谕，钦此钦遵。越例者，按律治罪。卿乃治国能臣，还有何事，只管奏朕。”贤臣见问，正中机会，叩首说：“谢主龙恩。臣启陛下，清室江山一统，万国来朝，海晏河清，军欢民乐，五谷丰登。据有穿宫太监，恐致弊端。必得挨次查验，以杜彼等邪思。”皇爷闻奏，龙心甚悦，叫声：“仕伦，依卿所奏，就命卿家查验可也。”贤臣说：“谢主龙恩。”皇爷一摆手：“卿平身。”万岁叫声：“九公，朕赏不全一年全俸。”言罢转驾回宫。

且说梁公在一旁听的明白，气得眼睛直呆呆的瞪着。贤臣分明见着，只装不知。九公见驾已回宫去，气得无话，多时方说出来，叫声：“不全，跟我走出来！”下了御阶，梁九公看见无人，带怒说：“施不全站住！我问你：先不过合你说句顽话，就往我们一个眼里插棒，参了一款。你先出去，少时我们与伴儿商议再讲！”贤臣一闻梁九公之言，叫声：“梁老爷，何用动气，且停一步，听我一言。并非我有心参你，因他先教我参，才敢斗胆。有心不奏，又恐老爷笑我无才。不过随口之言，何用嗔怪呢？”九公闻听说：“不用你巧辩。请罢！”贤臣下太和殿高声说道：“旨下！”那些王公侯伯等官闻听，不敢怠慢。众朝臣谢恩已毕，一齐站起，与施公拉手贺喜；散出朝来，乘轿骑马，各回府宅内。九门提督心有病，见贤臣并未提他，心中知情，哈着腰儿，向贤臣拉了拉手，彼此一笑，都不说破，分别各乘马回府。

贤臣顿辔加鞭，离府门不远，瞧见门前多人闹吵。原是内监，看见贤臣，一齐发怒，跑过拦路说话，叫声："府尹，今朝上门拼命！井水不犯河水。为什么无缘无故参我们一本？"

众太监当中有些又望贤臣讲话，叫声："施老爷，求恕我等。怎么想个法儿，把此事消灭，方感大情。"言罢站起，望施公深深一躬到地。施公行礼相还，带笑回答说："众位老爷，不用为难，我有主意。"把嘴伸到卫公耳边，悄语低言，叽叽喳喳……只见卫太监点着头说："如此甚妙，只求老爷婉转些儿。"

又叫："梁老爷走罢！"随即告辞。未知后事如何，且看下回分解。

第四三回　兄欺弟昧银　告当官灰心

且说施公想起董成告金之故，吩咐进衙。施公到大门上马，家人跟随，登时到顺天府门。衙役一见本官，不敢怠慢，青衣喊道进衙。至滴水下马，贤臣上堂升座。众役喊堂已毕，只见去逐秧歌脚的公差陈虎，上堂跪倒回话："小的奉命晓谕各堂子的，限十日以内，把秧歌脚赶出外。回禀大老爷。"施公一摆手，公差叩头退下。

又听衙外喧哗，见二人走进大门，上堂跪下，年纪均在三十上下。贤臣说："你们来何事？从实诉来。"二人见问，一个叩头，口尊："老爷，小的二人乃系亲兄弟。父母早丧。弟兄分居。小的姓富，名叫富仁；他叫富义。因为弟在家遗失银子，他说小的偷去。因此争吵相打，告到大老爷台下断明。"施公闻听，下问："你是兄，他是弟，你二人各住，他的银子怎么说你偷去？不知住在哪里？家中还有什么人？从实讲来，不许放刁。"富仁说："太爷容禀：小的家住东沿河，金太监寺对过，街西。妻子钱氏。女儿今年十二岁，叫他大叔。现小的裱行手艺。全家三口，小的年三十八岁；妻三十四岁。因无买卖柴米之钱，听见兄弟要卖房子，可得银二十两。小的无处借贷，无奈问他借二两，未应；留小的吃饭。兄弟去买东西。小的等了多时，外房只弟妇一人，似觉不便，是以小的走出回家。刚然坐下，见弟跟我来要银子。回说小的未见他的银子，他即动气。街居相劝，总是不听，把小的衣服拉破是实。"贤臣听了，叫声："富仁，你倒见过他的银子无有？"回答："小的并没见过，他凭空讹诈。"贤臣说："这就奇了！你且下去。"

富仁叩头下堂。施公又叫："富义，本府问你，家中有什么人？做何生意？银子放在何处？从实言来。"口尊："大老爷，容小的细禀：小的家住钟鼓楼后。妻何氏，年三十二岁；小的三十五岁；子名索桂，八岁。做钱铺生意，因乏银钱，才把铺屋变卖，银价二十两，心想添在铺内。片时兄长前来借贷。有心周济他，未等出口，小的留兄吃饭。我出去沽酒回来，兄长回家去了。小的随即拉开抽屉，就不见银两。妻子说：'屋中大伯坐着；又听抽屉之声。自兄长去后，再后无人来。"贤臣闻听，叫声："富义，你卖房二十两银子，共是几块？"

贤臣说："你二人乃一母所生，打闹上公堂。富义听妻之言，赖兄偷银。不思弟忍兄宽，俱有罪过。"贤臣故意大怒，说："本府问你，到底见过他的银子没有？"富仁回答："小的未见。只听旁人告诉小的，说他卖房得二十两银子。小的方向他求借，见他满口推辞，小的就回来家。"贤臣一听为难，思想主意已定。回怒变喜，带笑叫声："富仁，你家住金太监寺街南对过，你的妻子钱氏。"贤臣又叫："富义，你家住钟鼓楼后，妻子何氏。银子不用问，向本府要罢。本府想来，你二人未必吃早饭。实说，吃了没有？"二人见问，异口同音："小的二人并未吃早饭。"贤臣闻听，说："我说呢！不用你二人生气，银子向本府要。先赏你二人制钱三百文，先去吃饭；吃了饱饱的回来，好领银子。"言罢吩咐："来人，把他二人带去吃饭，不许为难。"该值人答应。贤臣又叫施安，给了差人三百钱，差人接过。三人叩首站起，一同往外就走。贤臣下坐，高叫："公差刘用，把他二人带回来！"差人答应，又把富仁、富义带回，跪在堂下。贤臣说："忘了一事。放你二人去吃饭，须得留下些东西。你们把袜子脱下，吃完回来好取银子。"兄弟答应，回身坐在地下，将袜脱了，当堂放下。二人穿鞋站起身来。贤臣吩咐："吃饭去罢！"二人出衙不表。

却说门外、堂下瞧看人等，不知其故。且说贤臣，叫差人近前，附耳说：如此这般快来。郭凤答应道："是。"回身走至堂前，把富仁穿的袜子，拿起出衙，竟奔富仁家门而去。

贤臣坐在堂上，心内想法惊众。忽见原告董成带领少年人上堂，跪在面前。贤臣就问："董成，这少年人上堂何故？"董成见问，尊声："老爷，此人是老奴家主名董凤鸣，今日拿金子以作明证。求老爷明冤洗状。老奴感恩非浅。"贤臣说："董凤鸣将金留下，本府好替你拿人。回家告诉你母，不可难为董成。断回金时，在家等待。"二人叩首谢恩，主仆爬起下堂回家。

且说公差郭凤手提富仁的袜子，出顺天府城，竟奔东直门金太监寺而来。不多时来至富仁门首，用手拍户。只听人声答问："是谁？"钱氏移动金莲，往外而行。来至门边，抽栓开门，将身闪在一旁，说："叫门那人，是做什么的？我家男人不在屋里。有什么事情，只管来说话，等他回来好说。"公差闻言，答话说道："我与富爷时见面，有个缘故，方来叩门。今早弟兄拌嘴，因为银子相争。他两个告进顺天府里。现在兄弟俱受苦刑，我亲目看见。他受刑不过，招认家有二十两银子，是三个半银子，向大娘要了拿去，免受拷打。恐其不信，只说二十两银子，是三个半银子另四块。这不是还有他穿的袜子一双？因挨夹棍脱下来的，叫我拿来作证。"郭凤又道："奶奶，难道大爷穿的袜子不认得吗？"钱氏闻之，又看见袜，信以为真。忙进内房，开了箱子，把一包银子拿出。回身出来，眼望公差说："就是我家丈夫交与我的银子，小妇人也不知有多少。"公差接过点了，那块数不错，连忙回身，迈步出门回衙，公案前跪倒，打袜内取出银子，向上一举，口称："老爷，小的郭凤奉命把银子拿到，请老爷过目。"

贤臣闻听，心中大悦。将银包打开看验，块数、成色，与富义说的相对。又见下役带富仁、富义上堂跪下。贤臣一见带笑说："你二人吃饱了么？"二人回答："多谢老爷恩赐，小的们吃饱了。"贤臣说："你二人各把袜子穿上。"二人跑下几步，拿袜子穿好，复又跪下。贤臣下叫："富仁，把你这个狗徒！手足无情，昧心盗银。哪知本府略用小计，差人到你家中，向你妻钱氏把银子取来。我问你还有什么折辩无有？"富仁一听，心中不信，只说假话，用巧辩折证。贤臣大怒，便吩咐："人来，将银子拿去他看。"下役答应，上前接了银包，回身放在他兄弟面前。二人一看，分毫不差。富仁见银只是发怔。

贤臣坐下发怒，大骂：“富仁奴才！全不思千朵桃花，一树所生。你的用心，本府如一时心粗，用严刑拷问你兄弟，岂不冤枉了他！略施小计，献出银子，断出黑白之心。”吩咐左右拖下重打三十大板。皂隶答应喊堂。富仁浑身打战。他兄弟求情，免责，枷号半月，在富义钱铺门首示众。银子交还富义出衙。施公方要出签拿人，听得家中着火，不由吃惊。不知何事，且看下回分解。

第四四回　拿火头[1]门斗之妻　审张氏吐出真情

话说贤臣见火心惊。衙内三班书吏，并瞧看之人，一齐害怕。贤臣不顾出签拿人，唯恐烧着堂库。他一跛一点，往后紧跑，站立滴水之下观看。都嚷门斗[2]之家失火。街房邻舍，闹闹哄哄。地方报火，登时来了救火众军，都急忙将桶取水。夹着一片哭声震耳。时九门提督也来督令救火。顷刻房倒屋塌，压下火头；又用水泼，烟消火灭。即拿火头之家，霎时并无踪影。九门提督命四面捉人。贤臣坐在下首说道："救火之人，点名注册，都有赏赐。"

片时，只见带来一个年少妇人。众官见其动作，非是良女。

陶提督忙问："你们带来此妇何故？"大拨什库见问，上前行礼回话："此妇正是火头。"陶公心中不悦，说："你们都是胡闹！难道她家没有男人么？"拨什库说："大人，小的问过。她说她男人在顺天府当门斗，家中并无别人。他男人已在火中烧死了，因此将她拿到。"贤臣说道："本府问你，你既知火内有你男人，缘何不听见唤着人救。"那妇见问，口尊："大老爷，火熄之后，不见男人。小妇人思量着，必是火内烧死。"

贤臣闻听，哼哼了几声，扭项望陶公说话，口尊："陶大人，此妇大人不用带去，内有隐情。卑职带回衙门审问，内中必有缘故。"

---

① 火头：俗称失火之家为火头。

② 门斗：古代学宫中的看门人。徐珂《清稗类钞·胥役·门斗》："旧称为学宫供役者曰门斗，盖学中本为生员设廪膳，称门斗者，当是以司阍兼司仓，故合门子、斗子之名而称之耳。"

陶公闻言回答说："使得。"

贤臣随令人搜验尸首，果然搜出死尸。众大人说："贵府将妇人带去。我们也走。"贤臣相送各位大人去后，回身升堂坐下，把那妇人带来跪在堂上。贤臣叫声："妇人，你男人叫什么名字？从实讲来！"那妇人口尊，"大老爷容禀。"

那妇人叩头说道："小妇人男人当顺天府门斗，姓孟名叫文科。好酒。今日吃醉，不幸烧死。小妇人因为不知，失了喊叫。"贤臣闻听大怒说："本府问你，与你男人还是结发？还是半路夫妻？从实说来！"那妇人说："娘家姓张。今年二十三岁，自十八岁嫁与孟姓为妻。小妇人是填房，迄今六载。男人今年四十九岁。他并无亲眷。小妇人父母俱在：父亲五十九岁；母亲陶氏四十岁。父名叫张义，现在换金铺内当伙计。"

贤臣闻听，想起金铺事，又问："金铺不知在何处？东家姓什么？哪里人氏？你父在铺作何手艺？俸金多少？"张氏见问，认为好话，口尊："大老爷，小妇人父亲在金铺打杂，每月只挣铜钱吊半。金铺在正阳门二条胡同，坐北朝南。东家姓陈。父亲住琉璃厂东。财东与父交好，他认我亲干姐。小妇人出嫁，花了他几多银子。今日到此与小妇人男人吃酒。男人吃醉，不幸被火烧死。"贤臣闻听，眉头一皱，计上心来，叫声："张氏，不用刁顽。本府有心把你严刑重处，尤恐于心含怨；管叫你片刻甘心认罪。"贤臣吩咐："带过张氏。"

贤臣座上闪目，往堂下一瞧，立刻得了主意，叫声："人来，就带至堂后，如此这般。"人役答应。贤臣又叫："人来，你即出衙公干。"不多时领命差人都办齐来。先领命的领了多人，立刻把倒墙整砖搬了许多，堆在堂口前面宽阔之处。又见后领命的差人进衙，手牵两只羊；后跟两人，挑定两担木柴，同至月台以下，放在一旁。差人上堂，跪倒回话："小的禀太爷，将应用东西办到。"贤臣又叫人立刻把瓦匠叫来，用砖砌起四堵围墙。诸事完毕，发了工价，匠役散去。

贤臣吩咐把羊杀死一只，连那一只活羊，一并放在墙里。令人把木柴引火，引着烧羊。登时火着，烧得那只活羊怪叫。

堂上书役并瞧看之人，都不解其意，纷纷议论。

且说贤臣看见活羊烧死，吩咐："衙役，带领人去，如此这般。"公差答应，翻身下堂，依然把墙拆了，将砖搬去，打扫干净。把两只羊挪到孟文科死尸一旁，上堂回话。施公又吩咐："人来，传仵作验尸。"青衣[1]答应，高叫："仵作！"下面答应，走至贤臣身边跪下。贤臣吩咐："你去把死者孟文科的尸，两只羊的尸，都用木棍撑开嘴，仔细看嘴内：或是干净；或有泥土，不可粗心。"

仵作答应，迈步至死尸、死羊跟前，仔细验看明白，回说："小的将死尸、死羊都验明白：烧死的孟文科口内，干干净净；死羊口内，也是干干净净。唯有活羊烧死，口内多是灰土。"贤臣闻听，带笑望月台两边瞧看之人说："本府审案，不过推情评理。今日烧羊，有个缘故。常言良马比君子，畜类也是胎产。比如无论谁人，身遭回禄，四面全是烈焰围烧，岂有束手等死之理？必然四处奔逃，口内喊叫，无处逃奔，才得烧死。你们想，烧得房倒屋塌，灰烟飞起，人要开口喊叫；至于死后，焉能口内无灰之理？方才本府叫仵作验看孟文科口内干净：火烧之于死后，闭口瞑目，是以口内无灰。杀死的羊，也是如此。唯有活羊，众目同看：烧死火内，乱逃乱叫，无处可走烧死，因此满口都有灰土。"

贤臣言罢，站起升堂。叫人把张氏带过，跪在下面。贤臣叫声："张氏，你男人死得不明。从实讲来，免得受刑！"张氏口尊："大老爷，丈夫醉后烧死的。"贤臣闻听冷笑，又将烧羊之证，从头至尾地分解一遍："烧羊与你夫同样。快快实说！"张氏求松刑。贤臣吩咐："松刑。"张氏尊声："大老爷容禀：此时只求恩典，叫人把妇人父母、金铺陈魁一并传来，当面一对就明。"贤臣闻言，说："人来，你们领她到死尸、死羊跟前，叫她瞧瞧，口中有无灰土？好叫她甘心认罪。"衙役答应上前，带下张氏去看。贤臣又往下叫："朱桂、言玉、刘国柱，你三人立刻到那正阳门外二条胡同路北换金铺，把陈魁领来；再着人到琉璃厂东门将张氏父母锁拿对词。本府立等。"

三人答应，领签下堂。未知后事如何，且看下回分解。

---

① 青衣：青色或黑色的衣服。汉以后，多为地位低下者所穿。这里应为地位低下的仆役。

第四五回　瞎子生心讹诈　清官审断铜钱

且说三名公差，领签出衙而去。贤臣坐在堂上，查看招词。

打角门走进几人。贤臣细看，都是年老的，一齐上堂嚷道："我们是朝中内监。奉梁、卫二位首领之命来见，共十三名。首领们说：来此看情也在你，不看情也在你！"贤臣闻听，就知是前天缘故，带笑说："众位不用动气，我有道理。此乃奉旨之事，少不得验看。"言罢，站起带笑说："老爷们跟我来！"吩咐人在外面伺候，不必跟随，伺候答应。内监同贤臣迈步来至二堂，让坐。贤臣带笑说话："梁、卫错瞧不起施某，拿话堵我。我才启奏皇爷，准抄查验。不全有心不验，又恐背旨；验看了，有碍众位体面。驾到府衙，少不得施某私通看情。老爷们出衙，只说都已验过净身。老爷们好好回朝，多拜上二位首领，万望担待。明早朝主，必然启奏，包管大家无事。"内监闻言，心中欢悦，带笑齐尊："府尹，从今以后，才知太爷是正人君子。都是我们首领之错，容日答报太府。"上马回朝。

且说贤臣正坐，从外跑进两人：一个老年；一个像似瞎子。

贤臣用手一指，骂声："刁奴才！有什么冤枉，快快说来，本府好与你们公断。何用吵嚷？"二人见问，有年纪的先说，口尊："大老爷容禀：小的是教门中回民；这瞎子也是回民。小的们乃表兄弟：小的是舅舅跟前的，他是姑妈生的。小的姑夫死了，他在齐化门外礼拜寺住，算命为生。小的现在顺天府西边鼓楼弯里，开一座小羊肉铺生理。昨晚这瞎表弟进城到铺，小的问他来意，他说买卖不济，短少日用，姑妈叫他来找小的，要点费用。大老爷上裁，一个姑表至亲，小的留他住在家内，想着今早给他几百钱拿去使用。哪知睡了一夜，他变了心肠，把小的血本铜钱两吊，拿着便走。因此告到仁明大老爷台下。可恨他瞎眼迷了血心，欺负年尊，与小的相打。”

贤臣听罢说：“何用争嚷？”叫声：“瞎子，我问你：二目双瞎，还行坏事？人家钱你拿着便走，也使得吗？”瞎子见问，口尊：“大老爷，他说完了，小的细禀：小的名叫王兰芝，大老爷看小的眼瞎，心却公道。虽说姑舅亲，各衣另饭。实回大老爷，人生天地间，不过凭的良心二字。”贤臣说：“王兰芝，依你说来，两吊钱真是你的了。”瞎子回答：“不是小的钱，小的就敢拿着走吗？内有缘故，这两吊钱，小的也不是容易积的。终日游街，算命打卦，挣不得多少钱文，少吃俭用，攒够两吊。小的心里想着要买两件衣服遮体。有心烦别人买，又恐赚小的钱文，是以想到表兄身上。闻他在鼓楼弯里开铺，典衣铺他很是熟识，烦替小的买买。因此把两吊钱拿进城来找他。适遇天晚，未买，因此留小的住在铺内，说今早去问。小的夜间思量：气候和暖，一时还用不着棉衣，何不把钱拿回家去，放给与人，得几文利息，养赡小的寡母。到冬再买衣服未迟。所以才不买了，一早起来拿钱要走。不料表兄为财昧了血心。只用他说一句良心话。仰求大老爷公断。”施公闻听，心中为难，无据无证，沉吟多会。又问：“那个回回，你叫么名字？”回回见问，叩头口尊：“大老爷，小的名叫洪德。”施公说：“你铺中还有伙计？”洪德回答：“铺中一个伙计，他白日挑出净肉担子去卖，到晚回铺归钱。”施公说：“既是你的钱，可有记号无有？”回回尊声：“大老爷，小的串钱，不过是见数串起，哪里来的记号呢？”贤臣又问王兰芝说：“你的钱可有记号对证没有？”瞎子见问，说：“大老爷，个人的钱，岂无记号，小的穿的钱，是满底子。”贤臣命数过。施安回禀：“小的数过，分文不错。”

施公略思，吩咐：“公差，快取新沙锅一口，堂内架起干柴。沙锅内放入水，把钱放在锅内。”公差遵照办理完毕，回禀。施公吩咐：“将二人带上。”公差随即将二人带上堂来听审。公差答应，将回回、瞎子带到，一齐跪下。施公说道：“二人争吵，告进衙门。本府用刑拷煮铜钱，他又不会说话。本府有妙处，叫你二人心服。”施公道：“你们去到锅边细看，锅内水面上飘的是什么东西？用鼻子闻闻，是什么气味？明白报本府知道。”差人答应，走至沙锅跟前细看：水底是钱，浮面飘着一层油。端起一闻，膻气之味，放下回身上堂，跪倒回明。

贤臣又叫：“王兰芝，你可听见了么？快些与我动刑。”未知后事如何，且看下回分解。

第四六回　淫妇忘八进衙　母女当堂对词

贤臣说："王兰芝，快些招来！"瞎子道："爷爷容禀。"就将见钱起意，待晚饭后，打发表兄睡熟，把钱摸得，讹也是真，从头诉完。贤臣闻听，骂声："刁奴才！本府分解你听：若是你的钱，无别味；要是回民舶钱，他不住的卖羊肉，接钱手上有油，钱上必有膻气。不然皂白难明。哪知本府专判奇怪之事。本府看你讹钱之过，理应重处，号枷于羊肉铺门首示众；因念你母孤寡无靠，拉下重打二十大板，免枷。"青衣答应，用头号板打得两腿崩裂。打完跪在一旁。贤臣叫："洪德，本府恕你苍老，免打回去。"叩头谢恩。回回见他表弟挨打，心内不忍，将两串钱领出，与瞎子一串。王兰芝摸着，不顾疼痛，一齐叩头，欣然而去。

又见从角门进来男女几人，上堂跪下。差人上前回禀施公："小的等将陈魁、张义、陶氏带到。"贤臣摆手，公差退下。

贤臣说："报名上来。""小的金铺陈魁。""小的张义。""小妇人陶氏。"贤臣听毕，叫声："来人，把陈、张二人带下去，命陶氏快快实说。"陶氏口尊："老爷请听：小妇人夫主贸易为生，金铺打杂。小妇人终日闭户家坐。单夫独妻，度过光阴。无故招灾，拿进衙门，莫把旁言信以为真。"贤臣闻听动怒，说："刁妇住口！少得胡言。与我拶起来！"青衣答应，上前拶起来。恶妇人实难忍，满口说招。贤臣闻听冷笑，骂："狗妇！不怕你不招。"吩咐："松刑，快些实说。"陶氏口尊："大老爷，是小妇人害了女婿。祸起陈魁，却是张义之错。夫主无能，家道贫寒，金铺做手艺，引诱东家入我之门。张义饮酒吃醉，陈魁又将女儿灌醉硬奸。陈魁又定计：门斗孟文科，缺少三亲六眷。便生心将他谋死，好拐女儿同走。安心把张义撂在京城。小妞又教女儿叫她应允小妇人母女同着他去。陈魁唯恐小妇人女儿不去，取出雕龙金子稳他。”施公闻听，叫声：“陶氏，金子不知有多重，快快说来！”陶氏说：“陈魁言及足足十两八钱。正面雕的是团龙。又说：‘金子为定，绝无更改。你母女跟我回南，快活无穷。你们母女害死孟文科之后，金子为聘，不必须媒。若不允从此事，金子退还。’是以母女当时满口应允。小妇人三人定计，将文科灌醉，命根上用手一掐，孟文科立时丧命；放火把他烧得囫囵，料得真假无处去辨，便去掩埋，神不知鬼也不觉。哪知大老爷神目如电，看透其中情形。所招俱实。”

施公详理不假，内中又供出董成之金。施公想毕，又骂：“陶氏狗妇！你谋婿放火，带累邻右，齐遭回禄[①]，居心何忍？”

吩咐：“人来，先把他母女带下看守，不许交言串话。”公差答应带下。施公复又想起一事，再叫把张氏带回问话。下役答应，带上跪下。问说：“本府问你：放火之先，怎么谋害你夫？”张氏见问，回答：“小妇人回过：陈魁早把夫主灌醉，同小妇人抬到房内，他掐着颈子，小妇人伸手揪他的命根。用力连揪带掐，只听哼的一声气绝。陈魁才去，留话：再听消息。小妇人害了命，无奈放火烧房。”施公闻听，骂声：“狗妇下去！不许与陈魁答话。”公差退下。施公又叫：“人来，尔等去把孟文科邻右传来。”下役答应而去。立刻叫到堂上，跪下报名：“小的是门斗左邻张志忠。”“小的是孟文科右舍李有成。见大老爷叩头。”施公说：“本府传你二人，并无别故。既是孟文科紧邻，张氏媒夫，难道不听见响动？”二人见问，一口同音，说：“并无动静。忽然今日起火。”未知后事如何，且看下回分解。

---

① 回禄：传说为火神名，引伸指火灾。《左传·昭公十八年》：“郊人助祝史除於国北，禳火于玄冥，回禄。”杜预 注：“回禄，火神。”

第四七回　贪色借年貌　替娶亲得妻

张志忠、李有成说："孟文科之死，实不知其故。今日忽然起火烧房，实不知别情是实。"言罢叩头在地。施公听罢，说："此事与你们无干。不许远离，少时定案，解部对词。"二人答应，叩头退下。施公吩咐："把陈魁、张义带上！"青衣答应，登时带到跪下。施公叫声："张义、陈魁，你们的事败露。从实招来，免得受刑。"张、陈二人见问，不肯实招。施公吩咐："夹起。"登时上刑昏迷，用水喷醒，仍然不肯招。施公又说："把陶氏、张氏带上。"二人跪在一旁。施公说："你母女把孟文科之故，当他二人说来。如若不讲，即刻上拶。"张氏复又说了一遍。张义闻听女儿一派实言，心中后悔。陈魁听张氏供招，无奈何说："小的情甘领罪。"施公吩咐："书吏，把口供记了。且先与他卸去刑具。"施公又叫人："去到东直门北小街口，把董成传来圆案。"下役即领命而去。

施公又叫张义上来说："他母女与陈魁实招，本府问你：他母女与陈魁奸情，你哪有不知？"张义见问，还要嘴硬巧辩。施公又问："陶氏、张氏，你们与陈姓奸情，他说不知，须得你俩问他，不然又要动刑。"这妇人已经拶怕，听见动刑，心中害怕。陶氏就望男人说话，骂声："泼辣货！我问你：你说不知，那日你回家撞见我二人做那事儿，你为什么独身躲了？"张氏一旁接言，叫声："父亲，我们已经三曹对案，全都招认。"张义听见他母女之言，无奈大叫："太爷，就算小的知道罢！"施公闻听，忍不住哈哈大笑。忙吩咐书吏作稿，拿下去，令四人画了手字呈上。

施公过目，一边吩咐："陈魁你定计留金，交与何人？"

回道："交与陶氏。"施公叫声："陶氏，那锭金子现在何处？快快实说。"陶氏回答："现在身边。"言罢，忍痛回首，取出上递。青衣接过呈上。贤臣叫施安也取出那锭金子看，一样分毫不错。吩咐即把陶氏、张氏、张义带下。

只见公差又把董成主仆传到，跪下。贤臣说："董成，你看这下面受刑人，是开金铺的不是？"董成闻听，到那边看，回答："就是他！"贤臣又叫："陈魁，你把昧金之故讲来？"

陈魁怕刑，不敢强辩，口尊："大老爷听禀：小的见他贫寒，金子明知是他的，因欺他年老，生下歹心。只知肥己，无人晓闻。哪知上天鉴察。小的贪色，金给与陶氏。今朝事情败露，献出金子；原是董成之物。小的情甘领罪，叩求老爷免罪。"叩头流泪。

施公又叫："凤鸣，董成换金，若有歹意，焉改告进衙门？若非审陶氏女奸情，只怕屈死了董成，永为怨魂。他果要昧金，势必逃走；岂有送信，又转家门。今日断令原金复归本主，倒要你另外加恩于他。"凤鸣答应说："是。"施公带笑说："董成，此事皆因粗心招祸，莫怨上人。回家千万莫改忠心，上天不负好人。"老奴叩首流泪，说："大老爷尊谕，自当遵行。"施公大悦，伸手把两锭金子拿起。叫声："董成把金拿回家去，见了你的主母，加意勤慎，商议度日去罢！"董成谢恩答应，爬起上前接金。主仆下堂，欢天喜地，出衙而去。

施公吩咐："书吏，立刻办文，内有人命重情，送部定罪。"

施公令该班人役，将陈魁、张义、张氏、陶氏带出衙去。才要退堂，又见走进一人跪倒。未知后事如何，且看下回分解。

第四八回　小西来报机密　男女进衙告状

话说那人跪在公案一旁，说："小的来报机密。"施公细看来人容貌年纪，约三十以外。施公看罢，开言说："有何机密？快讲！"那人见问，口尊："大老爷，小的在京都居住。原籍山西太原县人。父母双全，兄弟三人。小的姓关名叫关太，懒在家中，安心在京。父母给小的银子千两来京，托伙计经营。不幸本钱亏尽，无奈学走黑道，全凭折铁单刀护身。那晚刚进高山寺，谁晓刚进空房，撞见一人遭难。太爷，其中详细，小的有诉呈，一见便明。"随即呈上。贤臣接过一看，大惊道："关太，本府问你：此事都是眼见吗？你且起来，下堂等候。少时到我私宅内，有话问你。"关太答应退下。贤臣回手，将呈词放在靴筒。

又见打外面进来几个男人，嚷上公堂，纷纷跪下。贤臣看毕，道："你们男女，既到本府衙门，不许乱说。叫一人来说。"

贤臣说："那年老的妇人先讲。"老妇闻听，口尊："大老爷容禀：小妇人家住后门火神庙边，后河沿临街大门。夫主姓张，名叫张大，终日挑水，五十八岁，并无儿女。小妇人今年六旬，常与人家说媒，又会接喜，在渣子行程住。这位奶奶，与小妇相好，当日作过邻舍。去岁叫提亲事，说的朱家闺女，今年二月过礼，三月间娶亲。是晚半夜，出了怪事。今日告状，内有隐情，只是一往之故。要问别事，只问她便知。"贤臣问第二名，说："那妇人把你的情由讲来！"那妇人答应说道："小妇人家住火神庙对过门内——天师府斜对过。亡夫姓冯，名叫冯义，在日教学为生，不幸病故三载，留下儿女。女儿今年十八；儿子十二。儿名冯昆玉。现今母子耐守清贫。小妇人五十三岁，亡夫五十岁去世。无靠孤苦，作些针线度日。儿子作小本买卖。张媒与女儿提亲与王家之子，今年二十。寡母性善，并无生理。父已去世，也无亲戚。儿在布店经营。此子品貌端正。家道贫乏，母子端正。小妇人家道贫寒，女儿长成，无奈应允，行聘过礼，择期就娶。郎才女貌，只也罢了。不料昨日过门，今旦偶出怪事。女儿发人来叫，提起情由，真真羞煞。下情只问亲家母罢！”

贤臣闻听，话内必有大变，只问她便知，叫：“那妇人把你的实情申禀上来！”郝氏答说：“大老爷，小妇人郝氏，今年四十四岁；亡夫四十八岁，姓王名玉麟。他在布店交易。子名王振，年二十岁。他父死后，也在布店。多蒙财东看其父面，周济我子娶亲，算一番好意。哪知其中有变。小妇人家住后门方砖口内。夫主去世四载，儿子进店，每月工银一两。昨日娶媳进门，晚上亲朋散后，他俩小夫妻入洞房。小妇人睡觉，将近半夜光景，忽听媳妇喊叫。当道他夫妻不和，小妇人连忙穿衣跑出房门，见一人往外飞跑，天黑看不真。却又见儿子从门外而进，劝他媳妇莫要做声。新人痛哭，拉住小妇人叫：‘娘！’只说‘坑杀人了！’小妇人道问其故。回说：‘你儿出去后，又进房。摸着他，满嘴胡须，欲与我成亲。被我抓他脸，他就跑，面目无从看真。’媳妇就要寻死。小妇人害怕，看守至天明。请他母到家，共同申冤。恳大老爷明镜高悬，判断仔细。”贤臣又问：“你家除汝母子，还有何人？”郝氏回答：“并无别人。”想来祸都由郭东家所起。未知后事如何，且看下回分解。

第四九回　王振吐实话　玉山道真情

王振说："郭东家原籍太原府，名叫玉山，开布铺。小的父亲在日，每月工价三两。父亲去世，小的将铺接续。去岁小的商议亲事。一应费用，东家许以相助。小的回家，告诉母亲，是以央媒提亲。他说：'我与你看中一女，住天师府对过，可着媒去说。'小的应承，挽张媒一说即妥，择吉三月娶亲。财东他说：'我离家日久，欲要娶亲，奈本处不许外乡之人。自从看见冯家之女，想成疾病。此亲算我所娶。给你纹银五十两，另续新婚；再加工银三两，管你一世不受贫寒。若要不允，还我财礼，逐出铺外。'小的无奈应承，瞒哄母亲。昨晚小的成亲之后，故装出外，他在门首溜进房中。新人哭喊，手抓口嚷，抢天呼地。以是今日告状，全是小的之错，今情愿领罪。"贤臣听罢大怒，骂："王振你这个畜生该死！世上此事岂可允得的么？"往下又叫："郭玉山，偌大年纪，行此伤天害理之事。"郭玉山回说："大老爷在上，容小的细禀，那日讨账路过此处，瞧见此女端庄，嗣后想念得病待死。因是定计，都是实情。叩大老爷恩典宽免，以后痛改前非。"说罢叩首。

贤臣大声骂道："好奸徒！倚势图奸！该当何罪？快着大刑伺候。尔等男女六人听真：国法无私，本府按律治罪。祸因郭玉山而起，刚才本府听罢六人之言，前后倒也相对的。就只那郭玉山其情可恶！你替王振娶亲之事，实是愿意助他银两，又外给银五十两安家，每月加工银三两，再无更改。"郭玉山答应："不错。"贤臣闻听，道："冯朱氏，你女儿给王振为妻，乃系明媒正娶。内中生事，是郭玉山之过。可喜你女儿辨出鱼龙，保住节操。本府隐恶扬善。你女既为王振之妻，还有变动无有？”冯朱氏叩头说：“大老爷听禀：先嫁由父母，后嫁出自己。小妇人不敢作主。”贤臣又问冯氏。冯氏含泪说道：“可叹奴运不好，遇此歹人。母亲恩养十八岁，许配婚姻，嫁鸡随鸡，终无更改；好马不备双鞍，要是重婚，怎么见人。皆因婆母不知，变生祸端。小妇人夫主纵虎入门。小妇人不恨别人，可恼贼徒！”贤臣说：“好个将错就错，贞节有操，唯天可表！本府无不容含，包你意足无怨。”贤臣下叫：“张媒你是愿打愿罚？打，五十大板；罚，媒银退回。”张媒回答：“小妇人愿罚，算是运气不济。银子无动，还在腰里带着。”回手把二两银子取出，递与公差。公差接过，送上公案，退下。贤臣叫声：“人来，快到玉山铺，立刻取银五十两来。”玉山跪倒。贤臣道：“郭玉山，且听本府定你的罪过。原替王振娶亲，不准反悔；余外帮银五十两，每月长工银三两。这就算是你赎罪之项。本府今且宽恕。快写无更改执照一张为凭。自今以后，不许你与王振穿房入户来往。倘自不道，加倍罚银重处。”玉山闻听，情愿领罪免刑，连忙讨取笔墨砚，铺在地上，趴伏立刻写完，双手上递。青衣接过呈上。贤臣从头至尾看了一遍，写的倒也通顺。看罢，又叫：“郝氏，你领银三十两；朱氏领银二十两。听本府的吩咐：你二人领银子以为安家之费，自今安分度日，妇道不可门前站立。”又道：“郭玉山，本府今日恕你解部重处之罪，轻罪难饶。人来，将他拉下，重打三十大板。”

皂隶答应，不容分说，登时拉下打毕。又叫：“王振把执照赏你收去。自今以后，小心留意，不可生事弄非。”王振答应，接下执照，回手揣在怀中，又复跪下。贤臣说：“王振，本府瞧你妻母面，恕你重罪。年轻不思前后，败坏人伦，轻罪难饶。来人，把他拉下，重打二十大板。”贤臣又叫将郝氏、朱氏、冯氏、张媒四个妇人释放回去。诸事毕。贤臣又吩咐书吏作文一道，立刻行到宛平县，把胡妻不见一案用文送来，带到私宅中问明他故，请旨定夺。即将文书作成，命伺候人役，持文到县提人。

再说贤臣离座下堂，乘轿出衙，关太跟随至府。贤臣入内、取出关太诉状，重新又看，上写：具禀：小的关太，因无生计，半夜至一山，名曰桃花岭。上有唐建桃花古寺一座，甚为宽大。小的作贼，挖洞进内。但见屋内空虚，并无银钱。正在自怨时衰，忽然逢着怪事：撞见一位公子，在秘室遭难。见着小的，误作杀他之人，惊跪在地，哀告求生，说是旗军，系官宦子弟，父为梅林章京，膝下只他一人，名叫巴州布。此寺是乃父辖下。该住持僧慧海，春秋二季上京，与伊父相往来，宾客相待。伊父供其银，作其子夏天避暑之所。伊今岁来寺攻书，住在山上。适恶僧上京，发售该山树果。巴州布寺中乏伴，偶然散步闲游，行经庙后，遇些青春妇女，欲即走避，奈不识路，以致互相逢见。不料恶僧回寺之后，初尚同用茶饭，既而往内复出，把伊拉到空房，举刀要命。巴州布跪求。恶僧看其父情，留下毒药等物，令其自死。免漏风声，将门锁上。如天明不死，仍是刀下倾生。小的闻言，气忿在心，随将来意述明。公子叫小的救命；又说，恶僧万恶，还有众僧，武艺精通。求民半夜搭救，逃走到京，好告诉他父，启奏调兵，擒拿恶僧。小的听言有理，当即救公子出寺，送至京城。到家几日，并无音信。小的不平，是以来此投书上禀。

贤臣看毕诉呈收起。又叫关太进书房，复又追问一遍，说："你有传家宝刀一口，现在哪里？拿来我看。"关太答应，从腰间取出。只听叮当一声，关太双手将刀奉上，说："请大老爷过目。小的此刀，传家七代，名曰折铁倭刀。祖传三十六路，变化多端。"贤臣闪目细看，有诗为证：

刀柄可把，利刃吹毛。
倭钢炼就，上将魂消。
传家至宝，避邪降妖。

施公看罢交还，关太重新将刀收好，一旁站立。忽见守门人进书房回话："外有顺天府衙役求见。"贤臣吩咐令他进来。不多时带进，跪下报名："小的郭起凤给大老爷叩头。""小的王殿臣叩头。小的二人，奉命到宛平县，把胡妻一案提来。"老少二人跪在左右。公差退下。贤臣观看已毕，未知后事如何，且看下回分解。

第五〇回　翁婿当堂实诉　贤臣问得隐情

再言那人见问，口尊："大老爷，小的住在护国寺东廊以内。小的房主，官名都称按大爷，现为梅林章京。小人作工，住房一间，工钱五百，夫妻两口度日。老妻与房主煮饭，暂作月工。所生一女，名叫关姐，今年二十过门；这个就是女婿。偶出怪事，小的女儿过门，未满一月。忽然那日他到小的家要女儿，回说未回家，他竟不依，反赖小的将女藏了。翁婿之冤，因此断不明白。告进宛平县，二月有余。幸喜青天提问，好似拨云见日。小的名叫马富，妻子秦氏，皆五旬。这是小的真情，望大老爷明镜高悬判断。"言罢叩头。贤臣说："少年之人说来，不许隐藏。"那人见问，尊声："大老爷，小的名叫胡六，白塔寺后住。寡母今年五十一岁；小的二十四岁。父在日定下亲事。困穷耽缓，今岁方娶过门。尚未一月，那晚忽然不见。小的次早去岳家吵闹，竟赖未归。告进二月有余。小的手艺为生，耽误时日，叩求老爷速判冤枉。可怜寡母无靠。"言罢叩头，哭得可伤。

贤臣听闻，忽然想起一事。叫声："马富，有一个桃花寺慧海和尚，与按大爷家往来，不知你见过没有？"马富说道："如若老爷提起慧海和尚，小的怎么不认得的呢？是女儿干伯伯，认婿为干儿。女儿出嫁，曾来帮了好些东西。自此以后不来。"贤臣听闻，言言对景，心下明白，吩咐胡六、马富："你二人不用胡赖！本府另有裁处。放你二人讨保回去，营生度日，汝女日后自有下落。暂且回去。"又叫："郭起凤、王殿臣，你们快将他带到衙门，告诉书吏，如此这般，事毕回话。"公差答应，带下去了。

且说次早贤臣吩咐备马上朝，来至禁门，随众出班。紧走几步，赶至梁九公跟前，带笑说道：“梁老爷，少停贵步，卑职有机密事转奏圣上。”把本匣付与梁九公。太府接过匣，转身进太和殿，不一时膳盒下来。九公一见，忙把本章呈上。皇爷接过，闪龙目细看：原来桃花寺凶僧慧海和尚作怪，隐藏妇女。看罢，龙心大怒，命内侍拿过文房，皇爷在本后批写了几句。九公接过御批，装入木匣掩定。转身至金阶，高声说：“旨下！施府君接旨。”贤臣答应，出班跪听宣读。梁九公带笑说：“皇爷准奏，照批行事。”贤臣谢恩站起，接过木匣，又说：“梁老爷，你把那数名老伴伴，多拿盘川，打发到顺天府，起路引，叫其回家。不过压压耳目，再上京来。也算遵旨办事。”

梁九公说：“承情，知道了。”言罢，进内缴旨。

贤臣见众公俱散，也就乘马回府。下马至书房，展开本章，批写着：“依卿行事，私下便调将提兵。若有不遵旨者，立即拿问，带回赴京。”

贤臣看完批语，甚喜。只见施安带进关太，郭起凤、王殿臣随后而入。三人上前即见。贤臣说：“你三人来得正好，听我吩咐：今日本府起身，赶到桃花寺。明早你三人到寺，可要如此这般，千万莫误。”三人说知道。贤臣回手提笔，写了一张批文，用印封严，叫声：“郭起凤、王殿臣，你二人奉批，乃奉旨之事：赶至卢沟桥飞虎厅武职衙门投批，不可错误。投批之后，与关太会齐。即于次日赶进桃花寺，这样如此打扮。见我报信，不可明说。大事定矣！自有重赏你们。”施公言毕上马。施安、施孝跟随，竟奔桃花寺山口而行。顷刻到山下。

忽见茶棚里面走出一个僧人。施公下马，相见已毕，僧人引出茶棚，坐定吃茶歇息。那僧人口尊：“施主来至荒山，莫非还愿烧香？请问贵府何处？贵姓大名？好意知照。因桃花寺近来官府查得甚紧，为此叩问。”施公见问，思想了一回，说：“在下姓方名叫忠义。在南城琉璃厂路南居住，作买卖生理。”正说话间，大头和尚进房，高叫：“今有仓平州与房山县老爷告条，贴在寺前，明晨初一开山门。”

话说慧海打发送告示差役去了后，又有飞虎厅差人到来，照应凶僧。他又与施公讲话。施公假言到庙参拜，明早还愿。慧海闻言点头，又叫僧人，把施孝唤进，立刻备斋款待主仆。

且说郭、王二人至飞虎厅门首，说："借问，这就是飞虎厅么?"门上答说："这就是衙门。"王殿臣接说："京都顺天府施大老爷，奉旨遣役投批文。郭起凤、王殿臣求见。"门上人不敢怠慢，进内回禀。林公闻听，心中纳闷，接出了仪门。

王殿臣怀中取出御批，双手举起，站立居中。林公一见，上前跪倒接批。林公展开批文，为皇上御批府尹示。此乃奉旨批文："卢沟桥西北有座桃花寺院，即在桃花岭内。庙大寺广，隐一群恶僧。为首和尚法名慧海，无端夤赖，任意胡行。寺内窝藏妇女，吃酒荒淫，苦害良民。总因下员失误觉查之故，扰乱地方。今早有人告到本府衙门，施仕伦奏本皇上，当今准奏。批准私行进庙，探访凶僧。专等四月初一日，速发人马，与我并力擒拿凶僧慧海，解进京都严问。倘有风吹草动，以及过午不到，众官一体听参。"林公照批文叫声："上差，见施大人，就说我即率兵前去。"二人接批，退出不提。

且说林公打发二役去后，即挑马上弓箭手一百名，藤牌手五十名，哨棍手五十名，都是年力精壮，器械鲜明。哪个敢违，按军法重处。该值将校，答应回身，出衙办事。林公回后，即命内丁备用，那些将佐千把总等官，军器半夜须要齐备。林公又把将佐叫进书房，附耳说："你等如此这般，不可泄露机关。"

且说施公在庙，凶僧持斋招待已毕，吩咐小僧秉烛备茶。

慧海说："小僧失陪。"施公回说："请便。"凶僧起身，回至后房，与众妇人取乐。施公心下已参透八九；又暗察里面，有男女喧哗之声。贤臣同施安望喧哗处，只听淫秽欢笑讴歌。施安搀扶贤臣，上墙瞧看。忽听一僧提顺天府之故，心下着忙。又听凶僧接言要害性命；又闻慧海僧还要"盘问"，吓得惊疑不止。复又细听，贤臣不料失脚坠地。被众僧听见，一齐站起，皆往外走。贤臣听得明白，叫声："施安，同跑在菜地藏躲。"听着和尚开门出院，四下看看，并无人影，只有两只山羊。众僧不曾细照，回身关门，安寝宣淫。不表。

且说贤臣同施安躲菜地里，听得和尚进去关门，说："够了！够了！"主仆回到房中安歇。次早贤臣净面，正在吃茶，预备拜佛。留施安看守行李，他更衣出房，手擎香火，各处上香。贤臣双膝跪地，暗暗祝告："圣母娘娘，保佑弟子今日拿住凶僧，方显正直无私。"祝告已毕，上香叩头站起，将疏文送在火池焚化，送香资银五两。贤臣回身，忽见关太、郭起凤、王殿臣三人进庙，悄语低言，将调兵之故细说一遍。贤臣附耳低言，吩咐王殿臣："你去唤一老者，唤一小妇，带一小童上山。你紧跟在后，倘有人啰唣，命飞虎厅官兵锁拿了。"

二人答应刚去，只听庙外山下兵器响亮。暗报人马到了。

忽有一僧偶听施公道："郭起凤你去看。有个游庙凶徒，名叫李太岁。叫他出庙，令飞虎厅兵丁锁拿。"那僧听了，叫声性本说："了不得了，我看那香客，果是施不全。为什么慧海要天明过后害他？恐后兵到。"性本闻听，吓得抽身便要逃走，又舍不得那些美娘，连忙告诉慧海。慧海说："这有何难？不用胆怯，叫他看我的流星双拐，有何惧怕？"忽见大头僧慌慌张张跑进道："当家的，将爷前队到山，快去寺前迎接。"慧海和尚不敢怠慢，连忙站起，走至山门。忽见闹哄哄的，人马到了。迎面林公威风凛凛。有二僧走上几步，双膝跪下："老爷在上，小僧叩头。"林公马上含笑，说："请起。"林公来至山门，弃鞍下马。二僧引路，进寺参神，稍坐吃茶。林公道："此来，我奉旨搜山，焉敢久羁。兼之领兵，还要找寻野兽，是以散步来此。"又到云堂。林公见贤臣认得，上次贤臣进京时会过，要抢上去拉手。贤臣着忙说："我乃香客，失迎老爷，求恕。"林公闻听，深知其意，将计就计，说："香客请坐，此处乃佛门善地，何论官民，都是一体。"贤臣闻听说："老爷此言，折死小的了。"两个凶僧见他，信以为实，心中暗喜。林公带笑望二僧，又说些闲话。用计稳住二僧。未知后事如何，且看下回分解。

第五一回　凶僧抢少妇　锁拿李太岁

话说众兵丁把座桃花寺围住，只见那些进香的男女，作买卖的人等惊慌。且言林公坐谈，专候机会拿僧。忽见兵丁进了山，至林公身旁跪倒，说："小的回老爷：小的兵头见有四僧强抢良妇，命小的俱拿到。现在寺外，请爷定夺。"林公闻听，故意变脸，喝道："你等大胆，出来多事，无令擅自拿人。本欲捆打，又恐佛地不恭，暂恕你等。带进寺内，问明治罪。"

小校答应站起，假装惊慌，往外行走。慧海和尚一旁恐惧。

且说兵丁登时带进老者、少妇。僧人跪倒下面，兵丁闪在一旁。林公座上打量已毕，向僧人大喝道："尔等身在佛门，不守清规胡行，何人主使？快些说来！你若不实说，解进官衙，动刑拷问。"四僧见问，假捏虚词，口尊："爷爷听禀：小僧等均已受戒，焉敢胡为。今日初开庙门，人烟稠密，山路崎岖，老者引领少妇、小童与小僧上山，挨肩过来，少妇吵骂不休，被老爷的巡兵听见，锁拿进寺。叩求老爷看佛怜僧，莫冤佛门弟子。"林公用计提僧，不肯深究。又问少妇："僧人怎么胡行，快快讲来。"少妇见问叩头，尊声："老爷，听小妇人细禀：小妇人不敢虚词，老叟是小妇人的父亲。母亲金氏，五十三岁。小妇人十九岁；夫主就在山下居住，姓李名辉，耕种为业。公婆去世，却有妯娌；小童则是侄儿。旧岁，夫主染病，小妇人许愿上山拜佛。今亲丁四人前来。下车之时，算是粗心，撂下丈夫，手扶小童，进门拜佛，烧香还愿。不知夫主心急不等，竟自赶车而去。父亲找着奴，一同出庙。瞧见无有车辆，心下为难。没法，扶父步行回家。忽见四个凶僧，一齐上前。父亲年衰，拦挡不住；侄儿叫喊，小妇人着急大嚷。幸喜官兵跑上，锁拿搭救。是以同来见老爷，叩求公断。”林公提听罢，故意含笑说：“那老者，我问你，偌大年纪，难道还是不知世路么？上庙烧香，古人所禁，你该拦阻才是。我自有道理。人来，把他父女、小童，送下山去。”兵丁答应，老者、少妇一齐叩头站起，随兵下山。又把四个凶僧拉到僻处，每人重打二十棍。又将光棍李太岁带到，跪在下面。兵头闪过一边。林公观看说：“凶徒家住何方？姓什名谁？”那人见问，口呼：“老爷，小的住在山下李家村。父母双全，只生小的一人，名叫李宾。奉公守法，不知犯了何罪，无故锁拿进寺。俗云：国家刀快，不斩无罪之人。”恶棍说话，摇头摆脑。林公大怒，一声断喝：“该死的奴才，看你光景，必是光棍！人来，掌嘴。”两旁兵丁答应，一拥齐上，打了二十个嘴巴。又见一人跪在下面，说道：“老爷，今有部文到衙，限期紧急，不敢迟误。”双手奉上。林公拆开阅罢，说：“国母开恩，普济天下庵观寺院。林某所辖地面，必须查明。先将桃花寺中，共有多少僧人写明，以便造册领赏。”众僧闻听，反为欢喜。林公同僧人查点，立刻写明清单。

且说贤臣吩咐施安，将行李搬出，诸事俱备。施公告辞林公，贤臣迈步外行，出云堂小院，在外专等消息。且说林公见施公主仆下役出去，随即站起，擒拿二僧，猛纵身剪步向前。

兵丁一见，不敢怠慢，一拥齐上，岂容动手。不料二僧暗藏器械，七手八脚，闹斗多时。贤臣闻报，随使关太，王殿臣、郭起凤三人进寺，与二僧征战。二僧不觉慌忙，双拐井井有法。关太等三人，使倭刀、短拐、铁尺、攮子。五人窜跳蹦跃，丁当招架。看看天黑，林公吩咐兵丁，秉起灯烛。未知后事如何，且看下回分解。

第五二回 关太施英勇 倭刀破双拐

关太随即跟进，用刀砍中慧海和尚的头颈，“哎哟”一声，栽倒在地，流星掷丢一旁。他翻身还想爬起。郭起凤迎近，用力一铁尺打在凶僧拐子骨上，又连打几尺，把个慧海打得哀声不止。关太复用刀背在凶僧的两膀打了几下。慧海不能动转，趴在地上。关太等撇下慧海，三人围住性本，拐子扎去，铁尺又打。关太倭刀举在空中，性本忙来招架，心中害怕，架式散乱。只听慧海说话，大叫：“性本，休要动手。依我劝你，自受其缚。”

且说三人围住性本，王殿臣故意漏空，跟进一步，随手棍子扎住性本的手腕子。“哎哟”一声，疼得他抛拐在地；又被郭起凤铁尺打中肩头，栽倒在地。关太赶上，耳边踢了一脚，凶僧发昏，不能复起。外面二公一见，心中大悦，吩咐兵丁上前，立刻把二僧捆绑起来，仔细看守。又令兵丁搜出妇女，并把余火救灭。此时天方大亮。贤臣大笑，尊声：“林老爷，施某今私访。调动兵将，事亏贤公良谋。兵围云堂，将勇兵强。借仗虎威，拿住二僧。起解回京，施某转奏圣明，加官增职。兵丁自当奖赏功劳。”那林公闻听吃惊，愧颜通红，欠身行礼，口尊：“施大人，末将无才，全亏贵役。恳求包容。”

贤臣见此光景说：“我面君之际，自有道理。”林公又打一躬：“多谢大人宽恕之情。”言罢，二公复回大殿上坐下。贤臣吩咐：派十名兵卒，看守着庙宇。又命那别的寺僧，照管经藏。令下即刻下山。拨车三辆，立刻押那僧人、淫妇，一齐上车起解。二公乘骑。贤臣说：“林老爷，不用送了。离京不远，请罢！”

林公闻听，随告辞领兵回汛。贤臣率领关太、郭起凤、王殿臣押解，顷刻进了京城，竟入顺天府衙门，升堂，差役站班。吩咐：火速把众僧妇女收监，派役监守。贤臣见天色将晚，退堂出衙回宅。到了门首，下马进内。父母前请安已毕，一旁坐下。施候说："我儿可喜，获住恶僧。"贤臣随将始末细禀一遍。施侯说："你也歇息去罢！明日好办事情。"贤臣退出，到自己房内安息。

次早起来，净面更衣出来，至外上马。到了衙门，升堂。吩咐："人来，传那告状的翁婿上堂对词。"又叫人立刻提慧海和尚、众女人听审。众役答应，齐往下跑，从监中提出慧海、众僧、妇女，上堂跪下。贤臣叫声："慧海、性本，你二人把诓骗众女之故快快实说！"二僧见问，总而言之，混推诈赖，不肯实言。贤臣不由大怒，把惊堂一拍，说："人来，把慧海夹起再问！"众役答应，一拥齐上，忙夹起大刑。慧海昏迷。用水喷醒。叫道："青天老爷，僧人招了。僧人在桃花寺内作恶。师父屡次相劝，一怒之间，害却他命，埋在寺后。又与性本商议，诳买些妇女上山。唯有桂姐是僧人拐带来的；她父母在京。有位梅林章京，名叫按大，护国寺旁边居住。小僧常往他家走动。桂姐父母就在门房里住。我与其母私通，因奸套奸，嗣后索性拐去。只知快乐，无人知闻，岂晓神佛不容。巴州布在寺攻书，闲游山景，看破机关，走漏风声，这是实情，愿一死罪。"

贤臣闻言，吩咐下役，即刻卸去刑具。书吏连忙提笔写明口供。青衣答应卸刑。贤臣叫声："性本招来！"性本口尊："老爷，慧海作恶是真；性本主谋不假，甘愿领罪。"贤臣吩咐书吏写招，拿下二僧按了手印。

贤臣又叫众僧："你们既入佛门，不守清规。从实招来！"众僧见问，口称："大老爷听禀。"内中说，游方、挑水、烧火、撞钟、擂鼓等僧，有心修道，不知别情。贤臣吩咐："众妇女听判。"且看下回分解。

第五三回　施公回奏圣君　顺天当堂发放

贤臣对众妇说："尔等失身之故，本府眼见，不细追问。内中除桂姐，其余各报家乡、父母姓名上来。"众妇见问，各把姓名报完。贤臣闻听，叫声书吏快记写。又传下级，把告失妻的翁婿传来。贤臣叫声："人来，尔等且把众僧、妇女带下，留慧海、桂姐对词。"众役答应。公差上前回话："小的将护国寺住的马富，白塔寺住的胡六传到。"贤臣叫声："马富、胡六，本府传你二人来认认，那边跪的是你什么人？"二人见问，抬头一看，说："是小的女儿。"胡六说："是小的妻子。"

贤臣大笑："你们认得不错？"一齐说："不错。"贤臣叫声："马富，全是你妻之故。本府不究，你也明白了，才引出你女儿私逃之事。"又叫："胡六，你的妻被和尚拐去，本府奉旨访真拿来。明日早回奏，请旨正法。你二人下去。"二人答应。叩头，含泪而去。贤臣又叫："人来，你们快把众僧下监。"众役答应。

且说贤臣起身退堂，上马出衙。不多时回到私宅，灯下修本二道，事毕安歇。次早黎明，贤臣上朝，奏明皇上。旨意："慧海、性本败坏佛门应斩，余僧按律治罪。众妇除桂姐外，令本家认去。桂姐与翁婿之案，任其婿自主。钦此，钦遵。"

再谕："仕伦为国勤劳有功，应升通州仓厂总督。"贤臣望阙邀恩，便出朝，到顺天府监中，提出慧海、性本，令役解送交部斩首。贤臣又提众僧，每人重责三十大板，定半年徒罪；期满各州县重起递解。其余还俗回家。又提众淫妇，每人三十大板，责罢回监。贤臣行文各州县，传其本家来顺天府领人。堂上留桂姐以完翁婿之案。按律议定：梅林章京按大家教不严，纵子知情不举，回奏罚俸一年。贤臣吩咐人来，传马富、胡六对面。”青衣答应退下。不多时翁婿上堂跪倒。贤臣叫声：“马富，皆因你家纵放妻子，私通和尚，因奸引出拐带之事。你女儿同慧海上出，就有心赖你女婿。若不亏有人首告，岂不便宜了贼徒，屈了好人。本府按律公断，先问你赖人一个重罪。妻子之丑，本难宽恕。”马富闻听，心内明白，自知己过，带愧叩头，口尊：“大老爷，小的知罪，求乞饶恕。说我女儿，任凭女婿，自今再不欺心。”言讫痛泪悲伤。贤臣悯其开恩，眼望胡六，说：“本府问你，那妻要否？”那人见问，叩头说道：小的颇知其人，自甘一世无妻，也所深愿。小的叩求大老爷判断，只是恳求无事回家。”施公提笔定案，叫声：“马富，因你家教不严，以致丑事，图赖良民。”吩咐：“拉下，重打二十大板。胡六免究。”下役答应，拉下重打二十板。贤臣又问：“胡六，汝妻还要不要？”胡六说：“不要。”贤臣又问：“马富，你女婿不要你女儿。你可领她回去？”马富叩头说：“小的无脸领女，求大老爷公断。”贤臣吩咐：“传官媒带去桂姐，官卖价银。”有胡六跟去领银子不表。

再说那顺天府尹新任官进衙门，把已结未结之案，接交明白。贤臣退堂，出衙上马回宅，禀明太老爷、太夫人升官缘由。

二位老亲闻得，暗想儿子为官清正，圣天子贤明，所以圣恩降重，才得高升。以后再能忠心报国，圣眷还不知要怎样优渥。想来好不喜欢。未知后事如何，且看下回分解。

第五四回　为政有功升仓厂　行路偶遇盗官粮

话说施公自从关小西投禀说这桃花寺淫僧恶迹，暗中采访确实，奏明康熙佛爷；复派关太、王殿臣、郭起凤调动卢沟桥飞虎厅官兵，将淫僧慧海、性本俱行擒拿，锁解进京。到顺天府衙门，审明口供画招毕，俱各收监。施公见天色已晚，回到宅内父母面前请安，来至书房急忙修本，写妥装入木匣安歇。

至次日五鼓入朝，将本章交付梁九公转奏圣上。康熙佛爷龙目览毕，御批："慧海、性本败坏佛门，摧残人命，即行处斩。其余众僧按律治罪。寺内所藏妇女，除马桂姐之外，着本家亲丁认明领去。桂姐完毕翁婿之案，任其婿自便。施仕伦为国勤劳，有功应升通州仓厂总督，即日赴任。钦此钦遵。"施公接了此旨，望阙叩头谢恩。领旨出朝，到顺天府，吩咐书吏，连夜会同刑部，遵旨将慧海、性本二僧正法。其余众犯，亦各按律定拟。发落已毕，新府尹前来上任。施公即至衙门，将已结未结案卷，交代明白。

诸事办完，出衙门回府。来到门前，但见报喜之人，来往喧哗。施公走至厅堂，父母面前问安已毕，将奏事升官缘由禀明太老爷、太夫人。俱各心中大悦，吩咐管家开发喜钱。此时合宅庆乐不表。

且说贤臣派人将王殿臣、郭起凤、关小西寻来。不多时三人齐到，来至书房，见了施公，一同跪倒。叩喜已毕，侍立一旁。贤臣心喜，因三人破案有功，俱各加厚赏。复说带他们通州仓厂当差。三人闻听，情愿同去。分派已定，即到各处拜客。府内演戏三日，亲朋齐来庆贺。

贤臣应酬几日，有通州仓上人役前来，接到府门。施公不带家眷，只叫施安、王殿臣、郭起凤、关小西四人，收拾行李包裹。诸件齐备，叩辞了父母，告别了兄嫂，往外面就走。众亲友送到府外，俱各哈哈腰儿。施公乘上坐骑。内司人役前呼后拥，跟随着大人去往通州进发，要赶吉时上任。

不多时到了齐化门，贤臣马上观看，只见车马往来，拥挤难行。留心细瞧，大车上装的全是粮米。正在前行观望，听路上车夫喧嚷，因为争辙相打，各道字号，不肯逊让。这个说："你敢来欺我，该探问探问，外号儿人称显道神，谁不晓得？祖宗让过谁？"那个说："小子你别吹牛腿，大太爷在轮字行京通湾卫，朋友甚多。提起大号黑塔赛孟尝，哪个不知？"只见彼此骂着，扭结不开。那时康熙年间，石路上未修齐，所以车辆难行。

却说两个车夫只顾揪打，车上粮米撂在道旁，并不经管。猛见从四外跑来一群男女，并非近前劝解，轰的一声，竟抢了米车，一齐动手。贤臣不解其意，勒马细察。但见这些人奔到车前，从袖内扯出明晃晃的尖刀，照着米袋往下就戳，登时粮米顺着穴窿直倾莫遏。那些人各从腰内解下布缝袋，撑开袋口，对准穴窿接米。收盛满了，扛上肩头飞跑而去。还有用簸箕撮的，衣裳兜的，乱纷纷，如蚁盘窝。不多时车上米粮约去大半。贤臣马上看得明白，甚为恼恨。正要分派人役前去锁拿，忽见有几名官兵手举马鞭，将盗米之人一顿乱打，打得四散，又将车夫喝开。二人不打斗了，回来见车，只见粮米被人盗去许多，口袋被刀扎了稀烂，满地撒白花花的粮米。二人这才着忙后悔，大骂几句。只得把车上口袋一齐搬在地，连忙从近方买了些号粮，将口袋余剩的，倾出掺合完毕，连泥带土撮在一处，比够凑足，复装在口袋，用绳捆紧，扛在车上，摇鞭赶车，恨恨而去。施公俱看在心，暗中说道："难怪在京八旗人等抱怨，好容易等到开仓，关了米去不值钱。原来竟是这些奴才弄弊。如此看来，真是可恨！"施公思想往前行走，但见扫米之人，成群搭伙，满路穿梭。贤臣看罢，甚是带怒，暗说："此等人万不可留，到任后必先除净。"正在心中思想，不觉马到通州西门。抬头一看：前面执事甚是鲜明，属下官员排在两旁，前来迎接。吏役官员报名已毕，锣声震耳，青衣喝道。一直行到仓厂总督衙门。只见内外悬红结彩，鼓乐喧天。

众人衙门外跪接。亲随人等跟定贤臣，乘马来至大堂滴水檐前。人役伺候，连忙搀扶大人下马，即刻开堂。前任大人交代明白，告辞出衙，归驿等候盘查。不表。

且说属下官员吏役前来，接连叩拜已毕。天色将晚，众官等方各散去。贤臣退堂歇息。次日清晨，净面用茶已毕，诸事做完，这才穿戴齐整，叫家人施安往外去传轿夫人役，外面领轿，将执事列使两旁伺候。贤臣乘轿，带领从人，执帖回拜已毕。大人回在衙中升堂理事，人役两旁站立。说到仓上成规，吩咐书吏按律出示晓谕：如有仓厂内外舞弊之人，访查明白时，重责治罪。又用朱笔标了几张手标，派人役于沿河一带，雇各帮船户，倘有无故停留淹滞者，如被查出，立刻锁拿问罪。将王殿臣、郭起凤唤到，吩咐道：“带领兵丁差役人等，在旱路上来往，察访扫米之徒。如若见扫米之人，不分男女，一并锁拿。”分派已完，贤臣退堂。

且说郭、王二人各遵宪谕，带领一干人众，出衙而去。未及三日，将扫米之人拿住许多。二人进衙门禀明大人，立刻升堂。衙役押到公堂，俱已下跪。贤臣一看，满腔含怒，用手一指，高声大喝道：“尔等这些无知的奴才，真是可恨！你们何得起意，私抢皇粮。也该想想国家的法律。从南边运来的米粮，俱是万岁爷着八旗兵丁之储，国家需用孔殷，哪许尔等妄行私窃的道理？清平世界，不务正道，竟敢大胆胡为。尔等只顾用刀扎破口袋，盗米肥己，岂知漕船比你们偷的更多；那些狗才车夫，恐怕米粮数目不足，难以交仓，掺些泥土。仓上官吏并不留心查验，下人仓廒。等到八旗人等关粮之期，以致关去不能食用，岂不反苦害军民？在家旗人，年月演习弓箭，保国当差，并非容易。这米乃是老幼的口粮，似此连灰带土，原来尽是你们这些奴才闹的诡弊。快快地实说，何人与你等作主，竟敢如此胆大？尔等从实招来，免得皮肉受苦。”众人见贤臣大怒，俱各往上叩头，哀求道："大人开恩！小人们皆因实系家中寒苦无人，扫些土粮度日，并非受人主使。扎口袋盗官粮，欺心妄作，小人断然不敢。恳求大人开天高地厚之恩，小人们实在冤枉！乞大人恕罪。"贤臣一心要断此等之人，遂大声喝道："你老爷亲自眼见，尔等还敢乱道。空口问贼，焉肯实说。"喝打！吏役差人随即答应着。"每人重打三十大板。"皂役不敢怠慢，每人重责，登时打完。众人带泪望上叩头，求大人施恩。贤臣吩咐人役，由众人之中挑选几个，号枷在冲要之处示众三个月。从此扫米之人都知厉害，粮米堆在地上，无人敢来动。大人将书吏传来，随吩咐出示晓谕：车船之上，凡运粮，不拘水陆，粮米到仓，监督收阅，查足数目，再看成色过斛。倘有成色不佳，斛口不足，将押运官同路户、车夫一齐治罪。书吏拟写已毕，用上巨印，派人粘贴要路。大人退堂，关小西、王殿臣、郭起凤进内参见，大人说："你等三人，明日出衙分路前去暗访。如有贪官污吏，恶棍土豪，把持仓中之事，播弄是非，并同水陆粮路上盗米之徒，访明速来禀报。倘有，立即锁拿。"三人领命，各去查访。

大人闷坐书房，正思仓中私弊该若何办理，关小西、王殿臣、郭起凤三人约在一处，走上前来与大人请安，站在一旁。

大人座上问道："你们三人在水陆粮道，查访事体何如？"三人见问，躬身禀道："小人等前去各路查访，见官吏、车夫、船户，而今都畏大人法令整严，不敢私弄情弊。"关小西禀道："小人风闻一件密事，查访确实，特来禀报大人得知。"贤臣连忙问道："你等三人不知风闻何事？细细说来。"关小西上前禀道："小人打听着，乃是八旗放俸的时候，王公、贝勒与官府人等，各旗掌档子领催，串通通州仓厂书吏、花户作弊，每逢二八月开仓，必出许多黑档子。小人们特来禀大人，候开仓时当心密饬严查，以除此患。"贤臣说道："既然确实，必须禀明；无论王公、侯伯、贝子、贝勒，只管说来。他果然是扰乱妄行，你老爷自有办他们之法，管教他情甘认罪。"不知关小西到底说出何人，且看下回分解。

第五五回　访恶霸仓厂除害　行善事罗汉临凡

且说施公听关小西一番言语，忙问道："你们访出仓上弄弊之人，不知是何人，姓什名谁？住居何处？只管说来！"三人闻贤臣究问此事，小西回道："大人若问根由，提起来这些人名头，俱皆不小。皇亲索国舅，有一个管家姓路名通，五府六部衙门，俱皆相熟。夙日结交官吏，勾串仓上花户，逢二八月开仓之时，暗行舞弊，诸事横行，黑档子米，竟敢大车小辆，任意运出仓门。还有几人皆是八旗满、汉、蒙古人，京都著名的。横行无道，仗着皇亲国戚府门上的管家、太监，时常往来，所以大胆胡为。有一人名叫常泰，也是国舅府中的恶奴。满洲骁骑阿逵敦的蒙古领催①花拉布——外号人称臊鞑子。一名额士英，汉军领催——外号人称钻仓鼠。这些人走眼甚大，合仓大小官吏皆通，黑档米出来的，实系不少。小人等访查俱已是实，并不敢妄言。大人必须在开仓之先，早作准备，摘去其私弊，使这些土豪恶棍，惧怕大人法令。仓内之事自然严整。"

贤臣听罢，满面含怒，连连说道："可恨哪可恨！仓库乃国家重地，此等鼠辈，竟如此胆大欺心，做此蒙弊之事，实属目无法律。我施某若不治绝这些恶妖，我徒食国家俸禄。能再不与国家出力，与军民人等除害？似此等之辈，候开仓之时，擒住恶棍，严刑审讯，重责

---

① 领催：清朝八旗军下级军官。满语"拨什库"的汉语意译。《清史稿·食货志一》："有隐匿壮丁人官，伊主及佐领、领催各罚责有差。"顺治元年（1644），定满、蒙八旗每佐领下六人，汉军八旗每佐领下设四人。由"马甲"（即八旗骁骑营之士兵）内选充。

不恕。那时事了之后，你三人再加升赏。本官自有办法，你等三人照常速去，四处访查办事要紧。千万口角严密，不可走漏风声，紧防偷漏之徒。”关小西听罢，连忙答应，转身出了书房，仍然各处查访。三人去后，施公坐在书房，吩咐施安取了一部《纲鉴》①，大人观看不提。

且说通州城出了一件奇事：此庄离城三十里，地名叫圣义村。村中有一家姓刘，只有夫妻二人，家中小富，娶妻郝氏。平日吃斋念佛，广行善事，近方的人多称为刘好善。半世无嗣，年至四十岁，忽生一子，夫妻二人甚为欢悦，以为有了后嗣，更加修德，诸事谨言慎行。老夫妻二人总要教训儿子成名，才合心意。不料长成是个傻子，夫妻因此闷闷不乐。郝氏时常含泪叹气，刘好善劝解郝氏，随说道：“你我总要望长处想。常言说：‘有子莫嫌愚。’愁闷也是无益于事。你我虽然子傻，尚不绝祖上香烟。倘然你我死后之时，任他去罢！凡人生天地间，各有一定的造化，儿女不能替死。纵然千思万想，也难逃幽冥之鬼。无儿女也不过如此，那里黄土不埋人，你今太多此一举。”郝氏听罢，只得忍泪含悲道：“夫主，我岂不知，‘眼前欢乐终归土，谁能替死见阎君。’话只如此，可惜你我吃斋念佛，修个傻子，看来总是无报。”好善说：“贤妻言之差矣！常言道得好，人总有一种的造化，又何必多虑。”夫妻正在闲谈，忽听门响，傻子叫声：“妈呀！我饿了，吃点斋儿。”连喊带走，进得门来，站在夫妇面前，只是哈哈傻笑。夫妻见罢，不胜郁闷。又过了几年，老夫妻双亡。村中人怜恤此傻子憨，又念老夫妻行善，合村人帮助发丧殡葬已了，剩下傻子伶仃孤苦。村中现有三官庙，村中人公议，将他送在庙中当和尚。庙中有一位老和尚年已七旬，把傻子收为徒弟。又过了几年，傻子长到十七八岁，还是人事不知，就是傻笑。老和尚教授他经卷，只会一句：“我的佛。”

---

① 《纲鉴》：明·袁黄承袭宋朱熹《通鉴纲目》体例编撰的史书，取“纲目”、“通鉴”各一字而名。书上起盘古开天地，下讫元亡，简述历代治乱兴废，制度沿革、土地分并等。记载的时间比《资治通鉴》长好几倍，而字数却仅为其九分之一。

一日，天色将晚，老和尚命他关上角门。师徒只二人在禅堂对灯而坐。老僧想起傻和尚自家的苦处，不由点头叹息：老僧屡次的望他说话，全然不懂，就是傻笑不绝，却是心无二意。

老僧正然思念傻和尚之事，暗自思想，忽听外面有人敲门。老僧只当是庄主前来闲坐，叫傻徒弟："你去开门，问是何人敲门？"徒弟应声而去，来至角门把门开放，问："是谁打门？"也不等人答话，往内就跑，对着师父只是哈哈傻笑。又听外面有人叫，老僧无奈，只得自己出门去看。随问了一声，乃是借宿之人。

老和尚往里相让，抬头一看，原来是两个僧人，其俊无比，又细看却是一僧一尼。老和尚看罢，也不说破，叫声："徒弟，你送他二人到西配殿去安歇罢！"此时月色当空，不必点灯。

老僧见傻子领他到西配殿，刚然转身要走，忽听女僧"哎哟"一声，口内只嚷："肚里疼！"老僧走到门外，只见女僧坐在地上。老和尚连忙问道："所为何故？"那女尼言说："到了临月之期，求老和尚发一慈悲，借一席铺地。"老和尚听罢，暗自说道："事已至此，哪不是行善？"叫傻弟子取了两把干草出来，交给与她。老僧与徒弟回到禅堂。不多一时，忽听小孩啼哭之声，老僧知女尼已是分娩，这才双手合掌，念了几声"救苦救难观世音菩萨！"又叫徒弟熬了些饭汤，端着一同拿至配殿。走到门首，只见殿门紧闭。老僧叫声："小师父开门！"连叫数声，并无人答应，老和尚心中纳闷：莫非殿中僧尼自缢？待我瞧瞧如何。随叫："徒弟拿灯来。"徒弟答应，端灯引路，老僧扶他肩膀来到角门，看了看各门皆是闭着，只得复回到配殿门外，又叫几声，仍不见答应。正在猜疑之间，忽听殿内有痰声。老僧听罢，大吃一惊，说："傻子快放下灯来，殿前去救人！"傻子忙把灯放下。老师父双手把门开放进去，叫徒弟拿起好来照看，并不见人影。满殿内唯有香烟缭绕，隐隐闻有音乐之声。老师父诧异，又复振目一看，并不见血迹婴孩，连干草却也都不见，地上并无别物。老师父叫："徒弟，你且带上殿门。"徒弟答应，刚要用手带门，只听门后草声响亮，老和尚忙拿灯来观看：只见门后一边一束干草。老和尚暗想，这必是把孩子弄死，裹于草内，他二人逃去。随叫："傻子，打开草捆。"忽闻一阵香气扑鼻，又细一看，内有一物放光。老和尚走至近前，原来是一部经典。

老和尚看罢，心中甚喜，知是神物所赐的珍宝，连忙念一声"阿弥陀佛！"打开看时，上面并无字迹。老和尚暗自吃惊，说道："奇怪！"哪知这经是刘好善善心感动菩萨点化送来的。

傻子本是罗汉临凡。一人得道，九祖升天。刘好善夫妻一世行善，所以感动神佛罗汉下界，是以神人送来金字真经点化他。老和尚不知，拿着经卷去，说："是何缘故？为何经卷无字？"

傻子一旁站着哈哈大笑，说："师父，那上面不全是些大黄字！怎说无字，说他奇怪呢？"老和尚听罢，忽然醒悟说："是了，这经原来是这傻子的造化。"想罢，师徒回至禅堂，将真经供在佛龛之内，虔诚拜毕，天已黎明。老僧坐在炕上，因夜间受了点风寒，第二日便就卧病不起。不多几日，竟自呜呼哀哉！

合村公同帮着傻子将他殡葬已毕。从此庙内只剩傻子一人。这傻子自得了金字真经，暗有神圣传法，教他这部经典。傻和尚日夜虔修，便得了佛法，深明道理，往往说些个隐语。村中人看不透，只当作疯癫傻话。和尚也不肯明彰异迹，终日在庙中傻说傻笑。

这年到了康熙四十三年，天下大旱，直至五月中旬尚未落雨，军民人等着忙。各处督抚进折表奏。佛爷览毕，降旨御驾亲临，拈香默祷。王公侯伯、五府六部、十三科道，各衙门文武官员，俱沐浴候随圣驾。京都庵观寺院，僧道尼跪奉皇经。又颁行天下，各省禁宰杀，一体叩祈甘雨。顺天府转详各州府县文武官员，与各庙宇设祈雨坛，令高僧、高道叩拜神佛。各衙一例遵办，禁荤食素。

且说贤臣在通州，会同合郡官员，连忙派人到城隍庙设下雨坛。僧、道扬幡挂榜，法器齐鸣，僧、道上坛各奉真经。贤臣蟒袍补褂，同众文武，每日焚香，佛前拜祷，叩求甘雨。这日正同文武佛前行礼，只见有人前来禀报，说："有巡漕御史在城外下马，现时到了馆驿，小人们前来禀明。"不知这位御史姓什名谁，且看下回分解。

第五六回 索御史潞河巡漕 众官员射箭赌钞

且说这巡漕御史，正是白旗满洲四甲的人，本姓赵叫索色，人称索五老爷。他身后跟随十数个家丁，拿包袱，携坐褥，提定烟袋荷包，俱是穿着纱袍，腰束凉带来到。贤臣一见，连忙一瘸一拐，走至面前。彼此各施一礼。忽听通州州官道："索大人不认识施大人么？这位就是仓厂总督大人。"索御史闻听，仔细将贤臣一看，只见头戴纬帽，身穿蟒袍补褂，足穿官靴，左带矮拐，右带点脚，前有鸡胸，后有斜肩，身体瘦小歪斜，十分难看。索御史心中暗笑：怪不得人称他"施不全"！真名不虚传。皇上怎么爱惜他这等人品？看罢，假意带笑说："彼此见礼。"往里行走，直至庙堂，一齐各按次序落座用茶不表。

且说满洲人最爱喜的弓箭。索御史见施公身带残疾，心中暗生一计，打算叫施公人前出丑，说："射鹄①。"施公带笑道："大人出的主意甚妙，却是一宗解闷之事。但只一件，我施某有一句拙言，在众位面前先要说明。我夙有贱恙，两膀无力，未免弓箭不堪。众位莫要见怪。"众官同索御史闻言，疑施公惧敌，不容说完，众人鼓掌大笑。索爷说："施大人算你输了，少不得择日奉扰大人。"施公见索大人自以为得意，慌忙说道："索大人休得见笑，既是设局射箭赌胜负，须要在大众面前言明。众位身体强壮，胜十倍于施某。可有一件，望求担待，才敢允承。"索御史道："施大人不必太谦，无非取笑而已，免得在此闷坐，输赢何必挂齿。大人不必推辞。"说罢吩咐他的跟人，

① 鹄（gǔ）：箭靶子。

到馆驿将弓箭取来；又派人将鹄子取来，就在庙内宽阔之处，量准步数，将鹄安置停妥。家人前来禀明。索御史说道："箭厂收拾已妥，众位可派人取弓箭，各带钱数串。"众人听罢，各派人而去。施公见众家丁下去之后，即将施安唤到跟前，吩咐如此如此，急去快来。施安答应出去，似箭如飞往衙而去。

不多时众家丁陆续而至，此时僧道将经止住，前去用斋。州官说："索大人，既然佛事已毕，大家该取笑解闷了。"索御史道："很好，众位请！"这才大家一同往箭厂而去。各有亲随跟着，放下坐褥，按次而坐。索御史说道："我有一言说出，大家莫要见怪。今日既然取笑，赌赛输赢，不论官居何职，只要精熟箭法，射的妙就赢。即刻将钱拿来排好，言明赌钱若干，免得临时咬嘴。"

众官员说："有理，我等谨遵大人台命。"言罢，各吩咐家丁拿过包袱，换了衣服。索御史道："不知哪一位先来比较头一支箭？请上来！"索御史言还未了，忽听一人答道："大人！卑职不才，情愿先讨一箭，与大人耍上一箭。众位休要见怪。"贤臣一见，却是通州知州名叫计拉嘎，系正白旗[①]蒙古领下人，素日与索爷相识。索御史听罢，连忙说："既然尊州取笑，何必太谦。不知尊州要赌输赢若干。"知州答道："卑职与大人赌一串。"索御史闻言，带笑开言说道："计老爷！你也过于小气了。一串钱哪里值得说赌？还不够抽头呢！此乃头一箭，是开张市。我与计老爷赌上二十串钱。你若输了，就按此数目；我若是输了，按着此数加倍。但不知计老爷尊意如何？"知州见索御史追问，心中打算，若要应允，又怕一堆钱输了；欲说不允，此言出口，叫众人看着轻薄。实出无奈，尊声："索大人，既然如此，卑职从命，请大人先赐一箭。"

---

① 正白旗：清代八旗之一。明万历二十九年（1601 年），努尔哈赤初定，以旗色纯白而得名。正白旗是八旗中的上三旗之一，顺治前，上三旗中并无正白有正蓝旗，因在顺治初，多尔衮将自己所领上正白旗纳入上三旗而将正蓝旗降入下五旗，这以後就了定制。正白旗是皇帝亲统之一，旗内无王，兵为皇帝亲兵，并从中挑选侍卫皇室的成员。清末规模为辖 86 个整佐领（基本户口和军事编单位 100—300 人为一单位）约 2.6 万兵丁，男女老少总人口约 13 万人。

索御史叫亲随取过弓箭，往前行了几步，对鹄子，擎弓在手，两足站定。但见他不慌不忙，拽满弓弦，后手一松，一箭射去，忽听哧的一声响，这支箭正中鹄子上红心。众人喝采。

索御史赢了这一局，洋洋得意，说道："计老爷与索某耍了一局，还有哪位出头？索某情愿领教。"话言未了，内有一人走至索爷面前，口尊："大人！卑职斗胆请讨一箭。不过取笑，并非特为开赌，望大人切莫见罪。"随说着满脸带些小殷勤，众人一看，原是通州司务厅札向阿。索爷道："札老爷，你要射箭耍顽，不知要赌多少钱？大概也是二十串罢。"札向阿连忙说道："卑职言过，原为消遣，赌钱五百。多了，实不敢奉命。"施公与众官尚未答言。索御史说道："札老爷，你这五百钱的话，也说得出口来！你也是此处官员，不比庶民下役，三五百钱看得很重。你我大家俱受万岁爷爵禄，说出此话，岂不怕旁人耻笑？况且也就不能预定谁胜谁负，难道说札老爷有先见之明？"索御史这一片言词，说得札老爷面红过耳，带愧说道："索大人，卑职不过说的笑谈，大人就信以为实。依大人要赌多少呢？"索爷道："赌上十串何如？还先让你射头箭，若果中红心，你将这二十吊钱都拿去，你看如何？"札向阿暗想是个便宜，说是："卑职怎敢大胆，有僭钦差？"索爷道："札爷不必太谦，就请罢。"札向阿回身拿过自己弓箭，走至红鹄对面，认扣搭弦，将弓拽满，看准了往后手一松，只听哧的一声响，扑通一响，连忙观瞧，原来射得太高，从鸽子上冒过约有一尺，射到席上。众人看罢，俱皆暗笑：这样箭法还下场，何苦丢这个丑呢？札向阿见箭落空，一则输钱心疼，二则被众人耻笑，两气夹攻，急得二目发赤，鼻凹、鬓角汗出直流。迟了半晌，没奈何，叫跟随一人拿过十吊钱，放在那里地下。瞧着那钱，口虽不言，暗中直是叹气。

但言施公坐在旁首，只见索御史箭不虚发，心内暗自说道："索色，你虽然箭法纯熟，只是一件，未免目中无人，眼空四海。这些无能之辈，俱都教他将钱赢了，这虽小事，岂不以后更教他夸口？况且他的主意，与众人比较是个题目，原是安心叫我在大众的面前现丑，因此他才出这个主意。”施公想罢，暗说：若不如此这般，他们如何肝胆佩服于我？站起身来，又勉强带笑，口尊：“钦差，我施某与大人讨一箭，对耍一局如何呢？”索色见贤臣说要射箭，正合其意，连忙带笑开言说道：“很好。我陪着大人就是。”众官要瞧施公出丑，一齐说道：“二位大人上场，我等情愿监局打箭。”贤臣明知众人凑趣，心中暗骂：“好一群趋炎附势之徒，竟敢如此欺我，那岂不是妄想！尔等既如此，我若不叫尔等甘心认罪，尔等岂肯佩服？”叫声：“钦差大人！你我今日入局，乃是初次，必须要多赌几十吊钱。我射中了赢三十吊；我若输了加倍。索大人你看如何？”

索爷闻说，连连道：“是，还是施大人爽快仗义。就请大人先发一箭，我等领教。”施公听罢，并不推辞，吩咐施安拿这铁背花雕弓。宽去官服，随人接去。大人忙将弩箭下入槽中，弦搬在搬子之上，安置停妥。大人走至鹄子迎面，双足站定，对准鹄子红心，张弓搭箭，雕翎发出。只听哧的一声响，不料箭头略偏，那枝弩箭射到鹄架柱上。众官见他开弓的架式，不敢明言，暗中发笑。施公早已明白，遂即走到堆钱之所，上前伸手就要拿钱。索爷连忙说道：“大人，你输了，怎么反倒来拿钱？”说着用手拦住。正在忙乱之际，下边用脚将钱踏住。施公忙把索爷的双膝抱住，跪在地下。

且说索御史见施公跪倒，抱住他的腿，大声喊道：“救驾！”索爷大吃一惊，一时心中醒悟，连忙将脚收回，双手将施公搀起，尊声：“施大人休要如此，你我不过取笑散心而已。”

施大人站起身来，含怒说道：“钦差大人，官级极品，为何知法犯法？此钱乃万岁的国宝，上有康熙二字。用脚踏住，岂不欺君太甚？”说着扭项对众官道：“我施某上本，少不得添写众位作干证，由万岁发落！”众官听罢一齐吃惊。众官一齐走至施公前，拱背驮腰，带笑说道：“索大人实出无意，望求施大人贵手高抬！”大家见施公出了庙堂，俱各哑口无言，心内害怕。索御史更加后悔，暗自说道：“倒是我时运不济，自引火烧身。这事看来，必须如此这般，方能解释。”想罢对庙内老道说：“这堆钱，你们拿去作为香资。”复又吩咐亲随，将鹄子、弓箭收拾起来。家人答应，登时收妥。索爷迈步出庙，上马回至馆驿。众官见天色已晚，俱各散去不表。

且说施公回到衙门，用茶饭毕。家人秉烛，连忙修奏折稿。

大人尚未写完，忽听外面叫“爷！”施公停笔，叫施安：“你去到外边看看有何事故。”施安应声而去，不多时上前禀道：“回大人，方才小人问明，言说索老爷特遣家人前来给大人请安，有封手书前来投递。”施公听罢，点头说：“施安，你将来人唤进来。”施安应命而去，将来人唤到贤臣面前。那人跪在下面口尊：“大人！奴才是索宅的家人，名叫来喜。小人奉家主之命，前来给大人请安。”施公看来人身穿青衣，头戴凉帽，年约三旬之外，甚是强健。大人看罢，叫道：“管家起来。”那人站起身来，从怀内把书信取出，双手交与施安，转呈与大人。

贤臣拆封观看，但见上写：

> 索色谨呈。前者在大人台前，实因粗心草率，误踏国宝，以致冒犯台驾，有越国律。大人若奏明圣上，索色难逃欺君之罪。拜恳大人施天高地厚之恩，容恕过愆，决不敢有负深恩。如蒙见谅，现有薄礼一盒，望祈笑留。如不嫌弃，黄昏后遣小价奉上，幸遮台郡众人眼目。特此致意，万望勿却。

贤臣看罢，不好明言，心中暗自说道：“你索色倚仗钦差二字，眼空四海，原来也是胆小之辈，惧怕提参。我想，此礼若不收，他放心不下，反怨我过于刻薄。这并非国家大事，参与不参，无甚要紧。但只一件，收下此礼，难免合郡官员不知。那时风声传出，圣上知道，岂不败坏我为官清廉正直之名，说我贪财受贿。”左思右想，忽生一计：除非如此这般，方保无事。想毕，连忙提笔，写了一封回字，装在封筒之内，吩咐施安交与来人说道：“管家此书持回，呈与你家老爷，说施某多多拜谢。”来人转身而去。

不表来人，且说施公自将银收下，寻思将众官口舌封住。坐在书房暗想：“拿住他们款迹，还得叫他们感着我的人情。纵然日后传说，便也毋妨于事。”想罢，叫：“施安你速去吩咐书吏写几个请帖，差人送到合郡衙门文武官员：明日在城隍庙请吃午饭，不可有误。”施安领命办理而去。片刻施安上前回道：“众吏役伺候齐备。”贤臣出衙上轿，顷刻间到了城隍庙。贤臣下轿，复又走到配殿。只见厨役人等，将座位设排整齐，桌椅收拾停妥洁净。贤臣看罢，吃茶落座等候不表。

且说众官接了施公请帖，猜疑不定，暗想：“为射鹄与索大人闹得不睦，曾说要上本提参，还要带写我等为证，怒不可解。出了庙门，今又反请吃饭。已听人说，他是惹弄不得，做事真叫人测摸不着头绪。既然相请，只得前去，到临期之时，再辨吉凶。”

不表众官纳闷，且说康熙老佛爷祈雨之际，奉旨断屠，到处文武官员，俱奉旨吃素，故此施公派人命厨役全是备办素蔬素面，俱往城隍庙而来。这内中有位八老爷，官名厄尔清厄；有位五老爷，官名伊昌阿，二人俱守备之职，彼此同行，互相谈论。走至庙前，只见众官下马下轿，一个个鱼贯而入。到了庙内，俱各先至雨坛参拜佛像，然后来至大殿。施公站起相迎，俱各见礼，各按次序而坐。从人献茶。施公含笑说道：“众位老爷，施某一时刚暴，以至如此；回衙自思，甚为后悔。今日特备一粗蔬，少伸致意，望众位大人海涵，休要介意。”众官听罢，大家连忙站起说道：“我等实系不敢。还是大人量宽容恕，我等深感大德。今日又蒙赏赐筵席，卑职有何德能，敢领此盛意。”贤臣说道：“不过几件粗菜，不知好与不好。众位不必太谦，望大家休得见笑。”彼此谦让，将要各按座位，不见索御史在座。施公道：“钦差不到，其中必有所为。待施某想个妙策，必须将钦差请来。”怎样设法？且看下回分解。

第五七回　索御史惧参请罪　施贤臣假审庖人

话说贤臣见钦差大人未到，不能摆筵，叫施安："速取我的名片，到金亭馆请钦差大人，就说众位大人端候索大人驾到呢！"施安答应，出太殿，行至雨坛，已见索御史人来。他先到雨坛参拜神像；往前紧行几步，与施公行礼，说了几句客套，又与众官相见已毕，齐进大殿。茶罢，施公、索御史入坐首席，彼此谦让，只得各随品级坐定。施公下席相陪，吩咐道："施安，你快去厨下传与厨役：天气炎热，苍蝇甚多，务要叫他们小心洁净。如若齐备，就摆上来。"施安答应，高声传给厨房。厨役不敢怠慢，派人撤茶盘，设下酒壶杯筷，摆上各式素菜。众家人俱在一旁侍立。施安轮流斟酒。贤臣坐在末位，含笑说道："承众位不弃，薄酒一杯，诸公须要尽量，切不可拘泥。"众官道："大人既赐盛馔，美意深情，我等何敢自外。酒足饭饱，各自随饮，何敢劳大人深让。"众官正在开怀畅饮不表。

又说座内有位多六老爷，乃正白旗人，素常为人心直口快，最喜奉承，爱戴高帽。若知他的性气，须着给他几句好话，你说要什么都行；你说他那件事不能办，他偏要去办定呢！他见施公陪着众人殷勤相让，又不住嘴的吩咐厨子小心，这鞑子老爷心里甚喜，大声言道："我等蒙大人赏赐，大人不用费心照应。"只见他说着，并不等让，吸溜溜、呼噜噜就是几碗，真是爽快。可巧挨着他座位有位九老爷，系镶黄旗①满洲人，官名

---

① 镶黄旗：清代八旗之首，建于明万历四十三年（公元1615年），与"正黄旗"、"正白旗"并称上三旗。旗内无王，由皇帝所亲统，兵为皇帝亲兵，侍卫皇室的成员也从上三旗中选。后来又在蒙古八旗和汉军八旗中设置镶黄旗。

怀忠之，因声讹同，叫“坏种子”。平日与多六老爷有些戏要，深知多六老爷的禀性，今日见他这般粗卤，安心要给他个炭篓鬼戴，故意望着这位鞑子老爷点头夸好，说：“还是我们多六老爷生成的福大量大。我看着吃得实是爽快，真叫我佩服。我出个主意，不知多六老爷允许否？我料你大概不过四五碗面之量；你果再吃三碗宽卤面，我情愿输肥猪一口，美酒五坛。候开屠之后，奉请众位作陪，仍然在此筵宴。吃不了作为取笑，你看如何？”这位鞑子老爷本性高傲，听说此言，他不思忖能否，便满口应承，带笑道：“请众老爷作证，我如不能，加倍认罚。”众官齐说有理。施大人吩咐厨役，速速端面上来。这位多六老爷本来食肠甚大，才见施公这等厚情，已经吃得十足了；今又被怀九老爷这一激，复逞能赌胜，还要吃三碗。哪知连一口尚未咽下，忽然“哇”的一声，连新带陈，张开口一喷，溅了怀九老爷满脸一身，急得九老爷大声嚷道：“你这是何苦？”话还未完，将衣服一抖，自己也觉撑持不住，一张口吐了个满桌子。众官正在嫌憎，他二人这家气味难闻，又被恶臭一冲，忽然都反胃恶心，难以忍耐，登时一个个吐了满地。俱是头晕眼花，有隐几而卧的，有靠椅而坐的，有蹲在地下的，有伏在板凳上的，等等不一。

施公看罢，连忙大声喝道：“这一定是众厨役粗心，卤菜不洁净，故此吃了恶心。众位请坐，施某判个笑话，大家听听。”只见施公满脸带怒，叫道：“施安将厨子传来！我要问问他们口供，因何面里如此？”施安答应，就将厨房人役叫到八名，一齐跪在殿台上。施公故作含嗔，用手一指，大声喝道：“好！你们这些奴才真乃大胆！调卤煮面，你老爷曾不住地吩咐。为何众位老爷吃面之后，这样乱吐？叫你们小心，还敢如此。”

厨子听了这一片言词，禀道：“这炎热天气，小人唯恐苍蝇乱飞，看着仔细留神。众位老爷吃了呕吐，小人实不知情。”施公仍不息怒。众人一齐相劝，说：“卑职等是无福消受大人的赏赐，求大人看我等面上，恕过厨子。大人为卑职竟罚他们，倘日后传说难闻。”施公听罢，故意点头大声说：“若不看众位老爷情面，定将尔等重处。但只一件，施某暗想卤内，即便落下苍绳，不过一两位误食而呕吐。不知今日为何竟是如此？其中大有情弊。我幼年看过药性赋，待我当面一试，便知分晓。”说着满脸带怒道：“尔等记打一次！速速下去将众位老爷吐的东西，拣来我看。”厨子答应，连忙叩头，谢老爷饶恕之恩，一齐站起出殿。

不多时各持油盘，用筷子在殿地把所吐之物，俱挟在盘内。每人擎着一盘，走至施公面前，一齐放在桌上，口称：“老爷，小人遵命把各处秽物，尽都拣在盘内，请老爷过目。”说罢一旁侍立。施公闻听，故装闪目观看，但见未化的肉食甚多。验罢对着众官把脸一沉，哼了两声！复又开言说道：“众位老爷请听，施某有一言。并非施某多事，常言说作子要孝，为臣要忠。看着众位皆是明知故犯，少不得用本提参。”言罢，吩咐厨子：“尔等快些将这秽物撤去。将那肉物等类，俱用水洗净。我明日奏明圣上，好拿你作证。”厨子这才知用反胃药，为的是要拿各位老爷错处。众官彼此相看，后悔不及。正在慌张无计可施，索御史从殿外摆摇而来。

话说索御史吃了半碗，觉心腹发闷，连忙吃些槟榔、砂仁、豆蔻，压将下去。后来见众文武一齐呕吐，便即走到殿阶之下。候众官吐罢，忽听施公在里边闹谣言。他领教过施公厉害，一听心中早就明白，走进殿内，至施公面前满面带笑，尊声：“施大人，索某今日望大人跟前讨个全脸，望求大人开恩恕过，切莫奏闻圣上。不知大人肯赏脸否？”贤臣见索御史如此求情，连忙站立，满脸含笑，口称：“钦差大人请坐，众位请坐。既都知过却好。适才施某一时刚暴，众位莫生嗔怒，还望涵容。你我既食君禄，必当报答君恩。皇上为国忧民，亲身祷雨，用素膳步行入坛；又颁旨各府州县遍贴告示，禁止屠宰。咱众文武同受雨露之恩，应遵皇上谕旨。咱们先违背圣谕，何能管理军民？知法故犯，罪加一等。众位既然知过，施某只得钦差面上念通家之好，不行深究。”众官听施公之言，一齐打躬，这才将心放下，回衙安息。未知后事如何，且看下回分解。

第五八回　傻和尚明警世界　施贤臣遵旨求雨

且说圣义村三官庙傻和尚，自从观音菩萨与善财童子点化，授了金字真经，因他的根基本深，一至夜静，自有神人指教。不上几月工夫，不知不觉醒悟，万法皆通。说的禅语，俗人一点不懂得。这夜至三更时，他在三官殿中静坐参禅，困觉之际，毫光四起，竟将庙院照的通红。村中人皆以为庙内失火，火光冲天。众人约齐说道："咱们往庙里看看，到底是何缘故。"一同走至庙前。门却未闭，一齐走入，打算要问问傻僧。走到殿前，只见傻和尚赤着身体，独坐三宝殿供桌之上，闭目沉睡，浑身淋汗。此时正在隆冬，天气甚为寒冷，他乃赤身大汗淋漓。众人看罢，说道："有些奇异！"从此合村人无不供奉。

到次日早起，合村人约齐老少男女，同奔到三官殿内，见了傻和尚一齐参拜。傻僧一见，先傻笑了一阵，疯疯癫癫，眼望众人说道："我的佛！你们都是胡闹！要祈雨该求龙神，求我会下雨？要求我本事，只会这吃斋。雨已降下，就到。我要驾着乌云，入山去找龙神，那时你们求他。我的佛！"满嘴胡念了几句，复又傻笑了一阵。众人俱不懂他的话，但见他放倒身子，仍是酣睡，打起呼来。众人看着，一齐赞叹，互相抱怨走着，彼此暗咒秃驴可恶。傻和尚见众人去后，到了天晚，上课已毕。至次日清晨，把老和尚留下的破衲头，斜披肩上，手拿木鱼，举步出庙，回手倒扣庙门。因感庄主之恩，绕庄走了三遍，高声朗喧佛号。又将木鱼敲得声响震耳，念了几句偈语道：天龙不慈悲，晴天大日头。要祈甘露降，还得善人修。

声音不断，绕村念了三遍，招得犬声乱咬。此时天气尚早，村人俱未起来，梦中惊醒，听了俱各不解。及至起来寻觅，傻和尚踪影不见，众村人纳闷。

且说傻和尚围村念罢偈语，又到他父母坟墓之上磕了几个头，两腿如飞，竟扑奔通州北关。不多时到了关庙热闹之处，一边走着手敲木鱼，一面高声念道：要相逢，不相逢，误进繁华一座城。天公不怒不垂泪，涂炭生灵心不公。傻不傻，灵不灵，前生造定难变更。这方人，也识透：阿弥陀佛！天下安宁雨便倾。

傻僧念这几句，原隐着“方人也”三个字。当初贤臣作江都知县，假扮道人私访，将“施”字拆开，号称“方人也”。今傻僧安心显应，惊觉贤臣，故把这三字编成口号，满街念佛。军民不知，以为妖言，俱不在意。

此时施公仍是每日同合郡文武齐集城隍庙，参神祷祝。众官正在拈香已毕，忽听庙门外敲的木鱼连声响亮，口里念的听不出是念经卷是诗词，众官全不理会。唯有施公听他念的有因，不觉心内怀疑，将要派人去看问，忽听诵的又改了话语。施公与众官复又侧耳细听。只听外面大声念道：好哇！先不该，我不傻来又不呆，昊天遣我下瑶阶。世人不公心太狠，感不动龙天泪下来。“方人也”，不明白，不拜灵山好怪哉！阿弥陀佛，可笑你，再迟时我转天台。

傻僧在城隍庙外喊念，贤臣在庙内听得甚为真切。又听木鱼打得震耳，只在庙前来回朗诵。众官听了，俱都不解，仍去闲谈。施公心内暗想，忽然醒悟，说：“哎呀！这内中分明隐着‘方人也’三字，应了我初任江都县，暗访五虎恶棍，路途甚远，此人如何得知？”施公想罢，暗自说道：“何不叫他进庙内盘问盘问？”叫声：“施安，你去把那喊叫之人叫他进来。”

施安答应，走出庙门外面，大声叫道：“僧人！我们老爷唤你进庙有话说。你快随我去。”傻僧闻听也不答应，随着往里便走。到了大殿之外，即便立住。贤臣与众官在殿中闪目观瞧，怎生模样，有诗为证：

发蓬足赤真不堪，破烂衲衣身上穿。
憨相面上油泥厚，点头傻笑带疯癫。
虱子浑身爬又滚，斗大木鱼挂胸前。
化现所为求甘露，安心惊觉施不全。
借此为由欲远遁，俗人哪视此机关。
可叹迷人参不透，真假不辨作笑谈。

施公与众人看罢，俱不知何意，当作挂单和尚看待。众官因知施公最难说话，俱不多嘴，暗暗好笑。施公叫声："傻僧人，你进庙来，我有话问。"但见傻僧在殿外答应说："来了！特来问你，何必问我？"说着，疯疯癫癫来至殿内，那种气味令人难闻，众官各掩鼻躲到一旁。施公只得闭气问道："你这僧也太胆大！'方人也'三字，原是我的姓氏拆开，因在江都县任上，暗访道人，私访恶霸。你何以隐在禅语之内，细细说来。"傻僧见问，说道：不用究问，听我说来：你说你忠不算忠，你说你奸不算奸。好哇！忠奸二字难分辨，摄款提钞入私囊。忠呀奸！

施公闻听隐语戳心，不觉恼怒，高声大喝道："我听你这疯僧满口胡言，就该掌嘴！"众官见贤臣发怒，俱替傻僧担怕。

那傻和尚却全无惧色，仍又傻笑。此时施公见他这等形状，隐语之中似有奇异，连忙问道："你能求雨么？"傻僧笑道："那是我的拿手戏。"施公听罢说："能够求雨，恕你无罪。若要是无雨，一定重责不恕。"施公与众官谈论，只听殿房内把木鱼敲得连声地响，憨声憨语，跪着宣读佛号。众人听着，都不甚懂。到了天晚，贤臣与众人议论，都不回衙，就在城隍庙过宿，候着明日午后应验否，此话不表。

且说通州傻和尚，自从锁在静室之内，那一夜把木鱼敲的梆梆不住，吵得众官俱未得安。到了次日清晨，施公同众官净面用茶已毕，仍去照常行香，参神拜圣。众僧等仍然各依本教科仪，修醮念经，吹打法器。此时通州那些军民，听说有一游方傻僧，许定当日准能落雨，俱走来观看怎么求法。来到庙内，闻说和尚锁在空房，一齐纷纷说道："京都皇帝，派本处官员求了这许多日，并未求得龙神落几点儿雨。不知那块来的这个傻秃，就敢说是行得了。现在旱得人都编出口号儿来咧！满街上作曲儿，唱什么：‘朝也拜，暮也拜，拜得日头倒干晒；早也求，晚也求，求得水滴都不流。’看这个傻和尚也是白捣乱就完了！”军民乱谈。忽听傻僧木鱼儿梆梆加力的击了三声，大声念道：叹世人，真可惜！作贪官，为污吏。不积福，不克己，不忠不孝还不悌。口头言，甜如蜜；坏良心，黑似漆。坑拐谋骗把人愚。逞强梁，生巧计，机谋费尽千钧力，真可惜！并不顾头南脚北，倒成了手指东西！

嘴里念着，木鱼敲的声音略小。念罢又大击三声，往下又念道：十方佛，他是谁？谁是我？黄粱大梦谁能脱？邀龙神，不得闲，布云童子哄了我。午时三刻不见云，未时六刻难救我。灵山佛，苦杀我，旱沛甘霖慈悲我！

憨声憨气流水的朗诵。那些军民听了，也有笑的，有说编排得好听的。此时众官拜毕众神，庙院散步，听了都不为意。

只见有一下役上前禀道：“回众位老爷，西北起了黑云向东飞来。”众官闻听，各去纵目西望：果然云遮天日，似有风雨来到，俱各盼望。不料迟了片时，又一昂头，云已散尽，那红日炎炎如火一般，晒得大地更加炎热。看罢俱各烦闷，齐说：“可异！明明雨已落下，转眼又雾退云消呢？这傻僧说的甚妙，难道见着一片云，便算求了雨咧？分明是饿疯了，前来调谎骗食，还大着胆自定时刻，看他到底怎样？”施公听着众人所说，暗想这傻僧果然求不下雨来，他岂肯特来找打？要说他一定可行，却又午时已到，不见有雨。贤臣猜疑不定，忽听傻僧又打那木鱼更加乱响。众官道：“这傻僧也算有异处：精神不小。一夜闹得众人都不能闭目，咱们俱觉困倦。”只听他又在屋内傻声喊道：人人同说不着迷，一说善事便是疑。晨昏恶气冲天地，怒了龙天雨露稀。天不雨，你们急，怨说阴晴天不齐。天虽远，却难欺，人间善恶老天知。要求感召风合雨，一念之善起云霓。

众人听他念罢，刚要转身回去，只听空房里木鱼儿又大敲了三声。不知往下还有什么话语。要知后事，且看下回分解。

第五九回　念歌谣助雨济世　种银苗遁迹归山

话说傻和尚停了片刻，复将木鱼大敲三声，改了言词念道：人人皆笑我痴傻，我笑乖的瞎作耍。来复去，这一朝，今朝无雨来你不饶。我的佛法无边，快来救我把雨洒。我自傻，你自乖，乖的求雨雨不来。我的佛，快显灵，慈悲我一念诚，送来风雨作交情。

众官在窗外听他念了又念，打着那木鱼似甚得意。有位守备说道："这分明是唱的谣言歌儿，焉能会求得来雨。似他此等样式，到乡村讨碗饭吃，岂不胜在此叫人监守？我看不如趁早赶出庙去，免得讨人不安。果真要有大本事，又不致那样的衣不衣，履不履，饿疯了前来乱道咧！"说着，众官到了施公面前，述说了他念的话说，请命撵逐。施公听罢说道："众寅兄不必气恼着急。他念的并非奸言，又非讥刺众人。常言匹夫一念至诚，便可感风雨，召鬼神。果然说大话，小结果，有头没尾的，空来溷扰①，再责逐他。再等稍迟一刻，不见有雨，叫他心服口服的领责。"施公说罢，众官看了看天色午刻，都要过去，那日色热的，真是可畏。众官民此时都知和尚说的时刻不曾有验，全在庙里围着，等看施公怎样摆布他。

众人正在交头接耳的乱说，猛听傻和尚大嚷之声，把众人倒吓了一跳。又一细听那傻僧嚷的，乃是："黑龙黑龙，快把雨行！甘露三尺，慰彼三农。"他那里嚷罢，忽来一阵轻风，众人对天远瞧，那浓云已满九霄，登时大雨直倾，雷电交作。

---

① 溷扰：溷（hùn）：同混；扰：打扰，干扰。

军民见那雨从未初直落到酉正①，微止了半刻。众僧道各回本庙，天到黄昏，用罢斋饭安歇不表。

却说那雨先前瓢泼的直倾；停约一刻，复又蒙蒙，一夜未止。到了天明，四外一望，真落了个池满沟盈，运粮河中，水凭添三尺。众官晨起，吃茶已毕，见知州到来，众官俱对施公相庆贺。贤臣说道：“此是傻僧的功德。众位寅兄不知有何定论待他？”众官道：“还是大人作主。”此时施公已测透傻僧的出处——不是凡庸和尚，只得说道：“你们先摆上斋饭，再叫他前来问他所欲，再作道理。”州官道：“求雨乃有益地方之事。下官的责任，卑职奉命请他到来。”说罢，带着跟随人，行到房门外。只见门尚虚掩。吩咐跟人将门推开，室中一看，那傻僧卧在地下沉睡。忙令跟役呼唤。只见那人挺身爬起，朦胧二目，憨声说道：“你们为何惊了我的瑶池圣宴？使我不得吃饱。”州官听了，猛然不解，暗说：“这傻僧必是疯梦未醒，不然为何说出混话？”又知他憨傻无所畏惧，连施大人他还不怕，无可奈何，只得说道：“下官奉施大人命，特来相请说话。刚才至此，何致唐突有惊赴宴？和尚快出去罢，莫令大人见怪。”那傻僧听罢，不说去否，先翻着眼问道：“你是谁呀？前来扰我。”

跟随人役见他直说疯话，恐怕再说出不受听的言词，忙接口道：“这是本处的父母官大老爷。”那傻僧一听，先哈哈大笑了一阵。道：“我当是谁，这么拿搪作势，敢是州尊？那你们说他是父母，就应顾子妇；怎么不疼子妇，就爱那姓铜的、姓钱的方眼孔呢？”说罢站起来又笑，拿起木鱼往外便走，将州官闹得面红耳赤，无法可施，只得随着来到前面大殿。

只见傻僧与施大人也不行礼。众官倒起来让他坐，他并不推辞，便坐在施大人对面。州官想着施公必要怒他无状，哪知施公一见便道：“这场雨幸和尚求下，救济万民，有此善功不小。今备素斋暂用一餐。再者，请问禅林住在何处？将来好派人赍送斋粮，使百姓尊

① 从未初直落到酉正：未初是下午1时；酉正是下午6时。

礼。”施公说罢，吩咐修斋。下役答应，叫厨子制造些蔬菜素面送上。刚摆在桌上，那傻僧一看说道：“大人要请我吃饭，就是不吃那素物。”州官先前受他奚落，正在心里恼恨，忙接口道：“皇上自求雨以来，便颁旨断屠。”傻僧听了复大笑道：“你这州官也倒不错，分明当着施大人说谎遮掩。要不为吃肉，何能叫人捏住款柄。”内有位武职说道：“你这傻僧直是妄口诬人，有何凭据？”只见傻僧大笑道：“你们不服，派人到鼓楼南街上，张、许二屠家内，他那地窖中蒲草盖着，现有豚肩猪腿。就说已经下雨，官不计较，按价给他买上几斤，他必肯卖。”州官听罢，忙忙说道：“要是不准如何？”

傻僧道：“要是不验，将我这化缘讨饭吃的神木鱼儿输给你，叫你衣钵传世。”州官怒气说道：“真乃晦气！这僧人过于憨，不畏法，满嘴说的是些什么话语？今倒要依你买去。如不准时，再行算账便了。”说着吩咐下役而去。不多时把肉取来，回说：“小人去时，屠家初还抵赖不承，后来说破他们藏肉之处，才心慌取出，并未讨价。”众官听罢，彼此相看，都不敢说嘴咧！

施公在一旁，也觉惊异，暗想道：“这和尚太是神妙。将他求雨济民所行神迹，具表奏闻圣主，加他个封号，大修寺院，使一方不湮没了佛门显应的善缘。”贤臣想罢，将内司叫到近前，说是：如此这般，急去快来。内司答应而去。此时天色尚在明暗相半，施公吩咐摆上筵席。众官笑道：“时已过午，和尚既要酒肉，叫他先用罢！”施公明知是憎傻僧多话之故，难以相强。看那傻僧并不逊让，手把木鱼槌，将木鱼儿打了几声。

众官又不知何故，腹内窃笑。忽听他叫道：“施大人，我有个小曲词儿，能知人心事，你们将耳朵伸开，听着我唱。”唱的是：

众位官儿休暗恼，官场规矩我不晓。
直言说的人怒了，低骂秃驴我不好。
从来都不知颠倒，吃斋睡觉合傻笑。
两足田野匪我功，敕令龙王张洪教。
爱敬忠来爱敬孝，不求御口加封号。

有心为善如不赏，你的金银我不要。
一步自比一步高，他年相会作总漕。
龙潭虎穴防惊险，不倚英豪恐不牢。
我本佛门一傻僧，人生定数我难明。
要求未到先知事，钦命东巡问孔生。
去来不必问行踪，佛法因缘异日逢。
去处来时来处去，黄金布满祇园中。
天相吉人忠与孝，真经一卷动天庭。
莫怪憨僧多管事，佛心无处不多情。

那傻僧念罢，走过去便坐在正面椅上。众官认他去吃筵席，暗说："这和尚怪极，心里骂他，都能知道，莫非真是神人，怎么又饮酒食肉呢？实在使人猜疑不明。"不言众官纳闷。

且说施公听罢他念的言词，心内也觉猜疑，暗说："这僧莫非是济颠[①]重来下界？我心想的事，他都念出。其中又有令人难解之处：我想给他奏明皇上，并想送他银子，只是方才的主意。说是恼他骂他，又说有人怨他，刚才说话、詈骂都是有的。那山东孔生，乃是在江都县之事，今日怎么说是要知过去未来，去向山东问他？又说是钦命东巡，又说有龙潭虎穴，还说是异日相逢，这些话不知又说到何处？难道皇上命我去山东访孔圣后裔？此话断无此理。等着施安回来，赠他银子，看他如何；再将他带到馆驿，问他个确实。"贤臣正然思想，只见内司到来将银呈上。贤臣命放在桌旁。

且说傻僧对着那酒肉并未下筷，他看见银子送到，仿佛长了精神一般，慌忙站起，到那银子近前，大声说道："众位老爷看着，我能借这大块银子种在地下，展眼长出银苗。"嚷道："此项白银我无用，舍在山东济万民。"不知傻和尚之术如何，且看下回分解。

---

① 济颠：济公。俗名李修元，浙江天台县人，生于宋高宗绍兴十八年（1148），15岁出家灵隐寺，法名道济，是中国佛教史上最具传奇色彩的神僧。

第六〇回　众仓户巧蒙作弊　施大人复申牌示

话说众官听说傻僧去种银子，都坐着等看如何变法。哪知他乃借此脱手呢？这傻僧早知施公心内之事，不欲明说，宣泄天数，所以借唱儿叫人听着，已经算是含糊对付了。他又知道施公还要往下详问，故此他见施安将银取到，便趁机会，说此种银生苗，哄得众人信了，要看他的异法，他才往庙后走出。

他哪里真去做那无益之事？到了院后，便将银倾在地下，又从庙的后院绕到门前，倘佯而去。

众官候了多会，不见动静，就有那心急的说道："这和尚怎么不回？莫非拐银逃走？"施公道："不要妄口诬人，他与其拐走，我既说送他，何妨明着拿去呢？那银子许未长出苗儿来，不好意思前来，却是有的。天色已晚，不论哪位贵职前去看看，叫他不必做这法术了。看看如何，速来回话。"施公叫施安同着几人刚走到了那里，只见白花花一堆银子捺在地下。吩咐众役拣起，又到神殿禅堂找了一回，并不见傻僧，只得回来禀明施公。施公心中才悟，想他唱的话语之内，已经说着是不要银子，不必问着来去行止。

且说贤臣自与众官求雨已毕，回到衙中安息一夜。天明起来，王殿臣、郭起凤、关小西进衙叩见，侍立一旁。贤臣问道："你们访查之事，何妨对我说来。"三人见问，连忙答道："小的等这几日，在仓里仓外、水旱道上，留心踩查，并未见有实在情弊。只是听人传说：先前仓廒①官吏，并车船人役，相沿种种弊陋，不一而足。说是虽有

---

① 仓廒：粮库。古代秦以敖山为粮仓，故名。廒（áo）：同敖。

正直无私的，又皆怕招嫌怨，互相隐瞒，不肯出首。那等奸猾仓吏，往往与皇亲国戚、各府的豪杰勾连，于中蔽混。每逢到了二八月，放各旗的米石，便生出许多鬼弊。说是历来廒中之米，都该出陈入新。他们先暗通奸商，将上等的好米侵挪抵盗；又暗与各旗的承领串合一气，捏造虚报，欺蒙冒领，乘机走出仓外，卖与米铺，分价各饱私囊。到了亏欠米数，复生奸计掩盖，不是用红朽的支应；便是用掺合沙土的搪塞。八旗兵丁，老实朴讷的，无法可使，不但领些红朽米，还被他们七折八扣的克落。小的等听说这些个弊病，全由奸诈花户，并著名豪匪做出来的缘故。听说那些官员不是不能详察，皆因有等贪鄙的，希图分肥，以为平空内里得利，所以明知不举，反与他们掩遮奸迹。瞒得一年是一年，隐得一季是一季。此为小的在仓廒左右访闻的一派话语，特来禀知老爷。如今眼看又到开仓日期，小的先前访明的那几个积豪恶匪，还许仗着他们主人的势力，诱花户结成一党，照旧的前来行欺作私。准否，老爷再行裁夺。"

且说贤臣本来就好管闲事，今听关小西等这样一说，未免心中气恼。点头说道："非汝等再来详言，我几忘之。吾想到任之后，应该例有条陈。先前出的那几道牌示，皆是书吏仿仓厂从前的故套，如今既知还有这宗许多弊处，只得再自拟一道牌示。你们三人暂且下去，照常的缉访，吾自有主意惩办他们。"

关小西等听了，一齐退下。贤臣见三人退下，吩咐摆饭。用毕，心中思忖：一等到开仓，须得认真留心，务使一切仓弊尽绝。这些个蠹吏棍徒，非要叫他们望影而逃，不能不消除了后患。

贤臣想罢，立刻吩咐内司，将纸笔放在桌上，将墨磨浓。贤臣提起笔，不多时自拟了一道牌示。将稿作完，叫施安交明仓书，另行缮正。施安即刻吩咐缮清送进，复呈与贤臣。施公阅看了，用朱笔标过掷下，叫仓吏传木匠造木牌，粘贴上面，悬挂仓厂门首，并要路之处。且说仓上官吏，皆知施公新添了牌示，传说得人人皆来观看，一齐走到近前。只见上写着：

钦命仓厂总督施，为再申牌示，以防弊漏，而重国储事：照得国家设立仓廒，积存粮米，原为八旗官员兵丁日食至要之需。一出一入，该员弁等均直谨防留心。稽查升斗之米，不准营私，须要执法如山，秉心若水。倘有吏役舞弊，即宜禀明惩治，不得徽徇情面，隐忍不言，总期不负朝廷思用人材之至意。近闻有等豪恶，影借主人权势，窥伺春秋二季，领放俸米、甲米，以为奇货可居，前来煽动胥吏，行欺行诈，弄鬼作奸，内外勾通，虚捏重领，恣意将黑档子米窃运出仓，瓜分肥已。种种弊习，闻之殊堪令人发指！更有等贪婪之员，不思洁行供职，反图分润私囊，知而不举，己先不正，故不能正人。致令此辈肆无忌惮，所以，仓务日愈久而弊愈深也。本院自莅任以来，知从前牌示，尔等视为旁文，故流弊至今不净。今本院访闻已确，不惜舌敝唇焦，再申示谕。大概本院之声名，莫不知之有素，尔等须将从前心肠，早早收拾。倘再仍踵前弊，一经密察，定即按例严绳以法，绝不稍宽。各宜懔遵自爱，毋致噬脐。特示。

康熙年月日示实贴仓厂。

那些军民人等看罢牌文，个个赞美施公的贤能。那仓上官吏，平日不作弊的，便说有了这牌，往后即可止住弊病，免得日后查出错处，受其拖累；那等先前作弊的看了这牌，未免恶其害己，心内便生暗骂，说：这个歪骨头真正可恶！莫非打算着要在仓厂一世，无故又添了这道牌示。即便他走了，后任也必要较准，何苦挨这空心骂。众人好恶不一。

且说贤臣自出了牌示之后，每日将仓上之事，与那有才具的属员，议论讲究。凡仓上诸务，莫不悉心谘访。一日，心中想起郭起凤等禀明有皇亲国戚的家丁煽惑花户弄弊之事，遂唤内司取过文房四宝，拟了一道奏议——皆是深切仓厂利弊条陈诸务，俱是正本清源。那时康熙佛爷正在励精求治，看了这个条陈，龙心甚喜。暗说：“施仕伦之才能，真堪大用，不枉朕越级擢用，委以重职。”遂朱批道：

施仕伦所陈仓廒条款，均系慎重仓务，有益国储。着该户部定为成案。自此次定立章程之后，务各秉公实心任事，以赎前罪。果然始终奋勉，着该督随时奏请，即予升迁。其贪赃舞弊者，该督随时确访，按例严办。至花户舞弊，系监督自行察出，即专治花户以应得之罪。如系通同，即照犯赃例议处。至开仓放米，再有恶仆豪奴，并肆横积匪，串诱吏胥，行飞诡之弊，该督查明据实参奏。不拘王公贝勒、国戚皇家、文武第宅，即按约束家人不严之例，处分示罚。其奴仆即照恶棍、匪徒盗窃仓库之款定罪。施仕伦视国事犹如家事，竭尽勤劳，整顿仓储，纤悉备举，不避权势，杜弊除奸。其才智心力，颇有古大臣之风。着加赏一年双俸；并颁赐荷包一对、折扇一柄，用旌其能，钦此。

自朱批旨意下，施公看罢，立刻望阙叩头，又上了一道谢恩赏的折子。那些仓上官吏畏法，再也不敢舞弊。果然那年到了开仓，一概事务被施公治理得条条有款。先前索御史来查仓廒，半途回京，今又复来到。开仓之日，同着监放米的各旗员，一齐来至通州，见了施公俱各赞美，并监验着放米。这一次放米，各人激励，一毫陋处皆无。

不言施公的法令名声传遍京、通、湾、卫，且说那年各省，也有风雨调和之处，也有旱涝遭灾之处。先前表过，年成不能到处一样，各省督抚按例具折奏报。唯有山东一省，有数州县，由春及秋并未见雨，旱灾之甚，人民莫不惶惶。山野之处，半为盗薮①。山东巡抚特疏奏知皇上，请蠲请赈②。老佛爷见了表章，即在龙案上展开。观看罢，龙颜便带忧愁，对两旁众位大臣说道："不料山东遭灾如此，饥民不堪。据抚臣所奏，如今已是草食不济。朕览之殊觉忧思。想万民嗷嗷待哺，不急加抚恤，必致流离失所，为匪为盗，地方不安。但施赈必须得人公直廉明，方保地面官吏无克漏之弊。倘不遴选才智素优之员，前去总理监察，百姓即不能得沾实惠。众卿等可保举一员，深悉民情疾苦，不负朕倚任的，速行前往，朕乃放心。"此时众公卿听罢老佛爷圣谕，遂乘机奏道："我主要赈济山东数百万饥黎，非专差

① 盗薮：野草，荒草。

② 请蠲请赈：请求免除税赋，请求赈济灾民。蠲（juān）：免除；赈：赈济，救济。

大臣监查不可。若用偾事[1]贪庸，职分卑小之员，必不能镇慑官吏，洞悉民情。亦不能有公无私，宣布国家恩泽。查有仓廒总督施仕伦，才具明敏，廉洁贤能；又系任过知县，深谙民间之事，此时又总理仓务。若用施仕伦前往放赈，凡赈用的帑款米款，该由何省拨发，自能熟悉胸中，办理周到。臣等想来，非此人不能任此大事。果然臣等所举，有当圣旨；祈我主降旨，召施仕伦来京朝见，命他前往。"老佛爷心中哪能想到他们暗藏奸计，要叫施公远离京都？

且说光阴似箭，日月如梭，转眼已过中秋佳节。施公在仓上已将那俸米、甲米，并补领的零档米石，俱一同索御史、众仓监督，将米放完。那日正在纳闷，闻听内司来禀说："有圣旨到来。"贤臣听罢，连忙吩咐摆下香案，整理衣冠，前来接旨。此时差官已至仓厂衙门。只见那里摆着香案，施公一跛一点前来迎接。差官一见，勒住行脚，下马进衙，将旨意先供在香案。施公朝着圣旨行了三跪九叩首礼，然后跪听宣读。差官复又请起旨意，开读道：

奉天承运，皇帝诏曰：贤能廉介，国之股肱；尽瘁鞠躬，臣之本分。兹尔仓厂总督施仕伦，前者，卿任知县，朕即知尔吏治才长；既迁府尹，治国治民，尔更能多筹广略。今复略陈仓务，不避威权，力除恶习，洞达利弊。卿之屡著劳绩，诚不愧为治世能臣。兹因山东一带赤旱成灾，禾稼无望。山东抚臣奏请颁赈。朕思保恤灾黎，必须精察廉明，方能镇慑不肖官吏并刁绅恶监势恶盗徒。朕总期穷民得沾实惠，免贪吏侵克弊端。尔施仕伦才力有余，算无遗策，国计民生，谋尽周到。兹钦加尔太子少保之衔，前往山东救灾放赈。勿令一夫不得其所。倘有贪官污吏、恶霸土豪，尔只管认真惩办，莫使流毒害我良民。所有赈用银米若干款项，该由何省仓库拨用，料尔自能审时度势，随时制宜。察着民情，该如何措置，任卿便宜施行。尔拜受恩命之后，即便来京，请训驰往。其仓厂事务，朕另派员暂行护理。尔其勿滞！

---

① 偾事：把事情搞坏。偾（fēn）：败坏，破坏。

钦此。

施公跪听读罢，三呼谢恩毕，方站起与差官相见，让到官厅吃茶款待，叙谈闲话。不表差官回京，且说施公心中想道："都中许多臣僚，老佛爷不肯差用，怎么转想到我施不全呢？莫非其中有人保奏，也未可知。"想到此，施公即刻吩咐施安，叫进关小西等，收拾行李起身进京。从此，这一进京，往山东放粮，施公的名声，人人传布。一路上又出了许多奇冤异事，除了许多恶霸强贼。这正是天生贤臣，扶佐圣主。未知后事如何，且看下回分解。

第六一回　入京师贤臣陛见 扮客商私访民情

且说施公自从接旨，即刻吩咐关小西等，收拾行囊，诸事安置已毕。贤臣出了仓厂衙门，施安等扶持上马，王殿臣、郭起凤、关小西等，围随在后，星驰起程。仓上官吏，送有里许，贤臣便吩咐："众位回衙，须要好好当差，报效国家，无亏臣职。"众人听罢，方才回去。

贤臣带领着亲随，进了齐化门，吩咐关小西等，暂押着行囊，且先回宅；自己只带着施安，从东华门直入。进了禁地，叫施安往外等候。闲言不表。且说施公那日到了朝房，众朝臣俱已朝散。彼时老佛爷正在南书房翻看史书，思想山东灾荒，求所以补救之策。当值的卫太监，只得到龙驾前跪倒，说道："启我主万岁！现有仓厂督臣施仕伦来京陛见，在朝房候旨定夺。"老佛爷传旨，命宣至宏德殿问话。卫太监叩头下去，来到朝房，对施公高声说道："皇爷有旨：宣总督宏德殿见驾。"

施公听罢，不敢怠慢，即刻随着卫太监，从金阶一旁往里面走不多时，到了殿前。只见老佛爷已经走到那里，在御座上坐着呢！两旁有几个随驾的太监伺候。此时卫太监只得退闪一旁。

施公上前，低头朝着老佛爷行了三跪九叩首礼，又跪伏在地。

老佛爷一见，那等歪歪扭扭的身躯，也觉得可笑。天颜可喜，叫声："仕伦，尔不愧为国之能臣，看你这形体，实在的跪伏不便，朕今赐你一个锦墩。"说着命内监取过。施公连忙谢恩，仍是半跪半坐。老佛爷又叫声："仕伦，朕前者观尔条陈仓务，深切利弊，足证尔劳心国事。今因山东奏来荒旱，民间遭此颠连，殊堪悯恻。今将颁赈救恤，诚恐不得其人，百姓难得实惠。今特命卿前往放粮，并巡察贪官污吏。如有奸佞强恶之徒，任卿酌处。至该赈用粮米帑物，该由何省拨用，卿只管便宜行事。料卿此去，必能筹策得宜，万民不致呼号失所。兹特加卿太子少保职衔，出巡稽察。俟回京之日，另加升赏。卿宜速速起行，勿令小民流离载道。”施公听罢老佛爷圣谕，连忙奏道：“微臣是无才能，只不敢负我主厚恩，有误国家政事。微臣明日即便登程。”老佛爷听了，即命退朝。

贤臣受命，至次日连忙起身，辞别了父母兄弟，并宅内一切众人，登程就道。

且说贤臣出行的日子，乃是到了九月初一，金风凉爽，暑气全消，一路上逢州过县，轿马仪从，俱接驿站住宿；地方官送迎，并预备公馆，不必细述。过了卢沟桥，贤臣、小西二人先走，大轿在后，按站住宿良乡县。这日到了涿州地面，遇着一件可异之事。施公与关小西闪在路边，偷眼看着。只见乃是一家发殡的，车上送殡的是个少妇，旁边有一男子相随。那个少妇哭的声音并不哀切，坐在车里，直是与那男子眉来眼去的，一阵一阵的传情，不像丧家的气象。贤臣看罢，心中有些犯疑。抬头看了看，天色到未申。叫声：“小西，天气不早咧！你去找个洁净旅店，住宿一宵，明日再走。”小西答应，往前边找去，不多时找着了。贤臣同着小西一齐住下。到了店内，便叫小西出去访问，是何等人家出殡。

好汉闻听，连忙前去。不多时走回店内，慢慢对贤臣说了一遍：“那少年男子，是个皇粮庄头。家业广大，倚财仗势，结交衙门吏役。好色纵淫，欺压良善，无所不为，全做的没天理的事情。此人姓马，外号人呼为马鬃，本名叫马大年。送殡的那妇人，是他的家人媳妇；娘家姓柳，外人呼他叫柳细腰。因他丈夫冯二点，不知所因何故，前日自缢而死。这个庄头，今日拿出钱来，发送他媳妇送殡，所以马鬃跟在后面。”小西说着，贤臣心内早已明白，对小西说道：“这件事，我看定有缘故，不用说是淫妇与那男子通奸，日久情热，谋害了亲夫。按理这淫妇立刻究问明白，就该一齐治罪。只是钦限紧急，要一详审，未免误了行程。只好赈济回来办了，暂由恶人多活几日。”说罢，主仆用罢晚饭，安息了一夜。至次日清晨，店小二送来脸水，净面已毕，就势儿要了茶饭。用罢，小西算清店账，付了钱，扛起行囊，告辞店主，迈步出了店门。

贤臣歪拐的跟随在后，关太前行，复又上路，一直的穿过州城去。贤臣身带残疾，焉能行走得动，只得又雇了两个赶程驴，搭上褥套；小西扶持施公骑上，然后自己就势也就乘上，前后顺着大道行去。那贤臣骑在驴子背上，就不是步行那等样儿咧！也有了精神咧！瞧了瞧左右无人，遂叫声：“小西，常言说：‘多能多干多劳碌，不得浮生半日闲。’这话说的一点不错。只是人生都有个定数在内。有通州求雨，那傻僧已经说明；当下我尚纳闷，今日果然钦命出巡山东放赈，岂不是个前定？可巧今日到了此处，便遇着这等怪事。我有心在涿州立刻升堂，审问来历，又怕耽误钦限，有碍被灾之民，辜负了老佛爷轸念穷黎的恩惠。”关小西说：“此事小的与大人乃是暗行私访，不好明去札委知州？且又过了城池，不容易再返回去了。”

贤臣听罢，叫声：“小西，你这主意却倒不差：除恶安良！本地州官既然廉明有胆，大概足能审出这个冤情，除了这一方祸害。虽说咱们已经过了城池，我想着轿马人夫，尚未能过去，昨日一定也住在涿州公馆。由京起身之际，我已吩咐明白，令施安坐着大轿，逢州过县，俱按钦差的礼节，应对地面官员。料他习见熟惯，谅不至走漏风声，被人看出破绽。今日咱们起程甚早，料他们尚未动身。小西，你看前面，必是个村庄，索性赶到。”

贤臣与关小西进了村中，四顾一望，只见路西里挂着茶牌，上写着：“扬子江心水，蒙山顶上茶。”粉皮墙上还写着：“家常便饭。”小西看罢，说是：“咱们就在这里吧！不用往前再走咧！”说着，好汉从驴上下来，扶持贤臣也落了平地。茶馆门外，有两根木柱，将驴拴好。主仆二人走进去，只见那里面甚是清净。原是一个年老的妇人，并一个十三四岁的小童，应酬茶客。贤臣一见，心中甚喜。小西上前找了一张桌子，将行李放下；主仆二人，一齐归座。那小童送过茶叶。小西放在壶内。小童将开水泡上，倘徉而去。小西说："老爷速写札谕，小西好赶着前去。"说罢，因带有现成纸笔墨砚，在褥套之内，掏将出来，放在桌上。贤臣提笔一挥，登时写了一道"详审奸情，以重民命"的札谕，让小西好赶着前去。又写嘱知州：暗中访明奸夫淫妇的缘由，以及该当如何勘验，如何申详，只管细心问拟，如有错误，自有本院作主。贤臣写罢，即交与小西。英雄接到手中，如飞而去。

小西到了涿州公馆，可巧施安那里果然尚未动身。小西到了公馆，对施安等如此这般，说了一遍。王殿臣、郭起凤一齐说道："不须再奔州衙，大概知州必前来相送。钦差回头交与他就结咧！"说罢，小西将札谕递给王殿臣，仍旧大踏步返回去保护贤臣。后来施安见知州来送，即命王殿臣将札谕暗交州官。那知州本来不避权贵，又兼有施公札饬，果然将奸夫淫妇究出实情，按律治罪。施公以后知道，上折子将知州保举，升任知府，此是后话。

不表施安坐着大轿而行。且说关小西急忙赶到茶馆，只见贤臣尚在那里吃茶坐等。一见英雄已到，便问办得如何？小西如何对答，要知后事如何，且看下回分解。

第六二回　少妇送殡露破绽　恶霸行路逞威风

且说关小西听了施公之言，连忙问道："老爷，这奸夫淫妇害了本夫，今日如何看出他们的破绽？"贤臣说："我并无别的法术，不过私访民情，处处留心。见闻之际，暗察声音动静。死人于其亲爱之人，必是始病而忧，临死而惧，及其已死，哀切哭泣。适才见那妇人，哭已死之夫，声音不哀而怀惧。又见与那男子眉来眼去。闻声察色，知其因奸致杀，一定无疑也。"

小西听罢，心中叹服，说道："老爷真是烛照如神。"说罢给了茶钱，主仆仍然骑驴就道。

且不表五里遇着桃花店，十里过了杏花村。小西催赶着两匹驴，甚是快速，顷刻走了三十里程途。那里有个地名三家庄，主仆喂罢脚驴，找了一座干净饭铺，吃了饭食，复又登程。只见路上来往行人，也有骑马坐车的，也有推车肩担的。贤臣同关小西，骑在驴上，听这些人言讲。贤臣眼望好汉，把头一摇，将驴一勒。好汉领会其意，只得也将驴暂住，让众人的驴过去，慢慢跟在后面，窃听二人谈说："我倒有个兄弟，亲眼见他对我说来：这位施公大老爷，原籍是南方人儿。只因祖上挣下功劳，皇上加封，入在镶黄旗汉军之内，世袭的镇海侯爵。初任江都知县，代署过州印二任，顺天府三任，便升到仓厂总督官印。仕伦这个人，听他说的不差，可见皇上重的文才，不是取的相貌。"那人听了，更加不服道："我说这句话罢，尊驾再要夸奖他，不如先骂我个猴儿崽子！不是在下夸口，愚下乃茂州人氏，我姓牛，外号人称牛腿炮，在茂州小小有个名望。不论几时，众位要是走着我的贱地，打听打听，没有个不知。列位往后撞着我，不必理我。常言：‘人不辞路，虎不辞山。’将来众位总有到茂州去的。我们结拜的有四个弟兄，每日同在一处，意气相交，人人皆晓。我大哥姓武名貌，绰号人称铁金刚。我二哥姓金名玉山，家中广有产业，终日眠花宿柳。三哥姓赵名大璧，爱交江湖朋友、衙门官吏，人称独霸茂州。在下本名牛玉璜，皆因说话行事没有板眼，所以人送外号牛腿炮。我们哥儿四个，不敢说有点小字号，就是皱皱眉头，那一个都称‘乖乖的’！众位有时到了贱地，倘有个大事小情，只管提说我牛腿炮一声，什么事情都可了结了。如今我这是从涿州探友回来，路过此处。你们说这些言词，实在叫我听着可恼！施不全果然山东放粮，必要从此路走，我看他将我怎样。他行的事，我都知根知底：贪财害众，奸诈欺人！怎么算得忠臣？在江都县有个黄天霸，却是一位英雄杰士，被施不全甜言巧语，哄得跟他捕贼办事。那黄天霸作官，心甚怕死望活，争功立业，把他结拜的弟兄，为救施不全，都用镖镖死。你们猜后来怎么待遇黄天霸？竟如家奴一般驱使，并无一点儿提拔之处。黄天霸跟的日久咧！不知他是最奸不过的坏骨头。”众人只见他满面通红，带着酒气，众人瞧他是个醉汉，瞧是满嘴里胡须，全不理他，一齐催驴，各自走去。

此时贤臣与小西俱跟在后，听了个详细。施公恐人看破，并不愤怒，仍是坦坦然的骑着驴行走。那关小西本来不曾念过诗书的，又兼手有艺业，英雄气象，自是粗鲁。听见人谈论贤臣，登时怒发冲冠，按捺不住，就想上前动手。刚一抬头看贤臣，只见施公那里摇头。小西看罢，也就知道贤臣怕泄漏机关，不肯叫他闯祸。复又把驴勒住，离那伙同行的约有一箭之遥。

贤臣又回头一看，并无人跟随在后，遂叫声：“小西，适才我见你面红耳赤，似乎有些气恼。那如何使得？你想咱们未行之先，我就吩咐过：一路须耐性，不可妄动火性，自蹈危险。凡事我自有裁处调度。适才天使其然，叫恶人自诉供招，不过令他们多说几日，然后自然叫他们知道。”一路上二人闲言不表。

却说主仆催驴前进，过了三家店，又走了三十里，至新城县过站；由新城雇驴上路，又走了三十里，至白沟河。这日共走了九十里，到了天晚下店，用毕茶饭，安歇不表。至天明给钱，出了店门，复又雇驴前走。这真是朝登古道，暮宿荒村。主仆虽是雇驴赶路，却不论到了何处地面，要遇着行人众多，便将驴慢走，一为探听本处的官员贤否，二者为的是访察各处的土豪。

这日施公上了驿路，但见男男女女，扶老携幼，四路奔走，如蜂似蚁。听说那些人全是由山东出来逃难的，也有说是投亲，也有说是访友。又有那多嘴的说道："你们这些逃走的，难道你们没有耳风？现在老佛爷知道山东灾旱甚重，特发帑米，钦派大员前来赈济。你们就到那里，谁能给你们蒸下包子煮下饭？不过也是忍饥受饿，乞着讨饭。常言说：'在家千日好，出外刻刻难。'在本处喝碗水，尚不至作难；若到了他乡外郡，只怕一口水想喝热的，都不现成。据我说，你们不如回去。带着少女幼妇，离乡背井，哪里都是那等好人？倘遇着凶霸之徒，不讲情理，看见你们饥饿，假意怜悯，生出主意。看见妇女面貌生得稍有姿色，或用银钱饵诱，或用强横欺凌。一入了牢笼，只得由他摆布，或是拐卖，或是强奸，许多的恶处，说不尽他们的阴谋。到那时虽然后悔，也就晚咧！现在听说康熙老佛爷派的一位清官，钦赐国帑，救济饥人。这位清官，乃是三甲荫生出身，皇上都知道他刚直，不怕势力，专除赃官滑吏，恶霸土豪。并不是那等'养汉老婆穿裙子——假装正经人'那样子行事。判断公案，真是神钦鬼伏，才能更不用说。作顺天府尹，作仓厂总督，专与国家去弊，行那利益之事。王公、侯伯、驸马等，要叫他寻出过处，也是不肯饶恕。傲上怜下，朝野知名，真是一位有才学的清官！如今可就是差这位老爷前来放粮，他要一到，哪个官吏还敢通私作弊，坑害良民？一定能沾实惠。你们快赶回故土，等着去罢！"

不言行人在途议论，且说贤臣听罢行人私语，自己点头暗想："据这人说来，却不枉我为民劳苦。可见善人说恶人不好，恶人也是说善人不好。张献忠论古今人物，他说西楚霸王是天下第一。真是物以类聚，人以群分。出都门未经几站，说得我便是好歹不一。但只一件，那说不好的，本是恶霸强徒，我偏访恶治他，岂肯还说我好的道理？这说我好的，一定他也是个好人，到底不埋没了我为国为民之心，这就是了。”贤臣想着得意，心中一喜，精神陡长，三十里路，不多一时，便到雄县。

那驴到关厢，驴夫接去。主仆进了饭店，吃茶洗脸毕，吃些东西，会了钱。小西扛起行李出铺，越过关厢，进了雄县。但见人烟稠密，街道上铺户甚多。主仆也无心观看——只因钦限要紧，贤臣也顾不得残疾劳碌，饥餐渴饮，夜宿晓行，按站雇驴，盘桓前进。贤臣一边走着，对小西说道：“据我看沿路之上，听来往行人话语之中，负屈含冤之民，到处不少。有心细访严查，立刻审问，又恐违了钦限，饿坏许多灾黎。我料施安此时已经过去，比咱多走着一程。如今咱们也只得快走。倘遇说话有些隐情的，留心记着，候放粮完毕，再行判问公案。”小西听罢，道：“但凭老爷尊意。”说着主仆不敢迟滞，真是往前一程一程的行走。一日由任邱县一早起程，走不四十里，到新中驿打尖。还是雇驴，又走三十里，来至河间府。换了驴又走，三十里至商家村，天色到黄昏之际。这日走了一百里，方才歇在店内。不知又甚事，且看下回分解。

第六三回　走漫洼小西取水
逢贼寇贤臣遇灾

话表施公与关小西只因赶路，错了站头。主仆商量着步行，走出十五里之外，到了献县，再雇脚力。贤臣此际也是无可如何，只从权缓步当车，往前行走。小西扛起行李，不敢快走，知道贤臣是身带贵恙，腿有残疾，只可款款而行。主仆二人，也顾不得风尘扰扰，顺着大道，一直行来。走了不到二三里的光景，施公那步履便觉艰难，一拐一溜，一步挪不开两脚。小西一看，只见贤臣浑身淋汗，满面通红，不要说是那残疾腿，连那好腿都似发胀的样儿。他歪着嘴一言不发，直是哼个不止。

小西偷眼观瞧，累得他鸡胸越显，锅罗子越大。虽然如此，却无一言抱怨。好汉看罢，暗暗点头，赞叹贤臣忠心为国。不言小西暗赞，且说这漫洼之地，并无铺面，行人也都稀少。好汉心疼贤臣，抬头远望，但见前面有个古庙，相隔尚不甚远。贤臣无奈，叫声："小西，罢咧！也不必往别处再赶，咱就在这庙内歇息歇息。倘有住持，就势儿借杯茶吃。"说罢，主仆一齐进庙。其中并无僧道，前边禅房俱已倒坏，只有中间正殿尚存。贤臣抬头一看，中间挂着模模糊糊的一块横匾，上写着是"三义庙"。明柱上还有一联挂对，只是被风雨淋得也不清楚了。贤臣细看，方能辨认，其联云：

若傅粉，若涂朱，若泼墨，谁言心之不同如其面？

为君臣，为兄弟，为朋友，斯诚圣不可知之谓神。

施公看罢，知是祀的"刘关张"，连忙上前叩拜。小西放下行李，也叩了三个头。又将息将息，行李铺在就地，让贤臣坐在上面。施公喘息多会，方才神定，忽觉着一阵干渴，说道："是怎么得口凉水喝喝才好。"小西是个义士，惜施公是干国忠良，连忙答应说："这却不难，只用老爷略等片刻，我近处寻取些前来，老爷好用。大约此处离献县就六七里路，纵然少迟一刻，到那里也不很晚。"贤臣只得应允。小西如飞前去找水。这话暂且不表。

且说这漫洼地面，虽说离着献县不远，却是个荒僻之处。前不靠村，后不靠店，孤零零一座破庙，时常暗隐歹人，窝藏匪类。又兼那年山东大荒，盗寇如林，抢夺财物。皆因郑州是天下冲要之区，四方的余寇，全来奔聚。那年郑州地面，著名之寇乃是：亚油墩李四、弯腰儿赵八、杉高尖周五、独眼龙王七、笑话儿崔三，他们的姓名不必全表，统共一十七个。因为踩盘子的踩着了，有往郑州贩红花紫草的客商，本钱重大。他们知道大客人，全有保镖的护送，探听明白，保护客商的，有十来个达官。亚油墩恐怕达官扎手，敌挡不过，又再三哀求一位有名的豪杰，出来帮助。那日他俩踩准了那伙客人经过，亚油墩李四约会齐了，便去动手。他们邀的帮手，武艺高超，一阵将达官杀退，得了包赃而归。这漫洼三义庙内，他们作为分赃之所，知道的都不敢从那里经过。

今日贤臣自打发小西去找水去后，自觉遍身走得筋骨疼痛，随便在铺的褥套上，靠着神台，闭目养神。不料每日行程，过于劳乏，不知不觉，便将身躯倒在行李之上，合眼睡着了。常言说，入睡如死。外面众寇一见，心中大怒，一个个七手八脚，奔了贤臣。这个说："一定是只孤雁飞乏咧！藏在这里息腿呢！"那一个说："莫非是个奸细罢？"又一个说："不管他是做什么的，先把他收拾起来，出一出咱们的气。头里只顾与那达官厮杀，不料那大汉保镖前来，真算有他的黑蛤蟆劲儿，冷不防他给了我一家伙，险些儿把我弄倒。如今有了这只孤雁儿，你们让我先出这口气罢咧！"常言说："人厉害叫作狠贼！"这个强盗一边说着，赶上去按着贤臣的大腿，用力往下一拉，咕咚的一声，捺在地下，摔得那贤臣叫"哎哟！"连忙睁开眼观看。只见满殿中是人，只不见小西在内，先前睡得两眼迷蒙，此刻添个二目昏花，忙忙哀告道："啊呀！列位把我拉醒，所为何事？快快撒手。"再说众寇闻听，一声大喝道："你别作梦咧！拉醒了你，只是便宜你。实告诉你罢！如今你遇了催命判官咧！"

说罢，不容分说，就又动起手来。贤臣一见，说是"不好！"自觉吃惊，暗道："我这命怎么这等多魔多难！果然是前来特访恶人，遇着灾星，那是自招，无处可怨；今日走着道儿，无缘无故的来到这里歇腿，会碰见这伙强人，难道这也算我自投罗网？怎么说这等的凑巧！此站并无牲口，走得遍身酸痛。来到破庙安息，忽生焦渴，命小西去取水，以致离开。小西取水，去了好久，为何还不回来？莫非这是前因后果，老天注定我该当此地逢绝？壮士呀！你早来一刻，还可相见，不然，我命休矣！"不知小西立刻来否？后事如何，且看下回分解。

第六四回　众盗寇嘲笑对句　关小西闻信惊心

话说贤臣盼望关小西，不见来到，无法可施，只得还是哀求，此时也不顾官体咧！想着迟一会是一会好，候着小西回来。

想罢叫声："众位大王，暂且息怒，听我一言。"只得假意说道："列位好汉请听！在下是京都人氏，今来献县，探望至亲。只因身带残疾，走到此处，步履难行，故此来到庙里，暂息片刻。可巧忽生困倦，不觉睡着，以致好汉贵驾到临，有失回避，罪实不轻。今既冒犯众位，就是碎剐零割，无处可怨。只是可怜，在下是远方人氏，我一命不值蒿草，只可惜我一双父母，必然饿死家中。好汉们若肯饶恕我一命，连我家中父母，也不致饿死。好汉们算是赦了我的一家三命。常言说，'救人一命，胜造七级浮屠。'大王等不杀三命，更是功德无量了。日后在下还家，每日烧香拜祝，愿大王们日日添财进宝。"贤臣哀告了会子。

只见那独眼龙对众寇说道："你们别瞧这个孤雁，长得虽然不甚够本，却倒舌能嘴巧。你们看这一派的蜜拌糖的话，我直觉心软咧！"那杉高尖也对着笑话崔三道："万留不得，把他绑在柱上，取一把牛耳刀，开了膛，吃点心血，大家先喝了解解渴。等着大哥来到，拿出你们带的酒来，大家再就着尝一点儿，开发了他。同着大哥，连他的东西一总分了，咱们好各散。我今晚还要到阜庄驿，会会我那得意的人儿去呢！"周五、崔三二寇闻听，叫声："四哥，你真也算越老越少心咧！那么一个养汉老婆，也值得这样挂在心上。这算什么事情，还说出口来。就是那样猪八戒的破货，也称'得意人儿'？要真好，古来说的西施、昭君，生成一朵鲜花样儿的，还许买张八仙桌弄在家里当香花供养呢！你这才叫‘情人眼里出西施’。今日说的这好话，比作‘见了骆驼容长脸，抱着母猪唤貂蝉。’叫我们说，不如先将那心收了罢！等着大兄来到，诸事已毕。我们有个巧当儿，领了你去，管保叫你乐个有余便罢！”亚油墩李四便吩咐将施公上身衣服剥去，绑在柱子之上。

登时将贤臣吓得眼似鸾铃，面貌失色，直望外瞧，心内暗暗叫道：“壮士呀，我的命只在眼前，你怎么还不见到？早知今日有祸，虽然渴死，也不叫你取水。纵然困死，也要挣扎着前行，赶过此处，何致今朝废命？”贤臣心中一急，气往上撞，大叫一声：“老天哪！真真的太不睁眼。”此是贤臣害怕，不知不觉的叫出这么一声来。哪知众寇一听，更加气恼。其中有一个叫白脸狼马九的，他见贤臣失声怨叹，便大叫一声，说道：“好这个不知死的东西！你既大胆前来，甘心纳命，你还敢怨天怨地的，多出言语，先割了你的脑袋，吃了你的窝窝头。”说罢照脸就是一掌，只听吧的一声响亮，又听“哎哟！”打得贤臣眼冒金星，鼻流鲜血，登时忍气吞声，不敢言语，只是点头自叹，暗痛在心。

且说李四见白脸狼马九打了贤臣，还要上来再打，连忙阻道：“马九弟台且稍停手，忍着些，少时，就要他的活命，哪消与他生气。不必打他，你们老哥儿们不拘谁动手罢咧！”亚油墩话才住口，只见独眼龙与衫高尖二寇，一齐大声嚷道：“四哥，今日这点小事，让给我们开开利市。往后打仗迎敌，免得胆怯，叫你们众位老兄笑话软弱。如今壮一壮胆子，再要杀人，也就容易咧！”二寇言罢，俱扯出明晃晃的利刃，手内擎着。杉高尖说：“七弟，今日你先让我罢！”独眼龙说：“五兄，你让兄弟今日试试好不好？”李四复又开言，叫声：“二位也不用再争咧！左右咱们还得等着大哥。既有这个工夫，再容他一会儿。七兄弟，你素常对我说，会什么酒令儿，什么诗句。我如今出个主意，你们两个都得依着我。说一个对句；上联还有个曲牌名儿。你们哥俩对下一句。谁要能对上来谁先动手；对不上来的，不但叫他不能动手，还要罚他个东道——吃喝时叫他给众人斟酒。免得二位争论。”二寇听罢，只得将刀一齐入鞘，都说：“四哥说的最好，你先说一句，试试我们的才学，谁高谁低。”

亚油墩见二人应允，叫众寇一同团团坐下，说是：“众位听着，如今我说的不好，众位也罚我个东道。”只听众寇一齐答应，都说：“四哥快说，我们好听着，有味没味。”李四道：“我就指着这只孤雁说罢！雁落沙滩，撞着打牲人必死。”众寇听罢，齐都砸嘴，连声夸好道：“真是比得不错，我们听着，这才学比那醉写的李白，不在以下。这该周五你们哥俩的咧！快对呀！”那周五本来斗大的字认不了七升，哪能会对对联？急得张口瞪眼，抓耳挠腮。那王七却念过四五年书，心内灵透。他住家又挨着学堂，常听市村的那些学生讲究什么对字，所以他懂得个大概。

且说王七见周五对答不来，便得意说道：“五哥你先慢慢地想想，我先对上一句，试试合四哥的意不合？”

周五听了，并不言语。众寇一齐开言，说是：“很好！”王七带笑说：“众位听着，不要见笑。劈破玉龙飞彩凤，任意高腾！”

众寇闻听，一齐大笑道：“好的，好的！四哥说了个雁落沙滩，王七弟的对了个劈破玉龙，活的死的都有；又有两句曲牌名儿。”

说着，又一齐掐着指头，算了一算，都是十一个字数儿，遂哄然共赞道：“大才！大才！吾等不敢不服你。”此时周五急得面红过耳，说是：“你们可再等等。我对了，也对上句，看好不好。”众寇说：“使得，你快想就是了。”

不表众寇咬文嚼字，且说贤臣被白脸狼击了一掌，不敢言，只得任其捆绑，低头思想，暗暗叹气道：“我的恩重圣主，只知微臣山东放赈，哪知我半路亡身？微臣一身死无妨碍，只可惜误了国家大事，有关亿万民命，不能实受国恩；高堂父母，不能侍奉。”

且不表施公，却说壮士小西，自从往近方的去处取水，不敢迟慢，如飞地奔了村庄。走约三四里，但见前面有村子。好汉走上前来，瞧见偏东一家庄院，门前有座菜园，旁边一眼砖井。小西看罢，举步走至井边，并无汲水之物。刚要前行求告，忽见从里边走出一个老者，年纪五旬，肩担水桶，手内拿着细绳，来到井上。小西一见，连忙近前拱手，带笑开言，叫一声："长者请了。在下是行路之人，从此经过。因伙计身有残疾，步履艰难；一时焦渴思水，在下故此前来，万望发善心，赐一器皿，取点水回去，好去解伙计之渴。"那老者听了，说是："客人不必太谦，从来水火不算什么。这里有现成的水桶，你自己汲些儿上来。我去给你找一水罐，你好盛了，拿着回去。但不知你们那伙计今在那里等候?"关小西答说："现在漫洼三义庙内。"那老者听罢，说道："客人，你快着汲水，我去给你拿水罐。"说罢，老者慌慌张张，须臾拿到。小西此时将水已经汲到桶内。那老者说："客人，我有一句话告诉你，依我说，你快着取了水去罢。你那伙计，时运要好，还许无事；要是走着低运，只怕此时早就没了性命。你们远方人，是不知道。那三义庙内，好似杀人场，陷人坑，时常强寇那里歇马，害的行人不计其数。青天白日，鬼神现形。不遇着他们，那是万幸；若是巧了，一时碰上，只怕你说破了唇舌，也不肯饶放。你快回去看看罢！不是玩的。"小西听罢，登时吓了个真魂失散，连忙拿着水罐，说是："多承指教。"告辞老者，流星似地往回里便跑。一面跑着，一面犹疑。及到离庙不远，连忙闪目观瞧：但见庙外闹嚷嚷的，约有一二十匹马，拴在树上；许多小卒坐在树下，树旁挂着几十个袋。先前小西走过黑道儿，一见这光景，就知是江湖上的。众人都在那里席地而坐，一个个指手画脚，不知说些什么。看来看去，只不见贤臣的影形。好汉登时心下着忙，口内连连说道："不好！一定应了那老者的话。"

心中一急，怒气一攻，往庙里便闯将前去。不知关小西的性命如何，且看下回分解。

第六五回　商家林贤臣被困　三义庙义士发风

话说关小西惊忙带怒，便闯进庙去；舍死忘生，找寻贤臣的下落。好汉站起身躯，大踏步往前走去。走了不远，心中忽然想道："俗语说：事要三思，免劳后悔。我这一进庙去，若论武艺，他们总有二三十人，要说擒住我，料亦费事。只是个'能狼难敌众犬。'果然我的恩主已经遇害，我今闯进去，或是我伤了他们，或是他们伤了我，不过拼着一死，倒也壮志，不负主恩。倘若主人未曾遭害，我今一粗心进去，与他们拼命，他们必定先害我的主人。若是如此，日后令人笑我，不但不能救主，反是送了主人的命。不如我往近处，偷着看上一看，再作道理。"好汉想罢，复又找了一个土坡走上去，找着庙墙缺处，仔细观瞧。

先前皆因众寇乱哄哄的，或起或坐，并庙外小卒们，与树上拴着的那几匹马遮掩住了；又搭着那时好汉也正在走得头昏，急得两眼迷离，所以未能看得真切。这时将心神略定，更加着留心察看，故此瞧见贤臣小鸡子似的绑在那殿柱之上。好汉看见贤臣尚未被害，稍觉放心，只是无法解救，进退两难。暗说这事幸而不曾冒失；那时要是一冒失，杀将进去，倒是害了恩公。如今须得想个万全之策，才能救得出此火坑。好汉一面思想，只见旁边有株柳树，回身将取来的凉水提着，走到树后，自己喝了几口，仍然放下，蹲在树旁，思想妙计，此话暂且不表。

却说众盗寇只因等杉高尖思想那副对联。他满庙里乱走，忽然起来坐下，坐下起来，要想着往下对答，又无那等才学，正在急得坐卧不安，可巧有一卒前来报事。众公你道报的何事？

只因关小西先前蹲在树下，心中想计，短叹长吁，急躁多会，总盘算不出计策，一时浑身发着热汗，亚似蒸笼，淋漓不止。刚要想着站起身来，凉快凉快，偏偏的那小卒前来撒尿，见一大汉在树下乱晃。这小卒也不顾出恭，一路乱跑，便喊叫着回庙。小西一见，知道形迹已露，不得不出头前去。又暗想：大丈夫死则死耳，纵然在这里蹲到明年，也保不住恩主残生；如今不如进庙，如此这般，再见机行事。好汉想罢，将主意拿定，随后跟着那小卒慌忙迈步前往。比及小西到了庙前，那小卒已经将撒尿遇着大汉的话，先对众寇说了。那时杉高尖想对子，想得又羞又气，正然无法可施，忽听小卒如此这般一说，便趁这机会，拉开了回钩儿咧！众寇俱未开言，他先一声怪叫：“哎哟！那里来的狗男女，敢来此处窥探？”

且说好汉心中拿定主意，进庙去看风使船，忽见先前进庙的那个人，跑将出来。他见好汉已在庙前站着，便叫道：“呔！你这厮作什么？来在我们这里张望。我们寨主已经知道，叫我传你进去，有话问你。我认你还在树下偷看呢！敢则自己投来。很好，看你倒是根棒子，还不怕死。”好汉听了，未及开言，那些庙前的众卒乱说道：“好好好！他自来在这里找他伙计的。还不肯央及着我们给他禀报呢！我们想着留他一条生路，劝他逃出，他还扭着性不肯。幸而没叫他跑了。原来你已对大王们说咧！你快带他进去，我们也不私作这主意了。他说‘生死情愿同伙计一处！’看来却倒是个耿直朋友。进去罢！回来给你肚子上大大的拉一道口子，把心摘出来，再叫你波罗里睡觉。”

这些小卒狗仗人势，认好汉是那贪生怕死之徒，并不放在眼里，故说这几句谐话。好汉想着他们都是无能之辈，空长着眼睛，不过是个配搭，哪里能认出石中璞玉，人中豪杰来。所以按捺风火之性，任凭他们乱道，总是假意带笑，说道：“借仗众位，领我进去一看，见见寨主的尊容。再者，会会我那伙计之面。生死存亡，无可抱怨。”只听先前那小卒说道：“你不用忙，有屁股何愁挨打？待我领你进去。”说罢，那小卒在前引路，好汉紧随在后，进了庙门。那小卒说：“你先在此略站，待我禀明众家寨主，说你为找伙计来的。凭你的造化，听我们大王令下。”

小卒说罢，奔到殿阶之下，又如此如彼，大声回禀了一次。

却说那众寇自派小卒出庙之后，你言我语，都在一处等看来人什么光景。如今听小卒说，是为找伙计前来，众寇便知与那柱上绑的是同伙儿，登时就怒恼了几个，吩咐道：“你们须要小心，看守前后，休叫那厮跑了。快叫他前来！”小卒连忙答应。

此时好汉就在庙门，俱听明白，并不言语。只听那小卒嚷道：“那只孤雁，我大王有令，唤你近前。”此时好汉真将火性压了又压，心想到此处，遭此事，遇此人，不得不低一低头，遂昂然往前厅走。众寇一齐闪目观瞧：但见一人穿着随身便衣，买卖人打扮；年约二十多岁，紫膛面色，齿白唇红，膀窄腰圆，身体雄壮；赤手空拳，并无一毫惊惧，大摇大摆，带笑往里直走。毕竟不知小西进去没有，且看下回分解。

第六六回　施大人被绑明柱　关义士独闯贼巢

话说小西撂下取来的凉水，从庙外墙缺，瞧见老爷在明柱上绑着，心下着急。走到庙门口，听了会子消息，遂大摇大摆，赤手空拳，走将进去。众寇看见小西一人，赤手空拳进庙，毫无惧色，齐来观看。

不言众寇观瞧好汉，单言施公自从被绑，虽说一心等死，心内却也想着求生，正在暗祝。那名盗寇对字答不上来，耳轮内忽听小卒禀报，说是庙外柳树下有人探视。贤臣听了，知是小西，腹内暗中念佛。以后又听那名盗寇要拿兵刃出去寻找，心中不觉又是惊恐，唯怕小西也被他等擒来，那就无半点盼望了。及听到众寇拦住，不叫去找，只命小卒将他唤来，贤臣遂又将心略略放下。却仍是暗自沉吟，想着神圣保佑；救命星虽说来到，就只一件，怕是他不能计出万全，仍是吉凶两可，不能预定准脱此祸。常言寡不敌众，这许多盗寇，小西一人，焉能阻挡？但愿想出个奇妙之计，那还可免遭擒之患。倘要被他们捉住，或是孤身空手撞来，纵有些艺业，一人难当那众手。

贤臣正在思想，无奈心中左右旋转。只见报事的那小卒，从庙外回来，对众寇禀说："树下那只孤雁，是为前来寻找同伙的伙计而来。现在庙前，情愿进来，要见寨主。我已将他带进庙门，望大王等示下。"贤臣见众寇皆嗔怒，听说叫那小卒带进来，又听小卒答应、传唤之声，贤臣也就连忙偷眼细看。不看便罢，一看见是好汉，倒不由得心下着忙，吃这一惊更是不小。暗说道："哎哟！小西你太粗率，为何器械不备，寸铁不持，便遽尔闯进庙来。倘若众寇变起脸来，如何遮挡？你分明不是前来找我，却是自来送死。”贤臣急得心中乱跳，二目如灯，又是怨恨，又是惊怕，瞧着好汉，暗暗叫苦不迭。

且说好汉关小西，随着小卒往前行走，心内虽是着急，外面不带声色，竟如无事一般。偷眼看了看绑的贤臣，那残疾身子，仍然乱动。知道不曾伤了性命，心里暗暗说道：“还罢了！幸而不曾粗卤，以致误事。看这光景，只得用柔计，凭我的嘴巧舌辩。”想罢，又暗瞧众寇，高矮肥瘦，虽是不同的体貌，却都狰狞健壮。一个个肋下悬带利刃，面上含着嗔怒。好汉看罢暗道：“今日吉凶，定在两可。我关某但凭主仆之命便了！”

好汉拿定主意，故装作老实之状。只见小卒往前，对着众寇打千儿，说道：“禀报众位寨主。孤雁捉到，请示吩咐。”众寇一摆手，小卒转身，退在一旁。好汉此时随着进前，假意礼貌，满面带笑，把手一拱，口称：“众位寨主爷在上，过客有礼。望众位包容一二！”从来作好汉的，不肯屈膝强寇，这正是用那不卑不亢的礼数，一者不致激怒众寇；二者使众寇也不敢轻视。

却说好汉对众寇说罢，不慌不忙，安安稳稳，站在一旁。那些贼寇见好汉正在面前，有那和平的，看了这番英雄光景，单身前来，就知不是个酒囊饭袋，心中便生喜爱；有那粗俗混浊的，未免动气，一声怒喊：“呔！你这厮真乃胆大包天。见了大王爷，不肯下跪，你还说有礼咧！你有礼，大王爷没礼？你既胆大前来寻死，要不叫你瞧个厉害，你也不知大王爷的手段：能摘人心；能喝人血！”说着卷袖磨拳，奔好汉就要动手。

此时那亚油墩李四，也看出好汉胆量过人！明知伙计入了虎穴，胆敢硬来寻索，必定有勇有义，不同寻常之人，因此连忙上前相劝道：“众位弟兄，暂且住手，先问问他。他既来问咱们要人，就是老虎口里夺脆骨。看这光景，必定有些武艺，该当先叫他施展施展，老爷们瞧瞧。果然也好，算他是个棒子，也有个交头儿，也免得我们绿林闭塞住了，往后叫那些英雄好汉闻名，好来入伙。你们想，他要无惊人艺业，必不敢擅自进庙，自投死路。这也用不着动那真气。看他不过是笼中鸟、网内鱼一般。”那几个盗寇听罢亚油墩所言，还是带着气忿答道：“如此便宜这厮，且叫他多活一刻，料他插翅也飞不去。咱们就看看他的本事。可也是呀！一人敢来寻找伙计，也算有他的黑蛤蟆！”众寇只顾你言我语，贤臣听着，暗暗念佛，说道：“这还许有点指望儿，小西的单刀，我是见过的，倒也很可以的。但不知他事到临头，未识怎样？”贤臣想到这里，却又担惊起来。

只听那几个盗寇，又一齐大叫：“呔！那厮休要推睡里梦里！大王爷说了会子，你是怎么样罢？也不用尽自发愣咧！你既敢来找着伙伴，你说说有什么本领，讲究讲究，叫大王爷爷听听。”

好汉站在旁边，将众寇所言所行，俱看得明白，记在心中。总想着以柔取胜，好慢慢的看事行事，所以不透半点怒气。今见众寇这等追问，连忙抱拳，复又赔笑，口称：“寨主，不劳发动虎威，从容且再听小人奉禀：在下并非此处居住，乃是山西太原府人氏。只因在京贸易，搭的伙计，他是北京顺天民人。只因我俩茂州置货，路过此处，在庙歇息。我去取水，回来才知他冲撞众位寨主。但求爷台怜他家有双亲，年老无靠，赦其冒犯之罪，使我两人同来同去，免得小人不好回去见他二亲。倘若伙计命丧此地，北京亲友必说小人暗行谋害。故此斗胆前来，叩恳众位寨主爷开恩饶放这个残疾之人。我二人果得生还，回去必要早晚焚香，暗祝众位大王爷，增财多寿。”言毕，复又弯腰，深深打了一躬。

众寇听罢好汉之言，登时便怒，高声喊道：“呔！你这厮快快住口，不必弄这巧言。谁问你这些家常话来？唠唠叨叨的，信口胡诌。谁有那些功夫听你的闲话。真欲立刻要你的活命！爷赏脸问你的是正经话。要是会武艺，你就立时出现出现，我们看看；要不懂分么，那也就不必说咧！叫我们人将你绑上，一并诛死。你也不必含怨。你想唠叨会子，难道就算咧！快说罢！”好汉见问，复又勉强回答道：“众家寨主请息威怒，要问小人的武艺，在众位寨主面前，不敢言会，不过略知一二。”

亚油墩李四闻听说：“我知道你必是个挠儿赛好样的！算计着你

不会武艺，你也不敢独自进庙。你说罢，会使哪宗兵器，咱们比并比并。”好汉说，寨主要问小人准会哪宗，却是二九十八般兵刃，都晓得些。”

且说那名盗寇扯出一把锋快的攮子，大喊道：“呔！那厮你既常走江湖，可知道孤雁前来撞虎，用攮子扎肉试胆。今日也无酒席，有把空攮子叫你试试，你可敢应么？”表过小西，本是门里出身，又在年轻力壮，心想：倘若不允，又怕众寇看轻了。故意把两手倒背着带笑说：“既承寨主赐光，何敢不领？”

说罢只管将口张开，却目不转睛，留心看着贼人那把攮子来的是好意歹意，暗想：若是有心要命，那攮子必奔致命之处，一觉来的力猛，也就不肯留情，暗使办法闪躲开了，再与他们拼命相撞；若觉来的不是歹意，那就另作一番举动。此乃好汉心里算计的。今见盗寇的攮子，果然来的不恶，一直奔嘴。所以好汉背着手，张着口，等着锋刃来到，浑身一攒牙劲，用牙巧力咬住；两眼却仍不住的瞧着他怎样用力。众寇本是心爱好汉，为试他胆量，若要安心要命，枪刀并举，一齐拥上，任凭你有泼天本领，也是枉然。好汉把攮子咬住，众寇也有喝采的，也有赞念的，走上前去，叫声：“老弟回手罢！这人胆量大，有英雄气概，不枉久闯江湖。果真再有出奇艺业，邀他入伙，又济一只膀臂。”

常言一张嘴不能言两宗事。单说贤臣绑在柱上，见小西空手进庙，心内已觉着忙，今又见盗寇拿着攮子，直奔好汉，好汉并不提防，反倒背手站立等候，更加惊魂失色，暗想道：“罢咧！罢咧！不用说，一攮子扎个双关透，先收拾了他，然后再收拾我定咧。”及略一定神，但见好汉已把攮子咬住，倒又吓了一身冷汗，暗道：“够了够了！不料小西有这等惊人的武艺。看起来先前倒是我的过错。就据这样，总算好汉之中，出类拔萃。少时就敌不住众寇，施某虽死不怨。”

不表贤臣暗中称赞，且说那拿攮子的强盗，瞧得明白，见好汉咬住刀尖，脸上毫无惧色，不由得心中也觉佩服。又听同伙多有夸奖之声，说是要邀他入伙，劝着回手，只得连忙抽利刃。好汉把嘴一松，那盗寇撤回攮子，插在鞘内，大叫一声：“众家兄弟，这位朋友真是罢了！就不知武艺怎样？”那名盗寇话未说完，忽见又有一寇不服气，嚷道：“你们何必长他人威风，灭自己志气！只咬攮子，又何足为奇？他既说十八般兵器都会，问他熟习哪宗？待我与他见个高低，分个左右。”一面说，一面大声喊道：“呔！那厮还敢来与你大王爷比并几合？”

却说好汉张口松了利刃，正听众寇互相赞美，又猛听一寇怒声大叱，连忙抬头一看：只见那人年约二旬，白面无须，身形壮伟，那等高傲样儿，远出相外——此人姓刘名虎，外号人称小银枪刘老鼠。自幼学习罗家枪法，使一根短戟杆，果然武艺出众，所以专要来与好汉较量。

且说盗寇刘虎说着，就走至墙根，一伸手抓起他惯用的那杆枪来，扯去布袋，掖在腰间，拉开架式，走了个门户。又望着好汉，把手中枪一抖，只见枪尖上有许大的一块光华，射人二目。只听他大叫：“那厮快来比并！不然，你大王爷先就刺你三枪。”好汉闻听，连忙抱拳，赔笑中尊声：“寨主停手。我有几句浊言奉禀，万望众位海量见纳。小弟不过微浅艺业，焉敢与寨主较短论长？常言说，‘班门弄斧’，太不知分量。今日怎敢在圣人面前来卖经文？再者，古人说：‘刀枪无眼’。到那时倘要失了手，寨主伤了我们，可怜我们是他乡在外；要伤了寨主，我们更是担罪不起。还求寨主高抬贵手，饶放伙伴，免得他一门老幼，把眼望穿。若说比武，小弟愚蒙，实恐一时有伤尊驾。”说着仍是带笑打躬。那盗寇刘虎听了，登时怒喊：“呔！你这厮不必在大王跟前闹这习熟的利口。这里有的是兵器，任你拣择，大王到底试试你的本领。再要唠叨，大王这杆枪便是你的对命。”说着拧枪便要刺去。

好汉一见忙说：“寨主暂且停了。既承吩咐，情愿遵命。就是倘有不到之处，众位休得见笑。”嘴内虽然答应，腹内就知不妥，暗说：“罢了！罢了！这一比试，定是凶多吉少。”复又偷看贤臣，但见老爷面带惊惶，目不转睛的瞧他。好汉看罢，心如刀搅，暗暗叫苦说："恩公啊！咱这性命只在旦夕。果然神天保佑，小的万一治伏众寇，咱主仆便可死里逃生；倘或众寇都动起手来，那就难保胜败。"好汉顷刻急得汗流满面，愁思无计，只得道："斗胆献丑。但是寨主的兵刃，却不敢擅用。我有随身一口单刀，现在腰间，容我取出，与众位过目。"言罢回手，从腰中解下一条搭膊，取出那口刀来，先拿在手内；复又将腰紧好。然后去了裹刀那块青绢，使个怀中抱月的架式，抱定宝刀，好汉一晃在手。你看那等英雄气概，足使群寇钦佩，何见之，有西江月单赞小西捧刀之妙：

本是家传至宝，倭铁折就吹毛。
能工巧匠细锤敲，刀柄有把无鞘。
利刃挥动头落，上前一见魂消。
霞光闪铄助英豪，捧定专候比较。

常言说灵利不过光棍，先前关小西见施公被绑，命悬呼吸，一进庙门，何等的谦恭——那时唯怕众寇恼怒，所以用那一派的忍劲。及至央求会子，总是枉然，也便不肯竟用柔和，打算生死凭命一撞。今又见兵器到手，直似杀星附体一般，那等柔弱之话，一念全无。雄赳赳的昂然站立，抱着刀大声喊道："众位前来与我见个胜负！"好汉说罢，小银枪刘虎说是："那厮不必再问，大王已久候多时，快来比并！"说着便急急的把枪展开。不知胜败如何，且看下回分解。

第六七回　小银枪鏖战关太　众绿林箭射施公

话说众寇见小西轻冒刀锋，张口咬住利刃，个个喝采，都说倒是硬汉子，不愧久闯江湖。盗寇内中唯小银枪刘虎不服，要与小西比试比试。小西也就亮出刀来，一个箭步，蹿出殿来，抢了个正上首，二人即便交锋。小西招架着，眼内留神：只见那寇来回蹿跳腾挪。此时众寇观瞧，俱鼓掌欢笑，夸奖刘虎枪法精通。那知施公听着，却似冒了真魂，暗说："你哪里知道我施某命尽贼手，前途再不能与你见面。"施公只听众寇贼乱嚷，所以心中害怕。那些众寇都认着好汉武艺不济，未看出用的是诓军之计，所以欢喜。无能之辈，心中藐视，蹿蹦跳跃，尽力的奋勇争先。大抵人生全仗父精母血，凡先天足壮的自不同，先天虚亏的自然单弱。一说比武交战，不是杀三昼夜不离鞍这等荒唐之言；慢说人无那样精神，大约马也受不了。闲言不表。

且说刘虎与关小西战约食顷①，把刘虎累得筋麻力竭，声如牛喘，急得两眼都红咧！又怕伤脸，虽然气力不济，还不肯认输，喊叫如雷，勉强着拧枪上撞。好汉早已见出他那番意思，暗骂道："好强盗！你也有力软身分，看我怎么收拾你个样儿。"想罢，将刀慢慢展开，更了门路，闪砍劈剁，上下翻飞，行东就西，引得刘虎满院里来回奔走。众寇见他不能取胜，俱急得搓手。好汉一边心中暗忖道："我只管与他这样比较，何时是了？不如生个方法，败中取胜，也不伤他，叫他出丑。"想定主意，故漏一空。小银枪不知是计，心中大悦，把枪一弹，照着好汉一直刺去，眼看枪尖离身不远。众寇又齐声喊道：

---

① 食顷：同一顿饭工夫。

“好哇！到底刘寨主的枪法无敌呀！”施公一听，连忙抬头观看，心中乱跳，说：“不好，小西之命休矣！”展眼间，忽见好汉使了个黄龙翻身的进步，那枪尖从脊背上擦将过去，刺空从左肋扎过。单说好汉让过枪尖，不容强盗逞能，急忙跟进一步，大声嚷道：“寨主看刀！”那刘虎正在将枪刺空，一时难以抽回招架，忽听一喊，那刀已到头上。只见他把枪往地下一捺，脖子一伸，大叫道：“我不要这命咧！你砍罢！”呼吸呼吸，发喘不止。好汉见刘虎撒赖，忙把利刃抽回，叫声：“寨主，只不过取笑而已。在下吃了熊心豹胆，也不敢有伤尊驾。”小银枪闻听，羞得面红过耳，复又歇了片时，方才屈腰将枪拿起，立在原处，将那豪横之气减去大半，眼望着好汉，对众寇说道：“这位朋友的刀法，真是罢了！称得起江湖好汉。众位老哥儿们，休要轻视这样武艺，总算数一数二的分儿。我今在众哥们跟前，先使个礼儿，看我分上，放了那个绑的孤雁，叫他们伙计二人去罢！这样的汉子，日后作个宾朋相识，也不辱没咱们绿林的名气。”

刘虎说罢，众寇似乎有些不愿。亚油墩李四说道：“今日咱们遇着硬风，幸而邀出大寨主，得了这注资财，从此之后，咱还是洗手不干。今日我瞧这人的武艺，却倒不错。常言说：‘捉虎容易放虎难。’要是轻易将他放了，传扬出去，说咱们败在他的手内，未免这话不大好听。依我说，还是劝他入伙为是。一来免他在外传说；二来免得害伤人命；三来添上他作个膀臂，日后再遇硬风，自然无惧。”众寇听说，齐声道：“好！但有一件，只怕他不允。”李四说：“只须如此这般，管叫他坠入计中。”众寇商议停妥，一齐来至殿前，把殿门堵住。一个个带笑说：“朋友，不知你贵姓高名？问明了你，咱们公同商议件事，管保大喜。”好汉不知众寇什么主意，听罢连忙抱刀赔笑，口尊：“寨主饶放我们二人，就是天大的造化。要问贱名，姓关名小西。不知寨主说的喜从何来？”亚油墩先说道：“并非别事，只因我们现有十七位同伙，打算圆成十八罗汉之数。今见你是个朋友，我们心里想邀着你入伙。”小西故意满面堆欢，叫声：“众位！既然抬爱，小弟慢说入伙，纵然牵马执鞭，也愿相从。只有一件，须将我这伙伴送回北京，叫他父子、夫妻相见，然后我再回来，任凭东西南北，随着众位，我心才安。”亚油墩说道：“朋友，你不必胡思乱想，从不从在你。实告诉你罢，绿林的规矩，起义时须要三牲福礼，纸马飞空，人人都把中指刺破血滴入碗中，斟上酒搅开，大家盟誓，挨次而饮。如今不用费那些事，只要你自己刺破中指，盟心发誓，我们才信你是真心。”好汉听了这番言词，又对众寇说道：“我关小西从不欺心。寨主如果放出，我来绝不失信，如叫在下此刻滴血设誓，这件事纵舍残生，不能从命。常言说：‘爱之欲其生，恶之欲其死。’”

众寇听说好汉不肯入伙，登时大怒，齐说道：“四哥，不用任他唠叨了，合该他两命已尽。”言罢，齐拉兵刃，堵住三义庙门。又有几个早走出庙外，从树上把四副撒袋取下，挂在腰间，复进来站在庙前，一个个擎弓在手。好汉听众寇说要用箭相射，心中大怒，暗骂：“这一群可恶的强盗！我若非恩官累手，你们的弓箭何足惧哉？杀条血路，便可闯出重围。”想罢大声喊道：“哎呀！罢了！罢了！大丈夫生而何欢，死而何惧。纵然射死，不落臭名。”众寇听见好汉这等大叫，一齐说道：“四哥，他既愿死，说不得先射他几箭。”说罢，那持兵刃的盗寇，往两旁一闪。只听嗖嗖嗖雕翎乱响，箭如飞蝗，照着好汉一直射去。表过贼人十七名，各样兵器虽然皆有，却只四副撒袋。好汉见贼人射得甚是凶勇，恐其伤着施公，连忙站立贤臣之前，挡住老爷的身体。手舞单刀，打得那箭满殿乱飞。

此时施公吓得面如金纸，叫声：“壮士！你不用顾我了，我死尽忠，理之当然，不可带累于你。依我看来，你有这口单刀，足可杀出，快快逃命要紧，莫误报信。”小西听了老爷一夕话，好似万刀攒心，忙乱之间，不觉失声大叫：“哎哟！老爷说那里话来？小的报恩主，虽死无恨。”好汉说着，挥动单刀，遮前挡后，全无半点忧容。

却说亚油墩李四，听见好汉喊的称呼不对，即刻吩咐众寇止住弓箭，说道：“众哥儿们，你等听见了他俩的言语，前后不符。先前这只野熊与那孤雁伙计相称，方才又叫恩主。其中定有缘故，令人可疑，须要问明白，免得误事。”说罢望着好汉说道：“朋友！听你的说话，里头有些差异。你既说是伙计，怎么此时又称主仆？你务要说实话。”亚油墩话未说完，好汉怒不可遏，大叫一声：“呔！众强盗，从来大丈夫不能更名改姓。你们既问实情，实告你们罢！那绑厅柱上的，他乃是皇上钦命的仓厂总督；只因到山东放赈，我家老爷，是赤胆忠心，扮作客商，沿路私访民间冤枉。现今接了许多状词，专等赈济回来，与民判白。不幸走到此处，被尔等所绑。我家老爷姓施，作过江都知县，料尔等也不会不知。如今你们放了我们主仆，万事俱休；倘要痴迷不醒，害了我们主仆，将来动了官兵，叫你们俱遭横死！”

众寇当日闻施公在江都县，智断十二家盗寇，人人知晓。如今众寇听了关小西之言，个个想起旧恨。亚油墩李四先就一声怪叫：“啊！众家兄弟，你听明白了！咱们也不必叫他入伙咧！也不用往下再问咧！快快开弓放箭，要了他俩的命罢！要是放了他，久闻施不全最奸诈，倘若负恩怀仇，只怕咱们必有后患。”众寇闻听，齐说有理，一齐开弓放箭，复又嗖嗖嗖一阵乱射。常言说：“一任重瞳勇，难敌万刃锋。”好汉那口单刀，虽说抡开可挡乱箭，只是一口刀不能护卫两人；好汉顾了贤臣，顾不了自己。一见众寇箭如雨点，不禁圆睁二目，热汗直倾。心中着急，一散神，猛听嗖的一声，左膀之上，中了一箭，好汉疼得半边膀子发麻。施公看罢，心似油烹，大睁双睛，候着等死。

主仆正在急迫，忽见一名小卒，咕咚咕咚，如飞跑上殿来，口中大嚷：“报与众家寨主得知，现有大寨主的马，看看来到。”众寇听罢，亚油墩说道：“众哥们暂住手，迎大哥进庙要紧。”

说罢，十七名盗寇，留下一半，各持兵刃，阻住殿门。那几个一拥出庙。不知果系何人，众寇那等敬服。要知端的，且看下回分解。

第六八回　飞山虎喝退群伙
众草寇拜叩大人

话说好汉关小西，正要舍命搭救贤臣，忽听有人喊声。侧目一看，只见从庙外进来几人，内中为首的，是一未曾见过之人。暗说："这必是众寇迎接的大寨主，但不知他嚷道：'刀下留人。'所因何故？"正自不解。又听与他交锋的那几名盗寇，大声嚷道："老哥们快来，这只孤雁蹿出殿外，与我们动手。我们竟有些'耗子啃旗杆——吃不躺'咧！快来帮着共擒那人。"

好汉心内犹疑。忽见那为首的走进前，大声说道："兄弟们不要动手，我有话说。"又对他含笑说道："朋友！你也住手，我有道理。"众寇闻听，一齐止住器械，好汉只得站在一旁。众公你道来的此人是谁？正是飞山虎贺天保，暂且不表。

且说贤臣听说那名盗寇先要杀他，正在等死。耳内忽听熟人讲话，偷眼观瞧，那人甚是面善，暗道："莫非是贺天保么？果然是他，吾命生矣。是不是叫他一声。"凡人最怕到急难时，此时贤臣竟顾不得羞耻，说是："来者可是贺寨主么？"飞山虎闻听，连忙举目：只见绑的果是贤臣。一面答应，走到近前，亲手解去绳绑；吩咐小卒，取过衣服，给贤臣披上。又叫取被套，让贤臣坐定，扭项对众寇说道："众家兄弟，大家快来请罪！"施公再三推辞。贺天保道："老爷若不受我等之拜，他们也不放心。老爷必定有挂怀之处。他们擅绑老爷，罪该万死！只求老爷开恩，我等赔礼。"施公料难推脱，只得应允。贺天保率领众寇，一齐拜倒叩头。众寇俱不敢违拗。拜罢，站在两旁。众公你道飞山虎为何这等尊敬施公？只因素与黄天霸八拜之交，总要成全他黄老兄弟，看着江湖义气深重。

且说贤臣受拜已毕，说了几句谦词，连忙叫道："关小西，快来相见。"此时壮士站在殿外，俱已听见老爷唤呼，连忙往里行走。贤臣叫他二人相见。关小西道："久闻恩公讲说仁兄乃当世英雄，今幸相见。"贺天保道："不敢！不敢！此乃老爷过奖之言。"彼此礼毕。贤臣道："众位寨主，俱各坐下，有话好讲。"众人一齐就地而坐。贺天保笑说道："小人与老爷别后，贤公进京引见，自然位极人臣，官居极品。但不知这样打扮，从何处起身，又往哪里访事？不知为何进入此庙，叫老爷受此一惊？仔细想来，皆是贺天保之罪。"贤臣听罢，说声："不敢。"随着又将前事大概说了一遍："今幸遇寨主，施某得了活命。但有句不知进退的话，请问壮士，休得嗔怪。今日众位饱载而归，不知从哪条路得来的买卖？"飞山虎见问，并不隐瞒。

即将从郑州道上，打劫富商，告诉贤臣。施公听了，带笑叫声："贺义士：你可记得关家堡同黄壮士救施某之后，你说过的话呀？那时因施某官卑，恐怕招摇耳目，未曾叫义士相随。你亲口说过，弃却绿林，候着施某进步，下书相邀，为的是久后挣个功名，轰轰烈烈。不料贺义士答不应口，复又做起这个营生。大丈夫生于世上，应当全信，方是英雄。"贺天保听到此处，不等施公话完，叫声："老爷有所不知。小人虽然不是奇男子，却也自负是个人物，绝不敢无情。"说着，遂将别后之事，并这次为全江湖之义，实非入伙的话，也对贤臣说知。施公听罢，知义士不肯撒谎，点头说道："义士，你与众位自是不同。施某此去山东放赈，正在用人。今义士若肯相随，立几件功劳，施某定然启奏当今主上重用。豪杰自不愁身荣贵显，一来施某可报救命之恩；二来可全始终之信。不知义士心下如何？"贺天保听说，叫他随往山东放赈，忽然想起一事，暗吃一惊。

此是为何？皆因山东有座大芽山。列国时出了一位好汉，姓柳名展雄，曾在那山上聚草屯粮，招军买马，故名红雀山。杀上邦封赠不受，杀下邦让位不坐，名闻天下。到了大清，那山上又出了两个小芽儿，虽说未成大事，也算山东的一宗祸害：一名于六，绰号叫赛袁达，手使一柄混钢枪，甚是厉害，习就的飞抓，可以败中取胜；一名于七，外号小野龙，生来的心性灵巧，使两柄铜锤，一柄软鞭，施展开人难招架；有一个谋士，名为方小嘴，颇有智略，外号人称赛姜公。只因那年山东大荒，他三人为首，招集了数百无业之徒，隐在大芽山圈之内，时常出来作乱。本处官员，自保前程，不肯呈报，竟至任意抢夺商民。贺天保乃是南方一带豪杰，虽然不作绿林，久知此事。今听施公之言，猛然想到将来赈米一到，难保这伙人不生搅扰，所以心中着忙的急将此话对施公说了一遍。施公听罢，不由得又惊又恨：惊的是到了山东，一时间防备不到，皇粮有失，其祸不小；恨的是本处官员，有此大盗，作哑推聋，不趁微小之时速治，到了盘根固蒂，欲治不能，致使倾害黎庶，扰乱村庄。如今幸遇贺天保，得闻此事，不然，真受其害，怎么回京交旨，老佛爷岂不嗔怪？看来这事，非带着贺天保前去，不能放心。想罢，复带笑叫一声："贺义士，你可知常言说：'猛虎不吃回头食。'适才施某对你说的一片话语，你是怎么样呢？你如果然跟我前去，据施某看，于六、于七不过疥癣之疾，容易擒灭。"

施公说后，不知贺天保去与不去，且看下回分解。

第六九回　贺义士随往山东　施钦差住宿济南

话说施公听贺义士所说于六、于七等在山东作乱一片言词，带笑开言说：“据施某看于六、于七，猫贼鼠辈，不足为患。义士你若不符前言，就算是失信；不然，就是怕山东于六、于七，不愿跟施某前去放粮。”看官，这是施公怕贺天保不去，故用话激他。贺天保听了，果然又羞又恼：羞的是再入绿林，被施公撞见，面上觉着发羞，无地自容；恼的是施公说他怕于六、于七。羞恼交加，大声说道：“老爷若提当初之话，他们也俱不知所行。今日说个明白，叫众位听听。”你看他带着气，滔滔的将初遇施公，及看黄天霸弃邪归正；他要相随，未得如愿，当时说过“后会有期”的话。又对着众人说明道：“要不是众位说是鞑官扎手，再三请我相帮，贺天保怎肯又行此道？可巧被老爷撞见，不是失信，也是失信。方才老爷说我惧怕山东于六、于七，不敢跟去，岂不可笑么？为今虽赴汤蹈火，就死在山东，我也是去定咧！我也不管众位哥们怎么个主意，我只得跟着大人，洗清了贺天保不是贪生失信之人。”众寇听天保这等重信，又见施公爱惜英雄，都愿改邪归正，齐说道：“天保既然跟着大人，我等情愿一同与老爷牵马坠镫。”

施公见天保已经允从了，心中暗喜，带笑说道：“众位寨主，论理施某当奉请相帮。奈众位现在劫夺客商。他等失了金银，必要到州县禀报。倘若动了详文，说是钦差带着强盗，恐其中大有不便。施某放米回京，再行相邀。”贺天保知道施公是推托他们，听罢此话，叫声：“老爷，既然不带他们，小人就有一难事，请老爷示下。”贤臣不解其意，忙问："壮士，有何难事？快些说来。"贺天保道："劫来的这些资财，还是叫他们拿了去呀，老爷还是另有个主意呢？"贤臣这才明白，暗说贺天保这是要把重担子放在施某身上，我有道理。想罢，带笑叫声："壮士，论理这些资财，很该叫他们分散。但这一件，被盗的商人，必往本处官府呈报。这文武官必差兵丁衙役，踩拿原案。日子一多，你我前程难保，也是不好。欲待把这些资财交与地方官，给还失主，众位寨主自辛苦一次，也是不好。若依施某，列位无全空之礼，多少叫他们拿点儿。我有方法赔补失主，失主得赃不究，列位也无后患，倒是两全其美。"贺天保听了施公这一片话，他也不管别人依与不依，口内连说："使得。很好！很好！列位哥儿，你只当认了嫖赌罢！"亚油墩李四见飞山虎这等发落，说："大哥少礼了。别说是大人的话，就大哥你说一声儿，谁敢不依？"贺天保闻听，满心欢喜，上前伸手解开褡裢，拿出了四封银子，递与李四道："众家弟兄拿了去，作个盘费，大家好早离此地。"此时众寇见李四接了银子，人未免不得一样，也有愿意的，也有不愿的。虽然贤愚不等，只是皆惧飞山虎，敢怒而不敢言，一齐站立两旁，候着贤臣的吩咐，好去分赃四散。

飞山虎与众寇正然说话，忽见一名小卒往里飞跑，到了殿内。只听叫声："众位寨主得知，庙外边来了好些人马，还有一乘大轿。"众寇闻听，疑是官兵前来捕盗，心中正自不定。

只见施公开言，叫声："关小西，你出庙去看看，想必是施安行到此处。"关小西连忙答应，返身来至庙外一看，果是施安坐在轿内，放着轿帘；王殿臣、郭起凤众人围随。还有河间府的文武官员，也随在轿后，都是全副的执事，在前引路。关小西看罢，料众官不知就里，必须假作一番礼节，好掩众人耳目。往前紧跑几步，在轿前跪倒，口中说："小的关太迎接大人。"

郭起凤、王殿臣一见关小西，就知老爷在此庙内，也不敢漏了形迹，在马上说："起去，大人正要到此庙内行香。"好汉答应个是，平身站起，引着轿子，进了三义庙。众官先在庙外伺候。施安到了大殿，留神一看，但见大人坐在殿上，座位两旁有许多人围住。看罢不明何故，只得同着郭、王二人，上前行礼。郭起凤又将众官庙外伺候的话，禀明贤臣。施公吩咐取过衣服，更换好了，传出话去，与众官相见。霎时文武齐到大殿，按仪注行礼。仔细一瞧，坐轿的人，站在一旁，那丑陋不堪居中坐的，才是真正钦差。看罢暗暗吃惊，就知是大人假扮私访。众官正在心耽恐惧，忽听贤臣说道："众位前来迎接本部堂，我早来到此地。现今访着贵处多有盗案，不知众位知与不知？施某既是奉旨前来，少不得上本启奏。"河间府众官员见贤臣说他们地面不清，一要提参，俱难免罪，未免心中害怕，个个曲背躬身，口尊："钦差大人，卑职一时疏忽，失于觉察。万望大人宽恕卑职等，再不敢覆蹈前辙。"贤臣闻听，复说道："尔等自知己过，本部堂也不深究。但只一件，我想失盗之人必不甘休，你们看那地上，放的就是原赃，内里短银二百两，你等须要补上，叫失主领去。再者，这些好汉，都愿弃邪归正，不敢为匪，你们不必再行追捕。某吩咐过他们离开此处。"众官听毕，齐声说道："钦差大人格外施恩，卑职不深究彼等，遵命。"说罢，领着原赃各自回衙。后来果照施公所说，完了此案。众寇见河间府官员去后，也俱告辞而去，此话不表。

且说贺天保、郭起凤、王殿臣，大家通了名姓，见礼已毕。伺候贤臣坐上大轿，他们俱各乘马随行。沿路上接着站道，有官员迎送，甚是威风。夜住晓行，不多几日，到了山东境内。

贤臣在轿内用目观看，店道村庄，甚是荒凉可惨。看罢点头暗叹：幸而老佛爷龙恩深重，不然这等年景，此处之民，何以全生？一面暗想，离着济南省城不远。只看文武官员，郊外迎接。

贤臣吩咐进城，不多时，到了公馆。文武官递了手本职名。贤臣叫暂且退去，次日相会。当下施公与贺天保等用饭已毕，安歇一夜。到了清晨，施安伺候，贤臣净面用茶更衣。

此时文武齐到公馆相候，只听炮响三声，奏起鼓乐，内丁请大人升堂。贤臣出厅，升了公座。众官进见，行礼已毕，分左右侍立，候钦差示下。贤臣一一接见。先将老佛爷之恩，对众官颂扬了一遍。随后带笑问道："此处这样年岁，幸而人心安靖，盗贼不生。将来河粮运到，大概不用防范，也可放心。"

济南府众官不知贤臣暗中访问明白，是以话夺话。听罢一齐曲背躬身，尊声："钦差大人，将来援运皇粮，须得加紧防守。此处有一大患，闹得甚凶。"如此如彼，对施公尚未曾说完，贤臣大加嗔怒说："尔等这些言语，还竟敢对着本部堂讲说。施某早已知道！这伙贼匪，闹的凶恶。众位既怕呈报，有干罪名。本部堂不敢徇隐，明日只好飞章入奏。众位休怨施某无情。"

不知后事如何，且看下回分解。

第七〇回　请天霸行路遇险　施贤臣住店逢贼

且说这些官员，甚觉无趣，面面相觑，只得散出公馆，各自回衙，耽惊骇怕不表。施公回至后面书房，叫人看座。令天保、小西、殿臣、起凤等，一同落座，有话商议。四人告坐。

贤臣带笑望天保说道："义士，如粮船来到，时至放赈，倘于六、于七真来扰乱皇粮，若有疏失，如何是好？"天保见施公有难色，随说道，"此事大人不必为难，小人保举一人，可保无事。"施公闻言，忙问何人。贺天保说道："要降服于六、于七者，必得复请黄天霸出世。若论黄天霸本事，乃是祖传武艺，比我等强盛百倍，真乃是心直气爽。"施公说："烦贺壮士同往如何？"天保说："大人若不弃小人，情愿效劳。"施公吩咐殿臣，去外面访问粮船何日得到。王殿臣领命前去。大人又吩咐施安、郭起凤、关太："你等在公馆内，勿得泄漏。有人若问，就说施某身体不爽，等候全愈，才出公馆。"

施公安排已毕，一同天保更换衣服，扮作行客相似。被套盘费，应用物件，俱都装好。到了天交五鼓，吩咐备马十匹，命八人跟随，一同混出城去。只说有公事出城，各要小心。吩咐已毕，王殿臣前来禀道，说："小人探访粮船，十日之外可到。"大人摆手，殿臣连忙站起。施公催促起身，王殿臣同亲随人等共八人跟着施公、贺天保出门。大众上马而去。施公与天保二马，匆匆行有二十余里，堪堪红日东升，气清凉爽。施公只是两眼望着遍野荒树，不住的长叹，说道："年岁饥荒，黎民涂炭。可恨赈济被那赃官污吏，俱是尽力私卖扣折，不顾民命，此皆酷吏虐民者也。纵不想阴间，下民微贱，虽易虐命，对上苍造下罪孽，寿命不保，银钱何用？此乃迂之甚者也！”

这是施公对景伤情，见到荒村寥落，民多面黄饥瘦，有感于官民之际，不觉发声长叹，原无意与贺天保言。天保闻言说道：“想我等小辈，屑身于绿林，亦非本性，究竟是出不得已而为之。”施公闻言，自觉失言，安慰说：“你们是原无罪之民，干系者小。再者，你们诸人皆有向善之心，改过之念，转正破邪，即所谓安分者也，其功亦非浅鲜。且人孰无过，改之为贵。除恶安良，致君泽民之道，亦在其中矣！必当尽其力而为之，自有福荫子孙后世。今日若请得天霸来了时，那时是你奇功一件。施某得一臂膀，康熙老佛爷得一忠臣。保住皇粮，即万民得了全赈。”此时天已昏黑，不见村庄。只得往前行走。

约有数里之遥，偏北有一座漫洼，名叫张家洼——原是张豹、张虎兄弟二人。张虎少亡，只剩张豹一人；娶妻刁氏——自娘家跟他父兄，学了一身好武艺。论她拳脚，刀枪棍棒，也够八九。只是不守妇道，要讲穿吃玩耍。张豹本是务农，家中衣食丰足。自娶刁氏，日日教习枪棒，田园荒芜。张豹武艺学成，家业凋零。刁氏叫他开座劫客小店，有人投宿，夜间杀死，得些衣服行李，变卖度日。当时贺天保同施大人赶路，时至更深，正自心中焦灼，远远望见灯光，偏北不算甚远。天保与大人忙说道：“前面必是村庄，暂且借宿一宵，明日再走。大人在马上，骑得身体瘫软，四肢无力，连说：“甚好。”主仆竟向灯光而来。及至近前一看，不是村庄，只有一家草房数间，开了一个大门，两边白灰的墙，大书张家老店。贺天保下镫离鞍，下了坐骑，前来搀扶大人下马，转身上前叫门，说是行路人前来投宿。可惜施公忠正，天保义气，此一叫门。祸灾不小。此处好比当年的十字坡一般。正是：远方涉水，深浅不辨；异乡投宿，祸福不知。

且说店主张豹和刁氏，正在灯下饮酒，听得有人叫门，便觉喜从天降。张豹说：“来了！来了！我去开门，先瞧瞧肥瘦。”起身就走。刁氏怒道：“回来！你知道怎么瞧法？还有个住不住呢！你等我去看，自有主意。”张豹不敢多言，躲在旁边说：“你就去看，你可别出大门。”刁氏说：“出门怎样？”张豹说：“你出门，怕你瞧着顺眼的，可就不好。”刁氏说：“你不准我瞧，我偏偏要去瞧瞧。”

说罢点上灯笼，走到院中问道：“外面叫门的，可是住店的么？”贺天保听得妇女声音，心中有些不安，只得问道：“你家可有男子么？”刁氏说：“没有，只我一人。”天保望施公说道：“没有男子，却不可住。”施公闻言，倒觉为难，也不答言。刁氏恐怕散了买卖，又连忙回道：“有的呔！你快出来。”

张豹连忙跑出去，招呼众客人。施公往前行，天保后面拉马进院。刁氏手执灯笼，说道：“客官爷不要见怪，我们是两口子开店。他说‘我伺候人不行。’我说：‘有客来，我独自伺候。’他说‘这个不便，家有男子，客人岂不要问？’正说之间，贵客叫到，我叫他藏在一边，不许他出来。故此才说家中没有男子。偏遇客人，是正大光明的君子，就说不住。我想着夤夜更深，道路难得，因此连忙叫他出来，好留贵客。”天保说：“既有男子，可都方便，不必多说。”

张豹早将马拴在挨墙的槽头之上，引客到了西厢房内，说：“就是这屋。”施公上炕里坐。天保坐在下面。刁氏赶紧端来一小盆净面水，说道：“客官洗脸罢。”大人在灯光之下，看那妇人，甚是凶恶，满面大麻子，宫粉涂了有钱厚，扫帚眉，母猪眼，把掌似的大耳朵，蒜头鼻子紫又红，两膀宽厚，身体肥胖；绿布中衣，蓝布褂。施公说：“你家有男子，叫他来伺候，方才是理。”刁氏说：“客官不知，这是个偏僻小路，也没有多少行客，也雇不起伙计。我夫妻二人，开此小店。”天保说，“一家居此开店，岂不孤单？若遇歹人住店，便怎么？”张豹说：“是祖居在此，父母、哥嫂去世，剩我夫妻二人，故土难离。皆因年景不好，开店度日艰难，就有歹人，看我家穷，也不生心。”天保又问道：“这里一灶二锅，这是何故？”张豹一惊，怕是问出破绽，有些不便，说道：“一个锅台，安两口锅，不过省钱之法。这里作菜作饭，那里添水烧茶洗脸，就全有了，不过为省些柴草。”天保闻言，心中想道：别忙，少时必要搜出你的弊病来。一面念叨着，想鸡肉必得，伸手把锅盖掀起一看，果熟。便叫：“张大哥，拿些盐来。”张豹把火止灭，取了一碟子盐，放在炕桌上。天保亲自动手，把鸡捞出，放在盘内，回手取出尖刀，将鸡折开。他二人连吃带喝。施公用了不多，剩下的天保都将它吃尽，才叫张豹将家伙收拾下去。天保道："我们不用什么东西。实告诉店东，我走乏了，也要早些歇息。"张豹自去。天保说："老爷请睡罢，我丢了东西，找着便睡。"

施公不解其意，放倒身体自睡去。贺天保见大人睡下，又伸手把那个锅也捧下来，放在地下，掌灯细看，又惊又喜，乃是砌就的夹壁墙，隔开火道，那里任凭烧火多少，旁边总无烟气，也不热。往里看，却是黑暗的大窟窿。天保想道，此贼合该倒运。从此处上来一个，就杀一个。把锅搁上，将身倒在锅台上，手内拿着兵刃，竟等拿贼不表。再说张豹回到自己住房，叫声："贤妻，今天来的这宗买卖虽好，只怕有些棘手。那残疾瘦羊，手到成功；那个肥的，只怕有些费事。"刁氏闻听说："你也知道买卖了。起初我要不给你出这主意，作个营生，只怕你早就讨了饭了。你看行李马匹，都送到家来，你说倒是好哇不好？"张豹说："好是好，就是这个肥的，生成的雄壮，且又精细，咱们也得留神，别弄得发不成财，惹出大祸来。"

且说张豹来到西房门口，但见里面有灯，知道未睡，即来叫门。

天保早知其意，将门开放说："你这才出去，为何又来？"张豹说："方才忘了水瓢，故此又来惊动。"说着把屋里看了个一遍，方才出去。天保复又把门关紧，来至大人面前，附耳低言，告诉施公，须得留神，你不可头向锅台，往里挪挪才好。随着用手将大人往里推了一推。施公虽不知他心意，料想也必有事。

贺天保脱去长大的衣服，头向锅台，倒在那里，手执吹毛利刃，也是鼾声不止。要知如何拿法，且看下回分解。

第七一回　刁氏女几年得利　张豹儿一旦遭擒

且说张豹夫妻，二人商量动手。刁氏说："你看见肥羊在那边睡，瘦的在这里。"张豹说："肥的头冲着锅台，瘦的必在里面了。"刁氏说："你看真切，千万不可撒谎。"张豹忙说："我看准了，哪有撒谎之理。"刁氏说："你快去把顺刀取出来，老娘好去办事。我再去听听动静如何。"遂蹑足潜行，来到西房窗棂外面窥听。听罢，又用手暗暗推门，门也紧闭。抽身回来说道："方才我听得明白，俱都睡熟，门户也是紧闭。老娘不得动手，你去从地沟进去，先拣肥的下手；剩下瘦的，我好试刀。两匹大马鞍韂，合那褥套内，必然银钱不少。你要发财，就在今日。但有一件，你可在那肥的身上，多加小心方妥。"

张豹见贺爷雄壮，又兼精细，早就怕在心里了，却又不敢明言。听得刁氏叫他在肥的身上多加小心，更觉着担惊，说："贤妻，从来咱们两口子度日，全是商量，你出主意，我无不从。今日你去杀那肥羊；瘦的你便一就势儿办了。你看如何呢？"刁氏闻言骂道："我把你这自在乌龟，你去忙置办酒菜，好给老娘庆功。"张豹答应，自去收拾。刁氏换了一身青衣，带了兵刃，入了地道。慢慢来至锅膛底下，伸手取过一个替身——何为替身？就是地沟一旁放着一个胡芦，大如人头，拿在手中，又往上走了几步。摸着锅底，轻轻把锅挪开，放在一边。不敢就出来，拿着替身，往上晃了几晃，蹲在一旁，听听动静。

且说施公在炕里头，口中打着呼声，眼不敢闭上。影影见锅台上有物件挪动，施公吃一大惊，心中也是乱跳。天保早看准了：如何挪锅，如何晃替身。他想着暗笑：这是你爷爷办的旧招数，今天若不拿你们开张发市，枉为世间英雄。遂轻移身形，蹲倒挨墙，站立不动，圆睁二目。施公暗瞧天保离炕，心下着忙，身已无主，却也轻轻地起身，慢慢地走到炕后面蹲着，口中仍不住地打呼噜。

且说那地道里面的刁氏，听了半刻光景响声，暗自欢喜。手扒锅台，往上探身，听着打呼之声，由锅腔内抖身上来，轻移莲步，实指望临近，就是一刀，断送他们的性命。也是恶贯满盈，大数将终，她万没想到有人暗算。适才贺天保目不转睛，瞧定见她出了锅腔，未上两三步，贺爷把刀抡起，只听噗咚的一声，顶门上着了，脑浆迸裂，刀已落地，身子倒在尘埃。天保趁势又是一刀，结果了她的性命。将刀掖好，连忙打火点灯，低头来看，果是那个恶妇，连头带脑，削去大半。天保劈腿站在矮墙之下，抬头见施公蹲在炕后面，圆睁着那只好眼，口内仍是打呼，还带着哼哼之声。连忙上前安慰禀道：“大人休要害伯。此店只有张豹夫妻二人。方才杀了个女的；剩下男的，也不过手到成功。千万可别开门。我从锅腔下去；大人把锅安好，坐在锅上面。”

单说贺爷顺着地道，摸着墙，慢慢而行。到了上房底下，洞口透出灯光，不敢出头，只听上面有刀板之声。探头一看，只见张豹面向里边切菜，口内念叨说：“此时必定杀完了回来。若是酒菜不得，又要我晦气。”正想那先前的几个行客，阴魂必来缠扰，忽又听见有动作，却不敢回头看，口中只说：“贤妻回来，必然成功。”言还未了，在左胁下就挨了一刀。“哎哟！”一声，咕咚倒在地下。天保说：“这是你怕女人的好处！你的余党，现在何处？快快地说来。”张豹哀告道：“并无他人，只我夫妻二人。求好汉爷爷饶命。”天保说：“你们杀了多少人？”张豹说：“杀的不多，只有四人。好汉爷爷饶命罢！”

天保说：“你劫杀人的性命，这是报应循环，天理昭彰。”噗咚一刀，结果了他的性命。这就是“人见利而不见害，鱼见食而不见钩。”好汉这才开门，手执钢刀，来到院内。到了西房门首，就叫：“老爷开门罢！全杀完了。”话言未了，从房上跳下一人，抡刀便砍。飞山虎招架不及，往外一蹿，跳在院中，举刀招迎。又喊道：“老爷别开门，还有余党。”登时马棚上又跳下二人，一齐来战贺爷。天保前遮后拦，上下翻飞，如入无人之境。事虽如此，究竟心内也是纳闷。

且言施公锅上坐着，又不敢动转，恐怕锅底下钻上人来。方才闻得天保叫门，心内稍安。才要动身，忽听外面又喊不必开门。听得外面战斗的声音乱响，心中不由得又怕起来了。怕的是倘若战败，二命皆休。不言施公耽惊，且说那三人却也不软，二人使刀，一人使棍，围住贺爷，死也不放，紧紧往上杀来。天保毫无惧色。正杀到难解之中，忽听一人喊道：“二位贤弟，你看这东西，有些扎手，你我须要小心才是；若拿不住他，咱们回去，怎么见得众弟兄们？”二人齐说：“哥哥放心罢！大约他也跑不了。”言罢越加奋勇，上前围裹。飞山虎虽在核心，倒也围裹不住。天保一口刀神出鬼没，来往冲突，并没有一点落空之处。抡开宝刀，如翻江搅海一般滚滚的浪，无奈众寇紧跟不舍。飞山虎想着不能伤他们，心中着急，喊道：“小辈们休得逞能，今日若不斩你们这些狐群狗党，枉称四霸天之名。贺祖宗如何惧你们。来来来！咱们决一死战！”忽见二人停刀，一人止棍，说道：“莫非是贺大爷么？”贺爷闻听，倒觉吃惊，遂说道：“你们是何人？”不知后事如何，且看下回分解。

第七二回　飞山虎贼店遇友 施大人觅径求贤

且说三名强盗与贺爷动手，不分上下。忽听说四霸天姓贺，三人收住了兵刃。内有一人问道："你可是飞山虎贺天保么?"

好汉说："正是。你等是何人?"那人说道："我等是卧虎山飞熊峪黄老叔手下李俊、陈杰、张英便是。曾与大哥见过，你老人家可曾想得起来么?"天保说："你等到此何事?"李俊说："因有人传说，此处有个贼店，劫杀过往客官，有碍咱绿林之名。黄老叔差遣我们前来收拾了他，不料与大哥相遇。却不知大哥到此何故?"天保也将来意，说了一遍，彼此欢喜。天保叫开房门，与施公说明其故，施公这才放心。天保带领三人，走到屋内，见了大人，见礼已毕。天保把酒菜取出，饮至天明。

李俊等三人还有别事，不能亲送，把卧虎山道路说明。天保拉马，捎好行李，先扶贤臣上马，然后取火把店点着。不消一刻，那房屋俱成飞灰。又与三人告辞，大家分手。

贺爷上马，保着施公，向飞熊峪道路而来。忽听犬吠，料想相离不远。天保将马拉到树下，顺着崎岖小路，来到庄院门首，上前叩门。但见从里面走出十数岁的童儿，生的倒也伶俐，带笑开言说："爷台是哪里来的，到此何干?说明我好进去禀报。"贺爷带笑回道："你说是贺天保，同着一位姓施的，前来拜望。"小童应声而去。不多时，天霸与王栋出来。天霸看见飞山虎，忙紧抢了两步，执手言道："哥哥，你可想煞小弟了。不知哪一阵风儿，把兄长刮来。不知恩公施大人现今在于何处?"

贺天保遂说道："现在外面团瓢之内等侯，你我一同速去相见。"

天霸、王栋说："是！是！"三人一同前往，后面有几名伴当，跟随天霸。三人望见团瓢不远，只见施公早站起身，出外迎接。

天霸、王栋急忙向前，走了几步，曲背躬身说："恩公老大人，宽恕小人未曾远迎，望大人恕罪。"说罢连忙跪倒。施公赶紧用手相搀，只说："不敢，不敢，快快请起，还求担待。施某来得仓卒，殊为非礼。"说罢用手搀起。二人站起说："老大人太谦，我们都是蠢笨愚人，不晓得礼法。"言罢让施公前行，大家跟随。从人后面拉着马匹，进了庄院。施公今日观看那两层房，多是薄板盖的；又有两厢房相称，清静幽雅，另是一番世界。只见天霸、王栋躬身说道："大人贵驾到此，我等礼仪不周，多求宽恕。请归正座，我等好行大礼。"施公说："实不敢当。"二人行一常礼，一同落座。贤臣坐到上面，左边是贺天保，右边是天霸、王栋。从人献茶。天霸说："大人到此荒山，并无别物，请大人吃杯水酒。"遂吩咐抬开桌椅。不多时，从人摆设已毕。天霸掌壶，王栋把盏，满满斟上，双手擎杯，放在施公面前。又斟一杯，递与贺爷；然后自己斟上。只见从人用油盘托来，俱是煎炒油炸的珍馐美味。施公带笑开言说："我施某无故又来讨扰，何以克当？自从恶虎庄上，与三位壮士分别之后，时刻思念英雄救命之恩，刻骨难忘。无奈总未相会，幸得与贺壮士同来。"又向王栋说道："不知令弟有何贵干？"王栋欠身说道："大人不知，劣弟去年已亡故了。"施公说："正在青春年少，真正可惜。"天保说："恩公现今升了仓厂总督。"天霸二人笑说："恭喜。"施公说："何喜？虽说奉旨前来山东放赈，皆因大芽山中，住了贼盗。此人名唤于六、于七，手下招聚贼兵数百，独霸山东一带，打劫商民。施某日夜焦愁。贺义士替某分心，知道二位贵寓，这才舍死忘生，奔到宝山面请。"

黄天霸闻听，心中一想：原不是念旧恩，却为这粮怕贼劫。此来你是枉费心机了。压住怒气，带笑开言说道："恩公忘了恶虎庄中的话了，小人至今未忘：'命里不该朱紫贵，不如林下做闲人。'请大人不必往下言讲了。此时心灰意懒，情愿老死山林，永不出仕，誓无二心。”施公听了，半晌无言，只是发怔。手擎酒杯，懒往下喉。天保听得明白，说道：“大人，我等栖身绿林，大碗酒，大块肉，要分金银着秤称。情性狂放，举动俗野。皆因天霸遵父遗训，故弃绿林，归了正道，才投江都，保着贤臣。关家堡他和小人又救了爷台大驾；活命之恩，非同小可。黄天荡内，擒拿水寇，老大人才功高爵显。我们大众，成全天霸成功，也非容易。若说官卑职小，也是实话。因为此他不上北京。后来赶到恶虎庄上，他想大人必有危难，舍死忘生，救了大人，比着前次，倒觉更难。那天虬、天雕，本是同盟一拜。算他一片心痴念旧，失了江湖信义之真，逼死两家人的性命；江湖上的朋友，无不怨恨。大人请想，他为何情意?”施公连说：“是不错，贺义士说的句句全不假。此时官居二品，可以面君奏事，正好提拔恩人。你一定要安心苦守宝山，我施某也就无意于功名了。我也在此山，寻些清闲自在何妨。”天霸说：“老大人莫生退心，别比我等之辈。我们是生成的野性。”贺天保心中暗想说：“很好，你若不去，我与大人怎么出你这个门呢?”想罢开言说道：“老兄弟不必着急动气，是事都有三说三解。”天霸带怒说：“兄长言之差矣！叫我好不明白。”天保专用反激之计，激动英雄。复望着施公说：“大人不知，小人与天霸自幼的朋友，他的性情，我一概尽知。不论谁有不平之事，叫他知道，他是闹个翻江倒海，总得他顺过这口气，才算撂手呢！这如今晓得事务了。”天霸说：“兄长，我自从十五岁出马，没玷辱绿林。兄长这话，小弟倒不明白。”

贺爷说：“这个自然要说明白。自从你与武天虬四人结拜，胜似同胞弟兄。先叫你逼死二位兄长，剩下我天保一人。江湖上最重的是信义，那时节你不顾信义，要救恩公。这时候你不顾恩公，更无信义。”这一句把黄天霸急得火星乱迸，说道：“兄长这些话，说死为弟了！朋友也算在五伦之内，死战荆轲，至今不朽。我天霸无父，就从兄长教训。背了人伦，枉生天地之间。生死存亡，皆听教训，就是跳油锅去也听命——那怕立刻就走！又何必用反激之计?”天保说：“不然，日后如若见面之时，便知于六、于七厉害！实有此话，他弟兄在大芽山落草，招聚数百喽罗。还有一个方小嘴，足智多谋，人称赛姜公。那于六使的是混钢枪，力大无穷，还有败中取胜的飞抓。于七使的是铜锤，蹿跳蹦跃，还有一把软鞭，更精巧。虽则传言，临阵必须小心。”天霸眉头一皱，说道：“慢说他弟兄两个，就有十个八个，我天霸也放不到心上。”现时天气不早，吩咐从人，将残席撤去。又吩咐从人，掌灯搭铺，各自安歇不提。

次日天明起身，净面更衣，用过酒饭，天霸吩咐备马。手下人连忙将马备好。施公、贺天保、黄天霸、王栋四人，乘马出山，竟扑奔济南大路而来。一路无话。到了济南府，入城，进了金亭馆。贤臣下马，天保、天霸、王栋一齐下马，跟随施公，来至里面。早有关小西、王殿臣、郭起凤、施安等，齐来恭见。天霸、王栋见礼毕。施公吩咐排酒宴来。不多时酒筵齐备。仍是施公的首座，大众各按次序落座，霎时间将酒吃毕，大家散座，从人将残席撤去。天已不早，各自散去，安歇了一夜无话。

到了次日清晨，施公梳洗已毕，即忙升座。文武官各按仪注行礼毕，分左右侍立。施公眼望知府开言说：“贵府可晓得粮船何时可到济南？”知府躬身说道：“不过三五日可到。”

施公点头说道：“贵府把那已结未结的案卷备齐，一并拿来，本部堂看过。”知府答应，令书吏呈上。施公闪目观瞧，内有一案，是金有义无故杀死赵三，但死鬼与凶犯素不相识，并无仇恨，凶器又不见，问成抵偿，现在案内。施公看罢，心中暗想，这宗事叫人可疑。正自沉吟，忽听一只雁落在对面房檐上，不住地乱叫，令人诧异。正是：

天理昭彰人不醒，报应循环物显灵。

这只雁引出无穷的事故，且看下回分解。

第七三回　鸿雁三声奇冤有救　新坟一祭旧恨方消

且说施公看得金有义一案，正自沉吟，忽听对面鸿雁来叫。

施公暗想：这事定有屈情。伸手往签筒内抽了一根，见姚能名字，便叫："姚能听差。"只见下面一人跪倒。施公说："你拿此签，随着大雁前去。必要留神，落在何处，有什么人物，只管报来。倘有徇私，追你的性命。"姚能大吃一惊，跪爬半步，往上叩头，口尊："大人，下役这两条腿，怎能跟他那两个翅膀？他是穿街越巷出城，从空中而过。请大人开恩，他若展翅腾空飞没了，叫小人何处去找？"施公拍案，用手一指，高声大喝说："好大胆奴才，你竟敢搪塞钦差。本部堂自从初任，审无头异案，审土地，他会说话；判官小鬼都问清；石头、水獭猴儿能告状；蛤蟆与狗都能诉冤。做知府，斗智捉旋风；顺天府断清人参案；罗鼓巷我审过皂君。今日我看金有义这一案，必有屈情。偏遇大雁鸣之怪异，这乃信义之鸟，天差它前来鸣冤。叫你跟去，即当速往。竟敢抗差不遵。给我拉下去，重责三十大板。"姚能见势不好，连忙叩头："下役愿往。"施公即便吩咐住刑。姚能起身拿签，来到鸟栖的廊檐之下，说是："老雁呀！哪有冤枉，快领我前去寻找。老雁只待慢飞，我才可跟了。你要一展翅，穿街过巷，明月芦花，可无处寻觅。大雁爷爷，咱们走哇！"只见孤雁点头，飞起看看姚能。众人无不惊疑称奇道："异怪，不枉人称赛包公，真是不错。"

不言众文武衙役议论。众目观瞧那只雁，慢慢地飞转，真是等候公差的一般。那雁出城去。姚公差远望那雁，飞到大树林中，公差往上看那只雁，仍是对着他乱叫。姚能看罢，笑了一声说：“老雁哪！你在馆驿中，没听见大人吩咐，要找到一个水落石出，也好销差。”只见那雁不动，只是点头。姚能不懂其故，不住地着急。正然胡思乱想，忽见林外来了一人。公差连忙将身躲在树后偷看，却是半老的妇人，面目焦黄，愁眉泪眼，年岁在五旬上下。穿一件蓝布夹袄，青布单裙；鞋尖脚小，手拿香锞纸钱，来到坟头前，将壶放下，双膝跪倒，斟上酒，点着纸锞，带泪说道：“三哥，你死得不久，若有灵有应，听我一言。我丈夫名叫金守信。我娘家姓任。夫主已去世十数年，撂下孤儿寡妇。我儿名叫金有义，年方二十。素日奉公守法，贸易为生，孝养寡母，并没有行凶杀人。三哥，你是被谁杀了，亡魂该知道。你要有点灵，当叫杀人者偿命，为何冤枉好人?”

直将那后来儿子如何入监，如何处斩，前后诉完。公差句句听得明白，心中暗暗称奇：大雁也会申冤。抬头一看，大雁早已飞去。又想：“见施公怎么就说金有义这案冤屈呢？看这妇人哭得实是可怜，我去劝劝她。”忽从远地又来了个妇人，三旬上下，身穿重孝，白布漫鞋，满脸的怒气，走进林来，直奔那年老的妇人，不容分说，一把揪住那年老的妇人，摔倒在地，口中不住地骂道：“你那狗种！金有义无故杀我夫主，你老娼妇还不解恨，又来找到坟上，下镇物。”把掌抡拳，不住地乱打。那年老妇人满地乱滚，口中不住哀告说道：“不亲不友，无仇无恨，我来祭奠阴魂叫他显个灵应，拿住杀人的囚犯，免得屈了好人，并无别的。”少年妇人仍是不听，直是乱打。

姚能出来，向前说道：“这位娘子，不必动怒。方才是我先来的，看见这位并没别意。”年青妇女住手说道：“你是何人？在此何事?”公差说：“我叫姚能，在济南当差。方才我跟大雁前来，寻找屈情，领我到此。想你丈夫，不是金有义所杀。适才施总督在济南放赈，由公馆看过招呈，看出金有义这案，必有屈情。就去了个大雁，叫唤鸣冤。大人差我跟大雁前来到此地。你们二人也不必争吵，跟我前去见大人。”两妇人跟姚能进城，来到公馆。公差说：“你二人略等一等，我进去禀明。”走到大人面前，双膝跪倒，口尊：“钦差大人在上，下役奉谕跟雁出城，遇见老少两个妇人，正是金有义那案。现今将她们带来，候钦差审问。”施公心中欢喜，先把姚能问了详细，然后叫带妇人回话。公差答应，站起身来，来到外面，说：“你二人进去，把情由细细说明。”二人进角门，到案前跪倒。

施公座上开言说：“你们各报姓氏。”妇人说：“青天大人，小妇人丈夫金守信，十年前身亡。小妇人娘家姓任。所生一子，名叫金有义，年方二十。只因家贫，尚未娶妻，就是母子度日。儿子倒也孝顺，随小妇人苦守清贫。也是该当有事，使的是独门独院，三间正屋，一明二暗。小妇人住东首，我儿住西首。那日母子晚间在东首闲坐叙谈，忽听西首有妇人说话声音。小妇人生疑，只当金有义在外面勾引无耻妇女，引到家中窝藏。金有义听见这话，急得跺脚捶胸说：‘我要有这些事，叫五雷把我轰死！’无奈何母子掌灯，往西屋去看。真是奇怪，有一铜锁木匣，锁上挂一把钥匙。小妇人一见，又起疑心。我想此匣来得奇怪，把锁开放一瞧，是五个元宝，各各缚着红绳。我儿欢天喜地，口中念佛。小妇人心中害怕，怕是来路不明，因财起祸。”施公说道：“这银子乃是天赐，为何害怕？”妇人说：“头一件怕的是我儿瞒着我。再说，俗语‘外财不富命穷的人’，我母子再苦，也是前生注定，岂能更改？老爷，你老人家请想：小妇人寡妇失业的，带着孩子，过这苦日子。虽然说夫死从子，却何能尽由着他一个年轻的孩子？见了此事，如何有不追问之理？要是他偷来的，也就装不知道，跟着他吃喝，久后直是犯了事，我也有个教子不严之罪。这不是明触王法，就死后也愧见亡夫。故此屡次地追问，他又说不出来历。因此小妇人叫他捺出去，恐生出是非来。他金有义只是不舍。小妇人说：‘你要不谈出这银子来历，连你带银同送到衙门去！’金有义就依妇人，不要这银子，说：‘自然有个来历。那日晚上刚睡觉，耳旁只听恩人说话，唧唧喳喳，听不准。想这银子必定是说话的送来。就枕着匣子睡倒，试试他是财帛，可是邪怪。’小妇人只得听从他，把匣子抱到家屋去。他枕着匣子就睡了。小妇人熄了灯光，也是合衣而睡，不能睡着。那天不过三更时分，忽听金有义大叫：‘不好！’说是：‘母亲快来。’小妇人连忙起身，点着灯，来到西屋一看，只见金有义惊惶失色，只嚷有鬼。他说：我枕着金描匣子，合眼朦胧，并未睡着。看见五个白胖的小孩子，穿着红缎子兜兜，手拉手儿，笑嘻嘻的说道：‘金有义，可叹你大运不通，押不住我们五个。今日给你个信，你可记清去处：离此三里之遥，有个富家洼，我们俱在那里住。你要想到我们，那里去找。’说完了话，手拉手儿出外去了。为儿惊醒，一身冷汗，回手摸匣子就不见了。”

这些文武官员、差役听得直是发愣，都说奇怪。施公座上开言说：“后来却又如何呢？”任氏说：“青天老爷，以后总是我儿财心太重，不肯听我说。那日天有五鼓，一人出了门，找银子去了。小妇人在家候信，等到天亮，也未回程，恐怕冤家惹祸，倚门盼望。邻舍告诉，方知准信，把小妇人的魂也唬掉了。”说到此处，泪如雨下，大放悲声。施公沉吟说道：“金任氏再把邻人告诉你的话语，细细说来。”任氏止悲，口尊：“大人，那时有人告诉，说是：‘金大妈，可不好了！你儿子在富家洼杀了个人，把脑袋装在匣子内，抱着走呢！正撞见府尊太爷，将他锁拿进城，送入监中，单等秋后抵偿。’民妇无法，自己回家，只是打点往监中送饭。今日想起儿子冤枉，预备钱锞，往赵三坟前祭奠，求他阴魂有灵，保佑拿住凶手，好叫金有义不遭冤枉而死。祝赞未完，不想他妻来到，她说民妇来下镇物，揪住就打，不容分说。多亏大老爷的公差劝解。他说有鸿雁鸣冤，带领民妇前来。这是已往从前的话，并无半句虚言。”

施公暗想前后的话语，沉吟了一会，说道：“贵府，你差人去把犯人金有义提出监来，本部堂亲审。”知府答应，连忙差人前去。不多时，但见公差锁来一人。施公说：“金有义！”

有义看见他娘在公案前跪倒，金有义跪爬半步，口称：“青天大老爷，容小人细禀。”遂把始末原由，细说一遍。施公听罢，母子一言不错，真是字字相同，一字不讹，可见真是实情。施公又叫：“金有义，你不该贪心妄想，以致平地起祸。你枕金漆匣子，梦见五个孩儿，他既说不在你家住，醒来不见，就该他自去自来，你又贪心去找，不听母训。又你在何处拣那匣子？俱实禀来。”金有义说：“小人不听母言，走出门，到富家洼。三里之遥，顿饭之时，到了富家后门口。星月之下，瞧见匣子。小人怕人瞧见，抱在怀中，回头就走。走不甚远，抬头看见一片灯笼火把，原来是府尊太爷。吓得小人才要躲避，谁知已被太爷看见，叫公差把小人叫回头到轿前。太爷追问匣子里面是什么东西，夤夜孤身往哪里去？小人见问，心忙意乱，吓了个张口结舌。待说是银子罢，又怕官府拿去算赃入库。那时小人话就迟了。太爷叫公差把匣子打开一看，并无一个元宝，原来是血淋淋的人头。府太爷叫人立刻给小人带上了锁子，跟到衙门。问小人为何害人？死尸存在何处？凶器现在何处？首级为何装在匣内？小人见问，心胆俱碎，本无此事，怎能应承？任凭说破唇齿，府太爷不听。各样刑法，全受到了，只急得无奈，这才招认。府太爷问成死罪，这才收监。”

施公眼望知府说：“贵府，金有义杀死赵三，这一案诉词内有隐情，你听听怎么样？本部堂审问清浑，内中有不到之处，只管提说。”陈知府曲背躬身说：“老大人才学深如渊海，卑职实不如也。又兼才疏学浅，卑职倘有不到之处，求老大人指教。”施公微微地冷笑说：“贵府此言差矣！府州官尽说：‘小的学疏才浅，不堪民命。’你不想这小民性命，都拿在府州、县令手内。屈枉民命，苍天不容！”施公又问那妇人：“看见匣子又有几时？”说：“天有二鼓。”施公说：“叮咛睡觉，到了何时？”说：“正到三鼓。”施公说：“你儿去追赶银子，却又何时？”说：“在四鼓。”施公说：“你儿出门，手拿何物？”说：“是空手而出。”施公问知府：“贵府在何处与金有义相逢？是何时候？”陈知府说：“卑职正是四鼓撞见。”施公说：“这话就不明了，金有义四更离家，贵府四更拿的凶犯，时候不对。再说这四鼓夜已深了，手内又无凶器，难道他空手杀了不成？金有义倘挟仇把赵三杀死，再没有把人头盛在匣内，抱回家去的道理。本部堂不明，请问贵府，杀人是何凶器？”知府曲背躬身说：“卑职把金有义拿到衙门内审问，他在当堂招认：忽因挟夙日之仇，把赵三用刀杀死，凶器捺在河内，打捞不着。就是画招，卑职才敢定案。”施公微微冷笑，说是：“贵府，本部堂有几句话，请听明白。你我既食君禄，即当报雨露之恩；审问民情，当知仔细。人命重案，更得留神。待施某审明此案，自有分晓。”

施公又问赵三妻子说道：“你夫被人杀害，其中必有情弊，你也该知一二。金有义与你夫不亲不友，哪里的仇呢？男女一样，都有天理良心，不许刁唆。明有王法，暗有鬼神，今日在本部堂下，若有一字不真，本院查出，定是不容。”梅氏见问，往上磕头，口尊：“大人，民妇年三十岁，父母双亡。十八岁嫁与赵三，算来十年有余。膝下无儿无女，公婆早已弃世。丈夫嫖赌吃喝，狐朋狗友，任他所为。无论怎么不好，总是结发夫妻，恩情似海。一旦被人杀死，民妇岂有不痛之理？要说金有义本是素不相识，非亲非友，无仇无恨。他倒有个朋友，甚是相好。”施公连忙追问。不知梅氏说出何人？且看下回分解。

第七四回　朱蠢妇直言无隐　郑公差应变随机

且说梅氏说出他丈夫有个朋友，施公问道："他那朋友是谁？"梅氏说："小妇人夫主在世，因为家贫，才搭伴去打牲①以为糊口之计，哪里还有银子？那金有义因仇害命，必不是图财。再者亡夫那时，并未在外。"施公赶紧问道："你丈夫不在外，必是在家丧命。"梅氏说："皆因常去打牲，交了一个朋友，住在前村，名唤冯大生，比亡夫还大两岁，时常来往，穿房入屋，亲兄弟一般。往日进来，同来同去。这天亡夫带酒，睡在家中。他说打牲要起早，手拿一根闷棍，出门而去；说他去找冯大生，临行叫民妇将门关上。小妇人天明起身，有人告诉，说我丈夫被人害了，首级不见。民妇同乡保进城禀报。哪晓得天网恢恢，疏而不漏，凶手金有义，凑巧被府尊拿住；受刑不过，尽皆招认。民妇看见有人偿命，也就是了，不知其中别情。"说罢叩头。施公点头说："梅氏，本部堂问你，须要实说。这冯大生他住在哪里？你家叫什么地名？"梅氏说："小妇人家住后寨。两座村庄，一里之遥。"施公点头说："你夫被害，是何地名？"梅氏说："就在后寨村东富家洼，庄外有片芦苇。小妇人丈夫在那里丧命。"施公说："你夫主离家什么时候？"说："是三更。"施公问金有义。金有义说："我出门就奔富家洼。富家的后门首，就瞧见了匣子；抱起匣子，就回头往北奔家，就遇见知府太爷。"说罢，往上叩头。施公眼望知府，说是："贵府听见没有？你是四更天拿的人。金有义却是四更天离的家。这赵三也是三更天出的门。这是死鬼离家在先，凶手出门在后。金有

---

① 打牲：打猎。

义是四更天离的家，拿了匣子，就被你拿住。这时辰前后不对。而且又无凶器。你把金有义问成死罪，真是岂有此理。”知府躬身说道：“钦差老大人是天才神断，卑职实不如也。万望大人宽恕一点。”施公微微地冷笑道：“赵梅氏，你说赵三实寒苦；打牲度日，还有伙计冯大生？”梅氏说：“只此一位，并无他人往来。”施公说：“既然同行，大概都有约会。还是你夫主先找冯大生去？还是冯大生先找你夫主呢？”梅氏说：“他二人谁先起来，谁就去找谁，不分你我，总要同行。”施公说：“你说那日才交三鼓，手拿一条闷棍，去找冯大生。但不知找着冯大生否？”梅氏说：“民妇见他去后，将门关闭，睡到炕上。只不多时，忽听外面叫门，说是‘三婶子，三婶子’连叫数声。民妇听来，就是冯大生。我说：‘他早就去咧！’冯大生他说：‘没找我去呢？’他在门外念念叨叨就走了。”施公听罢，说是：“梅氏，冯大生素日来叫你丈夫，他是怎样叫法呢？”梅氏说：“他素常来到门前，便大声叫道说：‘老三哪！该起来罢，不早呢！’就是这个叫法。”施公说：“这就是了。”伸手抓出一支签来，说：“速去锁拿冯大生来听审。”

公差接签，出了馆驿，直奔前村。进村觅见几个庄民，内中有一个认得郑洪的。郑洪带笑开言说：“在下有一点公事，才到贵村。借问一声，这前村有位打牲冯大生么？”那人说：“郑大爷，你问那冯大生哪！他先和死鬼赵三搭伴。自赵三死后，冯大生也不打牲咧！如今他连门也不出，终日在家，闭门静坐。郑三爷，你往北走，第六个黑门便是他家。”郑洪带笑说：“多蒙指教了。”走到冯大生的门首，用手拍门。

且说那冯大生坐在家中，他妻子朱氏，总算是造化的，得了一笔外财。忽听得外面有人叫门，把冯大生吓了一跳，说：“贤妻，你去瞧瞧是谁？若是生人，问他姓什名谁！若要找我，你就说这几天没回家来。”朱氏说：“不必叮咛，我自会说，你放心罢。”边说边走，来到门前，将门开放，出来一看，见一人头戴红缨帽，身穿蓝布袍子，站在门前，架子不小。看罢将门一掩。那郑洪看这妇人，不觉暗笑，开言说："我与冯大生又亲又友，今日有件事托付他，大娘子把他请出来，我们哥俩见面好说。"朱氏本是蠢人，听着此话，不辨虚实，带笑开言说："既是亲友，且请到里面叙话吃茶。那冯大生就是我的夫主，终日在家闷坐，常想宾朋。"郑洪久惯当差，见话便说："饶坐"。连忙走到近前打躬，叫声："嫂嫂，头前引路。"

冯大生倾耳听得朱氏说话，听不甚真。又听外面呼兄唤嫂，直往里让，像是熟人。暗想必是来了亲友。顷刻抬头一看，却是官差，心中好不着忙，手足慌乱。朱氏说："当家的快出来接进去罢！我给你领个兄弟来，不用愁闷了。"大生只得出来迎接。郑洪作揖，执手赔笑说："大爷你好清静，坐家中许久不见。"冯大生无奈，说是："不敢，在下实是瞎睡，一时懒得起来，望乞尊驾宽恕。请问尊兄贵姓高名，住居何处？"郑洪说："你我相别不久，你就竟忘记了。想是你发了财了，不认得旧兄弟。有个衙门弟兄请你去。一提，你就想起来了。我的名字叫郑洪。"冯大生说："原来是郑大兄弟，总就是我的眼珠儿瞎，慢待你了。你可别恼人，都有个忘记。你说那个内司，倒是姓什名谁？我怎么总想不起头绪来呢？"郑洪说："我也不知底细。大料他既请你，你一见自然明白了。"说着脸色一变，满屋里瞧了一遍，腰内取出锁练一条，说是："带上的好，我怕太爷逃席。"一伸手把冯大生套上。大生立时变色。

朱氏也自着忙。郑洪说："他在外面做的事，想来嫂子也明白。"

大生说："既把我锁上，一定要打官司。"郑洪说："把话语留下，我把你锁给开了如何？"大生说："求上差开恩！"郑洪说："好，依兄长的话。哪里不交朋友？况且你这也是不要紧的事。我看你也有些朋友，解下来，叫乡亲们也好看些罢！"二人一同进城，来到公馆。

此时施公用饭已毕，正然喝茶。差人回话说："冯大生带到。"施公即刻升堂。任氏、冯大生、梅氏及一切邻居，俱各传到，方好结案。施公说："你叫大生么？"冯大生回道："小人冯大生，给大人叩头。"施公说道："你作何生理？有几个伙伴呢？"大生说："小人原系前村人氏。父母双亡，娶妻朱氏。打猎为生。有个伙计，名叫赵三，每日一同来往，谁知他被金有义杀死。剩我一人，难以打牲，在家中闲坐。奉公守法，非礼不为。今日大人差役，把小人拿来，不知所因何故?”施公微微冷笑，说是:“贵府，你细留神听听。你是科甲出身，与捐纳不同，问事不可粗心。赵梅氏自言金有义非亲非友，又无仇恨；赵三又系寒苦之家，他杀人为何?就是无故杀人，把头装在匣子内，去往家内抱，又是何意?再说更次也不对，尸首又有别的因由。从富家洼前屯到后寨，三处离河多远呢?”

陈知府躬身说道:“离河有二里之遥。”施公大笑说:“贵府这话说来，益发不通情理了。”要知大人怎样发落，且看下回分解。

第七五回　传邻右曲直共证 听堂词泾渭皆分

且说施公问事是一片爱民之心，明知情屈，仍怕有隐匿，故意惊喝金有义。金有义叩头说：“小人赶元宝是实，并不曾杀人。小人哪知晓赵三往富家洼去，就往那里等着杀他去呢？少时大人叫了邻舍人来，一问便知。”施公说：“你今日堂上回的话，何不在知府堂上如此说法？”金有义叩头说：“青天老大人，小人在府台太爷那里，也是这样回法。怎奈府太老爷一句不听，百般拷问。小人实是受刑不过，这才招认。”霎时间，差人跪倒说：“回钦差大人，三姓邻舍，俱已传到。”施公抬头，但见几个老民，跪在堂下。施公说，传你们来，不为别的事，要分辨金有义这一案是非曲直，全要实说，分毫不碍你们的事。若有虚言，保不住就有牵连。”又叫：“冯大生，既是你伙计他被人害，你也必然知情。今日事犯，速行招认。”

冯大生说：“小人虽与赵三是伙计，他被人家害了，小人实不知情。求大人详察。”施公说：“你们说来，谁是谁的街坊？”下面说道：“小的赵大、王二是金有义的街坊。”施公说：“金有义母子，素日好歹，实回上来。”二人说：“大人请听：他母子俱皆安分，母慈子孝。”施公说：“是了。”又有二人说：“小的李承、孙昌是赵三的街坊。”施公说：“赵三生前行为怎样？”二人道：“赵三生前吃喝嫖赌，无所不为。他妻梅氏，却倒贤慧。”施公说：“是了，是了。”又有二人说：“小的王四、张六，是冯大生的街坊。”施公说：“冯大生为人如何？”

二人说：“冯大生为人也好也不好。怎么说呢？外面却会生事，家内倒还安静。”施公吩咐六个人下去。又问冯大生说道：“赵三你打牲的伙计，他叫人杀死，你知道不知道呢？”说：“回大人，赵三与小人一同打牲。他竟被人杀死，小人不知道。”

施公点头说：“既是同伙，若打牲去，你叫不去不叫去呢？”说：“小人两个作伴，他也叫我，我也叫他。”施公说：“那日呢？”大生说：“小人起早呢！约有四更天就出门。到了赵三的门首，高声喊叫：‘三婶子，三婶子！’叫够多时，里面才答应，说道：‘他去咧！’就回家等着他。”施公说：“赵梅氏，你夫主是几时出的门，你可记得清吗？”说：“亡夫离家，时有三鼓。”施公说：“冯大生，赵三三鼓离家，你去找他是四更，到了赵三门首，如何叫法？要你说来！一字有差，重责不恕。”说：“往常叫他：‘老三起来吧！该走咧！天不早了。’”施公说：“赵梅氏，听冯大生之言真假？”说：“他说的倒是实。那日晚间，他来叫，民妇正在睡朦之间，忽听见叫‘赵三婶子，三婶子，你把老三叫一声儿。’民妇说：‘他早去了。’他在外面说：‘怎么没碰见呢？我走了，碰见更好；碰不见，我在家里等他。’说罢他就走了。”施公说：“冯大生，你同赵三打牲，是使什么家伙？”说是：“飞禽走兽同打。打飞禽是下网下套子；打走兽，赵三一根齐眉棍，小的一口腰刀。”施公说：“那日你在家中等他，他去了没有呢？”说：“小人等他个大天亮，也没见他到。后来听见人说，他被金有义杀死了。”

施公冷笑，眼望众官衙役人等说道：“你们细听，凶手不是金有义，定是冯大生。不知因何将赵三杀死，又往他门首去叫，遮掩人的耳目。往日去找，叫赵三；那日去找，叫三婶子。分明是知道他不在家，假意去找，为的是瞒哄众人。再者有赵三杀身之祸，也必去找冯大生。人头装在匣内，抛于外边，谁拾他那匣子，算中了他的牢笼计。你们详察是不是？”众官曲背躬身说：“老大人的高见，卑职等实不如也。”施公说道：“还没有真对证，少时间便有分晓。”说着提笔写了个红纸帖，用纸封好，说是：“郑洪。”“有。”连忙答应跪倒。施公说：“你认识字不认识？”说：“认识几个。”施公带笑说：“你拿此字去，照帖行事。不准叫旁边人。有走漏风声，从重治罪。”

"是。"郑洪接了字帖，往外就走。后跟六七个衙役，全要瞧瞧，见见市面。郑洪把舌头一伸，说是："我的舅母，这可实在瞧不的。等我回来，自然明白。"说着，走到无人之处，打开一看，心内明白，出城竟扑前村冯大生门首拍门，说："大嫂子，快开门来。"朱氏赶紧出来开门一看，认得是公差。郑洪跟随就往里走，说："嫂子可不好了，他杀赵三事情犯了，当堂招认，画了口供。这还算好，没说有你，只他一人。他暗暗地求我，叫我告诉嫂子，趁着你家有这点底儿，叫你快去打点。省得他受刑不过，连你也拉出来，那时也就不好了。"朱氏闻听此言，想着倒对，说是："你要不跟你哥哥相好，他也不叫你来。我实对你说罢！这宗底本可也有，我也瞧透了，你们俩人必是亲兄弟一般。你来罢！"说着把这口缸一挪，那缸底下，用刀铲开，取一个布包，拿到炕上，打开一看，看是五个元宝。

且说公差郑洪见拿出元宝，朱氏总要想分开。她说道："给她三个，也使不了。我留下三个，也使不了。不如他两我两，郑叔叔一个。给他两个打点官司；我这两个买些嫁妆，好留着嫁人。"郑洪见元宝对了数儿，说："嫂子这么分不行的，你跟我进城去，见了大人那里分去罢。"说着就把脸一翻，掏出锁子，把朱氏锁上，掏好了疙瘩说："嫂子走罢！当堂等问口供呢。"朱氏自知难脱，遂把银包好，扛在肩上，将门锁上。

二人竟奔公馆，直到堂前跪下。大生一见朱氏，不住地着忙骇怕。施公一见，并非善良之妇。遂问道："那一妇人从实的说来，哪里来的银子？若要与你夫主言语有差，便要重重地责打。所作之事实道。"朱氏闻听，跪爬半步说："小妇人不敢说谎：奴的夫主冯大生，与赵三是伙伴。那日他来叫我夫主去打牲。我夫主起来，拿了腰刀，出门去了。约有两个更次，天没亮，他回来叫门。小妇人将门开放，他走到屋里，连忙打火点灯，从怀内掏出五个元宝，用红绳捆成一包。"小妇说罢，磕头碰地。冯大生听了这一片言语，真魂早已吓掉。施公说："冯大生，你有何曲折？你细细讲来。"说："大人容禀：那日赵三前来叫小人出去，那时天尚未明，不过三更以后。想着要回家，忽然想起一件事来：往常起早，路过富家洼，常听有小孩吵闹。小人去看，却是富家一个菜园子，里面有五个小孩，浑身精光，都穿着红兜肚。屡次走到切近，都不见了。那一天小人就将此事，告诉赵三。我们两人去追赶小孩，又不见。赶到芦苇坑边，赵三踢着个匣子。拿起来看，却有现成钥匙，开了一看，里面是五个元宝。我们二人看见了元宝，他也要多，我也要多，谁知财多是祸，我们二人争吵起来。我一刀把他砍死。元宝我独揣在怀内。把他的首级砍下来，放在匣内。小人想着这场官司，叫姓富的替打，将匣子放在富家门首。我又去叫赵三的门，为的解人心疑。人是小人杀死，谁想青天大老爷驾到；可巧又有鸿雁鸣冤，可见得善恶都有报应。这雁替金有义鸣冤，内中也有个原故：小人那日与赵三打了一只雁，可巧金有义走到跟前，他用三百钱买去，放了生咧！哪知他遭屈，就有雁来鸣冤，救他之命。真乃是行好得好，作恶恶报。求老大人也不必追问咧！小人这都是实招，情愿领死。”

且说施公听了冯大生所招的口供，料无虚假，带怒说道：“金有义，你母子可曾听见么？”他母子叩头说：“全都听见。”

施公说：“金有义背母贪财，致有此祸，险些作了刀头之鬼。”

金有义母子望上磕头说：“多亏青天大人判明此案，我儿死去重生。不但小妇人深感大德，就是民妇亡夫在九泉下，也感念大人恩德非浅。”施公说道：“梅氏，你夫主赵三被冯大生杀死，你还不知，诬赖好人。”梅氏连忙说道：“大老爷在上，此乃府尊老爷亲拿的囚犯，当堂审问，金有义当堂领罪，与小妇人无干。”说罢叩头。施公说：“贵府你可听见？请问赵三是金有义杀的不是？本部堂这等问法，是与不是？倘有不到之处，贵府只管明言，施某绝不自己护短。”陈知府深打一躬说：“卑职无才，求大人宽恕。”施公又提笔判断：冯大生杀死赵三，暂行收监，候放粮之后，斩首示众。金有义贪财背母，应有罪过；念其遭屈冤，今释放回家。这几个元宝，虽然天赐，乃富家之物，也有金姓之份，赏与任氏两个元宝，以为祭奠赵三受梅氏痛打，为子悬心，家业困苦之费。任氏连连叩头说：“金有义今日蒙老爷救了性命，就是莫大之恩。又蒙赏赐银两，叫民妇刻骨难忘。只是焚香叩拜天地，愿老爷世世官高爵显，扶保朝廷。”言罢连连叩头。

施公说：“梅氏，你娘家还有什么亲眷？”梅氏说：“小妇人亡夫在世，尽交狐朋狗友，并没有连心亲人。小妇人七岁丧父；出嫁之后，我母亲身亡。并没姑舅两姨亲眷，无倚无靠，孤苦零丁。”言罢泪如雨下。施公说：“梅氏不必伤感。我看此事，是一举两得：金有义精明务正，他母亦有贤德，你的素行道也守正。可与金有义成就夫妇，贤孝一家，倒也相当。赏你三个元宝，为你夫死养身、夫妇过活之助。愿不愿，即刻言明，我不嗔怪。”梅氏哭道：“青天大老爷与亡夫辨明冤枉，得着正凶偿命，小妇人应当尽节才是。奈因赵三为人，也当不起尽节之妇。此时但凭青天老爷作主，恩深四海，愿依遵命，不敢有违。”施公闻言，满心欢喜，说是：“金任氏，你子虽遭冤枉，总算是前因后果。元宝为媒，证梅氏该当入你家门的。”任氏说：“叩谢老爷天恩，小妇人谨遵老爷之命。”施公扭项望知府说道：“贵府，你问此事，乃是诬良，应该降罪。这是你粗心之过，还有可恕——并不是贪赃。本部堂念你是两榜，正非容易，姑开恩赦你。以后事事须得留心仔细。”知府唯唯的听从。施公说：“罚你一宗银子：梅氏改嫁金有义，花烛之费，须得你办。”回说：“卑职领命。”

施公吩咐，将冯大生收监，余者尽释放回家。但见官属民役、闲杂人等，各各不胜欢喜，称扬施大人的天才。

施公退堂，归书房坐定，与天保、王栋、天霸、小西、殿臣、起凤等大家相见，言讲此事。说罢更衣，吩咐家丁设座，叫众好汉一同落座。献茶。茶罢，又吩咐设摆酒席。施公亲自把盏，奉敬诸位英雄。众人领谢，各按次序归座。手下人把酒盏酌上。施公带笑擎杯说道：“你们几位英雄，与施某情同骨肉。自从江都天霸行刺，被我一片纲常大义之言，劝他弃邪归了正道，本有志气，要争功名。关家堡同着天保二人，救我出了火坑。这黄天荡擒拿水寇，黄壮士真算一举成功。斩犯，多亏了贺天保酒楼上泄漏机关，杀了盗寇。恶虎庄上，施某堪堪危险，幸亏又遇英雄。后来不知哪件事，是我的错，叫义士寒心。这如今康熙佛爷，钦点施某前来放赈。听说山东出盗寇，于家兄弟大有威风，施某心中为难。贺壮士一言提起，他又知道寓处，这才一同天保前去敦请。走张家洼投宿，又遇强盗。贺义士一夜未眠，才得拿住此贼。又到卧虎山，见了黄、王二义士，不忘旧义，幸来相从。这没的说，仍求众位扶保施某，放粮无事才好。上与国家出力，下能保养饥民。事完回京复旨，施某定要奏明圣上，绝不埋没英雄的功劳。施某若有一点忘恩负义之心，临危必不得善终。列位皆是正人君子，必是一样。”

当时黄天霸不跟施公进京，以为施公负义，虽不能说，暗想跟到进京，也不过白效力，所以心中有些寒透人。搭着王栋、王梁当中懈怠，彼时施公本无保奏之任，故此好汉辞了贤臣，云游山水。虽则如此，可总不提贤臣过处；想着既跟过大人，再说大人不好，岂不落江湖朋友耻笑？莫若自己善退了，彼此都不漏着方好看，这是英雄行事过常人的地方。哪知他的命中是个显发之运，不该闲散，又遇贤臣拜访，义不容隐，故又有这一番贤良相济。要知天霸如何，且看下回分解。

第七六回　众官按户口造册　千总报漕运米粮

且说黄天霸听得天保防备于六、于七的话头，不由心中火起说："任他于家有多少狐群狗党，也不怕他。咱们只要同保恩公各尽忠心奋勇，哪虑他小小寇盗。"大家齐说："有理。"

施公带笑开言说："我也听见说于六、于七招聚人马不少，附近居民皆受其害。怕的是粮到之日，生出乱来。倘有疏忽，大大不便，上有愧于朝廷，下有负于饥民，何以尽为国为民之心。必得商量万全之计，方得放心。"贺天保带笑开言说："钦差大人须垂明训。我等无才，不能远虑，恐怕临期误事。"施公点头笑道："公事大家同理，不要拘束。谁有主意，说在当场，大家计议，可行周行，可止则止。"大家齐说："谨遵钧谕。"

施公说："此事关系重大，倘然有差，可就不小。众位虽是武艺高强，总是人少势孤。不如调武营马步精兵，相与保护，方保无差。不知英雄以为如何？"天霸闻听，心中不悦道："大人，小人不是斗胆，依我拙见，既有我们六人，也就不必调官兵。凭着我甩头一子，三支飞镖，众哥哥们齐心努力，拿于六、于七，易如反掌。皇粮若有失错，我黄天霸誓不为人也。"

常言说："艺高人胆大。"天霸这话，全是一味高傲，只知有己，不知有人。若论这话，施公听着欢喜，一则说得雄壮；二则忠良深知他的本领，这些话当真说得起。再者只为保护皇粮，施公不惜辛苦，亲身到卧牛山请了他来，这件事十成仗着他八九。当时说出这话，施公闻听，暗自欢喜，口中说道："黄义士之言，果然是实在之话，真说得起。你的声名，天下皆知。从前说过，一件公事，大家商量，黄义士休要多心。不知你们几位，意下如何？有话须说到当面。黄义士万不能多心。”这一些话，道得黄英雄收起暴躁，使出和平来，带笑开言说：“大人，我是年青人，没有深谋远虑；不过是一味忠直热心，有勇无谋。原来这事，关系重大，不是一人意见可成的。贺大哥与众位，有话只管讲。只要保得无事，大家的脸面，都算有光。”

施公大笑数声，连说：“好好，这真是英雄之言。无论上下，有话便讲。保住皇粮不失，不枉你们受辛苦，黎民可沾皇恩。”

贺天保带笑开言说：“若无于家众盗贼，也不必费这番心机。皇粮来到河沿，贼徒聚众人来抢夺，黄老弟虽则英雄，怕的是首尾不能相顾。”施公说：“能狼难敌众犬。于家兄弟人多，喽卒有数百，倘然一时防不到，必然皇粮有失。”贺天保带笑开言，说：“在下倒有一计，可保无虞。”施公满心欢喜，说是：“英雄有何妙计，快快说来。”

却说天保带笑说道：“老兄弟他不知于家虚实。不是我长别人志气，灭自己威风。今为保住皇粮，非比平常剿寇，别弄得顾了打仗，顾不得皇粮。贺某尽晓那于六，绰号叫作赛袁达，使一根混钢枪，门路精通，对面相争，管保取胜别人；外有一把飞抓，三十步之内，善能打人。于七的绰号叫作赛野龙，使两把铜锤，分量不小，善能取胜；又有一把软鞭，马上步下，全能取胜。还有一位姓方名成，因吃壮药，吃得牙关紧了，吃饭不能张大口，人都叫他方小嘴赛姜公；这人颇有歪才，机谋巧算，众贼中的谋士。有名的头目还有二十余人，喽兵数百，在红土坡结寨，是个易下难上的去处。贤弟想想，他的势力若小，本地官员岂不去征剿他们。不怕恩公嗔怪，若无我们在此，好歹却不管了。既有我们这些人跟随大人，要叫贼盗抢了粮去，不但是英名软透，还把前功尽弃。不但众人枉费勤劳，且耽误大人的事。若依我，明日大人升堂理公事，对府县官就说，户口人名全造成册，河粮到了好开放。男女大小，全要公平。再差人打听粮船，几时才到。那时我有一计，管保一阵成功。大人即差人上卧虎山，将陈杰、李俊、张英三个人叫来，作我们的帮手，好并力成功。”施公遂教黄天霸写书信一封，差人即往卧虎山去，叫陈杰、李俊、张英等三人前来不表。看官，黄天霸一则重义，二则他虽耿直，可不是那宗浑浊闷愣的样子，偏不依人的话，必要碰硬钉子才算住手的人。英雄重义，不是如此，听了贺天保的话依计而行。

次日，施公升堂。文武官齐来伺候。吏役排班，文武按着仪注，行过了礼。知府陈魁，曲背躬身，口尊："钦差大人，有催船的报信：三日之内，粮船当到。"施公闻听，说是："贵府，这粮船到日，先从济南放起。各处行文造册，送至省城。看守堆房，多加仔细。本部堂放完济南，然后挨次放去，全要亲身验看。沿河速搭芦棚，多派官兵衙役。官斛官斗备好，定日亲身开放，严查行私有弊，先派你先行。本部堂文书出示：兖、登、莱、青，以及泰安、沂州、曹州、武定，挨次放去。"

施公说罢，退堂回后更衣，来到书房，与众好汉相见。忽又听该官回说："明日粮船准到。"贺天保说："大人如何分派？"施公还把吩咐知府的话，说了一遍。贺天保说："粮船来到河沿，红土坡必无动静，再不肯登船抢掠。必待收完，堆到岸上，须得留神。于六、于七，他若抢粮，必着人家前打探消息，防备全在此时。"施公说："这话却是不错，必是这样。但虑此时擒贼，保粮不能兼顾。"天保说："船到，只管去收米，也得十天半月功夫。米若收完，贼人必来抢夺；多半是夜间。我管保临期无事，请大人放心。"施公更不究问，知道他的才能可当，遂吩咐摆酒饭，就在书房，六家英雄陪着施公共饮。黄天霸擎杯带笑说："贺天保是四霸天中头一位，不但武艺精通，而且机谋广有，见识颇多。既说敢保无事，大人请放宽心。"

施公笑道："但得放粮无事，回朝交旨，施某敢保列位都有高迁之望。"天保说："蒙大人提拔，只要我等有命。"施公说："义士何出此言？列位俱是功名有分的。"说着话酒饭已毕，漱口喝茶。

且说陈知府奉钦差之命，先催促府内台州县差役，俱各全要精细公平。又往各府县，都行知会，速速造成清册，送至省城。河沿盖大芦棚，花红结彩；左右两溜小棚，斗行经纪有数百人。棚外席片堆成大垛，许多兵丁衙役看守。芦棚内设摆公案。新制朱笔砚签，大红缎桌帷椅垫，团龙飞凤，新绣鲜明，设摆齐整不表。

且说施公正坐叙话，门上报道：“有运粮千总拜见。”施公说：“叫他进来。”门人退下。须臾，千总们进来跪倒。施公说：“本部堂明日出城收粮，搀糠使水，抛欠数目，俱各不准。”千总说：“全无此弊。”一个个叩头，出了公馆。施公又望知府说道：“明日预备，我好出城，一应天明齐备。”知府答应，告退而去。次日天明，只见轿马执事，摆列满街。施公坐上大轿，前面大炮三声，十三棒锣响，本府守备骑马前引，参将跟赶，顺大路前往出城。众好汉俱在公馆。施公出城收粮这个消息，早有红土坡细作报知于六、于七。

且说这日于六、于七在寨内闲谈，闻听粮船不远来到。赛袁达说：“兄弟，你我生在济南，家中富足，习学把式。吃喝嫖赌，不务正经，家业凋零，以致栖身绿林，打劫些行商客旅。”

于七带笑开言说：“现在山东有赈济，若得了这宗粮米，足够吃几年。”于六说：“别听你七哥一片浮言，你是诸事不深思量。”说罢叫摆酒来。小卒设摆桌椅，三人挨次坐下。这红土坡势派不小，足有喽罗数百余人。方小嘴分派得井井有条，各有执事，并不错乱。说声摆酒，须臾齐备。三人坐下，于七先满一杯，递与方成，又与于六斟上，然后自斟。于六说：“赈济粮船，已经到了。依方兄弟是怎样抢法？必得想个万全之计，才好行事。”方成带笑说：“兄长要抢这项粮米，事干重大，必得商议周全，方可行事。若依七哥，立刻就要行事，看得探囊取物一般，不想其中曲折；登船去抢，必不中用。”于六说：“上船抢米，总是不成。必得容他堆上河岸，方可成功。但是那里必有准备，须得细办。”小嘴说：“那散粮，一人能带多少？若有官兵赶来，还得捺了①。抢过一次，若不济事，再去更是不成，他必添兵把守。”小嘴言还未尽，于六、于七各自发愣，倒想着没个主意。于六说：“方贤弟始终都想到咧！句句说的不错。这个粮米，抢来实

① 捺（nà）了：方言土语，意为扔了，丢下。

难。但是这山中缺粮，也是要紧。还得方贤弟再想妙计。”方成说：“二位兄长，此事可就难了。这钦差仓厂总督是康熙佛爷最心爱的人。他是镇南侯爷的亲生子，官讳叫施仕伦。人人称他赛包公，在朝常参大臣。听说他手下许多能人，武艺精通。咱弟兄下山抢粮，更得加意小心。”

于七一旁发躁，说是：“我有一言，贤弟不要嗔心。这粮若不去抢，岂不叫江湖朋友笑话，说咱弟兄无能。尽欺良民客商，遇着大买卖，不能去作。”他又说：“为这事丧了残命，也是大大有名，叫江湖中称名道姓。”方成说：“此时必要抢粮，须让他收完粮米，堆积河岸。静夜前去，攻其不备，事方可成。”

于六说：“全仗贤弟调用，为兄无有不从。”小嘴说：“看他那米得收些日子呢！六哥急速差人下山，治办所用之物，莫要迟挨。务要十日之内办来。”于六立刻吩咐头目，带领小卒下山，四路附近村庄，抢骡、马、驴、牛、车辆，十日之内，俱要来听用。众头目领令前去不表。方成又说：“头目十日回来，我另有一番调度，管保抢粮到手，也令钦差心惊。叫他知道山东有好汉，知道于家弟兄是英雄。”于六、于七满心欢喜，说道：“此事全仗你一人。”吩咐小卒：“速摆酒宴，先给贤弟庆功。”

再说施公收粮，直到天黑，方才上轿回来。到了公馆后面。与众英雄相见，说些收粮的事情。每日去到芦棚收粮，晚上来归公馆。那日晚门上报说：“外面有人来见。”贺天保出来一见，乃是陈杰、张英、李俊三人，躬身问好。天保引进，见了施公行礼。施公赐坐，合众英雄分坐两旁。不多时，叫摆酒宴，大家共用酒饭。次日天明，施公又收粮，那日收粮已毕。红土坡细作报入山寨。这寨中于六、于七自那日分派头目、小卒，四路抢夺牲口，俱是十日回来，见寨主缴令。各将抢来车辆、口袋、马匹，共有多少数目，各写一单呈上。三寇观瞧甚喜。

方成说：“这些物件，不但劫粮，连山中也足使用了。”重赏头目小卒。又使人探听河粮。那日有人来报说：“粮米收完。”

方成说："二位兄长，小弟言过，若粮米收完，须待夜间行事：一拥齐上，他不知人有多少，自然心慌。趁势动手，再无不得之理。"于六点头说："下山须得何日？"方成说："这件事要作，还迟不得，迟则有变，就是今晚前去。叫手下将瘦羊、病马，杀了做饭煮肉，至天晚俱各饱食；我将年轻力壮、会武艺的小卒，挑二百名，跟咱弟兄三人在前，赶散看粮人役。再挑二百人，一百赶车，一百随着运米车辆，以挡追兵。来回搬送，到天明，岸上米管保全完。"方成说罢，于六连声夸奖说："有理！真有密谋！不枉人称赛姜公。"于七说："众家头目，就照着方爷的话，吩咐兵卒。二十名头目，就去挑选四百兵卒。"

将方小嘴的话，又传说了一遍。满山中乱哄哄，杀牛宰马，喂牲口，预备兵器；余者在山上看守着寨堡。天色黄昏，俱各吃饱，备马套车，全俱停妥不表。

且说施公收完粮米，在公馆中与天霸、天保、小西、王栋、陈杰、李俊、张英等商议防守粮米之计。贺天保说："大人粮米收完，到了夜间，贼必抢粮。以后日夜严加防守。大人速传钧谕，拨精兵三百名，弓箭、挠钩、短刀齐备，天晚俱来馆外伺候，一齐出城。大人就在馆内，明天一亮，静听消息。只管放心，令人管保无事。"施公说："义士，这些英雄，俱是帮我，我岂有在公馆安居之理。我要亲瞧着壮士立功才是。"天保闻听，心内着忙，欲要阻拦，话语来得结实；有心让他出城观看，众贼争战，料无轻敌，黑夜之间，若有失闪，如何是好？又想着大人话不可拦，说："大人要出城看我等拿贼，借钦差的虎威，更容易了。黄老兄弟必须保护大人要紧。我们动手相争，你别管，只在棚中保护大人。"天霸连忙答应。天保眼望王栋说："贤弟你与李俊带领官兵五十名，看守米场东面，留心精细。炮响一声，速带兵到，奋勇先拿为首的人。若是被贼逃脱，须受处分。"王栋、李俊一齐答应。天保又吩咐说："关老弟同陈杰领兵五十名，在米场南面守住。炮响一声，奋勇杀来，务要先擒为首贼将。若有疏失，自刎人头来见劣兄。"小西、陈杰连说："遵令。"贺天保又望王殿臣、郭起凤说：“你二人带兵五十名，出城散走，米场西边站住。炮响为号，杀奔中场，拿为首的强人要紧。若把强人放走，自提首级来见大人。”

起凤、殿臣答应。又望张英说：“张贤弟，你我领兵五十名，在米场北方把守。”贺天保吩咐已毕，又说：“大家这一出城，都要小心。奋勇拿住贼首，便是头功；放走贼头，就是大罪。各人不必恋惜。”看来个个答应。施公一旁惊问说：“义士此话，我不明白。定谋设计，所为保米，为何舍米擒贼？”天保曲背开言说：“大人，这于六、于七、方成，红土坡的寨主，把他三人拿住，余者全都散心，粮米再无人抢了。即便抢去，一见寨主被擒，必然扔下逃命。大人请放心，小人管保无事。”施公点头，众人分列两旁不表。

再说红土坡众寇，那天才一鼓，方成说：“此刻就该下山。”

于六便吩咐备马，各人带好兵器，一齐跨鞍上马。后跟二百名喽兵，一直竟扑米堆而来。未知后事如何，下回分解。

第七七回　众官兵捆送方成　贺义士力追于六

话说方小嘴传下令来：听他的哨子响，齐往上闯。众贼依令。方小嘴领着众贼，来到米堆不远，只见高搭芦棚，桅杆上高挂灯笼，十几处米堆，高似山峰。巡逻兵丁衙役，不住往来。

猛听哨子一响，众人惊疑，不知其故。又听呐喊声音一片，似有几千人一般。兵丁衙役吓得魂不附体。声过处，又听一人高声喊叫说："大王爷是太行山寨主，竟来借米，你们快快远走！少若迟延，尽死刀下！"兵丁衙役害怕，又不能脱身，也是乱嚷，只叫："拿贼。"早惊动施公，暗暗吃惊，想着天保真有见识。黄天霸暗恨强贼，真是胆大。正自思想，听得北面锣声响亮，他连忙点着大炮。二个炮响处，早惊动了四面好汉兵卒，各整器械，抖擞精神前来。

这里众寇如入无人之境，来到米堆跟前。那二十名头目，二百小卒，赶着车辆，紧跟进来。众人一齐动手，撮米的，撑口袋的，往车上装的，七忙八乱。贺天保等八名好汉，带领二百兵丁，从四面围袭上来。那五十个火把，全都点着，照耀如同白昼；外有五十名，暗处呐喊。这众寇只顾抢粮，猛听似雷的大炮连响，又一阵呐喊声音，又瞧见红亮一片照眼。众贼不知虚实，大大吃惊，无奈不敢违令，只得拼命抢米。方成暗说："不好！就白来一场？事到其间，只得闯出去了！"想要高声助威，说是："山上的喽兵，不必胆小！现有我们挡住官兵。六哥、七哥把手下兵分开两路，只要奋勇当先，战败官兵才好！小弟这里催促小卒抢米，已经走了一起了。"于六、于七答应，忙把小卒分开两路，各领一支，迎将上去。灯笼火把，呐喊声音不断，真如大战外国、反叛一般，真杀实砍。猛见一人，马上高声大叫说：“你这强贼！坐山为寇，打劫客商良民。官兵不征，也就是了。竟敢擅劫皇粮，多么大胆！棚内坐着钦差，四面都有官兵，英雄好汉二十余位。大太爷姓贺名天保，四霸天中第一人，绰号人称飞山虎。前日曾在绿林，如今改邪归正，跟随施老大人，专杀土豪恶霸。”

方成听了冷笑几声说：“姓贺的听着！我与于家兄弟，同称寨主，山东省人人皆知。手下喽卒无数，你等能有几个能人，狗党狐群，乌能济事！”天保听罢，晓得必是小嘴方成，先把他拿住，好见钦差。才要催马，张英答话说：“哥哥，这件功劳让与我罢！”一催坐骑，更不答话，双举画戟，迎胸刺来。

小嘴举刀相迎，一来一往，两马盘旋五六个回合。方成手快，张英些虚漏空，左耳着了一刀，削下半片，疼痛难忍，一倒身落下马来。天保见势不好，连忙催马，口呼：“兵丁，快救张英！”官兵着忙，一拥前来，救起张英。二人扶着，退后去了。

贺天保敌住方成，与他交战，冲突十数余合。天保一心想道：贼人若战败逃走，黑夜之间，无处寻找；再者自己有令在先。眼看方成刀法稍缓，天保奋勇，抢他的上首，提马跟紧不放。

小嘴觉势不好，怕难招架。好汉越发逼紧。贼将方成心下发慌，手迟眼慢，只听唰的一刀砍去，正中左背，深有四寸，小嘴翻身落马。余者逃命，四散而去，全都顾不得要粮米；倒有些驴马驮着去的粮米，抛洒遍地。天保带领官兵，押着方成，合那二十名小卒，竟奔官棚。

黄天霸远远望见一群人马，直奔前来。天霸叱咤说：“呔！何处人马？少往前进。”天保听准声音说：“老兄弟，天保来也。”赶至切近下马，就把拿住方成的话说了一遍。又说：“此时我也不回棚，张英也不看了。留下三十名兵看守贼徒。那二十人点着火把，看守米堆；瞧着哪边打仗，往哪边高举。”天霸答应，叫官兵把贼送入小棚看守。天霸进芦棚，对施公说知。

且说天保重又上马。那两个官兵高举火把，跟随着好汉，接应众人，来拿于六、于七。又说王栋、李俊二人，把赛袁达挡住，动手交锋。赛袁达于六把浑铁枪挡住三人的刀棍，不放在心上。三人往来冲杀，有半盏茶时。谁知李俊漏了一空，被于六一枪，挑于马下。王栋见了，不由害怕耽惊，暗说："这名盗寇真是骁勇！二人并战不胜，何况一人。"怎奈天保号令又严，欲战实难取胜，强弱不敌。正自为难，忽听盗贼大叫："那斯休得逞凶，我乃高山赛袁达姓于，行六是也，特来抢米。大胆鼠辈听着：避我者生，挡我者死，你别枉送了性命。"王栋暗说，这就是于六，更放不得他了。只得跟他拼命一战！一着急催马抡刀，直取于六。于六举枪相迎。王栋左拦右遮，来往五六个回合，气力又乏，只是招架而已。王栋心内着忙，一旁又来一骑马，耀武扬威，两支火把，头里直跑。王栋心中好不着忙，真是寻路无地。却听一片声喊："飞山虎贺爷爷来也。"王栋一听，倏然将心放下，精神渐长。

天保从旁一看，不见李俊，忙问兵丁，方知被枪挑死。大吃一惊！又见王栋刀法散乱，贼将越战越勇，进前叱咤说："王贤弟请暂歇马，让我擒拿此贼。方小嘴早被我拿住，又来拿于家弟兄。"王栋说："这就是于六，哥哥须得留神。"天保催马抡刀，直冲上来，就是一刀。于六用枪当啷一声架过去，复又旋转马头，唰儿的一声，钢枪高举，过去征战。天保又回头，一闪寒光，刀早砍去。枪复遮开。于六听说方成被擒，心中发瘆，从怕中生出一股浊气，把心一横，就把生死置之度外，奋勇征斗十数回合。无奈天保刀法门路精巧。于六暗暗点头说："这口刀与那二人大大不同。虽然不能胜我，我想赢他，也是为难。何不施展飞抓，早早成功为妙。"于六拿定主意，拧转枪杆，催马如风。飞山虎抡刀把浑铁枪磕开，往来劫战三四回合。于六圈回坐马，败将下去。天保一见，认作真败，战马如飞，赶将下去。

且说于六却不是真败，掏出飞抓——全是活骨节，纯钢打造，打出去，可就张开，把人抓住，往回一掖，比如人攥上拳头还结实，再也摘不开。

且说于六熟习飞抓，贺天保久已知晓，今日却没想起防备。一则满腔忠义，一心恨贼，自己号令的甚严，心急立功，为是好对众人；二则好汉命该如此。两马相离几步，并不言语。贼人下了毒手，使飞抓对准打去，正中面门，抓住脖项，钻皮刺骨，鲜血迸流。贼人于六，双手劲力一拽，天保马上一晃，坐牢雕鞍，说声："不好！"伸手拿住绳，用刀一挑割断。于六只顾拽绳，绳断，猛然一闪，险些坠下马来。一见好汉中伤，忙勒马回来，正要加害英雄。只见灯笼火把，呐喊声音，官兵齐至。料想不能成功，独枪催马回来，又想要打听方成真死假死，兼去接应他兄弟不表。

再说贺天保双手摘抓，只觉疼痛难忍。王栋赶来一看，心下着忙，速跳下马来细看，已不成模样，真是浑身血染一般。吩咐官兵："把贺爷搀下马来。"有几支火把照耀。王栋亲手轻轻摘抓，好容易摘下去，王栋收起。把好汉疼个昏迷不醒。

王栋说："大哥伤重，且请回棚歇息。"天保答应。王栋吩咐十名官兵去送，千万小心留神。兵丁答应，扶着天保上马，竟回官棚。好汉只觉风大，吹得脑浆子痛疼。不多时来到棚前，官兵扶持天保下马。天霸正在棚口站立，见官兵来到，连忙问故。兵丁将追赶于六，误中飞抓，王栋叫他送来的话，说了一遍。天霸闻听，吃了一惊。连忙说："快搀下马。"施公细看分明。着忙用手扶天保依着东墙椅上坐下。施公低言问道："义士想必是贪功，误中暗器轻重快些说明。先回城去，好叫该官请医调治。"贤臣连问几遍天保慢慢开言说："大人，小的因为追赶于六，误中飞抓，十分沉重。"那天保叫声："老兄弟呢？"天霸连忙答应说："小弟在此伺候。"天保说："你我自幼结拜，情同弟兄。我今误中飞抓，死而无怨。但愿你侍奉恩公，不可懈怠，必要始终如一，方是正人。后来你必前程远大。先拿于六、于七，好报仇恨。破木为棺，便可就殓我尸首。烦劳仁弟走一遭，把尸首送到我家，交与你秦氏嫂嫂。你侄儿今年十四岁，名叫贺人杰，会使两把短练铜锤，异人传授。孩儿无父，就是犹如你儿子一样疼。贤弟啊！别说'人在情在'。你且过来，我摸摸你，咱弟兄还要相逢，除非梦里来。"这一派托付天霸照应贺人杰的话，言有尽，意无穷，真是倾心吐胆之言，并无半点虚假，说得合棚人等皆不能止住眼泪。天霸不觉捶胸顿脚，却不敢高声。施公也是恸泪直流。天保说罢，“嗳呀”几声，须臾气断。黄天霸往前一扑，栽倒在地痰气上涌，背过了气去。施公正想义士的好处，两眼垂泪，忽见天霸栽倒，大吃一惊，忙令用手扶起撅着。众人忙作一团，撅了半晌。施公附耳叫唤不止。天霸渐转过气来，叫声：“仁兄，你可恸死我也！”上前抱住血脸，哭叫不止；立刻就要去拿于六，便恳钦差开恩：“小人暂告一时之假，去拿于六。”施公见问，连说很好不表。

且说于七，但见迎面有支官兵，灯笼火把，拦住去路。这支兵原来是王栋带领的。于七一见，心中大怒说：“于七爷爷要回去，那个胆大敢来找死？”王栋听说于七，忙令官兵放箭。

忽听一阵弓弦响处，于七早中了几箭；虽未伤致命之处，也是刺肉钻皮，筋骨疼痛。正在为难，没法可使。忽来一阵狂风，吹得不能睁眼，灯笼火把都灭。贼于七趁势逃走，是他命不该绝，才遇这个巧机会。王栋见于七逃了活命，欲想自刎，却又为难，蝼蚁尚贪性命。无奈何对官兵说了原委。官兵答应，回去说明。

不言王栋隐姓埋名退去。再说天霸心忙意乱，往前催马，正遇于六寻找于七、方成。迎面正遇天霸。此时两下相迎。于六先通姓名——这也是鬼使神差。天霸一见，两眼全红，恨不得一口把他咬死，取出飞镖，恶狠狠对准于六唰的一声，打将过去。后人有一段词句，专赞黄天霸的飞镖云：

号飞漂，猛英雄，纯钢打就两三支。凭百炼，却非轻，昼夜操练苦用功。战败中，能取胜。纵百发，能百中，专取敌人命残生。父传授，子用功，远合近，都可行，流落江湖传美名。是暗器，都有名：回马锤，箭与弓；有飞抓，有流星，不是野史混起名。祭法宝，混天绫，串心钉，晃魂钟，念念有词就腾空。这飞镖，迥不同，手头准，腕下轻，浑如巧匠运斤风。门路熟，武艺精，保护贤臣立大功。

且说于六正在找人之际，遇见战将，手按枪杆，预备争斗。听得面门上一声响亮，头迷眼黑，翻身落马。恰好小西、陈杰带兵来到，把于六立刻上绑。又有王栋兵至跟前说："于七逃走。王栋抱愧在心，往他方去了。"此时东方已亮，天霸令小西追赶余寇。小西等率众连忙追赶，跑至红土坡，烧了山寨，即回官棚。天霸自己押着于六，来到官棚，见了贤臣，回说一遍。就在棚中设下贺、李二位灵位，把于六、方成斩首摘心祭灵。复又备木为棺，将贺、李二人收殓已毕。把李俊择了块地埋了；把天保的棺木，存在古庙内。忠良爷连忙差人上一道表章。康熙佛爷怜其义勇，就封天保世袭指挥之职。后人专赞贺天保义气，死后得世袭褒封。有七言律为证：

天保何惭义士名，一心报国顿忘生。
阵前奋勇曾无怯，身后追封亦有荣。
世袭指挥绵累祀，功昭史策显奇英。
至今浩气应常在，烈烈忠魂保大清。

且不言贤臣上表，皇上追封。却说黄天霸安置完了灵，忠良又嘱咐天霸送灵；一面分派众人回衙。众人伺候贤臣坐轿进衙。将至衙，只见有一匹马跑到眼前。才要令人去问，忽听有人喊叫，说道："快报钦差大人，前来接旨！"施老爷闻听，吩咐急速进衙。差官下马，把圣旨请下，供奉在正面。众文武在圣旨香案前，行三跪九叩首礼。这位差官，手捧圣旨，高声朗诵云：

奉天承运，皇帝诏曰：谕尔放粮钦差施仕伦，据奏山东红土坡著名草寇作乱，一省被害，擅夺皇粮。幸而爱卿擒贼，保住皇粮，无负朕念民生之至意。贺天保为国亡身，追封世袭正指挥之职；赏银安葬。黄天霸等功劳，待卿回朝之日，另行封赏。本地文武官员，纵容贼寇，殃及平民，本应褫革，永不叙用。朕姑开恩，暂行革职留任，以示惩戒。倘再疏忽，依律治罪，决不宽容。钦此。

随读罢圣旨，文武山呼，叩头谢恩，拜毕站起，闪在两边。贤臣设席，款待差官。酒饭毕，不敢少留，起身告辞，回京交旨不表。施公复派兵将，速领人马，剿灭红土披散处余寇。武职官领命前去不表。施公出衙坐轿，文武相送。回至金亭馆驿，天晚用毕茶饭，安歇不提。天明，施公带领合省文武，摆祭食祭奠贺天保，按指挥职分。祭罢，叫黄天霸送灵回家。施公率领文武，送出城外，才回到东门米场。州官早把饥民传齐伺候，此时真是人山人海。州官将册子呈上。老爷展开，按册放米。

不消数日工夫，将赈放毕。大小应役官差，俱不敢作私弊。万民欢悦，无不诵圣德，夸奖施公。

那日黄天霸送灵回来，参见施公，说："贺天保一家大小，叩谢老爷天恩。"施公点头说："你坐下，我有话说。"吩咐从人摆酒。天霸陪着施公共饮。饭毕，撤下献茶。施公传出话去，明日便要回京。众官得信，连夜搭上送官棚，悬灯结彩。次日天明，施公吩咐免去执事不表。

且说贤臣在路登程，逢州州送，逢县县迎，晓行夜住。那日来到德州境内，早有州官多远的就双膝点地，跪在道旁，口内高声报名，说道："州官穆印岐跪接钦差大人。"内丁轿旁说："起去。"州官答应，刚然站起，猛抬头见前面滴溜溜的起了一阵旋风。施公轿内，看得明白。

风定尘息。大人说："跟着旋风走。"家丁内班一齐催马，赶到庄后，霎时旋风止息，现出稻田，轿到跟前站住。施公细看，并无别物，只见一丛稻米秧儿，穗叶全青。跟役连忙取来。大人接过一看，见稻穗甚是饱满肥大。又叫人来说："你们进村去，找锹镢使用。"从人答应，进村找来。施公说："从秧稻处往下刨。"跟役一齐动手，只刨有六尺深，竟刨出一个死尸。

众人吃惊。毕竟不知如何，且看下回分解。

第七八回　见稻穗拟名派差　听民词新闻恶霸

且说内丁在稻秧下掘出尸首来，连忙回明大人。大人又叫埋上，吩咐州官派人看守。又叫："穆印岐，快速派你手下能干的差役，速拿旱道青带到德州官衙，候着听审。""是"。吩咐已毕，排开执事，进城不表。

且说穆印岐见轿去远，忙叫人："来来来！快着。"跟役答应，跑到面前报名说："小的张岐山、王朝凤叩头。"州官说："快起。去去去！快拿去呀！"差人说："老爷吩咐明白了，好去拿呀！"州官着了急，说："你们耳朵里塞上棉花咧？没听见叫快拿旱道青吗？"公差说："小的二人讨老爷示下，什么叫旱道青呢？"州官一见差人逼问，更急了说："你们这些糊糊涂涂的混账东西，我知什么叫旱道青？赶明日大人还要呢！"说完便叫拉马过来，带领役人，赶上施公，跟随轿后而去。那两名公差见本官走了，爬起来发愣说："这是哪里来的怪事？咱俩跟随十几年官，没见过这个糊涂虫。偏又遇着这家奇事！合该是你我倒运。旱道青也不知一人，是一物？州官浑虫，不问明白，便要差人去拿。"王朝凤说："不难不难，我有妙计，不用为难。"张岐山紧紧追问。王朝凤只说："走走，进衙自有主意。"一人搞鬼，一人追问。进了大街，找一酒馆，二人坐下，要了壶酒，两碟子菜，喝着酒闲谈。张岐山放心不下，又问："王哥有何妙计？快快说来。"王朝凤笑而不言，只说："你多喝几杯，我才告诉你呢！"饮得时候不早，岐山忍不住又问。王朝凤手摸大腿说："这宗差使，就得杠杠屁股，就算是妙计。"说着，二人大笑不止。

不言公差酒馆闲谈，且说施公坐定大轿，前护后拥，甚是威严。锣鸣震耳，清道的旌旗，乡里、地保在前喝退闲散人等。

大人在轿内观看，只见跑过一群人，道旁跪倒，齐嚷："冤枉！"

施公闻听，忙叫："人来。""有。"说："快接喊冤状子。尔等众民人下去听传。"大人起轿入城，进了公馆，不提。

单言拿旱道青的公差，在酒馆叙谈。酒馆掌柜姓郝名叫三道，其妻白氏作这个买卖，带着卖豆腐、挂面。郝三道一见，就知是衙门的朋友，便就另眼看待。王朝凤说："郝大哥，咱这村中牌头，怎么不见？"郝三道说："他呀！老和尚代磬钟呢！"公差点头，又问："郝大哥，你们这路北那三间房子无人住么？"郝三道摆着手，说道："休提，休提。"低言说道："那三间房，原是皇粮庄头盖的。有人曾住，无人敢问津。先有一家王姓，管家乔三爷常合他来往，住了二年，忽然不见踪影。里面并无值钱的东西，有些破破烂烂，全都摔了。后又有人搬进去，夜里闹鬼，又走了。因此无人居住，关了有一年多咧！"公差闻言点头。郝三道说："这房主是咱德州一路诸侯有名的黄隆基黄大太爷，谁赶惹他？"王朝凤说："别说闲话咧！散去罢。这明日上堂，尝尝施不全的竹笋汤什么滋味，这是我的一条妙计。"说说笑笑，各人散去不表。

次日天明，公馆内施公早起，传出话去，今日进州衙办事。有司答应，立刻传到外面，公堂预备停妥。八人大轿，喊道鸣锣，不多时来到州衙。至滴水落轿，去了扶手，施老爷下轿，升公位坐下。文武行参已毕，两旁伺候。施公吩咐人来，带昨日那些告状人上来回话。州官一旁答应，着忙往下跑，到外面说："人来，来来！快些把昨日告状的全都带进来。"公差答应，走出角门以外，高声大叫："快快带昨日告状人进见。"外面听见，哄的一声，跑过几人，领着那些人进了角门，高声叫道："告状人带进。"堂上接音："哦！"那等威严，不亚到了刑部，真堪畏惧。那些人进来，一字跪倒。施公留神一看，老少不等，各各愁眉不展，衣帽各别。看来诸民都有冤。打头张状词一看，上写："小民马滕壁，呈控皇粮庄头，无故殴伤人命，不准领尸一事。强霸不遵王法，倚仗势力，侵占夺抢。”种种灭法，俱写明白。施公越看越恼，往下开言说：“你这里面写的虚实，照此回话。如有假情，立追你命！”那人说：“不敢虚写。”施公说：“你再说上一遍。”

马滕壁两眼含泪，口尊：“大人，庄头黄隆基，住在城外，万岁爷爷三等庄头。家有良田一千多顷，房合成堡，墙壁坚固，磨砖到顶，三丈多高；村两头搭桥两座，磨砖大门，盖的齐整。桥上若有人走，先得通报打锣。家有獒犬如虎。都叫他霸王庄，又叫他恶狗庄。他绰号叫乌马单鞭尉迟公。上交王公侯伯、五府六部，还有个七星阿哥是朋友。招众天下绿林客，窝藏一群响马贼，州县官员不敢惹。霸占人家房子田园地亩，还叫房主交纳租银。若是不交，送到衙门，板打枷号，还得应承。此人专好美色，妻妾十几个不算，要瞧见别人妻女略有姿色，叫人去说亲。本主若是不应，他说欠他多少银两，因不还才折算抢夺。若是出门，恶奴围随，一群民人见他全都站起。若是不遵，就是一顿鞭子，抽得满地下乱滚。有个管家，叫赛郑恩乔三。他一日能行五百里，见人妻女有些姿色，他硬跑去强奸。小人说不尽他的过恶。那日我父赶集，茶馆坐定，并未留神，没瞧见庄头。恼他不站起来，乔三叫他家人拉下来就打，一时被他们打死。可怜他年老，又不禁打。打死不叫领尸首，拉到他家，说是叫狗吃了。小的告遍了衙门，全都不准。老大人可怜小人无处申冤。”说罢叩头。忠良听见，脸都气黄，暗暗切齿说：“哪有这样恶人，真是可恼。”又把别的状词，一张一张看过，言词虽是不同，却都是告他的多。施公暗想：“此人万恶多端，无奈势力过大，若要明拿，只怕不妥，必须如此如此，方能除暴安良。”老爷想罢，开言说：“你们暂且回家，各安生理，五日后听传对词。”众人答应，叩头出衙而去。

施公眼望州官开言说：“你把昨日拿旱道青的捕快叫上来，本部堂问话。”州官回身到堂外，高声叫道：“捕快张岐山、王朝凤速来进见回话！”公差答应：“有。”来至跟前。州官说：“随我上堂去见大人。”“是。”“要小心回话。”“是。”公差来到案前左右跪下，自己报名说："小人张岐山、王朝凤给大人叩头。"施公点头下问说："你二人拿的旱道青呢?"二公差口尊："钦差大人，小人领了钧谕，各处留神细访。城里关外，查了一日夜，并没见行踪。"施公见此光景，使抓了八支刑签，捺将下去。

且说施公摔下八支刑签，门子拿起，叫掌刑的伺候。皂班举起竹板，唱号五板一换，打得血流满地，每人二十。公差说："打死小的也没处拿去，不知什么叫旱道青!"施公更加气恼，说："再掌嘴!"又是每人五个大嘴巴，打得公差不敢出声。施公道："抬出去，五日之内，要交旱道青！如再违限，便加重责；连官都有不是。"州官说："是是!"不提。

单言那受刑的二名公差，方才板子、嘴巴，却不过瞒哄本官眼目。他们一马三箭，喝唱的劲儿，虚打的劲儿，官瞧着打的劲，撕皮掳肉，鲜血外冒，只是肉皮受苦，伤不着筋骨。两人见施老爷去远，忙叫人打了壶烧酒，喷在上面，用手揉了一阵子，便觉好了多半，挣扎起来，走了几步。张岐山、王朝凤拍掌，各玩笑臭骂一阵。内中有一班头，姓曹名叫栋虎，搭言说："二位老弟，玩笑是玩笑，正事是正事。你们这差使，是奉钦差的命。依我想，这无名少姓的哪里去找？今日受了比较，刑又太重，又给了五天的限期，期内就要办好，如何是好？你们俩跟哥哥走罢!"说话之间，天晚，忽见小马儿跑进酒铺说："三位爷们，不用喝咧！官府回衙去了。"三人闻听，忙忙站起。张、王二人也不顾疼了，同到柜上，曹栋虎写了账，奔至衙门，到里面回明了州官。穆印歧也牵挂着这宗事情，由公堂伺候大人回来，到了衙中。听见差人回来，只道是拿住了旱道青，令人忙把差人传进。三人上堂，叩见州官已毕，站在旁侧。

州官连忙说："你二人拿住旱道青?"这公差说："大爷听禀：这旱道青无影无形，实没法拿去。钦差大人传谕甚严，各处遍查并无影形。限满了拿不到，大人必怒生嗔，打死小的不算，还怕的是连累了大爷的前程。求闪批出城，昼夜找寻，三天内得着旱道青，保住老爷前程，我小的免受重刑。别的呈词由他办，事到临头再理论。"穆印歧听说，思前想后说："你们混账东西，哄我来咧！我出闪批倒不要紧，好比开笼放鸟，你们无影无踪无音讯，捺下鱼头，还是叫我搞不清。我想你们三人这般心眼，倒不如我先下这绝情。"叫："内丁！""有。""快快看大刑！"曹栋虎着忙说："二爷暂且止怒，容我三人细禀。"

内丁止步，又递过一阵眼色。曹栋虎一见满心欢喜。怎么说呢？从来官向官，吏向吏。又都知道州府是个糊涂虫子。三人紧爬了半步，口尊："老爷，暂息盛怒，容小的三人细禀，求老爷开一线之路，我三人感恩不尽。"言罢，咕咚咕咚叩头。印歧闻听，眉头一皱，生出一计说："罢咧！既是你苦苦哀怜，老爷从宽。你同他两人，立刻把你三人家人入监。本州这才放心。"遂吩咐内丁，立刻传出：将他三家人口入监，盘费官领。内丁答应。又吩咐书吏，写了闪批，急速拿进用印。霎时写完，拿来用了印。州官说："他二人领批拿早道青，你随本州办事。"又吩咐：赏他二人京钱五吊，以作路费。三人叩谢爬起。内丁送出后堂，吩咐：快把他三家人口，押赴监禁。只吓得三家男女老少，不知如何是好。众伴们看着，俱皆叹息。

张岐山、王朝凤二人，看着光景，谁人不伤心，也是无可奈何，硬着心肠说："曹哥，你老人家为我们受累罢了！连老嫂子跟着受些囹圄之罪，我等于心何忍？"曹栋虎闻听，带笑开言说："这不甚要紧。你们俩放心去办差。他们姐们、孩子要受一点委屈，我就不是朋友咧！"总而言之，一言难尽。直到天亮，分手出监。曹栋虎随着官府，办着差使。张岐山、王朝凤散淡游魂，出了衙门，信步而行，说些前后事故，愁眉不展。王朝凤说："老弟，依我说咱们离了德州，进北京城里。我有亲眷，咱们俩上那住几个月，再托人打听钦差信息。纵拿不住，差使完不了，还把家口定了什么罪名不成？施大人圣旨很紧，就不完案，他也得进京。咱们不管糊子州官，他坏不坏，将军不下马，各自奔前程。等他去了，咱们再露面接差，你看如何？"张岐山哈哈大笑，说是："好计，好计！施不全厉害，他杀不了家口，是时候他得进京交旨。只有一件，俗语：投亲不如访友，访友不如下店。现今的世态浅薄，见咱把差使捺了，不免冷淡。咱们想着禹城有座辛集镇，集上有座小店，店东与我相好，咱投了去。慢说住两三个月，就是住一年，他也不好意思要房钱。咱们临走，也不白他。快跟着我走罢！"

二人说话之间，走到太阳平西，到了禹城的北门之外。不多时来到李集，到了店门口，二人闪目观看：只见店门收拾齐整鲜明，门柜上有一副对子，左边是："兴隆客投兴隆店"；右边是："发财人进发财门"。影壁上四个大字："张家老店。"

看罢，正往里走。店小二早瞧见说："大叔从哪里来？那阵香风刮到贱地？"张岐山说："相公你可好，二三年不见了，你们爷们这买卖越发兴旺咧！你父亲在家可是出外去了？"小二说："我父上北京去了，目下就该回来了。大叔先进店罢！"

二人走到店内。小二说："请上房里坐罢，待小侄灌茶去，打脸水来。"回身拿了，送到上房说："我到外面招呼招呼行客，你多住几天。"说罢笑嘻嘻跑到店外去了。二位公差净面，吃茶。随时就拿过酒菜饭。二人用罢，觉着困倦，早早安歇。到了次日，红日上升，他二人早早起来，净面，吃茶。王朝凤说："你这里熟，你去弄只尖嘴来，再弄上三两斤肉，咱老哥俩解解愁闷。"岐山说："使得，使得。"遂拿了三吊京钱，去到街上，拐弯抹角，赶到集场。闹闹哄哄，只听吆喝："黑大豆、高粱、小米、大米、芝麻、棒子。"又往前走，瞧见驴马市，牲口不少。霎时又到鸡鸭市，成筐成担。也有几个杂货摊子，设立两旁，有干鲜菜蔬、笸箩簸箕、条筐、竹篓，诸般器用不少。暗说：这乡村小集镇，竟这样热闹。忽瞧见鸡鸭市站着一位老翁，鬓发皆白，有六七十岁，浑身褴褛，声声咳嗽。他抱着一只鸡，二目模糊，看物不准。岐山看了，良心发动，取出一吊京钱，叫声："老者，你这鸡卖给我，给你一吊钱。"老者闻言，满心欢喜说："我这鸡哪里值这些钱。爷们是行好的人，叫我多买几升食米。"千恩万谢地去了。

张岐山提鸡往回走，猛抬头瞧见一锅猪肉，暗说：我买生猪肉去。又走，见路南有两间土房，开着板搭，架子上吊着三四块肉，有几个人围着买肉呢！公差看罢，忙走到跟前，闪目看那卖肉的屠户：生得状貌凶恶，身高八尺，膀阔腰圆，麻面无须，粗眉恶眼，约有三十多岁；身穿蓝布衫，腰系蓝围裙，土色布的袜子，青布尖鞋。手拿一把砍刀，不住地割肉，这个一块，那个一块。只见那些人接过来就走，并不上秤，也不争论。张岐山看罢纳闷，暗暗称奇。这禹城离德州不远，怎么就两样呢？莫非是肉贵不成。正自思想，人都散去。张公差把鸡放下，用脚踏住，拿出小钱一吊，上前说："卖肉的大哥收钱，给我割三斤硬肋。"那屠户伸手接钱，也并不数，随手捺在大钱桶内，回首把猪肉端详端详。不知怎样惹气，且看下回分解。

第七九回　张岐山割肉见怪　王朝风饮酒得差

且说屠户韩道卿，往肉上端详端详，咯哧就是一刀，割了一块硬肋，回手递给了他，把砍刀插在架子上，回身就往里走。

岐山一见，就说："大哥先别走。这肉可倒好，就是骨多肉少，没点油，怎么下锅炒呢？你再添上块油。"屠户闻听，心中不悦说："尊驾必是远方来的。此处又是一样风景，买肉连油此处不行。不信你去访访，外号就一刀，没有两样。"公差又气又恼，想着人在外乡，目下是个孤身，且又心中烦闷，压下火气说："大哥不用生气，买卖人有三分耐性。算我乍进芦苇，不知深浅。俗语说：'现钱买的手指肉。'再者，古人留下斗和秤，为的是公平。我原是德州人，相离不上七八十里地，就是两样行事？实告诉大哥，说要在我们德州，别说饶油，就是白要，还得给一块呢！我心不明，请示大哥，怎么就立下这个规矩呢？"屠户见问，回嗔作喜说："哦，这就是了。尊驾原不是本地的人，这就莫怨了。皆因今人不似古人，公平买卖一例。小人花钱治了酒席，请来本地举监生员，宰民人等，谈合定下规矩，也学古人。尊驾知道姚通砍肉煮汤。有个屠户叫黄一刀，不论人要三五吊钱肉，就叫黄一刀，再不用还手。人回家去秤称，每斤足有十六两。因此卖肉不用秤。"公差说："古人姚通买肉，遇见黄一刀罢了；如今我买肉，也遇见黄一刀咧。"

屠户说："虽然我不是黄一刀，怎奈众亲友赴了我的酒席，公议也送了几句号儿，尊驾访访便知。"公差说："你把几句号告诉我，我也明白明白。"屠户说："你问此说，听我道来：'辛集韩道卿，卖肉不用称；准斤十六两，无欺更公平。’尊驾听真，并非我自夸，是此方乡亲们抬举于我，才定下肉规。请罢！不用唠叨了。”言罢回身干他的去了。把这公差说的傻呆呆发了会子愣，无奈一手提鸡，一手提肉，只得回去。心中有气，暗暗思想：他论姚通，是《汉书》上有个姚二愣——招灾惹祸充军的人。马清、杜明陪着他住在店内。遇着恶屠户黄冈，割下一刀肉着他算。近方居民，不敢争论。他自称黄一刀，后终于恶贯满盈。如今又出了韩一刀，有心合他弄气，又怕耽误了大事。

正自叨念，忽见店门不远，迈步进店，来到上房。王朝凤一见，带笑骂声：“小猴儿崽子，去了这大半天，必定是叫黄莺撅伤腿咧！”张岐山说：“你瞧这只鸡、三斤肉，买得如何？”

朝凤说：“好好，算你是吃嘴的好手儿。你快去罢，交了与他们白烫着，再叫他打一斤酒，烙三斤饼，叫他急快。”岐山说：“都交与我咧！”拿将出去，到一顿饭之时，小二用盘端来，全都齐备。小二笑嘻嘻说：“二位爷请用罢！要什么，说话。小侄前面有事，不能伺候，担待侄儿罢。”二人说：“咱是自家人，不怪你咧！请罢。”小二答应而去。这二公差饮着酒，岐山说道：“你方才怪我来迟了。我在外遇见黄一刀。”王公差笑说：“什么叫黄一刀？”岐山说：“不论多少钱，要买三五斤，只割一刀，并无回手之理。”朝凤说：“你这全是鬼话，我不信。”岐山说：“若有句虚言，就是个忘八羔子。”王朝凤吃惊说：“有此事，特奇怪了。你细说我听。”张岐山遂将买肉前后话，怎么接钱不好饶油，并屠户模样，怎样说话，细说一遍。王朝凤听了，也是气恼。二人说说笑笑。王朝凤猛然想起，说是：“大喜大喜，咱今日吃的是喜酒，快着吃罢。”

岐山纳闷说：“这怎么算喜酒呢？”朝凤说：“有差使，岂不是喜酒呢？”岐山说：“又该你说鬼话了，这里哪来的差使那？”

朝凤说：“只管开怀畅饮，要没有差使，我就是鸡蛋，叫你生喝了。”岐山仍不解，又饮数杯。王朝凤说：“你想起差使没有？”岐山摇头。朝凤说：“你方才说那屠户名字，叫什么？”说：“叫韩道卿。”

朝凤说："咱正是拿韩道卿来咧，岂不是有了差使？"岐山又念几遍说："就是这字不同。"朝凤说："这个音倒是全同。他必定是霸道一方，就有点不同，这差使我想交得下去。"岐山细想说："王哥，倒是你参透，比我胜百倍。"二人遂低言商量一会，预备停当，叫小二收拾饼面，全不要了，说到外面走走再来。

二人遂即出了店门，直奔城里衙门投文。文武官员见是钦差公文，各派兵丁衙役前来——只言往辛集查集去。张、王二公差，忙得早就走下来了，二人共议如何拿法。朝凤说："咱哥俩到那里，先把他稳住，再等他们文武衙门的人，料他插翅难飞。"一路说些前后的话，不觉来到辛集街上。看看天有晌午，集尚未散，乱乱哄哄，男女老少，旗民僧道，买卖喧哗，二人无心观看，越巷穿街，走到肉铺门口。张岐山一丢眼色，低声说道："就是这个卖肉的大汉，他叫韩道卿。"王朝凤吃惊说："真长得凶恶！"二人一旁低言，定下了计策。忽听有人喊说："老爷、二爷来查集呢！"二爷常在街上行走，众人也不大理会。有人就过去先把街口查住。王朝凤拿了五吊多钱，来到肉铺说："大哥，我今日可不是唠叨，这可是好几分子呢！"

张岐山说："韩大哥，真有你的。昨日我割那三斤肉，到家一秤，足有三斤十二两。怪不得不肯饶油，再给我割三斤。"王朝凤说："你是哪的，这么急呀？是我先递过钱的。"把钱往回一拉，串子断了，把钱撒了满地。屠户瞧看，就去拣钱。王公差说："拣钱不忙，你先割肉。钱丢了算我的。"屠户手执砍刀等候。王公差说："我割五斤，我二姨妈三斤，厢房三大妈二斤半，倒座房大嫂子二斤。"屠户一咧嘴笑了。说："我割一份，你再说一份。说了个乱七八糟，把砍刀捺到肠子里了！"

王公差说："咱们先把钱拣起来。"屠户闻听，这就屈腰拣钱。

且说屠户韩道卿屈腰拣钱，已是中计。张公差忙将大棉袄脱下，往屠户脑袋上一蒙，王公差踢起一脚把他跌倒。张公差身后拔出铁尺，照手腕上打击，又照脚膀骨打了几下，打得那人大声喊叫："乡亲们，快来救人！"王公差用脚蹬住说："你的事犯了！打你不算，还给你个地方。”但见铺外兵役一齐上来，绳缚二臂。登时人报官府来了。人忙设下座位。两名公差上前打千回话：“小的二人回老爷：此人乃是钦犯。多派几个人，押送德州去见钦差大人交批。”文、武官回答：“二位上差略等片时，我们自有办理。”公差答应，站在两旁。县官与守备吩咐带过屠户来。下役答应，把韩道卿搭来。

县官说：“屠户，把你所犯原由说清，我好差人行文解你去见大人。内中干系我们前程。照直说，你如有一句虚假，文书轻重难分。”屠户见问，磕头碰地说：“小人祖居河间府任邱县，父母双亡，并无弟兄。小的一人，飘流外乡，习学买卖，积攒数年钱财，娶妻许氏。丈人丈母去世，并无别的亲眷。住在此地，卖肉为生，已有三年。童叟无欺，奉公守法，不知所犯何事？他两个人买肉，并不为什么，他们动手就打。叩求老爷作主，给小的鸣冤。”列公，这守备乃步兵出身，幼年习学武艺，拿弓把子，捕盗拿贼，数立奇功，争到守备前程——这位老爷，姓张名光辉。知县乃捐纳出身，姓周名文魁。二位爷说：“屠户，你叫什么名字？”屠户说：“小人叫道卿，姓韩。”守备说：“周老爷，你听听名字，与来批不对，文书上写旱道青。”

这位县爷一肚子臭屎，自保身家，哪管别人生死，遂即答道：“张老爷，你我何用耽此惊怕？钦差、州官，俱是上司，德州来人拿的。不用追究，令人抬到车上。”又派地方看守肉铺。知县与守备一努嘴，早已交与内丁；送了些规矩，又求那两名公差交批。

且说张、王二公差，先跳上车去，县里的捕快丁兵全上车，半夜就到德州。官差进店歇息。那天将亮，忽听炮响，就知是开城，照旧上车押送，穿街越巷，来到州衙门外。

且说德州州官穆印岐出州衙，下役跟随。张岐山、王朝凤见老爷出来，连忙上前，跪倒报名说：“拿住旱道青。”州官说：“好好好，快带他来。”下役答应，搀着屠户，来到角门。该值人喊报犯人进去。前有两人提着脖子，推推拥拥，到了滴水檐下，一齐用力，把屠户咕咚摔在地。众役退下。州官侍立一旁，容他苏醒过来，哼哼有声。施公说：“抬起头来说话。”屠户叩头说：“小的祖居河间府任邱县，搬到辛集，娶妻许氏。开猪肉铺度日，并不为非作歹。这公差何故把小的浑身打伤，拿着个大铁尺打人。不知小的犯了何事？无赃无证，是差役错拿人了。求老爷作主释放，得命归家，焚香念佛。”磕头碰地。施公座上暗想：没有对证，如何招认？一扭头说：“如此如此，速去快来。”不多时带进一个人来，跪在一旁说：“小人是地方，在黄庄居住。李家的房后，有个韩道卿，伊妻许氏偷跑，并没音信。房子里以后闹鬼，无人敢住。”施公一摇手。地方叩头起身而去。施公发怒说：“我看你满脸凶恶，定是个匪徒！应该先打后问，姑宽恕一日，自有公断。人来！”“有。”“带下去，暂且收监，明日再问。”下役把韩道卿收监。施公吩咐州官说：“两名公差拿犯人有功，每人赏银五两。家口受惊，不论老幼，每人赏钱一吊，免差一月。”“是。”穆印岐答应，退步回身，出了公馆回衙。

再言施公与天霸闲谈，说些放赈红土坡的故事，又说旋风引路，掘出尸首的事，施公略有为难的意思。又说道：“本要拿旱道青，虽则是韩道卿，三字不同，看他相貌，绝不是好人。没有对证，如何他肯招认。但听得他妻许氏；姓李的妻，亦是许氏。二许之中，或有隐情。但此事必须暗访，恨无其人。”黄天霸欠身说：“恩公这是何言，此事亦不甚难，小人情愿效犬马之劳。”施公惯用此法，明是满心叫他去，偏说不敢劳动。

天霸改换行装。施公吩咐，传张岐山、王朝凤示谕明白，一同天霸，暗暗出了公馆，直扑德州大路，关乡而去。

路上张岐山说：“将爷，咱此去先奔黄庄。”天霸说：“先访李姓妻许氏的年貌，素日的行为，合李姓的形影。访真了好上李集，再访拿韩道卿妻许氏，年纪形容。两下一对，便知详细。”岐山说：“我们听将爷主意而行。”天霸说：“是是，快赶路罢！”说说笑笑，来到黄庄。进村进了酒店。岐山说：“大哥，给点现成酒菜来。”酒保说：“有有有，油炸果子，全都现成。坐下坐下，我拿火，先吃袋烟。”三位坐定，忽见又进来三人，公差认得是二个看尸首的，一个是地方周义。见了笑说一阵，坐一桌，让天霸上坐，众人一围。岐山说：“周哥，你是此方地理图。有偷跑的姓李妻许氏，你可知道么?”说是：“上差你不问我，我也不说。我是此方根生土长的，谁家我不知道?偷跑的男子，姓李名贵，外号醉鬼，赶边猪为生。”岐山说：“李醉鬼赶边猪?”周义说：不错，常不在家。他住的是黄隆基的房子。管家常来往，无人敢撵。不知因何逃走?他妻许氏，真是个风流人物。不是我说戏谑话，我倒常去；男的不在家，我们就去见许氏，叔嫂相称，爱斗个嘴唇，说些皮磕笑话拉倒咧！没别事情。那许氏的容貌，乡村之中，并无二个：长细软的杨柳腰，发如墨染，柳眉杏耳戴排环，容长脸面似银盆，牙齿如石榴子，十指尖如春玉腕佩金镯，满手的金银戒指，金莲不到三寸，曲儿唱得更怎见得，有诗为证，诗曰：

漫道佳人事艳妆，不涂脂粉正相当。
柳腰软摆风中韵，莲步轻移水里香。
一点秋波含意味，十分春色泄行藏。
有情如此谁无感，除却无情不断肠。

“这许氏岁数，今年二十六岁，他是三月初六日子时。就是一样，可恨月下老天不公平，配了一个丑汉李贵。我说并不是虚言，这里有个原故。德州城东北有位黄庄头，他有两名管家，一个叫乔三，一个叫刘德。这个美人，就是乔三包着。”

天霸说：“因有公事，酒要少吃，叫他们说去，咱好赶路。”岐山说：“离辛集不远，咱到了就住张家店；我那里相熟，好会店主人，打听打听事情。访着实犯，好回去夸功。大人一喜，至少又赏银五两。”天霸心中不悦说：“大丈夫当求名节，赏银几两，我都不要，全是你们的。今晚我去，大事就成。黄夜我进内院，你俩在外听候。若有知会，不可怠慢，凡事要加小心。”公差连说：“是是”正走，抬头看见辛集，直奔张家店。店小二笑道：“昨日得了美差，连被盖都不要咧”岐山说：　“昨日押着犯人回去的，哪得工夫?快拿脸水、茶壶。”

“是。”登时全都拿来说：“请问三位爷，先用酒，先用饭?”天霸说：“一齐用。”“是。”答应着随即端来说：“爷爷请用罢，这又是一只鸡，三斤肉自煮的，三斤饼随后就到，先喝酒吃肉。”张岐山想起说：“将爷，想跟我们走这一遭，还没有领教爷爷贵姓高名，哪里人氏？”天霸微微冷笑说：“祖上家乡，不必细表，子不言父讳。愚下姓黄名天霸，初在江都跟知县。不说有名人尽知。黄某年幼习武，家传刀法，外有镖枪三支，百发百中。剿灭贼寇，飞檐走壁。方出山东，拿住红土坡贼人于六、方成，几百喽兵，全都赶散。今保钦差到此。”二公差吓得魂飞魄散，忙站起来，躬身施礼，满脸赔笑说：“我两人实无知，是失敬，求爷爷担待，恕我们愚蒙。”天霸说：“岂敢，岂敢。咱们同是当差，无分彼此，请坐请坐。”依旧坐下共饮，让酒让菜，倍加钦敬。

饮毕，三人出店，公差引路，登时来到韩屠户门口。天霸闪目观瞧：见两边有夹道，通后街，铺后就是住房。看罢说：“二位少待，等我越墙而过，听听动静，千万不可声张。”二位说：“是是。”天霸遂走到墙根，一伸虎腕，纵身上去，轻便如猫。二公差点头说：“他的话果然不错，咱俩藏在暗处等候。”那天霸在墙上移动时，听见房中有人咳嗽。趴身轻移后坡，依房脊伏身听了一会，院中无人，移身前檐，伏身静听。

屋内有人说话，咳嗽一声，娇似鸟音，说：“相公不要害怕，拙夫被人拿去，并无别的亲故，只管放心。就是昼夜同欢，也没人来哼一声！若同外人，就说你是我亲兄弟，还怕什么？奴为你常在门前望瞧。一时不见，我坐卧不安。忘了亲夫，废了人伦，总是爱你的心盛。”又听一男子说：“自从那日瞧见你，我的魂就飞了。”天霸在房上句句听真，只气了个肺炸，一翻身轻轻落地，回手拉刀，要把狗男女一刀一个，立时杀了。事后如何，且看下回分解。

第八〇回　李醉鬼冤沉得释　韩道卿恶满遭擒

且说许氏勾引情郎，正说到情密之处，天霸哪里容得，恨不能刀剁两段。又听娇声说："我的真心都掏出来了，你可别对外人说。别嫌我残花败柳，侍奉郎君，管叫你趁心如意。我那本夫姓李叫李贵，同着韩道卿作伙伴，赶边猪为生。因此人常到我家，不分内外，这就是奸从夫勾引。奸人入门，背着我夫，把奴奸骗。奴家不准，他就是要命。把奴拐到此处，叫奴家日夜愁思。那日看见相公，必是好人，你我到了一处，到老我也没二心。我叫许金莲，又叫三姐，今年二十六岁。本是屠户强占，我也没法。可喜他被人拿去，一定当堂拷打问话。"不表。

且说张岐山自从天霸上屋，忍不住叫王朝凤，托着他上墙来探听头话。只听见有男子声音，心中纳闷：屠户被拿，该剩他妻一人，哪里的男子声音？想是天霸也行苟且呢？必得下去瞧瞧，我才放心。想罢，双脚落地，咕咚的一声，惊动屋里淫妇，说道："有人！"奸夫怕是捉奸的，急忙站起，也不要美人咧！开门往外就跑。天霸见了，一个箭步，伸手抓住，说："你这娼妇养的，往哪里跑？"只抓得他浑身筛糠相似。屋内淫妇，大声喊叫："街坊爷们，了不得了，有贼了。"这一喊叫，前面看铺子的二人惊醒，连忙爬起，穿上衣服，一个使铁尺，一个使攮子[1]，忙开后门出来，竟奔天霸。好汉一见，忙把狂生往张头那边一捺，咕咚栽倒。张岐山上前按住。天霸回身，不慌不忙，瞧见攮子，就将身子一闪让过，随跟进步，去使了个黄莺掏嗉，

① 攮（nǎng）子：短的尖刀，匕首。

抓住了复又一推，咕咚摔在地下，只是哼声不止。

后面那人着急，一个箭步上来，抡起铁尺，照脑袋打来。天霸一闪。铁尺打空，使的劲猛，往前一栽，天霸趁势一拳，打了个嘴按地，“哎哟！哎哟！”张岐山接着狂生，猛然想起，那两人必是看铺子的人。连忙说：“将爷别打咧！问问他们，是做什么的。呔！我们是奉钦命前来公差。你们是什么人？”二人听得这说，连忙爬起说：“我们是县中捕役，奉命看守肉铺。忽听里面有贼，哪有不管之理？哪知道全是自己人。求上差息怒，算我们在圣人门前卖百家姓。”躬身连求恕罪。天霸带笑说：“方才二位直撞过来，我若不急闪，早着了重伤。”捕役说：“不知上差到此，求恕求恕。”天霸说：“天大亮，你们去一人到县，如此如此，急去快回。”回说：“是。”一人先到肉铺，取了几条绳子。天霸吩咐把这奸夫捆上，再去捆那许三姐。

且说那三姐早听见好汉告诉县差，那一片言语，自料自己的事情遮掩不住了，听得浑身冷汗，粉面焦黄，也不敢浪叫咧！又见公差进房，知道无法可使，只得任凭差人绳拴粉项；此时衣襟没扣，把县差也招出邪僻来了，不住地给她拉衣裳，趁机摸她两乳，叫：“小娘子慢慢地，别穿歪着鞋尖。多蒙你昨晚上给酒喝；你敢是耍朋友，叫你瞒哄了许多。不是上差在外，早把你按下了。快些走罢，好给你我对词去。”拉过奸夫，拴在一处。霎时天亮，招惹得闲人齐来观看。也有说武禄春宦门弟子，不该这样下贱的；也有骂淫妇欺夫偷汉的。

众人正围着看笑话，忽见狂生的寡母跑来，见儿子犯法，一阵子大骂：“武禄春好小子！放着书不念，干出这无耻之事，看你怎么见人！”又骂声：“小娼妇！我好端端的儿子，叫你这无羞的小娼妇，引诱坏了。你心下何忍！”骂着赶上去就打，被众人上前拦住。

又见县中那名公差回来，望天霸说：“将爷，我们县主说，多多拜上。县主有皇差，不能面会。令派大车一辆，马一匹，护送兵四名。这还有点茶资，望你将爷笑留。”言罢双手送过。

天霸一见，笑而不言，望着岐山、朝凤说：“你们两哥替我收着罢。”张、王闻听，满脸陪笑接过去——是一大包银子，真是喜出望外，入了腰包。黄天霸换了衣服，说：“我先骑马回州去见大人。你们随后押解速走才好。”二公差回答说：“将爷，诸事交给我们俩罢，放心先请。”县役引领出门，好汉上马，一抖丝缰，骑马如飞而去，先回德州。

且说天霸沿路加鞭，早进了德州城，来到公馆。正遇施公办理公事，看见天霸，满面堆欢。天霸单腿下跪，口内称：“恩公。”把以往从前细禀了一遍。施公点头说：“此事已定，且请坐下，多受辛苦。”黄天霸侍立一旁。

且说二犯人的车到州衙门首，那些同事的，见张岐山、王朝凤得了差使，上前问明白原故，无不欢喜。岐山叫声：“曹头，你去替我们回一声，好交差销票。”曹头点头说：“交与我罢，少等片时。”言罢回身进衙。不多时只见他笑嘻嘻出来说：“你二人大喜，官府很喜欢。少时出来，就带你二人去见钦差大人。”说话未了，只见州官乘马，带领跟役出来见了。

朝凤、岐山带奸夫淫妇，跪在马前，把以往从前的事回明了。州官闻听大悦，连珠般说：“好好好，起来起来。快着快着，带他们去见大人。”言罢打马先走。青衣喊道说：“闪开，闪开！太爷来了。”吓得军民人等往两旁一闪。张、王二人，带着差使下役，跟随来到公馆。州官下马前行，率领犯人，来到仪门，知会门上，通报进去。不多时传出话来：“外面当值人听真，钦差大人吩咐了：州官急速回衙，全班伺候。大人立刻上州衙升堂理事。”穆印岐连声说：“是是是。”急忙回身出公馆上马，带着众人先回。内丁又吩咐：派执事全班，伺候搭轿。“哦！”该值答应。忽见仪门大开，走出贤臣，上了大轿。

地方吆喝，青衣喝道，来至州衙堂口落轿。州官、三衙跪倒迎接。施公摆手，二人站起。施公转上公位坐下。三班喊堂。堂规已罢，站班齐整。州官、三衙站立公堂左右。施公吩咐：“带奸夫、淫妇！”“哦”三班答应，跑至堂口，大叫：“原差呢？带奸情！”张岐山、王朝凤一人站着，一人进角门，高声报道：“犯人当堂！”外接声，公差来至月台，手提铁锁，往前一摞，又往后一拖，把二犯咕咚摔倒，跪在地下。施公说："抬起头来。"两旁施威。

奸夫淫妇战战兢兢，一齐抬头。施公细看奸夫：年岁不过二十上下，白面焦黄，两眼垂泪，相貌透着斯文。又看淫妇：虽是惊恐，尚不甚怕，香消粉退，暗藏春色，不过二十多岁，象有淫行，举止不稳。施公说："武禄春，要你实说原委。若要虚假，立刻就动大刑。"武生见问，垂泪说："我父举人，早已辞世。剩下寡母孤儿。子不言父讳。文生武禄春，自十六岁入泮①，今年二十一岁，闭户读书，不敢招灾。隔壁住着韩屠户，他妻许氏太轻狂。他夫被捕役拿去，家内无人。文生一时心昏，被勾引过去，说些淫词，勾引邪情。我想要跑，被他闭门拦住。这是实情，并无虚假。"言还未了，许氏听得，真气得柳眉直竖，杏眼圆睁，忘了在大堂上咧，大声骂道："娼妇养的！别混赖人。你常从铺前来往，见了奴家，就发浪声。几次调戏，我不理你，怕人耻笑。你见我夫被拿，你才安不良之心，夤夜跳墙去行奸骗。奴家不准，大喊救人。"未知后事如何，且看下回分解。

① 入泮：古时学生的入学大礼。凡是新入学的生员，都需进行称为"入泮"的入学仪式。《礼记·王制》记载："学童首先换上学服，拜笔、入泮池、跨壁桥，然后上大成殿，拜孔子，行入学礼。"古代学宫前有半圆形的水池，名泮（pàn）池，因称入学为入泮或游泮。

第八一回　关好汉下帖吃惊　黄庄头闻名添喜

且说许金莲一派抵赖之词，惹恼钦差，一声吩咐："皂班，把她揪住！"扯开青丝发，用手搬住头，跪在地下。可怜她瘦小腰儿，雪嫩粉脸，挨着磕膝盖。掌州的这位少年，曾受过她害，弄得家产尽绝，亲友稀少，时常抱恨；今日见此淫妇，不由心中发恨说："我耿布顺也不顾大人嫌疑，我是要多费点力气。"只听吧吧几声，可怜打得她粉面含青，玉牙活动，"哎哟哎哟！"连声不止。娇嫩脂肤，如何禁得住这样重刑？

施公看得明白。只见淫妇说："不用打咧，我全招了，等我从头实说罢。小妇娘家姓许，奴叫三姐，今年二十六岁。嫁与本村李贵，成就夫妻。夫因家贫，与人抱鞭赶猪；搭了个伙计，名叫韩道卿，常来常往，不分内外。那日李贵不在家，他硬行奸淫奴家；孤身妇女，实是无奈，才把贼从。谁知屠户大胆，把我亲夫杀死，暗暗埋在后院。他怕庄头知道，才把小奴拐到李集。奴与韩道卿同床共枕，其实不是本心情愿。后来才勾引武禄春，郎才女貌。天意该当丢丑，并无一句虚言。"说罢叩头。施公听罢，微微冷笑说："不怕不招。"随吩咐把韩道卿提来。众役答应，登时提到。韩道卿一见许氏，又有一书生，就知她又续了情人，事必坏了。他跪在地下。施公叫许三姐把前话又叙了一遍。施公叫声："屠户！"那屠户怕受刑法，俱各招认。书吏写了口供。施公提笔判断：韩道卿谋奸拐骗，伤害人命，该当斩罪。许氏通奸，谋害亲夫，照律应剐。文生武禄春，有玷孔孟，虽未成奸，应发本学，革退秀才。死尸掩埋，候等尸亲再领。判毕拿下，把三人亲笔供招画完，立刻带下收监，解学的送学。

诸事完毕，正要退堂，忽见前面那一群告黄隆基的，一齐上堂跪倒，口尊："青天大老爷！小的们等了数日，不听呼唤。今日冒死前来，叩乞大老爷与民作主。"施公说："汝等暂回，我自然有个道理，你等听传。""哦！"众人站起退出，不表。

且说施公眉头一皱，计上心来，伸手取拜帖，放在案上，笔走龙蛇，顷刻写完请酒字柬，望关小西说道："你只如此如此，千万留心，不可误事。本院专候回音。"小西答应，转身而去。施公这才退堂，上了大轿，复回公馆不表。

单言小西上路，心中暗想，请皇粮庄头，他与我无一面之交，那时见他，须得见景生情，不可误事。才要问路，只见酒旗飘摇，想着喝几杯，壮壮行色，再去打听。遂进酒铺，要了酒菜，一边喝酒，就问皇粮庄头的住处。店主一一说知，小西点头说："多多承教，就此告辞。"又就大道前行，不多一时，只见：城墙高大，树木成林，深沟绕墙，绿水旋流。走到临近，又见一座石桥，桥边有一酒铺。铺内出来一人，大声吆喝说："呔！你这厮要往哪里走？未曾来到霸王庄上，也不访访。不是我看见，再往里走，还叫狗吃了呢！是什么人使你来的？做什么来了？快说。一字说错，先把你拴上。"好汉闻听，暗想说：话不虚传，他的奴才这等横暴，那庄头更不用说了。好汉又往前走了几步，压下火性，躬身赔笑说："乡亲请了。"那人说："谁合你是乡亲？有话快说，没功夫与你唠叨。"小西说："列位何必动气呢？我是奉大人之命，不得不到宝庄。"

一人带怒答话："你说五府六部，朝郎驸马，王侯公伯，你叫了他来，哪个我不认的？你说是哪一家？我给你通报。"小西说道："我奉康熙佛爷钦点镶黄旗汉军三甲、巡按老爷施大人之命，到此下帖。"那人听见，把手往上一扬说："哦哦！我想起来了，尊驾贵姓？"小西说："不敢，我姓关。"那人带笑说："关爷，要提这位施大人，我更知道他的根底。他祖上海岛称为寨主，招安平服水寇，主上大升赏世袭镇海侯，入了镶黄旗汉军。少爷进京受官诰，祖上镇海口，未尝动身。二爷升了知县；因拿桃花寺和尚有功，又钦点山东放粮。想着必是回京交旨，路过此地。他也知我们大爷根底，往来王公侯伯，还有位索皇亲七星阿哥，都是朋友。施大人必知道，你来的必是请帖。”小西说：“不错不错，真有先见之明，请问爷上贵姓高名。”那人说：“我姓胡名可用是也。”小西说：“没的说，借重尊驾通禀。”那人带笑说：“你们少坐片时，待我去禀。若是别的大人下帖，未必能见；这位大人很有听头，是我领你同去。”

小西随后跟着，霎时来至壕边桥头，有土房二间，檐下接一小锣。从房里走出一人问：“胡哥带此人何往？”胡可用将以往从前说了一遍。那人说：“等我打锣通知，你好带他过去。”遂举手连打三声，回身往屋里去。小西跟随过了板桥，来到砖堡门首。又走出一人，问明来历，取槌敲点三声。门内又出来一人，问个明白。又说：“胡大哥，咱俩进去，叫这位外面听信。”胡可用说：“使得。”一人说：“张大哥，你同此人作伴，一则看狗；二则叫巡风的瞧见，你好说明来历。”那人答应。二人进去通报。小西细看宅舍，真比王府威严。正在观看，忽见胡可用出来，笑说：“关爷大喜，我们太爷喜欢这位老大人，一听说差人下帖来请，满脸带笑说：这位施大人德州下马，我当先拜望他去，他倒反来拜我。连说了几句：好一位知趣的施不全！我必得回拜他去，正是来而不往，非礼也。吩咐叫你进见。我告你可得小心，见了必须下跪。太爷若一喜欢，必定有赏。得了赏给我一半，见面结个交情。”小西说：“是了。”胡可用在前；好汉跟随，暗暗说道：这就是龙潭虎穴，见面平安，明日准去。要是稳中计，我必先杀庄头，死也有名。拿定主意，来到南边一小门：倒厅五间，出廊舍满院景致。胡可用说：“你就在台阶站住别动！少时我们太爷就出来。”

言罢跑出一人说：“小么们呢？”“有。”“快收拾干净，太爷来咧！”只见四个小童，扫撢灰尘已毕，从门内走出一人，衣服鲜明，仆人跟随不少。小西定睛一看，年有五旬之外，身体胖大，相貌凶恶，黑面大耳，豹子眼，连鬓胡须，鼻大口方，一脸黑肉；头戴西瓜皮帽儿，红顶青穗，迎面顶上嵌珠，又白又大。穿的是织就五爪团龙袍子，是天蓝的颜色。足登厚底官靴，倭缎蟒袍，一色鲜明，一步三摇。后跟家奴一群。到了倒厅，坐在椅上，吩咐说："快带来人！叫他说个明白，我好回拜施大人。"

话说关小西看罢庄头黄隆基，原本生的恶相架子，款式倒不俗。腹内说："他虽乡下人，一切房屋陈设，甚是精致，比京都旗下老爷们不矮短。我刚才见他这一副凶眉恶眼，我今到此，还不知吉凶怎样？"不表小西暗自思虑，单言庄头在椅上坐定，笑裁："叫施不全打发来的小厮进来，我问他话。"家丁答应一声，望小西说："那人跟我来，太爷叫你呢！"好汉闻听，并不答言，举步上前，假充愣怔，两眼可直瞅着庄头，从怀中取出字柬来，往上一递。黄隆基有点心中不悦，"啊啊啊"了几声，伸手把字柬接过，摇着头说："小厮，见了你太爷，也不下跪，也不叩头。别说你哥哥儿，就是你主人施不全，见了你老爷，也得哈哈腰儿。罢了，打狗须得看主人，太爷今瞧施不全之面，暂且恕你出去，外边站着！"家奴一齐大声说："愣头青听见了没有，太爷恕你不跪之罪，出去站着罢！快去。"

小西仍不答应，暗说"爽利！"转身出门下台阶，还在原处站立不表。

且说庄头用手从封筒内取出字柬，留神细看，只见上写着：

本巡按施奉请台驾光临，明日候教，勿却是幸。不全拜

庄头看罢，点头扭项，望家丁们带笑说："施不全先作顺天府，我见过他：生了个四六不成材。可笑万岁就看上他咧，升为钦差大人。耳闻他有个听头儿，会想邪钱，故此我喜欢他。又是好汉的后代。他也知道咱家爷们有个名望，因此才下请帖，请我相见。这要是六部九卿大人们，哪有工夫会他们呢？"言罢，把红柬放在桌上，站起就往外走，走着说："叫那小厮等着我，施不全眼内既有我，来而不往非礼也，我就此更衣，同他进城，会会施不全大人才好。叫可用陪着，赏他杯茶吃。"除却胡可用，余者跟着庄头，一拥而入。

且说胡可用见众人俱去，左右无人，他上前伸手把小西一拉说："你到台阶上坐着歇歇。"小西答应，二人一齐坐下。胡可用低言说道："关爷，你造化不小，你不下跪，竟免了一顿脚踢。那时老爷回来问话，你跪下罢！光棍不吃眼前亏。"小西故意迟了一会说："我知道了，不用嘱咐。我有一事不明，说是院中狗多厉害，为何不见狗的影响？"胡可用说："关爷不知，宅内恶犬足有一百多只。派四个人喂养，都在北角，白日圈起，更定这才撒开。外人给起了外号，太皇庄叫作恶狗村。"小西点头。

不表小西、可用叙话，且说黄隆基家奴跟着出了南院，来到自己住房，进内更衣。家奴都在门外伺候。忽见大管家乔三来到。众奴一齐站起，个个垂手侍立，如同侍候主人一般。乔三见众人侍立，便说："孩子们坐着罢！"又问："太爷呢？"众人见问，即将施公下帖之事，回了一遍。乔三说："幸而我回来，他几乎投入施公圈套。等我进去说罢！"迈步入内书房，但见庄头更衣。乔三上前打千回话说："太爷不用更衣咧！奴才有话回明了太爷，可行可止，再细酌斟。"庄头点头说："有话起来讲。"乔三站起，侍立一旁说："小的今早进城，到当铺盐店烧锅里算账，已闻施不全把告咱爷们的呈状收的不少。他差人下帖入城是计。太爷，此事恐有不利。"庄头说："依你那样办法？"乔三说："依小的拙见，先打发来人回去。咱到东院与响马商议商议，今夜叫绿林朋友去几位，潜入金亭驿行刺如何？"庄头闻听说："此计最妙，就先打发来人回去。"

乔三答应，望众奴说道："你们跟我去见投帖之人。"众奴答应引路，霎时进了南院。胡可用看见乔三，连忙站起，低言又望小西说："你快站起，我们管家乔三爷来咧！"小西只得站起，偷眼观瞧，但只见一人出来，进到厅中，叫声："尔等快请那人来。"一人答应出门，眼望小西说："乔三爷请尊驾呢！"

好汉闻听，暗说道："这事有些差了。庄头说更衣出来就走，为何此人不来，打发管家出来呢？又加一个'请'字，其中必有原故。见面听音，便知详细。"想着带笑说："不敢。"跟那人进去。乔三见豪杰，站起身说："看坐。"有一人拿过一张椅子来，放在对面说："上差请坐。"小西见恶奴带笑，以礼相待，只得赔笑回答说："爷上请坐，我小的有僭了。"小西对面陪坐。乔三扭项；又说："看茶来。"众奴答应走去，不多时托盘端了两杯茶，先让小西，然后递与恶奴乔三。茶罢接茶杯。乔三望小西赔笑开言说："家主进内更衣，才要进城，心疼不止，老病忽发，不能前去。尊驾回去，善为周旋。容日病好，必去赔罪。"小西回言："好说，好说。"就要告辞，乔三复又嘱托说："多有借重了。胡可用送上差出村，小心恶犬。"可用回答："晓得。"眼望小西说："我来送爷出庄。"好汉站起身来。乔三说："失送，望祈包容。"好汉回言："不敢。"乔三与小西哈腰而别。小西在后，可用引路，一同而行。到了庄外，二人拱手而别。

小西走着，心中暗想，我看恶奴言谈礼貌，强于他主百倍；他给家主托病，心内却藏奸诈。一边走着，一边想，霎时来到金亭馆，面见施公，将已往之事细说一遍。贤臣点头，心中为难：请他不来，拿他又费了事咧！众军民呈状无数，无人原案，如何是好？忠良眉头一皱，计生心来，一摆手，小西退闪。贤臣忽闻天霸在一旁冷笑，施公暗里察见。待小西出去后，明知故问："壮士冷笑何故？"天霸见问，只得上前打千说："老爷容禀：想庄头那厮，不足为惧。久闻绿林中有人讲说，他手下有个管家乔三，外号飞腿。他手使单鞭，坐骑乌马，黑面目，面部胡须，文武都通，人送他外号叫赛郑恩，专爱结交盗寇，招聚能人，窝藏好汉，足智多谋，心毒手狠。庄头见帖，真心前来，打算是要与大人交好。忽又推病，必是乔三识破咱的机关，拦住不叫主人前来，其中定有恶计。依我想：或者他夜遣贼人到驿馆来害老爷，千万提防才好。"贤臣闻听，心中不悦说："壮士此言差矣！恶人不过叫贼人来害施某。我想就算他文武精通，怎奈有官兵昼夜巡查，何足惧哉？"黄天霸微微冷笑说："恩官所想，虽是如此，怎奈暗箭难防；他并不仗争战之勇。依老爷想：白日有兵将堵挡，夜晚有城守巡捕。但自古道：'能人背后有能人。’不可不防。想当初江都县衙内巡逻，衙外有兵丁，恩公灯下观看案稿，我小人黉夜进内，谁人知晓？”

施公被天霸几句话，说得低头不语，心中有些恐惧，不好明言，暗想：“明有防备；暗来行刺，令人难防。当日天霸行刺，不亏我三寸之舌，焉有今日？”思虑了一会，有些胆怯，可不肯露出惧色来，反倒含笑说：“壮士，依你怎样呢？”好汉说：“哪用恩公挂心？古云，‘年年防火，夜夜防贼。’就只小的与小西二人，自己防备。我在户上，他在地下，每夜如此。大约贼人有天大胆子，白日也不敢来；即便黉夜行刺，不过一二人，何足惧哉！”施公点头，即嘱小西一同防备不表。

且说乔三打发小西去后，到东院见了众绿林，说几句客套话，一齐坐下。吩咐厨役收拾酒菜，与众寇饮酒闲谈。不知后事如何，且看下回分解。

第八二回　朱光祖行刺遇友
黄天霸信义全交

话说恶奴乔三与众绿林饮酒闲谈，正饮在半酣之际，才要提叙谋害之话。忽然跑进一人，走到乔三跟前，躬身带笑说道："庄外来了一人，年纪三旬上下，身形瘦小。穿平常衣服，坐骑白马，身带弓箭，拔一支圆头箭，望空中射去，坠下；用弓梢接来，滴溜溜一转，接在手中。把弓箭插在囊中，下马躬身，口称：'线上的来到，借重通报一声。'小人特来回禀。"乔三尚未答话，忽见一位老江湖带笑说："三弟，此人来的正好。我们正想趁施不全奉旨山东赈济，饱载而归，截他些路费，哥们也好各奔前程。连连在此搅扰三年，我们心下不安。"乔三闻听，知道这家好汉，乃响马的瓢把子：姓褚名彪，年有五旬，浑身武艺。手使双拐，一匹甘草黄马，一日能跑三四百里。那马好像透骨龙，每日吃的都是小豆。恶奴见过他的本领，敬之如神，连忙带笑，尊声："老仁兄，你我却似同胞，何言搅扰二字。不知来的此人，怎样称呼？"褚彪说："此人姓朱名光祖。我素知他是真正好汉，少时请进，须要接迎才好。"乔三说："快请。"那人答应，转身出去，霎时回报。那人到了门前。乔三连忙站起，同众接出门去。褚彪忙叫："接马！"上前拉手，光祖带笑问："大哥好。"褚彪答言说："三弟好。"又说："老弟过来见见，这就是我常提的黑马单鞭乔三爷。"

朱光祖闻听，松手往前紧走两步，与乔三拉手儿说："久闻三太爷很圣明，今日特来拜望。"恶奴回答："不敢，兄台过奖了。久闻大名，今睹尊颜，三生有幸。"朱光祖谦逊了一会，只得先行，一同众盗进厅，让坐，分宾主位坐下，又添酒菜。

敬酒已毕。席前乔三说道：“施公现在德州下马，不日回京。咱们借些盘缠，想烦劳众位，白日乔装扮作平人，混入德州城去，夤夜齐进金亭驿，杀了赃官施不全，抱去财物，众位只管四散。”朱光祖噗哧的笑说：“列位兄台休生暴躁。古人云：‘将在谋不在勇，兵在精不在多。’”乔三闻听，答言：“若依贤弟，怎样办法？”光祖道：“这点小事，何用大众进城？交给小弟，只须如此这般，便可成功。”褚彪说：“别说过头话，事若不成，奈何？”光祖闻听，微微冷笑说：“仁兄，不必小看于我。我与仁兄一别几年，遍访明师，受异人传授，善能飞檐走壁。众位不信，当面打扮与众位看看。”光祖安心要显显本领与众观瞧，把众人请至当院。光祖蹿蹦跳跃，上房越脊，不亚于猴狲一般。乔三观之大悦。褚彪连声夸好。褚彪说：“愚兄与弟相别几载，那知你强胜十倍。我们大家恭敬三杯。”光祖不好辞脱，带笑说：“小弟谨领。”褚彪说：“千斤重担，老弟不得卸肩了。”朱光祖酒已半酣，站起来说：“我既献丑，就有心兜揽。杀了不全，回来好献功。”褚彪说：“贤弟把人头带回，方不负绿林好汉。”乔三吩咐唤酒，先与朱贤弟庆功。

忽听朱光祖说：“小弟此去，不过天交了五鼓就回。”乔三与众寇闻听不表。

且说施公与天霸计议停妥，酒饭用毕。不觉日晚，秉上灯烛，吩咐各去方便，非呼唤免到。众内丁答应出厅，回身把槅扇掩关，虽不敢远离，却去偷安躲懒。剩下施公一人，心中事烦，回手由案上取过稿案来展开，灯下观看。但见呈词上，庄头所犯，尽是十恶不赦之罪。暗想：下帖请他不来，怎么得完案？想了会子：“不如我明日亲身到霸王庄拜望，就中行事，何愁拿不住庄头？”想罢，不由心中大喜。

不言贤臣阅看呈状，却说朱光祖与众寇谈至天晚，好汉复又换上那一副行头，外罩一件大衣，告辞众寇。众寇把他送出堡外。光祖两腿如飞，来到城下。看了无人，天黑无月，把身上大衣脱下，卷了卷掖在破壁之中。听了听锣打一棒，好汉让城上巡夜兵过去，施展走壁之能，趴上城墙；复又纵下，脚踏实地。忽又想起说："哎哟！我好粗心！初至德州，又不知驿馆在哪巷内，该问明方是。此时天黑，即便问信，我这式样，漫说讨信，只怕人一看见就准嚷喊拿贼，行不成刺，还把我拴上呢！这可如何是好？"为难多会，说："有咧，我何不溜着窃听私语？"看官，常说无巧不成书，光祖正在思想之间，那边来了二名更夫，一夫打锣，一夫打梆摇铃。此差乃大人下马后新添的，先前只一人打梆而已。

且说好汉让过二名更夫，暗暗窃听。只听前边那个打锣的说："张老弟，你须要屁股摇铃，手打梆子。往年差使，定更打锣。今钦差到此，官兵不断巡逻；新近又添这些夜防严密，半夜必到金亭驿点三次卯。"说着一直奔金亭驿而来。朱光祖跟着更夫，到了馆驿。更夫去到馆内点卯，他就在此围墙绕走。但见前面大门之外更房那三面，全是风火后沿。看罢走到后拐角，脚朝上，顶朝下，双手抱住墙角，双膝用力，霎时上去，爬在墙上。双脚一挺，上身一拧，翻身走起。又用双手扶瓦，身形一挺站起，掌手遥望：但见群房前面有灯，后面黑暗无人，两边配房，一边房内有亮，一边黑暗。又见正厅三间，前有卷棚，屋内透灯光，门窗关闭，寂无人声。好汉看罢，暗说："施不全，合该你命尽。霎时一刀割下人头，带回好见众家兄弟。"

不言光祖房上暗想，且说黄天霸、关小西二人，早已议定。

天霸令小西暗里躲藏，抛砖为号；天霸在正厅抱厦之下埋伏，双双暗中提防。黄天霸此时早拿定主意，想着两边房后，并无进处，来人必得从前面进去，好汉忙把镖取出防备不表。

且说朱光祖看罢，一伏身顺墙溜下，竟奔房后，打算必有进路，潜踪来到房后细看，但见沿下横窗一溜，下面是墙。腹内说：何不上去，隔窗偷看动静如何，再找别路进去。想罢，走到墙根，把身一蹲，往上一蹿，嗖一声纵起身形，伸双手攀住窗台，又把身子一拧，轻轻上了窗台。手拉上面，扭项，用舌尖破湿纸窗，一只眼往里偷看。从上往下一出溜，轻轻脚沾实地，绕过后面。回手腰内取出两把板斧来，双手把定，直奔抱厦而走，来进门前行刺。

且说抱厦下的黄天霸，地上暗处藏的关小西，他二人早已看真。天霸此时把镖擎在右手之中，暗骂："好个囚徒，竟敢来在金亭馆行刺，那知有贼祖宗在此等你！"言还未尽，只见贼人相离不远，好汉一声大喝："呔！贼人休走，看某镖到。"把右手一扬，单撒手，只听吧的一声。天霸安心要留贼人活命，往下三路打去，镖中大腿，哧！"哎哟！"光祖才要转身逃走。黄天霸听贼人中镖，忙忙跳下。小西听见"哎哟！"一声，慌忙打了一箭步，从黑暗处吱一声，蹿至面前，举刀就砍。天霸一见，连忙嚷道："留活命要紧。"小西闻听，擎住利刃。话言未了，忽听贼人大叫道："使镖的莫非是黄天霸？"好汉一听声音甚熟，连忙回答说："中镖者别是朱光祖罢？"小西一边听着发愣。但见二人，他一个丢斧，一个插镖，凑到一处，执手相亲。这个问："仁兄一向可安？"那个说："老弟近来可好？"小西听了听，这才醒过来咧！抱刀说："你们二位既然相好，乃是一家人，快请这位进房一叙，有何不可？"天霸回答："此言有理。"望着朱光祖说："仁兄请。"朱光祖说："老弟且住，等劣兄把镖还你，然后讨坐。"言罢弯腰用手拔出腿上那支镖来，双手一递，带笑说："劣兄的贱肉皮破了。老弟有药拿来。休怪，休怪。"天霸带笑回言说："小弟斗胆，伤了贵体，求恕求恕。"忙回手从锦囊内取出一包灵药，打开与光祖，上在伤痕之处，立刻止血不痛。光祖弯腰拾起双斧，插在背后。天霸将镖入鞘，他两个拉手前行，小西在后。三人进了屋内，分宾主坐下。小西将刀人鞘，挂在壁上，走出去不多时，端进茶来，每人一杯。茶罢，黄天霸带笑说："小弟请问一言，不知仁兄受何人之托，前来行刺？"

一句话问得朱光祖面红过耳，迟疑多会，说："罢咧！此事真把人羞死。老弟跟官，劣兄实不知情。闻听人说施大人赶到德州下马。"二人正在讲论，忽听有人咳嗽一声，天霸说："这必是钦差大人前来，商议此计怎样行法。"不知商议什么计策，且看下回分解。

第八三回　赛时迁暗保贤臣　施大人诓捉恶霸

话说黄天霸正与朱光祖私相谈话，忽听窗外有人咳嗽。天霸一听，知是施公声音，低声说道："大人来了。"光祖闻听心怯，望见天霸说："老弟，我是躲避不躲避？"天霸说："不用躲避，大家叩见便了。"朱光祖回答说："遵命。"言罢，天霸、小西当先，朱光祖随后，见了施公，自已通名，双膝点地说："小人乃盗寇罪人，今叩见大人。"施公闻听，不解其意，忙问："天霸，此乃何人？"天霸见问，打千下跪，忙将已往之故，细言一遍。贤臣闻知，如梦方醒，点头说："原来如此，快请同到正厅相议。"天霸闻听，忙让光祖站起。贤臣起身前行，三家好汉后跟，同进了倒座正厅，三家好汉侍立两旁。老爷带笑说："关壮士，给朱壮士看坐。"小西答应，立刻设下座位。朱光祖侧坐。贤臣望天霸、小西说："众位不必拘礼，一同坐下，好公议。"二人回答："小人斗胆。"言罢同在光祖右边一齐坐下。施公带笑开言说："三位义士，这事怎样？施某领教。"表过天霸心直口快，一句话也藏不住，一闻贤臣之言，忍不住先就答话。施公也知他的秉性，但有点事儿，明用他又不肯明说，必须卖暴腌鱼，好叫他应承；即便赴汤蹈火，他也万死不辞。

且说天霸见问，口尊："恩官，这有何难？小人倒有一条放水拿鱼之计。老爷只须如此这般：朱仁兄回庄，见了皇粮庄头管家乔三，只消随口说过；再与绿林朋友说明——借兄台虎威，替恩公美言一二。大家同心合意，明日保大人驾临霸王庄，里应外合，拿恶人如探囊取物一般。此小人拙见，未知恩公与仁兄意下如何？"贤臣闻听，点头称赞。朱光祖亦咂嘴说："妙，此计亚赛孔明。"正议论间，忽听更锣已敲三棒，施公要留朱光祖款待酒饭。好汉再三告辞。老爷同天霸、小西送至院内。光祖告别，走到墙根说道："吾去也。"但见他把身形一蹲，往下一扭，腰又往上一纵，嗖一声蹿上墙头，由墙越房，展眼不见。施公点头，不好明言，腹内说："哎哟！今夜不亏小西、天霸，险遭毒手。"叹罢回步，进了倒厅。二位好汉相随进厅。

天已微明，内丁献茶。施公茶毕，净面更衣，吩咐内丁传出话："教马、步兵北门外扎营，文武官员来见。一同本州知州到皇庄拜客，不可迟误。"内司答应，立刻传齐，文东武西，鱼贯而行，来至仪门。该值人高声喊道："文武官员至厅台，各按品级行参拜！"拜毕平身，侍立两旁。施公按天霸之言，早已写定字柬几封，封面上写着文武职衔字号——内详要事，恐不机密，走漏风声，使各官自看，按柬而行。老爷座上看文武整齐，心中大悦。施公手擎字柬，对各官道："尔等接本院字柬，各看明白，驿外等候。"

且说天霸见施公吩咐已毕，走到小西身旁，把嘴伸到他耳边，低声悄语，说了几句。小西点头，又把王殿臣、郭起凤拉到身后，低声说："如此这般。"

施公见好汉行事完，座上高声吩咐："抬过轿来！"轿夫将轿抬上滴水檐，钦差上轿。三声炮响，出了辕门。全副执事，文武官摆队而行，通城兵丁，前后护围，好似一窝蜂，登时来到霸王庄外。贤臣吩咐："停住执事，就在此屯扎，不可前进。"下役答应。又叫："小西！"好汉忙至轿旁，下马打千，一旁躬身侍立。贤臣说："你来过，还得你去答话才好。就说本院亲身来拜。"小西把马交与别人拉定，迈步走进原先那座酒馆之内。可巧胡可用又在铺内。小西就将施公前言，对胡可用说了不表。

且说八人轿抬至酒馆。胡可用一见点头说："使得，跟我来。"胡可用在前，八人轿在后，霎时来至瓦房门首。仍如前次打锣，抬着轿至砖堡门首，八人轿落地。四家好汉并不骑马，都在轿旁两行站立。胡可用上前报与看门之人。看门人复又击点三下。点声未住，忽见跑出一人，问明来意；回身进门，通报庄头。

黄隆基听家奴禀说：“钦差亲身临门拜见。”即便追问来人道：“钦差带了多少人马？”下人回答说：“带来的文武官员，都在桥西，就只主仆五人过桥，现在西堡门外。”庄头点头说：“呵，呵！”心中暗说：“钦差此来，并非歹意。昨日下帖拜请，很该先去回拜。误听乔三之话，未曾进城；他又亲身来拜。再说去见，乔三又不在跟前，只恐变生不测。再说不见，来而不往，非礼所在。再者，他乃奉旨钦差，职分非小，出京就是关外天子，大有威权，两次不见，他若一恼，怪罪下来，那时反为不美。”沉吟多会，忽然转过一个少年来，不过十五六岁，眉清目秀，俊俏风流，不亚宋玉之美。走到庄头跟前，娇声媚语说：“太爷不必迟疑，钦差乃奉旨大臣，亲身来拜，是要与咱交好。倘有什么歹意，早就出签票，拨官兵衙役，围困住咱的村庄咧！刚才人说，只有执事，都屯在堡外。虽有官员跟随，并未过桥。门口只一乘轿，跟随四人，何用等乔三商议？速去迎接才妙。”隆基闻听，忙把衣服换上，带着四名小童，出了内院。众家奴见家主出来，随跟上许多。庄头一摆手，家奴站住。庄头与小童五人前后而行。临行复又吩咐家奴说：“快杀猪羊，叫厨子治齐筵席。”主仆五人，出门迎接钦差不表。

且说贤臣正在轿内观望，忽见大门出来五个人。相离不远，但见当先一人，头戴丝绒秋帽，大红丝缕石青袄褂，四爪团龙天蓝缎袍，腰系丝绦，荷包飘绦，两边相配。足登齐头官靴；粗眉大眼，鼻高唇厚，两耳有轮，方字大口，却生满脸横肉，半部胡须。年纪约有五旬开外，款步而行。后跟四个小童。老爷看罢，暗说：“必是庄头出门。”四家好汉都在桥左右侍立，单等吩咐。不多时庄头走至轿前，口尊：“钦差大人在上，庄头要知大人驾到荒庄，礼该远迎才是。迎接不周，庄头在大人轿前请罪。”言罢，假装屈膝，倒像下跪的模样；其实肆漫，不肯跪下。施公一见，正中机关。老爷也连忙带笑，在轿内躬身回答说：“施某拜见来迟，休得见过。你我乃通家之好，何必多礼。人来！”天霸、小西答应，转过轿前伺候。贤臣故意摆手摇头说："贤契免礼，快请起来。"庄头听贤臣很谦虚，他更装下跪的样式。老爷说："快搀起来。"天霸、小西二人上前，早已定下牢笼妙计。他二人进前忙一伸手去搀。庄头不知是计，反把两支胳膊递与两家好汉。天霸、小西各接住庄头一只胳膊，用力往上一端，跟进一步往后一拧，又用力往上一推，按倒恶人嘴朝地。庄头着急扭项，才要问故，忽又走过郭起凤、王殿臣二人，弯腰把庄头的两条腿拳上，回手腰中取绳，递与天霸。天霸忙把恶人黄隆基绳缚二臂，又一回手，亮出单刀，用刀背把恶人两膀打伤。

这时，小西飞身上马。天霸与郭起凤二人，把恶人搭起，递与关太马上接了，各人复又回手，都亮出兵器，也一齐上马。

施安此时不敢怠慢，取火早把铁铳点着，只听咕咚响亮一声！他便回身上马，忙催坐骑，往回头奔走。虽说把恶人倒剪，仰面横搭马上，他却不住地挣扎。天霸说："郭哥下马来，把这囚徒收拾收拾才好。"郭起凤答应，忙下坐骑。天霸说："关兄，你把恶人推下马来，等我两个把他收拾妥当才好。省得叫他挣扎。"小西闻听，用力把恶人往下一推，只听咕咚一声响，便倒在马下。天霸、起凤二人赶上前按住，拿绳子从那人膈肢窝里，穿过捆好。天霸说："郭哥，咱俩把他搭在马后，把他用绳子拴好，咱也放心。"起凤答应。二人弯腰把恶人搭起，捎在小西马后，用绳子从马肚子底下掏过来，套了个结实，那头拴在膈肢窝，这边拴着腿弯子。恶人给拴在马上，只急得破口大骂。天霸弯腰抓了一把土，往恶人嘴里一塞，塞了满嘴，立时骂不出来。天霸复又上马过桥。这恶人还想挣扎，哪里还动得了？贤臣、小西在前，众人围随在后，奔走不表。单言跟黄隆基的四个小童，见人把主人拿去，他们跑进门来，一个个的抓住铜锣乱打一阵。乔三惊醒出去。不知后来如何，且看下回分解。

第八四回　关小西押送回衙　施大人候旨问罪

话说恶奴乔三，听说家主被施公拿去，央及众绿林帮着出去，把家主搭救回来。哪知朱光祖暗保施公，想着里应外合，把恶霸杀个鸡犬不留，不等众寇答话，先开言说："乔三，你快去把庄汉传齐，赶上围住。我们随后就去。"乔三信以为真，立刻跑去，招聚齐好汉，各执兵器，立刻出了庄门，顺着霸王庄大道，一直往北赶下去，展眼之间赶到。天霸看见后边赶来，连忙说："回老爷，后面赶来的人不少，老爷催督人马轿夫快走。"贤臣闻听，连连嘱咐壮士："只可堵挡下去，千万别轻伤人命，杀害良民。"天霸答应："小的知晓！"

不表天霸，且说那些德州武职官员，奉施公之命，同来在恶狗村外行围打猎；单听霸王庄村头的铁铳一响，他等好齐来迎接大人出了庄，好一同行围射猎。众武官每人各带五十名兵丁，离村近处，撒下围场，不敢远去。今忽听炮响，想是人齐了，正好出庄射猎。哪知打围是假，其实是贤臣拿黄隆基的妙计：响铁铳是为调他们到来，好拥护恶人进州，回衙严究重惩，以结民案。

且说贤臣与关小西等人马，刚出村庄之外，众武职也都带兵来到。贤臣一见，心中大悦。众武官见施老爷轿到，要下马接见。忽见贤臣吩咐："尔等一概不必下骑，拨几名前去，带着兵丁，吓退那些庄汉；不可伤人，违令者重处。"有几名武职答应，用目瞧看，见马后捎着一人，捆作一团，连忙吩咐几个兵丁前去拥护不表。

且说那一支兵马，往恶狗村那边勒马慢等，为是挡那些庄汉，好让贤臣出庄去。可巧这边武职领兵到来，庄汉也就赶来。

天霸当先，把马领回，对着庄汉站住。武职兵丁，站在好汉左右。忽听黄天霸望着那庄汉一声大喝。庄汉们又见有官兵堵挡，不由得胆战心惊。再者，又无黄姓的亲丁；又有两个想起庄头素日待人的强横，乔三的打骂，说了一片懈怠话，谁肯轻生近前？说声散，就一齐四散不表。

单表施公在前，众武职兵丁与小西等，押解黄隆基登时进德州北门，早已惊动城关众人，两旁观看。一霎时到了官衙，至滴水檐下轿，老爷款步升入公位坐下。众武职衙外下马，入衙与文官等上堂行礼，分班侍立。黄天霸同小西，把庄头推拥上公堂。众役发威，一齐断喝叫："犯人跪下！"只见恶人把头一抬，气忿忿回答说："尔等这些狗党！少要猖狂叫跪。再过少时，我救兵到来，给我磕头，你大太爷还未必依呢！"言罢，恶狠狠地站在那里，复又说了些狠言大语。施公见恶人不跪，心中大怒，喝叫："人来！快拿夹棍。"众役答应，去不多时，夹棍取上堂来一撂。施公大叫："人来，你等快去把被害之人传来，当堂与恶人对词。"该值人答应出去，登时从角门外带进多人，上堂一齐下跪。青衣退闪开来。贤臣座上开言说："传尔等进衙，与黄隆基当堂对词，哪个若虚言妄告，本院究出立刻追命。尔等俱都据实上诉。"内中有个年老的，往上跪爬半步，口尊："青天大老爷，小民儿子被他打死，诬赖欠账不还，叩恳爷爷给小民作主。"这个说："我的妹子年十六岁，被他抢去，硬作妾室；逼得我父投河而死。"这个说："把我妻子硬行霸占，怀中小儿活活饿死。"这个说："我的房屋他硬占去，连地亩一并而吞。"那个说："他见犬子生的美貌，硬行抢去，作为娈童。"贤臣听罢，吩咐："尔等原告起去，一旁等着结案。"众人答应叩头，一起站立一旁。施公又叫："人来，上夹棍加刑。"下役答应，一齐拥上，用杠子敲震夹棍，把恶人疼得痛入骨髓，怎奈心如铁石，总不招认；为是挺刑耐守，等救应一到，还想生路。审了一日一夜，一连夹了三次，震断几十根杠子，黄隆基半句也没招认。贤臣点头，暗说："好个黄隆基，真乃名不虚传。"众多原告，见施公严刑问不出口供来，莫不害怕；怕是倘然他的情到，救出庄头，对告他的人，他岂肯干休？

人人都不得主意，忽见角门外闹嚷嚷，马上鸾铃震耳。又见一人从角门跑进，慌慌张张跑上大堂，双膝跪倒，口尊："钦差大人在上，今有大人差去上京的人回来了，说圣旨来到，请大人快去接旨。"贤臣闻听，心中欢喜，忙忙站起，吩咐："人来，搭过恶人，放在一旁，候接过圣旨再问。"下役答应上前，连恶人带夹棍放在一旁不表。恶人此时听见旨到，只当情到，心中大悦不提。

且说贤臣忙换衣服；众文武也都伺候。施公下堂在前，众官后跟步行，开中门迎至门外。但见内监在马上，肩背圣旨。贤臣在马前，双膝跪倒，众官也一齐跪下，贤臣将旨意双手捧过，贤臣、众官站起平身，那马上的内监这才下马。

贤臣率众官走至大堂，将圣旨供在公案居中，行三跪九叩礼毕。未展圣旨，施公先就高声说道："尔等文武官员听真：施某素秉忠肝，报国为民。皇粮庄头黄隆基，作恶多端。尔文武官员，枉食君禄，自保身家，使民遭害。今奉旨严查贪官污吏，尔等惧势殃民。候本院请旨，定恶人之罪，与民报仇之后，尔等候查听参。"众官闻听，一个个吓得诺诺而退，躬身施礼，口尊："老大人，怜恤卑职等，感恩世代。"贤臣闻听点头，展开御批，说："尔等跪听宣读。"上写：

> 钦差施仕伦，奏德州皇粮庄头黄隆基恶款多端，俱十恶不赦之罪。旨到即按律治罪，即行处决。一切皇庄、房屋、土地，候朕派员撤回，着交妥人照管。众官一并革职留任。候有功后，官复原职。再要隐恶贪私，解京问罪。钦此。

贤臣宣罢御批，文武叩头谢恩，爬起站立两旁伺候。贤臣说："尔等原告，与堂下的文武听真：现今有皇上圣旨斩恶霸，与此方军民报仇除害。也不管黄隆基招与不招，施某按原告呈词定罪。只问尔等原告，所告他的恶款，可是都真实不虚？"

众原告回答说："大老爷，小人们的呈状，一字不假。倘有妄控虚词，如被查明，情愿领罪。"贤臣点头，叫书吏按原告呈词写招。老爷又问："尔等文武官员听真：想黄隆基之恶，人人皆知。怎奈他忍刑不招，只得你们替他画招，好算凭据；众原告也画以为证，就好立刻处斩，安民除害。”此乃奉旨之事，谁敢不遵？一个个齐声答应，俱愿画押。贤臣点头大悦，立刻拿下稿去。众文武、原告，替他画了手字花押，呈上施大爷过目存案。复又往下吩咐：把黄隆基押至法场处决。

话说那些该值人，把黄隆基拥出监斩，恶棍坐在尘埃等死。忽听有人喊叫：“刀下留人！皇宣到了：解往京都治罪，勿伤皇粮庄头性命。”吆吆喝喝，进了法场。刽子手停刀。但见那匹马竟奔棚口而来。

且说恶棍黄隆基听得明白，喜出望外，心中暗念：“阿弥陀佛。”马上人高声说：“刀下留人！北关外差官催逼甚紧，说是：倘有文武官员违背皇宣，一律问罪！”

但见那马上之人说着话，在监斩棚外，弃骑离鞍，将马拴在棚柱，跪至公案前，双膝在地，口称：“钦差大人台驾在上，德州四门紧闭，怎奈秘旨无法可入。差官现在北关，请大老爷的钧谕定夺。”那人言罢，叩首在地。施公忙在心里，却面带春风，叫声：“报事人速速回去，隔城告诉差官，待我预备妥当，立刻去接旨请罪。”不表。

且说钦差打发报事人出棚去后，座上沉吟，暗道：“这秘旨来的奇怪。我未拿恶霸之前，先写折本奏闻。圣上准本，御笔钦此，回旨与民除害。缘何又有秘旨来到？自古君无戏言，那有反悔之理？要说不是皇宣，谁敢假传秘旨？令人难辨，真乃怪事。再说不放恶霸，不去接旨，就说背旨欺君，我施某难免有灭门之祸。这可如何是好？”贤臣沉吟多会，心生妙计，高叫：“尔等监斩文武大小官员听真：今日本院斩逆安良，偏遇皇宣赶到，赦免凶徒。施某见来真实。德州州官穆印岐暂替本院监斩，尔等都听他调用。如有不遵者，从重治罪。再者，杀场仍照旧巡察，恶霸黄隆基牢牢看守。候施某接了旨，再作定夺。哪个徇私，革职重处！”州官侍立一旁。贤臣说：“你拿此字帖自看，不可泄漏机关。”

且说贤臣取一字帖，忙叫：“天霸、小西领命。”天霸、小西接过字帖，也到僻静处看了一遍，心下明白，又回到公案旁侍立。贤臣吩咐："天霸、小西备马，随本院去接皇宣。"二人答应，贤臣出棚上马，一扭项叫声："施安、施孝，速随本院出城。"二人答应，随后也上坐骑。

天霸在贤臣前头打顶马，小西在马上揣着铁铳——预备着施公命令，好放号炮。主仆五人，竟奔北门而来不表。

且说贤臣主仆，一拥出城，但只见北关龙旗玉仗，居中马上坐着一人，想是内监。脊背上背着皇宜，马后围随着人役，似一窝蜂。旨旁边，马上一人，相貌凶恶。贤臣看罢点头，暗说："必是恶奴乔三。有心先接旨进城，恐怕走脱恶奴，我何不如此这般而行。"想罢，慌忙弃鞍下马，跑至差官马前，双膝跪倒，不住叩头，口尊："钦差在上，施仕伦早知圣旨降下，理该接出德州境外，叩恳天恩，恕不知之罪。"言罢俯伏在地。但见那些打龙旗执事之人，个个慌忙下马——先被施公看出破绽。那背旨的太监，一见别人下马，他也心虚，连忙翻身下马。乔三也弃骑离鞍。但见那太监紧跑几步，满脸带笑，弯腰一伸手，拉住施公的手，口尊："施大人请起。此番虽是旨意，乃娘娘的秘召讲情，求大人宽恕皇庄之罪。我好回京交旨。快快请起。"

施老爷乃天生聪明，又经多见广，背旨的差官失了国体，就知是虚假。连忙站起，不肯说破，为是好拿恶奴乔三，一并正法。

贤臣也满脸赔笑，口尊："钦差老大人，卑职施不全请讨示下：不知哪位娘娘秘旨？讨明示下，好放皇庄。"背旨的见追问，便撒谎妄想虚词，道说："施大人何用追问，不过是王贵妃的旨意。依我说，快快请秘旨进城，赦免皇庄，再作商议。"贤臣闻听，就参透机关，便随口答应说："钦差言之有理。"言罢扭项叫声："关小西，快些放炮，好叫刀下留人。"壮士答应，取出铁铳点着。只听咕咚一声炮响，为是教城内州官听见，好早些行事。又听贤臣高声叫："黄壮士听了，吩咐你问问来的这些人，如有皇庄的亲丁，叫他快随咱们的人飞跑进城，吆喝刀下留人；怕是救护去迟，有伤皇庄的贵体，难免施某违背玉旨之罪。"言还未尽，忽听恶奴乔三高声答应："小人愿往。"

施公故问："你乃何人？"恶奴见问，回答："小人乃皇庄管家，名叫乔三。”贤臣说：“你去最妙。”恶奴答应，回身上马。施公叫声：“天霸、小西，你二人同乔三飞马进城，保住皇庄的性命要紧。我同差官进城，方不误事。”天霸、小西二人答应，飞身上马，一左一右，围住恶奴，星飞而去。

且说乔三救主心急，加鞭催马。说话之间，三人到北关门外。天霸高叫开门。门军答应，将关门开放，但见三匹马闯进门来。把守关门的武官，复又叫人把门闭好，照旧把守，专候施大人接旨进关不表。再说天霸、小西、乔三进城，乔三高声喊叫：“刽子手停刀！休伤皇庄性命。”不住的吆喝。天霸、小西暗说：好个囚徒，已入牢笼，还不知死，待少时爷们一定捉拿于你。

不言天霸、小西另有妙计捉拿乔三。单言德州州官，他已经看明施公的字柬，一同众官送贤臣出监斩棚，复回身进棚，替贤臣办理，遵号炮暗令行事。忽听炮响，吩咐：“王殿臣、郭起凤，叫刽子手快把犯人黄隆基开刀。”一声叫，刽子手闻听，随即跑上前去，钢刀一落，只听喀哧一声，人头落地。此刻杀场四面，瞧看的那些仇家，见杀了恶霸，无不趁愿。州官回身，同文武进棚。忽又听杀场内外喊声震地说：“刀下留人！皇宣到了。”众人一齐观看：但见三匹马如飞而来，当先马上，乃是恶奴乔三。众仇家一见眼都红咧！一齐接声喊骂：“狗娘养的乔三来咧！咱们要不拿他，等到几时？”一声喊叫，一齐拥上不表。

且说黄天霸就知已杀了黄隆基，不敢怠慢，将马离恶奴切近，一扬手背，照着乔三脊背叭的一巴掌，恶奴不防，只听咕咚一声，栽于马下，那马跑去不表。但见小西马到近前，连忙弃镫下马，才要上前捉拿恶奴，回身不见乔三。哪知恶奴爬起，撒腿就跑。天霸追赶问讯，也有说往南跑的，又有说往北去的。总言之，东、西、南、北赶着问遍，不见恶奴的踪迹。

天霸、小西只是抱怨众人误事，如何见施公交令。此时天霸、小西二人知道狗党们已经入城，好放心擒拿恶党，此话不表。

且说贤臣同差官进城，把守城门的武官复把关门紧闭，打锣有令知会。天霸、小西二人无如之何，只得催马回去。

且说催马奔法场，不多时来到。但见未散的军民，一齐跑到叩头，口尊："大人把恶霸黄隆基尸首，赏给小人等，以消素日之恨。"说罢一齐叩头不止。老爷一见，点头说道："满城军民，留神细听。即将恶人尸首赏与尔等，任凭尔等处治去罢！"众人闻听，谢恩爬起动手不表。

且言吴进孝身坐马上，听得明白，心下着忙，又不能逃脱，吓得面如金纸，跟着施公，登时来至棚外。众官出棚跪接。忠良一见，马上摆手，众文武站起，忠良下马，进棚坐下。但见"差官"如泥塑一般。老爷吩咐："快把假差官拿下。"左右一齐呐喊，拉下马来，上了绑绳；那些打执事与跟随假差官的，吓得滚鞍下马，跪在尘埃，只是叩头求饶，口尊："老爷，我等都是乔三雇的，教假充跟随钦差之人。"施老爷一见，点头说："尔等既是良民，不必害怕，我自有道理。"叫声："人来。快带'差官'！"该值人答应，立刻带过。那人明知事犯，吓得心惊胆战，双膝跪倒。贤臣座上微微冷笑，叫声："差官听真：这起打执事人是什么人？快快实说，免得本院动刑。"

差官闻听，不敢隐瞒，口尊："大人，小人名吴进孝。十二岁净身进宫。因偷玉器，捆打撵出宫来……"且听下回分解。

第八五回　乔三脱逃黄关请罪 施公出示官役搜人

话说贤臣问明吴进孝的实言。抬头观瞧，只见黄天霸、关小西骑马飞驰而来。霎时下马来到，急忙至公案下跪称："恩主大人在上，我二人身该万死。"忙将走脱乔三之故，细细回禀。言罢二人叩头在地。施公闻听，座上着忙，心内暗暗自语：好两个该打的奴才！有心归罪，内有天霸奉旨朝见升官，因此不肯定罪。迟疑多会，叫声："天霸、小西，本院不看你二人素日勤劳有功，立刻归罪。仍罚你二人速去捉拿。拿住乔三恕罪，如若拿不住恶奴，决不轻恕。"二人答应，叩首爬起，回身出棚，上马到各处访拿不表。

且说贤臣又高声大叫："尔等打执事，哪个是为首的？快快说来，好放尔等。"众人见问，回道："为首的是那刘三、王五。他二人奉乔三差遣，雇的小人们。"贤臣闻听，座上点头，吩咐："立刻把刘三、王五上锁，其余众良民，吩咐重责三十大板。"放起撵出棚外。众人一瘸一拐四散。贤臣又叫："武职官，快传命令：城上添兵，巡拿恶奴乔三。如有徇私放出乔三，与他一例同罪。"

且不提搜寻恶奴，亦不表贤臣出棚，上马回衙。单说乔三被天霸一掌打落马下，恶奴闻听人嚷说杀了黄庄头，就知事情败露。现在若不找个藏人之处，教人赶上拿住，乃是命在旦夕。

恶奴正自踌躇，忽然想起姐夫来了。看官，你道他姐夫是谁？乃德州土居之民，姓朱名亮。今年五十九岁。黄面净脸，满颏胡须，身高五尺。只因他年幼爱习枪棒，学会浑身武艺，二十五岁上入了公门为役。因捉拿盗寇，几次有功，现今升为步快头领。为人透灵，广有智谋，衙门的伴儿给他送了个外号，叫赛孔明。他最爱交友，好玩笑吃喝，一乐而已。因此满城军民，无不钦敬他。乔三想起朱亮，心内暗说："我何不投到他家，叫他出个主意，搭救我出城逃命。"想罢两腿如飞，忙忙奔到筒子胡同，走进巷内朱亮门口。可巧门半掩半开。乔三不敢声叫，连忙进去，又回手把门紧闭，迈步往房中而来。房中惊动乔氏，只当夫主回家，迈步迎出。抬头一看，乃是乔三来到；但见浑身带汗，往里直走。乔氏一见，便问："兄弟，如何这般慌忙？快进房来告诉我听。"恶奴见问，忙进房来，又把房门紧闭，入内坐下。乔三低声叫道："姐姐不知，容我细禀。"就将已往从前之故，述说了一遍。乔氏闻听，吓了一跳，说："兄弟呀，这可如何是好？"乔三说："但能救我出关，你夫妻如同父母一般。"乔氏说："现今四门紧闭，你姐夫纵有手眼，也难救你出关。"姐弟正然打算，忽听胡同之内，乱哄哄的齐喊："谁家藏着乔三？如若不报，待搜寻出来，拿去一同问罪！"

乔氏、乔三吓得浑身如筛糠一般，愣了多会，听着喝喊的声音远了，才敢言语。

不言乔氏姐弟家中害怕，且说步快头领朱亮，遵奉钦差大人的钧谕，又奉州官穆印歧的差遣，带领手下，挨着户儿，大街小巷，高声喊叫，细细留神访拿，半晌并无影响。堪堪天晚，众役觉着饥饿。那朱亮素有义气。众伴儿要吃酒饭，他们走到僻处，一齐止住脚步，俱各不走。内中有个户儿，姓李名顺，素日与朱亮玩笑，叫声："金星子别扒弄我太爷。有个巧当子，告诉了你再扒。"朱亮闻听，叫声："第二的，有屁早放。"

李顺叫声："金星子，你别藏赃。听大朋友告诉于你，就只怕说出来你不应。古语说：'官差也办，私事也办。'人是官的，肚子是官的吗？少不得借你个光儿，吃顿饭再去访查。难道拿住乔三，咱们才有功劳；拿不住乔三，就饿着肚子不成？"朱亮闻听说："你说话，我爱听。要不还上王家饭店。咱们当衙门的人，素日是吃了不还账的。"一边说一边走，登时来到王家铺门口，一齐进铺坐下，要酒要饭。众伴儿饭酒还未吃完，朱亮忽然想起一事，心内着忙，腹内说："哎呀！我只顾在外，忘了家里。我想乔三那个奴才，刚才拿他，毫无踪迹。这城内他别无亲故，莫非那狗头躲在我家中去了不成？"朱亮越思，心中越怕，连忙叫声："众伴伙计，吃完了饭算咧！我想起一宗紧事来。你们哥儿六个，出铺之后，还是照旧吆喝访查。都在十字街等侯见面，咱再去见官回话，讨示下。"众人答应晓得，一齐站立，同到柜上。朱亮大大的架子，叫声："王掌柜的，写上我罢！"掌柜带笑回言说："朱大太爷请罢。"齐声大笑，彼此拱手相别出铺。

不言老王认了造化低，众役还去到街巷照旧吆喝，访拿乔三，再到十字街等侯取齐。单言朱亮别了众伴儿，他安心回家。

霎时走到自己门口，但见两扇门紧闭，静悄悄无人，上前敲门不表。且言他姐弟正在屋内，担惊害怕，忽听街门打的响亮，吓得乔三只当有人来拿他，低言叫道："姐姐快去门边问真，要是声音不对，千万别开门。急急回来，再定主意。"乔氏说："知道。"言罢出房门，来到门口说："外边叫门是谁？"朱亮说："是我。"乔氏听是丈夫声音，心中稍安，伸手忙拉插管，把门开放，让朱亮进门，乔氏复又把门插上。夫前妻后，同进了房门。朱亮一抬头，瞧见乔三，不由吓得瞧着恶奴，只是呆呆发愣。恶奴看见他姐夫回家，忙忙站起，叫声："姐夫，快搭救我的性命要紧。"朱亮闻听说："难为你这胆！竟敢假传圣旨。拿住内监，全都认招，单等拿你去完案。"乔三闻听朱亮之言，愣了会子，叫声："姐夫，你不救我，我可就死定咧！常言说，'人到难处，就如虎落深坑。'素日我知道你广有机谋，因此我才投奔你来。"朱亮闻听，叫声："我的儿好乖嘴！就只怕被人知道告发。我不告你，我就算救你的一样；你再想教我救你出坑，好似叫老虎拉车——我不敢。一来四门紧闭，二来兵将巡逻。救不成你，连我一齐拿住，那就要了我的宝贝咧！我劝你早些滚罢！"乔三闻听，回答叫声："好老爷子，只求你老人家想条妙计，救我的性命，再不忘姐夫的天恩。"朱亮闻听，估量着眼下难以推托。前已表过，朱亮广有智谋，眉头一皱，计上心来，故意带笑，叫声："兔羔子，要老爷子救你不死，听我告诉你妙计。幸喜今年东北角上，连日阴天，雨水浇坍一块城墙。少不得你装我的户儿，今夜晚送你越城墙逃命。你先等一等，我出去，一来打听打听，二来沽点酒儿，你喝了好壮壮胆子逃命。”言罢站起身来，厨房取酒瓶，回头叫声：“贤妻，跟我开门。”乔氏答应，同丈夫出去，来到大门。丈夫出门，乔氏复又闭好，回房不表。单说朱亮手提酒瓶出胡同，登时来到大街，暗说：“乔三，你今错想了。只想我救你，哪晓身入牢笼。少时回来见晓，先稳住你再拿，必须如此这般而行。你要想逃生，除非是认母投胎。”

话说朱亮手提酒瓶，到大街上打酒，紧往回走，暗说：“乔三拿我当喜神，哪知是你的丧门星！少时到家，先稳住他，然后再拿，必须如此才好。要想逃走万不能。”一边想一边走，只见满街各巷，人马来往，挨门按户，这家搜了，又进那家去搜。朱亮一见，心中着忙，恐怕搜到自己门上。忙忙沽酒回来叫门。乔氏听见，忙出房开门。朱亮进去，复又把门闭好，举步进房。乔氏接过酒菜，忙忙收拾了，放在桌上。乔三与朱亮对面坐下。乔氏把酒斟上。忽听朱亮说话——心中主意并不告诉妻子，带笑叫声：“乔三我的儿，你放心喝酒，天气尚早，壮壮胆子。等到了五鼓时分，兵丁闹得人困马乏，老爷子好趁空儿送你出城逃命。囚囊的，听爹爹主意：倘有人撞见问你，你就唱一出“一门五福”，说：“吾乃小孙孙是也。”我的儿，听为父之言，才算孝顺。非唱这出戏，难以逃命。”乔三闻听，信以为真，心中大悦。叫声：“老爷！爸爸！——你骂舅太爷，今日全都让你。”朱亮闻声，叫声：“舅爷，你饮酒，老爷子赏你脸，你就出浪声儿。我的主意虽然如此，吉凶祸福，可得听天由命。”乔三说：“我的言算是不对，老爷子任凭你罢。”言罢二人饮酒。朱亮在家，先稳住恶人不表。

单言钦差大人，出监斩棚，回至州衙升堂。不一时天到黄昏，满街高挂灯笼。施公座上暗想，拿了半日，这又定更时候，还搜不出恶人，莫非官吏有他亲眷，把他隐匿？座上开言说：“尔等不用伺候本院了，急听我谕令：传与文武官员，四门城上严加防范。家家户户，无论举监生员，兵丁衙役，都去叫门仔细搜寻。天亮拿不住恶奴，不拘官吏，本院都问罪名。”该值人闻听，连连答应，急出州衙，遍传钧谕。文武官员，遵谕而行，各派手下兵丁衙役，按户搜寻。直搅的各家妇女咒骂恶奴，这且不表。再说钦差大人官衙坐等，忽听天交四鼓，还不见拿住恶人的音信。不言钦差官衙坐等。

再说朱亮劝解乔三饮酒，稳住恶奴。朱亮明说搭救乔三的性命，暗用牢笼，捉拿恶奴，好保他自己性命。二人对坐，吃到天交四鼓。朱亮心毒意狠，做事不对妻子说知，为保全他夫妻脸面，明知乔三武艺精通，甚是难拿，反怕不美，故此心内作事。见他姐弟吃酒，他也面带春风，看着他妻子，叫声：“老婆子，我要不看夫妻之面，再不搭救乔三这个忘八羔子。”乔氏闻听，口尊：“夫主，言之差矣。古人云：‘一日为亲，终久托福。’你不瞧他，也须瞧我。”乔三心中有酒气壮胆，叫声：“老姐夫，骂是骂了，此时天不早咧！少时就亮。老舅爷子问问你，你要救我，有什么妙计快行？你要不救我呢，你就说不救，你我就拼上一拼。”说罢回身把腰中攮子一抽，说：“这就是你的对头。”朱亮听他急咧！他也真机灵，就便儿回答说：“好狗头！急什么？我既应了你，何用你着急呢？听老爷子告诉你明白，头里我去打听咧，我知道自有救你的时候。再者，你逃命出城，也须路费，待我给你带上几文钱，好买东西吃，何用你着急。”说罢走到柜边，开柜取钱，答讪着工夫拿钱，就把蒙汗药下在酒里面了。这才带笑，与乔三讲话，说着斟上一杯酒，放在乔三面前。乔三虽说喝到七分醉，冷眼瞧酒色忽变，一阵心疑，不端酒杯。乔氏叫声：“老三，不用你多心。等姐姐先喝，纵有毒药，先药死我，你再喝。”伸手端过乔三那杯酒，沾唇一气喝干。又执壶斟上一杯，放在乔三面前。看官，此乃蒙汗药酒，其性迟慢。乔氏先抢那杯酒，喝在腹内。朱亮一见，正中心怀，忙忙接言，催劝乔三，叫声：“舅老爷，这可不用你多心了。你看你姐姐先喝咧！下剩的也不多咧！咱三人爽利的喝干了，好送你出城逃命。”他心中一喜，并不推辞，一饮而干。朱亮见乔三入了圈套，姐弟两个，把酒斟上，只顾喝，霎时间酒净瓶干。忽见他姐弟二人眼发眩，口里只嚷。头上又听门前人声喊叫，又细听了听，是邻右担惊，都嚷："咱们各加小心。"朱亮听罢，见乔三与妻俱皆昏倒在地，便找了条绳子，把恶奴倒剪二臂。把乔氏先放在旁边，候报官拿了乔三，再用冷水救活。

诸事停当，朱亮连忙出房，并不开大门，越墙而过，两脚如飞，竟奔十字街而来。不多时到了十字街，望众伙伴儿说道："我已搜着乔三，快跟我去，回明钦差，好拿奴才问罪。"众人答应，一同而去。登时来至公馆，先禀明州官，诉说实情。

州官闻听，喜不自禁，立刻带差役去见钦差。霎时来到衙门口下马。天交五鼓，进衙到丹墀以下，双膝跪倒。但见钦差坐着堂上，冲冲大怒，高声说道："尔等快将我的话传与兵将人等，赶天明拿不着乔三，一律问罪！"穆印岐听着钦差吩咐毕，这才口尊："大人在上，现有卑职的步快朱亮，用计搜着乔三。"

贤臣正自着急，听说有了乔三，不由心中大悦，连忙叫声："贤契，不知恶奴现在何处？"州官忙将朱亮用计之故，从头至尾，说了一遍。贤臣闻听，又把朱亮叫上来，跪在下边，老爷又问了一遍，与州官说的一样。贤臣吩咐："速把恶奴抬来，好与吴进孝对词完案。"州官答应，即饬朱亮衙役，急速一面派人知会游、守、千、把①带领捕快人等，将人调齐，穿街越巷，来到朱亮门首。班头朱亮，还是越墙而过，开了街门。外官在马上坐等。下役进内，抬出乔三。但见恶奴人事不醒。州官吩咐："急速进衙，禀见钦差大人。"下役答应，抬起乔三，急速来到衙门，放在当堂。州官回明贤臣，贤臣叫人用冷水把恶奴喷醒。不多时乔三苏醒，翻身坐在下面，心内糊涂，冷呆呆往上瞧着发怔。施公座上用手一指，微微冷笑，骂声："该死的奴才！

---

① 游、守、千、把：清代绿营军制，营以下为汛，设把总分领，职位次于千总。京师的巡捕五营也设有把总。又川、滇等省的土司官有土把总一职。以清绿营为例，军阶由高至低分别为提督、总兵、副将、参将、游击、都司、守备、千总及把总。其中，游击就在总兵（主管四至五营；约800—3000名士兵）辖下的基层武官，与参将、都司、守备等武官一同统辖六百至两百的兵力。把总受其辖下，在清朝为正七品武官；统领汛（兵力从十数名到百名）兵制单位的武官职位。

尔等情由败露，快快实言，好把你定罪。”乔三闻听施公之言，心才明白，如梦方醒，后悔贪酒，入了圈套，口尊：“老爷，小人乔三有家主。常言说家奴犯罪，罪坐家主。叩求青天老爷，察覆盆之冤。”说着不住叩头。贤臣闻听大怒，用手一指，高声骂道：“大胆囚徒！还敢巧辩。带吴进孝上堂，对质口供。”下役答应，登时带到吴进孝，跪在下面。贤臣大喝道：“尔等快把他两个夹起来再问。”下役答应，拉去鞋袜，套上刑具，用麻绳一扣，二人痛入骨髓，浑身发软。吴进孝不住叫喊，口尊：“老爷，小人招认，情愿领罪。都是乔三囚囊的把我害了。我头里已经全说实话。乔三纵不招认，也是徒然。”恶奴闻听，明知有死无生，即将已往从前，俱都招认。钦差座上闻听，恨得咬牙切齿，吩咐：“下役，每人重打四十大板。打完了，绑出去处斩。”下役答应，一声呐喊，把两个人打得两腿崩裂。贤臣又吩咐把乔三、吴进孝搀出上绑，急命州官押解云阳市口处斩不表。且说贤臣又吩咐：“尔等快提刘三、王五上堂。”青衣答应，立刻带到，跪在下面。老爷往下又吩咐说：“你两个，这罪过果知道不知道？”刘三、王五二人齐说：“小人不知，叩求青天大老爷恩典宽恕。”老爷说：“私传假旨，罪该斩决。幸而你两个不是事中之人，每人重责四十，罚你二人充军。”贤臣大喝：“拉下去，重打四十大板。哪个留情，本院治罪。”青衣发喊，打了四十，打完放起，复又上锁。施公堂上提笔判断。书吏一旁作稿。诸事停当，急命公差起解，带出官衙不表。

且说贤臣堂上，坐等杀场斩了乔三、吴进孝二犯，好进京交旨，心中正自着急。只见州官走进衙，上堂跪禀，斩了二犯。贤臣闻听，站起身来说：“本院钦限甚紧，立刻搭轿，就要起身。”不知到景州，又访出什么事来，且看下回分解。

第八六回　贤臣遣小西请客　天霸寻王栋出城

话说施公由德州城内拿住了飞腿乔三，就地正法；谁知乔三的兄弟，逃跑至黄隆基的小舅子家里。看官，你道黄隆基的妻弟是谁，此人大有名头。她兄乃千岁宫中一名首领；兄弟现捐纳的州同，又借着哥哥势力，就无端作恶，压迫良民，通官交吏，无所不为，心傲气雄。此人姓罗名叫似虎，人送个外号，叫作恶阎王。那日乔四给他送了个信去，哭诉其情。恶霸一听此信，气不可言，却有心合施不全作对，替姐夫、姐姐报仇。估量着施不全势力大，他乃奉旨钦差，犹如皇上一般。走动时，官役围随，到处官兵拥护，势派不小，难以下手。欲待不管，恨之有余。无奈写书一封，差人上京，送到首领哥哥那里，给他姐夫报仇。他哥哥转求千岁，在圣上驾前奏言施不全过恶，不过是求其归罪于施公，方消此恨。待遇机会，好报此仇。

且不言恶徒罗似虎，再说施大人自从离了德州，转牌早到景州。大小官员，忙接钦差，排开执事、兵丁、衙役，接至城外。文武跪在两旁，各举手本，自报花名。顶马施安传话，叫他们起去，到公馆伺候。众官听了，平身站起，两旁分开，让钦差执事、顶马、轿子过去，这才一齐上马，跟随钦差，前护后拥，进景州城，顷刻来到公馆滴水檐前落轿。钦差下轿进内，净面更衣，吃茶不表。

且说众官不敢入内，将手本投递。长随接过，入内去不多时，出来高声说道："大人吩咐：众官免见！明日在州衙伺候办事。"众官答应，各自散去。且说施公在大厅用饭已毕，闲坐吃茶，郭起凤、王殿臣、施安等，在厅外伺候。内中唯有黄天霸、关小西他二人在厢房，用饭已完，也是闲坐吃茶。为何他二人不在厅外伺候呢？有个缘故，关小西是自己投来，自愿效力，并非银钱买来的奴仆；二来又有几次功劳。黄天霸乃是施公亲自请来帮助的，这一入京，贤臣保举，引见圣上，还不定封他二人什么官职，故此以客礼待之。闲言不叙。

且说忠良在厅内叫声“施安”。长随答应，掀帘进内，在一旁垂手侍立。施公说：“你去把黄壮士、关壮士叫来，我有话说。”内司答应，出厅不多时，把二人带进来。他二人在下面，将要行礼，施公把手一摆，二人平身，一旁侍立。贤臣叫说：“二位壮士，本院叫你们不为别事，因本院当年有个同窗契友——此人乃中堂王希王老爷的族侄，名叫王年，现为陕西的学院，原是此郡人氏。他的父母俱在本乡居住。我今有一拜帖，关壮士可去一投。黄壮士暂与本院叙谈，免我在此发闷。”关太说：“小人愿去。讨老爷示下，不知此人住什么地方？”施公说：“去岁王大老爷差人下书到京，书信上写着在此郡王家屯居住；再者门前有旗杆、挂进士匾的就是他家。”关太回答：“小人知道。”施公忙将书字递与好汉。小西接过，出厅而去。

黄天霸在一旁，口尊：“老爷，小的想起一件事来。”施公问什么事？天霸说：“小的先同王家兄弟在一处居住。听他说过有个亲娘舅，乃是一个财主，此人有名的叫丁太保。我想王栋不辞而去，或是往他舅舅家去了。我的意思要想找他问问，他不辞而去临阵脱逃的缘故。看他怎么见我？不知老爷准与不准。”施公这次待黄天霸不比在江都县之时，乃是聘请出来，怎么好意思不令他前去？再说此处在州城之内，馆驿之中，许多兵丁卫役伺候，也无用他之处。至迟不过明日就来，后日就可进身，大约不至误事。二来也是合该有祸——施公不教他二人离开，焉有这场险祸？

且说施公闻听天霸要去找王栋，老爷沉了一下说：“壮士此次要去，见着王栋，也不必浮躁。虽然走了于七，也非他一人之错。他如愿意跟官呢，你只管同他回来见我。施某这一进京，自然不肯难为他。如不愿回来呢，也就罢了。千万壮士早回来。”天霸回言：“晓得。”

且说施公打发天霸去后，天色已到黄昏，馆夫秉上灯烛。施公独坐观书，施安一旁侍立。天交初更，施公惦记明日到衙内查看各案招稿，众官有无病弊亏空，好进京交旨。忠良心内一烦，合上书本，吩咐施安打铺安歇。内司应说："回老爷，早已铺设妥当了。"施公说："你去吩咐他们小心火烛、门户要紧。"施安转身出去，告诉了馆夫，把门闭好，自己在外间屋内安歇不表。施公熄烛上床，心中困倦，朦胧睡去。不多时，天交二鼓，心血来潮，似睡不睡，忽听门外有喝道之声。鞭板、锁子，连声响亮。施公在梦里心疑说："何处官员，半夜来临？"想罢闪目往外观看，但见一对红灯，走进门来；后又进来两个人，打扮格外异样；右边的穿戴乌纱圆领、羊脂玉带，足登粉底乌靴，手执牙笏，躬身侍立。他穿的四品补服；眉清目朗，白面长须，髯如黑墨。左边的年纪约有七旬，两鬓如霜，脸上皱纹如鸡皮，额下胡须，赛如白银；头戴万字巾一顶，身穿茧绸道袍，青缎衿领，腰系丝绦，红缎云鞋，素绫白袜，手执一根过头拐杖，笑容可掬。施公看罢，更加纳闷，心内沉吟：不像大清之人。

右边的一定是有职分；左边的好似乡民。又听见外面吵闹，估量是衙役三班人等。心中正是不解。只见二人行礼，拖地一躬，口称："星主，此事但求施展才能。"说罢，又见那老者用手在外一指，进来一个当差的人，左手提定一面锣，右手持锤，将锣连打三下。从外面又来了两物，扑进厅来。贤臣闪目留神，认得是两只绵羊，往里鱼贯而行，脖子上带锁，腿上带镣，少皮无毛，腿流鲜血，望着贤臣两只前爪跪下，叱叱不住叫唤，把头点了几点，如叩头之状。贤臣不解其意，才待要问老者，忽见那锣里头跳出来一物，细瞧是个耗子，一尺多长，灰色皮毛，跳在羊背上，又抓又咬，急得那羊乱跳乱蹿。贤臣一见，心中大怒，站起身来，两手扎杀着那老鼠。又听门外一声响亮，蹿进一物来，又像驴子，又像虎，竟奔忠良而来。贤臣吓了一跳，栽倒在地。又听门外风吼声鸣，噗噗蹿进二野虫来。贤臣虽倒，心内明白，闪目留神，原是两只猛虎，黄白二色。贤臣估量着命难保，那知猛虎竟不扑人，摆尾摇头，竟扑怪兽而去。两只虎按着怪兽，又抓又咬，登时怪兽命绝。两只虎进内间屋中去。施公害怕，老者同那一位，连忙伸手扶起贤臣坐在正中。忠良说："请问二位贵驾，这事情，愚下心内不明，望乞指示。"二人见问，躬着身说："此事星主自详。吾二人也不知晓，天机不可泄漏。若要问咱姓名，有四句言词：

王子头白总是空，斜土焉能把金成。

十一轮回功行满，土也成金鱼化龙。

言罢，复又用手指着，口尊："星主，须要小心，两只猛虎又来了。"贤臣见了，吃一大惊，猛然惊醒，乃是一场梦，吓得一身冷汗，"哎哟"一声，吓坏了长随。施安从外面忙来相问，将灯点上，口尊："老爷方才怎么样？"施公说："由梦中喊叫了一声。不知交了几鼓？"施安说："正交三鼓。"施公忙把表盒打开，看了看，果是子时三刻。说道："施安，你将参汤熬些我吃，再把好茶对一碗来。"内司答应，登时把炉中火添旺，一时俱办停妥。老爷起来用罢，施安忙问："不知大人方才作什么梦？求老爷告诉小人。"施公便把梦中之事，对施安细说了一遍。施安低头想了半天，口尊："老爷，着依小的详解此梦，也好也不好。梦见虎头驴尾的怪物，扑了老爷一个斤头，定主不祥。幸有两只虎，又咬死它，大略无碍。又有耗子咬羊，想来不过驳杂点儿。老爷虽然吓倒，幸亏又有那穿红袍的合那老爷扶起来，此乃吉兆。依小人想来，那穿红袍的合那白胡子老头，必是喜神、贵神。那虎头驴尾的怪物，必是个四不像儿。老爷只管放心此去进京面圣，包管大喜高升。"那贤臣自思梦中之事，自言自语说："好奇怪呀！"前已表过，贤臣不比平常之人。老爷登时参透："原来是城隍、土地前来警教，内中还隐着一段冤情，等施某前来结案。罢了，罢了！我明日进衙去，查出情弊，合郡的官员，多有参罚。"忠良想罢，不觉东方大亮。施安服侍贤臣净面吃茶，用罢点心，更换衣服。贤臣吩咐："预备轿马执事，伺候本院进州衙理事。"

轿马出馆驿不多时，到景州州衙门首，一直进了正门，到滴水檐前下轿。内司把被褥铺在公座，贤臣坐下。众官参见行礼。贤臣摆手，众官平身。这才分班站立。个个偷眼瞧着大人，见他头戴一顶貂帽，帽带紧扣，那时头上无顶，看不出官居几品来。容貌：长脸，细白麻子，三绺微须，萝菔花左眼，缺耳，凸背，小鸡胸，细瞧左膀不得劲。头里看他走路，就是踮脚。身材瘦小，不甚威风。身穿：狼皮蟒袍，海龙外褂，青缎官靴，仙鹤补服，一串朝珠，硬红嵌花。众官看罢，却多暗笑，瞧不起是皇家二品大员。那知身材虽小，志量甚大，是朝中一位干国能臣。众官正自暗中笑话，只听贤臣口呼："众位，本院奉旨前往山东，一来为放赈；二来为访查赃官污吏。今到贵郡暂住馆驿，为的查明案件，好进京面圣。大约众位无甚过犯，少不得要查看查看。钦限紧急，不敢久停，明日要进京交旨。"

众官闻听，一齐答应说："遵大人示谕。"言罢，众官吩咐书吏，预备各处案卷，送至大人案前。施公将案卷看了一遍，留神细查，不过是奸情盗案、窝娼聚赌、行凶肆掠，杖斩绞犯，军徒枷号，判断明白，并无存私之处——哪知州官与书吏暗定诡计，以哄施公。贤臣看罢，又查钱粮地亩，从头至尾，瞧了一遍。来到库内查验银子数目，分毫不差。施公连连点头赞说："到底是列位贤契作官清正，本院进京面圣，一定保举升官。"

众官闻听，不敢怠慢。忠良总惦记昨日作的恶梦，并未查出梦中之情，老爷心中不悦，眼望众官开言说："此郡可有一人姓罗，名叫如虎，又叫如鼠。众位可曾闻之否？"众官听了，一个个眼望钦差，似聋似哑，都不作声。景州知州想罢，哈着腰儿赔笑，口尊："钦差大人，卑职查此郡，城里关外，并无姓罗有名之人居住。若有，卑职不敢在大人台下隐瞒。"州官说罢，贤臣心下暗自沉吟说："州官此话，大有情弊。他说城里关外，并无姓罗之人。须得如此这般，才能得其真情。"想罢叫道："贤契，本院此问，也无关紧要。明日本院就要进京面圣，一定保举贤契升官。"言罢吩咐搭轿。大人站起身来，往外就走。众官一齐送大人上轿，登时来到馆驿下轿。贤臣进厅归座，吃茶用饭毕。施公眼望施安说："我今有个主意，必须如此这般办法，庶可得梦中之情。"要知怎样，且看下回分解。

第八七回　主仆闲谈说梦景　贤臣改扮访民情

话说施公要亲身出去私访，访真再议。长随说："老爷，小的请问怎么就知是城隍、土地前来指教呢？"施公说："我的儿，你听我分解：那梦中的老者，合那一位官长说，若问他们的姓名，临走留下四句偈言，本院记得明白。他说斜土旁边加一成字，岂不是城池的城字？王字头上加一白字，岂不是个皇字？十一凑起来，是个土字。土也并起来，是个地字。这明明是'城隍、土地'四字，何用详解。"施安说："既是城隍、土地前来托梦，何用私访？一来钦限甚紧，二来黄、关二人并未回来，谁保老爷同去？万有一个差错，那时如何？"施公说："本院此去假扮，何用跟人？人多反为招摇。再者，既秉忠心，为国救民，焉怕是非。尔亦不必多言，快把此处人的衣服找几件来我用。"施安知道老爷的古怪性情，只得答应，走去问馆夫借衣不表。

且说贤臣打发长随出去，自己找了一块白布，提笔写上几行字，两头用竹竿绷紧，卷起来，掖在腰中。施安借来衣服，老爷连忙打扮停当。幸喜此驿有个后门，无人把守，老爷先行，施安瞧了瞧院内无人，这才一同出厅。至后院门首，老爷低声吩咐施安说："我儿，本院出去私访恶人，或虚或实，天晚必回。若晚晌不回，就有了事咧！也不必叫众官知道，等黄天霸、关小西到来，叫他们去找本院。再者，我去之后，你传出去就说本院有病，众官一概免见。千万嘴稳要紧。"言罢，施安将门开放，老爷出门，吩咐仍将门闭好。

老爷出了馆驿，不知准往哪里去。此时正是冬月光景：一片荒郊，树木凋零，草都黄败，朔风透骨，冷甚冰霜。忠良不由点头，是为除暴安良，受此辛苦。倘能拿住恶霸，救出良民，即受此惊惧，也不负康熙老佛爷重用之恩。老爷想罢，强抖精神，不管南北，信步而走。当时出城，更觉凄凉。老爷出馆驿时候，天才晌午，此时已交未申。走了五六里地，浑身又冷，腿又酸疼。忽见眼前一座院落，外门宽敞，门墙高大。两溜门房如瓦窑一般——住的仆人、佃户。那大院砖砌围墙，青灰抹缝，四边角楼，高耸碧空。往北抬头一望，盖得更觉威风。三间一明两暗，露着窗户高台阶子十多层。大门外一对黑鞭子，挂在门首。两条懒凳左右分排。因为天冷，无人在门房存身。

贤臣看罢，暗说道："这所宅子，不像民人富户，定是前程不小，不亚都中王侯公卿。不知住的何等之人？施某倒要访他一访。"想罢信步而行，来至门前，往里观看。忽见由门房出来一人，穿着一身布衣，长了个横头横脑的。他把老爷打量了打量：见爷穿着翠蓝布棉袄，老青布棉褂，白布棉袜，油底的布鞋，头戴一顶宽沿儿老样毡帽。瞧模样：麻脸歪嘴，萝菔花左眼，缺耳，前有个小小的鸡胸，后有个凸背，左膀短，走路还带着踮脚儿。又见他手擎着一块白布，宽有一尺，长约二尺，两头竹竿绷紧，上面写着几行大字，几行小字。这人并不识字，一声大喝说："那小子探头缩脑的做什么呢？"

却说贤臣暗恨在心，忍气吞声，假意赔笑说："愚下乃行路之人，从此经过，颇晓的些风鉴相法。看贵宅大有风水，将来必出将相之才，故在此看。"言罢，把身一躬说："休怪，休怪。"回身就走。那人不管好歹，竟不容情，赶上去抓着领子，把老爷揪了个趔趄，几乎跌倒。口内说："回来罢！大哥哪里溜啁？闹的是怎么花串儿，你又会看风鉴相地，我们这里，又有风水咧！看你这嘴巴骨子，分明是来闯亮[①]，瞧着无人，你好进去，有得手的东西，你好偷着走。遇着人，你就说瞧风水呢！怪不得昨日院子里晒的一床被窝丢了，敢则是你来瞧风水瞧了去咧！"贤臣听了，忽的大声嚷叫："哎哟！委屈死人了。

① 闯亮：江湖隐语，指望风探哨。

学生乃是斯文人，况且又是初到贵宅门首，如何昨日丢的被窝，便说是我偷去呢？”正然吵嚷，从里面又走出几个人来。贤臣暗闪虎目，打量出来为首的这个人。但见他身穿皮袄、皮褂，青缎子吊面，羔儿皮披风，内衬着月白绫子小袄，足登落地白底缎靴，头戴貂帽，大红丝缨猩血一般。海龙领袖，兜着银边。长得轩昂架子，年纪定有五旬。惨白胡须，赤红脸面，浓眉大目。贤臣看罢，疑是本主来到，哪知他乃管家，姓张名才，在本主跟前很是得脸，虽是恶人管家，不屈枉人，离着五里三乡，大有名头，此是闲言不表。

单说那些恶奴，一见管家出来，俱皆垂手侍立。只见那人开言说道：“你揪的是什么人，因何吵嚷？”恶奴见问，连忙回话，口尊：“张大爷在上请听，方才我们在房，瞧见那人探头缩脑地在门外观望呢！我问他找谁？有什么事情？他说路过此处，因为瞧见宅院很有风水，必出将相。我说他信口胡言，分明是闯亮，偷盗东西。瞧见有人，要脱身逃走，故此我把他揪住。正要回明管家，请示请示，或是拷打，或送州衙。但听张大爷吩咐一句话，好把他锁捆起来。”管家张才听罢，面带怒色，气忿忿的瞧着钦差施大人。

管家一听这个恶奴之言，把贤臣上下打量了一番，不由得心中动怒，将眼一睁，叫声：“七十儿，你这个囚囊的！特地生事。我瞧此人的打扮，不过是个穷秀才，或者是教书的先生。现在他手拿相面的幌子，定然是他懂些相法。你坐在家里，哪知出外的难。为你这莽撞生事，我说你多少。”骂得七十儿不敢言语，连忙把贤臣放开。

且说施公听见管事的这些话，就知是个好人。连忙往里一跑，口尊：“长官爷，真乃眼力高超。学生何曾不是个儒流秀士呢？因为上京科举未中，羞归故里，故流落江湖，来到贵地。因无事可作，自幼学些堪舆相法，暂借此为生。因看贵宅有风水，我才站住。哪知这位出来，不由分说，把我揪住，说我偷走被窝，岂不冤屈。幸遇尊驾圣明，才说出学生清白来了。”

那管家听了老爷这一片诳言，满口里说：“如何呢？我就猜着的很是，再不错。不是教书先生，就是穷秀才。”言罢叫声：“先生，你贵姓呀？”贤臣随口答应：“岂敢，学生贱姓任。”

大管家叫声：“任先生，别理他，看我面上罢。礼当领教谈一谈。怎奈眼下我们老爷就回来，有些不便。”言罢，把手一拱说：“请罢，请罢，改日再会。”贤臣也盼不得离了此是非之地，也就拱手说：“多承看顾。”言罢，大人迈步前行。一边走，一边想道：“好个恶家丁，不亏了管家来善劝，施某一定吃苦，细想来真可恨。”

贤臣想罢，不觉离村有半里多地，忽见路旁有一茶馆带卖酒。大人迈步，遂来茶酒店，一来有些干渴，二来探访恶人的名姓。见里面放着一张桌子，两条板凳。有个人在那里坐着打盹儿，一见大人进去，连忙站起，把老爷打量一番，问：“客官爷，是吃茶呀吃酒呢？”大人坐下说：“倒碗茶我吃。”那人连忙拿了茶杯、茶壶来，将茶呈上。老爷斟上茶，手擎茶杯，眼望那人，叫声：“伙计，宝铺的生意可好？”那人说：“好啊，托客官爷的福。”贤臣说着话，搭讪着，就问说：“掌柜的，宝铺东边儿那一所房子，是个什么人家？”那跑堂的来至贤臣跟前对面坐下，低言叫声：“客官爷，你既不是这里人，我告诉你，料无妨碍。说起来，那所大宅院，村名叫作独虎营。要问庄主姓名，人人听了打个冷战：恶阎王罗似虎。人人都晓，又有银钱，又有势力，万恶滔天，专害良民。他弟兄四人，大爷净身，现在千岁宫内当总管。康熙佛爷宠爱，封他是阿哥安达。他二爷、三爷在京都中沿河作买卖，有两座金店，当掌柜的。唯有罗老叔在家享福，捐纳候选州同六品职衔。不守本分，胡作非为，爱交光棍，包揽官事，开设赌场，讹诈富人，喜玩斗鸡鹌鹑。听说新近又入了穷家棍子头，越发地作恶了。霸占人家房产地土，硬教人家给他纳税银。若要不依，送到州衙枷打了，还得应允。更有一宗，可恨之至：好色贪淫。家中妻妾已有十几个，还在外边霸占人家妻女。瞧见谁家妻女美貌，硬教媒人提说。若是不应，就使讹诈，说人家从前借过他几百银子。放账滚利，利上又滚利，加二加三还是小利钱呢。那家若是还不起，就打算人口。女子貌美，给他为妾；幼童貌美，他硬鸡奸；不美的作为奴婢使用，无人敢作声。不然就要田房。若说了句不允，立派恶奴锁拿到家，打死了无处申冤。哪怕你告遍衙门，总不准情。许多恶处，一言难尽。不知害过多少人咧！私刻假印，讹诈州县。家中安炉，私铸铜钱，造作假银。若要出门，众恶奴前后围随一群，他比州官还有威风。民人见了，两旁躲开。新近听说出了一件事：他家使的一位仆妇，有些姿色，硬行奸淫。后为本夫知觉，恶棍恐生不测，活活将本夫打死，分八块捺在河中。客官爷你想一想，恶棍如此行为，怎不令人可恨？”

施公听了过卖之言，把脸气成个焦黄，咬得牙齿响。那伙计一见这光景，口中说：“啧啧啧！我的客官爷，这不是胡闹么？因尊驾再三问我，我又瞧着你不是我本处人，我才告诉你这底里深情，哪知你有这么大气性呢？罢罢罢，我的爷，你喝碗茶，快些请罢！趁早儿别给我们惹祸。若教罗府人万一听见，我们是吃不住。不然，你老要气出痰火病来，那是玩儿的么？”

贤臣闻听，把气略平了平，假意带笑，叫声：“掌柜的，休要着急，我也不过听着，令人可恨，与我什么相干呢？”过卖说：“这句话，尊驾言之有理。我见爷的脸色都已变了，故此我才着急。”贤臣说：“还有一件事不明。请问这等恶霸，难道官府都不知道么？”过卖摇着手说：“休提此处的官员，谁敢惹他？与他都是朋友相交，弟兄相称。前任州官，为接了告状的呈状，将他大管家传入衙门，尚未讯问，恶棍便差人上京，与大哥送信去。几日工夫，京里的千岁官旨意来咧！把一个州官撤根子抹了回家。因此我才对你说说。”贤臣点了点头说：“伙计，你把酒烫上二壶，再剥两个鸡子我吃。”过卖答应，走去筛酒不表。施公独坐，心中暗想：“可恨景州众官，枉吃皇上俸禄。属下有这等恶棍，不能办理。施某盘问，又相隐瞒，不能首举。”

正思着，忽听酒铺门外乱哄哄地人声吵嚷，只见一群人都跑出铺门外站住。贤臣当官府来到，细看，又不是衙门式样。贤臣纳闷。又见来了一匹马，马上一人，相貌凶恶，两手捧着一件东西，足有二尺多长，外面罩定黄缎子套，不知是何物件。随后又来了两个人，打扮的格外两样。一个骑着走骡，色黑如墨；一个骑的叫驴，色白如银。

一个穿小毛皮袄裤，灰绸面，一斗珠皮褂，黑漆漆的起亮，两边露着荷花手巾，俱时新式样，头戴貂帽，生丝缨子，一色鲜红，足登青缎尖靴；白面无须，一双吊角眼睛，年纪不过三旬。一个身穿皮袄，不套外褂——他里外发烧呢！腰中系着鸡皮绉搭包，足登紫绒毡靴，头戴双重东瓜帽，算盘顶儿相趁，倭缎云镶；浓眉大眼，满脸横肉，酒糟鼻子，四方口，赤红脸，连鬓胡须，身体胖大，在驴背上，还有三尺，挺腰大肚，长的恶相。二人并肩而行，后面跟人，一窝蜂相似，也有步下走的。又见揪着一人，那人直往后拽不肯走。马上的跟人，直用鞭子打。那人疼痛难忍，直嚷求饶。

贤臣看罢，沉吟了半晌。忽听旁边一人管着那边一个人叫声：“第五的，今日可尽了二皮脸的量了。他终日喝的醉醺醺的，满街上乱骂胡闹呢！今日可碰到钉子上咧！”那一个说：“不知他怎么惹着独虎营罗老叔咧？”这个说：“因为罗老大爷从我们村里出来，正遇见二皮脸，喝得涨涨儿的在那里骂街呢！被罗老叔看见，叫他的家人就带起来了。这一带回家去，轻者二皮脸有一顿棍挨。”那一个又问说：“罗老叔望你们村中怎么去了？”这一个说：“啧啧啧！我的糊涂爷，你没瞧见那个骑驴的，不是我们村中万人不敢惹的石八太爷么？”贤臣也在一旁，忽见那群人，有一人望骑驴的说了几句话。

贤臣离远，虽未听见，估量着此处乃是非之地，不可久留。才要进馆会钱起身，又听那二人讲话。总是施公目下合该有场大祸，不由得又要探听冤家头的恶处，好一并擒拿问罪。只听那一个叫声：“三哥！只因我去京中，做了二三年的买卖，哪知咱这里，就有这些缘故。请问这石八不亚如一路诸侯；再借着太后宫中王首领的脸，连坐四人轿的都和他们相好。石八爷家里，本来也够了分咧！倚财仗势，纵容手下的小将们在外，无所不为。这穷家一伙子，总有十几个人，都是磕头弟兄。石八算是头一个，有渗金佛吴六、泥金刚花四、破头张三、闯粗胳膊邓四，要钱硬讹诈。短辫子马三、白吃猴儿郭二，他两个集市上私抽税务。还有崔老叔，外号叫秃爪鹰，单陪阿哥玩雪白脸儿外孙，若要叫瞧见，吓的冒走真魂。恶棍徒七恍，外号儿叫铁嘴儿，单讹牙行客人；火烧铛上，他盘腿儿坐着，浑身脱个净光，烙出一身燎浆泡来。五股高香点着，膈肢窝夹裹，一个时辰不害疼。外有真武庙六和尚，他是盐商一个替身，吃喝嫖赌，爱交匪类。只可恨咱这里地方官，连一个有胆的也没有，都是些无用怕事的囊包货。昨日闻听人说，奉旨钦差点了一位镶黄旗汉军的施老爷，往山东赈济放粮，一路上严查贪官污吏，又拿恶霸土豪。听说把德州有名的皇粮庄头黄隆基——外号叫赛敬德这恶棍硬拿了开刀问了斩咧！真正的这才是位好官呢！什么时候来到景州访一访，拿住这伙子恶棍治罪，那才显出报应来咧呢！”贤臣在一旁听罢，心中正自思想。忽从外面进来了一群恶棍，揪住贤臣衣襟不放手。不知所为何事，且看下回分解。

第八八回　恶阎王诓请相面　施贤臣巧用说词

话说施公访着了凶徒的住处名姓，又得了杆儿上石八这些人的底细，恨之已极，一定拿住治罪；再将太后宫与千岁宫的两名首领，一齐参倒，才称心愿。思念之间，肚内饥饿，只得喝碗茶，吃了两个点心，会了钱才要起身行走。忽见从铺外闯进人来，走至老爷跟前，把眼上下先打量了一番，上去用手拉住叫声："先生，想必你会相面。"贤臣随口答应说："略晓一二。"那人说："走罢！先生跟我到我们家里，给我们爷相相面。"贤臣说："令恩主是哪位老爷？"那人说："要问我们上头，是独虎营罗四老爷。"贤臣听了，不由打了一个冷战，心内暗说：不好，施某眼下有祸。无奈勉强支吾，口尊："众位，如要相面，请到这里来罢。天色晚了，愚下还有事，二则要赶路程。"只见又有一人插嘴声叫："先生，你怎么这样不懂？你叫我们老爷往这里来罢！好不懂事咧。我们下一请字，你倒这么不识抬举，拿糖摆式的。伴儿们过去揪住他，看他走不走。"又有几个做好做歹的，一齐说话。贤臣是个居官之人，岂不懂这混话？奈衙役不在面前，难以违拗，少不得走一场。

无奈叫声："众位爷们，请先行，愚下走就是了。"言罢，贤臣在后，众奴在前，一齐走出酒铺，竟奔独虎营而来。

不多时来到恶霸门首，进了大门，见门底下奴仆无数。众恶奴内有一人叫声："哥儿们，谁去回爷一声。"去不多时，就出来说："爷吩咐，叫你们把相面的带进来呢！"七十儿答应，至大门以下，高声说："爷吩咐咧！叫把算命的带进去呢！"

众奴答应着，拉着贤臣就往里走。七十儿望着贤臣说："老伙计，头前你说我们宅是有风水，这一会你可进去细细的端详端详。"老爷也不理他，跟定恶奴往前走。忠良暗自思想：事情业经访真了，只怕眼下祸患不小。猛见有一恶奴走出来，叫声："老七呀，先把相面的带过来站住。等罗太爷发放了二皮脸，再带上他去。"这一个闻说，把大人带到一穿廊底下站住。

大人从人背后闪目留神，往里观看，但见厅内迎面上坐着二人，就是头里骑驴子的那个人。两旁站立恶奴不尘。只听恶阎王罗似虎手指着那人，骂声："忘八羔子，你是什么东西？竟敢见了我与你八太爷，还敢满口的胡言毛嚼的讲闯。我的人说说你，你还敢不依，要打架，你反了咧！你也背地里打听打听，漫说是五里三村的庄民，就是那些府县的当差、书吏人等，他见了我们，那一个不是垂手侍立的站着？那像你这撒野的囚徒，不懂眼。"又见显道神石八望着罗似虎，叫声："老兄弟，你也特烦咧！哪有那么大粗的工夫合他劳神。不用问他咧，他的眼眶子也甚高，瞧不起你我，纵然把他打一顿，他也未必怕。不如拿石灰，把他狗人的眼睛揉瞎，就算完了。兄弟你没我爽快，但有撞了我的，不是把他滑子骨拧断，就是把他眼揉瞎。"罗似虎听了，吩咐把石灰拿来。任凭二皮脸怎么哭嚷哀求，众奴不肯容情，按住他，登时把眼睛揉瞎，抬出去了不表。

且说厅外贤臣只恨得暗骂道："我把你两个奴才！这是怎样个王法，如此可恶。即便冲撞了州、县官的马头，也不至如此治罪。罢了，罢了！我施某依仗主子的洪福，出了贼宅，合你两个算账。"

老爷正恨，又听上面的石八说："老兄弟，我走咧！"说罢起身。罗似虎把石八送出门，回到厅房坐下，吩咐："快把那相面的叫上来。"恶奴答应，跑出来一点首，冲着贤臣说："大爷叫你呢。"老爷忍着气，一边走，一边偷眼观看。但见厅内陈设何等齐整，也难为他内监哥哥，怎么挣来的有这分家私，可恨恶人不会享福。

且说上坐的恶阎王罗似虎，一见相面的进来，留神闪目观看，只见他穿戴打扮难看，再配着其貌不扬的资格，恶人看了，不由得好笑。——他哪知贤臣的贵处。

贤臣在一旁，手拿着一块白布，一尺多宽，二尺多长，上写着“学看相”三个大字。又写着“全不识山人”五个小字。两旁又写了两行小字，一边是：残眼能观善恶分贵贱；一边是歪嘴直言祸福辨忠奸。恶人看罢这两句话，不由得心中吓了一跳，暗道：“好个施不全，他竟特意地来有心访我，立刻追他的命。不知是真是假，暂且留下狗官性命，问他的来意如何？但有一句话，必须如此这般。”恶人想罢，眼望着手下的家人叫道：“小子们不用拉他咧，叫他慢慢走，想必是他腿上有疮，不得动转。”贤臣闻听，暗说：这样慢待斯文？爽利是一点儿一点儿的蹭罢！一边里蹭着，一边心中暗叹说：“罢了，罢了！我施某现作朝廷的钦差，怎么倒给一个白丁行礼呢？要不依着他们，现今又在贼宅，就如龙潭虎穴。恶人一恼，我施某就是眼下不测之祸，就讲不得失官体咧。”一拐一点的走到恶棍眼前说：“财主爷，艺士这里有礼。”言罢，只得哈了腰，作了个半截揖。恶人一见，不由得大笑，口说：“啊啊啊！好说好说。”

众恶奴才要狠，督着下跪。恶人把手一摆说：“你们拿个座儿来，叫他坐下，好给我相面。”恶奴答应，取了个凳子来放下。贤臣坐下。

恶棍叼着烟袋，手把鹌鹑，叫声：“麻子，都姓什么？哪里人氏？怎到我们这里相面来了？”贤臣闻说，暗道：“好哇，施某做官，越发体面咧！又有人叫起麻子来了。我只得忍在肚里。”回答说：“财主爷在上，贵耳请听：学生姓任，贱字方也，祖居福建，现住北京地安门内锣鼓巷。自小攻书十数载，侥幸身列黉门。因为今岁乡试未中，心中一气，离家要到山东访友，偏偏扑了个空，故此流落贵处。盘费短少，因我幼习堪舆相法，不过赚取路费，好登路程。”恶棍闻听，点头微笑，说道：“麻子，你方才说什么？那块布，又写着是什么幌子？‘全不识’几个字，你别是倒过来念罢，你是施不全罢！”贤臣闻听，打了个冷战，口尊：“财主爷，要问‘全不识山人’五个字，乃是愚下自撰的草号。因为招牌上那两句话，口气过大，恐怕久闯江湖的那些老先生瞧见了恼我，故此写着学看相的‘山人全不识’。识者，认也。方才尊驾说什么施不全，我不懂得这是什么话？”恶棍口内冷笑说：“你自然不懂得。你不懂得我可懂得呢。咱也别管是‘施不全’，是‘全不识’，你先相相我后来还有造化没有呢？”贤臣闻听，故意站起身来说：“尊驾把冠往上升升。”恶棍依言，把帽子往上一托。老爷又端相了一会说：“尊驾今年贵庚？”恶棍说：“我今年二十四岁。”贤臣说：“财主爷这副尊容，好比浮云遮住太阳光，休怪直言。看贵相四岁至十四岁，这十年讲不起丰盛，连衣食也不足，其相应饥寒。怎么说呢？相书上说的好：眉低散乱妨少年，奔了吃来又奔穿。难得尊驾这一双眼，乃是将相之眼。十四至二十四，正走眼运，好比：一轮日照浮云散，万里光华耀满川。愚下直言，并不是奉承。尊驾自二十四岁往后，有五十年旺运，不但大富大贵，只怕后来还有个一字并肩王的造化。多亏一个似阴非阴、似阳非阳的贵人扶助，子宫迟立，寿有八旬。此愚下直言，财主爷休怪。”

看官，老爷一派谎言，不过是为自己身在危地，方才又被恶棍看破了招牌上的语言，知道是施不全前来私访，故此打算奉承他几句，叫他放自己好出虎穴，发兵来拿他，哪知竟被老爷诌着了。老爷说他四岁至十四岁运气不佳，那时恶棍的老子，给人家做长工呢！当差的哥还未得时。他妈妈缝穷。自己捡长粪、挑苦菜卖呢！老爷又说他有一个并肩王的造化。他想着：康熙皇帝万年后，千岁爷坐了殿，他哥哥把他带进去；千岁爷要一喜，就许封了他个王位。哪知贤臣是个哑谜：说他不久便要过刀，乃是亡故之词。闲言不表。

话说罗似虎被施公一片奉承言语，说得眉开眼笑，恶人就有释放贤臣之意。忽见乔四在众人丛中站立，两眼不转睛的望上瞅着，耳内留神听话。他听见施老爷一派谎言，说得罗老叔喜出望外。沉吟半晌，心里明白，怕罗老叔心中一喜，放了忠良，他哥的仇就报不成了。急迈步走到恶棍跟前，一条腿打了千儿，说：“小的回舅老爷，千万别听他话，他竟是习就的一片熟套，信口胡诌。舅老爷要是听他的话，那就误了大事咧！若放了他，只怕连舅老爷都有不便。”恶棍一听此言，叫声：“乔四，你认准了他是施不全么？”乔四说：“小的千真万真，认得他是施不全。一来他亲到过我们村庄；二来他将小的主人拿进德州衙门亲审，我随后暗跟着打听，曾见过他两次，岂有不认得的？”

看官，施老爷先前只打量他是看出招牌上的破绽，再不想他是皇粮庄儿的至亲，被这人早泄了底，说是施不全。这会子贤臣如梦方醒，才知黄隆基是恶人的姐夫；说话的人，是乔三的兄弟。此时老爷犹如高楼失脚，扬子江紧溜横舟，腹内想：“罢了，罢了，活该施某命尽，才遇见对头仇人。”老爷正然害怕，只见恶棍登时把脸撂将下来，叫声：“施不全，你好大胆！我要拿你，还怕拿不住你，竟敢找到我头上来咧！”施公此时出于无奈，只得壮着胆，口尊：“财主爷，旁人之言休听。学生头里禀过：我乃真正是看相卖卜之人，如何把我认作施不全？学生不懂得他是谁。他与府上有仇，财主爷千万休要委曲好人。”恶棍闻听，微微冷笑，叫声：“施不全，你不用装假，虽然我不认得你，可有人认得甚准。我且问你，我们姑老爷与你有什么仇？你把他拿去问斩抄家？”恶棍说着，不由动怒，手指贤臣说道：“你倚着你是钦差，不过是威吓知府、州、县，怕你提参。再者，你来是为赈济之事，差满就进京交旨，何以无故杀人？黄隆基与你何仇恨，将他问成斩罪？实告诉你，我与黄隆基为姑舅至亲。你到我家，是自投罗网。”施公自知事情不好，性命不保，只得花言巧语诓哄恶人，不但不露惊惶，反带笑容，望着恶阎王罗似虎，口尊：“财主老爷，过耳之言，不可听信。再者，尊驾是圣明之人，我若果真是钦差，任你斩杀也不委曲。学生本是相士，抛家失业，才到贵村，拿我顶缸当作仇人，岂不损了阴功？”

恶人闻听，犹疑不定。恶奴在旁插言，叫声：“施不全，你不用巧辩！想要逃命，万不能够。你瞧着我舅老爷好哄，怎能哄得了我乔四？我自幼跟着我们老爷，走南闯北，无论是什么人，只一经我的眼，就断他个九成儿。何况你这个资格好认的：前鸡胸，后罗锅，短胳膀，麻面歪嘴，左眼萝菔花；我猜你走道儿，还是个跐脚儿咧！是不是？”贤臣说：“尊驾何苦只赖我是施不全？俗语说，人有同貌人，物有同形物。”乔四说：“任凭你说得天花乱坠，也不放你。只怕放了你，就误了大事咧！慢说你是肉身，你便烧成灰，我乔四抓把闻一闻，就知你是施不全的味儿。别要巧咧，教你坑得我们主人、奴才死的死，逃的逃，家破人亡。你又跑到这里充老实人来。你也想一想，你的行为毒不毒？我哥哥已经是跑了，就是怕了你咧！你又搬砖弄瓦，教人把他淘寻着，将脑瓜儿片下去，你才歇了心。幸而我跑得快，逃到这里来；不然这一会子，也早就他娘的死了。”言罢，望着罗老叔，叫声：“舅老爷，千万别听他的话。俗言说：‘抄手问贼，谁肯应呢？’舅老爷想想，他要不是施不全，他就立刻跪下叩头，恳求舅老爷呢。看他还是大人的架子，站着说话，皆因他怕失官体。再者，舅老爷你想想：我的主人与你是什么亲戚？舅老爷要不替他报这个仇，以后怎么见我们的奶奶？这是一；二来他又扮作相面的先生，到咱们庄上来。他必是打听出舅老爷与主人是至近的亲戚，终必想一并除害。不是小的多嘴，舅老爷若是放了他，犹如纵虎归山一般。”

看官，乔四说的话，不亚如火上加油。一片言语，就把罗似虎激怒起来了。又遇着恶奴七十儿，想着头里为施公受了张管家张才一顿骂，他心里正没出气，一闻此言，他也跑过来加火儿，单腿打千儿说：“小的回老爷，这相面的千真万确是施不全前来私访。怪不得爷头里未回家时，他就在咱们大门口儿走过来，走过去，探头缩脑的好几次。”恶人罗老叔闻听这一片话，不由得冲冲大怒，骂一声：“好！该死的狗官！怎么竟敢访你老太爷来了？小厮们快拿马鞭子来打这个狗官。”恶奴答应，登时手拿藤鞭三四把，专听主人吩咐。恶棍高声叫道：“快打！问他访我何事？”众恶奴上前动手，倒揪领子，按在地上，用鞭子照贤臣打了去。只听唰唰的响，好似雨点一般。

贤臣两手抱着脸，疼得浑身乱抖，料着：有死无生，不能报答君王。有暗叹七绝一首：

一点丹心照太空，浩然正气贯长虹。
君恩料得难于报，直待来生再尽忠。

移时，恶阎王见施公这样光景，吩咐恶奴说道：“你等暂且住手，待我问明。”众奴闻言，连忙住手。施公一翻身，坐在地上，二目紧闭，一言不发。恶阎王叫声：“施不全，你不用合我装着了。给我细说，扮作相面的到门上，为何事而来?”

施公二目睁开，望着恶棍叫声：“财主爷，我要是施不全，好说来历。我本不是，教我说些什么?”恶棍说：“抽了顿马鞭子，还是这样嘴硬。老太爷今日倒要试试你的横劲。这顿马鞭子，不过先给你送个信，再要不招，比这个辣的还在后头呢!”

众恶奴在一旁，齐声大喝说：“施不全快招!”贤臣腹内说：“好一起凶恶的囚徒！本院今日倒被这起狗奴威吓起来了。正是：龙离沧海遭虾戏，虎落平阳被犬欺。我施某就拼了一死，万不可说出真姓名来。”想罢叫声：“众位不用威吓，我愚下也不求生，要杀要剐，只要早些给个痛快。我不过作个含冤之鬼。财主爷损这儿阴德，叫我什么施不全，那可不敢从命。”恶阎王说：“你想早些求死，哪里能教你痛快死咧?还用惩治二皮脸的方法惩治你。”吩咐：“拿石灰来揉了他的眼罢!”恶奴答应，登时把石灰取来，又吩咐揉起来。恶奴答应一齐上前。贤臣暗说：“这可罢了，纵然不死，也成了废人咧!”忽见从外边走进一人来，不知说些什么，且看下回分解。

第八九回　张才求情暗救贤臣
小西下帖巧逢天霸

话说恶棍吩咐众奴捺倒施公，用石灰揉他眼睛。众奴才要动手，从外面忽然走进一人高声叫道："且莫动手！等我见爷还有话说。"你道此人是谁？乃是大管家张才。但见他走至恶棍罗似虎跟前，在一旁哈着腰站定。恶棍说："你这半日哪里去来？"张才说："头里吴家村的王举人，把小的请去，就为那杨龙、杨兴的那宗事。他如今情愿拿出一百银子，赎他的表妹。还求爷开恩，告诉州里，不拘怎么，把杨龙、杨兴打几板子放了罢！王举人说：'明日亲身来给爷叩头。'"恶棍摇头说："不中用，王举人他又充怎么有脸的？等他明日来再说罢。"

张才复又说道："小的不知这相面的先生犯了什么罪呢？又绑他。"恶棍说："他是施不全私访来了。"张才说："爷知道么？此人头里小人问过他，他是今科乡试未中的秀才，叫任方也。因为投亲不遇，故此相面为生。哪来的施不全？再者呢，施不全他乃奉旨钦差，走动八抬大轿，全副执事，多少官役围随，不亚如康熙爷的圣驾出京；他哪有许多的工夫，这样冷天来私访呢？休要委屈无过之人。小人在外面听见人说，施不全于初四日才能到景州南留集上；明日才能到那里；今日哪有施不全呢？"恶棍闻听说："既是这样，暂且教他多活一夜。明日要有施不全过去，可便放他；若无施不全过去呢，不用说，一定是施不全来私访，再要他的性命也不迟。小厮们把他捆起来，锁在堆粮仓房里去！"众奴答应一声，遵恶棍的吩咐而去。张才本意要替贤臣求情，叫放了他，见主人的话口紧，也就不敢往下说了。恶棍站起身来，往后院而去。老爷在恶棍宅中受罪不表。

且说关小西奉老爷之命，往王家屯王善人家送拜帖。出驿馆上马，登时出城，眼看太阳平西。壮士心急，想着送帖回来，还要赶紧进城。打听得离城只八里地，展眼之间走到。瞧了瞧，果然有座大庄院，庄前有座铺面。好汉下马，将马拴在铺门外，想着问个信儿，省得寻找。忽然从南来了一群马，从此经过。小西的坐骑是儿马，瞧见母马，挣脱开缰绳，赶着那群马乱跑。小西一见，慌忙赶去，只见前面群马之中，有个人骑着马赶马，内中就有自己坐骑。好汉大声说："大哥略站一站！我的马在你马群内了。"那人佯装不理，赶着马越发跑得快，展眼跑出有二里之遥，只见哪人将马赶进大门里去了。好汉跑到跟前，大门已闭，上前把门打了三响。看官你道此是那家？就是王栋的亲舅家。

前已表过，此人乃临清人，移居在此，名叫丁彪，外号神行太保。年六十四岁，身高六尺，背阔腰围，说话声如洪钟，一顿吃五斤肉，六斤的面饼，能打少壮小伙子六七十人。幼年以保镖为生，目今已挣成家业了。关小西叫门半晌，无人答应。好汉动怒，用脚把门一踢，惊动里面众位徒弟，一齐开门跑了出来，望着小西开口说："你是哪里来的？踢我们的大门。"

小西勉强赔笑，尊声："众位，方才小弟惊了马，跑入府上马群之中。"众人说："谁见你的马来？也该打听打听，谁敢砸太爷的门？还不快些滚开！"小西一听，心中大怒，骂声："挨刀的，休得无礼！明明昧下我的马，还敢开口伤人，快快送出来无事；少要迟延，就是饥荒。我要一恼，拆了你的窝巢，还是要马。"一脚踢开一扇门，撩倒了三个人。那几个一见，齐声大骂，围住小西乱作一团。丁太保正在那里配药，忽听得外面闹吵吵的乱嚷，正自怀疑。猛见家中使唤的一个人，名叫大哥儿，喘呼呼的跑进来，叫声："老太爷，不得了！不知哪里来了一个醉汉，一脚把咱的街门踢下来咧！那些小大叔们围着乱打呢！"丁太保一听，也顾不得配药咧，连忙甩去长衣搭包，急迈步出房，来至前院，噗！使了个箭步，蹿至门下，一声大喝："什么人找上门来撒野？”

好汉关小西一见里面又蹿出来了一人，虽然手里招架着众人的拳脚，眼里不住地瞅着里人，恐其上来帮手。好汉留神预备，那知老英雄见他八个徒弟围着一人动手，自己也不好意思上前，只得在旁边观其胜负。只见那一人蹿蹦跳跃，拳脚的门路精熟，不亚如一只疯魔的猛虎。丁太保点头暗夸，就知受过高人的传授。猛见二徒弟呼雷豹，被那人一脚踢出四五步，趴在地上直哼！大徒弟独眼龙，他乃是墙上画的鱼——一只眼，冷不防备，被小西一拳打中了好眼，登时肿起来了，独眼龙竟成了瞎眼咧！丁太保一见，又气又恼，骂一声：“无能的孽障们，还不住手么？八个人打一个，还叫人家打了。”言罢，又回叫一声：“朋友，你贵姓？”好汉说：“我姓关。”丁太保说：“关朋友，方才我见你的拳脚都使得好。你果然是一个汉子，敢与老夫比拼三合么？”关小西哈哈大笑说：“来来，那群奶黄未退的孙子们，还不是关爷的对手，你这老牛其奈我何！”

丁太保心中大怒，骂声：“囚徒！休得胡说！你太爷开恩，让你把衣服脱了，好和你动手。”小西也不答言，将马褂子、皮袄脱下，又将帽子摘下，连拜帖放在一处。丁太保往后退几步，两手抱拳，说声：“请！”关小西见他如此礼貌，也便拱手说：“请，请！”言罢，二人拉开架式不表。

且说黄天霸回明了大人，要去找王栋，登时出了城，一边骑着马走，一边想。猛见前面有座村，速速催马前行。展眼进村，抬头看见路北有座宅舍，门口四根旗杆，门上悬着金字大匾翰林第。好汉腹内暗说：“虽然听见王哥常提他舅舅丁三把是个财主，并未听见说是什么前程。这所宅子挂着翰林匾，大约不是。”猛见里门出来一个须发皆白的老者。天霸连忙下马带笑说：“请问老人家这里是姓丁么？”老者闻问，带笑回答说道：“这里不姓丁，此乃翰林院王宅。”天霸又问：“可是与王希老爷一家么？”老者说：“不差，太老爷就是王希老爷的堂弟。我们大老爷在任上，二老爷是光禄寺少卿。你是哪里来的？”天霸说：“我乃钦差施大人的长随。请问老人家，方才有我们的伴儿来下拜帖，见了没有？”老者摇头说：“并没见有什么人来下拜帖。”天霸说：“呵，莫非不是这里？”老者说：“请问这位大人，莫非是作过顺天府尹的施老爷施不全么？”天霸说：“不错，正是。”老者说：“该回过敝上，前去叩见，才是正礼。怎奈我们大老爷、二老爷都在任上，太老爷现又染病不起。借重尊驾回去，替我们爷请大人的安罢！”天霸回言：“好说，好说。还有一事，请问老人家，此地有个保镖的丁太保住在哪里？”老者说：“哦！你问先保过镖的丁太保？他家离此六里地，名叫作回子营。那里一问便知。”好汉说：“多承指教。”两个人哈了哈腰儿，分手。

天霸上马，直奔大路，顷刻就走了五六里。天色将晚，幸而天上有月。只见前面一村，好汉催马进村。走不远，前边路北有座大门，门前围的人不少。好汉勒马观看，但见门内是个空院，院内有一群人，还有两个人比拳脚呢。天霸为人，一生好武，瞧见这比试武艺的，也顾不得找人咧！坐在马上留神观看，打量谁赢谁输。只见二人你来我往，不分胜负，好似二虎相斗。天霸就不住地喝彩。又留神细看是关小西与那人比着输赢。好汉下马，挤入人群，暗自讨度：有心招呼一声，小西必回顾看我，倘被人家趁空打来，他必受伤；欲待上前帮助，又恐他与此人相契。再等一刻再作主意，想罢复又观看。看了一会子，猛见几个人进去，取出几件器械来围住小西动手，天霸不由心中大怒，两手往左右一分，蹿到当院。众人被好汉拨拉得一溜歪斜栽倒了几个。

且说天霸一声大叫：“呔！好囚徒，我黄天霸在此，休得无礼。”看官，黄天霸道出姓名，为的叫关小西知道他来好放心。

且说关小西一听此话，闪目一看，果是黄天霸，暗想道：“黄老弟他怎么也来到此处？哦！是了，必是施大人不见我回去，故打发他来找我了。”

且说老英雄丁太保，猛见一人蹿到眼前，自称黄天霸。老英雄心中多疑，高叫：“孩子们，且别动手。”又叫：“关朋友，你也且住手。老夫有句话说。”言罢走至天霸跟前，上下打量了一番，执手开言说：

“请问尊驾贵姓黄么?”天霸说:“咱姓黄,怎么样?”

丁太保满脸带笑说:“有位飞镖黄三太是你何人?”天霸见问,也就以礼相答,口称:“不敢,那是先君。”老英雄听了,赶着与好汉拉了拉手儿,口称:“黄兄,恕我眼拙,失敬失敬。早已久仰大名,今日得会,三生有幸。话不说明,老兄也不知晓。当日愚下保镖为生,在苏州路上,亏了令尊三太爷,仗义让我两镖过去,那时我就感激不尽。又蒙李红旗李兄引进,与令尊结为契友。”天霸听说他姓丁,连忙说:“有位王栋兄,可是令亲么?”丁太保回道:“那是舍甥。”好汉也就拉手儿说:“恕罪。”又将特找王栋的来意,说了一遍。

且说关小西在一旁,见他二人说话,说到一家儿去了,听了半天才明白。

且说丁太保将天霸、小西让进书房坐下,又与小西陪罪。关小西也与丁太保作揖。丁太保又叫:“徒弟们进来,与二位好汉见礼。”但见大徒弟独眼龙的好眼被小西打肿,二徒弟呼雷豹的腿也踢伤了。关小西一见,倒觉脸上发愧。太保吩咐摆酒,登时摆上酒饭,让天霸、关小西上首,丁太保陪坐。饮酒间,叙起话来。丁太保才知他二人是保施公往山东赈济。又听小西说因为马跑到他家,他追来要马。丁三把一听大怒,立刻叫人到园内去查看,果然查出。老英雄问众徒弟是谁放马去来,要昧下马?问来问去,是独眼龙放马去,拐来此马;后来有人找上门来要马,他执意不给,才惹得关爷动气。

老英雄骂声:“打嘴的奴才!怪不得关爷把你好眼打瞎,你干的就是瞎眼的事。罢了,此刻我不究了,明日再合你算账。”

天霸、小西再三相劝,不觉饮至四更,这才撤席。安歇片刻,交了五鼓。刚到天亮,天霸与小西起来,穿衣净面,整顿齐备,告辞丁彪要走。老英雄苦留不住,又送了法制的伏姜,令人牵出两匹马来,把天霸、小西送出大门。三人彼此哈了哈腰儿,这才分手。要知后事,且看下回分解。

第九〇回　活人命得知消息　救恩官暗探吉凶

话说黄天霸、关小西在回子营，告辞丁太保，要赶紧进城。

出村正遇天降大雾，不辨东西南北。行走之间，马不前进，四蹄乱蹦，往后直退。天霸知这马的毛病，估量着前途必有岔事，就不紧催了，连忙下马。关小西忙问道："此马不往前走，是什么缘故？"天霸说："关哥你不知道，我这马有个贱恙，慢慢再告诉你。"言罢，将双镫连在马鞍之上，将鞯撩起系好，叫声："关哥拉着这马，只管前走，头里等我，我随后就来。若是工夫大了，你只管进城去。"小西只得拉着天霸的马，从西北绕道而行不表。

且说黄天霸见小西去后，把皮袄襟掖起，大踏步紧往前走，眼内四下观看。但见路旁雾罩罩的，细看是一攒大树林。好汉刚然走过去，忽听背后有脚步响声；回头一看，却是一人手举棍子，照着好汉的腿要下绝情。好汉双足一蹦，蹦起有三尺多高。那人打了个空，举棍又照顶门要打。天霸瞧着棍离不远，将身一闪，伸手抓住那人的棍，往怀中一拽，复又往外一搡。只听咕咚一声，把那人栽了个仰八叉。天霸赶上，踩了一脚，叫脱皮袄。贼人心里暗说："我若不脱皮袄，他把棍子一按，我就死咧！不如暂且脱下，然后再调人来，将他拿住，以报此仇。就只是见了众伙计，我面上无光。"贼人正打主意，只听好汉一声说："你再不言语，我也要动手了！"贼人见好汉动怒，连忙哀告说："老爷息怒，且莫动手，放我起来，我脱就是了。"好汉闻听，放起贼人，令他把皮袄脱下。天霸肩扛木棍，挑着皮袄往前走，见前面树上隐隐约约似乎有人。好汉暗说："这树上不像个人么！

此乃隆冬之时，这人在树上作什么呢？莫非是要上吊？”英雄想罢，连忙紧走几步，相离不远，看了看，是在树上捆着呢：浑身精光，脸如白纸，二目双合。

好汉就知是被贼所害。贼把衣裳剥去，便不管草死苗活。暗说：“我有心搭救此人性命，又恐耽误了工夫，施大人抱怨；待要不管，哪有见死不救之理？也罢，我先看看还有救没有。”

好汉于是把棍子皮袄放在地下，上前伸手摸一摸那人的心口，秃秃乱跳，还滚热呢。又摸口鼻尚有热气。好汉说：“有因儿，合该咱俩有缘。”言罢把绳松开，放倒他在地。回手又将大皮袄拿过来，叫声：“老兄啊！这是我干儿子孝顺我的，帮了你吧。”说着给那人披在身上，又将那人的嘴撬开，瞧了瞧，塞着一口的棉花。好汉与他伸手掏出。猛见那边尘土飞空，像有许多人来。相离不远，但见七八个人赶来，尽都是彪形大汉，恶眉凶眼，来势正勇。那些人猛见好汉，举棍把旁边石台打碎，忽又上树如猫，暗暗惊慌，把雄心退了一半——就知此人是个英雄。互相观望，不敢前进。

内中恼了一人，混充好汉，大叫：“哥们且后，待我拿他！”言罢，手举铁尺，撩衣前进。天霸在树上早把镖擎在手中，照准贼人手打去。只听唰的一声，“哎哟！”咕咚栽倒在地。

且说众人见伙计铁尺落地，仰天平身栽倒，众贼还不知哪来这东西，俱都怔忡忡的发呆。好汉在树上大喝一声说：“贼寇听着！你祖宗的宝贝，有一百多支，任凭你有多少人，只管快上来。叫你们来一对，死一双。快来吧！”众贼听见这话，叫声：“第七的，我们可顾不得你咧！”言罢，撒腿就跑。好汉在树上蹿将下来。那人吓得直叫：“爷爷饶命！只当个买鸟放生。家中还有年老父母，无人侍奉。今日饶了我的命，你就是个老祖宗。”好汉闻听，就势把镖拔出来，抹了抹那血迹，收起来，大踏步往前追赶。走不多时，猛见有个土坡儿，孤孤零零有座破庙。天霸暗说：“那伙狗男女，大略去了不远。这座破庙必是他们窠穴。”想罢，迈步竟奔破庙。走至跟前，听见里面有人说话。这个叫：“老四呀！方才那个小子好厉害家伙，一棍把块祭台石打碎了。幸亏咱们跑的快，若被他打一棍，管把豆腐浆砸出来。”好汉在外听着，不由得暗笑。正听着，忽有一人大言说：“何必给别人家贴金，伤咱们的人。我们该报仇雪恨！皆因没本领，只得吃亏。就让那人有法术。常言说‘能人背后有能人。’”天霸一听，心中大怒，一脚把隔扇踢开，就倒了一扇。好汉站住，往里观瞧，但见里面漆黑，比外面阴昏雾罩。细看了会子，才瞧出当地下有一池儿活火，几个人围着烤火呢。猛见有人把隔扇踢倒一扇，众贼刚要喝问是谁，忽见好汉堵门而立，吓得众贼手忙脚乱，无处藏躲，一齐跪倒在地，叫声：“我的佛爷！小人没敢说什么，休要见怪。”天霸闻听，一声大喝说：“少要胡说！我只问你们那树上捆的是什么人？是你们害的不是？如有虚言，我又祭起宝贝了。”众贼知道厉害，抖战说：“别祭宝贝，神仙老爷，我们情愿实说。皆因小人们为穷所使，才把那人如此。不料并无什么值钱东西，只有一件被褥套，还有身穿一件破袄。老爷若要，小人情愿送还。”

好汉说：“既然如此，都跟我来。”众贼答应。天霸登时将众贼带到树下，将受捆的那人，并那名贼寇，叫众贼抬至庙内。天霸吩咐把那人放在火池旁边乱草上躺下。可巧有了太保送的法制伏姜，好汉拿了一块，用滚水泡开，灌在那人腹内，叫他慢慢苏醒。好汉又盘问众寇说：“你等有多少伙伴？现在哪里窝藏？头目是谁？不许隐瞒。”

众寇闻听，齐说：“小的们实回太爷。我们并无什么头目，也无别的伙伴。”天霸说：“既如此，快把此人衣服财物等项一齐拿来，你们各自散去。”众寇答应，忙把褥套取来，放在地上。

又有一人望着好汉叫声：“太爷，这皮袄赏与小人，他的棉袄，小人穿着呢。”天霸说：“那么着你俩就换了罢。不必多说，快些散去。”贼人不敢迟延，千恩万谢，出庙四散不表。

且说地下被害的那人，猛然腹内一阵汩汩作响，一连出了几次恭，姜赶寒散。好汉一见，心中大悦。只见他苏醒多时，把眼一张，翻身起来，四下观看，两眼发赤，口内只是哼哼。

好汉知他心中纳闷，把已往情由，对他说了一遍。那人如梦方醒，站起来，慌忙跪倒，叩头谢恩。好汉一见，说：“不必如此，快收拾回家去罢。”那人细把天霸上下打量了一番，说：“小人瞧爷很面善，就只不敢讲。”天霸说：“只管讲。”那人说：“小人家住德州。只因来了个钦差施大人，将本州庄头黄隆基、家丁乔三，一并抄拿。小人到州衙瞧看审案，故此认识大爷尊颜，知是跟钦差的。”天霸说：“不错。”那人说：“还有一件事情，大爷请听：小人姓宋，叫宋保。只因我姨家住独虎营，给罗宅作仆妇。今日我看我姨去，见有个相面的先生，细瞧很象钦差大人，被罗宅拿住。”好汉闻宋保之言，不由失惊。忙追问下情说：“此话未必真吗？我们老爷身居钦差，哪里有什么大工夫去私访？”宋保说：“大爷，小人不敢撒谎，我把钦差面貌记得很真；一见相面的先生，就有些疑心。又听罗宅的家人，纷纷乱嚷说：‘那相面的先生是施不全假扮私访。’小人越发信真了。我倒替他老捏着把汗儿，怎么说呢？罗宅现是黄隆基骨肉至亲，他要替亲戚报仇，还肯轻放吗？”天霸闻听，虽然心内担惊，面上却不露出来，故意笑道：“傻朋友，别满嘴胡说咧！我们大人现在馆驿之内，这就是你认错了。我且问你，此处离独虎营还有多远？”宋保说：“还有十数里地。这是背道；要打景州城里去，不过四五里。”好汉问：“这罗宅是个什么人家咧？”宋保说：“若说他家，仿佛一路诸侯。家有内监，他哥哥是千岁宫首领。京里有银楼、当铺七八座。罗老叔外号叫恶阎王，独霸此方，倚财仗势，连此地官府还怕他三分。”好汉听罢，恐贤臣遭害，也不便往下再问，叫声：“朋友，我还有事，不能久在此叙话。你也及早回家去罢。”言罢，宋保拿起行李，同好汉出庙，千恩万谢，告辞而去不表。

且说黄天霸瞧了瞧雾散天晴。此时正逢冬至，日短夜长，不觉天已晌午，心内着急，迈步紧走，要去搭救钦差。往前正走，只见远远一座村庄，村头有磨砖大门。好汉暗说：“这一定是恶人住的村庄。我再打听打听，好行事。”可巧一问就问着头里老爷吃茶的那座小铺儿。举步进内坐下，只见旁边座儿上一人站起，欲要招呼。天霸瞧了瞧，乃是小西，连忙望着他挤了挤眼。关小西也就明白了，复又坐下，一语不发。仍然两人故装不认识似的。各吃完东西，天霸先起身，会钱出铺；小西随后，也会了账，连忙出去，追赶天霸。二人走到无人之处，这才开言讲话。黄天霸说："关哥，你到此为何？"小西见问说："老弟只顾咱两分手，愚兄到驿馆等你，不见回程。谁知大人改扮行装，私访出城。临走嘱咐施安，不许声张，因此我先到此处探听音信。但不知老弟如何来到此处？"天霸见问，就把路遇贼人，救了人一命，因而得一音信，说了一遍。

未知如何，且看下回分解。

第九一回　黄天霸踩访贼宅　恶家奴谋害贤臣

话说天霸虽得了大人消息，不知是吉是凶。与关小西蹿到恶人房檐，潜身绕至内舍房后坡，隐住身形。幸喜这一晚天无月色。好汉低声道："关哥，飞檐走壁，料你不行。你在这里等着倒妥，也看着衣服。我先到里边探探的确下落，回来好叫你再搭救大人出来。倘有了失闪，我须得发个誓，不论男女老少，杀个烟灭灰无，滚汤泼老鼠——一窝儿命尽。"小西答应说："就是如此，千万老弟你可想着我些，别忘了我。"天霸说："放心罢！"天霸顺着瓦垄，出滑出溜，登时不见。

不言小西老等，且说天霸来至恶人内舍房上，闪目各处观看，但见各屋都是明灯亮烛，人语喧哗，满院总不断行人。此时好汉穿着绑身小袄，紧系搭包，背插单刀，外带镖三支，腰掖甩头一子，在房上隐住身形。先看一看，不知哪是恶人的住房，也不知大人在何处，只急得眼中冒火。猛听下面有妇人之声，这个说："妹子快快地收拾罢，爷在书房等急了，把我骂了一顿。"又听那个妇人说："是咧，刚把锅子煽好，这又蒸馒头，还又炒野鸡片儿，一个人何曾得空闲儿？"又听一个妇人笑嘻嘻地骂道："浪东西呀！不用说咧，提防少时还叫收拾一桌果酒呢。爷头里吩咐咧！今晚间要合杨大的妹子，还有个小寡妇儿，今晚成亲呢。但愿抢来的小寡妇应允了那宗事，咱爷要弄上手，一高兴一乐，多赏你个脸儿，叫你陪着睡一夜，岂不得福儿？"又听那个妇人照脸噗的啐了一口，骂声："挨汉子的老养汉精！别说嘴咧！你问问他几时敢合我撒野来？只当是你呢！那一晚叫他挤在过道儿，摸着奶子，硬叫你与他咂舌头，咬了好几个嘴儿。罢了，别说嘴咧！”几句话，说得那个妇人脸上臊的满面通红，搭讪着，连忙煽火锅子去咧！

好汉在房上听了个明白，暗骂：这起不知羞的娼妇老婆，必是全被恶阎王养肥疯了。不然，必不如此轻狂！好汉听了多时，并未听见大人的生死下落，恨不得一时找着老爷。复又转想，何不趁早儿，绕到恶人的住房，隐住身形，再窃听窃听。

想罢，复施展飞檐的本领，犹如狸猫一般，顺着房，随着妇人的声音，顷刻来至恶人的书房。上有天窗，前有卷棚，好汉于天沟内，隐住身形，顺着天窗眼内望屋里，听得真切，看得明白。好汉于是向里闪目暗暗窃视：只见炕上坐着一人，头戴瓜皮软帽，豹鼠尾，青红穗，身穿蓝缎细毛皮袄，青缎皮坎肩，腰系花洋绉搭包。又见他方面大耳，白净的脸儿，活像一个奸雄，就知是恶阎王罗似虎。两边伺候着几个妇人，看样是才吃饭，面前碗盏满桌。天霸瞧毕，暗说：“吾看罗似虎这样形势，虚担‘恶阎王’三字。我混号叫‘短命鬼’，合阎王拼一拼！”

好汉心中正自暗想，忽听恶人说：“尔等把家伙撤了罢，快叫乔四来。”仆妇答应，手端油盘而去。不多时进来一人，口尊：“舅太爷呼唤小的有何吩咐？”恶人说：“叫你不为别事，就是头里那个相面的，果然认准了他是施不全么？”乔四说：“小的焉敢在舅太爷跟前撒谎。皆因小的见过几次，如何认得错呢？他亲身到过我们霸王庄拜客，那时我就认准了。他又把我们爷拿进德州，当堂审问；小的在旁听着，怎能认误了？”恶人闻听，冷笑一声说：“是呀！你自然认得不误。这屋内并无外人，你想你的主人是我的嫡亲姊夫，他被施不全害得家破人亡，这个仇还不当报吗？就只一件，你舅太爷并不犯上，这会子有点后怕起来咧！即是那府、州、县官，不是你舅太爷夸口，只用我二指大的帖子，就叫他回家抱孩子去咧！纵要他的性命，也是稀松。你舅太爷为人，你向日也知道，我是那样怯敌么？就只是这个施不全，我听大太爷回家说过，他是施侯爷的儿子，系荫生出身，初任作江都县，办事很好。皇上喜爱他，把他越级升了顺天府尹。最是难缠，一进朝立即参了皇亲索国舅；二次又参倒了御前两名总管梁九公、李玉康。康熙佛爷偏喜欢他，把他又升了仓厂总督。如今又派出山东放粮，外兼巡按，奉旨的钦差。哥儿，你可估量着，别给我惹这个穷祸。”

恶棍在屋内所讲言词，天霸在房上俱都听见，才知施大人还有命，就只是不知现在哪里。好汉腹内暗说：“细听口气倒有因儿。恶棍意思，恐惹不了，八成有放老爷之心。但愿神佛暗中催着罗似虎释放了大人，我也就不肯伤人性命咧！免得他一门同遭横死。”天霸想罢，又听乔四说：“舅太爷此话说得不合理。小的斗胆说：既有此心，就该早吩咐。为何业已行出，又有悔心？头里既把钦差重打了一顿马鞭子，衣衫俱都打破，脸皮亦破损，顺着脑袋流血。后又把他幽囚起来，只等天黑，就要害他性命。如何又后悔要放他呢？如果要是相面的，放与不放都是稀松；要准是施不全前来私访，如放了他，那祸可不小。那时咱爷们要想逃生，万不能够。咱爷们还是小事，只怕大舅太爷，罪也非轻。这是小的拙见，是与不是，望舅太爷酌量而行。”恶人一听乔四之言，倒没主意了，叫声：“你坐下，咱们商量商量。”恶奴说：“舅太爷只管放心，这点小事儿，交给小的。别管他是施不全不是施不全，但等夜静了，用刀把他杀死，分为八块，用口袋装上，背到菜园子里，捺在井中，就算完了账咧！明日纵有人来找寻，只说有个相面的先生，相了会子面出来了，不知去向。谁知就是咱家害了他咧？”恶棍点头说：“这也倒罢了，倘或他是相面的，明日又有施不全来在咱景州下马，我心里有点子怀着鬼胎。怎么说咧？我素日的声名在外。耳闻施不全爱管闲事，万一他要寻着我的晦气，那却怎么样呢？虽说我有书字到京，告诉你大舅太爷，求他不论怎样使个法子，坏了施不全咧！怎奈远水难救近火。俗语说的好：‘未曾水来先垒坝。’无的说咧，你再想个法儿，要保我的脸。哥儿，你是知道我是最肯花钱的，我一百二十两银子新买的那个小使女玉姐赏了你。再看家里也无什么事，你到长辛店当铺内管点事，强如闲着。”

恶奴闻听，心眼都乐，就势儿趴下磕了三个头。复又站起来，把脑袋一低，得了一计，口尊："大爷，此事除非这样而行。小人想起一人来，我去找他，至容至易。施不全若是明日下了马，必往金亭馆驿。舅太爷须得破些钱财，小的托他行刺。若问此人是谁，提起来舅太爷也知道，他是真武庙的六和尚：武术精通，专能飞檐走壁，又有膂力。从先做个绿林，在霸王庄闲住过，与我兄是莫逆之交。因为犯事怕被拿，才削发为僧，硬霸占了真武庙。住持被他杀了，掩灭踪迹。我同家主到过庙内。他虽说出家，甩不落酒、色、财、气四字，专好钱财，广交江湖朋友。俗家姓陆，名陆保，人称他为六师父；听说如今又起了个出家法名叫惠成。使的兵器，小的曾见过，是两把戒刀，十斤以外。还有宗暗石子，打人百发百中。若叫此人行刺，施不全有死无生。"

话说恶奴乔四千方百计在罗似虎跟前要献妙策谋害施大人。

不言天霸在房上发恨，且说罗似虎叫声："乔四，你说这六和尚，我倒不知他有怎样一身武艺。我虽未见过他，常听横房里的崔老叔与石八爷表过。但得他肯去杀施不全，我解了仇恨，纵费我几千银子，那可又算什么？"只见有个丫环走进房来，望着罗似虎尊声："爷，后面宴席齐备，请爷去与新来的那位奶奶吃喜酒呢！"恶棍听了，连忙立起，望着乔四说道："这事就这样办罢。天还早呢，等至夜深，你先办去。明日我听你个信儿。"

不言乔四应允这事，等夜深了害人；亦不提罗似虎入内吃酒，且说在房上窃听的黄天霸，抬头仰看三星，天不过一更时候，因不知老爷下落，心中着急，要想下房动手；复又来回各房上寻施公下落，不表。再说贤臣从黄昏时被恶奴锁在仓房。

恶奴乔四把老爷四马攒蹄捆了，放在粮食囤里，又抓了一把土填在老爷嘴内，噎得老爷口不能言，腹内暗叹：白日挨了一顿鞭子，今又被捆绑起来，镇在仓房囤里，不由心内发急。起初急出一身冷汗，后来工夫大了，又冻的浑身发战。此刻天到二更，腹内已空，怨气攻心，思念之间，心内一急，两眼发黑，忽悠悠的魂灵早已出了窍，飘飘荡荡，就要归阴。暗中惊动当方土地、本处城隍，一见贤臣灵魂出窍，二位神圣不觉着忙，暗说：“不好，施大人他乃星宿临凡，保扶真命帝主，今日不应归位，若由他出去，玉帝岂不归罪？”二神上前挡住爷的灵魂，知道目下有人来救，先暗中保护不表。

且说恶奴自从领了罗似虎之命，只等更深夜静，要害施公性命，来到外边房中，与众恶奴耍笑饮酒，直到天交二鼓。直喝得愣里愣怔的恶奴，酒到八分，猛然想起道：“哎哟！了不得，几乎忘了一件大事。”连忙辞众奴，趔趔趄趄的迈步竟奔仓房而来。恶奴早已备下钢刀，在腰内掖着。倒运的恶奴伸手拔出，持在手内，犹如猛虎，晃里晃荡，看看将到仓房，恶奴猛见一物，吓了一跳。那物浑身雪亮，眼似金铃，顺着窗台出溜出溜地走。恶奴初认是个猫儿，又大不相同。其形如犬大，望着他不住地龇牙儿，瞪着眼，嘴里不住喔喔的发吼。看官，你道此猫是哪里的？此乃是恶棍家那几年运旺，有狐大仙在他家住下。皆因这三间仓房里洁净无人，大仙爷就在粮米囤内时常起坐。今被恶奴乔四把施大人捆绑捺在高粮囤内，施公现是钦差大臣，官居二品，乃国之封疆大臣，好大的福分。狐仙爷虽然成仙，究竟却不能侵正。一见乔四把一位上界的星官囚禁在内，狐仙爷哪能安稳？连忙就溜出去咧，正在满园里出溜寻找下处，迎头碰见乔四，喝得酒气醺醺。大仙爷知是他的邪火炽大，心里正恨他得很，故此望着他龇牙儿。乔四见是白猫，用刀照准一砍。狐仙大怒，站起前腿，望面上扑喷了一口仙气。乔四不由得打个冷战。那猫儿倏忽不见。恶奴此刻邪气附体，心里发迷，眼内发昏，手提钢刀误入仓房隔壁屋中。此屋乃是七十儿同他妻子居住，他正与妻喝酒，冷不防乔四闯进，不分皂白，一刀一个，结果性命。乔四杀了七十儿夫妻，心中这才明白，腹中暗说：“我本意要害施不全，为何无故杀了罗府之人？”想罢，抽身往外面走不表。

且说城隍、土地二神挡住贤臣魂灵不放出去，见天霸来到，用圣手一指，爷的魂灵归窍；神明复用法力使贤臣口中泥土化为乌有。大人不由“哎哟”哼了一声。好汉猛然听见，又见那房下边隐隐约约来了一人不表。

且说小西来至二层房上，留神向下细听，也听不见大人的声音来，又不见黄天霸的踪迹，心内着急。但见靠着后沿堆着一捆杉篙杆子，小西借着杉篙溜下房来，忙把腰中搭包打开，抖出折铁刀来，复将搭包系好，手提单刀，黑影里，一直往前走。有条过道，顺着过道向东行，刚出过道，碰着一人，晃里晃荡的走过去，口里嘟囔着自己捣鬼。小西忙把身子向外，让他过去，随后紧跟，留神听他的话。只听那人说："合该倒运，我乔四想是得了昏迷病，平白杀了七十儿夫妻。明日舅太爷要追问，我怎么应承呢？"后又说道："不怕，若果杀了施不全的性命，舅太爷一喜，就不追问咧！"恶奴只顾走着，自言自语的，哪知背后跟着关壮士。房上惊动了黄天霸，才要下房，忽又听见房内"哎哟"——是大人的声音；又见那边有人自言自语地说话，才知恶奴来杀大人。好汉岂肯容他展手？忙取飞镖照着那人耳朵发去，只听唰的一声，恶奴乔四"哎哟"一声，栽倒在地。小西不知是哪里的帐，只当此人有羊儿风，赶上前去按住，用刀一指，骂声："囚徒！快说实话。"恶人把酒也吓醒了，也不心迷了，只觉疼得难忍。他只当盗贼前来打劫他们家财，吓得浑身打战，叫声："大王爷别动手，我愿实说。就是要金银要首饰也有，都在上房里。只求爷放我起来，我好去取。"小西一听，骂声："囚徒！别作梦咧！我们并非大王、二王的，乃是跟施大人的长随。你须要快说，把我们大人藏在何处？但有半句隐瞒，要你的狗命。"

闲话少叙。且说天霸发镖打了恶奴，方要下房，听得有关小西声音，好汉嗖的一声，轻轻落地。天霸就不肯说官话咧，低声叫："合字儿，春点念团呢，要叫本克里的接腕儿，苍啃子熏着，他必凉上。"小西听了黄天霸暗话，知道是：要叫本家罗四听见，他必逃走，千万别放这个恶奴走脱。留神一看，但见恶奴左耳上穿着一枝镖。好汉得了主意咧，忙把飞镖拔下来，递与黄天霸；又把乔四的裤腰带解下来，就从恶奴着镖的耳朵上穿的窟窿内穿过去，拉着，同天霸来至仓房门首，小西把乔四拴在窗户棂上，又用刀背吧吧吧把他膀打伤。小西唯恐他嚷，弯腰抓了一把土，填了乔四一嘴，恶奴就如死人一般。

黄天霸摸了摸门上有铁锁锁着，好汉用手一拧，锁便开落。

前言不表，单说恶棍罗似虎，自从厢房回到自己的卧房，不由得闷闷不乐，坐在炕上，耷拉着脸。他妻盘问，他用巧言折辩，假说身不爽快。他妻刘氏为人忠厚贤惠，一听此言，只当实话，连忙吩咐使女快些打铺。使女把铺安置停妥，恶棍睡倒。刘氏疼夫，恐其得病，熬了些黑糖姜汤，教他喝了，又叫使女传出去，明日一早延请医生。使女答应而去。刘氏关门。恶棍躺下，猛听窗外脚步走动，慌张得很，恶棍打量杨氏应了口，有人来请他去成其好事，忙问："外边是谁呀？"只见一人走至窗下低声说："爷还未睡吗？小的是李兴。"恶人说："你有什么事？"恶奴说："爷快起来罢，了不得咧！小的方才从仓房门口过，见有两三个人，说他们是钦差的长随，来救施不全。外面有许多的官兵，把着我们家的大门呢。又见一人举着明晃晃的刀，按住一人要杀。我听了听，哀告的声音是乔四，吓得我连忙溜下来送信。爷须早定个主意才好。"恶棍一听此言，犹如登楼失足一般，吓得浑身乱抖，心里不住地噗噗乱跳，口内说道："叫管事的传齐佃户、长工，大家努力去挡官兵。先把进来的两个人拿住，同施不全捆在一处，再把官兵杀退。任凭什么乱子，明日再说。等着石八爷与崔老叔来了，我们商量就是了。"李兴说："俗话说的好，三十六着，走为上策。"恶人说："可往哪里去呢？"李兴说："北京现有千岁府大老爷，是得脸的首领。爷是他的亲兄弟，逃在那里管保无事。"恶棍听了，叫声："李兴，到底是你见识高超，不亚如孔明！还要问你一句话，不知到京多远？几日才能走到？"李兴说："离京大约不过五百余里，三日两夜，便可到京。"恶人说："就快备两匹马，咱就立刻起身。"主仆出后门上京不表。

且说黄天霸拧开了仓门锁进去，里面漆黑。小西连忙把火种取出，照着火亮，四面留神细看：间通连屋，一溜窗下，并无别的陈设，都是木桶、席囤。又见西北屋角里放着一张八仙桌子，桌面上摆着香炉五供，还有酒壶、酒杯，满满的供一杯酒，三个鸡子。小西见有一对蜡烛，登时点着，照得明如白昼。黄天霸猛见桌上一物，原来头里猫衔的那一枝镖，上面裹着一字柬。好汉拿来打开一看，上写四句诗词：

天上星君寿未终，引将侠士立奇功；

要知吾乃为何许，瓜犬山人自老翁。

天霸看了，不解其意，估量着是仙家指教，牢记着寻找大人，连忙收起。二位好汉举了蜡烛四下留神，并无大人踪迹。小西说："想必不在这房内，问问乔四就知道咧！"天霸说："分明我听见这屋里是大人哼的声音。"复又细找那囤边，又听哼了一声。二人走到高粮囤边，只听哼声不止。天霸举烛一照，只见高粮囤里躺着老爷呢！天霸说："救爷来迟，望乞恕罪。"贤臣闻得是天霸，不由心内感伤，鼻端发酸，眼圈发红。

老爷恐失了官体，把眼一睁，"咳"了一声，叫声："天霸，莫非是咱们梦里相逢吗？"天霸回答说："老爷不必起疑。"小西也叩头请罪。忽见外面又有脚步声响，慌慌张张来了一个人。

不知此人是谁，且看下回分解。

第九二回　闻警恶阎王逃走　奉差黄壮士追亡

话说有人慌慌张张找到仓房。你道此人是谁！乃是恶阎王罗似虎的大管家，名叫张才。表过此人良善，不与恶棍一类。因在西院内看着众人作花炮盒子，他只听见里面有人喊叫吆喝，他只当又是主人饮醉了胡闹呢。知道别人劝不下来，故此慌慌张张跑来观看。他见各屋俱都熄烛睡了，就是西北角上仓房里明灯火烛，有人说话；猛然想起相面的先生在这屋里幽囚着呢，疑是主人差人谋害，故此赶着来救护。刚走到门口，冷不防被小西揪住，晃晃的一举刀，喝声："囚徒往哪走？"把管家张才吓了一跳。当是寇盗前来打劫，连忙口尊："好汉，有话商量。必是太爷们短了盘费，小人合家主说明，也可资助一二。"小西说："休得胡言，跟着我来。"言罢揪住领子，往里就走。

且说张才此刻也不知葫芦里是什么药，但见席囤里坐着一人，瞧了瞧，是那相面先生；旁有一人站立，瞧光景像似寇盗。听得那坐着的开言问："你认得我不认得？"张才说："我怎么不认得，尊驾是相面的先生。"天霸说："休得胡说！这是奉旨钦差施大人，还不下跪么？"张才听了，只吓得抖衣而战，腹内说："阿弥陀佛，可了不得，幸亏我没得罪他老人家。怪不得乔四说是施不全来私访，敢则是一点不错。"一面想着，连忙跪倒，咕咚咕咚不住地磕头碰地。贤臣说："不必害怕，你叫什么名字？"那人说："小人名叫张才。回大人，因我不亏负人，外人都叫我张公道。"施公说："我且问你，可是他家典买的呀？还是雇工呢？"张才说："小人并非典买。我本是北京人氏，在阿哥处当买办。罗首领爱我为人忠厚，后来阿哥吩咐了罗首领，打发我家来给他管事。”施大人听罢点头，又望天霸、小西开言说：“你们拿住恶棍，带来本院审问。”天霸说：“小的只顾先来救老爷，还未曾搜拿恶棍呢。请老爷示下，小的们立刻就去。”大人说：“尔等快去搜拿，只要活口，本院好审问于他。”天霸、小西答应说：“谨遵钧谕。”张才望着老爷说：“此处不是大人存身之所，不如到小的屋里去。”大人点头。登时天霸、小西搀着老爷往张才住房而来，到了屋内坐下。张才又拿出了一套衣服，给老爷换上。老爷又用了茶水，才觉身上清爽了。移时天交三鼓，老爷说：“天不早咧，管家你领着我的人，快去搜寻恶棍。天一亮，本院好回衙审案。”

管事答应。老爷又望着天霸说：“壮士只可把罗似虎拿住，罪归为首一人，不可无故威吓众人。”天霸等答应。老爷说：“还有乔四、七十儿，这两个奴才也要拿住，勿令走脱。”天霸说：“回大人，乔四早已擒住，现在仓房窗外拴着。”贤臣点头。

天霸早见墙上挂着一口腰刀，伸手摘下，带在腰间，跟着张才竟奔恶人住房。小西在屋内保护大人，把乔四交给张才，派人看守不表。

且说天霸、张才二人来至后边，先到恶人卧房寻找，并无影响。天霸心内着急，又找到家奴李兴儿的房中，把李兴孩子、老婆吓得唧唧喊叫。因见好汉举着明晃晃的刀，闯进门来，不知什么缘故，又见张才在后面说：“你们不要害怕，因咱家的爷犯了事咧！这位爷奉钦差大人令来拿咱家老爷，与你们无干。”只听李兴的儿子六狗儿在被窝里说：“张大爷，你们不用找咧！这会子我爹爹早跟老爷逛去咧！”天霸一听，连忙追问说：“小孩子，你知道你爹往哪里逛去了？”六狗儿说：“我听见我爹爹说往京城里找太老爷去了，说回来还给我带个小北京城儿来呢！”黄天霸听了，估量着小孩子嘴里讨实话，必然是真，暗说：这就不用忙了。二人仍回到张才房中，见了施公，把恶棍逃走之事，说了一遍。大人闻听，暗说：不好！沉吟半会，叫声：“天霸，还得辛苦一趟。”天霸回说：“大人万安，此事交与小人。”老爷叫张才快去备马。管家答应，立刻将马备来。天霸拉马出门，骑上追赶罗似虎不表。

单说恶阎王罗似虎，同家奴李兴，从二更天悄悄开后门，主仆二人上马，一前一后，直向北京大道而去。走到半路，忽听吱儿一声簿头响，又见树林中出来十数匹马，便将他主仆围裹上来。此时恶棍的魂都吓掉，他连声直喊说："急杀了我咧！后面有人追赶，前头又遇强盗，这是该我的命尽。"一回头也不见李兴，恶棍说："可上了这奴才的当，诓着我抛家失业。我还指望他给我壮胆，谁知他先跑了！罢了罢了！只须合眼放步，凭命闯罢！"但见众人发了一声喊，把他围住在居中，一个个手执钢刀，大声说："呔！那厮快留下买路钱来，饶你不死。若少迟延，大王爷把你心割下来渗酒。"恶棍一听众寇之言，在马上强打精神说："寨主爷不必发喊，听愚下一言奉禀：爷们今日赏我个脸。只因我上京引见，来的慌促，忘带盘费。上京见了千岁，办完公事，回来一定补情。"一寇道："别拿什么王公威吓我们！就是皇帝老子也不遵。另说新鲜的罢！小子。"又有一寇插嘴说："哪有工夫合他斗嘴！看起来就该割下他脑袋来当酒瓢用。"说着手举钢刀，当头就砍。恶棍着忙，一闪身往旁躲过，忙说："暂息盛怒，我还有个下情奉禀：愚下也认得一两位朋友，常走江湖，提起来大略也知道。"有一名盗寇说："哦，看这样子，你是要提朋友。使得，你且道及道及是谁，若是个光棍，我们瞧着他的面上饶了你，却是使得。"恶棍听了少不得要借脸咧！口尊："列位爷，若要问我认的这位，原先在绿林很有名声。如今洗手不干，现在真武庙削发为僧人，叫他六师傅。他俗家姓陆，那是我磕头兄弟。"强寇闻听，噗哧一笑，羞得他满脸飞红。又见一名盗寇喝声："呔！快说别的罢！打着朋友旗号就算咧不成？你方才自通名道姓，说是恶阎王罗似虎，很好很好。哥儿，你若提起别人还有个指望，留个情儿，放你过去；你既称恶阎王罗似虎，哪知你祖宗偏要去寻你，谁知哥儿你竟碰了来咧！"众强盗越说越恼，不由动怒，骂声："囚徒，罪该万死！你素常欺压良民，鱼肉一方，硬抢妇女，鸡奸幼童，倚仗家有太监，胡作非为。大王爷们虽身居绿林，替天行道，专劫赃官污吏，赈济贫穷。闻你霸道，我早背地发誓，要到你家打劫财物，一抢而空，放把火把房子烧个净尽，给良民报仇。不必多说，快些下马受死！"说着举起钢刀向恶棍就砍。又一盗寇说："若伤他性命，反便宜了他，不如将他绑上去见大哥，慢慢收拾他，只当咱们解闷。”

刘虎听了说：“还是崔三哥高明，说的很是。”刘虎言罢，连忙命人拥恶棍先回庙中，留下黑面熊胡六、白脸狼马九、宽胳膊赵八、小银枪刘老叔四名强盗，仍进树林内不表。

且说天霸心急性暴，恨不得追上罗似虎拿回，好见大人交令，脸上才好看，不住地加鞭，顺了上京的大路追赶。此时月色朦胧，远看不真，估量追赶有二十里之遥，听见前面有马蹄之声。好汉自己暗想：这一定是恶棍的马。遂顺着前面的马蹄声追将下来。

话说黄天霸自十五岁上，跟着他父黄三太就出马，专为这个营生。一闻簿头响，就知有绿林的哥儿们，暗想道：“不料此处也有江湖的朋友，我倒要认认是谁？为什么听不见前边马蹄之声呢？莫非恶棍听见后面我的马蹄响醒了腔咧？从别处走下去了？”好汉正然思想，忽听发了一声喊，从树林中有三两匹马闯上来，把路挡住，一齐在马上大喝：“那小厮快留下买路钱，饶你不死，但稍延迟，大王爷把你刺心渗酒。”天霸闻言，并不动怒，瞧了瞧，这些人全不认得，暗道：“这都是哪里饿鬼？只知有些棒子棍子本领，就要出来露脸。我黄某当日在绿林中的时候，总没见过他们一人。”

且说众寇见天霸不语，低头勒马，他们认为好汉心里害怕。这内中唯有小银枪刘虎，手轻口快，他本是宝坻县人，一口的土字侉音，先就一声大喝，说，“那小厮你不必打主意咧！有银子快献出来，算在大王跟前尽了孝心咧！若是没银子，快把脖子伸出来，吃你刘老叔三枪。”黄天霸听了不由好笑说：“你不必狂言，黄祖宗问你话，你还不会说。你既称刘老叔，小子，你要杀得过你黄祖宗，就赏你银子。”刘虎以为平常之辈，一听这些话，便动无名之火，大骂：“小子休得撒野，动不动的开口伤人，俏皮你大王说话口吃，看起来就该割你舌根。”说罢就对好汉用银枪分心就刺。

黄天霸仗着武艺精通，不慌不忙，早把那鞘内钢刀拿在手中，只听当啷一声，用利刀架住银枪。刘虎在马上冲将过来，好汉仍勒马不动。刘虎复旋回马来，只听他喊叫连天，骂声：“匹夫，好大胆子，你竟敢磕我兵器！想要逃生，大王爷不给你个厉害，你也不怕。”说着复又旋回马，用枪直刺。天霸躲过。

刘虎一枪刺空，气得他满脸通红。天霸腹内说道：“这厮枪法精通，我若不早教这小子出丑，他不死心，又空误了我的路程。拿不住罗似虎，无面目见大人。”好汉心中正自思想，又见那盗催马抡枪，闯将上来，举枪便刺。好汉又用刀架住。刘虎抽枪改势，使了个拨草寻蛇的门路，瞧冷子往天霸左肋下就是一枪。天霸见他的枪抽回，改了门路，便说道：“好小子，往老爷使这个鬼呢！打量打量黄老太爷是谁呀？我脚丫子使出来的劲，就得你使半年呢！”好汉一边说，眼内留神，见刘虎枪来切近，只把胳膊一扬，身子一闪，让过枪尖，一伸手把枪揪住，右手刀往上一举，喝声：“小子看刀。”刘虎说声：“不好！”两腿甩镫，往旁边一闪，只见噗的一声，天霸的刀正砍在他马后背骨上。那马负痛叫一声，蹿出数步之远，栽倒在地上。刘虎爬起来，抱着脑袋急走如飞。天霸一见哈哈大笑，复又说：“好小子，必卖过圆物——会滚弹儿。”好汉连忙高叫道：“不必害怕，老太爷不赶你，慢慢地走，瞧着石头要紧。”刘虎只作未听见，跑得更快咧！

且说黑面熊胡六、白脸狼马九、宽胳膊赵八，见刘虎这个光景，齐催马上来围住天霸大骂。好汉微微冷笑说：“谅你鼠辈有何能为？”说罢掏出镖，照准黑面熊哧的一声，正中左膀之上。胡六在马上一个跟头，栽于马下。只见赵八、马九撒腿而跑。天霸下了坐骑，见胡六躺在地上，不肯伤他性命，插镖入鞘，上马追赶二寇。

且说二寇见风不顺，展眼之间，跑到下处不表。单说金大力因为夜里未得睡觉，时在偏殿里，同着几个响马对坐饮酒叙话。前已表过，这伙人都是久作绿林，金大力是新入伙的。因这绿林被他打跑了七八个，众人知他厉害，才邀请他人伙，瞧他的年纪又大，故此众寇都与他磕头，拜成弟兄，尊他为老大哥，他才应允，闲话不表。

且说金大力见众寇擒来一人，忙问缘故。众寇就把擒罗似虎的话，说了一遍。金大力听了众人之言，说：“我耳闻他素日很霸道，正想找他呢！今日自投罗网，省得大王爷费事咧。”说罢叫小卒们把他锁在尿桶上，等明日一早好摘心渗酒。小卒答应，才把恶棍带去。又见刘虎慌慌张张地跑将进来说："了不得了！禀大哥知道，有只孤雁，甚是扎手。大哥你若不出去，只怕他找上门来。"金大力一听，把桌子一拍，怒冲冲地说："何处小辈，胆敢欺负大王爷的人？老兄弟你不用着忙，我金某与他拼命罢！"忙将长衣脱去，往架上取出棍来，率领众寇，就往外走。

此时天霸追赶二寇，刚刚来至庙外，猛见庙里出来一伙人，为首的一条大汉，右手斜提一根浑铁棍，杀气腾腾，很有威风。天霸暗说："这厮来得凶猛，必是寻找于我，倒要留神小心。"

天霸正打主意，只听那大汉喊了一声，蹿到跟前，照好汉举棍打来。天霸见棍来至切近，忙把刀往上一磕，只听当的一声，刚刚磕开。那汉暗说："这厮好厉害，不但哭丧棒不轻，手上的劲亦不小。"好汉正自沉吟，只见那大汉一棍没打着，急得他暴跳如雷，斜行跃步，两手举棍，照着马七寸子上就是一棍。好汉的眼尖，急力甩镫，扑蹿到那边地下站住，只见马腿上已着了棍，那马咴儿一声，栽倒尘埃。天霸心中大怒，骂声："好囚徒！伤我坐骑，吃我一刀罢！"嗖地就是一刀。金大力回转身形，用棍腾开。天霸先抢了上首站住。金大力两手拿棍，复又交战，战了几个回合。天霸暗里夸奖，这厮果然本领高强；有心恋战，恐误了追赶恶棍之事。想罢，把钢镖一枝，擎在手中，想道："若打他上三路，可惜这条好汉；不如打他下三路，教他知道厉害。"主意已定，手里架着他的棍，眼里瞅了个空子，一撒手，只听吧一响，金大力"哎哟"了几声，咕咚栽倒在地。天霸举刀要砍，只见众寇着忙说声："不好！咱们快救大哥要紧。"一个个手忙脚乱，又不敢上前。内中恼了一个盗寇，叫亚油墩李四，大叫："众兄弟！同我上前动手，难道就瞧着大哥丧命不成？"言罢先迈步就跑。众寇发声喊，一拥齐上，挡住天霸，刀枪并举，把好汉围在居中。众小卒上前把寨主搀起，坐在地上。金大力真算好汉，连眉也不皱，只见众人围住伤他的那人，他便高声大叫说："众家兄弟，你等须要大家努力拿住这小辈！哪个后退，放跑了那厮，我定砍他的头以示众。"不知众寇围天霸如何，且看下回分解。

第九三回 王栋解群围认友 李兴救家主勾人

话说众寇围住天霸放箭，被天霸连接三支雕翎捺于地下。

众寇一见大惊，正在怯敌担惊之际，猛听人声吵闹，但见庙内又出来了十余人，后跟着一人。众盗知是寨主的朋友，前来助战。见一物直扑天霸面门而来。半夜动手，虽有月光，到底看不真切，天霸也不知道是什么兵器，说声："不好！"才要低头，见那物仍又回去了。好汉正在纳闷，忽听身后一人高叫："那里面的可是黄天霸黄老兄弟么？"黄爷听了，语音很熟，也就高声说道："问我的可是王栋王哥么？"那人一听，说："众位休动手，咱们都是一家人。"众人闻听，一齐大笑。王栋又向众人说："大哥今在何处？"众寇才要答言，那个金大力已走至面前。王栋说："大哥应了一句俗言：'大水冲倒龙王庙咧！'来罢，二位大爷见一见罢。"说着，王栋便代二人道明姓氏。金大力赶着与黄天霸拉了拉手儿，说："久仰老兄大名，失敬失敬。"天霸回答道："好说好说。弟方才冒犯，也望仁兄恕罪。"金大力说："岂敢岂敢，借着老兄弟的光儿，尊驾下遭儿还望大腿上打，就算留下情咧！"王栋接言道："二位老兄都别挂怀，要记恨一点儿，便是畜生。"金大力哈哈大笑，叫声："王兄弟，你是知道我的为人，是最爽快，不过说趣话儿罢咧！这位黄爷既是你的朋友，与我的朋友一样。"大家一笑而罢。王栋又引见众人，俱拉拉手儿，又望着金大力说："大哥，这位黄老兄弟是我心腹的兄弟，你们老哥俩，往后要比我多亲近些，就是合我姓王的好咧。论理二位早该认识才是，当日在江都县保施老爷就是此公。"大力复又与天霸执手说道："黄兄前在江都县，金某耳闻尊驾，真是位侠义的朋友，可恨金某未曾会过金面。”天霸说：“金兄，莫非当日在扬州作过窃家的头众么？”金大力说：“不错，那就是愚下。”天霸说：“久仰兄之大名，就是未能亲近。”王栋在旁边哈哈大笑道：“二位越说越到一家去了。此处非叙话之所，请弟台到我们下处一叙。”天霸说：“小弟还有要紧一事，不能从命，改日再行奉拜罢。”

言毕就要起身。王栋说：“老兄弟如何这般外道？任凭什么事，也须明早再办。”

且不提众寇与好汉相会，单说恶棍的家奴李兴儿，自从遇见众寇逃生，绕道而行，无面目回家，有心逃走，无处存身，偶然想起似虎主人的朋友来咧，暗想道：“我何不东村找显道神石八太爷去？现在是窃家头众。”想罢直扑东村而来。登时来到石八的大门口，打得门连声山响。叫够半天，里面有人答应，硬声硬气地说：“外面是谁？”里面那人气忿忿出来，“哗啷”一声，把门开放。但见他披着衣裳，怒目横眉地说：“你是哪里来的？怎么这样不知好歹，三更半夜，拍门打户，报你娘的丧！”李兴儿看那人有五十多岁，知他已安睡，怕冷，懒怠起来，连忙叫声：“太爷，你不用生气。我是独虎营罗老叔那里来的，特见八太爷有件要事奉求。”那人说：“八老爷被真武庙六师父请了去咧。”兴儿听了，一抖缰奔真武庙。至庙门首下马，手拍门。有个小沙弥出来问：“是谁？”李兴把来意说了一遍。沙弥入内回明，复又出来开门，让李兴儿进去，闭上山门。李兴儿把马拴在门柱上，跟随小和尚来至三间禅堂。

但见墙上挂着弓箭、腰刀、弹弓子各样兵器；条山大炕，炕上放着骰盆，上有许多人围着投骰子。李兴儿一看，认得是罗老叔把兄把弟。这伙人是谁呢？渗金佛吴六、朱砂眼王七、泥金刚危四、短辫子马三、白吃猴郭二、破脑袋张三、净街锣邓四、秃爪鹰崔老、金钟罩屠七、显道神石八、蝎虎子朱九、坐地炮刘十，还有红带子八老爷，共十几个人，俱与他爷相好。听着语音，还有两个西人，并不认得。又见一个凶眉恶眼和尚，李兴知道他是此庙的六和尚，连忙上前先给石八打了个千儿，然后挨次问了好，又望着六和尚说："六老爷好，我们爷叫我请六老爷安。"恶僧最喜奉承，一听此言，点头笑说："啊！好好！你老爷好啊！"吩咐："性广拿个座，叫他歇歇。"石八先就开言叫声："相公，半夜三更到此找我，有什么事情？"李兴儿随口撒谎说："八太爷白日刚走，京里来了一封书字，乃是我们大太爷教我们爷立刻起身进京，后日老佛爷在定海引见我们爷当直隶州同。小的主人心忙意乱，立刻登程。哪知美中不足，刚出门遇见一位大盗，截住硬要银子。偏偏我们走的慌速，未带银子。强盗不依，还要剥皮摘心。小的主人无奈，说出众位太爷们来，心想着吓退众位好走，还提六老爷的大法号。哪知他们不但不怕，反倒动嗔，说出来的言语，多有不逊。小的无奈，才来到八太爷府上来送个信，为是明日商议事情。家主吉凶未卜，怕明日白劳太爷们空去一趟。故此小的特给太爷们送信，还要回家去商议商议，怎么搭救主人脱难。"言毕回身就要告别。内中怒恼了显道神石八，叫声："李兴儿，你且坐下，我有主意。"

看官，恶奴李兴儿用了个激将计，分明是来求众棍，他偏不肯直言，只说来送信；他恐直说出来，再要使激将计就迟了，所以他故意要走。内中这个大汉，先就不悦。怎么说呢？他是"老人会"的会首，又是窃家头众，罗似虎与这些棍徒都比他小，今日一个座儿的兄弟有了事，他如何澄的上清儿？再者，康熙年间的王法甚松，不甚追究。闲言不表，就说这显道神石八说："李兴儿，你且站住。这么个孩子！我既听见其事，何用你中往家里商量啊？难道八太爷还了不开这点小事吗？"

李兴见石八着了急咧，连忙站住，尊声："八太爷，这伙要是平常人，小的就不回家商量咧！怎奈这些人都是马上强盗，一个个凶如太岁，恶似金刚的，张口就要小人心肝渗酒，这也是玩的吗？"六和尚在一旁，也就开言，叫声："李伙计，六老爷问你们爷儿俩走到哪里，就遇见这伙人咧？"李兴儿说："小的同主人离了庄，才走了二十多里地，东北上有一座破庙，庙前有一带树林，就遇见他们咧！"六和尚一听，噗哧笑说："我打量哪来的两脑袋的大光棍呢！原是他们。"那石八就问："六师父，莫非这些人你认得他们么？"六和尚说："八太爷听我告诉于你，若提起破庙里这伙强盗来，全都是酒囊饭桶。亚油墩子李四、小银枪刘虎，这些晚秧子扬风乍刺，身上未必有猫大的气力。非我说大话，瞪瞪眼他们就得变了颜色。就只是如今咱不肯那么行事，既入佛门，礼当谨守清规，哪里还管别人闲事？"李兴听了，暗道："这个秃孽障说了会子大话，恐怕落到他身上，临了儿说出不管别人闲事，此话分明是说与我听。纵你就是拉丝，李老爷使个方法说出来，你只得应充。"

李兴正然心中暗想，忽听石八说："六师父不是那么说。"登时把脸一沉，叫声："你错咧！我方才问你认的不认的，有个缘故：如合尊驾相识，我就不好意思糟踏他们咧！不过是把罗老叔赎过脸来，就算完事；如尊驾不肯对付他们，我岂肯善罢干休吗？我要不弄得他们卷了兵刃，拿住送官究办，我石八太爷就白在地面上混咧！再者，我石某从十几岁就挟着汗褡儿出身闯道儿，至今五十一岁，从不仗着朋友走道儿。罗老叔他是我一个座的兄弟，我岂肯拉扯别位？哪怕红了毛的晁盖，我石八要不单个找了他去，拼个死活，我就白交了许多朋友，教慕名的朋友，也不免背后谈论我石八不赴汤蹈火，无患难相扶的义气了。"六和尚见石八急咧，复又拉钩儿说："八太爷了不得了，该罚你老人家。我是无心之言，说了这么两句。那知八太爷多了心咧。罗老叔我们虽不甚好，我看着很是个朋友，况又是八太爷磕头弟兄，这点小事儿，只怕不能不出点汗，才是好样的！"红带子八老爷，一旁听之不适，叫声："六师父、八太爷都不用言语了，正该早办正事要紧。"石八爷叫声："李兴儿，你头里说强盗们说了些什么话，你将那不逊的言语述说一遍，告诉众位爷听听。"李兴闻听，故意地打佯儿说："小的头里没说什么呀！"石八爷把眼一瞪说："你快说呀！你头里说那强盗说了好些不受听的言语，怎么这会子又说没有啊！"李兴故意地叹口气，口尊："八太爷，他们虽说了几句闲话，小的就是不敢往下说。"石八说："孩子不用害怕，只管说！你八太爷不怪。"

李兴又故意为难了一会，口尊："八太爷，要提起那伙强盗来，实在令人可恨。小的主人曾道及过太爷们的名姓，还有六老爷的法号，指望吓退那伙强盗，哪知他们太也欺人。他们说，若不提这些狗头的名姓，大王爷倒许开恩放过你去，你提起这些狐群狗党来，不过在本地欺压良善；一出了交界，管保迷了门咧！若提那真武庙的六和尚，玷辱僧人，枉入佛教，大王爷早晚就要去捉拿秃驴，解解众人之恨，也不剜眼，也不抽筋，单把他脑袋割下来，作夜壶用。"李兴言还未尽，气坏了一群恶棍，一个个气得还好些，唯有恶僧六和尚气得暴跳如雷，一声大骂："哎哎哟！好一起狂诈的囚徒，竟敢背地里骂得我连根猪毛儿不值。罢咧！罢咧！"一齐出真武庙去搭救恶人罗四不表。这内中唯有红带子八老爷未来，皆因他自身有一件大事，还未完结，故不敢露面。就只两个老西儿冤了个无对，白把一千多两银子，教这些人用灌铅骰子墩了个尽，连嚷也不敢嚷，算白忍了肚子疼，这且不表。

单说黄天霸同众寇到了下处。金大力是最好交友之人，又耳闻黄天霸是条好汉，不肯怠慢，立刻叫人摆上一桌酒席，让天霸上座。又告诉他说："恶霸罗似虎现已在此，兄弟只管放心，明日起解交差。见了钦差大人，贤弟只说没有见我，我不过三两天就起身回家去务农呢。"天霸听了咂嘴说："很是，真信服你这汉子，说话有心胸。既然承众位哥儿们赏脸，替我拿住恶棍，感激不尽，礼当陪众位老爷们叙谈叙谈。皆因大人立等审案，小弟就此告辞起身，容日再谢众位帮助之情。"天霸说毕，即站起身来要走，只见乱哄哄的跑进几个人来。不知所为何事，且看下回分解。

第九四回　金大力棍扫众恶棍　黄天霸镖伤六和尚

话说黄天霸闻听恶棍被众寇拿住，心里仍记施公在恶人家中等信，不肯久停，即要起身。忽见从外面乱哄哄地跑进几个人来，口尊："众位寨主不好了，外面来了好些人，手执短刀铁尺，蜂拥而来，口中直嚷：把罗老叔送出来，万事皆休，少若迟延，杀进来，连窝都拆了！"金大力一听，气冲两肋说："哎哟！好狗男女，敢在大王爷跟前来要人。"跳起来就要往外跑。天霸阻拦，叫声："金大哥，何用性暴？承太爷们情分，既把罗四拿住，交给小弟解去；他乃犯人，就算差使。如今有人指名来要，就算他劫夺差使。大哥不必动气，待小弟出去看看他们是什么人！"金大力、王栋说："既如此，我等奉陪老兄弟出去。想必是两个脑袋的人，不然也不敢老虎嘴里夺脆骨。"

言罢，三个人起身，各抓兵刀往外就走。众寇见头目出去，也都怒气冲冲，手提兵器，随后而来。

登时开了庙门，见门外有一群人围着，一个个吹胡子，瞪眼睛，指手划脚的闹呢！天霸连忙上前答话说："呔！你们这些人，是做什么的？还不快些跑开。"但有一个凶眉恶眼和尚开言说："呔！那小子休得作梦！快把罗老叔送出来，是你等造化。别等六老爷动火，那时你们吃不了兜着走。"天霸听了，方要动气，复压了压，叫声："和尚，你一个出家人，只该背上块砖，挨户去化缘，那是你的本份事，为何跟了这些人来太岁头上动土！我劝你趁早回去。实告诉你罢！罗四被施大人差人拿去，他乃犯法之人，并不与寨主们相干。"恶僧闻言，叫声："那厮不必多言，我们也不管施老爷、干老爷，快请出你罗太爷来，咱就罢了。再要多言，六老爷就要动手。”天霸一听，那还忍受得住，骂声：“好个不知好歹的秃驴！太爷好言相劝，你却合我古眉古样，自称什么六老爷。我问你是哪个六老爷的夜壶?”恶僧闻听黄天霸之言，气得一声：“哎哟！好小子，竟敢出口伤人，别走，吃我一刀！”照天霸就是一刀。

幸而天霸眼尖手快，瞧刀临近，随手架避。金大力一边动怒，手执铁棍，直扑石八而来，照准马腿遂下绝情。只听吧一声响，马觉疼痛难忍，连声吼叫，跳了几跳，栽倒在地；大汉石八躺在地下。金大力赶上举棍要打，破头张三蹿将上来，把闪杆一摆，被棍崩为两段。张三手持半截闪杆，吓了一身冷汗，回身就跑。金大力随后赶上，照着背脊一棍，只听“哎哟！”咕咚栽倒。众棍围上来，兵刃乱举。那边怒恼众寇，发声喊，也冲上来，大骂：“囚徒！以多为胜，你大王爷哪个是省油灯?”说罢，两下兵刃战在一处。众恶棍虽都使着兵器，不过胡乱抡打，哪里是众寇对手？只有真武庙六和尚算是挠儿赛。

且说众寇与众棍交手，只听一阵兵刃震耳，来回走了几趟。金大力不亚疯魔之虎，一条棍横打竖扫，指东打西，如水底蛟龙一般。忽见短辫子马上“哎哟”一声，躺在尘埃。那边粗胳膊邓四，冷不防耳门上也着一家伙，躺在地上。石八被亚油墩李四一锤，打得晃了晃；金大力趁着这个晃，赶上去就是一棍，只听扑咚一声，如倒半堵墙一般。王栋跑上来，对石八吧吧膀子上就是两刀背。众棍见他们头目被擒，一个个越发地着忙。正在忙乱之间，白吃猴郭二被黄天霸单刀一撩，耳朵去了半个，疼得难忍，两手抱着耳朵就跑。王栋一见，忙把飞抓抖开，哗啷随后打去；郭二正跑之间，猛听后面呼的一声，被飞抓连脖子带脸抓住。他仍指望要跑，飞抓的五个爪打入肉内，抓了个结实。王栋这边把绒绳往回一拽，喝声：“囚徒往哪里跑?还不回来。”郭二倒听话，依他回来。他又吩咐手下人，快将拿住的这几个，全都上绑。手下人答应，立刻绑了。众恶棍见光景不好，打个号儿，说声：“跑！”一个个抱头乱窜，如风卷残云一样。众寇随后就赶，只剩下恶僧还与天霸交锋。王栋知道天霸心高气傲，不用别人帮助，站在旁边掠阵。

但见恶僧蹿蹦跳跃，腾闪砍剁。天霸不肯用力，不到刀临切近，不还手。恶僧打量他要败，刀法越急，一步紧一步，只白费力，再也砍不着好汉，来回又走了数十回合，使得张口发喘，浑身是汗，后力将要不加。天霸大叫："秃驴，这回何不施展英雄？耳闻你武艺本来平常，出家人本当谨守清规，绝不该勾串狐群狗党，胡作非为。大约你也不知我黄天霸，竟敢班门弄斧。"恶僧一听好汉之言，就有三分惧怕，把舌头一伸，暗暗说道："怪不得这小子扎手，敢则他是黄天霸？我当日在真武庙地方作响马，就知南路一带有黄天霸，是一条好汉，才十五六岁，多少达官好汉，都不是他对手。我还不信，今日瞧来，果然不虚。此处既有黄天霸，还有我的份儿么？从今快把我这六老爷收起，别等卷了刃再收，那就迟了。"恶僧想罢，又想必须如此如此，方能胜他。瞧着个空儿，撒腿就跑。天霸一见，随后追赶，大骂："秃驴往哪里走？"恶僧一边里走着，一边里往肚兜里取出一物，回身往天霸一撒手。只听嗖的一声。黄天霸抬头猛见一物扑面而来。看官，方才六和尚使的这宗暗器，是什么东西呢？提起来人人尽知，乃是槐莲丹皮砸烂撮成切团，约鸡卵大，此物比石头还硬，还结实，恶僧常常演习，能三十步之内打人，百发百中，从不落空。恶僧先作响马时，但遇扎手的达官，杀不过人家，就用此物伤人。闲话不表。

且说黄天霸虽然追赶凶僧，却早留神提防着，正赶之间，忽听迎面有声，似一物打来，好汉眼快身轻，急将身往上一纵，把手打上往下一招，便将那一物招在手内，瞧了瞧，扑哧一笑说："小子真会玩。"说罢单臂攒劲，嗖的一声打去，又用大声说明："大相公！拿你爹脑巴骨子去吧！"凶僧发出此物，扭项正看动静，猛听唰的一声，那物又打回来，凶僧才待要躲，只见吧一声，正中脑瓜勺子上。凶僧摸了摸，顺着脖子流血，原来是打了个窟窿。凶僧连忙从棉袄上扯了一块棉花堵上。天霸早已赶到。凶僧忙把双腿一纵，嗖的一声，纵上庙墙去，顺着墙上了佛殿背脊。天霸一见凶僧登庙堂脊之上，随后单刀一扬，嗖一声也上殿去了。

且说六和尚在庙房上，猛见一人抄着影儿也跟上房来，凶僧轻轻的顺着瓦垄儿，趴在后坡里，隐住身形，他偶生一计，忙把外面衣裳脱下一件，揉了个团儿，往下一捺，指望天霸必以为是个人下去了，顺着必赶，他好就此脱逃。哪知天霸早已轻轻绕到他身后。凶僧正脱衣裳往下一捺，天霸趁空儿站起，两膀攒劲，把他后腰抱住。凶僧着急，恐为所擒，忙把胳膊上绑的攮子往后一墩。只听吱的一声，好汉“叹哟！”松手。凶僧得便脱逃。天霸不顾伤膀疼，紧紧相跟，从鞘内拔出镖来，照准凶僧大腿打去。只听那僧“哎哟”一声，栽倒身躯，顺着瓦垄往下直滚，噗咚掉在地上。好汉往下一纵，脚踏实地，赶到和尚跟前，不肯伤他性命，留活口，还要见钦差交令，却用甩头一子，吧吧吧！把恶僧两膀打卸。

众寇也都进来，赶到跟前，见好汉将凶僧擒住。金大力为人莽撞，举棍照脑门上要打。天霸上前拦住，叫声：“大哥不可伤他性命，小弟还要带他见大人交差。”说着伸手拔镖出来。

王栋忙命小卒取绳来，把恶僧与那几个绑在一处看守，然后让天霸同进屋内。好汉在灯下脱下衣服，瞧了瞧左膀上，被恶僧攮了有一寸多长的三尖口子，鲜血直流。金大力、王栋问其缘故？好汉说：“方才被恶僧扎的。”二人说：“老弟千万别冒风，须用刀伤药调治才好。”不知天霸到底怎样，且看下回分解。

第九五回　黄天霸押解交差　施贤臣回衙审案

话说黄天霸见众寇拿住罗似虎，急要起身告辞，说："兄长不必费心备酒，小弟就要起解，见大人交差，省得恩官在独虎营贼宅悬心。"王栋、金大力再三款留，天霸执意要走。二人无奈，只得依从，令人将恶棍罗似虎、杆上石八、真武庙六和尚、破头张三、白吃猴郭二，共五人，俱是绳扎脖子，又遣十名盗寇押送起解。又备马一匹，天霸骑了。五名恶犯在前，好汉在后，来到庙门以外。金大力、王栋俱送出半里之遥，执了执手儿，各自躬身别去。十名盗寇押解犯人，一齐而行，竟扑独虎营而来。

不言天霸押解登程，却说钦差大人自从打发天霸追赶恶棍去后，忠良坐在房中，单等回音。张公道在旁伺候，拿出各样点心，供奉大人。关小西把住门口，保护大人，唯恐贼宅有变，吓了大人；又怕张才别有异心，留神瞧他变动。贤臣在此，虽然无碍，如坐针毡一般，各样点心不能下咽。张才再三相让，老爷只是哼哼，懒于入口。又不见黄天霸回来，心内着急，忽听打了晓钟，越发不放心了。

且说天霸押解众犯，心急性躁，唯恐钦差着急，催逼众人紧走，不多时到了恶棍门首。天霸向众寇开言，尊声："众位弟兄，略站一站，待弟进去回禀大人，再请众位里面坐坐。"众寇说："老叔只管请吧！我等也不便进内，等尊驾出来带进犯人，我们好回去见寨主交令。"天霸说："既如此，小弟认命。"好汉从后门走入，到了张才房中，才要打千儿，施公摆手说："壮士请起，多有辛苦了！不知果曾拿住恶棍没有？"天霸说："禀大人，恶棍等俱已擒拿，现在门外。"

施公大喜，说："好好，快带进来，本院先审一审。"好汉答应，迈步出房。去不多时，把众犯带至门外站立。众寇回去不表。

且说天霸进房："禀老爷，犯人带到。"施公望外定神细看，又见有个和尚，不解其意，忙问："这出家人是做什么的？"好汉说："回大人，这是真武庙的六和尚；这三人乃是杆儿上的①，他们都是罗似虎一党。小人追赶恶棍，路遇朋友之处，不料朋友已将恶棍获住。才要起解犯人，忽又来了一群恶棍，硬要劫守差使。多亏小人朋友帮助，把这五人拿来，剩下的逃脱，求大人宽恩。"施公说："壮士多礼了。这就很好，本院正要一并擒拿。壮士今既捉住甚妙。这起杆儿上的更加可恶。本院亲见他们用石灰将人眼睛揉瞎。大清国岂可留这种恶徒，贻害良民？"大人正要提恶棍审问，忽见外面闹吵吵的，有无数人进院。

小西恐有别的缘故，持刀往外就跑，看了看，只见是许多官员带了兵丁，还有轿夫、人夫、执事，挤满一院子。小西知是此处的官员站在门外。只见众官走至跟前，齐声口尊："借重将爷，回禀大人，就说我等特来请罪。"小西听了，连忙进房回话，说明此事。复又走出，立于台阶之上，把手一招，说："大人吩咐叫众位进去。"众官闻听，进房见了施公，一个个手撩袍服，抢行几步，上前跪下，口尊："钦差大人，多有受惊。卑职等救应来迟，特来请罪。"施公一见说："众位请起。此地多有这不法之徒，理当早除才是，为何容留苦害良民。昨日本院当堂究问，众位还推不知，必是受他的贿赂。本院此时也不深究，俟人家奏明圣上，听圣上发落就是。"众官听了，吓得闭口无言，只得站起伺候。施安、施孝、郭起凤、王殿臣四个人，上前请安，回明来接的执事。施安打开包袱，老爷换上冠袍带履，复归座位，望众官开言说："列位贤契，快查恶棍家口男女共有多少，将男人带来见本院；查清妇女，不准差役混杂生事。"众官答应："谨遵钧谕。"守备、千总去查家口不表。施公又说："众贤契吩咐衙役，快给

① 杆儿上的：指乞丐首领。杆儿：旧时乞丐首领所执的信符。代代相传。

犯人换上刑具，伺候本院回衙审问。”知州答应，出门吩咐差役给犯人换刑具，连先前擒住的乔四，一共六个犯人，登时把刑具换上。内中只见恶僧愁眉不展。石八叫声：“六师傅，只管放心，咱们并非谋反大逆，大约施不全也不敢就杀我们。暂忍耐一时，三天之内京中必有人来，施不全他得好好儿地放了咱们，送我们回家。哥哥要无这个法儿，我还算人物咧？”表过石八仗的太后宫总管王志，与他是磕头弟兄，此人朝中大有名头，故此石八说这大话不表。

且说施公派官去查恶棍家口，不多时千总、守备进来回话说：“卑职查出男女共四十三名，内有男女死尸三四个，并无遗漏。”施公听了，忙问：“这死尸又是何故？”天霸在旁听了，连忙上前说：“回大人，这个女人，小的知道，他乃此地杨隆、杨兴的妹子，妹夫死，他守贞。恶棍抢来，烈妇不从。恶棍教人用针将妇人十指钉住，又用麻绳将妇人绑了。小的从天窗亲眼看见。还听说妇人的哥哥杨姓弟兄二人，现在州衙受刑。恶棍讹诈杨姓该欠百两银子，又买通了州官，非刑拷问，追其银两；若无银子，就拿他妹子顶账，再不应口，就叫知州要了他们性命。”施公听了这些言语，气得咬牙切齿，向众官说：“所有恶人家中雇工奴仆，全都释放；其典买家人，守府派兵昼夜巡逻，不许放出一人。但有徇私，决不宽恕。回衙差人验尸，审问口供，待本院奏明圣上，候自发落。”文武官一起躬身。大人这才吩咐：“搭轿！”上轿后又吩咐文武官员，严紧把守门口，发放雇工。管家张才，随他搬往别处。这且不表。

再说钦差大人人马轿夫，直奔景州衙门而来。一路上有许多人拦路而跪，手举状词，高声喊冤：“叩求青天救人！”钦差吩咐接状词。手下人接了状词，递与大人。瞧了瞧，俱都是告罗似虎的。复吩咐青衣将原告带进州衙，当堂对质。青衣答应，带领原告进城。不多时到了衙门，钦差下轿，立刻升堂，众官分左右站班。大人吩咐说：“将罗似虎带上来听审。”青衣下堂去，不多时，将罗似虎带到公堂。

话说施公将原告叫上堂来，正要问话，好与罗似虎对质，忽见青衣上堂打千儿说：“回大人，有一位宗亲黄带子，同一个皇粮庄头，现在衙门外，口称有机密事，要见大人。”贤臣沉吟半晌说：“叫他们进来。”青衣回身而去。不多时只见外面走进两个人来。施公闪目留神：一个头戴貂帽，红帽缨一色鲜明，灰鼠皮袄蓝缎子面，年纪有四旬；一个川鼠皮袄，川鼠外褂，青缎吊面，外面罩着合衫大呢面，头戴海龙皮帽，足登缎靴。身后四个跟人，皆彪形大汉，长的凶恶，手中拿着包袱坐褥。

且说众官役见黄带子与何三太前来，算着必与罗似虎、石八讲情。且说施公见他二人走进堂口，因是皇上宗亲，不好意思不理，只得把屁股欠了一欠，勉强笑说：“请坐。”黄带子与黄粮庄头哈腰说：“岂敢，我二人久仰钦差大名，幸大驾光临，我二人特来拜望。”贤臣答言：“好说好说。”吩咐看两座儿。

青衣连忙拿了两张椅子，放在公案左边。黄带子与庄头两人告坐，家下人把坐褥铺下，二人归座，眼望施公，口尊：“大人，我们一来拜望，二来还求一件事情，奉恳大人赏脸。”施公明知故问说：“不知所为何事？”黄带子满脸赔笑，口尊：“大人，我们特为罗姓那件小事，还有穷家儿石姓一人，都被大人带到衙中。他们向日忠厚老实。罗姓虽然豪富，并不自大，纵有不到之处，还望大人容纳一二。他令兄，大略大人也知道，现在是千岁宫的首领儿。”贤臣听罢，不由鼻间冷笑，也不生气，说：“哦，我当什么大事？原来为罗似虎之事。那可有多大事情，何用二位亲自来？只差人告诉本院，瞧着尊驾也不能不放。少不得本院当着二位略问一问，再放不迟。”黄带子与庄头信以为真，笑着说：“怪不得我等向来闻听老大人很圣明，今日看来，名不虚传。多承大人赏脸，我们真正感情。”施公回言：“岂敢岂敢。请问宗亲现在哪衙门当差？”黄带子说：“不怕阁下见笑，在下是个闲散之人。提起来，大人料也认得，现在古北口作将军的伊公爷，就是我哥哥；刑部正堂八大人，那是我侄子。”施公闻听，口里哈哈啊啊，说：“我知道了。请问这位贵姓？”庄头回言：“不敢，贱姓何，我乃八王爷府庄头。”

施公暗想：少不得叫原告对证。吩咐：“原告快讲实情，但有半句虚言，本爵法不宽贷。”众民一齐叩首，这个说：“罗似虎霸占我地，反与他纳租。”那个说：“硬讹小民家产，私立保人文契。”这个说：“我父惹了他，被他打死。”那个说：“小的儿子才交十四岁，抢到他家作奴。”又有举人口称：“治晚回大人，罗似虎硬赖我杨隆、杨兴二表弟该他二百两银子，差人把二人拿去；又派家人把表妹抢到他家作妾。治晚在本州官台下投状，无奈本州受贿，不准状词。”大人听了，冲天大怒，叫：“青衣与我快动手！”青衣答应，一齐动手。黄带子及庄头见收拾罗似虎，心中不悦，站起身来，叫声：“施大人，你错咧！方才你应下我二人的情分，说不过是略问他一问，便放他回家，如何这会子就要动刑？这不是给我二人没脸面？你以为是钦差可威吓别人，你宗亲爷可不怕！”施公一听这些话，把脸气黄了，一声大喝：“咳！好个不知道理的人，连王法全无了。来人，快将这两狂徒撵出去！”黄天霸、关小西、王殿臣、郭起凤四人，慌忙奔了黄带子、庄头。二人手下有四个家丁，才要拦挡，被王殿臣、郭起凤推住。天霸、小西二人上前，就把黄带子、庄头如掐小鸡的一样，撵出衙门不表。

且说钦差又复审问恶棍，恶棍还是不招；又夹了两夹，打了三十大板，这才招了。大人知恶棍走眼甚大，恐迟则生变，忙写折子差施安星夜上京奏事不表。

且说钦差才要审问杆上的石八与六和尚，只见州官上前回话，口尊：“钦差大人在上，卑职验得恶棍的家口，内有一男一女，乃是被人用刀砍死的。又有一个妇人的尸首，令稳婆验了，十指发青是实，别处无伤。”施公一听，咬牙切齿地骂道：“如此恶棍，就是杀了还便宜他！”又吩咐州官快把杨兴兄弟二人提来问供。州官答应。

不多时，二人提到，跪在堂上。钦差叫声：“杨隆、杨兴该欠罗姓多少银两？快对本院实讲。”二人见问，磕头碰地，口尊：“青天大人，小的实是冤枉。只因小人有个妹子出嫁半年，妹夫死了，令他改嫁不允，情愿守节。妹夫周年，妹子上坟祭扫，不料路遇罗似虎。他看见妹子姿容，托媒说亲。妹子不肯改志。似虎硬说该他二百银子，假立借字，立逼要银，如无银子，就将妹子抢去折银。小人不应，硬叫家奴把兄弟打伤，送到州衙。州官不问情由，屈打成招，将我兄弟二人收入监中。又将妹子抢到罗家，至今不知死活。倘若有半句虚言，小人情甘认罪。”说罢，眼泪汪汪，不住叩头。钦差听了杨隆兄弟之言，与所访一点不错，且与从前梦境相符，扭头叫声：“州官呢？”州官连忙跪下。钦差在上，冲他大怒说：“你既作皇家五品官，乃是民之父母，理应在地方教化，除暴安良，才是正理。可恨你这个狗官，趋炎附势，受贿贪赃，不问子民冤枉，身该何罪？”州官吓得咕咚咕咚不住叩头，口尊：“大人，卑职该死，求大人开恩。”钦差说：“你且起去，候皇上旨意到来再说。”知州起去。时已天晚，钦差吩咐把罗似虎、石八、六和尚、乔四等收监，仍把杨姓兄弟暂收。大人把诸事办完，上轿回驿馆安歇不提。

到了第三日，老爷吩咐到州衙理事。登时上轿，到了州衙，下轿升堂。将要审问众犯，忽报旨意来到，连忙离坐，率领众官迎接。太监说道：“此乃千岁爷王命。”钦差闻听说：“很好很好，下官也要听二千岁爷谕旨，所为何事？”太监忙把王命打开，从头至尾，念了一遍；又从怀中掏出书信，口尊：“大人过目。”钦差拆开细看，认得是施老太爷字迹，瞧了瞧，也不过是叫放罗似虎，与千岁旨上一样话。施公看罢，叫声：“太府，论理，这两封书都该遵，不遵王命为不忠；不遵父命为不孝。但是一件，施某已经差人奏事去了，须听皇上旨意，怎样发落。”太监一听，急得拍手顿足，叫声：“施大人，气杀我咧！我临来，千岁爷再三嘱咐：今日务必同罗似虎进京。我要无人带去，就要我的命；只因十五日千岁要引见罗似虎补刑部员外郎缺。施大人你想，那是千岁的保举，皇上已经记名，明日引见，若无此人，别说千岁爷有处分，连大人也有些不便。”钦差说：“太府不必着急，略等一等皇上旨意，再作商议。”正讲话间，忽听外面说：“闪开闪开，这是京里旨意到了。”但见一匹马直奔堂口。施公忙出座位，走下堂来，见那马匹浑身是汗，施安在上骑着，背后斜背着黄包袱。他见施公同众官俱在堂下站立，便高声叫道：“皇上旨意到了！请爷快来接旨。”施公忙走几步，来至马前，双膝跪下，说：“奴才施不全接旨。”施安忙把背得黄包袱解下来，双手高擎，往下一递。施公双手捧定，众官跟着，齐到公堂。施安这才下马。施公把旨意供在居中公案之上，带领众官行三跪九叩首。礼毕平身，自己宣读圣旨：

奉天承运，皇帝诏曰：尔施仕伦奏罗似虎万恶滔天，苦害良民。前者二千岁与朕保举似虎升官，若非卿奏明，朕几误用恶党。二千岁当罚俸一年，全革去对子马。爱卿又奏恶奴乔四助恶行凶，与恶棍罗似虎均按律定罪，就地正法。又奏杆上石八等，素行不法，劫夺犯人，按律拟罪。六和尚，河间府知府任宗尧业经奏过，是久犯盗寇，前有几件命案，四处查拿，并未拿获，今既出家，仍复为恶不悛，着即就地正法。宫内王首领，念其年老，侍奉皇宫日久，姑开恩赦罪。千岁宫罗首领，念其在京，伊弟在家不法，不加警戒，亦宽恩免罪。罗似虎恃家豪富，武断乡曲，鱼肉乡民，当抄家悉充赈济饥民；朕另派员查抄。爱卿查拿赃官污吏，进京另有升赏，暂赏尔父一年俸银。黄天霸、关小西屡次涉险，擒贼有功，候进京，朕加封官职。钦此。

圣诏读罢，众官叩首。千岁宫太监听的明白，哪里还敢多言？出衙回京不表。

且说施公遵旨，把杆上石八等三人，发西安府军罪三年，立将罗似虎、乔四、六和尚杀剐，在景州与民雪恨。又将杨隆、杨兴放出。老爷念他二人无辜遭屈，将罗似虎家财内，赏他二百银子，以为养伤之资。又念他妹子贞节，赐“节烈留芳”匾一面，自捐俸银二百，交给杨隆，以为旌表葬埋之助。诸事办毕，吩咐打轿，立刻起身进京。不知后事如何，且看下回分解。

第九六回　商家林费玉鸣冤　河间府施公接状

话说施公起身回京。一日走到一处，在轿内隔着玻璃一瞧，见路中人迹寂灭，不像别处道上，行人过客往来不绝。忽又远望前面一阵黑土飞扬，弥漫树杪。心中就不由得纳闷，即问："黄壮士，此处叫作什么地方？"黄天霸闻言，催马来到轿前，哈着腰儿说；"回大人，此处叫作商家林。"老爷说："到河间府，还有多少路程？"天霸回道："这就是河间府地面，离城不过大约三十里。"老爷说："此乃是直隶境界，又是进京大道，因何路静人稀，并无行人往来，荒凉至于如此？"天霸见问，复又躬身说："回大人，此处虽是大道，行人却不由此走，其中却有个缘故。小的曾听见先父说过，当初商家林、献县两搭界地方，有一盗寇，姓窦，叫窦耳墩，在此啸聚好汉，劫夺行人。虽曾调兵把他驱走，至今余党未尽。"闲话暂且不表。

却说黄天霸随着大人的轿，且说且走，猛抬头一看，见前边过来了一丛人马，驮轿人夫，前护后拥，真是一窝蜂一样，瞧见钦差的人马，竟奔西北去了。

你说这一起坐驮轿的为何躲着钦差走呢？终是贼人胆怯。他们是一伙响马盗寇。为首的叫作一撮毛侯七，年纪四旬开外，生的身高六尺，背阔腰圆，一嘴的黄胡须，有飞檐走壁之能，手使两把压油锤，外带铁弩弓，箭三支，不亚穿杨之技，百发百中。其余盛大胯、郑剥皮、山东王、蝎虎子张大汉、崔三、飞毛腿邓六等，俱是胁从党羽；还带着熏香盒、软梯子，及众寇所用的一切器械等物件。驮轿内坐着一人，年方二十一岁，姓彦名八哥，外号叫赛饿鹰，面如敷粉，唇似涂朱，子都之姣①，不能擅美于前，故当时为之语曰：“莲花似六郎②，粉团似八哥。”他穿着一身式样衣裳，扮作官府形象。这彦八哥又非头目，如何叫他坐轿？因为模样长的好看，假称：某处官府，从此经过，特来拜谒借宿。就有许多倚势的人家，觉着官府来拜，岂不体面长人？又搭着彦八哥相貌不俗，一见必要入彀，因此就揖盗入门，到家吃喝个泰山不谢土。等夜间点着熏香把各屋人熏倒，即把各屋财物抬去，如盗入宝山一样，哪个肯空手而回？

可巧遇见一位倒运的官府，姓费名玉，是南省庐州府的同知，因丁母忧回家。此人在任作官廉洁，并不贪图民财。六亲皆无，就是夫妻二人，膝下一子，才交三岁。原系直隶保定府雄县人，故由此经过。正走之间，忽见前面众寇一拥扑来。一撮毛先高声喝道：“何处来的官府？把你苦害良民的金银财宝，快给爷爷留下，放你过去。不然叫你人财两空，那时就悔之晚矣。”官府未及答言，但见驮轿后边跟着一个长随，姓鲁名叫醉猫，不达时务，想拿着官势压迫他们，遂催马前来，用鞭一指，大喝道：“好一瞎眼囚囊的！还不闪开道路，让费老爷驮轿过去？”他还当是黎民呢，怕他威吓。这些强盗们哪怕他这些？盛大胯闻听，大怒骂道：“这狗娘养的！不知好歹，合爷爷们发横，你是自来送死。”就着认扣搭弦，只听哧的一声，照着醉猫大腿射去。“哎哟！”一声，他咕咚栽于马下。山东王一见跳下马来，举刀起来就砍，骂声：“好个花驴筋的，吃你老爷一刀。”咯吱一声，

---

① 子都：公孙子都，春秋时期郑国人，原名公孙阏（yān）本姓为姬，与周王同宗，字子都，为郑国公族大夫，春秋第一美男，武艺高超，相貌英俊。《诗经》：“山有扶苏，隰有荷华。不见子都，乃见狂且。”《孟子·告子上》：“至于子都，天下莫不知其姣也。不知子都之姣者，无目者也”。

② 六郎：张昌宗（？—705年），定州义丰（今河北省安国）人，排行第六。美姿容，人称六郎美如莲花。万岁通天二年（697年），张昌宗经太平公主推荐入宫侍奉武则天，张昌宗向武则天推荐了哥哥张易之，兄弟一起入寝宫侍奉。朝内高官、宗室并称易之、昌宗二人为五郎、六郎。张昌宗官至春官侍郎，封为邺国公。武周晚年，张氏兄弟把持朝政，败坏朝纲。神龙元年（705年）正月十二日，张柬之、敬晖、桓彦范、崔玄暐、袁恕己、李多祚等大臣趁武则天病重发动神龙政变，迎李显复辟，诛杀张昌宗、张易之。后晋刘昫等撰《旧唐书·杨再思传》：“易之之弟昌宗以姿貌见宠幸，再思又谀之曰：‘人言六郎面似莲花；再思以为莲花似六郎，非六郎似莲花也。’其倾巧取媚也如此”。

红光出现；这个鼠辈，把个醉猫儿结果了性命。那些人见风不顺，吓得撂下二府驮轿，一哄而散，驴夫、跟人都无影儿咧！把个官吓得浑身乱抖，强挣扎着说："好汉暂息雷霆，容下官一言告禀，请列位贵耳清听。下官虽在外作官，职原卑小，地方又遇荒凉，这几年官囊实在空乏。众位爷们放下官过去，合家感恩不尽，虽没齿不敢忘也。"众好汉一听微微冷笑，说："好个狗官，谁合你讲文呢？"内中又有一寇邓六的说："那有这么大工夫和他斗嘴，要不显显咱们的灵验，他也不知咱们是那庙里的神道。"说着就蹿到跟前，举刀就砍。郑剥皮连忙用力把他的刀架住，高声叫道："六哥，你别伤他性命，哪里不是行好来呢？"山东王闻听大怒说："你是老虎戴念珠——假充什么善人？"赌气站在一旁也不言语。郑剥皮大叫道："要不亏我拦住，你早见了阎王老爷。再要不打正经主意，也就说不了咧。"费玉还是苦苦哀求。正说着话，郑剥皮一抬头，看见轿内妇人，怀抱一个公子，长的肥头大耳，目清眉秀，面白真似银盆，发黑浑如墨锭，真是令人可爱。细瞧脖项戴着赤金项圈，心中一动，就用刀一指说："把这赤金项圈给了我们，别的东西也就不要咧！"费玉说："大王爷既爱，理当奉送，奈因此事，乃是小儿满月，亲友留下的；他有一女，也刚满月，情愿大了与小儿为妻，因亲家往广东去作官，恐日后年深不认，临别将一对项圈分开，以为后日押记。今日若被大王拿去，可怜他孤鸾独凤各东西，日后夫妻就不能团圆了。望大王爷开恩，成就这一段好姻缘吧！"郑剥皮大声喝道："好咧！你这狗官！真是善财难舍。"说着就将费玉拉出轿来，咕咚一声，往地下一捺；又往妇人怀中将孩子夺过来，用力在脖项上咯吱一声，将孩童杀死，脑袋捺在一旁，把项圈拾将起来，众盗寇一齐催马扬长而去，不表。

且说费玉躺在地上，爬不起来，待够多时，才挣扎着起来，瞧了瞧他儿子躺在轿下，只剩下腔子咧！脑袋在一旁捺着。他的妻马氏，吓了个魂不附体，迷迷糊糊如死人一般。费玉一见，哭得捶胸跺脚，死去活来。登时几个跟人，同几个驴夫，见盗寇去远，这才从树林内出来，会在一处。费玉一见，骂了几句，无奈只得将马氏救醒，又把公子死尸并首级，包在一处，搁在驮子上，然后自己上了驮轿。嘱咐驴夫趁天尚早，快些赶到河间府好鸣冤告状。这且不表费玉赶路。

却说施大人执事顶马，正往北走。忽然从北来了一群人马，高大人轿子堪堪临近，头里三对对子马。对子马刚过来，跟着就是两匹顶马，后面跟随人马无数。但见居中一人，坐在马上，不是王公宗亲，定是贝子贝勒。这马上的人，见施老爷这边下轿，他那边早也下马咧。便打发人前来，问是："施大人，仓厂总督奉旨钦差，由山东赈济回京。"一来人的名儿，树的影儿。听见是施大人，素日早知难缠，不由打个冷战。二来也合该犯事，冤家路窄。

且说忠良见那人下马，心中未免疑惑，登时两下里走到一处，忠良口称："奴才施不全，早知主子驾到，应当回避。"说着话才要请安，那个人伸手拉住贤臣，口说："不敢不敢，大人太多礼了。"这几句话，越发漏了空咧。

贤臣复又上下打量了打量，口里道："可啊可啊，好说好说。"彼此哈了腰，贤臣就不是像从前礼貌咧！但见那人口尊："施大人先请上轿，愚下何敢有僭？"老爷含糊答应说："有罪有罪。"哈了哈腰先上轿咧。那人随后也上马。两下里跟人也俱都上马，彼此分手。

施大人上轿才要登程，忽见前面来了一人，飞马而跑，到了轿前，弃镫下马，双膝跪倒，口尊："大人，冤枉！卑职费玉，系直隶雄县人，现任南省庐州府同知。因丁母忧回籍，路过前面密树林，对面遇着一乘驮轿，跟随人马，约有十数余口，谁知尽是大盗强人，截住卑职，硬要买路钱。卑职作官，原来寒贫，并无金银奉献。他却将小儿头颅砍断，摘下项圈，扬长而去。失盗是轻，人命唯重，可恨群盗并逸，偏成漏网之鱼；独怜小子何辜，竟作含冤之鬼。伏乞捕缉盗寇，得以申冤雪恨，则卑职举家感恩不尽矣！为此即恳青天老大人，恩准施行。"钦差大人听见费玉一片言词，不由满面生嗔，暗说：大清国竟有这样不法之人，哪有坐着驮轿当响马之理？怪不得见本院，一个个贼眉鼠眼，瞧着就不像外官行景，敢则是一群强盗假扮官人！开言便问："费同知，你可曾记得面目？"费玉回言："卑职见了众寇，早吓软瘫咧！哪里还记得？内中一人，长的身躯高大，脸上有一痣子，痣子上有一撮黑毛，别的也不记得什么。”言罢叩头。忠良说，“事已如此，不必着急。你先起去，本院准你的状子就是咧！你且在河间府附近住下听候。”费同知听说，站在一旁伺候。忠良叫声：“黄壮士。”天霸答应。贤臣说：“你即刻回走，顺大路追赶那起盗寇来见本院。”天霸上马而去。

且说钦差大人坐着轿往前正走，忽然河间府通城的官员，带着兵丁衙役，俱投递手本，前来迎接。但见众官员紧走几步，迎面跪下，各报职名，口尊：“迎接钦差大人。”大人在轿内一摆手，众官站起身来往回里紧走。大人轿子刚要走，又有闹哄哄的几个人，来到轿前跪倒了，口中乱喊：“冤枉！”大人在轿内吩咐道：“把喊冤的这些人，带到河间府听审。”衙役答应。不多时来到河间府，但见关外城里，士农工商，男女老少，俱是满斗焚香，跪接钦差，人烟沸腾，欢声载道。到了公馆门口，结彩悬花，鼓乐齐鸣，吹着将军令，迎接进去。大人下轿升堂。众官参见。大人吩咐道：“把喊冤的人带上来。”衙役答应，霎时带到堂下，一齐跪倒。大人瞧了瞧，不是平民，俱是有体统的人。望着那人们说道：“你等一个一个地各报姓名，不准乱说。”一个说：“小人姓刘，名叫刘成贵，作当行生意，家住任邱县东北。”一个说：“小人姓赵，叫赵士英，家住新中驿，开粮食店为生。”又见一人口尊：“钦差大人，生员孙胜卿，祖居河间府首县。”又手指一人说：“他住河间府东南，姓杨，叫杨奎，是个举人。他父亲任江西教官。他系生员的表弟。”众人报罢姓名，贤臣先叫：“刘成贵，你是什么冤枉？先诉上来。”成贵说：“前日是小人母亲生日。小人从当铺回家，与母亲上寿；还有些亲友，正在家中吃饭。仆人拿进一个拜帖来，说外边有个坐驮轿的官府要求见。小人暗想：并无作官的亲友，既来拜望，只得到外边看看。出门一瞧，果然有个坐驮轿的官府，跟着十数个人，都有马匹。彼称是广东的知县，前去上任，只因天晚咧，要在小人家借宿一宵。小人想了想，家中有的是房屋；又是家母寿日，厨房并预备以酒席，都是现成的，为什么不作个脸儿呢？让进去款待了，岂不留下一个交情？哎哟！老爷！合该小人倒运，哪知是一伙杀人的强盗！吃喝了，让到书房去安歇。到了半夜，把小人合家用熏香熏倒，将各屋衣服首饰，打扫了个罄尽。这还是小事，可恨那杀人贼，先用刀把小人母亲杀死。见小人妹子生得美貌，他们就轮流奸淫了；妹子乃是有婆家的人，他公公现作守备，下月还要过门呢，这可怎样？”说着放声大哭，磕头碰地。贤臣说：“你可记得那些人模样呢？”刘成贵说：“曾记得内中一人，脸上有个痣子，痣子有一撮毛儿。”贤臣听罢，又把那三人的状子接上来，瞧了瞧，原来告的都是那伙人，俱是失盗之事。连费同知共是五家失盗，伤了三条人命，这内中唯有孙胜卿妻韩氏，年十九岁，被盗连被窝裹了去咧！贤臣看到此处，心中大怒，叫声：“尔等起去。此伙强人，本院路上见过，已差人追去了。尔等下去。”

话说施大人到河间府公馆升堂，把道上喊冤四个人，带上堂来问了问，把状子接来看完，叫四个人下堂听候；等拿回了强盗来，好与他们洗冤完案。又吩咐众官员各回衙门。退堂才要喝茶，听差的报道：“外边有二位官府，有要事来求见大人。”大人吩咐：“让他进来。”差人即到外边，知会二位一声说：“大人让二位老爷进去。”差人领着二位官府进了公馆，走到大人面前，一齐跪倒。但见一个身穿宝蓝皮袄，红青皮褂，足下粉底缎靴，头戴貂帽红缨罩顶，面貌苍老，身躯瘦弱，很像个斯文样式。一个是穿着香色皮袄，青布外褂，薄底尖靴，也是貂鼠皮帽，生丝红缨，年纪不过三旬，虎背熊腰，面貌微黑，身躯肥胖。各递手本。忠贤看罢，一个是雄县知县蒋绍文，一个是新中驿守府卢珍。并有呈词，一齐递上。大人先看知县呈词，上写：

具禀卑职雄县知县蒋绍文，为上差勒索银两，恳恩详究，以肃官箴，而重国典事。窃有天子宗亲、奉旨钦差五大人，据称钦派查道，云：皇上明年某月某日，上五台进香，由敝县经过。教卑职速办道差，毋得故违。倘临期有误，先灭宗族，后平祖墓。已在卑职衙门整住三天，日夜骚扰。一事不周，便价折银两若干。卑职伏思：既是皇差，何以又要价折？叩乞青天老大人，恩准详究施行。

忠良看完，又看新中驿守府卢珍呈词，却与知县蒋绍文呈词言语，是同一事。忠良不由心中大怒，腹内暗说："我瞧这起人的行景，就不正气，果然不错，哪有皇上宗亲行此不法之事。再说皇上派人查道，各处早有文书。施某身虽在外，来往也有报马，施某没有不知道的。若说此事有假，又有兵部印文；若说是真，如此到处讹人，教人难解。大清国哪有这样大胆人？再说，还有那起绿林，天霸全拿住才好呢！只好等天霸回来，再作道理。"贤臣座上开言说："蒋知县，卢守府，且请回去听候吧！"二人说："遵大人钧谕。"一起站起，出了公馆。

贤臣刚令二人回去，猛见天霸从外走上堂来。贤臣一见，心内欢喜说："黄壮士你回来了。"天霸答应说："小人回来了。"单腿往前一屈，才要打千请安。贤臣一摆手，好汉平身，走到公案左侧，打落着手儿，哈着腰儿，回话说："小人遵老爷命，赶了二十余里，并没看见强人踪迹，那贝子爷也不知去向。小人在路上打听，并没信息，是小人之罪。"贤臣闻听天霸之言，想了想：天霸素常是个精细人，无有不舍命尽心的，今追这起贼人，竟赶不上，大概是去远了，也难怪他不尽心力，说："罢咧，贼一定是去远，赶不上了。壮士何罪之有？慢慢再设计擒拿便了。"老爷嘴里虽是这么说，不免心下为难。

正在忧疑之际，忽报河间府知府杜彬要求见大人。施公即传谕："让他进来。"知府进了公馆，参拜礼毕，平身站在一旁，哈着腰儿，口尊："大人，今又有奉旨钦差来到，说贝勒五大人特来查道，教卑职伺候公馆，快去迎接。"施公座上不由心中大悦，叫声："贵府，只管去迎接，让进贵衙，着他住在花厅。本院暂在贵衙二堂居住，以便察他动静。"贤臣吩咐罢，知府杜彬急忙出去迎接五大人。贤臣又叫："黄壮士，你出去见了知府，告诉他如此这般，千万不可走漏风声。"不知说些什么，且看下回分解。

第九七回　设谋诓捉五林啊　派差遍访一撮毛

话说知府杜彬听黄天霸之言，依计而行，把一位查道的钦差，接进公馆来。一接进去，他又仍然打骂人，要东要西的混闹。知府并不提施大人一字；贤臣却不时的命天霸去查看他们的行景。此日天晚，贤臣就在二堂住下。知府竟伺候了一夜，不知不觉，就是三天。这位贝勒爷种种恶款，不记其数。知府杜彬实在忍耐不住，来到二堂，见了施大人行礼毕，站在一旁，曲背躬身，口尊："大人，来的这位贝勒，仗着皇上宗亲，一事应酬不到，就要打骂。还叫卑职预备俊俏妓女，美貌顽童，又要银若干，孝敬五百两，还嫌少。诸般折磨，卑职实在不能堪。"贤臣闻听知府之言，气得双目圆睁，连说："岂有此理，这还有王法咧？"又叫黄天霸等："速速收拾，同我前去；但看他有破绽，立刻擒拿。"天霸等答应。贤臣又望着知府开言说："贤契，你先去见了这位贝勒五大人，就说本院才到贵郡，听说贝勒爷在此，立刻禀见。"

知府去了，施公当即出公馆，不多时，来到钦差五大人公馆。施安、黄天霸等下了马，扶持着施老爷下马，教差人传禀了一声，然后才带着众人进了公馆。贤臣爷一见五大人出来了，紧走了几步。这位宗亲也是紧走了几步。彼此拉了拉手儿，把身躬着，谦让多时，进了公馆，齐归座位。两旁衙役献茶。黄天霸等紧贴着施老爷一边站立。大人圆闪虎目，瞧看他的破绽，但见满桌残酒剩菜，哪知他把小旦妓女早藏在别处去了。忠贤开言，口尊："钦差五大人，不知哪位王爷殿下？现在贵府住在哪城？施某领教领教。"宗亲见问，便开言说：

“大人若问我的来历，大王爷殿下老贝子，乃是圣祖皇爷一派嫡亲，现今钦派总理带管茶房。大人，我到此，只为皇上五台进香，特来查道。是钦差奉旨来的，并非私自出京。”贤臣说：“皇上外出，早已发抄，天下共闻。此事施某竟自不晓，大料着未必是真。你乃金枝玉叶，凤子龙孙，该自尊为贵，为国尽忠，严察不法官吏才是。你倒假传圣旨，讹官诈吏。尊驾也未必是宗亲。若是实言相告，施某念官官相会，倒要存私压下，免得声张。不然，我一定上本提参。”看官，施老爷方才说的这些话，本自厉害，句句全戳恶人的心病。这位假宗亲，觉着事到临头，说得软了，还透着假咧，不由得羞恼成怒，叫声：“施不全，你且住口！你怎么用话吓起我来了啊？打谅吓吓别的官员呢，怕你是钦差，送你点子白东西，你就压下。今日你还敢打错珐码了。你宗亲爷一人之下，万人之上，你竟敢动本参奏？别说你宗亲爷无过犯，即使有了不是，何况是施大人你呀，就是那些蒙、旗、满、汉大人，王公侯伯，也不敢哼我一声。我倒是看施侯爷分上，赏你个脸，一口称你个施大人。你是得一尺进一步。”登时把施大人气得面黄唇白，说：“好好好，罢咧罢咧！我施某的官也作烦了，少不得与你拼对拼对。”大声喝道：“尔等把大门二门闭上，不许放走一个！谁要徇私，立刻斩首。我看他这个贝勒有多大本事！”两边众役答应，登时将门紧闭，把守着不提。

且说贤臣又吩咐众役说：“尔等还不与我下手捉拿，等到何时？”但见那个五大人，气得将身站起，口中大嚷说：“好个施不全，反咧反咧！你还说别人不遵王法，你竟是头一个不遵王法的野人。我乃是皇上宗亲，你是一个臣宰，竟敢叫人拿我。我瞧你怎么一个拿法！”说罢站在当地，连气带骂说：“我看哪个敢来动手！”

两边站班的马步三班，听说钦差大人吩咐拿人，才要下手；瞧见这个光景，竟不敢动手。又听那里话头厉害，个个退步缩头。施老爷一见，虎目圆睁，大叫：“尔等好一起不遵王法的奴才！哪一个要再退后，立追狗命。尔等快下手拿他！”一齐上去七八个人，往前走到跟前，只见那人把胳膊一伸，往后一拨拉，只听咕咚咕咚的尽都栽倒。又有几个掌响马的番子头目，瞧着心中不服，耀武扬威地上来，才走了两三步，被那人胳膊一甩，就是一溜躺下了。又有一个人绕到身后，指望拿他，被那人一个反嘴巴，只听吧一声，“哎哟!”咕噜，打出四五步去，趴在地上。此时黄天霸、关小西等在一边，把拳头攥的咯吱吱连声的响，单等贤臣吩咐一句，总不见老爷言语。小西、天霸二人忍耐不住，上前打了个千儿说：“回大人，若依小人们看来，此处衙役，未必拿得住那人。讨大人示下，不如小的们动手!”贤臣点头说：“很好很好，千万别伤人命。”二位好汉答应一声，一个箭步蹿将上去。怎知那人早已预备，会家遇见会家了。这边是蹿跃蹦跳，武艺高强；那边是闪辗腾挪，架避精通。半天不见输赢。恶人那边手下恶奴，气冲冲也要动手。但听大汉高声喊叫：“你们不必前来帮助，大料着你赵老叔，一个人也不至遭人毒手。”这一句就漏了空了。贤臣在一旁听得明白，暗说：“赵老叔三字，宗亲哪有这称呼？一定是假。”按下贤臣已参破其意不表。

且说小西、天霸二人拿不住大汉，心内着急。天霸生了一主意，绕到大汉身后。大汉只顾招架小西，冷不防备，天霸在背后对着腿凹儿跺了一脚，只听咕咚响了一声，他倒在地下，大叫：“施不全，了不得!”那边座上恶人见大汉栽倒，连忙站起说：“罢咧罢咧！施不全这件功劳，让你拿吧。”说罢，又望着大汉哇啦的翻了几句满洲话。哪知施老爷满汉皆通，一听此言说：“你二人才说的话，是不教他招认。我岂肯和你们甘休?”恶人一听说：“罢咧罢咧！既是你懂满洲话，难以瞒你，爽利告诉你罢：我叫五林啊，那位叫赵黑虎，既被你施不全识破二位老爷的行藏，咱们就是冤家对头，少不得你二位老爷要领领你的刑法咧。你若不服了你二位老爷的本事，施不全你也不甘心。”施老爷听了恶人之言，气得面黄失色，叫声：“天霸、小西把这个照样拉下来。”二位好汉答应，才要动手，但见五林啊冷笑了一声说：“姓施的，你也太瞧不起人！五老爷既然口称要领领刑，还要人拉么？要不愿受你刑法想走，大料着你这起小辈，也拦不住五老爷的大驾。”说着自己下去躺在地上。那边赵黑虎叫声：“五哥，哪有这么大工夫和他唠叨？要不教姓施的孝敬咱哥们心满意足，也显不出咱们的能为来。”

施老爷一听，心中大怒，眼望着知府说：“贤契快请刑具来伺候。”知府吩咐三班：将全副刑具立刻运到。老爷座上开言道：“他两个乃是旗下，按例应该先动皮鞭。尔等撩着衣服，剥了他的下身，教施安按翻译‘厄木拙’等语数着数。”天霸、小西轮流着打。登时打完了五林啊一百鞭子，又把赵黑虎照样打完。要平常人，哪里禁得住二位好汉这顿鞭子？两个恶人挨着一百皮鞭，不但不输口，反倒哈哈大笑说：“我们这几日觉着皮肉发紧，受这点刑法，倒觉着松快咧！”老爷见恶人不输口，又叫青衣用对棍，每人重打了三十。贤臣说：“尔等共有多少人？做的什么事？有话只管实说，本院全归罪他两个，与你们无干。”众人听罢，一齐磕头，口尊：“大人，他二人全是王爷门上先当押拉，现今革退差使。五林啊的老娘，是府内嬷嬷妈妈，很得时务的。因此他在外招事惹非。官司打过几次，就提督衙门营城司坊都有人情，越闹越胆大，故此又装宗亲，假扮钦差，叫我们扮作奴仆，一路上讹过州城府县，当铺盐店，不计其数。这是以往实话，望大人恕罪。”贤臣微微冷笑，望着恶人说：“你们听见了没有？你们两人还是不承认么？”

恶棍听见，反指着说：“他们是怕打，满嘴胡说。难道他们招的口供，就算我们招的口供么？姓施的，你今儿非叫短了太爷，不算你有能为。”贤臣暗想：使尽各种刑法，都不招认，不如改日设法再问。遂吩咐把十四个人一同收监。众役答应，收监不表。

且说贤臣望着知府开言道：“把贵衙门捕快叫上来。”即叫喊堂的传捕快。不多时捕快上堂跪倒，口尊：“大人，小的姜成、杨志伺候。”贤臣标了一支签念道：“上写五日限期，锁拿一撮毛到案，火速无违！承差捕快姜成、杨志，限你们五日，把一撮毛拿来听审，违限重处。”二人听罢，吓了个倒抽冷气，暗说：我的老爷，这个差使要命。爬起来拾签，迈步下了大堂，一个个哭丧着脸，噘着嘴，往外正走。门上的众伴儿迎上来，一齐问道，“怎么个话儿？你们老哥俩恭喜！如何施大人单叫上去？必有美差使给。你们发了财，可别忘了我们哪！”

正说着，有名公差姓尼，外号叫泥球，夙日常与姜成、杨志戏谑，见他两个愁眉不展的，他就在旁边打着哈哈说，“姜第二的，杨第八的，你只当咱们本府老爷呢？出一张票，叫你传人去，上面写明那人家住处某村庄某姓名。今日遇见这位施老爷了，叫你们拿什么一撮毛，就把你们毛住，便吃不躺咧！罢呈，你们到底不济哪！枉闻了鼻烟儿，白走了月饼会了！还不及我老尼打个喷嚏的工夫就得了使差咧。”姜成、杨志说：“你也算了人咧，问问你敢合我们一般一配么？你小子是老土着了水，和了和，变成泥里的球儿，真是忘八蛋。你再娶个女人不用说咧，也作出些个小泥蛋来。”众人一齐大笑，笑得个泥球脸上有些下不来，说声：“你二人不用吹咧，这位新来的钦差施老爷子，比不得咱们官府。你们俩要提这一撮毛，恐拿不了来。哥哥儿是鸭子吃了鱼，眼睛朝上。”旁边人见他两下里话紧，怕玩笑恼了，一齐上前解开。姜成、杨志这才迈步出衙。二人无精打采的，到了家中，见天色已晚，在家住了一夜。到次日早晨，二人商量出城，到镇店村庄，私查密访。

话说姜成、杨志拿不住一撮毛，正要进城讨限，后边有人赶来说：“要拿一撮毛，我晓得他下落。”二人回头一看，原来是冯七恍的儿子，好喝便宜酒，都叫他冯人嫌。姜成、杨志夙日合他玩笑，说：“你赶爷们来作什么？”冯人嫌说：“今日有个巧机会，特来送信。”姜、杨二人说：“有什么巧机会，你小子又闹鬼吹灯呢。”冯人嫌说：“请问头儿，施大人派你两个拿什么一撮毛，你两个须得扛扛屁股领刑吧！不是八十就是一百，几时打破了才算。还把家眷捕监，叫你们去访。要再访不着差使，硬把公差算凶犯。并非我说瞎话，只因我有个老舅舅在顺天府当门公，他有个外号，人因他姓陶，人都叫他陶奴儿。他告诉，这一位施大人最是狠刑。你们俩今日要拿一撮毛，不是吹，这差使就是老冯爷子知根底。”杨志说：“玩笑少说。这个差使要紧，比不得别事，你混要笑。”冯人嫌说：“谁与你玩笑，他是三代玄孙！”二人见他又起誓，又说大人怎么厉害，刑法重，未免心中有些抖战，叫声：“小冯儿，你果然是个朋友，帮我们得了差事，没的说呀，大量不能别的，穿我们一双德胜斋的缎靴，料着准行。咱们先到酒铺里去，听听小冯是怎样个拿法，咱们好有主意。”二人说着来到山东馆。

三人抬头，只见“太元居”一面匾。这店是知府轿夫的东家，甚是兴隆。三人走进去。掌柜的认得是知府捕快头儿，连忙让座。三人怕走漏了风声，到了楼上，找了个清静桌儿坐下。过卖净了桌子，问要什么菜？杨志素日最是好脸，又搭着为打听差事，叫声：“堂倌，要一个金华火锅，半斤腊肉，通州火腿要熟的，五壶玫瑰酒，四斤荷叶饼，葱酱要两碟。”走堂的喊下去。不多时，热腾腾的端上来。冯人嫌一见真是吐沫往下咽，就红了眼咧，不等人让，斟上酒，先喝了一杯，拿起筷子先夹了一块肉。手不停筷，又喝酒，又吃饼卷葱，真是两眼不够使，满桌混看，眼如灯一样，登时吃了个净。火锅边上有块红炭，他只当是块肉，夹起来送往嘴里就吞。二公差看看又是笑又是恨，叫声：“冯第二的，那对眼睛儿！你还要喝杂银去？连个熟货也没见过。”冯人嫌烫得两手握着嘴，话也说不出，满嘴里乌噜乌噜。姜成说：“你不用翻满洲话咧！酒也喝了个足，菜也吃了个净，望我们装着玩儿，也了不了事！一撮毛到底在哪里？是怎么个拿法？”冯人嫌骂声：“死忘八孽障攮的！你要拿一撮毛，不用费事，回家去把你娘子那撮毛，扯一撮儿呈上去，管保还得赏呢。”姜成说：“好一个混账东西！酒菜你搂摸了，净吃的大肚蝈蝈似的，怎么你扒了房？”

说着，杨志举手要打，手捏着冯人嫌脖子，捏得他呀呀地叫：“我要是知道一撮毛不告诉你们，我就是乌龟，是小忘八。”

姜成说：“你快别混充衙门光棍头咧！不用说，算老爷上了小子当咧！”言罢，二人站起，连酒菜带饼通共算清了。杨志咬着牙，写了账，三人这才出了酒铺。冯人嫌喝了个便宜酒，唱着河南调，回家去了。姜成、杨志见天晚也回家安歇，约会明日再上堂讨限。

到了第二天早起，二人只得进公馆讨限。

且说施公自派出两个捕快，去拿一撮毛，日夜指望拿回这差事来，好与费同知、刘成府、孙胜卿等洗冤完案。这日算得限期已满，专等公差回来。忽见姜成、杨志进了公馆，走到面前，一齐跪倒，磕头碰地，口尊：“大人开恩，小的们奉大人差派拿一撮毛。各处访查，并无消息。恳大人示下，再宽几日限期。”施老爷一听没拿住差使，冲冲大怒，喝道：“把两个奴才，每人重责三十大板！”青衣答应，登时打完。又吩咐众役，把两姓的家口，全都收了监；又限了三天，再拿不住一撮毛，把他二人就算凶犯。

二公差无奈，只得下堂出来。杨志叫声：“老哥，这才算咱二人倒运。一伙大盗，又无姓名，就说是拿一撮毛。把家口尽都收了监，给了三天限期，再要拿不着，就替罪名。咱须早些拿个主意。”姜成闻听，叫声：“贤弟，我并无别的主意，除非跑海外去躲避躲避。”杨志说：“跑海外躲避躲避也了不了事情。常言说：‘世上无难事，就怕有心人’。我倒有个主意：愚弟有个手艺，除非咱们改扮行装，做着买卖，留心探访。或者访出个消息来，也未可知。”姜成忙问：“什么贵行？”杨志说：“从前我吹过几天糖人，家伙全有。”杨志回家，早把挑子收拾齐备，改变行装，走到乡村去。看官，公差作买卖，所为招人，好访一撮毛。外州府县捕快，都有些武艺，二公差这箱子里暗藏着些铁尺挠钩，为的是预备有风吹草动，好下手拿人。这是闲言不表。

且说姜成、杨志出来访查，不觉就是三天。这日又进一村庄内，人家不多，路东有座黑漆门，估着他家孩子多，还多卖两钱。二人把担子放在门首，姜成打锣，惊动了里边小孩子，哄的一声：“来了！”一群就来七八个，一个个跳跳蹦蹦，这个说：“我要个孙猴儿。”那个说：“我要黄鼠狼偷鸡。”姜成说：“拿钱来。”挨次把钱收了。杨志登时把糖人儿吹完，打发孩子们散去。内中有个孩子不很大，独他不走。问他叫什么，他说叫六斤儿，留着个歪毛儿。他可围看担子闹，小手儿抹了块糖稀吃，又把模子拿起来就跑。杨志说：“小六斤儿，你又淘气呢！还不放下模子？再淘气，把你一撮毛拔下来。”看官，杨志他无心说出这句话来，你说把个小六斤儿吓了一跳，眼似鸾铃，东瞧西看，这才叫声：“伙计，你要给我们这家里惹祸。一撮毛是我爷朋友的名字，你怎么混叫起来了？要叫他听见，还不把你屁股打烂！”你说两名公差，正没处访一撮毛呢，一闻此言，岂肯容他倒脚？大叫声：“六斤儿，你先拿几块玩去，等我明日再给你几块好的。”六斤儿笑着说：“可别给他们。”杨志说：“不给他们。你方才说什么一撮毛，是你爷的朋友。你再告诉我一遍，还有好的呢，也给你。”小六斤儿笑嘻嘻地说：“一撮毛长的凶恶，人都怕他。他那脸上有个猴痣，猴痣上有一撮毛。使着两铜锤，一张弩弓三支箭；还不是一个人呢，好些个呢！”二公差听见小六斤说这伙人不少，都是有武艺的，觉着扎手，大料难拿，不如趁早离了是非窝。毕竟姜成跑脱没有，且看下回分解。

第九八回　得虚实姜成送信
扫巢穴众寇伏诛

话说姜成、杨志，哄着小六斤儿，把一撮毛以往情由，俱都说出。正然盘问，忽见门里出来个人，把小六斤一巴掌打得往里飞跑。二公差挑起担子才要走，只见那人上来，一把揪住杨志搭包。姜成一见，估量着不好，开脚就跑。杨志见姜成跑咧，自己挑着担子，被人揪住，想走不能。这恶人揪着杨志骂道："站住罢!"杨志见他这样，还装乡下佬佯说："大爷，俺大小是个买卖，又没得罪你老人家，别要骂人。"恶奴说："别合我装佯，骂你就算了么？还得打你呢。"恶奴把杨志推搡着，拉进大门去不表。

且说姜成见杨志被人揪住，自己撒脚就跑，为是进城报与施大人知道，好派人去拿。不多时跑到河间府，太阳已落。见了大人，把他们以往怎么访查，杨志怎么被人揪住，回了一遍。大人说："你知道那家姓名么？"姜成说："回大人，若问那家姓名，小的不知，瞧他房屋像个富户。小的就听小孩子说有好些个人，都在他家居住，个个武艺精通。为首之人，名叫一撮毛儿侯七。手使什么兵器，怎么厉害，全都告诉了。才要问他主姓名，就被人听见，把杨志就揪住了。小的实不知那家姓名，还不知杨志吉凶如何。求大人恩典，早派人去拿。"施公座上一摆手，姜成叩头起来。施公叫声："黄壮士，这是如何拿法？"天霸躬身，口尊："大人，依小的愚见，还叫姜成引路，小的同关小西、王殿臣、郭起凤，趁天黑去打听明白。事情果真，不是小的夸口，任凭他有多少盗寇，管保拿来，明日结案。"施公点头。

四家好汉，同姜成各带随手兵器，出了公馆，走到恶人村外，略歇了歇。天霸叫声："姜成你头里走。"姜成说："眼前就是。"五个人进了村口不远，但见房外一溜墙，中间有四扇屏门。门楼以外，挂着斗大灯笼，照得大亮。门口锁着一条大黑狗，拴在那里，瞧见人就站起来狂吠。天霸把姜成一拉，迈步头里先走。四个人跟着好汉，顺墙往北走。走不远，一拐弯，见一溜对缝砖的风火后沿。天霸叫声："众位，你们在此等着，我先进去打听一个真实，回来再议。你们不可远离；但听有石子响，就是我回来了。"言罢，倒退了几步，把手一拍，嗖的一声，蹿上后沿，顺着瓦垄爬到前坡。好汉来至房前沿，扒扶着往下探望。

细听有声音，听不大真。挺身又往前行，来至前边，见各屋点着灯。又听得下面妇人说："不好了！张姐组，房上有人了。"又听一妇人说："大婶，你别大惊小怪的。这两天猫起秧的时候，是猫在房上，你就乱叫。"天霸听见此话，借猫为由，"嗷嗷"地叫了两声。那妇人说："你听何曾不是猫？快端油盏走罢！你没听太爷吩咐：今日是他寿日，是个好日子，叫咱把前日偷来的那妇人劝醒，今晚要合房咧！"那一妇人说："你劝去罢，人家是秀才之妻，就肯嫁他？"好汉听是偷来的妇人，心中纳闷。见那两个妇人走进屋内，好汉顺瓦垄伏下身子，探下头来，往屋内细听。这个妇人说："新娘子你很聪明，为什么想不开？我们祖七太爷银钱广有，奴仆成群。你相从就是一品当家的，岂不胜似那穷酸？"那妇人骂道："你们这泼妇，要当我是下贱之人，那就认错了。我告诉你们主人说，杀剐给我个痛快罢，我死了，提防我孙相公丈夫，替我鸣冤。"天霸听罢，暗说：原来这家姓祖，偷来的那娘子，定是一撮毛用被窝裹来的孙胜卿之妻。

看官，这祖七混名大头目，自幼集上扛粮食出身，一膀子能扛两条口袋。这集上经纪客人，不敢惹他。后又生讹了一张官帖，量斗尖入平出，客人须得用他的斗量，按加一要钱。又交了一伙大盗，坐地分赃，拿这闲钱交与官吏；衙门内都有看顾，越仗起胆来。闲话不叙。

且说天霸又纵步到另屋。屋内祖七说："那厮你有什么分辩？吊起来打着问他。”正打之间，杨志怀内揣着一件东西，吧嗒掉在地下。众寇闻听说：“方才落在地下的是什么？”家丁拿灯一照，捡起来原是油纸包，用线缝着。把线挑开，拆去油纸，还有一层细纸。打开瞧是张纸，内有一人识字，一念上写：“太子少保镶黄旗汉军仓厂总督世袭镇海侯施，奉旨钦差仰役立拘锁拿大案一伙贼一撮毛儿，速赴河间府，当堂听审。毋得违误，火速领票。康熙某年某月某日。差捕快：姜成、杨志。”众寇听罢，一齐恼怒，有说将公差杀了的，有说还打的。祖七说：“你们没听见么？这票并非府县州官出的，乃奉旨钦差所派，别当儿戏。”众寇说：“莫非放了姜成？”祖七说：“也不用放他，暂锁在空屋，等明旦我到衙门打听打听，再议。”家奴立时将杨志锁在空房。天霸房上看得明白，见家丁回去，趁着无人，飞身下来，拧开锁进去，将杨志解下来，一同到外边见了关小西等，各举兵器齐至恶奴后院，见各屋都吹灯安眠。天霸知道后院是些妇人，直奔前院。众好汉合公差只得跟着走。纵有狗咬，拿刀一晃，狗见刀夹尾就跑了。仆夫家奴俱是困乏睡着。四家好汉同姜成、杨志走过这道二门，来到前院。西边有一人出来开门解手，瞧见好汉，忙问：“是谁？”小西低声说，“老兄弟风紧。”天霸并不言语，紧走几步，赶上前去，手起刀落，咯吱一声响，那人栽倒。忙把脑袋砍下，天霸回身，叫声：“哥们随我来。”言毕迈步当先。五个人跟着一同进这道门。内中唯有姜成不得主意，欲待不去，又怕被人瞧见了，眼睁睁的见杀了个人，心里发怔。

且说众寇打发祖七去安歇，也就睡了。这时盛大胯设睡着，叫声：“郑老三，我瞧他酒不沉，如何出去这半会子？听见咕咚一声，必是栽倒。”说着即披衣裳下炕。刚出门，哪知天霸早在门旁，扬起刀背，往下一砍。大胯一声叫：“不好了！”

众哥们听见他一嚷，忙上前砍了几刀，栽倒在地。屋内人全都惊醒过来，好几个手中都有兵器。头一个刚往外一跑，被地下躺的几乎绊倒，往前一栽，殿臣拿铁尺照滑子骨就一下。那人躲过，回手就是一刀。殿臣用铁尺架住。小西、起风各举兵刃截住。那几个盗寇一齐出来动手。杨志不知从哪里找了顶门闩，也可就抡起来，单打众寇滑子骨。就只胆小的姜成，吓得在黑影里打战。盗寇头儿一撮毛手提铜锤，“噗”的一个箭步，从屋里就蹿到当院，大喝一声：“哪里来的小辈？敢在太岁头上动土！”言罢，照好汉就一锤。天霸一闪，回手一刀。二人战在一处，不分胜败。关太、殿臣、起凤三人，各逞英雄，与众寇动手，黑夜之间，难辨清白。山东王举起拐来，照着自己人飞毛脚邓六大腿上就是一下。“哎哟”一声，山东王这才瞧出是自己人，心里一急，漏了空，被小西一刀背，把手腕打脱，“哎哟”一声，拐子落地。那边杨志抡起门闩，照盗寇腿上，又是一下。只听“吧！”正打在滑子骨上，“哎哟”一声躺倒。小西怕他跑了，连忙几刀，卸了他两膀。一寇叫闪电神见风不顺，撒脚就跑。哪知杨志早把一道门用石顶上。离门不远，怎晓黑影里蹲着个人，只听“咕咚！”把贼绊倒，杨志趴在那个人身上。这个空心，殿臣赶来，不管一二三，抡铁尺就打，疼得盗寇叫声不止，打得杨志身子底下那个贼叫“哎哟”！还有几名盗寇，都被小西、起凤拿住，看守不表。单说天霸合一撮毛动手，猛见他用锤磕开自己刀，将身一晃，蹿上墙头。好汉对准盗寇腿上，回头就是一镖。盗寇才要迈步上房，只听“刷”一声，“哎哟！”咕咚掉下墙来。好汉赶上，连三并四几刀，一撮毛难以动转。天霸叫声：“哥们，快找绳来捆上。”叫人看守，又寻祖七不表。

且说小西叫声：“哥们，谁带着火镰打火，咱们进屋去照照，还有贼人没有？”杨志答应，立刻打火引着火纸，进房点着灯，搜了搜，只彦八哥一人，也把他上了捆绳，拉到外边。举着灯到院内，把众寇一个个四马攒蹄绑上；才知道姜成也死了。数了数盗寇，共十一口，等天亮解送。

且说天霸举着刀闯进恶人院内，哪知祖大头早知事不好，吓得悬梁自尽。天霸不信，亲到外屋，果见一人悬梁而死。把管家李胡子找着，也捆上，带到外边。又找偷来的那位妇人，打算把她救出；哪知孙胜卿之妻是个节烈妇人，自觉虽未失身，终无面目见人，夜间得空，早已自尽。

不多时，天已大亮。好汉黄天霸等，把拿的众寇解到河间府，面见施公交差。贤臣大喜，吩咐升堂，将众寇带到堂下追问。众寇情知难推，尽皆招认。又传孙胜卿到案，将伊妻节烈晓谕一番，叫他回家收尸成殓。吩咐："知府把众寇监禁狱中，候本院启奏皇上，候旨前来，连五林啊等，一齐按律问罪，好与众官民报仇雪恨。"

知府答应："谨遵钧谕。"忙令手下人，把众寇入监。贤臣见诸事已毕，心中牢记，保举天霸等功名。忙吩咐："搭轿，本院回京。"到底不知何事，且看下回分解。

第九九回　驿馆立拘牛腿炮　郑州踩访一枝桃

且说施公离了河间府十几里地，正走之间，忽见前边人马迎面而来。头里还有匹马，急跑如飞。正自诧异，那人已到轿前，下马跪倒。贤臣才知未起身之先，打发去的牌马转回来。

但说贤臣霎时到任邱县亭驿，入了公馆。才入公馆，就有人喊冤。任邱知县在一边伺候，心中就有害怕。又听钦差叫衙役将喊冤人带上，开言道："喊冤人，一一报上名来。"一个说："小人叫刘进禄。"一个说："小人叫陈忠。"一个说："小人叫李富。我们三人住任邱县郑州镇。"贤臣说："有何冤枉？慢慢说来。"三人见问，各把呈词递上。贤臣将呈状逐次看完，俱告的是牛黄，绰号叫牛腿炮：霸占陈忠二顷地，讹刘进禄房屋一所送与家丁，硬讹李富银两若干。俱各私立文书，有保人。内中还牵连武豹、金山、赵文璧三人。又问二个喊冤的，说："你二人所告何事？叫什名字？"一个说："小人周荣，年六十五岁。不幸妻李氏早亡，所留一女，名叫玉姐，已经受聘，未曾过门。上月二十日夜三更时候，父女各房睡去。忽小女在绣房一声喊叫。小人正在梦寐中惊醒，慌忙爬起点灯，见女儿门开了。进去一看，不知女儿被何人杀死。房中细软，俱都不见。次日天亮，见墙上画着一枝桃花，想来杀人偷财，必是一枝桃。叩恳青天大人恩准，拿一枝桃来，追问情由，好与小人雪冤。"说罢叩头碰地。施公闻听周荣言词，不由心中着急，暗说：这事又是缠手难办。思想多时，便往下开言道："那一个所告何人？慢慢诉来。"那人说："小人蒋旺，娶妻吴氏，夫妻同庚，今年二十六岁。父母俱各去世。小人所仗厨行手艺。只因前日应喜事厨役，两日未曾回家。第三日回家叩门屡次，无人答应。撬门进去，瞧见妻吴氏，血淋淋躺在炕上，不知被谁杀死。见墙上画着一枝桃花，故此前来鸣冤。”说罢不住叩头。忠良闻听蒋旺之言，腹中说：这两个人原是一样事。沉吟多会，座上开言道：“周荣、蒋旺，你二人家遭凶事，难道就不报官么？”二人上前，一齐叩头说：“我二人俱各到县呈报。若不经官，谁敢擅自抬埋？怎奈县主并不拿凶犯追问。今日幸蒙钦差大人驾到，特来申冤，望乞青天拿住凶犯，好与小人报仇雪恨。”

忠良点头，望着任邱县知县开言道：“贵县，周荣、蒋旺，他二人到县报官，你如何不出票捉拿凶犯？”知县见问，连忙跪倒，口尊：“大人，周荣、蒋旺他二人报官之时，卑职即到他二人家中亲自勘验，实系刀伤。令尸亲埋葬，卑职即刻差人到处捉拿。怎奈不知一枝桃姓甚名谁，怎样面貌，何方人氏？比追公差，也是没处捕捉。望大人宽恕。”忠良一摆手，县官沈存义平身。贤臣沉吟半会，叫声：“周荣、蒋旺，你二人暂且回家，十日内本院管给你们断结了案。”二人叩头回家不表。

贤臣又叫：“贵县！”任邱县知县连忙答应。贤臣说：“李富、陈忠、刘进禄，他三人所告之事，并无虚假。本院出京时，沿途私访民情，听见有个牛腿炮，在郑州居住，横行霸道，结官交吏。他还不是一个，是一党四人：一个叫武豹，一个叫金山，一个叫赵文璧。牛腿炮往涿州探亲，过三家店，对人夸口，将自己所做之事尽情说出。本院只为赈济事重，未曾到此剪除恶党。既有人告在你县衙，为何置之不理？”

沈存义见大人一问，惊慌失色，双腿跪倒，不住叩头哀告。忠良见他恳求，即便开恩说：“知县你既这样苦求，本院看至圣先师面上，暂且恕你。速速着人把牛腿炮、武豹、金山、赵文璧四人，即刻锁来听审；多带衙役刑具，本院在此立等，速去莫误！”沈知县叩头站起，往外走，留衙役在此伺候，出公馆上马回县，忙差衙役去拿恶棍不表。

且说贤臣往下吩咐："刘进禄、陈忠、李富三人，暂且回家，等知县把四人拿到，好对词结案。"三人叩头退出不表。下人摆饭，贤臣用毕。猛见一人在下面跪倒说："回禀大老爷，今有本处知县将牛黄等拿到，请大人钧谕施行。"贤臣闻听，满心欢喜，连忙吩咐道："知县将带来的刑具，俱各设在驿亭之上。"吩咐各差衙役道："俱要小心伺候。"

差役答应，来至大堂站班。知县复又进上房，请大人。施公闻听，立刻升堂。黄天霸在后跟随，来至驿亭之上。钦差吩咐道："去把牛黄带来听审。"众役答应，登时带他到堂前跪下。贤臣看见牛腿炮，大怒，吩咐："差役带原告来！"霎时刘进禄、陈忠、李富跪在堂下。贤臣叫："把你等所告言词，照前诉来。"三人将所告言词，如此这般，诉了一遍。牛腿炮看见原告，不由着忙，且听原告将他恶款一一诉出，又听施公座上叫看大刑，心中越发害怕了。他虽脸上变貌，口中还强自支吾。登时青衣将夹棍放下。老爷吩咐："将牛腿炮夹起！"青衣答应，上前按倒牛腿炮，拉去鞋袜。一个青衣将刑具竖起分开，把牛腿炮滑子骨入在里面，做扣拴绳，一背一拢，只听牛腿炮"哎哟"一声，口中只嚷："招了招了！"施公吩咐："从实招来！"牛黄尽行招认。沈知县在旁边亲自秉笔，立刻写完口供。这才吩咐将刑卸下。老爷又把武豹、金山、赵文璧问了一遍，俱各承认，画招已毕。贤臣吩咐将每人重责四十大板，立刻钉枷在郑州镇上；枷满时分省发遣。青衣将四人领出，在郑州镇枷号示众，暂且不表。

贤臣又吩咐道："知县带领原告，到牛黄家追还房产土地银两。你就不必回来，在本县要用心办事。衙役也不用许多，本院等着拿住一枝桃完案，方才进京。"知县答应，带领原告出公馆，留下几名衙役，在此伺候大人，余者俱带领回县不表。

贤臣退堂，用饭，众人俱各吃毕。黄天霸上前叩禀说："禀大人，小的要到外边踩访一枝桃的形迹，特请大人示下。"忠良闻听，满心欢喜说："壮士这一去，须要存神仔细。"黄天霸答应，告辞大人，带上盘费，暗藏飞镖甩头一子，还是个长随的打扮，出离公馆。一路上留心踩访，哪有踪迹？意欲问人，只都知道有个“一枝桃”，不知姓名。走到南关城里，觉着口中干渴，看见路东有座茶馆，还带着卖酒。”好汉走将进去，拣了个座儿坐下。

话说天霸正在茶馆，手拿茶杯，留神细访一枝桃的消息。外面来了一个人，四面探望，走到天霸跟前，不住地留神细看。好汉心中猜疑，即便问道：“莫非认识在下么？”那人说：“爷台莫非姓黄么？”天霸说：“正是。”即便问他姓名，那人说：“这不是讲话之处，找个僻静地方说罢。”遂叫堂倌：“烫两壶酒，有现成菜蔬，拿两样儿来。”堂倌答应，登时烫两壶酒，端两样小菜。二人将酒菜吃完，天霸会了酒钱，一同出酒馆。

到关乡外，有一座破古庙，叫白云庵。四顾无人，二人进去，席地而坐。那人不等天霸开言，遂口称：“黄爷，今年贵庚？”天霸说：“在下虚度二十八岁了。”那人说：“好快时光，真是光阴似箭，日月如梭。黄爷你可别恼，我别令尊的时候，爷还不过七八岁的光景。那时候爷虽然年幼，大约也知在下的姓名。当初跟随令尊，在绿林二十多春，都是我踩访盘子。论走道，胜过刘飞腿。神眼计全，绿林中无不知晓。若是有人叫我见过一面，不怕相隔多少年，永不忘失。只因令尊洗手，我也就回家，改邪归正，稀粥淡饭，如延残喘。膝下并无儿女。不幸拙妻去年病故，我也害了一场大病，险些没有了。老来茕独，无依无靠，各处找寻朋友，故此流落郑州。今日正是‘他乡遇故知’。不知尊驾现作何事？莫非还干旧日营生？”天霸闻听，猛然想起来说：“老兄担带着些，小弟眼拙，多有得罪。幼年常听先父说过尊名，久仰久仰。”计全说：“岂敢岂敢。”天霸说：“小弟今日也归正了，跟随奉旨钦差山东放赈回来，路过此处，住在郑州驿。前日有人前来告状，是人命盗案，差小弟前来访查凶犯，不想今日遇见老兄。老兄既无依靠，不如随我去见大人，一同进京。”计全说道：“不知大人几时起身？”天霸说：“拿住贼人，就要起身。”计全说：“大人接了状子，是人命盗案，不知贼盗姓甚名谁！不是计某口出大言，南方一带，直隶全省，有名盗寇，无一不晓。”天霸说：“这贼奇怪，每逢偷盗人家财物，临行墙上画一枝桃花。原告都是告的一枝桃。”

计全说：“若是一枝桃的底儿，愚兄尽知，连他窝巢，愚兄俱都到过。”天霸说：“既然如此，仁兄同我面见钦差。”

不多时，二人来到公馆。天霸叫计全等候，天霸进公馆，先到上房，见施公回话，口尊：“大人，小的奉命踩访一枝桃，偶遇故人名叫计全，是我父在日手下盘算的小伙计。有名盗贼，他无一不知，故小的把他带来，老爷一问便知贼人下落。”贤臣闻听，满心欢喜说：“既有此人，何不教他面见本院？”天霸闻听，转身出公馆，领计全到上房，参见钦差，天霸侍立一旁。计全跪在尘埃，口尊：“大人，小的计全叩见。”贤臣座上开言道：“本院接了两张状词，俱是人命盗案，告状的都是郑州人。告的是失去财物，杀死妇人，天亮看见墙上画着一枝桃花，故此事主告的，俱是一枝桃。但不知这一枝桃是哪里人氏？怎么个形象？因此难以捕拿。”计全听罢，口尊：“大人，一枝桃的姓名、窠巢、行踪、面貌，小的很晓得。这人手段高强，难以擒拿，不在此处住。他原是河南怀庆府修武县人氏，自幼抛家失业，遍访名师，学成武艺，棍棒刀枪，样样精通，后来入伙为盗。拜师又得几宗惊人之艺，单刀一口，连珠药镖，百发百中，蹿房越脊，如走平地。现住郑州，他本姓谢，名叫谢虎，因他左耳边挨着脸有五个红点，好像一枝桃花，故此叫一枝桃。是他自己卖弄本领，偷盗人家财物，临走之时，他必在墙上画一枝桃花，显他的武艺，遮掩各州府县应役人等耳目，留下这个记号。”施公说：“他在城外窝藏之处，是人家呀？是店呢？”计全说：“全不是。郑州北门外有座北极玄天庙，庙内和尚叫静会，原先也是匪类，老来洗手，作了和尚。他贪图谢虎贿赂，教他住在庙中。此庙原本是一层殿，谢虎给他新盖了两间禅房。”施公闻听点头说：“计全，你怎么知这样详细？”计全说：“小的方才已经说过，幼年在绿林，对这伙人来往行踪无一不知。昨夜还到了玄天庙，指望借谢虎几两银子，好度日用。谁料他初一见，很像亲热，一提借银，他就沉下脸来，说得我敢怒而不敢言。欲待要走，天色已晚，只得在庙内暂住一夜。今早起来，不辞出庙，竟到南关，适遇天霸引见前来，得见大人。”贤臣听罢，眼望天霸说：“这件差事，大家商议，怎么个办法。必须把他擒来，方可动身。若是不完此案，如何进京？”好汉闻听，说：“也没什么商议处。不必忧虑，明日小的自己把他拿来。大人请放宽心。”贤臣点头说：“但愿你斟酌个万全之策，方好去行；既知面貌、住处，设法没个拿不住。明日要上郑州，同着小西、起凤、殿臣，你四人去。大家努力一齐动手，教他顾左不能顾右，顾首不能顾尾，设此拿法，是为上策。”天霸听见大人吩咐，不敢有违，连忙答应说：“钧谕实系高明，但老爷驾前无人保护，不如留下关小西在公馆为妥当。不然那时有失，悔之晚矣。我只带起凤、殿臣去足矣，计全也不必去。”天霸告辞大人说：“小的带领二人上郑州北关，拿住一枝桃，好与民结案，咱好进京见驾。”

三人竟扑关乡。走不多时，来到关乡。郭起凤说：“咱在这里寻个饭店，随便用些饭，须喝点酒，歇歇脚，养养神，打听着玄天庙，然后再走不迟。”王殿臣点头。唯黄天霸恨不得一步走到玄天庙，拿住谢虎，方称本心，欲待不依从他们。俗言说：“一不敌众。”只得随着二人寻找饭铺。往前一瞧，刚巧关乡口路东，有个饭铺，挂着蓝纸幌子，门外边设着两张条桌。三个人就坐在外边。正吃着饭，天霸猛抬头，见从南来了一人：头戴着关东片毡帽，皂青绑身小袄，披着一件羔子皮袄，足登抓地虎靴，绿皮云头，相貌长的浓眉大眼，两扇薄片嘴，年纪约有四旬挂零。他左边挨着耳朵有五个红点，恰似一朵桃花。好汉望着郭起凤、王殿臣使了个眼色。二人会意，连忙放下筷子，就要起身追赶。天霸摆手，二人复又坐下。见这铺门口人多，也不肯明言。三人连忙吃完，起身往北而行。出了关乡，四顾无人，天霸说：“既知他姓名住处，又见了本人，还怕跑了不成？”究竟不知如何，且看下回分解。

第一〇〇回　和尚开山门答话　天霸追谢虎中镖

话说黄天霸、郭起凤、王殿臣三人，在此关乡口清真素馆，吃完饭会钱，出了关乡，约有半里之遥。见大道西边有座庙，匾上刻着“北极玄天庙”五个字，山门紧闭。细看是一层殿，还有两间禅房，是新修盖的。离了两箭远，有二三十户人家。

三人看了多时，天霸上前敲门。里面一枝桃心下明白，常说“伶俐不过光棍”，就知是饭馆前吃饭的那几个人来了。看官，一枝桃怎么知是天霸等呢？清真素馆与天霸打了个照面，见英雄有些眼岔；又见他望那两个使了个眼色，就参透他隐情，到庙中早就作了准备。听见敲门，他仍然外面披着大皮袄，走入大殿，叫：“和尚出去，把来人让进。”如此这般，嘱咐了一番，和尚答应。前头表过，和尚也是匪类出身，老而无能，落发出家。一枝桃逛到郑州，看见周荣之女，蒋旺之妻，生的美貌，他就要在附近住下，以便谋图窃玉偷香之事。见这庙离人家甚近，他与和尚商议，每天房中二吊京钱，每饭不断酒肉，教他跟着白吃白喝。和尚贪图便宜，故此受其呼唤使令。

闲言不表。且说静会来至山门，将门开放，见门外站着三个人，连忙问道：“三位施主找谁？”天霸说：“找姓谢的，不知在庙中没有？”和尚说：“不在，不过片时就回来。三位施主先请进庙来。”天霸总是艺高胆大，并不踌躇，迈步进去。殿臣、起凤，也就跟进去。见里一切作饭家伙俱全，知是厨房。天霸坐在炕上，殿臣、起凤坐在床上，和尚搬了条板凳迎门而坐。和尚说：“不知三位爷哪里来的，找谢爷有什么事？”天霸说：“我们从北京来，找谢爷有件官事商议。”

和尚说："原来是为此事哟！"正说话间，忽听格扇响，天霸等齐作准备。和尚站起来说："谢爷来了。"说着话，他就出去咧。一人走进房中，就在板凳上坐下，眼望着天霸等开言道："三位找姓谢的，我就姓谢。咱们素常并不认识，找我有什么事？有话请讲，我还有紧事要出门呢。"天霸眼望贼人说道："姓谢的，原是就是尊驾，方才在北关会过尊容了。我三人这来，非为别事，只因钦差大人从此经过，有人喊冤告状，为是人命盗案，大人差派拿人。在下心想必是尊驾，故此找到庙中，少不得屈卑尊驾，跟着我们见施大人去。"天霸心中大意，觉着谢虎是必拿住咧。哪知一枝桃更是高傲，他没把天霸放在心上，听见天霸这派言词，反倒哈哈大笑说："原来是有人在施公前告了状咧！为是人命盗案，也难为你们怎么想来，就想到我身上来了，真算是你们有能为。这场官司，必是打的。但只是我愿去就去，不愿去就不必去，得依着我。别说是钦差，就是皇上圣旨，我也不遵！不知你三位有什么武艺，竟敢来找我。当面咱们比试比试，但只怕你们是自招其祸，特来送死。"

黄天霸生来性傲，听见这些言词，哪能容他？眼望着谢虎大喝道："大祸临身，还敢多言！我料着你这猫贼鼠辈，也不认识我。我乃飞镖黄老爷三太之后，四霸天中第一霸，黄天霸是你黄爷名字。这二位是郭起凤、王殿臣，也是有名英雄。"谢虎闻听，哈哈大笑，说道："黄天霸，你不过以多为胜。若有武艺，与你谢爷单身比试，才算你是英雄呢！"黄天霸闻听，大怒说："二位兄长，只管袖手旁观，待小弟擒拿这厮。"说罢甩衣拔刀，直奔谢虎而来。

看官前已表过，黄天霸性情高傲，见谢虎口出大言，心头火起，便道字号，说是黄三太的儿子。谢虎闻听，心中暗道："常听我师李红旗说，他会使甩头一子，飞镖三只，单刀一口，是传家绝技。怎么他又跟着钦差奉命拿我，是谁使的捻子呢？必是计全。因我不周济他，他泄了我的底咧！"又见黄天霸甩衣拔刀，他早已准备。他甩了大衣裳，先蹿出院说："黄天霸，来来来，我倒要领教领教你的武艺！"说着从肋下取出刀来，恶狠狠站在院中说："敢上前来比试比试，真算你是好汉。”黄天霸闻听，一个蹿步，蹿在院内。二人交手，刀对刀，刃对刃，斗够多时，不分上下。郭起凤眼望王殿臣低言说：“看他二人正是棋逢敌手，将遇良材。”王殿臣说：“天霸刀法门路精通，谢虎刀法也是不弱，不知谁胜谁败。”郭起凤说：“天霸虽不至于大败，约也不能取胜，不如咱们拔刀相助。”

王殿臣点头。立刻二人手擎铁尺，蹿将上去，大叫：“贼人不遵王法！我等奉钦差之命，特来拿你，还不快快服绑？”说罢，抡开铁尺就打。谢虎用刀架住。天霸也用刀劈来。谢虎眼快，也用刀架住，又虚砍一刀，闪在一旁说：“你们人多，庙内狭窄，不能动手；来来来，咱们到庙外再赌输赢。”一转身直扑庙外而来，浑身攒了攒劲，只听嗖的一声蹿在墙头，又一煞身，跳在墙外。天霸一见说：“这才算得是个飞贼呢。”随后，也蹿在墙头，看见谢虎跳在尘埃，天霸也跳在墙外。一枝桃见天霸跳在庙外，郭起凤、王殿臣开了山门，一齐也赶将出来，四人又合在一处，赌斗多时。一枝桃心中暗道：“他是黄三太的儿子，飞镖必是精纯。我谢虎虽不怕，但只是一件，俗语说的好，‘先下手为强，后下手遭殃’。又道：‘打人先下手’。我何不照着俗语而行，先给他个连珠镖吃吃，叫他知道我谢某的厉害。”

贼人谢虎居心要使镖打英雄，就不肯恋战，二目留神，用力磕开三人兵器，纵身跳出圈外，往正东就跑，说：“谢太爷杀不过你们三人，我定要走咧！”说着扬长而去。黄天霸拿贼心急，恨不得立刻擒住谢虎，解到公馆，在施公面前报功，随后紧紧地相跟。谢虎是要败中取胜，见天霸赶来，回手一镖照着天霸面门打来。天霸见谢虎一扭膀，一只飞镖直冲面门，一歪脑袋躲过，飞镖落地。谢虎又一倒手，二只镖又照英雄前心打来。天霸又一闪身，刚躲过第二只飞镖；第三只镖又照着左腿打来，躲闪不及，只听哧的一声，穿皮刺骨，痛不可忍。英雄止步，不往前赶。郭起凤、王殿臣一见天霸追赶贼人，他二人随后也追来，见黄天霸腿中毒镖，心下着急，连忙赶到跟前说：“贤弟怎么样了？”好汉见郭起凤、王殿臣一问，羞得满面通红，用手拔出镖来，扔在地下，只说：“气杀我也！”

话说郭起凤、王殿臣二人见黄天霸镖伤，药性行开，疼痛难忍，心中难以为情。又听天霸说："不回公馆咧！"不由心中更觉着忙。郭起凤说："贤弟，你把心放宽些！胜败乃兵家常事，误中一镖，何必如此？你不回去，我二人怎好见大人回话？"王殿臣又说："贤弟你别想不开。依我拙见，咱三人暂回公馆，即请医家调治好镖伤，拿住谢虎，完结民案，保护钦差回京，你的功名有分。岂可因一朝小忿，耽误终身大事？"说罢，天霸点头。二人即伸手搀扶着天霸，相扶而行。黄天霸终有愧色，觉着半世英名，一旦丧尽，一路上还是长吁短叹，唯有低头而已。走不多时，来到郑州驿，进了公馆，先到上房去见施公。

施公正与关小西谈拿一枝桃之事，猛听帘栊响动，抬头观看，但见黄天霸一瘸一拐的，郭起凤、王殿臣二人搀扶着他走进来，不由大惊，连忙站起身来说："壮士怎么样了？快对本院诉来。"王殿臣不等天霸开言，连忙上前，单腿一跪，口尊："大人，容小的细禀。"即将往事，如此如彼地述了一遍。贤臣听见王殿臣的言词，忙上前亲看镖伤，见围着伤眼，有茶碗大一块漆黑。贤臣说："不好，这毒气不小，快些把他搀进厢房歇息将养，速速延请名医调治。"天霸说："小的无能，不曾拿住一枝桃，反倒重伤，又劳大人挂念，殊觉抱愧。"贤臣说："壮士你说哪里话来？误中毒镖，非尔无能，皆因轻敌之故，这又何妨？只管放心，将养镖伤，擒拿谢虎，与民结案，再为报仇可也。"说罢，令王、郭二人把好汉扶进厢房，安置在炕，将养不表。

施公即饬令任邱县衙役，立刻寻医调治。衙役不敢违误，即刻找了个姓李的医生，号叫李高手。领他到厢房，他看见黄天霸伤痕甚重，又到上房见了施公，行礼毕，口尊："大人，我看那人伤痕甚重，不易调治。我是专理内科，只可开方吃药，保着毒气不至攻心；要是疗理外科伤痍，非鄙人所长，大人还得另请高明。大料着这样人，此处还是稀少。"贤臣点头说："既是如此，快些开方。"医生连忙把方开完。施公给了医生银钱，一面派人去取药；取了药来，把药煎好，放在茶碗，顿了个不凉不热的教天霸吃下去，躺在炕上将养不提。

且说施公独在上房闷坐，正自沉思，忽看值日的青衣跪倒说：“回大人，公馆外来了两个人，在门口下了马，口称要给大人请安，还要寻黄爷。”贤臣闻听，一摆手。衙役退下，转身出去。施公心下暗想：这两个人是谁呢？一回头说：“施安，你去把关太叫来。”施安答应，转身出去，不多时把关小西叫到上房。贤臣说：“关太，你去看看，是谁来找黄天霸？问明来历，领来见我。”小西答应出去，到公馆门口，抬头观看，但见有两个人拉着两匹马，马上搭着行囊包裹，立于门外。仔细观瞧，一个是赛时迁朱光祖，另一个不认识。关小西看罢，向前紧走了几步。朱光祖见是关小西出来，满心欢喜说：“贤弟，你一向可好否？”关小西说：“多承挂念，仁兄好否？”二人拉手亲近了一会。朱光祖说：“这位是姓李名昆，字公然，外处人称神弹子李五。怎么你二位不认识么？我给你们哥俩引见。李五爷你来，这是关贤弟，名太，字小西。”李公然说：“多牵连着些。”关小西说：“彼此一样。”二人拉手儿叙了些交情客套。关小西望着伺候公馆的说：“你们把马上行李解下来，放在厢房里面，把马遛遛喂好。”下役答应，上前解下行李，搬入厢房，然后把马遛了遛喂料不表。

且说朱光祖没看见黄天霸出来，心中纳闷，开言问道：“黄兄弟听见我们来了，怎么他不出来呢？”关小西说：“提起黄天霸的话嘛，等着咱们见过大人，自然就知道咧！”说罢，三人一同进了公馆。齐至书房门口，小西掀帘进去，将话回明。大人听说，满心欢喜，暗说：一枝桃合该拿住。遂开言道：“请他们进来。”关小西答应，去到公馆门口，霎时将朱光祖、李公然带到上房。见了钦差，二人将单腿一跪说：“小的叩见大人。”贤臣欠身，将二人亲手搀起，说道：“二位壮士请起。这位姓朱的，本院见过；那一位不知贵姓高名？”李公然见问，连忙答道：“小人姓李，名叫李昆。久知大人居官清正，待人恩惠。昨日遇见朱光祖，提起黄天霸。我与天霸自黄河套相别，未曾见面。他说黄天霸现今又跟着大人呢，小人因此同来请安，顺便看望黄天霸诸位朋友。”施公闻听，不觉长叹了一声说：“二位壮士，若问黄天霸，现在厢房将养镖伤。”朱光祖闻听，惊讶不已，连忙口尊：

"大人，黄天霸会使飞镖，又被谁打伤？教人不解其意。"施公说："壮士不信，关太领你们到厢房去探望，便知端的。"即叫："关太，你去带领二位到厢房看看天霸去。"关小西答应，带领二位出上房。

三人至厢房门口，小西打帘子说："二位请进。"又叫："黄老兄，有人来看你了。"天霸吃了药，在炕上靠着铺盖，正与计全闲谈拿谢虎之事，忽听有人叫他，抬头观看，但看关小西同两个人来了。好汉看罢，满心欢喜，连忙站起身来，口尊："二位兄长，恕小弟失迎之罪。"朱光祖、李公然二人上前，把黄天霸扶住，连说："不敢。"计全在旁，站起身来也与朱光祖、李公然拉手儿，然后大家一齐坐下。天霸说："许久未见，不知二位兄长，今日作何营生？因何会在一处？"朱光祖说："自拿庄头黄隆基分手后，愚兄还是东奔西走。昨日路上遇见公然，李兄就提起旧日交情来咧，一心要看望贤弟。故同他一路而来。但不知贤弟与何人打仗，被暗器打伤？"黄天霸见朱光祖问这伤痕，未曾启齿，面红过耳，口尊："二位兄长，要提此事，真要羞杀小弟！"就将钦差山东放赈回来，过此有人告状。奉差拿贼，寻访到郑州，适巧遇计全，得了贼人消息，后来怎么与他交手中镖，述说了一遍。朱光祖说："此处没听说这么大案的人，拿的这个人到底是谁？"计全在一旁接言说："朱爷，你不知道这人么？他是红旗手李爷的徒弟，名叫谢虎，外号叫一枝桃。"朱光祖说："怎么是他么？厉害难惹，又狠又毒。"计全说："如何？我没有把话说在后头。黄爷再也不信，听听是真是假。"朱光祖说："必是老兄弟轻敌太甚，才中毒镖。"计全说："正是如此，那时要听我的话，不至误中毒镖，到此悔不及矣。他的意毒心狠，朱爷你是知道的。就是镖打黄爷，再也不肯远离此处，二三日内，必定暗来行刺，须得留神提防，这是要紧的事。黄爷这个镖伤，也得要紧调治才好呢！"不表他们叙谈。

且说贤臣在房闷想，不知天霸伤痕何日痊愈？忽然长叹。贤臣吩咐施安说："你将朱光祖、李公然同着计全，请到上房，大家商议。"不知如何商议，且看下回分解。

第一〇一回　贤臣任邱县调兵　朱计李家务求救

话说施公登时将朱光祖等三人，请到上房。朱光祖说：“要提谢虎，狠毒无比，虽是镖打天霸，心还不死，恐其乘虚而入，黉夜潜来行刺。大人需要提防着些。”贤臣闻听，即要施安研了浓墨，将纸铺好，提笔上写：

太子少保仓厂督堂部院，奉旨钦差世袭镇海侯施，为晓谕事：照得本院居住郑城驿馆，与敌为仇，有虞无备，疏于防守，恐生不测。仰任邱县知县，即调本城营弁，前来公馆护卫，俾作干城之备。谨遵此帖，速速毋违。特谕。

康熙某年某月某日

施公将谕帖写完，令施安叫进青衣，吩咐：“把此帖拿进城去，交给任邱县知县，不可迟延。”青衣答应，接谕帖前往任邱县不表。

且说施公望着朱光祖说：“本院已发谕帖调兵去了，料公馆可保无虞。天霸镖伤，须得早些调治才好。奈此处没人会治镖伤，如何是好？”朱光祖说：“会治镖伤的，小的倒还认得这个人。”施公闻听朱光祖认得会治镖伤的人，不由满心欢喜，连忙追问说：“壮士，这个人倒是姓甚名谁？住在何处？快对本院说来，好派人去请他前来。”朱光祖说：“要把他请来，不但好医黄天霸镖伤，要拿谢虎，也易如反掌。这人倒不是外人，乃天霸他父一师之徒，姓李名煜，江湖上号称红旗，洗手有二三十年咧。现今年纪七旬开外，在家安居享福，教子务农；距此有百里之遥，属河间府管，地名叫作李家务。还是小人的长辈咧。小人不忘旧交，时常看望他去。每逢见面时，他就劝小人激流勇退，休作这样买卖。这个一枝桃就是他的徒弟，亲手传艺的。李红旗若肯治镖伤，拿谢虎如探囊取物一般。”施公闻听说：“很好。”计全一旁开言说：“请红旗李爷要紧，保定公馆也要紧。依我的主意，不用李五爷去请红旗李爷，我同朱爷去；留李爷在厢房内保守天霸；教关、郭、王三位在上房保护钦差，提防一枝桃。这就是万全之策。”施公点头说：“就依你这主意罢。”不表。

且说一枝桃谢虎，自从镖打黄天霸，见有两个人保护，料着不能成功，往正东竟奔任邱郑州驿而来。二更时候，赶到驿馆，闪目观瞧，但见大门并未关着，门口板凳上坐着两溜人。

往前走了走，站在墙阴之下，看够多时。顺着墙根，返身往里而走，不过半箭之遥，才见有人。谢虎施展飞檐走壁之能，上房趴在瓦垄之上，欲往公馆那边。用眼一看，只见院内灯光照如白昼，许多人俱是手擎弓箭，腰悬刀剑，站在上房门口。谢虎看罢，心中暗想说：“赃官防的严紧！”那个意思有点下不去，觉着难以行刺。欲待动手，恐怕不能成功；欲待回去，胸中恨气不平。谢虎想罢站起来，下房脚踏实地，仍回玄天庙。

且说计全、朱光祖往李家务去，走到三更时分才到。来至门首，下了马，用手敲门。叫了多时，里面才有人答应，将门开放，一人手提灯，抬头认得是计全、朱光祖。长工说：“二位半夜到此，有甚么事？”朱光祖说：“烦你进去告诉一声，说我二人要见老当家的，有要紧的事面见。”长工闻听，连忙转身进去，来到上房，在窗外说：“老当家的，今有常来的那位朱爷，还有来过求您老人家周济的那位姓计的，他们两个人在门外，说有要紧事件，来见你老人家面讲。”李红旗的老伴不在了，儿子、媳妇俱在后边居住，他在这前边独自居住。这天虽有三更，老英雄尚未就枕睡觉，正在铺盖上坐着打盹呢，眼望着长工开言说：“请他二位进来。”长工答应，出屋到别房，先把安童叫了起来，然后这才出去，走到门前说：“二位，我们当家的有请。”两个人将马匹交与安童，长工提灯引路，计、朱二人随后进来。到前屋门口，长工先让计、朱二人进去，然后自己才进去，将灯放在桌上，自己与安童一旁侍立。

李红旗与朱光祖、计全见礼毕，这才坐下。李红旗带笑开言说：“二位半夜到此，有什么事？”朱光祖说：“老叔在上，容侄细禀：当初老叔一师之徒飞镖黄三太，他的儿子名叫天霸，现今跟随钦差大人，回京路过郑州，接了状词，是两宗人命盗案，告的是一枝桃。大人差派黄天霸在郑州踩访，遇见计全泄机，才知是你令徒谢虎。天霸玄天庙擒拿于他。”才说到这句，长工烹了茶来，递与每人一盏。红旗李煜让茶，手内端了茶杯说：“贤侄，怎么黄天霸要擒拿于他？只怕黄天霸不是他的对手罢！”朱光祖说：“与他交手，并无输赢。谢虎佯败。天霸追赶，左腿中了他一只毒镖，无人会治。我们二人奉了施公之命，前来请你老人家前去医镖伤，擒拿谢虎。老叔念昔日交情，少不得前去医治天霸，擒拿谢虎。”红旗李煜听罢朱光祖之言，沉吟多会，才开言说道：“贤侄，你是知道的；因为他轻友重色，俺师徒两个，可是不对。任凭怎么不和，总是师徒之情，我怎好前去？这事你等商量个万全之策才好。谢虎素常要是听我的话，所行的正道，我岂肯告诉于你？也该天霸有救：一则他父台我是一师之徒；二来谢虎没良心，至今不上门；第三件贤侄待我不错，时常来看我。我若执一不应，贤侄怎么出门？要擒谢虎，必须把他的毒镖诓到手中，再拿他可就容易了。只可告诉你们怎么拿，我可不能身临其地。天霸这镖伤，给你一包子药拿去，再给你一膏药。你回到公馆，将药撒在天霸镖伤之处，将膏药贴上，不过数日之内，就复旧如初。二位贤侄，休怪直言。你们俩去罢，休得迟误。见了天霸，替我问好，就说我恨恼他，怎么三哥死了，也不送信给我？他算眼空瞧不着我。”说着话就站起身来，走到立柜跟前，伸手将柜门开启，从里面拿出一个楠木匣。将盖揭开，拿了一个膏药，有一小包现成的药面子，开言道：“朱贤侄，你过来，我告诉你。”赛时迁连忙站起。李红旗说：“贤侄，这药面子，叫做五花退毒散，膏药叫作八宝退毒膏。你把这两宗拿回公馆去罢。”朱光祖答应，用手将药接过，放在怀内，说道：“多谢叔父费心，你老人家等诸事已毕，教天霸登门叩谢。”李红旗连忙摆手说："贤侄好说，不用争出这个礼。我只要我自己尽友情，于心无愧，这就完了。"朱光祖与计全连忙退身往外。

二人一路言谈，走不多时，已到公馆门外。朱光祖、计全直到上房，掀帘走进房内。施公与众人正讲计全、朱光祖取药之事，忽听帘响，抬头观看，见是他两个回来，惊喜不已。连忙开言说："二位回来了，多辛苦！不知李红旗来与不来，快些讲来。"朱光祖就将就里情由，细说了一遍。贤臣点头说："先治天霸伤痕要紧，本院也同你们到厢房看看怎样。"说罢，站起身来往外走，众人后边跟随。长随施安跑到厢房门口，打着帘子。施公率领众位走进厢房。天霸一见，连忙站起身来。

贤臣摆手说："壮士别动，只管休养身体。"贤臣按着天霸炕沿坐下，众人挨次而坐，天霸仍旧坐在炕内边。贤臣望着朱光祖开言道："朱壮士拿出药来调治罢，不必延迟着了。"朱光祖答应，忙伸手在怀内掏出药来，站起身来，走到天霸跟前，将膏药贴在上面。登时间见镖伤的周围，热气腾腾，流出脓血，腥臭难闻，顺着腿往下直流。小西用手巾替他揩擦。贤臣说："此药果然神效！天霸合该五行有救，不过数日就好。"天霸说："小人死不足惜，何用老爷这样挂心？但只恨不能拿住谢虎，与民结案，恩官才好进京见驾。"朱光祖说："要听李红旗之言，谢虎实系狠毒。虽是镖打天霸，料他不肯歇心，公馆虽防守的严紧，犹恐在路途住宿之处，得空行刺，务得防备。大家商议，见了谢虎，将镖诓到手中，才好拿呢！"

话说朱光祖说："谢虎意狠心毒，虽说镖打黄天霸，还不肯远离此地，得空儿必将来驿馆行刺，日夜须要防备。大家商议，见了谢虎，怎么把镖诓在手内，才好拿呢！"施公、天霸、小西等一听诓镖之言，俱都无计。

且说谢虎回庙与和尚说破有人命几案，给和尚几两银子，自已也就打点预备。心内说："我如今不如先到雄县那里。等候赃官住宿之时，再去暗地行刺。"一枝桃想了会子，主意已定，单等明日往雄县去不表。

且说施公在公馆中，到了晚间，内外灯笼火把，防守得风雨不透。计全说："回老爷，昨夜一枝桃必来咧，看见防守的紧严，因此不敢显形。这个贼要听见今日下谕帖，他一定不来了，必是先往雄县归德驿等侯。"朱光祖说："咱们也不可大意，须要着意留神，才是正理。"李公然、朱光祖、关小西来到施公面前告辞说："我等回大人一声，我们要上雄县归德驿。"

贤臣嘱咐说："你三个须要仔细留神。"三人答应，检点各人随身物件：李公然收拾弹弓弹子，朱光祖掖斧带镖，关小西隐藏折铁钢锋。打点已毕，告辞天霸，出公馆直奔雄县归德驿。关小西、朱光祖在前，神弹子李五在后。但说朱光祖、关小西，二人不觉已到归德驿，刚然进村，猛听有人招呼说："朱大哥么？许久不见。"朱光祖闻听，抬头观看，但见路旁店门口站着一人，正是一枝桃谢虎。此时李五已来到跟前。赛时迁心中暗喜，高声说："谢贤弟么？一别就是几年的光景了。"朱光祖说与李五听见，说着话，二人拉手儿。一枝桃道："小弟昨晚就在此处，仁兄来到算是客，请到里面坐，有话好讲。"朱光祖说："我还有朋友等着，到里面再给你们哥儿俩见。"说着三人一齐进店。谢虎说："小弟就在这间屋里住。"说着伸手掀帘，让二人进去，他随后进到屋内。朱光祖说："谢贤弟，我这朋友姓秦，就是新上跳板儿的秦兄弟，和你哥儿俩见见。"

小西闻听，忙伸手与一枝桃拉手儿，然后分宾主一齐坐下。谢虎招呼店小二，倒了一吊子茶来，拿了三个茶碗，放在桌上。一枝桃说："伙计给烫上。都是一家人了，不知贵庚多大？"

朱光祖说："贤弟你别客套，面上还瞧不出来？他比你小，本家是山西人。你两个同名不同姓，以后不用外道，就是亲兄弟一般。"谢虎说："如此，我讨大了，再敬贤弟一盅。"小西说："谨领。"朱光祖说："弟台，你不是外人，实不瞒你说，劣兄这几年，没得意的事。今年又搭上秦兄弟，从没做过一件好买卖。我们俩今日到此打听着钦差奉旨山东放粮回来。一路上州城府县，谁不馈送他礼物，料想金银不少。听见说今日在此住宿，故同秦贤弟前来，要望他借些盘费。不知贤弟你现居何处？在这里有什么公干？买卖可好？”一枝桃见问说：“朱大哥，你我非比别人。我学武艺的时候，在家咱们可就相好。难道小弟贱性，大哥不知道么？我是懒意搭伴，今冬单身逛到郑州镇，就流落住了。”朱光祖说：“到此有什么公干？”一枝桃就将截杀施不全、黄天霸，以往从前的事，告诉了一遍。朱光祖说：“他自从在扬州投顺施不全，害了天雕、天虬两个好汉，硬将盟嫂逼死。如此毒心，叫做小罗成。愚兄听见这信，把他恨入骨髓。那日我要行刺施不全，黑夜之间，到了顺天府。可巧施不全夜审官司。愚兄心中暗喜，等他完事退堂，就要刺杀赃官。哪知黄天霸这个短命死鬼，伏在暗处，一镖把我左手击中，他还道名道姓，自夸其能。愚兄忍疼越墙而过，得便逃脱。今日遇见贤弟，大家齐心努力，合该成功。”

谢虎闻听朱光祖之言，哈哈大笑，道：“兄长之言，可是真么？既有镖，借与小弟一观。”光祖说：“贤弟要看，休得见笑。”说着伸手掏将出来递与贼人谢虎。谢虎接来一看，掂了一掂，约有六两重，长不过六七寸有零。看罢，连连喝了几声彩，随说：“好东西，比我的毒镖分量不轻。”随手又递镖过去。朱光祖接过来又收入囊内，说：“贤弟把毒镖拿出来，愚兄也要赏识赏识。”贼人谢虎把镖取出，递与光祖。光祖接在手内，看了看，九只原是一样，眼望谢虎说道：“请问毒镖药在何处？告诉愚兄听听。”

谢虎用手一指说：“毒气全在此眼中。”光祖留神一看，口中不住夸好，往怀中一揣，眼望小西使了个眼色。关太心已明白，隔着桌子伸手来抓谢虎。一枝桃见朱光祖把他的毒镖揣在怀内，心中不悦，才待要问，见小西伸手来抓，就知中计咧。说：“不好！”将身一纵，跳下炕来，掀帘跳在院内，从肋下伸手将刀拔出。随后，关小西腰间取刀，也就赶将出来。朱光祖见他二人出屋，他也蹿在院内，不管他们二人谁胜谁败，就势蹿在对面房上，镇吓贼人谢虎。谢虎开口骂道：“光祖小辈，人面兽心，使计诓镖，忘却他年朋友之情了。”

且说朱光祖与一枝桃在店门口高声说话，李公然俱已听见。见他三个人进店去，神弹子李五也就走进店内，到柜房将包袱放下，口说："哪一位是掌柜的？"店东闻听，连忙站起，口说："不敢，在下就是。尊驾有什么事情？"李五说："头里进去那三个人，店东不认识么？"掌柜的说："那一位是昨晚晌住下的，那二位是新让进来的，三人在屋内吃酒呢！"李五说："我先告诉你说，先住下的那一个是大案贼；那两个新来的与我都是奉钦差大人命令前来拿他。可告诉你，暗暗地将店门关上，若要走漏风声，贼人走脱，我们就拿你去见大人。"店主闻听，心下着忙，出屋暗暗地知会伙计们，将店门关上。神弹子李五，将弹子弓拿出来，听那房中动静。听了会子，听见房中有人对骂，有刀声响，就知道动了手。他连忙拿弓弹走出院外，抬头观看，但见关小西与贼人谢虎交手，他就堵住门口。

小西抬头看见神弹子站在门口，店门紧紧关闭，他仗手中折铁倭刀，明知谢虎不是对手，把刀照着一枝桃的脑袋砍来。谢虎一见说："不好！"手内的刀难以招架，忙将脑袋一闪，只听哧的一声，将左边耳朵削下，顺着脖子往下流血，疼的难受。"嗳哟"一声，左手拿刀，右手握着耳朵，一溜歪斜，就是几步。

神弹子一见，将右手弹子纫在扣内，两旁骨子一收，将弓拉满，对准贼人面门打去。只听吧一声，打在他左眼之上。谢虎"嗳哟"一声，咕咚倒在尘埃，当啷一声，钢刀坠地。小西连忙上前按住。朱光祖也就跳下房来，向店东家要了两根绳子，把贼人绑了个四马攒蹄，抬进屋中，放在地下。霎时天色已晚，光祖叫小二快点灯笼。三人饮酒叙话，看守贼人。到了第二天早起，店东叫人把车赶来，搭贼上车出了店。小西给了店东二两银，三人一齐跳上车去，加鞭紧走。到正午来到公馆，把贼搭下，三人进内，回禀按院。

施公立刻传衙役升堂。当即施公升座，带谢虎上堂，跪在地下。蒋旺、周荣也来赶案。忠良吩咐松了绑，用夹棍加上，好问口供。衙役遵命，上了绑。一枝桃料难推托，前后所为，尽情招认。施公一面具奏圣上，一面把谢虎枭首示众，且看下回分解。

第一〇二回　旅馆婆替夫告状　蓝田玉提审出监

话说施公在任邱县拿了一枝桃，奏明圣上，把一枝桃开刀正法，与民报仇雪恨。此案完结进京，不必细表。且说三声炮响，按院起身。任邱县的知县，城守营千总，俱在门外跪送。贤臣在途中，晓行夜宿，这日到涿州地面，见有个妇人大声喊叫："冤枉！求青天大老爷救命。"众吏役伺候人等，才要拦挡，忽听大人在轿内吩咐："你等把喊冤告状人带起来，等本院入公馆时再问。"跟大人的人答应，高声说道："大人吩咐把喊冤的人带起来，少时到公馆审问。"衙役答应，把那妇人即带起来。贤臣到了公馆，下轿归座，众文武进衙，参见已毕。又见那妇人跪在下面。忠良坐上留神观看，打量那个喊冤的妇人：年纪约有三旬开外，面带愁容，头上罩着乌绫首帕，身穿蓝色布褂，细看却是良家妇女。贤臣看罢，往下问道："那个妇人有什么冤枉？为何拦路告状？"

妇人闻听，跪爬半步，不住叩头，口尊："大人，提起我这冤枉事来，古怪蹊跷。小妇人家住琢州北关外。丈夫姓蓝名田玉，今年五十二岁；小妇人冯氏，今年三十六岁。膝下一子，才交五岁。有几间闲房，开设客店。只因前者月内初三日，天色傍晚，住下了两三辆布车客人。后又来了一男一女：男子三十上下，妇女约有二十开外，口称夫妻。因为天晚投宿，奴丈夫就把他们让进店中，让他们明早赶路。妇女说：'给我们两壶酒，赶赶寒气，解解困乏；有现成的酒菜，拿几样儿来。'问他们是打哪里来的？他说：'是投亲不遇，回转京都。'小妇人的丈夫到了前边，先冲了一壶茶，拿了两个茶碗，送到那边去，又张罗别的客人。不多时，就是定更的时候，前边关了店门。等着众客人安歇，到后边瞧了瞧，那屋内已经闭门睡着了咧！丈夫回到后边自己房中，告诉小妇人说：‘方才前边住下了两个客，是一男一女，虽口称是夫妻，并无行李物件，只有一个小小被套。一个要茶，一个要酒，看意思两个不对。眼见妇人穿戴打扮很俊俏，倒像涿州本地人氏；那男子却像是个京油子，眉目之间，瞧着不老成。我瞧着八成是拐带。’小妇人闻听这话，即便开言：‘不过住一夜，明早就走。俗言说得好：各人自扫门前雪，休管他人瓦上霜。’我夫妻说着话，也就睡咧。那天不过五鼓时候，布客起早要走，把丈夫喊将起来，开了店门。客人车辆出店，奴的夫又把店门关上。听了听晨钟未发，天还尚早，丈夫又打了个盹。天到大亮，丈夫起来，又把店门开开，才想起住的那一男一女来咧。到后边去看，但见双门倒扣，只打量他俩随着众客出店。丈夫上前开门，他推门进去，吓了一跳！”施公说：“怎么样了？”冯氏说：“丈夫到屋内一看，被窝褥满炕鲜血淋漓，腥气不可闻，死尸直挺挺地躺在炕上；细看是一男子，双眼剜去，尖刀剜出心来，凶器在地。那个女子不见踪影，不知躲在何处？”冯氏说到此，施公大惊，不由站将起来说：“冯氏不可慌忙，对本院细细禀来。”

冯氏闻听，不住叩头，口尊：“青天，奴的丈夫不敢隐瞒，忙把地方找来，一同到店看了看，从头至尾告诉他一番。地方闻听；领引进城报官。州尊立刻升堂。奴的丈夫据实直言，回了一遍。州尊出城，亲身勘验，又把丈夫细审一番。丈夫口供，还是照先前回了一遍。州尊此时面带怒色，说道：‘蓝田玉，你满嘴胡言，其中必有缘故。要不动刑，你也不肯实招。’州尊大老爷将丈夫蓝田玉打了三十大板，命他实招——只说另有别故。丈夫不招，带进城去。这些日子，并无信息。昨日听见有人言讲，说蓝田玉定了抵偿之罪。小妇人听见这一个信儿，把真魂吓掉，心中害怕，几番要进衙门鸣冤，本州大老爷不容。今日幸蒙钦差大人至此，小妇人舍命救夫，特来告状。”

施公听罢冯氏一番话，沉吟半晌道：“冯氏，你暂且回家，等本官与你办清此案。”冯氏闻听，连忙叩头谢恩，站起身又出离公馆，回家不表。施公扭项，眼望知州说道："贵州你且回衙办事，把衙役留在公馆听用。明日本官要到贵衙。"知州王世昌，辞钦差出离公馆回衙。到第二日，忠良乘上轿，未出公馆，先放了三声炮。好汉天霸打着顶马，还有关小西等，前护后拥出离公馆，竟奔州官衙门而来。州官的执事，前头引路，霎时进城。许多军民来瞧钦差，你言我语，齐说："这位大人，性情忠烈，到处除暴安良，爱民如子。"内中有土棍子无二鬼，见了噗哧笑咧，说："你们瞧罢，我领教过咧！打八下里瞧，总不够本儿，要戴上长帽子，活像打虎的哥哥武大郎似的。你们闪闪路，让我出去。"贤臣在轿里听的真切，心中大怒，吩咐："人来！"公差答应，连忙跪在地下。忠良带怒说："起去，快把方才多嘴的人锁起来。"公差答应，回身让过大轿去，对众人开言道："方才背后，谁说我们大人来？要是好汉，跟我去见钦差大人。"公差这里正嚷呢，那边应说："敢作敢当，才是好汉呢！王头儿，刚才是我说的。"公差回头一看是熟人，连忙说："张爷，暂且屈卑屈卑。"那人说："王头儿，你真正瞧不起人，光棍的脖子是拴马桩。"公差掏出锁来，往脖上一套，拉着奔州衙门不表。

且说贤臣方到衙内下轿，走上大堂，升了公座；天霸等两旁侍立。涿州的衙役喊堂。忠良座上开言道："快把背后妄言之人，带上来问话。"衙役答应，拉着那人，当堂开锁下跪。贤臣望着堂下，打量那人年纪约有三旬，面貌淡黄白净，身躯不矮，上下停匀，眼大眉粗，准头发暗，浑身上下光棍样式，穿着时新的一色青衣，跪在堂上，不是惊怕情形，摇头晃脑，立目拧眉。贤臣看罢大怒，叫道："胆大刁民！快报名姓，住在何处？作何生理？"那人往上叩头，口尊："大人，小的是本州人氏，木匠生理，姓张名思愚。"忠良闻听，微微冷笑，说道："你们瞧他这样打扮，哪像木匠？罢了，就打他一个醉后无知，枷号一个月，枷满释放他。"不多时，打得木匠两腿鲜血淋漓；打完钉上枷，赶出衙去不表。贤臣座上开言道："快带蓝田玉来听审。"衙役答应，不多时，把店家蓝田玉带来跪在堂下。贤臣座上，留神细看：见他年有五旬，眉目慈善，面带愁容。忠良看罢，问道："蓝田玉，为什么把人害死？"店家闻听，口尊："大人，容小人细禀。"就将怎么开店，怎么住下一男一女，如此这般细回了一遍。

贤臣闻店家之言，与冯氏回的言词，一字不错。忠良点头，往下叫道："蓝田玉！本院问你，你这么一座大店，难道没有伙计么？"蓝田玉说："有个伙计，五六天头里回家去了。"老爷说："你这个伙计有多大年纪？是哪里人氏？"蓝田玉说："小人的伙计，是山西人，姓林名叫茂春，年四十二岁。"忠良点头，沉吟一回，扭头眼望涿州知州说："贵州，前者你到底怎么问的？"知州道："回大人，前者卑职到店家验看尸首，问的口供与今日一样。只因事有可疑，卑职才打他三十大板，带到衙门收监。有个衙役叫胡成，认得死尸姓佟行六，名叫德有，是本州人氏。自幼上京，跟着舅舅度日，日久年深。此处别无亲眷，只有他一个姨娘，又离得甚远。他还有点地儿，可也不多，也不知他在何处住。那妇人随他下店，口称夫妻，一定不假。若有差错，妇女焉肯这样称呼？所以此妇，必是在亲戚家娶的，带着上京，住在此店。店家生心，安下歹意。若论此人，年老不敢。想是他那个伙计，又是山西人，又在强壮之年，见了人家褥套，只说内有银两不少，又有美貌的佳人，贪财爱色，与店主害了佟六，把褥套给了蓝田玉；趁早五鼓，他把妇人带回家去了，也是有的。卑职学疏才浅，无非是粗料到此，是与不是，望大人高明细究。卑职已差胡成，传他亲戚到案，查问地方去了。少时回来，大人一见，便知分晓。"

忠良点头，才要问话，只见外面进来了一个人，上大堂双膝跪倒，口中说："小的胡成，奉命去把佟德有的姨夫传到，地方郭大朋也到。"忠良闻听，心中大悦，吩咐："快把二人带上堂来，本院问话。"公差答应，站起来退步回身，往下紧走。

不多时，带上二人，跪在堂上。施公往下观看，一个年有六旬，一个四十开外，面貌也不怎么凶恶。忠良看罢，开言道："哪个是佟六的姨夫？"年老的叩头，口尊："大人，小的姓冯，名叫冯浩。家住城南李家营，今年六十二岁，务农为业。佟德有是小人两姨外甥，他在京跟着他舅舅太监路坦平度日，数年不上门来。再者，他素日行为不正，结交狐群狗党，倚仗他的娘舅，赫赫有名。那年下来，住在我家，要娶媳妇。小的烦媒给他定下亲事——是西村的女儿，名叫春红。放下定礼三日，畜生任意胡行，先奸后娶。要想走动西村，亲家不容。后来闹得不成样式，勾引匪类，时常混闹。要把女子带进京去，逼得姑娘无奈，悬梁自尽。亲家不依，要去告状。佟六偷跑，小的托亲赖友，息了此事。佟六自从那日逃走，至今五载有零，不曾见面。州尊大老爷差人把小的传来，说佟六被人杀死，小的实不知情。这是以往实话，并无半句虚言。"说罢不住叩头。

忠良闻听冯浩之言，才知佟六是个匪类。他座上点头，眼望州官开言说："贵州，你可听见了，内中有这些情节？你就按着他家以图财害命追问。你也不想想，他既是将人杀死，岂不掩埋尸首，还敢报官，招惹是非？但不知那一个妇人，从何处跟他而来，因什么又将他杀死？"州官躬身说："大人见教很是。卑职愚蒙，望大人宽恕。"贤臣微笑了笑，又往下问："冯浩，本院有话问你。佟六是你两姨外甥，他还有亲族没有？地土有多少？坐落在何方？何人承种？快对本院讲来。"冯浩望上叩头，口尊："大人，佟六并无别的本族亲眷。地土不到两顷，却是两人承种：郭大朋种着一顷零八分；姓白的种着八十亩——他在涿州城内东街居住。公差去问了问，白姓出门贸易去了，家中只剩下妇女，曾对公差言讲：说是种着佟六地亩是真，并无拖欠地租，别事不知。"施公点头，往下又叫："郭大朋，佟六在何处居住？与谁是朋友？与谁家走得殷勤？"

郭大朋闻听连忙叩头，口尊："大人，我虽种佟六地亩，不过秋收纳租。他起落住处，小人不晓，望求钦差大人开恩。"说罢不住叩头。忠良含笑说道："回家去罢，与你地户无干。冯浩，你也回家去罢，完案时传你来领尸葬埋。"二人叩头起来，出衙不表。忠良又向蓝田玉说："你且回家安心生理，不必害怕，本院自有公断。"田玉闻听，连忙叩头，"谢大人天恩。"叩毕站起，出州衙去了。忠良说："本院要暂回公馆，过三天后，再入州衙理事。"心中思想：这件事情，毫无头绪，不知凶手是谁？到底怎么完结此案，且看下回分解。

第一〇三回　施贤臣卖卜访案　白朱氏问卦寻夫

说话施公自州衙回到公馆，用饭已毕，手拿茶杯，心中暗想。忠良越想越闷，沉吟半晌，忽然想起题目，心中大悦说："方才冯浩在堂上说：'还有一个姓白的，也种着他的地亩，住在城内东街。今早差人去问，说男子不在家中，上京贸易去了，地租儿，丈夫在家交待清楚。别的事不管。'莫非应在此家，也未可定。不然，横竖总有知道底细的军民，在背地里谈论，我何不探访探访。"贤臣想罢，望着施安说："明日一早公馆掩门，众人免见，只说本院偶有小恙。"施安答应。贤臣又望着天霸说："明日五鼓，你随本院出门私访，必须乔妆打扮，在城里关外附近左右，各处探听探听。"天霸答应。说话间，天色已晚，施安服侍大人安寝，一夜无词。到五鼓，贤臣起来，净面，更换衣裳，打扮成卖卜的先生模样，算命外带着卖字。霎时天霸亦来。贤臣口呼："壮士，咱两个出去，一前一后，不可远离。倘若访出消息来，须要仔细。"众人送出。贤臣吩咐："你们回去，千万不可走漏风声。"众人回公馆不表。

且说施公、黄天霸出了门，瞧了瞧天才晓，尚未大亮。爷儿两个往东正走。一个手拿卦板，肩背小蓝包袱；一个拿着一卷字画，霎时散步前行。但见对面铺子，一边是茶馆，一边是酒肆。贤臣看罢，望着天霸递了个眼色，迈步前行；好汉在后跟随。进了酒铺，拣了个地方，见一张小桌子，爷儿俩私访，并不拘礼。二人对面坐下，要了两壶酒、两碟子菜。天霸斟酒，爷儿俩对饮。施公虽然坐着吃酒，耳内留神。那些个吃酒之人，内有一人口尊："众位，今日咱弟兄结义同盟，必须使用的东西，俱各随买停妥，方不令人耻笑。须要访学古人桃园之义，意气相投，患难相救。”又有一人开言，口呼：“列位，上次咱们商议结拜弟兄，小弟偶遇一人，说出来，列位也必认识他：姓佟行六，名德有，爱交朋友。听说咱们结义，也要与咱们结拜。我们两个才商量停当，就出了事咧。前者，他在北关蓝家店中被人杀死。并非他独自个住店，听说还同着一个妇女，口称夫妻，占了个独屋。天亮不见妇女踪影，剩下佟六尸首，血淋淋的躺在店中。只怕是妇女动的手，杀死佟六，暗里逃走，也是有的。细想佟六并无婚配，哪里来的妇女，与他一同下店？教人好不明白。”又有一人说：“大哥，你不知道佟六，他素日为人，吃喝嫖赌，无所不为。仗着他舅舅是个内监，发财回家，置买土地，任意胡行；全仗那个地租，还不够他花费呢！咱们的乡里郭大朋，种着点子；咱这里东街里白富全，也种点子。一定是佟六起了地租来咧，腰内有银钱，不知打哪里接了个烟花女子，下在店内。女子起意，杀死佟六逃走。再不然，他把人糟踏的苦，人家暗定巧计，诓出他来，下在店内，夜间把他刺死逃走，把祸擂给店中。店家报官，州官将他收监。店婆在钦差台前鸣冤。钦差把店东蓝田玉释放出来。钦差还不走呢，听说完了这案才走。依我说这件事要完，除非有了那个妇女才结了案呢。不知那妇女姓甚名谁，家住在何处？真是个无头无脑，连一点音信也没有，好令人发闷！”只见又有一个开言说：“哎哟！这件事情，我倒想起来咧，他别是合粉子万儿那家女的对眼儿罢？见他常住在那里，我如今心内只是疑惑。这宗事，管保不错，准是那一句戏言。”这个人的话未说完，只见有一个年长些的说：“老七还多言呢！人家官司还没有完呢，咱这里只顾胡言乱语，倘若叫官人听见，咱就摆弄不清，那时后悔也晚了。依我说咱们还是喝酒，休要闲谈。”

贤臣听见店中之事，被那人拦住不说咧。贤臣甚是着急，也难追问，少不得慢慢地访查。思想之间，将酒喝完，老爷站起，天霸会钱，出了酒铺。爷儿两个，进了一条小巷，瞧见一座小庙，左右无人，一同进去。细看原来是座七圣神祠，旁边有两间土房。爷儿两个坐在台阶石上面。贤臣眼望天霸开言说："壮士细听酒铺之中那个后生之言，事情可有些顺手。我如今要上东街上寻访寻访，你也不必跟着。咱二人今晚别入公馆，在北关寻店住下。你先出城，在城外等我，到晚上再见。"天霸答应，辞别贤臣，出庙去了不表。

且说施公见天霸刚才出去，从外面来了两个人，往旁边那两间土房去了。忠良连忙站起来，轻移虎步，搭搭讪讪往前行。走进禅堂，瞧见方才那两个人，一个在地下蹲着烧火，一个守着面盆和面。见老爷进去，二人连忙站起说："请坐。"忠良就势说："二位多有惊动。我要上京，腰中缺少盘费，到此借点笔砚，写几张字画送人。一半是人情，一半是卖换几文钱糊口。闻听说钦差公馆要审命案，瞧个热闹。"二人闻听，只见烧火的带着笑说："若提昨日蓝家店之事，是合该倒运。妇女把人杀死逃走，撂下大祸，叫店家遭殃。"和面的闻听，答了两声说："此事要完结也容易；除非翻遍了东半城。"烧火的说："你怎么就知道翻遍了东半城就找着了呢？"和面的说："我怎么不知道？那一日我一早出城买菜。刚开城，一个妇女进城。我见她面如金纸，唇如靛叶，年纪不过二十多岁。见她衣服上，微微有些血痕，慌慌张张进城去了。谁知到了清晨，就出了此事。昨日我卖菜卖到东街小胡同里土地庙边，一个门内有妇人出来买菜，我一瞧越像那一个妇人。"烧火的说："你别胡说咧，幸亏遇着了这位先生，要叫外人闻知，是现成的官司了。"

闲言少说。且说贤臣得了真情，不肯多问，怕人动疑，这才知道是两个卖菜的。想罢，也顾不得借水咧，连忙辞了两个卖菜的，迈步出了庙，直奔东街而来。走到东街，贤臣手打卦板，口中吆喝："算灵卦！"眼内留神观看，果见小胡同里有座小庙。来到跟前，上了台阶，瞧了瞧原来是土地正神。看罢转身，脸朝外面，还是手敲卦板，大声吆喝："算灵卦！能算吉凶祸福；算月令高低，细批终身大运，能算行人几时回来。算着，卦礼随意；算不准，不取分文。"

不表贤臣吆喝算卦。且说这土地庙旁有一人家居住，只因男子出外，家中只剩两年轻妇女，却是姑表姐妹。妹妹尚未出阁，在表姐姐家寄住。姐姐朱氏，因丈夫出门贸易，夜得凶梦，正在房中手托香腮，痴呆呆地思想夜来梦境，忽听卦板响亮，又听见算命吆喝的那些言词，意思要叫进来，问问她丈夫音信。叫声："庆儿，你出去，把算命的先生请进来。算算命，问你姐夫几时回来。"庆儿答应，连忙迈步出门说："算命先生，这里来！我姐姐要算命呢！"贤臣说："你头走罢。"庆儿先跑进院内，放下了一张椅子说："先生进来罢！"贤臣此时为民情私访，也顾不得受屈，只得走过来坐下，口中说："讲命啊？还是问别的事呢？"只听里边娇音嫩语说："我要问你个行人，不知几时回来，求先生仔细算算。"贤臣说："你随口报个时辰，不许思想。"只听里面说："未时罢。"贤臣在外面，掐指多时，口尊："娘子，在下自幼学习此数，直言无隐，绝不奉承。方才仔细推算：此人星象恶曜，凶神照临，看此光景，大半性命不保矣！"屋内佳人闻听此话，不由心下着慌说："再求先生细细推算。"贤臣闻听，拳手掐指多时，开言道："娘子，问的出外之人，不知系娘子什么人？亦不知有什么事情？往何处去了？望娘子将就里情由，一一说清，在下仔细推算。"

妇人一闻此言，口尊："先生！此人是我丈夫，同我表兄上北京彰仪门作营生，至今数日，不见回音。昨夜得一凶梦，奴家放心不下。"贤臣复又口尊："娘子，可曾记得他的生辰八字？"妇人屋内回音："我丈夫今年二十七岁，康熙十六年七月十五日寅时生辰。"贤臣闻听，打开包袱，拿出书掀看。看了看，用指头又一掐算，忙站起来，眼望着屋内说："娘子，此人哪，我可不怕你恼哇。别指望咧！半路途中，有人谋害了。"佳人闻听此话，也就顾不得礼法，忙忙掀起帘子，走将出来说："求先生，再与他细细推算，吉凶如何？"说着就哭将起来了。

贤臣闻听，沉吟了会子，眼望妇人开言说："你且不用哭，还有月德解救；再退三日不见回音，可就没指望了。"妇人闻听此话，就不哭咧。贤臣说："我且问你，不知你丈夫同去的那人，可是他的表兄啊？还是你的表兄呢？"妇人说："是我的表兄。"贤臣说："原来是表妹夫表大舅一路去了。”妇人说：“正是。”贤臣说：“料此无妨，一个骨肉至亲，那里来的差错？”妇人说：“先生不知道，亲戚与亲戚不同。我表兄不行正道，胡作非为。不怕先生笑话，我表兄本来贫穷；这是他亲妹妹，常在我家住着。”贤臣闻听，点头暗想，腹中说：“这秃丫头，敢则是他表妹。必须如此这般，才得其中真情。”想罢，眼望着那妇人开言，口尊：“娘子，你丈夫在家，作何生理？”妇人闻听，回言道：“我丈夫在家，作着个小买卖，还种几亩租地。”这妇人说到此处，粉面一阵通红。贤臣这里察言观色，就参透机关，腹内想道：“若问其中底细，还得这等说法。”想罢，口尊：“娘子，你丈夫原是庄农为业，但不知府上种着谁家地亩？”妇人闻听道：“那是我丈夫作的事，妇人家焉得明白？”贤臣闻听点头，心下为难，又不能往下追问，才要告辞，忽又想起一件事来，说：“娘子，但不知令表兄姓甚名谁？”妇人说：“我表兄姓贺，名重五。”贤臣点头说：“你丈夫同你表兄前去，不见回音，就该往他家去问才是。”妇人说：“他若有家，怎肯把妹子搽在我家内呢？”说着话，见他掀起帘子走进房去，说：“庆儿，给先生拿卦礼去罢。”不知到底怎样，且看下回分解。

第一〇四回　消灾孽朱氏求神　访情由天霸装鬼

话说施公算完命，朱氏打发丫头，取出一百康熙钱来，递与贤臣。贤臣有心不收，又怕她们动疑；有心收下，又觉自愧，沉吟多会。秃丫头说："先生，嫌钱少罢。"贤臣笑了笑，只得收下，将包袱包好了，挎在手腕上，手拿卦板，站起身来，往外就走。一边走着，在四下里观看。秃丫头说："你去还瞧什么呢？莫非还要偷谁么？"忠良说："你这个姑娘知道什么？这院内不大干净。"丫头说："有甚么不干净处？"贤臣是安心设计，要访情由，连忙说道："有鬼。"秃丫头说："要是你们家才有鬼呢，快出去罢！人家好好的院子，你说有鬼的。人家害怕，回头黑了天，怎么出来呢？"说着话，她把贤臣送出门外，只听哗啷把门关好，嘴内却是嘟囔着，自己回房去了。

贤臣出门，回头观看，只隔着一家，就是土地庙。瞧了瞧，斜对过是枣树，他家土坯垒的墙，整瓦盖顶，石灰勾抹，两扇大门。贤臣看罢，把地方方向记清，走着，心中暗想："那妇人俊俏风流，夺尽春光，就只是满脸凶煞，带着死气，莫非内中有别的缘故？与佟六通好，我看着他，不像是那等人。他丈夫偏又出门，我算他落个外丧鬼。报了个时辰，又逢凶死，岁数又逢三九之年。"贤臣思想着，往前走不多时，出了北门，四下里观望天霸。可巧天又漆黑，看不真切，急得老爷浑身是汗，一面敲着卦板，一面走。黄天霸顺着卦板声音，往前紧走，走到跟前，看见贤臣，彼此都放下心来。贤臣说："我算命走进土地庙内，听见那卖菜的两个人，泄漏了底细，才到东街算命。"那些话语，从头至尾，告诉了天霸一遍。复又叫："黄壮士趁着天晚，你还得走一趟。东街上有条小胡同，内有座小土地庙，庙旁边有一门，斜对过有一棵枣树。你等到夜静更深，越墙而过，硬在那院内，抛砖撂瓦，装神弄鬼。听那妇人说些什么言词，好查她就里情由。”天霸答应。爷儿俩说话，正走之间，忽见有一人在前面站立说：“小店干净，炕是热的，住了罢。”忠良闻言，煞住脚步，仔细观瞧，原是座豆腐房。贤臣看罢，眼望天霸言说：“明日一早，就在此找我。”天霸遵爷的钧谕，不敢怠慢，连忙迈步，竟奔北门而来。进了城，进了一座酒铺，拣了个座儿坐下，要了壶酒，自斟自饮罢，会了酒钱出铺，一直竟奔东街。不多时，进了小胡同，来到土地庙，去找妇人的门户。到门口隔门缝看着有灯光，细听正房内娇声细语，叫道：“庆儿，你且放下红绫被先去睡罢。”又听有人哼哼一声。天霸纵身蹿上墙去，轻轻落到尘埃，来到上房窗户底下，蹑足潜踪，用舌尖湿破窗户纸，便一个眼往里观瞧。但见佳人坐在炕上，一双眼内，泪珠直倾。好汉观看到这光景，暗里赞叹一会子说：“此妇一定牵挂他丈夫出外，没有回音。又遇见我们大人算命，算他丈夫在外，逢凶而死。果然是命丧他乡，那才真是红颜薄命呢！拿着如花似玉的美貌佳人，独守孤灯，实在令人可叹的。”好汉想罢，复又听着。又见佳人转身下炕，轻移莲步，到炕下伸出玉腕，拿过铜盆手巾来净手。拭面漱口毕，玉笋拈香，双膝跪倒，叩头顶礼，口念：“大慈大悲，救苦救难，观世音菩萨。”即随口祷祝说道：“信女弟子朱氏，年二十二岁。丈夫白富全，年二十七岁，同表兄贺重五出外贸易，不见回音。奴昨夜得一凶梦，请一算命先生推算。他说我丈夫被人谋害，逢凶而亡。哀告菩萨佛爷，大发慈悲，保佑夫主，逢凶化吉，转祸为福。从此弟子持斋茹素，不动腥荤。再者，还有那件事情难哄，虚空过往神灵，望求菩萨从公判断，到底谁是谁非。老佛爷保佑弟子，消此灾孽。我翻盖庙宇，塑画金身。”祝告毕，平身站起，坐在床上，涕泪纷纷。好汉在窗棂下，复又往里偷看，见那妇人躺在红绫被上。又迟了一会，欠身形“噗”一口，把银灯吹灭。

天霸在窗外见此光景，暗说：“大人命我前来打探女子的消息，听了这么半天，连一点信儿也没有。我何不如此这般，看看如何。”好汉主意已定，举目观看，皓月东升，听那鼓打三更。忽然一阵朔风，刮的窗纸响动，他借着风声，口中呜呜号叫，又用手拍得门叭叭直响。复又抓了把尘土，唰一声，扬在窗棂，四下里抛砖撂瓦，满院乱响。佳人在房中，并未睡着，听见院内声响，不由得心中害怕，连忙爬起来，打火点灯，坐在床上，叫声道：“庆儿呀！醒醒儿，醒醒儿。”叫够多时，那边床上的秃丫头，这才答应，口内哼哼，爬起来说：“作什么呀？这么早起来。”朱氏说：“叫你起来，不为别的事情，我一个人怪害怕的，有你到底作个伴儿，还好些。你听听外面刮这么大风，倒像是有人在院里打窗户弄门。”哪知庆儿闻听，哈哈傻笑了一阵子说：“姐姐呀！不用害怕，有我呢。等我出去瞧瞧，到底是人是鬼。”说着即忙下床来，拿着一盏灯，一边走着，一边自言自语的胡捣鬼说：“我出去瞧瞧，邪魔外祟，都怕我。”来到门前，伸手拉开两道门闩，把门开放，往外走，刚一探头，天霸在门外噗的一口气，把灯吹灭。秃丫头吓的往后一退，叫将起来，连说：“不好了，有鬼了。”佳人吓得浑身打战，连忙下床，仗着胆子，咯当一声，将门插上，顶了又顶，转身又把庆儿拉将进来，打火又点着灯一照，见她面如土色，浑身只是乱抖。佳人说：“妹妹别怕，八成是起大风。你往外走，一阵大风把灯吹灭了。”庆儿摇头说：“不是不是，要不是凶神，必是厉鬼。”朱氏说：“坐下罢，不用瞎话流舌了。”庆儿说：“要撒谎，烂我的舌根子！都是那算命的先生说丧话，他说咱家院里有鬼，这才招的真有了鬼咧！姐姐呀，那位先生他还说过‘会拿鬼净宅，管保除根！’明日等他来了，请他进来给咱们净宅，叫他拿住那个鬼魂，是怎么个样，看他还闹不闹呀？”

再说天霸吹灭了灯，翻身蹿上房檐，往下细听秃丫头说话，佳人并不言语。好汉自思：再捺下瓦去，再听听怎样。想罢房上揭瓦往下捺，这里嘭，那里吧，就闹起来了。只听秃丫头说：“姐姐呀，可可可不不好了！插上门他进不来了，又拆房呢。”

那妇人说：“少说话罢。”秃丫头可就不说了。只听那妇人说：

“外面的听真，休要如此！你要是贼人前来偷盗呢，实告你说，家内银子衣服全都没有，我劝你另走一家儿罢。你要是见我丈夫不在家中，心生别念妄想，前来调戏良人呢，奴家不是那样的妇人。我劝你早些打断这个念头，快些去罢。”天霸房上闻听，暗暗夸奖，说道：“妇人好大胆，我再试试他这胆量。”想罢又抛砖撂瓦，更比前番闹的凶了。又听屋内佳人说：“是了，莫非是冤鬼？你要是我的丈夫，被人谋死，前来诉冤，只管明讲，何必敲门打户？你妻虽是女流之辈，还能替你申冤告状，报仇雪恨；延请高僧高道，超度亡灵，早脱幽孽。”女子说罢，外面还是响声不绝。只听她大叫一声说：“啊！我知道了，敢是你来作耗？你的那冤魂不散，来缠绕我，莫非你死的委屈，不该死。果然若是你作耗，你也得问心，自己想一想，是谁之过，千万莫屈心。等我丈夫回家见一面，我合你森罗殿上，对口供去。你先去丰都城内等我罢！”佳人说罢，将牙咬得咯吱吱的连声乱响。房上的天霸听见这些言词，不由得心想：另有缘故。复想起施公吩咐的言语来，也不掷砖弄瓦咧，轻轻的纵下房来，走至窗外站住，思想会子，暗说：他的言语我已记清，不可久在此处。猛听金鸡报晓，他蹿到墙外走了。

话说黄天霸找到老爷住的那座豆腐店的门首，见了老爷。

老爷叫天霸会了店钱，俩又奔了涿州北门而来。天霸一边走着，一边低言悄语，就把弄鬼装神，暗中探访之事，如此这般，这般如此，细细的告诉了一遍。贤臣闻听，不由心中欢喜：“似此说来，害佟六之事，那妇人虽未明言，据我看来，八成就是她了。这件事情，还套着别的事呢，必须访个明白，此案才能断清。还有一事，还要你去。你速到州衙，告诉知州王世昌，叫他速发签，差两个能干的衙役，限三日内，或是白富全，或是贺重五，拿着一个，重重有赏。倘违误，唯州官是问。”天霸答应。贤臣又说：“你告诉他后就回来。”

天霸奉命来到衙门口，正遇州官升堂问事。天霸进了衙门。州官见天霸上堂，躬身带笑开言说：“二爷到此何事？”天霸就将施公吩咐，叫拿白富全、贺重五的话，说了一遍。又说：“事情紧，叫老爷差派人速办才好。”州官连连答应。好汉说罢，转身下堂出衙。

知州见是钦差大人要的重情人犯，怎敢怠慢！在堂上抽签二支，瞧了瞧该班的捕快徐忠、吴沛。堂上高声叫道：“徐忠、吴沛。”二人在堂下连忙答应。但见二人迈步上堂，公案前单腿一跪。知州王世昌，把两支签，标上名姓，捺在堂下说：“限三日内，把白富全、贺重五拿到一个，就算有功，回来重赏。”暂且不表。

且说那暗访的贤臣，手拿卦板，肩背小蓝包袱，自从与黄天霸分手之后，又奔了东街。登时到小胡同土地庙，又是大声的嚷叫，与昨日是一样吆喝。说是：“净宅，算命，斩妖，除邪！”

且说朱氏佳人，同着秃丫头庆儿，整整闹了五更天，才得安顿。佳人哪里睡得着呢？思前想后，心中害怕。不多时东方大亮，起来梳洗。秃丫头弄饭，刚吃了饭，只听街上大声吆喝说：“净宅，算命！”庆儿说：“姐姐，那个算命的先生又来了，何不请他进来，给咱净净宅？省得夜来混闹。”朱氏无奈，只得依从着秃丫头的主意，说是：“要请，你就请去，不怕多花点子钱，只要安静了，谁不愿意呢？”说得丫头满心欢喜，急忙来到街门，伸手拉开了闩，将门开了，走出街门，泼声拉气说：“先生往这里来罢，给我们家里净净宅！怪不得昨日你说，我们院子里不大干净，真就应了你的话咧。瞧不起你嘴歪，果然有灵儿。”贤臣闻听，抬头观看，但见那家秃丫头，站在门外，招手高叫。老爷说：“叫我么？”丫头说：“是哟！你打量叫谁，快走一步罢！我的瘸先生。”老爷就知道是昨日晚晌，天霸前来混闹，女子害怕，才叫净宅。贤臣想罢，一瘸一拐地来到门前。庆儿搬出一张炕桌来，搬了一张椅子，放在院内，贤臣坐下。只见秃丫头说：“姐姐，叫那个算命的先生来咧，把昨日晚晌实情告诉他。”佳人说：“先生，我家昨夜晚晌，说起来令人惊怕。那天不过三更时候，院内忽然鬼哭神号，只听抛砖撂瓦，四下乱响，细听又像呼呼的刮大风，直闹到东方发亮才休息。不知是神是鬼，求先生看一看，净宅的谢礼格外从厚，多送先生。”贤臣说：“待我看看，是个什么怪。我一定给你把宅净的除了根。”又故意地东瞧西看，把四面八方，瞧了个遍儿，假装惊骇之状，大声说道："啊！不好了！并非是别的邪物，原来是一个横死之鬼，怨气不散，前来显魂。你若不早早将他除灭了，将来祸患不小。"佳人闻听此话，隔着窗户说道："先生既知是一怨鬼，再细看一看，是男鬼是女鬼。"贤臣假装着又瞧了多时，口呼："娘子，我瞧他是个少年男鬼。"佳人闻听是一个年轻的男鬼，不由得心中害怕，连忙往外开言说："先生，可知道净宅除鬼，用些什么东西，好叫庆儿与你打点预备。"贤臣说："不用别的物件，你把黄表纸找半张，舀点水来。"妇人说："庆儿，你拿出去罢。"秃丫头答应，复又眼望老爷说道："先生还要什么？好一总拿出来，省得回来回去，跑断腿儿。"贤臣说："别的东西，我是现成的。你就把水与纸拿出来。"庆儿答应，先掇了一张纸放桌上，放在施公面前，又将水拿来，放在桌上。贤臣把包袱打开，取出笔砚朱砂、白芨，打开了一本《玉匣记》看着。用白芨研了一研，提起笔来，照书上样式，画了几道符，用手拿起来。心中暗想道："这件事必须如此，方能套出女子口气。如得其真情，将她传到公堂，要完结此案，岂非易哉！"想罢，眼望屋内开言说："给你画了几道符，拿去罢，贴在街门一道，每个窗户各贴一道。还有一事，我的符能驱邪魔鬼怪，你们院内这个鬼，可不能制。他本是负屈横死，无着无落的，阎君也不能管束他，皆因他还有几年寿数，故此各处寻找仇人。大概死的不明白，焉肯善离此地？除非是知道这鬼的名字姓氏，写在一张纸上，也不用贴，等到夜静更深之时，用些烧纸银锭，一同焚化。焚化的时候，必得将来历祝告个明明白白的，怨鬼自然消灭。他若再有委屈，也只好等着仇人的阳寿将终，阴间告状，凭阎君判断去咧！"贤臣外面说话，佳人闻听，不由心中害怕，自己腹内暗说："先生未卜先知，句句说的刺骨钻心。他说是屈死鬼魂，前来作耗，把他名姓写在纸上。我怎肯告诉他的姓名？人命关天，非同小可，倘若泄露机关，这还了得。丈夫在外，未知生死，若有不测之事，出头露面，丈夫不知其中的底细，我这冤枉怎得申明？欲待不说真情实话，又怕夜来搅闹，不得安静。总恨万恶囚徒无道理，万剐凌迟，罪还轻了呢！还不该横死？苍天那有报应？

我看那门神灶君、家屯六神，都是枉然。你们就袖手旁观，让他进来，任他院内胡闹，也不分个善恶是非。从今后再不烧香磕头咧！”佳人腹内暗自沉吟。外面施公只是追问怨鬼姓名。佳人闻听，不由得左右为难，偶然心生一计说：“先生，你把写名字的一方儿，留下两个字的空儿。焚化时，我自己填写罢。”贤臣闻听，不由得暗暗惊疑，腹内说：“如今妇人识字的就很少，此女真称的起才貌双全。”老爷想着，也难往下追问咧，只得将符写完，眼望着庆儿说道：“把这一道符，到晚上焚化时，添上姓名，与烧纸银锭一同焚化。”秃丫头答应说：“这就好了么？到半夜，再要闹起来，我就骂你呀！明日再来了，我叫狗咬那好腿。”只听屋内的女子说：“庆儿呀，给先生拿出卦礼去罢！”庆儿答应，走进去拿出钱来说：“先生，咱这是老价钱咧，昨日是一百，今日还是一百。又不费什么事，这个买卖一天作这么百八十宗，你倒发了财了呢！”贤臣笑了笑，将钱收起，告辞出门。

庆儿把他送出门外，抽身回去，关上街门。

贤臣手打卦板，顺着大街往前走，竟奔七圣神祠而来。走到七圣神祠，贤臣见天晚，奔公馆而来。天霸后边跟随。此时两边铺面，点上灯烛。正走之间，抬头一看，但见公馆门首，灯光灿烂。施公、天霸走进公馆，到了庭中。施安、关小西、计全、王殿臣、郭起凤，一同迎出来请安。贤臣说：“本院昨日清晨出去，今晚回来，算是整整两天。公馆内可有什么事情？”施安躬身回话说：“自从老爷去后，平安无事。”忠良说：“既然如此，明日歇息一天，后日再到州衙理事。”再说徐忠、吴沛，二人不知究竟如何，且看下回分解。

第一〇五回　公差访拿贺重五　凶犯巧遇琉璃河

话说吴沛、徐忠二公差，自领施大人签票，访拿贺重五，在涿州城里关外，直访了一天，并无踪影。吴沛忽然想起一个朋友来，望徐忠说道："琉璃河，我有个朋友燕柏亭。咱二人何不去访访?"言罢直奔琉璃河而来。走不多时，到了琉璃河，进大街，登时来至燕柏亭门首。吴沛迈步上前，用手拍门。看官，这个燕柏亭，是个败家子，专吃赌饭，爱交朋友。今日邀了几个人，要掷骰子，听见门外有人叫，慌忙出来观看，原来是吴沛，同着一个伙计。柏亭说道："二位仁兄，怎么到这里？有什么事情?"吴沛说："一点事情没有，特到这里讨扰。"说着就叫徐忠与燕柏亭拉了拉手。这燕柏亭是交朋友的人，焉有拉了就放？随即把二人，邀到饭铺吃喝。吃毕，燕柏亭说："二位老弟，咱们上家里去喝茶吧！今日我邀了个小局儿，无人照应。"吴沛说："很好，哥哥弄几吊钱，我们也耍耍。"二人说罢，哈哈大笑。

燕柏亭会了饭钱，三个人迈步出了饭铺，来到燕柏亭家门首，彼此谦让了会子，进去。到了屋内，但见炕上闹哄哄的，人们唤五叫六，骰子掷的乱响。吴沛、徐忠坐下，局家燕柏亭倒茶。二公差手拿茶杯，瞧着众人赌斗输赢。燕柏亭说："愚兄今年饥荒的了不得。自从新官上任断赌，一向未干这个旧营生。"三人说着话，喝茶已毕。观瞧众人，可掷了个热闹，推了来，抄了去。燕柏亭望着徐忠、吴沛说："一点进钱的道儿无有，叫我怎么过？天是冷了，连一件盖面的衣裳也无有。昨日才邀了这几个人，都是至亲厚友；还有外来了一个朋友——闻说他在拦把行中常混混。每人对捎，都是二十吊掷一局。

弄几串，也好赎几件衣裳出门。讲不起托亲赖友，搞这侉点子，先了清账目，保住债主不上门。”且不说三人正谈论闲话，忽听炕上一人叫：“局家这里来！”燕柏亭连忙站起，过去说：“怎样？”那人说：“有钱无钱，我输尽了。”燕柏亭瞧瞧，说声：“张四爷，赢了么？把你这钱，先兑出十吊来。”只见张四爷意思不肯。燕柏亭说：“不怕，结局的时候，望我要钱就是了。”那人说：“燕大哥，不必借他的，烦人往北门外王六店内，就说我说的：‘把钱取来！’再赌不迟。”燕柏亭带笑开言说：“老叔，何必如此？使着四哥这十吊。都是自己，不是外人，他府上住在涿州东门，算来都是乡亲。”说着话，连忙伸手将钱推给了那人十吊。二人复又下注，重新另掷；局家转身下炕，眼望吴沛开言说：“老弟辛苦一趟，北门王六合你可不隔手。见了王六，把事说明：就说贺老叔叫你取钱去咧。难道王六还不放心么？告诉他：我在这里消闲解闷呢，必须多要个几吊来。”

吴沛闻听，心中一动，暗说道：“我们奉差事来拿贺重五，正是明月芦花无处寻。贺老叔这三个字，倒有些缘故，又是本州人，正想找他；等我到王六店内，仔细搜寻，搜寻回来，莫管他是与不是，拿去见州尊，且搪一搪差役。”吴沛想到此处，离了坐，连忙站起身来，望徐忠使个眼色。二公差到了外边，商议已定，又把燕柏亭叫到外边，细细问了一遍：果然姓贺，又在涿州本地居住。二人闻听，满心欢喜。吴沛说：“待我到王六店内，再打听打听，你可千万别离左右！”徐忠闻听吴沛之言，口中答应说：“大哥快去快回来，这件事交给我罢。”

吴沛出门，竟奔琉璃河北门。来到王六店门口，天色将晚，走进店中。店家王六正在院里呢，抬头看见吴沛，开言说：“吴二兄弟么？到此何事？”吴沛说：“六哥，跟我到屋里，咱好说话。”王六答应，一同进屋坐下。王六说：“老兄弟，有件么事来呢？”吴沛说：“有个人叫我来取钱来咧。”王六说：“谁呀？”吴沛：“你们这里住着的贺老叔啊。”王六说：“怎样阿？”吴沛说：“他在燕大哥那里要钱呢，把拿去的钱输光了，又叫我给他来拿咧。”店家说：“是了。他这几吊钱，赶早起晚，全都卸在这里，他才走咧！”吴沛说：“我瞧那位朋友，很是朋友，他合咱这里谁家有亲？为何常在这里住着呢？”王六说：“老二，你不认得他么？他是你们本州里人，名字叫贺重五。拦把行里是个想钱的，吃喝嫖赌，无所不干。不住地常进彰仪门，来回都在咱这里住，所以我认识他。也不知道他哪里弄来了几十吊钱，早晚花尽了，他才安心呢！这话就有十几天了，还同着一个人，来在我这店里，住了一夜。第二日早晨，两个人同着出去，说往西乡里探亲去。那日不过晌午时候，贺重五自己回来，我问他那一个人呢！他说在亲戚家住下了。”吴沛连忙追问：“那人有多大年纪呀？”王六说：“不过二十多岁。”吴沛点头也不问了。说：“六哥，他这里还有多少钱哪？给他拿了去罢！”王六说：“还有十几吊。他还该我的店钱呢，先给他拿个七八吊去罢！”吴沛说：“就是罢！”就势合王六要了个钱搭子，装上了京钱八吊，告辞王六，扛着钱出了店，直扑燕柏亭家。吴沛走到离燕柏亭家不远，路东有酒铺，进去要壶酒。喝完了酒，会了钱，眼望酒家开言说：“借光，我这里有八吊钱，暂且寄存，回来就取。”酒家答应说：“这有何妨。”吴沛交待清楚，来到燕柏亭的门首，一直走将进去。燕柏亭连忙站起说：“二兄弟回来了么？”吴沛说：“回来了。”燕柏亭说：“取的那钱呢？”吴沛回道：“店家不给。”燕柏亭说：“王六哥是个仔细人，处处小心。就是取了钱来，也用不着咧！贺老叔这会子又赢了。”吴沛闻听，满心欢喜，连忙往前走了两步，将燕柏亭衣裳一拉，又递了个眼色。燕柏亭不知何故，只得在后跟随吴沛往外走；那一边的徐忠也跟着出来。三个人一齐出了大门。吴沛说：“大哥，我有件心事要讨教。”燕柏亭说：“老二有话只管直说，何必又闹客套呢？”吴沛说：“就是那个姓贺的，你可能知道么？如今他现有一件事情，我们哥俩奉差来拿他。”燕柏亭闻听吃惊，暗说：“我的佛爷！不是玩的，算了罢，算了罢！”吴沛说：“大哥不用怕，横竖不连累你。你先把局收一收儿，我们好动手拿人。”燕柏亭答应，连忙回到房中，眼望众人说：“咱们先歇歇罢！喝盅酒再掷。”说着把骰子盆全都拿开咧。内中这赢的自然欢喜，输了的就有些不如意，说：“大哥，才掷的好好的，这是怎么说呢？”燕柏亭暗使了个眼色，众人不解其意。

只见贺重五说：“你们等等儿，我去去就来。”说罢就往外走。吴沛怎肯容情，一努嘴，徐忠把门堵住，吴沛早就掏出锁来，预备在手内，往前走了几步，来到跟前说：“老叔，你且站站儿。”说着哗啷一声，套在凶徒脖项之上。贺重五说：“来抓赌？是大家都有，怎么单锁我呢？”吴沛说：“贺老弟，你作梦呢！锁你不为赌博，先把你自己事情摆开清楚，然后再说赌。”眼望徐忠说：“别的亲友，放他们走罢！”众人闻听全都散了。贺重五心中有病，一见这个光景，颜色都吓变了，眼望着燕柏亭说：“大哥，他们二位，也不知有什么事情把我锁上，到底也说明白，我好跟他二位去。哪里不是交朋友呢？何必如此？”燕柏亭闻听，把吴沛拉住说：“老二，你且站住。别人都散尽了，这里没外人，贺老叔他既犯了官事，作朋友的人，他还走得了么？依我说，且坐下有话再讲。”吴沛闻听，只得入座。贺重五说：“尊驾贵姓？”吴沛说：“姓吴哇！”贺重五说：“那一位呢？”徐忠说：“姓徐呀！”贺重五说：“吴大爷，你方才说：我自己的事情摆弄清楚。这话是你说呀！我贺老叔一生就是吃喝嫖赌，耍乐交友，没有同人家揪过纽绊；挂误官司，没有我。我又有什么事呢？你别错上了门罢？你再想想罢！”吴沛听得冷笑说：“贺老叔要问什么事，我们全不管。签票上犯人名字贺重五，我们只知道奉差拿人。见了官你再辩去罢！”贺重五说：“真是奇怪，我在这里等着朋友，耍耍钱解解闷儿，硬说我犯事咧！”燕柏亭拉着吴沛说：“咱们到外头，有句话说说罢。”二人来到外面，燕柏亭说：“二兄弟，他的事情若不要紧，咱们想两个钱儿，叫他去罢。”吴沛说：“我的爷，可不是玩的，敢私放他么？这个人打着灯笼都找不着。”

燕柏亭估量不中用，再者，一个官司，谁肯多事？这才同吴沛回到房中说：“贺老叔，你既无事，怕什么？跟随他们走一趟就是咧。”贺老叔见这光景，不去不成，说：“就是罢。”吴沛把八吊钱从酒铺取来；贺重五打点已毕，辞了燕柏亭，跟着二差竟奔涿州。不知如何，且看下回分解。

第一〇六回 马快头奉差违命 朱节妇诉状陈情

话说施大人上轿到了州衙。州官王世昌接进去。施公升堂。州官躬身，一旁侍立。贤臣问道："贵州，前日本院叫你派公差，拿的人怎么样了？"知州说："差去的人，今日必到。"贤臣点头说："叫你快头上来，还有差使。"知州说："快头上堂听差。"只见一人上堂说："小的给大人叩头。"贤臣标了一根签说："马林，你到东街小胡同内土地庙旁边高门楼儿，双扉门上贴着黄符的那一家，有个秃丫头，还有个少年妇女。到那里如此这般，这般如此。"

马林忙拿签出来，到东街小胡同内土地庙旁边，瞧了瞧第二大门，门上贴着黄符。马林看罢，上前拍门。只听里面说话，叫："庆儿，到外头瞧瞧，有人叫门。"又听有人答应，不多时将门开放。马林一瞧是秃丫头——应了施公的话了，少不得依计而行，说："你叫庆儿么？"秃丫头说："你是哪里的？混叫人小名儿。"马林说："快进去告诉你姐姐，就说你姐夫有了信来了。"二人外面说话，里面朱氏早已听见，连忙接言说："既是有信来了，请进来坐着。"庆儿说："我姐姐叫你进去呢！"马林闻听，迈步向里就走。来到院内，至房门用手掀帘子，进了绣户。炕上坐着一位少年妇女，叫："庆儿，快装烟倒茶。"庆儿答应。佳人复又让坐，口尊："大爷，先请吃烟喝茶罢！"马林端着茶碗，两眼直勾勾的，只是望着朱氏发愣。

佳人心中不悦，说："大爷何处遇见奴的丈夫？既捎带书音，必是至亲好友。或者书函，或有口音，望乞爷爷细细言明。"

马林把施公吩咐的言语，全撇在九霄以外，那里痴呆呆的，还是瞧着朱氏。又见佳人轻启朱唇，露出银牙，正颜厉色，开言问话。他一时对答不来了，说道："我且歇歇儿再说。"说着还是直瞧着佳人。朱氏见他这样光景，眼望马林说道："尊驾好无道理！既给我寄信，为何一言不发？"马林总是嬉皮笑脸，又说："我不是寄信来的。"女子说："你不是带书来的，更不当进我的门槛咧！"马林说："前来坐坐儿何妨呢？"朱氏不由得心中大怒，无名火起，张口就骂，还要拿棍子打出去。公差见妇人真恼咧，这才把根签拿出来说："娘子请看。"佳人一见，只吓得惊疑不止，就知道事犯了，说："上差一定是拿我来了。"马林说："啊，不差呀！"说着就往外掏锁。看官，这马林是个邪癖人，施公并无叫他锁戴，他想吓吓女子，好叫女子央求他，他好任意调戏。谁知朱氏不怕，反说道："上差把锁拿来，我自己带上。今日见官，就是犯妇了，万岁爷的王法，谁敢不遵。"说罢接过锁来，自己戴上。复又说道："得借上差个光儿，让我写张诉状。"马林听说她要自己写诉状，暗暗失惊，点头说："写去罢！"只见她从镜奁里取出来了一张草稿，也不知是几时写下的；但见她又拿来张纸，铺在桌上，提起笔来，立刻誊清。阅了一遍，叠将起来，揣在怀内。复又回手拿了针线，把她浑身衣服，缝在一处；头上罩了块乌绫首帕，素绢旧裙，拦腰紧系，收拾已毕，叫声："庆儿，我今跟随这位上差，到衙门见官去。我去之后，你要小心门户，休贪玩耍。等到天晚，我若是不回来，你到隔壁去。刘老夫妻俱各良善。你把始末情由，告诉他夫妻二人，叫他明日到衙门，再打听我去。"朱氏说着，就落下泪来咧！庆儿拉着朱氏，开言说："姐姐，我替你去见官府领罪。"朱氏闻听庆儿之言，心内更加凄惨，口中说："庆儿，你只管放心。我这一进衙门，若遇一位清官，断明此案，大料无妨。你在家照应门户，千万小心要紧。"马林在旁边听着，暗暗点头，望朱氏开言说："咱们走罢！这位官府比不得别的官府，坐了堂这么半天咧！工夫大了，保不住我要受责。"朱氏说："这是哪位官府呢？"马林说："这是奉旨山东放粮的施大人，脾气很躁呢！也不知为什么事情，进衙门升了大堂，就叫我前来拿你。"朱氏闻听，暗暗欢喜，暗道："我今日可遇见青天老爷了，好叫我诉这满怀的冤枉。”想罢随公差前行。庆儿送出门来，佳人又嘱咐了庆儿几句言语，叫庆儿回去，这才跟公差出小胡同，顺着大街来到衙门口。

衙役锁着妇人走上堂。贤臣见快头马林头前引路，后面跟随一个妇人，细瞧了瞧，正是那个女子，走到公案前双膝跪倒。公差单腿一跪，连忙回话，口尊：“钦差大人，小的奉命领签，将东街妇女带到。”施公座上一摆手说：“那一妇人，你是什么姓氏？丈夫何名？或是庄田，或作买卖，靠何生理？现今在何处存身？对本院据实言来。”妇人闻听，连连叩头，口尊：“大人在上，容民妇细禀：民妇朱氏，丈夫白富全，在家时作一个小买卖，还种几亩地土。若提起丈夫之事来，真正是冤枉。”

话说朱氏跪在堂下，听见施公讲话的声音，很是相熟，一时间想不起来，连忙偷眼观看，失了一惊，暗暗说：这大人，好像昨日那个算命的先生？越瞧越是，不由心中纳闷。朱氏连忙叩头，口尊：“大人，小妇人有诉状一纸，请大人亲览。”

忠良说：“递上来！”朱氏双手捧举，该值的人接过来放在公案。贤臣打开留神细看，上写：

具诉状人白富全之妻朱氏，年二十二岁，系直隶顺天府涿州城内民籍，为不白奇冤，恳恩详究事：窃民妇生于朱氏之门，许与白郎为配，许字一年，父母不幸而早逝；过门数载，翁姑相继以西归。旁无宗支，独此一户，终鲜兄弟，唯予二人。无何夫主拟作经营，表兄愿同贸易；谁知表兄重五无本，外邀地主佟六出银，商同入银三股，嗣后买卖均分。密嘱表兄携银先往，并令夫主束载偕行。从此丈夫北上，地主中留，往来不避，出入无猜。因使民妇在家，时常看待；认成地主是客，日与供餐。岂料花看如意，一心爱我丰姿，遂将药下迷魂，遍体任其污辱。玉本无疵，竟作白圭之玷；垢岂可涤，空寻清水之波。常怀羞愧，觉无地可以自容；每念冤仇，知有天不堪共戴。于是暗藏短刃，潜设奇谋，虚情缱绻，假意绸缪。致令红粉容颜，不顾文君之耻；均以黄昏时候，愿偕司马之奔。日依山尽，抛家业而奔程途；夜到更余，同恶徒而投旅店。酒饮合欢，就此交杯而盏换；词同谑浪，见他骨软而筋麻。饮到更阑夜静，听来语悄人稀，因操利器，遂下绝情。摘得心来，解却心头之恨；剜将眼去，拔除眼内之钉。冤仇已报，怨恨悉平。欲将尽节，恐蒙不韪之名！苟且偷生，待诉沉冤之状。叩乞青天，详分皂白。已往真情，所供是实。

贤臣早已访清此事，知道事情不假。又将诉状看完，见字体端方，即问："这诉状是何人代写？"朱氏叩头，口尊："大人，是民妇自书自稿。"贤臣心内叹服，又问："这些事，秃丫头庆儿可知道呢？"朱氏连忙说："回大人，诉状上面的事，庆儿并不知道。"忠良点了点头儿，又见夹着一纸单，上写着是：

"仁明大老爷只管接律定罪，这张诉状千万莫叫人瞧见。老大人即阴德莫大焉！望老爷隐恶而扬善。还有一件事情：今犯妇怀孕三月有余，叩恳青天垂怜，格外施恩，暂且莫动刑具。等我丈夫回家见上一面，说明此事，就死也甘心。"

贤臣看罢，赞叹朱氏，痛恨恶徒，暗把该死的佟六骂了几声，恨不得一顿刀子扎死方好。可惜这样冰清玉洁的美貌女子，误落贼人圈套之中，遭此凌辱，岂不令人惨切？沉吟了一会，即援笔为之批云：

才貌兼优，权谋独裕；闺门秀气，侠义英风。色若桃花，妒招风雨；春争梅艳，节凛冰霜！海棠睡去，潜来戏蝶姿餐；杨柳醒时，恨杀狂莺暗度。桂叶偶因月露，香被人偷；莲花虽着泥涂，性原自洁。瑕不掩瑜，无伤于璧白；圆而有缺，何损乎月明？譬玉女之持操，温其可赋；见金夫而不惑，卓尔堪风。待敷奏于上闻，以嘉乃节！睹匪颁之下降，要表厥闾。

施公批完，暗说："前者，我算白富全命犯凶杀，果然他命丧他乡。这才真是红颜薄命呢"叹罢又往下问说："那一妇人，你可认的那个算命的先生么？"朱氏闻听，在下面连连叩头说："小妇人有眼无珠，望老爷宽恕重罪。"不知如何，且看下回分解。

第一〇七回　贺囚徒画供结案　朱节妇旌表流芳

话表施公座上点头带笑说："朱氏，你不认的本院，本院不怪罪你。我且问你：诉状俱是实话么？"朱氏说："小妇人不敢撒谎。"正然问话：只见知州王世昌在一旁躬身回话说："卑职差去的衙役吴沛、徐忠，把贺重五拿到，在衙门外等侯，专听钦差钧谕。"贤臣闻听拿了贺重五来，将朱氏带下去不表。

且说施公复又吩咐，叫带重五上堂听审。衙役答应，跑出门外，高声喊道："大人说的，叫带贺重五听审！"钦差座上留神观看，见外面来了三个人。吴沛在头里拉着，徐忠跟随在后，当中一人项上戴锁，满面漆黑，脸生横肉，纹带凶煞，藏着晦气，一双贼眼，不住地滴溜溜各处里偷瞧；支插着两个耳朵，直似扇风的一般；短粗脖项，蛤蟆嘴梢，生成的断梁鼻子，秤砣形相；身量不高，形体胖大，背厚腰圆，车轴汉子。西瓜脑袋，圆轱辘的不小，腮下无须；浑身穿着全是新衣，时兴的样式。公差把贺重五带到堂前，跪在下面。吴沛、徐忠二公差打着千儿回话说："回大人，小的二人吴沛、徐忠，奉钦差的钧谕，把贺重五拿到。"就把琉璃河燕家要钱，漏出姓名，王六泄底，怎样拿住恶人的话，从头至尾，细回了一遍。

忠良点头，心中大悦。老爷将手一摆说："暂且退去等赏。"吴沛、徐忠答应下去。州官上来在公案一旁躬身侍立。施公眼望那人说："你叫贺重五么？"恶人见了，向上叩头，口中答应说："是，小的叫贺重五。"贤臣说："本院打发人去把你传来，不为别故，今日有件事情必得问你。你是什么人？住在什么地方？作什么生理？为何在琉璃河耍钱？同什么人去的？对本院据实说来。”恶人闻听，吓了一跳，暗说：“这话问得厉害！若非有人泄露机关，不能这样问法。”恶人正然低头拿主意呢，忽听衙役呐喊说：“大人问话，快快地说！”恶人无奈，往上叩头，口尊：“大人，小的原先住在南关时，当着个小买卖，苦度光阴。父母俱都去世，并无兄弟、妻子，就只有个妹妹名叫庆儿，尚在幼年。小的素常原好耍钱，把家业数年卖净，无奈把妹妹庆儿送在东街表妹家中存身。现今同着一个朋友在琉璃河商议买卖，住了几天。因为耍钱解闷，老爷的贵役就把小的拿来，这是以往实话，恳求大人恩典！”说罢连接叩头。贤臣闻听，往里跟话说：“你上琉璃河商议买卖，是同谁去的呢？”

恶人说：“同着一个姓富的。”施公闻听，微微冷笑，就知事情真了，心中暗说：“果然不出本院所料。”想罢又问说：“姓富的是你的什么人哪？”恶人说：“是小的朋友。”老爷说：“他叫什么名字？”恶人说：“他姓富名全。”老爷说：“别是姓白叫富全罢？”恶人打了一个迟顿。老爷连连追问说：“是白富全不是？”恶人重五无奈，只得说：“是。”贤臣又问：“白富全怎么不回来呢？”恶人说：“他瞧亲戚去了。”贤臣说：“他的亲戚姓什么？住在何处？”凶徒说：“小的不知道。”贤臣说：“你不知道，我可知道呢。听我告诉你，他的亲戚姓阎，排行第五，住在丰都城内。他是瞧阎老五去了。是呀不是？你还有个伙计姓佟，名叫德有，排行在六。他拿出本钱来，你们三个商议停妥，要作买卖，这事我全知道。你为何亲戚改作朋友？我再问你，你的表妹夫白富全，到底哪里去了？”贺重五听见忠良问的这些言语，吓得颜色都变了，腹内暗说：“他怎么知道白富全是我表妹夫，出本钱的是佟六呢？说我把亲戚改作朋友，这话是哪里来的呢？官府果知道此事，大概难免刀下之祸。”恶人心下正然思想，堂上的施公冲冲大怒，骂道：“囚徒快些实说！若有一字不对，定动大刑！”恶贼闻听，把胆几乎惊破！连忙叩头，口尊：“青天，小的原本是同着表妹夫商议买卖。方才老大人提佟德有出本钱，也是情真。一出门就把亲戚改作朋友论，弟兄所为，便于称呼不碍口。佟德有在表妹夫家，等着银两，我们两个先起身要上京。谁知到了琉璃河，妹夫不走，住在王家店——表妹夫已往庐州探亲望戚。等了几天，他不回来。昨日在燕家只为要钱解闷，偶见公差，不容分说，硬上铁绳，不知犯了何事情？”说罢，连连叩头。贤臣闻听贺重五之言，越发大怒说：“好一个万恶囚徒！我且问你，是何人把佟六引到白富全家中走动？生出许多事端，淫污了真节烈妇？”贺重五往上磕头说：“回大人，那原是白富全种着佟六许多地亩，佟六才往白富全家走动，不干小人之事呀！”

贤臣闻听，只气的白面焦黄，嘴歪气动，用手一指说道：“我把你万恶囚徒！事迹已访明，还敢巧辩？你那里知道伤天害理，报应不爽！你把表妹夫诓出去，害了他的性命，将你表妹任人淫污，你打量着无人知晓。这如今佟六被妇人杀死，真是‘天网恢恢，疏而不漏’。”忠良说着，把牙咬得吱吱连声乱响，大叫：“恶人作恶万端，图财害命！谁知佟六被你表妹扎死！”

恶人闻听，就一大惊，连忙往上不住叩头，口尊：“青天爷爷，小人不知道这些缘故哇！”忠良一听断喝说：“我把你这万恶囚徒！还是如此！人来，掌嘴巴！”青衣答应。一个青衣上前，揪住恶人贺重五，一个掌嘴巴，一边重打十五个，打得恶人满嘴流血，打完退闪在一旁站立。座上忠良带怒喝道：“贺重五！本院问你到底知道白富全下落不知道呢？想来是佟六买托于你，你把他诓将出去，暗暗害了他的性命，是呀不是？”只听两边的衙役发威，齐声断喝说：“大人问你！你快回话。”恶人上前磕头说：“回大人，小的就知道白富全种着佟六的地亩，若问别的事情，小的一事不知。”贤臣微微冷笑说：“白富全到底往哪里去了？”凶徒说：“他往亲戚家去了，大人怎么只问小的呢？”忠良说：“好一挺刑的囚徒！本院不给你个对证，你也不肯实说。人来，带朱氏上堂。”

衙役答应往下跑去。去不多时，把贤良女子带到堂上跪倒。

大人用手指着恶人说道：“朱氏，你认得此人不认得？”佳人扭项一瞧，只见那边跪着一人，只打得满脸青紫。细留神一看，这才认出是他表兄来咧！

且说恶人贺重五在堂下跪着，正自己暗里盘算主意呢！猛然抬头看见差人带一妇人上堂跪倒，细看原是表妹，顶梁骨上嗖的一声，直如凉水浇顶。不表恶徒害怕，且说朱氏看见是贺重五，往上磕头，口尊："钦差大人，犯妇认得是表兄贺重五，他同我丈夫出门，上京作买卖去了，为何来在衙门？可曾与我丈夫同来此处了么？"忠良座上开言说："朱氏，你去问他，你的丈夫何处去了？"佳人答应，一扭项眼望恶人，口尊："表兄，怎么自己回来？你表妹夫哪里去了？"佳人说到此处，心中惨切，带泪含悲，说："表兄啊！你与你妹夫，还有那佟六商议买卖，你哥儿两个一同出门去了。莫非你两个没上京么？你表妹夫现在何处！快快地对我言来。"贺重五见朱氏问他，吓得泥丸宫内走了真魂，痴呆呆的愣了半晌说："表妹，那日与我表妹夫出门，走到琉璃河住下，到第二日清晨起来，他说往庐州探亲去；我在店里等到晚晌，并未回来。"恶贼说到此处，气得那边佳人大叫："贺重五！无义囚徒！你满口胡说。我们那里并无亲戚。不用说，定是你贪财，害了我丈夫的命咧！佟六拿银子买托于你，你把我丈夫诓出门去，他在家中好作事。越想越是。贼呀！你未曾起意，也该想一想，只为图财，害了自己的亲妹夫，也不怕伤天害理，报应不爽；如今犯事，还敢抵赖。"那佳人，越说越恼，指着那人骂了几声，复又向上叩头，口尊："大人，小妇人只求爷爷报仇雪恨，小妇人死也甘心。"但见她说着站起身来，往厅柱上一撞，要一头碰死咧！施公喝叫青衣上前拦住。佳人无奈，只得回身，跪在一旁。忠良说："你的冤枉，本院早已明白。"说着，就把那店婆告状，自己私访的话，说了一遍。朱氏叩头说："还是大人的天恩，明镜高悬，遍照覆盆之冤！愿大人子孙万代，子贵孙荣。"贤臣点头，随即吩咐州官派人去传佟六的姨夫冯浩、店家蓝田玉。这些话不必细表。

单说施公座上又望贺重五开言问道："我把你这胆大的凶徒，你到底把白富全害死在哪里？快些说来！"恶人往上磕头，不说多话，只说："回大人，小的就知道他瞧亲戚去了，别的事小的实在不晓。"忠良气得虎目圆睁，说："好一个挺死的囚徒，你总要叫皮肉受苦哇。

人来！”差人答应。贤臣说：“看夹棍伺候。”登时差役取过夹棍来，放在堂下。施公吩咐动手。

青衣上前拉去恶人鞋袜，套上两腿，两边的背起绳子来，紧紧的往外边一拉。堂上吆喝说：“着力加劲拢！”贺重五“哎哟”一声，昏将过去。公差手掇凉水，用口往恶人身上喷了几口，囚徒哼了一声，苏醒过来。贤臣复又往下追问说：“从实招来。”囚徒挺刑不招，口尊：“青天，夹死小的也是枉然。”贤臣闻听，气得白面通红，吩咐青衣加劲。青衣呐喊，只听夹棍一响，恶贼叫唤一声，又昏将过去了。公差复又喷了凉水。囚徒二番苏醒过来，觉着疼的透骨钻心，实挺不住了，无奈只得尽情招认。口说：“小的原与佟六相交至好，表妹夫又种着他的地亩。前者，佟六下来起租子来咧。白富全请他到家吃过饭。谁知佟六瞧见他妻美貌，就起了不良之意，要想偷情。白富全又在家里，朱氏的秉性节烈，心如铁石，不能顺手。佟六无奈，千方百计，同小的商议，许了我二百银子，先给我五十两。小的见财起意，与他定计，天天同白富全在一处吃喝，常往他家走动。后来熟咧，又商量作买卖。佟六的本钱，我二人去作。白富全中计。佟六又给我五十两银子，托我把他害死。小的不肯，他又许了我一百两，一共得三百两纹银。如事成之后，跟他上京取银。总是小的贪财该死，我把白富全诓到琉璃河住在店内，只说北乡探亲。路过酒铺，饮到天晚，已下了蒙汗药。走到半路，药性行开，白富全麻倒在地。小的用绳子把他勒死，捺在一座破窑之内是实。并不知佟六怎么又被朱氏扎死。”恶人说罢，叩头在地。刑房一旁记了口供，叫恶人亲自画供。把一个朱氏哭得死去活来。公座上贤臣只气得浑身打战，只说：“真是万恶！真是万恶！”说着把筒签全摔在堂下，教几个皂隶轮换着打，把恶人打了个昏迷不醒。

忠良又望州官说：“你听听，你这境内有这大逆之人，你竟不能办理。险些儿冤屈了良民，教凶徒漏网。”州官吓得只是打躬说：“卑职愚蒙，望大人宽恕。”贤臣又问：“佟六的亲戚与店家，可曾传到了没有？”州官说：“俱各到。”贤臣说：“带上堂来。”州官答应，立即把二人带上来跪下。贤臣说："蓝田玉，查验佟六的行李，都是些什么东西?"店东说："回大人，州尊太爷同差役亲查的。佟六的衣服等物，银子三十两，地契数十张，外无别物。"贤臣点头说："冯浩，你外甥佟六，此处别无亲故，就是你一人么?"冯浩说："是。"贤臣说："那凶徒在世胡作非为，已遭凶报，死之当然，纵再有尸亲前来找问，有州官一面承当；这些地契你拿一张去，将尸首领了去罢。"冯浩答应，忙磕头爬起来出衙不表。忠良又叫："蓝田玉，你无故被屈，身受官刑，乃是月令低微。若非本院到此，只怕你还有性命之忧。你把纹银三十两拿去作生理去罢。"蓝田玉说："谢大人天恩。"言罢叩头爬起，出衙去了不表。

且说贺重五罪犯拟斩决。贤臣一面请王命，将恶人问斩；一面写本，表朱氏贞烈，奏明圣上。写完，眼望州官开言说："贤契以后办事，须要留神仔细，倘再粗心，本院一定参奏。再者，白富全已死，朱氏现在缺少儿女供奉，所有佟六地土交官府照管，每年起租银钱全交朱氏，作为养赡之资。本院亲赐朱氏'侠烈流芳'匾一面。朱氏收殓他丈夫尸首，一切葬埋所用银钱等物，罚你捐俸自备。"州官答应。诸事办毕，施公不敢久停，吩咐搭轿伺候，本日起身，赶紧进京为是，面君引见黄天霸等升官。所有面君升官一切节目，且看下回分解。

第一〇八回　施巡按回朝缴旨　畅春园见驾诉功

话说施公在涿州审清蓝家店一案。把朱氏贞烈奏明康熙佛爷，详请旌表。将凶徒贺重五拟罪，请王命立斩决；恶人佟六业被朱氏扎死，置之不议。朱氏收殓他丈夫白富全的尸首葬埋，一切费用，派州官捐俸自备；朱氏终身养赡之资，均派州官照管。诸事办妥，即日起身进京面君，保举天霸等的功名。乘轿来到北关，吩咐文武官员各归本衙，不必远送。出北关过大石桥，顺大道竟奔北京而来。

黄天霸、关小西、王殿臣、郭起凤四人寻店，主仆安息不表。到了天交子时，施公吩咐外边："快快备马！"说罢站起，迈步出了下处。贤臣上马认镫，随后众人也都上马。天霸在前，众在后，齐撒坐骑竟奔御花园而来。须臾红日东升，老佛爷驾临安乐亭，众内臣侍立，就有该值奏事的内臣启奏："皇爷，施仕伦放赈回都，候旨见驾。"老佛爷闻听说不全山东赈济回来，龙心大喜，降旨召见。这名御前太监领旨出禁地，来召施公。到禁门外，看贤臣在外候旨，高声叫道："施仕伦，旨意下！立刻教你进见面君。"贤臣闻听不敢怠慢，跟随着一瘸一点的紧走。到了园门，遥见老佛爷在御园安乐亭中高居宝座，两边的文武官员，鹄立森排。正是君明臣良，千载之奇逢也。后人有赞诗为证：

升平天子事西巡，几度銮舆幸畅春。
黄拥鸾旗浮有影，红绡跸路净无尘。
百官扈从瞻仪表，万国凫趋答圣君。
千载奇逢龙虎会，随时辅助仰同仁。

内侍带领施公进了辕门，行见主大礼，三跪九叩参驾毕，口呼“万岁”三声。康熙老佛爷怜施不全身带残病，龙意要问贤臣山东赈济之事，时候多了，怕跪得腿疼，扭项望着内侍，降旨说：“朕要问施不全山东放米之事。拿凳子来赐坐，朕好件件问他。”梁九公答应，转身忙取凳子，放于龙驾下边。贤臣忽闻皇上降旨，连忙叩首说：“奴才谢主天恩。”且单言老佛爷心中喜爱不全，龙面含春，漫吐玉音，开口望贤臣降旨说：“朕差你山东赈济军民，且闻山东于六、于七二名强盗劫夺赈米，不知爱卿如何将他拿获？详细奏来。”

贤臣闻听，连连叩头，口尊：“我主听奴才细奏：奴才奉旨赈济山东，出京改扮经商，关太保着奴才在后私行，大轿让于长随施安坐着先行。一日走至漫洼，离村庄甚远，居中有一座三义庙，奴才此时焦渴，遣关太寻水。奴才正在庙中等候，忽然进来了一群人，将弓箭利刃摘下，挂在庙内柱上，马匹拴在庙外。忽听众人说：‘怎么大哥还不见到？咱们先进殿坐等，一定少时必到。’又见他们一个个下马前行，走进殿内。忽见一人听见为臣哼了一声，他把众人复又叫出殿外，他们叽叽喳喳不知说些什么，忽一声一拥齐入，跑进殿来，用手指着为臣开言大喝说：‘施不全！我等乃是绿林中的好汉。你在江都县作官，拿我们的人竟自问斩。正要伙众拿你报仇，哪知你命不该终，逃走进京。内中又有黄天霸跟随，因此未得下手，让你逃回京去。只说你今生不能见面，冤仇难报。闻听你去山东赈济，因此知会众人，寻你不见。哪知你又改扮私行，又不知你是安的什么心。但只好瞒哄愚人，哪知终难瞒过好汉的神眼，见面将你点破。施不全，造定你今落在我们的手内，此乃是狭路相逢。你恰是笼中之鸟，网内之鱼，束手受缚，瞑目而死’。”贤臣言还未尽，把一位英明佛爷吓得一声大叫：“阿拉！”叫声：“不全，你的伙伴不在，他又人多势众，如何是好？你把脱身之情，细奏朕听。”

话说贤臣将山东放赈路途所办之事，一一奏明。佛爷闻听，龙心大悦说：“施仕伦，你道黄天霸自江都县就保护于你，他染病在招商店中，你将他瞒过，谎奏身亡。以往之事，朕全不究，一概宽免。将黄天霸、关小西等宣来见朕。”贤臣闻听，叩头起来，退出安乐亭，来到御园外，将旨宣了一遍。黄天霸等闻旨，即将兵器交给跟班的看守，整冠束带，立即跟随老爷，进了园门，至安乐亭下。五个人站在禁地台阶以下。贤臣走上金阶。佛爷传旨高卷湘帘。贤臣来至御驾案前，众双膝跪倒，口呼：“万岁，奴才奉旨召下役五人随旨朝参。”万岁一摆龙腕，贤臣站起，退闪一旁。圣驾与随侍文武一齐观看，但见个个少年是豪杰武将打扮，都在亭子下跪倒。皇上看罢，龙心大悦，降旨宣传说：“单宣黄天霸见驾。”好汉答应，忙打一躬，上亭来至圣主面前朝参。

看官，贤臣已早把朝礼教演熟练。众人今见施公呼唤，不慌不忙来至驾前双膝贴地，行三跪九叩朝王礼毕，俯伏金阶。

表过康熙皇爷喜爱英雄好汉。一见天霸，龙心甚喜，叫声：“天霸，朕素日闻名，并未眼见。今日你朝参寡人，朕问你祖上籍贯，从实回奏。”好汉答应，口呼：“万岁，民子祖居福建，后又徙居绍兴。民祖是良民之后，姓黄名叫玉龙；民父黄三太不守祖业，家道凋零。自幼好武，异人传授单刀一口，甩头一子，外习飞镖，败中取胜。民父因绿林人，不分皂白，赌气单路独马上京。叩乞万岁赦民子无罪，方可实奏。”佛爷降旨说：“赦你无罪，从实奏来。”天霸连连叩头，口呼：“万岁，民父在皇城沙泥滩放过响马，曾劫过爷家库银。提起民父当灭九族，罪该万死，安心要劫黄爷。可巧万岁进海子猎围已毕，銮驾回宫。民父独骑出了海子红门，走至漫洼，四顾无人，截住老佛爷，单要爷的黄马褂。黄爷不唯不怪，反而开恩，将马褂赏与民父黄三太。民父领赏回家，将马褂供奉佛堂。后来旨意要民父进京，民父自行投首，封官不做，情愿归籍务农，蒙皇爷恩准，放回原籍。民子天霸看破绿林无好，改邪归正，投往江都知县。今日得见天颜，求恩宽恕，举家大小都感天恩不尽。”天霸奏毕，连连叩头。佛爷闻奏，暗暗夸奖，不由天颜带笑点头，叫道：“天霸，朕问你可曾将兵器带来？”

英雄答应说：“现在御园门外，民子见驾，无旨不敢擅带兵器。”

佛爷点头，座上传旨，急令梁九公：“引领黄天霸快把他的兵器取来，朕好御览。”梁九公答应，带领天霸到安乐亭取兵器不表。

且说皇爷往下传旨：“召见关小西见驾；单等天霸取了兵器来，好叫他们当面演武。”内侍官等传旨，立刻宣进关太引领前来，也是三跪九叩之礼，拜毕至驾前跪倒。佛爷往下观看，但见小西年貌当令，英英耀耀，叫：“关太，你把以往从前之事，实实奏来。”小西答应：“遵旨。”未曾奏事，他先照着施大人昨日传授的节目，朝上叩头，口呼：“万岁，民子原籍山西太原府。祖父买卖出身。民子关太，小西是民子别名。在京西门头沟开设两座煤窑。民子好赌博，将窑输尽，倚仗武艺，投入绿林。因偷盗入桃花寺遇见恶僧，来到顺天府告状，后保大人奉旨擒拿恶僧。也曾在通州巡粮，当过海巡。大人奉旨放赈，保护大人前往山东，沿路敌挡众寇。差满回京，拿过许多盗贼。民子功不抵罪，望万岁开恩，宽恕重罪。”关太奏罢，连连叩头。佛爷闻奏，往下开言叫：“关太，你与黄天霸所奏略同。今朕定封你等官职。”言罢，令人带下去。看官，康熙佛爷乃是一位明君，什么事瞒不过这位爷去，只用一问，便知详细。此乃闲言不表。

侍官领下关太去，忽见梁九公带领黄天霸，从园外将兵器取进来放在亭下。天霸跪倒，口呼：“万岁，民子将兵器尽都取来。”老佛爷才要传旨，教天霸演武，忽见施公上前拜倒。他口尊：“万岁，微臣有短表冒犯天颜。”皇爷说：“奏来。”贤臣奏道：“我主御览天霸金镖，必须垂下帘来，方保无事。”老佛爷闻奏，在宝座上微微冷笑，叫声：“不全，你乃文职官，有些胆小。难道天霸心怀别意不成？”施公叩头起来，退出亭外。佛爷叫声：“天霸，把兵器取来，献上与朕过目。”好汉答应，连忙叩首，平身上得亭来，把兵器拿上来与皇爷过目。老佛爷留神观看，原是一口利刃，金镖一十二只；猛见好汉手拿一物，又把虎躯一挺，身形直立，用手往上一举，口尊：“万岁请看。”言罢用手一抖，只听哗啷啷一声，铁链响亮抖开，竟有六尺多长。皇爷与文职一齐闪目，借着日光留神观看。但见把儿有一尺，接着铁链儿，铁链上的那头儿，有酒盅子大的铁疙瘩。皇上就问：“此物是何名?”好汉回答，口尊：“我主，此物名叫甩头一子，打出去忙跟一步，管取敌人之胜。”皇爷传旨，即叫天霸先耍利刃。好汉尊旨，把甩头一子放在地上，将刀拿在手中。但见他蹿蹦跳跃，那口刀耍得上下飞腾，光华一片，如雪片绕身一般。开手耍得一路“朝天子”，二路就是“一统天下定太平”，又耍一路“双手捧日月”，然后又耍一路“童子拜观音”。恍似那七星宝剑腾空，彩凤抖翎，春风摆柳。后耍一路“玉女纫双针”。佛爷观罢，连声喝彩，龙心大喜，暗说道：“黄天霸武艺精强，实然不错。”

且说那些合朝文武、内外群臣，一齐观看天霸这路刀法，令人喜悦。要想那文职官不过是观瞧热闹，但见来往蹿蹦的灵便。那作武官的人，观看天霸那样舞刀，刺砍劈剁，蹿蹦跳跃，体态轻灵，实然的便利，井井有法，人人夸奖，个个喜欢。正看着，猛见天霸将身一纵，这一路刀法更不相同，怎见得，有诗为证：

舞来秋水雁翎刀，闪烁寒光浪欲淘！
海马朝云身屡仰，犀牛望月首同搔。
漫空飞白迷江练，映日摇红吐彩毫。
六合尘氛应已净，趋朝奏捷系征袍。

天霸在亭下耍舞，但见刀光上下翻飞，并看不见身躯隐在何处。宝座上老佛爷不住夸奖；两边文武也是不住点头赞叹，内外群臣正是称赞天霸武艺高强。安乐亭上忽然又听佛爷宝座往下降旨。

话说内臣梁九公高声叫道：“黄天霸快些放刀！佛爷有旨。”他这才跟随梁九公同到安乐亭，在宝座前双膝跪地。老佛爷往下叫一声：“天霸，你的这口刀，寡人观瞧实然不错，朕意要看飞镖如何?”天霸答应道：“民子遵旨。”当下就令：“梁九公，去在对面树上，两边拴定黄绒绳一道，下面挂起射箭鹄子，朕好看天霸的飞镖。”梁九公答应领旨，登时将诸事办妥。梁九公奏明不表。

且说老佛爷金腮带笑，叫：“天霸，你言金镖百发百中，悬针不错。你就立刻下亭去当面试来，寡人过目。”好汉答应：“遵旨。”叩头爬起，转身走下亭来，一屈膝从褡裢内取出金镖，来至对面看了一看，绒绳上悬了三个鹄子。暗说：“活该今日成功，等我格外留心，镖打红心。”天霸心中正在打算，忽听皇爷高声叫道：“天霸快些发镖。”好汉答应，左手托镖，怀中抱月，右手对准鹄子，把手一松。飞镖打出，只听嗖一声响亮，正中鹄子红心。宝座上老佛爷龙心大喜，两旁文武不住喝彩。又听皇爷传旨，叫：“黄天霸打第二只镖。”好汉答应又发二镖，又中红心；复又连发三镖，齐中红心。那些文武官员齐声夸奖。

且说皇爷见天霸连中三镖，不由得龙心欢喜，立刻把黄天霸召进亭来。英雄先把打出的飞镖找回收起，这才在驾前拜倒。

宝座上的老佛爷望下叫：“黄天霸，你的金镖，朕已看过，当真不错。你再把甩头一子施展施展，与朕过目。”当下英雄叩头，口说：“民子遵旨。”皇爷望下问道：“天霸，你这宗兵器是怎么个施展法呢？”英雄见问，口尊：“万岁，若施展甩头一子，乃是一宗绝兵器，要轻，轻似鸿毛；要重，重似泰山。可是两样劲儿，一样打法，悬针不错。夜晚之间，专打香头。如今皇爷要瞧此物，取过一个小茶碗。皇爷遣一位大臣，叫他高举茶碗，站在亭子下边，一面还得抬过一块顽石来。民子按着门路，先打顽石，后打茶碗，不能伤着举杯之人。这是轻似鸿毛，重似泰山。民子话不应口，情愿领罪。”说罢，叩头起身。佛爷点头，传旨准奏，扭项望梁九公叫道：“快取茶碗一个，抬过一块顽石。”梁九公答应遵旨，转身出去，不多时诸事办毕，回来复奏不表。

且说两旁文武官员，方才一闻天霸所奏，一个个又惊又喜，暗暗私语，这个说：“年兄，这件事，还不知皇爷派着哪一位官员呢！举着茶碗这可不是玩的。一失了手，打不成茶碗，人叫他打死了呢！”

不说众官害怕，且说宝座上皇爷降旨道：“宣召仓厂总督见驾。”但见忠良施公越众出班，进了安乐亭，慌忙拜倒。那老佛爷带笑叫声：“不全，今日黄天霸要施展甩头一子，与朕过目。寡人命你托茶碗，站立在亭下边、顽石对面，好叫天霸施展甩头一子，朕当面验看。”贤臣闻听，登时吓了个面目更色，暗道：“不好，这件事活该害我仕伦。若要举碗站立亭下，万一天霸失手，伤损手腕，还是小事，只怕皇爷动嗔，诓君罪难免。若说不举茶碗站在亭下，抗旨不遵，也有罪名。”不说施公暗自沉吟。

且说满朝文武一闻圣上降旨钦派仓厂总督，一个个快意称愿，暗想道：“这宗事正当派他。”内中有被他参过的心怀旧恨，说道：“列位年兄留神请看，但愿老天睁眼，今朝显显报应，一下打死他，才称平生之愿呢！”众人闻听，笑而不答。猛见宝座上老佛爷传旨，叫：“施仕伦下亭去高捧茶碗。”

贤臣无奈，只得遵旨下亭。内侍将茶碗递与贤臣。贤臣接来退出亭外，站在顽石对面，手擎茶碗，叫声：“黄壮士，依我说，你再打别的罢！可可的单打茶碗，还叫人举着，你想这不是叫人出丑么？”好汉腹内说：“我索性吓吓这位施老爷，叫他老人家出出丑，给众官看看。”想罢，带笑口尊：“老爷，何必这样害怕担惊？一个手罢，纵然是打掉了，也不过慢慢的长出，又要不了命。”言罢连忙来至大人跟前，一屈腰将甩头一子拿将出来，用手拿定此物，一抖擞，只听哗啷一声，铁链抖开，手中提定。文武观瞧，但见黄天霸将身一纵，施展武艺。把施老爷吓了一跳，哪里还顾亭子上的皇爷、两边的文武，高声叫道：“黄壮士千万得留神，可不是玩的。瞧着手上可是茶碗，下可是我的手，你估量着，可不是玩的。”你说这一路嘱咐，招的满朝文武暗笑。忽听天霸答应，说道：“老爷只管放心罢！管包要不了你的命。”正说着，一抖铁练，甩头一子一晃，照定顽石吧的一声响，打得顽石四下飞迸。忠良暗说：“不好！”又见他一回手，照定茶碗打来。又听吧！哗啷啷！茶碗粉碎。施公拍手打掌高声喝彩。把一位英明的帝王，只喜得金腮带笑，在宝座上翻着满洲话，不住夸奖。后事如何，且看下回分解。

第一〇九回　达木苏王抗旨比武　康熙佛爷怪罪含嗔

话说康熙佛爷见黄天霸把甩头一子试完，只喜得龙颜带笑，开言传旨，叫黄天霸见驾。梁九公领旨，来至亭下，高声说："旨下！黄天霸见驾。"天霸随内侍进了亭子，来至驾前，双膝跪倒，连连叩头，口呼："万岁。"座上老佛爷笑吟吟地要封天霸官职。忽听一人高声口尊："佛爷，奴才见驾。"皇爷闪目一观，原来是达木苏王。众官一见王爷，不由失惊，俱都说道："这位王爷膂力过人，昔在景山打过虎。天霸虽是英雄，大料非王爷对手。"不言群臣私相议论，且说王爷进亭，在驾前拜倒，口尊："佛爷，奴才要比试较量武艺。"皇爷忽然想起一计，往下传旨，叫声："达木苏王，你与天霸不可比武，你是寡人一家王子，天霸是区区一草莽之民。纵然他有满身武艺，也不敢近你身体。这件事，万一被他打一二下，岂不是当面取辱？"佛爷言词未尽，把王爷气得面黄失色，也顾不得皇爷归罪，口尊："主子开恩降旨，也别论我是王爵，他是庶民，只管叫天霸有什么本领，与奴才较量较量。俗云：'当堂不让父，举手不留情。'那天霸有过人武艺，就打死奴才，不致叫他偿命。"皇爷想罢，往下降旨叫："达木苏王，就准你二人比较。朕有一件，寡人要问问天霸，他要情愿比试，你两个就在亭下较量较量。"只见达木苏王平身退后。宝座上叫道："天霸，你乡民村庄之子。达木苏王他乃金枝玉叶，若是比试略伤着他些，当有罪名；再说他的神力无比。依朕看不与他比试，可保平安。"天霸闻皇爷之言，口尊："佛爷，王子既要与民子比武，民子焉敢退缩。再者，生死由命，富贵在天，即使佛爷待民子天恩浩荡，民子无命，要皇恩也是枉然。今朝既蒙佛爷这番隆恩，命民子与王爷比武，少不得与王爷较量较量。一来权当与佛爷解闷，二则也得看一看民子的本领。”言罢叩首在地。

且说老佛爷一闻天霸这些言词，不由龙心大悦，点头夸奖说：“小厮巴图鲁[①]降扎耶，寡人倒要看看黄天霸与王子较量倒是如何？”

不说佛爷心中暗想，单言仓厂总督施仕伦心中不悦，暗说：“眼看天霸封官受赏，偏逢达木苏王要与天霸比武。天霸虽是英雄，怎能敌得过王爷？”施公心中正自沉吟，忽听老佛爷叫声：“王子。”达木苏王答应，转身来至驾前跪倒，口尊：“佛爷。”佛爷说：“如今你与黄天霸比武。他乃是一个草莽，你是朕的王子。寡人有三件事，要你依从，方许你们两个比武。”王爷叩头，口尊：“佛爷，奴才不知道是哪三件事？”佛爷说：“头一件，你的力大无穷，不许伤着天霜的筋骨皮肉，你要损着他，朕要归你的罪名。第二件，只许天霸打你，你不许打他，若要无有这道旨意，他也不敢近你的身体。第三件，寡人只要天霸在，不要天霸坏，如着伤损天霸的性命，定要叫你抵偿。”达木苏王闻听佛爷的旨意，他也不敢不遵，迈步退出亭外。

且说天霸久闻王子勇猛无比，讲动手未必能服他，心想要使稳当计。他来至王爷面前双膝跪倒，口尊：“王爷宽恕小民。”磕头碰地，竟把王爷哄的一肚气全消，自己倒后悔了，暗说：“哎哟！我错咧！黄天霸乃是个草民，好容易随施不全进京，面参圣驾，实指望得个一官半职的；谁想我心怀不平，一定与他要比武。这岂是孤为国家亲王坐大位的行止？今朝若损伤了天霸的性命，不大要紧，倒教满朝文武取笑，说孤胆量狭窄。只得当着御前走上几步，好遮掩满朝耳目。”想罢叫声：“黄天霸不必害怕，有什么本领只管施展，我给你拳脚上留情就是了。”黄天霸闻听连忙叩头说：“谢过王爷！”说罢，天霸站起身来，掖上衣服，要与王爷比武，望王爷口呼：“千岁！要容让小民。”言罢，施展浑身艺业。两个人一时之间，合到一处。天霸仗着

---

① 巴图鲁，源自蒙古语“Baturu（英雄）”一词，明清时期作为封号赐予战功卓著的勇士。

身体灵便，蹿蹦跳跃，来回游斗，不教王爷抓住。宝座上的老佛爷看得明白，见天霸没教王爷抓住，不由龙心大悦，连连点头夸奖天霸，说："真是个巴图鲁好小厮！若不教王爷抓住，料想王爷也就无能咧！朕在此处倒要看看他两个胜败。"

且不表老佛爷在宝座上观看，单言天霸再不肯近王爷身体。

王子在御园中来回追赶天霸，只跑得口中发喘，满脸通红，龙心急躁，也顾不得身在御前，口中大骂："哎哟！好一个挖不鲁！气死人也！"言罢扎煞两只手，圆睁二目。但见天霸站在迎面说："王爷请啊！奴才一步儿也不敢多走，奴才上过当咧。来呀！有什么武艺只管使罢。奴才也没什么要紧的本事，只会蹿蹦跳跃。"他这话反把达木苏王只气得怪叫怪嚷，口中大骂。

且说亭子上皇爷一见王子如此，又是恼又是笑，夸奖天霸身体灵便。不说老佛爷夸奖天霸。且说王爷见天霸来回跳跃，不能近身，只说："挖不鲁！坏了我半生英名。"言罢一个箭步扑上去。黄天霸见王爷要下毒手，着意留神，等王爷身临切近，只听嗖的一声，轻轻又纵到别处。这位王爷叫天霸闹的没有办法，浑身是汗，口内发喘，也不似从前那样英勇咧！也不肯与他蹿跳了，腹中暗说："好个天霸，我竟不晓得他这样身形轻利！我想赢他，只怕有些费事，这可怎么好呢？"达木苏王一旁暗打主意，要想赢天霸想不出个计策来。抬头忽见天霸迎面站立，满面赔笑，口尊："千岁，奴才只当输了，要不咱俩算了罢！我瞧爷浑身是汗，必是身体乏倦咧！同到御前奏主，奴才情愿认罪。"黄天霸这一片软硬话，把王爷气的直愣了半会，猛抬头一看，但见西北旮旯里可是配殿，一面是倒厅，不由满脸添欢，暗说："要赢黄天霸，何不如此这般，将他挤在旮旯之中，料想他身轻，也难跳出去。"王爷想罢，跳至东边，假意要抓天霸。谁想天霸他只顾躲避，往后就退，直往旮旯里避去。黄天霸再想不到王爷要下毒手。黄天霸他只顾往后倒退，堪堪退至旮旯之中。你说把个王爷乐了个喜不有余？连忙往前紧走了两步，竟把夹道门就遮住了。王爷把龙体一抖，拉了个蹲式架子堵在口。你就往前多走一步也不能，把天霸吓了个惊魂失色。猛抬头见大殿内房子高大，椽子是两层，见明明露着。

天霸看罢，暗暗喜欢，腹内叫着自己的名字说：“黄天霸，你在江湖之中，不是一年半载的工夫，活了二十八岁，跟随施公却有七八年的光景，学成满肚子艺业，无曾施展。到了如今，蒙施大人抬举，把我领到帝王驾前，引见圣主，有本事不在此处施展，还想往哪里去卖？说不得我今把那作贼的本领使将出来，也叫当今万岁看看我黄某，二则惊吓惊吓合朝文武。”想罢，浑身蹭一蹭劲，往上一纵。只听嗖的一声，起在空中，两手一抓，抓住了椽子，复又用脚往上一翻，身子贴在房子前沿。

且说王爷才要伸手去抓，一展眼不见踪迹，不知天霸何处去了，只顾留神往前找。天霸上面一松手，将身一纵，轻轻落在尘埃，脚站实地，站在王爷背后。口说：“千岁受惊。”王爷一闻此言，吓了一跳，转身面带嗔怒，暗说：“好个天霸，赛猴狲一般！我不但无面见驾，岂不叫满朝文武耻笑。”达木苏王正自羞怒，忽然天霸口呼：“千岁，以奴才看，爷驾枉费气力，不如同去面君，只用圣旨一道，传与奴才，包管当下被爷擒住。要像这样较量，只怕使坏了王爷，也不能胜了奴才。”

达木苏王一听，大叫一声：“好个黄天霸！我若不把你活活摔死，誓不为王。”言罢将龙体—蹿，竟奔了英雄而来。王爷心中一怒，那里还顾在御前安乐亭上现有当今万岁，这会子早把自己的命不要咧！只出这口气才好。将身一纵，往上举起手来，只要打死天霸。

且说亭子上老佛爷一见天霸从上跳下尘埃，还是英英耀耀，不由得龙心大悦。才要传旨宣召他两个前来见驾，见达木苏王又去动手，要打天霸；天霸又是照前跳跃不止，教王捉拢不着。宝座上喜坏了老佛爷，哈哈大笑说：“好个巴图鲁哞扎耶！”众臣一齐随着佛爷龙音，大家齐笑。声音太大了些，把位达木苏王笑黄了脸，立刻恼羞成怒，满面发烧，浑身是汗，举目观瞧。只说上面笑声振耳，把个天霸弄的不知什么缘故，只得回头往上观看，不及提防了；后又一扭项，但见王爷蹿至跟前。他喝声："天霸！你还往哪里跑？"相离不远，把个天霸吓了一跳，说："不好！"浑身攒劲，要想跑出圈外，怎能得够？早被王爷一伸手抓住了衣衿。好汉着忙。王子一见抓住天霸衣衿，心中大悦。他想着：若将黄天霸捉拿住，用双手举到驾前献功。万岁要死的，活活摔死；要活的，饶他不死。不过是堵堵皇爷的嘴，显显本领。谁料竟被天霸摔衣走脱。只气得王爷骂骂咧咧，赌气将衣衿捺在地下，还想前来动手。

忽听亭子上的皇爷传旨："宣王子、天霸齐来见驾。"王爷一听传旨，不敢动手，只得来见老佛爷。黄天霸这才随后跟来，一个个敬礼磕头。佛爷见王子来参，他气的满面含羞，佛爷眼望近御叫道："梁九公传朕旨意：宣仓厂总督。"梁九公领旨，来至亭外高声喊道："旨意下！宣仓厂总督施仕伦见驾。"

下边有人答应说："遵旨。"但见贤臣越众出班，来至驾前，山呼万岁，拜首已毕。佛爷叫道："施仕伦，朕只为你保奏黄天霜，前来引见，朕当面看他演武，果然不错，才要封官。谁想王子心中不服。不遵旨意，要与天霸比武，以为定操必胜。谁知天霸的身体轻便，虽无胜过王子，王子总不算赢。如今同着你等文武，寡人要问问他，也教王子自己后悔，也才知道一勇之夫，终久是祸。"言罢带怒传旨，下问达木苏王。王爷答应："奴才在。"佛爷说："你可罪不知罪？"王子方才在下面听见皇爷对施公那派言词，心中已知佛爷动怒，他羞愧无地，摘了帽子连连叩头，口尊："万岁，奴才悔无及矣。"老佛爷座上带怒，传旨快把王子送在高墙问罪。不知这达木苏王罪过到底如何，且看下回分解。

第一一〇回　老佛爷降旨封官　施总漕择吉赴任

话说康熙佛爷龙颜大怒，传旨把王子送在高墙问罪。王子摘下帽子连连叩头。吓得合朝文武互相观望，不敢进言。

且说施大人在一旁暗想道："我如今引见黄天霸、关小西等，所为教他等升官受职，方显施某不负勤劳。谁知达木苏王心中不服，又要与天霸较量武艺。谁想王子又不敌天霸之胜，皇爷心中动怒，归罪于王子。这要叫王子为天霸受罪，一来黄天霸不能升官，二来我施某的名头儿不美。不如我在驾前奏明，将王爷免罪。再请皇爷加封天霸，岂不一举两得。"

施公想罢，往前跪爬半步，口尊："万岁，奴才有短章启奏吾皇圣驾。"佛爷说："爱卿有本，对朕奏来。"贤臣说："圣主要为天霸归罪王爷，天霸罪该万死。不唯天霸负罪，连我奴才也该归罪。望乞皇爷千万开恩！放了王爷，赦免其罪。既然怜惜天霸，要不赦免王爷之罪，黄天霸怎能身受皇恩？"言罢叩头，口呼万岁。满朝文武心中大喜，个个点头不表。

且说皇爷宝座上闻奏点头，叫声："仓厂总督施仕伦，保本赦免王子，依卿所奏。"贤臣闻听准奏，叩头谢恩。又闻皇上降旨，叫："王子听朕谕旨：国法无私，本当归罪，朕看亲王面上，赦了你罪，罚你半年俸禄，赔补黄天霸衣衿，寡人一概不究。"老佛爷这道圣旨下，达木苏王焉敢不遵？敬礼叩头，口说："谢主宽容之恩。"谢毕平身，立刻出了安乐亭，将半年俸禄令人取来，交还内侍，启奏万岁不表。

单说皇上在宝座上往下观看，见黄天霸跪在亭下，身上的衣服撕去半边，令人难看。皇爷点头暗暗夸奖：“好小厮，巴图鲁降扎耶！”望下叫道：“黄天霸，朕见你武艺精通，本领不弱。与王子较量，他将你衣服撕破。朕罚他半年俸禄，料想够了你那衣裳的本了。并非朕偏袒于你，寡人爱你武艺高强，少时朕加封于你。第一要野性收起，不比江湖中任意胡行。第二食朕之禄，须当报效尽忠，莫负雨露之恩。”嘱咐天霸已毕，天霸叩头谢恩。佛爷又望着忠良叫声：“施不全，你保荐黄天霸等，可见你是一派忠烈。从前蒙君之奏，一概不究，理当按功加封。还有余者之人，总算下役，不比天霸、关太二人功劳，由你委派用职。朕封你总漕粮务，巡查河路，查访那赃官污吏。钦赐赤金龙牌一道，上写：‘如朕亲临’四字，不论督府提镇一概钦遵。倘有不遵，许你参奏。赏俸一年，赏假三个月，择吉起身，不必面君请训。”贤臣敬礼叩头谢恩。只听宝座上佛爷降旨，叫黄天霸、关太听封。老佛爷喜爱忠良好汉，龙心大悦！加升施公总漕巡按，外查河路一带府州县道，惩办贪官污吏、土豪恶霸。王、郭等下役几个人，凭施老爷委用何官，另行奏章。贤臣谢恩站起。老佛爷传旨，叫道：“黄天霸、关小西再听朕加封：黄天霸为漕运副将，关太为漕运参将。一同总漕办事，听仕伦调用，与国效力，有功再行升赏。”

二人谢恩站起。皇爷封官已毕，龙袍一挥，文武散出园来。施公与合朝文武拉手道喜，俱各不表。

贤臣与天霸、小西等众人上马，回到私宅，与合家大小见过了礼。同僚亲友贺喜不表。三个月假满，打点起身。老爷将王殿臣、郭起凤二人暂行委漕运守备，妆着施公坐轿先行，到天津驿等侯。老爷进内辞别父母、兄嫂、妻子，带领天霸等，俱是买卖人打扮。下人服侍贤臣。等众人上马，小西、天霸俱各上马，穿过街巷，出了齐化门，要从通州奔天津而行。正走之间，贤臣猛然想起一件事情，眼望计全开言说道：“你快快回去把施孝叫来，我在八里桥打尖等候。”计全答应，拨马回走，去叫施孝不表。

且说贤臣与天霸等，复又催马，行不多时，早到八里桥。路旁有座饭铺，三人一齐下马。铺中跑出两个小伙计来，把马拉去。主仆三人进铺饮茶。天霸伸手擎壶斟了一盅，递与贤臣，然后才是小西与自己各斟一盅。忠良手擎茶盘，口内讲话："二位，你们看这铺中好茂盛的买卖，满桌上净是要酒要菜的。"天霸说："此处离京三十多里，正是打尖的地方。"

好汉的言还未尽，只听对面座儿上，有一人大喝："过卖的！太瞧不起人咧！太爷进铺坐了这一会子，也不来问问，是要什么东西，难道吃了不给钱么?"跑堂口中说："来了！来了!"连忙往那边走去。天霸这边留神，观看那个人，却是怎生的打扮。但见他：身上穿黄色小夹袄，一条搭包系在腰间，下穿紫花布的鸡腿裤子，绑在磕膝盖中，鱼鳞靴子足下紧登；又见外有一顶草帽，放在行李上面，小小褥套捆着链绳，旁边掖着双拐，拐头上明晃晃的露着枪尖，还有个钩儿带在枪上，这样兵器甚是眼生。细看他年纪不过四旬开外，身材不高，约有四尺有零；鹰鼻相配微须，两扇薄片嘴，眼大眉浓。天霸看够多时，不是客商买卖，不是庄农人家，又不像江湖绿林。看样也不过黑夜挖窟窿，作些营生而已。听他言语很像外路声音。

且说堂倌听见呼唤来道："要什么东西，请爷快快说明。这铺中伙计短少，说完了我还照应别的主儿来呢。"那人听见这些话，心中不悦，带怒开言说："你怎么忙，你就替我要了饭罢。"堂倌说："我的爷，我知道你老人家吃什么东西?"那人说："我知道你铺子里可卖什么东西?"堂倌说："你老人家要上个老渣豆腐，烙上两张饼，盛两碗饭，作一个常行汤，就很够吃咧!"那人说："这是好主意呀！我问你那盆内的鱼，案上的肉，都不是卖的么?"堂倌说："爷，这么着省些钱。难道我们卖饭还怕大肚汉不成么？你老人家要吃鱼呢，是糟鱼，是酥鱼，锅贴鲇鱼，溜鱼片，烩甲鱼，烩白鱼；要吃肉呢，烧紫姜盐煎肉，排骨，丸子，炸肉骨碌儿。"那人说："不过这几样儿？这还没有我们南边小豆腐铺子菜多呢。听我告诉于你，买卖人和气为本。哪个吃了不给钱？别论衣服品貌，别欺负外乡人。在下教导于你，往后不可如此。我今日就是依你主意，给我个老渣豆腐，两张家常饼，两碗合汁面汤，还要宽大碗盛着，越多越好。吃完了好登程。”堂倌闻听，照样传下去，这才照应别人。

这边的施公、天霸、小西用茶已毕，放下茶盘。贤臣叫道：“堂倌！”堂倌答应，走至面前带笑开言说：“大爷要什么？”贤臣说：“我们三人要用饭。四两酒，给配四样菜，饼饭一齐来。”堂倌答应，先把碗筷、酒杯、菜子拿来，然后酒饭一时端来，放在桌上。天霸拿壶先给大人斟上了一杯，放在面前，然后与关小西合自己斟上。施公说：“二位伙计，你我还要走路，咱们就是这四两酒哇！我就是这一盅；你们俩把那一壶喝完，吃点东西好走路。”二人齐声答应：“很是很是。”

正然说话，只听铛响，大人望着跑堂的开言说：“伙计你来，如有现成的饼拿一张来我吃。”过卖答应：“有哇。”说着走至柜内拿了两张饼，放在两个碟子里头，给贤臣放下一张，那一张才拿到那人桌上放下。那人一见，带怒开言说：“我要了两张饼呢？”堂倌说：“爷爷先吃着这一张，赶吃不完，就得了那一张与你。”那人说：“我要了两张，你们刚才要真忘烙了一张，我倒没的说。分明烙得了两张，你们为什么卖与别人？别人给钱，难道我是白吃么？我也给钱。此处离京不远，难道就不讲礼了，也没个先来后到吗？任凭是谁，自己既要吃饼，就该自己要。为什么人家要的，他吃现成的呢？我想这个吃现成的人，就睁着不开眼。”看官，这人因为腹中饥饿，才进铺内打尖，偏偏的跑堂的瞧不起他，他就一肚子气，有心要望跑堂生气，心中想着他又不值，满肚内成心要斗气；他见施公把他要的饼，留下了一张，又见老爷那种相貌儿，很无人样，他心中就有好些不悦。方才说的这些话，何尝是冲跑堂的说呢？正是冲着这边桌上说呢！忠良本是一位文官，又是人臣极品，自尊自贵，宽宏大量，还恕的过去。像黄天霸、关小西他二人如何忍耐？听见那人说些闲话，你看我，我看你，互相观望，窃窥大人之意，但见施公总不动气，只管自己吃饭，二人只得权且忍耐。

猛见那人眼望堂倌复又开言说："你这是怎么样呢？"堂倌回说："少不得给爷另烙张饼。我本来错了，望爷爷宽容，不然另要点别的吃。在下情愿候了爷吃。"那么他更动了怒咧！站起身来，用手一指说："你满口胡言。太爷有钱才进铺吃饭，什么要你候？打谅太爷无钱。"说着话将银拿出说："这银子全给烙饼。"将银往桌上一摔，说："可恨堂倌瞧不起人。给我烙出来，摆开凉着；零碎吃点心。"那人越说越气，往堂倌脸上打了一巴掌，口鼻鲜血直流，只听叭的一声，堂倌咕咚倒在地下。掌柜的过来满脸赔笑说："我的伙计错了，望爷抬带一二。爷照顾我一文钱，你就是我的财神爷来了。"说着屈腰打了一躬。那人一见哈哈大笑说："掌柜的，你家伙计我倒不恼，我只恼那个人吃现成的。既知道吃饼，不会要吗？算是学吃学穿。"施公闻听此话，眼望小西、天霸说："二位伙计，你们听听，那边那人分明是说你我呢！"天霸要去问他去，施公未曾答言。小西先就立起身来，眼望那人说道："你休要胡言乱语，此乃天子脚下，若讲豪横不成？管教你吃苦，不服就咱俩试试，打完了，给你个地方。"那人闻听说道："来来来！咱俩出铺去较量较量。"说罢一齐跳出铺去，就动开了手咧！

看官，那人也是江湖中一条好汉，他却不在绿林里，前已表过，也不掇门挖洞，也不偷猫盗狗，却在水中凿船。皆因此条河路中，常时有船行走，他探得有什么上任的大官在某处上船，他好在后跟随，得便下手。因打尖过卖瞧不起他，他是一肚子没好气。这些闲话暂且不表。

且说天霸又站在铺门口高埠之处观看，但见两个人打了个难解难分，竟不见输赢。豪杰心中暗想说："这个人使的拳脚全是我家的门路，那是打哪里来的呢？从未见过这么一个人。"好汉惦记着老爷，复又进铺，看了看旁边的人，俱各出铺瞧热闹去了。忠良见好汉来至跟前，低言问说："小西胜败如何！"天霸说："大人只管用饭。小西若是不能取胜，大略也不能吃亏。"贤臣说："你还出去瞧瞧，要不然，给他们和解了罢。"天霸说："大人只管放心，那人进铺子的时节，我瞧着他就有些眼岔，皆因他长了个贼样式。就是小西不能取胜，我还要并力擒拿，要问他的姓甚名谁，家乡住处?”贤臣点头。天霸转身出去，来到饭铺门口，留神观看。但见二人在十字街前，还是争斗。此乃是通衢大道，登时聚了人山人海，如上庙一般，拥挤得铺门风雨不透。

掌柜的说：“合该今朝倒运，这买卖还怎么作？众位爷们劝劝，只当行好。”来瞧的人们，个个相视，不敢上前。且不言铺门口争斗之事。再说计全奉大人之命，回京叫施孝去，登时进了齐化门，来到施侯爷府门前下马，望着门上之人说了一遍。门公闻听，入内回禀了太老爷。这太老爷叫施孝说：“你二老爷叫你有事，就同来人前去。”施孝答应，连忙备马，二人门外搬鞍，登时出了朝阳门，顺着大路，竟扑八里桥而来。不知计全怎么认识那人，且看下回分解。

（参与本书相关工作人员：孙蕾、德臣、洪生、邱政、清秀、雪莲、玉琴、孙婷、淑珍、金焕、黄琼）

施　　公　　案

（中）

佚　名　著
苏　子　校注

金盾出版社

第一一一回　计神眼巧逢故友
鱼鹰子扶保贤臣

话说计全同施孝来至八里桥铺门口外，但见人山人海，如上庙的一般，见天霸也在高处立着观看，叫声：“老兄弟，这是为什么?”黄天霸说：“你先见了大人，回头再说罢。”计全同施孝进铺门，走至上房，见了请安行礼毕，口尊：“大人，关太哪去了?”贤臣说：“关太在铺门口与人争斗了半天咧，不分胜败。你也看一看去。”计全翻身出上房，走到铺门口外，见围着一遭人。用手分开众人，挤将进去留神一看，连忙说道：“关爷别动手，是自己一家人，怎么打起来了?”小西住手。那人回头一看，认得计全，连忙紧走几步说：“多年没见了，如今现在哪里?作什么勾当?”计全说：“说起来话长，且到铺中，有话再讲。”说罢，又望瞧看的人众讲话说：“列位散了罢，一家人拌嘴，也没什么瞧头。若不散我就说别的了。”

众人闻听，除了本铺中吃饭打尖的，余者剩下的俱各散去。黄天霸也来到跟前。计全用手指着天霸，望那人讲话说：“老弟你怎么不认这位黄爷吗?”那人说：“小弟总在南边，当时到了此处，又搭着小弟眼拙，竟有些难认了。”计全说：“拿耳朵来，我告诉你。”那人附耳到计全的嘴边。计全说：“他是你师傅的儿子，名叫黄天霸，四霸天中的第一霸。十五岁出马为绿林，后来改邪归正。现跟着总漕施大人，新近引见万岁，封他巡漕副将。只因大人私访，改扮作经商客官行景，我在后边有点公干，这才来到。方才与你争斗的姓关名太，别字小西，也是跟随总漕大人，官封巡漕参将。劣兄先在直隶一带，后也洗手归了正咧！因在头郑州遇见天霸，多承他引见，跟随大人进京。如今又往淮关去，催趱粮船，沿路访拿赃官污吏，霸道强梁。不知老弟因何来到这里？如今意欲何往？”那人低声说：“我在南边专走水路。所作之事，难道老哥不知道吗？去年冬天有点积蓄，尽都输净。这如今河路开通，来到这边，想作些营生。因打尖，就斗起闲气来了。谁知又遇恩师之子？要不是老哥说破，一家不认的一家咧！”那人拉住天霸亲热了亲热。计全说：“黄老弟，不认的这位么？此处人多也不必细讲，等你见过了大人，路上再讲罢。”二人齐说：“言之有理。”计全叫小西也与那人拉了拉手儿和解了，这才一同进铺。

计全先到施公身旁，附耳说了句话。忠良心里这才明白，点头说：“既然如此，先不用见我。你同他与施孝大家用饭。”计全答应，那人与施孝回到那张桌上，一齐坐下。饭铺里掌柜的上前开言说：“大太爷你的银子、行李，全都交代明白。其错全是我们伙计错。那个嘴巴算是他白挨了，但愿你们爷们无事也就罢了。”说罢拱手而去。但说众人两桌上，俱各将饭用完，算明饭账。贤臣把施孝叫到跟前附耳说：“你把你骑来的马留下。你雇一个牲口赶到前途，告诉施安等：叫他们路途之中别延误，准在天津等候本院。快去罢！”施孝答应，雇驴前去不表。

且说天霸打开行李，拿出衣服来给那人更换衣服已毕，然后请贤臣出铺，服侍贤臣上马，又将行李搭在马上，叫那人骑上。大家也都搬鞍上马。计全紧靠施公的坐骑，关小西在马上拉着驮子，离了八里桥，竟往东奔。贤臣在前，众人围随在后。计全马上躬身，低声口尊：“大人，那个人家住江南常州宜兴县，跟随黄三太学习武艺，因为绿林之中人多，故此在水路单身独行，自作营运。提起来此人本领不小，手使双拐，拐上带着枪钩，无人敢挡，水内能睁眼看人。如有仕官行台、买卖客商一切船只，专使枪拐凿漏船底，劫夺金银。在水内能住三日三夜，饿了活吞生鱼，因此外号叫作鱼鹰子，本名叫何路通。就是旱路上，拐枪钩也能抵挡四五十人。大人今往淮关，常住水路之中，难保无事。若依小的愚见，不如收他一同前去。”施公闻听，满心欢喜，说道：“就依你的主意，何不与他当面讲明此事？”计全点头答应，带笑连忙勒马，让过施公去，扭项望着何路通带笑开言道：“劣兄有句心腹话告诉贤弟：为人须习正道，世上百艺俱能养人。想你我幼年之间，不务正业，打劫为生，空混了半生，年纪都不小了，须当想个养老的主意，才能保得住，收个结果。你瞧哪一个挣下房屋土地咧？一辈子不落人手，这就算头等的光棍。谁能像黄三爷硬劫当今圣驾，成此名就，洗手不干咧！又养了个好儿子，十五岁上就出去露面，四霸天中数第一，江湖尽晓。难为他去邪归正，挣了个副将前程，年才二十余岁，又搭着他那一身武艺，又有施老爷提拔，何愁不高升？我如今跟着他吃碗闲饭，冻不着，饿不着，我就算知足。像贤弟，依我的拙见，何不跟着大人南巡？路上但能立一两件功劳，大人回京时见驾面圣，只要当今圣主一喜，你的功名有份，强似一生落个贼名。不是愚兄小看老弟，你未必能到金镖黄三太、红旗李八太爷那等分上。把这个事你得看破，难道你就不是江湖中人么？但只一件，如今的时事又与我年轻的时候光景改变了好些个。怎么说呢？你我也老了，王法也紧了，这时候想不出个收场结果来，也就难为了一世男子。我说这个话是与不是，老弟自己酌量而行。”那人闻听计全之话，回道：“老哥不忘旧日交情，才领小弟正道上行。多承老哥指教，小弟情愿跟随大人南巡，烦老哥回复大人去罢。你说我不为保举升官，但愿饱食暖衣，到老善终就足了意咧。”计全答应，前来回禀大人，就把那人情愿跟随的话，回了一遍。贤臣闻听，满心欢喜，一同催马东行。

忽听行路之人说道：“明日里江寺庙热闹非常，各处之人烧香，贤愚不等。你我进香是善士，内中就有趁势作恶的。”

贤臣马上闻此话，腹内说：“久闻此庙热闹，招聚凶徒匪类。再者，又有船只来往，是五方杂地，其中必有凶徒恶棍，倾害庄村黎民。何不去暗访？”忠良想罢开言说：“众位伙计，你我去到里江寺附近左右，寻找个房子住一夜，明早进香还愿。”

主仆催马前行，直奔里江寺走。走不多时，忽见前面人马车辆往来，行人不断，独有一人在路口站着不动。是什么缘故呢？前已表过，贤臣先教小西前去在里江寺附近庄村找房，将房找妥，在三岔路口等侯。每逢这里江寺开庙的时节，各处的人俱来进香还愿。这座圣母庙叫作护国佑民宁河保运观，有船来往，再无不来进香的。人烟凑集，甚是热闹，房屋店口不好找。可巧离庙不远，有座小乡村，名叫杏花村，属通州管。

此处有个埋名的财主，姓刘名好善，为人老实忠厚。他家的房屋最多，见里江寺开庙进香的人不少，他就想了个生财之道，腾出些闲房来开店。关小西找到此处，见房屋干净，与他的家童说明，将上房留下。小西将马接好，到三岔路前来等贤臣。

不多时忠良与天霸、计全、何路通俱各来到。贤臣看见小西，开言便道："你找的房如何?"小西说："有了。"说罢回身退步，当先引路，登时来到村中。施公在马上举目观看，但见村中夏木荫荫。来到刘家庄仔细看瞧，青堂瓦舍，门楣焕然可观。门前四棵龙爪槐，用架望上托着，树旁黑漆大门。贤臣在马上满面堆欢，说道："此处最好。"小西拉缰接过鞭来，服侍贤臣下马。众人俱各都下马，派店中搬运行囊不表。

且说贤臣进店，来到上房举目留神，但见芦苇扎棚，正面高悬一匾，上写'致中和'三字；匾下接着一轴画，原是韩文公走雪图。左右相配一副对联，一边是："一窗佳景王维画"；下边是："四座青山杜甫诗。"字画下放着条案。炉瓶三式，放在中间。案边放着四张圈椅，堂中是铺炉子火炕，炕上铺着白毡。客房两间，暗着一间。里间屋一张红桌放着胆瓶①、帽架。旁边也有两把椅子，蓝布椅垫。靠着南窗一铺大炕，炕上也有一条大毡。老爷看罢，椅子上坐定。天霸高声叫道："来个人!"但见有年幼的人走进房中，他本是刘家的门童，生来伶俐，连忙带笑说："若要茶登时就开；洗脸水也温上了。"天霸说："你把我们的马，叫人拉出去遛遛。天也不早了，即刻收拾饭来，不论什么，只要爽利现成，休得迟误，快去!"店小二答应，连忙走

① 胆瓶：暖水瓶的俗称。

去。不多时先将茶、洗脸水送来。贤臣与众人净面吃茶。不多时天色已晚，秉上灯烛。店小二进房说：“众位太爷，是一席吃，还是各自用？”贤臣说：“我们是一席用。”又说：“先烫半斤酒来。”店小二答应前去。

贤臣居中，四人陪坐，分为左右。店小二将盅、筷、小菜端来放在桌上，又将蜡烛拿过来放在桌上，这才端酒菜。天霸把壶斟酒，先给贤臣一盅，又将二盅与何路通斟上，口尊：“兄长，担待我小弟愚蒙，当面不识，多有得罪。”何路通连忙说：“不敢不敢，这算贤弟多心，愚兄也跟随大人，更算一家人了。”贤臣点头。天霸又斟三四盅与计全、小西，然后自己斟上一盅。大家把杯饮酒。店小二端上菜来，放在桌上，恰好俱都爽口。鱼鹰子又斟三四盅酒，奉敬贤臣，口尊：“大人，八里桥饭铺之中，多惊钦差爷驾，望乞宽容。”忠良接杯，带笑开言：“四位壮士听我告诉，这一去淮关上任催漕，大家须当努力齐心，帮助施某办理事情。差满回京，本院面圣乞奏当今，有功之人一定加封。但能身沾恩宠，封妻荫子，强似身在绿林。”四人一齐点头，说道：“老爷天恩，如同再造。”说罢复又斟酒。大家齐饮，叫店小二添汤添饭。大家饮毕吃饭。用完饭，店小二撤去家伙，擦抹桌案献茶。贤臣擎茶杯开言说道：“此事蹊跷，心中纳闷：明白是处娘娘开庙门，可别的进香人，为什么不住此处？难道有人走漏风声，知道施某是钦差按察，故此不来此处住店？”天霸说：“此处大略无人知晓。离此不远有大店，差不多的都住那里。”好汉言还未尽，只听店外喊叫，有人口中直骂：“店小二狗娘养的！太爷们来到，你不伺候，看起来豺狼摘爪，吃了你的心！”天霸闻听，心中纳闷：必是来了一伙绿林。且看下回分解。

第一一二回 施贤臣假扮香客 众绿林群争店房

话说施公与黄天霸、关小西、计全、何路通讲话，忽听厅外面有人大骂说："店小二你这狗娘养的！明知太爷们来到，不能早去接驾。"说着要动手来打。店小二急忙跪下说："太爷息怒，小人叫那上房人躲避就是。"那人说："快去快去，你叫那香客即时让过上房，否则杀将过去，性命不保。"小二连声答应，抱头鼠窜的去了；不进上房，竟自咕咚跑进内宅客堂，见了主人哽咽不止，放声大哭，正不知所为何事。

且说店主人姓刘名望山，祖居此地，幼读诗书，稍知礼义；娶妻李氏亦能持家。当时见了小二慌张而来，恸哭不止，大家吃惊，连声问道："是谁难为与你？所因何事，如此悲恸？细细说来，我有主意。"小二见问，拭泪开言说道："今有五位香客，俱有马匹，让在上房居住，岂不是一件好买卖？却不想去年那伙恶霸，今天晚方才进店。被他一顿吆喝，骂个不了，硬要上房。我以好言答应说：上房早有香客住下。他立时抓住，拳打脚踢，闹个不了，依旧不饶，立时要叫香客让他上房。小人不才，请主人去作主。"刘望山听这一段言词，倒觉作难。且按刘望山之为人，纵有大难之事，自彼处之不甚难；其为人也惯于应酬，巧于机变，奔走趋承，随高就低，因此有个绰号称刘祷告。此时他同小二出了内宅不提。

且说施大人在上房中，虽然不知原委，却是件件听真，心中纳闷。天霸虽亦自沉吟不语。何路通、计全满心不悦。关小西忍耐不住，叫声："众弟兄们都听见么？天下哪有这等无情无理之事？哪有这等霸道行凶之人？我关某若不是保着总漕大人，定拿了他送到地方官处，锁押正法，亦不为太过。”言还未尽，大人坐上带笑开言说：“众位英雄不必如此。事情看冷暖，莫逞一朝之忿，方是远大之谋。”

正议论间，忽见一人走进房门，见了大人打躬行礼。众人都带笑谦让。你道为何？一则康熙年间尚无顶戴之赐；二则大人与天霸诸人，俱是香客打扮。施大人是不知者不怪罪，故店主人一同对平常香客称呼。当时行礼已毕，店主口尊：“列位爷台，小人有一事相商，不知肯容纳否？”施大人故做不知，说是：“有话请讲。”这刘望山本村人，都称他刘祷告，果然名不虚传，专能弄乖使巧，心苦嘴甜，当时见问，说道：“十方香客爷们，我有一事，甚难出口。值此万不得已，只得前来奉禀，准与不准，但求容申一言。外面来了几个豪气客官，甚是凶恶，不讲礼义。去年香火之间，就住在这店里，俱各骑跨大马，身佩弓箭，好似凶神一般，还是硬要上房。望求爷们开恩，让他一让，小民举家不敢忘恩。”说犹未了，那关小西早止不住，喊叫一声，说是：“不好了！不好了！可气死我了！你快快出去，叫他前来抢夺上房，我关某不怕他三头六臂，定要见个胜败输赢。理有短长，事有先后，天下哪有这样不懂情理的人？这岂不是惹事，出人意外？”店主闻听这般言词，只是发愣，不敢作声，痴呆呆站立一旁。不言店主迟疑不决，再说何路通见了光景，开言说道：“店家，像你这等没主意的，如何办得了事？你再回去细细看他什么模样？姓甚名谁？或者是久闯江湖，闻名振耳，我们就让他上房。他若是无名小姓，凑胆子欺压平民的小辈，你叫他赶紧爬开，莫令老爷动怒，那时节玉石俱焚。快快出去问他。”

且说刘店主，人称祷告，到此时无所祈祷，无门控告，嘴甜也不济事，心苦也无所施。事到其间，只得强忍，思用反间之计，或者脑袋可保，也未可定。只得同小二来到厢房，双膝跪倒，口尊：“太爷容禀一声。”那些人正等得着急，见了店主，喊骂不绝，说：“狗娘养的！你有话快快说来。”刘望山口尊：“太爷不要动气。不是小民怠慢，只因那上房住的香客，更加来得凶猛，出言不逊。他叫我问问爷们姓名，如果是天下驰名的，便可相让；若是声名不重，小民就不敢说了。”只是磕头不语。那人越发着急，举起刀背打到肩上。店主好不疼痛，“哎呀”一声，他见刀举起，只得爬半步说：“小民说是了。”那人喝道：“快快说来！”店主说：“那人言道：若是无名小姓的，休想要住上房，叫你早早溜了为上；若稍迟慢，他便打进房来，碎尸万段，马匹全都留下。这是上房之人说的，小民一句也不敢虚言。”那人听罢，说是：“你且起去，与你无干。你回去说：太爷们本是江湖客，提起名来，天下皆闻。你叫他一步一拜磕上房来，便就无事；不然杀进上房，一刀一个，尽夺他们行囊财物，那时后悔也就迟了。”

店主听罢，急转上房，一句加两句地诉说了一遍。施大人将始末根由思量，说：“此等必是绿林中人。众伙计们不必与他较量，即让了他上房，又便何妨，何须生此闲气。不知你们意下如何？”小西闻听大人一段言语，说：“我有一计可擒拿此辈，更无他虑。烦计大哥前去跟随店东认他一认，果是江湖有名之人，其中必有认得的，那时便好晋接礼让，不失义气；倘若一位不识，必是无名小辈，土豪下流，那时再拿治罪，也不为迟。”施公闻言说：“此乃两全之计，就烦神眼一往如何？”计全带笑起身，随着店主往外行走不提。

且说店主刘祷告，此时心中一发疑惑，无所区处，想：上房中这伙人的言语，也必不是好人，是我有眼无珠，不识好歹。亏得他们量宽，日后切不可想此外财。正在胡思乱想，一抬头时早听得那个人大骂说：“这忘八羔子！一去又是不来。”正骂时，隐隐似有两人走进房来。店主旁边一闪。后面计全抬头举目，看不真切，猛听一人声音甚是耳熟，忽然想起说道：“那不是公然李五爷么？”李昆闻言忙答道：“你是何人，知吾草字？店家再点些灯来。”及时又点一灯。计全已到公然身旁，两下一看。李昆连忙问道：“老仁兄因何至此，这一向可好？今于此地相逢，真乃万幸。不知有何贵干，到了此地？”神眼见问，口呼：“贤弟，想咱们哥们自从任邱县内见面，多亏贤弟助咱，拿住了一枝桃。成功之后，扶保大人进京。圣上一见大喜，加封施公升为总漕之任，黄天霸升为副将，小西随漕赴任，却是参将。今日假满出京，先派人天津理事。施大人扮作商人，暗暗访查事情，今晚寓此店内。却不想与贤弟相逢，真乃万幸。不知贤弟因何到此？”李公然带笑开言说：“愚弟此来，为别人事情。这天津每因粮船一到，必要争帮打仗。愚弟应邀约请，意在助一阵，因此方来。既是施公与众好汉大驾到此，烦仁兄回禀，在下愿求一见，不知如何？”神眼闻听，连道：“好好，贤弟略候半刻，我回去一提，天霸必然出来迎接，就好拜见。”公然连称：“不敢，但求容我拜见，三生有幸。”

神眼回身转入上房，未及开言，天霸忙问道：“看看却是如何？”计全说：“你料量着是谁人？先猜上一猜。”天霸摆头不知。计全说：“莫要性急，我给你一闷字，看你聪明如何？说起那屋里，闹的却是个神。”天霸猛然省悟说：“莫不是神弹子李爷。”计全笑说：“正是此人。”天霸说：“既是公然，何不同来一见？”计全说：“他有此意，要求拜见大人，与贤弟们一会，因是许久不见，未敢造次，故遣计某前来回禀。”施公闻言说道：“李公然真异人也！自任邱县拿谢虎的时节，合朱光祖助我成功，飘然而去，真是一尘不染。今于此地邂逅相逢，亦为有幸。黄副将理当出去接迎，前来一会。”话犹未了，只见天霸转身出来，说：“李公然李五爷在哪里？”李昆闻言说：“那不是黄老弟兄么？”你看两相趋承，一团说笑，真是同声相应，叙离别渴想之情。公然遂将同伙人一一指出，都与天霸叙礼已毕。二人即转身同进上房，参见大人，说：“言语上冒犯尊颜，伏望包涵为幸。”施公连忙说：“壮士请起，休得太谦。前者拿捉谢虎，多亏壮士助我成功，未当面谢，时刻不忘大德。今于此地相逢，真乃三生有幸。”李昆复又曲背躬身，口尊：“大人，外面还有在下同类之人，共十九个，皆是久仰大人贤德，无由拜谒，不知肯容纳否？”施公开言说道：“人以类聚，物以群分；既与壮士相交，必然也是豪杰，请来一见，便有何妨？”李公然闻言告退出门，招呼朋友，一同进了上房，见了施公一齐跪倒，高叫：“大人在上，我等都不是好人，俱在绿林为响马。今晚得见钦差大人大驾，真乃万幸。”大人说：“不必行礼，请坐。”众寇闻听，一齐起身，各按次序归座。天霸又叫鱼鹰子相见，各通姓名，序了年庚，互相问好。店东在外听得这等称呼，不等吩咐，忙叫小二擦抹桌椅，设摆杯箸，立刻叫人设摆酒席，明灯高烛，不亚如肉山酒海，设摆数桌。众人敬施公首座，然后挨次坐下。众人斟酒让菜，满屋的大说大笑，各吐衷情，尽倾肺腑。正在喧哗之间，猛听外面连连敲门。

话说李五闻听外边敲门，站起口尊："大人与众位俱莫须动。来者又是江湖中朋友，待我出去看看。"随叫店小二提灯引路，走至大门。小二将门开放。李五观看，说："那不是七侯贤弟么？"白马李七看见公然，叫手下人一齐下马进店。小二将门关好。公然口呼贤弟说："这个店中住着钦差施大人和飞镖黄天霸。劣兄方才会过大人，真是礼貌谦恭的封疆。贤弟须要拜见，不得轻慢。"李七开言说："有理。你我虽在绿林中，最喜忠臣孝子。况有黄老兄弟，犹属令人可敬。"言罢转身往里就走，口呼："黄老兄弟在哪里？一向别离，未得相逢。李七今日亲来拜望。"天霸闻言，翻身向外迎接，手拉李七，说是："久违仁兄尊颜，一向可好？今日天遣相逢，何等万幸！你叫众伙计前来一同参见大人，然后叙礼。"李七一声招呼，一字儿排开跪倒在地，口尊："大人在上，李七等叩头。"大人连忙站起身来，说是："不敢不敢，本院有何德能敢劳壮士行此大礼？快些请起。黄副将请众位叙坐饮酒。"李七等起身，再与天霸、计全、小西等一一叙礼，各通姓名。依旧让了坐位，重整杯盘，再添酒菜，欢呼畅饮。

施大人不知众人之来意，擎杯带笑，口呼："壮士，施某有一言请教，众位之来意何如？"李昆闻言欠身应道："老爷不得尽知，请听一言：因为粮船来到天津，各要争帮先交，皆不落后，故此各帮皆有约请的人，预备打仗。我被苏州帮约来。杭州请的白马李七，大约各帮都约下人来，只等五月十三日，在三岔口会战。句句实话，一字不敢蒙哄。"大人闻听，不知英雄们前来聚会，主何意思？天霸说："列位请讲明白，即有不妥，大人也不怪。"七侯说："杭州帮上约会我，苏州请了李公然，如若不来，便是失信于人。来时各站一帮，恐伤兄弟义气，因此约下杏花村相会中，再审区处之计。"施公闻言，连忙说道："真义士也！从古豪杰不过如此。"李昆说道："大人过誉。"

施公说道："某有一言，说来大家商量。到了日期，各执兵刃上船，只是虚张声势。我发文书，调拨人马兵将来助威，威镇河蛮，不须动手。那时出示晓谕各帮。哪个不服，拿他治罪。平安之后，酌为定例，政平人和，永无争帮之患。众英雄代为审量可否？"众人听了，各个称能道善。李七复开言说："还有一事，未禀大人得知。杭州帮内有位姓侯的，名叫花嘴。生得五短身材，使两根李公拐，闻说他是异人传授。苏州帮内有一北方人，身在绿林，手使一根亚靶枪，身高体大，外人多称他蒋门神。此两个人另宜防备。"大人未及开言，天霸一旁不悦，口称："仁兄，休道他人武艺，灭却自已的威风。据我看来，不过狐鼠小辈。你们制住船蛮子，莫使混乱了战场；我与关小西专拿此二人。若有疏虞，从重治罪。"施公听罢，暗暗忖度道："大事成矣！"口称："众位助我，平定此事，上报国恩，下救多少人命，俱有功德。须尽心力而为之。今日天气将晓，且请自便。"

单表五月十三日，在三岔口会面。小二收拾了。施公叫：不必算账，赏了一大锭银子。众寇各备能行，奔了大路。天霸吩咐店家：勿得漏泄，恐有大祸。请大人上马，然后众人各跨能行，簇拥着大人前行。计全此一路上笑语闲谈，不觉日色西沉。天霸说："你们保护大人缓行。"霎时来到公馆门前，天霸与众人下了坐骑。门内挂着灯笼，看不真切，门上的不知是谁，见这个光景，只得站起身来，一齐迎下台阶。天霸说："你等俱是什么人？"那些人闻问说道："我等是本处官兵衙役，派了来伺候大人的。"天霸说："既如此，这是大人驾到，你等还不跪接，等到何时？"众人闻听一齐纳闷，心内想着：前日大人就来了，就是身有贵恙，并不办事，也不会客。怎么今日又有大人来了？令人测摩不出，只得跪下。只说："天津的兵丁、差役跪接大人。"磕头站起来。就有人报将进去。顷刻间但见王殿臣、郭起凤、施安、施孝，一齐接出门，好不威严。内外人等眼见总漕大人突如其来，即从天降，各个传宣，说是："前日来的是假，这才是施大人驾到。"又说施公专好私访，前日不来，必是私访的事。人人害怕，各个担惊，只得坐轿乘马，都奔公馆门前来投手本，一齐禀见。

又有天津盐院德老爷前来拜望。这个老爷虽是钦差长卢盐院，兼管钞关事务，他却与施公在京就相好，原是镶黄旗的包衣满洲，在三山行走，后来升在天津的盐院，听说施公来到，即来探望。门上之人回禀了贤臣，将名帖呈上。老爷吩咐："余者官员外面待茶，请盐院德老爷、天津镇总兵李老爷相见。"

门上人将话传出，德老爷与总兵往里就走。贤臣往外迎接，二门以里见面，先与盐院拉手，带笑开言说："早闻贤弟到此，兼管钞关税务，劣兄想来探望，因为奉旨赈济山东，未得其便；如今皇上点我总漕，昨晚方才到此。我正想要去拜贤弟，反劳贵步来看愚兄。"盐院连说不敢。施公说："请坐。"说着，那边盐院归了客位，总兵次之，须臾茶毕。施公说："我有一事不明，与贤弟请教：这各省的粮船来到关上，是怎么样的过去？"

德老爷说："若问粮船到关，如单帮的，立刻开关叫他过去；若是三帮五帮，撞在关上，却又难了。若一开关，他就你抢我夺，榔头杠子，刀枪并举。去年那场就伤人不少，谁敢把他留下不成，只得任他们争斗，胜的在先。然后再开关。"施公听罢，眼望李公说道："你管辖此处兵将，就该镇压地方，粮船争帮，为何不管？"李总兵见问，躬身曲背，口尊："大人，卑职管辖马步兵丁，没有皇上文书，谁敢私动官兵？这粮船争帮一则，前后未有定例。都想先交，早行回程，谁肯落后？其中有这些难处，故历年淹留，未有定例。今年总漕贵驾到此，必有嘉谋，乞酌量万全之策，不易之规。"施公听罢，哼了几声答道："本院自出京以来，沿途私访，已访知有苏州、杭州两帮，最为刁恶。杭州有个侯花嘴，苏州有个蒋顺，这两处船来还许要争。咱只治服一帮强蛮，余船亦必畏怯，再示以明条，令其遵守，有何不可？"总兵闻言，曲背躬身，口尊："大人说的是，下官不才，听凭大人驱使，无不从命。"施公带笑开言说："虽是闲谈，按理亦如此。"复问道："每年粮船上坝，亦应有限期？"德爷说："历年大约中秋以前，全粮船俱交纳已完。八月十五日后粮船要净；如若不净，应该参革有罪。今年天意水浅，重船难行，故来得迟慢。"施公眼望总兵说：

“中秋节后，我要进京。”总兵点头道：“是。”

说话之间，门上人前来跪倒说：“禀明老爷，今有苏杭粮船来到关上。”施公摆手。再说施公回至庭堂坐下，叫内侍传出话去，余者的官员各自回衙理事。众官闻言，各自散去。只见人来回话，说：“外面有两个姓李的求见。”施公知是白马、公然来到，不由满心欢喜，便唤参将关太出门迎接。关太来到门前，瞧见李昆同七侯笑嘻嘻急趋了数步，携手进了大门，直到上房。二人见施公倒身下拜。施公忙起身拉起二人，带笑开言说：“二位将士，何必行此大礼？快看坐。”二人告罪坐下。

李公然茶罢，曲背开言说：“苏杭船前日虽在店中商议，今至临期，仍请大人示下，我们方才放心”施公说：“苏州帮请的神弹子，杭州是白马七侯。不知二位见过船家没有？”二人道：“见过了，是约定五月十三日，要争胜败。”施公说：“二位的聘礼，必是十三日以前交代，交代之时节，便收下寄放在别处；到了临期，二位各站一船。待本院亲去验船，派下两人虚与二位交战；再派两个人在两位身后拿人。拿住蒋顺、侯练，那些从犯自然懈怠，不思逞强。单等两帮平定，那时本院再定漕规，谁先谁后，永不许争。”即吩咐说：“快来摆酒席伺候。”应役人答应下去，须臾之间，杯盘满桌，酒饭齐备。施公说道：“今日算是个家宴，黄副将、关参将，郭、王两员守备，计全、何路通二位壮士，俱各前来陪二位李壮士；大家痛饮一番，勿得推辞。”众人闻听，一齐告坐。施公居中，众人挨次坐下，欢呼畅饮。施公赔着笑，毫无骄奢，恰如同气一般。是可见：大将用谋不在勇，贤臣折节不轻骄。

且说这一群勇猛之人，各各虎饮狼餐，心中叹服，一齐哈哈大笑，直吃到天交二鼓。李昆合七侯二人告辞，说罢辞出，往外就走。施老爷令天霸等人一齐送出大门。二人自去不表。

再说天霸等人，仍回上房用茶。施老爷开言说：“这神弹子所言，你等须得酌量万全之策才好。不然，我就要多调官兵，以防不测。”不知计全商议何计，且看下回分解。

第一一三回　两岸仰瞻施按院　浮桥怒打运粮官

且说计神眼口尊："大人，不必调用官兵。我有一计，管许擒贼。当令何路通、黄天霸上苏州船擒拿侯练，何贤弟可防其水遁。若在船上，黄贤弟自不让他。关小西同着郭起凤，战那杭州船的蒋顺，大约可以擒拿。不知大人以为何如?"施公点头说道："甚好，甚好。"诸位俱各无言，天交三鼓，各去安息不表。

次日清晨，施公起身。光阴似箭，不觉到了五月十三月的期。那李七侯神弹子，早把两船上聘礼诳到手中，净预备着动手。这日一早，施公袍褂鲜明，靴帽齐整，众壮士早已装束齐备，伺候两旁。施公说道："天霸虚战李七侯，何路通擒拿侯花嘴。小西虚敌神弹子，郭起凤要争蒋门神。各要小心奋勇，不得误事。拿住两个头目，镇住余党，别帮自然不敢放肆。"

施公迈步出门，刚往外走，忽见一人翻身跪倒，说："启禀老爷，外面来了苏杭两帮运粮官叩见，有手本投献。"施公用手一指，内司接过手本来，随吩咐门上人起来，传出去叫他进见。

复至大庭正位话坐，天霸等站立两旁。长随呈上手本，施公看来，却是五个。掀开看时，头一个上写：苏州大帮，重运千总贡士隆、空运千总怀英，叩大人天喜；第二个苏州小帮，重运千总李胜、空运千总叶法，叩大人天喜；第三个是苏州太仓帮，重运沈波安仁、空运陆祥；第四个是杭州头帮，重运张捷、空运李世雄；第五个是杭州临安帮，重运孙安、空运孙如虎，俱有叩喜之字；共千总十名。施老爷看毕一抬头，就有人掀起竹帘。十名运粮官走进庭堂，都是纱马褂衬着纱袍，头戴纬帽红缨。见了施公一齐跪倒，自己口诵花名。施公说："平身。"重运、空运分立两旁。施公说："船到关上这几日，为何今日才来？莫非不重钦差。"这重运五人见事不好，一齐复跪尘埃，口尊："大人容禀，皆因是淮上见过了总漕，方敢催船前来。听见转牌请出，又点钦差，屡次寻问，听说大人私访未回，因此耽延日期。昨日晚间，方得实信，望大人宽恕。"施公说："你等既知新点钦差，粮务驻扎天津，船到住时，就该来公馆投下手本才是。粗心玩法，暂记捆打。"五人叩头，谢大人天恩。施公说："你们船不是随到就过关么？为何故意停留，耽误漕限。"五人齐叩头说："大人容禀，船到抄关，不能即过，皆因历年没有定例，俱各争先，皆不落后，都想早完早回。谁想就有人包揽，管许争先。因此船到浮桥，每致打仗相争。船到之时，就把揽头聚齐商量。内有侯练、蒋顺，为刁恶首，最难治服。他们早已约定，今年争帮打仗，请大人示下定夺。"

施公带怒手指说："你们竟是一派胡说！此离北京不远，辇毂之下，就敢如此逞凶？你们这运粮千总应管的何事？"只见五人连连叩头。贤臣又说："你们先回去，就说本院随后就去查验，明日方许过关去呢！"千总叩头，鼠窜而去。施公随即起身走着，行不多时，到了浮桥。轿夫撑住轿杆。天霸等分立两旁，众兵丁衙役雁子排开。施公闪目留神，但见一带江河粮船密摆，桅杆若麻林一般。单有两只大船在前，直抵浮桥。施公正然细看，忽听一片声喊，不知哪里来的。原来盐院德老爷早有谕帖传到，如施大人来验船，叫关上人役一同伺候，故尔一见施公轿住，众人声扬："天津关的德老爷家丁人役给大人叩头。"施公带笑说："又劳你们，回关上去罢，各治其事。"众人答应，复又叩头，方才起去退后不表。

再说重运、空运十名千总，各有私心，早已上了船，各人嘱咐各帮：须要听大人吩咐，要是怪下来，无人敢担。船户亦自面面相觑，揽头微有忿色，亦言不出。你道此弊如何至此？属下人皆是作官当差的，皆知王法，一则揽头最是祸苗，无他不行，有他便是，挑搏逞能，从中取利；二则运粮官亦各愿本帮先交先回，兼有私弊，故意纵容。一概是自逞私心，而网其利耳。今日见了施公，素知其刚直，又好私访，又有圣旨敕令，如皇上亲自到此一般，因此皆是毛发悚然，静等大人吩咐。大人轿到站住，每一喊："来人!"两个人便一齐轿前跪倒，自己口中报名：什船、什号、什旗下，"叩大人天喜!"一片声音振耳。施安招呼："平身。"众旗丁叩头起身，退入船中。施公吩咐："唤张捷、贡士隆前来。"头里传嚷一片声喊。只见重运、千总两员急趋轿前，俯伏跪倒，连连叩头。施公说："这两只船因何并行?"千总口尊："钦差大人，这两船并行，实有个原故。他来已有数日，皆因两不相让。请讨示下，令他让路。"

施公说："谁先到的谁先走，哪个不遵，拿他问罪。"贡士隆忙道："是苏州船先到。"张捷跪爬半步，口尊："大人，千总杭州的帮，先到关口，住下一盏茶时，他们的船才到。"施公闻言，断喝说："咳！满口胡说。在本院面前还敢如此抵赖！不用说了，你们分明是私贿，哪有王法?"便叫："人来!"衙役跪倒二三十名听令。吩咐："先将这两名千总各捆打二十。"青衣上前按倒。贡士隆声声求饶，大人只做不闻。军士举起军棍，一五一十，只打得血溅浮桥。打完放起一旁下跪；又把张捷照样行事。一并打完放起，轿前跪倒谢恩。

施公又吩咐黄副将招呼苏、杭两帮，谁先到的先走，后到的算争，如敢故违，罪加一等。黄天霸高声嚷去。声犹未了，只见船上蹿出两个人，手执钢刀，一人嚷：是苏州帮先来；一人嚷：是杭州帮先到。一个就说："你们烦了总漕来，也不管事，还是照旧例，谁杀得过谁先走。"一个就说："你们弄了钦差来压派我们。咱们有例不增，无例无减，还是杀败了的在后。"

两个人越说越近，赶到面前，各举钢刀，呐喊如雷。施公在轿内看的明白：双刀并举，门路不一，都是贴身汗褂，薄底快靴，身材雄壮。施公看罢时，认得是神弹子、白马二人，好生得畅快，知其假意争战。施公看得目呆，忽听李昆说道："太爷受的苏州聘，到此争帮来显名。未曾与我动手，也该访访神弹子的名头，江湖之中哪个不晓？若知好歹，让我先过去罢了，倘若不肯，管叫你尸丧江河。"李七侯微笑说："李昆，你也曾晓得我白马李的名么？天下谁人不知？哪个不晓？倘你稍知时务，我劝你早早回去，让我帮先行，是你万分之幸。否则死于钢刀之下，后悔也就晚了。"公然满面含嗔，二人复又动手，你来我往，翻上翻下，远接近迎，钢刀闪闪，真是杀得好看。

且说那张捷、贡士隆满心怨恨，站起来观看船头打仗，正愿船上人不服。他心中暗想：看他麻脸如何办事？猛听得施公轿内高声喊道："人来！"只听面前有人应声而至。施公说："你俩把船上的人拿来。"那人答应，大踏步走到河边，喊道："那船头两人休得动手！我奉钦差大人命令，要把你们拿回，问把持之罪。"李公然、李七侯闻听此言，一齐住手。各人站在各人船头之上，手内擎刀望下一看，原来是黄天霸、关小西。

神弹子说："什么钦差，也管得我的事？要来拿就比比武艺，若是胜我，我就永不想这宗邪财。"小西、天霸二人闻听此话，不由大怒，高声喊道："好无王法的野人，如此大胆！"说着赶紧几步，纵身上船。两岸观瞧的一齐喝彩。这关小西直扑神弹子；黄天霸手执钢刀，望七侯说道："像你这无法无天，真是大胆！皇粮是当今用的。把持漕粮，罪过不轻。总漕大人现在此地，还敢无礼？将你拿住，必是割头。"李七闻言说："黄天霸别小觑我等，看刀来！"劈面就是一刀，天霸随手挡开。只见刀架刀迎，咯当当响不住声。关小西合白马李，也在那边动手厮杀。真是将遇良才，直战了有一个时辰，胜负未分。

猛见杭州船舱中蹿出一人，手使李公拐，帮助李七。这苏州船舱也走出一人，手使亚靶枪，来助神弹子。两岸上人山人海，一齐乱嚷，说是："不好了！不好了！船上又添了人。这跟随大人的，恐怕不能取胜。"议论纷纷不一。

且说施公看得明白，吩咐："再去两人把船上匪徒拿来！"郭起凤、何路通一声答应，飞身上船，一涌跳上船去。郭起凤在苏州船上，截住了蒋门神，铁尺挡住亚靶枪；何路通上了杭州船，与侯花嘴交战，钩枪拐挡住了李公拐。共是两对假战，四个真战，八人分在两船头上。先表那苏州船上李公然假战关小西，郭起凤真斗蒋门神。一则在大人面前，又是人烟稠密，众目所观，由不的不抖精神；一则今年包揽粮船，争些银两，以为活计，一有疏虞，下年便无人雇了，失去养命之源，只得拼命相争。那边何路通合侯花嘴二人，也只如此，各人奋勇，蹿蹦跳越，谁肯让谁。各船上都有一对真、一对假。其余各船、两岸观者，目瞪口呆，不分真假。唯杭州船蛮子，专盼白马李得胜；苏州也望神弹子得胜。这闲散观者越聚越多，真杀假战的越斗越勇。

正在酣战之际，李公然丢个眼色，虚砍一刀，“嗳呀！不好！”往船后就跳。蒋顺一见，又气又恼；他仗着神弹子助胆：“他竟如此怯战，使了多少聘礼，竟听他说些大话。你会打弹子，百发百中，何不施展？”李昆在船中，又叫喊：“蒋门神听真！与我交战的，姓关名太，久保施公，天下驰名。我不能取胜。你若不服，合他比试，你若胜得了他，情愿退回你的聘礼。”说罢又不言语。弄得这蒋门神神魂不安，进退不得，心中想道：“李五本事，虽未见过，这江湖人都交他。想这关小西必是武艺精通，不然众目所观，又挣我们银子，竟自败退？想来实不能胜他，方才退败，剩我一人，双拳难敌四手。”想了多时，说道：“你们两个人，我是一人，必须单比，方为好汉。姓关的战败李五，咱俩单比武，不许别人帮助。”小西闻言，哈哈笑道：“像你这胆大奴才，真是可气，竟敢合老爷论输赢？伙计退后，待我擒这奴才。”郭起凤收了铁尺。蒋门神方才放胆，以为得意，遂说：“姓关的，快来动手。”将枪杆拧了又拧，想道：“此人战败李五，必不平常。下年的买卖成败，只在此人身上。”抖擞精神，尽力扑来，分心便刺。小西看准，一抡折铁倭刀，只听咯当一声，枪头落地，枪杆削去半截。门神大大地吃惊。

且说施公看得明白，想着拿着两名揽头，也只在今日，早些平定粮帮，好奔淮安赴任。正自思想，猛听咕咚一声，船上倒了一人，乃是郭起凤等得不耐烦了，上前照腿上一铁尺，蒋门神栽倒。关小西向前按住，郭起凤随手又是几铁尺把两膀卸了，喊声：“拿绳过来。”青衣紧跑，将绳递过，把蒋门神四马攒蹄捆了个结实，提将起来，往船下一撂，摔了个昏迷不省。施公连忙吩咐：把这奴才送到公馆，等着把那个也拿住，好一并正法。手下衙役抬起来，送到公馆看守不提。

再说李七侯见了公然退败，自己早闪到一边去了。又见小西拿住蒋顺，连声喊："拿去了！拿去了！"意在威吓侯练。花嘴闻听，益发动怒，把李公拐抡起，直与何路通打个平手。连那旁小西、起凤一同观看，天霸也不动手。看来花嘴真不在鱼鹰子之下。战够多时，不分胜败。看看天已晌午，黄、关、郭三位英雄袖手旁观，都要看侯练的武艺，暗中赞叹：可惜此人不入正途。再等个时候，看他是谁胜谁败，那时再动手不迟。

哪知施公内心着急，见何路通独战侯花嘴，鏖战多时，不由心头火起，说道："一齐动手，将这奴才拿住，勿得怠慢！"黄、关、郭听得吩咐，一齐着忙，各举刀兵，前来擒捉侯练。这花嘴一见势头不好，更是奋勇招架，往来冲突数合，一翻身跳入水中。天霸、小西、起凤各自束手无策，鱼鹰子大笑一声，一扭头也钻入水中，追下去了。单说何路通能在水底睁眼，可住三日三夜，专会水底拿人，故人都叫他鱼鹰子。本在八里桥饭店相遇，与关小西生回闲气，计全认得，相劝归附大人，并无寸功。今日见了花嘴入水，喜不自胜，所谓南人坐船，北人骑马，正是立功之所，甚觉得意，故一扭头沉下去了不提。

且说那众船户合两岸人等，闲杂看的真多，各各惊讶喝彩，深服施公用人之周。正不知水底如何打仗，人人纳闷。猛听得一人跑来喊叫："黄副将，大人请你回话。"黄天霸闻听，大踏步赶至浮桥，轿前躬身侍立。施公说："你吩咐船家，莫留闲人，只是够用就得，先来在前，后来在后，勿得乱走。"天霸答应，翻身复上船头高声道："各船旗丁庄头听真！方才大人吩咐：哪船先到先过关，后来在后，永不许相争。皇粮乃是国家要务，王法所关，勿得轻视。少时拿侯练与蒋门神一并开刀正法。再有不服的，早些出来放刁，别等没人时候撒赖。"并不闻一人答应，偶见两船上各来一人，真奔黄天霸说："我辈求见大人。"

那两个人来到轿前跪倒。施公一见开言问道："你两个是什么人？姓甚名谁？为何来见本院？"二人叩头，口尊："钦差大人容禀：我们姓李，本是好人，因一时不明，又被他买嘱，帮助他们争帮，却不知此等利害。方来知道后悔，故此前来请罪，身该万死。”施公闻言冷笑三声说：“这粮船乃是国家养兵所需要务，满、蒙、汉八旗兵丁尽赖此粮。把持漕粮，即是违逆圣旨。你等务宜知罪，以后切不可再犯。人来，把这两名投降的人带回公馆，伺候再审。”手下跟随领着李公然、李七侯到公馆不提。

再说侯花嘴逃在水内，指望逃灾避祸。哪知道就遇见鱼鹰子正在水底行走，猛然背受一拳打着。他不知是人是鬼，是鱼是龙，心中胡思乱想，口内还得换水。不知不觉臂后又着一下，比前觉重，更是吃惊。急中生智，用尽平生力量，抡动铁拐，乱打一阵，一下也没捞着什么，使的四肢无力。何路通想道：他水里不能睁眼，何不赶紧拿去交差完事。想罢用右手钩枪拐，伸过去看准他脚跟上的筋，尽力一钩，拉起便走。何路通用踏水法儿波上行，如若平地，拉着侯花嘴在水面上半沉半浮。至于小西、起凤，无不暗暗称奇。

唯有苏杭两帮揽头、梢公、舵公等人，顾不得道好，只是咬指伸舌，探头缩颈的，各顾自己幸逃罗网；当时若与他相争，各个俱得遭擒，这时不住说：“你看你看。”快到桥边，只见何路通纵身上了浮桥，把一个侯花嘴倒栽葱的双手拽上桥去。

两岸上人又道：“好！”喊声震地。只见两个人是水淋淋的。何路通怀抱钩枪拐单膝跪在桥前，口尊：“大人，小的奉命将贼拿到。”施公说：“把侯花嘴捆结实，带到公馆。”一摆手，何路通站起。施公又吩咐：“起轿，且回公馆。”只见执事先走，队伍各自排开。早有人牵过马来，黄副将乘上前行。又听得轿内传出：“那十名千总，随到公馆听候。”一言传出，千总们闻声丧胆，哪敢怠慢，连忙下船跟随轿后，俯首随行。吩咐打道，八人抬起，一阵风相似，来到公馆。施公下了大轿，走到厅中升了公座，天霸等人两旁伺候。下役排班，喊过了堂。十名千总跪在上面，蒋顺、侯练跪在下面。施公带怒叫：“蒋顺、侯练，你俩可知罪吗？”两人跪爬半步说：“知罪，是小人的错，不该收他们这几两银子。情愿领罪！”施公嗟叹不已。又叫人把蒋、侯枷号起来。不知究竟如何，且看下回分解。

第一一四回　赴淮安初经水路　到静海又接民词

且说忠良爷拿住蒋顺、侯练，枷号浮桥，单等粮船定规之后，仍然要从重治罪。施公传令：在前的先过关，各按次序而行，在后的勿得逾越，违令者斩。一言宣出，众人畏服，按着次序，各不敢争强。公馆又传出话去，说明日起行。一言传出，霎时间文武众官皆知，齐来至公馆，俱要伺候饯行。施公推辞不受，教地方官预备。当时头里一只小船，喝道打锣，前站顶马开路而行，后是太平大船，是施公与众亲随人等。后跟九只小船，装载伙食器具、行囊私用诸物不表。

且说沿河一路两岸来往人，以及近河军民无不夸奖，瞻云望日一般。各处文武官员无不畏惧。一路该汛官兵更相护送。行到曹家庄，又过杨庄村。那一日到了新口，顺风帆起正走得急，隐隐有人连声喊叫："冤枉！"顷刻船近，越听真切，乃是一妇人。众人早看见，不敢多言。忽然一声传到舱中，惊了大人的贵耳，猛见施安跑出说："此何地名？"撑船人说："前面离独流不远，有喊冤之人。"施公吩咐说："带鸣冤之人。"水手解开纤绳，举竹篙撑船傍岸，招呼告状人来见。那妇人急忙走到河边上船。水手顺篙摇上，立时赶上大船。船近岸，看那妇人上了官船，俯伏跪倒。施公上下一看：乌绫罩发，珠泪滚滚，穿一件蓝布褂，下面系着青布裙，年约四旬上下。施公看罢，开言说："你有什么冤枉，来到此地？"妇人说："小妇人是静海县人，特来告家主曹步云。"施公带怒说："赶下船去！以仆告主，我却不准。"那妇人站起，转身说道："只可闻名，不可会面。人称天上神仙一般，竟不想也是平常！可惜康熙万岁尽用些无能之人。"

随说随走，到船边将身一扑，落在水内。吓得众水手齐声说道：“不好！”施大人在船舱内听见此言一怔，且想：翰林院曹步云，为人耿介自持，不肯用钱打点，故未显达，一气告假回家，田园自乐。施公素知此人，旁人告他，未可深信，况且是他的奴婢，本无告主之理，故此喝退。哪知妇人有天大冤枉，因此那妇人听见施公路过此处，早等数日，暗想：此时一见施公，如见青天，哪知推脱不准。她想：如此清官不管，天下更无人管了。我丈夫冤沉海底，何时得报？必然有死无活，苦无出路，故此跳入水内。

施公猛然惊疑，说道：“快去救她。”何路通一声答应，来到船头，早只见有几名水手已经将人托出水来，放在船头。控了多时，方才渐渐苏醒。人役进舱回明。施公说道：“带进舱来！”人役答应一声，二人扶着她进舱里。可怜那妇人浑身水淋淋的，跪倒在船板之上。施公吩咐停船。水手连忙将船摆岸下锚，一阵锣响，船已稳住。施公说道：“你莫怨本院不管。世界上哪有奴告主人之理？你果然有天大冤枉，要你从实诉来。”妇人见问，口尊：“大人容禀：小妇人李氏，年四十岁。嫁夫曹必成，年四十二岁。本是主人家中生养的。家主相待恩情非浅。前日忽然差他县中下书。县官一看此书，立刻升堂，不问青红皂白，当堂夹问，严刑处治半死，送到监中。小妇人前日在监中送饭，见他憔悴如鬼。小妇人夫主言说，他受刑不过，竟画招认承：勾引强盗打劫主人。小妇人听见人说，总漕大人代巡按，惯断无头案。因此舍死忘生，拼命奔来，望求老大人施天地之恩，从公一断，问准是何情由。我们作奴婢的，虽死无怨。”

施公听罢妇人之言，暗道：“曹步云为人，与此妇人像貌，皆不是奸邪刁恶之人，此事叫人纳闷。”猛想：“其中必有关于名节，不便明言，故陷之以盗贼。此事若不审明情节，有玷我的贤名。”想罢开言说：“鸣冤妇人暂且回家，三日后听本院传，必定将事与你辨明。”那妇人望上叩头，站起身来下船，登了岸扬长而去。施公说道：“开船，今晚往静海奉新驿歇马。”从人答应，赶紧吩咐水手，说：“大人谕下，奉新驿歇马。”官船要开，忽见前面一人，身穿蟒袍补褂，高擎手本，后面有几名从人跟随，拉着坐骑，远远站住。那穿官衣的，紧跑了几步，迎着官船，跪倒岸上，拿着手本，说：“静海县知县陈景隆，迎接老大人。”官船上有人进舱回话。大人说：“叫他公馆伺候。”

将此话传出，陈知县起身上马，竟奔公馆而去。施公催着水手，急忙快走。不多时来到奉新驿前。早有本地守备带了手本，前来伺候面谕。吩咐传出：守备归汛；陈知县来公馆。知县参见大人毕，一旁侍立。施公带笑开言说：“贵县你是什么出身？”知县见问，曲背躬身说：“卑职是一监生。”施公说：“你是捐的功名，到任几年？”知县说：“卑职到任一年。”施公说：“前者有一个曹翰林的故事，你可记得否？”知县说：“有书来到，上写：‘家人曹必成，夤夜勾引强盗入宅打劫主人，故此叫他自去投首。招认口供，立杖毙大堂，待领尸首。’卑职虽然审明口供，暂行收监。”施公带怒说道：“你见书审问，就动大刑，屈打成招。你曾问他勾引强盗是谁？共有几名？打劫是什么财物？”

知县陈景隆见施公话问的根切，满面通红，直吓得俯伏称罪，口尊：“大人，卑职该死，未问及此处。”施公说：“再请问贵县将那余者盗贼，可曾拿住？”知县只是叩求大人宽恕。施公说：“陈景隆，你也须知诬良的罪名，大料你也难辞。暂且回衙，明日大早，将曹必成连你衙役刑具一并带来，勿得有违。”陈知县连说：“是是。”起身而去。施公看天气不早，就在公馆安寝。

次日清晨，贤臣起身，净面更衣，点心茶罢。家丁传进说：“陈知县带领三班人役，各样刑具，连曹必成一并带到，现在外面伺候，请大人示下。”施公吩咐：“衙役排班，刑具列在厅前，等候本院审问此事。”将话传出，知县连忙预备停妥，又吩咐衙役各要小心伺候。霎时施公升公座，王殿臣、郭起凤、计全、何路通等站在后，黄天霸、关小西线缨纬帽，蟒袍补褂，各带腰刀，在公案前面分班侍立。一声叫堂，施公吩咐说道：“先传知县。”下面齐声说：“传知县！”知县闻听，连忙跑到公案前双膝跪倒，叩头已毕，站立一旁。施公又吩咐带曹必成上来回话。青衣答应出去，不多时将曹必成带到。

施公望下一看，见此人身穿布衣，慈眉善目，倒是个老实的长者。施公坐下假意带怒，说是："好大胆的奴才，你可是曹翰林的家奴曹必成么?"下面答应说："是小人。"施公喝道："咳！你既是家奴，与主人有何仇恨，竟敢勾引强盗打劫家主财物?把从前的缘故一一说来。若有半句虚言，立追你的狗命。"

两旁站堂的一齐喝道说："大人吩咐，快些讲来!"义仆曹必成跪爬半步，口尊："大人，容小人细禀：小人自幼生在主人家中，看待如同父子，娶了妻子。前于五月节，有人来请家主同去饮酒。临行之时，家主说：'今晚怕不能回家。'令小人照看家务。家主去后，小人也有人来约会，因此小人在朋友家饮了一夜，次日清晨方回到家。听说主人半夜间就回来了。细看好像家有什么事故，急入房中问了妻子。小人的妻言说：'家主爱妾夜间吊死。'小的听说，魂不附体，不知因何，正在纳闷，有人来说：'老爷叫曹必成。'小人连忙去见。家主拿着一封书子，叫我送到县衙，面交县太爷。小的正因二主母吊死，想必紧要出气，不知是对谁。小的拼命跑至公堂，哪知来到枉死城中。老爷看书，登时变脸，问小的说：'你是曹必成么?为何勾引强盗打劫主人?与我从实招来。'小的闻听，我竟不知因何缘故，只得跪下分辨冤枉。说破舌尖，那县太爷竟自不听，只是百般拷问，苦苦地来打，叫小的招承。因此小人受不过，屈打成招，关入监内，有死无生。不想今日青天提审，也是该当拨云见日。老大人判明此案，分清是非，小的死个明白，生死不忘大德。"说罢磕头碰地。

施公暗想：听这一片言词，察言观色，分明是屈。但是翰林爱妾，又是因何吊死?左思右想，必须如此这般，才得明白。

施公说道："将他带去!"下役答应带到一边。施公吩咐知县说："你拿我的名帖，亲身急去把曹翰林请来，就说本院有话与他商量。"知县答应走出公馆，上马加鞭，赶进城来。到曹翰林门首，门上人将帖递进。主人看是钦差名帖，又是本县来请翰林，总不知因为何事，必得前去，忙令家人备马，一同本县出城，来到公馆门首，甩镫下马。来到厅前，施礼已毕。施公吩咐看坐。曹步云谦让多时，方才坐下。施公带笑道："有个曹必成是贤契的家人么?"翰林说："正是。"

施公说："你写书叫他自行投首，说他勾引强盗，不知贵府失去多少财物？我想其中必有别情。贤契你可千万实说，不可屈枉无罪之奴。"

曹翰林见问得真切，料想隐瞒不住，便说："钦差老大人若问，废员也不敢不从实说来。奈因此事说出，与我脸上无光，老大人休得见笑。前者五月初五日，有人邀我饮酒，原说今夜不回，只因牵挂，故此四鼓时回来。直走到后园，见得小妾房中并无灯烛，听得屋内有打呼之声。废员走到里面问他是谁，猛见一人起来，抱住废员叫周氏。废员吃惊，大呼：'快来捉贼！'那人一松手，跑出房门越墙而去，家人追之不及。屋内撇上两只鞋。家中众人正忙乱之间，周氏同丫环回来。问她，她说：'花园内避暑，听得有人乱嚷，方才回来。'使女立时点灯，帐下一瞧，这双鞋正是曹必成的。"施公听罢，哼了几声说："后来怎样？"曹翰林说："后来我对小妾冷笑几声，将鞋藏起，恐怕羞名宣扬，有玷门户。我便走到前面书房对灯而坐，越想越恼，事有可疑。又想起白天给周氏一支金钗，废员使人去要，他竟自弄没了。废员想：这金钗没了，鞋是曹必成的，这周氏必嫌我年迈，与家奴私通。越想越是可恼可恨，废员心中动怒，又恐怕传扬出去，故此想一拙计，将小妾处治：就写休书一封，合那双鞋都装在一匣内，叫丫环玉凤送与小妾。

哪知小妾含愧自缢。废员倒乐其刚强。久闻老大人明镜一般，今日相逢，真乃三生有幸。废员说的俱是实情，并无半句虚言。"

施公带笑开言说："贤契那如夫人也必是死后含怨。再想曹必成这件事，未尝无屈枉。"又说："贵县，你可也听见？"知县听得话语不顺，连忙跪倒说："卑职听见。"施公说："曹必成，他是勾引强盗打劫主人么？若据来书所断，书上写他杀人，你就叫他偿命，你也不问是杀了何人，尸首现在何处，你这官做的倒也省心。"知县连连叩头说："卑职才疏学浅，望大人担待。"曹翰林连忙站立，曲背躬身说："此事实实废员之错，与知县太爷无干，望老大人高抬贵手。"施公微微冷笑，说："贤契，本院若将此案问清，你难逃无故逼人，误陷家奴之罪。贤契且请坐下。"曹翰林复又坐下。施公望知县说："你速差妥当人去接玉凤，用车接来，一路上勿许惊吓于她。再把曹必成那双鞋带来，晚间要到。”陈知县叩头起身，往外便走。

且说施公吩咐将曹必成带下去，立刻退堂，到后厅同了曹步云去用酒饭。酒饭已毕，天已将晚。知县进内回话说：“启禀老大人在上，卑职将玉凤合曹必成的鞋带到。”施公说：“吩咐堂上掌灯，先排班伺候，把那双鞋放在公案上。”施公同翰林来到前面公案旁依次而坐。衙役一声喊堂，排班侍立齐整。

施公说：“带曹必成。”下面答应，不多时将曹必成带到，公案前跪倒。施公说道：“你的言语，句句有理，并无欺主母之意。这里现有你的对证。拿下去叫他自已去看。”关小西拿鞋，放在曹必成面前。曹必成拿起看了看，口尊：“大人，是小人穿过的鞋，为何拿到这里？”施公说：“鞋是你的，为何放在你主母房中？你这还不实说！”曹必成跪爬半步，口尊：“青天大人，此鞋是小的五月初四，穿着街上闲游，偶来一阵暴雨，小人紧跑了几步，将鞋陷入泥中。回到家内，叫小的妻刷洗干净，晒在外面。小的穿着布靴。于次日端阳，家主被人请去，不多时小的也有人请去，就是穿的靴子。一夜未回，次早回来，才知主母身亡，不知何故。及至到县投书，受百般严刑，那时就穿的靴子。县太爷那时当堂叫画招，小的不是就穿着靴子么？这双鞋为何在主母房中，我是一点不知。”施公说：“将他带下去，再把玉凤带来。”玉凤跪倒公案前，下役解去项锁。施公带笑开言说：“你叫玉凤？”下面应声：“是。”施公又问：“你在曹家所做何事！”玉凤说：“小人是曹家的使女，伺候周姨娘不离左右。”施公点头，又说：“你在主母处伺候，前者五月初五，你老爷有支金钗交与汝夫人，此物不知有无？你主母自缢的情由，要你从实说明，不得错误。”

玉凤见问，说：“大老爷在上，小婢最不会撒谎。我家老爷也在这里。本来他老人家在我周主母身上也太过宠，有点应时新鲜物件，必要买来与他先吃。衣裳就不必说了，皮棉夹纱单，有数十箱。首饰各样俱全，也有数十个匣子，还不够带吗？那天端阳节，不知哪里打了一根金钗，他自已拿着，来到花园凉亭交与姨娘。姨娘接过放在桌上茶壶内。那一天因花园中穿廊的栏杆坏了，叫个木匠收拾。赶到晌午天气，木匠直是嚷热，被我主母听见，遂问我家老爷，把这香亭饮赏他点喝。老爷答应，就叫小婢给他送去。小婢不知，就着拿那有金钗的茶壶泡满了送去。那香亭饮是解暑去热的，我老爷早已给姨娘预备了好些，那时小人给木匠送去，说是周姨娘赏的。随后老爷合同姨娘手拉手儿回房去了。那日晚间，我家老爷说是人请去，大料今夜不能回来。到晚上老爷不用跟人，自己去了。赶后主母来叫我跟她到花园避暑去。说着走到凉亭乘凉避暑，不觉天交二鼓，甚是凉爽，二人都在那里睡着。猛听得喊嚷，主仆二位惊醒，急忙跑到房中一看，原是自家老爷半夜里回家来了。奴婢们忙着打火点灯，见得老爷面带怒气，颜色改变，又见他对姨娘冷笑几声，竟往前面书房去了。”施公听到此处，说是：“玉凤且住，本院有话问你。你家主人饮酒去，不带跟随，这一夜你可知道曹必成在哪里？”玉凤说：“回大人：我们家主人去后，曹必成妻子曾对我说道：‘玉凤，今日老爷不在家，你大叔也有人请去，临走就说今夜不回来。你好好扶持主母，我在前面去照应。’再说我们老爷在房中喊叫有人，我同主母跑到房中，李氏也来瞧看。我问她。她说：‘你大叔尚未回来。”

施公听得玉凤这些言词，心内明白，说是：“后来如何？”玉凤说：“后来老爷在书房把我叫去，叫我合姨娘要金钗。奴婢去问主母，主母只是发呆，她说：‘放在凉亭茶壶内。’奴婢闻听吃一大惊。木匠早已走了。急忙拿灯去看，穿廊下有把茶壶，里面却无金钗。事出无奈，回到书房，真话实说。家主闻听，沉沉大怒，随手递我一个木匣，叫我交与二夫人。奴婢回来交代。姨娘开看就是一双鞋，一封书子。他折开看了多时，没甚言语，叫我再上凉亭内外，仔细找找金钗去。奴婢也不知是什么意思。我去找了许久方回，进房一看，将奴婢真魂吓掉——我家主母竟自吊死，想必是这金钗失去的缘故。”

施公听罢，眼望知县说道：“你听见没有？这内中的曲折？不懂审问，只据一书子，就将人处死，叫你判得屈死含冤。不是他妻子舍死告到本院手中，险些曹必成性命死在你手。周氏死不瞑目，曹翰林恼悔含辱，都算你做的好事。”知县只是磕头。施公说：“贤契你暂带玉凤回家，不许难为于她。”又望知县说：“你带曹必成回去好好看待，不可有误。”此时各自带人回去不表。施公退堂，下役各自退去。晚间灯下，施公说：“此案即可问结，就是祸根难寻。分明是木匠得金钗起淫心，留祸于曹家，却不知其人姓甚名谁？吾意去三个人暗访，我想此木匠大料不远，访着下落，好结此案，好去赴任。你们大家以为何如？”计全说：“访访也好，大人费了多少心机，我们就去访一访何妨呢。”及至次日，黄天霸奔独流，关太到静海，计全上双塘儿，三人分路暗访木匠去了。

内中单言神眼计全，号称飞腿，这双塘儿相隔十五里之遥，片刻便到街上。寻了一酒铺坐定，要了酒菜，口虽饮酒，二目留神。见此地方靠河有几帮粮船湾住，买卖喧哗好热闹。计全暗想：并无岔眼之人，似乎难访。忽见一和尚走进里面对面坐下，要酒四两，鱼一碟，急速快来。走堂的不敢怠慢。计全见那头陀甚是凶恶，两道重眉，一双大眼，胡子是连鬓落腮，凶恶殊甚。计全不住留神，见他有什么急事的一般。僧人问走堂的：“此地离杨村多少路程？”走堂的说：“大约二百余里。”

正说间，又见外面来一僧。他口呼：“师兄，进来一坐。”那僧带笑说道：“我方才到你庙中，说你方才出去。直到这里才赶上，真是快得很。你还有个外甥吗？”先来的僧人说：“有。那日也不知甚么事，躲在我庙中安身。他是一向做木匠手艺。”

后来僧人说：“不错，他是静海县人氏。”后来那僧人又说：“师兄你往那里去？”先来的说：“咱俩知己好友，有话不能瞒你，我要上杨村报成寺里找当家静成和尚。我们相好，闲走一遭。不知师兄要往何处去？”那僧人叹了口气，二目留神，看见计全人物虽不惊人，心中暗想：也要小心为是。看了看左右无人，低声说道：“我兄弟三人是山东绿林客，俱被施公捉拿。先把家兄问斩。我因大风中得逃活命，隐姓瞒名作了僧人，至今怨恨在心。闻听施不全放了总漕兼署部院，奉旨南行。我要在船底用功。”那个说：“师兄何必如此费事？待我今夜去，手到成功，将他刺死。”未知如何行刺，且看下回分解。

第一一五回　怕刺客神眼留心　疑计全钦差遇险

且说二僧商量行刺施公，要报前仇。计全一听，毛发悚然。

二僧抬头一看，见他人物有异，听话带神，就不言语。即刻改变，尽说些绿林中的反话。说的时候，以为无人知觉，那晓得计全无一不懂。二僧言罢，看看天晚，会了钱钞，起身便走。

计全也会了酒钱，暗地紧紧跟随。走至大街，遇见有人相打，围住许多的人瞧看热闹。一转身时，计全瞧不见二僧，紧赶几步，竟不见踪影，心中好不着急，只是无法，只好回公馆知会众人各要小心。霎时到公馆，想要到上房先瞧一瞧，纵身上房，身轻如猫，走到施公的卧寝，不见灯光动静，上房找遍无人。

忽见一片灯光，乃是天霸居住的厢房，不打口号，轻轻落地。哪知天霸耳快，悄悄走出一看，回手取镖。计全慌忙说："老兄弟。"天霸吃惊说："计大哥做的什么事？险遭一镖。"计全遂往里走。关小西欠身离座，说："计大哥何不敲门？竟敢逾墙。"只见计全把脸一沉，说是："不好。"就将酒铺遇僧人商量行刺，跟随如何落后，上房瞧看，从头至尾细说一遍。众人都不能睡，不住在院中偷看，一夜未眠，刺客未来。次日天明，不见动静，各人都说计全说话不实。计全说："你们不知，昨日一路上着了多少急呢！"天霸复又开言："计大哥虽爱说笑话，此必然是实。那麻脸和尚不是别人，想必是被斩于六的兄弟，风大迷失，就是于七。既然漏网逃命，就该远遁他方，改恶从善才是，怎么为何复作此逆事，残害忠良？真是可恶。但此事不许对外人言讲，大家多加小心便了。"候至施公起身，茶罢时候，计全等回话说："昨日未曾访出下落，启禀大人，今日再去查访。"施公吩咐黄副将说："你今日带两名兵丁，前往天津看验苏、杭的船帮走到何地？遇有何事？探访个明白，急来回话。"天霸即刻收拾，唤来兵丁，上马而去。施公又令计全等，再去查访此案，日限一多不结，又恐怕耽搁漕运事务。计全说："大人且莫着急，我等再去细细查访。"说着即去更换衣服，小西、计全、何路通、郭起凤、王殿臣五人，分头按各路而去。

且说计全想：昨日那和尚说他有个外甥是木匠，又说在庙里藏身，此必不是好人。他仍来双塘儿酒铺坐下，要酒饮，寻问走堂的，昨日那两个和尚，他也不认得。计全无奈只得又往南走。路上走着，心中暗想：直往南走，逢庙就问，或者问出和尚根由，那木匠就算有了。又想：不可沿路打听，万一和尚知晓，即便难拿，画虎不成，反倒类犬。再者去远，晚间难以回来。他们不信，必不精心，倘来行刺大人，必无人保护。想到此处，不由两脚如飞，甩开大步，登时来到公馆。进了大门，绕过茶厅，抬头一看，施公在院中坐着，才得放心。计全上前跪倒。施公赶紧扶起。计全说道："今日我去访查，又无迹影。"

霎时四人也来回话，俱是如此。施公说："众位多受辛苦了，各自回房歇息去罢，明天再作道理。"四人答应而去，来到自己房中。此时天色已晚，掌灯用饭，诸事已毕。大人主仆安寝各屋，都自宽衣入睡，唯有计全独自支更，不提。

再说那麻面和尚，真是于七。于六因抢粮被擒遭杀，于七趁风逃走，恐怕查拿，改姓薛名酬，带发出家，法名喜静。来到沧州地方，有座薛家窝。薛家大户有数十家，内有一家弟兄五人，称作薛家五虎，常在河路上做些打劫的买卖。见于七身量高大，又会些武艺，就与他叙了同宗，叫他在本村关帝庙中居住。闻听施公钦点了总漕，从此经过，这贼要与他哥哥报仇；仗着他水性不低，要凿船底，谋害施公。那一日走至双塘儿，才遇见那和尚，也是个高来高去的飞贼，无奈身备重案，也带发为僧，俗家姓吴名成，法名静修，住唐官屯正乙玄坛庙内。因为路过杨村，走双墉儿歇息。因与于七在山东相识，素日最厚，故此才叫住于七铺中饮酒。听见于七要与他兄长报仇，水底凿船，他便不悦；他要替朋友出气，在旱地行刺。于七恐他莽撞，不叫他去，他却不依。直饮到天晚出铺。于七说："师弟真心为朋友，请到庙中商量个万全之策，再来不迟。"吴成无奈，只得同于七赶着月色，走至二更时，才来到玄坛庙。徒弟点上灯光，自己放下包袱，叙礼归座。吴成叫声："师兄，若想报仇，全在为弟身上。我的本事你也知道，飞檐走壁，手到成功。"于七说："非也，若要行刺，必不能成功。他手下许多英雄保护，日夜必准备的。不如凿船为上，他手下尚无会水之人。"吴成说："师兄，你把我太看得轻了。他纵有人保护，不过是衙役兵丁，我一虎可敌千羊，明日晚间我定要前去。"

于七见他执意不听，素日又知他是个浑人，便不复拦，只得点头依从，莫要亏负他好心。只说："明日晚间，你就辛苦一回就是了。"吴成见他应允，喜不自胜，遂拉着于七说："师兄，你跟我来瞧瞧我的兵器。"徒弟秉烛，二人走至大殿，推开隔扇。吴成手一指，于七一看，原是玄坛神龛，前面有个木架，挂一把竹节铜鞭，本是村中修庙完了供献之物，长三尺半，重九斤，横竹节排十三段。于七看完点头。吴成说："我已习熟门路。"于七说："此物只可临敌招架，行刺何用？"吴成说："有，有！"遂即走出大殿，到了卧房床边，拉出一把刀来，明晃晃的。灯下一看是好刀，长有二尺。于七点头连说好刀。

吴成接过放入鞘中。徒弟收拾酒饭，用毕安寝，一夜晚景不提。

至次日，又同吴成的木匠外甥一同饮酒。到午后吴成打点应用之物，拿好铜鞭利刃，辞了于七起身，竟奔大路而来。一气走了四十里，看看日落，又赶了一阵，离双塘不远，用过酒饭。天交一鼓时分，又往前走。忽然闻风声大作，阴云四起。

吴成心中暗想：真是天从人愿。走至公馆后面，坐在树下歇息。等到公馆交到三鼓，吴成穿了衣服，不用的物件捆好挂在树上。听得更夫转过，纵身上墙，轻轻跳在里面。公馆后墙，里面是一层房，乃亲随居住所在。他轻轻爬到上房，见更夫又来，吴成伏在瓦垄，听得更夫过去，又爬到房脊上，探头望对面观瞧，东厢房尚无灯光，细听有打呼之声。但见西厢房灯光闪灼，却无坐更之人。吴成即轻轻跳下房来，走至上房门首，用刀撬门，门随手而开。

一回手早把背上戒刀拔在手内，一个腾步，已到炕前。这一进来不打紧，早把桌上那盏半明将灭的灯火扑灭了。吴成举起戒刀，往炕上那人拦腰砍下。只听的拍的一声，吴成吃了一惊，明知此人本领甚高，一定不是施不全了，若然这口刀把他杀死，就不是这个声音了。

说时迟，那时快，此人早已跳将过来，一手便从壁上抽刀，望着吴成便砍。这吴成这一刀砍了空，情知不好，倘然惊动了大众全来，难以脱身。连忙将戒刀往上一提，当的一声，吴成力大，早把那人的单刀直荡开去。吴成不敢恋战，嗖的蹿出窗外；计全随后出来。那头陀已上房屋。计全因为与众人赌气，并不喊叫他人，独自一个追上房屋。见头陀在前面，连蹿带跳，计全跟将过去。吴成见背后追来，他便蹿到门前，飘身下去，也不回兴隆店去，只望东南唐官屯大路奔跑。计全哪里肯放，随着也下房来，一路追赶下来了。

吴成出了奉新驿，回头一看，见他追得近了。原来那计全有名的飞腿，吴成如何跑得过他？吴成一想：此地四下无人，正好把他结果了性命。一回手从袋内扯出一件东西，扭转头来说声："着罢！"计全正在后面追赶，看看赶上，相离不及二丈光景，忽见他一回头，发出一道寒光，直奔面门而来，要想躲闪哪里来得及？算是偏得快，肩头上早已着了一下。情知不好，也不管中了什么暗器，只不觉疼痛，一味的发麻，就知必定中毒药暗器，只怕性命难保，急忙回转身来便走。吴成哈哈大笑说："没用的糟囊，慢慢地跑罢！佛爷有好生之德，不来杀你，放你逃生去罢！"说着大摇大摆，回转玄坛庙去了。

再说神眼计全，一路奔回公馆，要想蹿房而进，哪得能够？只觉遍体酥麻，精神昏乱，只得把公馆门乱敲。里面家人听得有人打门，问系何人半夜前来敲门？听得是计老爷的声音，连忙开门。见他面上改色，随即问说："计老爷何故这般光景？"计全说："你去告诉黄老爷，说我中了毒药暗器呢！”家人听了大惊，一面关门，一面送信与黄天霸、关小西。众人得知，一面点灯，扶了计全来到自己屋内，放在炕上。里面众人得信，一齐来到计全屋内。天霸便问计全：“如何中的暗器？”计全一丝没气的，言方才吴成行刺，自己如何追赶，被他发出暗器，中了肩头的话，说了一遍。天霸仔细一看，把暗器拔将出来，却是一柄五寸长的竹叶飞刀。那伤口内并无血出，只流黄水，就知道此事不好。这时施大人得信，也来省视。众人让大人坐定。施公见计全双目闭着，昏沉要睡的光景，便问：“黄副将，此事怎的？”黄天霸便把计全说的话，照样学说一遍。施公听得计全一片忠心，保护自己，教他中了毒药暗器，分明性命难保，心中十分难受，便问：“众位可能救得计壮士才好。”只见李公然开口说道：“大人且请宽心。我的师叔那里有药，专能救治此伤。因我这师叔专能用毒药暗器，故此有这样灵药，只要敷上，立刻能起死回生。”施公便问：“公然贤弟，你师叔姓甚名谁！住在哪里？可还来得及呢？”公然说：“我师叔姓方，名叫方世杰。他住在静海县南，地名叫方家堡，离此有七十里光景。”施公听了，眉头一皱说：“来回须要一日有余，只怕来不及救哪！”关小西说：“就请公然兄立刻动身，到明日黄昏便可回来了。”李公然说：“大人只管放心，大凡中了毒药暗器，极厉害的也耐得二十四个时辰。”不知计全的性命如何，且看下回分解。

第一一六回　神弹子无心结怨　方世杰有意报仇

且说李公然说："我那师叔性情古怪，与我不合。想我师叔的丹药，前些时见他把个五彩小瓶贮着。我等到夜静更深进去，手到拿来。单怕师叔知觉，但愿他不在家中，出去做买卖去了，就是我的万幸。"原来这方世杰是个独脚强盗。他与寻常绿林不同，并不占山坐寨，也不是剪径的响马，他自一人高来高去，走壁飞檐。又与平常飞贼两样，并不时常劫掠人家，每逢出去一趟，回来坐吃一年半载。他不要金银丝缎，只取珠宝重价东西。这就叫作个独脚强盗，非有大本领不行。他不劫近处，至少也出去数百里之遥，因此从未破案。近处的人，都称他方员外。近来家业更大，田也有了不少，房屋店铺，各处有些名望。只是本性不好，一年还要出去做一趟买卖；不说收账，定说贩货。只因三年前李公然在山东陈道台家居住——这陈道台与他父亲交好，后来弄了几十万银子，就告老回家，安享富贵，带回的金珠宝贝不少。恰好李公然路过济宁，便道拜见陈老伯父。陈道台知他本领高强，自己有了些财物，又见山东地方响马甚多，便把李公然留住家中，"老贤侄"长，"老贤侄"短，好酒好菜，敬如上宾，无非要他护院，并且教学家人武艺，以便守家。公然却情不过，只得住下。

哪知事有凑巧，未到半月，这一夜公然回家的时候晚了，不便敲门打户，就从左边小门进去。忽见一条黑影，哧的飞进墙去。公然知道夜行人到了，连忙来到书房，执弹弓返身出来。一眼就见房屋脊上，立着一人，浑身皂色，背插单刀，面朝里，正要跳的光景。李公然即扣上弹丸，觑定那人后脑打去。那人听得弓弦声响，回过脸来。那粒弹丸不偏不倚，照准左眼睛内钻了进去，这眼睛珠子，倒让了位，就到外边来了。李公然看他回头过来，就心下疑惑，看他好像师叔，因此并不追赶。哪知此人正是方世杰，也就瞧见发弹之人，好像李五这小子。当时忍痛逃回，到存身的地方，把弹丸取出来，洗去血迹，细细观看，只见弹丸上刻着“神弹”二字，方知果然是李五打的，因此怀恨，结下了冤仇。

方才李五在施公面前，不好说这段情由，只得推托“他性情古怪，与我不合。”施公好生委决不下，不表。说那李昆，走到午牌时候，离方家堡二里之遥，有个小村市，名叫刘村。也有几家小店，是过路打尖的地方，却也有肉店、酒铺、杂货店、卖饼的、卖茶的、卖饭的。李公然走到一家酒店里头，在后面隐蔽的所在坐下。这家店是老夫妻二人开的，并不用伙计。

那老儿姓杨，人家都叫他杨好人。当时见一位客官进来，即忙走将过来。李五爷说：“你与我打一斤酒来，可有什么下口？”杨老儿道：“爷们晓得的，我这里是个村店，没好菜，要是牛肉、鸡子、咸菜、咸豆儿，别的没有。”那老儿手忙脚乱，跑去端了一大碗来，放在桌上，又去打酒，切好牛肉，拿了鸡子、咸菜，一一搬来，与李爷斟上一碗酒，说道：“爷们，这两年不来，一向在哪里发财？我看爷们脸上亮光现现，你的运气来了，只怕将来还要大发达呢！”李爷笑道：“老人家休要过誉，我这几年，东飘西荡，免得饥寒二字罢了！哪有福分，依你的金口。我看你老人家，倒比前年强健了。你独自一个周旋着生意，还要柜上照应，又要揩台扫地，洗碗净盏，你上年纪的人，如何使得呢？”杨好人说：“爷们有所不知，近来生意清淡，哪里用得起伙计？我的老婆还去抓柴，我的儿子出去佣工，这才得苦度光阴哪！”李爷一面吃酒，一面说着话道：“我也想起了，你有个儿子，前年也在店里，甚是老实，如今到哪里去了？”

杨好人说：“就在前面方家堡方员外家里，先前朝去夜回。这个儿子还算孝的，一早起身来，与我开了店门，扫地揩台，一切停当，便到方员外家去做田里活。到了日落西山，田里做完，赶紧吃过夜饭，急急忙忙转来，替我收拾店面，洗壶涤器。我倒省力许多。只因前月方员外出外去收账，见我儿子老实，就叫他住在宅内，替他照应照应。至今一月有余，员外尚未回家。我叫老伴在家相帮着我，他又一定要去砍柴火。此景弄得我顾了前顾不得后哪!”

李爷听了杨好人这话，心中暗喜道：“真是我运气来了，活该得着这件功劳。要是师叔不在家中，这解毒丹手到拿来，想计全命不该绝。”说道：“只是你老人家，做了一世好人，才得争下这个孝顺儿子。我且问你，你这店里可好住夜的吗？我要去探望个亲戚，离此尚有二三十里路途，今天走的疲乏，意欲在你店中借宿一宵，来日清晨趁着早凉动身，可使得么？”

杨好人说：“使得使得，只是屈尊些罢了。”指着店房背后说道：“这个炕上，就是我儿子睡的，现下横竖空着。只要爷们不嫌龌龊，尽可耽搁。”李爷说：“如此甚好。”一回手身边摸出一两多银子，交与杨好人：“你且收下了，明日一并再算。”杨好人接了银子说道：“爷们，要不了这许多，我还没请教你老爷贵姓。”李爷说：“我姓李，你只管收下，我还要吃晚饭呢。先与我做几张饼来，酒是不要了。”那杨好人欢欢喜喜地把银子放好了，连忙做起饼来。李爷吃得饱了。杨好人夫妻两个，收拾收拾，关好门户，自到后面去睡了。李爷待他们去后，吹熄了灯火，走出门来，跳上瓦房，来到外面，施展夜行术的功夫，连蹿带跳，一直奔方家堡而来。

却说神弹子李昆，不片刻工夫，已到方世杰家中。四下里一看，静悄悄毫无声息。飞身上了围墙，往下一瞧，并无灯光，就在墙上施展走壁之能。李昆前时常到师叔家来，原系熟路，一直竟奔内院。到了西厢房屋上，使个倒挂金钩势，翻身而下。

更加这晚方世杰不在家中，他十分大意，也不窥探动静，一气而下，一手拧开窗格，侧身进内，百宝囊中取出千里火，顺手一亮，开了壁柜门，一看，只见五彩磁瓶端端正正安放在内。一手抓来，连着那千里火筒，一并藏在百宝囊中，心中好不欢喜。正要回身，只见里边帘子一启，闪出一个人来。公然抬头一看，吓得魂魄俱消。

原来那人不是别人，正是师叔方世杰。他自从前月出门，做了一趟买卖，可巧今日黄昏到家，带许多金珠宝贝回来，吩咐妻子藏好，正在内房闲话。这厢房只隔着一间房子，方世杰坐在房内，忽见帘子外火光一亮，心中好生诧异，暗道："我这里谁人敢来偷盗？莫非无名后辈。"一蹿身来到帘子底下，轻轻扯开一线，用目一看，只见李五开了壁柜门，把解毒丹连瓶揣在身上。世杰见了，正是仇人相见，分外眼明，一把无名火，直冲上云端。将帘子拉开，闪将出来，大骂："畜生！你好大胆！我与你何仇，竟敢把师叔打成残疾！今日还敢来盗我灵丹，分明是自来送死，可不是我来寻你。"李公然一见师叔，情知难以抵敌，三十六着，走为上着。急从窗洞内跳窜出来，使个燕子飞帘势，翻上瓦房，没命地奔逃。这方世杰早已追到，跟着跳下墙来，举刀便砍。公然亮出单刀招架。二人就在门前动手，一来一往，不到五六十回合，杀得公然只有招架，不能还手；打量不是他对手，虚砍一刀，撒腿就跑。方世杰一路追赶。约有半里之遥，才出得方家堡北口，公然叫声："师叔，休得追尽赶绝，我要得罪了。"说着话手内弹丸早已扣上弓弦，只听得哧唧唧一连三个弹子，应声齐至；这是李公然的绝技，有名的叫作连珠弹子，谁也不能躲得。哪知他师叔优等功夫，不觉哈哈哈大笑，不慌不忙，见三个弹子，接头连尾连串而来，他起左手接了一个，右手抓了一个，第三个弹子就用牙齿咬住。公然留心瞧着，暗道：这三弹之中，任他躲闪灵便，两手善接暗器，至少也着了一弹。李爷见世杰三弹接住，只吓得魂胆俱消，撒腿就跑。哪知这方世杰怎肯让他跑得，便把两手中弹子，就用左右手指打将出来，口中咬的，也就忙的吐出，倒也与弹弓上发出来的一样厉害。若论公然的本领，也是个惯走水路的大行家，背后有弹打来，如何不晓。左腾右挪，连躲三个弹丸，这也就算完了。岂知这老贼随手跟着三个弹丸，接连射一弩箭，哧的一声正中李公然后背。李爷叫声："啊呀！"噗通一声，栽倒在地。世杰哈哈大笑，说道："畜生，你盗了我的丹药，也把自己先治好了。"说着大踏步赶来，举刀向前便砍。此时李爷躺下了，遍身麻木，心神昏乱，那里能够挣扎，只得闭目掩睛等死。

你道计全中了吴成的药刀，还能跑到公馆，怎么李昆中了一枝弩箭，就如此厉害呢？列公不知，单这毒器，也有毒的深与不深；单说一般中在身，也有要害不要害。要论吴成的竹叶刀，器具虽大，毒药性还浅，计全中的所在，又在实处，故此药力缓而发毒慢。如今方世杰的毒弩，东西虽微，药性最毒，李昆中的所在，正是后心，箭头透入肉内，隔的不少地方，便是心包，因此毒气直走心包，不但立刻栽倒昏迷，而且死的快当，只要一时三刻，性命必然难保。闲言少叙。

且说方世杰奔将过来，举刀要砍，忽见树林内哧哧哧地跳出三个猛虎一般的人来，一齐直奔了方世杰。方世杰见三口刀上下裹着齐来，就不能去杀李昆，只得抵敌三人的兵器。又遇着这三个，都是定作的结实家伙，个个飞纵蹦跳，力大如牛，香炉足式，把世杰围定，又似走马灯相仿，哪里有丝毫放松。只闻叮叮当当的乱响。这一场恶斗，足有一个更次。

到底这三人是谁？一个金镖黄天霸，一个关太，一个白马李七侯。他们怎的到此？这因李公然动身之后，施贤臣一夜未曾合眼，只是放心不下，说道：“昨日公然虽则前去盗他师叔解毒的丹药，我只恐他独力难支，倘被他师叔知觉，这事就要不妥。倘或耽延时日，岂不误了计全性命？不知计壮士今日病体如何？”天霸答道：“方才看他，只是昏迷不醒，滴水不进，伤处尽流黄水，比昨夜似觉沉重。”施公紧锁双眉说道：“请众位贤弟，想个主意，怎的救得他的性命？”

关小西听了便说：“大人且请放心，吉人自有天相。大人若恐李兄独力难成，关某赶紧地追上，相助公然哥哥，务将灵丹盗到。他师叔倘然知觉，强抢也抢了他来。”施公说：“关贤弟既然如此，就请辛苦一趟，早去早回，切勿迟误！”小西欣然应允，正要立起身来，只见天霸开言说道：“昨日公然兄动身之时，小弟曾对他说过，与他巡风，他准要独自前去。今日你一人接应他，我若不去，分明是合他赌气，因此我与你一同前去的为是。倘遇用强之时，也可见机而作。”

话言未了，李七侯道："我也一同前去。我与他同时进身，此时你二位前去，我只袖手旁观，岂非小弟显得无情？"施公闻言，便道："三位贤弟同去最妙，不必迟疑，急速动身赶上要紧！"天霸说："大人但请宽心，李兄白夜之间，料也不能盗取，必得黄昏以后，方能行事。方家堡离此只有七十余里远近，我走到那里，及迟申牌时候，红日还高高的呢！只是一件也是紧要之事，我们三人一同去了，今夜倘然恶僧又来，谁人保护大人？"何路通拍着胸前说："保护大人有我呢！只要与王、郭二位守备老爷小心巡察，包管没事。三位贤弟只管放心前去，赶紧把丹药取回，搭救计大人性命要紧。"

当下辞别大人与众兄弟，三人离了公馆，出了奉新驿，望着东南大路而行，一路无话。到了方家堡，时候尚早，三人找了一座酒楼坐下。过买问了酒菜，搬将上来。三位走了大半天，腹中饥饿，狼吞虎咽，吃了一阵。看看日落西山，三人依着栏杆一看街上行人，并不见公然到来，心中纳闷。他们岂晓得李爷此时正在刘村杨家酒店内，躲在里面，同着杨好人细细地谈家常呢！三位英雄看这街上行人稀少，天光将暗，抬头看那斜对门，一家人家，广梁大门，好似大户人家。六扇大门，门内左右两条大长凳，坐着两个人：一位年老的，家人打扮；一个年轻的，雇工服色，坐在那里闲谈。忽见南面来了一位老者，年纪虽有花甲，精神十分强壮，生得长方脸面，两道细长眉，插发一对三角眼，可惜左目瞎了。鼻正口方，颧下长髯，黑多白少，两耳招风，高颧广额。身穿葛布箭袍，腰扣武带，足上薄底靴子。雄赳赳，气昂昂，坐在牲口背上，押着一辆太平车子，来到门首，下了坐骑。此人不知是谁，且看下回分解。

第一一七回　黄天霸镖打方世杰　李公然盗药救自身

且说三位英雄，在方家堡酒楼之上，看那老者下了坐骑，就走入里面。少时车夫出来，推着车子去了。小西说：“黄老兄弟，你看这个老儿，莫非是公然师叔吗?”黄天霸说：“我也在此疑惑。”正说之间，过买上来，问：“三位爷们可要添酒上来?”天霸说：“小二哥，我且问你，这对门广梁门内姓什么？可是官宦人家吗?”过买说：“他们姓方，也不知道祖上可曾做个官来？现下只是有钱罢了！我们这里的人，都称他方员外。方才骑着牲口来的，就是员外。他们田地也不少，各处都开着店铺，上月员外出去收账目，直到今日方才回来。”

黄天霸说：“原来如此。我再问你，这个方家堡，可有住店的吗?”过买说：“爷们若要住店，此去北面，不到二里，有一个小乡镇，叫做刘村，那里倒有客寓饭店，亦带作居店。”小西说：“诺大一个方家堡，南北一里多长，为何没有客寓饭店呢?”过买说：“爷们有所不知，这个方家堡，不是冲衢大道。从静海县南门出来，六十里一条官塘大路，直到了刘村。要是仍旧依着运河，直奔正南一百四十里官塘，便是沧州了。我们这方家堡，就在刘村分路，岔向东南，就到此地，并不通大路。再望南去，都是村子了，故此过往之人，走不到这里。我们的主顾净靠乡间生意。”天霸说：“原来如此。总共多少银子?”说罢三人起身下楼。过买收拾碗盏，吆喝下去。三位爷下楼会钞，共吃酒菜一两二钱五分。关小西来到柜上，取出银子，会清了酒钞。

三人出了店门，离了方家堡，一路向刘村而来。关小西说：“李老五一定在刘村住下客寓，等候二更过后才来呢。我们此刻到刘村，一找就得了。单怕他此时就来，与我们走了岔路，这倒难找了。”天霸说：“刘村只有一条路，并无杂路，总得瞧见。”三个人一齐说着话，已到刘村。但见这里店铺早已关闭的了。三位英雄东敲西打，惊动了几家人家，方才寻得客寓。

及至来到里面，并没公然在内，只得住下一间屋子，吩咐烹了一壶茶来吃了。又到各家饭店内问了，都是没有，三人心中纳闷，想这李公然哪里去了？三位商议，也不必再回客寓，就此仍到方家堡来。将近北口，正走到林子旁边，这林子名叫大树林。李七侯眼快，早望见两个人一前一后，奔出方家堡来。三人隐身树后，细瞧看，正是李昆在前，方才的独眼老者在后，一路赶紧下来。公然跑到林边，连打了三弹，俱被老者接去。

天霸等三人见了发怔。随后他打回三弹，公然分明躲过，忽然“哟呀”一声，躺倒在地。方世杰举刀要砍。三位英雄一齐跳将出来，就与世杰交手，这一场厮杀，是舍命忘生，足有一个更次。方世杰凭你英雄了得，究竟上了些年纪，怎耐得三个出林猛虎，渐渐气力不加，身手迟慢。黄天霸腾出身子，暗将金镖掏在手中，望着方世杰唏的一镖。世杰见暗器已到，要想躲闪，无奈关小西、李七侯这两口刀，如狂风骤雨地劈来。身子呆了一呆，左腕上着了一镖，手中这口刀，当的落在地下。方世杰说声：“不好！”纵身跳入树林，穿林逃遁去了。小西正要追赶，天霸连忙叫住，说道：“他的暗器厉害。我们相救公然要紧，由他逃生去罢。”

三人一同来看李爷，见他趴在树根那里，人事不知，叫了几声，并不回言。细看背上中了一枝小小弩箭。天霸说：“这不消说，是根毒药暗弩，只是怎的如此厉害？看此光景，断乎等不到天明就有性命之忧，这却如何是好？”小西说：“不知他把解毒药盗了来没有？”李七侯说：“你不听得方才老贼的话吗？这分明是他盗着了的。”天霸点头道：“不错，不错！我是急得昏了，且把他身上搜看。”小西跑去胸前掏了一回，却是没甚东西，又在右肋下一个皮袋内一摸，只有十几个弹子。

李七侯蹲在左边，一手抄着他百宝囊，说道："在这里了。"便将药瓶取出来，三人十分欢喜。关小西说道："不知此药是吃的，还是敷的。"李七侯说："我曾听他说过，只要把少许敷在疮口，立能起死回生。"黄天霸说："我与他把箭拔下。"便把这枝药弩拔下来一看，只有六七寸长，全是纯钢打就，尖头上三楞式的，显着蓝色，此时也无心细看，顺手抛在树林之内。

小西把衣服解开，背心居中，一个小孔孔内，流出黑水，便道："这老贼的暗器，怎的毒到这步田地？"李七侯早把瓶上塞子拔去，倒出丹药，与他敷在疮口，仍把塞子塞好，放在自己身内。天霸说："我们且到刘村，再行斟酌。"李七侯说："我把他扛着走罢。"关小西说："将他趴在你背上，你驮着他的好。"便将李爷扶起，李七候把背凑上，双手挽住他的腿弯，站起来先走。黄天霸在地上拾起李爷的刀，并方世杰的刀，同着小西随后，跟着李七，一路望刘村而来。

原系一望之地，少时便到。叫开店门，一同来到自己房内。伙计说："三位爷们方才哪里去来？直到此时方回。这位爷们想系害病？"天霸道："我实说与你知了罢。咱们都是总漕施大人手下的军官。我们奉了大人的钧旨，到方家堡办案。这是咱们的弟兄，受了重伤。你快去安排卧具，好与他养神。"伙计听得他们都是办案的老爷，连连答应，哪敢怠慢。开店的手忙脚乱，一面吩咐安排卧室，一面叫伙计端整酒饭。自己烹起茶来，闹得住店客人莫睡。天霸来到里面，见李七侯已把公然放在炕上，看他面色比方才好些。果然丹药灵验，神色也清了许多，身子也转动了，这伤口皮肉渐渐红活，黑血变紫，紫又变红，淌去许多毒血，人便能开口。李爷说："多蒙众位兄弟前来救我，恩同再造爷娘，重生父母。不然，我李某早死多时。"

说罢要想起来，给他们叩头。天霸连连止住说："自家兄弟，何用这样子？李兄千万莫动，你身子才好，第一要养神。"吩咐伙计："端正粥汤，好生在旁伺候李老爷，明日重重赏你。"

伙计自去服侍。开店的把茶斟了几碗，一面饭已好了，把酒先叫爷们饮起来。众英雄闹了一夜，腹中饥饿，正用得着。此时心中快乐酒欢肠，大家吃了一阵。用罢了饭，天光大亮。天霸见李爷好了大半，心中要紧转回公馆，叫伙计去雇来驮车，请李爷上了车，然后大家辞别店家，算清账目，叫声："打道！"

大众出了店门，离开刘村，望馆驿而来，一路无话。到公馆门首，只见施安眼泪汪汪，从里面出来。大众一怔。天霸便问："施安，计爷此刻如何？"施安说："计爷死过去了！"天霸与众人先到计全屋内，看视计全。但见王、郭二人前来行礼，彼此就坐。正待开言，只见帘子启处，施公进来，背后跟着何路通。众人一齐见过大人。施公便问："王殿臣，如今计壮士怎样了？"王殿臣说："方才昏晕了一阵，如今唤醒了过来了。"施公便问："李贤弟，灵丹取来没有？"天霸说："丹药取到了。公然兄险遭不测，现下尚欠精神。这话少刻细说，今先要救计大哥要紧。"

李七侯身旁取出药瓶来，交与天霸。天霸走到榻前，一看计全，合目昏沉，气息如丝，随即将药敷上。公然吩咐："把单被与他盖上取汗，这就好得快。"天霸说："李兄，方才小弟不知这个招儿，没与兄取汗。不然，此时还要强旺些吗？"公然点头说道："这丹药敷上，要是不见风，出透一身臭汗，只要六个时辰，归本还原。"施公忙叫何路通，把窗门关上。王殿臣早把单衾与他盖好。

施公带笑开言："李贤弟如何遇险？"李公然就把动身以后，如何到刘村，如何到杨家酒店，如何二更进去，盗了丹药，如何忽见师叔，如何被他射了毒弩，自己就昏迷过去，从头至尾，说了一遍。黄天霸接着说，他三人怎的到了方家堡酒楼，看见世杰回来的；再到刘村，找李兄不见，怎的行到了大树林，遇见他们追来；怎的与世杰大战一场；怎的一镖打伤世杰，他才跑了；怎的把李兄上药，回到刘村寓所，雇了牲口车子回公馆，一五一十，也说了一遍。施公称赞一番，记了各人的功劳。吩咐摆酒，款待众位。贤臣亲自把盏，与众英雄道劳，十分欢喜。施公提起曹姓一案：必须把木匠拿到，方有头绪。黄天霸说："我等明日再去私访，好歹把此冤理明。计大哥在双塘儿，遇见头陀，曾说有个木匠外甥，莫非有些来历？且待计大哥刀伤痊愈，再行探听。”李公然说：“这头陀既来行刺，逃回去了，只怕不肯死心。众位兄弟还须保护大人。”众人点头道：“是。”

何路通说：“咱们何不到玄坛庙去，把恶僧捉来？要是木匠在庙内时，一并就带来。不然，把两个秃驴夹起来，怕他不招出来吗？”李七侯说：“这倒是条捷径路儿。”贤臣带笑开言说：“你二位说得痛快雄壮，虽是依近就近的办法，还得众人斟酌个万全善策方妙。”关小西说：“依我愚见：玄坛庙也可去得，私访也可访得，明日派开各兄弟，各有专责。要到玄坛庙去的，只管整备上玄坛庙去的法子；出去私访的，只管办备私访的路道。不知大人高见若何？”施公笑道：“小西见得不差，但只明日先发私访的出去，私访起来；这玄坛庙去的可迟两日。方才李五弟说过，他师叔的解毒丹敷上，只要不见风，取出汗来，无论什么毒器所伤，只消六个整时，立能返本还原。若过两天，计全必然复原，然后设个计策，再请几位同去方好。”施公又谈论些闲话，尽欢而散。

大人回到卧室。众英雄出来，看视计全，顿觉好的多了，面色也转了，说话也行了，众人一看他精神也有了。他一见公然，就与他道劳，又感谢天霸众位。天霸连忙叫他切勿如此，安心静养为是。大众齐说：“我们不必在此，惊动的计大哥不安，咱们外面去罢！”众人遂各去安歇。一夜易过，又到来朝，大众起身梳洗，用茶点已毕。天霸来见施公，说：“今日派谁出去？若论机灵，计大哥第一，可惜不能出去；其余就算神弹子了。关小西细心谨慎，也可去得；王殿臣精明老练，就是这三个人罢！”施公点头，天霸退出来，便与李公然、关小西、王殿臣三人说明：“大人吩咐你们出去私访，要访得出些风声，或是木匠名姓、住居，或是金钗的下落，便是功劳了。”当下三人议定了道路，各人自去理会，分头私访。

就中单说李公然，回自己房内，脱去箭袍，内着小袖拳衣，外罩湖色绸长衫，白袜云鞋，拿柄折扇，改扮了文人模样，腰内暗藏匕首。出公馆，望着正北而行，一路留心细看，不觉来到静海县的南门。公然步进城门，只听得背后一人抢步向前，喊叫道：“富明，富明，你今天可上玄坛庙吗？”公然回头一看，却是个木匠，见他背上背着斧头、锯子，肩上甩一个蓝布褡链，向城门洞内，随追随喊。公然心内一动，只见前面这个人，也是手艺人打扮，穿着白布短衫，蓝布的裤子，脚上尖头薄底快鞋，年纪不上三十岁；生得獐头鼠目，不像善良之辈。

听得背后有人唤叫他，便立住了脚，回转脸来说道：“做什么叫名叫姓的？大惊小怪！”那木匠已到他身旁，回答说：“你又不犯什么王法，就怕人叫喊名姓吗？”此人说：“不是这样讲，大街小巷，叫人听了不雅相。你叫住我，有甚话说？我要紧去干事呢。”木匠说：“我叫你不为别事，因为我们的东家，要做佛事。出月初二，是他老太太的十周年，要拜三天大悲忏。你若到玄坛庙去，对你母舅说一声。他庙里与我东家老宾主，也不用讲价，叫他到出月初二，先到双林巷，来东家家里，把道场摆好，千万不可失期。可巧遇见了你，央求你带个信儿，就省我走一趟唐官屯了。”这人听了，也没等他说完，便把双手乱摇，说道：“庙内和尚忙的了不得，连下一个月都定满了佛事。你快到别处寺院去定罢！况且我今日也不到庙去。你若去时，也是白跑一趟。我还有要紧的事，过一日同你喝酒吧！”

说毕扬长的去了。那木匠咕噜了一回，也就回转身来，出城而去。公然听得清楚，暗想：前面这个富明，准是吴成的木匠外甥。看他这个形象，这金钗一案，只怕倒有七八分光景。想定主意：就跟这富明走去，看他干些什么，远远地一路跟下去了。好半歇，到一条巷内，见他到一座酒楼上去了，在沿街栏杆内坐下。李爷也走进去，靠里面坐下。酒店伙计过来，问过了酒菜，一一搬来。公然一面吃酒，一面留心瞧这富明。富明虽在那里吃酒，不时把眼睛看着对门一家人家。不知为甚么，且看下回分解。

第一一八回　神弹子旅店逢三杰　白狻猊萍水识英雄

话说神弹子李昆在静海县，遇见这个富明，心中起疑，一路跟着他来到酒店之中。见他一面吃酒，时刻看着对门。李爷把对门一看，见是一家住户人家，门前扬州式子矮闼门关着。

公然心中纳闷，叫伙计做了几张饼来，添上些牛肉、羊肉，吃得饱了。忽听“呀”的一声，见对门矮闼门开了，有一个妇人，在门口站着。李爷看这个妇人，年纪二十多岁，满脸抹着脂粉，身穿月白单衫，下面蓝绸裤子。立在门内，瞧不见两足的大小，只见髻边插着几朵石榴花，生得中等姿色，透着些妖淫气象，立在那里，观看过往之人。李爷心中暗想：看这个妇人，不像正经之人。忽听那富明连咳几声干嗽。这妇人就瞧着栏杆内，作眉作眼，把手指儿做着哑谜。富明把头点了两点，这妇人就关了门进去了。李爷心内明白：方才妇人那个手势儿，分明叫他从后面进去。半刻工夫，只见那富明会了酒钞，出店门去了。

李爷叫伙计过来，说：“小二哥，你生意忙呀。”伙计说：“这店全天都是没事。”李爷说：“你要是没事，我与你闲谈闲谈。我且问你，这条巷叫作什么？”伙计说：“人家都叫他新街。这里望东出了新街，由右手往南，走到十间门里，就是县署衙了。”李爷说：“对门扬州矮闼门内，他们姓什么？做什么生意的呢？”伙计说：“这是王成衣的家里。方才这个妇人，就是王成衣的老婆。一家子就这两口儿。他们的主顾，都是大门墙呢！这王成衣好手段，人家都叫他到家里去做活，却时常不在家里住。爷们可认得他么？”李爷说：“我要是认得，也不问你了。我是没事，与你们闲谈罢了。”伙计笑了一笑，遂走到柜内去了。李爷看那天光，约有申牌时分，就把酒钞会了，走出店门。依着伙计的话，出了新街的东口，顺手转弯，走不上几家门面，果然有条横街，也是头东尾西。进了东口，一路留心，打量着地段，差不多在酒店的对面了。一看北首的房屋，净是店面，并无后门的样子，心中纳闷。细想：方才那妇人的手势，一定是叫富明从后面来的意思，为何这里都是店面，不见他后门呢？只怕还要过去一段才是呢！那李公然来回三五次，走了两三趟，见净是店家，并无后门。忽然见那杂货店旁边，有条小弄，似不通的样子。李爷走到弄内一看，那净头处有个弯儿；转过弯来，正是一条后街，一眼就看见对面墙围内，露出招鸽子小旗来了。公然心内明白，回身出了小弄，想时候尚早，且去落了寓所，待到黄昏过后，方可进去，探听他们说的什么，谅必这王成衣今夜不回来的了。一路走到县衙西首，有家悦来客店。走进门去，伙计就迎接说：“爷们住店吗？”李爷说：“我只要间厢房就是了。”伙计说：“有厢房，东西两间净空着呢。”公然举目一看说：“就是这间西厢罢。”伙计说：“爷们要用酒，还是用饭？”李爷说：“酒是要的，时候还早呢。你先与我烹壶茶来吃了，少停上灯时候再打酒罢！”伙计答应一声，回到外面，烹茶去了。

李爷走到庭心，望着上房中间一看，见有三个人坐着在西间内吃酒，一个白脸，一个紫脸，一个黑脸。心中暗道：好似刘、关、张转世了。只见那白面的年纪四十左右，生得方面大耳，两道剑眉，一双秀眼，额下三绺青须，身穿皂罗箭袍，英风透露。又看这紫脸的，长眉插鬓，虎目圆睁，年纪二十多岁，穿一领生纱短褂，身躯长大，像个好汉。那黑脸的，也是二十左右的年纪，生得细眉圆目，尖嘴缩腮，身材短小，骨瘦如柴，身穿皂绢小袖短袄，英雄挑包，下面兜裆扯裤，足登薄底快靴，虽然穿着武生打扮，看看他没甚能为。公然这个人天生的和气，到处礼貌谦恭，见了他们，就把手一拱，说：“三位尊兄请了。”

只见那三人直站起来，齐说：“仁兄请了。”说着那白脸的早已走到中间，这两人也跟出来了。白脸的到了面前，一拱说：“仁兄请到里面小酌三杯。”公然连忙还礼说：“兄等在此相叙，小弟怎好阻扰清谈？”白脸的说：“我们都是结义的兄弟，没甚事情，兄台何故见外？”一手挽着公然，朝里就走。公然只得跟着三人来到西间屋内。那紫脸的扯了一张椅子过来，朝外放下。三人就让公然首座，公然哪里肯坐，谦了半晌，还是把椅子抛开了些，然后坐了客位。白脸的坐了主位，那两个就左右坐了。伙计刚然拿了一壶茶，一个杯儿，走到西厢房，不见了李爷，就到上房来。一望见他们一起儿在这里了，便笑嘻嘻的走进来，把茶壶、茶杯放在边头桌子上，移过三个杯儿，斟了四个半杯儿茶。一头斟一头说：“爷们在此请客，可要添酒菜么？”白脸的就说：“咱们本来要喊你，你快些添上一席上等的菜来。”伙计满面带笑，连说：“晓得晓得。”回身去了。公然忙说：“尊兄何必过费，使小弟不安。”便问：“尊兄贵姓大名？仙乡何处？”那白脸的说：“我们哥儿三个，都是江南金陵人氏。在下姓甘名亮，外号人称白面狻猊。”指着红脸的说：“这是我拜名弟兄，人称赛姜维邓龙。那位是他的胞弟，人称小元霸邓虎。”公然听了，连忙站起身来说：“小可久闻金陵三杰的大名，只恨关山睽隔，未能拜会，不想今日得遇尊颜，只是小可的万幸。”说着话作了个总揖。三人一齐还礼，同说：“仁兄过奖了。请问仁兄贵姓大名？”李爷说：“小弟姓李名昆。”那甘亮便不待说完，接着道：“莫非人称神弹子，李公然李五兄吗？”李爷连说不敢。三人一齐站起，说：“我等久仰大名，只是无缘相会。”只见伙计添进酒菜来，添上一副杯筷，上四杯酒，说道：“爷们要什么？只管呼唤就是。”甘亮点头，一摆手。伙计提了菜盘，带了残肴，到外面去了。

四人坐下，甘亮把盏敬酒，谈论当世时事，江湖上的勾当，说些拳棒枪刀，十分得意，真是相见恨晚。甘亮说：“小弟意欲与兄结为手足，不知可能俯就否？”李爷说：“不敢，小弟也有此意，只是不敢出口。”甘亮、邓龙、邓虎大喜，立刻吩咐店家。伙计听得，连忙上前说道：“爷们呼唤，还是添酒？还是要菜？”甘亮说：“酒是也要添十壶；你先买办三牲祭礼去，我们要结义呢！”说着向兜肚内摸出两个二十两的长锭，交与伙计。伙计连连答应，用手接了，欢欢喜喜地去了。这里四位英雄，传杯递盏，分外情投。不多时，伙计办齐了：三牲香烛，一切祭献的物件。他把“桃园三义”的神马，供在正中的桌上。把三牲祭物，排列停当，点上红烛，便请爷们拈香。

四位英雄一齐出席，来到外面。先叙了年庚：甘亮居长，李昆第二，邓龙是老三，邓虎老四。伙计一面伺候拈香，一面到外面烫酒，忙忙碌碌，十分高兴。甘亮先上了香，斟了神前酒。然后四人排了次序，一齐跪下，异口同音，称：“我等甘亮、李昆、邓龙、邓虎四人，结异姓骨肉，从此有福同享，有马同骑，患难相扶，各无私念。不愿同年同月生，只愿同年同月死。若有异心，神明殛之。”四人誓毕，对着神三跪九叩，站起来大家对拜了四拜。伙计把红毡毯收起，一面把十壶酒拿到里面。

这几个伙计一齐恭喜爷们。甘亮说：“少停，一齐来领赏。”伙计们叩谢过了，伺候着四位入席，伙计斟酒。李爷说：“如今大哥上座。”甘亮也不谦逊，就在上首坐了，说：“愚兄有占了。”李爷同邓氏弟兄，都依次坐下。一看桌上多了四双小锅儿，锅内无非一色的鱼、肉、火腿、鸡、鸭等类。便问伙计：“我们并没有吩咐你们办下这个来。那是做什么？”伙计齐说道：“这个名叫一品锅，是我们众伙计孝敬爷们的。今日爷们在小店内结义，将来四位爷们，都是官居一品，并列当朝的意思。”甘亮听了，对他们笑了一笑，说：“难得你们一点诚心。”说着摸出十两一锭银子，赏了伙计。众伙计连忙磕头谢赏，口称：“谢了四位老爷赏赐。”站起来欢欢喜喜的，立在那里伺候。李爷说：“我们兄弟都自己斟酒，你们不必伺候。”邓虎说：“干你们的事去。”众伙计谢了一谢，多到外面去了。甘亮说：“贤弟！愚兄闻得你在山东保镖，因何到此？”公然说：“受粮船帮聘金来到天津，遇见施大人青眼相看，我就投在他麾下效力，也想挣个出身。后来到了奉新驿，遇曹必成一案，计全中了毒刀；自己到方家堡盗药，中了一箭，几乎丧命。幸得黄天霸等前来救应，将我救回公馆。今大人谕我等改装私访，各人分道而行。小弟进城，遇见木匠呼唤那人，我疑心是金钗一案，故而寻找寓所，意欲黄昏过后，前去窥探踪迹。不想遇着大哥。把上项事一五一十，细细地说了一遍，绝无半句藏私。”

甘亮等三人听了，同声叫：“好，这才是大丈夫的志气。那绿林里面，江湖道上，俱非豪杰久居之所。”大家欢呼畅饮。只见伙计点上灯烛，烹上雨前茶来。四弟兄猜拳行令，直吃到二更之后，方才用饭。伙计伺候饭毕，把残席撤去，自去收拾店铺去了。李爷便说：“大哥与二位贤弟，各请安歇，小弟去去就来。”三人嘱咐小心在意。

李爷回到西厢房，把长衣卸了，插好匕首，从庭心内飞身上屋，施展夜行的功夫，蹿房跳脊，在屋上望东而去。认准这杆鸽子旗，飘身下去，落在围墙之内。四下一望，见院子里灯光明亮，李爷鹤行鹭伏，来到窗前，侧耳细听，正是一男一女的声音。李爷就在窗前纸上戳了个小孔儿张着：男的便是富明，女的就是酒店内看见的王成衣老婆。只听那富明说：“这东西我好容易得来，这一夜分明放在枕头旁边，到了天明，我见时候不早，要紧出去，一定是忘记了带来。及至到了庙内，找寻不见。路上又没耽搁，却到哪里去，不是你收拾了，还有谁呢？”又听妇人说：“只怕你在半路上忘了，或是人多的地方，被扒手扒了。我要是拿了你的，肯叫你这样猴急，还不说出吗？与你也不是新交好，难道我的心事，你还不知道吗？将来身子总还是你的，难道要你一根金钗不成？”富明说：“你的心迹我怕不知呢！这件东西，原是要与你做个久远之计了。岂知可巧的，来了个喜管闲事的施不全。被曹必成的妻子，在他手内告准了状子。他四面八方，发人探访。我吓着了，逃到母舅的庙内。”妇人说：“既然你躲在庙内，人不知鬼不觉，他们要来拿你，再想不到这个所在的，你为何又出来了？”

富明说：“这个事也是活该。我到庙里时节，恰好有个同行叫做张四正的，在庙内做工，就叫唤我。他说：‘富明你今日可是望望母舅吗？’我只得答应他：‘正是。’口中虽是回他，心内就是一怔。我说：‘张四哥，你做了几天了？’他说：‘今日头一天呢。’我说：‘生活做完没有？’他说：‘还有两天做呢！’这时我母舅不在庙内。就想等我母舅回来，叫他回绝了张四，说道几天再做大悲忏。母舅回来，同了一个和尚朋友一起到庙。我见了母舅，就把自己的事，告诉了一回，又叫他把张四回绝了，免得人家起疑。母舅说：‘你只管放心，张木匠只管叫他做工。今夜或是明夜，施不全的脑袋，都在我手里了，你还怕他做什么？’我想这事更好了，我就放心住在庙里，张四来做工，也不必避他了。岂知到了后夜，我母舅前去行刺，却被他们看见。母舅见事不妥，回身便走。他们的手下部将，后面追赶下来。母舅细一看那人，原来前一天夜双塘儿酒店内遇见过的，回手发了一把毒刀，将他伤了肩头。母舅知道他中了毒刀，不过两天工夫，终究要死，也就不去追他，让他逃回去了。母舅回到庙里，说起此事。于七一听，就说：‘坏了事了。’那时母舅想着，也把两脚一顿，说：‘是我疏忽了，放他走坏了。’我就问母舅为什么坏呢？母舅说：‘我们在双塘儿酒店里吃酒，说话的时节，这个人也在旁边桌子上吃酒哪！及至我们走出酒店，这人还没动身。只怕我们说的话，被他听见，岂不要到庙中找寻？就是他没听见我们的话，他只要问了酒店里，就知我在玄坛庙了。如今中了毒刀，虽然性命不保，他只逃到公馆，见了别人，岂不把我们的来历，告诉别人吗？’到了第四天，母舅同了于七又去行刺，到了公馆屋上，只见里面弓上弦，刀出鞘，周流巡察，保护得没处下手。就到外面屋上，细细探听；哪知他们全晓得了，正要到庙里来，连两个和尚，一个木匠外甥，一案而擒。母舅回来，说明此事，吓得我魂魄俱消。忽听得外面敲门，我只道官兵到了，正想逃走，岂知来了母舅的师父同师弟两个，我方才定心。听他们四个人商议，要在庙里设下埋伏，准备抵敌官军，杀他个片甲不回。我想了半夜，没有合眼。此事弄得太大了，还是走罢！故此前来看你，商量个法子，我与你及早高飞远去，想此地一日也住不得了。若说要走也容易的，只是苦了这件东西没有了，我与你逃到别处，怎么样过日子呢？”

李爷正听得富明说到这里，忽听前门砰砰地有人打门。不知是何人到来，且听下回分解。

第一一九回　王成衣捉奸被杀　富木匠就地行刑

且说李公然在窗外侧耳细听，富明把前前后后一本说了，心中大喜。忽听得前门有人叫门。富明慌着说："不好了，酒鬼来了；一定知了风声，酒也没喝，特地来捉奸了！"妇人忙说："你快些走罢！"富明说："叫我哪里出去呢？"妇人说："你从后面围墙上出去罢！"富明说："围墙又高，又没接脚的东西，怎的跳得过？"二人正在着忙，忽听外面擂鼓也似的敲门，口内骂道："贱货！你在里头做什么？还不开门啦？"富明说："你且应了他再讲，被他闹的四邻八舍都听得了。"妇人口内喊着："天杀的！半夜三更的回来，我不要点起灯来，穿好衣服，才好开门吗？"外面不管，只是骂着说："你要不开，我就打门进来了。"妇人口里虽硬，心内越发着急。富明说："你且不用慌，我在这里静海县地面一天也住不得了。如今有两条路在此，凭你走哪一条罢？"妇人说："什么路？快说吧！"

富明说："你要是跟着我的，我在房内等着，你去开门，放他进来，待我结果了酒鬼性命，与你拿了些细软东西，连夜逃走到别处去，天长地久过日子。你要是跟他的，我就此走了，与你断绝往来，今生今世，再不见面了。"妇人听了，流下眼泪来说："叫我怎么舍得下你呢？"富明说："既然这样，你就去开门，放他进来吧！"妇人虽是点头，那两条腿抖的寸步难行。

忽听得外面豁喇喇一声响亮，果真打开大门了。这李爷在外看的明白，只见他五短身材，生成一个猫儿脸，断眉毛，小圆眼睛，小耳朵，十几根菱角髭须，眉毛眼睛，聚在一处——可怜他死在目前，尚然未晓。一进房来，指着老婆就骂，气哼哼地说："你做得好事！"东一张，西一看，瞧了瞧床底下说道："这个忘八躲到哪里去了？"正要回身出房去寻找，忽然见富明抢将进来，手提了一把菜刀，一手扯住王成衣，举刀便砍。

这人与富明正欲动手，只听得"磕磕察察"的，一连七八刀，把个王成衣的脑袋砍得零里零丁，没有一半完全的了。李爷看见这个光景，也觉可怜。这妇人虽则与富明通奸，究竟与酒鬼数年有结发之情，见丈夫死得太惨，听他临死，砍到两三刀的时候，还喊叫："大姐快来劝劝，饶了我罢！"岂知妇人这时光，吓得浑身乱抖，心头乱撞，一头哭，一手扯住富明说："你把我丈夫杀死，叫我怎样呢！"富明说："你是吓昏！快快收拾细软东西、替换衣服，打成两个包袱，等待天明，同你逃出城，往那乡再作道理。"妇人听了，越发哭起来了，说："我是小足伶俐，怎会逃难？跟你去也是折磨死了。住在这里，明日官府捉去，谋死亲夫，也是六刀之罪。我前后总是一死。你索性把我杀了，倒是给我一个爽快，省着受许多惊恐。"说着揪住富明的衣服，只是不放，叫道："你要想走吗？"富明听了这句言语，见他真个不肯放他，不觉一时怒起，用他左手对着他胸前只一掌，打个正着。那妇人怎禁得这一下，把手一松，仰面朝天，往后噗咚的一跤，跌倒在地。也是活该，这一跤跌下去，可巧她的脑袋碰在柱磉石上，只听得咔嚓一声响，登时脑浆迸出，一命呜呼！富明见了，哈哈一笑说："这是你自己讨死，与我无干。"李爷恐被他前门走了，一翻身跳上瓦房，来到庭心，飞身而来。悄悄走到房门之外，也不进去捉他，只在房门外等着，看他在里面做什么。

却说富明见妇人已死，把手内切菜刀抛在一旁，走过去把箱笼物件，乱翻乱倒，见了值钱的金银首饰，就向兜肚内乱塞；虽是小经纪人家，倒也有好几十两银子的东西。哪知他翻来覆去，随手抓得一件东西，富明又是哈哈一笑，说道："原来果然是你拿的。想你平日与我恩爱，都是哄我哪！你这死得一些也不冤枉了。"李爷听了，在门缝内瞧着，见他手内拿的黄澄澄的正是一根金钗，把来也放在兜肚之内，笑嘻嘻地说道："我有了这些东西，难道没了老婆吗？到处好过日子了。老爷走他娘！"说着走出房门。不防李爷闪在旁边，等他走到近身，喝声"慢着！"把他夹颈皮抓住，小鸡般提将过来。富明这一吓，几乎失落了三魂七魄，口中只叫："老爷饶命！"李爷说："你自己不肯饶人，倒叫人饶你。也罢，你把兜肚解下来献了我，我便不来杀你。"富明无奈，自己性命要紧，只得将兜肚解下来，说："爷爷拿去，放了我罢！"李爷一手接过兜肚说："且慢，我得了你的贿赂，应许下不杀你，你只管放心罢！"说着话，将他放在地下，找了一根绳子，把他四马攒蹄捆起，然后将兜肚束在自己腰间，一手提了富明，直奔围墙而来。

却说李公然提了富明，来到西厢房内，只听得外面正打四更。把富明抛在地下，自己斜卧炕上，略息片时，天光大亮。只闻邓虎在里面说："恭喜二哥，差使得了。"公然连忙起身，来到上房，见了三杰。一同坐下说："哥弟此刻欲往何处？要没事何不与小弟同往奉新驿？兄弟们也得畅叙几时。"甘亮说："贤弟公事在身，理当先去交差，一路保着大人，建立奇功伟绩，争个名扬后世，荫子封妻，就是愚兄面上，也觉光彩。我等现在要访探友人，与贤弟后会有期。"李爷说："小弟就此告辞。"叫伙计出去雇了车子，把富明安放车上，用一个大蒲包，套在富明身上。李爷不喜坐车，跟着步行。甘亮等三人送至外面。未免大家有些依恋之情。邓虎更加难舍二哥，定要独送一程。李爷挡住说："兄弟请留贵步，'送君千里，终须一别'。我等后会非遥，何用如此？"邓虎也只得罢了，四人各自一拱而别，不提。

单说李公然押了车子，出得静海城，一路望奉新驿而来，路上无话。不多时到了公馆门首，李爷唤叫从人伴当，把蒲包提到里屋，吩咐他们："留心看守，此乃要犯！"自己与何路通、李七侯、郭起凤等见礼。只见计全坐在那里，瞧见公然进来，早已迎将出来，又谢了盗药之情。李爷说："计哥哥贵体如何？"计全说："多谢贤弟。这个丹药真是仙丹，如今竟无一毫毛病。贤弟访得案情，且见大人交差，再与你贺喜。"李昆即到里面，见了大人，行礼已毕。大人吩咐一旁坐下。李爷叫把富明带来。

此时从人早已开了车子回去，把蒲包除去，将富明解开脚上绳索，单捆两手，将他押到施公面前来。施公便问："此系何人？"李爷就把昨日私访的情由，从头至尾，说了一遍。说着话，向兜肚内摸出一支金钗，两手奉与大人。大人接了金钗，满脸堆笑说："李贤弟，又是一件大功，可喜可贺。"吩咐从人："叫军士们站班伺候。"施公居中坐下，叫把富明带上来。从人答应一声，两个军士，押了富明，朝上跪下。施公便说："富明，你便把得金钗，调戏周氏之事，从实供来，本院从轻发落；若有半句唐突，我请上方宝剑，斩你脑袋，后悔莫及。"富明一想，左右是死，不如招了，免受刑罚。便说："小人情愿招来。只因小人在翰林家中做工。曹翰林有个小妾周氏，年方二十多岁，生得风流标致，常到做工的地方，看小人做工。小人一见生得俊俏，心甚爱她，恨不得一口把她囫囵吞下肚去。可巧她见了小人，常把言语搭讪。小人心中昏了，当她看中了小人，夜夜思念于她。这一日，玉凤送茶壶来，说道：'我家姨奶奶的好茶，叫我送与你吃的。'我听了此言，心内就想：姨娘怎地要好，把自己用的茶壶，给我木匠司务吃茶呢？及至呷了几口，这个味道，自出世以来也没吃过，我就开了壶盖，看看什么样子的茶叶？岂知一看，只见黄澄澄的一支金钗。我想金钗怎么在茶壶内呢？一定是姨娘看中了我，叫我夜里进去，这个金钗就是表记。我就收在身旁，到了黄昏时候，在门房内一问，今夜曹老爷不回来了，我想越发对了。这个时候，小人脚上没穿着鞋子呢！走进去，刚见有双鞋子，放在那里，认得是曹必成的，谅他晒着忘记了收。心中一想：若是赤着脚到姨娘房里，究竟不雅，我就借用一借用罢！谁知穿上鞋子，走到姨娘房中，灯火也没。我就轻轻叫了几声'姨奶奶'，并不答应。我当她等得性急了，睡熟在床上罢！我就摸来摸去，摸到床上，并没有人。正要想出来，只听得脚步声响，我心中欢喜，以为是姨娘来了，连忙将她一抱，就与她亲个嘴儿。那里晓得一嘴毛烘烘的。就听他喊叫起来，方才晓得曹老爷到了。我吓得生出急智，就把鞋子脱在房内，赤脚逃走出来。倘然老爷追究起来，让曹必成去晦气，与我不相干了。如今遇着大人是青天，小人怎敢说谎。求大人笔下超生。”

施公说：“你杀死王成衣夫妻，从实说来！”富明一想：此事被他们在窗外都听去了？当时就把我捉住，再也赖不过去，我横竖一死，索性说了，免得零碎受苦。就把向来与王成衣妻子通奸，后来怎样躲在庙内，又进城去，将王成衣杀死一事，从头细说了一遍。施公吩咐记了口供，叫计全、何路通二人带护卫军士，押着富明，一封书信，连着供单，送到静海县去。

计、何二人上马，取了家伙。军士押了犯人在前，一路进城，到了县衙，二人下马。计全把书信取出，呈与知县。陈太爷见书信，知道前案已得，今又有两条命案：“只怕我的前程有些不保。”吩咐伺候站堂，一面差人去请曹步云到来，一面监内提曹必成。不多时案犯齐集，知县升坐大堂，两旁衙役、书吏、皂隶，一齐伺候。陈景隆先请曹翰林到堂，曹必成跪在下面。

知县吩咐带木匠富明上来。差人传说：“带凶手！”曹步云一看，认得是叫过来在家做工的富木匠。他见了知县，全不翻改，照前番的样子，一五一十地说了一遍。曹翰林方知冤死了爱妾，屈害了这个义仆，心中好生难受。陈景隆审明了富木匠的亲供，书吏记了供单，随即当堂与曹必成除去刑具，换了衣服；将富明钉镣收监，吩咐狱官，格外留心。一面叫差人快些备一乘小轿，一匹牲口，自己也不敢打道了，单传提轿伺候。先请计全、何路通二位上马先行，陈景隆坐上轿子，曹步云乘了小轿，老家人骑了牲口，只用四个公人，一顶红伞，立刻出南门，到奉新驿而来，一路无话。

不多时，到了公馆门首，下马的下马，出轿的出轿。门上报知施公说：“静海县到了。”大人吩咐道：“请。”陈景隆、曹步云主仆进公馆，来到书房，参见钦差大人已毕。大人吩咐：“看坐。”曹步云谦逊一回坐下。陈知县跪在地下，连连叩首说：“卑职该死。回禀大人，现今曹必成一案，已将富明木匠审明口供。曹必成实情冤枉，今已开释。富明连伤三命，请大人谕下。”施公定了“立斩”罪名，因他尚有余党，不必详文上去，就于明日就地正法。岂知仍然不安，且看下回分解。

第一二〇回　关小西私探玄坛庙　黄天霸护囚静海城

却说施贤臣代理巡按，可以先斩后奏，便宜行事。富木匠连伤三命，罪无可逃，定了斩决。因为他尚有余党，恐其反牢劫狱，沿途邀截为阻，就命明日午时，在本城处决。陈景隆理事糊涂，理应开革，姑且从宽，俾其改过自新，记了大过三次。

曹步云枉为翰林，见事草率，诬告义仆，申斥一番；着将曹必成领回，好好看待。曹翰林诺诺连声，同了曹必成，谢了大人，先回去不提。静海县知县，启禀大人说："城中只有右营城守，别无武将，恐其临刑劫夺，请大人给发能员保护法场，方为妥当。"施公点头说："贵县先回衙理事。王成衣家内尸首，可曾料理？"陈景隆说："卑职昨日清晨，就得报王成衣家被盗，杀死二命。卑职立刻前去相验：就见大门打坏，王成衣夫妇被杀死在房内，箱笼物件，倒翻满地。卑职也只道强人所为，怎想到因奸被杀的呢？就命地方，买棺木成殓，房屋封锁入官。及至回到衙门，大人的书信连凶手也就到了。"施公说："这就是糊涂。你不想，要是强盗，岂有不带刀剑，怎么凶器倒是切菜刀呢？你以后若不实心任事，照此糊涂，少不得要去了前程。"

陈知县连连磕头称是，说："卑职再不敢粗心草率了。"施公说："你就回衙去罢，明日我打发黄副将并王、郭二守备，一同保护法场便了。"陈景隆谢了大人，告辞出去，提轿回衙去了，不必细说。

且说施公平反了曹必成冤狱，以为明日斩了凶手，便可起身。只因玄坛庙凶僧吴成，结连了于七——改名薛酬，若不除去，终是百姓的祸根。便与黄天霸、李公然、计全三人，商议此事。李公然说：

“我听富明说，玄坛庙内，又到了吴成的师父师弟，这二人本领非常，不知叫作什么。如今庙内设下重重埋伏，全有准备，不斩只怕为祸不小。”施公说：“我不虑他行刺，所忧者：只怕此时不将他除了，将来养痈遗患，陷害良民百姓。”计全说：“行刺最要严防。我料他们时常到来，只因防备得紧，故此不敢下手。”正在议论，只见关小西、王殿臣二人回来，见了大人行礼，又与众弟兄一拱手。大家还礼。大人吩咐一同坐下，便问：“二位今日私访如何？”小西说：“我听说曹必成案情得了哪！”施公说：“这个案已结了。我问你玄坛庙里的消息如何？”关小西说：“这玄坛庙的事，我也打听明白了。今日我与王老爷出去的时节，就商议好了，同走一路，到唐官屯玄坛庙去。因为恐怕恶僧看破形踪，孤掌难鸣，所以二人同去，有个斟酌。到了唐官屯一看，却是个热闹去处。这条镇南头到北，也有二里多长，就在双塘儿的腹里。南头冷静，有个郑家花园，极其宽大的。这玄坛庙，就在北头的市梢，离开市镇有一箭之遥，房屋倒也不少，大约总有数十间，四面围墙高峻。和尚不过十几个，都是念经拜忏的客师，并无本领。只有当家和尚静修，是个飞贼出身，就是行刺的那个吴成哪！如今来了这于七，法名叫静喜，与他一师门下。今日这两个贼秃不在庙里。我二人胆大了，就走到里边各处游玩，并不见什么踪迹。去了些香钱，就出庙，来到镇上，走了两趟，在一家大茶馆内啜茶。正听人讲的高兴，一个说：‘我实在劳不起了，趁他这几个钱，不是买命钱吗？’一个说：‘原来倒还好哪，自从静喜师父来了，直闹的黄河浑了。时常半夜三更出去，回来时要茶要酒。伺候一天，已经乏了，巴不得放倒头就睡，他还要时刻叫唤，要长要短，实在不体恤旁人了。’一个说：‘前日又来什么师父了？王二哥我且问你，为什么当家的师父、师弟，都是拖辫子的？’一个说：‘你不晓得，这个师傅不是出家和尚的师父，只是他拜从学习刀枪拳棒的师傅呢！这是江湖上有名的大本领，叫活阎王李天寿，人家遇见了他，就是遇见阎王了。王二哥，我昨日听得施主人家讲，说咱们南头那个郑家花园，出了妖精。我们回去，你就多辛苦点儿，我对当家说，叫他多加你多少钱就是了。’说着话出去，我与王爷，见时候不早，也就回来了。据我看，这玄坛庙很有些费手。”

施公听了，愁眉不展，就把李公然听得富明的话，略述了一遍。小西说：“符合的了。”计全说：“这个活阎王李天寿，他的徒弟叫赛猿猴朱镳，我倒认得的，真是大本领啦！”众人都说：“计大哥如何认得他们？究竟有多少能为？”计全说：“究竟的能为，我也不知底细。我单见着赛猿猴显过本领。”就前番到双塘儿私访，在半路之上松林里，遇见一老一少，那痨病鬼手打二雁的话，学说一遍。众人都说：“一定是的了！”

施公便问：“众位贤弟，有何计较，擒这几个贼人，与百姓除害？”天霸说：“明日待咱进城，保护法场。斩了富明之后，就教知县着右营城守，调二百名官兵，于黄昏时候，在双塘儿取齐。二更到唐官屯，三更围住玄坛庙。我等众弟兄杀进庙内，一齐动手，把他们拿住。”李公然说：“众弟兄不能一齐进去，只宜进去一半，其余要在外面，分头埋伏，把守各路，方为妥当。”施公点头说：“五弟之言有理，各人预先派定，谁进庙，谁守哪一路，在哪里埋伏，俱各有汛地。”说罢，天霸同着王殿臣、郭起凤，入城保护法场。不多时进了南门，到得知县衙门，丢鞭下马，来到花厅。陈景隆迎接三位入内。景隆升堂，传齐衙役。在监内提出富明，捆绑停当，判了斩条，就请天霸等三人上马。城守冯老爷带领二百名军士，弓上弦，刀出鞘，在前开路。黄副将同王、郭二守备，押着犯人而行。随后，陈知县摆道，亲自监斩。一路来到教场，上演武厅升座。旁边客位，坐着黄天霸。捆绑手把犯人推到教场中间，朝南跪着。二百军兵，把犯人团团围住，发一声喊。城守冯老爷骑在马上，手执大砍刀，四面巡哨。王殿臣、郭起凤各抓兵器，在演武厅下，左右保护。当时看的人拥挤不开。这时正交午时二刻，只争一刻开刀，就没事了。岂知祸从肘腋起，变在转眼间。要知抢劫法场的情由，且看下回分解。

第一二一回　设埋伏阎王定计　劫法场众贼乔装

且说静修头陀去行刺，无奈防备得紧急，难以下手，两次俱是空劳跋涉。那一天吴成的学武老师活阎王李天寿，同了小徒弟朱镳到来。吴成大喜，摆酒款待，就把于七报仇之事，对他说了，又提起外甥藏躲的情节，道："如今施不全那里，知晓咱们在此，少不得迟早要来相犯我们。这施不全手下，皆有能为之人。我正恐寡不敌众，幸得师父、师弟到来，这是徒弟的万幸。"活阎王便问："施不全手下之人，共有多少？"于七说："旧时不过四五人。"吴成说："如今不满十个，内中有几个平常的。"活阎王李天寿听罢此言，哈哈大笑说："我只道有一百与八十，倒要费我手脚。原来这点小辈，杀鸡焉用牛刀？我料他们心狠肠毒，日间必不到，恐怕我们逃走。一定半夜三更调了官兵官将，把守庙宇，团团围住。咱各路设下伏兵，让他进来，一网打尽。"于七拍手说："师尊料事如见，一些也不曾差错。"吴成说："这便如何是好？"活阎王吩咐：赶紧埋伏，等到黄昏，一切俱齐。活阎王李天寿教他按法埋伏，吴成以后每天关山门，就设埋伏；到天明，先行收了，然后开门，把这玄坛庙，摆布铁桶相似。哪知到了天明，就得着富明被擒的信息。吴成、于七连忙进城打听。就是关小西到庙里的这一日，他们两个探得明白，明日午时，在县城处斩富明，商议要反牢劫狱。等到二更后两人飞身上了监墙，四面观看，无奈把守得连风都吹不进去，只得越墙而出，回转庙内，告诉了师父、师弟。活阎王说："天已将亮，反牢劫狱，神仙也来不及了。横竖明日午时处斩，我去抢法场罢！"当下四人计议停当。

一到天明，吃饱了酒饭，各人改扮，分服色方可混人眼目。活阎王李天寿善用一把铁桨，铁桨中间暗藏一把利刀，共重六十四斤，长有三尺五寸；他杀得性起，从桨柄内独出刀来，左手舞桨，右手挥刀，凭你千军万马，所到之处，但见血肉交飞。此时就扮做一个渔翁，头上原戴的露顶凉帽，身穿葛布大袖衫，下系蓝裙，足下草鞋，把桨拿在胁肋下。那赛猿猴朱镳，形如病鬼，还有谁人起疑，不用更换，便将一对双刀，藏在身旁。吴成除去了头上金箍，将头发挽个结绉儿，身穿一套破衫破裤，手中拿一条硬树扁担，腰别一柄铁斧，扮个樵柴的汉子。于七也把金箍子去了，就用个紫檀道冠，将发盘上，插了一枝竹簪儿，身穿蓝布道袍，足上一双半旧朱履，背上一把宝剑，手中拿着白布招牌，上写："神符治病，不取分文"，就算个走江湖的画符道士。这等的乔装改扮，极是容易，立刻扮换停当，陆续出庙，直奔静海县来。

到城内，吴成远远望见教场内，人山人海，都是看杀人的。那差使还没来，只有当乡地保在教场伺候。这些看的人有的吃酒，有的吃点心食物，有的看把戏，有的看耍拳弄捧，东一堆，西一簇，纷纷扰攘。吴成四面寻找，只是看不见他们三人。走到演武厅那里，地方拿着藤条，不好别人过去。吴成望了一望，他们也不在此处，回身再去寻找。先到一个人圈子里，就挤将进去一看，正是于七在那里鬼画符呢！口中说道："不论什么打伤跌伤，无名肿毒，一不用刀针，二不用丹药，只要三道灵符，立刻痊愈。有毛病的请过来，当面见效，分文不取，有缘遇我，错过难逢。"吴成在旁边听得笑出来了，就把身子往后一鞠。那背后的人直跳起来，骂说："你这卖柴的忘八，只管好笑，把身鞠什么呢？把你腰内斧头柄，搠的我卵脬都穿破了。"

吴成一听骂他忘八，哪里还忍耐得住，就顿然大怒，一把揪住那人，把扁担扬起就打。那些看画符的人，看他动手，一齐喊道："容你不讲理哪？我们大家来打呀！"众人乱嚷，于七恐怕弄出事来，不当稳便，连忙过来解劝说："这位卖柴朋友，你碰了人家，还要动手，是你的不是了。"一手把吴成扯住说："算了罢！"又向众人作一甩网揖，说道："众位施主，看家人的分上，让我医治人毛病罢！"众人说："多一事不如少一事，也不与他较量。"闲话休提，吴成会同了于七，聚在一处，东寻西看，只是寻不见活阎王、赛猿猴两个，走到一个人圈子里，二人挤到中间，见是卖拳的在那里打对手。看的人齐声叫："好！"于七一看，这两个卖拳的，年纪都不上三十岁，上身赤着膊，下面都是兜裆扯裤，足上紧统骁靴。一个使一根三节连环镔铁棍；一个使两柄板斧，丁丁当当，打的真是好看。这使棍的中等身材，白净皮面，竖眉弯眼，露着杀气；那使斧的，魁伟长大，面如锅底，粗眉大眼，阔口招耳。领下俱无须髯，像一对好汉。

只见两人把一趟斧、棍打完，向众人拱手，借助盘川。顷刻间丢了一吊多钱。二人把钱收拾起，只见吴成走过去把手一抬说："二位贤弟久违了！"二人看见，就是一怔，便说："哥哥你怎的？"以下还没说出，吴成丢了一个眼色，二人就说："你怎的也来看杀人哪？"吴成说："不错，我把柴卖了，时候还早，听说今日杀人，因此来瞧瞧热闹儿。"二人便把场子散了，穿了衣服，拿了家伙，同着吴成来到教场门首一条横街上。看见一座酒楼，三人走上楼，里面阁子里头，拣了一副座儿。只见一个游方道士，也跟了进来，吴成拖他一同坐下。酒保问过了酒菜，立刻搬来，摆放桌上，自去应酬别的主顾去了。

吴成就对二人说："二位贤弟，你们来见见。这位便是于六的兄弟于七，现今改名薛酬，从了我师立本禅师出家，法名叫作静喜。"二人立起来，作了一揖，齐说："久仰大名，无缘拜会。"于七连忙答礼。吴成指着那个白脸的说："这位就是玉面虎马英。"指着黑脸的说："那位便是七煞神张宝。他们都是卧牛山的寨主。"于七说："久闻二位英雄盖世，难得今日相会，真是万幸。"四人谦让坐下，马英便问："二位哥哥，为着何事，乔装打扮到来？莫非今日所斩这个人，与二位哥哥相关么？"

吴成笑道："马贤弟真是机灵，一些也不错。这件事说也话长。"就把双塘儿遇见于七，要报仇的话说起，直至同了师父李天寿、师弟朱镳，改扮进城，意欲抢劫法场的话，说了一遍。又说："今日天赐其便，巧遇二位贤弟到此，望拔刀相助！"马英、张宝同说："自己弟兄，岂有袖手旁观之理？"四人一头吃酒，便一头讲话。吴成说："二位贤弟，为何在此卖艺？"马英说："我们的事，也是一言难尽，现下时候，午牌快到，不能细说，过后才告诉哥哥罢。只是今日这件事，也须定个主意，少停救了你的外甥打那里走哪？或者他们有了准备，施不全派下能人保护，少不得一场厮杀，倘然失散了，可到哪里聚会？"吴成说："我们全算计定了，少停等阴阳官报午时三刻，刽子手朝上打千，请刀为号，我们一齐发作。于七弟杀死刽子手开路，我就抢了犯人背着，跟他一直杀出南门，直奔正南四五里路，有个大松林会齐，一同回唐官屯正乙玄坛庙。我师父李天寿、朱镳，他二人抵敌施不全部将。诸事安排，就是缺少挡住官兵、城守并这民壮马快，有些为难，又没一个喽兵伴当。正在忧心，幸得二位贤弟到来，岂非愚兄的万幸么？"马英说："弟弟放心。"正说着，只听得远远锣声响亮，那街坊上的人，向东乱奔，嚷喊道："快去看呀！差使的来了！"吴成一个腾步，直蹿到前面楼窗上，向下一望，就见官兵官将，纷纷攘攘，已到教场里面。望见后边一顶红伞，如飞般的抢进去了。他连忙回转身来，把手一抬，说："三位快走！"

说着自己先下楼去，背后于七、马英、张宝，急忙取了家伙，随后连蹿带蹦，下了扶梯，直奔出来。酒保喊道："四位出来会账，共吃一两二钱三分。"哪知他们连理也不理，直奔街上去了。掌柜的看这光景不好，准是要赊吃了，还亏他心灵手快，隔柜台一把扯住了张宝的肩膀。哪知恰巧撞着这七煞神，顺手一巴掌摔去。怎当他蛮牛般的力气，就直转去，只听得哗啦啦的乒乓乒乓一阵乱响，把案头上的鱼肉荤腥，碗盏家伙，打碎个精光。伙计连忙进来，将他扶起一看，头也跌破了，手也跌直了，还倒了一身油腻的汤水。掌柜的直气得眼睛发定，又是气恨，又是疼痛，人又跑了。今天的人千千万万，哪里去追？只有把他们骂一场，见旁边留落一条硬树扁担，这就算赚头了。一言表过不提。

且说四条好汉，离酒楼，出横街，跟着众人拥进教场。正见静海县知县出了轿，上演武厅坐下。那一营五百官兵，都是弓上弦，刀出鞘，团团围绕着圈子。四人要想轧进去，却被官兵吆喝住了。四人不敢发作，暂且忍气，只得就在他们背后张望着。这演武厅上，居中坐着陈景隆太爷。旁边坐着黄天霸，捧着单刀威风凛凛。背后站着多少刑房书吏人等。厅下王殿臣、郭起凤分立两旁。犯人跪在中央，捆绑手、刽子手，四围保定。

只听阴阳官报说："午时二刻"。就见右营城守冯老爷，提着大刀，周围巡哨。此时看的人都在四面远看，谁也不能挤得进圈子里去。吴成心内明白，却不知师父、师弟可在这里，暗与于七、马英、张宝三人丢了个眼色，就直跳着咆哮起来，乱叫了一声，犹如半天里起了一个霹雳。他提起碗大的拳头，照着那官兵乱打。就看一阵乱嚷，里头阴阳官正报午时三刻。

话说阴阳官报：午时三刻。陈知县吩咐："推下去！"左右把犯人双臂绑定，飞奔到教场中心，朝外跪倒。只见那刽子手捧着那把勾魂落魄的鬼头刀，抢步上演武厅，单屈膝一跪，禀请行刑。陈知县说声"快砍！"忽听那边发一声喊，四下里噗咚咚如猛虎般的跳进五六个人来。陈景隆只吓得浑身发抖，心头别别的跳个不住，二十四对牙齿，捉对儿厮打。那刽子手刚刚才举刀，不料于七在人丛中，直钻进来，一个滚地龙之势，早到跟前，把背上宝剑嗖的拔出，顺手一指，刽子手脑袋已离却颈项，噗咚尸首栽倒。吴成此时早把官兵推倒，腰间拔出砍柴斧头，连蹿带蹦，也就到了外甥身旁，叫声："外甥，不要惊慌，我来救你出去。"口中这般说，手中柴斧起处，早把几个捆绑手砍倒。有几个机灵的见势头不好，走得快，就算便宜。

于七将绑富明的绳索割断，吴成背了外甥，抡柴斧一路使着，撒腿就跑；于七舞动宝剑，在前开路，把这些官兵，如砍瓜切菜般的乱杀。

黄天霸一见燕子般的飞进几个人来，就知事情坏了，站起身来大喝一声："好大胆的强徒！擅敢抢劫要犯，我来也！"提了钢刀，直奔下演武厅来。劈面正迎着一个老者，须发皆白，长发打了个结儿，头戴草帽，身穿渔翁的服色，手中提着一把船桨，正是活阎王李天寿。黄天霸不问是谁，将刀照头就劈。

只见那老者不慌不忙，把桨往上一提，将黄天霸的刀架开。这二人刀来桨去，杀在一堆。旁边郭起凤正要上前帮助天霸，又恐不是这老头儿对手。忽见来了一个痨病孩子，手舞双刀直扑过来。郭起凤忖想："也是我的时运转了。"遇着这个痨病鬼，一定稳稳地拿来，他便要讨这个便宜货了。哪知恰撞着了硬头货哪！起凤大喝一声，舞动铁锏，迎身上去。赛猿猴把双足一蹬，往上打了个旋风，身在空中滴溜溜旋转，两脚未踏实地，双刀先劈下来。王殿臣过来相帮，照定病孩子夹背一刀。朱镳年纪虽小，跟着活阎王遇个大敌，早已旋转一闪，还刀便砍。

三人杀在一处，只是王、郭二人哪里抵敌得住赛猿猴呢？再说马英、张宝正与官兵争打，忽见大家动手，马英把三节镔铁连环棍，施展开来；张宝拔出两柄板斧，不管军民百姓男女大小，只要碰在板斧边，总归断命。当时教场内众百姓，顿时大乱，齐声喊叫："反了！快些逃命，强盗杀人呀！"大家乱窜奔逃，惊天动地，暂且慢表。

且说活阎王把铁桨挥动，天霸用尽平生之力，只是抵挡不住。幸亏李天寿无心伤他，见吴成已将犯人救出，便打了一个胡哨，虚晃一桨，杀奔南门而去。赛猿猴朱镳把王殿臣、郭起凤二人杀得不能招架的时候，忽听师父胡哨，也便吼了一声，撇下二人追上活阎王去了。

黄天霸与王、郭二人会在一处。天霸说："差使被他劫去，如何回见大人？我们不能不赶。"王殿臣、郭起凤听了没法，只得说："我们并力追到南门，看他们怎出南门？"三人追赶了一回，听逃命的百姓嚷说："方才一个道士，背了犯人，逃出东门去了。"天霸听了此言，招呼王、郭二人，一齐追到东门。守城的军士说："果然有个卖柴人模样，使着柴斧在前；有个道士背一人，跟着出城。我们正要拦阻，被他们伤了三人，幸亏不死，如今躺在门房间里。"天霸说："这也难怪你们，如今好生把守。"搭讪着与王、郭二人，回转教场而来，一声喊，把马英、张宝围在核心。冯老爷吩咐：四面分派弓箭手，若然强盗冲夺过来，将他射往。自己带领手下的兵丁，杀上前拿贼。

无如马英、张宝来得凶猛，如何近得？正在难解难分，恰好黄天霸三人到来，大叫一声，冲进围子。冯老大爷胆就壮了十倍，抡开金背大砍刀，催开坐骑，向张宝砍来。张宝并不作声，将两柄板斧向刀盘上嗒当的一架，真是力气大了，就把这柄金背大砍刀，直荡开去，几乎磕开飞了。冯老爷大惊失色。幸得黄天霸看见冯爷不好，一纵身跳过来，举刀就望黑脸大汉砍来。张宝将斧招架天霸的刀，冯老爷方得兜转马头，险些失了性命。

王殿臣、郭起凤战住了马英。马英的三节镔铁连环棍，非常厉害。王、郭二人看看抵挡不住，冯老爷上前相助，三个杀一个，恰是正好。忽见平空又跳进几支大虫来。黄天霸大惊，暗想：“贼兵还有接应，今日我就难以抵挡了。”毕竟来者何人，且看下回分解。

第一二二回　李公然弹打玉面虎　白马李力战活阎王

且说施公自从黄天霸、王殿臣、郭起凤三人起身之后，只是放心不下，随同计全、李昆等商议。施公带笑开言说："如今黄副将与王、郭二守备，虽去静海城，保护法场，犹恐贼党人多，难以万全，须商议个尽善之计。"李公然说："大人既放心不下，李某不才，愿同李七侯进城接应。这里有计大哥同关贤弟保护大人，万无一失。"施公点头说："既然如此，就请李贤弟一行，诸事见机而作。"公然说："不须大人嘱咐。"随即同了李七侯，带了家伙，辞别众人，出了公馆，直奔静海城去了。

岂知这一会恼了一个英雄，关小西见大人进内去了，便把计全拖到外边，说："计大哥，我自从跟随大人，哪一件不是我上前？如今大人只宠用李五哥，凡事皆他去干，你我觉得面上无光。"计全说："由他去罢！"小西说："我同你前去，倘有抢劫之事，多少也得些功劳。"计全说："只怕使不得罢！"小西说："到了城中，远远窥探，若然法场上没事，咱们暗暗跑回，难道有甚失事吗？你若不去，我一人也要去的。"计全被他缠住，只得应允。暗暗嘱咐了何路通："小心伺候大人。倘然大人问起，只说我们在近处走走，就回来的。"何路通说："我知道了。你们只管去罢，把大人交给我就是了。"

当下小西同计全扎束停当，也不乘马，就出了公馆，一溜烟向北而行。虽说这时候已经迟了，也是鬼使神差，叫他二人前去，却不料救了二李的性命。

且说李公然同着白马李来到静海城，但见家家闭户，街上百姓，纷纷逃出城来。公然扯住一个年老的人，问他为什这般光景？那人便把法场上闹事，强盗抢去犯人，把百姓杀了无数的话，说了一遍。李爷撒腿就跑。

二人直到教场，正逢在那里杀得烟雾弥空的时节，李七侯大叫一声，舞动镔铁钢刀，公然使开了单刀，托地跳到里边。就把黄天霸吓了一跳，只道是贼人救应，岂知却是自己人到了。李七侯早飞刀迎上去，大叫："强盗休逞能！俺李爷爷来结果你们！"将刀一摆，就与张宝交锋。那张宝原系与天霸战个平手，还是黑白棋子呢，如今添上一个李七来，如何挡得，渐渐地刀法乱了。李公然只是站在官军队里，不上去助战，把那弹弓取下，扣上弹丸，将弓弦拉满，觑定了使三节棍的人面门上一弹打去。马英要算眼明手快，听见嗖一声，一物直奔面门而来，连忙一闪，弹丸从颈旁插过，带去一片皮肉，鲜血直淌下来。他咬牙切齿，撇下三人，来战公然。公然也就扯出刀来动手。

这一会经不起添上两员虎将，那马英、张宝就抵挡不住，正要想脱身之计，忽见正南上官军大乱，好似竹排般地往两边倒去，中间杀出了一条路来，奔进三个好汉：一个就是活阎王李天寿，跟着飞山虎吴成、赛猿猴朱镳，舞动军器，如旋风般杀来，把官兵伤了无数。

原来李天寿同着徒弟朱镳杀出南门，只是不见吴成、于七。师徒二人等了一回，商议着且到约会地方再议，二人就奔大松林而来。恰巧于七背了富明，后面跟着吴成，从东门出来，绕在大松林东面，穿林而出，碰个正着。于七把富明放下来。他手足绑得麻木，现也活络了，神也定了，便向母舅磕头，并向于七、李天寿、朱镳等，逐一磕头道劳。大众还礼。吴成便把遇见张宝、马英的话，告诉师父们一遍。活阎王说："这事不妥，为何他两个还不来？"再说吴成打发于七同外甥回去，自己就同师父、师弟反复进静海城南门。要算他们泼天大胆，真把个皇家城池，就当作自己的房屋，看得了然不在心上。

且说陈知县没能干，在教场内，见了贼人抢劫犯人，就吓得满身出汗，目定口呆，连句话也说不出来。从人连忙唤轿，哪知轿班都逃命去了，只有三四个二爷等，同几个心腹从人，保护着老爷，从教场后面逃走，到小户人家，躲过了半日。从人出来打探，见街上人清静了些，方同老爷回转衙门。陈景隆方才定心，然后打发人出来打听贼人消息，并天霸等怎样了，快来回报。及至打发的人探明白回报，活阎王已经二次又到教场了。

且说活阎王师徒，把官兵乱斩乱劈，杀得众官军东倒西歪。

马英、张宝正要走的时节，忽见他们到了，顿然勇力百倍。黄天霸同着王、郭二守备，晓得这几个人的厉害，难免心中着慌。只有李七侯、李公然不知高低。一见三人进来，李七侯撇了张宝，挥刀便照活阎王砍来。天寿把桨招架。李七侯就知不好，这家伙倒难受的了，只得使那花刀巧战之法，不让他家伙碰着才好。哪知这活阎王李天寿是个老辈英雄，行行懂得，件件精通，随你什么战法，也是不行。黄天霸要想上前相助，又有张宝战住，不能脱身，如今又添上一个吴成，自顾尚且不暇。再说李公然撇了马英，来战赛猿猴朱镳，又是通着了对头。朱镳的飞跑蹿纵，身轻灵便，他在半空中打旋，两把刀如雨点般劈来。公然难以招架，只杀得遍体流汗，吁吁气喘。真叫做一番反复：方才来了二李，立时占了上风；经不起如今活阎王师徒到来，分着四堆儿厮杀。

却说李天寿见自己的人尽占了上风，此时正好脱身，若是只管恋战，他们把城门关闭，打发人讨了救兵到来，那时就要吃亏。要像我师徒三个，还可越城而走，无奈这马英、张宝不会高来高去，倘被他拿住，如何是好？那活阎王到底是个老贼，他就风转篷，便将手中铁桨柄内嗖的抽出刀来，左手执桨，把李七侯的单刀挡开，右手嗖的一刀砍去。李七侯不防这个招儿，几乎把脑袋削去，要算躲的快当，把个头内削去一半，只得跳出圈子外来。活阎王大叫一声："我们去也！"连打几声胡哨，使动手中刀桨，直冲出围来；背后马英、张宝、吴成，鱼贯跟着他走，赛猿猴朱镳断后，如五只猛虎。官兵怎敢拦阻，只得虚张声势，假做抵敌上来。冯守备把令旗一挥，官兵从两旁抄来，层层只管向前围裹。无奈贼人厉害，只苦了三军，死伤的不少。一直到了南门大街，两旁无路儿抄了，官兵也死得多了，只好随着天霸等在后追赶罢了。

活阎王抢到城门的时候，恰巧刚要闭城。守城官得知县飞报，传令关闭城门，守城官立刻叫军士将千斤闸放下。军士奔上城头，那绳索盘车早已整理了舒齐。众军士一齐动手，立刻把绞桩带定绳索，左右平匀，然后将盘车转动，那千斤闸板，轧轧的慢慢下来。哪知这闸板下得还不到一半，可巧活阎王抢到。他见城上放闸，一跳有丈外地步，直到闸板底下，把桨刀插在腰内，双手把闸板托住，大叫："你们快走！"吴成便叫："二位贤弟快抢城门。"马英、张宝随后也到，一齐连蹿带蹦，逃出城关去了。那城上的军士，见闸板停住不下，说："这是什么缘故？"到跟前一望，连说："下面有个老强盗托住呢！我们来相帮，你用力盘绞，闸死这老忘八的。"众军士听了，个个惊慌，全说："怪不得绞不下了，我们大家来呀！"那上来的几个军士，一齐一帮，拼命地盘绞。这个时候有许多闲人百姓，正在城头上观望教场里厮杀，还没下去，军士就叫众位都来当个差使。果然依着他话说，一齐都吊在闸板上面。众军士配合一齐着力盘绞。这一下手，城门洞内的活阎王真正要见阎王了！今这盘车教天寿如何当得？

且说赛猿猴朱镳在后面断后，黄天霸追赶上来，朱镳回身又战。他们几个人左右齐上，朱镳虽勇，究竟难抵敌，又不敢放他们溜到前面，只得且战且走，因此落后。那活阎王双手托住了闸板，过了吴成、马英、张宝，三人出城走了，只不见朱镳到来。他正在着急，忽见上面顿时着力起来，好似泰山一般压将下来，老贼两手发抖，汗如雨下。

正在万分难忍之时，忽见朱镳到来，离城门不到一箭之地。朱镳看见师父正抵住闸板，头上汗如雨下，两臂东西摇摆，知道来不得了，连忙大叫："师父休慌，小徒来也！"他便撇了黄天霸众人向前飞也似的奔来。正抢到城门相近，只有几丈地步。

岂料背后的黄天霸也就看见了活阎王手托闸板，站在城门洞内，忙向袋内摸出一只金镖，照准了李天寿的咽喉，嗖的就是一镖。

那李天寿看见黄天霸紧跟在朱镳背后，早已用心提防，见他把手一扬，就知是暗器来了，一道金光直奔自己身上而来，叫声“不好！”只苦的双手托住闸板，本系正在性命交关的时节，他的身子哪里还好躲呢，连忙把头一偏，这只镖正中肩头上。

李天寿吼叫一声，也顾不得徒弟了，把双手一松，身子向外一个脊背翻身跳将出来。这闸板“砰”的一声，就直闸到底。李天寿见闸板已下，也不能顾着朱镳，且回玄坛庙而去。

哪知赛猿猴朱镳赶到城门，只离二三丈之遥，忽见师父中了暗器，将闸板放下了。朱镳把牙齿一咬，旋转身来，与天霸拼命，将双刀没命的砍来。天霸见他来势凶恶，向后退让，把手对了二李一摆。二李会意，便同了王殿臣、郭起凤一齐上前，连着城守冯老爷，刀锏并举，只望朱镳砍来。四周围团团裹住，好似走马灯儿一般。朱镳心中着急，只怕难以脱身，战斗多时，刀法疏慢，正是急中生着计来，抬头见左边四五丈地步有一排楼房家家关门闭户，便有心上屋。他越杀越过去，将近一二丈，跃身一跳，直蹿到楼房之上。一弯腰就抽起数块瓦片，望下面雨点般的飞来，把那些官兵官将，打得飞跑。黄天霸同那二李，虽说俱有轻身本领，只是跳上平房。等寻找平房上屋接脚，及至上了楼房，哪知这朱镳早上了城头；黄天霸等上了城头，朱镳已越城而下。天霸同二李虽能下去，只是要用百练索方可下得。急忙向袋中掏出百练索来，把铁钩勾住城墙上面，然后将身溜下。三人来到城外，收了钩索，藏好袋中，眼望朱镳去得不远，三人就直追下去。一路来到三岔路口，黄天霸望见前面有个大松林，当下就放心追赶，岂知几乎没了性命。要知三人怎样遇险情由，且看下回分解。

第一二三回　两英雄双中金镖　活阎王松林遭困

且说李天寿虽然中了金镖，打伤了肩头，弄得鲜血淋漓，却不打紧。为何缘故呢？只因中的所在，正是穿骨锁的地方，莫说黄天霸打的时候，离开较远，镖已脱力，就使穿肩而过，也没甚要紧。所以活阎王全不在心，不过当时吃了一惊罢了。及至行到松林，早将金镖拔出。进了松林之内，正见吴成、马英、张宝在那里探头探脑，他们见了李天寿到来，便问："你老人家怎的肩上着伤呢？"李天寿摇着头道："这倒不妨，只是把你师弟陷在城内了。"吴成同马、张二人听了，一齐着急，同说："这便怎么处置呢？"李天寿说："谅也不至被擒，停歇再做道理。"不多一时，吴成跑进林来说："师弟被三个人追过来了，离此不到半里路咧！"李天寿说："不要慌，等他到来，我们如此的对他就是了"。吴成、马英、张宝依计而行。

说时迟，那时快，半里的路程，转眼就到。黄天霸在前，李公然正中，李七侯在后，三个人鱼贯着追来。看看赶上，只离着四五丈地步，见赛猿猴逃进路旁树林里去。天霸因为熟路，放心追赶进去。可巧这林里路径虽是宽阔，却有弯曲，黄天霸就追入乱林之中，东张西望，忽见前面树后，露出衣襟。

天霸顾不得道路艰难，侧着身子，低着头，便七弯八曲的钻到那里，人又不见了。天霸心内焦急，定神细看，忽见树缝内一隐一现的，反往北去。天霸暗想："凭你怎样藏躲，我终归跟定你了。"便高高低低一路追去，却是个大坟挡住，看他转过坟后去了，天霸也就转到坟后。哪知后面的李公然、李七侯两人，起初见天霸追入乱林之中，公然知道朱镳利害，动起手来，他一人难以抵住，他因此叫七侯，倘见贼徒逃出林来，快些叫喊。李七侯答应：“晓得。”公然即追上天霸，相帮拿贼。哪知公然见天霸东一弯，西一拐，眼花穿得缭乱，后来连影都不见了，公然心中犯疑大叫：“黄大哥！在哪里？”连叫两声，全不答应。只因树荫浓密，声音被树木隔住，况且离着又远，再有高坟挡住，因此听不见了。李公然正在疑想，东寻西找，不妨斜刺里嗖的一只镖打来，一时措手不及，正中右肩，当的撒手抛刀，噗咚跌倒在地。李七侯在林外张望，不见公然身影，忽听隐隐的“哎哟”一声，知道不好，连忙依着公然走的路径进来观看，望见五哥栽倒在地，旁边并无别人在彼。暗想必定遭了暗算。抬头四望，忽见右首不多远，树头顶上隐着一人，正要上前，又是一镖早到，直奔咽喉而来。李七偏得快，当打在脖颈上咽喉的旁边，这只镖直穿过去，颈中开了一个窟窿。

李七侯疼痛难当，一时站立不住，也就栽倒树杈之内。这树顶上发镖之人哈哈大笑，跳将下来，嗖的一声，从桨柄内抽出刀来，纵步上前，说声：“小辈，叫你认识活阎王李爷爷的手段。”走到跟前，举刀望着李昆就砍。若说七侯中这一镖，究竟不是中的要害的处，还可抵敌，只苦的夹在树杈之内，身子脱空，无从着力，一时间挣扎不起，只得束手待毙。那李公然打中右臂，更是硬伤，论理亦不妨事，又苦右手疼痛，难以熬住，不能执刀厮杀。正要托起身，早被“活阎王”一脚踹住，举起刀来，正要砍下，李公然也是伸颈等死。

忽见树林之中，嗖的飞进一把大大的飞刀，正砍在活阎王手腕之上。那活阎王再想不到半天里忽来这件东西，正是冷不防备，右手腕上着一刀来，虽则刀锋偏着，不很得力，只是手中捏不住家伙。只听当当的两响，那飞刀连李天寿自己的刀，一齐落地。活阎王勃然大怒，怪眼一瞧，只见跟着飞刀，蹿进一个人来，遍身军装打扮，直扑过来，就地上抢刀。活阎王大喝一声：“好个大胆的奴才！擅敢暗算爷爷，教你尸分万段，才出得俺心头之气！”你道此人是谁，原来是关太，因他贪得功劳，拖了计全，一同私自出城。刚到大松林三岔口，计全望见前面树林下有人，便把小西一扯，低低说道："关贤弟，你瞧见么？吴成这厮在前面林子里，鬼头鬼脑，想是他们败下来，躲在此地呢？"小西说："我倒没留心哪！这厮既在此间，我与你拿住了他再讲。"计全说："且慢粗莽。我同你只拣树密之处隐着身子，轻轻过去，不要惊动了他们。"向北走去，离着他们数丈地步，在树叶丛深之处，隐着身子，侧耳细听，把活阎王吩咐他们言语，听得清清楚楚。果见黄天霸被朱镳引进后面林内。及至二李进来，活阎王连发两镖，打倒二李，见他跳下树来，一脚踏住李公然，举刀便砍。小西急透了，并无别样救法，只得把手中这把倭刀，飞将过来，正中活阎王手腕，活阎王撒手抛刀。小西不管好歹，蹿过去就地上抢刀。不防李天寿右手虽伤，左手尚在，嗖的抽出桨来，照准小西背上着力一下。

却说关太见李天寿伤腕抛刀，大胆向前抢刀，一手正把两柄刀抓住，却被李天寿夹背心一桨，打得口喷鲜血。恰好神眼计全也到，把泼风刀望着活阎王乱砍。这番活阎王大受其累，只因松树紧密，地方狭窄，他的铁桨足有三尺五寸之长，抡使不开；况且单是左手，更是不灵，东碰西撞，十分吃力。又遇神眼计全，只是没头没脑的一阵乱劈。关小西咬牙切齿，两人使着两柄单刀，直上直下的刺来，只杀得活阎王连连呼喊。此时李公然也将左手拾起刀来，李七侯也从树杈内扒出，拿了单刀，一齐上前并力帮助。李天寿情知不好，吼了一声，纵身蹿上树头逃出林子去了。四人互问黄天霸，不知下落，齐到坟后找来。

只见四个人围住了黄天霸，杀得他遍体汗流，两臂酥麻，前面招架了赛猿猴的双刀，后面就来飞山虎的柴斧，左边才拦开了玉面虎的三节连环棍，右边又砍到了七煞神的两柄板斧。随你腾挪躲闪，终是招架不住，长叹一声："罢了！"便欲将刀来自刎，免得落于强人之手，受他们的羞辱。忽听噌噌噌跳进四个弟兄来了，顿觉精神倍长，心中大喜，便口叫："列位哥哥，快些来助我！"四人异口同音，全说："老兄弟不必惊慌，咱们来也！"四人舞动兵器，一齐直扑上去。那边赛猿猴、飞山虎等，见他们添了生力救应，究竟贼人心虚，又不知活阎王怎样，个个心内着慌，无心恋战，明知难占便宜，打了一声胡哨，一哄走了。

且说强盗已去，天霸便问："众位哥哥，怎么到此？"李公然说："大人见你与王殿臣、郭起凤去后，放心不下，又恐强人多，寡不敌众，所以命小弟同着七侯前来接应。不知计大哥、关贤弟又来了，却救了我与李七弟的性命，若是迟来一刻，我二人也就早上鬼门关去了。"关小西笑道："这也是吉人天相。实不相瞒，我见李五哥连连得功劳，我就赌着气，立时拖了计大哥，要私自进城去分些功劳。不道来到此处，看见吴成在林子中鬼头鬼脑地探望，我料他必是探看追兵，故隐在树林内等着。后来见这老贼连发二镖，打伤二位哥哥，跳下树来，要伤二位性命，我急着了，就把手内倭刀飞来了。可巧的就飞伤了他手腕，因此这老贼才走了。"天霸说："这事怎么样回复大人？要犯被劫，强人逃遁，官兵百姓死伤无数。莫说罪应该死，就是羞也羞死了。"关太说："这个也是没法的事，我们回去，由他怎样定罪便了。"李昆说："不是这样说法，既然事已做出来了，难道罢了不成？我们回去见了大人，商议个主意罢。"正在说着，王殿臣、郭起凤到来。天霸问："城内怎样了？"二人说："现下诸事俱安排好了。教场里共杀死军兵七十三人，带伤者五十余个，其余各处百姓死的，也有一百余口，伤者不计其数；现今有人领认者，各自领归买棺成殓，其余无人认的，并官兵等情，都是县官买棺收葬。一面传令合城百姓知道：强盗全逃去了，大家照常行事，不许谣言惑众。如今城门也开了，店铺也开了，各处尸首也收拾清了。受伤的官军，让官医疗治。县太爷由水路动身，已到公馆去见大人请罪了。我们二人，因为挂念你们三位，追的怎样了，故此不肯上船，就走到这里。你们到底怎样？事情如何？关、计二位也在此呢。"黄天霸就把方才的事，一五一十说了一遍。王殿臣听了说："怪不得二位李兄都带着损伤，还算是邀天之幸了。"

众人说着话，就此动身，一同回转奉新驿。到了门首，就见陈景隆在外面伺候。众位直到里面，见了大人，一齐跪倒磕头，趴在地下，立不起来的了，口称："我等罪该万死，望大人按律治罪罢！"又见那陈景隆也跪在那里请罪。大人说："事已如此，你们且起来作速定下计策，拿捉在逃贼党和被劫凶犯的要紧。"众人只得谢了大人，站立一旁。如今有静海县知县在此，不能叫众人坐下，单单吩咐拿一个座儿，让知县坐在旁边。知县那里敢坐。施公说："坐了也好计议。"陈景隆方才告过罪，然后坐下。

施公便问被劫情形。黄天霸从头至尾，细细禀告了一遍。

施公说："强盗如此大胆，若不急为剿除，将来为祸不小。请问众位有何良策？"陈景隆说："卑职才疏学浅，实是无能。但不知贼人逃往何处，只怕不在玄坛庙的了。"黄天霸说："不然，他们的玄坛庙内，摆设的重重埋伏，铜墙铁壁一般。他们正当做泰山之靠，藐视官军，全不放在心上，故此决不抛弃玄坛庙而走。只怕他又往别处找寻羽党，前来帮助倒是有的。为今之计，及早调了官兵，人衔枚，马摘铃，夜间悄悄前去，把庙四面围定。众将们等拼命进去，把众贼连囚犯一股而擒，方为上策。"施公点头称是。李公然说："我看另派三员勇将，各带二百官兵，准备绊马索，挖陷坑，拿钩绳索，分头埋伏，守住了必由之路。等他漏网到此，稳稳将他拿住。"施公带笑说："李壮士此计甚妙。"众人同声叫好。施公说："这是几时去好？还须预定日期，好去调兵前来。"黄天霸说："事不宜迟，明日就去。"施公说："这个来不及。要调一千五百人马，须到省城，或是府城，方能调得。此地最近的，就算天津，也有一百四十里路程，来去极快，也须三日。"李公然说："迟这几日倒还不碍事，就不过防他邀请救应。就算添些毛贼，也不妨事。"施公说："准是三日后罢。"随即吩咐备了一角文书，交与陈景隆，叫他连夜赶到天津府，拣选一千五百马步精兵，三日后黄昏时候，悄悄到双塘儿会齐。陈知县接了文书，立刻辞别大人动身，赶往天津去了。这一去，玄坛庙登时作战场，众英雄一番大恶斗。未知究竟如何，且看下回分解。

第一二四回　陈知县连夜征兵　施总漕安排拿贼

却说陈景隆来日巳牌时候，已到天津府里，立刻请见，将文书呈上。知府看了，怎敢怠慢，立刻乘轿，亲到镇台衙门，请挑选一千五百马步精兵，着参将孙大老爷，同着副统带游击衔张都司，立刻挑选精壮军兵；都是身长力大，山东、关西等汉。辞了总镇，同着陈知县，连夜赶路，直奔静海城来。在一路上偃旗息鼓，衔枚疾走，到了来日夜间，四更过后，已到静海城北门，喊开城门，直到教场，扎下浮营，一切停当。

陈景隆回到衙门，恰好天亮。那日正是第三日了，幸亏并不过期。县太爷用了茶点，立刻跨马出城，径到奉新驿公馆，见了大人交差。施公吩咐说："贵县路途辛苦，早早回衙歇息。等到申酉之间，同着孙统带及早暗暗陆续而行。令将号衣军器藏着，扮作民人样子，五个一起，十个一起，同到双塘儿四散埋伏，切勿打草惊蛇，走漏风声。到了黄昏过后，贵县可同孙统带在朱家店里面，等候听调。冯守备，嘱伊看守县城，不必前往。"陈景隆连连声诺，拜辞了大人，出公馆上马，自回静海城去，知会了孙、张两统带，将施公嘱咐言语，学说了一遍。全在城中等候动身，不必细表。

且说施大人打发陈景隆动身之后，就与众位豪杰聚谈。施大人吩咐摆上丰盛酒席，叫众位兄弟坐下。施大人开言道："众位贤弟，方才探子报说，唐官屯玄坛庙，昨日黄昏时候，从南面到的人不少，都是野头野脑，面生之人，陆陆续续全进庙里去了。直到今日早晨，尚有许多进去，只没见一个出来。大约进去的人，倒有几百光景。我想必是别处山头上调了喽兵来了。众位以为如何？”计全说：“大人所见不差。”公然说：“论差使实在嫌人少了，只是大人这里干系重大，岂可走个干净吗？王老爷精明老练，本事了得，留着他保护大人，其余全去好不好？”众人都说：“使得。”王殿臣说：“把大人交给我了。”关太说：“我们拿贼的功劳，你们也有分。”王殿臣说：“这个应当如此，说什么功劳，众位放心罢。”天霸把手一拱说：“全仗王老爷了。我们到唐官屯的话，依我愚见，也要改装。日间就去，又怕他们认识面目。”关太说：“还是夜里好，也不改装。”天霸说：“既然如此，我们两起走罢，大家申初动脚。李五哥同了李七侯二位到双塘儿，约会孙统带，限戌末亥初同到唐官屯北口。我们全在那里等候着，一同把庙围住，再分派各处埋伏。”李公然说：“这也不必如此，何不我们七人，一同到双塘儿，会见了陈知县并孙统带，我与李七侯、计大哥，分兵六百，陆续先到唐官屯南口，就在郑家园屯扎。到了二更时候，计大哥带兵二百，并绊索拿钩等物，到沧州去的路口林子里埋伏。李七侯也带官兵二百，并绊索拿钩等物，在奉新驿去的路上，苇草内埋伏。小弟也带兵二百，就花园左边往双塘儿去的小路上埋伏。你们四位，共领了九百人马，一同直到玄坛庙，围住了，就好攻打进去，岂不省事？”天霸说：“李五哥这话不错，咱们准定这样办罢！”当时说明口号是“得胜”两字，服色认是发际飘一条白布，就是自家人，黑夜也看得见。暗号是：两声炮响，围寺；三声炮响，贼兵漏网，加紧追捕；四声炮响，拿住了强盗要犯，得胜班师。若是一声炮响，这就是我兵吃紧，要败阵走了。击鼓是进兵交战，若听乱锣，就是讨救兵了，倘然当当的慢锣响，这才是收兵锣呢。进庙章程，到时见机而行，不提。

且说活阎王跳出松林，望唐官屯路上行来。不多时，后面吴成、朱镳、张宝、马英一齐追上。见了李天寿，大家诉说了一遍。李天寿云：“我们且回庙去，料他们必来寻事。”说着话，已到庙里。吴成等五位定了神，净脸吃茶，然后入席饮酒。李天寿居中朝外，上首是马英、张宝，下首朱镳、于七，那吴成就打了横头坐下。敬过了三巡酒，吴成便问："马、张二位寨主，何事来到此地？"马英说："哥哥有所不知，只因前月有小偷九头鸟王庆，从北京回来，路过沧州，他与我们东方雄大哥，有一面之交，到俺卧牛山来，看望大哥。就留他吃酒，问进京何事？他说香河县有个陶员外，先前做过大官，出使暹罗，得着无数奇珍异宝，至后来退归林下，家财百万，家中珍宝堆积如山。别的不要说起，就中有两样奇宝，真是世所罕有。"吴成听了，便问："什么宝呢？"马英说："一个叫做水火乌金甲，净用乌金做成，镇子连环式样，内用火浣布做的夹里，凭你刀枪宝剑响炮，一概不入，而且穿了此甲，水火不能损伤。还有一件是瓦瓮，名叫积金瓮，内能容一石米的大，瓮内放了一锭母银，只要过得六十花甲，就是两个月之久，便变成满满的一瓮子。但只一件，若换别样金宝，便是不得，单能积聚银子，故此叫做积银瓮。欲想盗此二宝，特地来的。我们就同了王庆一同起身，直到了香河县，下了寓所，商量着，夜静了到八里庄去。谁知刚吃晚膳，就闯进来十几个做工的捕快，带了眼线，闯到屋里，一索子把那九头鸟捉走。我与张兄弟不知为了何事，吓的连包袱银两全都没拿，趁着嚷乱之时，一溜烟走了。只得就此回来，身边又没盘费，因此一路卖艺，来到此城，正巧遇见了哥哥。"活阎王道："不错不错，此事我久已知晓，一向要想前去。如今只等此事平静，我与小徒同二位前去，务要拿他个干净，才称我的心愿。"于七说："今日劫了法场，他们岂肯罢休？我料他们必然调了官兵，前来拿捉。如何是好？"

张宝说："他们若要调兵马来攻打，我便回转卧牛山去，统一千孩子们来，帮助哥哥。怕他什么？我家二哥有八百名飞鸦兵，都是自己训练的，善用诸葛连弩，一个可抵十人。随你超等大将，也被他射的无头投路。此地离着沧州不过一日之程，朝发夕至。哥哥要时，何不借来一用？"吴成听了说："五百喽兵，谅东方大哥亦肯赏脸哪！"马英说："若说东方大哥，最是仗义疏财，专爱结识朋友，所以他的交情广阔。就是吴大哥要去时，连书信也不必，我的护身兵，他亦能作主提调。哥哥要多少借多少就是了。"吴成说："既然如此，一准我明日去走一遭。”李天寿说：“这诸葛连弩之法，久失传，马兄弟哪里得来?”马英说：“这也是一个朋友传授我的。此人姓柴，名叫柴继光，天生的聪明机玄，他得着诸葛武侯的秘本，制造那稀奇的东西不少。他的家中也好玩的很，连这做工的人，都是木头做的，也会打米磨麦，也会开门闭户，也会耕田车水。自己骑的驴儿，都是木的，只要人坐上鞍轿，就会奔跑，那绳缰带动机关，要左就左，要右就右，比着活驴子还灵哪！他门前看家的木狗，也会吠叫。还制造多少攻城守御的器具，都是依了旧法，翻出新样来，比前更好了。此人现在沧州百宝村，耕耘田地度日，却也家道小康，真有隐逸风致，不愧小诸葛的外号了。”活阎王称赞一番道：“可惜此人没会过。”当夜各去安歇。

到了明日起身，吴成别了众人，奔沧州而来。到了卧牛山下，伏路兵问了来历，报上山去。东方雄亲自下山迎接，同到聚义厅上，摆酒相待。吴成先将自己同于七的事，说了一遍。又把教场内遇见马英、张宝拔刀相助，怎短怎长，直说到恐怕施不全调兵前来，故此昨日马、张二位说起卧牛山借兵一番言语，原原本本学说了一遍。东方雄满口应承，立刻差唤蔡猛、花豹两个小头目，速速挑选五百喽兵，三百飞鸦连弩手，跟随吴大师下山，暗藏兵器，改扮买卖人服色。蔡猛领了五百喽兵，花豹管领三百飞鸦兵，陆续而行。吴成谢别了东方寨主，一恭到底。东方雄连忙还礼相送。吴成下山。明日下午，纷纷来到唐官屯，陆续都进了玄坛庙。有的先到，就黄昏时进去，后到的就在客店耽搁，直到次日早晨，才得齐到了庙内。于七安排杀牛宰马，款待众喽兵，吩咐富明管理酒席的职事。然后叫吴成把四面墙内，赶造云梯，下面有轮轴，可以推动，倘有官兵到来，就好运连弩手爬上云梯，在墙上发弩，把官兵杀退。庙门之内，连夜起了三重木栅，密排鹿角，两旁梅花桩，四围里陷坑绊索，设立得风息不透，任你开直了山门，看你怎样进来！吴成办理停当，请活阎王看了一遍不表。

再说奉新驿公馆之内，等到未时之后，施公亲自与众人敬了一杯，打发众位动身。众人谢过大人，把酒一饮而尽。大家站起身来，回到自己屋内，装束停当，带了应用物件，随身家伙，从人跟着，辞别了大人。又嘱咐一番。众英雄一共七人：黄天霸、关小西、计全、何路通、李公然、李七侯、郭起凤，一齐离了公馆，直奔双塘儿而来，一路无事。不多时已到双塘儿。只见日光西坠，正在傍晚时候，街上还是热闹；只因今日多了这一千五百个官兵，扮的客人，故此各店家生意倍觉闹忙。天霸等走到一家酒楼底下，抬头看见招牌上写着“得胜馆”三字，心中大喜说：“我们在此饮酒罢！”众人都说：“使得。”

正要上楼，只见门前柳荫之下，摆着一张桌子，有三个人在那里乘凉吃酒。内中就走出一个人来，抬步到天霸面前，把手一拱。众人一瞧，见原来是陈知县太爷。一同到了楼上，拣一张圆桌，团团坐下。酒保过来，问了酒莱，搬到楼上，酒保自去应酬别的主顾去了。黄天霸一看，楼上吃酒的人倒不少。陈知县说：“这些人大概都是三军扮的，我们说话不必避讳。”黄天霸说：“孙统带、张帮带可在这里？”陈景隆指着楼下树荫里桌子旁边坐着的两个人说：“这上首的紫长脸，就是孙大老爷。下首白面皮的便是张都司。”天霸说：“你去请来相见。”陈景隆就在楼窗上，把手一招，二人就走上楼来。知县说：“你们二位来见过黄大人与二位老爷们。”二人抢步上前，向天霸要磕头。天霸一把拦住说：“我们不用这些套儿。”叫过二位统带官来，耳边说了几句。二人点着头走去，知会哨长，吩咐他们：分头陆续而去。这里张帮带跟着计全、二李，辞过黄大人，下楼直奔郑家花园而来。

却说李公然同了计全、李七侯、张帮带，到郑家花园。四人直到里面，点上灯火，把后门开了。张都司同着众人到后门外，招呼官兵陆续到来——从后门进去，不必到前面去惊动街上人了。这花园实在不小，进去了六百多人，全然不觉。张帮带吩咐哨长、棚头，把兵丁分为三队驻扎；自己带着从人，来会二李、计全。将行到假山后，见一支旱艇子，造得十分精巧，即带从人进内张望。不意跳出一个精怪，十分凶恶，直向张帮带扑来。张帮带叫声：“不好！”吓得魂飞魄散，立脚不住，倒在舱内，人事不醒。从人一见，吓得转身飞跑，拼命叫喊。那妖怪吼了一声，随后追来。

却说公然与计全二人正讲说埋伏的事。军士说："张帮带老爷从后假山过去，见一支旱艇子，进去看看。忽来一精怪，眼似铜铃，口似血盆，抓住张老爷要吃。我们吓得逃了出来送信与老爷们知道，快些去罢！人快要吃完了。"二人出了楠木厅，跟随军士转过太湖石，就见李七侯直奔出来。他满头汗出，气急败坏地说："老五快来，妖怪厉害呀！"公然说道："怎样的妖怪，这等厉害？"李七侯领着公然、计全，一边走一边说："前面就到了，你看罢！我是被他吓怕了；看见他这副面孔，就一身肉都麻。"说着话，就见众官兵从假山内乱跑出来，有的在假山上跳下来，四散地奔逃。只见这妖怪，跟着众军士，在假山洞内追赶，跳将出来。李公然抬头一看，实在的可怕。他的身子不大，遍体绿毛，周身瘦的骨节都露出来，好像一层薄皮包在骨头上面，毫无一些肉的样子。这个脑袋，方方的倒不小，脸似瓜皮，两道红眉，直竖到额尖上。这一双凶怪眼睛，怒气百倍。短鼻阔口，四个獠牙，露出在唇外，足有四五寸长。手爪好似利刃一般，两手张开。别的还可以，最可怕的面皮紧包着，骨骼全露出来，见了众人这一怒，眼睛一竖，金光乱闪，鼻子这么一绉，嘴这么一嘻，实在怕人得很，把人的汗毛都根根竖起来，再加上咆哮的声音，更加可怕，看他不知有多大力气哪！他把头一低，身子噗的直蹿起来，足有一丈多高，对着李公然一看，迎面直扑过来。李公然将身一偏，妖怪扑了一个空。公然早已拔刀在手，顺势就是一刀，却砍在怪物的后背。听得"当"的一声，妖怪全然不觉。此时公然在前，计全跟着在后走来。不料公然一偏，那妖怪扑了一空，向前面撞去，正与计全对面相逢，把计全吓得往后直跳。岂知妖怪真快，一抬手早将计全的佩刀，拔在他手中去了。那妖怪被公然砍了一刀，顿发狂怒，吼一声叫，噗的转身来，举刀望着公然就砍。公然见了这妖怪抢刀砍来，十分大怒，大喝一声："逆畜！胆敢抢人刀子？"便把自己刀往上招架。那妖怪跳纵如飞，钢筋铁骨，任你砍他几刀，全然不怕。计全同着李七要想上前帮助，只是心中胆怯。公然一头与妖怪动手，一头想道："这个畜生如此顽皮，纵然砍着他，也是徒然。我且把手中刀掷去，然后将他这么一下手，看它怎样。若然不行，今日我命难保。"想定主意，让他一刀砍来，公然将身一侧，偏过刀，趁势一抬腿，照准妖怪的手腕骱上，狠命一踢，用的力大，妖怪经不起，刀一脱手，直飞到假山那边去了。妖怪大怒咆哮，直向前抓他。公然将自己的刀也不要了，望着妖怪面上掷去。妖怪并不躲避，就像着在地面上，当的一响，毫无损伤。妖怪只管把双手来抓他的上身，不防公然顺手将身往下一蹲，向左边扭转身来，双手把妖怪两足捏住，大喝一声，跳起身来，把妖怪倒提在手。妖怪被他提空了，用不出气力来，只是两手乱舞，没法子了。李公然便将妖怪顺着势，照准太湖石峰上，用尽平生之力，砰的掼去，只听当啷一声，把个妖怪掼的不见了，倒把那李爷吓了一跳。计全同李七也是一怔，说："妖怪哪里去了？"公然见妖怪没了，自己手内还捏着一件东西哪，提起来一看，却变了一柄耀目铮光的宝剑。李七侯即走过来，说："五哥，妖怪哪里去了？"公然把宝剑递过说："妖怪在这里呢！"李七惊道："怎么变成了这一把宝剑呢？"计全也走过来，便说："恭喜贤弟，这一定是口宝剑了。"伸手接来一看，但见有三尺六寸长，三指开阔的宽，青光闪烁，冷气侵人，顺手把假山石剁了一下，这块石头随即应手而断，犹如砍了泥土一般。公然见了，心中大喜，知道真是口宝剑，计全说得不差。计全说："这是天赐与李贤弟的宝物，只是不知此剑何名？"说着话将剑递与公然。公然接剑在手，拎起自己的刀来，插在腰间。计全也把佩刀拾起。李七侯说："我们且去看看张帮带怎样了。"三人进了假山，走到里面，见有个小小金鱼池，池内起造一只楼船，就像真的船一般无二。走上船头，就见张帮带倒在船舱里面。计全忙唤从人："快取热水来！"从人答应，转身去了。计全与公然走到舱内，见里面也有炕床，就把张帮带扶起，卧在炕上。计全便问："李七侯，怎的看见妖怪？"李七说："我在月洞门那里走过，就听见这里大惊小怪地喊叫。我就依着声音，跑过假山来，正见妖怪望着张帮带直扑上去，要像咬他的样子。我就拔刀出来，跳到船上，照妖怪头上狠命的一刀。只听得铮的一声，火星乱爆，妖怪望着张帮带，叫了一声，他并无伤损。吓得我回身就走。回转头一路偷看，见妖怪东蹿西跳，追逐兵丁。我正要来叫你们，可巧你们就进来了。”正在说话，从人取到滚水。李公然将帮带牙关撬开；计全将水灌了几口，将身子扶着，把手按他胸前，轻轻叫唤。张帮带缓缓醒转过来了，停了一会，方才与计全、李昆道劳，说：“那个妖怪怎样了？”二人把变了宝剑话说了。帮带不信，公然将宝剑与他看了，方才相信。张帮带与李七说：“我们上楼去看看。”李七说：“我做头站。”公然跟着，三个同到楼上。从人点了火把照着，四面一看，空空如也，连桌椅东西一些也没有。正要下楼，公然抬头一看，忽见上面挂了一个剑鞘，连忙摘将下来，把剑插入鞘内，恰是原配。计全接过来，就亮光之下细看，见是缕金嵌宝，十分精工，雕刻龙凤花纹，中间用珍珠嵌成“青虹”二字。计全看罢，说：“怪不得了，原来是魏武帝的青虹宝剑，乃价值连城之物。”三人就下楼来，猛听得噗咚！噗咚！两声炮响。不知后事如何，且看下回分解。

第一二五回　李天寿大战黄天霸　赛猿猴力败何路通

话说李公然把宝剑接来，佩在腰间。三人下了扶梯，听得两声炮响，知道天霸等大兵已到。计全说："我们速速分头埋伏罢！"张帮带忙叫："哨官，快将军士们分为三队，每队二百，各带应用物件，跟随三位老爷，分头埋伏。"计全领了一队出南口。一箭之遥，有座树林。计全吩咐众三军：就在林子北首，先把绊索安放；一面在林子南首，赶紧掘个陷坑，面上铺着芦席，芦席上盖些浮土，只等恶僧逃走出来，就好拿人。

李七侯也带了一队，从花园后门出去，一路从后街，抄出北口，安排陷坑绊索。三军都照吩咐，就分开两边埋伏，不表。再说李公然同张帮带，也带一队，就在园内埋伏，相近大街的口子，安了绊索；在花墙旁边要道之所，连掘二重陷坑，自己在园内后轩中等候。差军士一路探听，倘有动静，速速传报信息。按下了三路埋伏。

且说黄天霸见计全等都走动了，又饮了数杯，同着小西、何路通、郭起凤、孙统带、陈知县，大家起身下楼，会过酒钞，出了店门。黄天霸先自一人来到玄坛庙门前，只见皓月当空，四下并无声息。听那庙里巡更的，正打三更。轻轻跳上围墙，往里面一看，但见梅花桩鹿角，排得密密层层，四下里喽兵号衣打扮，都在云梯脚下，连环躺着。一对对巡哨喽兵，背弓插箭，手执钢刀，四周巡察。天霸正要回身，早被一个喽兵看见，说了声"有奸细！"弯弓便射。只听得当当的一阵小锣响处，众喽兵全上云梯。黄天霸躲过了箭，飘身下来了，喝叫："开炮！"掌炮的放了两个号炮，众三军抽出竹筒，扯出皮套，将火把灯球亮将出来，照耀得如同白日。这九百官兵，齐齐的发一声喊，将玄坛庙团团围定。只听得那庙内当当的一阵锣响，众喽兵全上云梯，梆子一响，弩箭如雨般的射来。三军们哪敢来逼，只得退后，口中但只呐喊："捉凶犯！拿和尚呀！"脚里渐渐退后。

黄天霸领头说："众位亲兄弟们，随俺进寺。郭守备与孙统带，在外监督三军。"关小西、何路通一齐答应，冒着箭林弩雨，冲上前来。黄天霸挥动钢刀，但听呼呼风响，弩箭纷纷落地。到了墙边，便踊身跳上围墙，踢倒墙边云梯，把飞鸦兵乱砍。关小西使动倭刀，何路通舞开钩枪拐，跟着天霸，一齐上前，把喽兵砍倒，大家飘身而下。那知这庙内好比虎穴龙潭，如何进得去呢？黄天霸望见大殿上灯火明亮，吴成、于七、富明三个人坐着，正在饮酒，全不放在心上。天霸见了大怒，说："死囚贼秃，死到临头，还敢如此大胆？"奋勇上前，连跳了三重鹿角，抢进大殿而来。那三人回身便走，转入屏风背后去了。天霸招呼："关小西、何路通，快些追上，今夜务将这三个要犯，拿住方休。事到其间，不得不然。我们索性上前，看个水落石出，只是留心着埋伏便了。此地原系不是贼人建造，地内并无消息，如今他们一时间也来不及做什么机关，只要防着绊腿绳、陷马坑、窝弓地箭，别的没有险处。"小西听得这话说得有理，心中胆一壮；何路通本是个浑人，什么也不管。三个人一路进来。到里面七间后殿，只见露台上面站着一人。跑到临近一看，却是七煞神张宝，舞动二柄板斧，在白露台上耀武扬威喊道："黄天霸你是我手中败将，还敢来吗？"黄天霸喝道："我与你拼个死活。"张宝说："好，快来领死！"天霸怒道："好狗强盗，死在目前，还敢口出大言。"张宝说："我是强盗，你倒没做过，好个清白良民。"荡开两柄板斧，张牙舞爪迎来。二人杀了七八个来回。小西与何路通因见占不得便宜，就左右夹攻。

张宝也不管人多人少，一味的酣战。只见殿内嗖嗖地跳出三个人来，第一个就是活阎王李天寿，将铁桨一摆，冲将过来。跟梢就是赛猿猴朱镳，舞动双刀，从殿内打了个旋风出来，滴溜溜从半空中连打翻身，人未着地，双刀已下。后面的就是玉面虎马英，撒开三节连环棍，上下扫将出来，直奔关太。关太忙把倭刀招架，两个人杀在一处。李天寿舞动铁桨，奔了黄天霸。

天霸竭力抵住，与活阎王杀在一处。张宝见李天寿到来，他便撇了黄天霸，把双斧一摆，来助马英，夹攻关小西。这赛猿猴朱镳的刀滴溜花花地直旋出来，正对着何路通当头劈下来。何路通没见过这样战工，倒吓了一跳：这是个人呢？还是个猴子哪？见他来势真怪，脚未点地，双刀已下，连忙将手中的钩枪拐，向上招架。只见他烁的一闪，跳在后面，就把两把刀使个玉带围腰之势戳过来。何路通急速转身，将拐分开，要想还手。他两把刀使个朝天切菜，又下来了。何路通只得招架他左手的刀。一个白蛇吐信，何路通刚要把拐来隔开，他右手使个叶底偷桃，早从下三路直杀进来。何路通连忙把拐挡住，要想还手，总是不能。朱镳一趟双刀，只杀得何路通满身是汗，吼叫连声，只有招架之功，并无还手之力。黄天霸战住了李天寿，也是棋低一着。幸亏李天寿还是老了些年纪，一上手不肯使出全力，只用耐战之工，因为恐怕一时的奋力厮杀，用得力尽，后首不能久战，故此黄天霸能够勉力支持。只是战到二十余个回合，渐渐地两臂酥麻，额尖汗流，刀法渐渐乱了。那边关小西力敌马英、张宝，躲闪腾挪，勉强对垒，然总是下风。蔡猛、花豹调动喽兵，一面在围墙之上看守，外面的官兵上前，便发连弩，把官兵射退；一面分兵一半，全到大殿露台上来，甬道两旁，齐齐地围着，口中呐喊助威。天霸等愈加着忙，战了一个更次，看看抵敌不住。忽听喽兵叫说道："二位师爷来了。"天霸偷眼一看，只见吴成提了钢鞭在前，于七举着单刀在后，从甬道上杀来。黄天霸暗想：今日断难活命。吴成举起钢鞭，望着何路通打来；于七挺着单刀，向黄天霸就刺。这两个一来战了多时，已不能支，再加上吴成、于七前来夹攻，越发心慌，料想不能胜了。他们三人，也不想活命的了，正要行个拙计——自刎了，落个忠臣的英名。忽然看见半空中噗的落下一个人来，三人一看，全然不识，料想必是贼人一党，只吓得魂飞天外。

天霸一看，并不是自己的兄弟。见他遍身皂罗紧靠，面如烟熏，大嘴缩颈，二目圆睁，骨瘦如柴，手执一对八角紫金锤，足有碗口大小，犹如李元霸再世，黑煞神临凡，大叫一声，好似半空中打了一个霹雳。黄天霸只道又是强人一党，吓得魂不附体。只听得那人喝道："我把你这些杀不尽的狗强盗，擅敢拒敌官兵，目无王法，着俺小爷的家伙！"举起双锤，望着赛猿猴朱镳当头打下。朱镳叫声："黑小子，休得逞能。"把身一侧，将刀向上一抬，只听得当当的两响，就火星乱爆。朱镳连说："好家伙！"正要还手，哪晓得他右手的单锤又到；朱镳急急招架，他左手锤又来，要想还手，万万不能。一连五六锤，只打得赛猿猴乱纵乱跳，连连吼叫。黄天霸、关小西见了，知道是帮官兵来的，心中暗暗称赞，真好本领，感得自己精神顿旺。那活阎王与吴成、于七、马英、张宝众贼见了，个个吃惊，却又认他不得。

正在大家着忙，忽听得一声叱咤，从殿上又飞下两个人来了，都是紧身装束，头脑一个白面青须，剑眉虎目，手执朴刀，打一个旋风儿，从半空中落下来，说声："狗强盗，看老子的刀。"照着活阎王便砍。活阎王将铁桨招架，哪知他的朴刀沉重异常，只觉得虎口震痛，暗道："此人本领甚大，不在我下。"那里敢怠慢，二人交手厮杀。此时黄天霸与何路通两人，却是好了。天霸单敌于七，何路通单敌吴成，就轻松得多了，胆也更加壮了，力也有了。又见那个紫脸大汉手执一对雪亮的护手钩，也是一个旋风，从殿脊上跟梢而下，大喝一声，挥动双钩，直奔马英、张宝。但见他舞动了两柄护手钩，好似一团白光，滚来滚去，杀得马英、张宝只有招架，哪能还兵。

列公，你道这三位是谁？这也不消说得，一定是金陵三杰了。如何来到此间呢？只因甘亮同邓氏兄弟，在招商客店与李公然别后，仍寓店内，并未动身。到明日就打听得街坊百姓哄动，都到教场内看杀人去。三杰正在中饭时节，忽然外面大乱，店家纷纷地上排门关店，都说："来了无数的强盗，在教场劫抢犯人哪！"三杰回到上房坐定，甘亮说："昨日李兄弟说的，这囚犯的母舅，倒是玄坛庙的恶僧吴成，并那头陀于七、活阎王、赛猿猴等，这几个狗男女，原系都是绿林飞贼。今日劫了法场，抢去犯人，不消说是这班强盗所为。我想这件事，必然施钦差派人到玄坛庙拿贼。闻得庙内层层埋伏，只怕大人左右虽有能人，难保万全。我们一来为大义起见，二来为兄弟情分，先要打听几时动手。”邓虎说：“待小弟去探来。”一霎时回来，邓虎说：“晓得了，施大人差了陈知县上天津调官兵，三日准到静海城，约定第三日下午时分，扮做百姓样子，陆续到双塘儿会齐。黄昏过后，施大人派定手下弟兄，在双塘儿领官兵到唐官屯，把玄坛庙团团围住。一面进庙擒拿强盗，一面在要道埋伏。我们只要等第三日上，等天津的官兵动身，暗暗跟着前去，就好见机而行。”甘亮听了，点头称善。当夜各自安歇。

到了明日，甘亮同了邓氏兄弟，赶到玄坛庙后面，飞身上屋。三人的轻身本领，算是超等，声息全无。在屋面施展夜行术的功夫，蹿房跃脊，来到居中所在殿脊之上，坐着乘凉。不多时光，就听得前面当当的小锣响，就是黄天霸初次进庙的时候。随后就听得“噗咚！噗咚”二声炮响，众三军一声叱咤，霎时间灯笼火把，照耀如同白昼，官兵团团围住。后来就见黄天霸、关小西、何路通三人进了甬道，直到二层露台上，被活阎王师徒、卧牛山二寇，围住大战一场。后来又到了吴成、于七，并蔡猛、花豹上来。邓虎哪里还忍耐得住呢！大叫一声，飞身而下；随后邓龙、甘亮一齐都下，帮着将爷们动手。这边赛猿猴正迎着小元霸邓虎。两个都是渺小身材，一个儿形同病鬼，一个儿骨瘦如柴，他俩一对双刀迎着两柄铜锤，乒乒乓乓打到十余个回合。那朱镳怎敌得小元霸神力，只杀得汗流遍体，两臂酥麻。邓虎使一个流星赶月的架儿，朱镳使一个双燕穿帘，把双刀用尽平生之力，将他左手锤剪住，被邓虎右手锤加一击，朱镳经不起，“哎哟”一声，双刀往下直沉。这柄锤头正打在朱镳的天灵盖上，只打得脑浆迸出，“噗咚”栽倒在地。

却说小元霸邓虎一锤，把赛猿猴打死在露台之上。活阎王吃了一惊，手内一松，被白面狻猊一朴刀劈来，削去一片头皮，慌忙逃上房屋。甘亮哪里肯放，随后起上房屋，不提防活阎王回手掏出一只金镖，正打中甘亮的肩尖。天霸看见，叫声："强徒休走，俺来也！"赶紧追上瓦房。何路通见了，知道活阎王厉害，恐怕天霸追去吃亏，喊了一声："黄老兄弟，我帮你同捉这厮！"说着也上房。天霸在前，路通在后，一路紧紧赶来，暂且慢表。

再说甘亮正中了一镖，掉下房来，幸亏着的不重，浮伤罢了，镖已插肩而过。白面狻猊随手抓一把泥土，按一按伤处，提刀赶过来。一望见天霸、路通二人追赶活阎王去了，料想他们两个斗一个，不至吃亏，自己且把要犯拿住要紧。就将手中朴刀一挥，直奔吴成而来。

且说吴成、于七同着马英、张宝，见赛猿猴打死，活阎王逃走，心内吃了一大惊，要想三十六着，走为上着；只苦的被邓氏兄弟逼得手忙脚乱，招架还来不及，怎能脱身？幸喜白面狻猊中了金镖，掉下房来的时候，天霸、路通追赶活阎王李天寿，邓氏弟兄手中未免一慢，吴成第一个撒腿就望着殿内而走；恰巧甘亮跟着追进去了。这个时候，于七跳上瓦房，被他漏网。此时小西结果那蔡猛、花豹，并杀散飞鸦兵、连弩手。列公，你道喽兵四散的奔逃，小西任情追杀，哪知把要紧的吴成、于七皆逃走去了。只苦得马英、张宝二人，又不会高来高去，邓氏兄弟逼得他没处藏躲，自己的人，全是逃的逃，死的死，帮手全无，被邓虎双双擒住。关小西过来把他二人四马倒攒蹄，捆了个结结实实，然后过来向邓氏兄弟道劳行礼。请问："豪杰贵姓大名？"邓氏弟兄慌忙答礼，连称："关大老爷，我们都是小民，怎敢与老爷抗礼。"就把三人的姓名，对小西说了。小西一听，不胜大喜说："原来是五兄说起过大名，我们久慕金陵三杰的英雄，今日却来救了我等的性命。"邓龙连称："好说好说。"便问："关大老爷，李五哥为何不见？"小西说："在郑家花园埋伏。我有句话，告诉二位，我们都是兄弟，今后再不要闹这个老爷、小爷，实在难听不过了。"邓龙、邓虎同说："关大哥，我们遵命便了。"

关小西说："他们虽则逃去，四面都有埋伏，横竖逃不了的。我们先来搜寻富明这凶犯要紧。"邓龙、邓虎连称："有理，有理！"三人把马英、张宝提在二殿内神柜里面，同猪羊一般，抛在里面。三人到各处搜寻，遇人便杀，逢人便砍，苦了这些喽兵了。

关小西同邓氏兄弟四处搜寻。这富明被冤魂缠住，在卧室内床底下安身，一想：这里不好。正然钻出来，恰好小西进来，一把抓住。此时庙门已开，孙统带同裨将牙将来到里面。小西吩咐军士：把二殿内柜里捆着的两个强盗扛来，一同看守。

先说逃回的喽兵，纷纷奔到卧牛山，报与大寨主东方雄知道。说："马、张二位寨主爷，都被擒住，大概凶多吉少。"因此东方雄才和施不全结下了深仇阔恨，后文再讲。

且说甘亮追赶吴成，进了二殿，穿出后院。究竟吴成是熟路，藏在夹墙之内，心中想道："若是被人看见，准死无疑。倘能邀天之幸，这厮不留心，只道我跳出墙外去，不回来细寻，就有命了。"哪知甘亮果认做他越墙而去，赶紧追出去了，见官军远远地围住，便高声问道："可见一个强盗逃出来吗？"官兵说："有的有的，五个强盗，拿住了四个，被他走了一个。"甘亮一想，不消说得，这逃的准是吴成。就撒开大步，一直赶去，赶了一程，不见踪迹。忽见前面一条黑影，从斜刺里闪过。甘亮看得分明，见头上披着头发，想道："吴成这厮好快腿，怎的倒从那边过来呢？"随跟着赶上去。不多远，只听前面一声吆喝，两旁跳出一彪人来，为首一位英雄手执单刀，喝声："捆了！"但见头陀早被军士绳捆索绑拿下。甘亮上前相见，各通姓名。李七侯大喜！甘亮上去，把头陀一看，却不是吴成，原来正是于七。当下李七同甘亮一同来到玄坛庙内，与小西等人相见不表。

却说黄天霸同何路通，追赶活阎王。活阎王不敢恋战，一直向南大路奔来。到了郑家园，沿墙小路上转弯。不料掘下两重陷坑，走不多远，噗咚一声，他栽倒陷入坑内。天霸到了前面，活阎王已跳出坑来。何路通大叫："强盗逃到哪里去？"就从花墙上面飘身而下，哪知正踏在陷坑上面，噗咚一声，跌下陷坑去了。活阎王跳过陷坑，哈哈大笑，向前奔去。未知可能擒住，且看下回分解。

第一二六回 黄天霸兵回奉新驿 恶霸行劫丢失大人

却说黄天霸望见活阎王跳出陷坑，直奔前去，军兵不敢阻挡，自己在后大叫："李天寿往哪里走？"跳过陷坑，在后追赶。忽见何路通从墙头跳下，跌入陷坑，倒被活阎王趁势跳过陷坑而去。天霸也把第二个陷坑跳过，紧紧追来，想道："这厮夜行术的功夫甚好，难以赶上，待俺赏他一镖。"想定主意，一手向豹皮囊内摸出一只金镖，照准李天寿后心里一镖打去。

哪知李天寿乃是走关东闯关西，经过大敌的老贼，虽则向前直奔，一路眼梢，前后照着，觉得黄天霸把手一扬，嗖的一阵风来，知是暗器，便将身一侧；这只镖擦身而过，险些打着，只离一线，直奔前面而去。天霸见老贼躲过此镖，心中大怒，却不道这一镖打坏了事咧！这一镖若是不发，今夜活阎王稳稳被他们拿住，只因这一镖，倒把个活阎王打逃去了。你道什么缘故呢？原来此地的埋伏，正是李公然的汛地，他晓得活阎王师徒本领高强，因此掘下了两重陷坑，自己又在花墙近处，躲于草内，带了二十名军士，两旁扯着绊腿索，藏身草中。如今果见活阎王逃过陷坑而来，他跳将出来，拦住去路。只要活阎王冲上前来拼命，两旁的军士一齐将绳提起，活阎王一定栽倒，就可立时伸手拿来，全不费事。哪知黄天霸发了一镖，偏偏的又被活阎王躲避，这镖正向前打去，镖中在李公然胁肋之上，李爷"哎哟"一声，栽倒在地。活阎王直冲前去，两旁军士正要提绳，忽见自己主将"哎呀"跌倒，大家吃了一惊，手中呆了一呆，就被活阎王连蹿带跳，已过绊索的地方，一直往双塘儿而去。出了双塘儿南口，一直望沧州进发，投奔卧牛山而去。

且说黄天霸见镖误中了李昆，吃了一惊，连忙赶上前来，料想：活阎王命不该绝，追赶也是无益，急将李公然扶起，忙问："李五兄受伤怎样了？小弟罪该万死。"李公然说："不妨不妨，伤的还好。"天霸将他胸前一看，见他肋下淌血，这只金镖落在地下。幸亏隔的地步太远，镖已脱力，只打进半寸光景，就没了力，落于地下。况且李公然跳出来的时候，看见活阎王忽然将身一侧，就觉有一件东西，烁的过来，公然知道不好，连忙也将身一侧，虽然躲闪不及，那身却已带偏，故此不甚着力。黄天霸心上好生不安，连连告罪。公然说："老兄弟不必挂怀，并非是你有意打我，况且浮伤罢了，有什要紧？"

只见何路通已从陷坑里出来，随后也到。黄天霸便把方才玄坛庙内如何被困，几乎送命，幸而有三个豪杰到来相助，怎长怎短，细说了一遍。李公然心中大喜，便说道："这三个就是金陵三杰。"又把前日在客店内结拜的话，告诉了天霸。天霸听了大喜，如今有了好帮手了。那公然又把郑家园降妖得剑之事，亦说了一遍。天霸、何路通将宝剑看了，连声道："好！真是稀世奇珍，切金断玉的宝物。"李公然叫张帮带去吩咐兵丁，将陷坑填平，一齐到玄坛庙来，自己同了黄天霸、何路通先行。三人到了玄坛庙，与甘亮、邓龙、邓虎相见道旁，各人行礼，彼此客套几句，都在大殿上，分宾坐下。黄天霸吩咐：放四声收兵炮。小西已早教偏将们，都到大厨房内去，搜采吃食东西。那左右从人，听了个个高兴，闹了半夜，腹中都有些饥饿，大家赶到大厨房内一看哪！好有兴头。

但见梁上壁上挂的风鱼腊肉、火腿野味，笼子内养的鸡鸭鹅鹄，缸内养的鱼鳝鳗鲤，柜内放的蘑菇香菌、燕窝海参，钩上悬的猪肉、羊肉、牛肉，壁角高高的一囤白米，墙脚跟堆了数十瓮五彩花坛泥头陈绍酒。一座五眼灶上，一切应用家伙齐备。旁边一只橱内，开了一看，更好了，都是现成煮好的肴馔，一盘盘，一碗碗，样样都有。众人见了好快活，你拿柴，他烧火，先把熟的热了一热，先发出去，到大殿上，教将爷们先吃起来。厨房内手忙脚乱，向那里斩的斩，洗的洗，煮的煮，十分高兴。那黄天霸请甘亮首座，甘亮哪里肯坐？黄天霸一定不依。李公然同众人都说：“不用推让了！”甘亮没法，只得向上坐了首位。其余谦谦让让，团团儿坐下。关小西执壶斟酒，甘亮一把夺了。李公然吩咐从人把盏。大家正要举杯，只听得门外一阵大乱，众人立起来一看，只见神眼计全带了埋伏兵到来；随后张帮带也到。众军士纷纷攘攘，在庙内四面歇息。天霸吩咐：将厨房内东西分给众军士，埋锅造饭，犒赏酒馔，就请计大哥、张都司同入席。计全、张都司与金陵三杰行礼，彼此通过名姓。黄天霸又将金陵三杰相助，活阎王、吴成漏网的话，又对着计全说了一遍。计全重新向三杰作揖道劳，三杰还礼，大家坐下来饮酒。黄天霸便问：“于七怎的被擒了呢？”

白马李七将方才的话，也说了一遍。李公然问起甘亮：“怎样到来相助我们？”甘亮就将前日听得劫法场，邓虎打听信息的话，也说了一遍。众英雄开怀畅饮，吃到天光大亮，众人用饱了饮食，同出庙来。黄天霸吩咐众三军：守护四个要犯，传令起身。把玄坛庙前后门封锁着，由唐官屯地保管守。自己同了甘亮、邓龙、邓虎、计全、李昆、关太、何路通、李七侯、郭起凤、陈知县、孙统带、张帮带，并裨将牙将，一齐往奉新驿而来。路上说说谈谈，好不快活。都道：“这件公事，虽走了吴成、李天寿两个，幸而正犯已得，全亏甘大哥三位的功劳。”甘亮说：“我看这两个逃去，必然再有风波。众位保护大人赴淮安上任，路途尚远，还须加意提防为要。”天霸、公然连称：“是，多承指教。”说着已到大松林三岔口，天霸吩咐郭起凤，先到城内县衙门送信去说：“陈太爷吩咐：叫差役人等，备了棺木等件，到玄坛庙收尸埋葬。目今天时正热，不能耽搁，庙内庙外死的人多哪！独有朱镳的首级，须要割下来，装了木桶，只怕还要号令呢！”郭起凤同了陈知县的一个从人，分路到城内去了，少不得停会儿，回转公馆，我一言表过不提。当时众人一团高兴，押了四个盗犯，众三军敲着得胜鼓，浩浩荡荡，往奉新驿而来。过了三岔口，离奉新驿不远，不多时来到公馆门口，众人押着犯人，在门口等候。天霸命军士在外站着，然后叫陈知县、孙统带、张帮带，并金陵三杰，在外等着，自己同了众弟兄，走到了里面。只见公馆内众人落乱纷纷，王殿臣急得面如灰色。从人们慌慌张张，见了众弟兄进来，多说："不好了！不好了！如今了不得了！我们大家都没有命了！"

黄天霸好生疑惑。王殿臣一见黄天霸，就说："老兄弟，我等活不成了，昨夜门不开，户不敞，把个大人丢了！我便同了施安，自三更天找起，直找到天亮，四处都找遍了，并无踪迹，这却如何是好！"天霸听了，吓得面如土色。自己来到外面，把陈知县、孙统带、张帮带、金陵三杰，让到里边客堂里坐下，吩咐把强盗要犯带到里边屋内；就把丢大人的话对大众说了一遍。

众人尽皆失色。那知县吓得目瞪口呆。李公然说："依小弟看来，只怕有夜行人把大人盗了去呢！"关小西说："对了，这不是吴成来盗了，还有谁呢？"甘亮说："不是，不是，我眼见吴成往南逃去的。"何路通说："我晓得了，一准是活阎王盗的。他不是望双塘儿路上去的么？到了双塘儿，他想起公馆今夜无人保护，遂起意把大人盗去了。"黄天霸摇头道："也不是的，这里三更天就丢了大人，我们追赶活阎王的时候，已有四更天了。双塘儿到这里足有四十里路，任你走得快，到公馆天也亮了。"计全说："莫非李五弟的师叔方世杰盗的。"李公然说："他与大人无冤无仇，风马无关。前番盗他解毒丹，不过见怪着我，怎么盗了大人去呢？"甘亮说："此地可有恶霸，或是绿林，与大人有仇恨的么？"黄天霸、关小西都说："没有。"大家猜疑了半天，并无头绪。

计全说："老兄弟且把三军与犯人如何发放了，然后再行商量。"天霸说："三军极是容易，只要孙统领老爷带了回文回转天津交差便了。只是犯人倒是件难事。若是大人在此，不消说，就地砍了完事。如今我们又无权柄。"甘亮说："依我的愚见，解进京都为是。若怕路上有失，只要明日在外倡言，只说三日后解犯进京。到了第三日，备四辆囚车，装了四个应死的犯人，扮了富明、于七、马英、张宝，就命天津调来的三营官兵护送进京，及至到了天津，就好销差。将犯人带转途中，倘有差失，也不要紧。我这里就在今夜，将富明、于七、马英、张宝悄悄下了舟船，叫我们邓虎兄弟沿途保护，一路赶到天津。叫天津府叫了一班戏班，只说王爷府里来的戏文，要做差戏，暗暗把四个犯人装在戏箱里面，只要稍露微缝，不致将他闷死。就上了车辆，一直进京，交到刑部衙门销差，万无一失。请众位商议商议这条计好不好?”众人听了，个个称赞：“好计!”都说：“甘大哥见识多广。”甘亮又说：“就是奏折一节，昨夜丢了大人，今日去的奏章，一准不要提起。即使日后晓得，只差一日工夫，未必追究到此。”黄天霸听了，就依计而行。立时吩咐排酒款待众人，一面请师爷准备回文，并起了折稿。立刻腾写好了，将文书交与孙统带收了，叫他进城屯扎，到第三日护送假犯人囚车回天津销差。孙统带诺诺连声，饮过了三杯，同着陈知县、张帮带起身告辞，众人送出公馆。

三人一揖到底，扳鞍上马，带领三军，回到城中。孙统带将人马屯扎教场，陈知县回衙理事，早派差役先到玄坛庙收尸埋葬，另派和尚管理庙事，将朱镳脑袋放在木桶之内。到了第三日，备下四辆囚车，监内提出四个死罪的囚犯，假充真犯，就打发孙统带带了人马，命：“左堂捕厅老爷并四个公人，一同送到天津，就同公差将原犯带回静海。倘沿路有党羽劫夺，你们丢下囚车逃命。”孙统带领了计策，辞别了陈景隆，同着张捕厅老爷并张帮带，引领三军，保护囚车，出了城门，一路回转天津，把公事交卸了。捕厅老爷就同公差押了犯人，回转静海县销差，一言表过不提。

且说公馆之中，到了黄昏时候，郭起凤城中回来，黄天霸叫备了船，悄悄把四个犯人下在船舱里面，只作民船模样，便叫施安藏了奏折文书，带了从人伴当，请邓虎保护着进京。邓虎一身担任，带了两柄锤头，同施安连夜起身，依计而行。众人悄悄相送，然后回到里面，用过了晚膳，大家商议如何寻找大人。仍然测摸不着头脑，说来说去，只有出去私访。李公然说：“我倒想起一句话来了，但不知可走这条路呢?”众人听了，都要请教什么路道，说出来大家猜想猜想。毕竟李公然说出什么来，且看下回分解。

第一二七回　众豪杰商议访总漕　十义士月夜下沧州

话说李五爷忽然想起一条路来，大家齐问什么话。公然便对神眼计全说："计大哥，你前会私访的时节，不是在双塘儿酒店，听得于七说的，他改名薛酬，在沧州薛家窝，遇见薛家五虎，认了本家。想这薛家五兄弟，强凶霸道，无恶不作，原是恶霸。莫非他那里有细作在此，将大人盗去，也未可知。"

黄天霸说："只怕不是罢。一来沧州有百里之遥，二来他们与大人无冤无仇，怎么来管此事呢？"计全翻着眼睛一想说道："我晓得了，这件事倒有七八分是薛家兄弟干的。"众人说："计大哥，却是什么缘故呢？"计全说："老兄弟，你说他们与大人无仇，内中有个委曲。这薛家窝薛氏兄弟总共五个：大的叫薛龙，二的叫薛虎，三叫薛凤，四叫薛彪，顶小的叫薛豹。这薛凤的妻子，名叫谢素贞，一身好本事，手使两把双刀，会高来高去，比男子还胜三分，乃是河南怀庆人氏。你道是谁？我却晓得根底，就是一枝桃谢虎的妹子。当初施大人把她哥哥杀了，她岂不怀恨在心？如今听得于七说出行刺之事，她必然撺掇男人打听消息帮助于七，因此才到玄坛庙。恰遇我们围庙捉拿吴成等凶犯，她就赶到公馆，将大人盗了，也是有的。"

天霸与众人都说："有理，只是怎样办呢！"计全说："事不宜迟，我们赶紧到薛家窝去探实了消息，再行商议。"众人都说："有理，我们大家同去。"

天霸即吩咐从人：小心看守公馆。就命带过坐骑。众英雄各自上马，乃是甘亮、邓龙、黄天霸、关小西、计全、何路通、李公然、李七侯、王殿臣、郭起凤，总共十位，都是客商打扮，马上拴着包裹，带了自己从人，离了奉新驿，望着沧州一路而来。路上说说谈谈，颇不寂寞。只是天气好热，正在中伏，太阳犹如炭火一般。走了五十多里，将近申牌时分，方才到了市镇。众人肚中也饥了，而且热得周身湿透，口中火出，看见镇上一家酒店，各人纷纷下马。黄天霸让甘亮等，都进里面。计全说："天气甚热，你先拿几大碗凉茶来，我们渴得很呢！"李公然一面吃茶，一面观看屋内。只见靠着后窗一张桌上，坐着一个青年，看来二十岁光景，生得粗眉狠目，身材雄壮，十分凶恶之相，赤着膊，独自畅饮。窗槛上搭着一件青纱短衫，旁边桌上坐着两个人，约莫是他的伴当，主仆三个。那天霸转侧了脸来，瞧了一瞧，暗暗点头；众人都觉着了。众人喝了一回酒，看那太阳渐渐下沉，天气也凉快了。用过些饭菜，天霸叫酒保过来，算清酒钞，大家出门上马；只见那人也同着伴当一路在后跟着走咧。不到十多里路，天色渐渐晚了，前面有条岔路，众人要到沧州由大路而行。回头见他主仆三个从那条小路而去。李公然说："这是通方家堡去的。往沧州，小路比大路远好许多了！"黄天霸说："前面没有宿店，横竖白昼走路太热，倒不如我们放夜行罢，落得凉快些。"众人说："不错。"

不知不觉天色大亮，来到沧州地界，离城五里之遥，地名叫做沙家集，是个热闹的所在。计全说："黄老兄弟，此处离薛家窝只有七八里之遥，我们找个寓所安置罢。"众人道："好。"

只见前面有所客寓，叫做顺隆店。众人下马，进了店门。从人自去牵马遛汗上槽。这里众伙计迎接众英雄到里面。黄天霸看了五间上房。伙计打脸水，烹茶。众人脱了衣裳，坐下吃茶，吩咐伙计打酒做点心。不多时伙计打上酒来，托着一大盘面食、点心、牛肉、鸡子、饽饽、薄饼、锅贴、包子，大家饮酒用点膳。黄天霸开言问说："甘大哥，我们既到此地，未知大人究竟在不在薛家窝呢？如今怎样办法？"甘亮说："这个薛家窝，我虽没有到过，只听人家说，倒有些棘手啦！他们住的庄子，是个断水圩，四周围都是水路，进去恐不能出来。他们既将大人盗去，岂无准备？须精细之人，深通水性，本领高强，方可去得。”李七侯、何路通说道：“咱们今夜泅水过去，务要探个水落石出。若然大人在内，就可救了出来。”甘亮带笑说：“二位本领，果然出众。”天霸说：“二位不可造次，须要想条妙计，方可万全。咱们若打草惊蛇，反为不美。”李七侯说：“黄兄弟虽说得是，只怕大人果真是他们盗了，耽延一两日，性命难保。”天霸听了此言，直着头无言可对。

列公，你道这施公可是薛家窝盗的吗？哪说不是呢！原来于七在薛家窝的时节，与薛家五虎认了本家，结为兄弟，十分亲热。于七在席面上说：“施不全害了我哥哥于六，我若不手斩施不全之头，誓不为人。”薛氏弟兄第三的名叫薛凤，为人奸谋百出，诡计多端，而且夜行术的功夫算他最好，若论刀枪拳足，也远是强哪！当时听薛酬之言，想起妻子的话来。

且说薛凤的老婆，娶的就是一枝桃谢虎的妹子，名叫谢素贞，生得娇娆标致，本领高强，善用双刀。自从施公杀了谢虎，那妹子就要与他哥哥报仇，在他丈夫面前撒娇撒痴的。薛凤允许他妻子：“且等施不全进京，我就与他报仇。”谢素贞时常叫丈夫差人打听，晓得施公升了总漕，奉旨出京，到淮安上任。

这一日庄丁进来报说：“施不全到了静海，在奉新驿住下公馆。”恰巧于七说起杀兄之事，那笑面虎薛凤说：“酬大哥，你若要报此仇，有何难哉？现在施不全住在奉新驿，何不前去刺了就完事咧！”于七说：“他手下颇有能耐之人，教我双拳难敌四手。”薛凤说：“酬大哥你又来了，唐官屯玄坛庙的当家和尚，就是飞山虎吴成，你我都是好朋友，而且与你一师门下出的家。”于七说：“我就到静海走一道。”到了明日，薛家五虎摆酒饯行，于七就别了薛氏五虎，来到双塘儿，就遇见了吴成在酒店内说话。被计全听得的一段节目，前文表过不提。

却说薛家窝内发出探事的人不少，静海所做的事，薛家窝无有不知。那一日早晨，探事的庄丁来报说：“昨夜二更过后，有无数的官兵，把玄坛庙团团围住了，杀声震地。”薛氏兄弟听得正在惊慌，随后连连得信，说：“官兵打进庙内，只怕事情不好咧！”不多时，只见吴成踉踉跄跄的进来。薛氏兄弟连忙上前迎接。到了厅上，彼此见礼坐下。庄丁送上茶来。薛龙便问：“吴大哥，庙中怎样了？我们薛酬兄弟事体如何？”吴成未曾开言，眼中早已流下泪来，说道：“一言难尽，如今大事休矣！”薛家弟兄听了此言，知道薛酬凶多吉少，大家心慌。

吴成便把遇见薛酬头尾细细说了一遍：“昨夜跳出墙来，藏在夹墙之内。幸亏到了天明，官兵官将回转静海去了，我们才敢出来，遇见庙内佣工，逃得性命。我想只得逃入深山，埋名隐姓，也无面目见天下好汉的了。”说罢就大哭起来。薛龙听了他一片言语，心中惭愧。薛虎急得拍案大叫说：“吴大哥，太长他人志气了！我只独自一人，要去见个高低。不杀施不全与黄天霸这两个刁娘养的，誓不为人。”薛凤说道：“吴大哥被人如此欺负，莫说由薛酬而起，就是单为他外甥之事，弄到这般地位，我们也当拔刀相助。咱们哥儿四个，何不同去静海走一遭？一来与吴大哥报仇雪恨，二来设法相救薛酬等四人。”薛龙说：“四弟言之有理，只是五弟尚未回来，不知探所得怎样的了。”正在说着，只见庄门外乱嚷嚷的拥进一起人来，扛着一个人，四马攒蹄，倒捆做一团，背后跟着薛豹兴匆匆地进来。

众人一齐站起身来。只见庄丁们将那人丢在地下，吴成一看，认得是施不全，心中大喜，便问：“怎样的把他捉得来了？”薛酬道：“我们自到静海境内，就有酉牌时分，吩咐舟船停在方家堡。到方世杰家内，世杰摆酒款待我。说起来意。方世杰也是怀恨他们；因为施不全差遣他师侄神弹子李昆去盗他的丹药，把他着伤。故此就把一个熏香匣子借我，教我到奉新驿公馆，将众人熏倒，一并杀却，斩草除根。我就带了两个庄丁，赶到奉新驿公馆，吩咐庄丁在后边竹林内等候。我跳上瓦房，四周瞧看一番，哪知道这一班手下之人，都不在公馆之中，只有几个从人，杀他也是无益。到上房一看，但见椅子上坐着个家人，在那里打盹，施不全睡在炕上打呼。我就飘身下去，将香点着，从窗孔内送进烟头。过了一刻，想必熏倒的了，我就进去，从炕上扛了施不全，回身出来，仍旧上屋，到了后面下去；到竹林内唤出庄丁二人，扛了施不全，悄悄回到方家堡。恰巧方世杰家内用午餐了，就拉着入席。世杰谈及昨夜官兵官将攻破玄坛庙，活捉静喜和尚，并当家和尚的外甥，还有卧牛山两位寨主。那当家和尚同他师父逃命去了。如今玄坛庙封锁，被擒之人，都带到静海城去了。我听此言，就说：怪道昨夜公馆内没见这班贼将，原来他们这样狠心，下这毒手。幸亏天网恢恢，把施不全拿到，也好出口怨气。当时就把施不全关在空屋之内，然后与方世杰商量劫救众人。吃到天晚，略息片刻。天一明我就起身，带了两个庄丁，到唐官屯玄坛庙看看形景。哪知静海城中发下差人、官军，正在收尸埋葬。我只得回转方家堡去。在半路上酒店内打尖，遇见十来个人，也到店内饮酒，部是客商打扮，带着从人。细看他们行为不像平民百姓，面上都是雄风杀气。我心中估量莫非施不全手下之人，找寻主人来的。后来吃完了酒，跟着他们一路往沧州大路而来。我找到岔路，自回方家堡，约定了方世杰即日准来帮助，我就带了施不全下船，一路回来了。众位哥哥须要留心着奸细进窝咧！"

薛龙听了，立刻吩咐庄丁传话：各处加意小心，防有奸细进来，若有陌生人的船过来，不问好歹，一并拿住。哪知李七侯、何路通二人恰巧到来私探，就着了道儿。且看下回分解。

第一二八回　吊打钦差吴成泄恨　审问奸细薛凤诳言

且说吴成见了施公，顿时怒从心上起，恶向胆边生，拔出佩刀，要杀施公。施大人到此时，情知一死罢了，闭着眼睛等死。薛氏兄弟一齐拦阻，都说："吴大哥暂息雷霆之怒，若然把他一刀挥为两段，倒是便宜他了。不如将他吊起来，打他一顿，将他禁在水牢里面，慢慢地消遣他，怕他插翅飞去不成?"薛凤一面吩咐庄丁们：将施公带到水牢中去，暂且不表。

只说沙家集顺隆店内，众英雄席散之后，李七侯扯了何路通，到冷静所在，说道："他们看你我不上，估量不能成事。我与你今晚去走一遭，倘然大人在内，就将他救了出来，岂不是一件天大的功劳吗?你我脸上多少光彩!"何路通也是个浑人，听了白马李之言，心中大喜，就说："李七弟说的不错，我心上也是这样想。"那知李、何二人，到了二更之后，众人全都睡了，李七侯悄悄起身，扯着何路通，各把夜行衣扎束停当；李七侯带了单刀，路通带了钩枪拐，轻轻走到庭心，跃上房屋，一路出了店房，从后面跃下房来，离了沙家集，向薛家窝而来。路上施展夜行术功夫，不多时已到滩边。但见一派大水，望见对面黑森森一座大庄子，便是薛家窝了。二人咕咚咕咚钻入水内，泅着水来到对岸。只见水苇内摇出两只小船来，每船三人，两个划桨，一个拿着钩镰枪站在船头，从小港内出来。李七侯与何路通踏着水，在芦苇旁边伏着，等他两只船过去了，就从这条港内进去，约有半里之遥，在水内摸着行走。

哪知走来走去都是浅滩，并无出路，二人慌了。不知这个薛家窝有七十二条港，都是有名目的。何路通说："我们不管他，就在水苇里走去，总是要到岸上的。"李七侯说："咱们不管他，只望乌丛丛林子里走去，必定是庄子了。"二人趁着月色向左边水苇内过去，只是实在难走，水倒甚浅，只苦的淤泥很深。二人爬上岸来，好像泥乌龟一般。这苇叶好比利刃，划得满面血痕。哪知到了岸上，更不好了，东寻西找，并无路径，一派都是丛林密竹，身子总挨不过去，满地都是竹签，锋利异常，而且七高八低。到了此时，进退两难。二人心中懊恼，向前望去，瞧见树空当中，露出围墙来了。二人心中大喜，直奔过去。

忽听得豁喇喇一声响亮，二人一齐跌入陷坑。旁边树林内走出两个人来，手中拿个竹管，嘘哩嘘哩一吹，只听得四下里发一声喊："拿奸细呀！"立刻奔来二十几个庄丁，手中都是挠钩、飞抓，都望陷坑内乱伸下来，将李七侯、何路通两个横拖倒拽捉了上来。庄丁七手八脚，用麻绳四马攒蹄，捆个结实，拉的拉，拖的拖，将二人带进庄门。早有人里面去送信。

薛家兄弟与吴成听说在东团湾陷坑内捉住两个奸细，一齐出来在大厅上坐下，吩咐庄丁："将奸细带上来！"庄丁一声答应，将二人扛上厅来，寒鸭浮水式，丢在地下。众人见俩浑身污泥，好似活鬼一般。薛豹走下来扯住辫发，将脸面翻将过来。只见满脸泥土，夹着七横八竖的血痕。薛龙说："拉去砍了就完事！"薛凤说："大哥使不得，待我审问他一番，然后杀他不迟。"只见薛豹说："哥哥，小弟认出来了，这两个狗男女，就是途中酒店内遇见一伙客商打扮的十人之内的。我看准是施不全手下之人，倒要细细敲打他的底细来才好呢！"薛凤叫庄丁把二人提到面前，就问道："你两个姓什名谁？何人指使？若然说一句谎话，我生平最恼，休怪我将你二人一刀一个，送到妈妈家里去。你到底叫做什么名字？"

列公，这何路通本是个浑人，李七侯也是个直汉子，听了薛凤的甜言蜜语，只道当真了，就说出自家姓名，果然是来探大人下落。便问："如今大人在于何处？若然放了我二人回去，寻见了大人，我二人准在大人面前，保举你的功名，多少有些好处。”薛凤说：“这倒不消，我们颇有田地，也不要做官，也不要银钱。我只为见你两个都系好汉。常言道：‘英雄惜英雄，好汉惜好汉。’我们问你，你们来的时候，总共十个人，还有八个现在哪里住？他们叫什么名字呢？”何路通正要开言，还是李七侯机灵，对他丢了个眼色，何路通就缩住了口。李七侯接说：“你既肯告诉我们大人的下落，先对我说出地方，放我们去寻找。若是不肯说，也不必问三问四了。”薛凤正要开言，只见薛虎跳将过来，就把李七侯吧的一巴掌，骂道：“你这刁娘养的，问你一句话，也不肯直说，倒与他作眉作目，却要想访得施不全的下落。我老实对你说罢！”下句还没出口，吴成恐怕薛虎说出真情，连忙过来劝阻。薛龙接口说：“二弟，你又来胡闹了，这事不用你多管。”吴成也接着说：“我看李七是个好男子，同那何路通两个，都是我们线上的朋友咧！”薛虎早被薛豹拖过去。

李七侯、何路通两个虽是浑人，到底是老江湖了，他们任你软功硬功，只是不理。薛凤又细细套问一番，并无实话。吩咐庄丁将他二人锁在后园空房之内，打发四个心腹庄丁看守。

众兄弟与吴成商议此事。吴成说：“这班贼将，我多半认得他们面相。待我带几个庄丁，要拣认识黄天霸、关太的人，分头出去访查，只要看见一个，暗暗跟着他到寓所，就知众人往处了。常言道：‘先下手为强，慢下手遭殃。’休等他来犯我境界，咱们哥儿，先去杀他个措手不及。”薛凤摇手说道：“不必与他动手，着然晓得了他们住处，只要如此如此，就可一网打尽，永无后患，薛家名声更大了。”吴成说：“三弟机灵，怪不得人称笑面大虫呢！”当时，薛凤唤来几个心腹精细庄丁，吩咐：“去探访黄天霸、关太等在哪里住，若然访着了住处，赏银一百两。”众庄丁听了，个个高兴，立刻跟着吴成渡河过来，往四下里打探去了。

薛家弟兄送了吴成上船，回进房内坐定，就见庄丁进来通报说：“方家堡方员外到来，要见我家五位员外，现在庄外等侯。”薛龙大喜，一摆手叫：“大开庄门！说我兄弟出接。”庄丁回身出去，薛龙带领四个兄弟，一齐迎将出来。就见方世杰带着一伴当，走进庄内。彼此见面，无非说几句久不相见的话，不必细说。薛龙吩咐：“摆酒款待。”五员外让方员外坐了首位，各人敬过三杯酒。薛龙便道：“李、何私进薛家窝，在陷坑内拿住。审出是来找施不全。共有十人，其余不知住处。我家三弟的主意，欲想如此这般办法，全仗大力帮助。不知老员外的意下如何？”方世杰说：“老夫正当效力。”薛凤说：“老员外，我们这里难得到来，请你老人家四周瞧瞧形势好不好？”方世杰说：“正要请教请教。”

薛氏兄弟一同陪了方员外，先在庄内各处走了一回，只见房屋曲折，门户众多，东穿西走，认不出左右前后；有的所在好像不通，其实却有暗门，就在门内的背后；先要进去了，把门关好，方能开那暗门。若是不懂的人，一直走去，里面有扇假门，踏进去，就是翻板，跌下去二三丈深的陷坑。有的所在看去四通八达，许多门户；哪知到了里面，穿来穿去，没有出路，四面好比铜墙铁壁，插翅也难飞出去。而且踏着机关走过的门户，自己关闭，又无门闩，又无拉手，任你千斤之力，也开不来的。地内埋着窝弓药箭，上去准死无疑。还有一处叫做留宾馆，是个小小厅堂，对面两间，中间隔着一方庭心。对面屋内居中有一只百灵台式的圆桌，只要桌面一转，那留宾馆立时旋转，有门处变成墙壁，无门处变成山林。门外也有庭心，庭心过去，也有对面屋子，屋子中间也有圆桌，与方才的一式一样。若然走过去的时节，里面许多埋伏，一定送命。这个圆桌，也有消息，转不得的。若然桌子转动，机关一齐发作。还有一处叫望山堂，却是五开间一所花厅，庭心极其宽大，庭中尽是假山，堆的玲珑奇巧，穿来穿去，洞门极多。若要走到里面去时，必须要穿走那假山，方能过去。他这假山里头，做就的消息，自己人都有记认，若是外人不知，惊动了机关，那上面的石条，一齐坍下，将人压在中间，或被打死，或被关住，再也不得出来。除非要等自己人在外面，将假山石条逐一搭好，也不费什么大力，都是四两拨千斤的借劲，就能假山归原，里面洞门依旧开通，方能出来。还有许多机关，尽是稀奇，做的灵巧无比，也说不尽哪！

薛氏弟兄领着方员外一处一处的与他细看，方员外赞不绝口，便问："这些关纽子，都是三贤侄造的吗？"薛凤说："小侄也不甚精通，幸亏我的师父指教，方才造的完成。"方世杰说："我倒不晓得令师姓甚名谁，何方人氏？"薛凤说："他就是沧州南门外七十里地名百宝村的人氏，姓柴名继光，今年五十多岁。"方世杰不待他说完，说道："我知道了。他的老子叫做柴荣，与我拜把子弟兄。从小就看他十分聪明。他有三位哥哥，都做买卖，唯有老四他读书，十五岁就考了秀才。那柴荣就叫他安居家内，靠着些田地，经管好过日子。他就听了父命，在家教几个学生。直到去年他老父故世，我还去吊奠的哪！"薛凤说："如此说来，员外是我的师伯公呢！"众人说着话，一路出来，又到庄外四围走了一遍。看那七十二港，九汊十八曲的地势，各处险要，都有埋伏。方世杰连连道好，说："此地若然把守的坚固，任你千军万马也难进得。黄天霸呀！看你此番有多大的通天手段，放出来罢！"大众回庄，天气已晚，薛龙吩咐："在荷花厅上用晚膳。"庄丁一声答应，不多时，排上丰盛的酒肴。薛氏兄弟陪着方员外到荷花厅上落座饮酒。这几句话，就漏了消息。不知怎样的缘故，且看下回分解。

第一二九回　黄天霸初探薛家窝　甘教师镖打笑面虎

却说方世杰在薛家窝荷花厅上与薛家五虎讲论施公之事，其时正在二更过后，月亮渐渐升高。只因天气炎热，开齐了窗格。薛凤说："将酒席移到厅前露台上去。"一头指使家人，一头眼望荷花池内，忽然叫声："不好！有奸细来了！"众人一齐着惊。薛凤早已跳出厅去。薛虎、薛豹，跟着薛龙、薛彪、方世杰，并一众家人，都到外面来，向屋上瞧着。

你道究竟有甚奸细？怎说没有呢？并且不只一个呢！原来沙家集顺隆店内，到了来日天明，大家起身洗脸用茶点，却不见了李七侯与何路通两个。黄天霸走进卧室一看，那二人的家伙也不在里头了，就顿足说："这两个呆子，一准到薛家窝去的，必是弄出不好来。此时不见回转，不消说，被他们拿住了。"李公然说："这样看来，大人也是他们盗的；如今倒饶上两个，更加费事了。"甘亮说："待俺先去见机而行。"黄天霸说："甘大哥去时，小弟与你巡风。"甘亮说："小兄弟不必客套，甚么巡风呢？"那邓龙说："小弟也陪着去一遭。"李公然、关小西也说要去。白面狻猊说："这件事不过私去探信。关贤弟与李五哥且在此听信罢！我看这薛家窝，将来必定有一番大大的厮杀，此去却不必多人。"就叫王殿臣出去备只划浆快船，带领四个从人，在江边等候。

到得黄昏时候，众兄弟用过晚膳。黄天霸与甘亮、邓龙换上夜行衣，带了随身器械，扎束停当，三人穿戴一般。霎时间到了江边，就见一棵杨柳底下，停着一只船在那里。早见王殿臣在船头上打招呼，天霸等三人噌的跳到船上。王殿臣解去缆索，四个从人摇动飞桨，望对港斜行。远远望见薛家窝芦苇荡内，摇出一只浪里钻小船来，看看渐近。那船头上立着一个庄丁，手拿钩镰枪高声叫道："进来的是什么船？快些报明。"

王殿臣回答："我们是沧州报船，有紧急公文上天津哪！"说话之间，二船交肩过去。不多时，看这小船远了，天霸吩咐快抢进港去，幸没人看见。就与甘亮、邓龙三人上岸，叮嘱王殿臣速速摇过对岸，在芦苇内隐藏。天霸等望着庄院而行，走不多远，前面水阻了，只得望横路走过去，看看离院落不远，只是左旋右转，无路进去。正在纳闷，忽见前面有人来了，天霸等闪在旁边树后。

只见来的是两个巡丁，一个拿着钢叉，提了灯笼，一个手内提着灯笼、梆锣，腰挎佩刀，一路讲说而来。天霸等他们来到树旁，暗暗将左脚伸出草内。那巡丁只说话，不防脚下多出了一件东西来了，就在天霸脚下一扳，噗的跌了个狗吃屎，那盏灯也灭了。后面的那个人不防前面的跌下，自己留脚不住，对准前面人的身上，也扑了一交，梆锣撇在草内，口中埋怨道："王第六的，你怎么走熟的路，倒也会扳跌了呢！"话还未完，天霸、邓龙一齐跳出来，一人一个，将脖子按住，把刀在他脸上晃一晃，喝道："你嚷，就是一刀！"巡丁吓得魂都没了，只叫："好汉饶命！"天霸说："我且问你，你们这里的路怎样走法才是通道？你只老实说出，我不杀你。千万快快说来！"巡丁说："好汉，我们这里的旱道，遇着松树右手转弯；遇着柏树左手转弯，你们再不会走错的。"天霸说："你可知道施大人藏在哪里？"巡丁说："就是施不全呀？现在关在水牢里面。"天霸说："水牢却在何处？"巡丁说："进了庄门，东北角上，约来十多进房屋，走过一座假山，有个月洞门，进去就是水牢了。"天霸说："昨夜可曾有两个人进来？"巡丁说："有的，有的，一个姓李，一个姓何，他们不知路径，走到死路上去了。那死路上看着是宽阔的平路，哪知埋伏甚多，不是窝弓，就是陷坑。他们跌在陷坑里面，所以拿住了，现在锁在花园中空屋内。我索性告诉你罢，在花园正北，过了长廊六角亭，旁边有四个人看守咧。以上句句实话，放我起来罢！”天霸与邓龙将他两个身上带子解下，四马攒蹄的捆了，将刀割下一片衣襟，塞在口内，把他们提到树林里面，放在树丫内夹着。说道：“你们睡一觉儿，我回头来放你。”甘亮早把钢叉、灯笼、梆锣丢在林子深处。

三人依着巡丁的说话，不过几个弯曲，果然到了庄门。远远望去，庄门外有人巡走。甘亮领着头，天霸跟在后面，绕着大墙向西过去一箭之遥，望见前面屋内灯火明亮，人声嘈杂。

三人走到窗前，将指尖蘸了口唾湿了窗纸，戳个月牙小孔，往屋内张看。原来是大厨房，有七八个厨丁怨恨道：“姓吴的才滚去，又来了什么方员外了。吃了一天的酒还不够，弄到半夜三更，再要添长添短，不顾别人性命。”那厨丁说：“姓吴的那里去了，不说还要来吗？”那提木盘的说：“听得说带了二十个兄弟们，各处访查施不全的的手下人哪！怎说不来呢？”天霸、邓龙看过了，将头昂起，把耳朵贴在檐头，听他们说话，恰巧提起施公之事，忽然听得下面说：“有奸细！”把天霸吓了一跳。

且说笑面虎薛凤怎样晓得屋上有奸细呢？原来黄天霸躲在东边屋檐之上，那时月轮渐渐升高，把他的影子照在荷花池内。

薛凤看见荷叶上映出人头的影子，所以晓得屋上有了人了。当时薛凤蹿出厅来，望见屋上东西两条黑影，薛凤便就跃上屋，但见一件东西直奔面门而来。薛凤知道是暗器，只是眼见他们两个，从两边过去，再不防从对面来了暗器哪！要想躲闪，怎得能够？将头偏得快，当！在肩上中了一镖，“哎哟”一声，身子往后栽倒，跌将下来。方世杰同薛氏兄弟上前，扶起了薛凤，自己与他拔下镖来一看，这镖上后面有个环儿，环上有三个小小铃儿。薛彪知道到了江南名家了。这个名叫铃儿镖，又叫响镖，只有金陵白面狻猊一人用的，成了一代名家，临了得道，成了地仙，这是后话。

且说薛彪将镖拔出，即取出金创药来，与哥哥敷上，用布扎好，教他躺着自在罢。

当时薛氏弟兄一齐大怒。薛虎扯出朴刀，跳上屋去，薛龙扯出单刀，薛豹扯出一对铁抓，方世杰也拔出佩刀，哧扑哧扑的都蹿上屋来。四个人赶到厅屋前面，望见左首跨院屋上，站着一人，一扬手，哧的一道金光，直奔薛虎面门。薛虎忙把朴刀隔着面门遮蔽。只听得当的一响，金镖当啷的落在瓦楞内去了。众人都望左边过来。天霸发了一镖，见打不中他们，暗想今夜露了踪迹，谅难救得大人，不如趁早出去，免得吃他的亏了。想罢回转身来，跟上甘亮来了。

却说甘亮明知他们必要上来，就掉身来蹿上屋顶，一回身从身边取出一只响镖来。恰好薛凤上屋，脚还没有踏定，甘亮就是一镖，把薛凤打翻下去。

天霸心中好胜，要在甘大哥面前显能，知道他们再有几个上来的。天霸立定身子，向袋内摸出金镖在手，只见薛虎跳上屋来，随手发了一镖，偏偏被他把朴刀挡住。后面薛龙、薛豹、方世杰跳上屋来。天霸回头一瞧，又望不见甘亮、邓龙二人，谅想已先走远了，自己也就无心恋战。

单说薛豹跃上屋面，周围一瞧，忽见右边一所房屋之上，有一条黑影，如飞地越墙过屋而去。薛豹独自向着这个所在，赶奔过去。那邓龙觉得背后有人追赶，心内暗想道："这厮追来，待我将他结果了，然后好找寻大哥与黄兄弟。"想定主意，见前面屋上有一垛分开的五岳朝天墙，越过墙去，将身伏在墙下，等待薛豹过来，出其不意，把他一钩斩了，岂不省事。哪晓得这薛豹乃薛家五虎之中最厉害的东西，年纪虽然顶小，本领却是独大，外号人称飞驼子，又叫五彩驼，使一对铁拐，随你千军万马，也能滚进滚出；而且性情乖觉，智谋颇多，虽不及笑面虎，却也诡计多端，机灵得多。他见邓龙越过墙而去，心中就疑着这个招儿，却不直跃过去，有意从那边绕道而行，反到了邓龙背后。邓龙见势头不佳，即便扭转身来，恰好飞驼子奔到，就用左手单拐，豁的夹背敲来。那赛姜维将右手钩挡铁拐，将左手钩分心便刺。列公，邓龙用的家伙，叫护手钩，俗名叫做虎头钩，却是怎样的一件东西呢？这件兵器在十八般之外，共有两柄，各长三尺六寸，其形似剑，两面有锋，他的头上却是弯转三四寸，好像钩子一般，所以又好向直刺，又好向里钩拖，又好两面再砍，又好钩开人家的家伙。若是个流星锤、连环棍、七节鞭，这许多厉害军器遇着了，他更加是遇克星了。而且他的捏手柄上，更是稀奇，与那刀柄、剑柄、斧柄全然各别，却与半爿方天戟无二，戟尖头反向下生，将手捏在方孔之内，若遇刀剑削他手指，却有四周护住，所以叫作护手钩，是极厉害的军器，只有他破别的，没有别的去破他；今单遇见了铁拐，好似下属见了上司。

且说薛豹见邓龙，一钩分心刺来，将右手单拐一靠，趁势把右手拐一折，直冲他腰肋。邓龙见来得快当手活，将身一闪，旋转来将双钩拦腰而进，使个玉带围腰之势。这飞驼子薛豹就使个双龙出海的解数，将双拐往下一沉，向左右分开，顺手还他个樵子劈柴之势，二拐一齐而下。赛姜维把头一偏，将双钩使个王母献蟠桃，架开双拐，趁他荡开之势，撒下左手钩，侧身转来，名为敬德倒拖鞭，一钩削他的右腿。飞驼子右脚退步，向后一偏，就将双拐往下直沉，唤做刀劈华山，将钩荡开，再又还手。二拐钩来拐挡，拐去钩迎，战了十几个回合。飞驼子见赢他不得，想一条计策。

要知后事如何，且看下回分解。

第一三〇回　方世杰惊走黄天霸　赛姜维误入望山堂

话说白面狻猊甘亮单见三人追赶天霸过来，不见邓龙形迹，心中纳闷，暗想邓龙哪里去了？转眼之间，天霸已到。甘亮便问："黄贤弟，我家老三哪里去了？"天霸说："不要被他们战住在那里，俺与你去找寻一回。"甘亮说："使得。"二人正要回身，那后面追的人已到。只有方世杰却先追到，离着天霸只有七八丈之遥。这老贼看见他二人站立着屋脊之上，好似等候厮杀的光景；那后面薛龙、薛虎隔着尚远，若是单身向前，又恐他们的飞镖厉害，不如先下手为强。他就一路用心算计，早把弩箭捏在手内，觑定天霸的咽喉，哧的一箭射来。这枝弩箭正贯头发之际，把头发铲去一路。天霸知道毒弩厉害，有名的见血封喉，此时无心厮杀。方世杰也怕他的飞镖，任他逃窜。

后面薛龙、薛虎赶到，便问："方员外何不追赶？"方世杰说："这厮被我射了一药箭，少不得回去也是个死；况且这个长须的好像江南甘亮，善用响镖，四海闻名，与我素无仇恨，由他去罢。"薛龙、薛虎明知他胆怯，只得说："方员外言之有理，咱们回去看看三弟的伤重不重哪！"

方世杰就同薛龙、薛虎回转荷花厅，仍到露台上落下。这时候薛彪刚将金创药与老三敷好，见他三人到来，告诉说："三哥中的暗器，并非天霸的金镖，却是有铃儿的响镖哪！"一面说，一面将镖拿出与薛龙等观看。方世杰说："如何，我说这厮像是甘亮。我六七年前到皖西做趟买卖，遇见一起大镖银，二十辆太平车，尽是大宝。旗号上并没镖局的记号，单只红布上画一只白粉的狮子。我见了这位达官，认他不得，就打听人家，这是哪个镖局里来的？大家都说：‘老客人，这就是上元县的甘亮甘教师，都认不得么？你看他旗画的白狻猊，便是他的外号。他的飞镖，有三个铃，发出来百不失一，有名的阎王帖子。’我所以认得他相貌，极其体面。”薛龙说：“老员外，一些不错，准是他了。你看这镖上不是刻着一个小狮子么！”

薛虎一瞧，果然有只狮子在根上。薛彪说：“我倒没留心。”也过来瞧着说道：“里面还嵌着白粉呢，只是小的很哪！”方世杰说：“怎的共天霸一路呢！咱们倒要留神才好。”回头一瞧，便道：“五贤侄哪里去了？”薛彪说：“他也跟你们上去的，你们没见他吗？”薛虎同方世杰说：“忙乱之间，不曾留心他。”那知方世杰同薛虎、薛龙复纵身上屋面来找寻的时候，各处看遍，并无踪迹。

你道他们两个哪里去了？原来飞驼子薛豹见战不下邓龙，心生一计，他便假做力怯，渐渐退后，诈败下来。那邓龙一步步赶上，直到望山堂来。邓龙回头不见了甘亮、天霸，再也不去追他了。实因这飞驼子心刁意恶，到了望山堂屋面上，直退到滴水檐前，假做两足踏空，背翻身跌将下来，叫声：“哎哟！不好了！”噗咚的躺在庭心，庭心内都是假山。薛豹跌倒在地，邓龙便飘身下来，脚踏实地，举起右手钩砍去。只见薛豹就地一滚，望着假山洞内钻了进去。邓龙叫声：“小辈往哪里走？俺邓龙若不杀你，也不叫作赛姜维了。”一下子跟进了假山洞来。哪知薛豹早已蹿到消息的地方，抽动机关，只听得豁喇喇！一声响亮，假山忽然坍倒下来，把邓龙压在中间。邓龙吃了一惊，好似天翻地覆，连自己死活都没有弄清楚哪！定一回神，唯有闭目等死。

且说飞驼子薛豹把那邓龙压在假山洞内，心中大喜，就上来跑回去。这假山做的灵巧非常。此时方世杰同薛龙、薛虎，各处遍寻不着薛豹，正然走到望山堂左近屋上，忽听得崩塌之声，三人一齐蹿到望山堂上来，向庭中一看，正是飞驼子在假山上面跑了过来。四人一同回到厅上。薛豹意气洋洋，精神百倍，把方才跃上屋去追奸细，与赛姜维邓龙厮杀，把他引到望山堂上，压在假山内，一套言语说了一遍。薛龙说："我去架起石条来，瞧看瞧看他死也没死！若还活着，将他审问一番。"

薛凤说："此人与五弟战个敌手，眼见得有本领。倘若没有压死，将石条架起，他出来拼命，就费手脚了。今后庄子内外水旱各路，须要多添庄丁加意防护，他们必然再要来哪！"薛豹、薛龙、薛虎叫家人把残肴搬去，重整杯盘，与方世杰饮酒谈心，直到天明。

再说黄天霸同着甘亮下了庄院，仍由旧路依着柏树右转，松树左转，来到静处。天霸走进林内，在树杈内提出两个巡丁，一刀割断了带子，回身出来。甘亮赞道："黄贤弟精细哪！这巡丁放得很好，不然，被薛家兄弟晓得，审问出泄漏道路的话，他们把松柏砍去了，我们就难进去了。如今这两个奴才饶他，不敢说出被缚的话来。"这两个巡丁得了性命，在草内寻找得钢叉与梆锣、灯笼悄悄回去，果然不敢去声张。

到了明日，薛龙查问水旱各路巡丁，都说：没有奸细进来。薛龙骂了众人一顿，吩咐：今后需要小心。众庄丁诺诺答应。这事就瞒过去了。

却说金镖黄天霸、白面狻猊甘亮同至江边，不见邓龙踪迹。天霸心中好生难受，好歹要寻见邓龙，方不失个义字，便道："甘大哥，你看王殿臣的船就在芦苇内哪！趁此无人，你先上船渡了，仍到原处藏躲。待俺回进庄去，务要找到邓三哥一同回去。"二人复返身依着旧路，遇见巡丁，早就避匿林中，等巡丁过去再走。幸而识了路径，不多时便到庄院。跃进里面，各处找寻，并无影响。天霸好生焦躁，同着甘亮一路来到望山堂上，听得下面有人说话。伏在瓦楞之内，细细窃听，原来薛豹正在告诉薛龙、薛虎，将赛姜维压在假山洞口，生死未知的话。后来四个人都回厅上去。天霸、甘亮在屋面跟来，又听他们告诉薛凤一番言语。甘亮情知不能相救，只听得金鸡三唱，东方渐渐发白，甘亮扯着天霸，一同出来，依着熟路容易进出。

二人来到江边，遥见芦苇中有人过来。听得一声胡哨，有人吩咐从人，急扳动木浆，犹如箭射般的过来。天霸、甘亮跳上舟船，立命掉转头来。王殿臣说："邓三哥还没到来哪！"天霸说："不要说起，邓三哥被他们压在假山内了。"王殿臣说："这件事倒有些棘手啦。"正在一面回答，说："你瞧那边巡船来了。"立刻将船摇出港口，却被巡船瞧见，扳着飞桨追赶上来。口中喊骂道："窝内出来的甚么船？快停住了，问明白才好走哪！"王殿臣吩咐从人快快扳划，一面回答说："你瞎了眼吗？我们是静海来的公事船，甚么窝内窝外问我的？"鸟巡船一路紧追，喊说："我看明明白白，你们从桃花港内出来，莫非是贼船到窝内偷盗？快快停船。若不停船，咱们要放箭哪！"

天霸从舱内瞧见巡船上共有五六人，扳桨的扳桨，把舵的把舵，一个站立船头拉着弓正要放箭。天霸一见气往上升，回手摸出一只金镖，等来船够得着，嗖的一镖打去。只见拉弓的那个人，噗咚一声，跌入江中去了。巡船上慌了手脚，那把舵的庄丁，见他们打死了巡船上的人，连忙取出锣来，呛啷啷！呛啷啷！一阵乱敲，顷刻间四周芦苇内，抢出许多巡船来了。王殿臣自己相帮动手，好似箭般的快当。众巡船追赶不上，只得回转窝内，不必细表。

且说黄天霸、甘亮一路回到沙家集，进了口子。众人上岸，一齐回到顺隆店内，直到上房。计全、李昆、关太、郭起凤大家接着落座。伙计烹茶，打脸水。计全便问："邓三弟怎不见回来呢？"天霸就把昨夜两番进窝的事，从头至尾，说了一遍。

众人面面相觑，没有主意。李公然说："昨夜这一趟，虽则失陷了邓三弟，幸亏里面细底并进去的道路，都打听了明白。为今之计，到沧州衙门去一角公文，说明：暗访大人下落，却在你境内，问他要了通班民壮，马快公差，四号大船、四号舱船。我们众兄弟一齐同去。去的时节，不可声张，装做客船模样，夜间暗暗进去。大家上岸之后，将大小船只四散停泊，在对港等候接应。捕快、差人不必上岸，都在船内听令。弟兄们悄悄进庄，先将大人并三位兄弟救了出来，护送了上船。只是先要派定取司，救大人的只管救大人，救兄弟的只管救兄弟，与他们对敌的，只管敌住他们厮杀。若等救到手，就着救的人保护大人上船，对垒的人就着他挡追兵。及至上船之后，捕快公人一齐动手，捉拿追赶的人。这就叫软进硬出。你众位斟酌可能行得吗？”甘亮说：“也好行得。只是一件，依你这样说来，但恐兄弟们太少呢。”关太说：“沧州城内的参将、城守，难道境内有了这种恶霸，做出泼天大事，还不该去吗？甘大哥，我看李三哥之计，很可行得。”甘亮说：“除了此计，也无别法，只得如此干去。只要大家协力同心，必然成事。”

天霸立刻备了文书，叫从人备马过来，亲自到沧州前去。

天霸提了文书，将薛家窝劫去大人告诉一遍。州官吓得一惊，一面命家人催请参将崔老爷，城守阎老爷，千总刁老爷；一面传齐捕快，立刻要到，有紧急公案。家人领命而去。不多时三位武官都到衙前伺候。黄天霸同计全、李昆辞别了魏知州与崔、阎、刁三位武官，出了衙门上马，带着通班捕快公差，就此出城。哪知无意之中，遇见一个紧要之人，正是“天网恢恢，疏而不漏”。

却说吴成自从领带了二十名庄丁，自己除下了金箍，打了发辫，改扮买卖人模样，越过对岸，分派众庄丁，分头各处缉访黄天霸、关小西这一班人的住处；自己单带一从人，到沧州城内，落下寓所，在州衙左近。吴成在城内各处闲逛，忽听得背后一人叫道：“这不是净师父吗？”吴成回过头将他一看，忽然省悟，原来是卧牛山的小头目，叫做蒋国祥——当时跟随蔡猛、花豹来到玄坛庙，会过面的，后来逃得性命回去。李天寿到了山寨将玄坛庙之事，告诉了东方雄一遍。东方雄打发蒋国祥到沧州城内打听消息。当即吴成说道：“蒋头领，我们吃酒去罢。”就到前面酒肆，二人同着从人走进店门，叫伙计快拿壶酒，多搬些下口菜来。蒋国祥开言，便问：“静师父为何如此打扮？小人一时不敢叫应哪！”吴成叹一口气，就把前事告诉一遍，道：“如今因为打听天霸等住所，故此仍改俗装。到了城内，并无踪迹。各处派去访事的人，还没来回复哪！”

蒋国祥说：“现在令师李寨主，到我们山上住着，因此我们寨主吩咐我出来探听你们的信息。既然遇见了师父，晓得了情形，我就回山复命；静师父何不也到山去。”吴成说：“现在因薛家兄弟义气深重，十分相待，俺只得就在薛家窝住了。你若回山，相烦你传话在我师父面前，并在东方寨主处请安。”吴成抢着会了酒钞，同出店门，二人一揖而别。蒋国祥同了伴当，回转卧牛山上去了。

且说吴成同着庄丁，一路向州衙前走来，刚巧黄天霸同了崔、阎、刁三位武职老爷，带领通班捕役出州衙而来。吴成一眼就瞧见了天霸，吓得转入小巷口躲避。等他们一行人走过去了，吴成同着庄丁从小巷内出来，远远地跟着他们走，看他们往哪里地方去的。将近城门，不防背后计全同李公然闲逛着走来。那计全这双眼睛，有名的神眼，何等厉害，早已认出是吴成来了，就把李公然的手击了一下，朝吴成的背后一指，转向公然的耳边说：“李五弟认得他吗？”李公然仔细留神一看说：“计大哥，可是吴成罢？”计全说：“还有谁呢，我与你一前一后守着，防他跑了，待我来动手。”公然把头点了一点，抢一步走到吴成前面把去路阻住。后面的计全把左手搭在吴成的肩上，叫声：“吴大哥到哪里去？”吴成听了，只道自己弟兄，将头回转身一看，认得是神眼计全，那里还有魂魄。正欲逃走，早被计全将颈项一把扯住，用尽平生之力，将他直拉下去。那吴成不曾防备，被他栽倒在地。李公然将膝盖抵住他的背脊，二人将吴成四马攒蹄捆了个结实。那吴成的从人，看见事情不佳，早已趁着热闹，一溜烟逃出城来，在街坊上打听了底细：知道被施公手下姓计、姓李的擒住，同了黄天霸并三位武官，带领捕役同到沙家集去了。立时撒开两腿，奔回薛家窝去了。

天霸得信，听说擒了吴成，心中大喜，停住了马，等候押了吴成到来。计全、李昆同说：“仗黄兄弟洪福。”吩咐马快班头用木棍扛了吴成；叫从人牵过马来。崔、阎、刁三位武老爷，都过来贺喜。计全、李昆谦逊了几句，大家上马兴冲冲回转沙家集，来到顺隆店内。掌柜的见来了许多人，连忙出来迎接。上前一看，本城的参将、城守、通班捕快全来了，心内着慌。黄天霸吩咐：“快备丰盛酒席，不用惊疑。俺告诉你知道：我们众兄弟，乃钦差总漕施大人手下的部将，为剿除薛家窝的恶霸而来，今日在你店中住歇。你把别的主顾尽行回却了，将店关闭无事。”掌柜的诺诺连声，爬起来去了。天霸先叫将吴成关在店房之内，轮流看守。

且说甘亮、关太等，见了崔、阎、刁三位老爷各个见礼，彼此通过姓名。店伙端上酒席，众兄弟一同坐下，饮了三杯。天霸开言：“施大人与兄弟们陷在窝内，死生难测。要去救时，以速为贵。今夜费众位兄弟，并三位老爷大力，须要协力同心，一战成功。只是这里沙家集可有大船没有？”阎守备说：“多着呢，此地是个运河口子，船只极多。”天霸就命阎守备先去备下四号浪里钻来，停在北口江边等候。阎守备答应，去了不多时，阎守备回来说：“黄大人，船只照说备齐，都在北口等候了。”大家饮了一回酒，用了饭食。却有三更光景，众人站起身来，各去扎束停当，随带了应用物件，随身家伙。叫那捕快公人，全都带了军器。吩咐军人看好了要犯。众英雄悄悄出了店门，一齐到沙家集北口下船。

不知此去胜负如何，且看下回分解。

第一三一回　黄天霸误投问路石　薛庄丁回窝送急信

却说黄天霸同了众兄弟，并崔、阎、刁三位大老爷，五十余名公人马快，自己的七八个从人，各执长短家伙，出了沙家集北口，望见江边一字儿排开四只麻阳大船、四只浪里钻板桨船。黄天霸对三位武官说道："你们三位各领十多个捕快公人，登在四只大船上，停泊在薛家窝对岸等候，听我们打胡哨，一齐开出来助威抵敌。"只见那姓刁的总兵回答道："黄大人吩咐的极是。我等敬遵军令。但卑职本领虽则没有，若说高来高去，略还懂得。大人若有差遣，万死不辞。"天霸听了大喜，便问："刁老爷怎的也会夜行功夫？这是极好。既是如此，你到底甚么出身？"刁千总面上一红说："黄大人问下来，卑职不敢隐瞒。我本是夜行人出身。一枝桃谢虎是我师兄，我叫做草上飞刁庆。后来弃邪归正，在营内吃粮。承蒙管带提拔，逐渐升了千总。"说话间，早到了船边。

崔、阎二人叫公人捕快分坐四只大船，望上流头驶去。甘亮说："黄兄弟，既然刁老爷一同进去，咱们总共八人，分驾四只小船，每船上两兄弟，两个从人，恰好均匀了。"天霸说："如此甚好。"说着就同甘亮一船，关太同刁庆一船，计全同李昆一船，殿臣同起凤一船，那从人也都纷纷下船。黄天霸把手一挥，众水手扳动飞桨，四只浪里钻，好像在水面上跑马射箭，望着前面的大船追赶上去。天霸说："这不是前日来的港呢？"甘亮说："管他是不是，我们横竖晓得进法：只要依着松柏记认，到处可通庄里。若要一定旧路，此地港汊嘈杂，耽搁了时刻，被他们巡船看见，就有许多坏处了。"天霸说：

“大哥说得不错。”那后面的三只浪里钻也跟进港内，天霸吩咐停船。八位好汉，一齐上岸。甘亮交代从人：不可出去，此地多是水苇荡啦！只消将船扳到水苇中间。水手依着叮咛安排，扳进芦苇，等候主人，不必细说。

且说那八位英雄跟着，天霸、甘亮领头，各施展夜行功夫，直奔庄院而来。依着前法，不管路宽路窄，大道小道，见了松树就向右转，见了柏树就向左转，不多时已到庄院。列公，这薛家窝到底甚么图形呢？他那里四面是水，中央是一片平阳之地，好似一只伏虎，头向南方，蹲在中间，并无旱道可通，所以风水极好，当出虎将。可惜薛氏兄弟不归正道，以致不得收梢。他们造这庄子，就放肆得了不得，虽然地方不大，周围也有一百方里。他庄子差不多二十里围墙，房屋四面接连，成个八角式的形状，东西南北开四个庄门，出入别无他路可通，岂不像一座城池了么？不过没有城墙罢了。他把朝南的一面当做正门，庄内西北角上并无房屋，都是膏沃之地，良田数千亩。

外面障着坚固的土城，所以他的庄丁共有千余人哪，都与他耕田种地。年华十分收成，又不完粮，故而越弄越富；起了不善之心，私藏军器，暗做埋伏。庄里也有街市，与城内一般。此番众好汉进来的地方，叫做大树港。港内进去，正在东南角上，并无庄门的所在。天霸说：“众位哥哥们，你看这薛家窝怎的修成这样好哪？团团数十里，四面都是丛林密树，包住了庄子。”甘亮说：“咱们进去看明了道路，方可下手。”众好汉施展飞檐走壁之能，噗、噗、噗！大家跃上围墙，就那有屋处走。天霸细细瞧看一回，说道：“公然哥哥，你往右手东去，就是花园，只要找寻长廊尽头，六角亭，就好救李、何二人了。”李公然点头在屋上直奔东面去了。天霸吩咐：计全、关太、刁庆、王殿臣、郭起凤六位好汉，四处埋伏屋面上，若有风声，彼此救应。六人依着他言语，四处分开去了。

天霸自己同白面狻猊甘亮向左首直奔望山堂而来。到了屋面之上，看庭心中的假山依旧前日的样子，并没有架起哪！向堂上望去，寂静无声。天霸投了一块问路石，侧耳细听，毫无人声。哪知坏事了，这块小石子不过核桃大小，丢在假山上面，啪的一声，往着右边骨碌碌滚在下面，碰着一块假山石上，丢的一激；也是巧事，这石子往旁边花墙的双钱内，直跳出去。那花墙外面，却是回廊，石子啪的落在方砖地上。恰巧有一个尴尬人经过，听得声音，仔细一看，原来是一块小石子。偏偏此人是个行家，晓得是问路石子，必定有夜行人到了，轻轻地走到墙边，在花墙眼内瞧看，正见黄天霸同甘亮飘身下来。你说此人是谁？原来是薛凤的妻子、一枝桃的妹子，名叫谢素贞，善用两把飞刀，飞檐走壁的好本事，还有一件暗器发出，拿人百不失一。这个时候，她还不睡觉？出来做甚么？中有个缘故。

只因跟随吴成的庄丁，见吴成被计全、李昆拿住了，他就趁着熟路一溜烟走出城来，打听得细底，慌忙回转薛家窝通信，一口气奔到江边，渡河过来，进得庄门。薛龙、薛凤正在书房内与方世杰说话。方世杰问薛凤的镖伤如何，薛龙回答：不妨事，幸而不是药镖打在硬处，调养两三日，就可痊愈。方世杰说："此番他们失陷了一个邓龙在此，不免再来寻事，况且防备他调官兵到来攻打庄子。"

薛虎正要起身，只见跟随吴成去的庄丁，慌慌张张跑进书房来，见了薛龙，打了一个千儿。他就道："吴成分路出去探听。他同着小人进沧州城，住在州衙前客店内。今日早晨遇见一个朋友，叫应吴师父，同到酒店内吃酒；听说是卧牛山的蒋国祥，下山打听消息。说起活阎王李天寿，现在山上与东方寨主十分要好。吴师父把自己事情对他说了一遍，寄信他师父，到薛家窝来会，商议报仇雪恨，设法救劫薛酬员外，并卧牛山两位寨主。后来这蒋国祥回转山上去了。我们爷儿两个，出了酒店，走过州衙，正见黄天霸请了沧州城的崔中军、阎守备，并州衙内通班马快，一齐出城。吴师父同小人远远跟着他们。不料背后来了二人，出其不意，把师父捉去。小人逃到城外打听明白，这两个人叫做计全、李昆。他们都住在沙家集客店内，只怕要来相犯我庄。小人得了这个消息，命都不要了，一口气跑回来，禀告员外们知道。"

却说薛虎听得庄丁说话，提刀要去劫救吴成。薛龙一把扯住喝道："呆子！这等容易吗？你只仗着血气之勇，凡事须商量，岂可莽撞？"

薛虎方才气哼哼的坐下。方世杰说："不要忙，我自有道理，包管救得吴家兄弟。"薛龙问方员外："有何妙计救得？"方员外说："如今晓得他们的住处，就好干了。只要到黄昏过后，悄悄去一两个人到沙家集，去寻着他的住处，暗暗进去，用熏香把众人一齐闷倒，将他们一人一刀，杀个干净。然后将吴成带了回来，就完事了。"薛凤三人便问："庄丁回来，还送什么急信来了？"薛龙就把此事又说一遍。薛凤说："他们既然请了中军、守备、通班捕快，料想今夜不来，必然歇息一夜，明日白昼前来攻打，或者明夜前来偷杀。常言道：'先下手为强，后下手遭殃。'方员外既肯相助我们弟兄，事不宜迟。现在还是午牌，过午日子甚长，速备快船，架起八只倒扳桨，就请方老员外到府上，取了熏香盒子，赶紧回来。此地到方家堡来回不过四十里足路，吩咐庄丁两班人替换着，拼命赶到，二更天就可以回来。趁今夜前去，将他们结果了，省得明日来惊动庄上，把天大一桩事情，化为乌有。天下的好汉绿林，都得着方员外的好处，我等弟兄不消说，感恩不尽了。"方世杰听了薛凤之言，慨然应允。薛氏五虎一齐站起来，对方世杰一揖到地，说："快去准备一号浪里钻，赶紧送方员外到方家堡，限二更天准要回庄。"薛彪答应出去，不多时进来说："船只水手一应齐备。"薛家兄弟相送方世杰到了船上，一拱而别。众庄丁扳动木桨，那只船如飞的一般，望上流头去了。

再说薛氏五兄弟回到书房，薛龙立刻吩咐：将合庄庄丁传齐，叫他们四散在屋内，各处看守，上下半夜替换梭巡。薛彪说："但是上房内院都是女人的所在，难道也叫他们巡走不成。"薛龙说："这个容易。相烦你三嫂嫂辛苦些，他有八个丫环，亦有些武艺，亦可相帮替换，在各处房头看守保护。一有风吹草动，就把警锣敲起来，外面就好救应了。"薛凤说："如此甚好，一准依计而行。"到了里面，对老婆谢素贞一五一十说了一遍。谢素贞答应。她到了晚上，花手帕将乌云裹住，加上人生得标致，好似嫦娥降世。正在院内梭巡，忽见这块石子，她本是个女贼，岂有不知是夜行人的门道，在墙孔内望见二人从屋上飞身而下，落在假山上面，声息全无，知道是有能耐之人。这谢素贞打量这年轻的人，腰间挂着镖袋，准是黄天霸，今日自来送死，正好与哥哥报仇。她便悄悄转到院外而来，一面叫个小丫环到丈夫、伯叔面前送信，自己先到望山堂来捉两个奸细。

且说薛氏兄弟用过晚膳，只等方员外来到，就叫飞驼子薛豹跟随了他，就将原船走水路，直到沙家集行事；一面早已差两个能干家人，先到沙家集打听黄天霸寓处，打探得实信，约在沙家集北口孙家酒店相会报信，免得临时找寻。诸事停当，听那巡更的打过三更，只不见方员外回来。薛氏弟兄正在心中焦躁，只见庄丁出来通报说："对港来了四号麻阳船，每船连水手约有十八九人，故此特来禀报。"笑面虎正要出去，就见里面帘子扯起，跑出老婆房内的小丫环，慌慌张张地报说："望山堂内有奸细哪！"薛氏弟兄听得，各人拔出兵器，一齐进里面而来。

且说天霸同甘亮飘身而下，甘亮闪在太湖石背后。只见进来五个巡丁，手内刀的刀，枪的枪，在里面屏门背后出来，一路出庭心，走上假山而来。内中一个庄丁道："今天操演了半天，还要巡夜。三更天快来了，换班的还不来替哪！这样日长天气，夜里没睡，我实在熬不住了。"一个说："我们到水牢门口走了一趟，还到屏门背后睡他娘。"一路说着，已上假山。甘亮提了朴刀，在石峰背后，等着那说话的两人方到石峰旁边经过。甘亮等他过来，将刀从背后削去。那两人只见石峰背后闪出一位好汉，手中雪亮的钢刀，吓得魂不附体，要想转身逃走，哪里能够？只喊得一声："快来，有了奸细了！"就被甘亮一刀一个，杀了二人；那末后的一个，望后一跳，从假山上滚了下来。甘亮正要上前结果那人性命，只见旁边闪出一个标致脸貌的妇人，浑身打扮得俊俏，手执一对弯刀，好似燕子般的飞跳过来。甘亮迎下假山，直抢上望山堂而来。那妇人叫声："好大胆的奸贼！敢来送死！"说罢两把刀朝天切菜，照头劈下。甘亮将朴刀往上一迎。谢素贞究竟是个女子，气力有限，怎能敌得过白狻猊的神力。当的一响，两把弯刀望后荡开，把大门开的直了。性命如何，且看下回分解。

第一三二回　甘教师大战五虎　黄副将独救主人

却说谢素贞气力单弱，亏得轻身跳纵的本领却是头等。被白面狻猊一刀砍来，躲闪不及，叫声："不好!"趁着仰后之势，只得背翻身，直掼转去。跌个仰面朝天。甘亮踏一步上前，正待便刺。哪知这妇人身法快当，把两只小足往上一挺，身子在地上骨碌碌一个地滚，噗的跳将起来，一对双刀向着甘亮拦腰便刺。甘亮见她身子灵便，暗暗称赞：好一个女贼，真有能为，生的又端正，可惜错嫁了人了。忽想着一件心事，暗想：不可伤害于她，留她一条性命，后来却有用处。若说谢素贞与甘亮交手，随你轻身跳纵侥幸一时，总不出十个回合，要丢性命。只因甘亮有了存心，手下留情，所以在望山堂上，两人跳来跳去，战了十多个回合，杀得她香汗淋淋。此时，五虎已到。

薛凤第一个手挥七星宝剑，对着甘亮分心就刺进来。甘亮用刀格开。那没毛虎薛龙夹背的又是一刀。甘亮扭转身来，蛤蟆腰躲过。薛虎的朴刀，泰山压顶势劈下来，甘亮将刀架开。那飞驼子铁拐，从脚踝骨上直扫过来，甘亮一跃而过，照准薛虎连肩搭背的一刀砍去。轰天炮用尽平生之力，将刀往上迎来。幸得病太岁薛彪背地里偷步过来，在甘亮后心一刀戳来。甘亮觉得有人暗算，将身一侧，收转刀来，使个拖鞭势，当一声，将薛彪的单刀荡开。那边薛凤的宝剑又砍来了。甘亮不慌不忙，力战五虎，全无惧色，只是要还手，却也来不及了。那谢素贞见五弟兄来了，她便撇了甘亮，一心要找对头的仇人，飞身跃上假山，过去寻天霸去了。

且说天霸过了假山，转过弯；却见一片空地，对面有个月洞门，却是两扇朱红漆的蝴蝶门关着，金亮锁锁在上面。门旁一条大板凳上，两个庄丁面对面的骑马势坐着，中间摆了一碗酒一碗肉，你呷一口，我呷一口，正然吃得高兴。不防天霸斜刺里奔过来，手起一刀先杀了一个。那一个还有魂吗？只叫得一声“好汉”那“饶命”二字还未出口，噗的一声，脑袋早已落地。天霸将刀砍去锁头，推开那蝴蝶门，向内一望，却是二丈见方一间大房子，四周尽是石头砌成，下面好似石驳岸，有六尺多深，方到水面。那位施大人垂头闭目，绑在中间柱子上面，只露上半身子在水面上哪！天霸见了施大人这般光景，不管水的浅深，向着水牢内噗咚便跳，幸亏只有三尺来深。将施大人抱住腰肋，托将起来，走到门边，叫大人趴在石驳岸上，自己跳将起来，然后将大人扯到上面。施公方才开眼说：“快快离此险地!”天霸连声道“是”。也顾不得身上淋漓，把施公挟出水牢门，自己蹲下身，叫大人趴在背上，忙将腰带解下，把施公拴上，在胸前打一个蜻蜓结儿，站起身来。刚才举步，只见劈面跑进一个妇人，浑身紧靠，手执双刀，知道必定是谢素贞了。平日听见计全说起她善用飞抓拿人，百发百中，一眼瞧见，她腰悬两个袋儿，不消说是暗器，今日撞见这贱人，倒要留神。想着，将手中刀一摆，迎上前来，举刀便砍。谢素贞叫声：“奸贼！擅敢到来偷盗，却是自来送死。”说罢，将双刀往上迎来，二人放胆儿厮杀。只因天霸浑身湿透，衣裤卷住两腿；更加背上驮着大人，因此闪了下风，渐渐抵敌不住。

此时屋面上的计全、关太、刁庆、李昆、王殿臣、郭起凤难道睡着吗？却也全来了。方才天霸同甘亮进来的时候，他们六人在屋上四散分开，都在上面留心各处的动静。郭起凤的地方，离着望山堂最近，正在上面鹭行鹤伏，四面兜抄往下面巡看，但见巡丁们掮着兵器，穿来走去，并无动静。来到望山堂左近，就听得叮叮当当兵刃相接之声。依着声音，走到望山堂屋上，听得底下正杀得热闹。将身伏在檐头，往下探看，正是薛氏五虎围住了甘亮厮杀不停。要想下去帮助甘亮，又恐自己本领平常，寡不敌众。正在踌躇，要想去知会关太、计全等五人，一同下去，并力厮杀，只见他们如燕子般的来了。

原来计全在屋面上侧耳细听，听得脚下有人讲话之声，屋内灯光射到庭心内。计全悄悄到了檐前，将脚尖勾在瓦楞，做个倒挂金钩之势，将身横挂檐头，倒瞧屋内，正是薛家兄弟讲说方员外还不回来。随后庄丁来报："对港有船停泊，来历不正。"薛凤正要出去，只见薛氏五弟兄各拔出兵刃，如飞的直奔进去。计全得了此信，知道走了风声，心中吃惊，连忙翻过身来，蹿上屋脊。关太见了跟着过来。计全打了一声胡哨，依着他们走的方向，撒腿就跑。那王殿臣与刁庆听得计全打胡哨，知道下面有变，望见计全飞奔过去，也就跟着计全追赶上来。刁庆指着一处说："我们快去。"遥见屋檐之上伏着一人，正是郭起凤。他瞧见他们了，连忙把手打过照会，胆也大了，将手中双锏一摆，噗的跳到下面，叫声："恶霸休得猖狂！老爷来结果你们性命。"舞动双锏，直奔前来。随后屋面上关太、计全、刁庆、王殿臣一齐飘身而下，大吼一声，四人齐上。

却说白狻猊甘亮恨不能脱身，正在为难，忽见计全等五人齐到，他便抽身蹿到庭中，跃上假山，直奔过来，正见黄天霸汗流满面，十分危急。谢素贞要想用飞抓拿他，只因跳不出圈子外来，一味的把两柄绣鸾刀，直上直下的紧逼。那天霸背着大人在身，跳跃不便，听得外面乱纷纷，又在那里厮杀，心中正在着急。忽见甘亮抢步进来，直奔谢素贞了，自想：有此空隙，此时不走，更待何时？天霸背了大人，从假山上跳到屋面，往外撒腿飞跑。

且说计全等五人奔上望山堂来。计全接住薛虎，王殿臣战住了薛龙，关太与刁庆二人共战薛豹，连了郭起凤与薛彪九个人，分做四对儿相拼。旁边众庄丁高擎着灯球亮子呐喊助威。

只有那笑面虎薛凤空闲，提着双锋剑东斩西劈，忽见天霸背着一人，从假山上跃上屋去，明知把不全盗了，这还了得，慌忙撇了众人，飞身上屋。瞧见天霸在前不远，他便紧紧追赶上来，大叫："庄丁们！快快阻挡奸细！不可放走了。"下面众庄丁一声答应，蜂拥的赶奔前来。天霸正在奔逃，听得有人追赶，暗想："我背了大人，厮杀不便，况且被谢素贞杀了一场，如今再难对敌。若再耽延时刻，被众庄丁裹住了，怎得脱身？不如待我赏他一镖，方能出去。”想定主意，一回手向袋内掏出一只金镖，照着薛凤劈面打来。薛凤将头一闪，这只镖从耳旁擦过，当啷啷的落在瓦楞内去了。天霸见打他不中，越发心慌，连打三镖，俱被他闪过。这时已被薛凤追上。天霸见他已到背后，唯恐伤了大人，只得回身抵敌。薛凤把七星宝剑直刺过来。

天霸正待将刀招架，忽听得一声弓弦响处，薛凤应声而倒。天霸吃了一惊，望下一看，原来是神弹子李五发了一弹，把笑面虎打倒。天霸见他栽倒，举刀便砍，连肩带背，鲜血直流，眼见得活不的了。

天霸便问：“李五哥，怎的到此相救小弟！李、何二位兄长怎样了？”李公然插了弹弓，跑到面前说：“黄兄弟，咱们且救大人上船要紧。”二人一同向前，直奔出庄院，出了薛家窝。不多时，杀到江边，二人连打胡哨。崔参将、阎城守听得，将大船直放过江。天霸背了大人跳上麻阳大船，便说：“李五哥，他们都在东南角上混战，未知胜败如何。你且接应他们。俺保了大人先回客店了。”李公然把手一挥说：“老兄弟放心罢！”掉转身来，回进薛家窝去了。天霸吩咐阎守备：带领二号大船仍泊原处，接应他们要紧；自己同着崔参将驾了二只大船，二十余名公人捕快，保护着大人。看看将近沙家集，忽见远远一只小船，架着八把扳桨，如飞的过来。天霸眼快，就见船内水手之外，站着两个人，都有些认识，前面的却是方世杰，后面的便是吴成。

原来方世杰回到方家堡，从家内取了熏香盒子，立刻下船，一路回转沧州，想道：“不如我先到沙家集救吴成回转窝中，叫薛氏弟兄佩服我英雄手段。”心中想定念头，吩咐庄丁不回窝中，先到沙家集而来，直奔孙家客店与探事庄丁相见。庄丁便说：“老员外，小人们打探得明明白白，他们都在南市顺隆店居住。公差人等住在外面，施不全的手下贼将，都住在里面上房哪！”方世杰知了底细，回身出来，一直奔顺隆店后面，蹿上后院房屋，挨身进去，里外瞧看。世杰转到后面套房之内，侧耳细听，只听得两个从人，正在说话：“此番进去，有这许多帮手，料想成功的了。”一个说：“都为了这个贼头陀，好似守死尸的一般，不然也去瞧瞧热闹。”一个说：“还是这样的安逸罢！”方世杰知道吴成在内，意欲救出吴成便了，就在身上取出盒子来，将千里火点着，轻轻拨动，将铜管对着帘子内透将进去，立时把两个家人一齐醉倒。方世杰掀帘进去，但见二人东倒西歪，只是不见吴成。仔细看来，那吴成四马攒蹄捆着，丢在坑内。方世杰把他拖到外面，一刀割断了绳索，见桌上放了一钵冷茶，连忙舀了一碗，将吴成灌醒。他一时间不能转动，先向方世杰道劳称谢。世杰想他们既到窝中，必有一番争战，还须早早回去。便对吴成说明缘故，把吴成背到庭心，上了瓦房，仍由后面落下，一路出了沙家集，直到江边。

跳上船来，放下吴成。便叫：“庄丁，快快开船回庄去罢！”八个庄丁一声答应，振动飞桨，望薛家窝行来了。恰巧遇见了黄天霸带领崔参将，乘二号大船顺流而下。早被天霸看见。等得两船相近，天霸执镖在手，觑定方世杰心窝，嗖的一镖打去。

只听得“哎哟”一声，红光崩现，噗咚的栽倒船上。不知方世杰性命如何，且看下回分解。

第一三三回　郭起凤贪功被获　众好汉江边受困

却说黄天霸嗖的一镖，直冲江心过来。方世杰是个行家，连忙将身一侧，这镖擦胸而过。却不道正打中了吴成，正中要害，鲜血直流，世杰知道丢了性命，只叫快赶回庄。那船来的正快，转眼之间，交肩而过，与大船相离已远。天霸一来保护大人回寓所要紧，二来又没有好帮手在旁；那方世杰不是好惹的，只得让他过去，并不追赶。况且吴成虽被劫去，幸而误中金镖，正在咽喉之处，必然废命的了。即去禀知大人。施大人心中欢喜。不多时，到了沙家集，黄、崔二人与公差捕快二十余人，簇拥着施公，来到顺隆店内。进了上房，天霸唤从人快取衣服与大人更换，自己亦要了衣服换上，吩咐：排酒筵上来，与大人压惊。不提。

且说神弹子李五，回身复进薛家窝，依着原路来到庄前。庄前的巡丁齐齐守着。李公然即往后兜抄，蹿上房屋，一眼瞥见薛凤的尸首偃倒在瓦楞之上。李公然左手掀起他辫子，右手扯出宝剑，将首级割下。直跑到灯光之下，站住往下一看，只见一个大庭心内，围绕无数兵丁，各执刀枪器械、灯球亮子，口中只是呐喊。中间薛龙、薛虎、薛彪、薛豹，正和关太、计全、刁庆、王殿臣、郭起凤捉对厮杀。正在酣战之际，细看薛豹的本领颇好，两根铁拐，使得神出鬼没，那刁庆实在抵敌不住，渐渐刀法散乱。李公然看得清楚，提起薛凤的脑袋，照准薛豹劈脸打将下去，叫声："看俺的法宝！"薛家兄弟留神一看，知是薛凤的脑袋，个个咬牙切齿。那些庄丁们见了薛凤的首级，吓得同声叫喊。把个谢素贞急得没了魂咧！虚砍一刀，撇下了甘亮，直奔假山而来。薛彪高叫："嫂嫂！背后墙上有人暗算。"谢素贞扭转头来，瞥见李五在墙上，扯开弹弓，正照着谢素贞一弹打来。谢素贞见了一点寒星，直往下来，即忙将头偏过。两旁的庄丁喊道："杀三员外的，就是此人哪！"

谢素贞听了丈夫被他杀了，牙关一咬，随手摸出一块飞蝗石，往上便打。李公然急躲，险些打着面颊，暗道："贼婆娘必然要来拼命，我且避她锋头。"托的跃到屋后去了。再说甘亮见谢素贞走了，随即追赶出来，正遇着薛豹接住厮杀。忽听李公然在屋上高声唤叫道："大人出去已久，众兄弟随俺就走罢！"

这一时忙乱的了不得，谢素贞一头上屋追赶李五，随后关太、甘亮、计全、刁庆、王殿臣、郭起凤各个跳出圈子，撒腿就跑上屋。薛家兄弟也上屋追赶。恰巧方世杰到了，众英雄几乎被困。

且说谢素贞跳上房屋，要捉拿李五。那知方才上屋，随后关小西紧贴着跟上来的，起手就是一倭刀，砍上来了。谢素贞只得招架关小西家伙，二人杀在一处。那薛龙、薛虎追上了甘亮厮杀，那薛豹、薛彪追上了计全、王殿臣厮杀，都在屋面上蹿来跳去的混战。那郭起凤舞动双锏来助关小西，两人并力齐上。谢素贞暗忖：若不离开他们，被他缠住了，不好下手。心生一计，渐渐向西北角上败走。关、郭二人贪功追去，谢素贞摸出一块飞蝗石，回手打来。郭起凤将身躲过，看看追上了，忽然瞧见谢素贞又是一回手打来。郭起凤只道仍是飞蝗石子，急忙一闪，哪知这一件东西，好象渔翁的甩网，金亮亮有二尺大小，揸开五个指头，往头上直落下来。起凤将头一偏，哪里躲闪得及，煞唧一声，在背肩上抓住。谢素贞将绒绳一扯，将郭起凤拖翻，一把提将起来，往下一丢，喝叫："捆了！"关小西要救已不及了。谢素贞复翻身来战小西，二人又杀将起来。

且说甘亮等与薛氏兄弟混战一场，也无心恋战，且战且走，一路杀到前庄而来。关太见弟兄都去了，心内慌乱，卖个破绽，跳出圈子，撒腿就跑。谢素贞紧紧追来。将近庄前，见自己兄弟全下围墙去了，小西正到前厅屋脊上面，刚要翻越过去，不料谢素贞一飞抓打来。关小西忙把倭刀向上一挥，哪知飞抓的绒绳再也割不断的，这飞抓已在肩背上着了二指，连衣带肉的抓住。小西叫声："不好！"自分性命难保，忽见屋脊前面伏着一人在那里等候。他见谢素贞一飞抓抓住了敌人，正待要扯，就从屋面那里忽的蹿出一条黑影，嗖的一剑，将绒绳割断，连飞抓都失落了。原来李昆在前，看见他们追赶而来，在此等候，欲出其不意，将这贼人擒了回去；恰巧关小西着了飞抓，故此他把宝剑斩割绳索，同小西出围墙去了。

却说甘亮等一众好汉，杀出薛家窝，被庄丁乱箭射住。幸亏甘亮使开朴刀，在前开路。箭如飞蝗射来，逼着甘亮从四面分开。果然刀法高明，保得众弟兄杀到江边；不免有几个着箭。计全打着胡哨，对江阎守备听得，忙将二号麻阳船开放过来，却被三四只巡船拦江截住。巡船强弓硬弩，两下里对垒。后面薛家兄弟、谢素贞狠命的相拼。弟兄们慌乱，一路沿江且战且走，向东而来。不料前面有一条港汊，截住去路，众弟兄越发心慌。李昆、关太被谢素贞打了几下飞蝗石子，头面着伤。正在危急之际，又见那芦荡内飞箭也似的摇出四只浪里钻。原来这条港，恰巧正是进来的路，从人早把船扳到港内，摇过来接应。幸亏江内贼船去拦阻大船去了，港内并无阻挡。众弟兄瞧见自己的船到来，打了一个照会，纷纷跳上船来。众水手竭力划桨，如飞的向南走了。阎守备也就回转沙家集而去。

薛氏弟兄回到窝内，方世杰说明救吴成一节："如今仍被天霸一镖打死。"薛家弟兄只得吩咐：把船上吴成尸首抬上岸来；一面到屋内把薛凤死尸抬下来，将脑袋缝在一处，备棺木成殓。谢素贞哭得死去还魂，换了一身缟素，要替丈夫报仇。

薛氏弟兄将杀死的庄丁们一应料理停当，与方世杰商议要到卧牛山讨救兵。

众英雄一同回店，见了大人请安。再说甘亮等回到沙家集，只不见刁庆回——谅必失落在薛家窝。把窝内动手的话说了一遍。此番虽杀了一个薛凤，只见失陷了郭起凤、刁庆二人，存亡未卜。施贤臣安慰众人一番，吩咐款待甘亮，且允以保奏官职。甘亮谦逊一番，回答说："我等弟兄三人，散懒惯了，不愿为官。"施公称赞说道："既然甘壮士不愿为官，施某也不好相强。还望把薛家窝的事定妥，然后听凭壮士去留。"甘亮应允。这一天大排筵席，庆贺众兄弟，犒赏公差从人。只见施安、施孝、邓虎及一班幕友，一齐都到，见过大人。邓虎把到天津唤戏班，将犯人藏在戏箱内，暗解进京，交到刑部的话，说了一遍。身旁取出回文。施贤臣见了邓虎年纪虽小，却有如此本领；十分敬重，夸奖了一番，就叫："一同入席饮酒罢！"只有甘亮心中不乐，不在话下。

且说草上飞刁庆到底怎样了？原来刁庆正在屋上，瞧见下面庄丁蜂拥而来，内中一人被他们横拖倒拽的过去。刁庆细看，认得是郭起凤，他便轻轻的飘身而下，跟在后面，一路追赶上前。大叫一声，举起单刀，将众庄丁乱砍，连杀五六个庄丁。

众人弃了郭起凤，四散而逃。刁庆用刀割断了绳索，把郭起凤放了。起凤向刁庆道劳称谢。刁庆说："他们都出去了，我同你快些走罢！"刁庆把起凤扯到芦苇内藏着，等到巡船临近，突然跳了出来，大喝一声，刁庆噗的先蹿到船上，起手一刀，把个巡丁杀了。郭起凤也跳上船，二人一齐动手，把几个摇船的杀个精光。刁、郭二人自己划桨摇出港汊，望着对江摇去。

到了岸边，跳将上去。哪知此处却在沧州城西门外的大路，离沙家集甚远。二人走到一个镇市，日已高高的了。来到一家茶楼，洗脸喝茶，用过了点膳，走到对门酒店内，叫伙计打二角酒来，摆上几样下口菜，二人慢慢的饮酒。

忽见外面进来一人，身上打扮好似营内当差的模样。那刁庆是个飞贼出身，岂有看不出路道，便轻轻对郭起凤说："郭大哥，你看此人，来路不正。"郭起凤说："谅来是个光蛋便了。"只见伙计拿过一角酒，大盘菜，还有鱼、蛋、饽饽。那人吃着酒菜，便问伙计："此地到薛家窝还有多远？从哪里走？"伙计说："爷们要到薛家窝路还远啦！出了市镇一直向北走，约五里之遥，来到十字路口，向东走，再三四里就是三岔路。望东北那条路上走去，到沿江又向东去，又是三四里，望见对江一大圈树木丛深的地方，就是薛家窝。总共有二十里足路，而且小路极多，你到前面再问罢！”说完伙计走开去了。

郭起凤对着刁庆抛了一个眼色，刁庆站起身来，对着那人一拱手，叫道：“尊兄请了。”那人连忙起身答礼。刁庆说：“请问兄台贵姓，是到薛家窝去吗？”那人说：“不敢，在下姓王，排行第三。正是要到薛家窝。请问二位老兄贵姓？”刁庆说：“小弟姓张。”指着郭起凤道：“他是我的哥哥张大，我叫做张二，咱们哥儿两个都在薛家窝薛员外庄上帮闲。前日到乡下去取讨旧欠，今日正要回窝。方才听王三哥说要到薛家窝，我们吃了酒，三个人一齐同行，路上也不寂寞。我们说起来，都是自家兄弟，未知王三哥与我们第几位员外交好的？”王三说：“张大哥实不相瞒，小弟并不认得你家员外，也是别人差遣，到你员外处送信去的。”王三见了他哥儿两个十分要好，心中只道遇见了好朋友了，就你一杯，我一杯，说说谈谈，不料中了刁、郭二人的计，顿使薛家窝土崩瓦解，血肉交飞。且听下回分解。

第一三四回　施钦差将计就计　崔中军调取三军

话说郭起凤、刁庆在酒楼上遇着王三。王三只当他二人真是薛氏兄弟心腹家人了，岂知他们一派的鬼话。刁庆说："王三哥，我与你也是有缘。你既然来送信与员外，我告诉你句实话。"王三说："多承张二哥指教，却是什么呢？"刁庆说："我们员外庄上很不安静。前日有个姓吴的，也是员外的朋友，到沧州城内，不知怎的露了风声，就被他们拿住了。后来跟他的庄上兄弟逃回来报信，说起姓吴的，遇见卧牛山东方寨主手下的头目，在酒店内吃酒，说了一番言语，就被人听出风声，因此被他们捉住了。王三哥你想，说话应该谨慎些吗？"王三说："张二哥，实不相瞒，小弟也是东方寨主手下的头目。自从那日蒋国样回转山头，东方寨主就命他上京都打听马、张二位寨主，并于寨主的消息去了。今日李寨主要与五位员外去捉黄天霸等一班对头，写了一封书信，差我到你们员外庄上。"

刁庆听了，又套出他许多底细，用过了些饭食，吩咐伙计把酒账算清了。伙计说："这银子还有几钱多呢！"郭起凤说："多下的赏了你罢！"伙计千欢万悦说："谢了三位爷们，下次再来照顾小店。"三人直出店门。

且说刁庆、郭起凤同王三出了店门，向北市梢行来。刁庆说："哥哥，我腹中忽然疼痛，行不得了，你与我去雇只小船来。"说着向郭起凤丢了个眼色，刁庆假装腹痛哼哼地叫唤。

不多时，郭起凤雇了船来。三人一同下船，沿着塘岸一路开去。

王三也不知路径。哪知郭起凤叮嘱船家，过了口内，只说到薛家窝，其实一径向东直行，赶着双桨，望沙家集而来。不上二十里水路，只消一个时辰，就赶到沙家集镇上。王三看见像个市镇模样，便问："张大哥，这就是薛家窝吗?"刁庆接着说："不是哩！这叫作薛家店。薛家窝只有一里多路，走出市镇，就望见了。我们员外在镇上开这许多店铺，时常到店内往来。我同你先去瞧一瞧，若是在此店内，就同员外一起回去了。"王三信以为真，就跟着刁、郭二人同上岸来。那船钱郭起风早已付清，船人自己回去。

且说三人走到市上，正是顺隆店门首。王三一见仿佛此地来过，只是一时想不起甚么地名，心里犯疑，脚就站住了。刁庆一把扯住王三的手说："王三哥，我们员外正在店内哪，你快进来。"郭起风在背后推着他肩背说："走吓！"也不由王三作主，推的推，扯的扯，一直拥进顺隆店内，来到上房。施公正然与众兄弟饮酒开怀，看见郭、刁二人进来，心中大喜。刁庆上前行礼，回转身来，就把王三的手弯转来，郭起风将绳捆住两手。王三知道不好，中了他们的计了，只不言语。刁庆过来，见了大人，一同坐下。郭起风便把昨夜被他们捉住以后，幸亏刁庆相救的话说起，直说到酒店："遇见此人——原来是卧牛山头目，叫王三，要到薛家窝送信。被我们二人将言语哄他，说出真情来。后来骗下舟船，将他摇到这里。"

天霸上前扯开衣服，在胸前取出书信，呈与施大人观看。施大人遂拆开，从头至尾与众人观看，原来是李天寿给薛氏弟兄的，说：现今天霸在沙家集，叫他同吴成并力同心，先把施不全并擒来的贼将，一齐杀却；然后约定一个日子，李天寿带领卧牛山喽兵，同到沙家集，两路夹攻，把沙家集扫为平地，无论黄天霸与百姓，杀个鸡犬不留。然后再议私进京都，劫救于七、富明、马英、张宝。现已差蒋国祥进京打听信息去了。就叫王三带转回信。众人看了大怒，都说："这贼好狠心哪！"甘亮说："我有一计，如此如此。"施贤臣听了说："甘壮士与我同心，我也是将计就计之法，先救了他三人，就好行事了。"吩咐："把王三推上来！"众人动手，推到大人面前。施公细问一番："李天寿怎样到你山上？如何要来害我左右？你们山上多少人马？多少山寨？你只从实说来，饶你性命。”王三看事到其间，不容不说，便一五一十地细说一遍：“只求大人超生，小人家中还有老母，实因家寒，不得已在山上落草。”

大人点头，吩咐说：“将他锁在后面屋内，不可绝他饮食，日后再行发落。”从人答应，将王三带到后面关锁不提。当晚席散后，施公进内，请了幕友，教他照书信的笔迹换写一信，只说：“李天寿约会薛家兄弟与吴成，于后日一早在沙家集会齐，五更起身，不可误了时刻。今特差头目王三到来送信，并且帮助动手；此人颇有本领，乃是东方寨主手下心腹之人，今特地借他来相助动手。”其余加上救于、富、马、张的话头。

那幕友照他笔迹写成。到了天明，大众起身。施公来到外面，众兄弟也到外面，接着坐下。施公便对甘亮说道：“此事非邓壮士不行，未知邓壮士肯去否？”甘亮说：“不错，只有他可以去得。”便向邓虎道：“贤弟，你兄长压在假山之下，未知生死如何？如今先叫你假冒王三，到薛家窝送信，先救得兄长，并何、李二位好汉。未知你肯去否？”邓虎大叫道：“小弟岂是贪生怕死之人？”施公道：“壮士诚能如此，何愁大事不成。但须从西面进去，方是卧牛山到薛家窝去的道路。见了薛氏兄弟，若然盘问你山中之事，昨日王三供的，你都听见了，就可照样回答。取出书信之后，他们必然另眼相看你了。你就用言语套问他何、李二人关禁的所在，并望山堂假山的机关。到了黄昏，叫他们早早歇息，天明就要起身，谅来有一场争斗，他们必然听信。你得空就把你兄长放出，并将何、李二人放了。我们这里到二更天，带领沧州城内官兵，并公差捕快，一齐到来剿灭庄子。你们四人就做内应，你叫邓龙、李七、路通三人埋伏暗处，你就先把薛豹、方世杰两个之中打死一个，就好办了。”说罢，将信递与邓虎接了。

施公吩咐施安，快去把王三的衣服换了下来，叫邓虎穿上；又与他些人参饼。邓虎收了，辞了大人并众位英雄，带了书信、家伙，出了顺隆店，往薛家窝而去。再说施公打发邓虎去后，便叫崔参将、阎守备进城调齐了全营兵丁，傍晚时候，扮了百姓样子，三三五五悄悄来到此处。参将答应，同了阎守备告辞起身，入城去了。施公又叫施安、施孝二人，出去整备大小舟船四五十只，约定于黄昏时分到北市取齐，须要暗暗行事，不可走漏风声。

却说邓虎到了薛家窝，叫船过渡上岸。早被庄丁看见，便问：“哪里去？来此做甚么？”邓虎说：“我要求见薛员外的。”庄丁说：“你叫什么名字？你从哪里来的？”邓虎说：“我叫作王三。我乃卧牛山东方寨主命我来的，面见薛员外，有要紧的事，相烦大哥引领进去。”那庄丁听说是卧牛山来的，忙说道：“原来是东方寨主差来的好兄弟。你跟我来罢！”邓虎即跟了庄丁来到书房，只见薛家四兄弟并方世杰，都在那里。一见他进来，大家站起来相接。邓虎抢步上前见礼，一一问过了姓名。

大众让他坐下。薛龙便问：“王头领怎的今日才到呢？那邓虎是个机灵鬼，听得才到二字，打量他这里有信息的了，便道：“大员外不要说起，我在山上动身之时，多吃了油腻东西，心头作恶，因此耽误了公事。”说罢，便将书信呈上。薛龙接了书信，吩咐摆酒。家人答应，摆上酒筵，款待邓虎。邓虎略为谦让。大家坐下，吃了三杯。薛龙拆开书信，看了一遍，连连点头，又送与大众看过了。方世杰盘问了邓虎卧牛山上的事情，邓虎一一回答，众人大喜。原来薛家窝昨日差人到过卧牛山去，回来告诉说：“李天寿、东方雄说早已打发头目王三送信到员外处来了，因此未写回信。但叫员外等王三到了，约定日子同到沙家集动手。”薛龙说：“我们这里未有人来。但说约的日子，是叫我们约他呢？还是他已定下日子呢？怎么王三不来呢？”正在猜疑，恰巧邓虎到了，故见了信，心中大喜，全不疑心。方世杰是个老贼，他就细细盘问，因问不出漏洞来，也就相信了。大家相劝饮酒，讲说黄天霸两次进来，怎样长短。

邓虎便探问何、李二人拘禁的地方，薛龙告诉他捆在留宾馆里面，任他们本领大，总不能进此馆内去的。邓虎趁此套问留宾馆并望山堂的机关。薛氏弟兄把他当做心腹之人，便把消息说了，又领邓虎到各处去看了一遍。邓虎道：“我们去看看两个贼将。”薛龙说：“使得。”便引了邓虎，来到留宾馆内。邓虎一看，方方两间屋子，四通八达，屋内并无别物，也不见何、李二人，便问：“大员外，为何没贼将呢?”薛龙说：“王头领与我到对面轩子里去。”邓虎同他过了庭心，薛龙把桌轧轧的转动，只见走过来的门户不见，庭心那边变成了墙壁，单存一间斋轩了。邓虎说：“贼将在哪里哪?”

薛龙说：“你要看贼囚在哪里，极其容易。”说着话，把桌子向左转动，只见对面依然现出门户来。薛龙说：“王头领你过去瞧。”邓虎走到留宾馆一看，仍是先前的样子，只听得轧轧的桌子转动。到里边的屋子，定神一看，对面轩子一切都在，单不见邓龙。邓虎走到对面，只见柱子上绑着李七侯、何路通二人。邓虎上前轻轻地送了个信说：“二位哥不用心焦，今夜必来相救你们。”李、何二人点头，心中欢喜。邓虎心中明白这留宾馆，共有三处屋子。薛龙立在百灵台旁，哈哈大笑说：“王头领，这个消息，做的好么?”邓虎说：“实在妙巧。”假意称赞，想到：“如此看来，我一个人决不能救他二人，须要等大众到来，有人进去了，我方好在外面转桌子。”薛龙吩咐摆上夜宴。邓虎说：“李寨主千万叮嘱，明日五更要到沙家集会齐，不可错误。众位可要早些歇息，明天定有一番狠战呢!”薛氏兄弟都说：“有理，我们用几杯，吃了晚饭大家歇息，准备明日厮杀。”邓虎说：“员外说的是。”用过晚饭，邓虎、方世杰就在书房内安歇。邓虎假意装醉，倾在炕上就睡。方世杰也就安歇。邓虎见世杰睡熟，轻身穿出窗外，到了望山堂内，跃上假山，细细瞧看，只见顶上一条路径，心中一想：莫非在这下面?未知果能救出否，且看下回分解。

第一三五回　小元霸智救赛姜维　黄天霸三进薛家窝

却说邓虎细看假山石峰："我哥哥定在这石板底下，只是怎样拿开石板，方好救他出来？"四面寻看，只见假山孔内露出铁柄儿。邓虎用力抽将出来，只见石板一头压住的假山石，早滚在一旁，那石板竖了起来。邓虎往下面一看，下面还有两块石板，如同人字架式，想："哥哥必在里面。"连将人字石板往上一拔，那块石板就立直了，下面却露出个山洞来。邓虎大喜，跳下假山，走进洞去。只见他哥哥坐在里面，便轻轻叫道："哥哥，兄弟前来救你。"

邓龙自从压在中间，自分断无生理。忽听有人呼唤，是兄弟的声音，便睁开二目说："我却没事，只是肚中饥饿。"邓虎便取了两个人参饼与哥哥吃了。邓龙吃了人参饼，渐渐有力了，拾起兵器，同了邓虎，正要走出门来。只见劈面来了个女子，浑身穿白，邓家兄弟知道是谢素贞了。邓虎道："哥哥退后，待兄弟打死这贱人。"邓龙道："兄弟，你小心她暗器哪！"

邓虎已穿出门来。那谢素贞见望山堂内穿出一人来，便问："你是何人？在此做甚？"邓虎随口答道："俺乃卧牛山东方寨主手下一等头目王三是也。你这贱人姓甚名谁？"谢素贞说："王头领休得胡说，奴乃三员外之妻谢素贞是也。"邓虎说："如此说来，多多有罪。"便把手中双锤向上一拱，道声："请了。"

谢素贞只道他行礼，把刀并在左手，也将两臂一抬说："王头领请。"说着话，身已走过。哪知邓虎就势将两柄锤头，望着谢素贞夹背打来。谢素贞连忙将身一闪，叫声："王三，你来做奸细吗？为何暗算老娘?”谢素贞一面招架，一面高叫：“望山堂有奸细了！兄弟们快去通知四位员外。”

一时间，各巡夜庄丁都听到，大众奔望山堂而来。谢素贞见方世杰到来，便说：“老员外，他不是王三，乃是黄天霸一路的。快来捉住他。”方世杰一听，便叫退下，自己赶上前来。薛龙、薛虎、薛彪、薛豹一齐都到。邓虎一人，怎好抵敌?正在心慌，只听得一声喊，跳出许多好汉来：头一个手执单刀，直奔方世杰砍来，乃是黄天霸；随后关小西、神眼计全、白狻猊甘亮、神弹子李昆、草上飞刁庆、王殿臣、郭起凤，各人上前厮杀。邓龙见他们动手，将护手钩一摆，也出来动手。邓虎看见弟兄全到，即招呼邓龙，一溜烟直奔望山堂来，就将李七侯、何路通二人放了下来，仍将百灵台桌左转，走过庭心，只见他三人都在外面了。李、何二人忙与邓虎道谢。四人一同出了留宾馆，只见自己兄弟与薛氏四虎，并谢素贞、方世杰正杀的难解难分。凭空的加上四只大虫，薛氏兄弟抵挡不住，渐渐地往外退败。黄天霸一声大叫：“恶霸听着，今日天兵已到，特来捣巢灭灾，还不快快受缚!”薛氏兄弟不能脱身。庄外来了无数官兵，已把庄门打开。庄丁四散奔逃。

却说薛氏兄弟见庄门打破，更加忙乱。薛龙手内一松，被黄天霸一刀，红光崩现，一命呜呼。方世杰见大势已去，若不逃走，性命难保，将刀架开邓虎的锤头要走。只见崔、阎二位老爷，一口刀，一条枪，拦在那庭心里面。一众三军，如潮水般地拥进来。方世杰知道难以夺门而出，只得纵身上屋，摸出神弩，翻身照邓虎咽喉一弩射来，邓虎将头偏躲擦过。方世杰见射不中邓虎，心内着忙。哪知邓虎在方世杰背后手起一锤，正打在老贼顶门之上，尸身倒在地上。薛虎、薛彪、薛豹见大哥已死，方世杰也已死去，无心恋战。薛虎被李昆一剑削去右臂，大叫一声倒在地下，被众人踏死。薛豹见了，魂不附体，被关太一刀刺中肋下，计全又补一刀，劈倒在地，结果了性命。

谢素贞看见家破人亡，心中难受，将手中双刀荡开了甘亮的朴刀，纵身一跃，飞上瓦房。甘亮随手掏出一只响镖来，打着上去。谢素贞脚尖方踏着屋面，听得后面暗器到了，要想躲闪，哪里能够？一镖正中肩头，翻身跌下，被甘亮擒了。薛豹见一门皆死，一声大叫，将刀向咽喉一拖，鲜血直冒，尸首栽倒在地。黄天霸见薛氏弟兄尽皆诛灭，又见甘亮将谢素贞捉住，即吩咐快放船到沙家集迎接大人到来。

等到巳牌时分，大人并施安、施孝一班人等都到。黄天霸同甘亮带领了众兄弟，并崔、阎、刁三位武老爷出迎，三军跪接。施公笑容满面，进了庄门来到大厅坐下，众兄弟站立两旁。

黄天霸上前告禀："薛氏五虎尽皆格杀，方世杰亦被打死，活捉了谢素贞，听大人发落。"施公一一问明，便道："首恶乃薛氏五弟兄，今已皆死。若论谢素贞助夫作恶，陷害钦差，本应斩首，姑念妇女无知，免其死罪，交官媒择配，得身价入官。其余薛氏妻子，无罪释放；所有市镇店房，留与妇女小子过活。"押着即日渡江，一言表过不提。

且说甘亮回禀："大人，我同邓龙兄弟，今已除却恶霸，我等便要回转金陵，就此告别。"施公道："甘壮士虽不愿为官，只是施某多蒙相救，尚未酬报，怎说便去？"甘亮说："既蒙大人抬爱，我的拜弟邓龙新丧妻室，望大人将谢素贞配与邓龙为妻，是为德便。"施公点头说："使得，叫邓壮士带去。"于是甘亮到谢素贞面前，与她解去绳索。施大人叫到面前，叮嘱一番，叫她跟随了邓壮士回去，休生歹念！谢素贞含羞，诺诺连声。甘亮就要动身，施大人摆酒饯行，众好汉依次而坐，直饮到黄昏已后，大家就在庄上歇了。

到了明日一早，大家梳洗已毕，用过早膳。甘亮等辞别了大人，又与众兄弟作别。施公就命众兄弟代送，直至江边。黄天霸备好一只大船，吩咐船上：好好送到山东地方。甘亮、邓龙、邓虎并谢素贞上船，一拱而别。众兄弟见他扬帆而去，方才回庄。大人亦然要回沙家集，恰巧知州到来，见大人请罪。

施公倒安慰一番。就把米粮银钱田房屋产，吩咐入官，尸首用棺木成殓，掘土掩埋。施公说道："贵州就在此料理公事，本院要赶赴淮安到任。”知州连连称是，相送大人并众好汉上船。

崔中军、阎守备、刁庆辞了大人回城中。后来施公表奏刁庆功劳，擢升都司之职，崔、阎亦然。一言表过，知州在薛家窝料理已毕，自回沧州去了。且言施公与众好汉回转沙家集顺隆店内，吩咐给了船人官价，叫幕友写本入奏圣上：薛家窝之事，某某等出力，有功人等。圣旨下来，嘉奖甚优不表。大人在店养息一日，叫天霸算清了店钱，施安雇了马匹牲口，就此起行。

天色将晚，见一座高山，十分险恶，忽听山上一棒锣声，林内约穿出二百喽兵，为首一家寨主阻住去路。不知施公等如何过去，且看下回分解。

第一三六回　施钦差剿灭卧牛山　黄副将活捉东方雄

却说施公行到山下，树林中一棒锣声，出来一个好汉，带领二百喽兵，一字排开，大叫："留下买路钱来，放你们过去!"

黄天霸见贼生得面如活蟹，眼似虾睛，阔口大鼻，颔下短短钢须，身高八尺，年纪不过三十；坐下战马，手持镔铁镏金铛，一马冲来。黄天霸大叫："山贼！快快通个名来。可知钦差大人在此。"那人扣住马，叫声："小子听着！俺乃卧牛山寨主爷东方雄便是。小子你留下姓名厮杀!"黄天霸喝声："草寇站稳了！俺乃钦差大人施麾下大将黄天霸是也。俺们大人正要剿灭你这班毛贼，与民除害。"东方雄大怒。举起镏金铛，向天霸泰山压顶般打来。黄天霸用刀往上迎来，只震得两臂酥麻，用尽平生之力，将镏金铛抬开；正要还刀，恰好关小西到来，直奔贼人马前，一刀砍去。东方雄将刀招架。关小西扑到后面，举刀又砍。那边何路通又一马飞来，提起钩枪拐，望东方雄劈头就打。黄天霸拦腰砍来。东方雄连挡三般兵器，全不放在心上。

喽兵连忙报上山去，说："施不全已到山下。我家寨主被三个贼将围住。"活阎王听报，起身抓了铁桨，带领二百喽兵，四个头目，一路冲下山来。只见东方雄与三人交手。施不全同着伴当人等，约离半里之遥，在树林边站着。活阎王吩咐："孩子们，快从小路抄去捉施不全要紧。"二百喽兵发一声喊，一齐蜂拥上来。计全正在观看，只见一贼手提铁桨，步行如飞杀来，正是李天寿。计全知他厉害，忙说："五弟保护大人，小心。"自己同了李七，将手中刀挥动，迎将上去，大叫："杀不尽的强盗！胆敢有犯大人。"李天寿大骂："我把你这班助纣为虐的匹夫！今日将你们碎尸万段，与薛家五虎报仇。”说罢，将铁桨舞动，力敌计、李二位好汉。那四个头目，吩咐喽兵一半呐喊助威，一半来抢施公。王殿臣、郭起凤把四个头目拦住厮杀。李公然拔出宝剑，护了大人。施安、施孝也各抽出佩刀，护住行李牲口。

看看天已昏黑，喽兵高擎灯球，如同白昼。李公然便将弹弓取下，悄悄把马一拎，冲到山坡之上，觑定东方雄，嗖的一弹，正中面门，打得头目昏花。他手中一慢，被天霸一刀，直刺进来。东方雄要让来不及，被黄天霸狠命一扯，倒拖下来；何路通一钩枪，打在东方雄手腕之上，将镏金铛打落。路通、天霸上前，将东方雄捉住，解下带子，就将他四马攒蹄捆了。

各人收拾兵器，抬了东方雄，到施大人那里看守。天霸叫声：“关大哥，我们去捉李天寿那厮。”路通、关太、天霸一同来帮助计、李二人。李天寿情知不好，把桨挡开二人兵器，撒腿就跑。黄天霸三人随后赶来；计全，李七也追了上来。关太与何路通赶杀喽兵，如砍瓜切菜一般。

且说计全、李七、天霸追了一程，追赶不上。天霸说：“二位大哥，我等且到山上破他巢穴要紧。”施公道：“既然如此，一同登山。”众英雄一齐上山，将寨栅毁了。施公在山上歇息。天色已明，施公吩咐天霸将东方雄斩了，放火烧了房屋寨栅，免得日后窝藏盗贼。众人上马下山，但见火光冲天。

却道施公下山，在马上与天霸说道：“我自出京以来，至今始得安稳，赶紧到淮安上任为是。”一路谈谈说说，已到日落西山，前面到一个市集。施公便问：“此处什么地名？”左右有人答应道：“此地唤做黄花镇。”施公点头。不多时，到了镇市，只见一座大客店，招牌上写：“朱家老店，安寓客商”。

黄天霸在前，刚然走到店门首，只见店内走出四五个伙计来拦住马头，将马嚼环扯住，口中齐说：“时候不早了，请爷们照顾小店罢！”天霸说：“咱们且到前面走一遭。”施公说：“黄兄弟，就在此处住了也好。”天霸、大人一同下马，进了店门。

只见那掌柜的站起身来，把手一拱，满面堆下笑来说：“诸位爷们到来，小人未曾远迎，多多有罪。请到里面选看房屋。”

黄天霸扶了大人一路到了里面，拣了三上三下六间楼房。伙计把窗推开。天霸走到后窗一看，后面还有一带平屋，还有后园，种些瓜茄之类，四周全是竹筒围住。便问：“大人此地可好?”施公说：“甚好。”伙计送上脸水、香茗。施公吩咐：拣好酒菜拿来。伙计答应一声去了。计全说：“黄兄弟到这里来。”遂扯了天霸，低低说道：“黄兄弟，我看这掌柜的，不像善良之辈。”天霸说：“我也疑心。”李七便说：“这朱家店是十余年的老店，我也住过了多次，可从无别事。”天霸心内释然。计全把酒斟了，大众坐下饮酒，你一杯，我一杯，不到两巡，壶内空空。

黄天霸唤叫添酒，伙计答应来了。施公吩咐：楼下从人们，也添上些酒去。伙计连忙答应了，不多时提了酒进来。李公然酒量不佳，饮了两三杯就不吃了。黄天霸将要举杯，忽然一阵肚疼，锁了双眉。施公说：“黄兄弟怎么不自在?”天霸说：“肚中疼痛，要大解了。”施公道：“请便。”伙计说：“小人引爷上茅厕去。”

天霸起身，随了伙计进茅厕去，扯了底衣，大泻一阵。正要起身收衣，忽见一条黑影在茅厕外闪过。定睛细看，只见一人细条身材，浑身穿着夜行衣，背上插了一把钢刀，穿上厕房，连跃到楼屋上面，将身伏在瓦楞之内，倒垂金钩之势，一手扳住檐瓦，向楼内观瞧。天霸知道不好，不知兄弟们可曾知道防备。急得天霸搓手无措。不知此人是谁，黄天霸怎的救护大人，且看下回分解。

第一三七回　李天寿报怨丧生 朱继祖为兄逃命

却说黄天霸一见此人，细看原来就是活阎王李天寿。这朱家店原系姓李，与李天寿嫡堂兄弟，后来入赘朱家，改名朱继祖。天寿就把前事说了，要兄弟与他报仇。朱继祖听了，连连摇头说："大哥，他们能人甚多，我们有多大能为，如何能行此事呢?"天寿说："不妨，咱们只要如此如此，哪怕大事不成?"天寿说罢，双膝跪下。朱继祖无奈，只得应允，就叫伙计们留心了。众伙计们一见天霸等走到，连忙出来接住，把马带进。施公等进了店，李天寿早已安排停妥。天寿来到后园，飞身上屋，正要进去下手，才向背上拔刀；恰巧黄天霸在茅厕上看见，掏出一只金镖，急望天寿打去，这镖正打在腰肢之上，噗咚！跌入楼窗之内。天霸大叫："兄弟们快拿刺客！"自己进了后门，直到上房。只见楼下从人，一个个东倒西歪：知道中了贼人奸计。连奔上楼，只见李公然已将贼人捉住。其余弟兄并大人，尽皆口角流涎，醉倒席上。李公然见了天霸便道："黄兄弟，此地原来黑店，我同你快杀到外面。"天霸说："咱们将大人并众兄弟灌醒了方好。"李公然应着，天霸扯出自己单刀，吹灭灯火，下楼拦门守住。

且说朱继祖手中提了钢刀，跟着十四五个力壮的伙计，各执长短家伙，一路赶奔上房而来。黄天霸听得一阵脚步声响，知道他们来了，啪的将帘子放下，自己闪在一旁，等他进来杀他个措手不及。哪知朱继祖也是行家，到了门口，挑开帘子，先用朴刀伸进来一探。黄天霸年轻性急，嗖的一刀，正砍在朱继祖的刀上。继祖一手扯开帘子，一手舞动朴刀进内。黄天霸连忙接住厮杀，这些伙计相帮助杀。

且说李公然灌醒了施公并众兄弟。公然说："落在黑店了，黄兄弟在楼下与他们厮杀。待我先下楼去助他。"说罢直奔下楼，叫声："黄兄弟，我来帮你杀这班狗男女。"手提宝剑，跳将过来。朱继祖正一刀砍来，被李公然的剑往上一迎，只听得呛啷一声，朱继祖倒吓了一跳，朴刀只存半截在手，转身向外飞逃。黄天霸随后追赶。李公然见天霸追去，自己挥动宝剑，将众伙计乱杀。关太、计全听得楼下相杀，就叫李、郭、王、何四人保住大人，抽出家伙，一齐赶下楼来，见李五已把众伙计开发停当。关太便问："黄兄弟呢？"李五说："追赶贼人去了！"

且说黄天霸追赶朱继祖，出了店门，一路出了黄花镇，直赶了三里之遥。朱继祖见前面有一座大树林子，心中想着：有了救星了！望树林中钻进。

黄天霸见他逃入林中，说声："便宜你了！"回身走来。见李公然提剑赶来，黄天霸就把他逃入林中的话，告诉李五。二人同回朱家店内，来到上房，将贼人逃走的话说了。施公只得罢了，吩咐："把李天寿带上！"大人细细审问，天寿从头至尾供了一遍。大人又吩咐：将女掌柜带上来。可怜朱氏，跪在大人面前求饶。大人道："你从实招来，与你无干。"

朱氏便将父母开朱家店数十余年："后来李继祖入赘，改姓朱氏，自从到了我家未做犯法之事。"大人又把四邻叫来，细问一遍。都说：素来安分。大人吩咐：起去。传地保上来：将格杀伙计，备棺木成殓。朱家店既然素来安分，罪归朱继祖一人，着地方官行文捕捉正法。一面叫黄天霸押了李天寿，请上方剑就地斩决不提。

且说施公来日与众人起身，一路向南而行，已进了山东地界，来到乐陵县境内。知县周钊闻得施公到来，会同文武迎接钦差，备了公馆。施公一到乐陵城内，哄动了一城百姓，都说施青天到了，专审无头案件。施贤臣一连接下十几张状子，都是血案，求大人追捕。施公传了知县，施公启口说："贵县既为民之父母，应该除暴安良，捕捉盗贼，是分内之事。为何境内盗贼横行，采花血案连出一二十件？"

周钊回禀："此地有个盗贼，来去无迹，许多案件乃一人所做。此人名叫张桂兰。卑职踏勘时节，皆见墙上画有一枝兰花，一枝桂花。卑职起初严行追捕，一日早上睡觉醒来，只见脖子边一柄匕首，柄上刻着一枝兰花，一枝桂花。卑职吓得一身冷汗，因此只得缓了下来，望大人恩典。"

施公听了，回顾黄天霸众人说："尔等可晓得此人否？"

众兄弟说："回大人，小将们但闻其名，未见其人。闻得他的外号，人称飞来燕，来去如风。只是不归正道，最喜欢女色。"

施公道："他是哪里人氏？现在居住何方？"计全说："闻他就是本处乐陵县人氏。"施公对周钊道："张桂兰既是本地人，公差捕快难道认他不得？我今限你三天，务要交到此案。"知县诺诺连声退下，回了衙门，传齐了通班捕快，限三天要破此案。

通班捕快退下。那捕班头姓张名叫凤山，手下有个伙计，叫做彭二，最是机灵，人都叫他百晓。当下张凤山与彭百晓商量此事，不知百晓说出什么话来，且看下回分解。

第一三八回　彭百晓畏死泄底　飞来燕偷盗金牌

却说彭二说："张头儿你去回复本官，张桂兰我们实在拿他不住。要求施大人发下将爷来，我们领着做个眼线。"张凤山回明知县，禀了大人。施公说："先将张桂兰存身之所打听明白，我便命人相帮捉拿便了。"周知县回衙叫张凤山去打听。

凤山回到班房，对彭二说明。彭二到了日落西山，到斜桥打听，走来走去，不见张桂兰影儿。到了明日，彭二又去打听，仍然踪迹全无。刚要回去，走到一条巷口，只见巷内走出一人，将彭二扯住，叫声："彭百晓，这里来说句话儿。"拉了彭二望僻巷内便走，提起彭二飞身上屋，直到一所花园下来，说道："姓彭的认得我么?"彭二听说，就在星月之下，细细一看，吓得魂不附体，认得是飞来燕张桂兰。彭二说："张大爷，与你素来客气，从来没得罪于你。"张桂兰哼了一声，回手扯出一把刀来，说："姓彭的，你不用花言巧语，假作不知。你这两天里在斜桥要找哪个?实说了，便饶你一死，如有半字虚言，立刻送你回去?"彭二不敢撒谎，只得说道："施大人奉旨出京，升任淮安总漕，代理巡按。御赐金牌一面：如朕亲临。一路访拿恶霸，扫除绿林，前日来到此地。那些百姓到他公馆告状，一连收十七张状子，都说你老人家做的。施公大怒，立刻传了本官，严限三日之内，拿到凶身；如拿不到，知县太爷听参离任，我们张头儿，立毙杖下。我吃了张头的饭，不敢违拗，故此同伙计四处访探你老人家下落，好去回复本官。"

张桂兰听了此话，便把彭二的带子解下来，捆了彭二，又扯了一片衣襟，塞他口内，把他提到假山洞口，说声："姓彭的，你耐了性儿在此，我去了。"说罢，张桂兰去了。到了第二日，那看祠堂的老儿到园内拔草，听得哼声，见假山洞口有个人在内，老儿倒吓了一跳。细细一看，方知口内塞有东西，便与他取了口中衣片，解了带子。彭二吐了一会，方才开口，把前事告诉了老儿一遍，谢了回去不提。

且言那夜张头儿不见彭二回来，正然猜摸不出。到了次日，听得钦差大人公馆内又出了重案，急得屁滚尿流。原来张桂兰听了彭二所说底细，一路来到施大人公馆，飞身上屋，到了跨院屋上，侧耳细听。只闻众兄等一处谈闲话儿呢！张桂兰也不放在心上，他却穿身来到内院，见一并三间房屋，一明两暗。张桂兰飘身而下，蹑足来到窗前，将指甲在窗上戳个孔儿，往内观看。见炕上卧了一人，谅来是施不全了，旁边谅必是从人。

张桂兰便将身从窗外穿到屋内，如燕子相仿，走到施公身旁，在大人胸前轻轻的将身上那块"如朕亲临"御赐金牌，拿在手内，将金链子割断，回身便走，仍从窗内穿到外面上房去了。

到了天明，众兄弟大家起来，正在梳洗，只见施安慌慌张张出来说："众位爷不好！昨夜大人卧在炕上，到今早醒来，把御赐金牌丢了。门也没开，窗也未启。"众兄弟听了此言，个个吓得面如土色。

却说次日天明，施公醒来，见金牌失落，吓得魂不附体，面如土色。便向施安问道："我那块御赐的金牌，昨晚明明挂在胸前，为何今日不见？甚是奇怪，难道又有强人盗去吗？"

施安听说，以为丢落在炕上，便去寻找了一回，只是不见。施公再将胸前仔细一看，那接金牌的金链子，尚有二尺多长的双环头，挂在项上，两头一斩齐，却是用刀割断的样子。施公看罢，大惊道："不用说，一定是强人盗去了。但是失了此物，如何是好？"便叫施安，将外边众爷们请来，大家商议。黄天霸等正在那里炕上梳洗，只见施安慌慌张张走来，说道："众爷们不好了！昨日大人好端端的卧在炕上，今早醒来，把挂在颈项上御赐的金牌失落了。门不开，窗不启，凭空地不知去向。现在大人在那里着急，叫请众爷们快去商议呢!”大家听了这话，吓得面如土色，即便跟着施安，进了书房，先与施公请了早安，然后依次坐下。

施公便将失去金牌的话，又说了一遍。大家复站起来，回头来看形迹，却没一点影响，复又坐下商议。只见计全说道：“大人明鉴：依卑职看来，这盗取金牌的强人，一定是那个一枝兰无疑。”黄天霸道：“计大哥，何以见得定是他呢?”计全道：“昨晚在那里议论，全是说他的话，又兼黄贤弟赌气，要去捉他，难保一枝兰不伏在暗处听见。等到咱们去睡觉，他便进来盗去金牌。此是钦赐物件，必须赶紧查缉，若访得踪迹，任他是龙潭虎穴，总要将金牌寻回，才可销案。但有一层，万万不可声张出去，被他知道是要紧之物，他便远走高飞，那时可格外棘手了。”施公听说道：“计将军真善筹划。众位就照此办法，但愈速愈妙。因本院限期在即，须赶赴淮安上任。况且漕粮又须开办，若耽延日久，误了限期，本院就要被议。”计全等唯唯应诺，便站起来告退。

计全就向黄天霸道：“我看这无头公案，非是十朝半月可以破案的，这却如何是好?”黄天霸道：“且不管什么限期不限期，只要寻到金牌就好了。计大哥机谋见识，比我等强些，又仔细，又精明。若我等这暴躁性子，不但访不实在，就是访得确了，稍不机密，走漏风声，依旧是无用。”关小西也道：“最好。”计全不能推托，当即改换服色，扮作江湖上卖卜的朋友，带了几两碎银子，又将挂刀藏好，即辞别众人，悄悄地出了公馆。先往乐陵城内访了一日，全无影响。当晚并未回到公馆，就在城内客寓住下。等到三更时分，又由房屋上去访查，仍无半点消息。次日，即将房钱算还店主，便去城外一带查访。

又访了一日，仍访不出来。看看天色已晚，回城不及，见有个过路的走来，便上前问道：“借问你老，咱是要往乐陵去的，此间离城还有多远?借问一声。”那过路的道：“此去乐陵，还有三十多里。今晚赶不及，不如就在东边那个镇上歇一宿，明早再进城罢。”计全便拱拱手道："多承你老指点。"说着掉转头望东而去。

一会子，又到王家集，计全就拣了一家客店，放步进去。当有小二上前招呼，计全拣了个座坐下。店小二问道："你可用什么酒？听你老拣。"计全道："我酒是不大会饮，随便打一角来，可有什么投口的菜！"店小二道："有的是牛脯、烤鸡、粗肉圆子。"计全道："你把牛脯并烤鸡，拿两件来，你把薄饼拿一斤来。"店小二答应着去取。一会子将牛脯、烤鸡、薄饼全拿来，放在桌上，又打了一壶酒，摆在计全面前。他就自酌自饮起来。正在那里吃喝，忽见对面桌上，两个老头说道："这两月乐陵城内，到了一位新放总漕的施大人。听说这施大人为官清正，审了多少无头案子，赛如宋朝包龙图。因此那些糊涂官，人人都有些害怕。"那个道："我还听说，去告状的人不少。这位施大人没有一件不准的。"这个又道："前庄郝三家媳妇忽然不见，寻找两三日，全无下落。不知他家会去告状没有？"那个道："郝三要不知道便罢，要知道有这位青天大人，他还不去告吗？"这个又道："说来实在奇怪，怎么到龙王庙里烧烧香，就不见她回来。难道被和尚藏了不成？"那个道："这也说不定，你道那龙王庙的和尚是好人么？我曾听得人说，庙里那个方丈，叫做什么普清——先是强盗出身？后来犯了案，才出家的。还听有人说，他现在还同绿林中朋友来往呢！我们却是没有看见，不知是真是假。"计全听得真切，想道："莫要那盗牌的人，就藏在龙王庙里。我何不过去问那老者？这龙王庙在何处？"正要去问，后又想道："我此时前去问他，他必见疑，反为不美。不若他走了，问那店小二，便知明白。"主意已定，仍然饮酒吃饭。一会子，那两个老者出了门，计全也吃完了酒饭，店小二走来收拾。

计全便问道："小二哥姓什么？"那店小二道："我姓李，名叫李四。还没请教官客尊姓？"计全道："咱也姓李。你这店里掌柜的姓什么呢？"李四道："姓王。"计全道："咱问你刚才那边桌上两个老者，也是姓王吗？"李四道："他们不姓王，姓张，是张家甸的人，离此有一里多路。"计全道："这王家集是乐陵所管吗？"李四道："是归乐陵所管。”

计全道：“咱听见那两个，讲甚么前庄人家的老婆，早间出去烧香，怎么就不见了？”李四说道：“那老儿讲那不见了老婆的，那家姓郝。老夫妻两个，颇有些田地。生平只有一子，叫作郝为富，今年二十二岁。去年上冬，才讨的家小。这郝为富的家小，就是个财主的女儿，生得颇为美貌，更兼小两口极其恩爱。今春三月里，那郝为富得了一病，几乎要死，后来渐渐好了。听说病重的时候，曾在龙王庙内许愿。前日郝为富的家小，因去还愿，进庙烧香，不知怎么样就不见了。现在郝家各处寻找，全不知下落。还有说有个总漕施青天，现在乐陵城里，断了多少无头案件。他家还去告状申冤呢！”计全道：“难道这庙里有歹人吗？”李四道：“这庙内住持和尚，叫什么普清，原来是强盗，因犯了案，才出了家。从前倒也安分，渐渐不如从前，闻得专结交江湖上的朋友。近来更坏，听说接来了一个师弟，也是江湖上的大盗，日与他助纣为虐。”计全道：“你可瞧见过么？是怎样一个人？”李四道：“我可没瞧见，但听说罢了。”计全道：“这龙王庙离镇有多远呢？”李四道：“就在镇东，约有一里多路，黑丛丛一带树林，那就是了。”李四将碗盏收拾去了。

计全也便回房，暗道：“才听店小二所说的，恐怕一枝兰，就是这和尚的师弟罢！”靠在床上，歇了一会。半夜时分，走出房门，仍旧将门带上，蹑着脚走到院落中间，使一个燕子穿帘的架式，轻身一纵，上了墙头，复飘身跳下去，照着店小二的话，望东看去，一带丛林，四周环绕。计全到了树林，定神一看，见树林左边，有一条小路。顺着小路走入林内，复轻身跃上树梢，只见一带红土墙，墙中间有座山门，星月模糊，匾上的字看不真切。计全在那里设想，往腰间掏出一块石子，望下一掷，探个路径。见里面毫无动静，跳将下去，四面一望，见东首是个三间屋，内有灯光。计全悄悄走到那里，就从后墙上了屋顶，将身飘下，侧身窃听。忽见有人喊道：“张三！酒焖鸡子曾好呢？师父等着下酒。”计全暗道：“原来此处是厨房。”又听道：“我们师父，这两日更闹得不像样！怎么将良家妇女藏在暗室，逼人家从他；人家不从，还要杀她，这是什么道理？”又听一个人说道：“你道这是咱师父的本意么？这个行为都是那个来的师叔叫他做的。他向来到处奸淫妇女，不知糟踏了多少人！他又仗着自己一身的本领厉害；他如果没有本领，做了大案，还敢画兰花？这明明是叫人晓得他做的，却又叫人捉他不住。”又一个道：“闻说施大人手下能人颇多，就是县里捕快没用，难道施大人就不得好手捉他么？”正在那里说话，忽听又有人来催：快焖鸡子，并红烧猪首。厨房里人赶着将鸡子、猪头用碗盛好，给来人端去。

计全听得真切，瞧得明白，想道：“果然这一枝兰在此下落。今日访得实在，也不枉走一趟。”想罢，就暗暗跟端菜的人前去，转了几个弯子，见西首一座五间的房屋，那人走到里边。原来此间就是普清和尚的方丈。计全蹑着足，走到檐口，将身子轻轻一伏，望下又使个燕子倒垂帘的势子，两只眼睛，探望进去。只见隔着窗格，里面灯烛雪亮。靠着墙边，设了一张方桌，对面坐着一僧一俗，桌上排列着酒肴。见那和尚，粗眉大眼，凶恶异常，不是良善之辈。另一人却生得仪表堂堂，年约三十岁光景，颇似书生模样，却不像是个采花大盗。计全颇为惊异。只见那和尚一杯在手，喝了一口酒说道：“你前日做的那个勾当，胆子也太过大了么！将施不全的金牌，也盗了来。幸亏他手下人还没访到；若竟访了出来，晓得是你盗的，再知道你住在此处，调了官兵来寻捉，那不是闹大了吗？现在既然如此，到底那块金牌藏在哪里？还须埋藏好了，不要走漏风声才好。”一枝兰道：“大哥，你老放心。小弟干的这件事，自古道：‘一人做事一人当’。不做则已，既做还怕什么？至于那块金牌，咱也藏顿好了，就在这殿后大仙楼上神龛内第二层夹板里，再没有人知道的。你老饮酒罢！”说着端起酒杯来，彼此痛饮。计全听得明白，便想道：“咱何不趁此先到殿后，将金牌盗回。”不知计全如何盗取金牌，且看下回分解。

第一三九回　神眼计乐陵城送信　铁头僧龙王庙遭擒

话说计全正欲趁着一枝兰与普清饮酒之时，去到后殿大仙楼神龛下，盗取金牌。不意两脚挂在屋檐口瓦上，要将身子缩上屋面，因左足在瓦上用了点劲，那瓦咯噔一声响。房里的人知道，当下喊出来："屋上有人！"普清与一枝兰就赶了出来。

却好计全身子灵捷，一缩身已上了屋，随将朴刀抽出，一面预备抵敌，一面就望原处走去了。幸喜一枝兰四面一看，见无影响，普清也就丢了不问。

且说计全出了龙王庙，仍由原路回到饭店，已是三更时分，便悄悄地进了房，就在铺上睡下，一宿无话。到了次日，天明起来，梳洗已毕，唤进店小二，算明饭食，连点心都没吃，背上包袱直望乐陵而去。约有巳牌时分，已到公馆。黄天霸等人正在那里盼望，大家都说："计大哥去了两天，怎么没有消息？难道那个强盗不在境内么？"有的道："本来这无头的公案，是最难办的。两三日工夫，怎么就会得确信呢？而且计大哥是最精细的，不访得确实，他断不肯暴躁。"

正在说着，只见计全从外面进来。大家一见，忙着招呼坐下。

黄天霸本来性急，计全尚未坐定，他即抢着问道："计大哥，所访之事如何？还有些消息么？"这计全便将在王家饭店内，如何听那老者谈论，如何问店小二情形，如何到龙王庙私访，如何听见普清、一枝兰二人饮酒对话，如何要想盗回金牌。

黄天霸听到此处，便大喜道："敢是你老兄已将金牌盗回么？"计全道："黄贤弟，你且莫急，听愚兄说来。咱正要趁他们饮酒时，悄悄地先将金牌取回，不是一件美事么？不想咱的两只脚，挂在瓦檐上，缩身子的时候，脚上劲用重了，将那檐口上瓦踏碎，咯噔一声，里面早喊出来。幸亏愚兄走得快，还算不成叫他瞧见。不然，要是叫那处瞧见了，必定争斗，那时反不美，金牌固不曾取到，而且是打草惊蛇。咱所以直跑回来，约同众兄弟同去，方可无失。”大家听了这席话，个个欢喜，金牌有了着落，只要取回就没事。

正说之间，施安已从里面出来，见计全已经回来。众人又将计全的话，大略告诉一遍，施安也是欢喜。大家就跟着施安进去。施安回明施公，即刻传见。计全等见了施公，行礼已毕，分两旁坐定。施公先向计全道乏，然后便问私访情形。计全又将对众人所说的话，说了一遍。施公深为叹赏。计全便道：“大人的洪福，金牌虽有了下落，但事不可迟，今晚就须前去；恐那一枝兰走向别处，不免又多一番周折。”施公听说，亦深以为然。于是计全等人退去。

用过了晚饭，约有申牌时分，黄天霸、关小西、李昆、何路通、计全五个人扎束停当：内穿夜行衣，各藏兵器宝囊，外罩大衣，陆续前去。只留郭起凤、王殿臣、李七侯在公馆保护。

且说计全等出了公馆，直向王家集，将要日落，已是到了。

计全仍到王家饭店。李四见是昨日住在这店里的熟客，赶着接了进去。计全就将李四喊到后屋里，悄悄地说道：“迟一会子，还有四个人来，住在这里。”李四当时拿进酒饭，各人用毕，碗盏收去。计全说道：“咱们今夜前去：李五哥、黄贤弟，直奔方丈去捉一枝兰、普清；关贤弟与何贤弟接应，务要将一枝兰敌住。咱便往取金牌，使他首尾不能相顾。咱将金牌取来，可就先要回店，将此紧要物件寄顿妥当，然后再来助力。”商量已毕，即靠在铺上，歇息一会，已是二更将近，各人起来搓了搓眼睛，将外面大衣全行脱去，带了兵器，一个个皆从院墙跳出。

计全在前引路，不上一会，已到龙王庙树林里。计全引着众人，仍由厨房后墙上了屋，一直来到方丈厅。计全又说了暗号，便独自往殿后大仙楼而去。这里黄天霸、李五到得方丈，黄天霸使一个猿猴升木；李五使一个单龙出水，皆从屋檐上挂着身子，探了进去。只见房内灯烛微明，毫无动静。两个心中大喜，以为今日一枝兰合当该死，如何一点声息没有？两人想罢，就将朴刀、宝剑拔出，从屋檐口飘身落下，直奔普清卧室。

到得房门首，见两扇门紧紧闭着。黄天霸便上去，轻轻撬开房门，进了卧室。李公然亦跟着进去，四面寻找，没有踪迹。但见房间上首，设着一副床帐，紧靠床头有张书橱，亦是闭着。

黄天霸心中疑惑。李公然说道："黄贤弟，你看这书橱，设在这里，其中必有缘故。那两个杂种，或者躲在里间，也可不定。咱们何不将橱子搬过来看，是甚么制度？"黄天霸道："五哥之言有理。"两人正要上前搬移，书橱内忽闻隐隐有啼哭之声。

再细细一听，却是妇女声音，从书橱内透出。两人所得真切。

李五道："黄贤弟，那两个杂种一定藏在里面，必是搞得民间妇女，在那里面逼奸。不然，何以有妇女哭泣声音呢？"黄天霸道："不错。"李五道："咱们先将橱门打开，如果实系暗室，里面人知道，必然出来。咱们可藏在黑暗之下，等他出来时节，叫他出其不意，将他捉住，可不省许多力呢？"李五道："但愿如此。"二人主意已定。黄天霸便走上前去，要将书橱搬过来，哪知这橱子是砌在墙内的。黄天霸见书橱搬移不动，便将朴刀在橱门上劈。只见橱门呀的一声，开了一扇，里面响铃一阵乱响。李五道："黄天霸须要小心，恐有人出来。"正说之间，忽见里面跳出两人：一个胖大和尚，手执禅杖；一个少年美男子，手执双钩镰枪，大声喝道："何处狂奴，半夜三更，擅敢闯入卧室？可知道铁头和尚、一枝兰两人厉害么？"

黄天霸见普清跳出，劈面一刀。普清知道是有能人到此，赶着闪过天霸朴刀，一纵身，跳出房外。黄天霸紧紧追来，才到房门，普清的禅杖，当头打下。天霸见来势凶猛，隔开普清的禅杖，就势一个旋风，从肋下扫到。普清哪里肯放？赶一步直奔天霸。刚进房门，忽听噗咚一声，普清栽倒在地。天霸赶上一刀，正中背上，复一刀，将背膊砍下一段。毕竟普清性命如何，且看下回分解。

第一四〇回　九龙毚神眼盗金牌　一枝兰独力退天霸

话说天霸将普清背膊砍下一段，迈前一看，仍恐普清爬起，又将他右手剁下，然后跳出房来，擒一枝兰。你道一枝兰是何时出去的？在天霸战普清的时节，李五就接着一枝兰，两下争斗起来。一枝兰因房内褊窄，不便厮杀，他就一个纵身，一腿将窗格打落，从此跳出。李五即忙来赶，立脚尚未稳，一枝兰早将钩镰枪抓在手，向李五胸前刺来。李五赶着用剑接住。一枝兰右手的枪又来，李五复用剑架住。一枝兰左手的枪，从肘下又到。李五左架右格，仅能拦住，不能回手。正酣战之际，关小西从屋上跳下，就在一枝兰背后，举起倭刀，连头夹背砍下。一枝兰觉得背后一阵风过去，知有人来帮助，忽掉转身来，却好关小西的刀已到。一枝兰赶着让开，关小西的刀砍了空。

一枝兰就势一钩镰枪，从关太左肘刺来。关太急拿回刀，将枪隔在一边，正欲还力砍去，李五一剑又从一枝兰腰内刺下。一枝兰赶紧招敌，关太的刀又从迎面砍来。一枝兰力敌两人，毫不惧怯。三个人在院落内斗有数十个回合。此时黄天霸已到，举起朴刀向一枝兰便砍。一枝兰虽然勇猛，现放着李五、关小西，已成劲敌，再加上天霸，看看抵敌不住，便将钩镰枪望黄天霸虚刺一下，就势四面一扫，只见两足一登，说时迟，那时快，早已跳上屋顶，站在上面说道："姓黄的，你们这一起杂种，敢上来与老子杀罢！倘不上来，咱老子就少陪你了。"一枝兰只顾上望下说，不提防何路通走在后面，当头一拐。一枝兰赶着躲闪，已中在肩上，急忙转身来迎何路通。此时黄天霸已跳上屋；接着李五、关小西，俱已跳上。四人困住厮杀。一枝兰且战且走，黄天霸等紧紧追赶。看看到了大仙楼，一枝兰正望前走，忽然计全迎面撞来，两下接着又战。这一回计全被一枝兰的钩连枪在腿上刺了一下，计全立足不定，就从大仙楼第二层屋上，直滚下来。一枝兰见计全着枪滚下去，他也跟着望下一跳。黄天霸看得真切，随将金镖取出，一撒手，直向一枝兰打来。一枝兰见金光一闪，知是暗器，赶着闪开金镖，虽不曾着伤，李五的弹子却早到了，一枝兰却躲不及，面门早中一弹，打得血流满面。一枝兰遂不敢再战，认定了方向，望下就走。等黄天霸赶了下去，一枝兰已不知去向。

大家分头寻找，却好计全迎着李五、关小西二人，各处去寻，皆寻不着。三人走到大殿前面，方欲转弯，又遇着何路通。一抬头，见两个人影一闪。李五喝道："前面何人？"但见那两个黑影躲在墙下。李五上前一看，原来是两个粗大汉，便问道："汝等何人？快快说明。"那两人抖抖地说道："小的们是庙里看香火的。因听得喊杀之声，小的们害怕，疑是来抢庙的，因此小的要想躲藏。不想碰着好汉到此，还求饶命。"李五道："尔等不须害怕。你家庙里，那个外来的师叔，逃到哪里去了？"那两个粗汉道："小的们见那个大人，追着师叔，一直去了。"计全道："如此你带老爷前去。"那两个粗汉在前引路，一阵出了后门。走了有一里多路，有三条岔路，不知到哪道去，那大汉道："正中一条路，是到茂州；西南一条路，是到乐陵；正西一条路，是到王家集。"计全一想：乐陵、王家集，一枝兰必不敢去，必是往茂州去了。便道："汝等领着我，向茂州赶去。"那两大汉听说，仍在前引路，直向中间那条路而去。

大家走入树林，忽听西北角上有喊杀之声。计全跳上树顶一看，正是黄天霸与一枝兰战斗。他跳下树来，望西北赶去，看见黄天霸渐渐地抵敌不住。李五即取出弹子，打了出去。一枝兰正与黄天霸杀个对敌，渐渐的黄天霸要败下来了。忽听见"嗳呀"一声，是一枝兰躲避不及，额角上正中了一弹。一枝兰晓得厉害，便舍了黄天霸就走。天霸抢去追赶，转过几个弯，已是不见，只得回头。李五等接着问道："黄贤弟，你从楼上跳下，在哪里寻着这厮？"黄天霸道："小弟正寻到后院，厨房背后，见有个人影一闪，咱便悄悄的赶上一刀，却好就砍中了一枝兰的肩背。小弟以为那厮，杀了一刀，总可将他捉住。哪知他本领果然厉害，虽中一刀，毫不畏惧，掉转身躯，复战起来。且战且走，直至追出后门，他便窜入树林。咱也知道遇林不可追，只因他案情重大，不便轻放，因此又追了下来。哪里晓得这厮依然逃去，倒是咱们白跑一趟。”李五道：“一枝兰虽然逃走，却喜计大哥已将金牌取回，已可在大人面前销差了。”天霸道：“计大哥去取金牌，是怎么取法的?”计全道：“愚兄与贤弟分头去后，即到大仙楼第二层九龙龛子内，将夹板劈开，果然金牌藏在里面，咱即取出，揣在怀中。”黄天霸道：“将来大人保你头功。”大家一路谈说，已至庙内。

此时天已大亮，黄天霸仍到方丈里面，见普清依旧躺在地面，进前细细一看，已是奄奄一息。又叫那两个粗大汉，带领着去看暗室。大家进去，但见里面有个妇人，赤着体，被缚在铺上。计全便上前解了缚，叫她穿好了衣服，然后问道：“怎么来的?”那妇人道：“小妇人姓郝，家住前村。因我丈夫病好，来还愿。前日被这庙内和尚骗到此间，当晚就要强奸；还有那个少年，也助纣为虐。两人正欲强行，忽听外面响铃乱响，他们就提刀出去，正好老爷们来。妇人要不是老爷们杀来，也只得拼了一死罢了。”说着便磕下头去，谢了计全等人。计全道：“你不要怕，咱们已将那和尚杀死。等会子，叫他到你家内送信，着你丈夫来接你便了。”说着计全等又到方文，就叫那粗大汉将地甲喊来，把普清叫他看管。然后大家同到饭店，就着店小二去到那妇人家送信，叫他丈夫前来。诸事已毕，这才进城销差。

话说黄天霸等见了施公，就将各节情形，及一枝兰逃去的话细细禀明。施公慰劳几句，一面去传乐陵知县，往王家集踏勘。乐陵县当即前去，比及至龙王庙，普清已死，也不追究，即着人掩埋去讫。庙内僧众及香火等人，一概免究；随后另招清真和尚住持。各事办毕，仍回公馆，禀复一切。施公又命乐陵知县，认真缉捕。知县唯唯听命，然后退回本署。施公正拟歇息一日，即赴淮安。次日一早，施公梳洗已毕，才用过早膳，忽听公馆外面，有人喊冤。施公听得真切，便着人带来，手下人答应出去。

施公即刻升堂，只见一个老者，年纪约有五十多岁，手捧状词，跪在阶下，口称："青天申冤！"施公道："状词递上来。"仔细看了一遍，原来被诬告毒死亲夫，求恩申冤的案子。

施公看罢，望下问道："你就叫刘丙禄么？"那老人道："小人叫刘丙禄。"施公道："你女儿嫁与李成的儿子李良几年了？"刘丙禄道："已七年了。"施公道："你这女婿向来做甚么事业，多大岁数？"刘丙禄道："小女婿读书未成，家中颇有些田产，一向在家管理田务，今年才三十二岁。"施公道："你这女婿，向来为人如何？"刘丙禄道："向来忠厚。自从我女儿嫁了他，七年以来，连气都未淘过。有时小人女儿，因她向有个叔子，因无家产，常来借贷。女儿不甚情愿，说他从前产业被他败完。虽这样说，到她叔子婶娘来时，多少都周济他些。"

施公道："照你说，你女儿女婿，是向来和睦的，怎么又将你女婿毒死呢？"刘丙禄道："去年十二月二十，我女婿出门收讨租钱，回来已是日落。我女儿正在晚炊。我女婿腹中饥饿，要吃晚饭。我女儿盛了一碗饭，女婿吃了，不一会，就七孔流血死了。其时我女婿的婶母也在他家。见他侄子身死，遂纠同他父母去告，硬说我女因奸谋害，毒死亲夫。后来县太老爷去相验，据报系中毒，遂将我女儿带去，严刑拷问，勒令女儿招出奸夫。可怜我女儿受刑不过，只得屈打成招，供出女婿的表弟袁正明。小人冒死前来，大人代女儿、女婿、袁正明三人申冤。"施公道："袁正明向来作何生理？多大岁数？"刘丙禄道："袁正明约有二十来岁，亦是读书。"施公道："你女儿多大岁数呢？"丙禄道："女儿大女婿一岁，三十三。"施公又道："你女儿可生过小儿子没有？"刘丙禄道："女儿生过一子一女，男的今年六岁，女儿两岁。"施公听罢，即叫刘丙禄好好下去候审；提原、被告复讯。刘丙禄望上磕了个头，退出。

施公亦即退堂，着人传知县乐陵县。乐陵县即将原卷亲自送到。施公略一检阅，便问道："这案因奸谋害，毒死亲夫一案，是贵县承审的么？其中无冤屈么？”乐陵县道：“卑职再三讯问，奸夫淫妇，毫无遁饰。且所招的口供，皆是亲自画供，叩求大人明察。”施公道：“据刘氏之父刘丙禄在本院这里控告，说贵县是屈打成招，可竟有此事么？”乐陵县道：“卑职承审的时节，实未严刑拷问。刘丙禄老奸巨猾。”施公道：“既然如此，明日早堂，烦贵县在本院这里听审。”知县唯唯而退。

施公亦进书房，便将原卷重加检阅，也觉无甚疏漏。唯有据袁正明供称：与李良是姑表兄弟，平时并不常相往来，或三月一至，或五月一至。因见表嫂生得美貌，以致成奸，同谋毒毙表兄李良是实。刘氏供称：李良父母供，袁正明系内侄，平时并不常来。如何因奸谋害，不知底细。李成之弟李威，及魏氏同供胞侄李良死，系为侄媳刘氏毒毙。施公看罢，心中早已明白。

到了次日，乐陵县已将原、被告人证，全行带到。施公升堂。刘氏跪在一面，虽然蓬头垢面，却是和顺从容，绝非厉色。

施公道：“刘氏抬起头来，问你的话。你今年多大岁数了？所有实情，快实招来。”只见刘氏哭道：“小妇人确系冤枉。去年十二月二十，丈夫出外，傍晚回来，腹中饥饿。其时小妇人晚炊将好，丈夫叫小妇人盛饭去吃。不意丈夫吃下不一会，就七孔流血死了。彼时，小妇人见丈夫身亡，吓得魂不在身。忽然叔婆硬说小妇人将丈夫毒死。次日告在县里，经县老爷问了一堂，即勒令小妇人交出奸夫。小妇人真无其事，不肯承认。后来受刑不过，只得招了。”施公又问道：“你表小叔袁正明，是几时到你家来的呢？”刘氏道：“去年三月来过一次，七月来过一次，十一月又来过一次，以后就没来了。”施公又问道：“这袁正明离你家有多远呢？”刘氏道：“离小妇人家有十余里。”施公点点头。又叫：“带袁正明来。”差役答应，即刻带到，跪在阶下。施公又将袁正明看了一眼，问道：“你向来作何生理，为什么因奸表嫂，毒毙表兄？从实供来。”袁正明道：“童生自幼读书，素明礼教，断不敢作悖逆之事，还求大人明察。”施公道：“汝在县里已供认，何以又到此翻供？”

袁正明道："大人明鉴。童生在县里因受刑不过，只得供认，其实是诬报。"说罢痛哭不止。施公又喝："带李成夫妇!"问道："汝儿子冤已可申了，尔媳妇即刻受刑抵命。数年翁姑，可有什么话说?"李成夫妇跪倒说道："刘氏平时极孝顺。我子不知谁人毒死，累得他受此苦楚，我两人好不伤心呀!"刘氏亦痛哭不已说："你两个老人家，无人侍奉了。"说罢，就大哭不止。施公看见，也觉伤心。又喝问道："你既未曾谋害，为什么又将奸夫交出呢?"刘氏道："彼时受刑不过，因表小叔不久来的，就顺口说出，哪里晓得袁正明也就认了；大人的明鉴，这不是前世冤孽吗?"施公又问道："李成，你这内侄，是几时来的?"李成一一供出，皆与刘氏相同。

施公便命魏氏跪下。施公尚未问，魏氏即厉声说道："叩求大人申冤。胞侄李良实系被侄媳毒死。"说罢，又指着刘氏骂声不绝。施公看见，更加明白，忽将惊堂一拍，喝道："魏氏你这泼妇!胆敢欺侮本部院?尔胞侄显是你毒毙，所欲未遂，竟暗下毒手。本部院明察如神，尔尚敢欺瞒贻害。"魏氏听了这番话，吓得面如土色。施公细看，更加无疑，喝令魏氏快招。

魏氏满口叫屈。施公又喝令用刑。魏氏因受刑不过，只得招出：原来魏氏久欲谋吞李成家产，凡至李成家，必带砒霜。这日又去，恰值刘氏晚炊，魏氏遂暗将砒霜放下，不意李良因饥先吃，遂服毒身死，魏氏故乘机诬害。施公一一录供，反令魏氏抵罪。

乐陵县问断不明，记大过一次。诸事已毕，次日即赴淮安，且看下回分解。

第一四一回　因投宿李昆降妖 思报仇谢豹行刺

却说施公自乐陵起程，直望淮安进发，走到茂州地界，栖云谷口，已是日落。尚有二十余里，才到茂州。计全道："半山之上，有座庙宇，大人可暂借一宿，稍避风霜。卑职即上山去，呼招庙内香火，先行打扫，随后来接大人。"计全转身上山，不足半里之路，已至庙门口。抬头一看，见山门上写着四个大字，是"栖云古刹"。计全直入庙内，便有个老僧出来迎接，望着计全说道："贵客何来？尊名贵姓？"计全道："咱姓计，名全，是奉钦放总漕施大人之命，借宿一宵。但不知大和尚是何佛号？"那老僧道："老衲名悟真，外号守一。贵官既奉命，欲在小寺暂避风雨，老衲敢不竭诚相迎。特恐破寺荒凉，难下长官之榻。"计全道："既蒙大和尚不拒，还求拣一处稍大的房屋，缘我辈人多，褊窄了，恐难栖止。"悟真道："小寺只此二进。老衲只有徒弟一人，却值今日前往茂州，非明午方可回寺。"计全作别下山，见施公备述一遍。施公大众一齐上山，至栖云古刹。施公与悟真作了揖。悟真在前引道，过了大殿，便是方丈。悟真就请施公在自己上首房内下榻。黄天霸等人皆在外间。其余跟随人等，悉在前殿。悟真将施公让入房内，谈讲了几句世务，即便退出。施公又命人借庙内厨房，预备晚膳。一会子，晚膳摆上，大家用过。

各人正拟安歇，计全、李昆才入神龛后面，见有两扇门关锁着。李昆暗道："不好，明明后面还有一进房子，又是暗室。"想着复出来对计全说道："计大哥，你受这和尚骗了。"计全便同李五走去一看，果然是不错。说着便去寻找悟真，带怒说道："咱们哪里晓得，你是个奸猾之徒！咱且问你这庙内，究竟几进？”悟真道：“原本三进，只因后进这三间去年出了妖怪，因此封闭起来，并非老衲欺瞒贵官。”计全道：“胡说！咱老爷是从来不怕妖怪的。你赶快将门开了，让咱老爷们进去住宿。”悟真道：“此门万不能开，其实里面有怪。”计全哪里肯信？复大喝道：“你若不开此门，其中必有缘故。”悟真道：“今既坚执要去，容老僧去取钥匙，请老爷们进去便了。如果有什妨碍，那时即不要怪老衲言之不预。”说着便取钥匙出来，与计全、李昆二人，走到神龛内后面，将门开了，复取了个火，让计、李两个进去。二人到里面一看，果然三间破屋，两旁隔住房间，中间也设一座神橱，都是灰尘满壁，久不打扫的样子。计全道：“照此光景，刚才未免冤屈那和尚了。难道此中真有妖怪不成吗？”李昆道：“计大哥，咱且不管他什么妖怪不妖怪，且同你搬到这里住一宿再说。若果真有妖怪出来，好在小弟那口青锋宝剑，也是妖怪化身，拿妖服怪，有何不可？”

计全也无可说，就同李昆出去，搬了行李，在此住下。却好黄天霸晓得他们有这个所在，也就搬进来住在一处。施公房内，仍是施安、施孝伴宿。

刚到三更时分，计全等正在好睡，忽听神橱里面发出声音。既而一阵腥风，吹得毛骨皆悚。计全从梦中惊醒，三个人立刻起立，抽出利刃，察看动静。不一会，神橱下出来一物，青面獠牙，毛蓬蓬的，似个怪兽，望着计全扑面而来。计全从旁一闪，那怪兽扑了一空，嘶的一声叫，又向黄天霸扑去。天霸手快，身子一偏，等怪兽来得亲切，迎面就是一刀。怪兽并不避让，空叫了一声，张口吐气，直向天霸脸上喷去。天霸只觉腥臊难耐，刚要举刀砍去，忽然恶心上犯，头一晕站立不住，跌倒一旁。计全见天霸跌倒，赶紧提起朴刀，在怪兽背脊上砍了一下。那兽就地一滚，复跑过来，向计全吐气。计全将刀刺去。

李昆抽了空，即将青锋宝剑取出，跳出房来，大吼一声：“妖怪向哪里走？看剑！”却好那兽听见，一声吼，正向李昆扑来。忽被李昆宝剑一挥，只见一道白光，那兽已迎刃而倒。李昆复一剑，结果了性命。此时外面的人通晓得了，大家点着火，齐来看视，原来是个山魈。计全即命人拖去，将皮剥下，用火烧了。一面来看天霸，已是醒了，没事。

看看天已大亮，施公起来，众人请了早安。计全就将昨夜李五降服妖怪的话，告诉了一遍。悟真亦来问早候安，又谢了李昆歼除妖怪。于是大家用了早膳。施公命施安取了十两银子，给悟真和尚。悟真又谢了施公。然后大家起身，仍望茂州进发。

这日到了茂州，知州林士元当即上了手本禀安。施公随即传见林士元，便问了些风俗民情。林士元一一禀毕，然后退出，仍回本署。一会子又送了许多酒席，大家就开怀畅饮。酒过数巡，计全说道："诸位兄弟，这茂州地界，风俗强悍，难保无歹人匿迹其间，今晚格外防备才好。"一会子酒席已散，唯黄天霸、李昆二人，进房安歇，其余皆各执其事。施公连日亦觉困倦，晚膳后也就安寝。施安、施孝不敢全睡，留着一人在房内。关小西、何路通在屋下防备。约到三更时分，忽见窗外有个黑影一晃。关小西正要向外面看去，又见桌上丢着一把七寸长的利刃。关小西知道有了刺客，随将利刃就灯下一看，上面有四个小字："茂州谢豹"。小西看罢，即击了一下掌。何路通也知有人，一个飞步跳出户外，复一纵上了屋顶，追赶前去。

却说谢豹自从那日一枝兰到了他家，请他报仇雪恨，次日他就着人迎上乐陵，沿途打听施公。谢豹得了信息，算准日期，何时可到。他便预先一日，伏在茂州僻静处所；复又着人暗暗侦探。施公已到了行辕，即得报信。因此，施公日间才到，他夜间便去行刺，以为给一枝兰报仇雪恨，而且显了自己江湖本领。却想不到施公这里防备甚严。比及到了行辕，寻找施公卧室，将身挂在檐口，望里一看，还未曾睡，关小西与施安在那里。谢豹便知有了准备，所以将利刃丢在里面。哪里晓得刀是丢进去了，只不见里面的人出来，但听噗的一下掌声。谢豹知道此计不行，因此赶着逃走。到了大堂屋上，只见前面一人，也是短衣靠扎，提着朴刀，迎面砍来。谢豹急架来迎。两个人在屋上大战起来。

此时何路通也就追到，只见前面两人，双刀并举，杀得难解难分。何路通举起拐来，当头便击。谢豹见背后有人打来，急从旁边一让，何路通拐已落空。就此势闪电穿针，谢豹的单刀已向何路通左肋搠到。路通说声："不好！"从旁边一跳，约有五六尺远，让过谢豹的刀；却好计全乘势，用了个枯树盘根的刀法，直望谢豹足下砍来。谢豹来的灵便，向上一跃，也就乘势将刀一举，用一个雪花盖顶，向着计全连肩带背砍下。计全躲避不及，即将刀望上架开。何路通一个猛虎下山，双拐一起，直望谢豹搠进。谢豹急转身躯，使了个金蝉脱壳，跳出圈子外面，只见一抬手，早将袖箭放出，直望计全射来。计全瞧得明白，见谢豹放了暗器，赶着避让，那枝箭已从肩上擦过，险些射中咽喉。谢豹见走了箭，不曾射着，复抢一步，提刀又砍。计全急架相迎；何路通亦赶着来助。谢豹抵敌两个，紧紧招架，忽听一声大喝："老爷黄天霸来了！"谢豹一听，即撇下何路通、计全来迎天霸。却好天霸的朴刀已到，谢豹赶即架开，也便喝道："姓黄的，休得夸嘴！知道爷爷厉害么！咱若不将汝拿住，给江湖上朋友报仇，咱就不算好汉。是好汉休仗人多，咱与你双手两拳，杀个对敌。"黄天霸一听此话，气往上冲。两人斗战有三十余个回合，谢豹渐渐力乏，不能取胜，望天霸虚砍一刀，说道："姓黄的，咱爷杀尔不过。今夜算输在尔小辈手里。"天霸二手一慢，早被谢豹跳出圈外，说时迟，那时快，一抬手又将袖箭放出，直望计全射来。计全赶着躲闪，已是不及，肩窝上中了一箭，受伤虽不过重，却吓了一跳，立脚不稳，身子一倒，跌落下来。只听谢豹复又喝道："姓黄的休要赶，咱爷爷去也！"黄天霸不睬，仍是追上前去。谢豹猛回头，将手一抬。何路通在天霸背后，看得亲切，急喊道："谢豹你这囚囊养的！休得暗箭伤人。"黄天霸听见，知道谢豹的袖箭又到，赶着让过。不意那枝箭不曾射中天霸，反将何路通面门上着了一箭。只因何路通不曾防，因此中了一箭，即刻眼花缭乱，由房上跌落在地，所幸不曾跌伤。天霸见何路通、计全两人俱被袖箭打落，大怒喝道："狗强盗！咱老爷今若不将尔捉住，誓不为人。”说着复又赶去，转过大堂屋面，绕到上房，谢豹已不知去向。

黄天霸正望各处找寻，忽见对屋上一条黑影，直奔自己而来。天霸晓得又是暗器，赶着将身子伏下，果然不曾射中，咯的一声落将下来。原来谢豹见袖箭射中了何路通，他即撒腿就走，转过大堂屋面，并未跑至上房，却伏在地沟以内，想：他万一再添上两个，帮助擒捉，那时更难逃走，不若先发制人，将天霸射倒，先行回家，再作计议。因此又发了一枝袖箭，指望天霸出其不意，必然受伤，不知天霸又躲过去。此时谢豹不能再伏在那里，只得提刀抢步前来，又与天霸交手。却好天霸躲过袖箭，已站起来，两个人接着又大杀一阵，仍是不分胜负。

却好关小西、李昆、李七侯大家一齐跃上屋面，齐声嚷道：“不要放走了刺客！”谢豹虚砍一刀，认定路径，纵身一跃，跳出五六丈外，一声大喝：“看箭！”说着手一抬，箭已放出。大家听说看箭，个个防备躲让。谢豹却一溜烟，趁此走了。天霸仍是不舍，还赶着追去，约离谢豹一箭之地，遂掏出金镖，撒手打去。谢豹冷不提防，腿上中了一镖，带着镖跳出墙来，逃走去了。此时已有五更时分，只得回转行辕。欲知后事如何，且看下回分解。

第一四二回　白杨岗踏勘双飞鸟　茂州庙捉拿一枝兰

却说黄天霸、李昆等人追赶谢豹不着，回转行辕，已是天亮。施公已是起身。黄天霸等先去看了计全、何路通，幸喜二人受伤不重，尚自无碍，只要歇息数日，就可痊愈。黄天霸等也就放心，看视已毕，便向内室去见施公，行过早参礼。施公就问起夜间捉拿刺客的缘由。关小西、黄天霸把前后说了一遍：只是追拿不住，已是逃走。施公听罢，当即面谕：仍宜严加防范，恐其复来；一面探访踪迹，以便捕获。各人唯唯退出。

施公又饬传知州林士元来见。却好知州尚未去传，先来禀见。当下施公传入。林士元行过常礼，坐在一旁。施公便将夜间行刺的话，告诉一遍。士元听说，只吓得面如土色，目瞪口呆，半晌方向施公请罪，说道："这总是卑职防范不严，有惊大人贵体。待卑职回去，赶紧加差缉捕，务获归案，尚求大人从宽。"施公道："贵州为民父母，既据呈请缉获，姑免惩究。务要限日擒拿谢豹来辕，听候发落。若再延宕，定行参处。"士元唯唯听令，当即告退回衙，加差勒限悬赏缉获，不提。

且说施公早膳用毕，施安、施孝伺候两旁。忽见窗外飞进两只鸟，望着施公哀鸣不已。施公觉得讨厌，使命施安赶去。

任着施安去赶，终不出去。施公颇觉奇怪，即命施安：不必赶了。施公便道："尔向本院哀鸣，还有什么冤屈么？"那鸟便将嘴在书案上啄来啄去。施公顺着他啄的样子看去，像写了个"冤"字。施公又道："你当真有冤么？"那鸟又啄了一下。

施公会意，即命施安去唤郭起凤、王殿臣。施安出去一会，王、郭两个进来，站立一旁。施公望着二人说道："此鸟有冤，着你两人跟它前去察看。"王、郭二人就跟着两只鸟，出了行辕，一路上直跟到城外。约有十里多路，到了一个土岗，岗上栽着杨柳。那两只鸟飞进岗内，歇在一个新葬的坟堆子上面乱叫。

王、郭二人看得真切，便望着两只鸟说道："好鸟好鸟，如果此处坟是个含冤之地，尔再高噪三声！"那鸟果然又噪了三声，转眼间鸟已不见。王、郭两人就在坟上做了暗记，走下岗来，遇着一个老者，便走上前问道："请问老丈，这个土岗叫做什么地名？"那老者道："这岗唤做白杨岗。"王殿臣又道："此间坟堆不少，想是义冢么？"那老者道："此地并非义冢。"

郭起凤道："既非义冢，何以岗上累累皆是坟墓？我且问你，那新筑的那个堆子，系何人家的？"那老者道："是前村朱家的。"王殿臣道："所葬何人？"那老者道："就是本人说起来，怪可怜的。这姓朱的，名唤天佑，今年才二十二岁，家中很得过去，娶亲还不到四年。他本来有的痨病，指望娶了亲，可以日渐其好。哪里晓得娶亲以后，更加坏了。前月二十，就一命呜呼，还丢下一个美貌娘子，才二十一岁。前五天才葬下去。"王、郭二人听罢，复又问道："你老尊姓？家住何处？"

那老者道："老汉姓石，排行第五，人多唤我石五，就住在朱家后村。还没请教你两位尊姓呢！"王殿臣道："咱姓胡，他姓周。"说罢，石五道："老汉尚有他事，不能陪你老闲话了。"王殿臣道："既然如此，请自便罢！"与石五就分路走了。

王殿臣、郭起凤也就回城。进了行辕，将刚才情形，并石五所说的话，细细对施公说了一遍。施公点头，即刻命传茂州林士元，带同差役仵作人等，明晨来辕候谕。手下人去讫。到了次日一早，茂州并差役人等齐到。施公当即传见，并将异鸟鸣冤的话，面谕茂州道："此中显有冤屈，烦贵州随同本部院，前去勘验。"茂州唯唯。此时外面夫轿齐备，施公在大堂上轿，带随计全、李昆、王殿臣、郭起凤，并施安、施孝六人。此时林士元便请王、郭二人先行同去，留在辕门外上轿；差役人等，跟随直望白杨岗而去。不一会，已到茂州，当将地保传至，等候施公按临。少时施公也来，下轿之后，便叫王、郭并茂州林士元，齐到岗上。王、郭两人，正要指那坟堆与施公看视，只见昨日那两只异鸟，已歇在坟上，望着施公哀鸣，又若迎接之状。施公唤道："好鸟好鸟，不必哀鸣。本部院给尔申冤。"

那鸟一闻此言，便自飞去。施公就走进坟堆，周围看过，但见新泥尚湿，青草全无。当即传命地方。地方答应，跪在面前。施公问道："尔唤什么名字？"地方回道："小的名唤张标。"施公又问："尔知这新筑坟堆，姓甚名谁？何时下葬？因何疾症而死？"地方一一回答，悉如王、郭二人听那石五所说一样。

施公听毕，即命地方引导，前面行至朱家村，即在朱家升堂。

施公即传朱天佑妻出来问话。朱天佑妻大惊失色，赶紧毁妆，穿了重孝，出见施公，拜伏在地。施公见朱天佑妻生得颇为妖荡，知非善类，便喝道："尔姓何氏？"朱天佑妻回道："小妇人母家姓陈。"施公又厉声道："本部院亲至汝家，非为别事。只因汝丈夫朱天佑，昨日托梦，跪在床前，诉称被汝害死，求本部院申冤。尔可从实招来，免得受刑吃苦。"陈氏听说，即向施公辩道："大人在上，容小妇人上禀：丈夫天佑，从小妇人未到他家，他即患痨病，于今已有四年。即是小妇人过门以后，尚为丈夫百般医治，终不见效，乡里党戚人所共知。延至前月二十，竟至毙命。小妇人方自痛终身无靠，实命不尤，何敢存谋害之心，致罹悖逆？尚求大人勿以梦呓为凭。"施公道："陈氏，尔休强辩，本部院与尔丈夫一面不识，何来知其姓名？"陈氏道："丈夫姓名，本不可以藏掩，人人可得而知。还求大人明察，公侯万代。"施公见陈氏委婉辩驳，虽言之有理，无隙可指；而见其妖荡之态，必非良善。即传里党亲族，来一一问讯。左思右想道："非开棺检验，不能明白。"主意已定，即命开棺，明日检验。大家力劝，施公执意立行，甘心坐罪。大家不敢再说，当即打道回衙。

次日一早，复至白杨岗，传齐尸亲，并亲族邻里，登山开墓，启棺检视。朱天佑尸身，虽值天热，并未腐烂。施公更坚信不疑，随命仵作周身检验，由头至足，不但无致命之处，且无微伤，更非服毒。唯骨瘦细柴，实系痨病而死。施公据报无奈，只得令盖棺封墓。陈氏便上前，极口呼冤道："大人以无凭之言，启墓开棺，翻尸倒骨。小妇人丈夫何辜，遭此惨毒？既已检验无据，又欲盖棺封墓，小妇人实不敢从命。"说罢，俯首大哭不已。施公一面谛视，见陈氏虽泣，毫无点泪，心中还是疑惑；一面婉转笑道："汝言诚是，本部院此举，亦觉孟浪。我当具奏请命，甘受其罪。尔且暂行封盖，勿再暴露。"

复又命人盖棺封墓而去。回至行辕，闷闷不乐，虽再饬人暗至朱家及各处私访，终无头绪，施公终不肯置之不问。

这日沐浴斋戒，亲诣茂州城隍庙祈祷，求神示梦。当夜施公便梦城隍神差人赠红桃花一盆。施公醒后，仔细详辞，仍命王、郭两人，四出暗访，以便昭雪，暂且不表。

再说谢豹，自中黄天霸一镖，当即逃走，等到天明，暗暗径回谢家庄去。黄天霸但知谢豹行刺，带镖而逃，不曾捉拿得住，却不知他窝巢在于何处。次日，施公既命金大力："改扮一个补锅的模样，挑了担子，出去私访。如有消息，却不可独自冒险，致误大事。可赶紧回来报信，大家并力去擒。"金大力奉命去后，访了四五天。这日探到实迹，便赶回来，先与大家相见，然后见着施公，慢慢禀道："自从奉大人命前去私访。这日走到离城八里外谢家庄上，小人便叫：'补锅！'庄前有座大庙，庙内走出一人，唤小人进去。那人就拿出一口煮四五斗米的大锅，叫我修补。我见那口锅太大，便先要了价钱；然后问他：你用这大锅，庙里有多少和尚吃饭？那人道：'咱庙里和尚倒没有，英雄倒多着呢！'我就假装问道：'什么叫做英雄？要这些英雄何事？'那人道：'你不知道，咱家庄主，数日前给人家吃了亏，现要在这庙里，大家聚义，前去报仇雪恨。'我又问道：'你家庄主叫什么名字呢？'那人道：'谁不知咱庄主叫谢豹呢？'我又问他：'为首的共有几人？'他又说道：'这有个一枝兰，本领是极好的。'小人听说，便假词说：'这口锅须要火补，才能坚固，今日我家伙不曾带了出来，明日再补罢。’小人就此走了。后又细细探访，果是一枝兰、谢豹，聚集绿林豪客，要等大人经过那个地方，前来抢劫。因此小人就赶着回来了。”施公听罢，便向计全、黄天霸等说道：“诸位看这件事，是怎样办法呢?”计全道：“此事还宜从速。”

计全当下说道：“谢豹、一枝兰二人，本领高强，非大家并力前去不可。在卑职愚见，只留关贤弟与王、郭三位保护大人，其余一同前往。今夜黄昏起身，到他庄上，不过四更光景。”

那时计全说罢，施公点头，大家称是，于是各各退出。时将日落，便饱餐饮食，换了夜行衣，各藏兵器。一到黄昏，即悄悄出了行辕，直望谢家庄进发，沿路无事。

约有四更将尽，已到庄口。金大力在前引路。大家走进庄内，四面一看，见西首一带庄房，周围树林丛密。距庄房处约有两箭远，是一座倒后三进的庙宇，群房亦颇不少，四面围墙甚高，也有树木围绕。金大力遂指着说道：“那就是茂州庙了。”

大家看罢，悄悄走去。却喜静无人声，钻入树林。忽见远远来了二人。金大力等却躲在树后。一会子，两个更夫敲着锣，走了过来。金大力冷不提防，举起生铁齐眉棍，望着前头那个打更的腿上一扫。那更夫“嗳呀”一声，栽倒在地，已是昏晕过去。后头一个，正要喊“有人!”计全跳出，将刀在那人面上一晃，说道：“尔若要喊，咱便一刀。”那人吓跪在地。计全悄悄问道：“尔可是谢豹家打更的么?”那人道：“是。”又道：“谢豹与一枝兰，皆住前面庙内。因这两日议论拦劫总漕施大人的事，故此常住在此。”计全又问道：“这庙里就是他两人么?”那人又道：“现在不止他两人，有百十名庄丁。听说还请了两个好汉，尚不曾到。”计全道：“一枝兰住在这庙里第几进呢!”那人道：“住在末了一进，各住各处。”计全听罢，便将两个人，四马倒攒蹄捆了个结实，又将刀在两人身上割下衣襟，塞在口内。

黄天霸等在树上听得真切，当时下了树，直望茂州庙前进。

这里四人，即由后墙上去。一看是一所院落，当先投石问路，里面无有动静，四人飘身落下。

且说李昆由檐口挂下，望见窗内灯光未熄，将指尖着些津唾，在纸窗上浸湿，戳了一个小眼，闭着一目窃窥。一看，只见土炕上睡着一人，面却向外。李五定睛细看，正是一枝兰卧在那里酣呼大睡。李五不敢惊动，赶快取出香盒，燃着闷香，送了进去。这也是一枝兰恶贯满盈，合该当死，一会子，药料已到，一枝兰闻着这个香味，周身同软的一般，躺在炕上，不能动弹。李五满心欢喜，赶着招呼计全，一齐飘身落下，脚踏实地，轻轻把窗格推开，蹿进房内。将桌上灯剔明，取出一根绳索，两人走到炕边，便将一枝兰翻转身来，四马倒攒蹄，捆缚个结实。二人欢喜。计全道："不如就烦五哥同金大哥，先将一枝兰送回行辕去。"

再说计全，见一枝兰已由金大力、李昆押送回去，当即翻身蹿到第二进屋上，大喝道："谢豹！尔这狗娘养的。还于此处拒敌，死在头上，尚且不知。尔的伙伴一枝兰，已经捉住送回城去了。"谢豹听了，暗暗惊心。那些庄丁先前并不知觉，此时通惊起来了。百十名大汉，个个从梦中惊醒，爬起来点上灯火，各执兵器，围绕上来。谢豹见有人接应，也就起了劲，一把刀力敌二人。计全在屋上见庄丁上来围绕，一箭步跳落院内，刀一起逢人便砍。那些庄丁远远的呐喊助威。谢豹正杀之间，见屋上又跳下一人，把那些庄丁杀得如砍瓜切菜一股，心中更加着急。将刀望着天霸一虚砍，便踊身跳出圈外，有二三丈远，复一跃上了屋房。白马李跟着蹿上，不提防谢豹的神箭打来。白马李尚没站稳脚，面上已中了一箭，立脚不住，咕咚跌落下来。却好黄天霸见白马李跟着谢豹跃上屋的时候，他也跃上屋顶，站在谢豹背后。谢豹见背后有人，一翻身又想放出袖箭，正要抬手，黄天霸的刀已到。两人就在屋上大斗起来。

计全见白马李中箭落地，赶上前，砍倒了两个庄丁，将白马李扶起，拉着就走。那些庄丁见他俩之中，倒有一人带伤，便又围绕上来。计全一面挥刀乱砍，一面说道："尔等皆是良民，赶紧散去。"只见那些庄丁，一闻此言，都忙向门外逃走。

计全又说道："尔等既然知罪，不帮恶霸逞强，且慢开门出去；

门外尚有埋伏，尔等不知底细，此时出去，必遭杀戮。”众人听说，果然不走。计全就将白马李交与庄丁好好看守。众庄丁答应。计全又翻身进来，只见黄天霸与谢豹仍在屋上厮杀，便大喝一声：“黄贤弟，咱来帮你捉这狗娘养的！”

谢豹自知不好，难以抵敌，便想逃走，复又虚砍一刀，将身一跳，蹿到第三进屋上。黄天霸也越屋而走，赶着掏出金镖，对准他小腿打将出去。说时迟，那时快，谢豹不小心提防，左腿上已中一镖。谢豹本仍想带镖而逃，正要越屋，天霸又来一镖，打中右腿。谢豹站立不住，栽倒下来。计全见谢豹从屋上落下，知已受伤，急忙跑到后进，但见谢豹躺在院落以内。计全走上前，想来按住，哪知谢豹等计全走到逼近，一抬手，仍发出一枝袖箭。计全眼快，赶紧躲让，那枝箭仍在大腿上擦了一下。此时天霸已由屋上跳下，举朴刀背，就在谢豹右臂上用劲捌了一刀。谢豹喊了一声，真是不能动弹了。于是天霸、计全取出绳索，将谢豹背缚起来。却好天已大明，计全便走到前殿，开了大门，让何路通进来，把那些庄丁放了出去。计全又跟着庄丁，到谢豹家内，向着他妻子说明缘由，安慰一番。计全又唤了两个庄丁，将谢豹抬起来，大家押解回城而去。且看下回分解。

第一四三回　施贤臣卖卜访冤屈　老渔翁觅醉吐真情

却说黄天霸等人，将谢豹、一枝兰二人，先后解进城来。

施公一一讯明，当即就地正法，人人称快。施公见此案已结，心中也觉少了一事。唯白杨岗一案，虽曾有红桃花示梦，究竟未得其中端绪，必要有个水落石出，才可心安。不然冤屈难申，还要自请“无故开棺”处分。左思右想，暗想要此案明白，必须如此如此。一宿无话。次日用过早膳，施公改装卖卜的模样，却叫计全改扮摇串铃子的郎中，两人一齐出了行辕，沿路细细访去。头一日毫无消息，只得回城。第二日仍是如此。直至第三日，夕阳欲下，施公走至一处，清溪曲曲，碧水滔滔，两岸垂杨覆地。下坐一人，手执竹竿，在那里垂钓。施公走在背后，低低问道：“借问一声，此去茂州，向何路径？”

那渔人回头一看，见是个卖卜先生，便戏问道：“先生善卜，能卜小人今日钓得起几尾鱼？如果灵验，小人当请先生到寒舍暂宿一宿。如不灵验，此去茂州，尚有七八里路，现已日落，定赶不到，左近又无客店，住宿一事，也不便相留。”施公听罢，亦戏答道：“据我所卜，可连得三鱼，计重五斤以外。”那渔人笑道：“且看先生灵是不灵。”说着，又将钓鱼丝垂下。

一会子，果得一鲤、一鲢、一鲫。渔人大喜。复又笑道：“先生真是神仙，怎么这样巧法？小人家住不远，即请先生暂住一宵，明日再往茂州便了。”施公也不推却。那渔人提了鱼篓，收了鱼竿，便同施公转去。约走有半里多路，已经到了渔人门首，即请施公进屋。那渔人指着鬓发皆白的老婆子，向施公道：“这是小人的老母，今年八十二岁，幸尚强健，眼睛牙齿都不曾损坏，就是两耳不济。人家向他说，便牵七牵八。”又向施公道：“先生请少坐，我去换壶酒来。”说着在鱼篓内，捡一尾鲤鱼，交付他老母去煮。其余连篓子携出门去。一会子酒已换回，却好鱼已煮熟。当下摆了杯箸，请施公上座，老母对面，自己中间相陪。施公向渔人说道：“我也太觉洒脱，酒是吃了，宿也有处住了。闹了半天，还不曾问你尊姓大名。”那渔人道：“小人姓洪。我也不曾请问先生。”施公道：“我却姓方。我看你如此壮年，怎么尚无妻室？”渔人道：“先生说我是壮年，小人已六十三岁了。怪不得大家送我个外号，叫我作红如桃呢！”

施公听说“红如桃”三字，心中早已惊诧，正欲开口再问。只见红如桃又道：“先生若说我不娶亲，不瞒先生说，我只因母老，不便远去，不然早已做了和尚了。我是最看透的：天下最毒妇人心！娶亲有什么好处？只一人还觉自在。”施公听他说“妇人心”这一句话，更觉有些引线，便假词说道：“照你这样说，难道天下妇人，皆是心毒？娶了亲，都是要死于非命么？”

红如桃说：“我却不知。但有一件事，是我亲目所见。先生是个忠厚君子，近旁无人，说出来谅也不妨，但请不能泄漏。不瞒先生说，小人平生最好赌钱，刻不去心。有时赌输不能偿还，只得作个无耻不堪的事。六月十八，因吃酒醉了，有个朋友又来约小人去赌。不料大输，不得已只好再做那不堪之事。久知前村朱天佑家颇有钱财，而且朱天佑久病在床，他家只有一个妻子，觉得易于得手。主意已定，等到十九，三更时分，便去他家，由后墙趴入里面。先听了听，仆妇俱已睡熟，声息毫无。便从屋上跳下，走至朱天佑房外，向里一看，见房内灯光未灭。于是躲在窗下，意欲等房内灯灭了，再行进去。等了片刻，复在窗外往里去看。哪知不看倒也罢了，这一看，小人连魂都骇掉！”施公又问道：“为什么可怕呢？”红如桃随说道：“此事大有干系，若先生誓不泄漏，我方敢说出原委。”施公道：“既然如此，我便发一个誓。”

施公发誓毕，红如桃复又说道：“小人望里一看，见病人卧在床上，呻吟不已。他妻旁着身子，坐在床前，低着头，在那里思想。一会子，忽然站起来，将桌上灯重新剔亮；又点一枝蜡烛，向床后面招了招手。只见有个男子轻轻地走了出来，两个人附耳小语，说了一刻。他妻复开了箱子，取了一匹白绢，将病人的口缠个结实。两人又将病人抬至床下，把两只手背缚起来，伏卧在地。脱了他裤子，露出尻孔。又取过一个小坛子，开了坛口，捉出一条小蛇，将蛇头纳入竹管。又将竹管对定尻孔，用香火烧着蛇尾，蛇被烧急了，既由尻孔窜入腹内。那病人口不能言，只听大喘一声，死于非命，病人气绝。女人就与那男子，复将死者抬到床上。将背缚解去，白绢扯去，妇人与那人相顾而笑。小人惨不忍看，于是一跃上屋，恨恨而回。先生你想娶妻如此，有何恩爱？岂不是最毒妇人心吗？”施公道：“这妇人既谋害亲夫，难道死者竟绝无亲族前去申冤么？”红如桃道：“朱天佑虽遭惨死，却身无微伤。数日前正有个总漕施大人，说是朱天佑托梦求他申冤，特来开棺相验，只验不出伤来。恐怕他老人家还不得了呢。”施公道：“你既知底细，何不去首告呢？”红如桃道：“非我亲戚，不干已事罢！”时已三更，两人便去安歇。

却说施公听了红如桃一席话，便叫他报告申冤，红如桃不肯多事，因此施公就在他家住了一宿。次日一早，便作别要走。红如桃又叮嘱再三，万万不可泄漏。施公答应，然后回城，这且慢表。

再说计全同施公出城，分别暗访，到晚仍不得消息，只得回城。上灯过后，大家不见施公回来，都有些疑惑。黄天霸便问：“计全，不知道大人怎么到此时还不回来呢？”计全道：“咱就同你们前去朱家庄再走一遭。”二人前后各村察访，到得日中只得回城，才进行辕，金大力先说道：“大人已回来了。”计全、关小西二人赶着走向书房，见施公饭才用毕，便给施公请了安，站立一旁。施公又向他两人道了劳，叫他们坐下，然后将红如桃的话，说了一遍。计全、关小西道：“这皆是大人为民心重，不肯使民间有负屈之人。”说罢，缓缓退出。

当下施公又传人去传茂州。一会子，茂州已来，便转入书房相见。施公又将红如桃所说之话，告诉一遍。林士元唯唯而听。时交申酉，有人进来禀道：红如桃已经提到。施公便命带来。差役将红如桃带入书房。施公便服，众官站立左右。红如桃颤伏在地，不敢仰视。施公拈须微笑道：“尔但抬头，毋需战栗；尚识前夕把酒共话之卖卜者乎？”红如桃抬头一看，即磕头如捣蒜道：“小人有眼无珠，死罪死罪，望求宽恕。”施公又笑道：“本部堂决不罪尔，尔毋需恐惧。但朱天佑被妻害死，尔可细细再说一遍，让人知道不错。”红如桃听说，又磕了个头，就从头至尾，又告诉一遍。众官听说，无不恨恨。

施公立刻出了飞签，饬人协同茂州差役，将朱天佑之妻陈氏，并邻舍亲族，齐提到案。施公升堂。原彼人证，环跪阶下。

施公先向朱陈氏喝道：“尔这无耻淫妇，谋毙亲夫，尚敢讳瞒抵触。本部堂今已访明见证，朱天佑实系为尔谋毙。尔当从实招来，已属罪无可逃。本部堂若不与尔对证，是决不肯招。”遂命红如桃对质。红如桃便将十九夜间之事：如何在床后招出男子，将绢匹缠丈夫口，如何背缚伏地，如何取出小蛇，纳入竹管，对定尻道，如何用香火燃炙蛇尾，小蛇负痛，由尻道窜入腹中，丈夫大喘一声而死的话，与陈氏对质了一遍。施公道：“陈氏！你听见么！此时尚有何辩？”陈氏禀道：“大人明鉴，这红如桃所说皆荒诞之言，不可以一面之词为凭，坐小妇人之罪。大人还请三思，不可偏信。”红如桃禀道：“小人那夜，实系亲目所睹，愿具甘结。”当即具结画押。施公立刻传齐差役仵作等，备好了马，率同茂州知州、尸亲、原被人证，重复登山，开棺检验。可怪，半月前开棺的时节，尸身并未腐烂，这会子，将棺开落，但闻臭气熏人，个个掩鼻，脏腑毕见。仵作细意检验，果见大肠以内，有条死蛇，约有七八寸许。仵作遂检出来，呈送施公详验。施公验毕，又命人盖棺封墓，然后率众回辕。原被告合人证，以及尸亲、邻舍，饬差暂行看守，听候晚堂复讯。

施公少歇片刻，留茂州在辕晚膳。席间茂州知州谈及此案，说道：“陈氏刁猾，酷虐惨毒。若非大人神明，不仅死者含冤难申，问官且不免处分。大人明察，卑职实佩服。”施公道：“断狱悉皆避重就轻，以耳代目，行个通详禀稿，就此了事。或有难于推诿之案，当堂提讯，则又审问不当。”茂州连连称是。少刻，晚膳用毕，饮了一碗茶，复升堂研讯。茂州仍坐公案左侧，众官环立两旁，书吏衙役齐立阶下。施公命提陈氏。

差役答应，即刻提到，跪在下面。施公喝道："开棺复验，确有凭据，谋毙亲夫，毫无遁词。尔尚有何狡辩？快快从实招来，究竟奸夫何人？因何起意？若再仍旧强辩，本部堂将尔立毙杖下。"只见陈氏禀道："大人明察：尸腹有蛇，必系控告之人，暗地埋伏。不然，何以红如桃确凿有凭，愿具甘结呢？大人不严治他，因衅诬告，私自盗棺之罪；反诬坐小妇人谋毙亲夫，小妇人实在受屈。"施公大怒，将惊堂木一拍，大喝道："证据确凿！谁诬尔来？尚敢狡辩，以图嫁祸。"喝令掌嘴。两边一声吆喝，将陈氏扭翻面孔，一五一十，打了四十。陈氏仍然不认。施公大怒，喝令鞭背。手下又剥去外衣，一连鞭了一百下。陈氏仍是不招。施公又令取过夹棍。差役将陈氏两腿夹起。陈氏受刑不过，只得喊道："大人请命松刑，小妇人愿招了。"施公命松了刑具。

陈氏跪在下面，望上说道："小妇人自嫁朱天佑为妻，彼时天佑已患痨病，有半年之久。小妇人过门后，医药无效，日期沉重，延至去年腊月，竟至卧床不起。小妇人犹望他病好，并无歹心。不意小妇人的表兄潘慕安，这日来看丈夫的病。见丈夫已是卧床，谅不会好，便暗地与小妇人说道：'表妹，你自嫁朱天佑，没过一天好日子。现在看看要死，不是误了你青春么？'因此触动小妇人心事。后来有个乞丐，拿着一条小蛇。小妇人与表兄忽生毒计：将蛇买回，蓄在坛内。十九日夜间，遂与表兄谋害。当时以为得计，不料难逃大人明察。小妇人谋毙亲夫，实在该死，所供是实。"施公便命画了供，暂行收监；亲族邻里等，亦先行退去候讯。一面飞签，立提潘慕安到案。

差役答应。施公退堂，众人各散。次日潘慕安提到。施公升堂讯问，始则狡诈，后命陈氏对质，一一供认。施公便判朱陈氏谋毙亲夫，律应凌迟处死；潘慕安诱奸表妹，谋害妹夫，律应斩立决，即命在茂州就地正法。红如桃报告申冤，着于朱天佑遗产之内，酌分良田二十亩赏给，为养赡老母之计。又命择族中诚实子弟，立为朱天佑子嗣。此案断毕，后事如何，且看下回分解。

第一四四回　中途遇盗又失金牌　狭路害人猝逢铁匠

却说施公往淮安赴任，这日已至徐州府所属安乐镇。也是一个通衢要道，镇市上店铺林立。只因天已黑暗，施公便命人找了客店。大家进去，自有店小二招呼。施公道："小二，就在店后腾出一所上房，共计四间。"施公宿上首一间，施安、施孝、黄天霸、计全、王殿臣、郭起凤、关小西、李昆、李七侯、何路通、金大力各人，分别住下。小二送进水来。大家擦了面，用过茶，问小二："有什么菜？拣那投口的，只管拿来。"

小二答应出去，一会，先将酒菜搬进，摆开座位，只是两桌。自施公以下，挨次入座，饮了一会酒。店小二又将饭送进来，大家用饭已毕，陪施公闲话。施公道："你们很辛苦了，早些去歇息罢，我亦要睡了。"各人退去安睡，不表。

到三更时分，忽然施公喊道："你们快起来，有窃贼咧！我的那件东西，又不见了。"大家惊醒，四面一看，连影都没有。无奈何，只得回房禀告。但见施公拿着一张白纸帖，在灯下观看，口里说道："上面分明写着：'桂兰女子赛云飞到此，盗去金牌。着黄天霸去取。'你道此事，不是愈出愈奇么？难道真是个女子盗去不曾吗？若真是女子盗的，这女子可比得当年的红线盗盒了。"大家听着发怔。唯有黄天霸咬牙说道："既是这帖子上写明，要卑职去取？请大人宽限十日，卑职若取不回来，提头请见。"施公道："黄贤弟不必尚血气之勇。他若无把握，何敢指明贤弟去取？正激之以速去也。贤弟受其激，是入其圈套矣！"计全道："据卑职愚见，要去访，须请一人帮助，才得妥当。”施公道：“是哪一个呢？”计全道：“离此约有百里，名叫褚家庄。有一人姓褚，名标，从前也是绿林出身，江湖上很有名声，早已洗手不做。今年六十多岁，生的精神满足，最为爱友，而且慷慨好施。北路一带，无不知他名字的。不知大人意下如何？”施公喜道：“计贤弟之言，甚合吾意，就此办法便了。”说罢，大家仍去歇息。

施公一人逛至店堂外面，与掌柜的说道：“要寻个热闹处去逛一逛。”掌柜的说道：“此地没有大窑子，只有两家土娼，也不见怎么好。倒是前数日，从海外来了个走马卖艺的女子，约有二十来岁，生得怪体面的。而且有一手好武艺，能在马上飞舞，惯使两把双刀，还有好几枝袖箭，能在百步之外，打折香头，百发百中。在绳上走路，就同飞得一般。更有一件奇技，拿着数十斤的东西，可以站在人的掌上舞。并不是在她同来人的掌上，是我们本地人去看她的把戏，站在那里，她随便拉着一人，不论老婆子、小女子——却不拉汉子，叫人伸出手来，她就轻轻跳上，舞起来咧！这托她的人，好像没有个人似的。”

施公听说，心内有点明白。又问道：“掌柜的，你可知她姓甚名谁？”掌柜的道：“这姓名倒没听说。”施公道：“你知她住在哪家店里？”掌柜道：“听说住在西大路陆四房。”施公道：“你去喊了，陪咱们闲话一会子，多给她钱，不知可做得到么？”掌柜的正要回答，只见店小二在旁说道：“你老要去叫她，待咱给你老先去问她，可行不行？”施公道：“你且快去快来。”店小二答应，就出门去了。施公也进上房，便将刚才掌柜的话，说了一遍。大众俱也会意。一会子，店小二回来，向施公说话：“你老可不要怪，小的跑到陆四房去叫，说是今天带亮走了。”大家听说，说道：“一定是她了。”黄天霸道：“咱们就此赶去，将她擒了来。”李昆道：“黄兄弟，不要心急。她此一去，你知她望哪条路走呢？依我说，是计大哥那一着好。”施公到了晚间，将那房饭算明，给了店主，一宿无话。

次日大家起身，不过未末申初，即抵徐州境界。施公进城，就行辕住下。府县又递呈了手本。施公即刻传见。府县行过衙参，坐列一旁。施公先问些风俗人情。杜家槐一一禀过。施公道："如贵府所言，是定有一番善政了。"杜家槐道："卑府才疏学浅，还求大人训示，俾得遵循。"施公听徐州府这一番话说，已知是个好官。又与铜山县杨继曾谈了一会，也觉为人尚属清正。施公便道："前日住在安乐镇，夜间约有三更时分，忽将金牌盗去，还留下一张字帖，自称桂兰女子赛云飞，到此盗去。贵府平日曾有所闻这女子名号么?"杜家槐、杨继曾见说此话，站起来告罪道："此皆卑府等缉捕不力，以致如此。候卑等赶紧加差，勒限严缉，按律惩办。"说着就此告辞。

次日，施公便去回拜府县，兼阅案卷，看了许多，无非田土细故。即有盗劫等案，皆系已定罪名，并无疏漏之处。只有一件，系铜山县境内，刘家村张六，报称伊父张有德早间出外卖布，至暮未归；当据邻村王三送信：张有德在土沟地方，被人杀毙一案，至今凶手未获。施公再看卷上日期，七月十三具控。现在十月，已经是三个月了。便望杨继曾道："这张六所控伊父被人杀死一案，已悬三月，何以仍未定谳。"杨继曾道："卑职屡次比差，务获正凶，迄今未获。现仍悬赏在外，断不敢有意延宕，致使凶手漏网，还求大人明察。"施公点头，仍谕赶紧缉获。知县唯唯称是。

施公打道回辕，大家接入。施公坐下，便将张有德被人杀害，至今凶手未获的命案，说了一遍。忽见金大力在旁说道："小的早间在西街闲逛，见有个铁匠店，有人在那里吵闹。小的站在外面，看了一回，原来是铁匠的老婆，望着铁匠骂道：'你这杀头的，现在不知何处得了几十吊钱，就认不得人，忘记从前的日子。自己即事不明白，还要寻着打我，同你到县里去喊冤!"铁匠还是要打，后经人劝开了方没事。小的看那人凶恶异常。"毕竟所访如何，且看下回分解。

第一四五回　褚家庄副将访英雄　铜山县凶徒受国法

话说金大力看见铁匠夫妻相打，因他凶恶，便疑他是张有德的凶手，所以对施公说了一遍。施公听说，便命金大力再去细访，是否属实，回来禀复。大力答应去访，暂且不表。

再说施公因失去金牌，尚不知何人盗去。计全虽有去访褚标之计，只因才到徐州。现在诸事已完，黄天霸向施公道："大人金牌失落，卑职要往褚家庄访那褚标。"施公道："贤弟一人独去，我却放心不下。不若仍烦计贤弟同去，彼此好有个商议。"黄天霸道："谨遵大人吩咐。"计全当时答应。施公道："你们明日再去罢！"两人唯唯听命。计、黄将应带之物收拾妥当，便去安歇。次日一早，带了盘费，各藏兵器，便向施公告辞。

走了三日，到了褚家庄上，但见黄叶半凋，清流徐绕。行去约半里，便是庄屋。只见朝南三座大门，中间大门外站立两个庄丁，在那里闲话。二人上前，问了一声道："伙计们，你们这里，可是褚家庄么?"庄丁答道："正是。"黄天霸道："你家老庄主在家罢?"庄丁道："在家呢!"黄天霸又道："烦你进去说一声，说外面有两个人，叫黄天霸、计全，特来拜访，务要相见。"庄丁答应进去，走入偏室，望着褚标说道："现在门外有两人，一叫黄天霸，一叫计全，特来拜访的。"

褚标听说，便命庄丁开了正门。庄丁出来说："我家老庄主，有请二位相见。"黄、计二人听见，跟着进去，过了院落。但见有个老者，约有六十开外年纪，须发半白，步履雄壮，从厅上走下来。计全心中早已敬服，忙同天霸赶着走上前去说道："上面敢是褚老英雄么?"褚标见二人恭敬和平，英雄气概，不觉暗暗夸奖，遂道："二位远来，有失迎迓，尚乞恕罪。"

黄天霸、计全亦同声答道："岂敢！岂敢!"说着已走上阶台。

褚标让进客厅，彼此行礼，分宾主坐下。庄丁献了茶。黄天霸、计全道："晚辈久仰老英雄大名，无由得见，今幸不弃，得见英颜，足为钦慕。然冒昧造府，还求原谅。"褚标道："岂敢！岂敢！老朽家居株守，日逐颓唐，回忆少年，皆成往事。唯闻二少年英雄名世，弃暗投明，上为国家栋梁，下为苍生造福，前程远大，功业昭垂。老夫散闲，望尘莫及，惭愧之至。"黄天霸道："晚辈无知，过蒙厚奖，实不敢当。虽现在博得一官半职，而绿林强人，与晚辈等不共戴天，欲复仇寻衅。晚辈等，又因施大人忠心为国，不敢遇事畏避；故此，皇上愈看重晚辈，晚辈之仇，愈结愈深。甚至以杀兄逼嫂为名，欲将晚辈致之死地。不知恶虎庄之事，亦迫于不得已为之，岂好为此残忍之举？老英雄高才卓识，不知以为然否?"褚标道："令兄令嫂，同时弃世。依老朽看来，实他二人不识时务，非怪贤弟残忍不仁。若江湖朋友，多以此事相责，阴图谋害，此皆若辈居心，无怪所遇身亡也。"黄天霸复说道："老英雄明鉴，使晚辈得明心迹，唯恨相见太晚。既蒙知许，以后请以叔侄称呼。"褚标大笑道："既如此说法，老朽便放肆了。"计全、黄天霸二人齐道："这是当得呢!"

褚标道："今二位贤侄到此，是从哪里来的呢?"黄天霸道："小侄实不敢瞒，有一事奉求老叔帮助。前数日行抵安乐驿，大人那块金牌，三更时分被盗去，留下一个纸帖，上写：'桂兰女子赛云飞盗去金牌'，并指明要小侄去取。小侄当时就要去访，后来大人一再拦阻，复经计大哥在大人前说项：欲知金牌失落何方，桂兰女子究住何处，必得叩问老叔，方可明白。今特奉大人之命，与计大哥竭诚到此，叩求老叔指教，帮助一二。"褚标道："原来她也要去同贤侄作对，可就难说了。这桂兰女子，老朽是知道的。她本姓张，住海州凤凰岭上，就是凤凰岭张七的女儿。这凤凰岭张七，在江湖上，也是大大有名的人。他却只生一女，生得极其美貌。可是生性骄傲，跟着她老子，学得一身好本领，飞檐走壁，身轻如云。所以她自己起个外号，叫作赛云飞，却是名实相符。又惯使袖箭，百步之外，百发百中。若要去捉此人，贤侄可不要恼，却是有些棘手。旁的不说，就是他那住处，就不容易上去。四面埋伏，不知道的践踏埋伏，就要被擒。更兼她父女两个英勇无敌。贤侄一人，恐不能料其必胜。就是计贤侄同去，也未必能拿到手。”只见黄天霸勃然变色道：“老叔不必见怪，小侄偏要前去。看她怎样厉害。连计大哥也不要同去，只小侄一人独往。若不将她父女或拿或杀，我黄天霸誓不为人！”褚标一面听他说，一面见他形色，真是敢作敢为，暗暗称赞，方欲开口，计全一旁说道：“黄兄弟听不了半句话，便要跳起来。褚老叔既认得姓张的，此事便好了。还求褚老叔设个法儿，能够善开交更好。”褚标道：“张七后因一件买卖，我劝他不要做，他不信，因此恼了。现已好久不来，必得请个人来，方能了结。”计全道：“老叔所说这个人，姓甚名谁？还求指教。”褚标道：“说起这人，大约二位也可知道。此人姓朱，名光祖。”计全道：“就是朱大哥，小侄等也会过的，这就更好了。”说罢，褚标就写了一封书，叫庄丁往请朱光祖，不表。

再说金大力，访那铁匠，果是凶暴异常，老婆相劝，不听成仇。他将此言回禀施公。施公即传知铜山县，将他捉拿前来，当堂拷问。那铁匠道：“小的名叫吴仁。因住乡间做工，回来天晚，走到土沟地方，见有个卖布的独行，肩担着钞袋，颇为沉重。小的不合见财起意，将手中铁锤，出其不意在卖布的头上打了一下，便见他脑浆俱出，死于非命。小的即将钞袋扛回，有青钱六千，纹银一锭。所供是实，即求开恩。”知县命人录了口供，又叫吴仁画了押，并拟了死罪抵赏，先行收禁。一面申详上宪，候公文到后，即处斩不提。

再说计全、黄天霸二人，等褚标去请朱光祖前来。却好朱光祖并未接着褚标的信，忽然而来。欲知朱光祖说出什么话来，且看下回分解。

第一四六回　群雄聚议褚家庄　光祖独上凤凰岭

却说朱光祖并未接着褚标的信，偶然来访。忽见黄天霸、计全在此，惊喜交集。大家相见已毕，他便问黄、计二人道："闻说大人已赴淮安，你二位何以到此？"计全道："自别以后，沿途多有磨折，一言难尽。现在是保护大人，前往淮安。不意在安乐镇，二次失去金牌，为张桂兰盗去。素知大哥与凤凰岭张七交情甚厚，本意登门奉求。但大哥行踪无定。后闻褚老叔知道大哥踪迹，因与黄贤弟先拜褚老叔，转烦褚老叔指明路径，再行登门奉求。乃褚老叔体帖小的等跋涉之苦，嘱小弟等住在此处，由老叔作书奉请。今幸大驾不速而来，是真天假之幸也。"褚标道："朱贤弟，你却不可推诿，须去走一遭才好。"黄天霸道："小弟本欲独往，褚老叔相阻，故未前去。最恨金牌盗去，还留下个字帖，定要小弟去讨，可能耐得？今幸大哥前来。"光祖道："贤弟休急。愚兄既受褚老英雄之托，又得贤弟叮咛，岂敢推诿？但此事必须从长计议，想个尽善尽美的法儿。"说着，庄丁摆上酒肴。朱光祖首位，计全对面，黄天霸坐横头，褚标主位。

三巡以后，只见朱光祖走到褚标面前，将手一拉道："老英雄这里来斟酌。你老可知张桂兰盗去金牌，颇有用意么？"褚标道："咱是猜详不出来。"光祖道："张七久知天霸本领高强，欲将张桂兰匹配与他，又怕天霸虽是绿林出身，现在做了官，要闹起官派来，不肯同他做亲，此件是一；又恐天霸虽肯，施大人不行，岂不徒然落一话柄。因此无意中与女儿谈起天霸本领来。张桂兰道：'爹爹你常说天霸的本领高强，你女儿倒要同他比个高低。'后来张桂兰大约打听得施公有钦赐的金牌，他便前去盗来，并指明天霸去取，这其中就有了深意了。明日先去一遭，姑作前去做媒。他若肯了，将金牌取回，我再去见了施公，说明此事，以便择日迎娶。他若不肯，随后再作商量。总之，张七并无杀害之心，而且时常夸奖天霸。无奈张桂兰骄傲太甚。如果叫他见着天霸，也是愿意相从的，只恐天霸不肯。”褚标道：“据老弟所说，因怕天霸不肯，还得由桂兰与天霸比高下。”光祖道：“看你老这话，实在明白。我们现在去，可向黄天霸如此如此，先将他定住；然后再去那里，善为说法，看是如何，便好计议了。”褚标道：“老弟之言，甚合我意，就此做法。”

说着走了出来，仍然归座。庄丁捧上热酒。褚标端杯在手，先望计全丢了个眼色。计全会意。褚标向天霸说道：“老朽与朱贤弟计议了一个绝妙主见，此时却不便告诉。可是要贤侄先答应了，事成之日，不能改齿。”天霸不知他二人葫芦里卖的什么药，满腹狐疑，不便启口。计全道：“贤弟你只管答应，不要学那妇人见识，疑疑惑惑的。”天霸不得已，只得允了。

计全见天霸已允，复向二人说道：“黄贤弟业已遵命。倘金牌取不回来，那时褚老叔与朱大哥，又将如何？”褚标、朱光祖道：“如果金牌取不回来，咱俩定然以手代足，来见你俩；但是天霸若有更改，咱俩便唯你是问。”停了一会子，饭已用毕，抽着空，褚标又将前话对计全说明，计全好不喜欢，一宿无话。

次日朱光祖便辞了褚标，并天霸、计全，直向凤凰岭而来。走了两日，这天已到。先在门口问：“在家不在家？”庄丁回道：“朱爷是今天来的，如果十日前来，可碰不见庄主了。咱庄主回来，刚有五天，现在家呢。你老请进去罢！”朱光祖听说，便知张七是同他女儿一齐去盗金牌了。只见庄丁引着，朱光祖到了里面。请光祖在客厅上坐下，庄丁进去通报。一会张七出见，彼此一揖坐下，有人献上茶。张七说道：“贤弟何来？”光祖道：“兄得快婿，特来道喜！”张七道：“此话怎讲？愚兄并无此事，贤弟莫非误闻。”朱光祖道：“兄与弟情同手足，何作此欺人之语？兄无快婿，弟何敢言？而且有人欲为令嫒作伐，虽红丝相系，千里姻缘，若无人执柯，亦属不成体统。弟今此来，一则为兄道喜，要做毛遂自荐，自居冰人。弟所谓兄得快婿者，即兄常言之人也。今日天假之缘，以钦赐金牌为媒。褚大哥本拟与弟同来，但恐老哥难释前衍，相见反而不美。因此兼嘱小弟：先为致意；做媒吃酒，缺一不行。尚望老哥成事不说，和好如初。若以弟言为然，则褚大哥改日必当登门敬谢。”张七半晌答道：“褚大哥前者之事，贤弟是尽知的。愚兄虽有不是，褚大哥亦未免过于激烈，因此才老羞变怒的，事后也是过意不去。屡想前去，恐他念起旧恶，使愚兄难以为情。今既蒙褚大哥不弃，又得老弟前来，愚兄敢不遵命。至于小女之事，黄天霸虽称英勇，愚兄亦不过偶尔道及，何得以闲谈之言，据以为实。且施不全金牌，已为小女盗去，现在彼此已成仇敌。况小女盗那金牌之时，曾留下字帖一纸：指明要黄天霸来取，是小女与天霸又成仇敌了。以此两重仇怨，方欲报之不可，还说什么姻缘呢？请勿复言，实难从命。若谓贤弟极思饮酒，愚兄好酒是现成的，绝不鄙吝。”

张七不肯应允。朱光祖恐怕再说便决裂，以后不好再言，遂就着张七的话说道：“且先饮酒，有话再说。”张七便命庄丁取出酒来，并端出几碗菜，摆开座头，两人对饮，绝不提起要金牌联姻的话，只说些没要紧闲话。谈了一会，彼此倒也觉得畅快。只见朱光祖端杯在手，喝了一口酒，自叹气道：“古今多少英雄，只为这“名利”两字，争了许多人出来。究竟这名可真好么？其实皆身外之物，可惜人皆看不破。还有一说，身前赫赫，到处闻名，岂知人生不过百年，到进那一块黄土的时候，连自家妻子骨肉，总不能顾了，还说什么名利呢？最可笑者，有一种情痴之人，自己固以名为重，还要在儿女身上争个不了。即如施公他要做个清官，不落骂名，所以到处吃苦了。再加江湖上那班朋友，也是为不服气，要想名，偏要出头来争个高下，到后来人亡家破，留下骂名，这是何苦呢！”

张七听得这番话，晓得朱光祖是说自己，说道：“朱贤弟这话，固然不错，但是为父母的，在儿女身上也要用点情才好。若说天霸，虽是英勇，只不过道听途说，我又不曾见过，品貌武艺，究竟如何？况且我女儿生性骄傲，也是我过于溺爱，此时后悔无及。实不瞒老弟说，就是盗取金牌，那里是我的意思，也是你侄女存了个好胜的心：料想黄天霸晓得此事，必然亲自前来。那时你侄女与他交锋，本领如果真好，品貌也真好，再作计较。今日贤弟既来为他说项，我若坚执不允，不但对不住贤弟，更叫褚贤弟恼我了。实对你说，如果黄天霸依我三件事，我便将女儿与他；若有一件不肯，可莫怪我执傲。”朱光祖听说：“是。但不知哪三件？七哥你说。”这张七道：“第一件，要黄天霸亲自前来，我与他比个高下，再与你侄女比试比试。”朱光祖道：“这件事做得来。”“第二件，我女儿过门之后，我便将此间一切物件，全行搬到他那里，与他合住，要他养我终身。我女儿添了外孙，第一个要过继我。”

朱光祖道：“这也使得。”“第三件却要施不全出名，为天霸择配，应用婚帖，要写施不全的名字，还要施不全去请褚贤弟与老弟作伐。如果答应，叫他即日纳彩，我便将金牌送去；倘若不行，断不遵命。”朱光祖道：“以上两件，总可依得。唯有第三件，七哥似过于作难了。小弟且将上两件，先行允下，那第三件，俟同褚大哥商议后，三日当来复命。且还有一说，若黄天霸赢得老哥，赢不得令嫒，那时又便如何？”张七道：“既是老弟为他所虑，只要他赢得愚兄，也就遂命了。”光祖道：“七哥一言既出，驷马难追。”张七道：“难道愚兄还有更改吗？”光祖道：“好极了，承爱承爱。小弟就此告辞，改日再来复命。”说着便站起身来就走。张七也不复留，送出大门而去。

光祖不敢耽搁，走了一日，已到褚家庄内，当即进去。褚标一见，即问道：“贤弟，如何说法？”计、黄二人，也向他道了乏。朱光祖坐下，望褚标说：“行是行了，话却长呢！”将张七的话，说了一遍。褚标道：“第二件最易做，那第一件，却不可与天霸说明有婚姻一事，只说张七要他前去，比个高下，无论输赢，就把金牌送出。我与贤弟，同他前去。唯有第三件，实在难办，如何是好？”朱光祖道：“小弟也是这般想法，必得出个妙计，将此圆了才好。”

正说之间，计全走了进来，褚标便将张七对光祖的话；光祖答应张七的话，告诉了一遍。又对光祖的话，也说了一遍。计全颇喜，道："明日我便赶回徐州，将这话对大人说明，等大人允定了，我便赶上凤凰岭去送信，将金牌先行取回，然后择日迎亲。万一不行，也另想别法。但是黄贤弟面前，万不可说出，连第二件的话，也不可说。只照褚老叔所议最妙，少时再见事论事。"褚标、朱光祖大喜。复走出来，厅上酒也摆好，各人归座。

朱光祖肚里饿得鬼叫，胡乱吃了两杯酒，先自吃饭。褚标复向天霸说道："刚才据朱贤弟所说，张七并非有意要害大人，也非与老侄为难，不过张桂兰好名心重，且仰慕老侄的英勇，欲老侄前去一走。今朱贤弟与他说明：'老侄不是无能之辈，他本拟要自己到贵处亲取金牌，是我等苦苦相留，因为彼此皆有会路，何必因此致伤和气？所以特地前来解和。今既无相害之心，系因仰慕所致，彼此欲相会相会，这也有何不可？就便比试比试，也无甚要紧。'因此朱贤弟约定张七，三日后我与朱贤弟，同了老侄，三人前去相会，谈论些刀枪棍棒，以后便可往来了。"黄天霸道："早知张七这等说法，又何必烦朱大哥偏劳一趟。今既如此，咱黄天霸不是受人挟制的。咱便与他较量较量。倘咱黄天霸将他伤了，褚老叔，朱大哥，你二位可不要怪咱作事卤莽，不懂交情。"朱光祖道："愚兄已向他说过，贤弟不是胆怯之人，所以才有这番举动。明日咱与褚大哥，同着贤弟前去，看你们一决雌雄便了。"天霸打定主意，暗说："咱若与他二人同去，便借他的势力，觉得我不敢独去，岂不败坏咱一世英名？"因此存了这个心，负了气，遂瞒着人，竟连夜越墙而去。欲知黄天霸前去如何，且看下回分解。

第一四七回　天霸夜走凤凰岭
计全急回徐州城

却说黄天霸越屋而走，众人天明方知。计全道：“天霸此走，必是负气望凤凰岭而去了。但此一去，恐闹出岔枝儿来，还要请褚老叔、朱大哥同去一趟，到了那里，便可与他们和解。咱便赶回徐州，禀知大人，讨个示下，即去凤凰岭，成就公私两事。二位意下如何？”褚标、朱光祖道：“使得使得，就照此办法。”

单说黄天霸离了褚家，急急前进，走了两日。这天已晚，才到凤凰岭地方，便捡了个客店住下，自有小二招呼。天霸用了晚饭，便问道：“店小二，此地到凤凰岭有多少路？”小二道：“不过六七里地方。你老果是要到那里寻张七么？”天霸道：“咱与张七前在褚家庄会过一面，现在要去拜望。听说他里面俱有埋伏，因此先要问明，然后上去，省得周折。你可知道上岭路？”店小二道：“小人也曾听见人说过。由此上岭，先是大路，约有半里的光景，反要从那曲折小路而去；若仍向大路走去，那里皆是埋伏，如若陷在埋伏里面，他便将人带回庄盘问。若是好人，便自罢了，倘若不对，关锁起来，不放下岭。”天霸又问道：“他家有多少屋子？”店小二道：“你看那岭上，所有的房子，全是他家的。你老请早点歇罢！”说着，小二走出去。天霸暗暗说道：“幸亏问人，不然，还要遭他擒了。”便靠在铺上，歇了一回，约有三更，便起来换上夜行衣，带了百宝囊，藏了金镖，提着朴刀，悄悄出门，越屋而走，直望凤凰岭去。

不一会，已到岭下。登时上了岭，记着店小二的言语，先由大路去。约走了半里，借着星光向前面一看，黑丛丛只见一带树林，中间有所庄屋，前后约共三五进房屋。再向路旁一看，果然有条小路。黄天霸看得真切，顺着小路而去。又走了约有半里，已至庄上。四面一看，一带围墙，墙头上密排着三尖刀、铁蒺藜，若要越墙过去，万万不能。复上前又看了一个土墩，天霸上了土墩，四面看去，就在此墩右首，围墙转角，那里有道小小的双开门，却是关着。天霸看罢，想道："此必是他家后门了。既负气到此，若不进去，那里还有脸见他们？"说着，便向百宝囊中掏出软索来，一抬手，拔出几根铁蒺藜，将脚立在围墙上面，复将软索收起。转过身来，向里面望下去，乃是一座坑厕，还点着一盏半明不灭的灯。天霸跳在坑厕屋上，便由此跳上正屋，却正好是上房。遂蹑住脚，蹿到檐口。将身挂下，窃一细听。只听房里有个女子声音，说道："爹爹若果赢得天霸便罢了。如天霸赢得爹爹，或赢得你女儿这两口刀，那时便听爹爹作主。"又听一人说道："我儿不是这样说法。为父的已预备下两把竹刀，天霸此来，必同着褚伯父、朱老叔到此。见面之后，为父的便同他先行比试。我儿若要与他比个高下，我便将竹刀拿了出去，你与他再比，免得动了兵器，总有一伤。我儿且听为父的话，不要过于执傲，由着自己的性子。你今年也二十二岁了。"底下便听不真切。天霸听了一会，又从窗格眼内望下一瞧，见上面设着两张炕床，右首两张椅子，坐着两人：一个老的是男子，一个美貌佳人。看罢心中暗道："难道张七说这话，还要将他女儿嫁我不曾？他若果有此心，我得了一个才貌兼全的老婆，也可助我一臂之力。我此时倒不及先行下手，不要埋没人家一片好心。但不可不给他个凭据，要他知道我已经来过，听见这话才去的。一来显显本领，二来就是褚老叔、朱大哥明日来了，也好卖个情在他二人身上。"

主意想定，便取一只金镖，对准房内他们坐的那椅子后面壁上，一撒手，打了进去，却好中在上面。天霸见金镖已中，一缩身，如风吹落叶一般，登时出了围墙，直望客店而去。

张七正与张桂兰坐在椅上，忽见嗖的一声响，由窗眼外飞进一件东西，在后面壁上钉住。张七与张桂兰赶着上前一看，原来是只金镖。张七笑道："此镖只有黄天霸会使，再无旁人能用。"张桂兰听说"黄天霸"三字，便取了朴刀，蹿出房外，一个箭步，跃上屋去赶天霸。哪晓得天霸早已走了。前后寻了一会，连个影儿都没有，只得仍跳下来，心中暗道："人说黄天霸本领高强，照此看来，果然不错。他若答应我爹爹所说之话，张桂兰就终身有靠了。"想着回房安睡，不提。

且说施公，自从黄天霸、计全两人往褚家庄探信，七八天不见回来。忽见施安禀道："计千总回来了。"一会子，计全跟着施公走进书房，行了礼，又代天霸请安。施公命他坐下，计全坐在一旁。施公问道："褚家庄所访之事如何？黄贤弟为什么不同回来？"计全便将以上情形，如何访问，褚标说：盗金牌女贼是张七女儿张桂兰，如何褚标与张七不睦，如何请光祖，如何说张七欲招天霸为婿，张七如何要天霸允许三件事便将金牌交出，前后说了一遍。

施公听罢，便向计全笑道："照你如此说法，本部堂失去金牌，黄天霸得了一个妻小，实是意料不到。如今金牌可曾取回呢？"计全道："只因张七务要大人出名主婚。还要大人去请褚标、光祖两人作伐，即日纳彩，然后方将金牌送出。此事天霸还不晓得，唯恐告诉他这件事就要决裂了。而况张七父女本领出众，天霸恐非敌手。光祖不过说张七要与他比试，比及天明卑职等方知他越墙而走，就特请褚标、朱光祖二人赶去，料想绝无妨碍。故卑职先回给大人送信；二则面求大人，许了张七之言，好使黄贤弟成就好事，取回金牌，公私两济。卑职等有个变通章程：只须如此如此。"不知计全说出什么话来，且看下回分解。

第一四八回　英雄尚义巧遇良朋　女儿多情面求佳婿

却说计全想出变通法儿，向施公说道："卑职愚见：最妙下一道札谕，先云招安，后说为天霸择妇。在大人既不失身分，在张七又有光辉，即大霸亦感激大人的恩德。卑职再前去作说，此事断无不成。至褚标、朱光祖二人，只须拿大人的名帖，向他们说一声，他两个自会答应，此外别无难事。"施公听说，遂道："照此办法，甚合吾意。"即令施安请幕府拟稿，即日缮就，交计全带去。

且说黄天霸在张七家内，留下金镖，仍回客店，已至四更时分。天霸独自靠在炕上，胡思乱想道："张桂兰那个女子，真算是才貌双全。我若得了这个老婆，平生之愿已足。只可惜张桂兰既有心于我，大不该盗去金牌。"又想道："我幸亏不曾莽撞，若把他父女伤了，不是负了褚老叔他们的好心吗？"

一人只管乱想，想困极了，方才睡去。次早起身，小二送进面水。天霸洗了脸，便到外面，四处观望。走到店堂，忽见褚标、朱光祖二人走进店来。天霸正要招呼，褚标已经看见，便唤道："黄贤侄，你是几时到的？"天霸道："昨日晚上到的。"褚标道："你叫咱们赶得好苦呀！"说着，天霸将他二人让进里面，招呼店小二拿茶。小二答应，将茶摆在桌上，便自出去。

褚标道："贤侄既如此，为何还不去呢？"黄天霸道："不瞒你老说，昨夜已去过了。"褚标道："既已前去，为何又转回来？莫非不识路径，恐陷入埋伏么？"天霸道："这也不是，小侄前去的时候，本是负气而行。及至到那里，在他房上，只听里面一男一女，唧唧哝哝的说话。小侄听了一会，只听出两句，说什么‘等你褚伯父、朱老叔来再议。’知是张七父女，因此小侄不曾下去，恐怕有负你二位盛情。后又想着我既到此，若不给他们个凭据，也免空跑一趟。遂将金镖取出一只，由窗外打入房内。一来显显小侄的本领；二来叫他们知道，不敢藐视；三来给你们二位做个见证。不然，小侄说去过了，你二位都不相信。”褚标听说，便望朱光祖丢了个眼色，说道：“黄贤弟，据你说来，碍着老夫与朱贤弟面上，我看来倒可不必。如果要去，今晚我等在这里等候，看贤侄建功立业，你能将桂兰擒下岭来，或竟将她杀了，老夫便从此佩服。何必碍着我两个薄面，致使贤侄不能速取此牌，未免有负豪兴。”天霸被褚标这一番话，说得哑口无言。朱光祖在旁，赶着说道：“褚大哥，不是这个说法。黄贤弟既看你我薄面，这也是他的好处，不可埋没人心。为今之计，吃过饭便同黄贤弟一齐上岭。见着张七，大家说开了，便没有事。万一张七要与黄贤弟比试，贤弟就计较计较，也是我辈应分之事。”黄天霸道：“二位先去。咱初更时分，仍是由高而进。那时二位等咱下来，比这同去，较为体面；却不可先行说出。此去见着张七，还要假作问他，咱曾去过没有？等到去的时节，以后之事，便由二位做主了，可不要叫咱太弱。”褚标道：“既这样说法，我便依你。”说着，店小二已送进午饭。三人用毕，擦了脸，又吃了茶。褚标道：“咱们好去了。”朱光祖答应，登时出了店门，竟望凤凰岭而去。

不一会已到，当由庄丁通报，张七便笑迎出来。三人到了厅上。张七先向褚标道：“些须小事，何足介怀？既已说明，更当格外相契。”彼此又重见了礼，然后坐下。庄丁献上茶。

张七又道：“咱俩数年不见，老哥竟老得多了。”褚标道：“贤弟也老好些。我们皆无能为了，只好看那些后辈作一番事业罢!”

说着，张七便叫庄丁将张桂兰唤出来。庄丁答应进去。少时桂兰出来，张七便叫桂兰给褚伯父、朱老叔见礼。桂兰一一见礼毕，站在一旁。褚标说道：“这位侄女越发长得脱跳了。竟不是女孩子气派，居然能做出一件惊人事来，可羡，可羡。”张桂兰转身向里走去。褚标停住口，不说此话，复问张七说道："黄天霸曾来过没有？"张七道："他是来过了，还留下一只金镖。等我们出去追寻，不知去向。"朱光祖道："我们本来约他同来的，忽然夜间不见了，我就晓得他一定到此，所以我们也赶着下来，不料他来而复去。他要与我们同来，觉得面子上不好看。到此不即动手，是看的我们的薄面。留下金镖，是显得他的武艺，这便是他用意了。"褚标道："此话有理。"朱光祖道："今晚他必前来，望我们可到没有。我们今夜可要留心，等他来时，硬把他叫了下来，拜见丈人老子。"张七道："贤弟不要戏谑，愚兄前说之话，他究允与不允呢？"褚标道："有什么不允。得了这样好老婆、好丈人，还有什么话说呢？莫说三件，就是三十件，也是依的。老弟你放心，将来还要得诰封呢！"说得三人笑了一阵。张七道："老哥你这么大年纪，还要戏谑，这是何必呢？"褚标又向张七说道："如果天霸今夜来时，我们叫他下来，你倒怎么说法？"张七道："不瞒老哥说，总与他比个高下。"朱光祖道："此时且不必作急，等他来商量不迟。"说着天已黑，摆上酒来，三人入座用酒。一会饭毕，又坐在那里闲话。忽听见院中有块石子一响，张七听得真切，即便走到院落内，一个箭步，跃上屋面。

却说张七看见有个人站在鸳鸯楼屋上，便一个箭步，跃上屋面。褚标、朱光祖知道天霸到了，便跟出来。看见两个人，在屋上已交起手来。遮拦隔架，蹿跳蹦纵，煞是好看。真是"棋逢敌手，将遇良材"。两人正在酣战之际，忽见后屋上一条黑影，如燕子穿帘一样，飞了过来，并不打话，举起朴刀，直望天霸便砍。天霸急架相迎。朱光祖知道是张桂兰来战天霸。

只见天霸毫不惧怯，一把刀力敌两人，挡过张七，便砍桂兰，又搠张七。只见三人战在一处，难分难解。忽听张桂兰说一声："姓黄的！你张小姐战你不过，咱走了。"说着虚晃一刀，跳出圈外。天霸见张桂兰并无破绽，忽然不战，知是她要放暗器，便一面防着，一面仍战张七。忽听嗖的一声，天霸眼快，已见一枝袖箭到了面前。天霸说声："来得好！"顺手用刀一拨，那枝箭落在屋上。他转手才要去战张七，只见自己的刀早被张七隔在一旁，张桂兰第二枝袖箭又到了。天霸身子一偏，一个箭步，离了原处，将第二枝袖箭又让过去。天霸急取出金镖，一抬手直望张桂兰腿上打去。张桂兰看得真切，两足一纵，这只镖在屋面上擦了过去。张桂兰躲过金镖，复又起手，第三枝袖箭，又望着天霸射来。却好天霸见前一只镖被张桂兰让过去，也急急的将第二只镖取出，对准张桂兰肩头打去。两人各放暗器，一转眼俱到面前。黄天霸便伸出右手，就说一声："不要走去！"在半腰里将那枝袖箭抓住。张桂兰见天霸的金镖又到，也说一声："好，留着配个对儿！"一举手将镖接在手内。褚标、朱光祖二人看得真切，便喝一声彩道："真是配对呀！"张桂兰知此话大意，遂一转身蹿过后屋。褚标见张桂兰已走，便向上喊道："张贤弟，黄贤侄，够了，不要杀了。你俩下来歇一会儿，再议罢！"又道："张贤弟，你未免坐家欺人了。黄贤侄一人独战你两个，咱姓褚的不服气。你下来，咱与你战二十合。黄贤侄，你也下来帮着你老叔，还他个两战一。"张七、黄天霸两人听说，只听噗噗两声，都跳下鸳鸯楼。

褚标上前，遂拉着天霸说道："独自来要给他家父女欺了。"朱光祖道："你老莫这样说，你说天霸给人家欺，咱说天霸很愿意呢！"褚标道："这是为什么呢？"光祖道："天霸若与咱们同来，必不会同他们这样大战。那时天霸既不能卖弄武艺，怎能杀得配对呢？你道他愿意不愿意呢？"说着，已将褚标邀到厅上，大家坐下。褚标道："黄贤侄，好镖呀！"朱光祖道："如果没有这样好镖，怎么配那样好箭呢？要好是大家好，不好倒不能配对了！"天霸道："你们不要说闲话。请你老给姓张的说一句，叫他将金牌速速交出，咱回去销差。"褚标听着，便喊道："张老七，你还不出来招呼人家。"张七即来到厅上。大家又复行坐下。褚标又望张七说道："特来为你们解和。天霸的本领你是见过了；你父女两个的武艺，他也见过了，都是不相上下的。咱通知道的。只等一个人来，便好计议。但现在可将金牌交出了。"张七道："金牌是在这里，咱要它没用处，我便给他。难道他这会子就走吗？且有你俩和好，不能不尽地主之情。"褚标道："好，咱就遵命。”张七道：“你们今日可早点歇息罢！咱是去睡了。”说着转身向后而去。褚标等安歇。

次日一早，褚标等尚未起来，张七已出来敲着房门，喊道：“还不起来么？”褚标听见，大家起来，净面漱口。张七又出来陪用早点，方才用过。只见庄丁进来禀道：“门外有个姓计的，从徐州而来，要见庄主与朱爷呢！”褚标忙叫开正门迎接。

计全已从门外走进，望着褚标道：“违教又两三日。”褚标接着说道：“你这来的倒快，那事件怎么说了？”计全道：“托庇行了。”一回头，见张七在侧，彼此见了礼，坐下。计全见天霸在旁边，即带笑道：“恭喜呀！”天霸道：“喜从何来？”计全道：“这样喜事，还不喜么？”朱光祖道：“计贤弟，你上门欺人了。只知给黄贤弟道喜，难道不给张七哥道喜么？”

计全道：“不错，是我荒唐。”于是又给张七道喜，张七也谢了。计全这才坐下，庄丁就献茶。褚标又问道：“施大人怎么个说法！请教请教！”计全便在身上将那件札谕取出来，递与褚标。褚标拆开一看，但见上面写道：

钦差大臣、头品顶戴、一等侯爵、漕河总督部堂，兼巡按都御史施，为示谕事。照得，自古英雄，半居草莽；从来巾帼，难输须眉。豪杰奋与，皆属国家之助；名媛静好，尤为父母之光。此所以版筑渔盐，建一代承平之治；关雎麟趾，启万年风化之原也。本部堂恭膺简命，总督漕河，所经大邑通都，无不采风问俗；凡遇英豪与杰士，必将虚己以求。侠女名姝，要使择人而字。上为朝廷储国器，俾草野共庆明良；下为斯世重人伦，使内外皆无旷怨。兹访得凤凰张七，老夫未耄，犹有雄心；有女及笄，偏多侠骨。何事隐身涧谷，朽木同摧？莫教待字深闺，标梅兴叹。兹有本部堂随员黄天霸者，官居副将，不世奇英，勇冠群伦，干城上选。正谱求凰之曲，欲歌鸣凤之章。乃千里姻缘，牵于一线；三生夙约，订自百年。所望月老多情，早修谱牒；差幸冰人有属，愿执斧柯。六礼既成，吉期待卜；百两以迓，佳话永传。从兹夫唱妇随，喜看佳人附凤；更慕冰清玉润，竞夸快婿乘龙。本部堂有厚望焉！尔壮士其亟凛之毋违，特谕。右谕壮士张某遵此。

年 月 日谕

大家看毕，褚标向张七说道：“贤弟，施大人如此，可谓恩威并用。你再有何说？若有疑难题目，不妨想两件，好让计贤侄趁此去求大人。”张七笑而不答，已是满心欢喜。便命庄丁，赶速整备酒席，给老爷们洗尘。计全道：“就算是褚老叔、朱大哥两人请媒酒罢。”褚标、朱光祖道：“请媒酒，也是要吃的。今日先洗尘，明日再说别的话。”大家又笑了一阵。计全又道：“张七哥，大人那件谕帖，你可收好了。我们这位黄贤弟，反复无常，恐怕他后来不认丈人，你可拿这谕帖，同他讲理。”说得大家又笑了一会。酒席摆好了，张七让计全首座，褚标对座，朱光祖在褚标肩下，黄天霸上横头，张七主位，真是开怀畅谈。欲知后事如何，且看下回分解。

第一四九回　施贤臣假神断山　黄天霸缴牌复命

话说大家席散，张七便将金牌亲送出来，交给天霸收好。

于是各人闲谈了一会，厅上已点得灯烛辉煌。约至初更以后，张七又拿出酒来，大家仍然原位，入席痛饮。等到散席，已是三更将尽，各人且去安歇。次日又留计全、褚标、朱光祖、黄天霸四人，盘桓了一日，依旧盛席款待，不必细讲。第四日天霸、计全皆要告别。张七不敢久留，只得答应。二人便辞了张七，并褚、朱二人。张七为托计全代谢施公，并求施公就近择吉迎娶。计全答应。于是二人一揖而别，直回徐州。褚标、朱光祖也各自回去，不表。

再说施公，这日接下一张状词，是本地一个秀才，与一个捐职互控，占夺坟山，已有二十余年，皆未结案。施公阅词已毕，便传知府县，将历次所控案卷，即日汇齐呈送，以便检阅；并限明日午堂，齐集原、被人证，听候提讯。府县奉谕之后，赶将历次互控卷宗，送至行辕。施公随即开勘两造状词，均极在理，毫无疏漏之处，前后看毕，摆在一旁。到次日巳牌时分，府县均已齐集。施公当即传见，彼此谈了一会，便命升堂。

有差役将原、被告带上，跪在下面。施公在上看他两人，一个衣冠华美，年纪不过四十上下；一个形容枯槁，贫穷不堪，年纪有七十开外。施公便先问衣冠华美的道："你叫什么名字？因何占夺外姓坟山？"那人道："职员姓曾，名唤本厚。只因职员曾祖，价买本县草山坟地六亩，为葬柩之地，相延已久，并无异说。直至职员生父去世，奉柩入山，以备安葬。忽有本学附生屠念祖，上山霸阻，坚说此地系伊所买。彼时职员向伊理论，屠念祖坚执不行。后来职员不得已，只得具控。奈因据契失落，无从凭验，以致二十余年，皆难断结。今闻大人神明洞鉴，烛照无遗，故此跪求，上渎公听。俾得水落石出，以安祖宗，而儆刁顽。"说罢，跪在一旁。施公又问："屠念祖，这据曾本厚所控，尔系霸占坟山，胶庠忝附，何得如此妄为？尔宜从实诉来，本部堂当为尔了结。"屠念祖道："大人明鉴，生员一介寒儒。这所坟地，乃是祖上遗产，本为后代营葬之用，一旦为人攘据，不但于心不甘，且无以上对祖宗。不得已，只得具告，以凭公断。无奈曾本厚挟资甚大，贿赂通行，历任父母皆属偏于一面，以致二十余年，积案均未能断结。"说罢，也跪在一旁。施公见两造均说得恳切，毫无漏隙可乘，且皆以大义指辞，不能指摘，遂婉委说道："汝两造为祖兴讼，历久不忘，实属孝行可嘉，不失水源木本。五日后登山验看，尔等齐集听候，以便本部堂判断便了。"屠念祖、曾本厚均唯唯遵命而退，府县亦告退回署。

施公退入书房，左思右想，实在为难。一想此案，必须如此如此。光阴迅速，已交五天日期。这日施公预备登山，判断坟地。却好府县已到，施公便传了进来，望府县说道："前日那争坟一案，本部堂筹思数日，毫无端倪。"忽见施安匆匆忙忙进来，跪下禀明：外面人马俱已齐集。施公答应，当即衣冠齐整，在大堂上轿，前呼后拥，直望草山而去。府县亦随着同行。不一会，已至草山；屠念祖、曾本厚早在山上伺候。施公下轿，府县各官随着施公，登山踏勘。施公先将坟地周围一看，又命工房丈量已毕，然后升座，传屠念祖、曾本厚听断。两造皆拜伏在地。施公望下说道："汝两姓不忘根本，为祖争山，实属孝思不匮。本部堂念尔等孝行，连夜斋宿城隍庙，求神示梦，为尔等判断是非。乃梦城隍指示：命本部堂登山勘验，自有本山土地神具告一切。尔等稍待，候本部堂迎接土地神到，当为尔等秉公讯结。"屠念祖、曾本厚两造仍伏在地。忽见施公离了座，望各官说道："本山土地神已至，须设了座。"手下人答应，就在施公上首设下座位。施公便屈身，作迎接之状，复又望空一揖，又谦让了一会，这才就本位偏身坐下，若是与土地神对语。少刻，施公望上首座位上答应道：“是。”又道：“承尊神指示，施某当照此判断。”说罢，又向屠念祖、曾本厚道：“本部堂顷奉神命，谓曾本厚实系诬告，此山本系屠念祖之祖所遗。本部堂自应遵照神示判断。但念尔等，皆系孝思所积。”两个人皆唯唯遵命。施公又命两造拈阄以定，先后拜别。屠念祖拈得在先，施公便命先拜。屠念祖走到墓前，草草的磕了三个头，站在一旁。施公又命曾本厚去拜。曾本厚走至坟前，拜伏在地，放声大哭道：“子孙为祖宗结讼多年，不辞劳苦。今施公祷神得梦，并有土地神暗中指示，说是此山系屠姓所遗。指子孙为诬告，究不知真伪。为子孙的，亦永远无祭拜之日了。”说罢，嚎啕痛哭，晕倒在地。两旁观者，无不代为叹息。

各官众人正在叹息，互相议论。忽听施公命带屠念祖到案。

只见屠念祖走至公案前，又伏在下面。施公问道：“今将此山判断归尔，尔尚有他说么？”屠念祖道：“生员历控二十余年，所争者此也。今蒙断结，仍归原主，生员尚复何言？”施公忽将惊堂木一拍，喝道：“尔尚敢如此强辩！希图霸占，显系老奸巨猾。试问你与曾本厚拜墓情形，人所共睹。不但不知自愧，反存攘夺之心。本部堂若不念尔曾领青衿，定即从严究办。究竟此山系尔攘夺，抑系诬告曾本厚么？从实招来，或可从宽免罪。”屠念祖叩头道：“实系心存攘夺，求大人宽恩。”说罢汗流浃背，俯伏在地。施公又命人役将曾本厚扶至案前，说道：“尔诚孝行可嘉，不愧为真孝子。本部堂已问过屠念祖，具呈霸占，遵断切结。”两造退下，众人无不佩服。施公回辕，府县亦即告退。

再说黄天霸、计全取了金牌，赶回行辕复命。却好施公才断了坟山回辕。黄天霸、计全当即随着施公，进入内室。施公坐下。黄天霸上前，给施公请了安，又谢了准其婚配张桂兰的恩，然后将金牌呈上。施公接去，望着金牌说道：“不料钦赐这宝物，竟为黄贤弟结下姻缘。”施公又问下书情形。计全一一禀过；并将张七求代施恩，就近择吉，为天霸迎娶的话，说了一遍。施公道：“如此甚好。”欲知天霸何日联姻，且看下回分解。

第一五〇回　凤凰岭黄天霸联姻　菊花庄郝其鸾行劫

却说施公允许天霸就近择吉迎娶，不必怠慢。天霸、计全站立一旁。施公命二人坐下，说道："黄贤弟大娶吉期，今择定出月初六，是个上吉良辰。但迎娶一层，途中颇为不便，莫若就在凤凰山入赘，两有裨益。今送黄贤弟纹银三百两，以二百两置备衣服首饰，及新房动用物件；以一百两给张七为赘费。

计贤弟可同李五贤弟，相送前去。顺道再将褚壮士与朱壮士请其为媒。若张七不肯招赘，可在凤凰岭左近，租所房屋，就近迎娶。但有一件，我却不能在此耽延，早晚就须起身。我沿途无事，自可刻日接印。"天霸道："大人实在无微不至。但蒙赏银两，卑职万不敢领。其余各节，悉遵吩咐。"施公道："贤弟若以此为太菲，竟却之不受可也。否则，不必出这些客气了。"

黄天霸不敢再辞，只得谢了恩，然后将三百银子收起。施公又道："你今前去，能将你丈人，及褚标、朱光祖三人，一齐约上淮安，为国家出点力，帮助帮助，更好。"计全道："张七是一定去的。他从前三件事内，就有叫黄贤弟与他同住，养老送终。还说黄贤弟将来添了儿子，长子要过继他为孙，接继张氏的一脉。以此看来，是不用说的，淮安他是一定去的。至于褚标、朱光祖，也不便勉强。"说罢，天霸、计全退去。施公安歇。天霸又将施公所说之话，告诉李五，即请同行。李昆道："大人委我送亲，怎敢辞却？但是愚兄也要预备菲礼才好。"

天霸道："五哥，劳你前去，已是万分感激，贺敬实不敢当。"

次日，计全、李五便同天霸出外，置买物件，诸事齐备。第三日，即拜别施公，前往凤凰岭招赘。到了初六日，洞房花烛，不过那些俗事，不表。

单说施公见天霸去后，过两日却起身前往淮安。行抵宿迁县境菊花庄口，忽见前面土岗子上冲下一阵人来。当先一人，坐在马上，头戴英雄巾，身穿玄色湖绉洒花战袄，下踏荡底快靴，坐下一匹黄骠马，手端一杆方天画戟，生得颇为英勇。率领着多人，蜂拥而至，直望施公刺来。关小西赶即催开坐骑，迎了上去，大喝道："好大胆的狗强盗！留下名来。可知钦差大人在此，敢来行劫，难道瞎了眼么？"那人亦大声喝道："好小子听着！咱乃菊花庄庄主郝其鸾爷爷是也！尔亦将姓名留下，俺爷爷戟上不挑无名之人。"关太大怒，喝声："草寇坐稳了！咱乃钦差总漕施大人标下参镇府关太是也。咱大人正要剿灭尔等这一伙草寇，与百姓除害。今敢行劫，是自来送死。"郝其鸾大怒，劈面就是一戟望关太刺来。关太急架相迎，将倭刀往上一掤，那支戟已折了一段。郝其鸾说声："不好！"又将戟杆挡住。哪知关太的倭刀是削铁如泥，这戟杆刚一碰着，又削去一节。郝其弯将马一拍，跳出圈子外，赶着拿出宝剑，兜转马头，复与关太交手。两人大战约有三四十合，不分胜负。

这边白马李飞舞朴刀，前去助战。郝其鸾见又来了一将，并不惧怯，仍是飞动宝剑，望关太胸前刺来。关太将宝剑拨开。白马李朴刀又砍过去。郝其鸾赶即招架，才算撇开朴刀，关太的倭刀又到。郝其鸾力敌两将，抖擞雄威，大喝一声，这一剑往白马李面上刺去。白马李说声："不好！"急躲开，肩膀上已刺了一剑，幸亏不重。关太见白马李被剑刺中，复喝一声："狗强盗！休得猖狂，咱关老爷取你狗命。"话了，倭刀已往郝其鸾颈上砍来。郝其鸾说声："不好！"身子一让，险些儿被刀砍中。此时二马过门，郝其鸾才兜转马头。关太来得快，复又一刀，往郝其鸾迎面砍来。郝其鸾一声喊叫，把马一拍，如飞逃去。关太哪里肯舍？紧紧相追，看看追上；郝其鸾带转马头，与关太战了数合，复又逃走。关太仍是紧追，约赶有五六里路，前面有座土山。郝其鸾转过土山，忽然不见。关太仍在后相赶，一抬头见前面马上来了一个女贼，生得颇美貌：头扎玄色湖绉包脑，身穿玄色湖绉洒花紧身，下穿玄色湖绉洒花扎脚战裤，窄窄的一双小脚，踏着镫，坐下一匹银鬃马，手执两柄绣鸾刀，愈显得丰姿绝世，窈窕动人。关太在马上，已看得魂出窍了，忽然听得娇滴滴一声喝道："来将快报名来！咱姑奶奶刀下不伤无名之辈。"关太听得呼唤，赶紧答道："俺老爷乃钦差总督施大人标下参镇府关太是也。"只听那女子说道："俺姑奶奶乃菊花庄庄主郝其鸾之胞妹，郝素玉便是。"

关太道："你的哥哥郝其鸾已被咱老爷杀败。你这小小女子，有何武艺，敢与老爷对敌么？"郝素玉大怒，飞马舞刀，直往关太杀来。

话说郝素玉大怒，舞动绣鸾刀，直往小西砍到。小西急忙接住，两人交上手，大战起来。哪知郝素玉的绣鸾刀是异人所赠，刀法亦名师所传，更兼她有两柄软索铜锤打人，百发百中，也不亚张桂兰的袖箭。关小西见她刀法精纯，暗惊道："看这小女子，年纪甚小，武艺高强。倘不经心，败于女子之手，岂不为众人耻笑，坏了半世英名？"于是抖擞神威，你来我往，只见刀光闪烁，马足奔腾，两人战有三四十合，不分胜负。郝素玉见不能取胜，便卖了个破绽，往关小西虚砍一刀，喝道："咱姑奶奶战尔不下，今日算输与你了！"说着拨转马头，奔驰而去。关小西紧紧相赶，约离一箭之地。忽见郝素玉大声喝道："来者休得追赶！看姑奶奶的利器，取尔狗头！"关小西听得真切，猛一抬头，郝素玉用软索铜锤，已向自己的面门打至。关小西说声："不好！"身子一偏，左手将偏缰一领，那马从旁边跑了过去，软索锤竟被他躲过。郝素玉见打不中，才将那锤收回，忽见关小西的马已至身右。关小西来得急快，举起倭刀，便在郝素玉右腿上搠来。郝素玉也来得灵捷，那马已跑远了。又战了有二十个回合，仍是不分胜负。两边齐声喝彩，他二人也各自暗暗夸赞。忽见郝素玉将绣鸾刀，架住关小西的兵器，口中说道："姓关的，今已天晚，姑奶奶要回庄歇息，明日再战罢！"说罢，将刀一撇，把马一拍，如腾云驾雾一般，平空飞去。关小西哪里肯舍，仍追赶一程，因赶不上，只得回来。见着施公，具告一切，并禀明郝素玉约定明日再战。施公答应，随命众人就近觅了客房住下，一宿无话。

次日一早，关小西饱餐早饭，取了兵器，请施公并众人督战。施公允准。关小西上马，大家也上马同行。走了一里多路，已至昨日大战之处。却好郝素玉也骑着马而来。关小西一马冲出，两人又交起手来。一个如猛虎归山，一个似蛟龙出水。一男一女，又整整战了五十回合，仍是不分胜负。关小西力敌不过，暗想道："咱何不用拖刀计，擒她便了。"主意想定，就卖了破绽，拍马便走。郝素玉拍马也就赶来。看看赶得切近，忽见关小西突然身翻转，一刀直往郝素玉砍到。郝素玉本来防备着的，见关小西用出拖刀计，便喝一声："来得好！"将绣鸾刀把倭刀隔开，复一刀往关小西肩上砍下。关小西赶即架住。

二人复又交手，又战了五十合。关小西道："尔敢步战么？"郝素玉道："尔不要疑惑你姑奶奶不能步战胜你。"说着跳下马来。关小西也下了马。郝素玉道："咱再与你战一百合。"

关小西先抢了上首，摆开架式，两人正战起来，一来一往，战到三十回合，仍是不分胜负。施公远远看着，遂命人喝道："关将军与那女子，今日且各歇息！明日再决雌雄。"关小西听得明白，不敢违拗，便虚晃一刀，跳出圈外说："咱老爷奉命罢战，留你再活一日，明日擒你便了。"郝素玉也住了手。彼此皆极佩服，两人各自上马回去。

施公率领众人回至客店，大众坐下，夸赞郝素玉不已。关小西也是赞叹，唯有何路通不语。你道他为何不语？他却另有个意思：要在夜间，私自前去将郝素玉劫来。何路通待人睡静，便悄悄的换了夜行衣，藏好了拐，越屋出了客店，直奔菊花庄而来，这且慢表。

且说郝素玉回至庄上，郝其鸾接了进去，兄妹两人坐下。郝其鸾问道："妹妹今日出战胜负如何？"郝素玉道："那个姓关的，本领果然高强，若以力敌，恐不能取胜，明日当以计取之。"郝其鸾道："愚兄自被那厮昨日砍了一刀，虽然不致妨碍，但不知何日才能出战？恨不能就愈，便可同妹子出去，将他擒来。"郝素玉道："妹子闻得施不全手下能人甚多，飞檐走壁的不少。我们不可不防他夜间到此，暗地行劫。”郝其鸾说：“妹子所见不差，愚兄早已虑到此。但是咱这庄上四面皆水，水中都有埋伏。”兄妹两人谈了一会，也各自去歇息，这且不表。

再说何路通，出得店门，往菊花庄而来。不多时已到庄口，但见四面皆水，中间一座黑丛丛大庄，房屋倒也不少。何路通暗道：“这就是菊花庄了。”又各处看了一遍，无路可通，白茫茫一带皆水。何路通便噗咚一声，跳入水内，泅着水来到对岸。只见芦苇内，摇出一只小船来，船上两人，一个在前，一个在后，扳着桨从小港内荡出。何路通在芦苇旁边将身伏住，等那只小船过去，就从这条港进来。约有半里之遥，好容易看见对岸。又走了两步，到了岸边，就爬到岸上。弄得个遍体淤泥，不成人样，又兼那水苇的叶子其利如刀，将脸上割得满面血痕，甚是疼痛。何路通咬着牙关，仍往前走，又走了一会，才有一条路径。何路通顺着路走去，忽听豁喇喇一声，跌入陷坑去了。欲知何路通性命如何，且看下回分解。

第一五一回　落陷坑放走何路通　比拳勇诱敌郝素玉

却说何路通跌入陷坑，暗说："不好，此番要遭恶人手。"说犹未了，只听有人大嚷："拿奸细呀！"登时挠钩并下，将何路通擒上坑来，用绳索缚好，抬到庄上，进去通报。庄主吩咐：等天明审问。庄丁复将何路通抬入门内，紧紧看守。才交天明，忽听庄主说道："叫他们把昨夜拿的奸细，押来审问罢！"

只听外面答应，房门一开，进来两个庄丁，叫声："朋友，咱庄主爷，叫你去问个明白。"何路通也不答应。庄丁走上来，连推带拉，拥出房门。何路通道："尔等这些狗徒，何必拉拉扯扯！咱老爷既误中奸计，还怕什么？"说着又转了七八个弯儿，才到一处所在。何路通仔细观看，见是三间厅房。庄丁走到此处，便不走了，就将他抛在地下。又见厅上走下一人道："带上来！"庄丁不敢怠慢，答应一声，把他推上台阶。何路通往里一看，厅上坐着一男一女：男的是郝其鸾，女的是郝素玉。何路通站在那里，两眼圆睁，大声喝道："尔这一对童男童女：你们老爷到此，还敢这大模样的，坐在那里摆架子，实在不知抬举。尔若知罪，应该亲自下阶，亲解其缚，加以上位，摆酒压惊。或者你何老爷见你如此款待，过意不去，那时等大人到此，代你求个情，死罪改成活罪，留你在世上多活两年，也显得咱老爷好生之德。尔等如此，那时可不要怪咱老爷。"

哪知郝其鸾兄妹并不动气，反笑说道："你姓什么？在施不全跟前作个什么官儿？好好说来，让咱老爷知道。"何路通大喝道："尔既问咱姓名，尔等坐稳了，咱老爷姓何，名路通，官居千总之职。"郝素玉道："这千总是几品呀？"何路通道："八品。"郝素玉道："昨日那个红脸的，他是什么官职？位居几品呢？"何路通道："你又问他，他是参将大老爷，位居四品。"郝素玉道："照你这样说，你比他小了。我道是谁，原来是个无名小卒。你姑奶奶开好生之德，放你回去。还叫你那个红脸的出来，与姑奶奶步战。与尔这小卒，不屑相斗。就便把你杀了，也不享名。"说着，叫："将他解了绑，把他兵器还他，令他速速回去。"庄丁答应，立刻把绳索解下。何路通听了这话，把脸都气紫了，已见把绳索解下，遂望着郝素玉道："你这毛丫头，休得大言，是好的，敢与你何祖宗战个几合。"

郝素玉道："你速回去，叫那个红脸的来，你姑奶奶不屑与你相见。"何路通没法，只得转身往外，出了庄门。看看天色尚早，太阳才出。一面走，一面暗道："我回去何辞以对？"忽然说道："我可如此如此。"主意想定，一会已至客店。

大家见何路通从外面进来，又见他脸上都是血痕，忙问道："何大哥，你昨夜到哪里去的？敢是上菊花庄去过了吧？"何路通答道："正是。"众人又道："你为何脸上都是血痕？"

何路通道："不瞒诸位讲，咱昨夜由水路而去。到了那里，哪知他四面护庄河内全种着水苇，咱又寻不出路径，只在水苇内蹿出去了。那水苇的叶子，其快如锋。后来到了岸上，又中着埋伏，跌入陷坑，被他们擒住。将我绑了，抬到庄上，见郝其鸾兄妹两个。被咱用话激了他们一阵，他后来见我的话有理，我是用话谎了出来的。算是他庄上路径我已熟了；不过不能拿着他们一个回来，有些惭愧。"说罢，又去见施公，告禀一切。

施公也说："你辛苦了，且去歇息吧！"何路通答应了出来。关小西一心念着：昨日与郝素玉步战了五十合，尚无胜负，今日若不将她擒住，何能再有面目见人。心中想罢，便去请了施公，并大众一齐骑上了马，复到昨日战斗之处。

施公等勒住马，站在后面。关小西踊跃上前。只见郝素玉已先到了。关小西便跳下马，抢在上首立定脚步。郝素玉也下马。二人更不打话，交上手又战起来。只见郝素玉一个斜插花势，执定绣鸾刀，猛向关小西左肋下刺进。小西正跑得飞快，忽见左肋下有刀刺到，说声："来得好！"赶着用刀将刀往下磕，指望这一刀磕下去，就要将郝素玉的刀打落在地。哪知郝素玉更加灵便，见关小西一刀磕来，知道他力已用足，必要将手内的刀打落，她即赶着把刀收回。关小西一刀磕了个空。两人一来一往，又战了二十几个回合，仍杀个对敌。郝素玉道："你昨日说马上战的不好，要步战。今天步战过了，也是难分胜负。咱姑奶奶另想个法儿，咱们不用兵器，在这拳脚上比些功夫，来往再战一百合。姓关的，你敢同姑奶奶比试么？"关小西闻听这话，正中心怀。关小西就摆开架式，搭上手复又战斗起来。只见两个人，一拳一脚，莫不愧："拳打南山猛虎，脚踢北海蛟龙"。郝素玉更有一桩好看，一对金莲小脚，盘旋飞舞，煞是令人目眩神迷。

话说关小西、郝素玉二人，正在酣斗之际，忽见郝素玉飞起一脚。关小西看得真切，顺着来势，身子往后一倒，跌了个四仰八叉，睡在地上。此一套拳，叫醉八仙。郝素玉见关小西跌倒在地，心中甚是欢喜，以为中了妙计，就赶着飞起一脚，认定关小西腹下踏来。小西不慌不忙，见他来得切近，说声："来得好！"右腿一起，一个鲤鱼挺子，就把郝素玉裹住。郝素玉却不认这拳法，但说声："不好！"急想跳出圈外，哪里能够？郝素玉暗暗惊道："今番上了当。"关小西睡在地上大笑，说道："可认得你拳祖宗么？"郝素玉听说，脸上好不惭愧，口中气喘。此时关小西见她这个形景，忽然生出一团怜爱之心，复说道："我看你这样还要取胜，跳走亦不可得。今放你一着，让你跳出圈外。赶紧回庄，将你哥哥劝醒，叫他快快改邪归正，即来大人处请罪。咱家大人最是仁慈，决不但不加罪，将来尚有保举。如若他执意不悟，杀身难免。"此时但见关小西已放松了一着，郝素玉趁此一跳，就离了圈，口中大喊一声："姑奶奶力乏了，明日再战！"说着转身就走，心中颇为感激。

关小西见素玉走了，即便起来，牵了马跨上，也就回去。

到了施公面前，小西禀道："卑职向大人请罪，恨不能将她擒来，实是有罪。”施公道：“贤弟莫要这等说。”他这才同施公回店。这句话本是关小西的假词——因为他自己放走郝素玉，怕得施公看出来，要问罪于他，故尔假些谎词，掩饰耳目。施公说道：“你已辛苦几日。黄天霸等不在这里；在这里的，又要保着本部堂。”这话也是真话，哪知旁边恼了一人，暗道：“大人独把关太看得那么高而且重，偏是他有本领，能战斗，咱们就不如他？明日偏要将姓郝的拿来，看大人还把他抬得这样重么？”这人一肚子气不忿，但在施公前不敢说出，及至到了客店，还是暗暗地怄气——你道此人是谁？原来就是好汉金大力，这且不表。

再说郝素玉回到庄内，暗想道：“我看那姓关的武艺实是扎手，拳法更是出众。今日不亏他松一着，我一定被他擒住；不但性命难保，而且十几年的声名，全行抛弃。他叫我劝哥哥：改邪归正，矢志投诚。原知他是好话，但我如何说得出口？还有一件，明日索战，何辞以对？有何面目见他？不若推病不出，以观动静，再作计议。”一人想了一会，主意已定，便即装起病来。当有丫环禀知郝其鸾去，一夕无话。到了次日，郝其鸾一早起来，就到妹子房内看病。郝素玉困在铺上，听说哥哥进来，故意勉强坐起，先请安了一声。郝其鸾问道：“妹子今日身上觉得哪里不好？”素玉道：“也不觉怎么，只是浑身困惫，头痛得很，心里晃晃的。哥哥不要挂念。想是受了些寒凉，睡一天该就好了。”郝其鸾道：“寒凉固自有的，连日与那姓关的也战辛苦了。且歇息两日再说吧！”郝素玉道：“旁的倒不甚要紧，可是那姓关的今日还是要来，哥哥刀伤尚未全好，谁人与他对敌？”郝其鸾道：“妹子放心，如果他来，为兄的自有主意。”话犹未了，只见庄丁慌慌忙忙跑进来说道：“禀爷得知，外面有个大汉，骑在马上，手提一根铁棍，声称：奉施大人之命，特来擒捉姑娘与爷两个。差不多要杀进庄了。速请爷的示下。”郝其鸾听说，赶即出来，取了兵器，夸上马迎了出去。

刚到庄口，只见金大力已到，坐在马上，口里不住地乱嚷。

郝其鸾一声大喝：“来者是谁？快通名来，咱爷爷不杀无名小卒！”金大力听说，亦大声喝道：“小子听了，咱金大力爷爷是也！特奉大人之命，来捉贱婢郝素玉。尔可唤他出来受缚。”

郝其鸾闻听大怒，将马一拍，手端方天画戟，直向金大力刺去。

大力赶着迎接，将镔铁齐眉棍，用足了劲，往画戟上一挡，说声：“去吧！”郝其鸾的戟，被他拨在一旁，险些儿打在地。郝其鸾暗道：“好家伙！力量真有。不愧为‘金大力’三字。”

正说之间，金大力的铁棍已当头打来。郝其鸾往上挡，两膀用足了劲，好容易才将他铁棍拨开，郝其鸾趁势又刺一戟，金大力仍是架住。你来我往，才战有七八个回合，郝其鸾渐渐抵敌不住，他心中作慌，便架住大力铁棍说道：“咱马上战不过你。尔敢与咱步战么？倘若步战还是你强，咱情愿与你捆缚，去见大人。”金大力道：“步战你老爷还怕么？”说着跳下马来。郝其鸾才跳下马来，金大力赶着就是一棍。郝其鸾往旁边一纵。

金大力打了个空，复赶着举棍打来。郝其鸾又跳了过去，蹿跳蹦纵，闹个不了，把金大力闹得个跟着打，赶着转，终没一棍打到他身上，只是自己汗流挟背，气喘吁吁。郝其鸾见他力已乏了，与金大力复战起来。欲知后事如何，且看下回分解。

第一五二回　黄天霸辞别凤凰岭　金大力怒打菊花庄

话说金大力被郝其鸾出其不意刺中一戟，金大力连马都不要了，撒腿就跑，大声嚷道："咱金老爷，算上了你这小子当了！待咱养好了伤，再来要你的狗命。"一面说，一面跑了个不住。郝其鸾哈哈大笑，说道："你这狗娘养的，慢跑，咱爷不追你就是了。若要跑死了，明日便不能复战了。"说罢，也自回庄不提。

且说金大力回至客店，也不与人知道，遂悄悄地进了自己房间，拿出刀疮药，在腿上敷了，又用布裹好，躺在那里气闷。

事又凑巧，关小西自从那日放走郝素玉，是夜便害起病来。他却是感冒风寒，因此身发寒热，不能动弹。这也罢了，可怪何路通自从私探菊花庄，在水里闹了一夜，被苇叶将脸上割破，又兼跌入陷坑，吊了一夜，不免又受些风寒，因此也病在那里。李七侯、郭起凤、王殿臣三人要保护施公，不敢稍离左右。施公只急得无法可想。

不说施公在客店暂住，再说黄天霸，当日奉施公之命，同计全、李五前往凤凰岭招亲。洞房花烛，极其热闹。翁婿亦极相契，夫妻是不必说得。招亲三日，天霸便与张七说道："岳父！今小婿有一事奉禀：只因大人，当小婿临行之时，谆嘱再三，一经姻事办毕，即须前去保护，往淮安上任；叮嘱转请岳父同行。还有褚老叔与朱大哥，也吩咐一齐同去。"张七道："贤婿保护大人性急，这也是个正理。我女儿亦非不懂道理的；小女今既嫁你，各事自应听你作主了。施大人那里，万一有了岔枝儿，她还可以帮助帮助。我去淮安一层，就照那样说法：等贤婿到了淮安，将各事料理清楚，再来接我。那时我琐碎的事，也可完结，就好一劳永逸，与你久住，免得心接两地。但是明日，还要留你一天，你算是自家人，无甚客气；计老兄与李五兄，二人总是客，我不能不尽尽地主之情，畅畅快快，后日动身便了。”天霸也就答应。一会，张七便招呼厨房预备酒席，明日早晚两顿，菜要丰足。厨子答应下去。张七又叫桂兰将自己应带物件，料理料理，与天霸同行。张七回房安息。二人也回房内。天霸道：“我本意想贤妻随后与岳父同去，岳父反叫你同着我前去，未免叫贤妻有些父女难别了。”张桂兰道：“只是一件，与你同行，路上怪有些不好意思。若再让计、李说句笑话，那可更难受了。”天霸听说，也笑了一阵，于是二人安睡。到了次日，张桂兰就将应带物件，收拾妥当。外面摆出酒席，张七与褚标、朱光祖、计全、李昆、黄天霸五人，又算谢媒，又算饯行，早晚两顿，均是畅饮高谈，极其快乐。席间，朱光祖望着黄天霸等说道：“见着大人，代为先言，就说一经事毕，即便前来。”大家欢呼痛饮，直到二更将近，方才散席。众人回房，一夜无话。次日天明，大家都已起身，将行囊等件，捆缚停当。庄丁装上驮车，各人暗藏兵器，扎束妥当，又向张七告别。张七一一答礼。末后张桂兰拜辞。张七又勉励了几句“夫唱妇随”的话。张桂兰口中答应，眼眶却流下许多泪来。张七见这光景，也不免依依不舍，终究是英雄气短，儿女情长，只得忍着泪，送至下山。看看众人与女儿、女婿上了马，张七方才回去。黄天霸等下了山，走了一日。褚标、朱光祖二人，先分了路，各自回去。黄天霸夫妇及计全、李昆四人，还有两个庄丁，直向淮南的这条路而来，暂且不表。

再说施公住在客店，日望黄天霸回来。看看又过了五六日，仍是未到，施公颇为着急。所幸关小西、何路通的病，已渐渐好了起来。金大力的伤，已是全好。这日金大力正在那里纳闷，忽然走进一个人来，大声说道：“今有菊花庄差人到此，说郝其鸾约金老爷明日一决雌雄。若是不允，他便今夜前来行劫了。”

金大力一闻此言，重又大怒，即叫来人去告诉他：“明日准战。”

来人回去。金大力便见施公，禀告一切，道：“依卑职愚见，今日便去他庄上，给他个出其不意，打他个落花流水。”李七侯在旁说道：“卑职愿与金大哥同去，以便做个帮手。好在大人这里有王、郭、何、关四人保护，料想也无他事。郝其鸾这厮，若不早去除灭，万一他再去伙了别处强盗，那可更加费事。”

施公应允，吩咐小心要紧。二人答应，挨至日落，便取了兵器，直往菊花庄而来。二人沿途商议妥当，已到庄口。猛见对岸有个人，在那里拉曳吊桥。李七侯便一个箭步，蹿到桥上，举起刀来，便将那人砍倒。金大力也过了桥，直奔庄上。李七侯绕至后墙，从高而下。金大力直向大门打进。此时大力如吃了虎肉一般，举起大铁棍，走到郝其鸾的门首，打倒了两个庄丁，一直冲杀进去。

却说金大力打到庄上，庄丁飞跑进来，说道：“庄主爷！外面有个大汉，手持铁棍，打死了好些庄丁，现在冲进来了。”

郝其鸾闻言，才要转身去取兵器，只见金大力打了进来，庄丁拦堵不住。郝其鸾一面叫人，赶速将大门堵住，不要放他出外；一面一个箭步跳到院落。金大力瞥眼看见，举起大棍，劈头打来。忽见庄丁围绕上来，各执铁棒，齐声喊杀。郝其鸾此时也有人给他兵器，他也手提画戟，杀上前来。金大力一看，说声：“好呀！”将铁棍往下一沉，庄丁跌倒了十几个。金大力说：“这才打得畅快。”话犹未了，但见郝其鸾道：“狗囚休得逞能！郝爷爷取你狗命。”说着一戟。金大力看得真切，猛将铁棍往上一架。郝其鸾虎口一震，疼痛难忍，手一松，那枝画戟，已经打落在地。郝其鸾说声：“不好！”赶着往外一跳。金大力第二棍又到，却好庄丁赶来。郝其鸾抽个空，叫人将宝剑取出，他便执剑在手，又杀进来，只在金大力前后左右，遇空就刺。此时金大力杀得性起，不辨青红皂白，将棍举起来，乱舞一阵。郝其鸾赶紧要让，说时迟，那时快，已是咕咚栽倒在地，几乎送命。那些庄丁，见主人打倒，一窝蜂还要上来相杀。怎奈金大力那棍厉害，不敢近前。金大力复大声喝道：“尔等快拿绳索，将他绑起。”那些庄丁站在那里，口中答应，身子不动。大力又喝道：“你等既不拿绳索，快快给我退出大门之外！”

金大力见郝其鸾躺在地下，已是动弹不得，便将他腰带及裤带一齐解下，把郝其鸾四马倒攒蹄，捆个结实；又撕了一块衣襟，塞在他口内，然后抛在黑暗之中。又将大门关好，用杠子闩起来，便提着棍子，直往后面而去。转过厅房，到了内宅第一进，只听屋上叮叮当当，打个不住。金大力仰上一望，正是李七侯在那里与郝素玉厮杀呢。金大力看得真切，遂喊道："老七使劲儿，底下那小厮已经捉住了。这个不要给他放走呀！"李七侯一听此话，便知金大力已将郝其鸾捉住，一面与素玉对敌，一面招呼底下道："金大哥，那小厮既已捉住，你可先把他背回去见大人，不要再给他跑了。"金大力即刻退出来，将郝其鸾背在肩上，开了大门，舞着铁棍，大踏步，直往客店而去，按下休表。

再说郝素玉，正与李七侯在瓦上厮杀，足足杀了两个时辰，彼此不分胜负。两人正在酣战，忽见素玉虚晃一刀，往后便走。

李七侯疑惑他欲要逃去，遂在后面紧紧相追。看看迫得切近，只见素玉一转身，将软索锤放下，直往李七侯打来。李七侯说声："不好！"赶向旁边躲让。说时迟，那时快，饶他让得快，肩膀上已着了一下。李七候站立不住，只听咕咚一声，已从屋上滚到地下。郝素玉见李七侯中锤跌下，也赶着跳了下来。李七侯虽然中了一锤，还可以挣扎起来，瞥见郝素玉从屋上跳下，便就地一滚，两脚一使劲，往上一撑，已站立在院落之内。等到郝素玉跳下，他已一刀刺了过去。郝素玉往旁边一闪，让过一刀，顺势复一刀，直往李七侯胸前刺去。李七侯用刀架住，拨在一旁。此时李七侯却换了刀法，喝声："着！"一刀往郝素玉足下砍来。郝素玉便将软索锤取在手中，一转身，放了出去，正击中李七侯手腕。李七侯的朴刀已打落地下。李七侯说声："不好！"不敢恋战，转身就跑。郝素玉也不敢追赶，恐外面更有能人。只得回转厅房，复从屋上跳下，检点庄丁，死伤的共有十五六个。当时将受伤的人抬去歇息；已死的，明日掩埋。欲知后事如何，且看下回分解。

第一五三回　李公然仗义释其鸾 张桂兰有心结素玉

却说金大力背着郝其鸾赶回客店，天色已晚。施公等俱已前来，金大力禀明各节。施公便命将郝其鸾锁在空房，等待郝素玉捉住，一齐押入宿迁。说着，忽听店外车马之声，吵嚷不已。施公便命施安往外观看，究系何事。施安一见，计全等已将行囊搬进店内，也就与李公然进去。公然先给施公请了安，然后将天霸招亲，张桂兰同来，朱光祖答应因要将自己事料理清楚，随后就到的话，一一禀知。却好黄天霸进来，见施公请安道谢，站立一旁；便将褚标不愿前来，同张七等到淮安再来的话，又细细说了一遍。施公道："你的房间，刚才已招呼店内另腾一间女屋，好让你夫妇同住。"天霸道："卑职感大人的恩典。"施公道："你妻子，少停片刻，本部堂是要请她见见的。"黄天霸道："少停，卑职就命她前来给大人请安谢罪。"又道："卑职岳父还道先给大人请安，从前冒犯，还求恕罪。"

施公道："不是当日那一番举动，如何有今日这段奇缘。我生平是不念旧恶的。"天霸道："大人不知为何事，耽延至今？"

施公见问，便将郝其鸾如何行劫，关小西如何大战郝素玉，何路通如何侦探菊花庄，后来二人有病起来，如何金大力与李七夜打菊花庄，郝其鸾被大力擒住，现在此间；李七因战素玉，尚未回来，才派王殿臣、郭起凤去接应的话，告诉了一番。黄天霸未及回答，只见李公然站起来说道："这郝其鸾，卑职是知道的。他向来领着妹子安分守业，并不恃强恶霸，却是一身武艺。郝素玉曾得异人传授，比他哥哥还高强。今已被捉，可否还求大人不咎既往，以儆将来。让卑职令他矢志归诚，将功赎罪。”施公道：“郝其鸾，贤弟既知其底细，当准如所请便了。”李五又谢了恩，然后退出。

关小西等迎接上来，给黄天霸道喜，还要请张桂兰出见。

黄天霸又与大家叙谈了一会。接着李七侯、郭起凤、王殿臣也回来了，彼此问讯了两句。李七即往施公前，将与郝素玉大战的话，禀告了一番，这才退出，与大家同叙一番。黄天霸又将自己的住房安置妥当，即叫张桂兰去见施公。张桂兰当即换了衣服，随着天霸前去。天霸先向施公说知，然后张桂兰进去，先给施公行了个全礼。施公也还半礼。张桂兰复又磕头谢罪，施公又让了一回。张桂兰这才立在一旁，娇声道：“前者冒犯虎威，自知罪不容赦。乃蒙大人恩施格外，俯准玉成，小妇人理当随着夫主竭效犬马之力。即小妇之父，亦嘱转致谢恩，恕其前罪。”施公道：“从前之事，虽属冒昧而行，亦复天缘凑合，本部堂断不追究。以后能随天霸立功报国，夫唱妇随，不负本部堂撮合之心就是了。”张桂兰道：“是，大人的恩典，敢不竭力报国。”说罢，施公即命她回房。张桂兰也就退出。黄天霸又与众兄弟相次见礼已毕，这才归房。

此时李五已至郝其鸾房内，见他闭着二目，缚在那里。便上前喊道：“贤弟不要惊慌，愚兄已在大人前给你求过。大人已准其不咎既往，特嘱愚兄为你前来解缚。”郝其鸾听说，将二目睁开一望道：“原来是李五哥，你老为何在此处？小弟早知如此，悔不当初了。”李五一面将他背缚解下，一面说道：“贤弟你为何也要学那一流人物。今日若非愚兄到此，贤弟少不得有灭门之祸。”郝其鸾道：“此话说来甚长，只因前者谢豹来信，甚言施公贪鄙异常，嘱小弟前去帮助。小弟及至到了那里，闻见他已经被捉。因此探听施公必走此地，才生出这个主意来。等到后来，已成骑虎之势。今蒙老哥搭救，小弟粉骨碎身，不足以报大恩。”李五道：“好在愚兄在大人前代你辨白清楚，只须同着贤弟去大人那里谢个罪，就是了。”郝其鸾跟着李五，先禀知大人。施公答应：“即时带进。”跪在下面，磕头请罪。施公见他人品还不俗，当即申斥了几句，招呼他戴罪立功。郝其鸾唯唯听命，磕头退出；又与众人各各相见，然后回菊花庄而去。

于是大家复聚在一处，谈讲郝其鸾的事。关小西又言：郝素玉的武艺高强，若遇着黄嫂嫂，二人大战起来，那才好看。李五道："据我看，不必一定要战起来，才知道高下。不妨今黄贤弟、弟媳将他请来比比，大家就可看见了。"黄天霸道："五哥此话不错，等明天教贱内去，请她来比试比试。"说着即站起身来，去往自己房内，与张桂兰说知一切。张桂兰道："即是郝家女子有这等武艺，只得明天我去会她。不知大人可否允准？倘若应允，我也可显显我的武艺，并叫姓郝的也知道此间有我这么一个人。"黄天霸欣然到了施公房里，缓缓说道："卑职妻子闻说郝素玉武艺高强，实在心下羡慕。拟赶此时大人未曾启节，前去结识了她。或者随后有用她的时候，就可用卑职的妻子前去招呼。卑职因大人已将该兄开罪在前，卑职故敢斗胆请命，行否即求裁夺。"施公沉吟了一回说："此事未尝不可。但能与郝素玉说明，以后如有用她之处，悉听调遣，不得违拗。本部堂也可得一员女将。贤弟可将此话对尔妻说明便了。"黄天霸唯唯退出，当即告知张桂兰一切。张桂兰喜出望外。次日一早，张桂兰暗藏了兵器，又禀告施公，上马而去。

却说张桂兰奉了施公之命，准其前往，结识素玉。到次日，她便结束个簇新，身穿一件大红湖绉密扣剜云紧身小棉袄，上加湖色摹本缎通体镶滚灰鼠大衫，外罩玄色湖绉洒花披风，下穿玄色湖绉洒花百褶裙，内衬玄色湖绉洒花滚脚罩裤，大红缎绣花弓鞋；头上盘了一个螺丝髻，八宝镶嵌足赤金簪，耳戴一副八宝镶嵌珠环，玄色湖绉抹额，当中钉着一颗龙眼大的珍珠，一个白绒球，战巍巍高插顶门上面；腰间斜佩着八宝镶嵌剑，匣内藏一口七星宝剑，肋下暗藏两把朴刀，随带袖箭；备一匹银鬃马，金辔勒，大红缨。结束停当，先往施公前请安禀辞。施公看那样装束，不愧为女中豪杰，巾帼英雄，实是可羡，便道："你可速去速回，毋须耽搁。"张桂兰答应，随即出了客店门，跨上鞍马，随带几个家丁，直往菊花庄而去。沿途观者，无不啧啧称羡。

停了一回，赶着进庄。到了郝家门口，家丁说声："今有施大人跟前官居副将黄天霸大老爷的太太张桂兰，特奉大人之命前来拜望你家素玉姑娘。请你进去通报一声。"庄丁听说，瞥见后面马上一个绝色的女子，也是武艺打扮，便问道："马上坐着的就是那黄太太么？"夫人答道："正是。你快去通报吧！"那庄丁转身向里跑去。张桂兰骑在马上，在门口等了一会。只见正门开处，迎出一女子，约在二十左右，生得颇为美貌：头挽凤翅髻，玄色湖绉包巾，当中按着一块翡翠，两鬓斜插一对蝴蝶双飞镶八宝珠花，一朵朱缨顶门高插，耳带乾绿翡翠珍珠环；外穿一件大红湖绉金银鼠袄，内衬湖色湖绉玄缎镶滚密扣紧身，腰挂佩剑，下穿玄色绣花百褶裙，藕花色玄缎剜云滚脚罩裤，脚着湖色绣花弓鞋，紧系玄色兜根缎带，窄窄的一双三寸金莲；薄敷白粉，淡点胭脂。后跟着两个丫环，缓缓迎了出来。只听得一个"请"字，张桂兰赶着下马，走了进去。

郝素玉让至厅上，见礼已毕。张桂兰道："小妹久仰贤姐的英名，无由相见。昨日同拙夫由凤凰岭到此，始知贤姐令兄，误信人言，前去行劫。多亏李五老爷在大人前力保，始将令兄解释回庄。小妹因闻关老爷道及贤姐武艺精通，真是女中豪杰，小妹因此禀求大人，冒昧前来拜谒，一来叩教，二来藉慰平生。但恨相见太迟，不能久相共处。"郝素玉道："小妹荒村陋质，蒲柳之姿，敢云技艺高强，不过略知一二。久闻贤姐芳名远播，本领惊人，妹子亦相见恨晚。从今以后，还要时常请教，朝夕共聚。今日驾既到此，务留贤姐痛饮一日，彼此得能畅所欲言，不知贤姐尚肯不弃。"张桂兰道："乃小妹固所愿也。无如临时大人坚嘱再三，可早来早去，恐留此不免见责，且稍坐片刻，再行告辞便了。"又道："小妹尚有一言奉告：顷者奉命至此，大人之意，见令兄既不见罪，将来戴罪立功。还要求贤姐，如以后有借重之处，尚拟奉烦大力帮助。特嘱小妹务请贤姐应允，但不知可否俯从？"郝素玉道："施公手下，能者颇多。即如那关姓之人，武艺亦颇出众，足以抗敌几辈。况有姊丈、贤姐共相保护，则施公左右，亦可谓'人才济济，猛将如云'。小妹不才，何敢滥施其侧。倘施公既有此意，小妹亦不敢辞；如有召见之时，只须一纸书，小妹当奉命前往。非敢谓足供驱使，藉以与贤姐把晤。”张桂兰道：“既承不弃，小妹是心感不忘了。”郝素玉道：“小妹得一睹芳颜，便是三生有幸。前者贤姐去盗金牌，又是何用意呢?”张桂兰道：“当日闻得拙夫本领素著。那时小妹赌气，去将金牌盗来，偏指名拙夫上山去取，意在要瞻仰他的意思。现在细细想来，终觉荒唐太甚。”郝素玉道：“贤姐既如此做出，后来姊丈究竟去否？本领究竟能如人言否？”张桂兰道：“此事说来，颇觉惭愧。既蒙见爱，不妨直道其详，尚望贤姐，勿作笑柄。”郝素玉听了这话，不觉叹了口气，然后说道：“如此看来，姐夫与贤姐是怨偶，反成佳偶了。可羡可羡!”张桂兰听郝素玉话内有因，便跟着口气问了进去道：“此亦天缘凑合，莫之为而为。自古婚姻，大半天作之合。但不知贤姐青春如此，想定许字多时了。”郝素玉听说，脸上一红，腼腆说道：“小妹自父母去世后，随兄嫂度日。况且曾经自誓，非技艺出众者，宁作孤凰，不为双凤。”

张桂兰道：“不知贤姐必如何人而可事之乎?”郝素玉道：“如姊丈一流，可毕夙愿了。”张桂兰道：“贤姐青春，今年几许呢?”郝素玉道：“痴长二十一岁。贤姐尊庚几何呢?”张桂兰道：“占长一岁。”郝素玉道：“小妹今有一言，愿与姐姐联为异姓手足，不知贤姐果肯赏光否?”张桂兰道：“小妹亦有此心，今承见爱，适合初心了。”郝素玉道：“彼此盟心可矣。”张桂兰道：“若谓焚香燃烛，徒然见笑于人。”郝素玉大喜。因道：“自此以往，便以姊妹称呼，不可稍存客气。”

张桂兰亦唯唯答应。此时酒席摆出，张桂兰又请郝素玉的嫂子出来相见，然后入席畅饮。直到未申时候，方才散席。张桂兰即便告辞了。毕竟张桂兰代郝素玉物色何人，且看下回分解。

第一五四回　施公为关小西议婚　李昆代郝素玉作伐

却说张桂兰辞别菊花庄，竟回客店，便把天霸请进，于是把郝素玉的话说了一遍。因道："妾意欲为小西择配，彼此年岁均各相当，武艺又不相上下。且小西口气，亦颇属意；素玉心内，也极赏识。而况大人曾言，有须用她的时候，还要教她应命来此。若是闺中的朋友，而且她又与我结了姊妹，彼此皆情投意合，将来要做同帮同住的，你道此话如何呢？"黄天霸道："话虽如此，怎么向大人开口呢？让我同计大哥商量商量看。"说罢，黄天霸便走出房，寻着计全，却好李五也在那里，天霸便将张桂兰所说的话，学说了一遍。计全尚未开言，李五便道："此事只须如此如此，便可成功了。"计全道："既这么说，就请老五向大人说罢。"李五道："计大哥，我代姓关的说不行，必得将他找来，叫他当面答应了，才得算数。就如黄贤弟把老婆带了来咧！到今朝咱还不曾吃他一顿。"天霸道："五哥你不要挖苦咧！等你们到了淮安，大人请你们吃一顿就是了。"大家笑了一回，于是就将关太找来，叫他先给李五先下谢媒酒，关太只得答应。

晚饭用毕，天霸去见施公。施公便问郝素玉的话。天霸道："卑职妻子向素玉说过，素玉也曾答应。那女子在先虽犯大罪，此时颇知悔过，且盛感大人赦她哥哥之恩。彼此谈吐之下，她颇佩服关太的武艺；探她口气，似亦属意于关太。拟求大人玉成其事；不过卑职为招致人才起见。未识有当，还求裁夺。"

施公沉吟道："据尔妻言，亦甚有理。但不知郝其鸾可否应允？"天霸道："如蒙大人俯允，只须李昆前去，向他说项。"施公听说，招呼李昆商议。李五赶着进去。施公道："顷据天霸述及张桂兰所言，郝素玉颇知感戴；且与张桂兰志气相投，并极佩服关太。现欲为他二人撮合。本爵之意，亦可允许。但不知素玉为人。"李五道："若论素玉，是卑职素知的，武艺高强，为人贤惠，且具有忠义之气。如蒙大人恩准，关太既成就家室，素玉亦幸托终身。即大人亦可得一女将，张桂兰也可添一帮手。将来同赴淮安，定能夫义妇顺了。"施公道："既如此说，就烦贤弟明日即去作伐，以定回信，便定行止。"李昆道："大人吩咐，实是经权两便。卑职当前去便了。"说着，与天霸退出。

李五就将此言告诉众人，并同关太说了一会笑话。此时天霸进了自己的房，正欲将施公允从的话，告知桂兰。只见桂兰说道："你不要说了，我通听见过，知道了。"二人且自安寝，一宿无话。

次日一早，李公然即辞施公，前往菊花庄而去。到了庄上，先着庄丁通报了。郝其鸾即便迎出。两人同到厅上，分宾主坐下。郝其鸾便先谢解救之德。李五让了一回，这才将奉施公之命，特来作伐的话，说了一遍。郝其鸾听说，赶着答道："承大人之命，虽极谆谆。但小弟刑余之人，安敢上希荣宠。且舍妹质同蒲柳，亦难配松柏之姿。还希李五哥为我说辞，非小弟故违方命，实不敢妄攀。"李五道："贤弟不愿俯从，愚兄亦不敢相强。若云高攀不上，如天霸之与张桂兰，这是前车之鉴，贤弟岂未有所闻吗？今令妹之与张桂兰事同一体，还有什么高攀不高攀呢？且大人之意，实为怜才起见。英雄侠女，天假因缘，若故事推辞，竟是贤弟不许。"郝其鸾道："承兄之爱，词意谆谆，倘再故辞，必拂盛意。小弟只好不自量力，请从台命便了。"李五大喜，便道："还有一件顺人之意，拟在月内，即行择日，就近成亲。以后好带同令妹，随赴淮安，作一劳永逸之举，免得随后又多往返之劳。若因诸事猝办不及，两边均宜从省，将应用的稍办少许，其余概不奢办。至于妆奁一项，如贤弟应付令妹的，不妨随后陆续再置。并且大人恐怕尊处无多女眷，内事未切，多有未谙，已拟留天霸夫人张桂兰，前来帮助令妹料理了。即请贤弟示下。"郝其鸾听说便道："且待商量，容当报命。"不知郝其鸾答应否，且看下回分解。

第一五五回　代子申冤老妇告状　为民辨屈贤臣准词

却说李五因郝其鸾踌躇未定，因道："贤弟无须踌躇。在愚兄看来，只须粗备各物，数日即可齐全。倘然说独力难为，愚兄尚可帮助。且大人留下一位同事，姓计名全，以备将来他作男媒，兄作女媒之计。愚兄径可将他约来，相帮料理。若以后到了淮安，再来迎娶，时候虽觉宽展，不免跋涉多劳。倒不如趁此各从省俭，究觉两有裨益。贤弟还请三思。"郝其鸾听说，也觉有理，便道："既这么说，只得遵命。但各事粗鄙，礼节不周，还请老兄善为说辞，求大人曲为原谅。一经择定吉日，便请老兄与计大兄前来帮助帮助。内事一切，则请黄夫人帮着贱内襄理。请先转达一言，那时再当具帖过来。"李五道："今承尊命，三日后当先纳采。愚兄回去，便请大人选择良辰便了。至于一概俗例，还望涵容一二。"郝其鸾道："既为至戚，区区末节，何足讲求。"说罢，便命人摆酒。一会子摆上酒来，彼此用了午饭，李五就告辞回店。见了施公，备言郝其鸾已遵命应允；即请施公，选择吉日，三日后，即行择吉。

施公闻说大喜，当即择定十一月十五日入赘。又拿出三百两银子，为关小西的赘费。便命计全、李昆为媒。又招呼桂兰，即日移住菊花庄，帮郝素玉料理一切。大家均唯唯听命。次日，施公即吩咐动身，往宿迁而去。三日后，李昆、计全即至菊花庄纳采，仍与小西住在客店。张桂兰即于是日移住郝素玉家。真是姊妹情深，痛谈衷曲。直待吉日一到，关小西便去入赘。

不言郝家预备招赘，如何忙碌。且言施公到了宿迁，早有地方官出城来迎。施公便换坐大轿进城。轿子未入城，只见迎面来了一个白发苍苍、年有七十以外的老婆子，头顶状词，拦着轿子，跪在地下，口称冤枉。施公便命住轿，招呼手下人，将呈子递上。手下人答应，便将呈词递上来。施公接过来一看，上面告的是：谋害亲夫，毒毙幼女，两条人命重案。施公细细看毕，便望下问道："老婆子，你就是王陆氏么？"那老婆子道："孀妇正是王陆氏。"施公道："这王李氏，是你的媳妇么？"王陆氏答："是。"施公又道："你怎么知道，你儿子王开槐，孙女秀珍，是尔媳妇谋害的呢？有何凭据？可从实招来。若有半字虚言，定照诬害从重治罪。本部堂看尔这所告的呈词，你儿子的命，或是你媳妇所害；天下岂有自己的亲生女儿，也肯将他毒死么？此中显有不实之处，尔可细细讲来。"

王陆氏跪在下面禀道："大人在上，容孀妇上禀：孀妇今年七十二岁。四十岁上才生的儿子。不到两年，亡夫就病故了，其时儿子才三岁。孀妇就苦苦抚养，长到十六岁，便给他学了个鞋子店的生意。也算他知道艰难，每月除养孀妇外，他省吃俭用，历年积聚了百吊钱。到了二十七岁，就凭媒说合，讨了一房家小，颇为勤俭。过门第二年，就生这个孙女。哪知第三年冬间，因嘱儿子给她做件湖绉棉袄。儿子便道：'你我这寒苦人家，要这样衣服何用？'媳妇就不愿意，因此两人就吵闹起来。孀妇将媳妇劝了一番。媳妇后来赌气，回娘家去了。一连过了八九天，这日回来，便见她穿这一件桃红湖绉棉袄，他们又吵起来了。哪里晓得，媳妇由此就时常回去母家，动辄就要与儿子吵闹，迥非初来的光景。今年八月初一日，孀妇女儿来接孀妇去讨了两日。初六早上，忽然邻居——叫小毛，跑来送信，说是：'儿子同孙女昨夜暴疾身死。'孀妇听这话，吓得魂不附体，赶着同女儿回去，果然见儿子、孙女都已死了。该应凑巧，那小毛在暗地就告诉女儿，说他夜里先听见儿子声音，求人饶命。后来又闻孙女大哭起来。到了天亮，便听见我媳妇惊慌起来，说是儿子同孙女都得了急病死了。怕得此中有别的怪事，孀妇向县里去喊冤。后来县太爷就来相验。两个人周身验到，并无一处伤痕，就说是实得暴病而死。孀妇此时无法子，只得备棺收殓。不料媳妇的父亲李卜仁，因县大老爷验得无伤，反告孀妇诬告。幸亏县大老爷百般开导，李卜仁才算没事。媳妇便由李卜仁接回娘家，只落得孀妇一人。所幸我女儿搬在一处。于今三月，忽然前夜三更时分，见儿子满头鲜血，站在床面前，说他身死不明，今有施大人到此，叫孀妇代他申冤。忽然妇人惊醒，乃是一梦。次日起来，在外面打听打听，说是果有个施大人早晚就到。因此孀妇叫求大人，给儿子申冤。"说罢，又磕了两个头。施公听了这番话，当即说道："王陆氏，你先好好回去，听候传讯。本部堂代你儿子申冤就是了。"王陆氏起来。施公也就进城，到了行辕，立刻签提小毛，并淫妇王李氏对质。

却说施公立刻签差去提见证小毛、淫妇王李氏，并父李卜仁，就县署升堂复讯。宿迁县旁坐案侧。施公便命提原告王陆氏，跪在下面。王陆氏与前供相同。又命提被告。差役将李氏带到，跪在下面。施公观看李氏，颇有娆态，问道："你今年多大岁数了？你丈夫王开槐、女儿秀珍，究竟因何身死？尔可从实招来。"李氏道："大人容禀。小妇人二十三岁，凭媒说合，嫁与王开槐为妻。二年就生了秀珍女儿。我婆婆见我易于生育，也是欢喜。至今年搭交六年，从未怨过他家一句。不意祸从天降，八月初五夜间，忽然丈夫口称腹痛，女儿亦是如是。

其时婆婆又不在家，到小妇人姑子家去咧！小妇人起来烧了些姜汤，与丈夫并女儿服下，哪知仍然疼痛。又当夜深人静，无处延医诊治，小妇人心想等到明天，再去将婆婆、姑子接回去，请医生前来，代他两个诊治。不料天尚未明，丈夫与女儿两个，一齐死了。小妇人已是魂不附体，天明便去隔壁朱家，请他家小毛，去接我婆婆、姑子回来。他就说儿子与孙女儿，全是小妇人谋害死的了，便到县里告过。当经县太爷相验：并无伤痕，委系暴病而死。我婆婆才算没事。小妇人实在冤枉，总要求大人天断。"施公道："本部堂且问你，那一件湖绉的棉袄，是谁送你的咧？"李氏道："小妇人回到娘家，向父亲要。后来父亲做给小妇人的。"施公道："你丈夫既死，为什么不在夫家守节，伏侍孀姑，竟至回到母家，这又是何缘故呢?”李氏道：“当丈夫死后，小妇人也曾力劝婆婆：儿子虽死，也有你媳妇奉养，你老人家不必过恸哀切。争奈婆婆骂小妇人。因想：丈夫是死了，还要遭婆婆辱骂，实在忍气不过，屡欲自尽，又恐为人议论，说小妇人害死亲夫，畏罪自死。因此小妇人父才将小妇人接了回去——过了一二月，等婆婆气稍平些，再回夫家，并无别故。”

施公听说，把惊堂一拍，喝道：“好大胆的淫妇！现在有见证在此，等与你对质明白，那时尚有何说?”命提见证。差役即刻将小毛带到下面。施公问道：“你就是小毛，姓什么?多大岁数了?王开槐究竟怎样身死?你可从实招来。”小毛道：“小的姓韩，在朱家放牛，今年十五岁。八月初五夜，约三更时分，忽听隔壁王家有人喊：‘救命!’声音却不高。后来又听见他家小女儿大哭两声，也就是不哭了。小的当时也不知何事，只索罢了。等到天明，忽然王家大奶奶起来，说是他家大爷与他家女儿，全得了病死了。复又到小的主人家中，央小的去接他婆婆。后来小的闲谈中，说起夜间喊求饶命的话，他家老奶奶就说是‘谋死亲夫，毒毙幼女’，就去往县里告咧！这就是小的实供，别无虚谎。”施公道：“本部堂问你：他平时夫妻吵闹，你可知道么?”小毛道：“小的间或知道。”又问道：“你可知王开槐不在家，有什么人到他家来走动呢?”小毛道：“外人并不曾看见过。”施公又道：“这李氏回娘家，一月去几次呢?”小毛道：“有时今去明天来，也有两三天、三五天不等。”施公听罢，又命带李卜仁。差役答应，即刻带到，跪在下面。施公问道：“你向来作何营生?年纪几何?为什么纵容女儿在家宣淫，不加防范?以致谋死亲夫，毒毙幼女。尔可从实一一招来，本部堂尚可从宽，免尔之罪。”李卜仁在下磕了个头回道：“小的今年五十八岁，向为裁缝生理。女儿虽时常回家，只时暂来暂去，连三天都没在家过的。因为女婿的母亲年纪甚大，无人服侍，亦门户要紧。若问女婿是女儿谋害死的，小的实在不知底细。说害死的时节，小的也只道女儿不端，听凭夫家去告。即到县大老爷前来相验，说是：实系暴病而死，因此小的才告他的诬告。后来经人说开，小的也就罢了。至于将女儿带回，因据女儿说，他婆婆任意辱骂，万难相处。后来女儿气忿不过，欲寻个自尽，小的因此先将女儿带回来，过一两月，再送他回去。若说奸夫究竟何人？小的不敢妄指的，还求大人明察。”施公道：“本部堂再问你：你女儿所穿的桃红湖绉的棉袄，究系何人与她的？”卜仁道：“这日女儿回来，就说是与女婿赌气。因为叫女婿做湖绉棉袄，女婿不肯，后来女儿又说：‘爹呀！这件衣服要多少钱呢？’小的就告诉她，差不多要十二吊钱，做得成功。后来女儿就拿出四两银子。小的当时问她，这银子从哪里来的呢？‘因为女婿不过手艺人。”

施公说：“这却问的不错。她便怎么回答你呢？”又说：“我女儿说：‘这银子是女婿的一个舅表兄，现在江南跟官，不久回来，到他家看见表弟娶了新妇，把的见面礼儿。’小的听说这话，也就不追问了。当时把银子拿了过来，便就代添几吊钱，自己的工，做了一件桃红湖绉的棉袄。”施公听罢，有了表兄，便问王陆氏道：“你可是有个在江南跟官的外甥么？”王陆氏道：“这个外甥，还是娶媳这年走了一趟，从此并不曾来过。”

施公道：“你外甥把了四两银子，给你媳妇做见面礼的么？”

王陆氏道：“却不知道。”施公又问王李氏道：“你这四两银子从何而来？快讲。”王李氏道：“委实是表大伯给的。当时婆婆不在面前，丈夫那日还在家，亲自见的。”施公道：“你婆婆既不知道，你丈夫又死无对证，本部堂不动刑，你不肯招来。拖下去先掌嘴四十。”差役答应，当即一面打了二十。王李氏仍是不招。施公又命鞭背。差役又将外衣褫下，即一五一十，鞭了二十下背花。王李氏但喊：“冤枉！”并无口供。施公便命且先收监，李卜仁着一并收押。施公退堂。欲知王李氏如何谋害亲夫，毒毙幼女，且看下回分解。

第一五六回　集英轩因梦悟诗　枯树岭开棺检验

却说施公回辕，参详了一回，只得安寝。睡至三更时分，忽觉信步走出辕门。走有半里之路，便是宿迁县门。又往城外走去，过了吊桥，见左首有座大庙，庙前丛聚多人在那里。又闻人说：三齐庙门口，死了一人，不知是哪家的儿子。施公听说，便走过去看。及至走到跟前，并无死尸，只是一班江湖上卖艺的人在那里变戏法。围了一堆人，在那里看热闹。施公也站下来去看。只见那变戏法的：先变了些瓜果，又变了两只雀子、一只山鸡，到后来竟变出一具棺材；旁边立了一个人，好像公门中仵作模样，手中掌了一柄斧头，忽然又不见了。一会子又装出一男一女，男的是书生打扮，女是俊俏佳人，在那里彼此戏谑。倏忽间一男一女，杳无踪影。又装出一个儒生，摇摇摆摆，走了出来，手中执了一柄白纸扇，嘴里咿咿呀呀念着诗。施公仔细听去，只听念道：

花事阑珊梦醒迟，玉人斜立倚花枝；
春光已逐东风去，害杀相思弱不支！

施公听罢暗道："这不是咏的伤春诗吗？"正自说着，又见那儒生去换了衣服，仍就是卖武艺打扮，复到当场要起拳来。看了一回，以前变戏法，以后打卖拳。单这中间变棺材，装儒士，是个什么意呢？一会子人也散了，拳也不打了，施公也走了。忽听人说："宿迁县衙门失火。"施公赶紧往城根跑去。不料人多路挤，走到吊桥，忽然桥梁坍下一角，许多人跌入城河。

施公一惊，醒来乃是一梦。又听了一听，正打三更。施公便将梦中所见情形，参详一遍，因道："棺材旁首立了一人，手执斧头，难道叫我开棺复验么？又想那儒生咏的那首诗，起句是'花事阑珊梦醒迟'，这头一个安着花字。第二、三句，'玉人斜立倚花枝'，'春光已逐东风去'，这两句头上，安着玉春二字。末句便是'害杀相思弱不支'，分明是'花玉春害杀'五字。难道这王陆氏的儿子王开槐，是花玉春谋害的么？"又道："王开槐是个手艺人，如何是儒生打扮的？"想来想去，实是可疑。不觉又入梦境：只见一人生得颇为粗俗，手携幼女，立在床前，口称："冤枉。"施公仔细一看，见那粗汉，满头血汗，甚是可怜。施公问他姓名，已倏然不见。又见一武生打扮的，生得颇为俊秀，跪在床前，若作惧怕之状。施公也欲问他名姓，只听更锣乱响，惊醒仍是一梦。施公又悉心解悟道："难道王开槐竟是被那武生谋害的么？且等明日再行严讯，务要追出了，才好为民治理。"于是施公复睡了一觉，已是东方已白，红日高上。施公起来，梳洗已毕，用过早点。当命传知宿迁县，听候亲临午堂，复讯王陆氏控告一案。并着原差，将原告人证传齐。手下人去讫。日将晌午，施公便往县署，就在县署用过了午饭。知县禀称：原告人证均已传到，请施公升堂。

施公随即恭坐大堂，悉心复讯。先问王李氏道："本部堂昨已住邑庙求神示梦，已蒙城隍神明示清楚：尔丈夫王开槐，与尔女秀珍，实系为尔与武生同谋，一并毒死。尔尚有何言抵赖？可从实招来！"只见李氏说道："大人明鉴，小妇人丈夫，实系暴病身亡，委无谋害情事。且不知什么武生谋害。若果真是谋害死的，难道县大老爷与小妇人也有什么好情，有伤反说无伤，有心袒护么？"施公听说，大怒喝道："好大胆刁恶淫妇！还敢强调顶撞！不用大刑，定不肯招，快取夹棍上来。"

差役答应，随将王李氏拖翻在地，将夹棍在腿上夹起，两旁将绳子收起。只见李氏大声哭道："小妇人实被冤枉！"施公便命松了，道："本部堂明日再开棺复验，那时给尔个凭据。验出伤来，看尔尚有何说，尔敢具开棺请验的甘结么？"李氏道："小妇人甘愿具结。但有一件，如验不出伤来，大人又将何以对小妇人丈夫呀？”施公道：“若验不出，本部堂自行参处，给尔请予旌表何如？”李氏道：“既如此，小妇人情甘具结便了。”施公便命具上了甘结，着即仍然收监。一面传谕知县，预备搭盖尸厂。另传著名老手仵作一名，明早随往柏树岭，开棺复验。吩咐已毕，施公回辕。

次日，知县早将原被人证，及书差、仵作等人，在柏树岭旁伺候。施公亦出城五六里，便至柏树岭，早见尸厂搭盖齐全。

施公下了轿，升堂公案。知县参见已毕。便命尸母王陆氏、尸妻王李氏，率领地甲、书差、仵作人等前去伐基，现出尸墓。

仵作用斧子将棺盖砍开，把尸身翻出。先由原验仵作，周身复验，喝报仍无伤痕。施公又命另带著名老手仵作复验，据报：由上至下，周身验到，委系因病而死，实无致命之处。施公闻报，便离公座，与知县亲临检地，也看不出何处有伤，但只见尸身肉烂皮腐而已。施公看过，心中好不难受，只好命他盖棺，道：“再作计议。本部堂准备自行参处，给李氏旌表便了。”

正自暗想，命人封棺。忽从身边，陡起一阵狂风，吹得各人毛骨皆惊，两目皆难开展。施公颇为诧异，暗自说道：“本部堂为尔有冤，特来开棺检验，争奈毫无伤痕。若果致命部位实系难验，尔今夜再去本部堂那里托梦，明白指诉，以便本部堂作主。”于是便命人先行盖棺，加了封条，并派地方妥为看守。

话说施公开棺验毕，然后打道回辕。施公回到行辕，左思右想，实在忧闷，只得暂且丢开，有什么动静，等到夜间，再作计较。这夜施公才睡了一会，便觉得自己到了柏树岭，四旁无人，只有尸身睡在棺内。可怪那尸身，见了施公到跟前，便由棺内爬起来，望着施公磕了一个头，嘴里说了许多话，只是不解。后来又站起来，满头仍是血汗；又用手指指头顶，忽然用手一招，从旁来了个小女孩子。只见那女孩子望着施公也磕了个头，站起来，也用手指指腹上，又指指心口。倏忽间女孩子已经不见了，那尸身仍在棺内。施公醒来，重复详解，明日再作主意。

到次日，将那个著名老仵作金标叫来，望他说道："本部堂昨夜梦城隍神示兆，说王开槐实是中伤致命。尔亦明知其情，有意蒙混。本部堂定将尔照知情不报，得贿卖放例，加一等从重治罪。"那金标正欲辩白，施公不由他分说，忙喝道："毋许多言，速速前去！若三日验出，本部堂重重有赏。"金标不敢再说，且先行回去，与老婆商量商量，有何不可。

一会子到了家中，他老婆便问道："施大人传你去，究为何事？"金标听说，便将以上的话，说了一遍。只见他老婆说道："你说死者周身无伤，你曾细细检验么？"金标道："那一处不曾验过。"他老婆道："头顶上果曾验过么？"这句话把金标提醒了，忙道："只有头顶未曾验过。"也是冤魂未散，合该金标的老婆，要在施公手上犯案——你道金标老婆，为何犯案呢？他本来姓花，名玉春，她前夫是个读而未成，家中又苦。后来她看上一个公门中人，与他通奸。花玉春就瞒了这个公门中人，将前夫害死，跟了他。后来那公门中人不到一年死了，她才嫁了金标为妻。此是前话表过。

且说金标听了老婆花玉春的话，次日便去施公那里，悄悄告诉。施公便道："你前日坚说不知，现在怎么可得知道？"金标说："乃小的妻子向小的问，头顶曾否验过？小的说不曾验到，她就说出这句话来。"

施公听说此话，就疑惑起来：怎么一个妇人就有这等见识？便往下问道："你妻子姓什么？"金标道："小的妻子姓花名玉春。"施公听说"花玉春"三字，忽又触起梦中那首诗来，暗想这里有什么岔事？因道："你妻子见识很好，如明日果能验出伤来，本部堂有赏。尔且退去。"次日，施公又到枯树岭，先验封条，次命李氏之父李卜仁，及李氏同到棺前，跟同开棺。

仵作将棺盖开下，复验一周。据报：仍无伤痕。施公喝令将头发打开，细验头顶。说着，留神察看李氏形色。只见李氏登时变了颜色，两眼的光都瞪直了。施公知道有异，旋据仵作喝报："验得头顶中间，有四五寸长铁钉一根，委系被钉死。"施公听报，又命将钉拔出。仵作答应，随将铁钉呈上公案。施公便命宿迁县同看，又命将李氏带上，把铁钉与李氏看过。即叫人将棺盖好，仍旧用土封墓。一面带同原被人证，及书差、仵作，径回县署复讯。

施公升座大堂，问李氏道："好大胆的淫妇，今本部堂验出真伤，尔尚有何辩驳？"李氏尚未回答，只见李卜仁禀道："小的生出这不孝之女，做出如此的大案，小的实不知情，求大人尽法惩治，好申我女婿之冤。"施公道："你既不知情，姑从宽发落，尔当听候判断。"又问李氏道："尔是招与不招？"

李氏见抵赖不过，只得招出，因道："小妇人听信人言，下此毒手。只因母家前庄有个姓吴的，名叫吴良。是一个武举出身，家中颇有些钱文。前年三月初二日，小妇人在门口买菜，吴良从此经过，生起了一点邪心。因他见小妇人稍有姿色，于是两情相合，就此成好。"施公道："那吴良难道没有家小么？"

李氏道："妻子新死。"又问道："他家尚有何人？"李氏道："他有个祖母，今年已七十多岁，双目不明。还有前妻生的儿子，今年三岁，寄在他丈人家过活。"施公道："你既与他有奸，后来便怎么害你亲夫与你女儿呢？"李氏道："由此日往月来，至今年已整二年多了。小妇人凡到婆家去，皆系两头说谎，因此娘、婆两家，皆不知道情节。这日小妇人刚从吴良家走未多远，先见丈夫走来。其时丈夫并未看见，小妇人终是胆怯，当晚也就回来夫家。过了几日，又去吴良家内，将这话告诉吴良，原欲与他拆散。哪知吴良甘言蜜语，小妇人受骗，就答应了，也不料起这歹心。到八月初五，他听我婆婆到姑子家去了，约到二更时分，他就一人到了夫家，手上拿了一把刀，把门打开，见了丈夫就要杀他。小妇人见他那种杀象，就要喊叫。他又指着小妇人说道：'你如喊叫，就是一刀。'小妇人被他吓得也不敢唤了。我丈夫也就被他吓昏了。他便将刀抛在地下，就把丈夫背绑起来。此时丈夫也醒了，便哀求他饶命。他哪里肯依？小妇人也去求他，他也不睬。复又撕了块布，将丈夫嘴塞住，就从身上掏出一根钉来。又在地下拿了刀，用手提刀，将钉在丈夫头顶上钉下，登时丈夫就死了。

此时小妇人已吓软了，话也说不出，只眼睁睁地望了他动手。我那秀珍女儿从床上忽然爬起来，哭个不了。吴良一见说道：‘一不做，二不休。留了这小孩子，终久是祸，不如一起斩草除根。’说着，又将秀珍抱起来，在桌子抽屉内，寻出根针来，在秀珍肚脐戳进去。天尚未明，女儿就也死了。他见二人皆死，复向小妇人说道：‘你不能说出来，你若是露了风声，你的性命立刻难保。你就说他父女两个，暴病死的。即使有人告你，虽把包老爷请来，都验不出伤的。’彼时小妇人也是无法，只得依允他了。”说罢，大骂吴良道：“你这狠心贼！害得我好苦呀！眼见得你还要抵命了。”施公听罢，叫人录了口供，着仍收监，候提吴良到案，再行断结。

一面飞差签提吴良。当日就将吴良提到。施公随坐晚堂，先问了一遍。吴良仍思抵赖。后命带到李氏对质，吴良也一一招认道：“王开槐实系由小的一人用钉钉死，其小女儿秀珍，亦是小的用针戳死是实，情甘抵罪。”施公道：“用钉钉头，这个法儿，你实在想得好毒！”吴良道：“此法并非小的想到。十年前小的方十岁多，在外婆家房内住着。那房里墙上有个洞，那夜见隔壁邻居家，有个妇人，用钉钉他男子。十年来总未破案，因此才想出这个计策来。”施公道：“你这外婆家姓甚？住在何处？”吴良道：“小人外婆姓杨，住在桃花村外，名叫个杨秀。那地方通知道名姓的。”施公又道：“你记得钉那男人的那家姓什么？”吴良道：“小人记不清了。”施公也不再下问，但命将吴良口供录下，分别收监，听候拟罪。欲听后事如何，且看下回分解。

第一五七回　案中案因案破案　奸里奸以奸从奸

话说施公审明王李氏听奸夫吴良谋死亲夫，虽未帮凶，实系因奸致害，仍与谋害亲夫事同一律，照谋害亲夫例拟以处死。

吴良奸淫有夫之妇，复又谋死亲夫，又戳死幼女，实属罪大恶极，本拟斩监候，着照例加一等，拟以斩立决。王李氏之父李卜仁虽不知情，究属教训不严，拟杖一百。王陆氏守节抚孤，老年丧子，实属可怜，着于亲房中择其应嗣者立继。着宿迁县捐廉助银一百两，给以王陆氏身后之用，以示体恤，而悯孤贫。宿迁知县胡礼听断不明，办事草率，于此等重大命案，不能悉心讯察，实属心地糊涂。本应参处，姑念尚非贿赂，着记大过一次，罚俸半年，以示惩儆。此案断结，随即签差去提仵作金标，并该妇花玉春，即时到堂，听候严讯。宿迁县等见了这桩公案，茫无头绪，不知金标犯着何罪；又提花玉春实为何因，而又不敢据问，只得饬差去讫。施公退堂一会子，金标与花玉春都行提到。施公随即升堂，命先带金标提讯。金标跪在下面，望上禀道："小的蒙大人恩提，不知身犯何罪？求大人示谕。"

施公道："尔本无罪，办事勤劳，本应重赏。但有一事，不得不问尔明白。尔妻花玉春系个原配？抑系奸占？"金标道："小的是续娶。"施公道："还是处女？还是再醮呢？"金标道："是再醮。"施公道："花玉春前夫，你可知道作何生理呢？"金标道："花玉春前夫，小的是知道的，姓卜名唤卜干，是本县里粮差。只因卜干七年前死了，花玉春因无养育，凭媒说合，再醮小的为妻，于今已有七年了。"又问："花玉春今年多大岁数？"金标道："现年三十九岁，三十二岁上来娶她为妻。”

施公道：“你今年多大呢？”金标道：“小的四十六岁。”施公道：“尔知花玉春嫁卜干时节是处女，是再醮？”金标道：“这个，小的记不清楚了。”施公道：“花玉春如何知道验王开槐的头顶的？”金标道：“那日小的心下愁烦，因此对小的妻子说出。后来小的妻子就问我头上曾验看？小的被她提醒了，就此来禀大人。”施公道：“她怎么就知道头顶上有伤呢？”金标道：“小的不知。”施公道：“她现在娘家还有人么？”

金标道：“她只有个内侄，今年方交六岁，有个寡妇弟媳，在家守节抚孤，小的还不时帮助她些银两。”施公道：“她兄弟在日，作什么生业呢？”金标道：“她兄弟作布店生业。”施公道：“你这丈人，从前作何事业呢？”金标道：“也是小的这行业。”施公道：“这就是了。你且下去，听候本部堂赏你银两。”金标磕头退下。

施公又命带花玉春。花玉春跪倒，慌忙伏在地下。施公道：“你就叫花玉春么？”下面答应正是。施公道：“本部昨夜忽得一梦，见有个书生，在本部堂面前告你，说是你同什么姓卜的，把他谋害毒死的。本部堂正要问他姓甚名谁，忽然来了个粮差的打扮，与那书生对驳诘。那粮差说是他不知情，全是你一人主意。本部堂不能不将尔略问一问，好让本部堂解此疑惑。”

只见花玉春听了此言，就呆了，跪在下面回道：“小妇人自嫁前夫卜干，不到两年就死了，再嫁金标，于今已有七年。向来安分，不敢为非，恩求明察。”施公道：“你初嫁时是几岁呢？”

玉春道：“初嫁是二十五岁。”施公道：“你这话有些不明白。据你说今年三十九岁。再嫁金标，已有七年，定实是三十二岁嫁金标的了。你又说嫁与卜干不到二年就死了，则是嫁卜干的时候，已有三十岁了。你怎么又说初嫁是二十五岁呢？”这话把花玉春问得目瞪口呆，一时难以回答。施公大怒，喝道：“好大胆的淫妇！你可记得住桃花坞杨秀家隔壁，那日三更时分，用铁钉将尔亲夫钉死的事么？快将谋死亲夫实话招出，免得动刑。”花玉春禀道：“小妇人只知亲夫卜干，委实因病身死的，别的不知。”施公道：“左右来将她夹起。”立刻拖倒在地，用夹棍夹起来。金标站在阶下，只吓得乱抖。花玉春被夹不过，只得喊道：“愿招。”施公命松刑。

花玉春跪在地下叫道：“小妇人启初时与卜干住在一街，二十岁就与卜干有染，其时即以终身相托。后来小妇人父亲因做了仵作行当，公门中饭吃怕了，一心一意，将小妇人嫁个读书之人。这有个姓宋的，名叫宋忠，是本县的人，却不曾进学。又因他单身人，于是就央媒说合，将小妇人嫁他。那时小妇人年才二十五岁。自嫁宋忠两年后，便与卜干决不来往。这日宋忠去考，小妇人在门口买东西，忽见卜干走此经过，于是又惹下孽缘。后来忽被宋忠撞见。当时宋忠碍着体面，不曾声张，决意搬下乡去——就在桃花坞杨秀家隔壁租了三间屋子，两间教书，一间做房。因此小妇人自知惭愧，极思改过。不料神差鬼使，这日卜干下乡催粮，又走门口经过。千巧万巧，丈夫刚进城去，故此又与卜干做了无耻之事。后因丈夫教这蒙童，竟弄得衣不周身，食不充口；彼时卜干时常托人带些银钱与小妇人，因此小妇人就生出这个毒计，把宋忠钉死，声称暴病而死。其时小妇人的父亲已死了，无人责问，小妇人便跟了卜干。”施公道：“你怎么想得到用钉钉死的呢？”花玉春道：“只因小妇人从小时，曾听见我父亲说过一回，却记不得什么案子了。后来竟未验出，直至二三十年，还是凶手自己说出来才破案的。”施公道：“你自嫁了卜干，怎么嫁金标？卜干又怎么死的呢？”花玉春道：“小妇人既嫁卜干，以为遂我初愿。哪知卜干得了疯疾病，不到二年，他又死了。小妇人自叹命苦，且又无得养育。适值金标常走门口，竟被他勾引上了，后来才跟他的。”施公命人录了口供，又问金标道：“尔娶花玉春，是否先奸后娶？”金标道：“实因卜干死后，然后娶的。”施公提笔判道：“花玉春因奸谋死亲夫宋忠，照律拟以凌迟处死。卜干虽无帮凶情事，然不应奸占有夫之妇，亦应问罪；姑念已死，着无庸拟。金标奸娶犯妇，虽不知情，究有应得之罪，着从宽杖一百释放。”后事如何，且看下回分解。

第一五八回　吉日良辰小西入赘 佳肴美酒计全闹房

且说关小西自聘郝素玉之后，便与计全、李昆同住客店，只等吉期一到，就去招亲。张桂兰却在菊花庄帮同素玉料理各事。李昆、计全亦时往他家帮助郝其鸾料理料理。光阴迅速，这日已是十一月十三日，计全、李昆、郝其鸾三人，早将新房收拾焕然一新。郝家又接许多亲友来吃喜酒，前后的房都挂了红灯。到了十四晚上，便备了好几桌酒席，一来为的是暖房，二来又算请媒。另有一桌，专为关小西而设；因他这日尚不便前来。关小西便收了酒席，晚间便将店主人约来同饮，倒也不甚寂寞。郝家这日晚上，前后的灯点得如同白昼。新房内高烧着一对红烛，桌上摆着许多珍奇宝玩，房内前后陈设一切，簇簇生新。中间列着一桌盛席，计全首座，李昆对坐，郝其鸾的姑夫王明亮坐在上横头，主人坐了主位。四人欢呼畅饮，说不尽绚丽风光。里面这便是张桂兰首座，其余便是郝其鸾的姑妈、姨娘、舅母、表姊、表妹、妻嫂等人，皆挨次坐下，他妻子相陪。也是欢呼畅饮，直饮至三更，方才散席。计全、李昆仍回客店。次日一早，便有鼓手到客店，伺候关小西换了衣服，坐了轿子。计全、李昆先行，鼓手引着小西，往菊花庄而来。

不一会已至，郝其鸾早迎出来。关小西即便下轿，到了厅上，先行见礼，然后坐下。计全、李昆相陪。三道茶，又与诸亲六戚，挨次见礼。诸事已毕，大家又谈笑了一会。光阴迅速，日落西山。傧相出来，迎请新贵人与新娘，一同参拜天地。只听得鼓乐齐鸣，笙歌聒耳。小西穿了新衣，由计全、李昆送入后堂；但见张桂兰、郝其鸾盟嫂并喜娘妇，拥出新娘。傧相又请关小西将新娘盖头揭去。大家一看，但见郝素玉打扮得如仙子一般：头戴凤冠，身穿蟒服，低垂二目，若有不胜羞涩之状，迥非阵上临战交锋那种雄赳赳的光景。于是关小西、郝素玉并立红毡之上，傧相赞礼，二人拜过了天地。傧相又请新人进房合卺，安床撒帐。吃过交杯酒，由喜娘通报出来；外面傧相，复请新人登堂见客。于是双双走出房门，郝素玉由喜娘搀扶，两人分上下并立。傧相先请媒人二位见礼，计全、李昆赶了上去，傧相请新人须下全礼。计全、李昆赶急叫住道："不可。"

郝其鸾道："谢媒须得全礼。"计全、李昆同道："真正媒人，还要算那八仙软索锤呢！"这句话，把关小西、郝素玉二人说得脸上通红，大家也是哈哈大笑。傧相又请郝府亲戚见礼。于是姑丈人、姑丈母、姨丈人、姨丈母、舅丈人、舅丈母，以及表舅子、表舅嫂，还有未曾娶亲出门的表小舅子、表小姨子，接着郝其鸾的夫妇顶门真舅爷、舅嫂，一一参见已毕。然后请张桂兰与郝其鸾盟嫂李翠凤，两位全福的太太，收了拜。新娘子进房，小西仍在外陪客。一会子摆上喜筵，前后男女共四桌。

真个是觥筹交错，水陆交陈，说不尽喜气盈门，欢声满室。直至二鼓已近，方才散席。

计全、李昆早留下，以便闹房。只见傧相来请全福老爷送房，好让新贵人洞房花烛。计全、李昆，一人执了一枝红烛，将关小西送入洞房内。随即招呼人，摆了桌子坐位，叫厨房内把六碗八碟，一坛酒送了进来。一会子厨房里送进来，摆在桌上。计全便走到郝素玉跟前，先作了个揖，说道："今日告罪在先，减去授受不亲之礼，即请贤弟媳，一齐畅叙一番，以便说笑说笑。过此以后，见着面，你只叫我们渗濑大伯。我们只有老实的叫你声弟媳，快赏个脸罢！"郝素玉低着头，一言不发。旁边喜娘说道："姑娘理应相陪，只是初见面儿怪臊的，请老爷包涵着。还是姑爷代姑娘陪着老爷们饮一会罢！"计全只是不依。李昆道："既是喜娘这么说，就依着她罢！譬如关贤弟本分一杯，却叫他吃双，陪那一杯，是给代弟媳的。"计全道："如此也还使得。”说着，就拉了关小西，及诸人坐下。

计全就叫人折了一枝花，拿出一面鼓来，效当日唐明皇击鼓催花的故事：将花由各人传递，只要花传到那个人手里，外里鼓声停住，便是那人吃酒。大家皆道甚好。于是就传起鼓来，由计全递花，各人递传了一遍。可巧关小西来接着花，外面鼓已停住了。计全就斟上两杯酒来，给小西喝。小西也无可推辞只得喝了。计全又叫起鼓，这回却是计全喝。由是传了六七遍，关小西倒喝了大半。李昆等又筛了六杯，小西要端起来喝。只见喜娘走了过来说道：“诸位老爷赏个脸，姑爷这六杯酒，给小娘代吃了罢！”说着就去端杯。计全道：“这个酒不准你吃。你要润嗓子，另给你吃罢！”喜娘道：“且吃了这六杯，然后再请诸位老爷赏罢！”李昆道：“也好，你既要吃，且先把这六杯吃了；在席共计六人，你再代每人共吃六杯，共计三十六杯。你吃完了，咱们大家就散，好让你服侍姑爷、姑娘安寝。”

喜娘道：“诸位老爷们赏酒，小娘怎敢不吃。但吃了三十六杯，小娘可不是要醉了吗？平日尚无妨碍，今日是服侍姑爷、姑娘的时候，只是不敢吃。还要请诸位老爷们赏个情，明日再讨老爷们赏罢！”李昆说道：“既是你这样说法，吃醉了不好服侍姑爷、姑娘。你代他每人再吃一杯，好好地给姑娘、姑爷服侍安寝。叫他们明天一早，多赏你些白白蜜、胡桃粉，做早点心，把你这两边包的嘴吃甜了，再给咱们陪酒。”说得大家笑不住。

喜娘又吃了六杯，大家才散。要知后事如何，且看下回分解。

第一五九回　郝素玉嫁夫从夫
郎如豹知法犯法

次日天明，关小西、郝素玉都一早起来；昨夜恩爱，自不必说。关小西梳洗已毕，就到外面陪计全、李昆等人。郝素玉仍在房内妆饰一会子，妆饰已毕，便去兄嫂前请安；又去张桂兰及诸亲女眷处，一一问好已毕。大家也回看了一回。一连热闹了一月；其中三朝满月，不必絮谈。早是完姻一月，关小西又要带了郝素玉动身。郝其鸾因小西是个有公事的人，计全、李昆也是不能耽搁，只得备下两桌饯筵，与妹夫、妹子及计全、李昆饯别。倒是郝其鸾有些别离之意。郝其鸾便在酒席筵前又嘱托李昆、计全，在施公面前善为说辞：本来要去效力，争奈家务难丢，不能如愿。计全亦唯唯答应，也道谢："打扰。"

郝其鸾谦逊一番，酒席散后，又命庄丁备两乘骡轿、两辆大车、四匹骏马，又进去与他妹子说了许多话。已是十一月二十，大家收拾动身。郝素玉的东西，已经料理好的，七手八脚装上车，于是各人拜别。郝素玉含着眼泪，与兄嫂说了一声。郝其鸾还送了一程，然后回庄不表。

且说关小西等人，走了一日，已到睢宁。当时进城，寻着行辕，计全先去通报。黄天霸等见他们回来了，也就同着计全到施公前禀知。施公听着大喜道："本部堂正拟后日起程，却好你们来了，好一阵走了。"正自说着，只见关小西、李五同走进来，先给施公请安谢恩，站立一旁。施公道："停一会儿再议罢！"大家出来，把他二人让进。张桂兰与郝素玉同房居住。张桂兰、郝素玉进了房，换了衣服，准备给施公请安。收拾已毕，张桂兰便出去与天霸说了，与天霸进去给施公请安；复又出来，同着郝素玉、关小西，一同至施公前。关小西、郝素玉两人磕下头，素玉复又给施公谢罪。施公也让了一会，然后叫站在一处。施公见他们两人生得皆是美色，不相上下，且皆绝妙武艺，施公大喜。郝素玉便又说道：“贱妾胞兄给大人请安告罪。本拟遵命前来效力，藉赎前罪。争奈家务烦冗，急切不能分身，有负提拔，实在抱罪，还求宽恕！”施公道：“这也不便勉强。”说罢，就命退出。张桂兰、郝素玉退了出去。

施公又叫人将计全、李昆请进来，将所办的案件，告诉了一遍。

计全、李昆、关小西皆道：“这是大人的明察。”施公又道：“后天一早起程。”黄天霸等退出。过了一日，施公命驾起程，各官恭送。

这一日已抵沭阳，当有县官出城迎接。施公换坐大轿，刚要进城，只见一丛人，扶老携女，手中执着神香，哀哀喊道：“求青天大人申冤呀！小民等望了有两个月哩！”只听一片人声喊个不住。施公使命住轿，当即招呼，将喊冤人带上。那些百姓，一个个环跪轿前。施公先把那年老的问道：“你姓甚名谁？有何冤枉？为着什么，积聚这许多人，前来控告？快快从实讲来。”那老人道：“小民等各人，都有冤枉，并非积聚，皆是不约而同。小民姓于，名唤存仁，家住李海坞。只因为本处有个郎如豹，是个监生，专交结衙门公差，因此强霸一方，无恶不作，周围一方，受累不浅。就如小民，祖遗田产一分，此田却是极好，无论水旱，皆有粮谷。郎如豹爱小的田好，先叫人来向小的说，叫小民卖把他。小民不肯，他后来做了一张假契，去县里报了案，硬说这分田是他的。小民也曾去县里喊冤，经不起书差架词蒙混。那个县大老爷，弄得糊里糊涂，直截就断把他了。到现在原契尚在小民身上呢！大人如不相信，有原契可凭。”施公点头。施公又问那个老婆道：“你又是什么冤枉了？”只见那老婆子道：“民妇的冤枉更比他深了。民妇姓周，娘家胡姓。丈夫早已去世，儿子也早死了，只有个媳妇郑氏，孙女巧儿。这巧儿今年十六岁，生得有些姿色。郎如豹一见，便叫人来合民妇说，他给三十吊钱，叫卖与他做小。民妇同媳妇不肯，为的是过两年招个孙女婿回来，好给民妇与媳妇养老送终。哪知郎如豹见民妇不肯卖与他，他便将孙女抢去了。民妇与媳妇见他用霸道抢去孙女，那时就跟了他去，准备同他拼命。他又喝令多人，便将民妇与媳妇用乱棒打回。民妇与媳妇没法，只得去县里喊冤。哪知县太爷不但不准，反说民妇诬告他。因此来求青天申冤的！”施公也点点头。又见一个十四五岁的小孩子，也跪在地下。施公道：“你这小孩子，又有什么冤枉呢？要来告谁？”那小孩子道：“小民姓赵，名唤六十子。父亲名赵三，母亲钱氏。因上月郎如豹说我父亲欠他，要叫父亲把住房抵他。我父亲实不欠他，因此不肯。他就把父亲送到县里收起了，押交住房抵债。现在父亲仍收在县里，母亲又病在家里，故此小民才来喊冤。”施公问了好几处，不是谋夺田产，就是奸占妇女。施公便命各人补词，明日到行辕来呈递。各人答应一声，纷纷退去。

施公进城，就到行辕住下。随来各官，及张桂兰、郝素玉等，俱安住自毕。沭阳县知县钱星通，呈上手本请安禀见。施公便命传见。钱星通见了施公，行礼已毕，坐在下首。施公问道：“贵县莅任几时了？”钱星通道：“卑职是去年十月到任的。”施公道：“闻得贵县政声颇好。”钱星通道：“卑职愚鲁不才，倘有不是，还求大人宽宥！”施公道：“贵县暂回署，候传便了。”

且说郎如豹在李海坞，强霸一方。独有县署内这一班书差衙役，与他最为莫逆。当日那些被害受累之家，纷纷在施公处控告，早有县差刁仁连夜就奔出城，前去送信。到了李海坞，郎如豹迎接进去。刁仁才坐下来便道：“郎大哥，你又被人告发了。这次可不是在本县里告，却在总漕施大人那里告的。而且这施大人很古怪，莫说是钱不要的，就是金珠宝贝，他也毫不笑纳。沿途办了无数大案，没有一个不怕的。就是江湖上赫赫有名的大盗，也被他办了多少。今日老哥那些案，告在他手里，只怕有些不受。”郎如豹听了这番，也觉心惊胆战，因道：“老弟，据你看，有什么打点呢？”刁仁道：“施大人面前有个差官，从前小弟与他拜过把子的。听说施大人无论什么公事，总要差他。为今之计，只好用点银子，叫他稍迟两日下乡，让老兄一面打点主意。再不然，能将施大人暗中害死，虽有天大的事，也就没要紧了。”这一句把个郎如豹提醒过来，因道：“老弟且拿一二百两银子，去那里按捺公事，我就一面打点主意。不瞒老弟说，我有个极好朋友，武艺精通，飞檐走壁，江湖上称得个好汉。只须请他前去，将施不全暗地刺死，那时就没事了。”

郎如豹便拿出二百两银子来，交给刁仁去讫。

郎如豹就将他的那个好友请出来。你道这个人是谁？原来是个光蛋出身，自幼学习些枪棒，武艺却下得去——本是山东登州府人，姓蒋名熊。外人因他生得胖大，就给他个绰号，叫他做“赛门神”。后来在原籍误伤人命，逃走下来。郎如豹这日行路，遇着一伙强盗，打抢他银钱；刚刚碰着蒋熊走此经过，一时将那些强盗打败，因此郎如豹把他留在家中保家。闲话休提。

且说蒋熊见郎如豹前去请他，他便出来，彼此坐定。郎如豹便将刁仁所说的这番话，原原本本，告诉一遍。蒋熊道：“小弟素闻施不全之名，甚是扎手。今既如此，必得早为打点才好。”

郎如豹道：“小弟有一心腹话，只是不便开口。如蒙兄台见允，小弟才敢奉闻。”蒋熊道：“老哥有话快讲，如有用小弟之处，虽赴汤蹈火，亦所不辞，聊以报效平生养育之德。”郎如豹道：“只因施不全如此如彼，因思兄台武艺精强，必有什么妙计。”

话犹未了，只见蒋熊站起来道：“老兄莫非是要小弟去行刺么？”

郎如豹道：“小弟虽有此意，还请老哥三思而行，不必冒险。”

蒋熊道：“咱为人平生只是个性直。老哥既有此意，小弟虽万死不辞，就此请去一走。”郎如豹道：“何必如此着急，且待稍备酒肴，以壮行色。”蒋熊道：“事不可迟，迟则生变。”

郎如豹只得说道：“有劳大驾，仗兄之力，定然马到成功。今日之事，小弟生死不忘。受小弟一拜。”说着拜了下去。蒋熊随着扶起道：“就此告辞了。”到了自己房内，换了衣服，藏了利刃，一直出门，往沭阳而去，暂且不表。

且说施公在行辕内，已见人送进十九张状词。施公当将状词检阅一遍，然后派黄、李、关、何四人，前去李海坞，妥速将郎如豹锁拿来辕，以便严讯。黄天霸等四人当即换了衣服，带了兵刃，直往李海坞而去。

且说张桂兰与郝素玉说道："妹妹，你今同我二人，皆受了夫主之嘱，必将大人保护得平安无事。"郝素玉道："姐姐此话，甚是有理。但据小妹愚见，须要在大人房外，东西各安一人。说不得一夜辛苦是要吃的。万一有什么动静，只须你我打个暗号。"张桂兰道："只须击掌便了。"二人便换了夜行衣服，通体漆黑，各执朴刀、袖箭、铜锤，按东西两处，黑暗中藏躲稳当。直至三更过后，猛一抬头，只见围墙上一道黑影一闪。张桂兰知道有变，且不惊动，单看怎样下来。又听见一块石头往下一抛，噗的一声响，张桂兰便觉有异，还不声张。少停，见东墙上落下一人，蹑足潜踪，倒垂而下。张桂兰看得真切。只见那人跳在下面，四面瞧了瞧，是要顺那路径的样子。张桂兰在外蹲藏好了，细看那人如何动手。又见那人复由下面蹿上屋顶，要往施公书房而去。此时张桂兰说声："不好！"赶着跳出，向外一看，见屋上那人正往前走。张桂兰急急的拿出袖箭，对准那人手一扬，一枝箭早放出去。只见那人往下一踹。张桂兰恐怕箭未打中，复一箭直往那人左腿打去。但听咕咚一声，他栽倒在地。张桂兰忙击了一掌，郝素玉已早听见，一个箭步飞了过来。两人齐上前去，将那个人按住，将他四马倒攒蹄捆了个结实。又将那人扛了起来，带回自己房内看守，明早报功。

却说捉住刺客，到了天明，施公起来。张桂兰、郝素玉，却是一夜未睡，当即禀知施公道："贱妾张桂兰偕同郝素玉，于昨夜三更时分，见有一刺客，由东围墙而进。贱妾出其不意，用袖箭打中该贼右腿，复发一箭，打中该贼左腿，由此从屋面跌下。当由贱妾招呼郝素玉，一同捆缚起来，带回空房，看守一夜，请示定夺。"施公闻言大喜道："若非黄夫人与关夫人捉住刺客，本部堂性命几不可保。"张桂兰、郝素玉齐道："大人那里话来，贱妾等重感大恩，无以为报。"施公道："俟到淮安之后，再行论功。二位夫人请先回房歇息一会子。"

施公升堂，喝："带刺客审问。"手下人即刻将蒋熊随换了手铐脚镣，然后解去捆绑，推倒，跪在下面。施公喝道："你姓甚名谁？何人指使，胆敢前来行刺？快快从实招来！"蒋熊暗想："咱是好汉，明人不作暗事。"便说道："只因你收了告郎如豹的那些状词，当有县差刁仁去郎如豹那里报信，叫他早为打点。郎如豹就重托刁仁，代他设法。后来刁仁说：'这里有个人，是与他结盟兄弟，所有提差案件，均是他办理。只要与他说明，先送他些银子，请他将公事延搁两日，稍缓下乡，便有法想。你就一面打点主意，或逃走，均可。叫他能终久不去捉拿，那就更妙。'郎如豹听了这话，当时送他一百两银子，叫他先去捺按公事。刁仁去后，如豹就来叫咱前来行刺。咱听这话，因他素日待咱甚好，咱住在他那里已有三年，终日款待，父母亦不过如此。咱所以欲报答他，一闻此言，就答应他前来。活该咱命运不好，被你的人用暗器打伤，不然你的这个头，也莫想在脖子上了。这就是咱来行刺的情形，也不知道什么虚不虚。"施公听他这番言语，果系实情。便又问道："你既在郎如豹那里，他平时那些事，谅你一定是狼狈为奸了。"蒋熊道："行刺的是直认不讳。若问他平日做的事，咱可不知道。"施公又道："郎如豹现在还在家么？"蒋熊道："他要逃走，倒不叫咱来行刺咧！今咱被捉，倒不算什事。县里那些差役，也要捉几个来问问罪；郎如豹平时所做之事，皆是他们那狗头做出来的。若非刁仁去送信，与他说出那些话来，郎如豹也决不会叫咱作刺客。"施公听了，命人录了口供，不必发县收监，仍行锁在行辕空房，着人看守。

施公又命人传沭阳县谕话。手下人答应。一会子沭阳县钱星通进来。施公道："贵县署中有个差役刁仁，本部堂闻得他很有干办。今因郎如豹作恶多端，又因李海坞路径不熟，欲差刁仁，带领本部差官，前去捉拿郎如豹。"沭阳知县唯唯退出，当即回署，立将刁仁传到，并将施公所说之话，转谕了一遍。

刁仁听说，只吓得目瞪口呆，暗道："难道我那事件，施不全已知道？就便施不全晓得，也没有杀头之罪，说不得前去一趟。"主意已定，当即奉谕去往行辕。一会子到了辕门，便请值日的进去通禀。施公随命手下人，将刁仁先传进来，上了刑具，严加看守，听候质对，暂且不表。

且说黄天霸四人星夜赶到李海坞，先在客店访了一访，知道郎如豹只倚着县里这班差役。心中暗想："难保无人到此通风，我何不装着县差模样，就说是头儿叫我来此透信，看他如何？"心中想罢，便将此事同计全等商议妥当，即改扮了县差，直往郎如豹家而去。计全等亦陆续而来。黄天霸到了郎家门口便问道："你家太爷可在家么？咱是衙门里来的，烦你进去通报一声。我叫黄老三。"庄丁听说，赶着进去通报。郎如豹听说是县差，即叫："请他进来。"庄丁走出，望着天霸说道："大爷请你进去呢！"天霸答应，跟着庄丁走了进去，瞥见厅上立着一人，兔耳鹰腮，打量必是他了。即忙走到厅上说："咱们头儿昨日从这里去后"底下一句尚未说出，郎如豹忙着问道："那事曾办妥了不曾？"黄天霸听说，暗道：上了路咧！

即跟着说下去："办是办了，但是还差点儿。"郎如豹道："难道那个整数还不敷用吗？"黄天霸道："叫我前来，请你老亲进城一趟。还有许多话，非同你面谈不可。但事不可迟，迟则生变，你老自主吧！"郎如豹想道："同我商量？莫如就同他去一趟，好在蒋熊今日才去，断没有那样快法。如果刁仁代咱弥缝得一点事没有，咱也可将蒋熊寻回，省得那样做法。"主意已定，因道："黄老三，既是你头儿招呼咱去城里，又累你这跑一趟，我就与你同走吧！"说着就叫庄丁，备了两匹骡子，给黄天霸一匹，他自骑一匹，二人出了庄，款款而去。计全等早已看见，便在后面跟了下来。走未多远，黄天霸打了个暗号，只见计全等一拥而上，将郎如豹从骡子上捉下。黄天霸也跳下骡子，把他捆绑起来，带回城去。欲知后事如何，且看下回分解。

第一六〇回　真土豪伏法受诛　假知县虐民酷吏

却说黄天霸将郎如豹骗到庄外，就骡子上捉将下来，当时捆绑停当，就把他缚在骡子上，连夜押解进城。到了沭阳，天才大亮，当下来到行辕，将郎如豹交人看守。黄天霸等施公起来，便进去将谎骗郎如豹的话，说了一遍。施公大喜。施公也将张桂兰、郝素玉二人夜间捉住刺客的话，告知天霸、小西等人，又嘉奖了几句。天霸退出，施公便命速传沭阳知县：即刻来辕讯案；又命将原告人等传齐，听候发落。一会子，沭阳县到辕讯案，他命将原告人等传齐，听候发落。一会子，全部到齐，知县参见毕。施公升了座，知县坐在横头。郎如豹已经换上刑具，跪在下面。

施公问道："郎如豹，你平时声名颇好。尔可知所作所为，皆是大逆不赦之罪。尔可从实招来，免得本部堂动刑审问。"

郎如豹道："小人素来安分，不知所犯何罪？"施公道："将原告带上。"即刻，那些老老少少，男男女女，环跪阶下，齐声喊道："青天大人申冤呀！我们这些小民，全被郎如豹害得家败人亡了。他仗着知县太爷、书差等通同一气，狼狈为奸。"

有的道："我的田，被他假做契，自去县里投税，硬占去了。"

有的说："我的孙女儿，被他抢去了。"有的说："我的房子，被他谋占了。"喊得一片哭声不住。施公先望沭阳县道："只是贵县与郎如豹是何交情，帮着他残害百姓？"沭阳县躬身说道："卑职办事不明，或者有之；若说狼狈为奸，断断不敢！"

施公又道："郎如豹，你说平时素来安分，因何他们都来告你恶迹呢？快讲！”郎如豹道：“小人在李海坞，惯打抱不平，并无奸占谋夺的事情。这所告的，皆是素来刁顽之辈，全无实据。”

施公尚未开口，又听一些人齐声喊道：“青天大人明鉴，小人等皆是安分良民，不敢为非作歹，大人万万不可听郎如豹的话！”

施公喝令：“不许嘈杂！本部堂自有主见。”又问郎如豹道：“尔说这些告你的，全是刁顽之辈，他们却都不姓刁。到有个姓刁的，与你最为相契。”说着，喝令带刁仁。

少刻刁仁带到。施公问道：“刁仁，你的好朋友在此，你有甚么心腹，可以在本部堂这里同他讲说讲说。”刁仁见说，只是低头不语。施公又道：“刁仁，你看下面跪的可是你的好友不是？”刁仁回头一看，见是郎如豹，只吓得汗流浃背，往上磕头，说道：“小的知罪，求大人开恩。”施公道：“尔所做之事，尔但从实招来，本部堂或可从宽发落；倘有半字虚谎，定即从重治罪。”刁仁没法，只得将从前以往之事，一一供出；但不敢说出指使郎如豹行刺的话。施公冷笑一声，又喝令带蒋熊。少刻蒋熊带到。施公便叫蒋熊与郎如豹对质。蒋熊便望郎如豹道：“在咱看，你招了罢！咱与你生来是好友，将来死了，还同你在一处。你有甚么办不来的事，还可以叫咱给你去做。咱今日虽为你而死，咱却不怨你。咱只恨那个县差刁仁，他叫你这个主意，前来行刺，以致咱与你都死在眼下。郎大哥，你快些从实招罢！免受刑具之苦。而且人都是要死的，二十年后又是条好汉，算什么呢？你平时做的事，咱也曾劝过你两回，你都仗着县太爷与那一班忘八羔子的势，直不相信。今日被人告了，也算抵充得过来咧！”郎如豹抵赖不过，只得一一招出；又将刁仁如何指使的话，也招了出来。刁仁也无可抵赖。施公又命他三人画了供，当即批了：就地正法！立刻绑赴市曹示众。

又命知县，先将赵三放出，所有郎如豹占夺民间的田产，一概断还原主执业。又命知县，妥速往李海坞查抄郎如豹家产，并将周胡氏孙女巧儿交出；着于郎如豹家产中，拨出纹银一百两，交与周胡氏带回，好为巧儿出嫁之奁资。知县唯唯退出，赶急前去办毕。百姓欢声载道。施公又将沭阳知县拟了罪名，说他纵容差役，交结土豪，不恤民情，私收贿赂，着即行革职，发往军台效力；递遗员缺，再行拣员选补。诸事已毕，隔了一日，大家动身，县城印委各官，恭送如仪，不必细说。

这日刚到了赣榆县界，只见一伙人跪在轿前，手捧呈词，口称："冤枉！"施公随即命人将呈词接上，打开一看，却是个公禀。只见上面写着：具禀绅士、民人、书吏为赃官不法，酷吏虐民，环求申雪事。窃因赣榆县知县谢养儒，自上年七月间到任，不恤民情，诛求无厌；广结强徒，奸淫妇女。境内盗案叠出，大半皆是本县亲随家丁所做。民间何罪？书役何辜？若再容留，不堪民命。为此，绅士等情急，环求青天大人，迅赐拿问，以重国典，而安民命，实为公便，上禀。再，谢养儒，凶恶异常，似宜不动声色，密拿到案，庶不漏网，合并声明。

施公看罢，招呼众人先回，道："本部堂当为尔等除害。"众人俱各退去。施公等赶趱前行。

却说施公当下寻了客店歇下，自有店小二招呼不表。施公当与计全等商议道："刚才那一起控赣榆知县谢养儒的人不少，竟有此事。本院想那谢养儒，是个两榜出身，而且都选出来的。我想此事，恐怕另有别情。本爵的意思，欲去暗访暗访。就于明日，假传本爵感冒风寒，不能前进，我却暗暗地轻车简从。计贤弟与黄贤弟扮作江湖卖艺的模样，同本爵前去。在客店内住下，访三两日，等得了实在情形，再行拿办。"大家齐道："大人明鉴。"计全道："卑职与黄天霸，自然跟大人同行，但是沿途保护，还嫌其少。卑职之意，可再令李昆、关太等，陆续进发，俾有备无患。"施公随命："关太、李昆为第二起；金大力、何路通、李七侯为第三起；王殿臣、郭起凤、张桂兰、郝素玉为第四起。进城以后，可在城隍庙探听住所。"吩咐已毕，一夜无话。

到了次日，里面传出话来：大人今日身体不爽，再缓动身。

施公便与黄天霸、计全、施安、施孝，悄悄地出了店门。离镇不远，施公雇了一匹骡子，在前慢走。黄天霸、计全扮作卖拳在前。行程不过一日，已抵赣榆县。施公开发了骡钱，五个人进城，寻了客寓，分开住下。当晚施公便与店主人谈道："在下是从京都走此经过，闻得贵处是个热闹地方，在下意欲在此摆个命馆，相烦代在下租赁一间房屋。"店主人道："还未请教贵客尊姓大名。"施公道："在下姓方，名也人，外号一豆山人。店东尊姓呢？"店主人答道："小子姓吴，名唤天佑。"

于是吴天佑便向施公开谈起来，说道："先生你老不是本地人，不知道敝地风俗，从前敝地向来风俗纯厚。只因得去年来了一位新任县太爷，叫个谢养儒。一到此间，就把我们本地闹得个不成话说。奸淫妇女，苛征钱粮。终日派出亲随，专在那热闹地方，勒收规费，无论何项生意，他总要捐收银钱。还有一件，只要看见人家稍有姿色的妇女，便叫他亲随人暗地访明住址，于夜间劫去，任其所为。书差中家眷如有好的，亦是如此。而且盗案叠出，无处拿法；即访出，皆系本衙门所做的。因此人人侧目，个个含冤。先生你说要开命馆，不是在下劝先生不必，即使每日赚钱，也是替狗打食，这是何必呢？"施公道："地方上有这样的官，难道绅士不告么？"吴天佑道："怎么不去控告？我们此地属海州所管，也曾公禀海州。争奈州大老爷懦弱无能，虽传谕来，令其改过，县太爷终是不睬。现在听说有位总漕大人早晚要到了。他老人家最是精明有胆量的，大约本县乡绅民人，以及书差人等，候他老人家到了，还要去告，求他老人家申冤呢！"施公听说，暗恨道："谢养儒你如此作为，枉将两榜与你了。"因道："承你指教，咱就不去租房开命馆。但你们贵地有什么最热闹的地方，可以玩耍玩耍呢？"吴天佑道："离此不远，有一座都天庙，里面最为热闹。"施公听罢一切，当说了一句："明天再会吧！"就此进房安歇。黄天霸、计全二人也听得清清楚楚，就到房内说道："卑职的愚见：明天大人可无须出店。等卑职二人去都天庙内卖拳，单看如何情形，回来禀复。"施公道："此话也好。"

到了次日，黄天霸、计全二人，便带了枪棒，出了店门，往都天庙而去。一会子已到，二人捡了一处宽阔地方，打了场子。黄天霸走在当中，将手一拱，四面打了个揖，口里说道："在下姓王，名唤英标；这位朋友姓季名唤天龙，都是北直隶人氏。因往南边寻个朋友，到此脱了盘费，只得耍两手拳，给诸位爷们瞧瞧。耍得好，望诸位帮个盘费。”于是计全执棒，天霸执枪，对面耍了一套。只见那些看的人把十个八个、三个两个的钱，掷了下来。黄天霸、计全将钱拾起，约了约数，有百文光景，拿在手内。忽见有人走到面前喝道：“你这两厮！拳是卖了，得了钱了。咱们的规矩，尔可知道吗？”黄天霸说：“不知道。尊驾贵姓？”那人道：“咱叫王六。”黄天霸道：“王老六，咱看你倒也是个朋友，怎么闹到窝里来了？”王六道：“咱不知道什么窝不窝，奉了县太爷的命，按地收钱，以助公费。”黄天霸道：“你县太爷是谁？这么狐假虎威，可笑不可笑。”王六举手就向天霸要打。黄天霸见他来得切近，不慌不忙说道：“别动手，有话慢讲。”说着顺手就在他胳膊拐子上一控。只见王六脸一苦，“哎哟！”一声没喊出，但见他一只手伸得笔直；还是恶狠狠地不住的乱嚷。计全又骂了他两句。王六不敢再去动手，但说：“是好的，咱同你见县太爷去。”旁边站的闲人见他们争闹起来，就有上来解和，因望黄天霸道：“你初到此地，不知这里风俗，你就随乡入俗吧！”计全道：“既是这等说，也罢！只得看着众位的面子，给他规矩便了！”说着便将刚才收的钱，递给王六。黄天霸、计全也收了枪捧，往客寓而去。

却说黄天霸、计全收了枪棒，刚到客店，碰见李五、小西众人。又走到施公房内，将都天庙卖拳，遇见恶仆王六的话，说了一遍。施公暗暗切齿。天霸将关太、李五来的话告诉施公。施公点头，便命天霸悄悄到外面去，将关太、李五二人传进来。

天霸答应出来，打了一个暗号。李五、关太全知道了，当即跟了进去，先给施公请了安。施公就把前项的话，告诉一遍，因道：“此事须怎么个办法，好早代民除害？”李昆等人说道：“不知这知县生得是什么模样，等卑职们前往县衙，且去撞撞。能遇见他出来，或访得些消息，便好去捉他来问。”施公道：“此话甚是有理。”

正自说着，只听得一片喊杀之声，在于店外。施公赶着走出店堂，往外一看：只见两个大汉，拉着两个做生意的人。他们一面走一面哭道："我们一天能赚几个钱，哪里有这许多供应？求你们这些二太爷们积积德，在县太爷面前方便一句，我们五日后，定然照缴。若至期不将款项缴到，情愿领罪。"许多人说罢又哭。那两个大汉哪里肯听，拉着就跑。街上的人却没有一个敢开口多话。施公只是切齿。李昆走到黄天霸跟前，低低说了一声："咱去看看，到底怎样。"天霸答应，于是李昆就跟了下去。一会子李昆已看了回来。施公见他已回，也就进去。李昆说道："卑职跟着他们去看，指望那个赃官要坐堂审问。不意将那两人交差之后，那两个大汉就去衙里。一会子又跑出来，走到班房里，向差人要了两根绳子，将那两个四马倒攒蹄，吊在梁上，用马鞭子周身打了一遍，直打到那人哀哀啼哭，说道：'二太爷们饶命，三日完缴。'那大汉才撒了手走了。临走的时候还叫差人不准放下，要等他将钱拿来，才放他回去。说罢，恶狠狠的进去。其时，卑职实在耐烦不得，就思上前将那两个大汉擒住，一刀一个杀了，才出心头之恨。又恐惊动了里面人，反为不美，只得忍了气。等大汉走了，悄悄问那两个人，到底欠着什么款项？两个说是：'一个开杂货店，一个开小饭店，皆系小本营生，借此糊口，从来没有这个钱把衙门里。自从这个瘟官到任后，他硬定下一条例来，硬派我们每月出一吊钱，叫做规矩，到期就要。若过了期，就不答应。我们刚刚过了两天，他就将我们拉了来，拷打我们。这才是有冤无处申。'那些差役，也个个的在那里骂。卑职听见这些话，就问他们道：'既然如此，为什么不去告他呢？'那差役又道：'不必说是告他，不瞒你说，什么法儿都想到，都不中用。后来大家齐心，暗暗地进去行刺，只要将他刺死了，送出一人抵偿，都是上算的。争奈他防备甚密，是好武艺的人又有两三个，皆能飞檐走壁；明说是亲随，如同大盗一样。刚才两个大汉，一叫薛霸，一叫朱龙，还算衙门顶好的呢？'卑职还想问他底细，忽然说里头喊，他们即刻走了，卑职也就回来。据卑职看起来，总不是正路，须得想个法儿，将他擒住，好为民除害。"

施公道："本爵倒有个计较，只是对不起二位贤弟。"小西闻言说："卑职受恩深重，虽赴汤蹈火，亦所不辞。"天霸说道："大人的意思，卑职已猜有八九分：莫非还要卑职内里暗助么？”施公道：“正是此意。我因这知县是个好色之徒，用美人计赚之。”二人齐声说道：“此计甚妙，卑职等定叫妻子前去，作为内应。莫若叫施安星夜赶回，将他们一起招来，以便并力擒捉。”说罢，各人出去。计全向街坊上豁豁眼目，忽然见有一人，好像朱光祖的模样。

话说计全在客店门首闲望，忽见朱光祖从门外走过。计全赶出门，将朱光祖喊住，一齐进入店里。计全即将光祖带入后面，见了施公，请安已毕。施公叫他坐下。朱光祖坐在一旁道：“民人前在凤凰岭，奉到钧谕，请计守备转禀下情，现在还未料理清楚。只因昨在一处风闻江湖中人云：‘有一著名强客，半途截杀知县，他便冒充将去。’当时不知是何县分。后又闻得这假知县姓毛，名如虎，是奉天人氏。武艺出众，本领惊人。手下有两个结拜兄弟：一名于亮，一名毕超，这两个人也是绝好武艺。但知在江苏、山东交界地方，今闻如此，恐怕便是这人。若果是毛如虎，民人见过他一次。待他出来，让民人看他一看，如果真是他，却不可以势力去捉，只能以计诱之，或可易于擒获。不然，这毛如虎练就一身刀枪不入的本领，所以人都不能奈何他。将来捉住，必须用檀木削成圆棍，由彼谷道捣入，他便畏惧。不然，断不惧怕。到那问罪的时节，亦必如此，然后刀才能入。”

施公听罢笑道：“壮士因何得知这个法儿呢？”朱光祖道：“民人早知有人做此功夫，这叫运气功：将周身的气，运在一处，便可刀枪不入。刚才听说，系得诸传授，非此断不能行。”

施公点头说：“壮士尚有妙计否？”光祖道：“愚鲁不才，何得有计？”施公道：“某有一计，已与他们言过，拟须如此如此。”朱光祖道：“民人说出，有恼于黄贤弟。”计全道：“朱老兄弟，你不知道，我们关贤弟，现在也蒙大人恩典，给他娶了弟妇了。你说怕恼黄贤弟，独不怕关贤弟么？”朱光祖道：“关贤弟是何时娶妻的？愚兄却不知道，失敬失敬！”计全又将郝素玉的缘由说出来。光祖大喜，望施公说道：“有此二位内助，此天助成功也。但临去之时，民人还有一物，给她带去，以便临时应用。因为毛如虎奸滑异常。就是那张、郝两位弟媳，给她赚去，起先万不可就允，必得故意留难；等他将要动怒，彼时再勉强行之。只因毛如虎疑心颇大，若一口便允，恐被他看破，反为不美。必待将他骗定，然后以此物散入酒中，使彼迷乱，便可动手。一面大家接应，如此便稳当了。”施公道：“据某之见，候张桂兰、郝素玉明日到此，着何路通、金大力二人，同他们往都天庙去卖艺；以何路通、金大力作为张桂兰、郝素玉二人胞兄。能叫毛如虎一齐赚去，里面就有个帮助。”

次早，施安就回去调取张桂兰等人。朱光祖用过早点，出去闲逛。走了两条街，听得锣声响亮，街上人说：“县太爷出来。”稍停，轿子已到。光祖仔细望去，正是毛如虎；前后随从，除本署差役而外，大半皆是绿林中人。朱光祖看了真切，等他的轿子过去，朱光祖也就回去禀知施公，众人均各大喜。

过了一日，张桂兰、郝素玉等人皆到，大家仍分开住下，陆陆续续，给施公请了安。到了晚间，寓中人都睡尽，施公才将众人传齐，并张桂兰、郝素玉说明道：“二位夫人，此事本不应有屈二位，但事关除害，不得不聊以行权。待事成之后，本部堂定当具奏入告，请旨嘉奖。”张桂兰、郝素玉齐声说道：“愿效犬马之劳，断不敢有负大人恩委。但不知如何去法?”施公道：“张夫人前盗本爵令牌时，曾扮作江湖卖艺女子，今仍以此法，去赚强人。此地有座都天庙，内中颇为热闹，你二人可到此庙中，耍演起来；另着何路通、金大力二人，一同前去，作为兄妹。一面再请朱光祖暗地探听。只要该贼来请，你们进署耍演杂剧；何路通、金大力自然是一齐进署。到署之后，务要劝他多饮。朱壮士另有下酒妙物，临时放下，总期他沉醉不醒。我自遣黄天霸、小西众人，前来接应。尚有好些话，可去问天霸、小西。”

施公吩咐已毕，大家退下。黄天霸、关小西将朱光祖昨日所说之话，告诉桂兰、素玉二人，然后安寝，一宿无话。次日张桂兰、郝素玉便打扮了走马卖艺的模样。何路通、金大力亦改扮停妥，都各暗藏兵器。张、郝两人，又藏了袖箭、铜锤，直往都天庙而去，耍演杂剧。欲知张桂兰等如何得到县衙，且看下回分解。

第一六一回　都天庙姊妹双卖艺　赣榆县强寇中机关

却说张桂兰、郝素玉随同何路通、金大力，到都天庙要演杂剧。到了庙内，先拣了一块空地，将木架支起，绳子拉平，棍棒丢在一旁。何路通、金大力二人打开场子，庙内的闲人，就团团的站了下来。又兼张桂兰、郝素玉二人生得美貌，因此看得人愈聚愈多。只见何路通、金大力望着说道："老伙计，天也不早了，人也不少了，咱们先要一回枪棒，算个请客的请帖，邀人的邀单吧！看得好，多多赏钱。"说罢，何路通执枪，金大力拿了齐眉棍，一人打了一回。看的人虽然喝彩，只是没有人把钱。金大力道："老伙计，咱们歇一会，换咱们女伙计来要。"因唤道："女伙计，咱们要乏了，又要得不好。诸位老爷们说：'要看你们的玩意呢！'若要得好，大家把钱，大块银子赏你们，你们快来要吧！"只听张桂兰、郝素玉二人齐声应道："来也！"

那一声真是娇柔可爱，带上个脆而酥。那些看的人，个个目不转睛，只向她二人看去。两个美人，慢慢地走在当中，桂兰招呼一声，说道："诸位老的少的，咱姊妹两个出乖露丑，为的是家道贫贱，随了哥子出外，混些钱糊口。你们诸位看得人，都是大老官，只要咱们要得好，便成大把的银子赏了。有那看得不够的，还要请咱们到家里，教他的闺女、媳妇看。咱们要个全套儿，多给几两银子。"郝素玉道："此话不错，咱们要起来吧！"张桂兰又道："诸位们听真，咱姊妹们要的是拳棒，不是要的戏法。"说罢，只见两人立了架势，一拳一脚的打了起来。起先还是慢慢地拳来脚去，后来便或上或下，或高或低，或左或右，或前或后，飞舞跳踢，蹿跳退纵，各尽所长，两人打在一团。看的人已目不暇接，只听喝彩之声，不绝于耳。众人正在目不转睛去望，瞥眼间见他二人，各立一边，手拉手望着众人笑道："咱姊妹俩已经耍了一套，耳内听得喝彩之声，倒也不少，光景咱们俩没有大错，现在可要讨钱了。"

一言未了，只见那些人，掏出钱来，望着她二人如雨点般下打来。金大力、何路通二人，将钱拾起来，约有二三百文光景。

张桂兰、郝素玉看了看钱，便向金大力二人说道："哥呀，是不再上你的当了。耍了一会，费了许多气力，你说有人家把银子，连铜钱还不上百十文呢！咱们是不要了。"何路通道："还是走两套索，给诸位看个热闹，包管有人赏你们大块的银子。"

郝素玉道："咱是不要。看着这许多人，还不如前个月在徐州，在那个徐公馆里面，耍了半日。除老爷太太赏的不算，就是那个二少爷，一人还赏了四两银子，想着留我们吃饭。"金大力道："你可不要这样说。你们俩再将那索子走了两套，诸位老爷看高兴了，说不定也会把咱们唤到公馆里去耍，那就有了银子了。你们没有货，怎样要人家的钱。"张桂兰道："妹子，咱俩就上去耍两套给大家看看，或者有几个阔绅官看高兴了，叫咱们到他家去耍，也未可知。"

说罢，于是二人取了竹竿子，两头绑着沙袋，张桂兰由东边绳子上去；郝素玉由西边绳子上去。两人在绳子上走来走去，又做了许多张飞卖肉、猿猴坠枝、燕子穿帘、双龙戏水架式，真是人人喝彩，个个称扬。一套耍毕，两人坐在绳子上歇息歇息。金大力、何路通四面收钱。忽见人堆里，进来了一人，望着何路通说道："你们在这里耍这行当，可知道这里的规矩么？"

何路通听说，将那人打量了一会，知道是那个路道，忙着笑嘻嘻说道："你老人家尊姓？在下所带着两个妹子，在贵处借借光，赚两个钱。贵地有什么规矩，你老请讲，在下当得效力。"

只见那人道："咱姓薛，单名个霸字。咱是奉县太爷命：大凡什么行当，都要收些规矩，去充善举。咱今见你这厮倒还和气，咱不要你的费了。咱且问你姓甚名谁？那两个女子叫甚么名字？”

何路通道：“在下姓赵，名唤赵大。”指着金大力道：“这是我的兄弟赵二。那两个妹子，大的唤兰香，小的唤梅香。”薛霸道：“咱家县太爷平时最喜看这玩意。你等不要在这里耍了，跟我到衙门里去，耍一会子。若是咱家县太爷看合了式，自然一定有赏的，比在这里凑钱的好。”何路通道：“原来尊驾是县太爷亲随，在下倒多多失敬，既承见爱，定当遵命。但是我那两个妹子，武艺粗疏，恐怕不中县太爷的意，还是请尊驾在县太爷前说一句，请他老人家包涵些才好。”薛霸道：“那个自然。”何路通掉转脸，望着张桂兰喊道：“妹子下来吧！现有县衙门里的薛太爷在此，唤咱们到他衙门里去耍。只因为县太爷最喜耍艺，咱们快收拾，跟薛太爷去。”张桂兰、郝素玉听说，登时跳了下来，把木架拉倒，绳子卷起，棍枪扎好。那些人也就一哄而散。张桂兰等收了家伙，穿了衣服，就跟着薛霸，望赣榆县署而来。

一会子已到，薛霸先进去说明。毛如虎听见此话，好不欢喜，便叫他进来。薛霸复走出来喊道：“赵老大，太爷唤你们进去呢！”何路通、金大力等走了进去，一直来至上房。只见毛如虎坐在当中，生得虽属俊秀，只是满脸凶气。薛霸在旁说道：“这就是太爷，你们须要大礼相见。”何路通、金大力等强屈了屈腿，便叫张桂兰、郝素玉上前见礼。毛如虎赶着拦道：“你二人就叫梅香、兰香么？”桂兰道：“咱叫兰香，他叫梅香。”毛如虎道：“你多大年纪了？”张桂兰道：“咱今年二十，他十九。咱是姊妹两人。”毛如虎又道：“你俩会走索么？”

张桂兰道：“虽说会走，只是不精。如太爷赏脸，还要请包涵。”

毛如虎道：“本县是最喜欢的。你叫他俩哥子在外面吃饭，兰香、梅香，咱留她在里面吃。等吃完了饭，便叫她们耍起来。”

手下答应，将何路通、金大力领了出去。毛如虎见二人出去，又叫人将于亮、毕超请来。一会子都到，一见张桂兰、郝素玉，皆是魂不附体，坐下来便言三语四，评头评足。张桂兰、郝素玉见了这样，恨不能立刻将他三人捉住，碎尸万段，才出心头之恨。只是不敢造次，恐怕有失，还要做出那勾引的样子来。

少刻摆上午饭，五个人入座。张桂兰、郝素玉也不客气，拣好的吃了一饱。毛如虎便在席上问道："你这两个女子，曾有婆家不曾？"张桂兰道："都不曾有。"毛如虎道："如本县这样人物，你可愿意嫁他么？"张桂兰道："但须六礼周备，还要我哥哥答应，方可允从。"

话说毛如虎见色心迷，欲得张桂兰、郝素玉二人成为夫妇。

张桂兰遂以哥哥作主为辞。毛如虎暗想道："据咱看来，她两个哥哥不过得些钱便可允从，咱何不如此？待她吃了饭，便将他哥子唤进来，与他说明，谅他不敢推辞。万一有什么不允，只须硬做，他又其奈我何？"主意已定，饭也吃完，即叫将何路通、金大力二人喊来，说道："赵大，你两个妹子生得颇好，本县适才问他曾否嫁人，她说还不曾择配。本县的太太不久因病死了，正欲续娶，又因无此美人。今见你妹子如此人品，本县意欲娶了她，成为夫妇，眼见得是两位县太太；就是你们，是算老爷了。再给你们二百银子，做个别的买卖，免得去打棒卖拳。你们两人，可斟酌一会子，可愿意不愿意？"何路通听说，赶着回道："这是太爷的抬举，有何不愿？但小的妹子极俗的很，恐怕不能如太爷的愿。服侍不到，还求太爷宽恕。"

毛如虎道："你这话太客气了。只要你应允，本县就心满意足了，还有什么不到呢？"

何路通又望着张桂兰、郝素玉道："妹子，这是你们大大好遭际，难得县太爷错爱你们，这是哪里的造化。你们可要把太爷服侍好了，不要使太爷憎怪。咱到后来，还要沾妹子的光呢！"郝素玉道："大哥，咱是不嫁他！这样深的房屋，咱们进来容易，随后要出去，倒不容你了。再死在这里面，才不上算呢！"何路通道："妹子，你要出去逛逛，太爷有什么不肯呢？你们不要再耍闹孩子脾气。"张桂兰道："大哥，你还是常在这里？还是就要走呢？"何路通道："你们嫁了太爷，咱与你二哥还在这里做甚呢？自然是走呀！"张桂兰道："我也不嫁他了。我们在这里，连个亲人也瞧不见。他要欺负我们，申冤的地方都没有。你们要常在这里，我就在这里。"何路通道："我虽要在这里，我不能作主，要县太爷答应呢！”毛如虎听了这番话，即赶着说道：“赵大，你们俩可不要怪我怠慢，就请你们常住下，令妹才能心安。”何路通对知县说道：“咱们既在此地，又没有事，可请太爷招呼一个人，带着咱们在衙门里各处逛逛，给咱们见见世面。”毛如虎也就答应，当即叫人带出去，各处去逛。何路通、金大力二人将各处出路，暗暗记清，以便夜间动手。再说毛如虎，见平白得了两个美人，心中好不畅快。厨房里将酒席摆出，大家痛饮慢表。

且说朱光祖在都天庙内，混在人丛里，见张桂兰等已被毛如虎赚去，即刻回转客寓，明白告禀。施公便命黄天霸、关小西、李公然、李七侯四人，前去接应，便留朱光祖、计全、王殿臣、郭起凤在店保护。黄天霸等，只挨二更时分，便去县衙，准备捉拿强盗。

话分两头，毛如虎当晚先在外面陪着大家饮了一回。席还未终，就命人端整一席，送入新房。他辞别众人，自入房内与张桂兰、郝素玉二人合卺。到了房中，见张桂兰二人，早有丫环仆妇在那里陪伴。一见毛如虎进房，便站起来迎接进去。毛如虎当邀二人入座，丫环仆妇将酒斟上。毛如虎便同二人，传杯弄盏，饮了一会。张桂兰、郝素玉也轮流相劝，其中戏谑情状，不必细说。张、郝二人见毛如虎已稍有醉意。毛如虎也思与她二人同入罗帏，便道：“咱们酒已饮了不少了，请两位娘子安歇罢。莫要负此良宵。”张桂兰道：“咱姊妹每人再敬三杯。”素玉端着杯子，在嘴唇上靠了一靠，遂与毛如虎道：“咱俩喝个快活酒，等会给你就去成仙。”趁这时候，张桂兰已将朱光祖那包蒙汗药，倾入壶内。毛如虎见郝素玉敬上酒来，当即一口饮尽；张桂兰又斟上一杯，毛如虎又一气饮下。一连七八杯，通通饮了下去。此时被蒙汗药酒灌多了，他已动弹不得。

张桂兰闭上房门，郝素玉将他拖翻在地，于是二人卸去外衣，抽出佩刀，取出暗器，拿了一根粗麻绳，将他四马倒攒蹄捆了结实。郝素玉用佩刀在毛如虎大腿上，一连搠了四五刀。张桂兰将他两条膀子，砍离了骨节。毛如虎连哼都没有哼一声，但见身子在地下一动一动的。张桂兰、郝素玉二人办事妥当。张桂兰便轻轻开了窗格，蹿了出去，就望屋上一跳。早见上面有个黑影子，彼此击了掌，知道他是自家人。张桂兰近前一看，正是黄天霸，当即说了个暗号。天霸就招呼李公然、李七侯。

他二人答应。关小西不惯上高，只在墙外接应。于是天霸等人，同着张桂兰，轻轻地跳下屋来，仍叫张桂兰、郝素玉看守毛如虎。

黄天霸与二李便到各处搜寻伙伴。刚转到花厅后面，却巧遇着何路通。天霸三人，去提毕超、于亮。到了毕超房门口，黄天霸便大喊一声："好大胆的强盗！"毕超正自睡觉，忽听得这声喊叫，一骨碌爬了起来，取了朴刀，即迎将出来，望着黄天霸举刀便砍。此时合署的人俱已惊醒。凡是毛如虎的人，俱帮着毕超厮杀；其余的就帮了黄天霸等，喊叫："拿人！"

黄天霸与毕超刀来刀往，两个只是不能取胜，恰好杀个平手。

李公然见毕超杀胜了天霸，忙取了弹子，望着毕超打去，正中毕超额角。毕超吃了一弹，虚砍一刀，跳出院落，复一纵，跳上屋面。黄天霸看得真切，手一扬，一只金镖打了出去。毕超出其不意，躲避不及，正中手腕，只听当啷一声！朴刀抛落屋上。天霸来得飞快，赶上一刀，认定毕超胸前搠进，就势将他向屋下一推，只听噗咚一声，跌落在地。却好李公然赶上前，将他按住，用绳索绑好，抛在一旁。此时黄天霸正拟去擒于亮，只见李七侯、何路通两个赶着一人去杀，忽然不见。欲知于亮曾否被擒，且看下回分解。

第一六二回　于亮败走何路通　施公严讯毛如虎

话说金大力听见黄天霸那一声喊，早知毛如虎被擒，他便提了齐眉棒，打了出来。刚到花厅，只见对面来一人，却是薛霸，也拿着木棍出来。金大力大声喊道："你这杂种忘八羔子，看规矩罢！"说罢，便是一棍。说时迟，那时快，只听"哎哟"一声，咕咚栽倒在地。只见薛霸血流满面，躺在地下，一会子就一命呜呼了。于是金大力又望各处寻那亲随仆役，打了个落花流水。李公然便望黄天霸道："毛如虎今已被捉，他的党羽都已擒住，只走了于亮。好在路通、七侯已经赶去，谅那厮也逃不了。咱的愚见：此时已经天亮，不如将大人接来，免得放心不下。"黄天霸道："此话甚是有理。"因说道："咱先给小西个信儿，叫他先去客寓送信。"

却说小西尚在墙外等信，一见天霸，便问如何？天霸道："得咧！你先去给施大人送个信罢！"关小西答应去讫。

黄天霸仍回县署，刚过堂口，忽见何路通满面血污，用衣襟包住额角，搀扶着李七侯，踉跄而来。黄天霸问道："何大哥怎么了？"何路通低垂二目，将头摇了一摇。李七候道："咱俩去追于亮，忽然那厮不见。咱俩各处搜寻，哪知这厮暗躲在墙夹道内。何大哥刚要进内寻找，忽被那厮跳出，劈面一刀。幸亏何大哥让得快，额上已中了一刀。咱虽追进夹道，哪知这夹道是通的，又不见了。只得回头来，看何大哥额角上被劈，因此将衣襟撕下来，给他包好了，搀扶他回来，只可恨放了于亮。"黄天霸道："何大哥到里面安歇一会子吧！"于是寻了一张铺，给他卧下。又叫人烧了些米汤给他喝了，然后来看毛如虎。他此时已经苏醒，躺在地上，被捆得一点不能动弹；又兼两膀两腰，俱受了刀伤甚重。但听他嘴里嚷道：“咱被你这两个丫头所赚，也是活该咱的气数已到。”黄天霸走近前来，望着毛如虎道：“好大胆的贼囚，尔敢截杀命官，冒充知县，荼毒生灵。”二人在那里痛骂。只见有人匆匆进来说道：“大人到了。”天霸等一闻此言，仍命张桂兰、郝素玉看守，自己迎接出去。

施公进了暖阁，各人跟随，来至书房。施公坐下。当有台署差役，上来给施公磕头请安，齐声说道：“蒙大人恩典，今将本县捉住，万民感恩不尽！”施公道：“这知县实非姓谢，却系大盗毛如虎。那姓谢的，本是个好官，被毛如虎半途截杀死，他便前来冒充。尔等今可出去招告，将所有原告等人，限明日早堂，齐集本署，听候提讯。”众差役齐磕了头，遵谕退出。命人传知：本城守备，即刻到署谕话。毛如虎收监看守。所有民间妇女，被毛如虎所奸占，悉数清查，不得隐瞒蒙混。毛如虎党羽，分别寄监，候讯治罪。大家遵命而去。一会子，张桂兰、郝素玉前来请安。施公又慰劳了好些话，然后退出。此时本城守备吴邦干前来柬见，行礼已毕。施公话说：“尔可知本县不是姓谢，实是大盗毛如虎。半途截杀谢养儒，他便冒领文凭为民政，地方安得不受其害？尔虽武职，亦有缉捕之责，何以平时漫不经心，殊为忽略之至。”吴邦干吓得战战兢兢，跪下求道：“守备实在不知，罪该万死。还求大人格外施恩！”施公便喝：“明日督同全营兵丁，前来听候本部堂严讯毛如虎！”吴邦干遵谕退出。只见奉命去查毛如虎家眷的人，回来禀道：“只有主客仆役十人，除首犯不计外，今已格杀三人，身伤五人，在逃一人。所有署内妇女，共计六人，皆是名为价买，实则奸占。”

施公听罢，又命将妇女六人一并收押，明早候讯。吩咐已毕，黄天霸才将何路通被于亮刀砍额角，受伤甚重，致被于亮在逃；现在何路通必须静养数日，方可痊愈。施公答应，大家退出。

到了次日一早，守备吴邦干，督同合营兵丁，早到署堂伺候。一会子，施公升堂，各官环列左右，兵丁手执刀枪，环立阶下。施公命传原告。少刻，本城绅士、书差、乡民，环跪堂上。施公晓谕一番，命先退下："听候本部堂审问该贼。"说罢，便命提毛如虎。立刻将毛如虎提出，押解到堂。施公喝令跪下，毛如虎大骂道："咱被你诡计所算！要杀便杀，何得跪尔？"施公大怒喝道："尔这大胆的狗强盗！胆敢截杀命官，盗取文凭，冒充知县，残害百姓，奸盗邪淫。今既为本部堂缉获，即碎尸万段，亦不足以蔽其辜。"喝令用刑。差役答应一声，即刻把他拖翻在地，用头号大板，打了二百。又命鞭背。

刑差答应，又鞭了三百背花。又命夹起来。差役将夹棍在毛如虎腿上夹起，两边绳子一紧，只听咯噔一声，夹棍截作两段。

却说毛如虎使出运气功夫。施公笑道："好大胆的逆贼，本部堂早已制下一物，预备给你受用。今尔挺刑如此，本部堂必给你受用了。"说着便命施安将新制刑具取来。施安即刻取来摆在堂上。书差人等，但见此物系檀木做成，约一尺长短，通体圆滑，上粗下细，一根本棍，安在一张檀木板凳中间，下面有关扭子消息，仿佛木驴形式。朱光祖、关小西、黄天霸三人一齐走下，将毛如虎拖上板凳，左右按定。朱光祖便将木棍，从裤子外钻入谷道。施公又命人鞭背。叫两人在他腰上，用夹棍夹起。毛如虎此时被木棍捣入，气运不来，又兼夹棍、背花，痛楚难受，只得喊道："罢了罢了！施不全，你不要动手了，咱招出，给你去邀功罢！"施公命松了夹棍，住了鞭背，便喝道："你可从实招来！若是所招不实，刑法从事。"毛如虎道："咱不招则已，既招尚有什么虚言！"因道："去年七月间，咱从奉天同着伙伴：一叫于亮，一叫毕超，欲往南方干一趟买卖，便道北京，看看风景。这日走至山东兖州府境内青草山，见有三个过客，骑了牲口。咱只道他是经商大贾，便上前劫取财物。及至被我们三人一人杀了一人，搜其身畔，只有一百多两银子，另有一张文凭。咱将银子取了，将文凭藏好，复将那三人，俱埋于青草山内。因思有了这文凭，何不就去到任？做个现任官儿，也觉有趣。于是就将毕超、于亮两人，充作官亲，另外又伙了几个亡命到此。这是截杀谢养儒，冒充知县的实话。若问残害百姓，咱只知道索取规费，勒派地丁。有那个做官的带来的赃银，被咱知道了，同着于亮、毕超，前去劫掠他的财物。他就到县里来告，咱只说他这宗财物，也是暗劫来，就被人家劫去，也还可以抵其实，就是咱们取来使用了。至于奸占妇女，也是有的，现在此间，还留着五六个。有的是名为价买，实是暗占；有的是暗劫而来，图其欢乐。咱若不在这色字上用功，也不至于遭你这美人计所赚。这都是咱爷爷的莫大功德，一生作为。别的事，咱就不知道了。”

施公听罢，命人录了口供，又叫人将那些被奸占妇女提来。

施公一一问道：“你等为何被他所骗？”只见堂下那些妇女，有的道：“他本来说是买来作妾，及至父兄向他讨价，便霸占不放。”有的说：“是夜间被他劫来，家中父母还不知道呢！这种强盗行为，若非大人将他治罪，我等便受苦不尽，有冤难申了。”施公一一问明姓名住址，当饬差役，传知父兄，当堂领回。又命将那受伤未死的，提来审问。一会子提到，跪在地上。施公问道：“你等叫什么名字？胆敢随着毛如虎作恶。你等从实招来，若有半字虚浮，不免皮肉受苦！”只听到下面说道：“小的名唤张三，本是莱州人氏。因到南方寻亲不遇。毛如虎他说是现任知县，欲雇家丁服役，因此小的才来跟他，不知道是假的。自到此地，并不敢助纣为虐，衙内所有一切经手事件，皆是薛霸所为。”施公便问：“谁叫薛霸？”金大力便上前回道：“薛霸前夜已被小人用棍击死。”施公听罢，又问别人所供，大半相同，皆是为毛如虎所雇。施公又问本署差役，是否属实，有无作恶情事？本署书差也说：“薛霸最为可恶，所有勒索规费，诱骗妇女等情，皆出薛霸一人之手。”施公便命各责一百板，备文递解回籍。差役答应，就将各人责罚已毕，先行收监，候备文递解。

施公即判道：“毛如虎系著名巨盗，伙合党羽于亮、毕超，于山东兖州府界，截杀部选原任赣榆知县谢养儒等主仆三人，即盗取文凭，顶冒名替，驰赴县任。半年以来，奸盗邪淫，残害百姓，无恶不作，小民受害匪轻。国法难容，天理何在？应照律加一等治罪。着即绑赴市曹，凌迟处死，以重国典，而恤民辜。被害之家，听其申雪。毕超、薛霸，相助为虐，律应处斩，既经格杀，应无庸议。于亮甘为党羽，竟敢刀伤千总何路通，虽经在逃，仍着悬赏严加缉获到案，以清盗源。”判毕，即命黄天霸，督同守备吴邦干，率领本营兵丁，押犯赴市曹。并着李昆、关太、王殿臣、郭起凤、金大力、李七侯，护押前行。

各官遵命，天霸立即换了服色：头戴大红贡缎风帽，身穿大红胡绉披风，腰挂宝刀，坐下战马。将毛如虎捆绑停当，当堂赏过盏酒片肉，两人推着犯人前行，刽子手执刀在后。李昆等七人，各执钢刀，周围押护，城守兵丁，亦手持刀刃，围护而行。守备吴邦干，恭请王命牌，一会子到了法场。黄天霸升座公案，毛如虎跪在一旁，李昆等紧紧相护，营兵环列四面，围得如铁桶相似。只听炮声一响，刽子手走上一刀，毛如虎头已落地，复由刽子手凌迟。即将首级送上验实，便命带赴县署，悬竿示众。然后各官回衙。施公便命计全暂行署理县事，一面具奏请补，一面札饬山东兖州府前往青草山，起验谢养儒及家丁尸身三具，妥为封殓。并传家属领取尸棺；再由该管地方官，发给恤银一千两，为谢养儒家属养赡之费。当晚施公又具了一道本章，当命幕友誊缮，以便入奏。欲知后事如何，且看下回分解。

第一六三回　逃强盗还去投强盗　嫉仇人偏遇有仇人

却说施公诸事已毕，此时已交年底，不及赶赴淮安，便在赣榆度岁，不表。再说于亮逃走之后，便思无处栖身，因想海州地方有个落马湖，内里有座水寨。寨主姓李名配，外号叫猴儿李配，专交结江湖上好汉。他有两个结拜弟兄：一名赛玄坛赵虎，一名出水蛟孙龙，皆是一身武艺。便想到这个所在，何不前去投他？一则有了栖身，二则也可请他帮同报仇雪恨。主意已定，便趱赶前去。走了两日，这日已到落马湖。原来这湖内，寻常人不能进去，因湖之四面，皆有排栅，暗藏响铃。碰着消息，机关一动，船翻下去。喽卒将人拖出水面，押到寨中，听候李配发落。这于亮到了落马湖，便雇了一船，上得船时，就叫开到寨内。使船的也不知道这湖内有那些故事，也就答应着，一直摇了进去。荡了一会，刚到栅口，只听一阵铃声响，使船的也不晓得是触动机关消息。倒是于亮听见，赶着喝令："且慢！"那使船的只顾用力向前驰去，又见水上一阵涡漩，把那只船漩得滴溜溜圆转，霎时间支持不住，已翻入水底去了。

里面守栅的知道有了人，立刻取挠钩，把人从水底拖出来，用绳索绑好，押进寨内。头目说道："奉大王的命，把刚才拿住的两人押进去问话。"喽罗将于亮、船家送到了大寨厅上，推在下面跪倒。李配坐在虎皮交椅上问道："你这两个猪羊，因何来做奸细？快快从实招来，好凭大王爷发落。"只见于亮说道："咱姓于名亮。这个使船的，咱却不知他姓名。望大王容禀：咱本与毛如虎是结拜弟兄。只因毛大哥在山东劫杀赣榆县知县谢养儒，窃取他的文凭，冒做了赣榆县知县。咱兄弟在他任上还快活做了一年有余，无人知觉。今因来了钦放总漕施不全走此经过，不知他怎么访出真情。先使美人计，将毛大哥灌醉；复又遣派黄天霸等人，里应外合。三更时分，一齐动手，将毛大哥捉住，并杀了许多伙伴。咱幸亏跑得快，跑出城外。因思毛大哥已死，咱又被拿得紧，无处栖身。忽然起意，因想毛大哥在日，常说有一至好友在此，这才决意来投。大王若念江湖上的义气，替咱毛大哥报了仇恨，咱情愿投在你老名下，做一个小卒。”于亮说罢此话，只见李配大叫一声道：“气死我也！咱若不将这赃官拿住，把黄天霸这小子擒来，碎尸万段，誓不为人。”说着将于亮绳索亲自解去，让在上面坐下，一面叫人将船户放了，一面说道：“于贤弟既系自家人，你我可同心协力，共守此寨，不可稍存异心。”又叫人将二大王赵虎、三大王孙龙、总管张才请来相见。不到一刻都已到了，大家相见已毕，讲论了许多闲话：杀人放火那一派强盗行为。少时摆上酒席，五个人一齐畅饮起来。

只见那个张才，在下暗想怀思，代施公担忧。你道这张才是何人呢？为什么他要代施公担忧？原来这张才，从前是恶霸罗似虎家一个总管。施公去访罗似虎，因见张才是个老成人，后来将罗似虎捉住，张才不曾问罪，当时放走。张才去后，就弄了几个钱，去贩布卖。这日又因亏本过多，布又不能去贩，走在半路，要寻自尽。巧遇着施公私访，施公因此又助了他些银钱，叫他添本再贩布卖。哪知张才运气太坏，走至落马湖，被这伙强盗劫去，几乎送命。也是他命不该绝，偏偏李配看他老实，就把他留在寨内。数年以来，也还相安无事。此时听李配要去捉施公，所以在那里担忧。李配酒至半酣，与于亮谈得合式，又结拜了弟兄，当即命人喊于亮为四大王。于亮好不欢喜。

再说施公到了海州，就在行辕安歇。约在三更时分，忽然梦见一只马猴，迎面扑来。施公惊醒，却是一梦。暗暗推测这梦真是奇怪，难道是又有什么冤枉的案件？细细的推详一番道：“是了，定是此地有这侯姓，不是恶霸，定是土豪。我不免明日出去私访一回。”到得天明，施公瞒了众人，换了一件衣服，仍旧扮作算命的模样，悄悄地出了行辕，信步走出城外。约走了二三里路，前面便是运河。施公正在那里临流叹赏，忽见那河边来了一只渔船。施公即招呼渡船摆渡。只见那船户赶着笑道："你老可是叫船么？"施公道："我要过河，你可将我渡过河去，再把你船钱便了。"船上那个人将施公扶入舱内，开船而去。你道这人是谁，原来就是于亮。

却说于亮在渡船上巧遇施公，当即将施公谎骗上船。原来李配这日派他出来巡哨，打探客商买卖。这运河却有一条汊港，通落马湖内，可巧冤家路窄，偏遇施公叫船。于亮将船摇到河心，便将船头拨转，往上流摇去。施公在船内说道："船家，咱是过河呢！为什么望上流摇去？"于亮道："你不知道，这河内水急，若不提一提溜，如何过得河呢？"施公听说，也还有理，便不再问，听于亮望上流尽摇。不一时进了汊港，于亮将篙子插在港内，将船系好，进得舱来，向施公说道："咱请你上岸罢！"施公听说，即站起来，往舱外便走。只见于亮出其不意，猛抬起右腿踢去，将施公打倒舱内，大声喝道："你认得大王爷爷于亮么？咱大哥毛如虎与你有何仇恨，你便将他杀害？"一面说，一面绑缚起他来，抛在一旁。仍然走到船头，将缆解开，篙子拔起了，操着桨，直望落马湖而发。施公在舱里面，只是讨饶道："咱委实是算命糊口的，大王可不要错认了，望你将我放出。咱家中尚有老母、妻子，等着我赚了几个钱，回家买米度日。"又暗中说道："我施某今日可不能活命了。即使黄天霸等见我不回，各处找寻，也不知我死在这人手里。"

不说施公暗想，再说于亮将船尽力摇去，将船摇到栅口，将响铃摇动。守栅的开了栅门，放船进去了。于亮先叫人将施公看守好了，直入寨内。李配、孙龙、赵虎，并总管张才，迎接进去。李配问道："贤弟今去巡哨，有什么大宗买卖探听回来？"于亮道："买卖倒没有，却有一件喜事，说来可痛快人心。小弟前去海州，将船泊在北门运河内。忽有算命的，叫声：'过河。'小弟仔细一看，不是别人，正是咱兄弟们一个大大仇人呢！"李配道："莫非就是施不全么？"于亮道："专待大哥发落。"李配等大喜，便叫剖心沥酒，祭奠亡鬼。一面又叫人备办酒席，等祭奠后，好大排筵宴，给于亮庆功。一会子，众喽罗将施公押到厅上，李配喝令下跪。施公站立不睬。李配又道："施不全，咱大王爷久闻你的大名，惯与咱江湖上的朋友为难。你还仗着那黄天霸小子等人助着，杀害我等？往事不说了，咱只问你，毛如虎与你有何仇恨？为什么将他捉住，杀死了他？你今日也到了爷爷们手里，你尚有何话说？可能再叫黄天霸小子等人前来么？"施公道："大王不可错认，我委实姓任，名唤也方，借此算命度日。家中还有老小，望大王详察，不可以耳代目。咱且不知毛如虎是何等样人，更不知施不全是何等样人，怎么将我任也方，错认作施不全？且硬说我任也方杀害毛如虎，这可不是冤枉？"李配大怒道："咱把你这赃官，嘴能舌辩！且不管是任也方、施不全，今既被我捉住，你真是任也方，也将你当作施不全，剜出心来，为那些死去朋友祭奠。"

说了，随叫人将施公拖至下面，把衣服脱去，露出心腹，缚在柱子上。于亮执刀在手，只等上前开刀。张才站在一旁，暗暗叫苦。只见于亮手执钢刀，恶狠狠地走到施公面前，将刀尖对准胸膛，一刀剜去，只听当啷一声，刀落在地。再看于亮，站在一边发怔。李配道："我不信，难道有个鬼不成！"说着，便拾起刀来，也是恶狠狠地对准施公心口刺去。刚欲刺进，只觉手腕一酸，刀持不住，当啷一声，也似于亮那样，把钢刀又落在地下。李配等颇为诧异。只见张才上前说道："大王两次刺他，刀落在地，一定今日不能杀人。"李配道："且让他多活几日。必须派个诚实可靠的人看守才可，不致于误事。"张才道："大王如放心，即交与小人，包管无事。"李配道："如此甚好。你想这后面有个阴山洞，四面皆是水，且将他关在里面，每日不与他饮食。他纵不被刀杀死，也叫他活活饿坏。贤弟再多派几人，妥当地看守。等到那天霸小子捉住，一齐问他的罪名。"张才答应，随将施公放下，带入阴山洞去，却暗暗送些饮食与施公，并与施公说道："大人不必害怕。小人名叫张才，前在罗四虎家当总管。后蒙大人救出，又蒙大人赏钱贩布。只因路过此处，被此地这伙强盗劫去布匹，捉到此间，硬叫小的当了总管。今见大人被他们谎骗，小人已是心胆俱裂。

不意大人洪福齐天，他们不得强害，故此小人才在他们面前，叫将大人交给小的，为的是要救得大人才好。不知大人手下那些将官，现在何处？小人打算去送一个信，叫他们众位前来。一则好救大人，二则可以将这伙强盗拿住，为民除害。”施公听说，又仔细一看，果然不是别人，却是张才。此时施公稍放下心，便将天霸等现在海州，告诉了张才。张才又请施公且自忍耐，三日后必然救出。施公更自放心。张才便即告辞出去，招呼了两个心腹前来看守，又叫人时常暗暗送些茶水之类。故此施公也不过于吃亏。未知后事如何，且看下回分解。

第一六四回　褚家庄天霸送信　悦来店张才陈辞

话说黄天霸等各处寻找施公。寻了一夜，不见踪迹，知道又为恶人谎骗，大家惊疑不定。李五道："愚兄倒有一计：欲知大人消息，必到褚家庄褚老英雄那里一访，或可得其消息。"

黄天霸道："小弟便去一行。"李五道："贤弟须快去快回。我们这里仍各处寻找。贤弟一有消息，万不可冒昧行事，必须斟酌尽善，方好前去。"天霸答应，当即辞别众人，出了行辕，直望褚家庄而来。

不过一日已到，遂令庄丁进去通报。一会子里面叫："请。"黄天霸大踏步进入里间，褚标已迎了出来。彼此见了礼，分宾主在厅上坐下。庄丁献上茶。褚标问道："贤侄久已不见。大人想已安抵淮安。侄媳当亦安好，众朋友想皆如意。"天霸道："众兄弟都好，侄媳亦好，都给你老请安。唯大人沿途耽搁，至今仍未到淮，现在驻扎海州。今小侄特地前来，因大人前日早间，瞒着众人出去私访，至晚未归。小侄等各处寻找，杳无踪迹，定又有恶人将大人诓去。"褚标听说大惊道："据贤侄说来，敢是大人又为强人劫去？海州左近，倒无甚强人，唯有那落马湖猴儿李配颇不安静。莫非大人是他劫去不成？"黄天霸道："落马湖离此多远？那猴儿李配又是怎样一个人物？"

褚标道："讲起李配这人，武艺精通，几有万夫不当之勇。且兼惯熟水性，能在水底下伏三昼夜，故此占了落马湖，专劫客商船只。若说他那湖的地势，曲折连环，周围有十数里宽大。不识路径，湖中必不能去。贤侄若要前去，找一人前来，与你同行，或者可以进去；若无此人，虽插翅也不能入此湖。"天霸道："请问老叔，此人姓甚名谁?”褚标道:“此人姓万,名君召。那年偶至湖内,为李配所劫,即与李配比较一回武艺,还可以敌得过。因此李配爱他武艺,就将女儿与他,成了翁婿。但是万君召安分守业,不与李配同为,也曾劝过他改邪归正。争奈李配不听,万君召也无法想,实是貌和心不和。”天霸说:“既如此说,这万君召家住何处?”褚标道:“其实不远,要去落马湖,必由他那里经过。”天霸道:“可否请老叔同小侄一行,将万君召请出来,好使小侄同他前去。”褚标道:“此事非是我不肯同贤侄前往,奈因我有件事,与君召不和,不便前去;不若贤侄独自去访,见着他将真话说出,他必答应。不但他可以与你同行,还可给你设计。我若一去,恐反于事无济。不是我催促贤侄,你是要紧前去才好。万君召家,从咱那里去,向东南大路而行,不过二十里,即到万家庄了。贤侄,恕老朽不留,就此请去罢!”天霸答应,不敢怠慢,辞了褚标,匆匆而行。

走了半日,已到万家庄上。天霸问明门路,走到万家门口,向庄丁说明来历,请他进内通报。只见庄丁回道:“咱家大爷前三日去往淮安,说是早晚就要回来。你老有甚话,请留下名帖。”天霸回道:“我因要去落马湖拜望那李配,不知那里的路径。因你家大爷是他的女婿,故此前来约你家大爷同去。他既不在家,就罢了。大约你们也是常去的,那里的路,究竟怎么走法?还是坐船去,还是有旱路可通呢?”那庄丁回道:“不瞒你老说,小的到此未久,落马湖不曾去过。但是听说这湖内路颇为难走。四面皆有消息,若不知路径,触动机关,恐有性命之虞。”说罢,走进去了。黄天霸寻找客店住了,问了落马湖。那人说道:“前去只有十里路,就是落马湖的地界。”天霸回头一看,见东首有个小小市集。天霸走到市集上,瞥眼见街口有一座楼,外面挂着招牌,上写“悦来客店,安寓客商”。

天霸踏步进内。店小二迎接出来。天霸又拣了个座头坐下。店小二在旁伺候。天霸便叫:“店小二,拿两角酒,端两碟下酒的菜来。”店小二答应,少停酒菜全送上来。天霸一面斟酒,一面望店小二问道:“你姓甚名谁?”店小二道:“小人唤作胡四。”便回问道:“你老敢是从徐州来，到这里作什么贵干?”

黄天霸道：“我要到海州做一买卖。此地是哪里所管，离海州还有多远呢?”胡四道：“此地便是海州所管，到海州尚有四五十里。你老可是错走了道儿了?走徐州来，到海州去，应一直向东，怎么走到这里来呢?而且此地有个落马湖，其中歹人颇多，那些作买卖的，皆要越此过去，不敢经过此地，你老怎么倒反走来?”天霸道：“我是偶经此地，向不出门，因此走了错路。但不知你刚才说落马湖有些歹人，怎么叫个歹人?我实在不懂。”胡四道：“你老真是没出过门了。咱这里那落马湖内，有三个大王，皆是浑身武艺。凡有客商经过，他也不问贫富，务要将钱留下；若是客商们不肯，即刻就害了性命。”

说着拿酒壶斟了一大杯酒，放在天霸面前。天霸端起酒杯正要喝，忽听下首桌上，有个人在那里叹气。天霸掉转头来一看，像似熟人，于是也叹了一口气。两个人看得发怔。忽见那人走到面前说道：“尊驾敢是姓黄，下面是个天字么?”天霸道：“正是。不知你怎么晓得贱名呢?”那人道：“可记得前五年罗四虎家，有个总管张才么?”天霸听说后，仔细一看道：“咱的眼力太钝，咱竟全不记得了。”又道：“你为何也在此，来干什么呢?”张才又道：“若不是在此遇见你老，小人竟要跑到海州去了。”黄天霸道：“这是为何?”张才道：“正是小人有件要事，要去寻找你老。难得在此巧遇，真是大幸。”说罢，便叫店小二将自己的酒菜取过来；又叫店小二出去另拿两样新鲜可口的菜进来下酒。店小二答应着，出去叫菜。张才见店小二走了，又看一看左右无人，便悄悄地说道：“只因大人被毛如虎的党羽于亮诓入摇船，送到落马湖李配那里。哪知大人的洪福齐天，不知怎的，李配手上的刀忽然落下。彼时小人也在那里，便谎说了两句话，将大人送至阴山洞内；故此又在李配跟前，讨了个巡哨差役，借着赶海州，给你老送信，前来搭救大人。不期在此巧遇，真是万幸!”天霸听说，又问道：“你为何在落马湖呢?”张才见问，便将以往之事，述了一遍。天霸大喜。张才还欲说话，只见店小二拿进酒来，张才便住口不言。

却说张才叫小二出去："等喊你再来！"店小二答应。张才复又说道："你老可想个什么法儿，将大人救出来才好。你老不知那水寨里面，到处有埋伏。依小人的愚见，你老还得去海州一趟，将保护大人的那些老爷，全请了来，约定明日二更时分，一齐进寨。小人预先在水寨外面，拣那有埋伏的所在，插了柳树。你老就看定柳树，随弯就弯，直走进去，必须绕道湖后。因这湖面宽阔有十余里，前、左、右三面皆是大水，非船不行。唯有后面，一交冬令，那湖里水就涸了，不要船可以由湖上走得进去。却要由西南那条小道，才可走到后湖。你老切记，须从那道而去。小人到二更时分，即着心腹赶往前面放火，烧他寨栅。李配等看见前寨火起，必然出去看视。你们但见前面有了火光，此时我便将大人放出洞外。你老可一面专派两人接应，保护大人出去；一面由后寨杀入前寨，使李配出其不意，也可一鼓而擒。"彼此商议已定，张才抢去会账，仍然进湖。

天霸赶回海州送信。走了半日，已到海州城里。进了行辕，大家见天霸已回，个个前来问道："如今大人在于何处？褚家庄去了一趟，可有点消息不曾？"天霸见问，即将褚标如何说出万君召，如何去访万君召不遇，如何在酒店内遇见张才，如何与张才定计，去捉李配的话，前后说了一遍。大家好不欢喜。

黄天霸道："事不宜迟，即须前去。李七侯与何路通两人，可暗暗伏在落马湖前寨左右，以防李配凫水而逃。关贤弟、金大哥专为接应，保护大人。张桂兰、郝贤妹，专等大人出了后湖，可即保护大人在僻静处所等候；殿成哥、起凤哥前来接应，一齐送大人入城。关贤弟、金大哥，将大人交给桂兰、素玉，仍即转回水寨，帮同杀贼。我与李五哥，先行杀人前寨。务要将李配等人拿住，不可放走一人。一来为大人报仇，二来为民除害。"大家齐声道好。又命施安去本城衙门送信。

一会子俱已装束停当，各带兵刃暗器，分头前往。将近傍晚，已到落马湖。何路通、李七侯便在僻静地方，换了水行衣，悄悄地钻入湖内，直望水寨左右伏身，专等捉拿李配。黄天霸等一干人，照着张才的话，认定柳树，随弯就弯，直奔后湖而去。

且说张才回去，将酒店与黄天霸如何计议的话，一一告诉了施公。又遣了两个心腹人，密去前寨放火。诸事已定，只等二更时，便好去救施公。看看时候已到，忽听前面喧嚷之声，张才知是火起，赶即来到阴山洞，将施公放出，急急送往后湖。

此时黄天霸等人也看见火光。关小西、金大力一看，前去接应。

却好天霸已将李五等人伏在左近一带，只等火起，便好行事。

张才刚出寨中，遇见黄天霸，正好送出施公。关小西接着，便把施公背起，直奔过湖，交给张桂兰、郝素玉两人保护；随即仍赶回头，以便接应天霸、李昆。再说天霸与李昆见张才放出施公，由关小西、金大力保去，他二人也就跟着张才，直望前寨杀去，不表。

再说李配、孙虎、赵龙、于亮四人，吃过晚饭，刚欲睡觉，忽听前面嘈嚷。正欲着人去问，只见有两个喽罗，飞奔前来说道："不知怎的，前寨起了火，寨栅已烧去了一大半，特报大王知道。"李配等闻报，吃惊不小，随手拿了件兵器，一齐赶奔前寨而来。到了前寨，只见火光烛天，寨栅已烧去大半，连忙喝令："扑灭！"正在扰乱之时，猛然知道背后有了奸细，即刻分派赵虎去往阴山洞，防备走了施公；又令孙龙去往右寨救火；自己与于亮，督率喽罗，竭力灭火。正在扰乱之时，猛觉背后一刀砍来，李配赶着招架。天霸复又一刀，望着李配肩窝上刺。李配将天霸的刀拨开，复还一刀，直奔天霸胸前刺进。天霸赶着相迎。二人一来一往，拼命地大杀起来。于亮正欲上前来助李配，那边李五的刀如旋风般一路砍来。于亮接着便杀。四个人分两边，直杀得难舍难分。正在酣战之时，忽见李五虚闪一刀，一溜烟跑了出去。于亮不舍，随后紧紧追来。李五取出弹弓，按定弹子，觑得切近，对定于亮左眼打去。于亮躲闪不及，一弹正中左眼，登时站立不住，头一发晕，栽倒在地。李五见于亮跌倒，一个箭步跳到了面前，举起一刀，在于亮肩膊上砍下。那于亮"哎呀"一声，已不省人事，躺在地上，动弹不得。李五又用刀背，在他脚胫骨上尽力打了几下。

于亮的胫骨又成粉碎。李五复将他拖在一旁，再来帮助天霸去战李配。只见天霸与李配，杀了个对手。李五看得着急，顺手摸出一弹，扯起弹弓，拍的一声，认定李配面上打来。李配正杀之间，耳边听有弹弓声，知有暗器打到，赶着躲开过去。天霸见李配躲闪暗器，乘此一个闪电穿针，一刀从李配肋下刺进。

李配从旁一让，不提防第二弹打来，正中右耳。天霸见一刀未曾刺中，便用了鲤鱼翻身，跳入左边，一刀望李配左肋刺进。

李配复又让过。那知李五第三弹又飞了过来，说时迟，那时快，李配万万让不过去，面门上中了一弹，打得鲜血直流。李配知不是对手，忍着痛向天霸虚砍一刀，直望寨外跑去。天霸率李五紧紧追赶，赶到寨外，但见李配望湖内一跳，噗咚一声，钻入水底去了。

天霸等见李配已经入水，便不追赶。复又到寨内探寻赵虎、孙龙。才转了两三个弯子，却好关小西迎面而来，左手执刀，右手提着一个血淋淋的人头——却是孙龙已被杀了。三人会合一处，复向前去寻党羽。刚到阴山洞，只见金大力与赵虎正在那里厮杀。黄天霸取出金镖，出其不意，打了出来。赵虎未曾防备，腿上中了一镖，略吃一惊，手中的朴刀一乱，金大力来得快速，用足了劲，执定齐眉棍，使了个植树盘根的架式，望着赵虎扫来。这一棍，赵虎不曾让得及，已被打倒在地。关小西来得急速，复上前一刀，将赵虎的右腿砍断，在地上不能动弹了。那些喽罗见寨主全然丧命，也就一齐跪倒求降。

再说李配跳入湖中，以为可以保全性命。那知何路通在水底下等得正不耐烦，忽听湖上噗咚一声响，知道有人下来，赶着将眼睁开。仔细一看：果然有个人踏着水，缓缓而来，何路通即先抄在前面，等李配来时，急切将拐照李配身上一钩。李配正望前去，不曾防得，站立不稳，被他钩倒。欲知后事如何，且看下回分解。

第一六五回 落马湖众寇伏诛 淮安府施公赴任

却说李配逃入湖内，被何路通用拐钩倒；又将李配肩膊上，刺了几下。李配被刺，已是动弹不得。何路通便招呼李七侯，一同将李配拖出水面，拿出绳索，捆绑停当。两个人横拖倒拉，一直拉进寨栅，去寻天霸等。却好天霸等已将孙龙、赵虎、于亮三个人，杀死的杀死，打伤的都抛在地下，叫人看守，都来前寨，打听李配的消息。正遇着何路通、李七侯从外面而来。

黄天霸便问道："何大哥，怎么样？果曾捉住没有？"何路通道："擒住了，现在这里。"天霸等好不欢喜，走上前来，先看了一看，复叫人扛抬到那三人一起。李五道："如今是一个没有漏，全被我们捉了，倒是要去大人那里送信。最好就请大人到寨内安歇一夜，明天传知海州文武各官，将贼就地正法。"

金大力道："甚是有理。咱即便去请大人。"说着掉转飞跑，一直跑到后湖，不知施公躲在哪里，复大声喊道："大人在哪里？落马湖的强盗通捉了，请大人到寨内歇息发落罢！"一连叫了几声，方听见西北角上树林子内有人答应，却是女人声音，说道："大人在这里。那可是金老爷么？"金大力听得真切，知道是张桂兰答应，也就应道："咱家是金大力。大人在哪里？咱走那里好接？"张桂兰道："金老爷不要来啦！咱们保大人来罢！你在那儿等着。"金大力也就不往前去，只在湖岸上等。

一会子，见施公扶着两个人前行，后跟着两人！原来王殿臣、郭起凤在前搀扶着，正要请施公回城。又听见金大力说话，施公便扶着王、郭两人，缓缓前走，张桂兰、郝素玉在后跟随。

金大力迎着施公，便先请了安。施公问其情形。大力一一回答。

一路正在那里讲话：孙龙被关小西如何凫了首级，赵虎如何被棍打倒，于亮如何被李昆弹子打中左眼，李配如何凫水而逃，如何被何路通在水底里捉住。只见前面许多灯笼火把，迎接出来。黄天霸等走到施公面前，请了安，站立一旁。施公又慰劳了数语，然后携同二人，缓步入寨。到了寨内，就厅上坐下。就有张才前来磕头。施公着实安慰了他一番，又命他随便坐下，大家好说话。张才只得告坐。众人又谢张才保护施公之力。张才只是谦逊，并道：“小人前蒙大人不杀之恩，又蒙慨助资本，虽粉身碎骨，难报大恩。而况此是应分，且不兔有罪。今蒙大人不罪，还敢劳老爷们道谢么？”于是大家又说了一会捉拿李配的话。正欲叫人将李配押来讯问，只见两个喽罗走到面前说道：“酒饭已备办好了。”张才答应一声，即站起来对施公道：“小人已招呼厨房，随便做了几件饭菜，请！”张、郝另设一桌。大家吃毕，此时天已大亮，只见人报进来道：“今有海州营参将王立本、海州知州李穆，在寨外禀见。”施公听说，即令传见。张桂兰、郝素玉避入后面。

少停，海州参将及州官进来给施公行礼、请安毕，站立一旁。施公命二人坐下。知州李穆禀道：“卑职等谬膺民社，地方上有这等大盗，不知预为缉获，以致残害百姓，并累及大人。卑职等实在罪无可恕。即求大人从重参革，以儆效尤！”施公道：“贵州在此几年了？”李穆道：“卑职是去年十二月十九日才接印任事的。”施公不语。又问参将王立本道：“老兄光景也是去年十二月十九日接印的？”王立本道：“参将是去年二月间，即补是缺。”施公道：“既是老兄到此，已届一年，为何连这起强贼全不知觉呢？”王立本道：“参将也曾风闻，颇思剪除，以绝民患；但未据地方百姓禀报，境内亦尚安静。参将的愚见：以为多一事不如少一事，若真正前去缉捕，特恐那盗贼拒捕起来。卑营的兵力固自不足，且恐激成大变。等到激变，势必详报上宪。在上宪知道的，立刻派营助剿，说参将尚为认真理事；若不知道的，不但不添兵前往，反说参将好名太甚，不自量力，癣疥之患，也须大动干戈。一纸札文，做成今‘办理不善，调省察看’，这还算是万幸；甚至奏参上去，连功名总不能保。因思好容易补了这个缺，大宪衙门花费了若干，还各处请托当道说项。总想署缺后，藉此弥缝，兼可顾及一家妻子老小。怎么将此缺不要，做那好名之事呢？这样一想，便将此事懈怠下来了。哪知大人又落在那强盗手里，参将是万万想不到的。今既如此，只有听大人奏参便了。”施公听罢，拈须微笑道：“据老兄所说，并非掩饰之词，倒是出于本心。本部堂原可曲谅，但不过，你上负国恩，下误民事。即此两事，本部堂可不敢容情，只得据实奏参，听候圣上处置。”说罢，便将李配押解上来讯问。

手下人答应，即刻押李配、于亮、赵虎三人来到。孙龙已被杀死，自毋庸议。施公将李配等问了口供。李配等亦直认不讳。施公当命立刻就地正法，并同孙龙首级，一齐悬竿示众。

又着海州知州，查点钱粮数目，一一运入州库，以备正用。将房屋拆毁，众喽罗解散。诸事已毕，施公又向知州说道：“贵州为地方父母，理应剪除民害，除莠安民。今盗贼充塞，任意姑容，殊觉有负民望。姑念到任未久，着记大过一次。自后务要不避艰难，遇事认真。若再懈沓，本部堂定即参处。”州官唯唯应诺，复又叩头谢罪。施公这才起身，喝令：“回城。”

早有人将绿呢大轿抬入。施公上了轿。知州与参将先行，施公在中，天霸等人骑马跟随在后。在路走了一日，进入海州，施公仍旧在行辕驻节。海州知州及参将进来请安，然后禀见，各回本衙门而去。施公当晚即将海州营参将王立本，奏参出去。

迟了两日，即望淮安而去。施公又命施安先行到淮去投红谕讫，这才乘坐官船，趱赶而行。不一日，已到淮安。当有漕标各营统领、管带，淮扬兵备道，淮安知府，清河知县，南河各厅，佐贰杂职，以及闲官、候补人员，齐立码头迎接。施公船泊码头，有前任漕河总督上船恭请圣安。施公代安毕，彼此茗谈片刻而回。接着，淮扬道、淮安府、清河县、所属各厅，佐贰杂职，分班禀见。后又是漕标中军、各营统带、淮安参将，一起一起，先后问安禀见毕。施公这才上岸，乘坐绿呢大轿，导以执事衔牌。只见金锣鸣处，一对对清道旗、飞虎旗、肃静回避牌、钦命牌；继以，头品顶戴、漕河总督部堂、都察院左都御史、淮安巡抚大臣、钦赐金牌世袭一等侯爵、仓场总督、山东查赈大臣、特授江都县正堂诸衔；以后金瓜隔路，令箭令旗，对子马、顶马、亲兵、护勇、红黑帽、刽子手，前呼后拥，直望行辕而去。不一会已至行辕，施公在暖阁下轿，进了后堂，早见陈设齐备。施公坐下，各官重复进见；施公又一一答礼毕，各官辞去。施公便择定次日辰刻接印。当有听差的传谕下去。

前回中已说明，施公将落马湖猴儿李配等人拿获，就地正法；后即赴淮安漕督本任，接印任事。真是风清弊绝，廉正自持。那些候补实缺人员，内中有一二贪赃枉法的，见着施公恩威并至，严厉难犯，也不敢轻于试尝，赶将从前积习，改除殆尽。加以黄天霸、关小西、计全、何路通、李昆、李七侯、金大力、王殿臣、郭起凤，以及张桂兰、郝素玉，这一班男女武将，个个皆感施公恩德，无不尽心竭力，帮着施公为地方上除暴安良，代国家出力；以致道路传谈，皆言施公清廉正直，这且不表。

且说自黄天霸去褚家庄打听落马湖消息以后，褚标逐日探访，后来知道业已救出施公，猴儿李配俱已拿获正法。又闻施公已赴漕督本任，此时褚标就想前去淮安。忽有个至好的旧友，适从淮安到来，顺道来访。褚标便留他吃饭。席中他谈起施公许多好处，褚标听了，恨不得即刻前去看施公的新政，因此决计前去。他那朋友过了一日，也就他往。褚标即打点行装，又买了好些土产，诸事停妥。这日带了一个庄丁，家里现成的骡车，将所有的行李各物，装上车子，又带了防身的兵器，叫庄丁赶动骡车，直往淮安进发。

不一日已至淮安，褚标并不另住客店，一直就往总督衙门而来。在辕门外，将骡车停住，叫带来的庄丁看守，他却进了头门，也不问清白，大踏步直向里走。那辕门上文武巡捕官，见着褚标那种样子：头戴灰色毡帽，身穿土布大袍，脚着尖脊蓝布百衲鞋，腰系一根蓝布束腰；黑黑的面庞，两道浓眉，一双圆眼，大鼻梁阔口，额下一部银一般白须，雄赳赳走了进来，不知他是个什么人，遂上前喝道：“你这老头子，好不知进退！你知道这是什么地方？你不曾见辕门口，挂着虎头牌，上写督辕重地。快走出去！”说着就有两个亲兵前来赶他。褚标见此光景，也知道自己卤莽，并不见怪，忙对巡捕官打了一恭，堆着满脸的笑，向巡捕说道：“诸位老爷们有所不知，咱有个至好的朋友，姓黄名叫天霸，现在施大人前做中军副将。咱特来寻他，叙谈叙谈。既是衙门内不许闲人擅进，就烦诸位派个人进去，向黄天霸通报一声，就说褚家庄褚标特来与他相会。一来与他叙谈些阔别，二来给大人请安。咱就在这儿候信，再行进去便了。”那巡捕官听了这话，暗道：“这老头还与我们大人相好，又与咱们中军官是至好的朋友。看他这样，大概也是强盗出身。咱们幸而不曾得罪他，不然，要被黄天霸副将知道，咱们定然要讨没趣。”巡捕官一面暗道，一面也带笑答道：“原来你老与咱们衙门里黄老爷至好，咱们实在不知，倒多有得罪。但是黄老爷虽是督辕的中军官儿，他却另有自己的衙门。除三八衙门期来此办公，平时却不在这里。有时大人传见，他才来呢！咱们派个人领你老前去。”那巡捕官即派了一名亲兵，带领褚标向黄天霸衙门而去。褚标亦喝令庄丁，赶着骡车，一同前去。

不一会已到，当由亲兵到号房内，先说明原委。那当差的即通报进去。此时褚标站在大堂上立等。不过一刻，只听里面传出一声：“伺候！”那衙门内兵役，个个齐立两旁。又见暖阁门开，黄天霸打从暖阁后走出，赶着走到褚标面前说道：“老叔远来，未曾迎接，多有得罪。请里面坐罢！”说着，便打了一躬，随即拉着褚标的手，一齐进入里面。当由管仪门的人，将暖阁仍然关闭。黄天霸将褚标让入书房，天霸重新见礼。彼此坐下，有家人献了茶。天霸便问道：“老叔行李，现在何处？”

褚标道：“现在大门外，还带了一个庄丁，一辆骡车。”天霸当即着人将行李等物，搬进来安放停当，又将牲口上槽喂料，车辆放在空屋。庄丁自有人照应，不必细说。天霸又道：“自去年腊月间与老叔别后，不觉又过新年两个月了，老叔精神是康健的。此间大人亦时常念及老叔，极思老叔到来叙谈叙谈。等一会儿，小侄当同老叔去大人那里。”褚标道：“便是老朽，也是时常念记大人。去年就要前来，后因又是家中不无有些琐事，所以直到今日。昨因有个朋友从这里经过，到老朽那里，说及大人许多的好处，实在难得。老朽听了此话，恨不得即日就到，看看大人的德政。今到此间，看这城内的光景，真是名不虚传。大人的德政，自是好极了。还有那计贤侄、李五哥、关贤侄等人，并张家侄媳，想也都好。”天霸道：“计、李等人都好，便是你老侄媳妇也好。”说着就唤当差的道：“你快进去告诉太太，说褚老爷子来了，叫太太出来见礼。”褚标正欲阻挡，当差的已答应着进去。不一会子，张桂兰带了两个丫环走了出来。褚标看见，忙着起身。张桂兰已进了书房，向着褚标叫了一声，这才向上端端正正，拜了两拜。褚标回了一礼，赶着拦住。张桂兰也就起身，在对面下首坐定。丫环站立背后。

张桂兰向褚标说道：“自去年在咱家里见过老叔，不觉又是半年了，时常念记你老人家。今日见了面，你老人家的精神倒是怪好的。你老人家此来，可在此多住些时了。”褚标道：“便是咱也时常挂念你。自见你出嫁以后，半年多不见，今日见了，比你在家做闺女的时节，越发出落的多了。我那老兄弟可有信来？他几时来此？”张桂兰道：“咱爹不久尚有信到，说是三月底四月初定来，大概到此也不远了。”褚标道：“咱极思与我那老兄弟谈谈。既是来得快，咱便在此等他。”张桂兰道：“你老人家在这里多住些时，好在咱爹也来得快，你老两兄弟又谈得来，便住一二年，也不为多。要是怠慢你老人家，可不要见怪。”褚标、张桂兰、黄天霸三人正在闲谈，忽见有个当差的走到天霸面前说道：“回爷话：现在门外有个小孩子，年约十三四岁，口称姓贺名唤人杰；他老子名天保——说与爷是结拜的兄弟。这贺人杰是奉他母亲之命，特从山东前来见爷，说有话面禀。爷还见他不见？”欲知黄天霸见与不见，且看下回分解。

第一六六回　黄天霸仗义抚孤儿　施贤臣诚心留壮士

却说黄天霸叫当差的将贺人杰带进来。那当差的答应着出去，一会子，将贺人杰领进。黄天霸远远看见，但见贺人杰年约十三四岁，生得面如傅粉，唇若涂朱，两道剑眉，一双俊眼，高鼻梁，阔口；头戴一顶童子冠，一朵朱缨，战巍巍顶门高插，身穿一件月白湖绉洒花直裰，内衬大红绣花紧身短袄，葱绿束腰，长拖至足；下穿玄色湖绉洒花棉布马裤，脚着薄底绯缎绣花快鞋。满脸忠义形容，浑身英雄气概，大踏步跟着当差的走进书房。站定了脚步，望着当差的问道："谁是咱四叔父？"当差的便指了一指，贺人杰便抢三步，走到黄天霸面前说道："咱侄儿贺人杰给叔父叩头。"说罢，叩头下去。此时褚标、张桂兰二人见了这年幼英雄，不由得极口夸奖。独有黄天霸见此情形，不由心内一酸，扑簌簌落下两行英雄眼泪，哽咽着说："侄儿罢了，且起来讲话。"贺人杰当即站起。黄天霸复指着褚标道："这是褚老英雄，贤侄当得以祖父礼相见。"贺人杰听罢，复又恭恭敬敬，给褚标见过礼，站了起来，又指着张桂兰问黄天霸道："这位是谁？"黄天霸道："这是你婶娘。"

贺人杰听罢，又至张桂兰面前说道："婶娘在上，侄儿有礼。"说着，也叩下头去。张桂兰赶着还了半礼，即拉他起来。黄天霸便命贺人杰坐下，问道："你今年十几岁了？"贺人杰道："今年十三岁。"黄天霸道："你母亲康健么？"贺人杰道："咱娘甚是康旺，叫给叔父请安。"黄天霸道："你这小小年纪，怎么这老远的路独自前来？你母亲怎么放心的？"贺人杰道："咱娘闻得叔父现在已做了官，跟着施大人在此。因此，咱娘叫侄儿前来投奔叔父，在大人跟前，图个小小前程，将来替皇帝家出点力。一来不负咱爹生前的志愿，二来自己也可借着叔父的力，图个功名。咱娘还叫给叔父讲，请叔父看侄儿是个孤儿，不要忘与咱爹结拜之义。就便侄儿有怎么不好，请叔父看侄年幼，只顾当着叔父亲生的儿子管束，将来好让侄儿成人。再，施大人面前，也请叔父转求大人，念咱爹生前有志向上，不意半途忽遭惨死，未能报大人一些恩德，还恳大人看顾侄儿，好教侄儿代咱爹报大人的恩德。”黄天霸听了这些话，心中甚是难受；就是褚标、张桂兰听了，也觉代为叹惜。

黄天霸道：“咱与你父亲虽是结拜，义胜同胞。咱正恨不能远顾贤侄，今既到此，咱自当格外顾爱。但是你年纪太小，无事可做，且在咱这里习学些武艺。再过两年，等你大些，咱自当给你转求大人，图个前程与你。”贺人杰道：“叔父在上，不是侄儿放肆，敢出大言。若说武艺一层，虽不十分精熟，咱在家经咱娘教授了几年，那刀枪棍棒，倒也会耍几套。就侄儿背后这一口单刀，是侄儿最心爱的，一刻不离身畔。叔父如果不信，请在叔父前先试一试。若有不精之处，即请叔父指教。”说着站起身来，将那月白湖绉外罩脱去，右手在背后将单刀掣出，脸向着褚标、黄天霸、张桂兰说了一声：“放肆。”噗一声如一阵旋风般，一个箭步，纵出院落，在当中站定，摆了架式，手执单刀，舞将起来。先还慢慢的飞舞，愈逼愈紧，直到末后，只见一道白光，盘旋上下，对面看不见人。褚标、黄天霸、张桂兰三人看到此处，齐声喝彩道：“小小年纪，有这刀法，真不愧了。”喝彩声未完，贺人杰已收住刀，复打个箭步，跳入书房以内，说道：“侄儿放肆，还求褚老爷子、叔父、婶娘指教。”褚标等再看贺人杰，面不改色，大家更自惊爱。却好当差的来请吃午饭，张桂兰便辞入内室。

饮酒之间，黄天霸又将自己当日在江都县，如何行刺，如何投顺；施公如何劝濮天雕等，二人立意不行，后来三雄绝义；贺天保被于六飞抓抓死，前后对褚标说了一遍。褚标说道：“老朽当日听人说及贤侄逼死义嫂，砍死义兄，也怪贤侄不义。后来知道有那些情节，才知贤侄是迫不得已。就便天保贤侄，也是一团美意，劝他们向上，争奈他们恩将仇报，反忘了当年情义。贺天保贤侄后死于非命。今日看来，天保贤侄有这样一个好小子，也不负他当年一番苦心。咱明日见施大人，倒要给人杰这孙儿，在大人跟前竭力地保举，求大人格外看顾。”人杰听这话，当即出了位，走到褚标跟前，请了个安，说道：“谢老爷子关切。”褚标赶着拉起来，便笑对天霸道：“这小子倒乖巧，很有些武艺，有些聪明，将来不在你我之下。”褚标极其称赞，贺人杰重行入座，三人吃完了饭。

黄天霸又叫当差的，将关小西、李公然、何路通、李七侯、金大力等人请来。当差的分头去请。一会子，关小西等人都到，统与褚标行过了礼。黄天霸又叫贺人杰与众人行礼，皆以伯叔相称。此时计全尚署赣榆县印；朱光祖自帮同捉了毛如虎，他自有事，不在淮安。除此二人外，大家挨次坐下，无非谈叙些阔别的话。后来说到关小西娶了郝素玉的话，褚标颇为欢喜。大家说说笑笑，不一会已是日落，大家就在此痛饮。席间褚标对着众人，甚夸贺人杰武艺高强，聪明伶俐，众人也自随声附和。饮酒已毕，众人散去。天霸就请褚标在小书房安歇；将贺人杰带入上房，又嘱咐张桂兰，妥为照应。褚标到了小书房，便将带来的土产取出来，叫人送了进去；又吩咐庄丁，明日先回，骡车仍带回庄。吩咐毕，这才安寝。

褚标次早起来，梳洗毕，用过早点，换了服饰，央黄天霸一同到漕督衙门，向施大人请安。黄天霸答应，当即同褚标出了自己衙门，直望漕署而去。到了漕督衙内，黄天霸即进入里面见施公，请过早安，便将褚标求见的话禀明。施公大喜，随即请见。施安出来，见着褚标，彼此便先行了礼，然后施安带领褚标入内。褚标一见施公，便行下礼去。施公赶着拉起道：“老英雄切不可如此，且请起来！”褚标立起，施公请他坐下，便叫人献茶来。然后施公说道：“某时刻记念老英雄，为何直至今日才到？”褚标先将以上各情，回答了一遍，复又说道：“还求大人恕民人来迟之罪。”施公道：“老英雄说哪里话来。但有一件，老英雄既已到此，可不能急急就去。”欲知后事如何，且看下回分解。

第一六七回　贺人杰神技取风旗　余成龙巧智盗印信

话说褚标既见了施公，谈了一回，施公便留褚标在淮安多住些时。褚标正有此意，今见施公实意相留，也就当面答应。

当日施公就留褚标在衙门内吃午饭；并将众英雄齐集衙内，招呼厨内，备下两席酒。施公、褚标、黄天霸三人一桌；关太、李昆、何路通、李七侯、金大力等一桌。大家皆略言分情，欢呼畅饮。酒席中间，施公谈起往事道："某初任江都，巧逢贺义士改邪归正；因他一人，后来引荐了许多豪杰。某所以得有今日者，皆贺义士之力也。可惜贺义士中途猝遭惨死！今日诸君皆身受国恩，得皇家官禄，独贺义士不能享受，实是可叹！"

黄天霸、褚标二人，正欲说贺人杰已来，转求施公照应，难得施公先自说起，却是绝好的机会。当下褚标便开口说道："贺天保中途惨死，也是他命该使然。仍蒙大人念念不忘，足见大人恩高义重。民人正为此事，拟欲转求大人，只是不敢启齿。"

施公听了忙问道："壮士有何事件？只顾说来，大家斟酌便了。"褚标道："自从贺天保死后，留下一子，名叫人杰。彼时才得六岁，跟着贺天保的妻子抚养，今年已十三岁了。昨日由山东来此投黄副将。适值民人先在黄副将衙门里，见了这贺人杰，年纪虽小，颇有胆识。民人当时以为他这小小年纪，必然同着伴儿，或是与他母亲同来。及至问他，他说是奉母命，一来因他父亲受大人的大恩，未曾报答，使他前来给大人请安，借图报效；二来知黄副将现已做官，他来投黄副将图个前程。因此辞了母亲，独自到此。黄副将听他这话，便与他道：‘你这小小年纪，前来给大人请安，力图报效则可；若说投我图个前程，我看你年纪又小，力量又小，有什么事可做呢？不如且在这里，学习些武艺，过了三五年，等你武艺会了，再说罢！’哪知贺人杰闻了黄副将之言，不由得发躁起来，当即说道：‘若说年纪小，我已是十三岁了；若说武艺，那刀枪棍棒，虽不能精熟，也还件件会使。’说着，他就将外面大衣掀去，在背后拔下单刀，不由分说，一个箭步，跳入院落之中，便使起刀来。民人与黄副将看他舞了一回，却是刀法精纯，毫无破绽，不愧他夸口。而且这小小年纪，有此武艺，有此胆识，实在难得。今早黄副将本拟带他前来给大人请安，后来又怕冒昧，意欲先禀知大人，等大人示下之后，再带他来见。现在既蒙大人提及他父亲，故此民人斗胆，在大人面前面禀一切。可否求大人示下，唤他前来给大人请安。”

施公听了，不由得笑容满脸，因叹道：“贺义士虽死，得有此子，也算后继有人了。而且据老英雄说，他的武艺高强，自然真实不错。黄副将可即将他领来，与某相见，也算是故人之子了。”黄天霸听了此言，一面谢了施公，一面答应出席而去。

走出辕门，即拉了一匹马跨上。一刻的工夫，已是到了自己衙门。黄天霸跳下马来，走入里面，不见贺人杰。正在询问，贺人杰已走进来，望着天霸道：“叔父一人回来么？褚老爷子呢？”黄天霸道：“你赶快去换衣服。”张桂兰已将他的衣服拿出，一见贺人杰向他要，他便递出来。贺人杰接过穿好，天霸又叫人备了一匹马，于是叔侄二人，上马而去。到了辕门，二人跳下马来。天霸在先，人杰在后，跟着径入书房。黄天霸便叫人杰给施公叩头。人杰即忙磕下头去，一连叩了三个头起来，复请了安，站立一旁。施公见人杰仪表非俗，满脸的英雄气概，心中甚是欢喜，便即唤人杰添上座头，命人杰也入席吃饭。人杰复给施公谢了座，又请了安，然后在天霸下首坐定。施公问道：“你今年多大岁数？”贺人杰道：“十三岁。”施公又道：“本部堂才闻褚老英雄说，你的武艺很好。我看这小小年纪，有什么武艺？可对本部堂说来。”贺人杰道：“咱才八岁，咱娘就教咱棍棒。后来到了十岁，咱娘又教咱刀枪，并教咱飞檐走壁。咱有时不肯学，咱娘就要打咱，还说爹是一身好武艺，又说咱这黄叔叔本领更高。叫咱学好了武艺，来见大人，求大人赏个官儿给咱，一来给咱爹报恩，二来咱好图上进。因此刀枪剑戟都会，飞檐走壁也能。如果大人要试试，咱便勉强使两套。”

施公道：“那院落中旗杆上那面顺风旗，你可取得下来么？”

贺人杰见说，掉转头一望，即便道：“谨遵大人吩咐。”说罢转了身，他已一个箭步，到了院落。施公与褚标等一齐向外观看。只见贺人杰如猴儿上树般，已是上了旗杆顶上。再一转眼，贺人杰已将顺风旗取在手中。又复轻转身躯，用了个坠枝架式，将两只脚倒挂在旗杆尖子上面，手中执着顺风旗，迎风舞了一回。复将身子向后一缩，又向前一纵，便如燕子穿帘一般，说时迟，那时快，贺人杰已由旗杆上落下，蹿入厅前。

彼时施公见贺人杰由旗杆上忽穿下来，口里虽然喝彩，心内甚担惊。及至贺人杰已到了面前，又见他请了个安，双手将顺风旗呈上，不但施公极口赞赏，就是褚标、黄天霸等人，个个无不惊讶。一面施公叫贺人杰入座；一面叫施安去取十两银子，赏他买一套衣服。黄天霸又叫贺人杰谢了施公，这才入座。施公因叹道：“贺义士义勇半生，今得有此子，虽在黄泉，亦当含笑。本部堂自当另眼看待，即黄贤弟亦要加意抚育，不负当年结义之情。”黄天霸亦即唯唯道：“末将敢不遵命。”于是大家畅饮，直至日落方散。褚标、贺人杰仍自回天霸衙中，关小西也自回本署，李昆等仍在本衙门当差。

从来乐极生忧，是一定不移之道。只因施公自放了漕督，从出京来直至到了淮安，沿路上访拿那些恶棍土豪，强梁大盗，实在不少，怎能一律肃清？

且说淮安府东北，与海州交界地方，有座高山，这山名叫做摩天岭。这摩天岭高与天齐，悬岩峭壁，实是险峻。内中有伙强人，为首的姓余，名唤成龙，率领着头目喽罗，在此占据。平时并不劫掠往来过客，专门打劫富贵人家，因此左右颇为安静。余成龙具着一身本领，飞檐走壁，无一不精。闻得施公左右能人甚多，他偏要显显本领，因此前来盗取印信。

却说施公正在书房秉烛观书，忽见由窗户外送进简帖一纸。

施公赶过来一看，见上面写着："过天星特借印信一用，日后着人去取。"施公看罢大惊，一面饬令施安去守印信；一面飞传黄天霸、李昆等人。少时黄天霸等齐集，就是褚标也跟进来。施公即将简帖与大家看了。褚标忙问道："大人可曾差人去看印没有？"施公道："已着施安去看守了。"褚标不胜惊讶道："大人中了那人投石问路的计了。"施公问："怎么为投石问路？"褚标道："来人本不知印信在于何处，所以投此简帖，令人设疑。若不使人看视，他却无法可想；今已着人去看，是领了他去，印信必失无疑。"正议论间，忽听东首一片声喧，报称失火。褚标等赶紧前去看视，乃是东首耳房前面窗户纸烧着，无甚紧要。黄天霸等知道衙门内有了强人，正拟分头去捉，一眼瞧见施安也在那里张罗救火。褚标忙问道："施大爷，你看视印信如何？"施安道："刚才那里看了，丝毫没动。"褚标道："你又中了他的计了，你再看看去！"施安听说，即刻飞奔前去看视，见那印箱仍摆在那里，只见上面铜锁已落了下来。

施安忙将印箱开了，望里一看，这一惊非同小可，果然黄金印已不在箱内了。施安忙着跑出来，告知众人。黄天霸等一闻此言，一个个纵上房屋，四面寻找，哪里有个影响？大家只得下来。此时已交四鼓，施公便命众人暂且散去。

到了次日一早，黄天霸仍到衙门内聚议，访拿强寇。黄天霸才进衙门，只见施安送上一枝弩箭。黄天霸接过一看，只见箭杆上写着"余成龙"三字。黄天霸看罢，便问施安道："施贤弟，你这枝箭从哪里得来？"施安道："今日咱去登厕，走花园门首经过，顺便到花园内去看看。才进得园门，只见太湖石上，横着一枝箭。咱便拾起来一看，见箭杆上有'余成龙'三字。且等大人起来，送给大人过目再说罢！"此时施公已派人出来传唤，施安当即进内伺候，见施公梳洗已毕，便将拾取弩箭的话，细细回明。施公便问道："黄副将曾进来么？”施安道：“来了。”施公便命：“请进来。”施安答应去请。黄天霸闻施公呼唤，赶着同李昆、关太、李七侯、何路通、金大力等人，一齐到了书房，给施公请了早安。施公命大家坐下，然后说道：“刚才据施安说，在花园内太湖石上，拾了一枝弩箭，箭杆上有‘余成龙’三字。本部堂仔细思来，这余成龙一定是个武艺高强的人，昨夜来盗印信的，十分就是他了。众位贤弟可有知道这余成龙是何等样人？住在何处的么？”大家听了，俱各面面相觑，不能回答。黄天霸道：“昨夜来盗印信的那人，据末将看来，定是那余成龙无疑。唯这余成龙，末将等向未听见这个名字，也不知住在何处？或者是后起的，亦未可知。好在褚标现在这里，待末将回去问问褚标，或者他可以知道。”

施公道：“贤弟此语，甚合吾意。不必要贤弟回去，就请褚老英雄进来，大家商议便了。”说着就命人去请。一会子褚标已到，给施公请过安坐下。施公便将施安拾到弩箭的事，告诉褚标一遍。褚标道：“但这余成龙，民人虽有些晓得，却不甚清楚，不知果是此人不是？数年前曾闻人说：离此淮安东北，海州交界处，近东海口地面，有座摩天岭。这摩天岭上有伙强人，为首的听说姓余，其人武艺高强，惯会飞檐走壁，而且能使弩箭暗器。平时却不劫掠往来客众，打听有那富贵人家，或是为官的赃物，要被他知道了，昼则明抢，夜则暗劫，定然劫掠一空。还有一件，周围百里之内，他并不骚扰，如此，其居心可想而知。大人的印信，若果是被他盗去，他一定有个用意，定是闻大人手下有许多能人，他赌着气，偏要前来试试众人的本事；就是效张桂兰盗金牌的故事。不然，他岂不知大人为官清正，他要来此盗取印信呢？”施公听了这番话，连连点头，便道：“老英雄所见，甚是有理。但印信既为他盗去，必得设法取回才好。”褚标正欲回答，那黄天霸听说，不由得气往上撞：“哪怕他三头六臂，咱也要将他擒来，取回印信。”

褚标见黄天霸发躁，赶着拦道：“黄贤侄，你总是这样性躁！凡事总须计议而行。况且我虽这样说法，也料不定就是摩天岭上那个姓余的盗去。万一不是，黄贤侄你又便如何？依我的愚见，明日可请一人，先去那里打听清楚。如果真是他盗去，咱们再设法向他要回，能再说他改邪归正，投顺大人更好。若不能如愿，就将他擒来问罪，亦未为晚。若依着自己性子，一味好胜，我知黄贤侄的本领，不在人下，要知‘强人更有强人，高手更有高手’。何能自恃己勇，蔑视一切？如此莽撞，甚至误却大事，也未可知。”施公听说极称道：“老英雄所说，真是在情在理。黄贤弟勇固有余，见识究竟不足。”此时黄天霸被褚标说了这一番的话，已是退下火去，便向褚标说：“依老叔所见，须先派人前去打听。但是印信是要紧的物件，有碍大人前程，须得赶紧去取回，不能退缓时日。究竟应派何人去打听呢？”褚标道：“诸位老兄弟、老贤侄，可不要怪老朽多事，却要在大人前讨个差使；一来聊报大人的恩德，二来帮帮诸位的忙。等打听的确，咱即回来送信。不知诸位以为然否？”施公说道：“某本拟相烦老英雄去走一趟，只是不便奉请。难得老英雄不辞劳苦，某即一切奉托。”

大家见施公一口应允，又重托了褚标，大家留有些暗暗不平之意，却又不能形于面色。一来碍着施公，不敢违拗；二来褚标究竟是个前辈。

当下议论已毕，各人散出衙门。褚标仍与黄天霸同回到了衙门。褚标即打点包裹，带了防身兵器，预备前行。黄天霸进入里面。欲知后事，且看下回分解。

第一六八回　张桂兰缓言劝人杰　褚壮士暗地访成龙

话说黄天霸回了衙门，将褚标极称余成龙武艺高强，自己讨差去摩天岭的话，告诉了张桂兰一遍。彼时张桂兰并未有甚不愤，但道：“褚老叔既是讨差前去，他自有他的把握；老爷虽不惧人，能得褚老叔将印信讨回，也省却许多事件。老爷何必有不平呢？”黄天霸听了，也只无言。此时贺人杰也在旁边，先听黄天霸那一番言语，已是不平的很；及见张桂兰又说出这些话来，实在按捺不下，便厉声说道：“婶娘此言差矣！我叔父自随大人以来，立了多少功劳，捉了多少强寇，江湖上谁不知叔父武艺高强？今日大人失去印信，如叔父再去取回，这件功劳定是不小。褚老爷子到此，不过顽要顽要，他便要夺我叔父的功劳，其实甘心不得。就便叔父容纳得下，侄儿也不肯将这件功劳让与褚老爷子。哪怕那余成龙三头六臂，不要叔父去，就凭着侄儿一人，若不将那印信取回，把余成龙捉住，誓不见叔父、婶娘之面。褚老爷子未免欺人大甚了！”说罢忿忿不已。

黄天霸、张桂兰二人听了此话，心下颇为喜悦，皆夸他年纪虽小，志气甚大。桂兰当即拦道：“你这小小年纪，知道什么事情？褚老爷子他是一片盛意，我且让着他三分，尔何得如此粗卤？是在背地说，褚老爷子不知道；若叫他听见了，岂不给他遭怪？若说你的武艺高强，究竟力量不足。安知余成龙是何等样人！连我，褚老爷子尚且叫我不去，他要见机而行，何况你是他的孙儿辈呢？以后切不可如此。要给大人知道了，一定要说你不遵命，若怪罪下来，如何担当得起？况且你母亲使你到此，虽说叫你来投你叔父，你叔父与我自然把你作子侄般看待。不然，固属对不起你母亲，也对不起你爹爹。但是无论何事，你既要图前程，总要仗仰大人的恩德。大人若见罪下来，就是你叔父也不能为力。还有一说，你爹爹死后，你母亲只有你一个儿子，将来养老送终，全靠在你身上。你若前去摩天岭，能将那姓余的捉住，把印信取回，自然名震一世；万一敌不过那姓余的，闹出别的乱子来，不但我们对不起你母亲，即是你也对不起你母亲，那时叫你母亲怎样呢？侄儿你是个极聪明、极乖巧的人。好宝贝儿，你听婶娘的话。"贺人杰听了张桂兰一番言语，才将一盆极旺的火熄下去，这且不表。

再说褚标在施公前讨了差使，同黄天霸回来后，也不耽搁，打了个小小包裹，带了几两散碎银子，又将防身的兵器藏好，当即出了淮安城，直望摩天岭而去。不过一日路程，已至海州交界，当下寻了客店住下。褚标即与店小二闲谈起来，先说无关紧要的话，慢慢问道："小二！咱问你这里有座摩天岭，走哪里去？离此有多远？"那店小二道："你老问这摩天岭，是干什么呢？"褚标道："咱有个亲戚住在那里。咱去寻亲戚去呢！"店小二道："摩天岭就在东北，离此还有十来里就到了。"褚标又说道："咱闻这摩天岭上有强盗，可是不是么？"

那小二又道："岭上强盗虽有，是不打劫客商的。而且那个大王为人最好，摩天岭左近一带，凡那没衣没食的穷民，山上的大王还有时给他们衣食，从来不与人为难。"褚标道："你道他不打劫客商，他的钱从哪里来呢？"店小二道："听说是从远方打劫来的，皆是些赃钱。"褚标道："那大王名唤什么？"店小二道："那山上共有三个大王：大大王姓余，名成龙，绰号过天星。二大王姓陆，名文豹，绰号铁臂汉。三大王姓任，名唤勇，绰号穿山甲。皆是全身武艺，飞檐走壁，无一不能。"

褚标道："他们三个大王，各有多大年纪了？"店小二道："据人说，都在二十来岁。"褚标听说，心下大喜，暗道："印信定是他盗去。咱既到此，莫如前去会他，先以利害说之，却看他如何回答，再做商议。"主意想定，又吃了些面饭。此时已是日落，就拣了一间卧房，歇息一夜。

次早起来，梳洗已毕。唤小二打了一角酒，取了两块面饼，独自吃过。便将兵器藏好，又将包裹寄交店小二道：“咱去看看亲戚就来。这个包裹，暂且寄下。房饭钱待咱回来再算。”店小二答应，将包裹接去。褚标大踏步出了客店，直望摩天岭而去，不一会已至。褚标抬头一看，见那摩天岭，甚是高险，四面皆是峭壁悬岩，山顶上有十来间房屋。在山的左首，有一条石路，由山根下直达山顶，约有五里之遥。半山有一道栅栏，上面钉着许多三棱钉，栅栏里面有好些人看守在那里。褚标在山前看一遍，复绕至山脚背后，又看了一会，只是看不到头。原来这摩天岭背后是海口，不通旱道。虽有出路，非船不能进口。褚标察看已毕，复到山前，顺着石路，走上山去。刚至栅门，就有人问道：“来者是谁？可通名来，好报与大王知道。”褚标答道：“烦你向你家寨主说声：咱海州褚标，慕名前来拜望，并有要话面叙。”当下喽罗闻说，即去通报。

余成龙闻说，便问陆文豹、任勇说道：“这褚标此来，定有缘故。咱们若不见他，他还道咱们胆怯。莫若将他请进来，看他说什么话，咱们再作商议。”陆文豹道：“咱素闻褚标是江湖上的老前辈。此人颇有声名，武艺亦很过得去，就是他那口单刀，亦实在不弱。忽然到此，决非访慕咱们的名儿来，定有别的缘故。”余成龙道：“贤弟有所不知，这褚标现在施公那里，与黄天霸等人，同在一起。今日此来，一定为前日愚兄干的那件事。咱们且将他迎接上来，再说便了。”因此就叫：“排队相迎！”余成龙三人换了衣服，迎将出去。

褚标在栅门外，等了一会，正在着急，忽见栅门大开，里面一队队走出，有二三百喽罗；末后有三个少年人：当首一人，身长七尺开外，头戴一顶英雄冠，身穿一件月白洒花直缀，脚踏乌缎粉底靴，面如满月，眼若流星，弯弯的两道浓眉，大鼻梁，阔口。后跟着一个，身长也有七尺，淡黄色面皮，一双怪眼，两道扫帚眉，尖鼻梁，瓢儿嘴，身穿玄色直裰，脚登薄底快靴。末后一人，却是个五短身材，黑漆漆一个团脸，一双环眼，两道浓眉，生得颇为粗笨。褚标看罢，正欲上前打话，只见那为首的，迎至面前，双手一拱，一声高叫：“褚老英雄到此，我等有失远迎，多有得罪。”说着就邀褚标进入栅门。褚标亦回道：“便是老夫，亦久慕大名，拜访来迟，亦望恕罪。但不知哪位是余贤弟？”那为首的答道：“岂敢，在下便是。”褚标亦望余成龙拱了拱手。余成龙便与褚标进内。

一会子已至厅上，彼此重新见礼。褚标又与陆文豹、任勇两人通了姓名，这才坐下。余成龙首先问道：“闻得老英雄一向皆在总漕施公那里，同黄天霸等人，帮着施公建功立业，除暴安民。今日老英雄何以有暇光降到此呢？”褚标听说，知道余成龙已知自己的来意，便道：“老夫久慕贤弟的大名，早要来此拜访。只因承总漕施大人不弃，留在衙门，帮同照料。数日前衙门内出了一件事，施大人的印信，忽然被人盗去。当时追擒不着，后来拾得一枝弩箭，那箭上写着大名，因此老夫知道是贤弟前去，故意卖弄武艺，将印信取来。所以今日特地前来索取，但不知贤弟肯否见还？”

却说褚标向余成龙索取印信，余成龙道：“施公印信却现在这里。老英雄此来，非是某等有却大面不给，当日议取印信的时节，在这山上设了一座凌虚楼，预备将来把印信取来，存在这凌虚楼上；为的是素闻黄天霸武艺高强，随了施大人，建了许多功劳，立了许多事业，我们江湖上，绿林中的朋友，不知被他害了多少。我等去取印信，并非要害施公，亦非假词给那江湖绿林的朋友图个报复，只因要与天霸比试比试。我能将印信盗来，他再能将印信盗去，我等便甘心拜服他是天下的第一个好汉。虽使我等拜他为师，我等亦甘心情愿。若他没有这等本领，不能将印信盗回，我等要这印信有何用处？便叫他亲自前来，拜求上山，我等也可将印信取出，交给他回去销差。我等并无他意，不过要与天霸比一比手段罢了！”

褚标道：“贤弟言之差矣！黄天霸又与贤弟毫无意见，贤弟等又说别无他意。今日将印信盗来，贤弟此举得在老汉看来，并非与黄天霸过不去，直是与施大人过不去了。这印信是圣上赐与施大人的，施大人失了印信，圣上知道，必然要见罪于他。黄天霸虽在那里当差，大人失了印信，他寻得着，固是他的功劳；就便寻不着，他也没有什么大罪，不过难为施大人罢了。贤弟等与施大人，平日又无意见，这是何苦做此举呢？若说要与黄天霸比试比试，自古‘好汉爱好汉，惺惺惜惺惺’。你既慕他的名，改一日等老汉带领他来，或是请贤弟等到淮安去，与他比试比试，又何必借作这个事儿挟制呢？还有一说，实不相瞒，老汉未来之先，黄天霸早要到此，是老汉再三阻拦，并在施大人面前讨了这个差使；以为赖着老面子，与贤弟说个三言两语，叫贤弟将印信送去。一来免得黄天霸与贤弟伤了和气，二来老汉也可在施大人面前，要个脸儿。我看贤弟也是个英雄好汉，老汉既来，又在施大人面前夸了口，非是老汉太弱，惧怕贤弟，谅贤弟也该知道我。能予把个脸面，即时将印信送交出来，咱们认个好朋友，以后还得来往来往。如果一定执意，老汉虽不能伤了和气，即施大人却也不是好惹的。就将黄天霸丢开，他那里素来有名武艺出众的，也还不少。贤弟虽有此山寨，恐怕众人都到，贤弟也不得易于维持，势成骑虎，那时老汉也不好过问了。贤弟还请三思！”

余成龙道：“老英雄言之差矣！我等既有成议，何能不践前言？非是我等不看老英雄大面，争奈凌虚楼既建造不易，又因我等既将那印信盗来，何可轻易送去？若要如此，给江湖上那些朋友知道，不说我等是因老英雄万难有却，只道我等终是胆怯，岂不见笑于旁人？若说施公不是好惹的，他手下能人甚多，老英雄这句话，更觉有些错了！除非我等在先不做此事；既做此事，难道还惧怕不成？任那施公难惹，手下能人甚多，他虽三头六臂，且放着我这小小山寨，他们来打便了，我等又何惧哉？还请老英雄不必干预。你我是好朋友，不必因此翻脸。”

褚标听了这番话，已是气往上撞，恨不得即刻拔出刀来，与他等争个高下。复一思想，因道：“贤弟等既是不看老汉的薄面，定要与黄天霸比试，老汉亦不能勉强；就便勉强，贤弟等不信老汉的话，也是枉然！老汉就此告辞，日后却不要悔恨。”余成龙道：“一言既出，驷马难追，何悔之有？就烦老英雄回去，将这话告诉黄天霸，说他来此盗取印信便了。”褚标辞去，余成龙等送至山下而别。褚标回至客店，算明房饭钱，取了包袱，仍回淮安送信，暂且不表。

再说贺人杰被张桂兰劝了一顿，当时虽默默不语，后来独自暗想道：“我奉母亲之命，前来投奔黄叔叔，要想立点功劳，图个小小前程。现在眼见得有此机会，我也好借此图个出身。叔父、婶娘不让我去，好不闷杀人也！我何不瞒了叔父、婶娘，悄悄的前去一趟，将那印信盗回，也可显显我的本领。”

主意想定，吃过晚饭，乘着张桂兰不在房内，便悄悄将夜行衣、单刀偷出，放在一旁。等到黄天霸、张桂兰睡熟，他便换了夜行衣；又将随身衣服，打了个包袱，系在身后，又将那单刀暗藏在身旁。贺人杰还有个绝技，惯使金钱镖，能在黑夜打人，百步之内，百发百中。时将三鼓，贺人杰悄悄开了厅门，施展出飞檐走壁之能，由后院墙绕越而出，所幸无一人知道。

他更心中大喜，便大踏步顺了方向，直望摩天岭而去。在路行了一日，已离摩天岭不远，就在左近寻了客店，吃了些饭食。先与店小二谈了一会，又问了摩天岭上一番风景。只见那店小二答道：“摩天岭现有三位大王：大大王姓余名成龙，二大王姓陆名文豹，三大王姓任名勇。这三个人，皆是武艺高强，本领出众。闻得前数日还将漕督施大人印信盗来，现藏在楼上。小客官，你想想看：总漕施大人那里，有多少能人，那印信尚且被他盗去，何况你个小客官，不过十来岁，就有多大本领，可以敌挡得住那三个强人？终不然白白的将命送在那里，这是何苦？”贺人杰听了这一番话，暗自好笑，只得勉强说道：“极承指教！”说罢，将房饭钱算还，携了包出了店门，直望摩天岭而去。

走了半日，已到岭上，便望寨栅前门行去。却好今日是任勇巡哨，刚至栅门，猛见山下走上一个年幼小子，但见：头戴玄色湖绉洒花包脑，周围安着一排雪亮镜光，顶门上打着一个英雄结，身穿玄色衣靠，脚登薄底快靴，背后结束着一个包裹，胯下藏着一柄单刀；雪白面孔，两道浓眉，一双秀眼，高鼻梁、阔口，约有十三四岁年纪。

任勇看罢，暗自称羡，便大声喝道："来者何人？敢探咱爷爷山寨！"贺人杰正往前走，忽听里面有人喝问，也便喝道："上面听着，咱小爷爷乃江南四大霸天贺天保之子贺人杰是也！尔是何人？可是山寨之主么？快通名来，小爷爷有话要讲。"任勇答道："咱便是第三寨主任勇的就是。尔既闻咱爷爷大名，有何话讲，即便讲来！"贺人杰道："此间非讲话之所，快开寨门，让咱进去，与你说话。"

任勇听罢，即着小喽罗开了栅门。贺人杰大踏步走入，望着那任勇拱一拱手，说声："请了。"任勇也回了一回，复问道："有何话讲？请道其详。"贺人杰道："一言难尽！若寨主不弃，请至里面，细陈衷肠。"此时任勇不知何意，也就将贺人杰邀入里面。贺人杰重行施礼，这才彼此坐下。贺人杰当下开口说道"在下向闻大名，未经识面，刚才多多得罪，尚求见容。但在下祖籍山东，父亲贺天保，同称四大霸天，江湖上谁人不晓。只因黄天霸投顺了赃官施不全，他只恋富贵功名，忘却当年结义，勒逼我父亲投顺。我父亲不肯，继看结义情，勉强相从。"因胡诌道："他又逼着我父亲，往恶虎村，说濮天雕、武天虬二位叔父。怎奈濮天雕二位叔父不从，黄天霸就杀死武天虬，逼死我两位婶母。濮天雕虽然逃走，他心中却疑我父亲忘绝结义之情，后来狭路相逢，濮天雕暗用飞抓，将我父亲打死。虽说濮天雕后亦被黄天霸所杀，总之不为黄天霸绝义，我父亲、叔父、婶母，如何得死？彼时在下才交六岁，可怜我母亲抚我成人，今年已是十三岁了。此种父仇，如何不报？又恨孤立无援，因此竭诚不远千里来投寨下。若念江湖上义气，即容收留，愿助一臂之力，去捉赃官，同擒天霸，报仇雪恨。若不容收留，即便告辞，去投他处，再图报复，不敢勉强。"

任勇听了这一番话，毕竟如何，且看下回分解。

第一六九回　余成龙误留贺人杰　施贤臣独遣李公然

却说任勇听了贺人杰一番假话，心中疑惑不定。欲便留住，又恐余成龙、陆文豹不肯；欲待不留，又深爱贺人杰小小年纪，有些胆识。只得叫贺人杰权且等待，他与余成龙、陆文豹商量妥当，再定行止。当下贺人杰便在外厢，暂且歇下。任勇随即进内，将以上的话与余成龙、陆文豹二人说明。余成龙道："这小子现在何处？"任勇道："现在外面。小弟因不敢自主，特地禀明两位哥哥。如可收留，小弟便带他进来；若还不然，便叫他去投别处。"余成龙道："这小子你曾问他，多大年纪？"任勇道："小弟也曾问过了，今年一十三岁，倒生得伶俐乖巧。"余成龙道："你曾问他会什武艺？"任勇道："却不曾问得。但见他腰下藏一口单刀，想来稍知一二。"余成龙道："既然如此，且带他来看看，再作计议。"任勇答应，复至外间，将贺人杰带进大寨。贺人杰站立身躯，望着余成龙、陆文豹行了礼。余成龙看见贺人杰，年纪虽小，颇有英雄气概，也是暗喜。因道："你这小孩子，多大年纪了？到此所因何事？"

贺人杰道："后辈今年才交一十三岁。只因图报父仇，不远千里而来，竭诚投效，望助我一臂之力！"余成龙道："据你所言，要报父仇。但你说父亲贺天保，系死在濮天雕手内，并非黄天霸害死，何得冤屈好人？就便你父亲果是黄天霸所害，要知他的武艺高强，施不全防护甚严，何能便去报仇雪恨？"贺人杰道："大王言之差矣！若说咱父亲不是黄天霸所害，反说他是好人，是大王名为江湖上朋友，最重的义气，实与黄天霸一类，即不肯帮助后辈去报父仇。那江湖上被黄天霸所害，不知多少。大王独不念兔死狐悲，物伤其类么？若说黄天霸武艺高强，难道真个是三头六臂？虽后辈年幼，不能力敌，有大王的英勇，何患不能？今大王盛称他本领高强，不但无心帮助后辈，全无那江湖上的义气，是直长他人志气，灭自己威风。若说那赃官施不全，防护甚严，前闻丢失金牌，即系一女子盗去；女流之辈，尚且有此胆量，何况大王四海知名？在后辈看来，施不全防备虽严，亦不在大王意下。但恐大王无意于此，只得借此相推，后辈万不能强勉而行，只好再投他处了。”余成龙听了此话，正欲收留，忽然心中一动，便大声喝道：“好大胆的畜生！看你这小小年纪，胆敢在爷爷前蒙混！显见你那赃官指使，叫你来探听虚实，还敢来蒙混爷爷么？下面听着：速将这小畜生绑去斩了！”但见贺人杰并不惊骇，复怒目而视，道：“大王既不见容，复相疑忌。某父仇固不可报，反落不美之名，有何面目见先人于地下？与其身遭冤屈，不若刎颈自明。一死之后，有那知道的，亦不免耻笑大王不顾义气，不知好人，但存疑忌之心，逼煞孤儿自刎，被江湖上唾骂。”说罢，嗖的一声，将腰下所藏的单刀抽出，即向颈上刎去。当时任勇在旁，赶即上前，将刀夺去。余成龙出位，向贺人杰道：“前言不过相戏，何必认真？”叫声：“贤侄，你若果真为报父仇而来，咱自当同助贤侄一臂之力，但是贤侄亦不可稍怀二心。”

贺人杰道：“父仇不共戴天，既承叔父等见容，何能心怀异志？请叔父等放心。”余成龙听罢大喜，当下让贺人杰坐下，又与贺人杰谈论些武艺。贺人杰又使了一回刀法，却不敢过显手段——十分本领，尚留着三分，好使余成龙等不为防备。由此贺人杰暂且住下，专等得便，即将印信盗回，在施公前立功。余成龙只因误留了贺人杰，以致被打破凌虚楼，烧毁摩天岭，到后来身首异处，明正典刑，此是后话，暂且慢表。

且说黄天霸与张桂兰次日起来，不见了贺人杰，又见厅门大开，知道贺人杰负气而走，必要往摩天岭去盗印信。当下黄天霸却是大喜，以为：这小孩子有此胆量，有此武艺，将来大有作用；却又甚忧：此去摩天岭虽不过二日路程，沿途却无妨碍，但闻得余成龙颇有武艺，他若负着豪气，万一被余成龙所算，我如何对得起哥哥？自思自想，只得仍回上房，说与张桂兰知道。张桂兰听说，颇为着急。二人商量毕，天霸用过早膳，即便望总督衙门而来。却好施公已经升帐。黄天霸先与众人见过，说明贺人杰黑夜逃走，径往摩天岭捉余成龙，盗回印信。大家皆为贺人杰担忧，必须赶去，方保无虞。黄天霸道："正为此要回禀大人，亲自向前去。"正说话间，见施安出来问道："黄老爷今早可曾来？大人要传见问话。"黄天霸闻说，即便同施安入内，先给施公请了安，站立一旁。施公道："前日褚老英雄前去摩天岭，访拿余成龙，不知究竟如何，印信可能取得回来？使我放心不下。"黄天霸道："正为此事，要禀明大人：只因贺天保子人杰，因大人失去印信，他便负气前往，欲将余成龙捉住，印信盗回。末将见他年幼，恐非余成龙敌手，竭力拦阻；末将之妻张桂兰，亦竭力阻止。他彼时虽未前去，等到夜半，他竟私自越墙而去，末将等全然不知。今早天明，却才知道。因此禀明大人，末将欲亲去一走——恐这小孩子有失，末将便对不起贺天保。特来申明，求赏一行。"施公闻言，又惊又喜，因道："黄贤弟你自前去，固是好极，免得小英雄有失。但本部堂这里何人保护？在本部堂看来，好在褚老英雄现在那里。贺人杰虽然前去，褚老英雄必然是见面的。万一贺人杰与那余成龙交手起来，褚老英雄断无不帮助之理。在本部堂之意，黄贤弟之去，且从缓。莫若使李五贤弟前去一探，便知分晓。而且这贺人杰年纪虽小，他那一番举止动静，不是个一莽之夫，此去必有计谋。本部堂印信由他取回，亦未可知。更兼他武艺出众，又有褚老英雄，这事决无妨碍。"黄天霸见说，亦不便再言，只得站在一旁，心中却是很不放心。

施公因立传李公然进内，将上项话说了一遍。李公然哪敢怠慢？立刻收拾，出了衙门，直望摩天岭而去。走有十来里路，只见褚标迎面回来。李公然走上一步，便先问道："褚老英雄所办之事如何？曾看见贺人杰么？"褚标惊讶道："你怎么问我这话？我不曾见过小厮。"

李公然便将贺人杰私往摩天岭的话，说了一遍。褚标颇为惊恐。复又将余成龙建造凌虚楼，藏收印信，定要黄天霸来取，不肯送还的话，亦告知李公然。二人说了一会，李昆复请褚标同往摩天岭一走，褚标当即答应。二人趱赶前行，不一会已到山脚下面。正要分路，忽然见一人好似贺人杰模样。

李昆拉着褚标望岭上看去，分明是人杰。李昆递了个暗号。贺人杰听见暗号，知道是自家人，因也递了暗号下来，说道："雁儿落下海滩去了！"李昆听说，知道叫他在僻静处等候，有话回说。他心中大喜，即拉着褚标望山后行来。走了有半里多路，但见一带树林，浓荫密布，甚为僻静。二人行入林内，坐下歇息。约有半个时辰，只见贺人杰也入林来。大家一见，好不欢喜。贺人杰便与褚标、李昆行过礼，然后坐下，望褚标说道："孙儿自那日大人失去印信，当时孙儿就欲前来。后因黄叔父与婶母二人再三拦阻，不肯放行。不然，与老爷子同来，也可会会那姓余的，是什么样。因气闷不过，只得黑夜暗暗出来，打算打此路走，定然碰着老爷子，彼此有个帮手。及至到了山下，细细打听，知道老爷子说他不信，已经回淮安去。孙儿暗想：既已到此，终不然还自回去，算空跑一趟不成？又恐怕那姓余的果然利害，孙儿敌不过他，不但无功，反要见罪。因此想了个法儿，前去骗他。假说：黄叔父只图富贵功名，不顾当年结义，逼死爹爹等人。我特地前来，请他助一臂之力，前去报仇雪恨。余成龙等被我一片假言，把他说得居然相信，便留我寨内顽耍；还说等过两年，再给我做个头目，共图大事。我这两日，已将他岭上出入门路，看了个熟悉。唯有那藏印信的所在，叫做凌虚楼。但听说这楼上四面皆有消息，若不知道路径，踏着消息，便是死路。我今日已与那姓任的说过，叫他带我到楼上去看看。他已答应。我将这凌虚楼探看清楚，得便就将印信盗回，前去见大人立功。今日老爷子与伯父前来，却更天假其便。最好在附近客店，暂住一两天，一经将凌虚楼路径探明，便悄悄的前来报信。就请老爷子或李伯父，赶往淮安，禀明大人，即日请黄叔父与诸位伯父叔父，发兵前来，拿捉强人，烧毁山寨，但是印信包在我身上盗回便了。此间不便耽搁，早晚便来送信。还有一层，老爷子所住客店的门首，却要做个暗记，以便孙儿易见。”

褚标、李昆二人听贺人杰这一番说话，实在夸奖他有见识，因道：“看你这小小年纪，倒做出这一番惊人出色事来。你可牢记，我等住的客寓门口，有石灰手指印的便是。那里一经探实，即便前来传信，一来免得大人担忧，二来也早可去立功领赏。此去小心看记！莫要画虎不成，反被他害。切记！切记！”贺人杰答应，随即起身告辞，匆匆而去。褚标、李昆也就赶路而行。离这摩天岭，约有二里多路，已至褚标前次住的那客店。褚标等就这店内住下。那店小二见是熟客，便上来照应一切。二人饮酒中间，皆夸奖贺人杰有见识，有胆量，“将来不在你我之下”。饮酒已毕，褚标即与李昆出店闲逛；乘便就在石灰店内买了些石灰，暗暗地在客店门口打了一个手印，然后进店安歇，专等贺人杰前来送信，不表。

再说贺人杰别了褚标，再入山寨，还是如两日前的一样，各处顽耍。余成龙等亦爱他少年英勇，听他自便。却好走到凌虚楼前，遇见余成龙从楼上下来。贺人杰故作不知，站立一旁，等余成龙走到面前，贺人杰上前说道：“叔父，这楼造得很好，侄儿来了几日，时常听见任叔父夸奖这楼的妙处。侄儿极想上去顽要顽要，任叔父只不许侄儿独自上去，说是这楼上有什么消息，如果踏着机关，便要死于非命。请问叔父，究竟这楼上有何消息？当日造这楼，究为着何事？请叔父告知侄儿，以便知道此中奥妙。”余成龙道：“贤侄有所不知，今既问我，便告诉你，谅也无妨碍。只因三年前，那凤凰岭张七的女儿张桂兰，盗去施不全那赃官的金牌。后来被黄天霸前往讨回。凤凰岭张桂兰又许配黄天霸为妻。我听见此话，甚为负气，因此造了这座凌虚楼。共计三层，将施不全那赃官的印信盗来，藏在最顶上一层，指明要黄天霸来取。在贤侄未到前一日，施不全那里就着褚标那老儿前来问说，叫咱讲些交情，看待老儿薄面，将那印信交出，他从中讲和，两不相扰。咱却未曾应允，并叫他带信，速令黄天霸来自取。却把那老儿气走了。但是那老儿一去，必然回到淮安，说明此事。黄天霸听说此话，两三日内必定前来。眼见得黄天霸那小子，不久要死于这楼上了。”贺人杰又问道：“叔父讲了一会，侄儿还是不得明白，怎么黄天霸上了这楼，就要死的？别人到这楼上就不死么？”余成龙道：“侄儿你哪里知道？不是黄天霸到这楼上就要死，别人就不死。只因这楼四面皆有消息，知道路径的，便不会死，不知的便要送死的。黄天霸从来未到此地，现在要取那赃官的印信，如何不来？既来这里，不知这楼的路径，不是就要死么？”贺人杰道：“照叔父所言，黄天霸不来则已，既来定要死的了！果真如此，不但叔父宿气可消，就便侄儿冤仇也算报了。但是有一件可虑：若黄天霸前来盗那印信，料不定要与他厮杀。三位叔父对这楼上路径是熟的，固然不怕；万一那时叔父等措手不及，侄儿与他交手起来，这楼上的路径，侄儿又不熟，不是白白送一条性命在这楼上么？”余成龙道：“贤侄之言，甚是有理。你就随我到这楼上去看一看，把那路径认明，以备一时的缓急。”贺人杰心中暗喜。

当时就与余成龙走上楼去。由那扶梯走上，一层层地共计有二十四级。上了楼面，迎着扶梯，有一黑漆板门，半开半掩。余成龙却不进去，偏从板门侧首，扶梯左边月亮门走进。

贺人杰问道：“为何不走这正门，偏从这小门进去，却是何故？”余成龙见问，复转身走到黑板门口，先将右脚在门外站定，后将左脚送入门内，轻轻地在楼板上一踏，只听响了一声，一块板滚了下去。贺人杰走到跟前，望滚板上下一看，但见下面漆黑无光，深不见底。余成龙道：“这下面便叫陷人坑。不知道的从这门进去，踏着这滚板，人就落下去了。不要刀杀枪刺，也便活活饿死。”贺人杰看罢，随着余成龙走入月亮门，向左首转了三四个月牙弯，才到第二层楼面。但见楼面当中，设着一座朱漆神龛，龛后有两扇暗门。余成龙将暗门一推，吱呀一声开了。二人进去，仍在左首转了一个弯，却是扶梯。由下至上，只有二十四级，也有黑漆板门两扇，左首也有月亮门一个。却不从月亮门进去，偏从正门走入。贺人杰又问道：“因何这一层又不从月亮门走呢？”余成龙道：“这叫作疑兵计。万一有人上来，知道头一层是从月亮门走进的，到了第二层，定是仍然如此，他就上当了。这第二层的月亮门内，也装着滚板，下面尽是套索。有人落下，就被套索缚了。”贺人杰答应，二人走入正门，便是第三层楼面。中间也设着神龛，扶梯却不在龛内；由神龛背后有一小门，门内装作扶梯，也是二十四级。上得楼来，但见四面窗棂，俱皆关闭。贺人杰便去开那窗棂，并无格闩钩搭，只是开不下来。余成龙见贺人杰不知此中消息，便道：“贤侄我开与你看。”说着用手在东首柱子上，将机关一接，窗格全开。余成龙便望中梁上一指道：“贤侄你看那盒子内，便是赃官施不全的印信了。”贺人杰抬头一看，只见中悬一盒，四面皆是铁丝做成的细网，任他神仙也飞不出铁网。贺人杰暗暗记下。欲知后事如何，且看下回分解。

第一七〇回　小英雄下山送信　老壮士回署搬兵

话说贺人杰将余成龙诱入凌虚楼，探明路径，并知印信悬挂中梁上面，一一谨记，复与余成龙在楼上耍了一会，然后同下楼来。又将转弯抹角，暗埋的消息所在，到处记明，遂与余成龙回至厅上。却好陆文豹、任勇也在那里，大家便坐下。贺人杰又对着余成龙盛夸凌虚楼如何险峻，如何奥妙。余成龙见贺人杰极口夸奖，自己也喜不自胜，因夸道："贤侄，不是咱夸这大口，那赃官的印信，藏在那里，任他黄天霸三头六臂，到了此地，也送他到望乡台了。"随时，余成龙等即命摆酒，彼此畅饮，欢呼而散。

到了夜半，贺人杰乘大家睡熟，独自起来，换了夜行衣，手执朴刀，藏了金钱镖，悄悄地来到凌虚楼。先将四面一看，见那看守楼门及打更的小喽罗，俱已睡着。他便展出飞檐走壁的武艺，拨开楼门，复将楼门掩起，蹑着步上了扶梯，记着路径，走到第一层楼面。真是身如飞燕，毫无声息。彼时不敢怠慢，复至第二层上面。略为喘息，便向第三层而来。到了三层上面，先将火光一亮，认定中梁右首。一个箭步，纵上神龛，略一垫脚，复望上一纵，将右手搭住中梁。随将两脚一缩，一弯腰，将两脚在梁上挂定，变了个猿猴坠枝的架式，左手执刀，右手便去摘那印信的盒子。正欲摘下，忽然想道："此时若即取下，如何下得此岭？不得下岭，事必泄漏。不但印信复失，连我的性命也难保。好在此楼上已熟悉，取回印信，这又何难？且待等数天，明日先去报知，约定日期，叫褚老爷子同李伯父赶回淮安，禀明大人。等我黄叔父等人到来，约定行事，里应外合，还怕这三个狗强盗捉拿不住，印信失去不成么？”主意想定，随即由楼上跳下，轻轻站立楼面，复将各处门扇窗格，关闭停妥，一层层走下楼来。开了楼门，复又四面一看，见看守楼门的仍然睡着，即打更的也已走了出去，幸喜一人都未知觉。贺人杰赶着一溜烟如旋风般回到了自己房内。先将房门关上，然后卸去夜行衣上床。

略一歇息，已是天明。即便起来，梳洗已毕，用过早点，便向余成龙说道：“今日天气甚好，侄儿意欲下岭顽耍一回。约至当午，即便回岭，特与叔父说知。”余成龙道：“贤侄既要去岭下顽耍，须得早去早回。”贺人杰答应退出，心中大喜。

走至房内，换了衣服，藏起腰刀暗器，复与余成龙等三人告别，然后望岭下走来。到了岭下，顺着大路，匆匆而行，沿途留心客店。走有三四里路，见东首有一小镇市，便望镇上行来。走至街头，见西首有家酒店，檐口挂着一面招牌，写：“悦来店安寓客商”。贺人杰走进酒店，见吃酒的人甚多，因拣了座头坐下，便叫小二打壶酒来。店小二才答应着去打酒，只见李昆从店后走出来。贺人杰一见，便递了暗号。李昆回头一看，见了贺人杰，彼此会了意。贺人杰坐着，仍然不动。一会儿店小二将酒打来，并有两碟小菜。贺人杰对店小二道：“你这店内人多嘈杂，这店后面有座头么？”店小二道：“店后座头倒有，但是钱要双倍的。”贺人杰道：“你给我移到后面去，我就给你双倍钱，又有什么大事？”店小二答应，赶着将酒菜移至后面。贺人杰亦跟了进来。却好李昆已在那里等着。于是贺人杰拣了一个净室。店小二将酒菜排好，又赶着进内问道：“小客官有何吩咐？”贺人杰指着李昆说道：“不意在这里巧遇这位客人，也是咱的亲戚。你给我再添一副杯箸，再打一壶酒来。”说罢，店小二出去。二人方吃得两杯酒，店小二已将菜送进，却是一盘牛脯、一盘白煮鸡，排在桌上，问道：“你老还要什么菜？”李昆道：“你且等着，咱们再要什么，招呼你们便了。”店小二出去。

李昆因问道：“贤侄此来，定有消息。”贺人杰道：“伯父，小侄特来送信。那凌虚楼果然造得利害！不是小侄用语言将余成龙同骗上楼，探明路径，问明消息，不必说黄叔父不能上去，便是神仙也难将印信取回来。”遂将凌虚楼共计三层，上面如何埋伏，如何暗装消息机关，铁网如何利害，如何灵巧，细细说了一遍。又道：“小侄昨夜乘余成龙等人睡熟，却暗暗上去一次，观了路径。所以特赶前来，请伯父赶紧回到淮安，禀明大人知道。请大人快差我黄叔父及诸位伯父、叔父，悄的前来。约期五日后——二十六日夜半子时，齐到岭上，在栅门前举火为号。余成龙等看见栅外火起，必然出来看视，小侄便乘其无备，去凌虚楼将印信盗出，便请伯父至凌虚楼后岭接应。但看楼上火起，便是小侄盗回印信的时候。但这岭上只有一条小路，且只能一人行走。余成龙又复派人在那里防守隘口。伯父到时，务将那把守的人先行打死，然后方无挡绊。小侄盗出印信，岭上的各事，便不能兼顾，却只管将印信星夜送回淮安。捉拿强人，焚毁山寨，皆仗诸位伯父、叔父之力。”

正说到此，褚标亦从外面走进，瞥见这贺人杰与李昆在那里密语。褚标赶至跟前说道：“好话不瞒人，瞒人非好话。”李昆二人听见，吃了一惊，再一抬头，见是褚标，赶着让坐。贺人杰又向褚标行了礼，然后坐下，复将前言，细细说了一遍。只喜得褚标拍案叫绝。三人又密议了片刻。贺人杰又将店小二喊进，算明酒菜各账，当时将钱付出，即告辞褚、李二人，仍回摩天岭而去不表。

单说褚标见人杰走后，即与李昆说道：“这回去淮安送信，这个差使，不是老夫与贤侄争夺，最好让老夫且去走一趟。一来贤侄二十六夜，要去接应人杰，不能误事；二来老夫是个闲人，借此好去遛遛腿；三则好让贤侄在此养歇几日，等到那夜，好立大功。”李昆道：“既是你要去，小侄哪敢违拗？但日期急迫，须得如期而来，大家皆要扮作客商模样，在此会齐，一同行事。”褚标道：“贤侄放心，毋须叮嘱。”当即打了包裹，又与店主算还房饭钱，即刻起身，回淮安去。真是赶紧前行，无分昼夜，只走了两日，已到淮安。当时入了衙门。

黄天霸等人，单看见褚标一人回来，倒吓了一跳。及至问了细底，才知贺人杰所为，大家欢喜。又见褚标与大家说明一切，即刻同去禀见。施公见褚标回来，满心欢喜，忙问："贺人杰曾否遇见？印信究在那里？"褚标先上前行了礼，然后坐下，将以往之事，禀说一遍。施公听说，拈着髭须，赞不绝口。因说："这贺人杰年纪虽小，却有如此见识，真不愧义士之子。不但本部堂多一勇士，即国家多一栋梁。今既如此，自黄贤弟以次，可急速前往，毋令小英雄望眼欲穿。褚老英雄业已往返两次，不能再劳，即请在署安歇。王殿臣、郭起凤亦毋须同行，留在淮安，听候调遣。"施公吩咐已毕，黄天霸唯唯退出。当即收束停当，各带兵刃暗器，连夜分三起出城。头一起是：黄天霸、何路通，二人扮作卖艺模样。第二起是：李七侯、关太、金大力三人，扮作客商模样。第三起是：张桂兰、郝素玉，二人扮作村妇模样。共计七人，直往摩天岭进发。正走之间，只见李昆从对面迎来，彼此照会，分别投店歇下，只等夜半行事，去捉强人。毕竟后事如何，且看下回分解。

第一七一回　黄天霸大破摩天岭　贺人杰火烧凌虚楼

话说黄天霸等男女七人，猛然巧遇李昆，分别投店歇下。

到了初更时分，忽然狂风大作，吹得那草木齐鸣。黄天霸好不欢喜，暗道："有此好风，今夜去烧山寨，正是天假其便。"大家不言而喻，略微歇息。到了二更时分，一个个都换了夜行衣靠，饱餐饮食，手执利刃，各将暗器藏好；又各带火种，越出店门，打了暗号，齐奔摩天岭而去。

且说李昆因贺人杰约定在凌虚楼背后岭下接应，他便望这条路而去。一会儿已至山岭背后。趁着星光，定睛看去，果然是一条窄径，两旁皆峭壁悬岩，笔陡直上，只容一人。李昆顺着路，一步步望上而行，走到半腰，有一排木寨，将人挡住。李昆正要越栅而过，只听栅内有人说道："好大风，咱弟兄们在那里支更，遇见这样的天气，便是咱们的好日子到了。"又听一人答道："老三，你不要嫌苦，听见昨日大王还吩咐我们，小心看守。这条路虽无人知道，却逼近凌虚楼后面。万一有了奸细，偷过木栅，到了楼上将印信盗去，我们可了不得咧！"李昆在黑暗中听了细切，一个纵步，蹿上木栅，定睛一看，见里面有个更棚，棚内露出灯光。他一箭步，蹿跳下来，如秋风落叶，轻而且快。脚踏实地，先将弹子掏出几枚，捏在左手，右手执定单刀，大踏步跨入更房，飞得一刀劈去，只听咕咚一声，一个栽倒在地。又一个正要喊叫，李昆来得飞快，趁手一刀，又复砍死。旁边又有一个，见两人已经杀死在地，赶着跪倒，向李昆哀求饶命。李昆道："你是何人？"那人道："小人是看木栅的。"李昆道："此去凌虚楼还有多远?”那人道:“还有半里路光景。”李昆道:“这凌虚楼何人把守?”那人道:“是两个头目把守,三大王任勇不时巡察。”李昆道:“你们这看更的共有几人?”那人道:“四个一班,共有八人。这上夜是派我们的班。”李昆道:“你这里只有三人,还有一人在哪里?”那人道:“那一个今日病了未来。”李昆问话已毕,即将那人背缚起来,将刀割下一块棉絮,塞在那人口内,抛在一旁。李昆便坐在更棚,专等凌虚楼火起,好出去接应。

且说黄天霸等七人,到了岭上,望前一看,见上面一排木栅,甚是坚固。木栅里面,还露着灯光未熄,耳内听得更锣声响。黄天霸等便低低地打了个暗号,大家明白,便将火种取出。除关太、金大力两个不能上高,其余五人,一个个如燕子穿帘,齐跳上木栅。一声呐喊,大家将火种抛下,随即跳进木栅里面。关太、金大力趁势将木栅砍开,一拥而进。只见那更房里面着了火种,又兼狂风不息,霎时风助火势,火仗风威,将一排寨栅及更房等屋,尽烧得一片通红。再加呐喊之声,不绝于耳。那些小喽罗从睡梦中惊醒,急急报知余成龙等三人。

余成龙、陆文豹、任勇三人,忽听报栅门火起,赶忙提了兵刃,走将出来。却好黄天霸等已入了里面,一见余成龙等迎将出来,便大声齐喊道:“好大胆的狗强盗!胆敢将漕督的印信盗去!你可认得爷爷黄天霸么?特来取尔的狗命。”余成龙听罢,哈哈大笑,也不答话,抡刀便杀过来。黄天霸接着,两兵相接,真是棋逢敌手,将遇良材。二人一来一往,在火光中,杀得真真是好看。陆文豹在旁,见余成龙杀黄天霸不下,赶着一刀,望天霸砍来。关太赶一步,迎了上去,两对儿杀得团团转。金大力持着镔铁棍,只顾在那里打扫喽罗;可怜那些喽罗,遇着棍,不是头破,就是脑裂。李七侯便往各处放火。何路通此时已抢入大寨,放起火来。张桂兰在旁,看见黄天霸战余成龙不下,即将袖箭放出,嗖的一声,直向余成龙面门打来。余成龙说声:“不好!”赶着往旁边一闪,让过袖箭,复虚砍一刀,回身就走。黄天霸紧紧赶来。正赶之间,忽见余成龙将手一抬,嗖的一声,一枝弩箭，正望黄天霸射来。黄天霸看得真切，赶着用刀一拨，那枝弩箭拨落在地。正要还他一镖，余成龙一个箭步，已至天霸面前，举手一刀，即望天霸头顶砍来。天霸往上一迎，将刀架住，趁势一个卧虎翻身，直往余成龙胸前滚来。余成龙又说声："不好!"跳出圈外。黄天霸来得飞快，赶紧前进一刀，认定余成龙左肩砍下。余成龙将身一偏，转身一刀，望天霸大腿搠到。天霸往后一退，一招手将镖飞去，认着余成龙面门打来。余成龙眼尖手快，一面将头一埋，那只金镖从头顶上擦过，后进一刀，从天霸裆下搠来。天霸赶着让过，复一镖望余成龙腿上打下。说时迟，那时快，这一镖余成龙却让不过去，小腿上着了一镖。余成龙连说："不好!"负着痛带镖而逃，黄天霸追赶上去。

再说陆文豹同关小西两个，战到七十余合了。关小西杀得兴起，大喝一声，一刀将陆文豹砍下一只膀臂。陆文豹正待要走，关小西又赶上一刀，砍倒在地。此时张桂兰见黄天霸追赶余成龙，恐怕天霸有失，因亦赶去，却走错了路，不意向凌虚楼而来。刚到楼下，只见贺人杰同着一个矮大汉，在那里混杀，看看贺人杰抵敌不住。张桂兰便大喊一声道："人杰快使劲儿！你婶娘在此。"说着一个箭步，纵到跟前，抡起一刀，直望那大汉砍下。你道这矮大汉是谁？就是任勇。本来同余成龙、陆文豹两个出去看栅门前失火，因听见黄天霸等到来，知道大事有变，急赶着望凌虚楼而来，恐怕印信有失。才到楼下，看见贺人杰在那里，已经杀死几个喽罗，正欲上楼去盗印信。任勇赶将上前，同贺人杰杀将起来。贺人杰虽然武艺高强，究竟气力薄弱，怎当得任勇力大如牛？看看抵敌不住，却好张桂兰一声喊叫，贺人杰听得清楚，犹如猛虎添翼，登时精神陡长，气力倍加，只说得一句："婶娘，这王八羔子交付你了，我上楼去也!"说罢舍了任勇，竟上凌虚楼而去。任勇正杀得高兴，眼见贺人杰要死在手内，忽然听见张桂兰来助，不免心中一慌；加之张桂兰刀法神速，他招架不及，只虚砍一刀，转身逃走。张桂兰哪里肯放？随即一枝袖箭，直望任勇打来。只听得咕咚一声，任勇栽倒在地。桂兰复赶上一步，举起刀来，认定膀膊上捌了几下。那两只膀膊，已经离了肩窝，复一刀结果了一命。张桂兰见任勇已死，抛在一旁，再去寻找天霸。才转过两个弯，见天霸迎面而来，后跟着关小西、郝素玉、何路通、李七侯。天霸开口，便向张桂兰问道："你曾看见人杰么？"张桂兰道："他上凌虚楼去了！余成龙那厮曾捉住么？"天霸道："通捉了！"原来余成龙着了一镖，转身逃走，正要从地道内逃，该应天网恢恢难逃。正遇见何路通烧了大寨，迎面而来，出其不意，当头一拐。余成龙不曾让得及，在肩上着了一下；接着黄天霸复一刀，从背后直穿过前胸，倒地而死。黄天霸等正在那里说话，猛一抬头，见前面火光烛天，直冲霄汉。此时凌虚楼，已被贺人杰将印信取得，从顶上一层放起火来。黄天霸等赶着火光前去，寻着贺人杰。

话说人杰既将印信取回，火烧了凌虚楼，同黄天霸等七人，寻了两间空屋，在那里歇息。话分两头，再说李公然在凌虚楼背后，山岭之上，窄路旁边，更棚以内，专待凌虚楼火起，便来接应人杰。一直等到四更将尽，不见动静。正在心烦意乱，忽见凌虚楼火冲霄汉，知道贺人杰已经得手。他赶着提了刀，直奔岭上走来。赶到逼近，那条狭路已被凌虚楼上烧枯的木料，压落下来，将路塞断。李昆转身回走，复望岭前赶去，走了好一会，才到摩天岭面前。抬头望岭上一看，但见余火犹存，浓烟尚袅。李昆赶着上了岭，一路寻找前去，只见尸骸遍地，血肉模糊，寻了一会才到。天霸人众，彼此见说了原由，皆各欢喜无限。此时天已将明，大家又略坐片刻，已是大亮，于是大家将大寨内所有未经焚毁物件、银两财帛，逐一查明，聚在一处。又将未死的喽罗等众，皆叫到面前，发放回家。又留二三十名，押令着扛抬物件，并将余屋拆毁。所有死尸，概行掩埋起来。诸事已毕，喽罗扛着物件，贺人杰捧着印信，并带了余成龙等三人首级，一齐下岭，走至悦来店。李昆又到店内，说明情由，算还房饭钱。那镇市上方才晓得是施大人暗里派了官兵，来捉拿岭上的强人。黄天霸等也将所住的客店房饭钱算交清楚，这才一齐望着淮安而去。

在路行了二日，已到淮安。当即入城，回到衙门，先报进去。施公闻报，即刻传见。黄天霸趋步进内，施公一一慰劳，众人又各各请安。末后贺人杰恭恭敬敬将印信送到，交与施公，道："请大人验看收执。"施公接过了，将盒子开了，验明不错，当交施安收去掌管。施安接过去退下。施公因向贺人杰道："本部堂一时疏忽，将国宝为强人盗去。若非小英雄设计取回，本部堂亦难逃处分。今多亏小英雄胆识兼备，致国宝失而复得，这件功劳，要算小英雄第一。本部堂却无以酬报，先只好给个千总顶戴，归本标差遣，聊以酬今日之劳；待随后另有功劳，再行申奏，请旨奖赏。"贺人杰赶着上前请安，禀道："承蒙大人恩德。小民年幼，多有卤莽之处。今大人不加罪责，反蒙厚赏，小民断不敢领。等随后立有微劳，再请大人恩赏罢！"施公拈须微笑道："小英雄不必过谦。一来为小英雄稍承先志；二来使本部堂聊表寸心。幸毋再辞，反使本部堂不安。"黄天霸见施公说得恳切，即命贺人杰道："既承大人逾格栽培，厚加恩赏，却之反为不恭。且谢过大人，受了此职，以后再图报效，不负大恩便了。"贺人杰因道："卑职既受了大人恩赏，当效犬马之劳！"说罢，又叩了两个头，谢了恩，这才起来，站立一旁。黄天霸复又禀道："摩天岭大寨内，所有搜出银两物件，悉数命小喽罗扛抬回来；并余成龙、陆文豹、任勇三名首犯的首级，亦带到此，请祈发落。"施公道："将余成龙等三人首级，于头门外悬竿示众。所有财物，全行存库。小喽罗皆系赤子，尽放回家。"黄天霸答应，大家辞出，发落已毕，各回衙门。

且说贺人杰得了千总，心中十分欢喜。黄天霸、张桂兰夫妇二人也是喜之无限，商议道："人杰侄儿，今蒙大人赏了官职，咱们虽不是嫡亲叔婶，也如同胞一般，也得给他做个面子，备两席酒，请请大众。一来是我们的体面，二来也给大家喜欢喜欢，拼个一醉，老爷意下如何？"黄天霸道："夫人之言甚合吾意，就是明日请酒便了。"张桂兰又道："贺家嫂子远在山东。她儿子今日作了官，也得寄封信与她，使她欢喜，以慰她抚养一番。"于是黄天霸就请人写好了一封书，寄往山东，并接他义嫂不题。次日又去备了两席酒，着本衙门差官，各处去请客。大家叨光①，闻是喜酒，俱各前来。这个消息，又传到施公耳里，施公又着施安送了五十两银子，给贺人杰为犒赏之费。黄天霸只得代他收下，当时便与施安说道："本来也要请老弟到此小饮三杯，特恐被大人知道，诸多不便，故不曾去请。今蒙大人又有赏赐，贤弟可莫怪愚兄未曾下帖，屈留在此，大家欢喜一日。"施安也答应。此日正却好是三月初三，上巳佳节②。又兼天气晴明，春意融和，大家举杯痛饮。自午至暮，无不欢呼快乐。其中有猜拳行令的，有击鼓催花的，满座纷纷，谈笑典雅。及至酒阑，犹有余兴。褚标在壁上，取下朴刀按一按，跳出院落，舞了一路单刀，耍了个四门，果然刀法精纯，不愧老当益壮。舞毕，褚标站在院落，对众笑道："老夫不弹此调久矣！幸尚未生疏，将来还可凭这老伴儿解解闷。"大家极加夸赞。

褚标复向贺人杰道："你高兴么？咱与你杀个老少对手。"

贺人杰道："还望老爷子指教！"说着，便取了一柄单刀，跳出院落，与褚标对敬。立定脚步，摆了架式，说了一声："请。"

褚标还答了一句："有占。"即将刀望人杰砍来，人杰赶着招架；一来一往，左拦右隔，前遮后挡，两人舞在一团，俨然如逢大敌。大家看着无不赞赏。二人舞毕，复入了座，彼此又夸赞了一回，又饮两杯酒，饭毕各散。

时光迅速，又是四月初旬。这日正逢致祭河神之期，施公早三日前，挂出牌来：届期仰合署文武官员，军民人等，一体拈香。到了次日，施公五更起来，外面炮响三声，鼓乐齐鸣。施公出了辕门，前面本标各员，如黄天霸、关小西、李昆、李七侯、何路通、金大力、王殿臣、郭起凤、贺人杰等，皆各按本职公服，坐于马上先行。施公面前，有漕运总督亲兵一队，两旁戈什哈八名，扶着轿杠，一路上威威武武，直望河神庙而来。不一会已到庙前，各官员纷纷下马。施公亦在庙门前下轿。此时早有淮扬兵备道，淮安府县，暨各厅各委佐二杂

---

① 叨光：沾光。叨（tāo）：得到。

② 上巳佳节：纪念黄帝诞生的节日。相传三月三是黄帝的诞辰日。

职，候备人员，挨次排班，齐立两旁伺候。施公从容上殿，先奏了乐，施公上香已毕。礼生赞礼。施公及大小官员，一齐行礼。俟读祝后，礼毕，各官随着施公，站立起来。当有庙中住持道士，延请施公至客厅用茗。然后施公起身，各官恭送如仪。施公至庙门外上轿，吩咐回衙，各官亦纷纷归署不提。

再说施公端坐轿中，忽见道旁有一少妇，身穿白衣麻裙，手持纸锭，系新丧模样，站立路旁，让施公轿子过去。忽然起一阵狂风，在那少妇前旋转不定，猛然将那少妇麻裙吹开。施公瞥眼一看，见麻裙中露出红裤，心中大异。即于轿前，密令王殿臣、郭起凤二人道："你暗暗尾随这妇人前去，看她所往何处，及家住哪里，一一访明，回来禀告。"王、郭二人答应去探。施公回衙。欲知后事如何，且看下回分解。

仁的老婆。”郭起凤道：“这小小年纪，把这样个年轻的老婆抛下来了，叫她在那里守寡，实也可怜！但这吴其仁是什么病死的呢？他还有父母兄弟没有？”王二道：“他无父母，又无兄弟，只有他一人。平日家道也还过得去，薄薄的也有些田房产业。就是这吴其仁年纪虽轻，身材相貌却生得颇为丑陋。听说还有个暗病，终年的委委顿顿。若问他什么病死的？在死的前一日，我们还看见他在外面行走。到了第二天早上，忽然他家里人出来说，半夜时忽得了一个急病，施救不及，等到四更就死了。未及半日，经吴其仁老婆娘家的人来了几个，就收殓起来，在家停了七天，就抬出去葬了。”王殿臣道：“这吴其仁丈人家姓什么呢？”王二道：“听说姓何，便在北门大街，家内开着杂货店，家道也过得去。”王殿臣道：“吴其仁既死，也就算了。只可怜他的老婆，这种青年，便叫她做个寡妇，又无儿女抚养，如何度日呢？”王二闻言，笑而不答。王殿臣、郭起凤亦心知有异，不便再问。遂将茶钱付讫，出门而去。又在附近一带，访问了一会。有说那少妇不甚端的，有说死者身死不明的，人言啧啧，莫衷一是。直到天晚，王殿臣、郭起凤才回衙门，将以上所见所闻，一一禀知施公，一夜无话。

次日一早，施公即传山阳县到署谕话。山阳县奉传，随即禀到。见了施公，请安已毕，坐在一旁。施公说道：“本部堂奉请贵县，并无他事。只因昨早往河神庙拈香回来，途中见一少妇，身穿麻衣，手持纸锞。忽遇旋风，见少妇麻裙卷起，中露红裤。本部堂心颇滋疑，即刻密令差官侦探。后据差官禀复，谓那少妇系祭扫新坟。从旁微窥，该少妇既焚纸锞，哭而不哀。忽旋风吹其纸钱四散，又将麻裙卷起？那红裤露了出来；及风过处，该少妇仍然穿着麻裙。又见该少妇当旋风吹散纸钱时，形色仓皇，叩祝不已，颇有愧对惊惶之色。及跟随进城，至该少妇家附近访察，知死者为妇之夫，无病暴卒，卒后遂殓，殓之后遂葬，殊见草率。且该少妇颇有丑声。本部堂想其中必有冤枉，因此请贵县务即访察明白，俾死者不致含冤，生者难逃法网。今具限三日，贵县即行详复，毋得含混宕延！”

山阳县闻说，口内道是，心内却暗想道：“途中少妇，风卷麻裙，与他何涉？即有冤枉，也未据报，尽可不问。他偏闲得没事，寻件事出来做做，好博得他清正的名声。他又不肯自办，委我去访。你道这样无影无形的案件，从哪里办起？”无可奈何，只得答应出来，且回本署，再作计议。山阳县才告退出去。

未及一刻，忽听大堂上鼓声打得乱响，如山崩地裂一般，施公即令施安去问何事。施安这才至二堂，已有值日差官传报进来，施安忙问何事。值日的道：“是个老头子击鼓，代儿子喊冤，求大人申雪。”施安道：“他有状词么？”值日的道：“没有。”施安道：“叫他候着，等回明大人再说。”施安说罢，当即进内禀明一切。施公听罢，分付坐堂。差役齐立两旁。施公命带原告。差役答应，即刻从头门外，将原告带到，至公案前跪下。施公在上，望下看去，见那老头年纪约六十岁光景，鬓发业已全白，生得颇为良善。因喝道：“你姓甚名谁？有何冤枉？不向县里告去，却向本部院这里上控！你可知越控的罪么？”

那老头儿道：“小的姓朱，叫朱四。只因有个侄女，嫁与王家，已经六年。小的侄女婿叫王三郎，家住南门外河边口，向来撑船，在江湖上贸易。他夫妇两人，颇为和爱。小的儿子叫朱槐，也是撑船，在江湖上贸易，多在外，少在家。前月二十四夜晚从外面回来，因与他堂姐姐二年不见，顺便到王家探看，将船泊在岸边。不意到了王家，见他家后门虽开着，却无一人，喊了两声，却无人答应。小的儿子见没人在家，也就回船。当时觉得脚上穿的鞋子湿了，便脱下来，在火上焙干，吃了晚饭，也就睡了。不料次日一早，小的侄女婿王三郎即带了多人到小的儿子船上，望着儿子骂道：‘我同你无仇无隙，何得杀死吾妻？’小的儿子大惊，不知所措。王三郎又不分皂白，即将小的儿子捆缚在家，先打了一顿，随即送往山阳县。当蒙县太爷问王三郎道：‘你妻子被杀，怎么知是被尔妻弟杀的呢？’王三郎口称：‘二十三日我往附近卖货，当日未回。至二十四晚回家，推开大门，走进里面，喊妻子不应。即点了火，向房内照去，又不见人。正在疑

命，特来捉你！”何氏闻言，暗自吃惊不小，急道：“我的丈夫暴病身死，连丧都出了。左右邻舍谁人不知？今你们二位忽然前来，凭空捏造什么谋死亲夫，敢是要索诈我寡妇的钱财么？既然如此，我便同你们到县里去。”公差早就将铁索向何氏颈上来套。何氏忙道：“且慢来，我又不逃，自同你们前去，何必用此呢？”县差不由分说，仍将铁索把何氏套起来，一直带往山阳县去。何氏托邻舍照庇门户。不一会，已至县衙。县差报到山阳县，便传伺候，立刻升堂，将何氏带到。山阳县留心看那何氏。但见她身穿重孝，生得颇有几分姿色，而且一种妖娆之气现于形端，心中就有几分疑惑。只听那何氏先自开口说道：“请问大老爷签饬公差，拘孀妇到案，不知孀妇死了丈夫，犯着何罪？请大老爷明示！”山阳县闻言，暗说好个利口泼妇，因道：“你就是吴何氏么？”何氏道：“孀妇正是吴何氏。”山阳县道：“你丈夫叫什么名字？”何氏道：“名唤其仁。”山阳县道：“你丈夫死了几时？是何病症死了？现在曾否下葬？”何氏道：“得病而亡，已过六七，现已下葬。”山阳县道：“你夫家尚有何人？”何氏道：“既无翁姑，又无伯叔，且无子女。”山阳县道：“你嫁与吴其仁几年了？”何氏道：“五年。”山阳县道：“为何并无生育？”何氏道：“人生有命，何可强求？”山阳县道：“尔可知尔所犯之罪么？”何氏道：“孀妇只知夫死，尚未终七，不知所犯何事？”山阳县把惊堂木一拍，大声喝道：“好大胆的淫妇，尔敢谋害亲夫！本县奉城隍神托梦，说尔亲夫在城隍神前告尔谋害身死，饬令本县提尔到堂，彻底根究，代尔亲夫申雪。尔尚敢故作不知，殊属淫泼已极！若不从实将奸夫招出，本县定用严刑拷你！快快招来，因何谋害？本县或可原宥，从宽减等！”

何氏听说，因缓缓说道：“大老爷为民父母，民间有了冤屈，自己力有不能申雪的，求大老爷代为申雪，此固大老爷分内之事；从未闻民间本无冤枉，大老爷偏欲代人申冤。而且谬言神来托梦，是究竟有何实据？尝闻诬告加三等，大老爷即此一举，自问如何呢？”山阳县怒道：“尔仗这利口辩驳，便思驳倒本县么？且再问你丈夫即使暴病身亡，尔何得死后遽殓？殓后即葬？足见情虚，恐致泄漏，所以草草葬了，即可杜绝人口了！如此狡谋，本县已洞悉尔的肺腑，尔尚有何强辩？”何氏道：“大老爷此言，更觉差矣！世界上随殓随葬的，不知凡几，难道都是谋害亲夫的么？而且论国法，停柩不葬，是大干例禁。论人情，殓毕即葬，即所谓入土为安。孀妇以一妇人，既无翁姑伯叔，若将死者之柩，久停在室，万一风火不测，将何以对亡夫？在孀妇看，随殓随葬，于国法人情，两无偏废。大老爷以此借口，孀妇可不解大老爷何以谓为民父母了？”山阳县被何氏这一顿话，驳得了禁口无言，不禁大怒道：“好大胆的淫泼妇！尔既说未曾谋害亲夫，本县明日申详上宪，请示开棺相验，彼时看尔尚能狡赖不成？”何氏道：“大老爷既要开棺相验，孀妇岂敢不遵？但有一件，如果验出伤来，孀妇情甘认罪。若竟无伤，大老爷擅翻尸骨，于律例上尚有处分么？”

山阳县道：“若验不出伤来，本县也愿自请处分。”何氏道：“大老爷既如此说，孀妇先具甘结；大老爷也得具一张甘结，申报上宪，将来方可为凭。”欲知后事如何，且看下回分解。

头一看，见是女人一只绣履，并一把利刃，埋在泥内，因此知之。”那妇人仍不相信，等李宾如去后，暗向丈夫说知，密令前往捡拾。酒店主本来好利心重，一闻此言，即去找寻。走到河亭旁边，扒开松泥，果有女人绣鞋一只，利刃一把，忙取回来。那妇人一见大喜，即令其夫持履呈送漕督施公。

那酒店主便携了绣履，直向漕督衙门而来。到了衙门，先将绣履交与值日，由值日差送进。施公正为此事在那里纳闷，忽见绣履，当即问道：“是何人送来？”值日差道：“是个开酒店的送来的。”施公一面饬令值日差传知来人，听候给赏，一面传伺候升堂。施公升了堂，将酒店主带上问道：“这绣鞋你是哪里得来？”酒店主回道：“是从东门外河亭畔泥中捡出。”

施公道：“谁叫你在那里去找？”答云：“是小人的妻子叫小人前去。”施公道：“你妻子又怎么知道呢？”答道：“是在店内饮酒的一个姓李的客人说的。小人妻子听见这话，叫小人去的。”施公道：“这姓李的叫什么名字？常来你店饮酒的么？”

答云：“名宾如，是常来的。”施公遂令吏役如数给发赏钱，店主拜谢而去。施公复令王殿臣、郭起凤道：“你二人跟他前去侦探。倘遇该酒店妇女在家，同人饮酒，即刻捉来。”王、郭二人，奉令前去。

却说那酒店主将赏钱携到家中，他妻子喜之欲狂，因道：“你我得此赏钱，皆李某之力，可谓他来取些分他。”那酒店主答应，即至李家，把李宾如请来。那妇人一见宾如，笑容可掬，越加奉承，便邀入自己卧房，安排酒肴相待，三人共席而饮。那妇人复向李宾如说道：“我夫妻得此赏钱，皆是大郎指教，何能独得？应与大郎共分。”李宾如笑道：“此事虽我指引，却是你的财爻。”三人正在那里谈笑，王殿臣已在外面探听清楚，同郭起凤即抢入房中，将二人捉住，解回衙门。施公即刻升堂，先将该妇讯道：“尔如何知道被杀的妇人绣鞋所埋之处呢？”那妇人道：“系酒客李宾如所说。他说看见一只女子绣鞋、一把利刃，埋在泥中，因此小妇人才叫丈夫去拾。”

施公道：“你丈夫只将绣鞋送来，那利刃尚在何处？”那小妇人道："现在小妇人家中。"施公即命人去调利刃，一面即提李宾如严讯。李宾如始则不招，后被严刑，抵赖不过，只得将上项各节，及与酒店妇人通奸等情，一一招出。施公判令李宾如处死以抵朱氏。酒店妇人责竹杖四十，即交酒店主领回，严加管束。朱槐释放出狱，闻者快心。

话说施公既得绣履，朱槐与朱氏的冤屈俱已申雪。唯风卷麻裙一案，未得真情，心中颇为忧闷。因暗道："莫若私访一番，或可知其原委。"即日改扮了一个贩布的客人，悄悄地出了衙门。先在城内茶坊酒肆，背街小巷，借着卖布为由，各处访了两日，亦未访有消息，只得回衙门，闷闷不乐。这日又去城外探访，离城天已大晚，不便进城。远远见一个村落，施公即向村庄上走去，四面一看，不过七八家人家，却又均已关门。施公正在踌躇，又见离村约有百十步，有茅屋数间，灯光尚露。施公即往前去。但见柴门半掩，内有一老妇，约有六十多岁，就着灯光，在那里缝纫。施公推门直入。老妇惊起，问施公道："你这客人，从何处来？到我这村庄何事？"施公道："我本卖布为生，只因日暮途穷，进城已来不及。这左右又无客店，故特前来请借一榻之地，暂宿一宵，以避风露。"那老妇对施公道："借宿一宵，原无不可。但我家儿子生性极恶，虽老身亦无奈他何，恐他回来，得罪客官，使老身何以相对？"

施公道："这倒不妨，即使你儿子回来，有甚言语污辱，我可忍耐。即不然，我与他请个罪，他断不能再与我为难了。"那老妇道："既如此，但有屈客官在柴房内暂宿一宵。如闻不肖儿回来，客官幸勿声张，免致饶舌。"施公答应，老妇即引入柴房。施公便藉草作褥，姑且假寐，以待天明。

时交四鼓，忽听叩门声响，施公知为老妇之子回家，即屏声息气，侧耳潜听。只听老妇先去开门，复后骂道："现在幸而年岁好，可以度日，汝尚如此不长进，终日游荡，不顾家事。倘遇年荒，老娘要被你累死了！"骂了一顿，并不闻那儿子作声。他旋即取火，向厨房内觅食。复闻老妇说道："今夜有一贩布的客人，因日暮不及进城，

何如人？”曾志道：“兄长已明言贩布的客商，尚有何说呢？”施公笑道：“贤弟固未识兄之为人，死即贤弟所称的漕督施某。某因山阳县为民申屈，而为此抱‘诬良’之冤，某不忍坐视，特扮私访。今幸贤弟具呈各节，不但山阳县诬良之罪可释，死者之冤可申，即某亦庶报朝廷于万一。”曾志闻言，只吓得面如土色，赶着望施公跪下请罪。施公笑扶曾志道：“贤弟不必怕，某与弟兰谱[①]已定，岂可复更？以后痛改前愆，勉为良善，兄当另眼看视。但某回署后，必札饬山阳县重复开棺，某亦亲自检验。彼时不得不屈贤弟去作见证，贤弟却不可辞！”曾志道：“蒙公赦罪之恩，敢不公庭对质。”施公大喜，当晚仍宿其家，笑谈一夜。

次日施公进城，回至衙门，立刻传知山阳县进署谕话。山阳县亦即上院禀见，大人便将私访情形，细细述了一回。山阳县谢道：“卑职见识不明，惭任县令。非大人逾格培植，卑职只有听候参处而已！”施公道：“贵署回署后，切勿泄漏，可密饬妥人，赶买吸铁石一块备用。一面立提该犯妇到堂，就说本部堂心怀疑惑，定于后日，亲往该处再行开棺检验。另饬仵作随同前往。”山阳县答应退出，回归本衙，遵谕奉行。施公又饬王殿臣将曾志传到，即暂寓漕督衙门。

过了一日，山阳县禀请莅场亲验。施公即带了黄天霸及曾志等人，亲往东门外而去。到了尸场，早见山阳县在那里伺候。施公下轿，升入公座。山阳县在公案横头坐定。施公命带何氏到案。何氏跪在下面。施公问道：“尔是何氏，你可知谋毒亲夫，罪不容逭[②]？尔亲夫不但在城隍神案前控告，转饬山阳县讯问；本部堂亦复知尔的底细。那日本部堂河神庙拈香回衙，见尔手持纸锭，站立道旁。忽遇旋风将尔所穿麻裙卷起，露出红裤。本部堂即知有冤，当饬妥差密为侦探。见尔到此扫墓，又有旋风高起，将纸锭飞入半空，尔彼时亦颇惊恐，赶向墓前叩祝至再。据本部堂侦探的差官回来详

① 兰谱：旧时结盟兄弟时互相交换的帖子。

② 逭（huàn）：逃；避。

说，本部堂更知其中定有冤屈，正欲札饬山阳县查办。旋据山阳县禀请开棺，本部堂以为检验之后，定能水落石出。尔敢大胆，贿赂仵作，匿报无伤；反控山阳县擅请开棺，坐诬良善，使死者冤沉海底，尔反得法外逍遥，天理何在？国法何在？本部堂爱民如子，嫉恶如仇，不忍使死者含冤，坐诬良善。尔既对亲夫不顾，忍心下此毒手，本部堂又何容淫妇藏奸，不使水落石出？尔可从实招来，究竟如何谋死？免致再翻尸骨，使死者一再暴露。倘仍怙恶不悛，希图狡赖，本部堂定再开棺检验，还你个真凭实据，那时看你尚有何言！”

何氏听了施公这一番话，句句刺心。心中虽有些害怕，但不得不仗作胆道：“孀妇只知丈夫暴病身亡，不知那谋害不谋害。前日县太爷既已开棺检验，并无痕迹，孀妇方且痛死者无辜，被令翻尸倒骨。今大人又欲检验，孀妇却不便阻拦；倘仍然无伤，大人可对得起死者么？”施公道：“本部堂检验之后，倘验不出伤来，甘愿自行请旨参处，以抵擅自开棺、反诬良民之罪！”施公说罢，喝令启墓开棺，差役答应。此时看得人真个是如山如海。一会子凿开棺盖，施公同山阳县离了公座，齐至尸棺面前，亲看仵作检验。仵作自头至足，腹背前后，检验一周，喝报：“毫无伤痕。”施公喝令：“重验！”仵作回道：“委实无伤，不敢谎报。”施公大怒道：“尔前者得银一包，县太老爷被你蒙混过去。今日在本部堂面前，还敢逞此伎俩，殊属不法已极！待本部与尔全个真实凭据，那时再与尔按律惩办！”说罢，山阳县便令将吸铁石拿出，交与仵作。仵作一见此物，只吓得面如土色，拿在手中，只是乱抖。施公又令将何氏带到尸棺面前，令他眼同检验。何氏跪在一旁。施公喝令仵作将吸铁石，按放在肚脐上面，约有半个时辰。施公喝道：“将吸铁石拿起！”说也奇怪，仵作才把石头提起来时，只见石头上吸出一根寸半长的铁针，上面还裹着些淤血。

施公命仵作呈上，复与大家看道：“这就是何氏谋害亲夫的实据。”何氏见此事验出实据，知道不容抵赖，复又说道：“大人的明

说这话，就吓去真魂，便与那两个大王哀求说道：‘我这女儿已经有了夫家，不久就要出嫁了。大王虽爱她得好，无奈不能从命。算我女儿命薄，无福消受，请大王另寻吧！’那两个强盗听了这话，不但不去，反更恶狠狠地上来说道：‘咱不管你这女儿有夫家没有夫家，咱自看他生得好，咱便要他与咱大大王做夫人。’小人一再哀求，他两个哪里肯依？不由分说，遂走上前来硬抢。小人与妻子见他那种恶相，因即骂声：‘清平世界，难道没有王法？放出强盗行为，硬抢人家闺女，不怕王法么？’他见小人骂他，即将小人的妻子合小人打倒在地，他便硬将女儿硬抢去了。小人再爬起来追去，他已走得远了，追赶不上。此时小人的妻子已被他打倒晕在地上，及至醒来，见女儿已被抢去，只得痛哭一场，要与那个强盗拼命，又不知那强盗住在何处。后来闻说是水龙窝的强盗，无恶不作，专抢人家财帛。大人明鉴：小人的闺女是有了夫家的。这被强盗抢去的话，怎么好对女儿的夫家讲？而况女儿生性极烈，此事断不相从，必至断送性命。可怜小人夫妇只生了两个女儿，今见女儿活活被强盗抢去，又不知性命如何，可舍得舍不得呢？为此前来叩见大人，申冤雪恨，捉拿盗人，救回女儿，使小人夫妻骨肉重逢，感恩不已！”说罢大哭。

施公听了这一番话，只恨得咬牙切齿，大骂不休。因复问吴用道：“你那女儿被强贼抢去的时节，难道庙里那些人，眼看着那强盗行凶，无人过问么？”吴用道：“那强盗未来之先，庙前的人却也不少；一见那强盗进庙，走的走了，躲的躲了，只是剩了一半。及至那强盗来抢女儿的时节，不但人走了个干净，连庙上的戏都不唱了，戏子都跑完了。等到女儿被人抢去，才有些人前来说，那两个强盗极其厉害，常到镇上来骚扰人，若惹了他，便不肯相休。因此路上的人，没有一个不怕的。”施公道：“你怎么想到本部堂这里来喊冤的？”吴用道：“小人也是闻招贤镇上的人说：大人这里能人最多，专捉强盗，救好人性命。因此才与妻子连夜赶来，求大人申冤救命的！”施公听罢，当即吩咐吴用道：“尔等且好好回去，静候本部堂给你申冤，救你女儿便了。”吴用夫妻叩头而去，施公亦已退堂。

看官，你道这两个强盗姓什名谁？水龙窝又在何处呢？原来这水龙窝，在海州境西北二十里一带，支河汊港，四处皆是水道，曲折弯环，颇难认识。相传前朝有一条水龙，在此兴波作浪，故名水龙窝。这内里有三个水寇，一名叫做费德功，一唤米龙，一唤窦虎。这三个水寇，推费德功为第一，俱是结拜的兄弟，聚了有二三百喽罗，专在水面上打劫。那米龙、窦虎，却又有两个分寨，离水龙窝有十里多路，一通清江，一通徐州，皆是水道要隘，往来客商必走此路。米龙却拦劫清江这条路，窦虎却拦劫徐州这条路。得了资财，皆送往水龙窝屯聚。从前落马湖未破以前，这费德功亦与猴儿李配时常往来。

那水龙窝的背后，亦有水道，可通落马湖，现在却已绝迹。离这招贤镇，亦不过十余里地面，因此常到镇上，打探客人的资财，并未劫掠过妇女。这年因费德功过四十岁，米龙、窦虎要送他寿礼。又因珠宝财物，金银绸缎，寨中屯积无数，毫不希罕，唯缺少美人。因此米龙、窦虎便思抢个美人来，献与费德功，作四十岁的寿礼，所以相约到招贤镇来。及至到了镇上，打听八蜡庙唱戏，正合心意，遂一同来到庙里。米龙、窦虎前后看了一遍，并没有出色的女子，心中颇不高兴，也就走了。

不期走到庙门口，在背后看见吴老儿夫妻带着一个闺女，匆匆出门，他二人心中一动，遂赶了过去。回头一看，见吴老的女儿不过十几岁，犹如一朵鲜花，尚未开足，而且生得甚美。因此二人就起了念头，将吴老儿的女儿抢去，大路趱赶前行，不到一个时辰，已到水龙窝内。当即进了水寨，报与费德功知道。费德功大喜，亦即迎了出来。米龙、窦虎上前说道："你老不日过四十大寿，咱们没有什么孝敬。现在抢了一个美貌闺女，一来与你老作为寿礼，二来你老可以朝夕快乐快乐。现带到外面，待小弟带她进来见见你老，你老看可合适不合适？"

费德功道："倒多谢你二位贤弟，大大地费心了。"说毕哈哈大笑。米龙、窦虎走出来，将抢来的女子带进，再看时，那女子已是昏倒在地，不省人事。毕竟如何，且看下回分解。

青皮地棍，是强盗窝里小强盗。正欲与喽罗分说，那喽罗已经都跑走了。欲待逃走，又不知路径，正在那里啼哭不止。

正呜咽间，忽闻笑声纷起，呼唤不休，一路喊来："美人在哪里？"只见那喽罗在前引路，随后两个妇人，后跟一个黑大粗莽、浓眉怪眼的大汉，一齐走了过来。贞娘看的真切，不禁放声大哭，口中骂道："你们这一起无耻的强盗！胆敢拦抢良家妇女！难道没了王法，不怕杀头吗？"

正骂之间，那黑大汉已经走到面前，将贞娘一看，哈哈大笑道："果然是个美人。咱费德功何福修此，病了一个，又来了一个。"说着便向贞娘说道："美人，你不要啼哭，咱这里是个安乐窝。只要你顺从了咱，不必说吃的是珍馐美味，穿的是绫罗缎匹，就是打咱几下，骂咱几声，咱多不怪你，还说你打咱是情，骂咱是意。再封你做个压寨夫人，何等威风，可算快活。美人，你快不要啼哭了，既已到此，就是啼哭也是枉然。"说罢，便叫那两个妇人道："你们快将咱爷爷这个新美人，扶了进去。多备香汤，给她沐浴。等到晚上，好让咱与她成亲。"那两个妇人即刻走来，将贞娘硬拖硬扯，蜂拥着进去。贞娘一面哭，一面骂着："不逢好死的狗强盗！要砍千刀的贼瘟人。"一路哭骂个不住。一会子到了寨内，当由那两个妇人唤进房中，打了一面盆水，叫贞娘洗面。那两个妇人复又百般劝道："就如我们当日被他抢来的时节，也似姑娘今日一般。后来没法，依从了他，现在倒也快活的很，不愁吃，不愁穿，胜如嫁了穷大汉。"那两个妇人一面劝说，贞娘还要百般痛骂。正骂声不止，忽然费德功前来，百般戏谑。贞娘气忿不过，立起来一头撞入费德功怀内。费德劝大喜，便趁势将贞娘搂抱起来，硬欲行事。贞娘抵死不从，却又挣脱不了。贞娘忽生一计，暗暗将手伸入费德功裆下，将他的肾囊拼命勒定。费德功忍痛不过，两手一松，贞娘才算挣脱。哪知费德功此时怒从心上起，恶向胆边生，将贞娘按倒在地，一顿拳头，登时打死。可怜贞娘不幸，作了娼妓，又遭恶寇凶淫，顿时惨死，也算是妓中贞妇了。欲知后事如何，且看下回分解。

第一七六回 漕督府老褚标献计 招贤镇金大力卖拳

却说施公自准了吴老儿的状词，允许代他女儿申冤。即日将黄天霸、褚标、李昆、何路通、关太、计全、李七侯、金大力等人传齐，大家集议，去捉水龙窝强盗，给吴老儿父女申冤。诸人奉谕，齐集督院。施公向大家说道：“昨日乡民吴老儿所告水龙窝强盗，在招贤镇八蜡庙将他女儿抢去，求本部堂申冤，捉拿强寇。但不知这水龙窝在海州哪里？那强盗姓什名谁？诸位有何妙计，前去把强人捉住？”只见褚标应声答道：“要捉水龙窝强人，老民却有一计，不知大人以为如何？”施公道：“老英雄既有妙计，敢请说来，某愿闻教。”

褚标道：“那水龙窝虽不知在海州哪里，却知吴老儿的女儿，在海州招贤镇八蜡庙内被强人抢去。老民向闻海州八蜡庙极为热闹。相传四月初一，是八蜡神诞。自三月半后，至四月初十，合镇四境乡民，皆捐集资财，在该庙唱戏酬神。此二十几天内，四乡八镇，男女老少，皆去顽耍。那水龙窝的强人，必定也要前去。既然前去，他前次已经抢过一个女子，他此次再来看见有姿色的妇女，断不肯就此罢休，必定还是要抢。在老民之意，想在八蜡神诞前二日，请两位朋友，改扮卖艺的人，先去往该庙卖艺，借此探听水龙窝强盗姓名。倘能当面遇见，务要设法，将他姓名套问出来。一面老民随往招贤镇住下——此中却须一个美貌妇人，还要有武艺的，带一个少年孩子，才好行事。只是小孩子倒有，妇人难得。”黄天霸听说，便问道：“老叔要这美貌妇人、小孩子何用？”褚标道：“贤侄有所不知，要这美貌妇人，是为诱敌之计。能有这一人，老夫便装作乡民，那妇人便装作村

第一七七回　张桂兰被劫八蜡庙　老褚标追探水龙窝

话说金大力、王殿臣、郭起凤在八蜡庙耍了一日拳棍，并无动静。次日又来，仍然如是。一连三日，总未见强人的踪迹。三人私相计议道：“我等已来了三日，并没见什么水龙窝的强人。也许要来，说不得明日再去一趟。”于是三人即到街上各客店内寻访。才走了两条街，已见李昆走来。金大力瞥眼看见，赶着上前，唤住李昆，问明住处，并问褚标曾否到来？

李昆回道：“全来了，只待行事。”金大力又将这三日情形，告知李昆。彼此立谈了一刻，即同往褚标寓内又说明原委。褚标道：“且过了明日，再作计议。”大家散去，各回客店不提。

到了次日，金大力三人自不必说，仍往八蜡庙卖拳。褚标一早起来，即令张桂兰改扮。大家改扮齐全，实系一色乡民打扮，各藏了兵刃暗器，一起出了店门。张桂兰前引，褚标手挽贺人杰，跟随在后，直往八蜡庙而来。进得庙来，果然热闹非常，游人丛集。他们三人先在庙内各处看了一回，然后偏向人多处走去。瞥见金大力等，仍在那里耍枪弄棍，说个不了，看的人也团团地围了一大圈。褚标等也在那里站了一会，复又向庙内各处游玩。刚走到正殿东角门外，正欲进门，只见角门里迎面走出两个大汉。褚标瞥眼一看，那两个大汉，一穿大红绣花直裰，一穿玄色洒花直裰，头戴巍冠，脚登薄底快靴，状貌狰狞，形容凶恶。知道不是正路，便暗暗地与张桂兰递了消息。张桂兰会意，故意挽了贺人杰，向那两个大汉迎上前去。

你道这两个大汉是谁呢？就是米龙、窦虎，他因抢去吴老儿的女儿，献与费德功为妻，不料吴家女子因惊成病，费德功不能到手。后来喽罗又抢了一个娼妓贞娘。这贞娘不从，被费德功打死，因此费德功颇为不乐。米龙、窦虎又在费德功前献了奋勇，说："八蜡庙，四月初一是八蜡神圣诞。这日游人必多，内中必有美貌妇女，再抢一个回来，作寿礼罢！"因此又到八蜡庙来。却好米龙、窦虎才从东殿上出来，见迎面来了一个绝色女子，手挽着十三四岁的孩子，生得颇为美貌。米龙、窦虎一见，心中大喜，问道："呔！你这妇人，姓什名谁？"张桂兰厉声说道："你这两个好不奇怪？咱与你一面未识，要你问姓名则什？快快让开，让咱走路！"褚标亦赶着上前说道："你这两人好不懂事！人家妇女姓名，与你这两人何干？各人走各人的路，为什么要拦住人家妇女？"米龙亦大声喝道："咱爷爷爱她生得美貌，问她一声姓名，还是与她体面的。要你这老儿管什么闲事？"褚标亦喝道："你这两个姓什么？唤做什么？家住何处？你说咱多管闲事，你可知道这妇人是咱的女儿，这孩子是咱的外孙。你怎么大胆，敢来调戏，难道不知王法么？"

米龙、窦虎大笑道："老头你站稳了罢！若问咱的姓名住处，咱叫米龙，咱唤窦虎，同在水龙窝居住。但知美貌的妇人，见了她便生欢喜心，把她带回家中，或是留作自己受用，或送与咱兄长快活，不知道什么叫做王法。"褚标骂道："照你这两个贼囚攮的！行凶霸道，难道还把咱女儿抢去不成？"米龙道："便抢了你的女儿，你又怎样奈何？"不由分说，就一起上前来抢。张桂兰也不退让，一面将贺人杰拉走，一面骂道："青天白日，府城脚下，胆敢抢劫妇女！你这狗强盗不是要造反么？看你这一副杀形，免不得要被千刀万剐。"褚标也在旁大骂起来。这米龙、窦虎被他们骂得性起，大喝一声，蜂拥上前，将张桂兰抢抱起来，飞也似向大门外跑去。贺人杰牢牢挽着张桂兰假哭着，跟往前走。褚标即在后面，一路骂，一路追赶。此时金大力等三人，知道贼人中了计，也将棍棒收起，远远地追踪而来。那庙内顽要的都跑空了。

米龙、窦虎抱着张桂兰，拉着贺人杰，一路向水龙窝去。

分，从水寨南首直杀进去。老夫与天霸、金大力三人，亦于三更时分从大寨正门杀入。务要绝尽根株，并力寻捉。”大家答应，分别埋伏去了，暂且不表。

再说贺人杰在寨内各处玩耍了一会，已将路径认好，仍到寨内去寻张桂兰说明原委。此时已将日落，张桂兰又叫仆妇，带贺人杰去外面吃饭。仆妇答应，将贺人杰带了出去，与费德功、米龙、窦虎一起饮酒吃饭。张桂兰又叫仆妇到厨房内，将那好菜、馒头等物，先拿些来吃。仆妇答应去拿，一会子端了进来。张桂兰独自一人，拣那投口的，痛吃了一饱。余下来的，便赏与仆妇去吃。又要了些茶水进来。诸事已毕，仆妇又掌灯进来。张桂兰就灯下先将兵刃暗器预备在手内，又将房内的出路认好，然后就靠在铺上，歇息歇息，养些精神。一会子，贺人杰饭毕，先走了进来，与张桂兰悄悄地说了些话。张桂兰又命仆妇前来问道：“小爷的床铺，曾预备好了不曾，究竟铺在那里?”仆妇答道：“床铺已经端正齐备，就在这房外厢里面。”张桂兰道：“离咱这房有多远?”仆妇道：“紧连着这间正房。”张桂兰便叫人杰去歇息。仆妇随即掌了灯，领人杰去厢屋安歇。人杰进了厢屋，关上房门，便将外面长衫脱下，又将朴刀取出，拿在手中，吹灭了灯光，靠在铺上，静候着动手厮杀。

不说张桂兰与贺人杰预备停妥，等到三更时分，好捉拿费德功。再说费德功在外面，与米龙、窦虎三人，欢呼畅饮。米龙、窦虎道：“今日兄长洞房花烛，本不敢有误佳期，兄弟等看来时候还早，弟等每人再敬三杯，然后送我兄长进入洞房，与新美人成就好事。”费德功道：“愚兄今日得有美人消受，皆二位贤弟之力。”于是又饮了数杯，俱各有些醉意，方才撤去酒席。费德功到了后面，当有仆妇传报进去，向张桂兰道：“大王进来了，请新娘出来迎接。”张桂兰靠在铺上，也不答应。只见费德功已进了房，张桂兰才立起身来，呼唤仆妇道：“尔等速与大王预备酒，拿些进来，咱与大王畅饮。”仆妇答应，立刻拿进两双杯筷，两大壶原泡高梁，八碟小菜。房内却点得灯烛辉煌。张桂兰便叫费德功坐下。费德功此时已然魂不附体，在烛下看着张桂兰，越看越美，开口问道："娘子，今晚蒙你不弃，得了鱼水之欢。咱的酒已饮得不少了，再陪娘子少饮两杯，咱与娘子就睡了吧！"张桂兰道："大王说哪里话来？今日既是佳期，那有不痛饮之理？不但咱陪大王痛饮，还要使他们仆妇畅饮一回。"说着就教仆妇们出去饮酒。费德功也叫仆妇退出，尽管饮酒。仆妇谢了出去。张桂兰便拿起杯来，连斟三大杯，送与费德功道："大王请饮此三杯，以助豪兴！"费德功见如此殷勤，笑道："真真难得！娘子如此情爱，咱就立饮了。"接过杯来，一饮而尽。当即也斟了三杯，亲手送与桂兰："娘子也要立饮三杯。"桂兰道："大王既然错爱，咱将这三杯酒都饮了，再来敬大王三杯。"费德功道："好！"

张桂兰便将三杯酒，各呷了一口，仍送过了杯。费德功道："怎么娘子并未饮着，倒又送了过来？"张桂兰道："方才咱原说三杯酒都饮了，再敬大王。今已三杯酒饮过，虽未饮尽，也算是都饮过了。大王不饮此酒，想是嫌奴吃剩的，说咱不恭，咱就再换三杯，请大王立饮。若大王不嫌残酒，大王便将这三杯饮下，咱与大王行一套合欢令。"于是左一杯，右一杯，把个费德功已灌到八分醉意。张桂兰听了听更鼓，已转三更。

费德功遂站起身来，走到张桂兰跟前，笑嘻嘻地说："娘子，时候不早了，咱与你上床睡吧！"

张桂兰一听此言，不由得杏眼圆睁，柳眉倒竖，大声喝道："狗强盗！你认得姑奶奶么？咱是堂堂总漕施大人辕下，副将先锋官黄天霸的夫人张桂兰是也。"说着劈胸将费德功望后一推，衣底拔出单刀，认定费德功砍来。费德功随即一个转身，脚踏实地，顺手提起一张椅子来挡。张桂兰一刀砍去，竟被那椅子挡住；赶着取出袖箭，手只一扬，一枝箭认定费德功面上打去，一面喊道："人杰何在？"一言未毕，只见噗的一声，从窗外跳进一人。毕竟费德功如何就擒，且看下回分解。

龙，一刀一锏，正杀个对手，彼此不能取胜。

两下正杀得难解难分，忽听一片声喧，从外面杀进两个人来。桂兰仔细一看，正是黄天霸、褚标，两把钢刀，如砍瓜切菜一般，蜂拥而来。黄天霸一见桂兰，便问道："人杰在哪里？"桂兰回道："向西面去了。"天霸刀起处，分开众喽罗，直向西首寻去。褚标见天霸去寻人杰，便舞动板刀，来助桂兰。走到切近，见是米龙，便大吼一声说道："好小子！认得褚老爷爷么？"话犹未定，一把刀已望米龙左肩砍到。米龙更不打话，撇开张桂兰，便向褚标接住，二人交起手来。米龙抵敌不住，急思走脱，忽见一物从面上打来，说声："不好！"噗的一声，正中额角。米龙当时中了暗器，锏法一乱，褚标赶上一刀，正中米龙肩膊。米龙支持不住，"哎呀"一声，栽倒下来。

看官，你道米龙方才中了什么暗器？原来李昆从外面杀进来的时候，他便蹿上了房屋，赶到后面。见褚标与米龙在那里厮杀，恐怕褚标年老，敌不过米龙，便发了一个弹子，将米龙额上打了一下。此时李昆见米龙已经栽倒，他也跳下房来，帮助褚标，将米龙四马攒蹄，捆了个结实，即叫张桂兰在那里看守。他便又与褚标来寻人杰。

再说贺人杰正与窦虎对敌，看看已不能取胜，忽见天霸赶来。人杰一见，神勇陡长，高声喊道："叔父来得好，婶娘已将那忘八羔子费德功砍倒在房内了。你快来擒这个杂种。"天霸闻言，亦大声喊道："侄儿且撇了他，你去歇一会儿吧！这个杂种交与叔父便了。"说着便大喝道："你这杂种！可认得老爷黄天霸么？"话声未完，一路刀直向窦虎滚了过去。贺人杰撇下窦虎，站立一旁，略为歇息。窦虎闻得黄天霸三字，已是惊魂不定，晓得不是对手，便向天霸面门上虚落一锤，天霸才待来挡，窦虎的锤已收回去了，发转身躯飞奔而逃。却好关太从外面杀来。窦虎冷不提防，见对面又有个杀到，正待要向斜刺里逃走，关太早已看见，便将倭刀迎上，连肩带背，一倭刀砍了下来。窦虎躲让不及，只听咕咚一声，栽倒在地。天霸又复赶到，复一刀结果了性命。此时李昆、褚标俱已到来，大家聚集一起，又喊了人杰，一齐到了后面，寻着张桂兰。再去看那费德功，已然死在地下。

褚标道："这寨内的头脑，不知道就是这三个，还有别人没有？"黄天霸道："待咱寻个喽罗来问问他底细。"说着便寻了个喽罗问道："你这里面共有几个强人？快快从实招来！"那喽罗吓得胆战心惊，哀哀跪求道："小人该死！求老爷赏条狗命！小人不敢撒谎。这里共有三人：费德功为首，还有米龙、窦虎。今皆被老爷们捉住了。此外皆是被他们掳来的男女，共有三四百人，现在已死了三股之一了。"

黄天霸问明，便叫他引路，各处去收寻妇女。喽罗不敢怠慢，便引着天霸前去。走到西首屋子门口，见金大力从里面带了一个妇人、一个女子出来。黄天霸问道："这两个是谁？"

金大力指着女子道："这便是吴老儿的闺女；这是服侍吴家女子的。咱本来要将这妇人杀了，后来这闺女说他是好人，咱便饶他了。"天霸道："怎么，他这妇人，难道也是良家妇女么？"吴家女子赶着上前，将前后原委，说了一遍。黄天霸这才明白，随将这妇女两个带去，交与张桂兰。又去各处查点银钱物件，依然放在那里。待查点清楚，天已大明。何路通、李七侯两人在支河汊内埋伏，等到天亮，未见有人，也就到大寨来。于是各人收拾清楚，将三个强盗割了首级，并埋了死尸。然后在附近雇了两三辆车，将寨内所有银钱物件，装上车辆；张桂兰与那妇人、女子，也坐了车子，一起出了水寨。天霸等人，又将寨内各处房屋放火焚了，这才回奔淮安，在施公前禀了一切。

施公当令将银钱各物寄库。吴家女子，着令传来吴用，自行领回。水龙窝带来的妇人，释放回家。费德功等三人的首级，悬竿示众。招贤镇上的人，无不欢声雷动，深感施公的恩。后事如何，且看下回分解。

第一八〇回　韩侯庙英雄救弱女　花神祠太岁活遭殃

话说施公发落了费德功抢劫女子一案，真是人人感德，个个衔恩，欢声雷动。

日来月往，早又过了中秋。众英雄平日在总漕衙门内，无非是饮酒谈天，论枪耍棒，倒也颇不寂寞。这日褚标闻得韩侯庙甚为幽雅，想去闲游一遭，瞻仰瞻仰，并赏看些古迹。便与黄天霸说知，还想约着天霸同去。天霸道："小侄不陪，老叔一人去吧！"褚标也不勉强，即刻换了衣服，又带了一二两碎银子使用。出了衙门，直往韩侯庙而去。不一会，走出东门，又走了一二里路，早看见庙宇巍峨，松柏掩映，好一个所在。褚标信步进了韩侯庙，游人亦复不少，便去各处顽耍。但见一带红栏上面，排着三间高大房屋，檐口横列一方匾额，写着"花神祠"三字。走进祠内一看，原来是供奉着十二月花神。祠后一带回廊，一所大院落，中间种着数十株桂花，正是花蕊盛开。门内一块空地，搭着极大芦棚，内中摆设着许多兵器，架里面坐着许多人。内中有一男子，约有三旬左右，横眉竖目，旁若无人。褚标看见，觉得那男子断非善类。遂至外面，暗暗探听。方知此人姓花名振芳，绰号粉面太岁；他老子花淦，在淮安府当着班头。他遂借着老子势头，极其霸道，无恶不作。又请了个教师，养了无数打手，自己学了两套拳棒。因花祠桂花盛开，他便搭了座芦棚，比试棍棒。一连几日，并无人来与他比试，褚标打听清楚。

忽见外面多少穷凶极恶的人，架着一个哭哭啼啼的女子，进入芦棚里面去了。褚标不知是何缘故。忽又听从外面进来一个婆子嚷道：

"你们这伙强盗！青天白日，就敢抢劫良家女子，是何道理？"众恶奴一面拦挡，一面吆喝。忽又见从棚内出来两个恶奴说道："方才大爷说了，这女子是本府中丫头，私行逃走，总未寻着，并且拐了好些东西。今日既然见了，把他拿捉，还要追问他拐的东西呢！你这老婆子，快点走吧！倘若不依，我们大爷就要拿你到县里去，办你个拐带的罪名！"那婆子闻说，只急得嚎啕痛哭，又被众恶奴往外面拖拽，婆子抵死不走。褚标看见这样光景，实在按纳不住，遂上前拦住说道："你们有话好说，这是什么意思呢？"那众恶奴听说，把褚标看了一眼，说道："朋友！这个事你别要管。我劝你有事做事，无事趁早儿请，别讨没趣！"褚标冷笑一声道："天下人管天下事，哪有管不得的道理？你们既不向我说，咱亦不同你们讲，咱会去问那妈妈。"众恶奴听了道："伙计们，可曾听见？这个光景，是管定我们的事了。"忽听婆子道："你老的快救救婆子性命呀！"那些众恶奴，见婆子说了这话，当即就要去打。褚标便走上前，把手一隔，那些恶奴即倒退了好几步，站立不住。褚标又向那婆子道："妈妈不必害怕，只管慢慢讲来。"那婆子哭着道："我姓姜，这女孩是我的邻居柳家的女儿。因他妈有病，韩侯庙曾许下愿，她妈还不能出来，因请我同他女儿到此还愿。不意遇了这一起恶人，将柳家女子抢去。婆子怎样回去呢？求你老总要搭救搭救！"说罢，只见褚标怒目圆睁，大声喝道："这不是反了吗！妈妈不要哭，咱给你寻来，交回与你便了。"说着就同这婆子大踏步向后面寻去。

转过芦棚，直奔后面，正要进那敞厅，只见那芦棚内的男子，率领着一队恶奴，蜂拥出来。那些恶奴，望着褚标指手画脚道："就是这个老儿。"粉面太岁眼一翻，喝道："好狗才！谁许你管这事？那女子便是咱大爷抢的。你这狗才，又其奈我何？"褚标道："花花世界，朗朗乾坤，难道没有王法，敢在府城脚下，抢劫良家女子么？你既抢去，咱偏要你送还！"粉面太岁不禁大怒，说一声："打！"飞起来就是一脚。褚标此时还按捺住气，见粉面太岁一脚踢来，他便在旁边立住，口中仍热说道："你可放明白些，不要这样动手动脚，难道抢了人家女儿，不送还人家女儿吗？”褚标尚未说完，粉面太岁第二脚又到。褚标又让过，又说道：“你可不要欺咱老，咱可让了你两脚！你赶快将女子放出，万事皆休。你若再这样倚势欺人，你可不要讨没趣！”粉面太岁哪里明白，第三脚又踢过来。此时褚标真按捺不住，不由得大骂一声道：“好杂种！试试你祖爷爷的手段吧！”一面骂，一面看着脚临切近，顺手就在粉面太岁胫骨上一捻，说声：“去吧！”话犹未完，只见粉面太岁“呀”的一声，站立不住，往下栽倒。褚标哈哈大笑道：“这样不中用的东西，也要动手动脚。”那些恶奴见粉面太岁被老头儿打倒，便嚷道：“你这老头竟敢动手，打倒咱家大爷。”遂一拥齐上，以为好汉打不过人多。谁知褚标将手望左右一分，一个个皆东倒西歪，再也不敢前来。褚标又望后面寻那女子，忽听那边喊一声：“闪开，咱来也！”一人手执木根，举过头顶，照褚标当头打来。褚标见来势凶猛，赶将身子往旁边一闪。粉面太岁刚刚站起，却好太岁的头，不偏不倚，受了此棍，直打得脑浆迸裂。众恶奴齐声嚷道：“了不得了！老头儿打死人了，快拿呀！”褚标道：“不要拿，咱自不走。你们可将本坊地保喊来，咱有话讲。”即刻地保到来，见闹下人命案来，问道：“凶手是谁？现在哪里？”褚标向地保指着拿木棍的问道：“这人是谁？你可知道他的名姓？”地保道：“他姓施名杰。”褚标道：“这死的姓甚名谁？”地保道：“他是府里班头花淦大太爷的儿子花大爷。你今打死人，还噜苏什么？快跟我到这县里去！”褚标道：“慢着，咱还有话讲，这施杰也要同去。”那施杰大惊道：“咱不是好惹的，你配叫谁与你同去？”

毕竟后事如何，且看下回分解。

第一八一回　柳溪村李公然访案　陶家庙贺人杰赠金

却说施杰大声道："谁敢拿我同去？"褚标赶了一步，上前将他木棍抓住，往怀里一带，说道："你打死人不同去？偏看你好惹不好惹。"一句话未完，施杰已咕噜滚在一旁边。褚标即刻将他按住，因对地保说道："这个人交把你了。后面还有个姓姜的妇人，一个姓柳的女子，一起带着，随咱同到总漕衙门里面去听审。"地保听说到总漕衙门，哪敢疏忽？随将施杰带住，又将那妇人、女子叫来，一行人随着褚标，直奔总漕衙门而去。一会子已到衙门，只见褚标进入衙门。那衙门的差役人等，一个个立起身来，垂着手两旁侍候。褚标笑望众人说道："我今日在韩侯庙拿住一个恶霸，现在已经带来。诸位可到头门外招呼地保，叫他当心些，可不要被那恶霸跑了。咱进去回禀大人。"褚标进去，将前后的话，细细禀了一遍。施公即刻传谕升堂，又饬令差役赶往淮安府，立提班头花淦。

施公升了堂，先将地保问了两句。又将姜婆子、柳家女子，带上堂来，前后问了一遍。这才传提施杰到。施杰跪在下面。施公问道："你就叫施杰？花振芳为何抢劫良家女子？你还助纣为虐！花振芳究系谁人打死？快讲！"施杰知道抵赖不过，只得从实招来。施公即刻判：花振芳身死，以施杰相抵。

柳氏女子，仍着姜氏妥送回家。判毕正欲退堂，只见差役禀报上来，花淦提到。施公便叫带上来。花淦跪在下面磕了头。施公道："你叫花淦么！本部堂问你，你既身为差役，亦可知道纵子为恶，抢劫良家女子，聚众行凶，这应拟何罪？"花淦道："罪该万死！但是儿子花振芳所为，固是儿子不肖，小的失于检束；也多因施杰这厮谋串。今儿子已死，小的实无怨言，求大人开恩。”施公道：“姑念你儿子已死，不再加罪于你，尔可自行备棺收殓。施杰，本部堂已将他给你儿子偿命了。尔自此以后，可要小心办公。下去！”花淦磕了头，爬了下去。施公退堂，众人各散。

次日早间，施公起来，梳洗已毕。才到书房，忽有两只斑鸠，飞在施公面前，左右飞鸣，若有申冤之状。施公知道有异，便立住脚说道：“斑鸠！斑鸠！你若有甚冤枉，就一翅儿落将下来，本部堂好给你申冤。若无甚事，你可赶快飞走。”

施公话才说完，那两只斑鸠，已飞落在地，望着施公哀鸣不止。施公大奇，随传进来两名差役，吩咐道：“你二人跟着斑鸠前去。无论是何地方，见有形迹可疑之人，即拿来见我。”

忽见斑鸠望着施公叫了两声，一展翅向上飞去。张才、李勇哪敢怠慢？只得赶了出去，望着斑鸠，不分高下，跟随前去，暂且不表。

再说施公见斑鸠飞去，进入书房。施安送上茶，拿进点心。施公用了早点，只见门皂在书房外面喊道：“施大爷！”施安听见出来，门皂即呈上一张状子。施安接在手中，吩咐道：“你等着，不要走开。”门皂答应。施安将状词拿进书房，送与施公阅看。施公展开一看，原来柳溪村三官庙道士王紫霞替他师父赵气清鸣冤。施公看罢，吩咐候查明提讯。施安出外，传知门皂退出。施公复将王紫霞状词细看一遍，暗道：“怎么新任山阳县，就这样将老道屈打成招？这件事须得访明白，才好讯问。”随传黄天霸、计全等人，进内谕话。不一会，诸人已到，先给施公请了安，各人告坐已毕。计全问道：“大人有何吩咐？”施公先将斑鸠的事，说了一遍，才说道：“王紫霞替师鸣冤，告的是新任山阳县屈打成招一案。本部堂想，这件公案，必得须往柳溪村，细细先访一回。究竟三官庙道士，平时是否安分访问明白，然后才好提讯。”计全道：“大人明鉴。”

施公道：“拟欲烦李五弟辛苦一趟。务要访明根底，以凭讯究。”李昆答应，当即退出，收拾预备，往柳溪村而来。此时贺人杰知道李昆外出私访，他便与天霸说道："侄儿在此，终日无事。现在五叔出外私访，侄欲同李五叔一齐前去，借可习练。"天霸道："事无不可，但要格外小心。"于是天霸便与李昆说明。李昆亦欣然允诺。二人收拾停妥，各藏了兵刃、银两，出了衙门，往柳溪村而去。贺人杰又与李昆说道："在侄儿意见，我们就在陶家庙住下。于早间出去，分头探访，晚间仍回客店。五叔意下如何？"李昆道："甚合吾意。"原来陶家庙离柳溪村只隔二三里路。二人在陶家庙投了客店，便去分头探访。

贺人杰就在集上，拣了一座酒店，要些酒菜，独自坐在那里饮酒。忽见有个老者，形容枯槁，衣衫褴楼，进得店来，向旁边桌上那老者紧行几步，双膝跪倒，流泪不止，口中苦苦哀求。那老者仰面摇头，只是不允。贺人杰看见，好生不忍，便走过来问老者道："你为何向他如此？有何事体，可对我说。"

那老者将贺人杰一看，见是公子打扮，料非常人，口称："公子有所不知，因小老儿前年欠了这位陶员外五两银子未还，员外要将小女抵偿，故此哀求员外，只是不允。"贺人杰道："怎么五两银子，就要以女儿抵偿？我可不解？"那座上的老者说道："原欠我五两，三年未给利息，就是三十两。共欠三十五两。"贺人杰听说，冷笑道："原来三年利息，就是三十两，这利息究竟太重了。"又道："当初有借约没有？"老者道："有借约。"人杰道："既有借约，这银子咱给他还了。你可在此少待，咱便去取银。"说着转身出店，一口气跑回客寓，取了三十五两银子，复到酒店。向老者要出借约，当了大众，银约两交。老者收了银子，说声"不该"，出店而去。那老者磕头谢恩。人杰又向老者问明陶老儿居址，那老者这才出去。原来这陶老儿，就是陶家庙人。他仗着儿子是个武生，一味盘剥重利，强霸一方，人人侧目。贺人杰也便还了酒饭钱，大踏步走出去了。访了一日，无什消息，晚间仍回客店，见李五尚未回来。因想起日间酒店之事，等到初更时分，遂改扮行装，带了兵刃，由店后越墙而出，直奔陶老儿庄上而去。欲知贺人杰潜在陶家庄，毕竟何为，且看下回分解。

第一八二回　贺人杰有心盗员外　李公然无意救公差

却说贺人杰改了行装，直奔陶家庄而来。但见他家房屋高大，里面灯光明亮。人杰悄立细听，正是陶老儿与他儿子在那里说日间还银子的事。他儿子说道："你老人家年纪不小了，要这些银子何用？若说是留与儿子，我们也可以寻得出来。你老人家这一生也用不了，何必还将银子再做那盘剥重利的勾当呢？就使人家不敢与你老人家怎样，自己想想，也有些损德，而况终久都要出乱子的。"这陶老儿骂道："你这小畜生！以为那皮箱内，有了二三百两银子，并有些田产，就算是个富翁了？你这样不长进的东西！老子帮你赚钱挣家私，你不说感激老子，反说老子许多不是。"说罢，气冲冲地拿了三十五两银子，进入内室去了。贺人杰也就追踪而去。到了后面，见是三间内室，陶老儿走入东南一间。贺人杰便一伏身，由屋上倒垂下来，两只脚挂在檐口，探身向房内望去。但见陶老儿在房内，开了皮箱，将那三十五两银子收入，又将箱盖关好，正欲下锁，贺人杰在檐下忽喊一声："咱来也！"陶老儿一吓，赶出房外来看，并不见个人影。原来人杰喊了一声，即躲到夹弄里去。陶老儿见无人影，恐怕躲在那里，便往各处寻去。刚走到夹弄口，贺人杰便拔出刀来，跳出弄口，将刀向陶老儿一晃，说道："要嚷我就砍一刀！"陶老儿吓得骨软筋酥，哪里嚷得出来？人杰便上前将陶老儿按住口，即在他身上割了一块衣襟，塞住陶老儿之口，又将他捆缚结实，抛在地下，然后走出来了。来到房内，将皮箱内所存的银子，共有三百余两，一齐取出，藏在身边，这才出去。刚至廊下，见对面来了个丫环，手执灯光，望里走去。贺人杰即躲在黑暗之中，等那丫环过去，复至丫环后面，一口气吹熄了灯光。那丫环吓了一跳，急急地走入里面去了。贺人杰就此上了房檐，仍回客店。

丫环来到内室，原来是喊陶老儿去睡觉。谁知道到了房内，不见有人，又见箱盖大开，不知何故。正要到前面报信，刚走到夹弄口，只听里面有呻吟之声。那丫环也不敢看，急急地跑至前面，告诉陶老儿的大儿子道："老爷！老员外不知哪里去了。后边夹弄内，还听见有人在那里叹气。大爷赶去望望罢！不要有了强盗了！"陶老儿的儿子听说，赶着提了灯，手拿木棍，直奔后面夹弄而来。走进去一看，果然有个人睡在那弄内，仔细一望，不是旁人，正是他老子，被人缚倒在地，再看，口内还塞着衣襟。赶着将口内衣襟掏出，解了绑，扶起来，陶老儿已是不能说话。又停了一会，才抽了口气，扶住儿子，同到房内。去看皮箱，见那三百多两银子，连一毫都没有了。准备明日报官，暂且不表。

再说张才、李勇奉了施公之命，去赶斑鸠。出得衙来，一路赶去。直赶到柳溪村，那斑鸠忽然不见了。张才、李勇道："难道有什么冤枉在此吗？"二人跑得汗流浃背，便席地坐下，歇息歇息。忽见两个穿灰布衣的，一个大汉，一个后生，从小路上走来；那大汉在前，那后生在后跟不上，一着急，即跌了一跤，把脚上穿的靴子，脱落一只，露出尖尖的金莲来。

那大汉看见，回转身来，将她扶起，又将靴子给她穿上。张才此时早赶过来，大声喝道："你这汉子，要将这妇人拐到哪里去？"一伸手就要拿人。那大汉眼快，反把张才的手腕拢住，往怀里一带。张才站不稳，便趴下来。李勇见张才被大汉摔倒，赶着过来嚷道："你这汉子，奸拐妇女，反将我们伙计拉倒，你这厮有多大胆？"说罢才要动手，只见那大汉劈面一推，李勇冷不防，应手也栽倒在地，仰面朝天，骂不绝口，却不敢站起来，与大汉较量。又听大汉对后生说道："你顺着小路，遇了树林，就是庄上了。叫他们庄丁，赶紧前来绑人！"

那后生答应，忙顺着小路而走。不多时来了许多庄丁，将张才、李勇捆缚个结实，带回庄去。

你道这庄主是谁？原来姓樊名洪，是山阳县的武举。其人广有田产，极为霸道，专与县里的差役结交。那大汉就是他家总管，姓林名魁，颇有些武艺；樊洪极为相信，无论何事，总与他商量。他也借着樊洪的势力，无恶不作。张才、李勇到了庄上，樊洪叫林魁："将这两厮吊起来，给我着实拷打。"林魁答应，当即吩咐庄丁将张才、李勇带进东屋，随用绳索背绑起来，吊在二梁上，喝令庄丁拿了皮鞭，抽了张才，又抽李勇。

庄丁一面打，林魁一面问道："你这两个，究竟是哪个衙门的狗腿？要想在爷面前索诈。我实告诉你，那妇人是我拐来的，你又怎样？"张才、李勇两个，便放出泼皮，任他怎样打法，还是嘻嘻笑。林魁没法，复走过来，又将张才抽了几下，正待要走，只见小童前来说道："林大爷！员外叫你去吃饭呢！"林魁一面答应走出，一面也叫庄丁去吃晚饭。张、李二人见他们走了，李勇便悄悄说道："张大哥，方才要不是你递过话来，我可实在忍不住了。"张才道："你等着吧，等一会儿他回来这顿打，才够你驮的呢！"李勇道："这可怎么好呢？"忽见檐口有个人影一晃，再细一看，原来不是旁人，却是李公然。张才赶着喊道："好了！李老爷来了！你老快救小的们才好。"李昆道："不要忙。"从背后抽出刀来，将二人背缚割开。李昆问道："你们二人怎么到这里来的？"张、李便将追赶斑鸠，途遇大汉、后生的话，说了一遍。因亦问道："你老也为何到此呢？"李昆道："咱是奉了大王的令，因此间三官庙道士赵气清被冤，徒弟王紫霞前去给他师父鸣冤。大人派我到此私访，因打听这樊洪颇不安分，所以暗地到此，看他的动静。不料你们被他捉了。现在你们二人虽是不能动弹，待咱将你们送了出去。你们可赶紧奔往陶家庙王家饭店，请贺小爷赶速前来，同咱捉拿樊洪、林魁两个。不得有误！"李昆随将他二人，用绳子从院墙上缒了出去。毕竟如何捉拿樊洪，且看下回分解。

第一八三回　安人好德婆子陈情　恶霸惊心英雄得意

话说李昆将张才、李勇送了出去，叫他们赶往陶家庙去，喊贺人杰前来帮助他。便复转身，仍由屋上往各处探听。走到后面上房，见屋内灯光明亮，他却伏在檐前，往下细听。只听一个婆子说道："安人！你这一片好心，每日烧香念佛，只保小员外平安无事罢！"安人道："今日听说又抢了一个女子来，还锁在那边屋里，不知又是什么主意。照这样不改，恐怕我这老命，还要送在儿子手里呢！我倒也罢了，死也死得了，只可怜我那媳妇，那样贤德，若再带累于她，岂不是冤枉！"婆子道："可不是呢！今日抢来的女子，却顾不得了。另有了一个在那里了。"李昆听说暗喜，那女子尚未失身。又听那婆子说道："你老人家可晓得，另外的这女子，这宗事可作的太狠了！我们庄南不是有个锡匠？月前有病，小员外就时常上他家去。后来锡匠病才好，小员外就叫主管林管家施一计：叫冯氏告诉他男人，说她病时，曾许下三官庙烧香。这庙内有个后院子，是一块空地，并埋着一口棺材，墙脚倒坍了。我们林魁就在那里等他。"安人问道："等他做什么？"婆子道："这就是他们定的计策，那冯氏烧完了香，就要上后院子里小解，解下裙子来，搭在坟冢上，及至小解完了，那裙子就不见了。冯氏也不寻找，就回家去了。到了半夜，有人敲门喊道：'送裙子来的。'冯氏叫她男人出去。哪里晓得周二出去，就被人割了头去。这冯氏就告到县里：'庙内昨日失去裙子，夜间丈夫就被人杀了。求申冤。'县官听罢，就疑惑是庙内和尚所为。随即派人前去查访。这三官庙，却不是和尚，是道士。差人便带着道士，各处搜寻。寻到后院坟冢子旁边，见有浮土一堆，刨开看时，就是裙子包着周二的头。差人当时就把庙内道士赵气清拿去，用酷刑审问。他却不招，竟被县官收在监内。谁知气清有个徒弟王紫霞，募化回来，听见此事，他要去总漕施大人那里告状，替他师父申冤。我们小员外听见这个风声，叫冯氏改装，藏在我们的家内，听说今晚成亲。你老人家想想，这是什么事，平白的生出这等毒计来。”李昆在屋上听得真切，原来那个道士是真冤枉，心中大喜。复绕至东跨厅，轻轻落下。只听得屋内说道：“漕督施大人断事如神，如今这个法子，谁想的到你在这里？这才是万年无忧呢！”又听妇人说道：“我今日来，遇见两个公差，偏偏的又把靴子掉了，露出脚来，喜的好在拿住了！”樊洪道：“我已告诉林魁，三更时把他们结果，就完了事咧！”妇人道：“若得如此，事情才得干净。”李昆听至此，暗道：“好一对恶毒的奸夫淫妇！”却轻轻进了帘拢，来至堂屋内，见那边挂着软帘。走至跟前，猛将软帘一掀，口中说道：“嚷！就是一刀。”却把刀晃了一晃，满屋里都有刀光。樊洪说声：“不好！”便在壁上抽出一把宝剑，迎了上来。李昆暗道：“这厮光景是个会手。”一面暗想，一面将刀砍过去。樊洪赶将宝剑来挡。李昆复想道：“这房内如何厮杀。”遂望着樊洪晃一刀，退出房外。樊洪追赶出来。李昆却在房外，将暗器拿出。樊洪冷不提防，腕上着了一弹，“呀”的一声，手指一松，宝剑脱落在地。李昆赶着一个纵步，跳到面前，手起一刀，当头砍下。樊洪用手来隔，却迎着刀锋，一只手迎刃而断，跌倒在地。李昆复向前，用刀背在樊洪背上连搠了几下，樊洪已是不能开口。李昆又在他身上割下一块衣襟，塞在口内。此时樊洪却穿着短衣，李昆顺手将他的丝绦拿过，把刀衔在口内，就把樊洪四马倒攒蹄，捆了个结实。再见那妇人已吓倒在地，顺手提将过来，却把挂帐钩的绦子割下，将妇人也捆在一处，又割下一副飘带，将妇人的口也塞住。正要回身出来，只听一声嚷，却是林魁到东院持刀杀人，不见张才、李勇，只得来禀樊洪。李昆亦早迎至院中，劈面就是一刀。林魁说声：“不好！”往后一退，李昆便趁势一刀，正中左膊，林魁登时跌倒。不意屋上又跳下一人，李昆倒吓了一跳，再细看却是贺人杰。李昆这才明白，是贺人杰在屋上打出金钱镖，林魁着了一下。于是二人将林魁捆缚起来，此时庄丁都已来到。

李昆道："咱奉大人命，特来捉拿樊洪、林魁。现在二人并淫妇冯氏都拿到。尔等自系良民，与尔等毫不干涉。还有昨日樊洪抢来的女子，现在何处？尔等快快放出，咱老爷不累无辜之人。"众庄丁一个个都跪下来，齐声说道："求老爷开恩！"

李昆道："你速将那女子放出，万事皆休！"众庄丁又磕了两个头，才爬起来出去，一会子，带了一个女子进来。李昆问道："你这女子，因何被他抢进？你姓什么？家住哪里？"那女子道："小女子姓陈，父亲叫陈德贵，家住陶家庙。昨日因往外婆家去，不料走错路途，走过他家庄前。遇着这里一个少年人，就喝叫壮丁，将小女子抢来，关锁在屋内，不知是何道理？我家父母还不曾晓得。"说罢痛哭不已。李昆道："你不要哭，咱叫你父母领你回家便了。"便叫庄丁去到陈家送信，叫领人。又将樊洪的母亲请出来，安慰了一番。樊洪的母亲道："皆是老身管束不严，他们自作自受。只求老爷们在施大人跟前，方便两句就是了！"欲知后事如何，且看下回分解。

第一八四回 施贤臣因公参县令 朱壮士仗义救书生

话说李公然捉拿樊洪、林魁，待至天明。却好陈德贵来领女儿回去，陈家感恩戴德，自不必说。李公然便令庄丁雇了两辆车子，将樊洪、林魁、冯氏三人，绑在车上，又到陶家庙王家饭店，招呼李勇、张才，又还了饭钱房钱，这才押解三人，一路进城销差。进得衙门，李昆将前后的话，禀明一切。施公先差人至山阳县，提赵气清到案，立刻升堂。将樊洪、林魁、冯氏等，严加审讯。三人毫无遁饰，一一招了。施公命他三人招了供，收禁，按律定罪。此时赵气清已提到。又把王紫霞带上堂来，问他斑鸠一事。二人发怔，想了多时，才想起道：原来这两个斑鸠，是三官庙内白果树上的。前因风雨打落，雏鸠将翅膀擦伤，多亏赵气清养在笼内。养好了，任其飞去，不意竟然会鸣冤。施公听了，叹惜不已，因将二人释放回庙。施公退堂，贺人杰又将陶家庙赠金，夜间盗银的话，说了一遍。遂将所盗银两，交存库中。施公点首称善。及至陶老儿报案，山阳县详报上来，施公早已知道。当传到山阳县，严讯了一回，说他：判断不明，因循致误，勒令休致。在本省候补人员内，拣选精明干练之员，请补斯缺。

再说朱光祖自从在赣榆县献计，捉拿了毛如虎，他就回去，一年有余。近因事情已清楚，思往淮安一走，去看看众家兄弟，并给施公请安。这日走至西坝，时将日落，忽然天下大雨。猛见一座庙宇，忙着走到山门避雨。只见一个小童，手内提着雨具，只呼："相公在哪里?"喊了两声，无人答应，便自往东去了。又见庵内角门开处，出来一个小尼，低低答道："你家相公在这里呢!"朱光祖一见，颇为纳闷，站起来便去追赶小童，将小童赶上问道："你喊哪个？"小童道："喊我家相公。"朱光祖道："喊你家相公做什么？"小童道："我家相公叫我回家去拿雨具。他说在山门口等我。现在雨具拿来，他不知哪里去了。"朱光祖道："这庵内，你家相公进去过么？"

小童道："向来不曾去过。"朱光祖心知有异，便对小童道："你在这里等我，待我去将你家相公找来。"小童答应，仍在山门下等着。朱光祖便从角门飞身上墙，轻轻跳将下去。在黑暗中，细细留神。见有个道姑，一手托定方盘，里面热腾腾的素菜；一只手提定酒壶，进了角门。有一段粉油板墙，中间两扇板门，女尼将门一推，轻轻进去。朱光祖也挨进身躯，见屋内点着灯光。朱光祖悄悄立在窗外。只听屋内说道："天已不早了，请相公多少用些酒饭，少时也好安歇。难得今朝下雨，天上还有云雨之时，岂相公倒忘了云雨之意么？"男子道："我不懂什么云雨，只知读书人，心正而后身修。似这样无耻之为，断断不能苟且！"朱光祖在窗外听了，只是暗笑。又听女尼道："读书也罢，修身也罢，且请吃了这杯酒，见见来意。"

那男子又道："你到底要怎么？"只听得当啷一声，酒杯打落在地。那女尼嗔怒道："我好意敬你酒，你如何不识抬举？且给你个对证，现在我们后面，还有一个卧在床上，那不是你的榜样么？"男子听了着急道："如此说来，这不是你要害人了么？"女尼道："说不定。你要依我，我便殷殷勤勤的看待你；若要仍然固执，你不吃酒，我们就要请你吃刀了！"男子又道："照这说，你是定要害人了。我却就要喊了！"女尼道："我这地方，上天无路，入地无门。你便喊断嗓子，也没有人来过问。尽管喊吧？"那男子果真喊道："院内尼姑要害人了，救人呀！救人呀！"朱光祖趁着喊叫，连忙将软帘一掀，答道："咱来救你！"话犹未完，已经进了屋内。

女尼见有人跳进来，这一吓却非同小可。朱光祖便向那男子问道："先生为何到此？尊姓大名？"那人道："学生姓杨，名叫柳村，乃扬州人氏。只因探亲来到这里，就在前街居住。可巧今日无事，出来闲游。不期天降大雨，未带雨具，便在这庵前暂躲，因此才叫小童回去取雨具来。小童走未移时，就承她开了角门，将我让进屋内。当时我并不肯进来，我却想道：此非僧道，恐有许多不便之处。她们就再三拉我进来，关我在这屋里，怎么云情雨欢，说了许多混话。足下明鉴：尼庵是清净之所，如何说出这些话来？你道可着急不着急呢？”朱光祖道：“先生你也太没意思。她既请你进来，又这样殷勤待你，你未免太拘泥了！”只见杨生怒道：“足下如此说，请足下随遇而安罢！”朱光祖暗暗赞叹！只是女尼先前见朱光祖进来，倒吓了一跳；此时见朱光祖责备杨生，她便忘其所以，遂将一种柔情，都付在光祖身上。两个女尼，一齐斟上两杯酒，送到光祖面前说道：“多情的相公，请吃了这两杯美酒！”朱光祖接来一饮而尽。又将两尼的两只手，拉了过来，抚摩玩弄。那边杨生看见，大声说道：“这还了得，你竟忘却了男女授受不亲，实岂有此理！”杨生话犹未完，只见两尼口吐悲声，哀求说道：“痛死我也！”只听朱光祖一声喝道：“咱把你这两个淫尼！无端引诱人家子弟，废害好人，该当何罪？你等害了几人性命？还有几个淫尼？快快讲来！”二尼跪道：“庵中就是我师兄弟两个，还有一个道婆，一个徒弟。小尼等实实不曾害人性命；就是后面的蒋生，也是他自己不好，以致得了弱病，望乞老爷饶命！”杨生此时见朱光祖如此举动，方知也是个正人，向朱光祖说道：“足下幸稍存恻隐之心，饶她这一次罢！”朱光祖听说，也自好笑道：“今且饶你性命，尔可将后面那个蒋相公，速速给他家中送信，叫他回去。”两尼道：“小尼情愿给他送信，叫他回去，断不敢再留了。老爷快些放手吧！”朱光祖道：“便宜你了。”说罢，放了她两个。尼姑真如卸了拶子①的一样。

朱光祖于是同着杨生一齐出去。毕竟两尼曾否送出蒋生，且看下回分解。

---

① 拶子：专门用于夹手指的刑具。拶（zǎn）：压紧。

第一八五回　报水灾贤臣查赈　勘河道父老拦舆

话说朱光祖在水云庵救出杨生。次日又往庵中，走了一趟，问明那在庵得病的蒋生，果然走了，朱光祖这才奔往淮安而来。到了总漕衙门，见着施公及大众兄弟，无非彼此叙谈些阔别。朱光祖又将在水云庵救人的事，也略谈了一遍，众人无不畅快。闲话休叙。这日施公忽然接到徐州一带各府州的紧急公文，内中皆是禀报黄河决口，泛滥成灾。由德州以下，各州县被灾甚广，唯徐属一带尤甚，急急求赈，并呈请设法保护河堤。施公接着各处公文，心中颇为不乐，因道："黄河为灾，何代没有，这是中国的大害。既据各属呈请放赈，设法保护河堤，以防冲塌。据此看来，本部堂不得不亲自前往一趟。"心中主意已定，一面札饬各府县，将被灾处所，逐户查明，赶快具报；一面具折呈奏，查赈出巡。并声明总漕印信暂委淮扬海道护理。在署各员，都知道此事，大家俱预为收拾，以备随行。不一日，奉旨已准，即着施公赶往灾区查勘，妥为赈济。

当即将印信交与淮扬海道护理，并留褚标、朱光祖在署保护。一面传知本标各员弁，一体前往。此谕一出，早有山阳、清河两县，将夫马、船只预备齐全。

这日，施公坐了大船，溯流而上，果见上流水势甚涌。因道："如此水势，若不赶将运河堤岸加修坚固，必致坍塌难保。"沿途节节留心，并与熟悉河工各员，细加商议。不一日已至海州境界。当有地方官出境迎接。施公传上船来，面问了被灾情形。幸海州所属不过淹没了些禾稻，尚无冲塌房屋各事。施公又吩咐海州府，果有被灾较重处所，准其核实具报给赈，唯不准借端浮冒。州官答应退出，随即开船，往徐州进发。这日已到徐州境界，但见两岸一片汪洋，房屋田亩冲浸之处，不可胜数。又远远地见那些百姓，皆在水浸之处，搭了窝铺，借此栖身；儿哭女啼，凄惨情形，真是耳不忍闻，目不忍睹。此时徐州各属官员，俱已出来迎接。施公吩咐泊了船。各官上船禀见，施公大略问了一遍，当即上岸，乘轿与各官进城。黄天霸等众人，也一齐随着施公进城而去。

施公进了行辕，各官参见已毕，施公便问徐州府道："本部堂所托贵府将被灾处所逐户查明，想已查核清楚。计有多少户口？所坏田亩房屋，共有若干？淹毙人民，共有多少？"徐州府赶着回道："卑职自奉大人札饬，当即督同委员，逐段稽查；并转饬所属州县遵照。今徐州一府，经卑职业已查明，具造清册，并当给各人户牌票。求大人核对后，可即按户给发。所有外属，有因路途较远，尚未报到的；有已据报查明，未将清册送府的，卑府连日已经加札各属，饬令赶速造具清册，以凭核实给赈。俾被灾之区，得以早日领赈，庶免饥寒交迫，相藉死亡。"施公听说点首。复又说道："本部堂明日拟亲往灾区，踏勘一遍。贵府可与某同行。"徐州府道："卑府自当伺候。"说毕，各官告退。徐州府回衙后，即将查明被灾户口清册，饬人送来。施公检阅一遍，心中暗道："这徐州府颇有干办，而且所造册，皆是井井有条。待本部堂亲往查勘后，即可按户给发了。"次日，施公即带领随员，并徐州府印委各员，同至灾区，查看一遍，果与所造清册无异。施公大加赞赏，并饬令传知：被灾之家，定即于明日，在城内常平仓给赈。各灾户务持牌票，前往领取，毋得观望自误。当由各坊地保，传知去了。施公回到行辕。徐州府退出，一到衙内，分派各事，每三日轮换。到了次日一早，便有灾民前来，扶老携幼，络绎于路。两处仓厂司事人员，又将发出粮米数目，与灾民人数，核对不错。随即登缮清册，呈送到府，由府委员到仓盘查，再由委员出具盘查切结，三日一报。真个是有条不紊，恩泽遍敷。

那些灾民，亦复欢声雷动。施公在徐州耽延了三日，见知府如此认真，极加赏识，所有徐州放赈之事，及各属各县应办事宜，全责成徐州知府办理。施公即日起节，查看运河一带河堤，以备加修坚固，预防刷塌，并测量河道，如遇有淤浅之处，须设法挑浚，以便疏通，使河可泄。

这日离徐州府城约有八十余里，龙王庙地方，施公弃舟登岸，乘坐大轿，往龙王庙拈香。进香已毕，便在河堤上面，逐段查勘。忽听喧哗之声，震动远近。不一会，只见男男女女，老老少少，跪在施公轿前，叩头不止，口称："救命!"施公传谕：不许众口嚣嚣，若有什么情节，或是要赈，或是冤枉，只要带上三四个人来回话。手下人当即遵谕，传话下去，并带上四个乡民。只见那乡民衣衫褴褛，形容枯槁，苦不可言，跪在轿前，只是口称大人救命。施公问道："你们哪里人氏？"那四个乡民回道："小人们皆是徐州百姓。小民等现在忽遭水患，已是不幸；不想近日水中出了水怪，时常出来现形伤人。如遇腿快跑了，他便将小民等所住的窝铺，全行拆毁，铺内所有的东西，他也全行劫掠而去，弄得小民一刻不能聊生。闻得大人手下能人甚多，因此跪求大人，捉拿水怪，好让小民等得顾残生。"说罢痛哭不已。施公睹此情急之状，心中实实不安，便道："尔等且自退去，本部堂自有主意，给尔等除害便了。"复又问道："这水怪现在何处？尔等可知水怪从何处出来呢？"

乡民又道："离此不远，有一深潭，名曰白龙江，又叫龙窝，那水怪就在这潭里。每夜约二三更天，就出来了。"施公听罢，便叫乡民带领前去查看。约有半里路，乡民指道："就是那深水有漩涡的地方。"施公查看良久，又四面看了一回，只见满地窝铺，惨不忍睹，当令乡民且退。施公回船，到了船上，心中实实不乐，便与大家商议道："此间百姓不幸遭此水灾，已是可怜已极；再有水怪扰害，更是可惨了!"计全在旁说道："据守备看来，照那乡民所说，既不伤人，而又拆毁窝铺，抢掠物件，其中定有原故。"黄天霸也就说道："大人的明鉴，计守备之言，甚是有理。待末将今夜前去，以代百姓除害。"毕竟捉拿住水怪否，且看下回分解。

第一八六回　黄天霸怒擒水怪　何路通独探龙窝

话说黄天霸听了计全之言，便要前去察看动静，将水怪捉住，代百姓除害。施公听说道：“黄贤弟不可卤莽，须三思而行。”天霸道：“大人言之差矣！此间百姓遭此大难，苦不胜言，水怪不除，水患又大，百姓不能免此苦恼。今晚定要前去。而况末将战争之事，已经历过多少，何怕一个水怪呢？大人不必疑虑！”计全道：“黄贤弟不必拘执，今夜前去，看看动静，未为不可；若果真是水怪，咱们再作商量，总要将他除了，百姓方得安枕。”施公道：“计贤弟之言，甚合吾意。黄贤弟亦不必徒抱奋勇，见机而作便了！”黄天霸见施公准将前去，这才唯唯退下。到了晚间，他便带上兵刃，独自上岸，来到窝铺面前。叫灾民腾出一个窝铺，进去坐下。又叫几个老民进来，大家席地而坐，细细问了水怪来踪去影，可有什么声息。

众灾民道：“也没有什么声息，只是嗷嗷地乱叫。”黄天霸道：“咱今夜给你们除怪，你们可仍在各处隐藏，咱就在这里等着。可有一件，你们不许乱嚷，恐怕水怪通灵，要被他知道，他便不出来，咱也不好去拿了。”灾民齐道：“遵命。”登时连个大气儿也不敢出，只是悄语低言，努嘴打手势。黄天霸看了，又是好笑，又是可怜。后又问那水怪是什么形状，究竟怎样凶猛，龙窝究有多深？众灾民道：“那龙窝究竟多深，我们亦不知道。但是那里有个漩涡，那点儿地方，不知伤害了多少性命。平时客船往来，到了那里，没有一个不担心的；而况现在又出了怪物，此时若不除害，就水势平了，那点儿地方比从前更加难过了！老爷可真正要开恩，等今夜水怪出来，务要将他捉住，救我等性命。”黄天霸道：“尔等休要声张，等那水怪出来，帮我拿他。”众灾民屏声敛气，只等水怪出来。

等至二更时分，只听水面上忽哗喇一声响，黄天霸将身躯一纵，跳出窝铺，伏在黑影之中，又将金镖掏出。只见水面上跳出一物，跑上岸来，只是披头散发，面目不分，竟奔窝铺而来。黄天霸等那水怪来得切近；便悄悄地尾在后面。忽听窝铺内众灾民齐声嚷道：“妖怪来了!”黄天霸也不答应，即将金镖拿在手中，在水怪后面，大吼一声道：“何方妖怪？往哪里走？”刷的一声，一镖打去，正打在水怪背后。只听噗哧一声，水怪往前一栽，猛回头一看。黄天霸手急眼快，趁怪物回头的这个当儿，手一扬又是一镖打去，那水怪躲闪不及，不偏不倚，正打在面门之上，只听噗的一声响，那水怪“啊呀”一声，叮咚栽在地下。黄天霸急赶向前，将那怪按住。此时窝铺的灾民早已出来，一齐拥上，将那怪物按住，抬入窝铺。那妖怪哼声不止。大家一看，原来不是水怪，却是个人，外穿皮套，装作水怪模样。急将他皮套扯去，见他血流满面，口吐悲声，哀哀求道：“爷们饶命!”刚说至此，只听那边窝铺后，又长喊道：“怪来了!”黄天霸连忙赶出，仍然伏在黑暗之处，见是两个。天霸掏出两枝金镖，见那怪来得切近，手一扬，头一镖打去，正中头一个水怪肋下，那水怪即刻栽倒在地。第二个水怪，见头一个被人用暗器打倒，知道已被人识破，赶着转身回去。黄天霸大吼一声道：“往哪里跑？”急急追赶前去，那水怪听见有人追赶，更加跑走如飞。及至黄天霸赶得切近，一镖打去，早听见水面噗通一声，他已跳下水去。天霸只得回来，见那中镖的水怪已被抬入窝铺里面。黄天霸也进入窝铺，但见那些灾民，早将那水怪皮套扯下，用绳索捆个结实，你一拳，我一脚，在那里乱打，以泄往日的忿恨。各人嚷嚷说道：“这几个水怪，平日那样凶恶。不是被老爷识破，谁知道他是假的，专来抢我们东西呢？”

黄天霸看着他们也实是可笑，随即叫他们将两个假水怪，一齐抬了上船见施公，回明夜间捉拿的情景。施公便叫将假怪物押在舱后，等到回至徐州，再行审问。黄天霸又禀道：“那龙窝以内，一定是这水寇的窝巢。并据灾民详说，不但现在假装水怪，出水现形，以图抢掠；即是平时，未有水灾的时候，那个漩涡的地方，凡遇往来客船，在那里沉没的，实在不少。据末将愚见：在先并非假装水怪，专门劫掠客船；现遇水灾，客船稀少，他们无可劫掠，遂想出这个主意，借此抢掠些东西。若不设法捉尽，虽现在有官兵，走后仍受其害。虽假水怪暂时不敢出来，但是不尽拿完，将来商旅行船，还是要受其害的。”施公点首道：“据黄贤弟所言，非捉拿尽，不足以绝其害。但是他伏匿深潭，怎可以捉得尽？且不知他窝巢在于何处，如何拿捉呢？”只见何路通在旁说道：“大人这倒可以不必过虑，黄贤弟既能将岸上的擒捉，千总亦可将水内的擒来，一同为民除害。偏是千总不能去捉那水怪么？”李七侯也便应声道：“何大哥既愿前去，小弟亦愿同往的。”施公道：“二位既有此绝技，何方狂妖，不患不驱除殆尽了！”说罢，二人退下。何路通、李七侯当即饱餐饮食，各人换了水靠，暗藏干粮，以防伏水时要吃。何路通便携了钩镰拐，独探龙窝去了。

话说何路通拿了钩镰拐，跳入水去，运动精神，睁开二目，直往龙窝而去。走了一会，已到那里。只见水势回环，深不见底。何路通四面一看，见左首有个窟窿，约容一人行走。

何路通道：“难道这个窟窿里面，便是那假水怪的窝巢不成么？我且进去，探看探看。”主意已定，当即缓缓而入。走未移时，渐觉宽敞，又有了平坦大路。又走了一箭之地，但见一座房屋，但不高大，也有七八间。何路通又向那房屋处所走去。到了屋外，却不见人，只听屋里有人言语，便悄悄地立在屏外细听。只听里面说道：“昨日王二、张六被岸上的人捉住，不知今日是怎么样了。我们既是同伙，也该出去探听探听，不能叫他二人在那里受罪过。”何路通听得真切，复悄悄地走了出来。

才出洞口，忽听后面水声泼刺，知道有人出来，赶着走了几步，向旁边一闪，睁开二目，侧目观看。但见由洞口走出一人，穿着皮套，一手提着铁棍，一手乱摸。何路通知此人水中不能睁目，心已放下一半，暗道：“任他再有本领，是难以手代目了。”即将钩镰拐拿在手内，等那人走过，他便从后面追来。赶得切近，对准那人背上，就是一拐，已将那人后背钩住，又复向怀里一拉，再向前一推。那人站立不住，连个“哎呀”也不曾喊，便脸望下背向上，趴在水底里。何路通又将钩镰拐往上一提，复在肋下刺过去，再向外抽出。可怜他一缕幽魂，已早在蛟宫安顿了。何路通正要往回而走，又见一个乱摸出来。何路通仍照前那个办法，即刻又了结一个。不到两个时辰，一连杀了两个。何路通暗道：“照此没用，再来几百个，也毫不费力。我又何必去喊李七侯前来帮忙？不如独自进去，将这一起杀尽了，显显我何路通的手段。”复又沉吟道：“即使他们这一起毫无本领，他终久是以逸待劳，我究竟是深入险地。万一被他围在里面，我又不知旁的出路，那便如何是好？不如仍去喊了七侯，到底有个帮手。”主意已定，即踏水走回原处，一立身钻出水来。

却好七侯仍在那里等候，一见何路通回来，便道：“探听如何？”何路通道：“探是探明白了，却已被我杀了两个。但是他们窝巢里面，不知还有多少。我恐寡不敌众，有误大事，因此前来约你同去。”说罢，便齐钻入水内。不一会已到龙窝，何路通在前，李七侯在后。再向窟窿中走进。到了有房屋的所在，遂大声一喊，直杀进去。那些水寇见外面有人杀进，一齐提了兵刃，尽杀出来。何路通与七侯且战且走，将他们诱出洞口，两个人一口气，连杀了四五个。正在杀得高兴，猛然见后面一刀，何路通看得切近，赶着知会七侯，一齐闪开，让他过去。再一细看，他却比前几个不同，也能睁眼——原来就是水寇头领，叫作毛宏。因手下人被人杀了，他得了信，奔出来报仇。何路通见他走过，便从后面跟来。毛宏见前面并无敌人，复又回头来杀。何路通来得飞快，就趁毛宏回头这个时候，便迎面刺了一拐。毛宏赶着拿刀来迎，不期李七侯已绕至毛宏后面，他便将钢刺在毛宏背后竭力一刺。毛宏不提防，已被刺着了一下，正欲转身去挡，迎面何路通的拐又复打来。前后夹攻，任他毛宏本领高强，已然站立不住，栽倒水内。何路通赶着上前，将他按住，又在他腰眼内，用磕膝一捺，他的气往上一排，不由得口一张，咕噜咕噜，连吸了几口水下去，登时把个毛宏呛的迷了。二人就在水内将他绑好，抛在一旁。此时李七侯已进了窟窿，寻了一寻，只捉得两个没用的东西。再一拷问，再没有别人了。李七侯就带了这两个，复出洞来，与何路通合在一处，把毛宏也推在水面，就近上了岸。喊了些灾民，抬到船上，见施公禀明一切。施公即令："将毛宏等分别押赴徐州，先行收禁。候本部堂河工勘毕，再行审问。就命李七侯押赴前往。"当时拨了一只快船，将毛宏等五人，一齐推入快船，押赴前往。施公也随即开船，往上流一带估工去了。

过了两日，河工看毕，即令河工委员分段修筑。施公仍回徐州，再办理灾民善后事宜。这日已到徐州城下，当有官员出来迎接。施公进城，仍在行辕住下，安歇一日。次日，将毛宏等提案，讯了一回。毛宏等直认不讳，也就立刻就地正法。又问徐州府所放之赈，近日如何情形？知府又回明了一切。施公知徐属各县灾民俱可暂时安逸，心中不觉稍安。这日晚间，坐在行辕，拿着一本书，就灯下看视。时将夜半，星月满天。忽听后面楼上，一阵狂风，吹了过来，将屋内灯光，吹得半明半灭。施公吓了一跳，正要喊人。只见窗前有一个怪兽，眼如铜铃，口似血盆，头若巴斗，一身的绿毛，约有七尺多长，跳跃飞腾，正从窗前扑进。施公被这一吓，遂大声喊道："你们速来拿怪！"

此时，大家俱已睡熟，唯有贺人杰睡在施公贴近那间房内。忽被施公喊了一声，将他吓醒，便一骨碌爬了起来，拉着朴刀，飞似地往外跑。一面说道："大人勿怕，贺人杰来也！"

话犹未毕，一轻身，已经进了施公卧房。随即问道："怪物现在哪里？"施公道："正在窗外。"人杰出外寻找一会，复至各处寻找，毫无影响，正欲回来，忽见后面一座高楼，心中暗想："难道那怪物在这上面么？"信步行来，到了楼下。但见楼前挂着匾额，上写"斗姥阁"三字。人杰仗着自己本事不怕，将刀砍下锁头，推开楼门，直闯进去。人杰一时兴起，便将身一纵，飞身而上，四面一看，空无所有。唯中间设一座神龛，内供斗姥牌位。正欲凝神观看，忽神龛前一阵狂风。人杰说声："来得好！"毕竟捉得住否，且看下回分解。

第一八七回　斗姥阁放胆独降妖　殷家堡同心议劫饷

话说贺人杰飞身上了斗姥阁，只见神龛前一阵狂风大作。

风过处便从神龛背后跳出一物，直望人杰迎面扑来。人杰喝声："来得好！何方妖魔，敢在小爷爷跟前放肆！不要走，待小爷爷擒你！"说着，也就一刀砍去。那妖见来得凶猛，一声大吼，平地又起一阵怪风，只吹得人杰站立不住。等风过处，妖怪已不知去向。人杰哪里肯舍，便在楼上四面寻找，不见形影。忽见楼窗呵嚓一声，那妖怪手执双锤，从窗外跳入，平空举起双锤，望人杰打下。人杰见来势凶猛，即望旁边一闪，只听得楼板噗咚一声，将楼上四面震得各处摇动。那妖见双锤未打到，复转身躯，圆睁二目，又奔人杰打来。人杰仍望旁边一跳，那妖又打个空，只听乱吼起来，举起双锤，复又扑到。人杰此时已将金钱镖掏出，看他来得切近，手只一扬，两个金钱镖认定妖怪两眼打去。那个妖怪不知暗器打到，仍自张牙舞爪扑来，忽然迎面两物飞到，正中面门。那妖吼了一声，弃落双锤，反转身从窗外跑出。贺人杰死不肯舍，亦从窗外飞身下楼，紧紧追去。妖精前跑，人杰后追。绕过斗姥阁，有道院墙，中间有道小门。那妖怪进了小门。人杰直追进去。那妖精见了人杰追得切近，复返身将前爪一扬，猛然扑到。人杰手急眼快，将身一偏，那妖怪扑个空。人杰趁势一刀砍去，只听那妖又吼了一声，在地乱滚。人杰赶上一步，一磕膝将妖怪按住，正要举刀复砍，忽然二目昏迷，不能下手。约有半刻，才清明些，睁开二目，只见妖怪已毫无影响。再一细看，自己膝下却磕着两柄铜锤，颜色斑斓，实在可爱。心中暗思："怎么那怪物忽然变作铜锤呢？且莫管他。”说着拿起舞了一回，甚是称手。此时天已大亮，拿着铜锤，仔细一看，见上面还刻着字，写道：“山东贺人杰用，凭此建功立业。”人杰好不欢喜。

且说施公从人杰去后，静听动静。始则听楼上喊杀之声，不绝于耳，渐渐听下去，又毫无动静。恐人杰有失，赶着将黄天霸等人喊起，同去捉怪。黄天霸等听了此说，也是吃惊不小，乱纷纷赶着前去。大家跑到楼上，连个人影儿也不见，只见满地灰尘，有许多脚迹，窗门是开在那里，心中颇为疑惑。

复又下楼，各处去找。走至楼下，正见贺人杰笑嘻嘻地迎面走来，左手提刀，右手拿着双锤。人杰对天霸道：“叔父有所不知，铜锤便是妖怪！”天霸道：“这小子倒会撒谎，哪有此事？”人杰道：“叔父不信，请看锤上还有字迹，说留与侄儿用的。”黄天霸听说，随接过来，大家一齐观看，见上面果有字迹。贺人杰又将捉怪情形说了一遍。李昆在旁说道：“诸位兄弟，难道忘了咱的那柄宝剑，不是也如此得来么？”大家称是。于是一同往见施公，禀明一切。施公啧啧称好。不一会，徐州府进来禀见。施公叫请。知府进内，参见已毕，先谈了些公事。随后施公便将如何遇见怪物情事，说了一遍。知府当即贺道：“此皆大人的洪福，贺小将军的造化。贺小将军及所得兵器可能请来一见么？”施公道：“使得使得。”当即命施安去传贺人杰，并令将铜锤带来。施安去后，一会子贺人杰持了铜锤，进了书房，先将铜锤摆下，后与知府行了礼，已毕。知府便先看了铜锤，已是啧啧称羡，然后又问了贺人杰的年纪，更是赞不绝口。施公又将贺天保在江都县如何解围，如何投诚，如何惨死；贺人杰如何奉母命前来，如何在摩天岭设计盗回印信的话，细细说了一遍。知府极加赞赏说道：“贺天保可谓义士，今日得有此儿，亦不负当年那番所为。虽然如此，若非大人知人善任，则诸位将军，亦何能愿为心腹，成为国家栋梁之臣。就这贺小将军，他亦未可限量。卑府实深钦佩！”施公又谦让一回。知府更赞了两句，方才告退。施公即传知各人，预备回辕。

过了一日，施公启节，各官恭送，不必细述。在路行程，不止一日，已抵淮安衙门。当由淮扬海道送过印信。施公接了印，又将放赈灾民，动发仓谷，估修河工各情形，具了奏折，并发出去。过了几日，奉旨着照所请。旋又接到部文，装运本年应解粮米，并奉旨着一半给价，即行押运来京。施公接着部文，一面札催粮道，及各府州县应解粮米，及给价银两，飞速如期交库。各府州县接到催札，赶即运赴到淮。施公一面派人收兑，一面催船装运，所有给价银两，装入木箱。即派计全、关太，遵旨押运到京。谁知关、计二人不去解饷，不过无荣无辱，只这一去，闹出一个天大的乱子来了。

只因德州地方，有个殷家堡，这堡内全是姓殷。周围有四十余里，也遇了点水灾，地方官未曾具报。施公放赈，也未查到此处。殷家堡内的人，即大为不平，打听得漕粮银饷行将北上，即大家议论，欲将粮饷劫下，来为赈济之用，因此存了这个心。

话说殷家堡因遇水灾，地方官未曾具报，那殷家堡内，周围二千多户，忿忿不平，因与堡总商量。这堡总广有田产，家道饶裕，单名一个龙字，绰号镇山东。膝下有四男一女：长子名猛，绰号双枪手；次子名勇，绰号赛仁贵；三子名刚，绰号一声雷；四子名强，绰号飞天虎。父子五人俱练就一身武艺，皆有万夫不当之勇。唯有女儿名唤赛花，也有个绰号：云中雁；却生得美貌异常，更是武艺精通，性情刚烈。还有绝技，惯用连珠弩箭，百步外发射，万无一失，殷龙最为溺爱，今年才交十六岁，尚未配人。只因她平时常言，若非武艺精通可称对手的，虽老不嫁，至于品貌妍媸①，亦有所不计，只要是个顶天立地的丈夫，他便甘心相从。因此留心选择甚苛，尚未许字②。这日殷龙在家无事，正与儿女讲些枪棒，谈谈家事，因说道："各处大闹水灾，房屋田禾，伤的无计其数。我们这堡内，虽小有伤损，幸而水退得快，幸未大受其伤，还算不幸中之大幸。"父子五人正自讲说，忽见庄丁进来报说："现有五团十六保到来，要见庄主，有要话面

---

① 妍媸（yán chī）：美和丑。出于陆机《文赋》："混妍蚩而成体，累良质而为瑕。"宋·苏轼《影答形》诗："妍媸本在君，我岂相媚悦。"

② 许字：答应婚配。字：许配。

讲。”殷龙心中疑惑道：“有什么要紧事，都来会我？”即叫庄丁去请。那五团十六保一齐进来，大家齐声说道：“只因为我们堡内遇了水灾，田禾产业，伤得不少。本处地方官不曾具报，这也罢了，唯有那总漕既然各处放赈，为何偏把我们堡内忘了？难道我们二千多户，全不是国家的黎民？他堂堂的一个总漕，不能从公办事，我们可也要对不起他了。现在探听得运粮北上，这粮米银饷，皆要走我们这里经过，我们是要借他些粮饷，大家赈济赈济。因此前来，说与你们知道。”殷龙听说，大声喝道：“你们莫非是要造反么？皇帝家的国课钱粮，就敢乱去打劫。若说施公未曾放赈，他也不是有心偏废，只怪我们这地方官混账，他不曾具报上去，施公如何得知？若要求施公放眼，这件事亦未尝不可做。或是等施公到此，大家去求他。再不然，赶到淮安去告。你们这两层都未想到，偏要去劫粮饷。不必说国课钱粮运赴京师，沿途自有人保护；而况施公手下能人极多，诸如黄天霸等人，谁人不晓？你们如此想法，岂不是活得不耐烦！”大家听了这番话，知道殷龙不肯，复齐声说道：“你老人家如此说法，倒不是施不全偏心，反是我们不是了！也罢，你既惧怕施不全手下能人甚多，更有黄天霸那厮英勇，我们也不便强求你老。我们拼着大家不要头，准备与施不全见个高下。”说着就一哄而散。

殷龙犹恨恨不已。此时殷猛等四人，便向殷龙说道：“他们一起恨恨而去，都怪父亲偏护施公，只怕一定要闹出事来，这便如何是好？”殷龙道：“孩儿们不必多虑，为父的不应允，他们如何敢行？也不过嘴里说说狠话罢了！”殷猛等又道：“父亲倒不可不防备。他们这一回，实做成个众怒难犯了！”殷龙道：“孩儿们也太过虑了，为父的自有把握。”殷猛等不敢再来多说。五团十六保诸人从殷龙家出来，个个忿恨不已，都说他偏护施公，惧怕黄天霸。于是大家商议，将各团各保二千多户，齐集赶来，先把殷龙这番话告诉了众人。都说不要殷龙作主，大家同心合力，偏要做出一番烈烈轰轰出色惊人的事来，偏要将饷银劫下，作为赈济，大家摊派。合该有事，这二千多户听了这话，便一口同音，竟没有一人不肯。分成各路探听，只等饷银经过，即便动手。

再说关太、计全奉了施公之命，押运粮饷，在路行程不止一日，这日到了德州。那殷家堡内顽民早知道了，于是各带兵刃，共有五六百名，暗藏在西山岭下。关太、计全押十几辆大车，正望前行，看看到了西山岭下。只听一声嘈嚷，山岭下跑出五六百人，个个手执兵器，齐声说道："我等皆是殷家堡良民，因遇水灾，总漕施大人不曾到我们这里放赈，我们现在没有得吃。田禾产业，俱被大水冲尽。我们奉了堡长殷龙之命，闻知总漕运解粮饷到此，特地叫我们前来，将这饷银借下，好让我们分派些，去买食物度命。"说着蜂拥上来。关太、计全看这光景，飞马上前，横刀拦住。那些顽民哪里肯退，只顾抢着车辆，推了就跑。关太、计全分头去杀，那些顽民围绕不走，更以兵刃交加，不分轻重，乱杀一阵。关太、计全看看抵敌不住，正要逃走，想回淮安，再行领兵前来问罪。哪知那些顽民围绕得如铁桶一般，冲突不出。关太杀得火起，大喝一声，手举倭刀，砍伤了两个，正要冲出，忽然马失前蹄，将关太跌落在地。那顽民见关太从马上跌下，大家一齐上前，举起兵刃，只是乱砍。关太赶着爬起来，手执倭刀，复砍死两个，自己的大腿、背膊上面，却也着了两三刀，幸亏不在致命处。

计全也被人围住，虽是乱冲乱杀，终久不得出来。正在着急，忽听一声嘈嚷道："饷银已尽推回去了，我们走罢！"那些顽民一哄而散。关太、计全不敢追赶，奔回淮安。到了衙门，随即去见施公，将上项话说了一遍。施公大惊，立即调齐本标亲兵五营，着黄天霸率同各员弁，星夜驰走。郝素玉因关太身受重伤，一来要去看视，二来要去报仇；张桂兰恐怕黄天霸性暴有失，也要同去。施公俱皆应允，即日督兵起身。

再说殷龙访知五团十六保诸人，齐集堡内，大众假自己的名字，在西山岭下，已将饷银抢下，并伤了解饷官一员，打散护解亲兵等人，知道这个乱子闹大了。当即着人传知五团十六保，来庄议事。那五团十六保头领闻殷龙传他们议事，也就齐集一处。大家议道："堡总传我们进去，一定是为抢饷银一事。我们既做了下来，万不可虎头蛇尾。所有银子，大家不许稍动一点儿，就是堡总问起，我们也是这种说法。”殷龙一见他们齐来，便大怒骂道：“尔等做的好事，胆敢聚众去劫饷银。不日大兵下来，尔等如何处置?”五团十六保一齐说道：“我们这堡内也有二千多户，一家出一个，也有二千多人，便齐心与他打仗，有什么要紧呢?”

殷龙听了，更加大怒，即叫庄丁将他们个个缚了起来，听候送官，尽依法惩办。那五团十六保诸人听了这话，不由得庄丁动手，一个个提起两条腿，飞跑个干净，把个殷龙只急得怒发冲冠。当有殷猛上前说道：“父亲不必如此发怒，依孩儿的主意，不若先写一封书信，将此中曲直辩明：并非父亲使令，他们假词，作此不法之事。等官兵到了，将此书送去，愿将饷银送还。他若答应，我便前去谢罪，并送还饷银；若不答应，只好让他来打。我们却不可与他对敌，只宜固守土围，不使他打破，以免玉石不分之惨。万一与他交手，切切不可伤他一人。一面我们将土围上面多设擂木炮石，多派人看守。即使官兵前来攻打，只可将炮石放下，不许他前进。一来使他知我等实非有意，不过因求和未允，不得不自顾身家；二来也使他知道我等的厉害。可有一件，他的饷银，却不能丝毫动用，必须知照五团十六保，说就此事。既已闹得如此，我们亦不得不出头，叫他们将饷银一起抬到我处，以便将来充用。还要叫那二千多户，等官兵到来，那时或守或战，都要听我的号令。”

殷龙听了点头道：“吾儿之言，甚合吾意。”当下殷龙便传知五团十六保，告明此话，叫他们传知各户，一齐预备。五团十六保听了这话，个个喜不自胜，一面将饷银抬送到殷龙家内，一面传知各户，赶紧预备抵敌。二千多户，也是家家情愿归殷龙约束。殷龙又连夜将土围上面添设擂木炮石，护庄河内又钉下排钉，浮桥又重新修造坚固，各路要隘村口又设下木栅，上下皆密钉排钉。每一处又添派多人，暗藏弓箭，以备自守。诸事已毕，又写了一封书信，遣人投递，专等官兵到来，暂且不表。

再说李昆带领五百人马，一路上风驰电掣，直望殷家堡而来。路经小角镇，便至关太寓处，即说明一切。此时关太伤痕已好了一半，听见施公发了兵来，又命他为副统兵官，心中颇为得意。当下李昆稍谈了片刻，李昆即辞别关太，仍然赶紧前行。此时沿途人民，皆晓得殷家堡劫去饷银，施大人发兵剿灭，无不惧怕。这日李昆所带兵卒已在西山扎驻，正坐在帐中思想明日攻打的计策。忽见兵卒推推拥拥，拿进一个人来，喝令他跪下，望着李昆说道："小的等拿住殷家堡一个奸细，请令定夺。"李昆道："将那人推到帐下来。"那人便跪下说道："大老爷在上，小民并非奸细，实因奉我家庄主的令，前来下书的。今有书在此，大老爷一看，便知端的。"李昆接在手中，拆开细看，但见上面写道：

殷家堡堡总殷龙，谨致书于黄大总戎麾下：前者，因堡内偶遇水灾，伤及田禾房屋，本地方官未及具报。堡内村民，已自愤愤；嗣闻总漕施公开仓发粟，村民等又自窃喜，以为可得博施之惠，无不引颈而待。迨未沾恩泽，村民又聚众前来声称：闻有漕总应解饷银，行将经过，拟往截留，作为赈款。某以国法难容，晓谕人众，并且痛加责备：罪该万死。讵料因此衔恨，异口同声，皆以某趋附官长，不顾乡梓。暗地聚集堡内二千多户人民，不与某知，胆敢假某为名，肆行劫掠国帑。事后觉察，已无可及。似此目无法纪，实属罪不可逃！某亦知罪有攸归；事前既不能严密防范，临时又未及驰往保护，以致变生仓卒。今大兵所指，虽将堡内人民杀灭殆尽，亦不为无辜。第念愚民无知，良莠不一，倘尽加屠戮，实足伤上天好生之心。所有国帑，丝毫未散，似与擅自动用者，略有区别。且该村民等，并非敢效强寇所为，实迫于饥寒所致。某等敢冒死待罪，请为村民等乞命！倘蒙法外施仁，不加剿灭，某谨以国帑如数呈缴；并缚呈首犯，请申国法。不胜待命之至。某昧死谨上。

李昆看毕大怒，将原书撕得粉碎，赶出来人。欲知后事如何，且看下回分解。

第一八八回　赛仁贵独挡护庄河　李公然一打殷家堡

话说李昆将殷龙书信，看罢大怒，喝令乱棒打出。兵丁一声答应，一齐上前。那人抱头鼠窜，赶奔回庄，将以上的话，与殷龙说了一遍。殷龙便叫他退下，随与殷猛商议道："似此如之奈何?"殷猛道："好在我们已有准备，等他来攻打便了!"殷龙亦无可奈何，只得传令各处严加防守，布置得十分周密，不表。

再说李昆自将殷龙的下书人乱棒打出，便欲率兵攻打，后来一想："各兵丁远行困乏，让他们休息一日，明日再行出兵。好在一个殷家堡，还怕他跑了不成?"因此当日并未出阵，却派了几名兵丁，往殷家堡去探听路径消息，以便进出。几个兵丁访了一日，回来禀道："小的们奉令探访，现已探得真切。西山堡是殷家堡内二千多户总口；东西两庄口是殷龙庄上的分路。东庄口却是临河，非船不能进去；西庄口又是临山，有一条小路可通，只能容一人行走。护庄河是殷龙庄上的防御，四面皆有土围。现在已一律预备坚守：东西两庄口，添了木栅；西山嘴设了擂木滚石；护庄河一带土围上面，也有擂木滚石、鹿角灰瓶之类，预备得甚为坚固。"李昆听罢，饬令退下。次日，李昆即吩咐各兵丁饱餐战饭，预备出阵。李昆戎服，手执烂银枪，腰佩宝剑，坐下快马，一声炮响，率了五百名兵卒，杀奔殷家堡而来。真是杀气腾腾，威风凛凛。

看官，要知道此回打殷家堡，非同往日——皆是步战；或是夜间穿夜行衣，暗到人家将人捉住那种打法。此次因殷家堡抢劫国粮，题目极其重大，所以前来剿灭，也要冠冕堂皇。施公既派黄天霸为统帅，李昆为先锋，是师出有名，欲申天讨。

所以李昆今日出阵，便不能如从前短衣束扎，手提朴刀，身藏暗器，不脱他本来面目，必要得戎装戎服，骑马端枪，才合先锋的身分。一路下来，不必说黄天霸等人是戎装戎服，就是张桂兰、郝素玉二人，也是女将的装束。只有一个金大力不善骑马，还是步行，趁此交代明白。

却说李昆带领五百兵丁，到了护庄河，排开阵势。李昆首先出马，喝令土围子庄丁："叫殷龙死囚出来打话！"庄丁答应。即刻有殷勇站立土围，高声说道："哪位将军呼唤？有何吩咐？"李昆一看，不是殷龙，乃是个少年，约有二十多岁，生得仪表堂堂，颇为不俗，手执方天画戟，也是戎装戎服。因喝道："你是何人？敢来答应？快叫殷龙那老逆贼早早出来受缚，免得你家堡内玉石俱焚。倘若不然，指日大兵到来，生灵涂炭，悔之晚矣！"殷勇答道："某乃殷龙次子殷勇便是！将军尊姓大名？"李昆道："咱乃漕总老爷标下实授千总，现为黄副将麾下先锋，姓李名昆是也！"殷勇笑道："原来昨日所上的书，是送差了。本来送与黄统帅，送书人误送在将军那里，所以将军见怒。今将军既已到此，殷某尚有一言，乞将军俯纳！昨日所上之书，本非怙恶，无奈将军不容，反说殷某父亲狡猾，希图避重就轻。却原不能怪将军见疑。但是我父亲有不能亲自请罪者三：我父亲去请罪，万一将军不容，就此按了国法，我父之冤，如何可白？一也；合堡二千多户，天良不昧，密伺我父，待令出围，亦恐我父因事不关己，反遭执缚问罪，二也；我父亲既上书求救，允将饷银、首犯交出。倘蒙大人俯允，我父亲便自押解麾下，肉袒负荆，谨谢失察之罪。将军既免得厮杀，念我父亦可辨其冤屈，三也。有此三件，所以才上书通诚。不料将军不容，某等亦无可如何，只好听之而已！"

李昆大怒，遂拍马挺枪直杀过来。殷勇也即出了土围，上马出迎。各庄丁跟随在后，也是手执器械，摆开阵势。李昆一枪刺到，殷勇赶着架开，二马过门。李昆拨转马头，顺手一枪，从殷勇背后刺到。殷勇即将画戟在枪上一拨，李昆觉得震手，暗道："好大膂力！"

急抽回枪来，复一枪杆，认定殷勇当头打下。殷勇往上一迎，说道：“将军且稍息雷霆，某已让了一枪，切勿谓某甘心相让。”李昆哪里肯听，急将枪杆收回，复一枪，对准殷勇胸前刺去。殷勇暗道：“好个不知进退的东西，他倚仗官势，欺压殷某，若不放点本领与他看看，他不知我的厉害。”想罢，即将画戟掀开李昆的枪，大声喝道：“将军休得十分相逼！殷某也不是懦弱之辈。不过村中顽民，自知闹出事来，某等不无微罪，所以不便与将军较量。若将军十分相逼，可莫怪殷某，眼中认得将军，这画戟认不得将军了！”

李昆大怒，也大声喝道：“好大胆的匹夫！你敢抗敌大军。老爷若不将你捉住，碎尸万段，也不算堂堂的先锋。”说着又是一枪刺来。殷勇此时真是性起，将手中画戟一摆，或上或下，或左或右，或前或后，四面杀来，把个李昆杀得不必说不能取胜，真个是连一枪都不能还他，看看抵敌不住。殷勇也就虚晃一枪，说声：“将军请自回营，殷某去也！明日再比高下。”说罢，飞马走入土围去了。李昆见殷勇退入土围，便喝令兵丁用力攻打。那五百名兵丁，一声喧嚷，个个皆横冲直撞，望土围进攻。

却说各兵丁奋勇去冲土围，走至切近，只见土围上面擂木滚石，直打下来。各兵丁不能进攻，打了半日，只是攻打不开。李昆见此情形，只得鸣金收军，退回本寨，休息一夜。次日带了兵丁，又来攻打。殷勇却未来，李昆在马上便自辱骂，土围上毫不见怪。李昆喝令兵丁百般的辱骂，仍是不答。在土围外骂了半日，只见里面闪出来一人，也是戎装打扮，手执双枪，坐下白马，一声喝道：“来者休得无礼，咱来会你，大战一百合。”只见吊桥落下，飞马过来。李昆也不答话，见他马来得快，即将马头一领，迎面一枪，当胸刺到。殷猛说声：“来得好！”将左手枪一拨，右手枪在李昆腿上刺来，李昆赶着让过。两匹马各自过门，复兜转马头。李昆一枪从殷猛肋下刺进。殷猛便将右手枪望下一磕，左手枪急向李昆腰下刺来。

李昆正欲来迎，殷猛已将左手枪收回，右手枪复向李昆左腿刺到。李昆赶着去架，殷猛枪又收回，只见他使出花枪的妙法，前后左右，共计六十四枪，把个李昆围裹得不能逃脱。杀到末了一枪，也似殷勇那样，喊了一声："我去也！将军请自回营罢！"话犹未定，已飞过吊桥，进入土围去了。李昆还要赶去，只见吊桥高提。李昆没法，闷闷不乐，意欲晚间飞越进去，又恐寡不敌众，无计可使，只好等大兵到来，再作计议。

却好次日黄天霸等已率领大兵行抵，当下立了寨栅，安营已毕。李昆便去参见。黄天霸即刻相见。李昆见了天霸，将连日出战情形，说了一遍。又将下书求和各节，细告天霸。当下计全说道："照此情形，这殷家堡急切断难攻得下。且此人用意甚深，设险防守，甚为得当，倒不可小觑于他。"此时关太疮伤已愈，一齐前来，当下在旁怒道："计大哥何得长他人志气，灭自己威风？前者是出其不意，又寡不敌众，所以小弟被他砍伤。今者，大兵到此，小弟伤痕已好，明日出阵，若不将这殷龙捉住，以消前日之根，誓不回营！即烦诸位兄弟明日观阵便了！"说罢，李昆回营。大家亦各去安歇。

次日一早，排齐队伍，直抵殷家堡护庄河前。关太戎装戎服，手提大砍刀，腰挂倭铁短刀一柄，坐下枣骝马。后面打着大纛旗，旗上显出斗大的"关"字，前面排立着一百校刀手，真个是威风凛凛，杀气腾腾。关太催开坐马，扬鞭遥指着土围上面喝道："尔等听着！咱关老爷特奉施大人将令，前来活捉殷龙问罪。尔等须早早将逆囚送出，若再迟延抗拒，咱老爷打破尔等的巢穴，必要杀个鸡犬不留，那时悔之晚矣！"话犹未完，只见土围上栅门开处，冲出一个人来，手执双枪，坐下快马，到了吊桥口。

关太大怒喝道："尔系何人？快留下名来！"那人答道："某乃殷龙长子双枪手殷猛是也！欲取某首级，殷某在此，将军来罢！"说着便飞马过来。关太举起大砍刀，连肩带背砍下。殷猛不慌不忙，将双枪架开大砍刀。二马过门，关太趁势拦腰一刀砍到。殷猛急将左手枪隔开，右手枪望关太胸前便刺。关太急将刀拨开，殷猛左手枪复又刺来。关太正欲来迎，殷猛已将枪收回。关太见收回枪，便砍一刀，认定殷猛马头砍下。殷猛把马头一领跳出圈围，随即双枪并举，一从马腹刺进，一从关太腿上刺来。幸而只两枝枪皆在一边。关太赶将刀平摆，望下一磕。殷猛不等他来磕，已将双抢收回。关太复一刀，向殷猛左腿上砍来，殷猛又将右手枪架住，左手枪急向关太肋下刺来。关太说声："不好！"忽将刀杆望开一拨，只听当啷一声，拨在一旁，正欲还手，殷猛的枪又向胸前刺进。两下里一来一往，足有三十余合。但见刀到处寒光灿灿，不离头背肩腰；枪来时冷气飕飕，逼近胸前肋下。真个是棋逢敌手，将遇良材。

两个人杀得兴起，各逞平生之力。殷猛使出六十四路花枪妙法，关太亦使出六十四路花刀。此往彼来，两旁看的人，只见刀枪的光芒，不见一些人影，无不齐声喝彩。关太见不能取胜，正欲收兵，明日再用计来打。那知殷猛见关太武艺精强，也是极其佩服；况且他本来无心取胜，不过要显显自家本领，到此时已杀到筋疲力倦，再战下去，恐怕彼此有失。遂虚刺一枪，拨转马头，高声说道："将军请暂回，殷某首级，明日再取罢！"说着，马已飞过，吊桥高悬。关太虽欲追赶，不能飞渡，只得收兵回营。

黄天霸等闻殷猛十分骁勇，便向大家议道："似此如之奈何？"计全道："愚兄看来，非设计暗取，断难擒获。"黄天霸道："计将安在？"计全正欲开口，忽见金大力在旁说道："咱有一计在此，说与你们知道。能用便用，不能用算我没有说。如何？"天霸道："金大哥且请说来，大家商议。"金大力道"咱今夜扮作庄丁模样，混入他们堡内，将各处进出路径探明，再混出来。约定时刻，我再混进去。到了约定时候，我便放起火来，你们就一齐杀进，岂不省了许多事。"计全道："计虽可行，只怕你混不进去。"大力说道："混不进去，我又不邀功，你们也不要见过，只算没有这件事。"天霸答应。金大力到了晚间，便改扮了庄丁模样，跑到西山嘴，却好遇见一起庄丁，他便杂入里面。欲知后事如何，且看下回分解。

第一八九回　何路通一探护庄河
黄天霸二打殷家堡

话说金大力扮作殷家堡庄丁模样，混入堡内，欲探各处路径，以便里应外合。却好走至西山嘴，遇见一起庄丁，他便想混了进去。不料殷强打从东庄口巡查到此，看见金大力不似庄丁，便大声喝道："来者何人？胆敢冒充庄丁，混入里面来做奸细！与我赶出！"金大力正往前进，忽听有人喝阻，那一声，便吓了一跳。再一细看：见栅门内一人，约有二十多岁，生得仪表不俗，手提双刀，站在那里，喝令庄丁赶人。那些庄丁一齐答应，好似潮水一般，涌涌地来赶。金大力见他已经看破，跑了出来，奔回大寨。计全道："我却另思得一计，但恐仍不能胜。意欲请何贤弟，今夜暗地从护庄河偷渡过去，转过东庄口，将那里木栅砍开，进入里面，各处放起火来。他见各处火起，必然惊疑不定，前去救火。我等便分兵往西山嘴、护庄河两处攻打。他纵有准备，东庄口也得稍分其势，我等并力猛攻，或者可以攻破土围，擒获逆贼父子。"何路通道："小弟非不愿往，但恐他那里防备甚固，不能中我等之计，那便如何？"

计全道："某亦正虑及此，且去走一趟，见机而作；行则好极，不行可赶紧回来，再作计议。"何路通答应。次日两边停战。

待至夜间，约有二更时分，何路通换了水靠，提了双拐，暗暗地走到护庄河边，当即下了水。才走到两步，觉得刺脚，便钻入水底，用手来摸，不摸犹可，只一摸方知河底下层层钉着梅花桩子。何路通一面拔桩，一面前进。哪知愈拔愈多，越至前面，更难立定。何路通暗想："此处系土围紧要的所在，他恐怕人偷渡过河，故而如此。莫若绕至河边，沿河边望东庄口走去，或者那里没有；就是如有，也可少拔许多。”主意想定，复走回来，顺着河边，悄悄向东庄口走去。走了一会，复想渡河，仍是如此。复又绕到河岸，再向前行。忽见前面来了两只小船，正是东庄口防护水栅的巡船。何路通在水里看得真切，赶急藏入水底，居心等那巡船来至切近，即用钩镰拐将船钩翻。哪知巡船上人早已看见水内有人，一声呐喊，说道：“河底下藏着奸细了！咱们放船回去，叫他们来捉呀！”何路通也不做声，伏在水内，静观举动。不到半刻，果然来了五六只巡船，如飞而至——每船上站着四五个人，每人手内一把挠钩，全望水底下去搭。何路通看见，暗道：“不好！”赶着回头，幸而跑得快，若慢一刻，已被他挠钩搭住了。

何路通急急地跑了回来，回至营中，说明此事。黄天霸等颇为忧闷。当即传令五更造饭，黎明出战。关太、李昆、金大力率领兵丁一千，去打西山嘴。黄天霸、计全、何路通、李七侯，统领大队，攻打护庄河。张桂兰、郝素玉、贺人杰往来接应。分拨已定，次日天明，兵分两路前去。

再说殷家堡东庄口巡船，未能将何路通捉住，回至堡内，细细禀明殷龙。当下殷龙仍命他们：加意防备，就便大营内有人偷渡过来，切不可伤他性命，要捉拿活的。巡查船工人等答应下去了。殷猛在旁说道：“孩儿看官兵这两日未曾出战，定有暗谋，不是偷渡，就是养精蓄锐。总在这一二日，必然督领全队，并力来攻。我们虽防备甚严，还须加意保守。西山嘴一处，最为紧要，可加派三弟去帮孩儿。护庄河，虽有二弟在彼，仍须嘱令四弟前往，以厚人力。其东庄口，官兵万难过来，西庄口路狭难过，亦难飞越，父亲可与妹子往来接应，方可保全无事。”殷龙闻言，深为合意，当即派穿停当。次早天才黎明，即有护庄河看土围子的，西山嘴看守寨栅的庄丁，急急跑来禀道：“现在大队官兵，已分为两路，进攻护庄河与西山嘴，离此不远，请庄主定夺。”殷龙闻言，当即率同儿女，披挂上马，各执兵刃，分往各处保护。

且说殷勇、殷强二人才到护庄河，上了土围，见黄天霸等率领官兵，已将浮桥搭起，纷纷过来。殷勇见势不妙，赶着开了土围栅门，手执方天画戟，率领众庄丁，一齐冲出，庄丁奋勇直前。那些官兵正在过桥，抵挡不住，只得纷纷逃命。殷勇一面喝令庄丁将浮桥拆毁；一面跨马端戟，驰过桥来。却好正遇黄天霸，两人通过姓名，随即交起手来。黄天霸手执烂银枪，真有神出鬼没之技；殷勇那枝戟，亦不减天霸的枪法。两个约战有二十个回合，不分胜负。官兵阵上却恼了何路通，手执双拐冲出阵来助天霸。殷强在对面，也就手舞双锤，飞出阵来，敌住路通。四个人四匹马，你来我往，这一场恶战，只杀得尘头高起，日色无光。看看何路通抵敌殷强不住，却好贺人杰那支兵接应前来。他在马上看得真切，遂大喊一声："咱来也！"说着马已飞到，更不打话，举起双锤，直向殷强当头落下。殷强说声："不好！"赶着撇了路通，来抵人杰。四柄锤盘旋飞舞，直如流星赶月一般。贺人杰锤法虽精，究竟气力不足，要败下来，此时路通又赶着上去助战。官兵阵上，李七侯又手提鹅毛钢刺，冲杀出来；计全早已飞出去助天霸。只见殷强、殷勇弟兄两个，架开枪，拨开马，隔开锤，迎住刺拐，混战在一处，毫无惧怯。自辰时战到午时，殷勇、殷强也觉力敌不住，只见殷龙手执银枪，前来助战。殷龙的那杆枪，真如出水蛟龙，翻江搅海。黄天霸看见土围里跑出一个老者出来，料是殷龙，赶着虚刺一枪，撇开殷勇，直奔殷龙。殷龙接着又战。大家直杀到申刻，始各收兵。

再说西山嘴关太、李昆前去攻打，那里早已预备，也是接着就战。却是关太战住殷猛，李昆战那殷刚。金大力提了镔铁棍，左右横冲直撞，去冲木栅。争奈擂木炮石望下打来，不能前进。却好张桂兰、郝素玉前来接应，见关太、李昆二人不能取胜，也就催开坐马，直杀过来。那木栅里面殷赛花一见官兵队里，出来两员女将，她也抖擞精神，跨上桃花马，手执绣鸾刀，飞奔出来，娇声问道："来者二位女将军，快通下名来，待咱姑娘前来会你。"张桂兰便道："咱乃总漕标下黄副将夫人张桂兰是也！"郝素玉也道："咱乃总漕标下关参将夫人郝素玉便是！你是何人？敢来与太太接战，快报名来，咱太太刀下不杀无名之辈。”殷赛花道：“咱乃云中雁殷赛花。”说着，举起绣鸾刀，直砍过来。张桂兰一面接住，郝素玉便一枪刺来。

殷赛花赶着抽回刀来，接着郝素玉，却好将素玉的枪架开，二马过门。张桂兰拨转马头，举起双刀，认定赛花砍来。赛花一面架住桂兰，一面防着素玉。此时素玉的马已转回，趁势就是一枪，照定赛花腰下刺进。赛花拨开桂兰的刀，紧来磕素玉的那枝枪，将把素玉的拨开，张桂兰的刀又当头砍下。殷赛花力敌两个，毫无畏惧，抽个空摆开绣鸾刀，向郝素玉拦腰砍去。郝素玉不及招架，说声：“不好！”赶将马一拍，跳出围外，那马忽然前蹄一跪，郝素玉坐身不稳，向前一栽，幸而未跌下来，赶将马缰一提，那马才算立定。此时殷赛花见郝素玉马失前蹄，颇有惊慌之色，忙着喊道：“姓郝的不要害怕！咱姑娘不来伤你，你好好回营去罢！”

说声未完，张桂兰的双刀又盘旋砍到。殷赛花见素玉已经退下，便放着胆，大战桂兰。两个人一往一来，足有三四十个回合，不分胜败。只听两边金声响亮，遂各自收兵。张桂兰、郝素玉、关太、李昆等人，回到大营，与黄天霸等互相陈说鏖战情形。大家忧闷不已。黄天霸道：“且歇息两日，务要拼个你死我活，若不取胜，誓不回营。”

再说殷赛花收兵回堡，父子兄妹齐集厅上，大家称说：“黄天霸这一班人，个个武艺高强。以后上阵，我们还要小心防备，恐他暗箭伤人。”到了第三日，黄天霸等又排齐队伍，冲杀过来。此次却用了声东击西的法子：把那大队排在护庄河，却留李公然、何路通在此攻打。黄天霸等皆暗到西山嘴去攻寨栅。殷猛、殷勇当即出战，正遇着李昆、何路通二人，战未数合，殷猛忽然看见后队并无统帅，只有兵丁在那里，大喊乱嚷。殷猛知道有诈，即令殷勇赶去西山嘴接应，以防疏失。殷勇听说，即望何路通虚刺一戟，奔回土围，与殷龙说知明白。殷龙当即令殷勇、殷强并赛花赶紧接应，自己却接应护庄河。

且说黄天霸等人到了西山嘴，一齐攻打寨栅，但见殷刚一人督率庄丁，死守住寨栅。正在危急之际，忽见栅门开处冲出四匹马来，马上坐着四人，却是三男一女，个个手中皆执着兵器，一齐大声说道：

“黄将军仿那声东击西的诡计，怎能瞒得咱父子过去？咱们劝将军，就此停了战罢！”黄天霸闻言大怒，即催开战马，直奔殷刚杀来。关小西也就舞大砍刀，奔着殷强杀来。张桂兰一声大喝，飞舞双刀，直杀过去；殷赛花赶着接住。那郝素玉也就趁势冲杀过来；早有殷勇持戟敌住。此时八匹马，八个人，混战在一处。但见刀枪并举，锤戟交加：枪挑处犹如出水蛟龙，刀砍处好似归山猛虎；一枝画戟，不亚吕氏温侯①；两柄铜锤，赛过岳家小将。大战了约有二三十个回合，只是不分胜负。黄天霸心生一计，忽然把马一拍，跳出圈外。

哪知殷刚早已知道黄天霸诈败，要再用回马枪来挑他，却是故意去追，显显自己本领。但见他一枪刺到，殷刚不慌不忙，将手中兵器轻轻地接住，说声：“来得好。”即将天霸的枪拨在一边，顺手就是一刀，拦腰砍来。天霸说道：“不好！”赶着用枪望开一拨，乘势一枪杆，认定背上打来。殷刚知道难让，他赶着把马头一夹，那马嘶一声，如飞地跑向前去。黄天霸哪里肯舍，急急追来，却一面小心防备。忽见殷刚马失前蹄，黄天霸赶得切近，正欲一枪刺去，殷刚却把马一拍，那马突然站起。他便趁势反将大砍刀猛向天霸马头上砍来。天霸说：“不好！”赶将马头一领，偏了过去，那刀已逼近左腿。天霸复将左手一提，殷刚的刀砍了个空，又兼用力过猛，就马上一倾。黄天霸顺手一枪，殷刚躲闪不及，正中马腹，那马负痛，唿喇喇一声，飞跑去了。黄天霸犹欲追去，已是不及，只得仍回转来。

到了西山嘴，只见张桂兰与殷赛花还在那里对敌，一个双刀，一个绣鸾刀，飞舞盘旋，颇为有趣。张桂兰正欲设计取胜，忽听贺人杰高声喊道：“婶娘且稍息一会，待侄儿前来取这丫头的首级！”殷赛花耳中听得真切，眼中看得清楚，见是一个十五岁美貌的男儿。正在凝神观看，贺人杰的两柄铜锤，已是当头落下。殷赛花吃惊不小，赶将

---

① 吕氏温侯：吕布（？—199），字奉先，五原郡九原县（今内蒙古包头九原区）人，东汉末年名将，汉末群雄之一。先后为丁原、董卓的部将，后与司徒王允合力诛杀董卓，进封温侯，旋即被董卓旧部李傕等击败，依附袁绍。与曹操争夺兖州失败后，吕布袭取徐州，割据一方。建安三年十二月（199年2月）吕布于下邳被曹操击败并处死。

绣鸾刀拉上迎住，颇觉得有些沉重。贺人杰来得飞快，忽将两柄铜锤收回，复把左手锤一起，认定赛花面门打去。赛花急急地架开，右手的锤复又打到。由是或前或后，或左或右，如雨点一般，落将下来。殷赛花左遮右隔，前避后躲，只有招架之力，并无还刀之功。直杀得香汗直淋，红云满面，看看抵敌不住，虚晃一刀，勒转马头，回身飞跑，进入寨栅里去了。虽然败了一阵，却暗暗称羡不止。贺人杰见殷赛花败入寨栅，便想冲杀过去，趁势夺了寨栅。及追到寨门下面，已见擂木滚石打下，不能前进，只得退马而回。

再说郝素玉战住殷勇，两人斗杀有二十回合，郝素玉杀到兴起，暗思不用暗器取胜，等到何时。主意想定，把马往旁边一领，背转身来，急急将软索锤取在手中。殷勇此时虽不来赶，只因那马走得甚快，已逼近郝素玉背后。殷勇正欲用戟来刺，只见郝素玉将马头一拨，兜转过来手一扬，那柄软索锤，已经打出。殷勇不曾防备，忽见一个圆球儿飞了过来，说声："不好！"那软索锤正打中殷勇肩窝，负痛而走。殷强正与关太杀得难解难分，忽见自己兄妹已败回去了，单个不敢恋战，只得拨转马头，飞跑入寨。关太等追到寨栅，殷强已进去了。上面擂木滚石又纷纷打下来，关太只得退兵回营。却好李公然弹伤殷猛额角，何路通拐刺殷龙的马腿，贺人杰打败了殷赛花，更是欢喜无限。欲知如何打破殷家堡，且看下回分解。

第一九〇回　发号令再渡护庄河　决夜战三打殷家堡

话说黄天霸等得胜而回，大家欢喜，唯有贺人杰最为喜悦。当下计全说道："自带兵到此攻打，算是今日才胜了一阵。依某愚见，乘此锐气，今夜便去攻打，可分兵四路：何贤弟与李七侯设法偷过护庄河，到东庄口，能将水栅斩开，并力攻进更好；万一不能，可虚张声势，使彼疑心。我便同李公然贤弟，带五百名校刀手，初更时分，暗至西庄口，同攻他的西路。关贤弟合夫人，带领兵丁一千，也于二更时分，去攻打西山嘴。黄贤弟合夫人，可领兵一千，也于二更时分，去攻打土围。贺贤侄、金大哥可往来接应。所有人马，务要人衔枚，马疾走。我便可乘其不备，且攻其所不料，能早日攻打开了，即将贼将拿获过来，也好早日回辕缴令。诸位贤弟意下如何？"

大家闻言，齐声称："是！"当即传了密令：黄昏造饭，初更出兵，各带灯笼、篾缆，衔枚疾走。等到逼近，一声号令，便将灯笼点起，猛力进攻，倘有不遵，或先已泄漏，定按军法从事。此令一出，各营兵丁，大家皆准备起来。到了初更时分，陆续进发。果然是衔枚疾走，但闻号令，不闻人马行走之声。

先说何路通、李七侯两人，各执兵器，渡过护庄河，沿着河边，一路进往东庄口去。约走了三里多路，远远见有巡船到来，二人便伏在水底，不敢稍动。等候来船切近，何路通便将钩镰拐向船头上一搭，用力往下一拖。那巡船未曾提防，即被一拐拖翻过来，船上水手落下水去。李七侯二人赶紧前来按住，用绳索绑了两个起来。这船上本有四个水手，因何路通等只有两人，不及全行绑缚，所以逃走了两人。何路通也不追赶，驾着原船，直望东庄口而去。看看已到，忽见迎面又来了四五只巡船，船上点了灯光，照得如同白昼。那些水手，一个个手执挠钩，望敌船杀来。原来逃走的两个水手，已回去送了信，所以他们俱有了准备。何路通见敌人已有准备，遂大喝一声，驶着船飞杀过去。对面船上，也即相迎，只见兵刃齐施，挠钩并举。何路通、李七侯二人抖擞精神，用力接杀；虽然勇猛，终是寡不敌众。杀了半会，见不能取胜，只得跳下水去，思想凿他的船底，哪知才跳下去，水底下全钉着梅花桩，不必说不能施展武艺，连行走都不便，而且腿脚皆被梅花桩戳了许多伤处。二人没法，只得赶着跑转过来，按下不表。

再说计全与李公然，到了西庄口，率领兵丁暗暗地渡过山去。果然那一条小路，只容一人行走，又在黑暗之中，看不真切，那条路两旁，皆排着荆棘，所有兵丁，个个皆戳伤腿足，不能前进。计全、李昆喝令将灯球点起，照着好行。兵丁得令，即刻将灯球点得雪亮，手执短刀，斩去荆棘，并力前进，好容易出了小路，各兵丁只得叫苦。原来前面路口，已被树木乱石塞断，不能前进。计全等没法，只得传令，以后队作前队，赶紧退出，驰往西山嘴接应攻打。

再说关小西、黄天霸，两路兵到了护庄河、西山嘴两处，一声号炮，灯火齐明，并力攻打。果然堡内不曾防备，那守土围的庄丁，从梦中惊醒，一面赶将擂木滚石放下，一面驰报殷龙父子。殷龙等一闻此言，立刻端了兵器，飞身上马，分头前去。先说护庄河，攻打了一阵，土围上面擂木滚石已是行将告尽，救应若再不到，即刻就要被官兵打开。各庄丁正在盼望，忽见殷龙、殷猛、殷勇，父子三人，飞马而来，各庄丁一见救应已到，大家精神陡长，死力固守。黄天霸等人在外攻打甚急，看看已将攻破，冷不提防，忽见土围内冲出三匹马来，各执兵器，更不打话，直杀过来。黄天霸赶紧接住殷龙，张桂兰接住殷猛，四个人四匹马，刀枪并举，往来驰杀，在那灯光之下，好不有趣。殷勇两手端戟，拦守土围，以防官兵冲突。两边正杀得难解难分之际，却好贺人杰、金大力接应兵到。贺人杰手持双锤，一马冲人，认定殷龙便打。殷龙留意，见是个小将，当即挡开天霸的枪，来接人杰的锤。贺人杰抖擞精神，只见那双锤如雨点一般纷纷打下。殷龙遮拦格架，得个空儿，还要回他一刀。殷龙虽然力猛，却不知尖刁。一老一少，杀了有三四十回合，两人对敌，不分胜败。人杰暗道："若再不趁此时取胜，更待何时？"即将金钱镖掏出，一面舞锤，一面打镖，却好打中马眼。那马嘶一声，将殷龙掀下马来。贺人杰正要去捉，已被庄丁抢入土围去了。黄天霸与殷勇正战得难分难解，忽见殷龙跌下马来，黄天霸这一欢喜，又分了一点神，手中枪略慢了一下，被殷勇的画戟在腿上刺了一下，鲜血迸流，不敢恋战。张桂兰见丈夫中戟，恐怕殷勇赶来，急将袖箭掏出，认定殷勇打去。殷勇未及防备，也却好打中右腿。殷勇赶着把马一夹，逃入土围。官兵见已得胜，个个奋勇进攻，争奈土围上擂木滚石复又打下，众兵丁虽然突冒矢石，终是攻打不开。直到天明，大家力乏，只得收兵。

再说关小西进攻西山嘴，那边虽未防备，却比护庄河来得弯转。因关小西的兵到来稍迟，他那里已先得信，所以不至急迫。及至关小西所带大兵到来，他已防备妥当，却不出战，合力困守。关小西、郝素玉虽然督率兵丁奋力攻打，怎奈他擂木滚石，并弓箭一齐施放。众兵丁不能前进，攻打到四更时分，仍是攻不开来，大家也都力乏，各自席地而坐，稍息片刻，再去攻打。此时计全、李公然所带五百校刀手，已由西庄口驰回，看见关小西等皆席地而坐，上前问了情形。计全又喝令五百校刀手，上去攻打一阵。争奈矢石如雨，攻打不开。直到天明，也只得收兵回去。

不说官兵旷日持久，攻打殷家堡不表。再说殷龙、殷勇、殷猛父子三人，大败而回，各受微伤，心中颇为焦闷；又悬念西山嘴不知如何。等到天明，见殷刚、殷强、殷赛花三人回来，言明死守，未经攻破。殷龙等方始放心，又说明身受微伤情形。殷刚怒不可遏，当下说道："孩儿明日出战，定要与他拼个你死我活，若不捉他一个回来，誓不回堡！"殷勇道："贤弟且不必发怒，那黄天霸已被愚兄刺了一戟，也可稍泄其忿了！"殷刚这才稍为息怒。午后，殷龙复与他四个儿子说道："现在官兵已与我等誓不两立，若不赶紧设法解围，我这堡内必然难保。"

话说殷龙因久战不停，已成誓不两立之势，想：抢饷银虽非自己的主意，究竟在我境内，罪不容辞。若赶早求和，或可保全身家性命。倘再相持日久，万一战争之际，再伤了国家将弁，更加罪不容逃。且必致再调大兵，终是寡不敌众。因将这番话，与殷猛等四人商议。殷猛答道："孩儿等亦知如此。但前次已经求和，怎奈他决意不行；此次再去相求，万一他仍然执意，却是如何呢？"殷龙道："为父倒想了一个法子在此。我看官兵内那员小将，武艺固是高强，人品亦颇不俗。意欲将你妹子许他为妻，藉此以为赎罪。但不知那小将可曾定亲事？若还未曾，我却有个至好的朋友，离此地不远，就在山东、江苏交界地方朱家庄内。其人姓朱名叫光祖。先也是一个江湖上出色朋友，现在早已洗了手，曾经在施大人前献计，捉拿一枝桃以及毛如虎，施公颇为见信。若得此人与施公说项，施公必然应允。但是朱光祖在前两个月，闻说去到淮安，但不知果曾回来？"那殷猛答道："据孩儿看来，必然不在淮安。他若在那里，既与施公相得，又与父亲交好，岂有不从中调停之理？以此看来，定然还在家里。既然如此，孩儿便去走一遭，面请他来，好好息事。"殷龙道："我儿前去固好，但他不认得你，如何请得他来？必得要我写一封书信，与我儿带去方妥。"殷猛道："既是这样，父亲可急速作书，孩儿即便前往。"殷龙随即写书信，着令殷猛藏好书信，连夜偷出土围。

走了两日，已到朱家庄。先问了庄丁，朱光祖在家与否？恰好朱光祖自从到了淮安，在施公那里，过了两个月，他又各处去看望朋友，耽搁了一个多月，不久才回庄来。殷猛便请庄丁进去通报。朱光祖听说殷龙的儿子，当即相请，各道契阔。

殷猛便将书信拿了出来，递给光祖。光祖拆开，看了一遍，说道："这是怎么说？现在贤侄那里究竟是什么事情？可请一一说明。"殷猛便将以上各节，细说了一遍。朱光祖道："这可不是令尊大人与贤侄等无辜遭屈么？"殷猛道："是！叔父明鉴。因此家父饬令小侄星夜前来，务请叔父大驾即日前去，好解此围。不然，一旦被官兵攻打开来，不但小侄一家难保；即合庄人众，亦必生灵涂炭。务求叔父念家父的交情，与小侄一同前去，以救此难。”朱光祖道：“贤侄哪里话来？今日已来不及，明日某当与贤侄同往，力解此围便了。”殷猛拜谢。

次日天明，即备了马匹，二人上马，追赶前去。看看已到，朱光祖先令殷猛回堡，他便至大营，往见天霸。到了营门，通了名姓，饬令兵丁进去通报。黄天霸等人听说朱光祖到此，只说是施公请他前来，帮助攻打，断不料是殷龙请他来说和。大家欢喜，当即相请。朱光祖进入大寨，大家相见已毕，先叙了阔别的话，又问了出战的情形。黄天霸等也将上项各节情形，及近日交战事件，说了一遍。黄天霸首先说道：“难得朱老叔来帮助，这殷家堡指日可破了。”朱光祖听说大笑道：“黄老贤侄，只以为老朽前来是帮助你们诸位。老朽却有一言，请诸位贤弟、贤侄容纳。这殷龙向与老朽最为交好，也是多年弟兄。日前闻得人说，他抢了饷银，我就不甚相信。因他向来颇知礼法，必然有人诬害于他。后来又听说诸位带兵前来剿灭。近闻殷家堡被官兵昼夜攻打，危在旦夕，我故星夜赶来，为的是：殷龙果有前项事情，倒也罢了；若是被人诬害，岂不屈杀好人？今闻诸位说他已经上书求和，足见此事实非他的本意。务望诸位看老朽薄面，停战数日。让我亲会殷龙，看他那里是何光景，再行计议。”大家听说，始知朱光祖前来说和。当下计全说道：“非是小弟等不遵台命，怎奈大人差遣，何敢以私废公？既如此说，朱大哥且前往一走，咱们暂行停战三日，专候你老回复，再作商量。”朱光祖大喜，即刻辞了众人，到了殷家堡。

殷龙早已知道，一闻朱光祖前来，即率领着四个儿子出来迎接。两人一见，俱各执手言欢，进了内厅。先令四个儿子见礼已毕，便分宾主坐下。朱光祖首先说道：“老哥，你被屈了！只恨小弟在施公那里，早走了一个多月；若迟一个月不走，也不至闹到这样地步。现在既要求和，老哥是个什么主见呢？”

殷龙道：“愚兄前次上书求和，本来说是献出首犯，并将饷银如数交出。后来那黄天霸未允，只得且战且守。前两日愚兄在阵上，与一个小将对敌，见那小将人品颇好，武艺亦复高强。愚兄却存了私心：因为你侄女赛花，今年已十六岁了，她平时却有个志愿，说是武艺不如她的人，她情愿一世不嫁。前者你侄女也与那小将对打过一次，并且被那小将打败而回，她却没有什么私心。但是做老子的，不能不代她留意。今彼此兵连祸结，愚兄的意思，意欲藉此为题，将小女配与小将。就烦老弟，以此前去说和，作为赎罪。但不知老弟意下如何？且不知那小将曾否婚配？”

朱光祖听说大喜道：“老哥！你道那小将是谁？就是贺天保的儿子。施公因他盗回印信有功，特保举他为千总，在漕标当差，住在天霸那里。今年方十五岁，本领却是高强，而且智谋甚好，却未曾婚配。如果老哥愿意将侄女匹配与他，你老哥真是得了个快婿了！此事包在小弟身上，老哥你且放心罢！”

此时酒已摆上，殷龙便请朱光祖饮酒。朱光祖这才入席饮酒。

毕竟后事如何，且看下回分解。

第一九一回　朱光祖力主和议　施贤臣慨诺良缘

话说朱光祖饮酒之间，向殷龙说道："我那侄女长得如此出落，那贺人杰又生得仪表堂堂，真是一对天生的夫妇。将来作成了这段美事，老哥应谢我什么呢?"殷龙道："如果从此罢兵，彼此和好，将来谢仪定然加倍。"朱光祖笑道："老哥太小量小弟了。咱等作成这件事，咱自会讨谢，不怕你这老头儿作难，也不怕我那侄女儿不肯。将来再说便了!"大家大笑。于是开怀畅饮，尽欢而散。

次日，朱光祖即辞了殷龙，来到大营，与天霸说道："你们这场恶战，两边都有些吃亏，却有一个人最讨便宜。"说着望着贺人杰道："你且过来，我同你说话。"贺人杰走到光祖面前。光祖问道："你今年多大了?"人杰道："今年十五岁。"朱光祖道："是了，你先给我磕头，我再告诉你。"人杰站在那里发怔，大家也不知所以。计全接着说道："朱大哥，你究竟是什么葫芦卖什么药?拿人家小孩子在这里作耍，何必呢?"朱光祖笑道："我说出来，可是要人杰给我磕一百个头，我才依你呢!"黄天霸道："你老只管说，如果应该磕头的，自然叫他给你老磕头。"朱光祖道："我实告诉你，咱到殷家堡内，见了殷龙，先说了些交好事情。后来他就请我说和。我就说了他许多不是。他就发誓说：非是他的主意，实在被族众诬屈。我说这件事闹大了，若去求和，就便统帅应求，还恐大人不允。他再三又求我，我只得勉强应允。后来他又叫他女儿出来见我。这一见便触起一件事来。我想人杰年纪已不小了，也可以对亲了。我见赛花模样儿又好，武艺儿又好，因此就说：'你若要我叫他罢兵，我却有件事要你应充。你女儿今年已是十六岁了；那贺天保儿子今年十五岁，模样儿又好，武艺又出众，现在是漕标千总大老爷。若将你女儿配了人杰，这罢兵的事，包在我身上。’他听见我这话，便问：‘贺人杰可在这里？’我就说：‘你应该看见过了。’他说：‘可是那舞锤的小将？’我说：‘一些不错，就是他了。’他还说：‘惭愧。’我问他：‘为什么惭愧？难道被那小将打败了不曾？’他说：‘我岂但被那小将打败，连你侄女儿也被他打败过的，可不是惭愧么？’我问他：‘你既被他打败，想必他的本领不在你之下了。我要给侄女儿做媒，到底可允不允呢？’他听我说，真个是千愿万愿，再没有半个不字。现在已答应将女儿配匹人杰，藉此赎罪。”大家听了这一番话，才得明白。天霸道：“若论平时，应该磕头敬谢。但是现在公事未清，何敢谈及私事？虽承你老美意，恐于公事上有些违碍。不必说人杰侄儿不敢应允，就是某也不敢轻于应承。只是随后再议罢！”朱光祖道：“如此说来，贤弟是定要擒个你死我活了。”天霸道：“非是某拘执，只因大人之命不敢违背，只得有违台命！”朱光祖道：“若恐怕大人不行，我就前去淮安与大人面讲去。诸位若可体谅，免得咱去走一趟。就请你们据我的话，写封书去禀大人，将前后情节，细细写明，请大人批示，我等便可遵行。”

天霸道：“朱大哥这个话儿，最为得体。我们就据你老的口气，作书去禀大人便了。”当就写了书信，将前后各情形，一一写好，差人星夜前去。过了五六日，施公的批示回来，大家上前观看。但见上写着：

据禀已悉。既据朱壮士力保殷龙，实非本意，委系遭诬，姑从宽恕。着令将原解饷银如数交出，并将首要犯押送来辕，听候按律惩办。至殷赛花由朱壮士促合，匹配贺人杰为妻，殷龙亦颇情愿；男婚女嫁，古礼皆然。贺人杰即作为出力酬劳，殷赛花即作为代父赎罪，着即邀同媒妁，先行择日行聘，候贺人杰年交弱冠，再行完娶可也！其余一切应办善后事宜，仍着朱壮士会同该副将等，妥为商酌。应解饷银，仍着参将关太、守备计全克日护送到京交纳，毋得延误！切切此批！

大家看毕，朱光祖非常得意，黄天霸也是欢喜无限。当下就命贺人杰给朱光祖磕头道谢。贺人杰只是臊皮①。此时郝素玉、张桂兰也都出来，望着贺人杰说道："侄儿，现在有了老婆，就是大人了。可不能再有小孩儿的脾气了！"于是你一句，我一句，把他取笑，只说得贺人杰面上通红，站立不住，跑到张桂兰面前说道："婶娘，你老可请他们不要取笑罢！怪臊皮的，咱可要急了。"张桂兰见他两只眼睛已急得要流下泪来，又可怜又可笑，当向众人说道："我替人杰说个情儿，等他大娶的时候，再闹新房罢！现在这小孩子，已臊得要哭了。"大家哄然大笑，方才住口不谈。此时合营俱已知道准备撤营回海州，是日营中大排筵宴，俱各尽欢痛饮。

次日，朱光祖便去殷家堡，说明各节。殷龙父子感激不已，当将银子如数缴出；又将首犯捆送到营，听候治罪。一会，又晓谕合堡人民撤防，各安本业，毋得再行借端生事。诸事已毕，殷龙又率领四子，亲到大营，肉袒谢罪。黄天霸等亦款待甚殷。就此择了吉日，预备行聘。到了吉日，那男家黄天霸夫妇代做主人，备了礼物，就请朱光祖为女媒，计全为男媒。贺人杰这日打扮得簇簇生辉，由朱、计二人带往殷家堡求亲。殷龙甚为欢喜，当日就出了庚帖。这日大排筵宴，直吃到日落，始各散席。朱光祖、计全仍带了贺人杰作谢而别。次日殷龙又亲自到营，给计全、朱光祖谢步。隔了一日，黄天霸带了贺人杰又去告辞。殷龙又备了许多礼物，前来犒师；又代黄天霸、计全、关太送行，并送众人。及至黄天霸撤队回营，面禀施公各节，施公亦甚喜悦。黄天霸命贺人杰给施公道了谢，诸事才算清楚。

却说关小西、计全仍押解饷银，前赴京师交兑。黄天霸等当亦撤营回淮，各守责任，这也不必细表。

且说贺人杰自离山东，已经三载，这日忽然想起他的母亲来。在前，本有书信寄回山东，接他母亲到淮安居住。他母亲一来不曾代朝廷立过大功，她居心要人杰在人前立些功劳，将来再讨一房家小，然

① 臊皮：害臊脸红。

后再去淮安居住，故此他母亲不曾来。现在贺人杰实在思念不已，这日便与黄天霸说道："叔父、婶母在上，侄儿有件心事，要与叔父、婶母商议！侄儿自奉了母亲之命，到此投奔叔父、婶母，承蒙不弃，抚如己子。又蒙大人破格看待，赏了官职。今复蒙叔父、婶母及大人等成全，给侄儿定下这婚事。叔父、婶母的恩德，固是感谢不尽。但是母亲远在家乡，侄儿一别三年，实在思念得很。意欲回去一走，看看母亲精神如何，稍尽为子之道。请叔父给侄儿在大人前请三个月的假，不知叔父意下如何？"黄天霸道："这是贤侄的孝思，回籍省亲，自是正理。愚叔明日当代贺侄在大人前请假便了。但有一件，你母亲远在山东，贤侄又不免思念，最好一劳永逸，贺侄此去，就将你母亲接来，在此居住。贤侄既可朝夕侍奉；况贤侄且现已定下婚事，两三年后即要完娶，一家团聚，何等不好呢？贤侄你想这话可是不是吗？"人杰道："承叔指教，何敢不遵。但恐母亲不肯前来，那便如何是好？"黄天霸道："这倒不难，就说是奉大人之命，特地着你回籍迎亲，以尽子职。你母亲听了这话，她必然肯来。"人杰听了这话大喜道："承叔父指教，明日便请叔父与大人先代请假便了。"黄天霸答应。

次日，天霸进了辕门，见着施公，便将人杰思亲，欲请三个月省亲的假，回山东省亲，与施公禀明。施公当下说道："难得小孩子不忘孝道，本部堂自应准许。但本部堂之意，母子各住一方，彼此究竟心悬两地，不若趁此就将他母亲接到此地，也不致悬念儿子。而况人杰既带本标，又不能常离职守，如此办法，倒觉一劳永逸。母子团聚，何等不好呢？天霸你看如何？"黄天霸道："承大人格外恩典，此是极好的了。副将回去，当将大人的恩典，告诉人杰，叫他就遵大人的命，去接他母亲便了。"施公点首。黄天霸退出，当即回衙。贺人杰迎接进去。叔侄坐下，天霸便将施公准假省亲，并着令迎养的话告诉人杰。张桂兰一闻此言，当下喜道："既蒙大人恩典，着令贤侄回去，迎养你母亲到来，这便是好极了。贤侄一面回去，咱就一面收拾收拾后进房屋，专等你母亲到此居住，咱妯娌两个便可朝夕畅谈。"人杰道："虽承叔父、婶母如此厚爱，不免要搅扰叔父、婶母了。只好随后等侄儿稍有寸进，再为报答罢！”张桂兰闻言大笑道：“到底是要讨老婆的人，也会说这样的客气话了。而况你叔父与你父亲，如同亲骨肉一般。便是你母亲来了，咱与你母亲也同亲姐妹一样。一家人有什么搅扰？你今日说了这话，你想可臊皮不臊皮么？咱婶子大胆喊叫你声孩子。”黄天霸听说也是大笑。只见贺人杰把个小白脸臊得通红的，坐在那里一言不发。张桂兰见了复又笑道：“咱不过说了这两句话，你就臊得这样。将来讨老婆的时节，要被人家上闹起新房来，还不知要怎样害臊呢！算了罢！你且去料理整顿，明日去大人那里谢了假，并禀知回籍迎养，到各处辞了行，三日后便可动身。早去早回，好让咱与你母亲早得相见。”贺人杰这才站起来，自去料理了一日。

次日，即到漕督衙门禀谢辞别。施公又将他传进去，吩咐了许多话，叫他赶紧将他母亲接来，听候差使；又叫施安在账房内，取了一百两银子，赏他做了盘费。贺人杰再三不肯领。施公命他收下。贺人杰却不敢再推，只得收了，又与施公重谢了恩，这才带着银子退出。回见天霸，便将施公赏银的话，告诉了一遍，天霸也自然感激。此时同衙各人俱已知道，大家就来给他饯行。郝素玉因关小西解饷未回，不便请他筵宴，只得送了几样点心，又买许多土产，送给他母亲。贺人杰不敢推却，只得全收了。又去各处辞了行，道了谢。黄天霸也送了一百两银子，与他作盘费；又派了四名护勇，同他前往——随后好护送他母亲到淮，诸事已毕。这日贺人杰即拜辞了黄天霸夫妇，带着护勇回奔山东，暂且按下。

再说关小西、计全等将饷银押解赴京。交兑已毕，领了回批，即便出京，仍回淮安供职。沿途上早行暮宿，渴饮饥餐。一路直至山东交界，到处闻说这两省界内出了一个采花大盗，闹得不成样子；便是各地方官妻妾，也有被他奸淫的，拐去的。所以自天津以至山东，无论军民人等，个个皆知，大街小巷，无不纷纷传说。就便这样严拿得紧，那强盗还是照旧行事，不但不能将他擒获，连他的那个影儿，终不曾瞧见他一面。以致日久了，那些被害之家，反而不疑是强盗，倒反疑到妖怪身上去，或有建醮拿妖的，或有延僧超化的。关太、计全沿途上得了许多见闻，心中好不纳闷。急要访拿，为民除害，却又不见形迹，不知姓名，连个风声儿都不知道，这是怎么拿法？只得赶着回淮安衙门销了差，再行与施公说明，请示办理。彼此商议妥当，就赶速起程。

这日已到了徐州草桥驿地界，关太等就在那镇上找了客店住下。到了三更将近，关大正一觉睡醒，忽见有个人影儿在窗外一闪，就如风飘落叶一般。关太一见，立刻从铺上爬起来，提着倭刀追了出去。计全此时也知道了，提了兵刃追赶出来。两人四面一看，哪里有个人影？又四下寻找一回，一些影响都没有。只得仍自回房，取了火种，将灯点上。忽见桌上有封柬帖，计全拿起一看，但见上面写着："赛罡风采花魁首蔡天化奉拜。"计全看毕，便低低地告诉关太说道："那些采花案一定是这个人了。既知姓名便好办事。咱们且回去销了差，再作计议罢！"关太答应。两人复又睡了一会，已是天明。便起来梳洗已毕，用了些早饭，算还房钱，带着亲兵赶路，向淮安进发。不一日已到，当即到施公前缴了回批。施公大喜，便令二人坐下。关、计二人就将以上各情节说了一遍。欲知如何，且看下回分解。

第一九二回　施贤臣聚议访淫徒　贺人杰驰归接老母

话说关太、计全将沿途上闻说各项奸淫案件，并在草桥驿客店遇见蔡天化留柬露名各情节，一一向施公禀明。施公闻言，大怒说道："如此强人，贻害百姓。若不严行拿办，以正国法，本部堂何以对朝廷而安百姓呢？计贤弟与关贤弟，你二人沿途不免辛苦，且各回衙暂歇。"关、计二人唯唯退下，自去与黄天霸等说知，不必细表。

且说这蔡天化，系关东人氏，今年才交二十五岁，是飞来禅师的首徒，却是一身好武艺，不但刀枪剑戟件件精通，飞檐走壁般般熟悉；他更有一个绝技，善运神功，任你刀枪利害，皆不能在他身上动入分毫。那飞来禅师是极爱他的，后来因天化仗着武艺高强，又喜一色字，师父就将他赶出了门。他见师父将自己赶出，却正中心怀，便往来于天津、直隶、山东各处，专以盗劫财物、奸淫妇女为事。他有一种闷香，叫做鸡鸣断魂香，只要将那闷香烧起，总要到鸡鸣时候，女子才会醒来。及至自己知道，却又不知被谁人污辱。为此有含羞自尽的，不一而足。虽经各地方官悬赏缉获，无如他来无影去无形，又无一定的下落，故此拿他不住。这日因各处拿他得紧，又打听关小西等是施公面前得用的人，走此经过，沿途上不免听人传说，料定他们要在施公面前禀告的。又因施公向来专与他们为难，江湖上朋友，绿林中豪客，不知被他拿办了多少。因此要显显自己本领，露出姓名，偏激他派人拿捉。蔡天化存了这个心，所以才在草桥驿留了柬帖，通了姓名，使关小西、计全知道，回去向施公说知，好使施公差人擒捉。这便是蔡天化始末原由。

且说关小西自见过施公，退出衙门，便去黄天霸那里见着褚标、天霸，说明各节，并将施公传知各人聚议的话头，又告诉一遍。次日，天霸等皆齐集辕门，见施公请安毕，站立一旁。施公使命大家坐下，因说道："昨日关参将、计守备解饷回来，说及由天津至山东一带，近有采花大盗，专门奸淫绅商士庶人家妇女，被辱之家不可胜数。闾阎[1]受害，尚复成何天日？虽经各地方官悬赏缉获，怎奈该盗行迹无定，不易擒拿。又据关参将、计守备声称，于徐州交界草桥驿地方，有人留柬帖，上写'赛罡风采花魁首蔡天化'。本部堂之意，或者该盗不是蔡天化，却与蔡天化有仇，借此挟嫌诬害，亦未可料。诸位贤弟英雄以为然否？"当下褚标即应声说道："大人的明鉴。在老民之意：那采花大盗牛定是这留柬露名的蔡天化无疑。"

施公道："据老英雄所料自是不错，但是他犯法露名，却是何故呢？"褚标道："大人有所不知，大凡有武艺的人，无论英雄好汉，以及江湖上朋友，除非不闹出事来，若是已闹出大事，总不肯缩头缩尾，嫁祸于人。就是这个蔡天化，明知所犯之事，于国法难容，他却仗着武艺高强。又因该处各地方官拿他不住，他便目空一切起来。他料定此事，终久要被人知道，差人访捉他，却偏要显自己武艺高强。却值关参将等解饷回来，打从那道经过，他便留那么个柬帖，露出姓名，故意使关参将报知大人，由大人差人擒捉于他。偏叫人拿他不住，那才显他本领，显然如此。这天化既有此举，在老民看来，他的本领，恐亦不在我辈之下，只怕此人现已到了淮安，不过我等大家认不得他罢了！老民还有一说，大人贴身，还要格外防备才好。"施公道："据老英雄所言，这天化是有些难捉了。这便如何是好？总不能使他逍遥法外，扰害良民，让那些闾阎佳人，含羞莫白！"褚标道："那蔡天化如此行为，怎么能容他幸逃法网？但不过不宜太急。在老民之意，最好不动声色，先将他形迹访查确实，然后合力去擒，较为

---

① 闾阎：原指古代里巷内外的门，后泛指平民老百姓。汉·《史记·平准书》等均有相关记载。闾（lǘ）泛指门户；人家。中国古代以二十五家为闾。阎（yán）指里巷的门。

妥当。不知大人意下如何？”

施公正欲开言，忽见黄天霸在旁大怒，便向褚标说道：“你老为何长他人之志气，灭了我等的威风？难道那蔡天化有三头六臂不曾？就他真有三头六臂，须放着我众兄弟不死，也要将他擒获住了，碎尸万段，给那些被辱之家申雪。照你老这样说法，慢慢地捉他，倘一日不将他捉住，民间多被一日之害；不但如此，还要给他笑我等无能。我黄天霸是不能忍的！”褚标道：“贤侄所言，急于为民除害，固是贤侄的好心，不避艰难，敢为敢作。但老朽有句话要问贤侄：你可知道他现在何处？譬如当面见之，你可认得他么？”天霸一闻此言，顿觉语塞。褚标复哈哈大笑道：“贤侄！依老朽的主意，定然是明查暗访。等有了实在消息，那时再并力合攻，不怕他插翅飞去。便是老朽也可助诸位一臂之力。”施公道：“老英雄所见正合某意。黄贤弟不必性急，就照老英雄这样办法也罢了！”褚标道：“虽然如此说，大人左右还须每夜得两人，轮班保护才好。得到那人消息，将那人捉住，大家就可庆太平宴了！”大家答应，又议论了一会如何明查，如何暗访的话，这才退出。看官，要知此一番英雄聚议，内中却没有朱光祖，因他自与殷龙解围之后，他就另有别事去了。直到后来三访铁臂哪吒万君召，那时他才出来，趁此交代。黄天霸等由此叙议之后，就各处眼线内头，访查蔡天化的消息去了，按下不表。

再说贺人杰由淮安起身，早行夜宿，在路上非止一日。这日已到家中，见着他母亲梁氏。在贺人杰是说不尽的那依恋之意，在梁氏也是说不尽的爱惜之情，本是极喜之事，更是极乐之事。那知乐极生悲，他母子二人倒反相视无言，对着面流下许多泪来。觉得这三年之中，有许多话，竟不知从哪里说起。还是贺人杰破涕为笑道：“母亲，你老人家近来身体还康健么？孩儿自那年离了母亲，去到淮安，不觉已经三载，何日不思念你老人家？刻刻想回来走走，无奈不得脱身。”梁氏听说，就把人杰拉到怀中来，望着他笑道：“难得孩儿有志向上，显亲扬名，不必说为娘的心上欢喜，便是你父亲在九泉之下，也要喜欢的。”于是贺人杰就将大闹殷家堡，奉命婚配殷赛花，以及迎养的话说了一遍。梁氏听了，好不欢喜。当下又问道："孩儿，那殷家女子模样儿生得如何？你可不要害臊，照实说与为娘知道，好使为娘放心，为你欢喜。"

人杰见问，便带羞又细说了一遍。梁氏更加欢喜，当下即命人杰将带来四名护勇安顿住下；一面料理择日动身到淮。

梁氏见儿子做了官，前来接他，自是满心欢喜。当下就料理起来，收拾有半月光景，诸事已毕，择定日期动身。

在路上行程，非止一日。这日已至淮安城外。贺人杰即着带来的护勇先进城通报。黄天霸知道，一面命人出城迎接，一面命人将房屋打扫洁净，以便盟嫂安住。不一会，梁氏已与贺人杰来到。黄天霸即与张桂兰迎接出来。梁氏下了驮轿，张桂兰先让她进去。到了内室，黄天霸先给梁氏见了礼，又命张桂兰相见。梁氏回礼已毕，张桂兰让梁氏坐下，早有丫环献上茶来。

梁氏便说道："小儿在此，一向承叔叔、婶娘照顾，提拔他成人，愚嫂实是感谢不尽。"黄天霸、张桂兰也道："便是侄儿在此，诸多简慢，有照应不到之处，还望嫂嫂包容！"梁氏谢道："当今之际，就是同胞叔侄尚有如同仇寇的呢！何况异姓叔侄，抚养犹如己子，教养兼全。再说照应不周，却要怎样才好？"

张桂兰又谦让了一会。此时带来的物件，已纷纷搬运进来，梁氏见黄天霸在那里招呼，委实过意不去，即命人杰进去自为收拾，将所有物件安放妥当。张桂兰即邀同梁氏到后面看了一回。

梁氏复又谢道："多累贤妹费心，实在过意不安，只得随后图报罢！"张桂兰道："姐姐何必如此说，咱与姐姐虽是异姓妯娌，却有你叔叔与大哥当日那番情义，如同骨肉一般。"梁氏听说，知道张桂兰是个口直心快的人，也就答应。张桂兰大喜。此时日已正午，外面已开了饭，丫环进来请她二人吃饭，张桂兰就将梁氏邀了出来，彼此坐下。张桂兰道："姐姐请来用饭罢！"

于是二人吃了饭，张桂兰又帮着梁氏在房内收拾了一会，她两人就在房内畅谈起来，彼此倒着实投心合意。梁氏忽想起一个人来，因问道："咱曾闻你侄儿说起，此间有个褚老爷子，是怪疼你侄儿的。这褚老爷子现在这里么？"张桂兰道："在这里。"梁氏道："愚姐要去见他，给他行个礼，并谢谢一向关切。就请大妹着人出去通报一声，好使愚姐前去。"

张桂兰答道："愚妹倒把此事忘了，幸亏姐姐提起来。这褚老爷子可真是怪疼侄儿的，就是大人面前，也是他代侄儿说了许多话。姐姐既已到此，却是应该给他道谢；况且他前日还记念着姐姐与侄儿，不知何时可到这里。他老人家真是个热肠古道人呢！"说着就命人去外面通报。一会子家人进来回道："褚老英雄说：挡贺太太的驾，断不敢当。如果贺太太定要出去，也可请贺太太见见，随后就好常见了。"张桂兰听说，一面拉着梁氏望外就走，一面笑道："这个老儿真讨厌，你听见那种半推半就的话罢！"梁氏也觉好笑。说着已到外面，便与褚标行了礼，又道谢了一回，这才与张桂兰进来，一宿无话。

次日，贺人杰一早到施公那里禀到，并禀明已将母亲梁氏接来。梁氏又取出许多土仪，分送张桂兰与褚标。又取了一份，着人送与郝素玉。接着郝素玉又过来相见。隔了一日，张桂兰又备了一席盛筵，给梁氏接风，就请郝素玉相陪。郝素玉又备了一席请梁氏，便转还张桂兰的东道。梁氏隔了一日，也备了一席，复请张、郝二人。由此你来我往，好不亲热。更兼人杰朝夕侍奉，曲意承欢，梁氏甚为欢喜，这也不必细表。

且说清河县境坂浦地方，多系盐侩居住。内中有两家盐侩：一个姓李名唤成仁；一个姓刁名唤祖谋。这刁、李二家，即是贴邻居住，虽不能称为通家之好，却也颇谈得来。李成仁居心忠厚；刁祖谋却是好险无匹，更兼家道贫穷。这一日，刁祖谋忽然心生一计，走至李家门首，喊了一声："李家仁兄回来么？"

李成仁见有人来问，他即走了出来。见是刁祖谋，便请他进去。

刁祖谋道："老哥此趟出门，一定是得法的。"李成仁道："什么得法？不过料理些未完事罢了！"彼此就谈了一会，见已是晌午时候；李成仁留他午饭。饮酒之间，在先无非说些经纪的话。酒至半酣，刁祖谋忽然叹气说道：“小弟是苦于本短，看着一场大利，不得到手，只好让着旁人去得。”李成仁原来为人虽然忠厚，却有一层，利心太重。刁祖谋又深知他见利忘义的，故此拿这个话去诱他。哪里知道李成仁听是此话，不知是计，却认以为真，因问道：“刁兄！你说什么一场大利，这话可真么？”刁祖谋道：“怎么不真？而且是千真万实的事。现在有个南京客人，贩了百十匹绸缎，到海州、徐州一带贩卖。不意走到海州，才知徐属以上一带，去年被了水灾，无人爱买，仅靠海州一处销售，哪里能销得许多？若再盘运回去，往来水脚，沿途关税，更不上算。因此那南京客贩贬价贱售。若得数百金，将这宗绸缎买下来，随后再卖出去，虽不能对本对利，五分利钱靠得住的。小弟是短于财，见着此等大利不能到我手，你道可惜不可惜么？”李成仁道：“如兄所言，究竟要多少银子，才得将这批货买下来呢？”刁祖谋道：“大约至少也须五百两纹银。”此时刁祖谋已早料定李成仁入了圈套，因此说道：“小弟昨日已经向友人借了一百两，自己凑了一百两，打算前往海州先买他一半。后来听人说起，那南京客人虽然贬价销售，却也不肯分几起售出，须要一起售去。小弟闻得此言，虽有二百两银子，仍是毫无用处，因此就将这一百两银子，就还了那个朋友。”李成仁道：“刁兄你那一百两银子，虽已还去，如果有人与你合本去做，这一百两银子可拿得回来么？”刁祖谋道：“拿是拿得回来，但哪里有人肯与我合做呢？”李成仁道：“你如果真拿得回来，我便出三百两银子，与你合做。”刁祖谋道：“此话真么？”李成仁道：“谁骗你来？”刁祖谋大喜，即刻吃完了饭，辞别而去。到了晚间，果然带了二百两银子来，当时交与李成仁道：“我们后日便可动身，约定一早下船。我先码头上雇定船只等候，你可随后就来，愈早愈妙。”李成仁答应。

刁祖谋辞去。此时李成仁的妻子王氏知道此事，却不以为然，就极意阻拦。李成仁不听。到了第三日，天将微明，就起来带了五百两银子，出门去。不一会已至码头，刁祖谋早已在那里守候。便将李成仁邀至酒店内且饮三杯。欲知后事如何，且看下回分解。

第一九三回　图财害命反告诬栽
托梦申冤据情互控

话说李成仁与刁祖谋同至酒店坐下，祖谋说道："李兄清晨到此，尚未用点。"即招呼店小二打了一角酒来，又做了些面饼，二人就对饮起来。李成仁不知其中有计，哪里晓得刁祖谋已暗带了蒙汗药，等到酒将饮毕，刁祖谋便将蒙汗药放人酒中，又斟了一杯，与李成仁饮，说道："饮此一杯，我们便吃些面饼，好动身赶路罢！船已是雇定的了。"李成仁即将那蒙汗药酒饮了下去，接着就吃了些面饼，腹中已饱。二人带了包袱，一齐出门而去。走了一会，那酒已是药性发作，李成仁便向刁祖谋道："刁兄！我头晕得很，不能走了，你且搀扶着我，同到船上睡罢！"刁祖谋没法，只得扶着李成仁慢慢前行。刚走到一个僻静河口，是向来无人经过的地方，那时节李成仁万难行动了，只觉得一阵眼花，就跌倒在地。刁祖谋看了大喜，当即赶上前来，找了一块大石头，用绳索缚在李成仁身上，复拖到河口，望河中一放。他便将所带的银子，全行收下，据为已有，便绕道仍自回家，将银子安放好了。

到了午时，老刁走到李家门首向内喊道："李兄！为什么耽搁在家，害我在那里等到这时候，都不见你前去，却是何故？"

李成仁的妻子王氏听说，赶急开门出来，看见是刁祖谋来问，王氏便惊讶道："刁伯伯！你怎么说我家大爷没有去？我家大爷天将微明，就带了包裹去了。莫非他走岔了路了？"刁祖谋道："我约他去的码头，是直通大路的，怎么会走错呢？"王氏道："既是直通大路不会错的，这就奇怪了。伯伯且请回去，我家大爷去是去的，到了那里，不见伯伯，他必定也要回来，再叫他到伯伯那里去罢！”刁祖谋答应回去。到了晚间，刁祖谋又走过来问道：“李兄曾回来么？”王氏道：“便是我也在这里疑惑，不知为什么到此时，还不回来？”刁祖谋登时变了脸怒道：“我知道了，你们串通一局，谎骗我那二百两银子，叫你在家糊混搪塞。老实告诉你，我姓刁的也不好惹。你要放明白些，把那银子还我，两相罢休了。我且再等他一夜，到明早若不将银子交出，不要怪我无情了！”说罢，怒冲冲而去。

王氏听了，好不着急，当下即着家僮向各亲友家寻找，哪里寻得到？王氏更加着急，整整啼哭了一夜。到了天明，刁祖谋反过来催逼。可怜王氏不知是中了计，只得央着刁祖谋：“先到各处找寻，总要将丈夫寻回来，还你的银子罢！”刁祖谋始尚故意不行，既而勉强应允，复又说道：“嫂嫂！我是看你女流。照你这样光景，大约是真不知道你丈夫躲藏何处。我且再限你三日，你可赶紧着人寻他。倘三日之后，再不还我银子，我一定到县里告他谋骗了。”说罢，又大怒而去。王氏听了这话，可怜急得她要寻死觅活。幸亏她家内丫环、仆妇再三相劝，只得仍请了许多人，帮着她四处找寻她丈夫的下落，一连又寻了三日，哪里有个影响？刁祖谋届期又至，王氏只得仍然回答他不曾回来。刁祖谋便恶狠狠地说道：“你不要瞒混了，你丈夫是一定与你串通的了。也罢，我合该与你丈夫是有些口舌，明日我们到县里去说罢！凡事经到官，都要有个水落石出的！”说罢掉头而去。王氏听说他要到县里去告，这一吓非同小可，当即着人将自己的哥哥请来商议。他哥哥原是清河县学的生员，名唤王有章，为人亦极其诚实。王有章听见妹子要被刁祖谋拉到县里告状的话，哪晓得他一听此言，比王氏还要怕些，连一句话都说不出来。倒是李成仁平时用的家僮，名唤王福，他还有些主意，当下说道：“大奶奶不要着急，刁祖谋如果去县里控告，大奶奶不敢上堂，奴才愿去县里。不但与他对质，还要告他将我主人藏匿，反来诬告串骗我家，就此勒令他交出主人呢！”

王氏被王福这一句话提醒了，心中反倒疑惑起来，一人坐在房中，不觉朦胧睡去。忽见他丈夫李成仁走进房来，满身的衣服湿淋淋，如同水内拖起来一般。正欲问他如何这等模样，又见李成仁苦着脸向自己说道：“我悔不听贤妻之言，致有今日之祸。尚望贤妻结发之情，代我申雪，抚我幼子。虽在九泉，也要感激的。”说罢，忽然一阵清风，登时不见了。王氏惊醒，听了听正交三鼓，她放声大哭。这一哭，把那些家僮使女都惊醒了，全赶着进来，问是何事？王氏便将梦中所见，细说了一遍。只见家僮王福也哭着说道：“果不出奴才所料，一定是被刁祖谋见财起意，将主人害了。等到天明，奴才便与大奶奶前去县里控告，直告他图财害命。他若狡赖，就请县太爷勒令他交人。若交得出主人，我们情愿认诬；他若交不出主人，一定要他抵命。”王氏此时也有了主意，居心要代丈夫申冤。等到天明，王氏就带了家僮王福，一齐到了清河县堂上，一面就将那面大鼓，敲得咚咚地响，一面口中喊道：“求县太爷申冤呀！”

此时清河县陈文亮刚梳洗已毕，忽听外面有人击鼓申冤，即刻吩咐坐堂，将喊冤的人带上堂来审问。家丁答应，也就立刻出来，将差役传齐。陈知县升了堂。当有值日差将王氏带上，跪在下面。王氏磕了个头，说道：“求太爷申冤呀！”陈知县先将王氏打量一回，见她是个正经人家的妇人，就开口问道：“汝姓甚名谁？有何冤枉？可从实诉来。”王氏又磕了一个头，说道：“小妇人王氏。丈夫李成仁。住居坂浦，向以铺售官盐为业。只因五日前，有贴邻刁祖谋前来小妇人家内，伙同小妇人丈夫前往海州贩卖绸缎。小妇人丈夫素来忠厚，当时就允与刁祖谋合本，约定三日后一齐动身。到了动身这日，天将微明，小妇人的丈夫就带了银两出门去——因刁祖谋约定丈夫愈早愈好，他在码头上先等。丈夫出门后，小妇人以为丈夫一定同刁祖谋去了。不意到了晌午时候，刁祖谋忽然回到小妇人门首喊道：‘李兄！你为何在家耽搁，到这时候还不去？把我等到这会。’小妇人听说，不觉诧异，当即告诉他，说：‘丈夫于天明时，已经带了银两寻你去，怎么说他未去？’刁祖谋又道：‘委实不曾去的。’小妇人便说道：‘既是伯伯未曾等到，我丈夫莫非走错了路不成？’刁祖谋又道：‘若说走错了路，此去码头一直通大道，断不会错的。’小妇人也就疑惑起来，复向刁祖谋说道：‘伯伯既不曾遇见我丈夫，等我丈夫回来，叫他到你家去罢！’哪里知道一直等到晚上，丈夫都未回来。小妇人固自着急，遂疑惑丈夫果真昧良，将他银子骗去，藏匿不出。只得央求他宽限三日，准我将丈夫寻回，与他结理。因此小妇人就央了许多人四方找寻，哪里有个影响？小妇人正在烦闷。不意昨夜三更时分，在睡梦中忽见丈夫回来，满身湿淋淋，如从水里拖出来一般，望着小妇人说道：‘悔不听你之言，致有今日之祸。’并嘱小妇人代他申雪。小妇人听了此言，正欲问他被何人所害，忽起一阵阴风，登时不见。小妇人惊醒，正交三更。因此知道丈夫被刁祖谋图财害命。特冒死前来，求县太爷申冤理枉。”

陈知县听她申诉了一遍，正欲问王氏那“悔不听你之言”一句，忽见值堂的书差，送了一张状词上来。毕竟这状词内是何案情，且看下回分解。

第一九四回　刁祖谋欺心对质　李王氏上控鸣冤

话说陈知县见值堂差送上一张状词，打开一看，原来就是刁祖谋控告李成仁“因财串骗，远匿无踪”，求饬提家属押交一案。陈知县看罢，回头问原差道：“这告状的人，可在这里么？”原差禀道：“现在外面。”陈知县道：“可将他带来，候本县审问。”原差答应下去。陈知县这才问王氏：“本县问你：你说你丈夫托梦于你，叫你给他申冤。但是你丈夫所说‘悔不听你之言’，究竟你曾对他说些什么话来？说与本县知道。”王氏回道“太爷容禀：只因那日刁祖谋到小妇人家内，与丈夫谈了一会，不知为何？小妇人因刁祖谋这人平时极其奸诈，就劝丈夫不要与他合本——为的丈夫老实，恐怕弄不过他。现在有本钱出去，将来无本钱回来，就怕他一人盘剥去。小妇人丈夫却不曾听信此言。也断不料老刁图财害命，将丈夫害了。所以丈夫托梦前来向小妇人说的那句‘悔不听你之言’，就是我拦阻丈夫不要与刁祖谋合本的话。太爷的明鉴：丈夫实在死得好苦。总要求太爷申冤。!”说罢，又连连磕头。

陈知县听说，沉吟了一会，即命人将刁祖谋带上。只见原差禀道：“刁祖谋业已到案。”当下刁祖谋跪在下面。陈知县便开口问道：“你就叫刁祖谋么？”刁祖谋道：“小人便是。”陈知县喝道：“刁祖谋你为何图财害命，谎骗李成仁合伙，将他害死，反要诬告他见财串骗？你可从实招来！现在尸亲已经将你告发。若有虚言，定即严刑讯问。”刁祖谋又磕了一个头，向上说道：“太爷的明鉴：小人与李成仁合伙是实，若谓图财害命，小人却不知从哪里说起。况且小人先将二百银子送交与他，并未见他有银子出来，岂有图财反将银子送去的道理？若说小人将李成仁害死，究竟有何凭据？李成仁之妻素来悍泼，难保不因小人要告他丈夫见财串骗，他先将这个图财害命的大题目，在太爷前控告，逆料太爷见此人命重案，必然提审小人，又逆料小人一经太爷提讯，就可从中央人说合，再不追问。等到事毕，或一二年后，李成仁再行出来。即使小人向他说话，那时事隔一二年，却又毫无凭据，如何与他说得起话来？即不然，他隔一两日，赌地使人将家小搬居他处，他反得安闲自在了。太爷的明鉴：却不能被他蒙混过去。总要求太爷一来追他串骗款项；二来治他诬告之罪！不然小人不但失去银两，还要担那图财害命的罪名，哪里担受得起？”

陈知县正要驳诘，只见王氏在旁哭道：“青天大人呀！小妇人的丈夫，实是被刁祖谋害死的呀！他说小妇人串骗他的银两，小妇人的丈夫避匿不出，求太爷即着他指出小妇人丈夫避匿的处所，将小妇人丈夫交了出来。小妇人有了丈夫，情愿任诬反坐；若交不出来，还求太爷明察！”刁祖谋听说，便向王氏驳道：“你可不要在青天大人案前撒泼。你将你丈夫藏匿起来，我知道他现在何处？我如果知道，我便要求太爷签差提他来。”

陈知县听了他们两人的供词，俱是有理，便又沉吟了片刻，又问王氏道：“你丈夫是何时出门的？”王氏道：“是天才微明就带一包裹出去的。”陈知县又问刁祖谋道：“你既与李成仁贴邻居住，应该约他一齐出门，为何先自前去，要在码头上等？你又为何先将银子交付与他？既是他真与你合本，尽可各带银两，挨到地头，再行交出不迟。此中显有情弊，快讲！”刁祖谋道：“太爷容禀：小人所以不与他同行者，因小人尚多俗事，要去料理；又因李成仁托小人雇船，所以小人才先走，为的是预先将船定好，李成仁一到便开，免得耽延时刻。若谓将银子先交付与他，这也是小人脚踏实地之处。因小人家贫，无人与小人合本，难得李成仁答应，若不将银子先交与他，恐他回想起来，又不与小人合本，所以小人先将银子交付，使他放心。”陈知县听了，亦似有理，一时难以决断，只得着两人取保，暂行回家，听候复讯。过了两日，陈知县又讯了一堂，仍是毫无头绪。

陈知县也就着急，便密饬心腹到外面察访。一连访了几日，竟访不出一些消息。

这日陈知县适有公干，到淮安漕督衙门，见施公面禀要事，就将这案两人供词，顺便带在身上——准备见过施公禀明公事就将这案情供词呈上去，请施公的指示。主意已定，带了供词，即便动身。来到淮安，见了施公，先将原禀的要事细细禀过；正要禀告这件事情，却好施公问道："贵县那里近来还有什么疑难的案件？"陈知县见问，正合心怀，因即答道："卑职正有一件案情，要求大人指示！"说着，便将刁祖谋及两人供词呈送上去。施公接过一看，首先见着刁祖谋这个名字，就有些不悦；及至看了他的状词并供词，已知大略。又将王氏状词看了一遍，随即问道："贵县却以此案如何办法？究竟曲在谁人？"陈知县道："卑职正因两人俱似有理，而刁祖谋似较有不实不尽之处。卑职也曾悉心访察，却毫无头绪。屡想用刑将刁祖谋审问，争奈不能指出他的实在曲处，因此不敢滥用刑法。还求大人指示才好。"施公正欲将案中是非曲直明白告诉陈知县，忽听大堂上一阵喊冤之声，施公即命施安出去，观看是何人喊冤。

施安答应，出来见是一个妇人，带了一个家僮，头顶状词，跪在那里听候。你道这人是谁？就是李成仁的妻子王氏。她因代丈夫申冤心急，清河县不能判断，久闻施公办了许多无头案件，又打听得陈知县已到了淮安，她便带了王福，连夜赶来，求施公申冤。施安将王氏状词接了过去，当即叫王氏在那里听候。王氏答应。施安将状词拿进去，走到施公面前，在旁站定，先回了两句道："喊冤的是个妇人，说是她丈夫被人害了，求大人申雪。"说着，就把状词呈上。施公接过，看了一遍，又递与陈知县看道："贵县你看这张状词，内中所说各节，本部堂看来无一字虚假，而且实在情急。若果串骗刁祖谋的银两，她断不敢到本部堂这里来告。"陈知县唯唯。施公又道："贵县且稍坐一回，等本部堂亲自问她一遍，方知虚实。"陈知县躬身道："是。"施公即命升堂。施安赶快出来，叫人伺候。立刻，书差人等，俱已齐集。施公升堂已毕，坐在上面，即命带王氏听审。差役一声答应，立刻将王氏带上，跪在下面。王氏便望上磕了一个头。施公留神细细将她看了一回，只见泪流满面，神色怆惶，因问道："你丈夫究竟被何人所害？你可从实诉来，本部堂定代你申雪便了。"王氏便将以上各情，申诉了一遍。施公便命她退下，候将刁祖谋提案再行复讯。

话说施公退堂，到了书房与陈知县说道："本部堂方才审问王氏，委系情急上控，并无虚假告词。就烦贵县将刁祖谋押解来辕，听候本部堂亲自研审。"陈知县唯唯退下，也就即日回至清河。施公复将陈知县带来两人的供词，细心推详了一遍，心下暗道："是了，这刁祖谋素来贫穷，且与李成仁贴邻居住，李成仁的家道，他必尽知光景。李成仁家道虽说饶余，却是好利心重。刁祖谋平日知其本性，欲要图他财帛，必因无由可人，所以特设此计：先以甘言诱他，知他心动，再以现银安住他的心，使他不生疑惑，然后再一网打尽。又怕被李家告发，复又托言，说他等了许久不见前去，反而倒说李成仁串骗他的银两，好站住自己脚步。不然，他与李成仁贴邻居住，何不约他同行？即便李成仁托他雇船，尽可先期将船雇定，然后与他同往，何以要先在码头等候？又谆嘱李成仁愈早愈好，其中显有情弊。且据王氏诉称，李成仁天将微明，就提了包裹出门。如此看来，一定是刁祖谋先用抛砖引玉之计，将李成仁骗入圈套，然后在码头僻静之处，趁着天将微明，无人行走，就在那里将李成仁谋害，取了银两，先送回家，再去李成仁家，假称李成仁未曾前去，这是一定无疑了。又据王氏诉称，李成仁托梦回家，见他满身皆湿，欲令王氏代他申冤，又说'悔不听你之言'，致有今日之祸。照此详察，李成仁定是被刁祖谋抛入河中，以致毙命。且待刁祖谋押解到此，本部堂再行彻底追究，就可水落石出的了！"

不说施公仔细推详，且说陈县令回衙，将刁祖谋先行寄监，准备明日亲自押解到淮安听审。次日正欲起行，地保来报，昨夜三更时分，渔人高光斗网得男尸一具，年约四十岁左右，背后绑有青石一块，系人故意绑缚，抛弃入水，因此禀报。现在高光斗已一并带到，候太爷的示！”陈知县见报，忽然心下一动，暗道：“这男尸莫非就是李成仁，因刁祖谋图财害命，将他抛入水中？且待本县前去相验毕了，再作道理。”想罢，即命地保：“预备尸场，候本县亲点相验。”地保答应退下。

到了午后，陈知县即带了仵作，前去芦苇港相验。不一会，到了尸场，陈知县升坐公案，即命仵作检验。旋据仵作喝报：“验得尸身委系因酒后为人绑缚，抛弃入水身死。”陈知县据报，出位周视一遍，遂命书差填明尸格。一面命地保暂行棺殓掩埋，候招寻尸属认明，再行给领。陈知县打道回县衙，又将渔户高光斗带上堂来，讯问一遍，遂即交保释放，将来如要对质，再行候传。陈知县即将尸格带在身边，就于当日押解刁祖谋，前往漕督衙门听候复讯。

不日已到淮安，陈知县先到督辕禀见。施公当即传见。陈知县进内参见已毕，施公命他坐下。陈知县禀道：“奉提之刁祖谋一犯，卑职已将他解到，候大人的示下。”施公道；“该犯既已解来，可即着先寄山阳县监内，候本部堂明日亲提严讯。”

当令施安传话出去。自有清河县原差，将刁祖谋解往山阳县寄监，不必细表。陈知县又向施公禀道：“卑职昨日派差，押解该犯起程，忽据芦苇港地保报称：‘该处渔户高光斗网获男尸一具，单身有绳索绑缚，背后并缚有青石一块。’卑职闻报，当即亲往相验。并据仵作喝报，委系酒后为人故缚，抛弃入水身死。卑职复又亲视一周，与仵作所报无异。卑职的愚见：李王氏控告一案，难保非刁祖谋有意图财害命，将李成仁抛弃入水身死。李王氏所控李成仁托梦申冤，李王氏又见他满身透湿，据此看来，似觉已有先兆。不过李王氏现在此地，是否该氏之夫，无人前去相认。”施公道：“贵县将尸格填明么？”陈知县道：“尸格已经填明，现已带在身上。”施公大喜道：“既有尸格，这就易办了。”陈知县便将尸格呈上。施公看了一遍，即刻传齐差役升堂，将李王氏带来复讯。

一会子，李王氏已到，跪在下面。施公问道：“李王氏，汝控刁祖谋有意图财，将你夫害死。本部堂且问你，你夫那日天明出门之时，身上所穿的是什么衣服呢？你可细细说来，本部堂可代你申冤。”李王氏磕了一个头，说道：“氏夫那日出门，身上所穿的，是玄色湖绉马褂，米色土绸袍子，蓝布套裤，玄色布鞋。”施公一面看那尸格，一点不错。因将渔户网获尸身一具，说了一遍。李王氏见说，不觉放声大哭。施公说：“李王氏你不必如此。刁祖谋现在已经提到，候本部堂明日讯问明白了，便可代你夫申冤。你且好好退下。”

李王氏退了下去。施公退堂，便与陈知县道：“贵县所言的那具尸身，经本部堂刚才问她，李成仁出门之时，身上所穿是何衣服，据该氏所诉，与那尸格一些不错。该尸身为李成仁无疑。明日只须将刁祖谋复讯一堂，是否为他谋害，便可明白了。”陈知县唯唯道是。当下施公就留陈知县在署便饭。用饭已毕，陈知县告退，一宿无话。次日一早，陈知县已经进来。

施公命传齐差役升堂，并令往山阳县监，将刁祖谋带来验审。一会子由清河县原差将刁祖谋解到。施公即与陈知县一起升堂，刁祖谋跪在下面。施公将刁祖谋一看，见他满脸奸相，施公已知道他不是善人。便往下问道：“刁祖谋你控李成仁串骗，藏匿不出，你可将以上情节细细诉来，或本部堂好代你作主。”

刁祖谋见问，即磕了一个头，便将如何合本，如何被串骗的话，枉说一遍。施公大怒，说出青石绑缚李成仁坠水之事，即命夹棍严讯。刁祖谋熬不过，只得招认。施公即判：秋后处斩。且听下回分解。

第一九五回　蔡天化二次露真名　老褚标一议捉强寇

话说施公审明刁祖谋图财害命一案，退堂以后，正欲宽衣，忽见王殿臣进来禀道："千总奉谕寻访蔡天化，现在该贼已有了下落。请大人示下，传知黄副将等，一齐前去并力捉拿。"施公听了，好生欢喜，当时传知各人，赶速随同王殿臣前去捉拿。

你道王殿臣如何知道蔡天化的下落呢？原来蔡天化自那日草桥驿留柬露名之后，本来就要暗地跟随关小西、计全来到淮安。只因他闻说徐州一处美貌妇女甚多，耽搁了好些日期。这日蔡天化在一个酒楼上饮酒，那酒楼名唤做"一醉楼"，要算得淮城里第一座酒馆。蔡天化就在那里独自小饮。忽见楼上走上一人，仿佛差官打扮。那酒堂的小二一见，立刻立在一旁，垂着手喊了一声："王老爷。"那人上得楼来，就在里面一间房内坐下。那店小二也就跟着进去招呼，且是应酬不迭。蔡天化见了，就有些疑惑，当时并未开口。停了一会，店小二到了蔡天化面前，问蔡天化还要什么菜？蔡天化先要了两样菜，趁此就问道："那房间里坐着的那个人，他姓什么？你为何那样应承他，却是何故？"店小二道："你老有所不知，那人姓王，名唤殿臣，是总漕施大人衙门里一位千总。这王老爷在施大人面前颇为得用，平时却不常来饮酒，偶而来了，待我们极其宽厚的，赏我们的小钱，说不定一样比正账还多。所以我乐得殷勤地去招呼他，是想他老人家多赏些钱。你老不要笑话。"蔡天化听了，也就微微笑了一笑，暗道："原来就是施不全那里的人，咱何不趁此就叫他带个信回去，使黄天霸那个小子知道，叫他前来会咱呢！"主意已定，又自斟自饮起来。蔡天化将酒饮毕，便将店小二叫到面前问道："咱吃了多少银子酒菜？算明白了，咱就走了。"店小二道："连酒共菜，一共八钱三分；外加小账是我们的，听你老人家赏给是了！"蔡天化道："咱知道了，现在身上未曾带钱，代我权记在账上。午后到城外天齐庙内向咱领取。"店小二闻此言，好不诧异，暗道："这人看他不像光棍，怎么竟来吃白食？向来又不认识他，怎么叫我代他记账？"一面暗想，一面带笑说："你老不要见怪，我们这个铺子内，向来是不赊账的，皆是现钱交易。而且与你老初会，你们虽叫我们到天齐庙内去讨，又不知你老姓甚名谁，这不是叫我们去白跑一趟。还请你老现惠罢！"蔡天化见说，忽将两眼一睁，一声大喝道："好个有眼无珠的小子！你要问咱的名姓，你可站稳了。咱就唤做赛罡风采花魁首蔡天化！你若识时务的，快快给咱将账记上，午后到天齐庙内向咱去讨，咱断不少把一文。若有半字不行，你可不要怪咱眼睛里认得你是跑堂的店小二，拳头上可认不得你了！"说着就将左手在桌角一拍，只见那张桌子角如刀削的一般，已削去一角。店小二一闻此言，知他就是蔡天化，已是吓得魂不附体；又见手这一起，他已将桌角剁了下来，更是不敢声张，只得抱头鼠窜，跑下楼去。

此时王殿臣早已听见，如在从前，也早已跳出来，与他交手了。只因蔡天化声名大了，一个人拿他不住。又因他说出住在天齐庙内，王殿臣心中暗想道："明明是他知道我在这里，有意说把我听，叫我前去与他交手。我若再打败了，这淮安城里，就不能住了。不若等他走过，再回去送信，约同大家一齐到天齐庙拿捉。"主意已定，即向壁缝内，将蔡天化认了个真切。蔡天化将自己的姓名住址报了出去，也料定王殿臣不敢出来与他交手，他也就下楼去了。此时楼上的酒客，等蔡天化走过，就大家议论起来。有的说："蔡天化不像做强盗的！"有的说："蔡天化真是好武艺！"还有的说："施大人正在那里各处访拿，他竟敢明目张胆出来，是要自寻死的！"议论纷纷，不一而足。王殿臣听了也是好笑，赶急算了账，走下楼去，赶回衙门，报与施公得知。

施公传齐各人，连褚老听见，也就一齐进来，商议捉拿之计。当下施公说道："方才据王殿臣来报，说是蔡天化现在此地，他已见过本人。诸位贤弟，看怎样前去捉拿？"黄天霸见问，便将如何见着蔡天化的细情，问了一遍。王殿臣也就将上项的情形说明。黄天霸不由得气望上冲，即向施公说道："大人的明鉴。这没有什么计策。蔡天化既在天齐庙，副将等即刻前去捉他便了！"褚标当即拦阻道："黄贤侄，你不必性急。依老朽的愚见，咱们此时不必前去，还是在衙门里等候，可一面各处埋伏起来。他到夜间见咱们不去，他必然到此探试，那时出其不意，将他擒获住了，实做个以逸待劳。若此时就大家前去，反要被他笑咱们无见识。"施公听了，也觉有理，即向黄天霸拦道："黄贤弟，老英雄所言，甚合吾意。你等就照老英雄这样办法便了。"黄天霸实在气忿不过，怎奈施公拦阻，不敢违拗，只得勉强答应下去。当时就议定黄天霸、关小西二人，在施公卧房内保护，计全、李昆在施公卧房外埋伏，何路通、李七侯在书房外埋伏，贺人杰、褚标在夹巷内埋伏，王殿臣、郭起凤、金大力在二堂内外埋伏。又将张桂兰、郝素玉二人传来，令她们各处巡风，帮同接应。商议已定，到了点灯时候，大家皆饱餐饮食，带了兵刃暗器，各处埋伏起来。那夜并不多点灯火，仍同平时一样，若作毫无准备之状。

大家等到二更时分，不见动静。看看又到了三更，仍是毫无影响，大家都有些着急。黄天霸正在施公卧房内，与关小西说道："咱不懂，褚老叔专代那个蔡天化小子说话，长他人志气，灭自己的威风。"关小西正欲回答，忽见窗外有个黑影子一晃。黄天霸递了个暗号，立刻提着刀，将窗格推开，飞身出来。关小西不敢走开，也就打了个暗号，与各人知道。张桂兰、郝素玉二人，是早已瞧见，正欲递信与黄天霸，已见天霸飞身出来。当下三人即刻蹿上房檐，四面一看，见施公卧房上面立着一个人，手内提着单刀。黄天霸一见，便大声喝道："蔡天化小子不要走！你认得黄天霸老爷吗？"只听蔡天化答道："天霸你这小子不要逞强。咱老爷特来会你，与你比个高低！"天霸一听大怒，立刻飞过房檐，向着天化就是一刀。天化也不招架，将左手往天霸的刀口上一迎。只听呵噔一声，天霸的刀犹如砍在石头上一样。天霸说声："不好！"赶将单刀抽回。才要复下一刀，向天化肋下刺去，天化的刀已向天霸胸前砍来。蔡天化、黄天霸二人在房檐上一来一往，约有十数个回合。黄天霸暗暗赞道："怪不得褚老叔料他武艺高强，果然不出所料。"蔡天化也暗自夸赞。

且说张桂兰见黄天霸战蔡天化不下，也就提着刀飞了过来，出其不意，认定蔡天化肋下就是一刀。蔡天化实在眼快，说声："来得好刀！"这一刀就望下面一磕，复一转刀背，将张桂兰那把刀掀在一旁；趁势就一刀，向张桂兰胸前刺到。张桂兰望后一缩，一转跳到蔡天化左边。蔡天化正欲掉转身躯来战桂兰，天霸已早又一刀，向天化肩背砍到。天化也不躲让，一面用肩背向刀一迎，一面执定利刃，向张桂兰便刺。黄天霸见他不避刀枪，心中好生着急，正欲拿暗器伤他，只见蔡天化说声："不好！"已飞下房檐。你道这是为何？原来贺人杰在对面屋上，见天霸、桂兰二人战他不住，便暗暗取出金钱镖打来，以为这一镖打去，必然将蔡天化二目打瞎了，好让黄天霸趁势擒拿。哪知蔡天化实在眼快，才将黄天霸、张桂兰两把刀分开左右，瞥眼见对面屋上有人将手一扬，向他双目打来，他早知道是暗器，如果要让是万让不去，只得说声"不好！"将头一低，一个箭步，跳下屋去。黄天霸一见他飞下房檐，也就取出金镖，认定蔡天化腿上打去；张桂兰也就飞出袖箭，向他脑后射来。哪知蔡天化他练的本领，不必说金镖、袖箭，任你什么暗器，要想在他身上，都不能伤他；只有两处照门是他的要害：那两眼、两腋，他是刻刻防护着的。所以贺人杰将金钱镖打来，他便赶紧跳了下去，蔡天化正跳落地面，只觉脑头、腿上都有两样暗器打到，他也毫不介意。却好关小西舞动折铁倭刀，从施公卧房内跳了出来，接住蔡天化便杀。黄天霸、张桂兰见两般暗器俱伤他不得，也就噗噗一齐飞将下来。

却好郝素玉又舞动绣鸾刀前来助杀；贺人杰也从对面房檐上直蹿下来，五个人将蔡天化团团围住，在院落中间大杀起来。只见蔡天化抖擞精神，力战五将，毫不介意。

斗了有一个时辰，不但拿他不住，且未曾伤他分毫。此时却恼了关小西，大喝一声，舞动折铁倭刀，向蔡天化左右前后乱砍下来。蔡天化一面迎战关小西的那把刀，一面防护着自己的要害，得空还要向黄天霸等人还上一刀。就此又斗了好一会，只见关小西的那把折铁倭刀，本来锋利无比，又兼他杀上气来，将吃奶的力气皆贯足在这把刀上，向蔡天化顶门劈下。蔡天化赶将手中的刀望上一迎。不意关太的刀用力过猛，又因锋利异常，蔡天化的刀才迎靠上去，只听呵嚓一响，又听当啷一声，天化的刀已折成两段在地。蔡天化知道此刀利害，将自己的刀折断，手无寸铁，何能厮杀？抽个空举起双拳，先向贺人杰面门打来，虚晃了一下。贺人杰赶紧望开一让，蔡天化回手一举，出其不意，认定黄天霸肩背上一击。黄天霸冷不提防，被中了一拳，“哎呀”一声，反倒退两步。蔡天化就趁这个空儿，已飞上房檐，大声喝道：“尔等这些小子！有胆气的，明日到天齐庙内，与咱再比个高低。咱今去也！”说着就蹿房越屋，早已不知去向。

此时已将天亮，各人也安睡一会。次日起来，施公复聚众议道：“蔡天化如此利害，若不设法将他拿住，不但是心腹之患，而且闾阎必定受害不浅。”黄天霸道：“副将等今日准备会合全力，前往天齐庙捉拿。若不将他擒住，誓不回署。”施公道：“黄贤弟此言差矣！我料蔡天化，今日必不在天齐庙内。昨日所言，是其诈也。”褚标道：“大人虽料得不错，在老民看来，蔡天化必不逃走，他正要在此大显武艺，若就此逃去，他还恐惹人耻笑。今日正该会合全力，前往擒拿。且到那里，再行见机而作。”施公道：“既是老英雄所料如此，本部堂之意，还要请老英雄同他们一行。不知老英雄尚肯臂助否？”褚标道：“老民当得效力。”于是大家饱餐饮食，一齐带了兵刃，出了衙门，直往天齐庙而去。

不一会已至天齐庙内，大家一拥而进。蔡天化是早已预备，一见大家进来，即便迎出说道：“今日比试，你是大众齐上？还是轮流而来？”褚标听说，赶着应声说道：“咱们每人与你各斗五十合，轮流转战，尔敢应承么？”蔡天化道：“就便是一百合，却又何妨。谁先过来见个高下？”话犹未了，只见金大力手举齐眉镔铁棍，跳上前来，认定蔡天化顶门，就是一棍打将下来。蔡天化说一声：“来得好！”赶着将双刀望上迎住，身子向旁边一跳，趁势一个猿猴摘桃，先将左手刀向金大力面上一晃。金大力赶着用棍来迎，蔡天化已将右手的刀，向金大力腿上刺去。金大力躲闪不及，小腿上已着了一刀。李昆看得真切，大喝一声，跳了过来，手起刀落，直向蔡天化砍去。战有三十余合，李昆看看抵敌不住。计全即提着刀，上来轮换。李昆、计全二人，又勉强围战了二十余合，也是不能取胜。大家皆轮流已遍，蔡天化并未分毫受伤。此时大家皆已急了，一齐拥上，更有许多暗器，如李昆的弹子，张桂兰的袖箭，黄天霸的金镖，郝素玉的软索锤，皆纷纷打下，毫不中用。贺人杰也就将金钱镖掏出，手一扬直向蔡天化两腿飞来。蔡天化看得真切，就趁此借机，先将头一低，让过金钱镖，复大笑一声道：“尔等这些本领，咱已全领教过了，咱可要饮酒吃饭去了，咱们再会罢！”

说着两脚一蹬，飞上屋檐。黄天霸等一见，也赶着一个个追了上去，蹿屋越房，赶了许多地方，终是赶他不上。忽然见蔡天化望下一跳，黄天霸也就赶了下去，登时就不知他的去向。

哪里晓得黄天霸等才到衙门见了施公，正欲回明情形，施公已拿出一张简帖，递与天霸等人观看。大家环视一遍，只见上面写着：“咱蔡天化特地前来给你送信，黄天霸等那班小子，皆被咱杀败，你可再请武艺高强的人，前去捉咱。咱限尔一年，如若捉咱不住，咱就要把你捉去了。”大家看罢，又恨又愧，好不难受，连褚标也觉惭愧起来。施公见他们俱有愧色，反用好言安慰了一会，大家才退了出去。再说天化自从天齐庙别了众人，又到施公那里留了柬帖，仍暗暗回到天齐庙内，取了些银两，带在身旁，复出了庙门，心中一想：“咱此时往何处去呢？不若前往藏春楼取乐一回。”蔡天化如何取乐，且看下回分解。

第一九六回　妓女无心窝留巨盗　狗儿畏罪首告强徒

话说蔡天化要往藏春楼取乐。你道这藏春楼是何所在？原来这藏春楼是淮安城内数一数二的妓馆，馆内有十数个妓女，皆是名震一时。唯有一个金玉姑，更是超群出众。蔡天化初到淮安，他就到了那里住了两宿。这两日与施公那里两相争斗，因此未去。现在已与黄天霸等比试过了，他便来与金玉姑取乐。

等至天黑，天化便走了进来。鸨儿、龟奴见是熟客，也便笑迎出来道："我道是谁？原来是蔡二爷。请里面坐罢！"说着就迎了进去。蔡天化走进金玉姑房内坐定，早有人送上茶来。蔡天化问道："玉姑娘往哪里去了？"当有鸨儿答道："方才被河坊街五八老爷家接去陪酒，一会儿就回来的。你老请坐一刻，小的先去叫两个姑娘来陪着。"蔡天化道："很好，快去叫来！"

鸨儿答应，转身出来，就喊了两个进去。蔡天化一看，见那两个，一个十七八岁，一个十四五岁，虽不如金玉姑美貌，倒也不甚讨厌。只见那两个妓女走到面前，先请了个安，站立面前低声问道："老爷贵姓？"蔡天化笑道："咱姓蔡。"便随问那两个道："你们唤什么名字？"十七八岁的道："我唤小红。"

那个十四五岁的也答道："我唤小宝。"蔡天化便将小红、小宝，一手拉一个在两膝上坐下。又问小宝道："你今年十几岁了？"

小宝道："我今年十四岁。"又问小红道："你今年多大年岁了？"

小红道："我今年十七岁。"蔡天化道："你两个会唱曲子吗？"

小宝道："我是才学的，唱得不好。小红姐姐唱得绝好的京调。"

蔡天化听了大喜，就叫小红去唱。小红也不推辞，就叫人取了一把胡琴过来。小红接在手中，且先拉了一会，就将胡琴上的弦子校准，然后调着腔，唱了起来。蔡天化一面静听，一面与小宝戏谑。一会子小红唱完，蔡天化喊了一声：“好！”便问小红道：“你唱是唱得好极了，可是咱但知你唱得好，可不知你唱的是些什么？你告诉咱罢！”小红抿嘴笑了一笑道：“你老别客气罢！我知道我不会唱，还请你老包涵些儿。”蔡天化听说也笑道：“咱莫不知你唱的是什么，谁骗你来？你快讲罢！”

小红道：“我方才唱的是《捉放曹》①。”蔡天化道：“这《捉放曹》是怎么一回事儿？你明白地说了罢！”小红道：“是曹操先被陈宫捉住，后陈宫又把他放了。就是这么一回事。”蔡天化道：“原来这就唤《捉放曹》。”

又问小宝道：“你会唱什么呢？”小宝道：“我是更不会唱的。”小红道：“她的昆腔唱得最好。你老叫她唱罢！”蔡天化听着，就逼住小宝唱昆腔。小宝推辞不过，只得央着小红吹笛，她也唱了一出《佳期》②。蔡天化听了，更是一句不懂了。又笑问道：“你这个把戏儿好不闷人，只管咿咧咿咧，胡闹不清，究竟唱的是些什么？”小宝道：“是唱的一出《佳期》。在唐朝有个莺莺小姐，给张公子瞧见了。那时张公子就爱上莺莺，要与她成就好事，争奈不得到手。却也好，莺莺有个丫头，唤作红娘。张公子就买嘱了红娘，给他牵马。红娘就答应张公子，把莺莺的心说动了。这日红娘就约定了张君瑞公子，在花园书房内相会；他又把莺莺约了出来，给他两人成就好事，他自己却在

---

① 《捉放曹》：戏曲名。是根据《三国演义》第四回“废汉帝陈留践位 谋董贼孟德献刀”改编的，主要叙述：曹操刺杀董卓未遂，改装逃走，至中牟县被擒。公堂上，曹操用言语打动县令陈宫，使陈宫弃官一同逃走。行至成皋，遇曹操父亲故友吕伯奢，盛邀曹操、陈宫至庄中，杀猪款待。曹操闻得磨刀霍霍，误认吕伯奢存心加害，便杀死吕伯奢全家，焚庄逃走。陈宫见曹操心毒手狠，枉杀无辜，十分懊悔，宿店时，趁曹操熟睡，题诗谴责，独自离去。

② 《佳期》：取材于王实甫的《西厢记》的一曲折子戏。反映红娘引崔莺莺与张生幽会，红娘一人在门外，想象着崔莺莺和张生相亲相爱的情景。

书房外面等着。这曲词是写红娘在此思想那张生、莺莺两人在里面的动静。后来有人编首曲子，就叫做《佳期》。”蔡天化听罢大笑道：“原来就是这样。”

正说之间，只见门帘一掀，走进了个人来，笑着说道：“蔡二爷！你为什么这许多时都不到我这里来？贵忙吗？”蔡天化见是玉姑回来，赶着撇了小宝、小红，迎上前去，一伸手将玉姑的手拉住，顺便就在旁边一张椅子上坐下，将玉姑抱入怀内，先将她的脸看了一遍。说道：“你今日的酒饮得不少了，你那春心想也要动了。”玉姑见说，两手将他推开，走了过去，在对面那张椅子上坐定，便问道：“你还没有吃饭吗？”蔡天化道：“便是咱要吃饭，也等你回来，咱们一道儿吃，才觉得有趣。”金玉姑听说，傻笑着说道：“隔了有半个月才来，还要说这些米汤话，你不怕臊吗？”说着便掉转头来，向着小红、小宝谢道：“有劳二位妹妹给我陪客了。”小红、小宝答道：“一家之人，何必这样客气？”说着就站起身来，向蔡天化道：“二爷请坐，我们少陪了。”小红、小宝要走，被蔡天化留住。当下就叫人摆下酒来，金玉姑、小红、小宝陪着蔡天化，四人同饮，说不尽那般快乐。不表天化饮酒取乐。

且说这院内有个打杂的，唤作胡狗儿，可巧叫他到金玉姑房内上菜。他一进了房，见着蔡天化就是一怔。蔡天化却不曾留意。胡狗儿上了菜，赶着跑到领班的房内，悄悄向领班的王二说道：“二爷，咱们院内要出事了！金玉姑房内，现今接了一个强盗了。”王二一听，慌忙问道：“你这是怎么说？玉姑娘房内是个熟客，前已来过两次，还在这里住了两宿。你怎么说他是强盗？”胡狗儿道：“他不是姓蔡吗？”王二道：“他正是姓蔡。”胡狗儿道：“那更不错了！”王二道：“你怎么知道他是强盗呢？”胡狗儿道：“昨日我寻贾老爷去，才走到天齐庙门外，见那庙里拥着许多人。我便问作什么呢？就有人说道：‘施大人派了黄副将等一干英雄，现在庙里捉拿什么采花大盗蔡天化。’我听见这话，就挤进庙内，躲在旁边偷看。但见黄天霸老爷，还有十几位老爷、两位女将，都在那里与蔡天化厮杀。斗了有两三个时辰，忽见蔡天化就平地上跳上房檐，逃走去了。黄老爷等人，也就追赶上去。我看了一会，见不曾拿住蔡天化，我就回来了。方才到金玉姑房内上菜，见着那个客人，正是采花大盗蔡天化。所以特来告诉二爷，好早些作准备，不要被施大人那里的人知道了，说我们家窝藏大盗，那些罪名是洗不清了。”王二一听，已吓得魂不附体，忙与胡狗儿商议道：“据你这样说，你有什么好主意呢？”胡狗儿道：“在我看来，去到施大人那里赶紧报案，请他老人家派人前来捉拿。无论拿得住拿不住，我们就可没事了。”王二听说，又道：“既这么说，你就赶紧前去一趟，请他老人家那里派人来拿。”胡狗儿道：“我去是去的，但是我们家里不必惊动第二个人，也不要告诉谁，还照常关门，与平时一样。若把他惊走了，等到施大人来捉他已逃走，那时他们必然说我们买放。我们还是个不了。”

王二答应。胡狗儿便立刻出了门，一口气飞跑到漕督衙门。先到门房里，向那个值门的说道：“大爷！小的姓胡，名叫胡狗儿，是藏春楼妓馆里打杂的。特地前来有要紧的机密事，跪禀大人。请你进去禀一声，还不可迟缓。”那值门的见说，又看胡狗儿那种慌张样子，忙问道：“你有什么事，你可先告诉我，好给你进去禀大人。”胡狗儿没法，只得向着值门的耳边低低说道：“蔡天化现在我们家里呢！请大人前去捉拿罢！”那值门的听说，不敢怠慢，遂立刻飞跑了进去禀明。施公一面传密令黄天霸等，一面将胡狗儿唤了进去，问明一切。胡狗儿见了施公，先磕了两个头，然后细细禀了一遍。施公大喜，即命施安取了五两银子赏与他；等各人来到，叫他带领同行。不一刻，黄天霸等人得了这个信息，大家都一齐而至。一个个见了施公问明一切，立刻就叫胡狗儿带路，飞奔往藏春楼而来。

话说黄天霸、关小西、计全、李昆、金大力、何路通、李七侯、褚标、贺人杰、王殿臣等十一人，跟着胡狗儿飞奔向藏春楼而来。不一刻已到，当有胡狗儿先走进去，悄悄地去告诉合院人等，并先招呼他们，切切不可声张。合院的人都已知道了，一个个敛声屏气，皆当作不晓得一样。胡狗儿复走出来，将黄天霸等人带了进去，指明所在。胡狗儿复又出来，将大门仍然关好了，自己便躲在旁边。黄天霸也就悄悄地与大家议道："我与李五哥、李贤弟三人先上楼去。计大哥与贺贤侄可蹑足潜踪，在楼屋上面接应。褚老叔、关大哥、王大哥、郭大哥四人，可在楼下把守。难得有此机会，此番若再捉不住他，我们就枉为人了。"大家答应称是。于是黄天霸、李昆、李七侯、计全、贺人杰五人，就将腰带束了一束，计全、贺人杰二人，首先一个箭步，就飞上屋楼，真如风吹落叶，一些声息全无。

接着黄天霸、李昆、李七侯三人，也就飞上楼屋，就着檐口用了个猿猴坠枝的架落，倒挂下来，隔着楼窗一看，见房里尚有灯光明亮。各人取出朴刀，轻轻地将楼窗拨开，三人齐下房檐，又用了一个燕子穿帘式，由楼窗内穿入房去，还是轻轻地蹑足潜踪，脚踏实地。见上首桌上点着一盏灯，李昆急将熏香取了出来，就灯上点着，顺便噗一声将灯吹熄。三个人尚未动手，敛声屏气，又听了一会。只听那床上呼声如雷，又听见接连两个喷嚏。黄天霸知道他已受了熏香的气味，因此睡熟过去。黄天霸等三人进来，见他一些儿也不知道。黄天霸等知道他已动弹不得，即拔出刀来，跳至床前，将帐门一掀。李昆把火种一亮，只见蔡天化紧抱着金玉姑并头而睡。黄天霸赶上前去，即将蔡天化两手扳开，把金玉姑向床里一推，又把一床薄被掀起半边，但见蔡天化赤条条如死的一般睡在床上。黄天霸急将单刀提起，在蔡天化腿上用足了力，连绷了四五下；只见蔡天化的两条腿乱动了几阵，并未有甚伤痕。黄天霸等见了，也觉诧异。当下哪敢怠慢，李七侯便在旁边衣架上，取了一件衣服，把蔡天化的下身盖起来，即刻取了绳索，将天化翻过身来，四马倒攒蹄捆了结实。此时黄天霸等三人把他放下地，随即招呼屋上，计全、贺人杰听见，也就由楼窗内进去。李昆又将火种取出，把灯点了起来。褚标同关小西等在楼下，也知道蔡天化已擒住，便招呼了合院的上下人等起来。

藏春楼的人听见招呼，也知道蔡天化被捉住，大家也把心放了下来，一个个寻着火种，各处的灯光重复点起。这一惊动，便吓坏了许多住客。那些住客从睡梦中惊醒，听说捉住强盗，这一吓却也非同小可，只吓得他们乱抖，跪在那里，不住声地求大爷饶命呢！且不说各住客、妓女、鸨母等乱乱纷纷。再说黄天霸等，见合院的打杂人等，俱已起来，各处的灯光俱已点得明亮，当下即会合了大家，先将蔡天化送下楼来，一起在那里看守，等至天明，再行押解回衙，听候施公发落。一面又叫院内鸨儿取了凉水上楼去，将金玉姑胸膛上用凉水喷了，将她唤醒。鸨儿答应，立刻取水上楼，如法炮制。果然不到半刻，金玉姑已是醒来；睁开二目，不见了住客，只见院内的老鸨在那里叫唤。她便问道："妈妈！你在这里做什么？蔡二爷如何不见？他到哪里去？"鸨儿见问，便答道："姑娘再不要提那个蔡二爷了！你道他是个什么人？原来是一个有色的大盗，唤作什么蔡天化。幸亏胡狗儿送信去，已被施大人那里的人捉住了，此刻放在楼下呢！我也是施大人面前那位黄老爷叫我上来，将姑娘唤醒，怕的是等到天明，还要将姑娘带去，一同审问呢！姑娘你可不要怕，如果将你带去审，你千万不要说别话，只回他个接客是有的，其余一概都不知，包管你没事的。万万不可说出胡狗儿前去报告的话来！"金玉姑听了这番话，真个吓得三魂少了二魂，七魄只有一魄，不觉大哭起来。那鸨儿赶着又安慰了一会，金玉姑这才不哭了，便胡乱将衣服穿好，坐在床沿上一人叹道："总是我的命苦，既已流落烟花，将皮肉卖钱，还要惹出这一场无辜大祸，这是从哪里说起。又接了一个强盗进门，若果托菩萨保佑，念我苦命，到了施大人那里不受苦恼，仍然放我活命回来，我从此就削发为尼，死也不吃这碗饭了。"

不言金玉姑自说了一会。再说那些住客及各房内的妓女，打听得金玉姑房内接了一个强盗，现在被黄天霸等已经捉住，专等天明押解到总漕衙门审问治罪，这一起住客与各妓女，才算惊魂甫定。

看看已是天明，蔡天化此时业已醒来。知道已经被人捉住，也不懊悔。便睁开二目四面一看，只见黄天霸等，皆团团地围住那看守。蔡天化看罢，望着众人大声笑道："你等这一起小子，好不惭愧！咱爷爷误被尔等捉住，终不能算尔等的功劳！"

黄天霸等听说，也出口骂道："狗强盗！任你胡作胡为，也有了今日。眼见得死在头上，还敢逞强!”蔡天化复又笑道：“这皆是爷爷贪恋烟花，偶尔大意，才被尔等这一起小子捉住。不然，任尔等再用平生之力，也不能损动咱一根毫毛。如尔等这些没用的东西说情，给咱爷爷做儿子，咱还不愿意呢!”当下褚标便向天霸说道：“咱们可以回去了!”黄天霸答应一声，立刻吩咐藏春楼的人，取了一根杠子，就将蔡天化四马攒蹄倒抬了起来。又命将藏春楼的领班王二、妓女金玉姑二人带了，便一齐押解出门，直望总漕衙门而去。回到衙门，黄天霸先进去禀报。施公得知蔡天化已经捉住，立刻升堂。先将领班王二、妓女金玉姑带上堂来，审了一遍。玉姑、王二只认了个接客是实，其余一概不知情。施公早已知道，也就不再追问，即命二人跪在一旁，喝带蔡天化审问。蔡天化被抬到公案面前，仍是四马倒攒蹄那样子。他不等施公问他，便向着施公说道：“施不全！你不要问了。咱爷爷误被你手下的那一起小子捉住，你就照律问罪罢！咱也没有别样口供，就是一个采花大盗；所做的案子，咱也记不清楚，多着呢!”施公也不望下追问，就照他的话录了口供。当时就提了朱笔，判了个“斩立决”，即刻要就地正法。黄天霸等一见施公判下，个个抖擞神威，雄赳赳，气昂昂，立刻将他重新背绑。忽见蔡天化大笑一声，向众人说道：“尔等小子不要追赶，咱爷爷去也!”说时迟，那时快，话犹未了，只见绑他的那根绳索，一段段堆在地上，蔡天化已飞身上了牌楼。黄天霸等说声：“不好!”也就立刻追了上去。蔡天化一见，早已揭了许多乱瓦，纷纷掷将下来。黄天霸等反被打伤了两个，不能近前，霎眼间已不见蔡天化的踪迹。毕竟如何再拿，且看下回分解。

第一九七回　老褚标两议捉强徒　蔡天化一心访名妓

话说蔡天化武艺高强，在公堂以上挣断捆绑绳索，复行又逃脱。当由黄天霸等奋勇追赶，已经不知去向，仍旧在逃未获。

黄天霸等只得依然回到衙门，在施公前请罪。施公道："诸位贤弟不必介意。蔡天化当堂逃脱，诸位不可稍懈，竭力购线擒拿就是。"黄天霸等齐道："副将等仰蒙大人宽宥，不加疏忽之罪，副将等虽赴汤蹈火，终要将蔡天化复行捉住。但不知该盗今日逃走，又向何处藏身？须得暗地缉访，得有消息，才可合力去捉。此非急切之事，还求大人宽限才好。"施公道："诸位贤弟，但须各处购线，加意擒拿，不必定限日期，只要将他捉住了就是。"黄天霸等道："以副将的愚见，拟求大人饬令闭城三日。并通饬各客店、妓馆、酒楼，以及庵观、寺院，一律知悉：遇有面生可疑之人，前去游玩、沽饮、投宿等情，赶紧前来禀报。仍责令各地方地保认真访察；并通饬邻境各府州县营汛，一体悬赏，设法擒拿，或者易于为力。"施公听罢，也就答应，一面飞饬各城门暂闭城三日，一面悬示晓谕合城居民，关闭城门，系为搜擒在逃巨盗蔡天化，以安众心。并飞饬邻境各府州县营汛一体协拿。黄天霸等即刻就退出衙门，先在城内分头查访一遍。到了晚间，各人又暗地在酒楼、妓馆、庵观、寺院，加意访查。一连访了三日，毫无形迹，只得据情禀告施公，再行购线，这也不在话下。

且说蔡天化由公堂脱越之后，当时因手无寸铁，又兼身无衣服，便在一个僻静所在藏躲起来。到了天黑，打算仍暗地回到天齐庙中，去取他的衣服。及至走到城下，见城门已经关闭，他便越城墙而去，悄悄地到了天齐庙，换了衣服，取了银两，又将兵刃藏好，挨到天明，也就向别处去了。再说黄天霸等，虽各处购线缉访，仍然毫无消息。这日，褚标便与施公议道："蔡天化缉访无着，不知他现在何处？在老民的愚见，思得一法，可以赚他前来，但不知大人意下如何？"施公道："老英雄既有妙策，也可大家商量而行。"褚标道："蔡天化来去无踪，又不知他窝藏何处，老民意在邻境摆一擂台，就借大人之名，欲招众天下英雄，明为国家储材，实为蔡天化逃逸无踪，合力用心，设法捉拿。蔡天化是个自恃才能的人，一听了此言，必定前来打擂，那时再合全力捉他。况擂台一开，天下有武艺的英雄，也就闻风而至，因此得两个出众的武艺出众人帮助，也说不定。"施公听了此话，虽未一定答应，也觉有些道理，当下便说道："老英雄所言，虽甚有理，本部堂且再商量是否能行，便请老英雄作为台主。"褚标听说，觉得有些不大愿意，也只得说道："大人且商量定了，再定行止也好。"说罢退出。过了两日，施安送进一角公文，施公打开一看，是淮安府转据东安县详称：该县义勇村武举曹德彪请设擂台，欲招取天下英雄，给他的女儿曹月娥择婿，禀请东安县。东安县不敢自擅，所以详明施公。施公将这件公文看罢，当下就将褚标、黄天霸等传到书房，与大家说明此事。黄天霸道："大人的意下如何呢？"

施公道："前承褚老英雄议设擂台，以为可以诱捉蔡天化。本部堂明知此计甚妙，诸如建造擂台，不无耗费库款，因未及遽行照办。今既该府县详禀前来，本部院便想将计就计，批准下去，让他们自行搭盖。等到临期的时节，如果蔡天化悍不畏死，敢到该县擂台，那时再将他设法擒拿。如果曹德彪父女果真武艺出众，请他帮同捉拿。诸位贤弟及褚老英雄，以本部堂之言为如何呢？"褚标欣然说道："大人就此批准下去，到了临期，蔡天化包管前去，那时候务要将他捉住的。"施公听说大喜，当下就将淮安府的来文批准，发了出去。褚标等人也就退出，个个摩拳擦掌，准备前往东安县打擂，捉拿蔡天化。

再说蔡天化这日到了河南开封府，寻了客店住下。当有店小二前来招呼，蔡天化即叫他先打二角酒，拣两件有口味的菜来。店小二答应下去，当下拿了二角酒、四碟菜，摆在桌上。

蔡天化将酒斟了一杯，端在手中喝了一口，又拣了一筷子菜吃了下去，便问店小二道："你姓什么?"小二道："咱姓洪名唤洪四。"蔡天化道："你是这本地人氏吗?"洪四道："咱就是本城的人。"蔡天化道："咱且问你，这河南古称繁华之地，想那烟花中的所在定是不少。你可知道这里哪一家有出色的好媳妇儿吗?"洪四见问，不知这媳妇子就是婊子。原来关东一带的婊子，皆叫"媳妇子"呢！洪四便问道："你老说媳妇子，这是怎么讲?"蔡天化道："你不懂吗?咱告诉你，这媳妇子就是婊子的别名。咱们那里皆是叫他媳妇子的。"洪四听了，这才明白，当下答道："你老不知道，这里人叫婊子是唤做粉头的。你老是问有什么好出色的粉头。这里粉头却也不少，皆是些家常货。只有枇杷巷柳二家，新到的一个粉头，唤做花月英，是南边人，今年才有十五六岁，生得真是美貌异常；而且唱得一口顶好的京调。咱们这里那些乡绅老爷们，谁不与她来往?还给她起了个绰号，唤她做盖河南，因此这花月英，就高抬声价起来。平时见了客，真要那客人模样儿好，钱钞儿好，方肯招待他。若有一件不到，她见了一面，第二次再也不肯出来陪他了。还要一件，若是有人要在那里住宿，除去外面的使用不算，她要三十两一夜。还要客人是个标脸；若生得丑陋些，便是三百两，她也不肯给他住宿。生得可真出色，就是那性情儿太傲些，眼眶儿太大些，瞧不起人。"蔡天化听了，暗道："咱不管她性情儿傲，眼眶儿大，等一会儿，咱便去她那里会她一会。她果然殷勤相待，咱就使三十两银子，在那里住下，也不算什么大事。她若有些儿不到，咱便黑夜里去与她宿了，她又怎奈咱何?"心下想罢，便向店小二说道："枇杷巷离这里有多少路呢?"店小二道："离咱们这里不远，出了门向东，走彩衣巷，过落星桥，再向南一直走，过双珠巷，再向西就是枇杷巷了。不过只有二里之地，你老要去吗?"蔡天化道："咱正要去见识见识。"店小二道："你老既要去，咱给你老领道儿便了。"蔡天化道："好！等咱饮过酒，你便领咱前去。"店小二复又笑道："咱可真发昏了，和你老讲了这半天的话，还不曾请教你老尊姓？咱可不该死吗！你老贵姓呀？从哪里到此？也得见教。”蔡天化道：“咱姓蔡，由关东到天津、山东、徐州、淮安有事。现在刚从淮安到这里，做些买卖生意，寻找两个朋友。”店小二笑着走了出去。一会子蔡天化酒已吃完，便唤店小二领他去访花月英。

不到半个时辰，已至枇杷巷内。店小二洪四走到柳二家门首，正欲推门进去，忽见两扇大门上，贴着府县的封条。洪四看罢，不胜骇异，因转向蔡天化道：“你老可来得不巧，不知怎么她家门上贴了封条，想是闹出事来，被府县封了。”蔡天化闻言，甚为不乐，因道：“你去左右的人家打听打听，看她所犯何事，被府县官封门。现在搬往哪里？”洪四答应，即走到贴邻王二和尚家问了一遍，才知柳二家被封的缘由。洪四便将此事告知蔡天化一遍。蔡天化听说，暗道：“咱若有日碰见那个县官，若不将他一刀杀死，咱也不能消今日之恨。”又问道：“这巷子里只是柳二家一处，还有没有别处可去？”洪四道：“咱去问话的那一家，叫作王二和尚，也是个做这个买卖的；他家也有几个粉头，也还下得去，不过不如花月英罢了！”蔡天化道：“既如此，你且领咱到他家去耍一会儿罢！”洪四答应，便领了蔡天化到了王二和尚家内。那些龟奴、鸨母见来了一个生客，又兼洪四暗地与王二和尚说了两句，无非说的蔡天化是一个做买卖的客人，若将他接稳了，定是一位大财主。王二和尚听了此话，更加酬应不迭，将蔡天化先领到客厅上坐下，随即唤出七八个粉头。

蔡天化一见，都不出色，勉强挑了一个，唤作林二宝。当下林二宝便将蔡天化领到自己房内坐下。早有人献上茶来。林二宝又问了蔡天化的尊姓。蔡天化也就问了她的名字。这林二宝虽然不甚出色，却是袅娜异常，一派言语，居然把天化笼络住了。

当下蔡天化即叫洪四回店，将包裹物件看守好了，洪四也就回去。蔡天化这夜就宿在林二宝姑娘那里，倒也颇觉有兴。暂且按下。

再说淮安府东安县，这日奉到施公的批示，见曹德彪禀请摆设擂台，已蒙施公批准，当下即饬知曹德彪。曹德彪欢喜无限，也就拣了地方，择定日子，唤了工匠营造起来。约有一月光景，擂台已搭好。曹德彪一面贴了招贴，一面禀报三月初一日开擂，五月初一日收擂，由县通报上去。只见满街招贴上写道：

为摆较擂台，招聚英雄事：今有淮安府东安县义勇村曹德彪，摆设擂台一座。择于三月初一日开擂，五月初一日收擂。凡属四方豪杰，天下英雄，如有愿前来比试者，有能打台主一拳，敬送花红银五十两；踢台主一脚，送花红银一百两；能将台主打倒，或抛落台下者，除送花红银五百两外，不论官商绅庶，富贵贫贱，并招为婿。如果技艺平常，希图侥幸前来，被本台主打伤至死者，只给棺殓，概不抵偿。业经禀请各大宪照准立案，合再通知。凡属英雄豪杰，有愿来此比试，务望如期而来，切勿观望自误！本台主曹德彪特白。

这道招贴一出，不但邻境四方知道，就是各省各府，一传十，十传百，尽皆知道了。

却说朱光祖自从与殷家堡议和之后，便各处闲逛，或寻找他的朋友，或到名胜地方游玩，倒也逍遥自在。这日，偶然想起旧日的一个好朋友万君召起来。这万君召你道是何人？就是落马湖困施公猴儿李配的女婿，他的绰号叫铁臂哪吒，江湖上却是大大地有名，而且武艺高强。与凤凰张七，以及褚标、朱光祖等，皆是至好的朋友。从前也是绿林中的豪客，后来挣了些钱财，他也就洗手不做那件买卖，自己在家享他田园之乐。这日朱光祖想起他来，便去他那里拜访。

却好万君召在庄，见庄丁转报进去，听说朱光祖前来，好不欢喜，即刻迎接出来，老远地招呼，说道：“朱大哥！咱们多年兄弟，各在一方。小弟正渴想得很，难得老大哥前来，真是意想不到。咱两兄弟好畅谈畅谈了。”朱光祖也就伸出手来，拉了万君召的手，说道：“兄弟你好呀！愚兄久已想来，争奈穷事太多，欲来了几趟，复又中止。今日咱两兄弟特来会会，畅聚几日。”万君召道：“老大哥，你既来了，咱可要作个霸王请客，要留你在此一月。你若答应便罢，倘不答应，就不留你了，你就趁早儿走，咱们各干各事。”朱光祖笑道：

“老兄弟！你真是霸王请客了。既这么说，咱就在此住一月，与老兄弟畅谈罢！”

万君召大喜，此时已到了客厅，彼此坐下。有人送上茶来。万君召就一面命人摆酒，一面问朱光祖道：“老褚标现在施公那里还做个什么官儿吗？”朱光祖道：“那老儿也古怪得很。施公要给他做官，他定不肯要。却又喜欢住在天霸那里，遇有什么难事，给他们商量商量。施公倒极器重。”万君召又道：“天霸他们想皆是得法的了。”朱光祖道：“他们皆是得意的人，不比咱们终老田园的。老兄弟，你可知道施大人那里，现在还有个小子，是施大人极其赏识的。”

万君召道：“是谁呀？”朱光祖道：“是贺天保的儿子，名叫做贺人杰，年纪虽只十七岁，却生得仪表非俗；更兼一身好武艺，飞檐走壁，件件皆能。前因盗回印信，施大人就赏了他千总之职。后来大战殷家堡，那殷龙老儿请咱前去说和。咱又代他作伐，将殷龙的女儿赛花，又匹配人杰，现在还未迎娶。施大人的主意，要等贺人杰过了二十岁，才与他们配合起来了。”万君召道：“贺人杰之父贺天保，当日为飞抓打死，可是怪惨的。他既有了这个小子，也算他是一心改邪归正的好报。但是老大哥专喜代人作媒，黄天霸的老婆，也是你作的伐，现在贺小子又是你给他作伐，你那喜酒想饮得不少了。”朱光祖笑道：“可不要提这喜酒的笑话罢！黄天霸招亲张桂兰，咱与褚标不过吃了张七一顿酒。后来还说要天霸请咱们的，接着就大闹菊花庄。那时还有什么空儿讨他的喜酒？可是酒虽不曾吃得，菊花庄一闹，可是给关小西得了一个老婆；那郝其鸾的妹子郝素玉配了小西了。现在张桂兰与郝素玉两个，一个是副将的夫人，一个是参将的夫人，居然称起太太来了。至于贺人杰，我虽然给他作了伐，殷龙的酒虽是吃过他的了，贺人杰的酒，不必说是一杯，连一滴也不曾到嘴呢！”万君召听罢，大笑不止。正大笑时，庄丁已摆上酒来。当下即入席痛饮起来。真是“酒逢知己千杯少”，直饮到皆有醉意，这才撤席。二人复又闲谈起来，正谈得高兴，忽见庄丁送进一张字帖来。欲知这字帖上所写何事？且看下回分解。

第一九八回　见招帖慷慨论英雄 说姻缘殷勤求壮士

话说朱光祖与万君召饮酒之后，正闲谈得高兴，忽见庄丁送进一张招帖。万君召接过来一看，原来是东安县曹德彪摆设擂台，招集天下英雄豪杰，前去比试。万君召看罢，便给朱光祖看。朱光祖看罢，说道："这摆设擂台，是个大干例禁的事，东安县又逼近淮安，怎么施大人不预为禁止？难道施大人是知道的吗？"万君召道："老大哥！你不瞧见招帖儿上明明写着，业经禀过各大宪批准遵行？这不是施大人一定是准了的了。"

朱光祖道："这就不解他们是何用意了。"万君召道："施大人既准了他，这其中必有个用意，随后皆可知道。但是那姓曹的，虽然摆设擂台，就你我所晓得的，现在也没有什么人了。"朱光祖道："矮子中选将军，也可将就的。"万君召道："咱知道有一人。说起这个人来，老大哥也该知道。"朱光祖道："是谁呀？"万君召道："那蔡天化小子，也算过得去了。"朱光祖道："咱倒不知蔡天化是谁？"万君召道："说起他来，是飞来禅师的首徒，本领却不在你我之下呢！飞檐走壁，无一件不精。还有一件绝技，会使神功：只要将这神功运动起来，不论你再厉害的刀枪暗器，总不能伤他分毫。只有两处照门，他是最护着，不使人近的，那时咱才知道。到了去年，咱又因他事，去飞来禅师那里，并不曾见着他。咱就问他到哪里去了？飞来禅师就带着怒告诉我说：'那蔡天化因不务正业，仗着自己本领，专门黑夜出去各处采花，屡说不信。本来一定就要将他致于死地；后来一想，他如此在外作为，我即不送他于死地，总有一日要死于非命的。'后来咱走过天津，闻说一带被害之家实在不少。官府虽然悬赏缉获，争奈拿他不住，又不知他是个什么样儿的人。那时我就料到他身上，大概是他所为。现在曹德彪这擂台一设，蔡天化如果知道，他一定是要去的。一来要显他自己的本领，二则要想招为曹家的女婿。论他的本领，可是不在人下的；只是他那采花案子太多，怕的有人暗地拿他。”朱光祖道：“这也是他不惜翎毛的坏处。倒是殷龙的四个小子，却皆极好武艺，也算过得去，更习正道。他如不知道打擂则已，如果知道，那四个小子一定是要去的。除他大小子殷猛已经讨了亲，其余殷勇、殷刚、殷强，这三个人皆未婚配。他知这个消息，咱料他一定前去。就是他三人自己不愿意，殷猛那个小儿，也是要他兄弟去的。老兄弟，你在家也没有事，难得那里有这等热闹，咱们去走一趟，瞧瞧热闹也是好的。现在开擂的日期已近了，咱们明日就同去走一趟罢！”

万君召道：“老大哥！小弟是不去了，料想也没有什么热闹瞧。还是在咱这里，咱两兄弟谈论谈论还好。老大哥若一定要去，咱也不敢屈留，老大哥一人去罢！”朱光祖道：“老兄弟既不愿去，咱也不敢有屈。咱明日可是要去走一趟。等到他们收擂以后，咱再来你这里住半个月，痛谈痛谈！”万君召道：“老大哥！你的年纪虽也不小，还是这样高兴。也罢，老大哥既要去瞧瞧，等到他们收擂之时，可定要到这里来住半个月。你如失信，咱以后就与你绝交了。”朱光祖道：“那时定来的。”此时夜已深了，彼此安歇，一宿无话。

次日天明，朱光祖起来，梳洗已毕，与万君召同用过早点，就辞了君召，望东安而去。出得门来，心中想道：“咱此去何不先到淮安施大人那里走一趟？一来给施大人请安，二来与众兄弟会晤会晤，有何不可？”主意已定，即望淮安进发。不一日已到，大家一见，皆来叙别。当下褚标便问道：“老兄弟，今日是甚风儿将你吹来？你可知道咱们这里的事吗？”朱光祖道：“咱别的事可不知道，只晓得东安县曹德彪摆擂台，招集天下英雄前去打擂。咱想这摆设擂台，是个大干例禁的事。为何那姓曹的禀请上来，大人就准他开擂呢？”褚标见问，便将蔡天化如何两次露名留柬，如何奉命拿捉，如何大战天齐庙，如何已经被捉，复行逃走，不知去向；如何曹德彪禀请摆设擂台，施公就此意欲诱他前来打擂，那时合力再行拿捉，因此批准的话，前后细细说了一遍。朱光祖这才明白，因道："原来如此，小弟还不知道其中有这些原故呢！"黄天霸也就说道："难得老叔前来，正好帮助帮助。但不知蔡天化，老叔可曾会过？既不曾会过，可知他的刀枪不入，是何功夫？还求老叔见教。"朱光祖道："你问这蔡天化吗？咱虽不曾见过，也曾耳闻其名。可是他这刀枪不入的功夫，只有一人可破他。若得此人前来，不患蔡天化不为所获。但是这人不易到此，这便如何是好？"计全在旁问道："朱大哥，你说这人可破蔡天化那刀枪不入的功夫，究竟是谁呀？咱们还可以请得他到吗？"朱光祖道："这人你们大概也知道，就是猴儿李配的女婿。"褚标道："原来就是万君召。他怎么能破蔡天化那刀枪不入的功夫呢？"

朱光祖便将万君召所说的话，一五一十细细告诉了一遍。众人大喜，当即就禀明施公。施公也就立刻将朱光祖请进。朱光祖先给施公请了安，然后坐下。施公道："自从一别，本部堂无日不念及壮士，久思差人前去问候，奈壮士行迹无定，未识究在何所，实在渴想得很！"

朱光祖道："这是民人疏散性成，也少得过来给大人请安，还求大人勿罪。"施公道："岂敢，岂敢。但是方才天霸进来说，壮士有个至好朋友，可以帮拿蔡天化。壮士可即明白见教，以便本部堂饬人去请。"朱光祖道："大人的明鉴。若得万君召前来，蔡天化那是一定拿住的了。不过万君召尚恐不肯前来；便是大人饬人去请，也未必如期而至。"施公道："既如此说，本部堂亲去一趟。昔成汤聘伊尹，三使往聘之；刘皇叔三顾诸葛亮于草庐之中。自古求贤大半如此，某当躬身去请便了。"朱光祖道："万君召是何等人，敢蒙大人枉顾？民人倒有个主意：明日可请褚大哥辛苦一趟，到了那里，切不可说是遇见小弟，就说大人求助之意，务请帮助。若不肯出来，大人便要亲自来请。某后日便要动身，再到他那里去走一趟。我就说奉大人之命，恐怕你不肯应命，特地着我前来二次奉请。大人可再稍备薄礼，于第三日饬令黄天霸再行前去。他如果答应前来，便是天霸与他途遇；他定感激大人的知遇。他如仍不肯来，又得天霸前去面请，他见去请了三次，虽实在不愿到此，那时也不得不来的。”

施公闻言大喜，当与褚标商议道：“据朱壮士所言，甚是有理。但本部堂仔细想来，恐老英雄如此高年，若再跋涉程途，使某心实不安。还得大家再筹良计才好。”褚标听说，便慷慨说道：“老民荷蒙大人如此恩德，正当竭力图报。况此去万家庄并无多路，不过三日即到，老民何敢推辞？”施公听说大喜，因道：“老英雄既肯前往，那万君召重以台命，必然是肯来的。今日也来不及了，便请明早起程罢！”褚标听说答应，大家一齐退了出去。施公又命施安预备黄金、彩缎之类，以便两日后，交给黄天霸带往万家庄。到了次日，褚标即告辞先行；接着，朱光祖、黄天霸亦陆续就道。

这日褚标已至万家庄。当有庄丁报进。万君召听说褚标前来，心中颇为疑惑，即刻跟着庄丁迎接出来，笑道：“褚老叔！咱们有好两年不曾相见，你老今日甚风吹来？”褚标也笑道：“便是老朽也刻刻记念得很。今特有事奉请，所以不辞千里而来。咱们且到里面再谈罢！”说着，二人走到客厅，见礼已毕，分宾主坐下，庄丁献茶已毕。褚标就将施公之言说出。万君召听了，哈哈大笑道：“你老岂不知咱无意于人世吗？虽蒙施大人如此谬赏器重，但是咱绝无技能，不敢承此重责。仍望另延高士建立功名，某不胜侥幸。”褚标听说，因道：“贤侄此言差矣！贤侄英勇过人，天下之大，谁人不晓？难得施公诚心慕访，正贤侄知遇之时，何必委心田园，愿作农夫以终世？贤侄虽功名心谈，无意取求，在老夫看来，正宜见机而作。若泥于终隐，窃为贤侄不取焉！还请三思，勿过拘执才是。”万君召道：“老叔勿急，容某再达鄙意，老叔当自明之。”褚标此时见他执意不行，不觉气往上冲，因道：“贤侄无须故意推辞。如蒙见允，请以一言；若竟不行，亦请一绝。某当即告辞，勿作老厌物，有扰清安。”万君召笑道：“老叔何太逼迫耶？无论行止，也得容某三思。而况某与老叔阔别数年，今既前来，某亦当聊尽东道，切勿相拒太甚，使某汗颜！”说着，即命摆酒。不一刻，酒已摆上。此时已是下午，二人就入席畅饮，绝不再谈此事。

饮酒已毕，将已二鼓，万君召就请褚标在书房安歇。褚标也就去安睡去了。到了书房，暗自想道："这厮太可恶。咱若在少年，听了他这些言语，早已与他绝交了。且待朱光祖明日到此，看他如何，再作计议。"一宿无话。

到次日，又问万君召行止如何？万君召仍无决断。褚标也不追问。时将午刻，只见庄丁报进说："朱光祖来了。"万君召一听，好生诧异道："他去未许久，何以又来？"当令庄丁去请。少刻，朱光祖走进，正欲与万君召说话，忽见褚标在旁，故意说道："小弟前去奉候，不意未遇。后闻施大人见谕：说是老哥已到这里，来请君召兄弟。彼时小弟不知何事。后又闻施大人说出蔡天化那番事来，这才明白。小弟当时就对施公说了一句无意话：'大人虽派褚某前往万家庄，那君召兄弟是个不管闲事的人，恐怕未必肯来。'哪里知道把这句话说出，施大人即问小弟道：'想是你与万君召壮士也是要好的朋友。既如此说，褚老英雄一人既未能将万壮士请来，还请你再去一趟，帮同褚老英雄前去说项，务要将我求贤若渴之意说出，必定请他前来。倘再不行，我即亲自前往，效那刘皇叔三顾草庐之事了。'小人被你家大人缠绕不过，只得遵谕前来，邀请咱们君召兄弟。但是咱一路想来，既有老哥这老面子，又兼大人那种诚意，想君召兄弟一闻此言，定是愿意前往。咱不过既蒙大人之托，不得不到此一行，都算是来过一趟了。"说着，又望君召说道："老兄弟何日启行呢？"万君召听了也觉好笑，暗道："他们做成圈套，前来诱我。这是何必呢？但既如此，若再拒绝，就对不起朋友了。"因道："朱大哥！昨日小弟与褚老叙谈了一日。小弟本不愿去，后因褚老叔再三相劝，小弟虽未明言，本拟过了明日，后日与褚老叔前往。但去虽去，设若其功不成，还求二位善为说辞，请大人格外宽宥才好。"褚标、朱光祖见他已允，均大喜道："但请放心，君既肯行，此事未有不成之理。设若不成，包管大人断不见责。"万君召听罢，又命人摆出酒来，三个人一齐痛饮。过了一宿。次日一早，黄天霸即带了黄金、彩缎，到了庄外。当下通了名姓，并具道来意。庄丁不敢怠慢，立刻飞报进去。万君召一闻此言，也就立刻与褚标、朱光祖迎接出来。大家到了客厅，天霸先与万君召行了礼，然后分宾主坐下。天霸即将施公来意说了一遍，因道："大人仰慕已久，前、昨虽两请褚老叔、朱老叔奉请，奈因空言造访，非所以求贤之意。今特遣某赍呈黄金、彩缎，聊答速驾之意。区区私忱，尚乞笑纳！"万君召先谢了来意，复又再三推辞，聘礼坚不肯受。还是褚标、朱光祖再四说项，当时万君召只得收下。随命庄丁大摆筵宴，四人痛饮，过了一宿。

等到次日一早，大家起来梳洗已毕，用过早点。万君召又将家事稍为安排，吩咐庄丁妥为照料门户。这才带了包裹，藏了兵刃，与褚标、朱光祖、黄天霸三人一同出庄，直奔淮安而来。不一日已到，当下天霸先报进去。施公见报，立刻命人开了正门，带了关小西以下一班勇士，亲自迎接出来。万君召见施公如此相待，甚是过意不去，赶紧上前给施大人跪下，口称："小民何德何能，敢劳大人如此厚待？小民虽肝脑涂地，不足报效于万一。"施公赶着将他扶起，邀入后面坐下，因道："久仰壮士声名，恨无由得见。只因蔡天化如此作恶，实为天下人民之大患。因特敢攀玉趾，枉屈前来，协助本部堂共拿恶盗。成功之日，本部堂定即据情保奏，聊报壮士见义勇为之心。"

万君召道："小民一无技能，谬承栽培，敢辞劳苦？不过蔡天化武艺高强，虽小民亦不敢操必胜之理。但期协拿成功，以辅大人为民除害之至意；设若力有不及，还求大人格外宽恩，不加谴责，小民更就感恩不尽了。"施公道："壮士毋得过谦，既蒙慨允协拿，蔡天化必难再逃法网！"万君召又逊谢了一回，施公即命人大排筵席，款待君召。施公亲自邀万君召上首坐下。君召再三不敢，争奈推辞不过，只得谢了座。施公坐了主位，大家畅饮一回。饮酒之间，万君召又将蔡天化始末根由，细细与施公说了一遍。施公听说，又极意奉承万君召两句。万君召见施公如此器重，也就死心塌地，竭力报效。一会子酒席已散，万君召又给施公请安道谢。大家这才告退。欲知如何捉拿蔡天化，东安县如何打擂台，且看下回分解。

第一九九回　邂逅相逢女郎属意　仓皇遇害公子无辜

话说万君召自施公饬令朱光祖、褚标、黄天霸三人，丰礼厚币，请他到淮安。施公又优礼相待。不必说万君召是个草莽的英雄，就是当日诸葛孔明，受了刘先主三顾之恩，也曾“鞠躬尽瘁，死而后已”。你道万君召有施公这一番厚待，他自然以身相许。看看东安县开擂日期已在目下，黄天霸等一众英雄，就约同万君召一齐前往。不一日到了东安，即寻下客寓，只待开擂，他们便去等侯蔡天化前来，合力捉拿，暂且按下。

如今再说一件奇案，虽在先未曾经施公判决，到后来案情已定，仍要施公判明奇冤。原来镇江丹徒县，有一世家姓卫。这卫家有一子，名唤增祥。母亲陆氏，早已去世，只有父亲在堂。他父亲也是丹徒县学的生员，名唤家禄。这卫增祥聪颖过人，十四岁上就进了学。当时学政见他文学优良，颇为夸赞，与他本学教官说道：“卫生聪颖过人，他年必致清贵，此今日之小卫玠①。”于是小卫生之名无人不知。就有那羡慕他的，争相前来与他老子说亲，愿以己女相配。他父亲固爱如掌珠，行止皆问之。卫生自负殊胜，不肯草草择配。父亲也不勉强。他年已弱冠，尚未配婚。彼时，同邑有一富翁姓张，名玉球。这张玉球有个女儿名唤珊珊，年交十八，不但美貌异常，而且诗

---

① 卫玠：卫玠（286—312），字叔宝，河东安邑（今山西夏县北）人，曹魏尚书卫觊曾孙、太保卫瓘之孙，中国古代四大美男之一。魏晋之际继何晏、王弼之后的著名清谈名士和玄学家，官至太子洗马。卫玠去世时年仅 27 岁，葬于南昌，后迁葬江宁 。司马光《资治通鉴》：“美风神，善清谈；常以为人有不及，可以情恕，非意相干，可以理遣，故终身不见喜愠之色。”

词歌赋，以及针黹①，无一不精。张玉球也是爱如拱璧②，常与人道："吾家有扫眉才子③。现在是不开女科，若开女科，不患不状元及第。"因此择婿颇难如愿。

这日，正当二月十九，相传观音神诞，镇江西门城外有个观音洞，每年到了这个日期，四方善男信女皆往烧香。那日珊珊与他嫂嫂李氏，也去同往观音洞拜佛，烧香已毕，回来路上巧遇卫生。珊珊见卫生丰姿绝色，不觉秋波一顾，意甚恋恋。他嫂子李氏在旁看见，暗与珊珊笑道："姑娘你知道这个人吗？"珊珊道："邂逅相逢，妹子怎么知道他姓氏？"李氏道："他便是乡里中所称小卫玠便是。他与我哥哥同为文社的朋友，往来甚密，且是极要好的，我所以相识。妹子如果属意，当与我哥哥说明，使我哥哥代妹子作伐。"珊珊听说，只觉两颊飞红，笑而不答。不一刻已抵家中，姑嫂又笑说了一回，也就各自归房，略为歇息。不意珊珊即归之后，思念卫生，顿觉忘餐废寝。

李氏本来与珊珊情同姊妹，也就不时省问。李氏早知其意，又戏问道："妹妹如此，想是不忘那日所遇的小卫玠吗？若有此意，以妹妹与卫生得谐伉俪，的确是天生一对的好夫妻。可请我哥哥到爹爹前说项，当无不谐。但有一件，卫家甚贫，恐将来作合成功，妹妹不能过他家那一种日子，所以我代你甚虑。"

珊珊听说，因叹了一口气，与李氏说道："实告嫂嫂知道，妹妹于此事筹之已久。我想命好，今日虽贫，安知他日不富？命不好，今日虽富，安知将来不穷？富贵贫贱，皆由于命，何必以今日之贫为患耶？嫂嫂即代妹筹，妹敢不敬告心腹？唯望嫂嫂设法便了。"李氏听

---

① 针黹：指针线活，也称女工。黹（zhǐ）：缝纫；刺绣。

② 拱璧：古代一种大型玉璧。用于祭祀。因其须双手拱执，故名。《左传·襄公二十八年》："与我其拱璧，吾献其柩。"孔颖达疏："拱，谓合两手也，此璧两手拱抱之，故为大璧。"后因用以喻极其珍贵之物。

③ 扫眉才子：指的是薛涛（768—832），字洪度，唐朝长安人，以其出众的才华和美貌，以及与当时文人骚客的诗书唱和、情意缠绵，成为当时卓有成就的女诗人。以"管领春风总不如"的才华，横扫唐朝诗坛上的文人骚客。后来人们就常用扫眉才子指有文才的女子。唐·王建《寄蜀中薛涛校书》诗："万里桥边女校书，枇杷花里闭门居。扫眉才子知多少，管领春风总不如。"扫眉：妇女画眉毛。

说又道："既是妹妹所见如此，那撮合一事，自觉不难，包管在我身上，力代撮合，三日后当有好音。唯望妹妹善保身躯，不必过为烦恼便了。"珊珊闻言大喜，说也奇怪，不到数日，病也好了，终日便望嫂子回复了。

不料天不从人愿。同里有个许公子，名唤炳文。他父亲曾作广东知府，因死在任上，官囊极其丰厚。这许炳文却与珊珊同年，也是年交十八。这日搬他父亲灵柩回来，又因他已聘之妻在籍亡故，极求再聘。闻珊珊美貌异常，又能文墨，因此就请了媒人，前来与张玉球说亲。张玉球因许家门第固好，又兼财富，因此一说便允。这日珊珊的嫂子闻知此事，知难挽回，便来与珊珊说道："前者妹妹托我之事，我当与我哥哥说过。我哥哥亦很为赞成，也曾与卫生微露其意，卫生也颇情愿。不料天不从人愿，昨有许公子名唤炳文，曾闻妹妹的芳名，特请冰人[①]与爹爹说项。爹爹因他家父亲曾为广东知府，门第固极相对，又兼他家道丰足，因此就当面许了。可见婚姻大事，自有天定，非人力能为。似此天作之合，未尝非妹妹之福，妹妹亦何必重卫生而轻许公子，成心不化呢？"珊珊听说，亦觉无可如何，虽不敢有违父命，却是心甚不乐。

光阴迅速，又过了半年光景，这日吉期已届，许公子前来亲迎。珊珊亦备极装饰，簇然一新。两家宾客自不必说。到了晚间，珊珊乘坐彩舆，鼓乐喧天，送至许家。当有伴房搀扶新人送至洞房，与许公子坐床撒帐，合卺交杯，诸事已妥。许公子复又出来款待众客，当晚极为热闹。酒阑人散，许公子也就入房，更衣已毕，正欲与新人效于飞之乐，忽然自觉要去小解，便身着短衣，出房便溺。刚至厕所，突有一人掩至背后，就是一刀。许公子毫不提防，当被那人洞穿胸背，扑地而死。那人见许公子已死，疾入新房内，将灯烛吹灭，走过珊珊面前，猛然钻身入帐求欢。珊珊以为许公子前来，因便问道："如此卤莽，夫何为者？"那人见问，便低声答道："我我非公子，乃小卫玠

---

① 冰人：说亲的媒人。

也。感念汝意，特来报你。”珊珊闻言，大惊失色道：“你速去！公子即来。不然两有不便。”那人又道：“汝勿虑，公子我已将他杀了，就可请放心。”珊珊听说，更加惊恐，复又问道：“汝言果真吗？”那人道：“哪，哪敢相谎？谁，谁来骗汝？”珊珊闻言，不觉失声顿足大哭道：“你如此所为，真累我不浅了！”那人还拥抱不放，极意求欢。珊珊且骂且哭，至死不从。那人无奈，又怕人至，只得急将珊珊头上所佩金钗拔下，跑到房外逃去。此时外面丫环、仆妇闻珊珊哭声，大家拿了灯火进房来看，只见珊珊坐在床上，披头散发，吁喘不定，面无人色。大家急向前问视，珊珊将上项话说了一遍。众人大惊，急急跑出房外，各处寻找公子，寻至厕所，果见公子扑倒在地。再将火光往下一照，只见血流满地，公子胸膛业已被利刃洞穿。许家一面将合宅男女聚集，一面飞报女家。张玉球一闻此言，当即飞奔至许家，进入内堂，只见许炳文尸身僵扑在地，旁立许炳文两弟抚尸大哭。张玉球亦惊恐异常。等到天明，许家即具了状词，前往丹徒县控告。那状内并有“珊珊不无知情”一节。丹徒县阅词已毕，即刻带了差役、仵作，前往许家相验。随据仵作喝报：委系出其不意，刀穿胸际，扑地身死。丹徒县又亲视无讹，当命先行棺殓。一面将珊珊带往衙门，一面饬差飞提小卫玠到案质讯。

话说丹徒县将珊珊与卫生提至公堂，讯问刺杀许炳文一案。

珊珊一见小卫玠大哭道：“大爷在上，小女子向与这小卫玠素不相识。究因何事刺杀许炳文？小女子实不知情，还求太爷明察！”丹徒县喝令跪在一旁。又问小卫玠道：“尔一介书生，为何胆敢挟嫌刺死许炳文？尔可从实招来。若有半字虚言，本县定要用严刑讯问！”小卫玠向未登过公堂，一见差役如狼似虎，早已魂不附体。及至县官讯问，更不知所对，只得仓皇失措，勉强说道：“小生实不知情。”丹徒县见小卫玠如此仓皇，更是信以为实，一面将小卫玠的生员革去，一面用严刑讯问。小卫玠被刑不过，屈打成招。因此县令就拟了监斩候的罪名。珊珊虽非知情，却事出有因，也就一并系狱。此时小卫玠的父亲见着儿子无端坐罪，心实不甘。又知县里即拟了罪名，断断不可挽回。因想道："施公清明异常，不愧当年龙图文正①；并且施公断了许多冤案，不若前去施公那里求他申冤，或者增祥儿子沉冤可白。"主意已定，即写了状词，赶往淮安，去到施公那里控告。

不日已至，卫家禄即头顶状词，到了衙门。将鼓击得咚咚地响，口称："冤枉!"施公即命人出来查问。当有值日差问明卫家禄各情，并将原告状词，带了进去呈上。施公看罢，即命升堂。将卫家禄带上堂来，先将他一看，见他委系书生本色，毫无奸猾情形。施公又问了前后各情。卫家禄又细细告诉了一遍，因道："大人一秉至公，遐迩皆仰。生员的儿子增祥，当许炳文那日迎娶，儿子增祥实在不曾出门。不知为何许炳文被杀，诬指生员的儿子所为。此种奇冤，非大人不能判明，亦非大人不敢平反。总求大人格外怜恤，法内施仁，亲提严讯，俾生员的儿子沉冤早白，生员感恩不尽了。"说罢，磕头不已。

施公在上观看，觉得他那种情状，实在情急可怜，因即准词，候亲提严讯。卫家禄又磕了一个头退下。施公也就退堂，进了书房，又将卫家禄的状词细细审视，不觉伏在公案上睡熟过去——但见一人手持铜镜一枚，向地下一掷，登时掷碎了一半，那一半毫无损坏。又见那人歌道："铜镜如月，半明即灭，先缺后圆，先圆不缺。"歌毕忽然不见。施公也就惊醒。细想这铜镜的梦兆，又想那歌中语意，不觉有所触发。即刻签差备文，到丹徒县移提小卫玠、珊珊二人，并将张玉球及许炳文家属一齐提到。不一日，原、被告人证俱已齐集。施公升堂，先将珊珊问了一遍，珊珊仍对以与小卫玠素不相识，实不知情。

---

① 龙图文正：小说和戏剧中对包拯的称谓。宋仁宗皇帝之前，并没有"龙图"这种官职，只是从包公才开始，在民间传说提到：包公曾使仁宗皇帝母子团圆；仁宗皇帝对包公十分感激，再加上包公为官清正，百姓呼为"包青天"；仁宗皇帝亲自为包公画了一张半身像，御赐给包公；因为是皇帝画的，所以就称"龙图"。仁宗皇帝又御赐一座楼阁，把"龙图"挂在里面，叫"龙图阁"，作为包公的官府。后来，包公屡建功劳，仁宗皇帝又封包公为龙图阁大学士。从此，龙图阁就正式作为一种官名，包公也叫包龙图了。包文正的称谓也是文学作品对他的褒奖，《三侠五义》中写道："宁老先生给包公起了个官名。一个'拯'字，取意将来可拯民于水火之中，起字'文正'，取其'文'与'正'，岂不是'政'字么，言其将来理国政，必为治世良臣之意。"戏剧也采用了此说，于是便有"包文正"之名。

施公喝令退下。又问小卫玠道："尔为何胆大图奸，刺杀炳文？尔父亲尚以尔为诬屈，到本部堂这里控告。尔可从实招来！"一面问讯，一面察看小卫玠，实系是个美貌书生，断非杀人之辈。

施公问罢，只见小卫玠禀道："小生一介寒儒，向以礼法自守，何敢妄萌异念，持刀杀人？况且许炳文迎娶珊珊那日，小生实未出门。小生又与珊珊素不相识，何得妄指许炳文被杀，即是小生所为？前经县令严刑问讯，小生受刑不过，只得承许。今蒙大人亲提前来，若蒙明镜高悬，为小生雪此冤枉，则小生得庆再生，皆大人恩德所赐！若犹以为许炳文系小生所杀，还请大人勿再用刑；小生亦无他供，唯有坐以待毙而已。"说罢，大哭不止。施公讯罢，即令暂寄山阳县监，听候再行复讯。差役答应，将小卫玠、珊珊一齐带下。施公当即密传令施安，授以密计；嘱狱吏净除一室，备设床帐，放纵小卫玠与珊硼聚处其中，以察其情来告。施安答应，随即往告狱吏。狱吏如命而行，随将二人封闭一处。

当日珊珊途遇小卫玠时，小卫玠并不曾看见珊珊。今与珊珊聚处一室，又见美貌动人，因即向珊珊一揖道："小生素与卿未经谋面，平日并无仇隙，一旦妄遭诬陷，却是何故？尚望卿指示明白，小生虽死亦瞑目了。"珊珊见小卫玠如此温柔，实非杀人之辈，也就叹道："君所作之事，君自知之。杀人者抵罪，国法自在，于妾何尤？"小卫玠听说，复又叹道："卿至今日，直以杀人者尚为小生吗？小生手无缚鸡之力，卿虽女流，亦当审视得出。岂有力无缚鸡，而能持刀杀人者乎？小生曾不解其中究竟是何冤孽？以小生与卿并未有一面之缘，何以诬陷若此？岂真夙冤耶？"珊珊闻说，复又叹道："君真与妾无一面之缘耶？"小卫玠道："素昧平生。何得妄称相识？"

于是珊珊便将如何途遇，如何抱病，如何与嫂氏同谋，细细说了一遍。小卫玠这才明白，复又叹道："既蒙卿谬爱，今者已百喙难辞。但枉被虚名，心实不甘。卿如慈悲，俾得一亲香泽，死亦感恩非浅。"说罢，便拉珊珊求欢。珊珊闻言，心甚凄惨。

不觉双目泪下，也不拒绝，任其所为。事毕，珊珊复又向小卫玠问道："昔日之夜，君既口吃，而又狐臭不堪。今何二者皆无耶？"小卫玠闻说，因道："小生素无此疾，卿何所见而云然？"珊珊因又历述昔日许炳文被害后，那人灭烛入帏，所闻实系如此。复又叹道："据君所言，向之杀人者果非君耶！"于是二人又细谈了一会。

狱吏在外潜听甚明，便一一转告施公。施公听说，当即笑道："此中果有冤枉，杀人者果非其人了。"因密传张玉球进内问道："你家中平日往来之人，可有口吃而狐臭的吗？"张玉球见问，沉吟了一会，当即禀道："平日来往之人，只有个裁缝金二朋如此。"施公听说金二朋三字，更与梦中铜镜歌相合，不觉笑道："尔可知杀许炳文的，就是此人吗？"张玉球好生惊异。施公便将梦示铜镜，及授以密计的话，告诉一遍。张玉球这才明白。施公道："候本部堂提到金二朋审明之后，再与尔女及卫生作主。"张玉球唯唯退下。施公备了文书，飞差前往丹徒县提金二朋；并传知丹徒县，一并应解来辕听审，暂且按下。

再说浙江绍兴府山阴县，有个银匠姓吴名唤质仁，向在北京开店。这吴质仁有个胞妹，名唤婉姑，也随着哥哥在京中居住。因婉姑曾许原籍一个秀才，唤作刘国材。那年，吴质仁有个表弟，是个举人，因进京会试已毕。吴质仁因思妹子年纪已大，应当出嫁了，就筹划些奁资，托他表弟带同他妹子，一齐回籍，送他妹子于归①。他表弟将他妹子带回，择了吉期，出嫁之后，第二日，不料他妹子的丈夫，及他妹子、婆婆，皆被人杀死。当时报官相验。山阴县问了一堂，即硬指他妹子与表弟通奸，谋害亲夫与他婆婆。当下就定了罪名，秋后俱已处斩。

吴质仁因在京中，不能分身，闻知此事，也疑惑他妹子与表弟通奸。如此隔了一年，吴质仁因有事回南。这日，走至淮安城内一家当铺里，要与这典内的东家说话；忽见有人手持金钗一只来当。吴质仁瞥眼看见，却认得是自己手制之物——赠给他妹子出嫁的，因暗道："为何落在这人手内？"因念及他表弟向非苟且之人，妹子又极其端庄，其中定有冤枉。因一面请典主人请将那当金钗的人圈住，一面就请缮了状词，到施公那里喊冤。欲知施公是否准词，且看下回分解。

---

① 于归：指女子出嫁。春秋·佚名《诗·周南·桃夭》："桃之夭夭，灼灼其华，之子于归，宜其室家。"

第二〇〇回　呈金钗银匠诉冤　悟铜镜缝工起解

话说吴质仁在典当内，偶见自制金钗，系赠嫁婉姑之物，因知此中有异；更虑他表弟与胞妹婉姑此中定有冤情，因请那当典内的主人设法，将那质钗的圈留起来；他便一面缮具状词，赶紧到了漕督衙门投告，求施公代他申冤。施公见了状词，当即升堂，将吴质仁带上问道："你有何冤枉？可从实招来！"吴质仁磕了一个头，向上诉道："小人原籍浙江绍兴府山阴县人。从幼年在北京，从师习学银工。数年之后，技艺毕业，挣了几个钱，在北京开了一爿银楼。那时原籍家中，尚有老母、弱妹。这年老母病故，弱妹无依。小人便回原籍，将老母殡葬的清楚，带了弱妹到京，与小人一齐居住。彼时弱妹婉姑方才十三岁，原由母亲作主，许字同籍一个秀才刘国材。那时国材尚在书房攻书，还未进学。到前年二十岁上才进学的。小人带着妹子在京居住，小人的妹子恪守闺训，且极端庄勤俭。那年交十九岁，小人又闻得妹夫刘国材已进学了。大人的明鉴：男大当婚，女大当嫁。小人就要送妹子于归。争奈小人店务冗繁，抽不出空来。正在烦虑，可巧那年适逢会试之期，小人有个表弟成都彦，是上一科的举人，由原籍进京会试，就住在小人家里。小人这表弟，真是个至诚君子，守理法的人。不必说他不存苟且之心，平日见了妇女，真个是目不斜视。小人因此就想到：妹子是要出嫁的人，小人自己又不能分身亲送妹子回籍，难得表弟到此；他又是个诚实可靠的人，因此就与表弟商量定了：将妹子托他带回原籍，择吉于归，以了婚姻大事。小人的表弟当时也就答应。小人甚为欢喜。又因妹子的夫家甚为贫穷，妹夫虽然进了学，他家中尚有老母，就便给人家教读，每年能得几何？再加自己房用，将来添儿育女，家用日大，进项又少，小人的妹子如何度日？因此，小人就多备了些嫁资，又给妹子自制了几件工巧的钗饰，一齐交与妹子。择了日期，就托小人的表弟，将妹子带回原籍。小人以为了却了一件大事，不料妹子与表弟回籍之后，将妹子于归刘家，第二日忽然妹夫刘国材，及妹夫的母亲，均被杀死。当经妹子喊齐邻舍投告县里。彼时妹子为是亲夫及夫母被人杀害，求县里申冤。哪知县太爷相验之后，追问小人不在原籍，便将小人的表弟提去；及至问到同路回籍的缘由，县太爷就说小人的表弟与今人的妹子：'一对怨女旷夫，岂有同行数千里，绝无暧昧情事。'又令稳婆验得小人的妹子果非处女，因即严刑拷问。小人的表弟与小人的妹子只得承认通奸谋杀。因此小人的表弟与小人的妹子皆抵偿问罪，业已明正典刑。彼时小人在京尚不知道。后来原籍的亲戚寄书，小人方知此事。当时小人亦以为表弟与妹子存此狗彘之行，理应身受国法；既又想小人的表弟与妹子实非此无耻之辈，其中难免无冤屈之处，因此疑信难决。现在因离乡多年，又因妹子与表弟这件事，故此暂行回籍侦访侦访。不料走至治下裕丰典内，与典主说话，忽见典伙手持金钗一股，到典主面前说道：'此钗制法精巧。因质价太巨，不敢自主，请典主定价。'彼时小人在旁看见，实小人妹子回籍时赠嫁之物；因思既有此物，小人的表弟与小人的妹子之冤，当可明白。因此，小人请典主一面将质钗之人设法圈留，一面小人亲到台前投告。小人实系情急，又念表弟与妹子实在冤枉，为此叩求大人俯念无辜问罪，死者含冤，急速飞签将质钗之人提到追究，以求水落石出。感德非浅！"诉毕，又磕了一个头，跪在地下。

施公听罢，当即准词，飞签去提质钗之人；一面饬令吴质仁暂行退下候讯。吴质仁唯唯退下。施公也即退堂。不一会，差役来报，已将质钗之人提到。施公立刻升堂，问那人道："尔唤什么名字？是哪里人氏？"那人道："小人是北京人氏，姓王名六。"施公道："尔为何在绍兴刘家劫奸盗财物，杀害他母子？尔可从实招来。"王六见施公问出情真，不觉毛发悚然。施公见王六有异惧之状，也知道是他所为，因将惊堂木一拍道："该死的强盗！本部堂即将尔的实情察出，尔还敢不招吗？"当即望两旁喊了一声："来，将他夹起再问！"王六见要上夹棍，赶即求道："小人愿招了。"因道："小人前在京中，访知吴银匠嫁妹子，嫁资甚厚。当时便思盗取，因不便下手，后来即跟着出京。他们沿途又防备得紧，因此一路跟到绍兴。那日刘家喜期，小人即伏在左近。等到亲友各散，小人即乘隙入门，暗伏厨下。到了二更时分，刘家的老婆子到厨房里来检点物件。小人怕那老婆子看见不便，即拿出刀来，将那老婆子杀了。那刘家新郎听见厨房内有响声了，也就点了灯火，到厨房照看。小人见他又来，就也将男子一并杀死。彼时小人就将刘家男子所穿衣服更换起来，复行秉烛入房。其时新娘初来，不辨真假。小人就与新娘同寝。当时就骗他道：'闻说汝兄赠嫁时，有金钗等件，制法颇为精巧，可能取出与我一看吗？'其时小人与新娘说话，那新娘以为小人真是他丈夫，因即将所有赠嫁之物，全行拿出与小人观看。小人看毕，夸赞了两句，又令他仍然收好。小人又与他同寝。等到天明，看见新娘睡熟，小人便将金钗、金钏等物，取来藏在身旁，越屋而去。此皆小人的实供，小人也自知犯法，求大人明察便了。"

施公听罢，即唤吴质仁道："尔可听清楚吗？"吴质仁道："小人听真了，还求大人作主才好。"施公道："尔且在此等侯一月，候本部堂将此案缘由，奏明圣上，候奉到谕旨，应如何办理之处，再行给尔定夺。现在本部堂一面移咨浙江抚台，请将山阴县先行革职；并着该县将全卷查明，随带前来归案讯办。一面即奏闻圣上，请旨定夺便了。"吴质仁又磕了一个头，这才退下。施公又命将王六交山阴县监禁。差役答应，将王六带下。施公退堂，进了书房，更衣已毕，即刻拟了奏本，并拟明各项罪律。次日签发出去；又备了咨文，移咨浙抚，请解山阴县带同全卷，迅速到淮归案，暂且不表。

再说张珊珊与小卫玠一案，经施公因梦铜镜，察出真情。着令原差赶往丹徒，迅提金二朋到案讯断。那丹徒原差奉了施公之命，哪敢怠慢，日夜趱赶，不日已到镇江。当即在本县衙门报了文。丹徒县即将原差唤进，问明一切。原差便说施公如何审问，如何在监用计，不知如何牵出一个金二朋来。“现在着令小的回来，拘获金二朋前去讯诘。”丹徒县道：“难道许炳文果非小卫玠杀死吗”那差人道：“小的也不知其中委曲，但见施大人只问了一问，就叫小的前来提金二朋。”丹徒县道：“既如此，尔可赶将金二朋提来，好让本县备文申解便了。”那原差听说，即刻出了衙门，各处查拿金二朋。不到两日，居然将金二朋捉住，由丹徒县问明无误，即日加差押解将金二朋到淮，听候施公讯断。施公次日升坐大堂，将原、被告、人证，及许炳文家属全行带至堂上，施公便先问了小卫玠、张珊珊二人，又问了许炳文家属一遍。施公便望许家的原告说道：“尔可知许炳文并非小卫玠所杀。本部堂已察得真情，现在凶手已经拿到，候本部堂少刻问明。尔等且在这里听断，少时自知。”不一刻，从堂下带上一人，在公案前跪下。施公喝道：“你是金二朋吗？”金二朋答：“小的叫金二朋。”施公道：“尔所犯之案可知道吗？”金二朋道：“小的不知所犯何事提案，还求大人明示。”施公道：“尔既不知道，待本部堂告诉你便了！”因令张玉球走至公案前面，喝令金二朋认道：“尔可认得此人是谁吗？”金二朋将张玉球一看，已是惊恐，便惊栗答道：“此此人是小人相相识的。”施公道：“你如何认识？”金二朋道：“这这张家的衣服，皆皆是小人承做的。”施公道：“尔既承做他家衣服，他家有个姑娘，名唤珊珊，你可见过吗？”金二朋见问，不觉神色已变，因答道：“小小人不曾见过。”施公此时即将惊堂木一拍，喝道：“好大胆的强徒！尔胆敢图奸害命，为什么冒称小卫玠，妄想图奸，将许公子杀死，嫁祸于人？尔快从实招来，若有半字虚诬，定即严刑处治。”金二朋见施公如此威严，又见他全部道破，就便勉强抵赖也抵赖不过，还要皮肉受苦，料想亦不能活命，终久是死，不如招出实情，少受眼前苦恼。主意已定，即向上说道：“大大人不必动怒，小小人愿招。”因道：“小小人向为衣工，张家男女衣服，因小人缝纫得好，皆唤小人去做。及至他家小姐大了，所穿衣服，也因小人做的甚好，非小人手制，他家小姐不穿。彼时小人不应据萌妄想，以为他家小姐既爱小人手制之衣，大约与小人有缘。无奈小人虽闻他家小姐甚为美貌，却从来不曾见过。这日因小姐到亲戚家去，小人偶见一面，实在生得美貌，因此小人更萌妄想。自己暗道：小姐既非我所制之衣不着，如果他真与我有缘，得能与我伴成夫妇，那就好了。当时张家有个仆妇与小人有私。这日那仆妇忽与小人说道：'我方才在小姐房外，听得大奶奶与小姐谋合。因小姐途遇小卫玠回来，思念不忘，就得了病。大奶奶这里劝小姐不要烦，只要你病好了，小卫玠与你匹配，包管在我身上。'后闻小姐并未许与小卫玠，是许与许公子。当时小人就存了这个计策：等张家小姐喜轿进门后，小人就掩了进去；意想将公子杀死，假冒小卫玠之名，张小姐听了，必然应允。即使不遂，也可嫁祸小卫玠，小人亦不致遭累。因此那日就到了许家，趁许公子出来便溺，小人即抽出利刃，将许公子杀死；复入房中，假托小卫玠之名，与张小姐求欢。不意小姐拒绝不行。小人又恐有人捉住，因将张小姐头上的金簪拔下，小人带了金簪出房逃走。及至次日，闻知小卫玠被县里捉去，后又闻得已定了罪名。小人自料无事。不意被大人察出，提小人前来，自知该死。此是小人以往实供，并无虚诬，求大人恩宥！"

施公听罢，便唤许炳文家属，说道："尔可知杀人者，果非小卫玠吗？若非卫家前来控告，真使他二人屈死了。尔等可知本部堂如何察出是金二朋所为呢？"因将梦示铜镜，及暗授密计，嘱告狱吏的话，说了一遍。大家方才明白。施公当即拟定罪名：金二朋拟抵许炳文命，着即发回原县，就地正法。丹徒县判断不明，妄加定罪，本拟重严参处，姑念卫生虽几陷大辟，尚未正法，着从宽不予追究；即着丹徒县为媒，以珊珊许配小卫玠，并着罚金助奁，以资小卫玠膏火之用。

施公退堂，大家出去。次日，小卫玠与珊珊全行出狱。小卫玠感谢施公之德，又亲自往总漕衙门叩谢。施公又将他传了进去，勉励他一番。小卫玠又磕头重谢。因是回到丹徒，当由丹徒县为媒，将珊珊匹配小卫玠，又助装奁。小卫玠从此更加用功，后来点了翰林，这且不表。

再说施公判明吴质仁代他表弟与妹子婉姑鸣冤一案，当时就具了表章，拟定了罪名，申奏圣上。不日奉到上谕：王六着寸磔处死。所有承审之山阴知县，听断不明，自负精明，着即交浙江巡抚处决论抵。承讯在事各官，自督抚以次，均着一体从严议罚，以为有司草菅人命者戒。又特旨：婉姑给予旌表建坊。举人陈邦彦，准予一子入监读书，用示体恤。施公奉了这道谕旨，立即将王六提出，绑赴法场，寸磔处死。山阴县派委员押解原省，交浙江巡抚遵旨处决论抵。吴质仁也就释放回籍，不表。

且说东安县曹德彪摆设擂台，施公欲借此捉拿蔡天化。又将铁臂哪吒万君召请来，与黄天霸等一同到了东安县，寻了客店住下。看看已至三月初一，前两日，黄天霸等就先至擂台的地方，看了一回。只见那座擂台高耸半天，四面挂着灯彩。两旁皆有厢台，专为地方官起坐之处。台口横挂着一方匾额，上写“英雄本色”四字；两旁台柱上挂了一副对联，上联是：“拳打南山虎豹’；下联是：“脚踏北海蛟龙”。擂台当中，上面有八扇屏风，两旁边有两道小门，均挂着大红门帘。当中紧靠屏风，横摆一张条几；几上左摆花瓶，右摆插镜，中间悬着一幅英雄聚会图，两旁也有对联。台面中间，排列着一顺十二张花梨交椅，陈设得精致异常。黄天霸等观看了一回，也是称赏。又见擂台四面，那些做买卖的，皆在周围支搭芦棚，就中栖息。又还有茶棚，给人歇息的所在。天霸等看了一回，仍回归客店。就叫店小二拿进酒来，大家坐下，团聚畅饮。酒至半酣，黄天霸首先说道：“明日就是开擂的日期，那个人不知果否到此？”万君召道：“贤弟！你可不要急，那人果来，咱们也不要急急上手。总要等他与台主打得高兴之时，咱们给他个出其不意，将他挤下台来，那就完事了。”天霸大喜，毕竟蔡天化如何捉拿，且看下回分解。

第二〇一回　推诚接物大宴群英　协力锄强允拿草寇

话说黄天霸当下大喜。此时计全从旁议道："黄贤弟，万大哥所议，虽是极好。依某愚见，大家先至义勇村曹德彪家去走一遭，前去拜望，却暗暗使他知道咱们厉害。并将捉拿蔡天化的事，与他说明，还可请他临时助我，一举数得，不知诸位意下如何？"当下万君召即首先答道："计大哥如此想来，最为上策。咱们明日就大家前去一遭。所谓预为知会，使他得知其中情形，到了临时易于办事。好极！好极！咱们不必更改，就这样办法便了。"大家也觉有理，一席无话。

到了次日，黄天霸等即问明了地名方向，计全、黄天霸、关小西、李昆、何路通、李七侯、金大力、贺人杰、王殿臣、郭起凤、朱光祖、褚标、万君召等十三人，一齐出了店门，直往义勇村而去。不一时已到庄上。黄天霸首先即向庄丁说道："烦你进去通报一声，就说淮安总漕施大人标下副将黄天霸，参将关小西，以次一众等，奉了施大人之命，特地前来拜望你家庄主。务要相见，咱们还有要言面叙。"那庄丁听说总漕施大人那里来的人，只得飞跑进内去，通知主人。此时曹德彪正与两个教习说话——一个唤作冲天炮徐宁，一个唤作镔铁腿石勇，在厅上议论明日开擂的事。忽见庄丁慌慌张张跑了进来，走至面前说道："现在庄外来了总漕施大人那里的什么副将黄天霸、参将关小西，还有以次人等，奉了施大人之命，特地前来拜访。并有要话面谈，务要主人相见。看他们来的甚是慌忙，庄主可见是不见？谨请吩咐，好去回报。他们庄外面等着呢！"曹德彪见说此话，沉吟了一会，暗道："黄天霸等一众前来，料他是必非坏意。但不知有何要话面议？咱且将他们请进来，看他有何话说，再作计议。”因即令庄丁取了衣服，更换齐整；又令开了正门，曹德彪带领两个教习，一齐迎出。

当有庄丁先走至门外，与黄天霸说道：“咱们家庄主迎接出来了！”黄天霸一见，正欲迎了上去，曹德彪已到了面前。只见曹德彪将两手一拱，口中说道：“荷蒙诸位老爷远临，有失迎接，望乞恕罪。请里面坐罢！”说罢，就与两个教习站立一旁，让天霸等进内。黄天霸等见曹德彪虽然是武举，那一番谦和的气象，也实在令人可敬。因答道：“冒昧奉访，亦望勿罪。”曹德彪道：“岂敢！岂敢！且请到里面，咱们再谈罢！”

黄天霸等计共十三人，一齐挨次入内。曹德彪让进客厅，大家行了个总礼，分宾主坐下。庄丁各献了茶退下。曹德彪又与各人通了名姓，黄天霸又与那两个教习通过名姓。曹德彪这才开口，对众说道：“久仰诸位英名，如雷贯耳，争奈无缘相见，正自恨晚。今幸诸位台驾远临，顿使蓬门生色，实是千万之幸！”

黄天霸也就答道：“便是某等久慕高名，亦欲前来奉拜。奈公事羁身，无暇及此，实是恨事。今幸蒙大人之命，特派某等前来监察擂台，因此得以瞻仰。”曹德彪又道：“某初设擂台，以往情由，又未与诸位细谈。只因某膝下无子，只有一女，幼年好使枪棍，现在及笄，某当为小女择婿。无奈小女自负太甚，仰慕古人摆设擂台，可以招聚英雄，前来比试，借此可以选择佳婿。某曾拦阻至再，争奈小女不依，这也是某姑息太甚之处，因此就答应她在县主台前禀请摆擂。某以为县主必因此事有干例禁，一定不准，某借此可以绝小女之意。不料县主转禀上台，又蒙施大人批准下来，某只得遵命照办。今又蒙大人委派诸位前来监视，倒使某抱罪不浅了。”褚标道：“但我辈子女能有此豪气，亦不愧我辈本色。今足下擂台一开，天下英雄齐集于此，将来是定得佳婿的。可贺！可贺！”曹德彪道：“某岂敢望必得佳婿，不过聊以遂女之愿罢了！”此时庄丁已摆出了四席酒来，曹德彪就与黄天霸等让道：“不知诸位远临，未曾预备东道，谨具水酒一杯，聊申洗尘之意。草草不恭，尚乞诸位原谅。”

天霸等亦同声相谢：“到此打扰，实是不该。真所谓却之不恭，受之有愧了。”曹德彪道：“怠慢亵尊，统望包涵则个！”于是大家就序齿列坐①，这也不必细说。

酒过三巡，黄天霸便开口向曹德彪问道：“小弟有一事动问：那赛罡风采花魁首蔡天化，此人老哥哥相熟吗？”曹德彪道：“这蔡天化也曾耳闻其名，未见其人。并据传说其人甚不安分，现在访拿在案，可有此事吗？”万君召就插口说道：“这蔡天化与小弟有一面之识，现在急须访问，要与他一会，因此动问老哥。如果知他现在哪里，小弟便去寻访。老哥既不相识，这就罢了。”曹德彪听他们说话有因，即追问道：“诸位既蒙不弃，如果以某为心腹，有需小弟为力之处，尚乞指教。某当效力，断不有负诸位。倘若今不说明，是莫见外于某，亦不敢谬托知己了。如蒙指示，或者小弟可以帮助，也未可知。”

褚标见曹德彪如此说法，知他与蔡天化毫无瓜葛，便将捉拿蔡天化的事，细细说了一遍。曹德彪听说，这才明白了。计全又道：“实不相瞒，大人所以准老哥摆设擂台者，为此也。因借老哥摆设擂台之名，意欲招诱蔡天化到此，可以协力捉拿。因此某等临行之时，大人又再三吩咐：务必先到尊处与老哥说明这事。是恐怕将来捉拿之时，老哥误会其意，那就误事不浅了。今既说明，想老哥是可以帮助。如果蔡天化将来到此，上得台时，还望老哥与令小姐，暨两位教习，加意防备，助弟等一臂之力，那就感谢不尽了。”曹德彪听了这番言语，复说道：“诸位放心。蔡天化不来则已；如果前来，愚父女暨两位教习，倘稍存偏袒，不助诸位协力擒拿，与万民除害，弟是誓不为人！”

说着，便将自己杯中的酒，倾了一半在地——洒酒为誓。黄天霸等见曹德彪如此仗义，又如此爽快，大家好不欢喜。于是就痛饮起来，直至夕阳西下，方才散席。黄天霸等当即告辞回店，专候次日去看打擂。欲知后事如何，且看下回分解。

---

① 列齿列坐：按着年龄大小先后顺序排列而坐。齿：年龄。

第二〇二回　曹德彪只手败吴嵩　史占魁奋身敌石勇

话说曹德彪自送出黄天霸等人，回至客厅，与徐宁、石勇二人说道："原来是为捉拿蔡天化。两位教师在此，我方才已允过他们协力捉拿。万一蔡天化到此，还望两位教师克践前言，稍助一臂之力！"徐宁、石勇齐道："但请放心，我等情愿助一臂之力！"曹德彪大喜，又闲谈了一会，便进入内宅与他女儿月娥亦说知。曹月娥亦满口答应。

话分两头。再说黄天霸等回到客店，大家又谈论一会，用过夜饭，即各自安睡。次日一早起来，梳洗已毕，用过早点，约有辰牌时分，大家就暗藏了兵刃，出得店门，直望擂台而去。

不一刻来到擂场，只见有游人往还，热闹异常。此时台主尚未上台，大家就在茶棚内坐下。不一会，东安县已到，望着他上了台，在东厢坐下。有人献上茶点。又一会东安营守备也骑着马来到，上了台在西厢坐定。也有人献上茶点。台下有一群东安县小队城守营护勇，手执皮鞭，在那里喝打闲人。大家正看之时，忽人声喧叫，哄传："台主来了！"黄天霸回头一看，只见曹德彪当先骑在马上，头戴玄缎包脑，当中打了英雄结，颤巍巍高插顶门；身穿一件秋葵色素缎直袍，腰束杏黄丝带，脚踏薄底快靴。到了台口，翻身下马，立定脚步，将罩袍用手一提，只见一个箭步，跳在台面，在台中间一张交椅上坐定。接着两个教习也飞身上台，就曹德彪下首两张交椅上坐下。黄天霸等看见曹德彪、徐宁、石勇三个人，步法轻捷，身体灵便，正自夸赞。忽又哄传："小姐来了！"黄天霸等复又掉头，观看小姐的身段：头戴玄缎抹额，上面打着一个鸳鸯结，滑滴滴螺髻高盘，鬓旁斜插两朵绒花，一对珠环低垂耳下；身穿一件大红素缎绣花外罩，内衬灰色湖结绣花密扣紧身短袄，腰束湖绿丝绦，斜接一口佩剑，下穿一条玄色湖绉百褶裙，内衬玄结洒花扎脚套裤，一双金莲紧踏着大红绣履。真个是柳眉杏眼，粉脸桃腮，生得极其美貌。缓缓地到了台口，跳下马来，先将身上衣服，拂了一拂，然后将外罩拽起，一只手提起裙角，只见他身子一缩，柳腰一摆，已轻轻地飞上擂台，就在曹德彪上首那张交椅上坐下。有丫环送上香茶。曹月娥喝了一口，即站起身来，同着曹德彪望两旁厢楼上，给县主、城守请了安。然后曹月娥进了内台，脱去外罩。曹德彪也将外衣脱下。父女两人走至台口，两手一拱，望台下说道："在下曹德彪，率领小女月娥，因欲招集天下英雄，到此比试。特为禀请各大宪，摆设擂台。今日是开擂之期，四海英雄，各方豪杰，想已齐集到此。如蒙不弃，便即请上台来领教：两手若有能打在下一拳者，即赠花红纹银五十两；踢在下一脚者，赠给花红银一百两；有能将在下及小女掷落台下者，除送花红银五百两外，还招为女婿。决不食言。倘若被在下及小女、教师打伤，或致毙命，在下除备棺盛殓外，概不抵命。业经禀请各大宪准予立案，不得借此生端。有武艺的便请上台来领教领教！"

话犹未了，只见东北角上一人大喊道："你胆敢口出狂言，藐视天下豪杰，俺来会你。"说着一个箭步，跳了上去，抢在上首立定脚步。曹德彪将手一拱，问道："足下尊姓大名，何方人氏？"那人道："俺乃山东曹州府人氏，姓黄唤毓英。"曹德彪说道："请了。"黄毓英就分开架式，直向曹德彪一拳，认定曹德彪胸前打来。曹德彪一看，便知他拳法平常；岂有开手就向人家胸前打到之理？曹德彪也不回手，但将身子一偏。黄毓英一拳落空，又举起右拳向曹德彪面门打下。曹德彪见他右拳来得切近，喝一声："来得好！"急将左手向上一托，捏往来人右拳，右手一起，便从来人腰下一托，趁势一推，将黄毓英掷下台来。台下人一齐喝彩。忽见东南角上又有一人大声喝道："台上人休得逞能！俺来会你！"喝声未了，那人已跳上台来。

曹德彪道："通个名姓，本台主好与你交手。"那人道："俺乃山西绛州人氏，飞山虎吴嵩便是！”说着，在上首站定脚步。

曹德彪将手一拱道：“请了。”吴嵩分开架式，右拳向前按定，左手曲着一半，胳膊向外，使了个鹞子反探爪，一反手向曹德彪面门打来。曹德彪将身一偏，头向左边一扭让过，趁势就用了个鹞子翻身，右手一起变成了白虎探爪，向吴嵩左臂抓下。

吴嵩就趁势一让，一转身跳在曹德彪背后，认定曹德彪后心，即飞起一拳。曹德彪早已防到，赶将身子向左边一让，吴嵩这一拳打了个空；正欲飞起右拳，认定曹德彪左肋打下。曹德彪已转过身来，就地飞起一腿，这唤做植树盘根。吴嵩知道这一腿厉害，赶望旁边一跳。曹德彪见他让过，随将右腿缩转进来，立刻将左腿撒开，用了个旋风扫叶，望吴嵩扫去。吴嵩便使了个燕子穿檐，将身一纵，直望曹德彪一扑；又起了二指，认定曹德彪双眼点来，这叫个双龙取珠。曹德彪一见，赶紧收回左腿，右腿站定，使出金鸡独立势，等吴嵩来得切近，左腿往上一翻，认定吴嵩右肋踢去。吴嵩说声：“不好！”起紧身子一翻，使个鲤鱼大翻身，满想让了过去。曹德彪怕这一腿就伤了他性命，也就缩转来，却变了个泰山压顶，趁他翻身的时节，就一只手将吴嵩的右臂抓住，向空一提，离了台板，顺手就望台下一抛，跌落下去。台下的人又齐声喝彩。黄天霸等远远看着，褚标即开口说道：“你看曹德彪，那样身躯灵捷，煞是好手。”

黄天霸等正欲回答，又听大声喝道：“台上的听着！尔休得自逞其能，可认得我史占魁吗？尔且站稳了，等我来将你抛下台去！”说着，已跳上台了。当下曹德彪已退入台后。教师石勇抢上前来，彼此通了名姓，二人分了上下首。史占魁占了客位。

石勇道了一声：“请。”史占魁便使开架式，向石勇打来。石勇也摆了架式敌住。二人在擂台上，你一拳，他一脚，上打泰山压顶，下打植树盘根，左打青龙剐鳞，右打白虎探爪。一来一往，彼此斗了有三十余合，不分胜负。只见石勇忽然身子一倒，跌入擂台当中，四仰八叉，睡在下面。史占魁便趁势飞起一腿，认定石勇裆下踹来。不知石勇性命如何，且看下回分解。

第二〇三回　石勇巧打史占魁　徐宁误败殷家虎

话说史占魁即飞起右脚，认定石勇裆下踹来——史占魁不知是计，误认他真个是跌在地，哪里晓得石勇是用的醉八仙。

史占魁右脚才要踹进，石勇不慌不忙，收转左腿，望裆下一护，又将右腿往下一缩；说时迟，那时快，史占魁才要进裆，石勇已将右腿发出，认定史占魁肋下踢来。史占魁就此说声："不好！"见来势甚猛，自己上了当，赶紧要躲让，哪里躲让得及？才算将身子偏过，石勇的右腿就到，正踢中坐臀。史占魁就此向地下一坐，正要立起来再打；石勇已站立起来，趁势进一步，右脚一起，认定史占魁踝儿上就这轻轻的一踹，随即伸开两手，一弯腰将史占魁的束腰抓住，提了起来，高高举起，走至台口，打了两三转，大笑一声道："请你下去罢！"说着，轻轻地丢下台来。众人同声喝彩。此时日已过午，曹德彪又到台口向台下说道："还有哪位英雄，上来比试比试？"招呼了半会，并无一人上台。曹德彪只得又向众说道："诸位不肯见教，咱们可要回去了，明日再来领教罢！"说罢，退入后房，带着曹月娥，及教师徐宁、石勇，又向两厢与县主、守备道了乏，收擂回庄。县令、城守也就下台，各乘轿马回衙而去。曹德彪父女、教习，等候地方官走后，他们也下台乘马回庄。黄天霸等也即回至客店。那些看热闹的人，自然各散回家，一宿无话。

到了次日辰刻，大家还是前来观看。一会子地方官先到。接着曹德彪父女及两个教习又上了台，还如昨日先向地方官请过安。略坐片刻，到后面脱去外罩衣，走出台口，又望台下招呼了一回。但见下面跳上一人，约有二十岁以外年纪，黑漆漆的面皮，头戴玄色湖绉包脑，当中打个英雄结，身穿玄色湖绉包扣紧身，腰束杏黄丝绦，下穿玄色湖绉马裤，脚踏薄底快靴，立在台上，先向曹德彪拱了拱手，说道："在下姓殷名勇，殷家堡人氏。殷龙是俺父亲。在下特奉父命前来。自知武艺生疏，何敢与台主比试，不过父命难违，借此可以叨教叨教。设有不到，还乞台主指示才好。"曹德彪听了这番言语，不觉羡慕之至，又见他仪表非俗，更觉可爱，心中早已存了个让他三分之心。当下也将两手一拱，望殷勇说道："久仰尊翁大名，恨无由得见。今幸小英雄远临见教，某年衰力竭，小英雄拳足之下，还请稍让三分，实为万幸。"他们二人在那里叙话，黄天霸等早已看见。当时贺人杰就要叫唤，黄天霸等紧拦住，一面就指与万君召道："这小子就是殷龙的次子。"又指向贺人杰道："就是他二舅爷。"万君召听说，又向台上将殷勇打量一回，说道："俺看这小子仪表非俗，大概武艺也还下得去。"黄天霸道，"这小子的本领是好的！"正谈之间，只听台上说了一声："请。"大家仰面观看。

但见殷勇占了上首立定。二人分开门户，曹德彪就使了个童子捧银瓶的架落，等他入来。殷勇就使出黑虎掏心，照准曹德彪当心一拳打去。曹德彪将身一侧，左手一起，将殷勇的拳头钩开，即将右手照定殷勇肩窝一掌打去。殷勇转身，担左手帮右手，将他的拳头隔开，进一步还他一拳。彼此搭上手来，一来一往，打了有三十多个照面。论殷勇的拳法，也还不坏，争奈气力究竟不佳，看看抵放不住。曹德彪见他要败下去，故意卖个破绽，是让他一着的意思，看他知也不知。哪里晓得殷勇误会其意，以为有了空儿，趁此便好进步，赶着使了个蝴蝶穿花式，向曹德彪一拳打来。曹德彪一看，不觉哈哈大笑道："来得好！"就将身子一偏，殷勇这一拳打了个空。曹德彪就趁势使了个鹞子翻身，伸开右手，顺手就在殷勇眉头上，只用二指轻轻一点。殷勇正欲躲闪，已来不及，正中肩窝，登时就觉麻木起来。只见殷勇脸上一红，跳下台去。台下的又喝了一声彩。曹德彪正欲招呼，又见台下跳上一个二十岁上下的少年，但见他也是头戴玄色包脑，打着英雄结，巍巍高耸顶门，身穿一件湖色湖绉密扣紧身短袄，腰束鹅黄色丝绦，下穿玄色洒花马裤，脚踏花脑头薄底快靴；紫檀色面皮，两道浓眉，一双豹眼，高鼻梁、阔口，满面精神，一身胆气，在台口立定足步，将手一拱道："俺乃殷刚是也！俺二哥被台主打败，俺应该退避三舍。何敢不知进退，妄自称能，欲与台主比试？争奈既奉父命，不敢暗地欺瞒。明知交手必败，但不得已而为之，还请台主不弃，指教两手，俾得后辈长些见识，回家好复父命。"

曹德彪听了这番言语，比殷勇更说得好，不觉心中更加喜悦。因道："小英雄既如此说，谅来武艺一定高明的了。请了！"

殷刚答应一声，即抢到上首，立下门户。曹德彪也就摆下架落。只见殷刚出其不意，飞一拳直向曹德彪肋下打到。曹德彪赶紧将右手一起，一转身就一切掌，认定殷刚的拳头切下。殷刚眼尖手快，见他一掌切下来了，立刻收回右拳，身躯向旁边一闪；随即一个鹞子翻身，趁势一拳，向曹德彪左太阳穴打到。曹德彪见他一拳打来，暗暗喝彩道："好灵捷！"就说了一声："来得好！"左手一起就来托他的右拳。殷刚不等他来，一面将右拳在他面上一晃，那只左拳已到了曹德彪腋下。曹德彪看他这样灵捷，不觉喝一声："好！"殷刚一看，就此稍分了一点神，曹德彪已伸开右手，将殷刚束甲绦提住，轻轻向台下一丢，说一声："去罢！"殷刚才被曹德彪从台上丢下，话犹未了，又见从人丛中跳出一个十七八岁的小孩子来，大喝一声："休得逞能！将我两个哥哥打败，俺小爷爷殷强前来会你！"说着已上了台，不分皂白，便飞起一拳，向曹德彪打来。曹德彪正欲回手来敌，那边跳出徐宁，将殷强接住。殷强拳打脚踢，好似不成家数，哪知他是练就这等功夫。徐宁欺他年幼，就不把他放在心上。彼此往来有二十余合，殷强故意卖个破绽，徐宁就趁势来进一腿。殷强看得真切，说声："来得好！"便将两手一抱，身子向后一缩，徐宁就打了空；正待回身，早被殷强出其不意，两手一开，且向徐宁面门打下，喝一声："着！"险些儿打中面门。不知胜负如何，且看下回分解。

第二〇四回　贤郎舅旅馆谈心　假英雄擂台献丑

话说徐宁被殷强两手一开，直向面门打下。徐宁一见，说声："不好！"赶着将头一埋，望旁边一闪，让虽让了过去，险些儿一个面磕地。殷强却也乖巧，见徐宁如此，也算他吃了点小亏。若再等他转个身来，自己却不是他的对手，因喝道："小爷爷打得不高兴了，且下台去玩耍玩耍，明日再来会你。要把你跌下台去，俺小爷爷才肯甘心。今日权饶了你罢！"说着，早跳下台去。徐宁听说，只气得三尸冒火，七孔生烟；再要与他争能，殷强又是个小孩子，就是胜了他，也不甚响名，而况他已经下台去了，只得忍气吞声，闷闷不乐。此时已是晌午，曹德彪就约了徐宁，到后面午饭。黄天霸抬头看见一酒楼，前去用酒。才进酒楼门，忽听有人招呼道："黄叔父！你老人家在这里吗？"黄天霸抬头一看，不是旁人，仍是殷龙的三子。因道："殷贤侄！你们昆仲①来了几天了？住在哪里？"殷勇道："昨日才到的，住在城里万家巷兴隆店。你老共来了几人？"

黄天霸正欲回答，殷勇又见计全、褚标、朱光祖、关小西、李七侯、李昆、金大力、何路通、王殿臣、郭起凤、贺人杰等人，一齐进门来。因又说道："诸位伯父、叔父，连贺兄弟都一齐在这里呢，可巧极了，幸会幸会。"说着，即让黄天霸等人一齐入座。黄天霸道："咱们大家一桌坐，不必分开来坐罢！"

于是便令贺人杰与殷勇等一齐坐了。黄天霸等人，就分开两桌坐定。殷勇见了万君召却不认得，便走至朱光祖面前问道："这位，小

---

① 昆仲：哥哥。对别人兄弟的称谓。

侄不曾见过，也得要行个礼儿。但不知尊姓大名。”

朱光祖道：“这就是铁臂哪咤万君召，你爹爹也曾会过他的。”殷勇听说，便到万君召面前行了礼，口中说道：“还望叔父宽恕，小侄未曾谋面，勿罪才好。”万君召又谦让了一会。殷勇又叫两个兄弟前来见礼，殷刚、殷强随即过来见礼。万君召先夸赞了他三人一回，当下又问了他些闲话。殷勇仍归本桌坐下，大家各用了酒菜，三张桌上，欢呼畅饮起来。用完酒饭，黄天霸抢着了一齐算了账。大家又一起出了酒楼，还到擂场去，看了一回。

可巧午后并无一人上台比试。曹德彪在台上招呼了一会，并没一人上台，殷勇便低低地向黄天霸道：“黄叔父！你老有着一身本领，怎么只在这里旁观，不上去比试一回？你老上去，也可将那曹老儿打下台来，给人家畅快畅快。免得他在台上目空一切。”黄天霸见问，因说道：“贤侄有所不知，咱们哪里是为看打擂台到此？是因奉了施大人之命，前来有要紧公干的；少时再与贤侄说明，便知道了。”殷勇见说，也就不往下问。曹德彪招呼了一会，见无人上台，也就穿了衣服，率领女儿并两位教师下台而去。

黄天霸等也就一同进城回店。到了城内，说明了住处，他便叫殷勇将行李搬来往在一处，好大家谈论。殷勇也极欢喜，立刻将兴隆店算明了房饭钱，搬到黄天霸等客店里去。黄天霸就叫店小二，快腾出一顺五间，大家皆住在这一进内。殷勇兄弟喜之不尽，因又向黄天霸问道：“方才叔父所说，不为打擂而来，是奉大人之命，有要紧的公干。到底是为着什么事呢？请说明一回，好使小侄得知；如有须用小侄之处，小侄还可相助一臂之力！”黄天霸见问，因将蔡天化如何是采花大盗，奸辱良家妇女；如何两次露名留柬；如何捉拿不住，如何在拿复逃；如何准备擂台，欲招诱蔡天化到此，合力拿捉的话，说了一遍。殷勇道：“但有一件，小侄还不明白，蔡天化既已如此，何以见得他一定来此呢？”黄天霸道：“贤侄有所不知，这蔡天化非比那泛泛强盗，他却具着一身的刀枪不入的本领，因此自逞其能，偏要在众人前显显自己的武艺。不瞒侄儿说，就是愚叔等这一班，皆不是他的对手；所以特地请出万家叔父，前来帮同拿捉。贤侄如无事，且稍待几时，自见分晓的。”殷勇道：“小侄好在是奉父亲之命到此，就耽搁一月半月，也不要紧。回去只要将这件事与父亲说明了，父亲他也决不见怪。如果蔡天化果真前来，小侄虽无大用，也还可以稍助一臂之力。”黄天霸道：“如此更好了。”说罢，殷勇等退出，又去朱光祖那里谈了一会，又到各人房里周旋了一回，然后才与贺人杰闲谈起来。贺人杰此时也学了两句世务，因向殷勇说道：“小弟自从去年与二哥一别，不觉又是一年了。岳父、岳母想都康健，大哥可在家吗？大嫂等还安好？”殷勇道：“老人家与哥嫂等均好的。现在贤弟在淮安，想还住在黄叔父那里了。”贺人杰道：“去年已将家母接来，一起住在黄叔父那里。”殷勇道：“实在不晓得，倒少礼了。”贺人杰道：“来去匆促，也未顺道去岳父那里请安。”殷勇又谦让了一回。贺人杰又问殷刚道：“三哥今庚十几岁了？”殷刚道：“小弟与兄同年，也是十九。”贺人杰道：“几时生日？”殷刚道：“僭长两月。”贺人杰又问殷强，殷强答道：“小弟今年十七。”彼此郎舅闲谈起来，真个是情投意合，不似那年在殷家堡争斗的时节，彼此恨不能都要性命的一般。殷勇又问道：“这里还少两个人，张氏与郝氏二位婶母不在这里吗？”贺人杰道：“他二位老人家，一来为大人跟前没人防护，二来不久都要添小兄弟了，因此未来。”殷勇道：“原来如此。”彼此正谈得高兴，忽见店小二进来请吃晚饭，四个人便出用晚膳去。

次日一早起来，梳洗已毕，大家用了早点，便一齐出门，不一时已到擂场，大家就在原处那个茶棚内坐下。见有人在台上交手，未及数合，忽将那人丢下台来。接着又有一人上来，也是不到数合，又打落下去。接连有五六个人皆是如此。曹德彪便在台上喊道：“若再有如这样不中用的，尽可不必上来罢！免得有累本台主的拳足。”话犹未了，只见正南上人丛中挤出一人，大声喝道：“台上的听着！你有多大的本领，胆敢口出大言？俺来送你的狗命！”哪里晓得还是如此，上去不过三五合，仍旧被丢下台。曹德彪哈哈大笑道：“我道是个真有本领的，原来还是个不中用的小子！”笑声未毕，忽见台上又跳上一人。毕竟此人是谁？且看下回分解。

第二〇五回　粉金刚力敌曹德彪　冲天炮奋斗徐文豹

话说曹德彪将那人打量一回，暗自喝彩道："这人大约是劲敌了。"他外穿一件白绫绣花外盖，脚踏粉底乌靴，头戴逍遥巾，手执白纸扇；面如傅粉，唇若涂朱。分明是个白面书生，哪里像前来打擂？他偏不矜才，不使气，连响也不响，就跳上擂台。因此曹德彪就知道他是个劲敌，忙将两手向那人一拱道："请教尊姓大名？住居何处？"那人道："小生姓徐名唤文豹，祖籍浙江人氏。因往直隶探亲，路过贵地，听得说老丈大开擂台，招聚天下英雄豪杰。小生不揣冒昧，妄自班门弄斧，还请尊拳之下，稍让三分，使小生得全颜面！"这一番话，真说得儒雅风流，令人动听。黄天霸等在那茶棚内，听见他说了这一番话儿，估计是有绝妙本领。正在凝神观看，又见曹德彪向徐文豹拱一拱手，说道："既蒙不弃，即请见教罢！"只见徐文豹答应一声，便将外盖大衣脱下，现出一件密扣紧身，湖色短袄，将一根丈二长的杏黄丝绦在腰间束好，又将脚下粉底乌靴蹬了一蹬，说一声："有占了。"当下在上首立定脚步。只见曹德彪已分开门户，左脚曲起，右手挡定顶门，左手在右肋下按定，使了个寒鸡独步之势。徐文豹不慌不忙，先将身子带偏，左手按着胸膛，右手搭在左肘之下，腾身进步，将右手从后面回过来，使了个叶底偷桃的架落，阴泛阳一拳打来，便破他的那个寒鸡独步的解数。曹德彪将身子一侧，左手一起，将徐文豹一拳掀开，趁势发出右手，还他一下。徐文豹来得飞速，赶紧躲过他右手，使了个毒蛇出洞，认定曹德彪背心点来。曹德彪看得分明，也赶着使了个王母献蟠桃，将徐文豹的那只手托了出去。徐文豹将身一转，又使了个鹞子翻身，扑转来双手齐下；这唤作黄莺卷翅。曹德彪赶着将身往下一蹲，把头向左边一偏，躲过他双手；趁势使了个金刚掠地，将右腿在台上一旋，直认徐文豹旋转扫来。徐文豹赶着将身跳过；又使了个泰山压顶，照定曹德彪脑门打来。二人在擂台上，你来我往，拳去脚来，只打得眼花缭乱。这一个好似蜻蜓点水，掠一掠便飞向空中；那一个如蛱蝶①穿花，点一点又飞来墙外。一个是如南山饿虎，见着人扑面而来；一个是如北海怒蛟，得了势腾空而去。真个是：棋逢敌手，将遇良才。那些台上台下的人，看得个个齐声喝彩。就连黄天霸等这一班会手，见着二人如此，不觉得也高声喝起彩来。二人足足打到了一百余合，还是不分胜负。你也莫想打我一拳，我也莫想踢你一脚。二人见不分胜负，更觉抖擞精神，又斗了有五十余合，还是不分胜负。

正在难解难分之际，忽见曹德彪将两只手竟在那当胸一合，说声："且住，停一会儿，再决雌雄。"徐文豹一听此言，也就说道："悉听尊便。"说着，各人举了手，跳在一旁。曹德彪复将手一拱道："此时日已晌午，俺们且吃过午饭再来。"徐文豹便道："使得。"说罢，就走到衣架旁，拿过长衣，就身上披好，轻轻地跳下台来。大家一看，见他打了有两个时辰，还是面不改色，无不称赞。徐文豹下得台来，摇摇摆摆，挤出人丛，便去寻找酒楼，好用午饭。

黄天霸等也就去到酒楼用饭。上得楼来，大家坐定，便呼店小二拿了酒菜，一面饮酒，一面谈论方才他二人交手情形。贺人杰便插口问道："这等拳法，究竟是哪家宗派呢？"褚标道："这就是少林一派。他二人的拳法，也算是得其奥妙；末了还有那一着撒手拳，唤作独劈华山，只有那天王托塔这一着可以解得，其余皆不能解。不知他二人有这两着妙拳。俺们且吃过午饭，再去看他们各耍一会。"大家听说，颇为高兴，赶着狼吞虎咽，一会子如风扫残云似的，大家俱已吃过。算了账，还过钱，大家净了面，又吃了两怀茶，复一齐出门，仍到擂

① 蛱蝶：蝴蝶的一种。蛱（jiá）。

台下面，看曹德彪与徐文豹二人比试。

此时曹德彪已用过午饭，在台上坐在那里等候。不一刻，徐文豹也前来，仍旧轻轻地跳上擂台。曹德彪一见他来，赶着立起身来，让他坐下，稍尽待客之礼。徐文豹将手一拱，说声：“请。”二人同坐下来。有人过来各献了一杯茶。二人稍坐片刻，各饮了两口茶。徐文豹便站起来，脱去外衣，将衣服挂在衣架之上，复走到台面当中，在上首立定脚步。曹德彪正要上前请他开拳，旁边早走上教习徐宁，忙向曹德彪说道：“难得这位徐兄到此，你已与徐兄会过了，可否让小弟与徐兄领教一番?”曹德彪道：“我未尝不可，只怕徐兄见怪，说咱们自家欺人，轮流与他比试。恐不大稳便。”徐文豹听说，心中暗想道：“你们不必施这诡计，两个人递换着与我交手；就使有十个人轮流而来，我姓徐的，要说出半个不字，也称不起是英雄好汉。”因说道：“这个又何妨?便是我迟早皆要领教的。但不知尊姓大名，还得请教才是。”徐宁道：“在下也是姓徐，与老兄同姓，单名是个宁字，绰号冲天炮。略知拳棒，本领平常，还得有请稍让一二!”徐文豹道：“岂敢！岂敢！太谦，太谦。小生是久仰的，幸蒙赐教，也算是三生有幸了。”说罢，便道了一声：“请!”彼此立了门户，即刻就交起手来。你去我来，倒也是一对劲敌。两个人也斗了有八十余个回合，徐文豹并未稍见破绽。徐宁见他拳法甚精纯，急切不能将他败下，自己又心高气傲，总想在东家面前要个面子，方肯甘心。但既存了这个心，使用出一个毒着出来：先使了个蜜蜂进洞，将两拳向着文豹两太阳穴打来。文豹一见，早知他要用那手毒着，已暗暗防备起来。文豹便先用了脱袍让位的解数，将两手并在一处，从下泛上，向两边一分，去掀他的两只手。徐宁见他来分自己的两手，便借他分开之力，趁势一反手，正对文豹脑门劈来。这一着，就是褚标说的那独劈华山。文豹是已防备到此的，见他一掌劈来，此时文豹早将两手平住了胸膛挡来，说了一声：“来得好!”立刻将右手向上一托，泛住徐宁那一反掌，顺势将左手向徐宁胸前一点，这就叫做天王托塔。只听徐宁说声：“不好!”正待要将身子一偏，文豹这一拳已经逼近胸膛。毕竟徐宁有无性命之虞，且看下回分解。

第二〇六回　徐文豹大斗曹月娥　众英雄协拿蔡天化

话说徐宁说声：“不好！”赶将身子一偏，亏他让得快，已在肩膊上擦了一下。曹德彪看得真切，怕徐宁有失，赶速走过来，向当中一隔，说道：“今日天已过午，咱们明日再来比较罢！”二人听说，各人收了手。徐文豹就衣架上拿了衣服，换好下台。曹德彪父女及两个教习，也自下台回庄。黄天霸等自不必说，也是回转客店。曹德彪到了家中坐下，歇了片刻，即向女儿月娥及徐宁、石勇两个说道：“咱们打了这几日擂台，还不曾遇见劲敌。今日这姓徐的，倒有些扎手。方才徐师傅，若再与他交手下去，恐怕要敌不过他了。”徐宁道：“若不是台主那样隔开，真个有些敌不上来。但是明日怎样设个法儿，要败他一次才好。”月娥在旁，也道：“石师傅，且待你敌他，看是如何？咱再与他较量一次，便可分其高下了。”曹德彪道：“我儿，你可不要小视于他，就是与他比试起来，也须仔细才好。纵不能胜他，也得要与他不相上下，方才不被人笑话。那时为父自有主意。”月娥答道：“女儿自当遵爹爹之命。”说了一会，也就各自用膳，不提。

再说蔡天化自从在河南勾栏中住下，恋着一个妓女，倒也不想法各处采花。却住了半个多月，有些不耐烦起来。这日出门，到街坊上闲游，忽然听人传说，东安县现在摆设擂台，为的是招赘女婿。蔡天化听了这话，心中暗想道：“这摆擂的人家，那个女儿，想必是色艺俱全。咱何不到那里去会她一会？若果真美貌，咱打胜了她，定然给咱做老婆；咱也落得有个色艺俱绝的家小，也可帮助帮助。好在咱在这里没有一些儿事，不但将她打胜，可以得个好老婆，咱还可以格外响名。”主意已定，即日由河南动身，日夜兼行。不到六七日工夫，已到了东安县内。当下落了客店，就从各处打听了一回，听说有个徐文豹，现在那里打得不分胜负。他听在肚里，暗道：“这姓徐的，难道有三头六臂吗？俺若不到此，由他逞能耀武；俺既到此，可不能让他逞能了。”想了一回，也去擂台下看了一会。

这日却因曹月娥果真感冒风寒，不曾上台，那擂台上面，可挂着一面白漆粉牌，上写着告白：“暂停一日”。蔡天化看了告白，当夜就思量曹家去走一趟。如果见着曹月娥，果真是好，他便放出采花的手段，与她暗战一番。又想道：“俺既然到此，且等她明日上台，俺将她打败下来，还怕不是我的受用。若是今夜就去，倘被她知道，反败了咱的英名。”因此一想，遂未前去。这也是曹月娥应该不被污辱的，天化死期将临。所以古人说得好：“人之将死，其言也善。”蔡天化向称采花魁首，今日忽然动了这个念头，未去污辱曹月娥，要想争那英名。

闲话休表，却说隔了一日，曹月娥的感冒已是大好。先着人到台上，将告白牌拿下。那时来打擂的，并那些小本营生的，热闹异常。蔡天化此时也到了擂台场内，却因人多拥挤，不曾看见黄天霸等人在此；就使他会想到，他又倚恃着自己武艺。又因黄天霸等拿过他两次，均不曾捉住他，及至酒醉，误为捉住，仍旧被他挣脱，他所以将黄天霸这干人，也不曾放在心上。倒是黄天霸等，虽然在此看打擂台，却刻刻留神，防着他到此。

可巧贺人杰走出茶棚小便，瞥眼瞧见一人走过，好像蔡天化。他将溺也不解了，就蹑足潜踪，尾随在后，远远地跟了过去。仔细一看，真是蔡天化，已进了那茶棚坐下。他便赶急飞跑，回至茶棚，打了个暗号，告诉众人。大家听说，还未开口，只见黄天霸等要奋勇出去，预备去捉。万君召一见，即刻将天霸拦住，说道：“老兄弟！还不曾到时候，且不要空了手足！”

你道这是什么话儿？原来万君召说的，不要空了手足这句话，就是不要空捉了他——将这捉字拆开说成“手足”二字。黄天霸听说，只得耐住性子，坐在那里看光景。

此时台上的人已到全了，曹德彪又往台下招呼过了。徐文豹已跳上台去。只见石勇到台口，向徐文豹拱手道："尊驾学的高艺，咱家台主与那位徐师父，都已领教过了。但是在下还不曾领教呢！请赏个光儿，指教一两手罢！"徐文豹笑道："既是尊驾不弃，当得请教。便请过来罢！"石勇道："主不占客，还请在先。"徐文豹道："既如此说，我可有占了。"说着，即将外衣脱去，有人接过，向衣架上挂定。二人先分了门户，即刻就交起手来。你一拳，我一脚，只见或上或下，或前或后，或左或右，各尽所长。一来一往，斗了有八十余个回合。忽见徐文豹飞起一拳，直向石勇打来。石勇才待要让，徐文豹这一拳并未打下，复飞起一腿打来。石勇一见，说声："不好！"正待将身子一偏，让他这腿——忽听一声娇喝道："姓徐的你不必逞能！俺姑娘曹月娥出来会你！"话犹未了，又听台下一声道："好！"就如万马奔驰一样。徐文豹正是一腿飞去，打算石勇断让不过去。不意一声娇喝，走出一个女子出来。徐文豹赶着立定了脚步，将曹月娥上下打量了一会。但见她头挽乌云，高高地盘着一个堆螺髻，玄缎抹额，中间打着个鸳鸯结，高耸顶门，两耳斜插着两朵绒花，一对珠环低低垂下；身穿一件大红缎洒花密扣紧身短袄，腰束着一根苹果绿丝绦，下穿玄色湖缎洒花扎脚马裤；窄窄的一对三寸金莲，穿着一双大红绣履。

真个是柳眉杏眼，粉面桃腮，虽为闾阎佳人，实是裙钗武士。

徐文豹看罢，不觉暗暗喝彩。曹月娥也将徐文豹看了一会，只见他两道长眉，一双佼眼，面如傅粉，唇若涂朱，心中也着实羡慕。彼此均打量已毕。只听徐文豹说道："小姐既然下顾，我徐某也算三生有幸了。"曹月娥听说，面上一红，也就应声说道："从来未有主占客先的道理，还是先请赐教罢！"徐文豹听说，立刻就分了门户，与曹月娥交起手来。只见他们两人，一个是身如铁树，拳到处不让分毫；一个是腰若柳枝，足踢时颇难躲避。忽然间蛟龙出水，气挟风云；忽然间卧虎翻身，势撼山谷。两个人一来一往，足去拳来，足足斗了有百余个回合。那台下的人都看得呆了，哪个不大声喝彩！

正在难解难分之际，忽听西北角上大吼一声道："姓徐的！休得逞能。尔休想这个老婆，须留给俺蔡天化爷爷受用！"这一声大喝，那些台下的人俱听得清楚，暗道："这蔡天化是个缉拿的人，为何敢如此大胆，前来打擂？"台上的曹月娥、曹德彪，及徐宁、石勇四人，早已听见，正要防备，蔡天化已跳上擂台。曹月娥抽了空儿，即向徐文豹说了一声："慢走，俺去就来。"说着，便退入后房。蔡天化才上得台，即与徐文豹两下交手。

话说蔡天化一声大喝，上了擂台，也不搭话，便与徐文豹交手。这却是何缘故？他却存了一个心，恨不得一拳就将徐文豹打死，他便可得了曹月娥去做老婆。不料徐文豹果然毫不畏惧，就与他力斗起来。又兼曹月娥是早已知道，要合力拿他，所以向徐文豹说了一句："且慢，俺去就来。"她便退入后房去拿了兵刃，会同他老子及两个教习，一齐拔刀相助。蔡天化却不知其中缘故，正与徐文豹一拳一脚的，打了个正对。忽听噗！噗！噗！一阵声响，瞥眼一瞧，见黄天霸等一众英雄都拿了刀，齐到了台上。徐文豹一见虽知大概，却不晓得细底，正是疑惑，又听黄天霸等齐声喊道："咱们大家合力呀！不要再给这狗强盗挣脱逃走呀！"一声未完，只见兵刃齐使，你一刀，他一剑，认定蔡天化砍到。蔡天化一见，知道不好，即忙运动神功，赤手空拳，来与黄天霸交手，奋力恶战。只见黄天霸一刀砍来，蔡天化将右手一架，隔开过去，连皮都不曾伤了一块。黄天霸正待要砍他二刀，那边褚标已一刀砍来，又接着何路通双拐齐下。蔡天化抖擞精神，一声大喝道："尔等这些小子忘八蛋！俺爷爷要惧怯你一点，就不算好汉了。尔等这一起小子，将所有的兵刃，只管砍来！俺爷爷只放着这两只手，两条腿，与尔等杀。这一起忘八厮儿！"一面将两手拿开去挡兵刃。黄天霸等听了此话，大家皆气往上冲，你一刀，我一枪，有的被他让过的，有的他并不让，竟自使着膀臂去迎接兵刃的，总不能伤他半点，大家都有些焦急。只见贺人杰抽个空，便掏出两个金钱镖，手这一扬，直向蔡天化双眼打到。蔡天化早已防备，便举起右膀曲转过来，将二眼牢牢挡住。及至金钱镖打到，却打在手膀上面，就同碰在铁上一般，仍旧掉转下来，他竟毫无伤损。李昆在旁看见，也就拿出弹子，认定他咽喉打到。蔡天化觑得切近，用手一接，将那颗弹子接入手中，顺手一放，居心要还打李昆；可巧李七侯正一刀砍来，不提防正遇着蔡天化正放那粒弹子，正打中手腕，只听当啷一声，手中刀丢落在地。

蔡天化瞧得真切，趁势就是一腿，将李七侯打倒一旁，一伸手就去拾刀。此时朱光祖赶着架开，关小西在上首也就一倭刀砍来。接着贺人杰舞动双锤，当头打下。褚标也就飞舞朴刀砍来。天霸又赶着取出金镖掷去。蔡天化架过刀，让过锤，躲过镖，正欲抽空向台下逃去。却好曹德彪一声大喝："该死的囚徒！还要哪里逃去？"说着，就舞动竹节钢鞭，认定蔡天化打下。蔡天化即将手内的单刀掀开钢鞭，不意曹月娥又从背后举起双锋刃，从蔡天化肋下刺来。蔡天化一声大喝，当下骂道："好贱婢！我与你向无仇隙，何得趁火打劫？来得好！"手起一刀，将曹月娥的双锋刃磕下，趁势就还进一刀，向曹月娥当胸刺来。曹月娥一个箭步，向旁边一躲，却好贺人杰又是一镖打下。蔡天化说声："不好！"赶着将手中单刀望上一挡，将金钱镖打过；复又飞舞单刀，向贺人杰搠来。贺人杰正欲举锤招架，却好关小西的倭刀从半空中接住。金大力也就插漏当空，举起镔铁棍，认定蔡天化两腿扫来。蔡天化一面避关小西倭刀，一面两脚一蹬，向半空中一纵，又让过金大力镔铁棍。十几个如狼似虎的英雄，将他团团战住，他竟一些惧怯没有。

此时台下那些闲人，哪个看见不伸头吐舌。作书的，你闹了这半天，特地请来的那个万君召，为何到此时还不见他与蔡天化砍上一刀，刺上一剑？敢是你将他忘记了不成？原来万君召自黄天霸等齐上擂台之后，大家与蔡天化大战起来，他却暗暗伏在上面台顶上，在那里细心观看，要等黄天霸等将蔡天化打到有个八九分数，他就下来，只用一个撒手着，就要将他捉住。所以打了这半会，总不见万君召和他交手。此时蔡天化力战众人，任他本领再高，也难敌得住黄天霸、关小西、褚标、李昆、朱光祖、李七侯、何路通、计全、金大力、贺人杰、王殿臣、郭起凤十二个人，并有殷家三兄弟，加之曹德彪父女两个，并徐宁、石勇两教习，共计十九个，又都是能征惯战的英雄。你一刀，他一拐，你一锤，他一鞭，你一棍，他一剑，还有许多暗器。这可是蔡天化本领真高，又兼着能运神功，可以刀枪不入，要换着第二个，还等到这个时候，终不成将他捉住。

李七侯被一腿打倒，天化就抢起他的刀，与众人对杀。片时又打倒了两个：一个是何路通，被他刺了一刀，正中大腿，跌到台下去了；一个是石勇，肩窝上被他的刀着了一下，不能再战，只得躲到台后。黄天霸等不曾将他捉住，反被他打倒了一人，砍伤两个，好不着急。于是大家拼命地杀来，就连曹德彪父女，并教习徐宁，也是奋力去杀。看看蔡天化他有些抵敌不住，心中暗道："俺若再与他们恋战，真个要被他捉了，不如趁早逃罢！"主意打定，便舞动单刀，认定朱光祖面上一晃，朱光祖赶着架住，计全早一刀飞来，蔡天化也不去架，居心让他砍一刀，趁此就可得空逃走。不期贺人杰看真切了，看见他无心恋战，有要逃走之意，即刻又掏出两个金钱镖来，向天化两眼打去。这对金钱镖才打出去，忽见万君召从擂台顶翻身倒挂下来，先使了燕子穿帘的架式，只见一个黑影儿一晃，平空蹿到蔡天化面前，随即用了个叶底偷桃，就向蔡天化左腋下一点。

只听蔡天化"哎呀"一声，登时缩了下去。万君召趁势将身一转，翻到蔡天化右首，轻轻地将蔡天化右膀一拉，也用两指在蔡天化右腋一点——任他钢筋铁骨，再也不能动弹了。于是大家一齐上前，将蔡天化拿住，绑缚停当。再仔细一看，已见他两眼打得血流满面，却是被贺人杰的金钱镖打伤。因他伤了两处要害，才被人捉住。这也是他恶贯满盈，天网恢恢，疏而不漏，应该如此。毕竟后事如何，且看下回分解。

第二〇七回　正国法强徒授首　挟私仇恶霸伤心

话说蔡天化因被万君召、贺人杰二人伤着他两处要害，致被人捉住。黄天霸等人，就将蔡天化绑了个结实，抛下台去。

此时东安县知县，也就赶到这里。黄天霸即将蔡天化交给东安县，带回衙门，先行收监。万君召又道："太爷回衙后，可即命差役将他的琵琶骨穿起来，用刑具上了，方保无虞。"东安县听了，好生担惊，因说道："本县虽有监守之责，还求诸位保护一程。送进城去收了监，那就是本县的责任了。"天霸等答应，即刻一齐护送进城。到了东安县衙门，当由差役用头号铁链，将蔡天化的琵琶骨穿起来，用刑具上了。说也奇怪，自伤了他要害，那神功也不能运动了。当下给他送进内监。黄天霸又请东安县写了文书，申禀施公说："蔡天化已设法拿住，但使沿途押解，恐有不测情事，是否就地正法，以昭慎重，而免疏虞!"东安县随即备文专差，连夜投报，暂且按下。

再说黄天霸等，当日又去曹家村道谢。曹德彪迎接进去。黄天霸当即给他道了谢，又问了他教习受伤的话。曹德彪道："敝教习虽然受伤，却还不重，但须歇息一两日，就可痊愈了。"当下曹德彪即命人摆出酒来，给大家道贺。黄天霸再三推却不过，只得入席叨扰，大家痛饮起来。饮酒之间，谈起徐文豹打擂一事。褚标先自说道："那姓徐的，如果未曾娶亲，居心想来招赘，他明日必然前来。那时再将他问明，便可招为快婿了!"

曹德彪听了大喜，大家又复痛饮起来，直饮到日落西山，方才散席。黄天霸等回到客寓，又看了何路通、李七侯，所幸受伤俱不过重，大家便去安歇。次日又往看打擂台，果然徐文豹复来，曹月娥又与他斗了一会，仍是不分胜负。曹德彪即命他二人住了手，问明徐文豹曾否娶亲。徐文豹道："实未娶亲。"曹德彪当下将女儿赘他为婿，徐文豹也就应允。即将他带回庄上，过了一日，就与月娥成亲。一面将擂台拆去，不必细表。黄天霸等仍回客店，专等施公回文。

不一日回批已到，蔡天化着即就地正法。这日，黄天霸等皆全身装束，各带兵刃。东安县又将城守请来，带了兵刃，沿途护卫。蔡天化着即提出，打开刑具，当下如法背绑起来，押往市曹斩首。一会子到了法场，等到午时三刻，即将蔡天化斩首。将首级用木笼装好，以便解往淮安，悬竿示众。诸事已毕，黄天霸等也就一起回淮安销差。殷家兄弟却由东安县回殷家堡而去。不一日，大家俱至淮安，见了施公销了差。施公又将捉拿蔡天化的情形，细细问了一遍。黄天霸等也就细细禀明。当下施公就与万君召道谢，并欲保奏君召。万君召再三推辞，不愿为官。施公这才罢议。又将众人保奏出去，后来奉到圣旨，各人俱加一级：黄天霸加了总兵衔，关小西加了副将衔，其余各官按原级递加。唯有贺人杰升了守备，大家好不欢喜。朱光祖、万君召二人在淮安盘桓了半月，也就回去。

如今再说桃源县新出了一案，全家被害，实是可惨。桃源县西乡有一梁家庄。庄主梁世和，是个本县的武举。家道极其富有，为人亦颇正道，而且任侠好义。这梁世和年交四十余岁，妻子陈氏，生了两子一女，长子名唤家驹，年交十八；次子名唤家骥，方交十二。唯有那女儿玉贞最大，今年正交二十岁，真个是诗词歌赋，件件皆精，而且生得美貌动人。这梁世和夫妇，真是爱如拱璧。自幼与他那表兄结下姻事——他表兄名陈仁寿，住在城里。这仁寿今年二十二岁，也曾进过本学生员。父亲早已去世，只有母亲许氏在堂。家道虽不大富，也还小康。

只因梁家庄西北五里，有个温家寨，这温家寨的寨主，名唤温球，是个武进士出身，绰号戆太岁，为人极其凶暴险恶。家中广有田产，多蓄豪奴，并养着教习数人，打手数百，专抢民间妇女，强霸一方，人人见他侧目；却与梁家庄梁世和家不敢沾染。因梁世和为人正直，而且武艺高强，虽然是个武举人，却还比他那个武进士强着几倍。前两年为争买田地，温球意欲强占，梁世和不肯甘休，后来两下动起武来。温球打梁世和不过，依旧还把那分田地让给世和，却暗地里都有怀恨。这两年之内，虽然各不相扰，温球却刻刻要设法报仇。

也是合当有事，这日梁世和的女儿适在门口，随着他母亲在那里闲看春景。不期温球方从城里回来，走此经过，忽然看见梁世和的女儿那般风流俊俏，美貌动人——他这一见，却存了一个混账心，要想她作妾。回家以后，便神游痴想起来。隔了一日，就托人出来到梁世和那里去说；托言给他儿子求婚。

争奈他儿子是个十不全，人人皆知的。不必说梁世和的女儿已经许下姻事，就是没有许下，梁世和也断不肯把一个爱如拱璧、貌若天仙的女儿，许这个十不全。只得对来人说明，已经自幼许下亲事。那来人只得回复温球，说他早已许下人家。那知温球一听，心中大怒，他不念人家果真许字与人，反疑惑梁世和嫌他儿子十不全，不肯与他结亲。因此怀恨在心，愈加要寻事报复。可巧这日梁世和家来了一个外乡人，因脱了盘费，访问梁世和是个任侠好义的人，就前来找他，给些盘费。梁世和见了那人生得仪表非俗，而且是个武生打扮，就问了他尊姓大名，住居何处？那人一一告诉他一遍：原来姓郭名仁，是山西人氏，到南边投亲不遇，因此脱了盘程，却有一身好武艺。因此梁世和更加亲敬，就留郭仁住了两日，又送了他几十两纹银。哪知温球打听出来，便到桃源县贿嘱了差役，硬说梁世和通同大盗，勾结强人。桃源县也不问情由，便将梁世和捉去严加拷问，叫他招出通盗的各情。梁世和哪里肯招？桃源县又将他妻子带去拷问。温球见梁世和一家俱已下狱，只有他女儿不曾下狱，便率领众豪奴到了梁家庄，将玉贞小姐硬行抢去。

梁玉贞当为温球抢劫回庄。及到了庄上，当将梁玉贞扶入后房。温球便劝她道："你父亲通同大盗，眼见得性命难保，故此将你接到我家；你若肯与我儿子成为夫妇，我一定设法将你老子与你母亲、兄弟救了出来，仍旧成为亲戚。”哪里晓得温球尽管说，梁玉贞一字不答。温球不觉大怒，正欲伸手去打，再一细看，但见梁玉贞玉容惨淡，声息毫无，坐在那里已是昏厥过去。温球一见，赶着呼唤仆妇，立刻取了姜汤灌下，复又慢慢地低声轻唤，好容易唤醒过来。只见梁玉贞叹了一口气，挣了半会，才说一声道：“苦呀！”众仆妇见将梁玉贞已经唤醒，大家不胜欢喜。温球在旁也甚喜悦，因命仆妇将梁玉贞扶入卧房，好生将他安睡，服侍妥当，随后自有重赏。梁玉贞眼睛虽然闭着，耳内却听得清楚。闻得众仆妇将她送入内房安睡，她即睁开二目骂道：“尔等这一起无耻贱人！可知你家主人诬栽我家通同大盗，捉入县监。又将我有夫之女抢劫过来。如此作为，我一死原不足惜，但温球伤天害理，总有恶贯满盈的时节。我虽死到了阴曹，要追他的性命！尔等众人若将我好好送回，给我全家的骨肉申了冤枉，日后自然感激尔等救命之恩！如若不然，我死之后，也一起要追你们的性命了！”说了这一番话，又将温球骂了一番，不觉气急上拥，又昏厥过去。

内中只有个姓刘的老妈妈，虽然在温家做工，却是存心忠厚。他赶着又取了姜汤来灌，好容易又灌醒过来。此时温球听说玉贞复又昏厥，又来看视。及至房内，见玉贞已醒。当下那刘老妈妈即插口向温球说道：“大爷，你老放心出去罢！这梁姑娘交给我婆子，包管你老，服侍他好好的就是了。”温球当即答应出去。刘妈妈见温球出去，也就令那些仆妇都走开，她就对梁玉贞道：“姑娘，你放心罢！且到里间歇一会儿，我包管你不至被他奸贼强逼。且耐两天，我再设法救你便了。”梁玉贞听说，见她不是歹意，也就随她进入内房，就床铺上睡下。

那刘妈妈又殷殷勤勤地服侍她一会，又与她谈了些家事，又叹息了一回，又切齿痛骂了一回，这才出去。少刻又进来看视，又与梁玉贞问茶问水。梁玉贞也着实感激。不期梁玉贞因吃了一惊，又困在这里，不能出去，心中自然着急；又虑到她父母兄弟不知如何设法解救，因此几凑，不觉头痛起来。温球屡次欲进来侵犯，多亏刘妈妈将病推托，还幸梁玉贞不曾受些污辱，暂且慢表。

再说梁世和一家四口下在狱内，此时城里城外通哄传开了。他的女婿陈仁寿一闻此言，着实吃惊不小，因赶着出了城，先到庄上看视。才到庄口，只见梁世和家的一个老家人梁孝，匆匆忙忙走了过来，惊谎说道："姑爷来了吗？"陈仁寿道："老爷怎么忽然遭这一场大祸？究竟里面有什么仇人？"梁孝道："姑爷休提了，真个祸不单行。老爷、太太同两个少爷，才被县里捉去；不料温家寨温球这个奸贼，就串领了许多打手，撞进门来，硬将姑娘抢去。老奴等赶了一回，实指望将姑娘夺回，不但不能夺回，反被他家那些豪奴打了一顿。姑爷来得好极了，也得赶紧设个法儿，一面去县里救出老爷、太太、少爷，一面去温家寨救出姑娘才好。在老奴看来，还是先到温家寨救姑娘要紧！老爷等虽在县监，急切尚无性命之虞。唯有姑娘，平日性情最烈，姑爷是早知道。现在被奸贼抢去，万一强逼起来，姑娘断不肯从他，必然要送性命，岂不白白地将性命送在奸贼之手吗？姑爷必须赶紧设法才是！"哪知梁孝只管对陈仁寿在那里诉说，不曾细看仁寿。原来仁寿听见他表妹被温球抢去，就这一急，已经气绝过去；及至梁孝把话说完，忽见陈仁寿跌倒在地。梁孝又赶着将陈仁寿扶坐起来，取了姜汤灌下，才算苏醒。陈仁寿即切齿骂道："若不将温球置之死地，以报此仇，我陈仁寿誓不为人！"说罢，即令梁孝道："你且与我到城里一行，先往狱内将老爷等安慰好了，然后再设别法，去处置那个奸贼。但你见了老爷、太太，切切不可说姑娘被他抢去。我自有道理，总要先将老爷、太太、少爷们救了出来，然后再去救你家姑娘呢！"梁孝也只得答应，立刻随着陈仁寿到了县里。

贿通了狱卒，进了内监，见着梁世和夫妇暨两个儿子。梁世和夫妇一见女婿到来，便哭着回说道："我不知哪世与温家结下这样大仇，将我全家诬害，眼见得我全家是没有性命的了。但是我那女儿玉贞，要望贤婿好生看待。现在我家内也不知弄得是怎样了？"陈仁寿见了好生难受，只得忍住眼泪，勉强说道："姑父姑母，你老人家不要害怕，好在这件事纯属他诬我，他们没有真凭实据，就是县里也不能屈打成招。你们二位老人家且安心在这里住些时，待侄儿出去，好歹总要设法将你们两位老人家及两个兄弟救出去，一面再报复那温球奸贼。至于表妹，你老人家格外请放宽心，侄儿已将她接回去了！”梁世和夫妇听了这话，方宽了点心。复又问道：“贤婿，你说设法救我等全家，究竟是怎么个救法呢？”陈仁寿便走到梁世和跟前，附耳悄悄地说了几句。梁世和听了大喜。陈仁寿即刻就告别出去，走到监门口，又切实嘱托禁卒道：“望你老人家方便方便，随后这个家人如果进来，还请你放他进去，我将来一起再谢你。”说着又在腰间掏出五两银子，赏给禁卒。禁卒自然欢喜无限，满口应承。

陈仁寿出了县门，即到家中，与母亲说了一遍，又同梁孝说道：“你不许在外稍露风声。我即赶往淮安，去到施大人那里控告。你可每日去到县里探视一回，再密访你姑娘生死如何。我到淮安，住在总漕衙门照壁后王四房客店内。你可每日去到县里打探情形，逐日写一封信，寄与我知道。我一经将事体办定，即刻就回来。”梁孝唯唯答应。陈仁寿连夜雇了船，带了银子，直往淮安进发。不一日已到淮安，就在总漕衙门照壁后王四房客店住下。当时就写状词，专待次日一早，前去告状。

却好第二日正是七月初一，施公要到河神庙拈香。陈仁寿打听清楚，带了状词，便出了店门，去到总漕衙门，等待施公河神庙拈香回衙，他便去拦舆告状。毕竟施公可否准他状词，代他申冤，且看下回分解。

第二〇八回　察理准词亲提县令　闻风报信暗告强梁

话说陈仁寿将状词缮好，专等施公到河神庙拈香回辕，便去拦舆告状。在辕门外等了一会，金锣响处，施公已打道回衙。

陈仁寿即将状词捧在手中，等施公轿临切近，他便拦着轿杠，跪在一边，口喊："冤枉！求大人申冤！"施公在轿内闪目观看，见是个秀才打扮，手捧状词，口称冤枉。施公即命住轿，问道："你有什么冤枉，到本部堂这里来拦舆呢？"陈仁寿见问，便将状词呈上。当有家丁接过。施公打开，看了一遍，就在轿内向外面问道："你叫陈仁寿，是桃源县学的生员。你可再将这状词内所告的各节，细细诉禀上来！"

陈仁寿道："大人容禀：生员姑母，适同邑西门梁家庄梁世和为妻，历有年所。姑父亦系本省辛卯科武乡试举人，生有两子一女。女名玉贞，自幼与生员结下姻事，现在尚未过门。只因聘妻表妹，生得稍有姿色，平时并不出外。于前月初四日，随姑母站立本庄门首，观看村景。不料有距梁家庄五里之遥温家寨的寨主温球，他仗自己是个武进士出身，平日专行暴虐，霸占田产，抢掠妇女，强霸一方。家中又广有豪奴，多养打手。凡遇本地方官，他又专门联络，借通声气。姑丈梁世和虽与温球近在咫尺，却各不相扰。前年因民人蒋德富有田十六亩，始则价卖温球，继则为温球霸占。蒋德富心实不甘，欲去县里控告，又恐力不相及，便来求请生员姑丈给他说项。生员姑丈虽然是个武举，最恨的恶霸土豪。一闻蒋德富之言大怒，当即到了温家寨与温球说理。不意温球见生员姑丈前去代蒋德富说话，他始则横暴，继且用武，与生员姑丈交起手来，却被生员姑丈将他打败。那时他才转托人来说和，情愿价买民人蒋德富的田亩。彼时生员的姑丈因与他争斗之后，他虽然情愿价买民人田亩，究于自己无干，不过一时代抱不平，心下究有些过意不去。也就复到温家寨，见了温球，亲自谢罪。温球当时也就罢了，却是暗地里尚有些怀恨。两年来虽不相扰，这温球可是刻刻寻报复，又因寻不出事来，只得含忍而已。哪知可巧前月初四，他从城里回庄，打从生员姑丈家门首经过，瞥见生员表妹，即央人来求婚。生员姑丈即以已经许字生员的话回复来人。不料家人去后，温球就因此更加不悦。可巧这日有个山西武生姓郭名仁，因到南边投亲不遇，脱了盘费，便去寻找生员姑丈，请他帮助些银两。生员的姑丈平时又极好义，凡遇这等事件，只要有人前去找寻，无有不帮助之理。因此生员的姑丈见了这山西武生生得仪表非俗，又爱他武艺精通，就留他住了一日，送了他三十两银子，郭仁也就走了。不料温球访知有这事，便去县里贿嘱差役，诬指生员的姑丈通同大盗。桃源县又不问情由，听凭差役将生员姑丈、姑母及两个表弟一并拿去。问了一堂，勒令生员的姑丈招出大盗的名姓，并欲令承认通同的情事。生员的姑丈向来安分守己，何能承招？桃源县即将生员的姑丈、姑母及两个表弟，一同收入大监。这也罢了！哪知生员的姑丈等，才被县里提拿，温球即于本日率领豪奴打手，来到生员的姑丈家内，将生员聘室表妹玉贞，强抢而去。当经老仆梁孝追赶往夺，反被该豪奴毒打，身受重伤而回。彼时生员尚在城里家内，等闻信奔往出城，生员的姑丈已经下狱；生员的聘妻已被温球抢去。老奴梁孝受伤未愈，现在原籍。生员为此情急，本拟仍往原籍控告，奈该县既有前情，倘或生员去告，亦断不准词。因此生员方星夜驰赴大人阁下，追求申雪！再生员如有半句不实，大人一经察出，愿领诬告之罪！”说罢就磕了一个头，仍然跪在那里候示。

施公听罢，不觉勃然大怒道：“该县既如此糊涂！境内有这等恶霸土豪，不能先事预防，还敢通同诬害，实属不法已极。陈仁寿你可先行退下，候本部堂一面亲提该县，并及那原、被告，人证，来辕审讯；一面札饬该县，即日前到温家寨温球家里，将你聘妻梁玉贞保出，查明有无奸占情事，再行核夺，分别治罪便了。”陈仁寿唯唯而退。施公回衙进入书房，更衣已毕，立刻命人缮就饬知：委派计全、何路通二人，星夜驰往桃源县，督同该县前去温家寨温球家内，赶将玉贞保出；并将温球及桃源县知县，暨拿捉梁世和一并四口之原差，并梁世和一家人等，限五日内一并押解来辕听候讯办。

计全、何路通奉了施公之命，哪敢怠慢？即日带了亲兵，拿了文书，星夜直奔桃源县而去。不一日到了桃源，先行通报进去。桃源县闻知施公那里派来的人，不知为作何事，赶紧迎接进去。计全、何路通到了书房，彼此相见已毕。有人献上茶来。原来这桃源知县姓胡，名唤维世，是个捐纳出身。为人极其贪财，而且心地又极糊涂。所以计全、何路通到了此地，还疑惑是来打抽风①的。因道：“二位惠临，有何见谕？但是兄弟这里清苦异常，除每年例得养廉外，毫无生色。而且桃邑强悍，地土瘠弱，兄弟自到任以来，并无别事，并赔累得不少了。不知贵衙门每年还有什么例规，还望二位仁兄指教明白，以便兄弟设法措备。”计全因抢着说道：“老兄尽管放心，兄弟等此来，并非需索例规。实因奉了大人之命，有件小小财爻送与老兄，可即前去赶办，不可误事。将来办得好，大人是一定要保奏的。”

这两句话，在稍微明白的人，早知道内里有些不妥。哪里晓得胡维世还当是真是美差，忙笑着说道：“既蒙大人恩典，委兄弟去办，兄弟何敢误事？便请二位仁兄指教罢！”计全道：“当得！当得！”说着就在靴统内，取出一件文书出来，递给胡维世观看。胡维世接过，拆开封套，将公文抽出，捧在手中，由头至尾看了一遍，不觉汗流浃背。

话说桃源县知县胡维世，见计全、何路通二人在靴统内取出公文，给他看过，方知道是为梁世和一家，奉了施公之命，前来亲提人证，并限期往温家寨捉拿温球，保出梁玉贞，一并押解原、被告，人证，暨原差人等，亲往淮安听候讯问。胡知县看罢这件公文，吓得汗流浃背，立刻就传差役，亲往温家寨提人。哪知那些差役，大半与温

① 抽风：收受贿赂。

球有些来往，一闻此言，故意延宕，不肯立刻就去，为的是先差心腹，去到温家寨告知信息，叫温球急速准备。及至胡知县与计全、何路通追赶前去，温球早已得了消息，准备起来，专等人来捉拿。

却说胡县令带领计全、何路通及本署差役人等，到了温家门首，计全向何路通丢了个眼色，何路通会意，即退后一步，看他们进了大门，他便到温家后门埋伏，恐防温球到后门逃走。计全等进了大门，当有庄丁故意拦道："你们自哪里来的？为什么不问情由，擅自向人家宅里乱闯？"计全听了此言，不由得气望上冲，大声喝道："好大胆的恶奴！咱老爷是奉了钦差总漕施大人之命，特来捉你的主人温球，前往淮安对讯控告梁世和通同大盗一案。你敢阻大老爷不许进去么？"那恶奴听说道："原来如此。既是前来捉咱家主人，难道咱家主人还躲避你不曾么？但是咱家主人现不在庄里，等他回来，叫他前来投到便了。"计全听说，不觉大怒，便道："你既说你家庄主不在庄里，待咱进去搜一搜。如果搜出来，再与你这狗头说话。"那恶奴道："你要进去搜查，可不怕你见怪，这是不容你撒野的啦！"计全此时实在容忍不下了，立刻就喝令亲兵，先就这狗头给我拿下。亲兵一声答应，也就立刻上前去拿那个恶奴。哪知那恶奴不但全不畏惧，还胆敢在身旁拔出腰刀，即向亲兵砍来。诸公请想：计全这时节可能容他过去么？也就亮出单刀，一撒手向那恶奴砍去，那恶奴一声大喊，登时来了十五六个，皆是手执刀棍，一齐向计全围绕过来，刀棍齐施，把计全团团围住。计全见此情景，不下毒手，是要吃他的苦了，因此大喊一声，舞动单刀直向众恶奴乱砍。到底那些庄丁不是计全的对手，一连被砍伤了几个，其余也就不敢上来。计全带来的亲兵，一齐动起手来，立刻将众恶奴打得东倒西歪。此时胡县令站在一旁，见这等光景，已是吓得不能动弹。计全见胡县令站在那里，呆若木鸡，便走上前将胡县令一拖，口中说道："贵县这地方上，出了这等恶霸，平时不及早治，到了这会儿，还在这里袖手旁观？咱此时也不便与贵县细讲，且待捉住恶霸，与你再说不迟。还不与我搜寻要犯么？"胡县令没法，只得抖抖的，跟着那计全进去搜查。

一直到了里面，哪里搜查得出？原来温球家有个暗室，设在后花园内。这暗室四面皆是石板砌成，上面有个消息，只要将那消息扳动，那石板自然开了，中间露出门来，人即可以下去。平时温球抢了人家妇女回来，皆将她藏入里面，任你搜寻，再也搜不到。此时他自己却躲在那个暗室之内。这暗室旁面还有一个陷人坑，是专为防备来人，万一搜寻到此，要叫他跌入陷坑内，随后再将来人捉住，或打或杀，置之死地而后已。计全见搜寻半会皆搜不出来，暗想：难道这恶贼果莫不在庄上么？一面暗想，一面委决不下，仍在那里疑惑。忽见从屋檐上跳下一个人来，再一看时，却是何路通。计全喊道："何贤弟，我与你分头去看：你去将梁玉贞找寻出来，先保护她出去，将她送到县里，令人看守好了；我再去找寻那温球恶贼。"何路通答应，立刻就各处找寻玉贞。计全还带着胡县令往各处搜寻温球。又寻找了好一会，仍是找寻不出。正自着急，忽听隐隐有哭泣之声。计全心下一动，暗道："这哭声，莫非就是梁玉贞么？"他细一听，就依着了声音找寻过去；胡县令也就跟了过来。转了几个弯，见有一道小门。

计全便从小门而进，觉得那哭声就从后面出来。计全赶着走了进去，原来里间是一个小小书房。计全又走进书房，并无门窗，计全好生疑惑。正自凝神观看，忽见东首有个书橱。心下暗道："莫非这书橱就是暗门？"于是走到那里，将橱门开了，向里面一看，内中并无书籍。又将里面的板用手一按，只听剥落一声，跳下一根闩来。计全复将手在板上两边一推，又听呀的一声，那书橱扳推在两旁，中间果然露出门来。计全好不欢喜，即将书橱移在一旁，他便拉着胡县令，一同进入里面。

但见里面却是一间静室，陈设得颇为精致。那哭泣之声便在这里。计全一声喝道："这里间哭的，可是梁家庄梁世和的女儿玉贞么？"话犹未了，那刘妈妈早已从里间房内走出，答道："正是梁家姑娘，你老是哪里来的？"计全道："咱是特来救她的。现在哪里？因她家表兄陈仁寿，亲往淮安在总漕施大人那里告状。准了他状词——咱乃施大人面前河营都司，特奉大人之命，率同桃源县到此，一来捉拿温球，给他父亲申冤；二来救她出去。快叫她出来，将她救出，咱还要去捉拿温球呢！不要延迟了。”玉贞在内听明了，方才相信，立刻坐了起来，扶着刘妈妈出了房门，问道：“哪位是救我的恩人老爷？”计全道：“咱便是奉了大人之命，前来救你。”玉贞便要行礼，当时计全赶着拦道：“咱们快走罢！”说着就将玉贞背了起来，望外就走；县令也就跟了出来。才出得小门，只见对门拥进数十个打手，个个手执兵刃，拦住去路，一齐杀到。计全一面舞动单刀，准备抵敌，一面暗想：“将那女子送了出去，再来与他们厮杀，还怕他们跑了不成？”心中正难定主意，又听那些打手齐声喝道：“背女子的听着！你可知道你家伙计已落在陷人坑内，被咱庄主擒住。你若知进退，速速将梁家女子留下，饶了你的狗命！若言半字不行，咱等再将你捉住，且得你个现成的。好在咱们法已犯了，随后总是要定罪的，不如开开花了，反觉易于做事。”说着便拥上前来。计全一听此言，知何路通已误落陷坑，更加不敢耽搁，即将身子一缩，立刻一个箭步，跳上墙头，随即越屋蹿房，将玉贞救了出去。何路通自误落陷坑，被恶奴捉住，恶奴去告知温球，问他如何处治？温球即命众打手，将他吊入一间空房内，也不要打他，活活地将他饿死便了。毕竟何路通有无性命之虞，且看下回分解。

第二〇九回　憨太岁潜投聚夹峰　何路通救出温家寨

话说计全背了梁玉贞，出了温家寨，本拟将玉贞送到县里，后来一想，进城往返，不免耽延时刻，不若就近先行送她回庄。主意已定，便一口气跑到梁家庄。却好梁孝站在庄门口。玉贞在计全背上，见了梁孝如同见了亲人，当即哭道："多亏这位恩人老爷，将奴救出，不然，是一定死在温家了！"梁孝赶着上前，将那玉贞扶下，当即给计全磕了一个头，谢他救命之恩。

计全也不及同他说话，只将玉贞放下来，随即他就回走。不上半里之遥，已见胡县令坐着轿子回来。计全一见，好生大怒，立刻上前问他向哪里去？胡知县道："我现在进城，请城守营带兵前来围他的房屋。"计全道："你好不糊涂！就是要请城守营带兵前来围他的住宅，不应擅离职守，可饬差请他来，为什么要你亲自前去？你这一走，万一温球逃走他方，你又怎么回复？"胡知县被计全问了这番话，只见他翻着两眼，一句话也不能回答。计全看了煞是好笑，又说道："贵县不必沉吟，依我看来，还是赶紧遣差飞跑进城，去请城守。咱与你再回去搜寻恶贼。但愿将他捉住，贵县的处分还觉得轻些。倘若再被逃脱，贵县可怎么好？在哪里交出温球来？"计全虽然这样说法，早料着胡知县这一走，温球必趁此而逃，却不得不与他说这两句，好把自己一肩重担，全个儿卸在他身上。胡县令听了计全这一番话，也不知如何回答，只得依着计全，便差了一个家丁，拿了名帖，飞马进城去请城守带兵前来，帮助捉拿恶贼；一面仍与计全回奔温家寨而来。此时胡县令也不坐轿了，跟着计全用双脚的驴子，追赶前行。可怜胡县令跑得气喘吁吁，汗流浃背。计全将脚步稍微带慢，只是催着他紧跑。哪里知道县令心内愈着急，愈走不快。在先还可以走得快些，越到后来越跑不动，暗恨道："早知今日，悔不当初。总是我那些二班差役通同作弊，累苦了我，今日弄得这般光景。若将温球捉住，将来这官儿，或者花些钱，还可以保得住。若是温球再逃走了，上司再勒令我要人，我又没有人交他，那时必然勒限缉获，我就要各处购线悬赏缉拿。倘若花些钱，购了眼线，将人捉住，还算不幸中的万幸。若竟永远捉不住，逾限之后，必定奏参。那时弄得财、官两败，我才不上算呢！"

不表胡县令跟着计全一路跑，一路暗想。且说温球打听得计全已救了梁玉贞出去，胡县令又打道回衙，心中一想："我犯下这弥天大祸，若再不趁此逃跑，万一官兵回来，再将我捉住，解往淮安，定然性命难保。不如趁此赶紧收拾，逃走他方，再作计较。"主意已定，即刻到了内宅，拿了些银两，连家僮都不曾带，换了衣服，就逃走出门。出得门来，上马加鞭飞奔而去。一口气跑了有十余里，一想道："我逃是逃出来，但现在投奔何处才好？"眉头一皱，计上心来，暗道："不若往聚夹峰投奔铁头和尚。到那里住下，再作良图。"你道这聚夹峰是个什么所在？原来这聚夹峰在河南、江苏交界地方，两边两座山头，中间一条小路，只容一人出入。那山险峻异常。山内有座轩辕庙，极其宽大。那铁头和尚便在那里住持，名说出家，实系据着山头，借此地落草。这铁头和尚却生得钢筋铁骨，一身的好武艺，飞檐走壁，件件精通。手下聚了有五六百喽兵，专门打家劫舍。温球当日曾从他习过武艺，因此想到，不若就投奔到他那里。温球此一去，随后黄天霸等得了消息，便往聚夹峰去擒温球。铁头和尚抗不交出，又与黄天霸等杀了一次。三打聚夹峰，捉拿铁头和尚，此是后话，暂且按下。

再说胡县令便跟着计全，好容易跑回温家寨，又前后各处找寻殆遍，总寻不出人。此时天已大黑，又不知何路通性命如何？计全没法，只得到了内宅，将温球的家小一概拿下，令人绑缚起来，勒令家小交人。温球的妻子被逼不过，只得谎骗计全，引指他到暗室内搜寻。计全听说，随即带了胡县令，并亲兵人等，走到后花园内，将石洞挖开，进内搜找，哪里有个温球？虽然温球未曾搜检出来，却救出两个女子。计全复又各处去找，刚出了花园，转过一条小巷，只听东首矮屋内有呻吟之声。计全就带了亲兵，走入矮屋一看，原来何路通四马倒攒，吊在屋内。计全立即上前，将何路通放下，复又一同出来，问温球的妻子，究竟温球现在何处？他妻子此时只得将温球逃走的话说了出来。计全又问她何时逃走的呢？他妻子道："大约桃源县离了庄上那个时候才走的。"计全听说，便望胡县令道："贵县如何？果然不出吾所料。"胡县令听说，只得向温球的妻子埋怨道："本县与你家丈夫有何仇隙？他居心抢劫梁家女子，反说人家通同大盗，到本县那里控告。本县以为他是个本地乡绅，说话向来不错，哪里知道竟是这等一个混账东西！现在又畏罪逃脱，害得本县官是要丢了，还要用钱，保不定何时才可缉获到手。你家丈夫一日缉获不到，本县就要多用一日钱，倒为了你家一个混账东西，弄得本县财官俱丧。他不想本县这个七品前程，也非容易到手，在上司面前，不知叩多少头，说了多少'求大人栽培'的话。哪里晓得到任未及一年，本钱虽然赚回来了，利钱也得了好些，就被你家丈夫这一闹，不但本县利钱一个落不到，只怕本钱还是有命无毛。你家害得本县好苦呀！"说罢望着温球的妻子跳了一会。温球妻子见他这等着急，也只得望他说道："太爷不必说了，打个倒算盘罢！只当从前少赚了几个。而且俗语说得好，'汤里来一定是要水里去的'。看破些罢！"

话说胡县令见温球逃脱，不知去向，急得没法，只得将他的家小一并拿入县衙，庄房封锁起来，候缉到正凶，再行发落。

次日即提出梁世和一家四口，又将梁玉贞并捉拿的原差，由桃源县亲身押解淮安，听候审问。不日已到，将一干人犯，先行寄入山阳县监。然后，计全、何路通见了施公，将上项的事禀了一遍。施公点头。接着桃源县胡维世也来禀见。施公当即传见。胡维世给施公行了礼，站立一旁。施公命他坐下，当下问道："温球控告梁世和通同大盗一案，贵县可曾访查明白，究竟有无证据呢？”胡县令道：“卑职该死。总是卑职一时糊涂，致屈好人下狱。”施公道：“贵县既为朝廷命官，本县境内出此等强徒恶霸，应该早为惩办，除暴安良。即使力有未逮，也应该申详大府，并力合拿，才是道理。为什么通同作弊，诬害良民，但听一面之词，便诌害他一家五口。这是有人告到本部堂这里；倘若无人出首，这梁氏一家五口，就屈死贵县手里了。现在温球又复逃脱，贵县一定知他的踪迹。仍烦贵县十日内，将温球获到，本部堂或看贵县一官非易，从轻惩处。倘再怙恶不悛，袒护恶霸，本部堂断不轻恕。那时，贵县可不要怨本部堂铁面无私！姑候明日讯明原、被告人等，贵县便请回衙，赶紧缉获温球到案。”胡县令听了这话，哪敢强辩？只得请了安，告退出去。

次日施公升堂，先传原告陈仁寿问了一遍，即将梁世和夫妇父子提来。梁世和夫妇跪在下面，又将前情申诉了一遍。施公又命将梁玉贞带上。玉贞跪下，先磕了一个头。施公问道：“陈仁寿是你何人？”玉贞道：“是小女子表兄。自幼经父母凭媒说合许字，尚未过门。”施公道：“温球将你抢去，你曾被逼过吗？”玉贞道：“小女子也曾被逼两次，后因小女子惊吓成疾；又亏温家一个姓刘的老仆妇，多方防护，所幸小女子未被污。”施公道：“这还是你的造化。但是温球究竟为着何事，诬害你父母兄弟？可知道么？”梁玉贞又将前情申诉一遍。施公命她退下去，带桃源县原差。下面答应，将两原差带上。施公问道：“你是去捉梁世和一家四口的么？”那原差道：“是小的奉了县太爷之命去捉的。”施公道：“你两个唤作什么名字？”

两个原差回道：“小的名唤吴能。”“小的名唤张淦。”施公又问道：“你等前去梁家的时节，可曾见有强盗在他家么？”吴能道：“小的未曾看见。”又问张淦道：“你曾看见吗？”张淦道：“小的也未曾看见。”施公又问道：“可拿着他真凭实据么？”

原差道：“也不曾拿着。”施公道：“你等说不曾见他家窝留大盗，又不曾拿着实据，你等怎么就将梁世和一家四口拿去呢？”

吴能道：“小的这日在班房闲坐，忽见温大爷家有个小使唤作扣子，来唤小的赶紧前去；说是他家大爷有要紧的话说。小的不知何事，就随着扣子去了。到了温家寨，温大爷就向小的说道：‘你们这两个月内，闹的盗案是不少了，一件皆不曾破案。老实告诉你，现在梁世和家窝藏大盗。说不定这些案内，就有他家窝藏的人。你只须将梁世和一家拿到县里，请官严讯一堂，就可以明白了。’小的听说，便问他道：‘温大爷，你老如何知道呢？’温大爷说的是他亲眼看见：某日有个山西人，实在形迹可疑，在他家住了两日才走的。小的听说，就回去禀知。本官听了这话，当时就加差张淦同小的一同前去梁家，将世和夫妇父子四人，一并解到县里。经本官讯了一堂。怎奈梁世和坚不承招。本官只得监禁，以待复讯，彻底根究。哪知他竟是个好人？那温球竟是个万恶奸刁的贼子！不但小的为他所累，连本县太爷也因他受累不浅了。”施公道：“你曾得温球贿赂么？”

吴能道：“委实不敢受贿。”施公听说，忽将惊堂木一拍，怒声喝道：“尔等还敢隐瞒？本部堂早已访知其事。若不用刑，你等如何肯招？拖下去从重拷打！”手下一声答应，将吴能、张淦两人拖翻，重重地打了四十大板。施公喝叫：“住了！本部堂问你，究竟受了多少贿赂？”张淦被打不过，只得招道：“温球先送了二十两银子，叫吴能将这件事办妥，随后再为酬谢。吴能嫌少，温球又加了十两，共计三十两。分小的五两，他得二十五两。当由吴能进去禀明了本官，立刻就同小的前去捉拿了。”施公听说，又喝令将吴能打了四十，吴能受打不过，也只得一一招出。

施公又命提温球妻子周氏。温周氏提到，跪在下面。施公问道：“尔夫诬害良民，抢劫妇女，平时强霸一方，你可知道么？”周氏道：“小妇人也曾劝过几次，怎奈丈夫总不相信。前者诬害梁世和，小妇人实在毫无知觉，就是梁玉贞被丈夫抢回，小妇人也不知道。求大人明察。”施公道：“你果实不知？本部堂问你，怎么胆敢将你丈夫放走呢？”周氏道：“大人的明鉴。若谓小妇人暗地将丈夫放走，这可实在冤枉了。那时小妇人已吓得几乎要死，自身还愁保不住，何暇再顾及丈夫？后来大人派去那两位老爷，追问小妇人的丈夫所在，小妇人还指着他去寻。怎奈没有寻出，那两位老爷又再三逼问，小妇人被逼不过，只得随口应道是逃走了，其实真不晓得。”施公听了忽道：“好个刁妇！你在庄上已经对本部堂委员说过，你丈夫是趁胡知县暂离尔庄上那个时节逃走的。尔现在说‘实不知道’，足见平时助夫为虐！拖下去先给他掌嘴四十，问她可招也不招？如若不招，再给她拶起来问。”手下答应一声，即刻将周氏扭转面孔，一五一十打了四十。只打得周氏哭叫连天，哀哀求道：“小妇人愿招！”施公命手下住了，便又问道：“你丈夫究竟逃往何处？你可快快从实招来。再若有半字虚言，定即拶起再问！”

周氏道：“丈夫逃往何方，小妇人委实不知真切。但知丈夫从前有个习武艺的师父，是个和尚，在什么聚夹峰。或者此次就逃往他师父那里，也未可料。这就是小妇人真实口供，其余就将小妇人拶死了，也不知道。”施公听说，便问黄天霸道：“你可知道这聚夹峰在什么地方？”天霸回称：“不知。”施公也不追问，又将胡知县传上堂来，将各人的口供，先与他看了一回。

胡县令已吓得魂不附体。施公便予了限期，着他购线在限内缉获温球到案。如逾限未获，定即一并严加处治。又令梁世和等，安分守业。吴能、张淦及温周氏，一并着桃源县带回监禁，候再提讯。胡县令唯唯退下。施公亦退堂。不知如何捉拿温球，且看下回分解。

第二一〇回　聚夹峰师徒设谋　桃源县众寇劫狱

话说胡县令将一干人犯，带回桃源县收监，一面购线缉拿温球到案，暂且不表。再说温球逃出温家寨，上马加鞭，直奔聚夹峰而去。走了两日，前面已到。这山上是他的熟路，无须请人通报，直到轩辕庙内，见了铁头和尚，哭诉一番。铁头和尚就命人做了些酒菜，与温球吃了，然后又命人将山上众头领请来，大家商议。原来这铁头和尚是陕西人氏，习得一身好武艺，果真是钢筋铁骨，有万夫不当之勇。用一根纯铜禅杖，足足有七八十斤，更会飞檐走壁。手下积聚五六百喽兵。更有三个头目：一个姓万，名唤世雄，惯用钩镰枪；一个姓周名鹿，惯用双戟；一个姓熊名海，惯使单刀。俱是武艺精通，能征惯战，却又是铁头和尚的门徒。当日铁头和尚见温球如此狼狈，逃到此间，即将他们三人一齐传来商议，设法报仇雪恨。万世雄、周鹿、熊海见师父叫唤，立刻到了方丈。一见温球，同声问道："师兄如何这等狼狈?"温球见问，便将以上各情说了一遍。大家一听，个个咬牙切齿，大怒骂道："施不全！与你有何仇恨？你专要管咱们的闲事！与咱们一流人作对。别人由得你这赃官作威作福，咱们可容不得你这等作为！今日又将咱同门弄得这般狼狈。若不将你擒住，咱等誓不为人！"大家骂了一顿。还是铁头和尚说道："诸位贤徒，温球虽然到此，他的家小一定要拘入监牢。咱们也要设个法儿，先将他的家小救出，然后再与那赃官施不全为难。大家有什么妙计，不妨说出来商量商量。"只见万世雄说道："据徒弟看来，一面到淮安行刺，一面到桃源反监，叫他两头不能兼顾。如此办法，家小可以救出，仇恨也可以报了。”熊海道：“万大哥你这个计策虽好，劫狱还可做得到。若去淮安行刺，一人恐怕不能。在小弟愚见，莫若先去桃源县，将大哥的家小先行救出，最为妥当。只要一经劫狱，那桃源县必要去报。桃源县一经去报，施不全定即派人前来。咱们等他派人前来，那时再合力敌他，总要将他杀个片甲不回，实做个以逸待劳，以主代客。若要前去行刺，即赃官手下，虽则黄天霸等人不过尔尔，究竟寡不敌众。万一不测，反为不美。不若如此办法更为妥当。不知尊师与诸位兄长意下如何？”铁头和尚道：“此言甚合吾意。但有一件，必得先着一人去桃源县那里探听的确，城中有无防备，然后去反监，一齐带了出来。”温球道：“徒弟还有一事：那梁家庄还要走一趟，纵不能将他全家诛戮殆尽，这梁世和是放他不得的。”铁头和尚道：“且到临时再作计议。”温球大喜。铁头和尚又命人摆出酒来，与徒弟接风。当晚师徒五人，就在方丈内畅饮起来。

次日，铁头和尚又派了四五个喽兵，先到桃源县打探消息。

隔了六七日，喽兵回山报说：“城中并无准备，唯有桃源县知县出了赏格，各处缉获温球。”铁头和尚便命喽兵退下，遂与众人商议道：“城中既无准备，可即速下山。恐怕稍有延挨，多有不便。”万世雄道：“师父之言，甚是有理，咱们众兄弟就是明日下山便了。但有一件，温大哥却要改扮起来才好。”温球道：“我这改扮倒也容易，只须将头发剃去，与师父一样，旁人便看不出来。若再恐怕不济，脸上再涂些黑灰，任他眼紧的人，也难认出。”大家笑道：“这个法儿倒好。”于是大家便去装束。到了次日，温球已将头发剃去，就借了铁头和尚的外衣，穿了起来。万世雄就改扮了镖客；周鹿改扮了卖膏药的；熊海改扮了卖艺的。各人暗藏了兵刃。又挑选了四五十个精壮喽兵。此时正是八月天气，这日众人下山，正是八月初七，便约定：中秋夜三更行事，不可有误。大家俱已晓得，便别了铁头和尚，直奔桃源而去。下得山来，大家又各自分开，陆续前进。到了八月十四，已陆续到了桃源，各人先混进城来。温球等到天黑，挨城而进。这日大家皆未会面，只寻了客店住歇下了。到了次日，大家装模做样，在街上闲逛。只见周鹿拿着两张狗皮膏药，在那里叫卖。万世雄见了，好生发笑，各人会意。

万世雄当即走开，走未多远，又见一堆人团团地围在那里。万世雄挤进人丛中，向里一看，原来是熊海在那里打拳，彼此就会了意。万世雄站了一会儿，也就走开，又各处去走了一趟，单单看不见温球。便暗暗想道："他是个正主儿，咱们皆为他的事而来，怎么他反不见面？"正在暗说，忽见温球从东首直街上行来。二人又会了意，便走到一个僻静所在。万世雄道："师父今夜三更准到。咱们大家在东首城隍庙旁侧后，那座三官殿楼上会齐。二更过后，你便掩进监门。我与周兄弟、熊兄弟，却不由头门进去，打从监后围墙上去。你只听大堂上鼓打三更，便砍开监门进去，我与熊海两个兄弟，在屋上面接应你。一经将监门砍开，即大喊一声，我便跳下屋来，指明你到女监去救嫂嫂，以便唤出尊嫂；我便再同你去认令郎。"温球答应，二人不敢多立，仍然各自走开。

看看到了晚间，大家皆用饱饭，陆续的到了三官殿楼上，只等三更便去行事。不多一刻，已是二更，温球便掩入县门，至监门外面。却好这夜，所有监卒人等，皆因中秋佳节，个个皆赏月，吃得大醉，睡的睡，回家的回家，因此一个不曾遇见的。温球伏在黑暗的地方，侧耳静听。不一刻，只听得大堂上那面鼓咚咚咚的正打三更。温球不敢怠慢，在腰间拔出一把朴刀，认定监门使劲砍去。不过五六刀，已将监门砍开，便即大声一喊："兄弟们快来动手！"此时万世雄等，早已在监屋上面，将瓦揭开了几路，看明女监的路径。温球喊声未完，万世雄早跳下来，领着温球，一同砍入女监。温球复大喊一声道："温球在此，俺的娘子在哪里？速速前来，俺救你出去！"只听应道："奴家在此，快快救我出去！"温球上前，一刀斩断镣铐，正欲前去抱她，忽见周鹿从屋上跳下，说："哥哥将嫂嫂先交与我，你赶紧去寻侄儿罢！"说着就将周氏一把就提上了监屋。

万世雄又带着温球进入男监。温球复又喊道："我儿天德在哪里？为父今特来救你！"天德一答应，温球即忙上前，将镣铐斩断，也是正欲抱他，又见熊海从上面跳下来，他也不打话，便将十不全的温天德，救上屋顶。于是大喊一声道，“咱乃聚夹峰的好汉！如有难友情愿出去的，快快随咱们一齐杀出去呀！”

话说温球一声大喊道：“众难友有情愿出狱者，快随咱们杀出！”一声未完，那些囚徒谁不要命，是有武艺的，一个个挣断铁索，齐抢杀来。却好众喽兵已经杀到，于是一同杀出监门。此时监牢俱已惊醒，赶忙各处飞报。不到片刻工夫，桃源县守备郑德标，已带了合营兵丁，点着灯球火把，直向南门追赶前去，暂且不表。

且说周鹿、熊海二人，将温球妻、子二人救出，哪敢怠慢，立刻背在身上，走到南门。他二人运动壁虎游墙的功夫，越过城墙，一口气跑了六七里，拣了一座树林，将温球的妻、子藏入树林里面。他二人复又还转身来，天还未明，仍从城墙越入，跳下来就砍死两个守门兵，又将城门大开下来。周鹿便守定城门，熊海便去接应。走未多远，只见前面灯球火把照耀如同白日，喊杀之声，震动天地。熊海飞舞钢刀，一声大喊，直杀过去。万世雄正与官兵在那里格斗，又要兼顾温球——原来温球本领平常，看看已抵敌不住，幸亏熊海杀到。

万世雄一见，赶着喊道：“熊兄弟！你赶紧将温大哥保护出城，上山要紧！这些乌龟忘八，牛子狗官，让俺来敌他罢！”熊海答应，即杀开一条血路，将温球保护出城。到了城门口，又会同周鹿一齐出城，走到树林里面，又背上温球妻、子追赶前去。

走到天明，就在半路上，雇了一只船，将温球妻、子安放上船，一同保护上山不表。

再说万世雄与守备郑德标，杀了有两个时辰，郑德标虽然本领高强，究竟敌不过万世雄精悍。万世雄也不敢恋战，只得且战且走。到了城门外，看看城守追得切近，他便复转身来，出其不意，认定郑德标腿上一刀。郑德标赶紧躲过，自己虽不曾伤着，马肋上正中一刀。那马嘶的一声，飞奔而去。万世雄也不追赶，即刻放开脚步，带领众囚徒、喽兵一齐出城，直往聚夹峰而去。

话分两头，再说城守营守备郑德标那马被砍中了一刀，飞奔回去。及再换了马，随即赶出城来，已是不及。只得回来查点营兵，受伤的却也不少。此时天色大明，一面去到县衙会胡县令商议，一面打发受伤的人等先行回家，暂为养息。

胡县令此时已知道温球会合聚夹峰大盗前来劫狱，劫去温球妻、子及众囚徒，急得两手捶胸，呼天抢地。城守营见他如此，实是好笑。当下说道："老寅兄！事已如此，急也无益，不过拼着丢官而已，再没有别样事情。为今之计，须赶紧申详上宪，才是道理。"胡县令听说，只得赶紧命人写了文书，飞申上去，静候听参。次日，梁世和家也知道了，梁世和即同妻子说道："我家是他的仇人，他既能前来劫狱，难保他不前来报仇，不若暂避到女婿家。"于是合家就搬进城中，稍避仇人报复。

再说胡县令申文，这日到了总漕衙门，当有书差呈送进去。施公一看，不觉大惊失色，立刻将黄天霸等传进，道："方才桃源县知县胡维世申文前来，说是八月十五夜三更，温球胆敢勾结聚夹峰大盗进城，反监劫狱，抢去温球妻子周氏，儿子天德，并死囚六名，各监犯十六名。经守备郑德标追赶接战，复被该盗斩开城门而逸。似此目无王法，胆大妄为，若不设法将这伙大盗赶紧捉拿，将来为祸不浅！但不知这聚夹峰究在何处？山上强盗共有几人？须得细细探明，以便前往剿灭。"黄天霸等皆默然不答。施公道："诸位贤弟何以不答一言？"计全道："大人明鉴。都司曾闻人说，这聚夹峰在河南、江苏交界地方。两面山头，峰高险隘，中间只有一条小路，还只能容一人行走。顶上有一座轩辕庙，大概那些强人，就在这庙内盘踞。非是都司等不答一言，只因这聚夹峰险峻异常，恐怕一时难破。所以都司等，在这里打算如何去法，如何将那伙强贼剿除，还求大人勿存他意。"施公道："原来如此。但诸位贤弟既知道这个所在，你们大家商量妥当，再去剿除，也是事半功倍的一法。本部堂却只恨桃源县不能事先预防。境内有这等恶霸土豪，他敢与他通同作弊；及至事发，将温球的家小收入内监，就应该刻刻耽心，时时防备。还是一味昏昏，弄到反监劫狱而后已，尚复成何事体？若再姑容，何以能警愚恶之辈？本部堂是万万不能容了他的！”黄天霸等大家称是。施公当即批饬下去，批：桃源知县胡维世居官昏昧，着即先行革职；仍一同勒限缉获越狱在逃之温周氏、温天德各犯人等，并将胆敢勾结大盗之温球，暨聚夹峰各盗寇，一并拿获到案，照律惩办。若再奉行故事，定即从重治罪。桃源县守备郑德标虽经闻报，追之不及，究属有疏防范，着一并革职留任，以观后效。施公批饬已毕，黄天霸等退出，大家便筹划计策，预备前往聚夹峰剿灭匪寇，暂且不表。

再说温球带同妻、子，一路之上，并未有查问。不日到了聚夹峰，当即挈领上山，先与铁头和尚道谢。铁头和尚将劫狱情形问了一遍。温球一一回答。铁头和尚便道：“你们都困乏了，且去歇息，等万世雄回来，大家再议守山良策，以防官兵前来剿灭。”温球等答应退下。当即寻了一所房屋，给温球的妻、子居住。隔了一日，万世雄也就回山，禀明铁头和尚说：“带了好些狱中的好汉，他等都情愿附从在此，即请师父定夺！”

铁头和尚道：“他们既情愿前来，没有再使他们下山的道理。好在这里也不多他们这十几个人，就留他们在这里照应罢！”

万世雄答应，即刻出去将带来的各犯领进来，给铁头和尚相见。铁头和尚又吩咐了几句话，各犯这才退出。次日，万世雄等走入方丈，与铁头和尚相见，说道：“徒弟们既已前去劫狱，这时节定然各处都晓得了。那些赃官既经知道，别人还料不定派兵前来，唯有施不全一定是要派人到此的。咱们也要预备预备，一来免得临时措手不及，二来也使他知道咱们的厉害。”铁头和尚道：“为今之计，山上的粮草都是足的，无须虑得。唯有两座山头，加添些擂木炮石，寨栅外面再加些鹿角上去，恐防官兵前来攻打。各处隘口多派巡查，还怕黄天霸等人，不是明来，却是暗至，这件最要防备！好在这山前只有一条小路可通山寨，后山那条路，是没人知道的。”万世雄等答应，即日预备起来，以防官兵来此剿灭。毕竟后来如何，且看下回分解。

（参与本书相关工作人员：孙蕾、德臣、洪生、邱政、清秀、雪莲、玉琴、孙婷、淑珍、金焕、黄琼）

施　公　案

（下）

佚　名　著
苏　子　校注

金盾出版社

第二一一回　铁头僧设险守要　黄天霸奉命出征

话说万世雄与铁头和尚商议拒敌官兵之策，铁头和尚已将各处要隘筹划一番。次日，忽说道："桃源囚徒内中，难免有武艺高强、胆量出众之辈。如果有这等人，他既归顺于我，也可命他们帮助。那狱内这一班囚徒，我何不将他们呼唤前来，盘问他们一番？"万世雄听说，当下即转身出去，一会子将那二十二人全行带来，先令他们给铁头和尚行礼，站立两旁。铁头僧开口说道："你等久处监牢，自分必死。难得有此机会，逃脱出来，真是虎口余生，万分之幸！但是你等既到咱这里，必欲代咱做一番事业，也不负咱救你等性命之恩。你等内中有武艺高强者，可即报上名来，生平会使哪般兵器？待为师各给你等的兵刃，就在这里比试一回，好派你等一处责守。如系向来既无武艺，又无胆量的，便给你充作喽兵，以听使用。"铁头僧话才说完，只见那囚徒中走出六人，虽然身躯长短胖瘦不一，却生得个个相貌狰狞，精悍无匹，一齐大声说道："咱等既承师父救命之恩，如有用咱等之处，皆愿效死力！"铁头僧听了大喜道："你等姓甚名谁？可说与为师知道。"只听各人齐声说道：俺唤陆老幺。俺唤曹如虎。俺叫沈三魁。俺唤卫达。俺唤韩豹。俺唤吕飞熊。六人报名已毕，铁头僧又问道："谁会使哪般兵器，可自取来演试一回，待老僧量材使用。"

话犹未了，只见陆老幺走到旁边兵刃架上，取了一柄牛耳拨风刀，走到院落当中，放开大步，舞了一回。铁头僧一见，觉得很有些膂力。陆老幺舞罢，仍然走上厅来，将刀插在架上。

接着吕飞熊取着一枝方天画戟，也走到院落中间，只见他将方天画戟端在手中，忽然一摆，足足有那碗来大的花头。铁头僧看见，已是喝彩；又见他用尽生平之力，将那枝方天画戟舞了一回，真如万道寒光，轻身活泼，铁头僧大喜。吕飞熊舞毕，走到厅上，也将方天画戟插在架上。曹如虎见他两人试了刀戟，也就在兵器架上，取下一口大砍刀，也走到院落当中，飞舞旋转，演试了一回，仍然送上兵器架。接着沈三魁取了单刀，韩豹取了镔铁点钢叉，卫达取了烂银枪，三个人也走到院落中间，各耍了一回。个个皆本领高强，技艺精绝。铁头僧大喜，复又问道："你这等六人所用兵器，老僧俱已试过。但你这六人之中，可有能飞檐走壁的么?"只见陆老幺一声答应："俺愿献末技与师父一看。"说着，一纵身已飞上大厅中间那根梁上。

铁头僧一见，好不欢喜。只见他在梁上腾挪飞舞，极其灵便；忽然一转眼间，已轻轻地跳落下来。大家喝彩不已。其余五人却不会这等功夫。于是铁头僧即收了这六个人为徒弟。这六人当与铁头僧拜毕，又与万世雄等平拜起来。铁头僧即命手下大摆筵宴，一齐坐下畅饮，大家好不畅快。饮酒之间，铁头僧又开口说道："本师自从得了这山寨，并无官兵前来攻剿。现因温徒弟这件事，太闹得大了，咱料施不全那里，一定派兵前来窥探。大家都要协力抵拒，不可使官兵得手，挫动本山锐气。"大家齐声答应道："师父但请放心，如有官兵到此，定然杀他个片甲不回，使他不敢藐视。"于是大家畅饮而散。铁头僧即命吕飞熊、韩豹二人，守东山青龙岗，曹如虎、卫达守西山白虎岭，陆老幺、沈三魁守谷寨栅，万世雄、周鹿、熊海守中军寨栅，自己独守山头。分派已定，大家各执其事，这且不表。

且说施公这日又将黄天霸传齐问道："聚夹峰强寇猖獗，胆敢劫狱反监，若不及早征剿，恐怕养虎成害。诸位贤弟可有什么妙计，破得这聚夹峰么?"黄天霸道："自从那日奉谕之后，总兵等已经饬派心腹何三前去打听，将聚夹峰的山势情形，并山内有多少强人，为首的究竟是哪一个，令他细细探听清楚，限十日内回复。现在已去有六日，早晚便可回来。一经得了实在情形，与副将等即预备前去剿灭。但闻聚夹峰山势险峻，他山上既闹了这样大事，必然料有官兵前去，他那必然是要准备起来。现在实无破敌之策，只好待到那里，大家再等计议。在末将看来，此次剿灭聚夹峰，非多派官兵不足以助威势。还请大人裁酌！”施公道：“那个自然，贤弟等可即挑选起来；一候细作回来，便可即日前往，免得再延时日。”黄天霸唯唯答应，当即退出。一面即吩咐所有漕营各标兵丁，一并于三日后，齐赴教场点选，听候调用。各营兵丁奉了这个号令，到了第三日，皆齐集教场，听候挑选。黄天霸等当日即挑选了二千五百人马，分为五队。并传令：所有军装一切，赶紧齐全预备，一经择定吉日，便要起行，不得违误军令。各营答应下去。

不一日细作回来，报与黄天霸等知道：“小的奉了老爷之命，前去聚夹峰察看形势，并探听一切。兹查得聚夹峰两山对峙，左为青龙岗，右为白虎岭。中间有一条小路，只容一人行走；由小道进入谷中，约半里多路，便是该盗外口的寨栅。由寨栅进内，攀岩而上，还有座中寨；进了中寨里面，便是轩辕庙。庙内有四个强盗，为首的叫做铁头和尚，其余三人：一唤万世雄，一唤周彪，一唤熊海，俱是铁头和尚的门徒，都有万夫不当之勇。自那日劫狱之后，铁头和尚又得了同时出狱的六个囚徒：一唤吕飞熊，一唤韩豹，这两人把守青龙岗；还有曹如虎、卫达这两个现守白虎岭；还有陆老幺、沈三魁，这两个守谷口寨栅；万世雄、周鹿、熊海，这三人守中军寨栅；铁头和尚自守山头。并有喽兵五六百名，个个皆是精悍无比。峰后还有一条小路，非本地土人不知。小的到了那里，却好遇见山上一个喽兵，也是寿州人氏——小的从前在家乡的时节是认得他的，后来他因犯了法，就逃走在外，有了四五年，不知下落，不知怎样到了那里。小的看见他，就央他带着小的上山，各处耍了一日。他还问小的从哪里来的？小的未敢说出是从这里去，说是由河南有事，从此经过，现在就要回家。闲谈之中，他便将以上的情形，通通告知小的了。”黄天霸道：“你这个家乡人，叫什么名字？现在那里管什么事呢？”何三道：“小的那个同乡叫个张四保，现在那里充当一个小头目，就派在吕飞熊、韩豹两个名下听用。”黄天霸道：“你不必走开，咱还有事用你呢!”何三磕了个头道:“老爷如有差遣,小的即当伺候便了。”说着,退了下去。黄天霸听了何三这一番话,即刻就到了施公那里,又将众人约齐,把何三打听回来的话,细细说了一遍。

施公道:“既然如此,诸位贤弟当于何时拔队呢?”黄天霸禀道:“请大人吩咐。”施公道:“后日是十月初一,而且是个上吉良辰,就于初一拔队,包管诸位贤弟马到成功。”

话说黄天霸奉了施公之命,准备十月初一日拔队起行。先于前一日,施公传谕出来:命黄天霸总统全军,关太为帮统,褚标为参谋,张桂兰、郝素玉为中军左右羽翼,共带兵一千。李昆、金大力为前军,李七侯、何路通为左军,王殿臣、郭起凤为右军,各带军兵五百。计全、贺人杰为全军护卫,务共恪遵号令,追赶前进。一俟剿灭有功,再行保奏升赏。黄天霸等奉了宪谕,即日各按队伍预备齐全。到了初一天明,黄天霸同关小西二人,先到施公前告辞。施公又奖谕了两句话。二人退出,即刻到了大教场,祭过大旗,拔队起行。那一千五百名兵士,个个弓上弦,刀出鞘,一路之上,浩浩荡荡,直奔聚夹峰而去。不一日,探马报道:“前面已到聚夹峰不远,只有十里之遥,特请元帅令下!”黄天霸闻报,命就地升炮安营,分为前、后、左、右、中五队,立下寨栅,各歇一宵。次日,天霸传出号令,命前队先探贼势。

李昆、金大力立刻带领兵弁前去哨探。不一刻,到了聚夹峰下。李昆把马一拍,端着烂银枪,一马冲至谷口,大声喊道:“你等这伙狗强盗听着!俺老爷特奉总漕施大人之命,因你等胆敢袒护温球,前去桃源劫狱,实属目无法纪。今特前来剿灭你等,速速将头领献出,尚可免你等一死。若再抗拒官兵,立刻就将尔等的巢穴踏为齑粉!”李昆喊了一阵,里面并无一人答应,也无一人出来,李昆好不疑惑。再向两边山头一看,真个是险峻异常。正在凝神观望,忽听一声梆子响,两边山头许多擂木炮石直丢下来。李昆赶着拨马就走。忽听后面銮铃响处,一声大喊道:“好大胆的狗官!敢来窥探咱爷的山寨。咱吕爷爷前来擒你!”话犹未了,一马冲杀过来。李昆赶着拨过马头,将那人细细一看，正要问他名姓。只见那人自己报道："你认得吕飞熊爷爷么?"说着摆动方天画戟，直向李昆刺来。李昆急举银枪招架。两人搭上手，就大战起来，一来一往，杀到有数十回合。忽见吕飞熊一戟刺到，李昆向旁一闪，顺手一枪，直向吕飞熊肋下刺去；吕飞熊急用戟杆向旁一格，趁势倒转戟头，便往李昆劈面刺到。李昆也即举枪杆向上一迎，顺手就还他一枪。吕飞熊一面让开，一面把马一拍，向斜刺里跑去。李昆紧紧追赶。只见吕飞熊那匹马忽然失了前蹄，李昆急急赶上一枪，以为这一枪定要送他性命。也因李昆自负太甚，未免大意，不曾防备得到。李昆一枪方要刺下，吕飞熊觑得切近，忽将马一领，一转身摆动画戟，直向李昆当胸刺来。李昆说声："不好!"赶紧身子一偏，那一戟正中马腹。那马直立起来，把李昆掀翻在地。吕飞熊看得真切，复一戟要来送李昆性命。

不提防金大力在后面，看见李昆跌于马下，他拼命飞奔前来，举起镔铁棍，认定吕飞熊马腿赶忙一棍，就地扫到。那马后足被金大力这一棍，已是断送了一只，也就立刻将吕飞熊掀于地下。金大力正要复一棍结果他性命，只见谷口内飞出一骑马来，将吕飞熊救入谷内。金大力不能追赶，就将李昆扶起，换了马匹，给他坐上，好回营而去。

李昆回到营中，闷闷不乐。金大力在旁劝道："李五哥何必如此，胜负乃兵家常事，何必挂怀?好在那姓吕的，也被小弟将他打翻下马，两边皆算扯直。明日五哥再与他决一雌雄便了!"李昆道："贤弟有所不知，初次交锋，便被他挫动锐气，虽然天霸贤弟未必因此见怪，但于自家面上十分惭愧，故此闷闷不乐。"金大力道："哥哥万勿介怀，自古道，'有小负必有大胜'。今日虽然稍有挫动锐气，再与你交战，包管你大获全胜的。"金大力正在劝慰李昆，忽然黄天霸、关小西二人前来，李昆让他们坐下。原来天霸已经知道他未曾得胜，怕他有些惭愧，因此约同关小西前来观看。一到营内，便见李昆垂头丧气，当下天霸开口说道："五哥！今日虽然小挫，可切勿介怀！兵法有云，我欲大胜，必先小败，然后使他自骄，我则可以一鼓而下。今五哥此举，却隐合兵法之妙。以后小弟便处处以此法待之，包管一月之中，虽其山势嵯峨，定可剿灭殆尽。五哥切勿自馁，要紧，要紧。”李昆见天霸如此殷勤，前来宽慰，也就把羞愧丢在一旁，这且不表。

再说吕飞熊回转山头，到了聚义厅上。铁头僧一见当即夸道：“贤弟初次出马，今日就能将前部的先锋打败，足使他挫动锐气。只要三五次一连将他们打败，那些狗官定然闻风胆落。那时再将施不全杀了，咱们就可随心所欲了。”说罢，即命手下摆酒庆贺。当日合山人等，无不欢呼畅饮，一宿无话。

次日天明，李昆吃饱了战饭预备出营，到山下挑战。忽见关小西飞马而来，向李昆说道：“昨晚褚老叔与计大哥、黄贤弟三人在那里议论，说是五哥昨日既小败一阵，山上那些狗盗必然谈论，以为我等本领平常，先锋不过如此，他必然骄满。我等便可长其骄心。今日如果出战，万万不可取胜，还是要败。特恐五哥不知，因此使小弟前来奉达。并使小弟在此，候五哥败下，小弟便与他们再战。小弟再败，随后黄贤弟等前来接战，还是诈败。说是仿那诸葛孔明火烧博望坡七十二败之法，以骄其心；然后再战，便可以二鼓而下，攻他的巢穴。”李昆听说，也觉有理，当下答应，立刻上马出了营门，仍去山下挑战。李昆才到谷口，早见喽兵飞报进去。少刻，吕飞熊即飞马出来。

彼此相见，更不打话，一枪一戟，二人便交起手来。吕飞熊抖擞精神，恨不能一战就可结果李昆的性命。李昆也处处留神，刻刻防备。两下正杀得难解难分，两面喊声震地，忽见李昆把马一拍，落荒而走，吕飞熊紧紧追来。李昆复战数合又走，吕飞熊又追，李昆又掉转马头，再战数合又走。吕飞雄哪里肯舍，复又追去，直追至十里之外，吕飞雄方才回马转去。走又未有多远，又见韩豹一人追赶前来，吕飞熊看得切近，当下把马一拍，直迎上去。却好关小西已到面前，吕飞雄即摆动画戟，直刺过来。关小西早已看见，赶着用刀架开，二人搭着手，又大战起来。战未两合，韩豹提着点钢叉已经赶到，劈头就是一叉，向关太搠到。关太急急架开钢叉，便望着韩豹虚晃一刀，拍马便走。吕飞雄、韩豹哪里肯舍，奋力紧紧追来。欲知后来如何，且看下回分解。

第二一二回　关小西刀斩吕飞熊　贺人杰镖打曹如虎

话说吕飞雄正赶关太，忽然他坐下马将头一摇，立刻壁立起来，将吕飞雄掀翻在地，那马溜缰而去。你道这是何故？原来李昆藏在树林之内，看见吕飞雄追赶下来，要试试他的本领如何，看他留神不留神，因此发了一弹，正打中那马眼，故此那马即刻壁立起来。李昆远远观看，只见吕飞雄虽然被马掀倒在地，他尚不知何故。李昆看罢，知道吕飞雄不过一莽夫，本领也不过如此。彼此收兵回营。次日一早，吕飞雄便下山挑战。

小军报入帐内。李公然正欲出马，关小西便道："李五哥！这狗贼让我去将他杀死了！"说着飞身上马，出了营门。两边排成阵势，彼此更不打话，立刻交起手来。一来一往，两个人战了五十余个回合，不分胜负。此时贼兵队里，却恼了一人，手执大砍刀，一马飞出，大喝一声："好大胆的狗官，休得逞能！俺曹爷爷前来取你的狗命。"手起一刀，即向关小西当头劈下。

关小西正欲前来招架，李公然手执银枪飞马出来，喝一声："狗强盗！你老爷特来擒你！"说着也就一枪刺来。曹如虎端定大砍刀，将李昆的枪掀过。李昆觉得来贼很有些膂力，就这一刀掀过，已将李昆的虎口震出血来。李昆暗道："狗强盗倒有些扎手，倒要小心防备。"当下将长枪横在手中，正欲问来人姓名，只见曹如虎又是一刀砍来。李昆将枪架住，喝问道："狗盗贼！你可通名来，俺老爷枪下不挑无名之卒！"曹如虎听说便道："你这狗官听了，俺爷爷乃聚夹峰镇守白虎岭大王曹如虎是也。你亦将名留下，待俺杀一个有名的狗官！"

李昆大喊一声："狗强盗听了！俺老爷乃钦差总漕施大人标下都司，李公然老爷是也。你既问俺老爷的大名，就该早早下马受缚，免污了老爷的宝枪。"那曹如虎大怒，又是一刀砍来。李昆赶紧招架，好容易将曹如虎的大砍刀架了过去，正要还他一枪，哪知曹如虎刀法精通，不容李昆回手。李昆只顾招架，不能还枪，看看已抵敌不住。

只听关太大喝一声："李五哥使劲儿，小弟前来助你！"原来关太与吕飞熊两个斗到有六十个回合，关太便使了个拖刀计，先向吕飞熊虚砍一刀，拍马便走。吕飞熊不知他用计，只道他败了下去，即便赶紧追来。关太也不回顾，只管朝前跑；吕飞熊也只顾紧紧相追。关太等他追得切近，忽然将身一转，就从马腹下翻起一刀；吕飞熊正赶得高兴，措手不及，被关太一刀斩为两段。关太即枭了首级，挂于马项。正欲回营，见李昆战曹如虎不下，看看要败下来，他便赶上前来助战。李昆一见关太杀到，自己有了臂助，不觉陡长精神，奋力大杀。曹如虎知道有人前来助战，也便舍了李昆，直奔关太而去。关太舞动金背大砍刀，一声大喊道："狗强盗！你尚不知死活，看俺老爷马下挂的头是谁呀？你可知吕飞熊已被俺老爷斩了！"曹如虎一见，更大怒起来，也就奋力提了大砍刀，直向关太砍来。关太接住便杀，两柄大砍刀杀在一处，真是一对儿，刃芒耀目，冷气逼人。

那山顶上韩豹看见吕飞熊已被关太杀了，曹如虎恐非关大对手，赶着把马一拍，飞下山来，舞动双股点钢叉，直向关太刺到。李昆一见，赶紧上前接住，四个人战在一堆，两边助威之声，几乎震动天地。关太与曹如虎战有四十余个回合，看看也抵敌不住，又使出拖刀计诱他，当下即虚砍一刀，拍马便走。

曹如虎也不知是计，仍然紧紧追赶。关太在前夹马飞跑，曹如虎在后拍马狂追。看看已经追上，关太正欲翻起刀来去斩曹如虎，哪知曹如虎已经看破，便大吼一声："俺爷爷不怕你的诡计！你这拖刀计瞒得过别人，怎瞒得俺爷爷？"说着就是一刀当头砍到。关太幸亏眼快，知道曹如虎看出了破绽，定然不肯相饶，立刻把马一夹，那马嘶的一声，复又跑去。曹如虎哪里肯舍？正在危急，恰巧贺人杰一支军前来接应，当即摆动双锤，接住厮杀。曹如虎见贺人杰，不觉哈哈大笑道："我道什么三头六臂的大将，原来是一个小子。"也就舞动大砍刀，奋杀起来。贺人杰战不三合，知道不能抵敌，一拍马回头飞奔。

曹如虎还是不舍，在后紧紧追赶。贺人杰身躯便捷，腰间掏出金钱双镖，勒马相待，看看曹如虎追得急近，手这一扬，大声喝道："贼囚不要赶了，看镖吧！"曹如虎正赶得高兴，忽听一声："看镖！"倒是他不抬头，还可以躲得过去，哪知他这一抬头，说时迟，那时快，一对金钱镖已打入曹如虎眼内去了。只听曹如虎"啊呀"一声，栽于马下。贺人杰看得真切，哈哈大笑，遂即把马一拍，直飞过来，手起一锤，登时将曹如虎打得脑浆迸裂。山顶上贼寇见伤了两个头目，赶着鸣金收军。韩豹正与李昆杀个对手，忽听金声响，便捌了一枪，奔回谷口去了。

这边官军擂起得胜鼓，大家回营。黄天霸将李昆、关太等接入大寨，大家欢喜无限。

且说韩豹回了山寨，铁头僧闻知吕飞熊、曹如虎两个死于非命，伤感不已。当下急叫韩豹退下。铁头僧便与万世雄议道："今日一阵，连丧两个徒弟。以此看来，官军昨日之败，还是诱敌。为师倒有个主意在此：明日出战，俺们也诱他一阵，将他们诱入谷口，两边山上将擂木滚石放下，把他的归路截住。俺们就可在谷中与他厮杀，任他插翅也难飞去这谷中，然后再并力擒拿，可以大获全胜。"世雄正欲回答，只见陆老幺上前说道："师父！徒弟倒有一计在此，今夜二更时分，徒弟前去官兵营中，察看他的动静。如果能于下手，就此将他的主将黄天霸刺死。若是他那里防备得紧，徒弟便回山报信，就于夜间前去劫寨。徒弟料他们杀了两日，大家也是辛苦；今日又胜了一阵，必然将我们不放在心上，且料我们不敢出去。趁此出其不意，攻其无备，可以大获全胜而回。不知师父与诸位师兄意下如何？"铁头僧道："此计却甚有理。但是你二更前去，未免太迟，往返恐来不及，不若一黑即便前去。无须行刺，只要探听他那里有无准备。如若他们果然无备，你便可速速回山，我一面派人前去劫营。若待你二更始去探明一切，再行回山，往返极快，也要两个时辰，哪里还来得及？所以叫你要走，一黑就前去。但不可大意，务要格外小心，不能给他们看破。”

陆老幺道：“师父！不是徒弟夸口，俺这飞檐走壁之功，到今已用了八九年。俺从前有个绰号，唤做一阵风，因为俺往来飞快，就同起了一阵风的一般。这个绝技，徒弟自己也相信得过，师父但请放心。”陆老幺等至天黑，换了夜行衣靠，急急地跑下山来，直奔大营而去。这且按下。

且说黄天霸见今日胜了一阵，又杀死两个贼人，便思传令出去，令各营人等休息一夜，明日再去攻山。计全在旁说道：“黄贤弟！万万不可如此。岂不知兵法有云：胜则不可轻敌。今日虽胜了一阵，不过杀了他两个头目，他山上并未大伤元气。万一他探知我们因胜了一阵，便疏忽起来，他就趁此前来劫营，那时措手不及，如何是好？在愚兄看来，今夜必有人前来暗探，我们外面尽可放出疏忽样子，让他来探我，我却暗暗防备，使他不出我所料，然后可如此如此而行，贤弟以为何如？”黄天霸听说大喜，即刻密传号令：各营于初更时分，一律吹灯熄火，却暗暗严加预备，不可略有疏忽。二更以后，听候调用，如有泄漏风声，定按军法从事。

此令一出，各营不敢略有怠慢。看看天黑，黄天霸即在大帐内聚起众兄弟，在那里欢呼畅饮，大家皆随声附和，有的说：“铁头僧早晚就要被捉的！”有的说：“聚夹峰的强盗本领平常！”正在高谈阔论，忽见大帐外有个黑影儿一晃，黄天霸瞥眼看见，就望了计全一眼。大家会意，故作不知，仍然欢呼畅饮。一会子饮毕，黄天霸即传令出去：各营兵士连日辛苦，今夜暂歇一宵，明日当合力奋攻山寨。当有旗牌号令出去。一会子，前、后、左、右、中五营，吹灯熄火。大家说道：“这两日实在辛苦极了，难得统领今日发出令来，吩咐我们歇息歇息，真乃意想不到之事。我们不要耽搁了，早一刻儿多睡一刻呢！明日还要出去打仗。但愿这两日就将那个忘八羔子的铁头和尚捉住，我们就可以回去了。”大家你一言，我一语，说个不休。一会儿工夫，这五营内连声息一点都没有了。

陆老幺早已到了寨内，方才黄天霸看见那个黑影儿，就是他在那里侦探。所以黄天霸故意发出那一号令，吩咐各营暂歇一宵，分明使陆老幺听了回山送信，叫山上众寇们前来劫寨，这里好将计就计，前去攻山。这是合该铁头僧及一众强寇要招劫冤，冤冤枉枉听了陆老幺的言语。当下陆老幺听得真切，心中大喜。以为却中妙计，立刻回转山头送信，叫他们前来劫寨。

就在这个空儿，黄天霸就密传号令：令李公然分一半人马，会同何路通、贺人杰二人暗暗抄出大路，直望青龙岗东首埋伏；李七侯分兵一半，会同王殿臣、郭起凤二人，暗暗抄出大帐，直望白虎岭西首埋伏。只听中军号炮一响，即抢上山，各将山头占住，不得有误。又令张桂兰、郝素玉，各带精兵二百，在营门左右埋伏，但听中军号炮一响，直杀进来。又令关小西、计全各带兵丁二百，在青龙岗、白虎岭脚下埋伏，但听中军号炮，却按兵不动，等到连珠炮响，即便前来接应，以断贼众归路。自己却与褚标把守中军。各人得令而去。

却说陆老幺回至山寨，将前项的话说了一回。铁头和尚立刻传齐众寇，便令万世雄、周鹿，带领喽兵二百名，往前冲寨。又吩咐两边，直抢官兵大营：熊海、韩豹各领兵丁二百名，直抢官兵左营；沈三魁、卫达，各带兵丁二百名，直抢官兵右营；陆老么、温球，带领兵丁二百名，往来接应。吩咐已毕，众寇各带人马，也是人衔枚，马勒口，直奔山下而来。到得官兵大营，正交三鼓。万世雄、周鹿一齐杀入大营，不见里面动静，他二人以为却中妙计，直奔中军杀来。刚走至箭道，忽听一声梆子响，两边灯球火把，照耀如同白日。左边黄天霸杀到，右边褚标杀来。万世雄、周鹿知道中计，正待要走，已来不及。

黄天霸战住万世雄，褚标战住周鹿，这一场大战，直杀得喊声大震，鼓角喧天。万世雄、周鹿正在危急，却好韩豹、熊海从左边杀来；沈三魁、卫达从右边杀来。黄天霸见左右皆有贼兵接应，即令人将号炮放起，只听一声响亮，张桂兰、郝素玉，各带兵丁二百，从营门外掩杀进来。一见天霸、褚标与贼众在那里混战，黄天霸被万世雄、周鹿二人围住，看看要抵敌不住，桂兰即在身旁掏出神箭，飕的一声，直向万世雄面上打去。万世雄毫不防备，面上中了一箭，只听“哎呀”一声，手这一松，那两柄飞抓丢于马下。黄天霸看得真切，知道他中了暗器，顺手就是一刀，结果了性命。周鹿看见万世雄已死，奋力来战天霸，却被天霸出其不意，在周鹿手腕上砍了一刀。周鹿负痛，不敢恋战，把马一拍冲杀出来。却好金大力正来接应，一见周鹿败下，不问情由，迎将上去，夹马头就是一棍。那马嘶的一声，壁立起来，便将周鹿掀于马下。金大力正欲上前举棍就打，斜刺里跳出陆老幺，将中耳拨风刀架住金大力的大棍，周鹿趁此逃脱。金大力与陆老幺战不二合，被陆老幺一刀砍伤右腿，金大力只得负伤而逃。陆老幺也不追赶，便去接应熊海、沈三魁等人。褚标此时已将韩豹砍死。沈三魁、卫达、熊海三人，正与黄天霸、褚标、张桂兰、郝素玉四个，团团围住，那里厮杀。正在危急之际，只见陆老幺杀入，他们三人还不奋力杀出重围，难道还是坐以待毙么？

黄天霸等见熊海等奋力杀出，一面将连珠炮放起，一面追赶出来。计全、关小西一听连殊炮响，也就带了兵丁前来接应，却好正遇沈三魁等人出来。关小西一见，也不打话，当头便是一刀，向沈三魁砍去。沈三魁哪里还敢接战，只得将关小西的大刀架开，仍自奋力冲出。关小西哪里肯舍，接着又是一刀砍了进来。沈三魁心下一慌，手中一慢，正欲招架，又被关太一刀砍于马下。此时熊海见沈三魁已被砍死，越发不敢恋战，急急地上马加鞭，一路冲出营门，飞奔而去。计全一见，也就赶上前去。熊海转过大营，落荒而逃。计全紧紧穷追，转了两弯，忽然不见。计全不敢深入险地，恐有埋伏，只得拍马而回。那熊海却转过山后，从那条小路上山去了。此时卫达、陆老幺仍在营中，未能逃出。陆老幺忽然心生一计，望着黄天霸手这一扬，一声喝道：“看宝贝！”黄天霸一听，只当他有暗器打来，赶着将头一低，让了过去。陆老幺就在这个当儿，身子一缩，蹿上帐房，连纵带跳，登时不知去向。卫达见陆老幺复又逃走，自知不能活命，只得下马受缚。黄天霸等人并不收兵，复又杀出营门，直向聚夹峰而去。毕竟青龙岗、白虎岭如何攻破，且看下回分解。

第二一三回　众英雄合力攻山　铁头僧拼命拒敌

话说黄天霸等到了山下，仍见李昆等在那里攻打青龙岗、白虎岭，尚未攻破。你道这是何故？原来这两个山头，形势颇险，由山下直到山顶，那条道路壁立上去；加之山上多设擂木滚石，不必说李昆等人，就是飞将军也不能立破。先是李昆一闻号炮，知道大营里已经得手，立刻就率领兵丁直杀上去。走至半山，只见擂木滚石如雨点一般直打下来，众兵丁不能上去。正在为难之际，恰好黄天霸等率众来攻，遂领兵一同杀攻上去。走至半山，仍被擂木滚石打下来，不能上山。黄天霸等没法，只得收兵回营，歇息一日不表。

再说铁头僧打发万世雄等下山劫营，到了三更以后，忽然大营内号炮一响，心中便疑惑道："怎么大营内有号炮声响？难道他那里有了准备，陆老幺不曾打听得的确？真是如此，山上的锐气失矣！"正疑惑间，忽见青龙岗、白虎岭两处守山的小头目，慌慌张张地进来报道："大王师父！大事不好了！大营内已经有了准备，现在两个山头，被官兵攻打甚急，请令定夺！"铁头僧一闻此言，只吓得魂不附体，也就慌忙说道："尔等赶即将擂木滚石放下，务要死守，不得被官兵夺了这两个山头。若被他攻破此山，我等性命难保。"小头目得令，赶着飞奔回了山头，死力拒守。到得天明，小头目又复来报："大王师父！现在官兵已退去，青龙岗、白虎岭均幸保无恙，擂木滚石打伤官兵不计其数。但不知大营内诸位爷们如何光景？也恐怕是败多胜少，怎么不见一位爷回山？"正在那里说着，忽见熊海狼狈而来，一见铁头僧哭拜在地。铁头僧一见忙问道："那里胜负究竟如何？"熊海道："师父！不必讲了，咱们总算上了陆老幺的当了。现在万世雄、周鹿、韩豹、卫达、沈三魁俱被杀死，温球不知去向，所有喽兵尽遭杀戮。徒弟幸亏拼命杀出，方才逃上山来，不然也要死在那里。为今之计，这个地方是住不得了，速速早寻去路才好。"铁头僧闻言，大叫一声："气死我也！本师定与这黄天霸小子誓不两立！"

正在怒不可遏，忽见陆老幺抱头鼠窜而回，走到铁头僧面前伏地请罪。铁头僧道："你还有何面目来见我？就被你说出那件妙计，要去劫营。你又探听不出人家已作了准备，而且你还自鸣得意，回来报信。现在弄得一败涂地，你尚有何说？"

陆老幺跪在地下战兢兢地说道："非是徒弟打听不确，委系黄天霸诡计多端。徒弟到他大营的时节，分明见他们聚众饮酒，快乐非常；后又传令，叫各营一律安歇。徒弟打听确了，才敢前来报信。哪知他其中有诈。徒弟见识浅短，可是未及察出，现在徒弟自知罪不可赦，求师父作主便了！"铁头僧听了这番话，也知："他并无他意，不过未曾识出官兵的诡计。现在山寨需人之际，若再将他治罪，山寨内分外无人帮助，不如仍然恕了他的罪过，叫他奋力帮助，他必然感激我不杀之恩，也就死力战斗了。"心中主意已定，因道："乱报军情，本当推出斩首。尚念你并无他意，不过见识浅少，未能识破，误中敌人诡计。本师加恩格外，既往不咎。尔须知道，现在山中兵力已衰，从今以后，务要死力合众据守。但能保得那两个山头，这大寨尚可保全无恙；不然，你我就死无葬身之地了！"陆老幺道："徒弟蒙师父不杀之恩，虽粉身碎骨，亦不足报于万一。若果遇着敌人前来攻打，定竭力死与敌人相拒。但是寨中兵卒无几，兄弟已杀了殆尽，如何守法呢？"铁头僧道："徒弟！这倒不要过虑。那两个山头，只要闭关死守，如有敌人前来攻打，切不可与他接战，但将擂木滚石打将下去，他自不能杀上山来。为今之计，熊海与你二人各守一山，你守青龙岗，他守白虎岭，不得再有贻误。若再疏忽，本师一定二罪并治！"陆老幺唯唯退下，各去把守山头不表。

且说黄天霸等过了一日，便留张桂兰、郝素玉、褚标三人守营，其余出队，一同前往攻打聚夹峰。到了山下，分兵一半：黄天霸、何路通、贺人杰、王殿臣四人，攻打青龙岗；关小西、李公然、郭起凤、计全四人，攻打白虎岭。只听一声炮响，如潮涌一般飞奔上去，并力攻进。那山头上喽兵早已看见，也就赶着将擂木滚石如雨点一般打将下来。黄天霸也没法，只得暂叫兵丁稍息，再为进攻。

一连攻了四五次，皆是如此，只得传令收兵。黄天霸等回到营中，即将前日来做细作的那个何三，喊来问道："你前日所说这山寨有条小路，只有本地土人知道，你可就此出去，代我拿一个土人前来，本统领有话问他。作速前去，不得有误！"正自吩咐，忽见巡营小卒拿进了一个人来禀道："小的们方才到后营巡查，见一个形迹可疑之人在那里窥探。小的们恐怕他是奸细，因将他捉来，听候示下。"黄天霸听说，即着小卒将那人带进帐中，便问道："你叫什么名字？谁人指使令你前来充作奸细，窥探本帅的大营？速速招出。若有半句不实，推出营门斩首！"那人吓得战战兢兢地说道："小人实在不是奸细，是本地土人，姓林名保，家住不远。只因我到娘舅家去，由此经过，看见老爷这里颇为热闹，不晓得做什么，要想进来耍一会。不料被他们拿住，硬说小的是强盗差来做细作的。小的实在冤枉，求老爷开恩。"黄天霸看了林保那种样子，却非奸细的举动，因说道："你既不是奸细，本帅差你去做一事，你若去做得来，本帅不但放你，而且有赏；你若做不来，本帅定要把你作奸细办，推出营门斩首。"林保道："小人愿做，听大人吩咐。"黄天霸道："你可知这聚夹峰有几条路可以上去？"林保道："前面谷口有一条路；后面走田家洼转过去，还有一条路。就这两条路，再没有第三条路。"黄天霸道："这田家洼离此有多远呢？"林保道："不过五六里。"黄天霸道："你认得么？"林保道："小的但知有这条路，却不曾到山上去过。"

黄天霸道："你既知道，今夜三更时分，可同本帅前去，将功折罪。"林保道："小的是不去！"天霸道："为什么不去？"林保道："山上强盗甚是厉害，若被他知道，定要送小的性命的。"

黄天霸道："你怕强盗杀你，不怕本帅杀你么？"林保道："小的怕老爷还比怕强盗好些；老爷讲理，强盗不讲理。譬如小的现在是被老爷人捉住，还问小的许多话，但不过要杀小的，并不曾真杀。若被强盗捉去，早已头不在脖子上了。”黄天霸道：“你无须怕，但同本帅前去，可以保你。而且不要你上山，只要你将本帅领到那里，就叫你回去便了。”林保答应。

黄天霸当下就将林保留在营中，一面聚起众英雄商议，说道：“方才拿到一个土人，问明到聚夹峰的山后小路，晚间叫他带同小弟前去。为今之计，李五哥、计大哥、李七哥、何大哥四人，可于三更时分，率领兵丁前去攻打青龙岗、白虎岭；小弟带同贺人杰、王殿臣、郭起凤四人，偷渡田家洼，由山后小路上去，去打轩辕庙；褚老叔、关大哥、张桂兰、郝素玉四人，看守营寨。如此内外合攻，任他聚夹峰铜打铁浇，也要于今夜攻破。若再攻打不下，小弟誓不回营！”大家听说，齐声说道：“这聚夹峰今夜必破了！”众英雄俱退出。到了二更以后，天霸、贺人杰、王殿臣、郭赵凤，皆换了夜行衣靠，将林保喊进，命他带路，一路出了营门而去。

不一会，已到了田家洼。林保便指道：“那边弯弯曲曲的，便是上山的小路了。”说着，又转了几个弯子，约有二里多路，林保便站脚不走，指定前面的路，望着黄天霸说道：“老爷已到了，由此前往，就是上山的那条路了。小的闻得半路上还有一道寨栅，有强人在那里把守，老爷们此去可要小心。”黄天霸听说答道：“你要回去，你就走罢！”林保也就走了。黄天霸便同贺人杰、王殿臣、郭起凤四人，顺着路径，攀岩附葛，爬了上去。走到半山，已望见前面有条寨栅。

黄天霸一看，只见寨栅上钉着许多三棱钉，外面排着许多鹿角。黄天霸即拔出单刀，到了寨栅面前，先将鹿角砍去。正砍之间，寨栅里面已跳出两个喽兵，手执朴刀，向黄天霸腿上砍到。天霸身子一偏，顺着手劈面就是一刀，将一个喽兵砍倒在地。还有一个看见这个已被砍死，赶着就要逃走，早被贺人杰看见，赶上一刀背，正中那喽兵肩膊，只听“哎呀”一声，跌倒在地下。贺人杰即走上前，将那个喽兵一把提起来，问道：“你如要命，带领老爷们进去，指明铁头和尚的住所，便饶你狗命；倘若不然，就是一刀将你杀死！”那喽兵一见，赶着哀说道：“小人愿领老爷们前去，只求老爷们饶命！”黄天霸便走过来，一手提住那个喽兵，一手执着刀，叫他领路。那喽兵真是动也不敢动，直向前面领着黄天霸等，一直上山。不一会已到山顶。天霸说：“铁头和尚住哪里？”那喽兵道：“就在前面这个庙内。此是后墙，庙门还在前面。”黄天霸又将他提住，走了一刻，已到庙前。天霸手起一刀，将那个喽兵杀死，命王殿臣、郭起凤从大门杀入；他便同贺人杰跳上墙垣，一路蹿房越屋，直向庙内大殿而去。到了大殿屋上，先看明了出路，然后又向后面方丈而来。不一刻已到方丈。黄天霸即从屋檐上倒挂下来，向房里一看。但见那房里点着灯火，并无一人在内。复又仔细一看，只见靠墙坐着一人，却不是个和尚，在那里打盹。天霸一想：“何不就将此人捉住，向他问明和尚的踪迹。”

想罢，即飞身下来，一伏身即蹿进房内。那人正在那里打盹，忽然惊醒，见有一人身穿夜行衣靠，便即问道：“你是何人，敢到此地作贼？”天霸听说，也不与他辩白，赶忙上前，迎面一刀，喝道：“你是何人？可认得老爷黄天霸么？”那人一闻此言，即要大喊起来，天霸又将手中刀在那人面上一晃道：“你喊就是一刀。”那人再也不敢喊了，只得跪下，哀求：“老爷饶命！小的是服侍铁头和尚的人。”天霸闻言，因即问道：“老爷正要问你，那铁头贼秃如今往哪里去了？”那人道：“和尚因外面官兵前来攻打白虎岭、青龙岗甚是危急，他自己出去帮助把守去了。”黄天霸道：“此去前面山头尚有多远？”

那人道：“约一里路。”天霸道：“你可带领老爷前去，便饶你的狗命；不然，就是一刀，将你砍为两段！”那人答应。黄天霸便提着人出了房门，到了院内，忙将贺人杰招呼下来。走不多远，却好王殿臣、郭起凤二人也到。天霸就与贺人杰，押解着那人去到前面。走不一刻，只听喊杀之声，震动山岳。天霸即催着那人快走。那人不敢怠慢。那人半走半跑，一刻的工夫，已到了青龙岗。天霸又向人杰说道：“贤侄，把这个人交把你，叫他领你去到白虎岭，可如此如此。”人杰答应，即走过来，将那人接过去，随即就往白虎岭而去。

且说天霸到了青龙岗，远远看见一个人在那里指挥众喽兵。天霸一见，便一声大喝道："俺老爷黄天霸在此！狗强盗死在头上，还不知道！轩辕庙已被咱老爷焚毁了，铁头僧已被咱老爷杀了！"说着就飞舞单刀，直杀过去。熊海正在那里指挥喽兵，将擂木滚石望山下打去，忽听这一声大喝，那些喽兵个个吓得胆战心惊，急欲想逃走，无奈熊海在此，不敢就逃。只见熊海提了刀即向黄天霸杀来。天霸也就接着厮杀。那些喽兵一见他二人厮杀起来，晓得大事不妙，也就一跑个干净。山下李昆等人，一见山上擂木滚石不往下打，知道上面已经得手，当即奋勇登山。大喝一声，俱已上了山顶。

熊海正在与黄天霸杀得难解难分，忽见青龙岗已破，山下官兵俱已上山，兵刀齐施，乱砍乱杀。他正要逃走，忽见一个喽兵飞奔前来报道："轩辕庙已经被火焚毁了！"熊海闻言，哪里还敢恋战，只得抽身而逃。黄天霸见他逃走，哪里肯舍，即取出金镖打去，正中熊海小腿，登时跌倒在地。天霸赶急上前，手起一刀，结果了性命。于是大家会合一处，直望白虎岭而来。

不一刻已到，瞥眼看见贺人杰正与铁头和尚在那里厮杀，已是抵敌不住。黄天霸一声大喝道："贼秃休得逞强！咱黄天霸老爷前来擒你！"贺人杰见天霸已来，顿觉精神陡长，飞舞单刀，直望铁头和尚厮杀，如旋风般进。接着黄天霸等人，又一拥上前，把铁头和尚围住。铁头和尚也就飞舞禅杖，力敌众人，毫不惧怯。大家正杀得难解难分，忽听李七侯"啊呀"一声，登时跳出重围，向旁边蹲下。原来李七侯被铁头和尚禅杖打中右腿。

黄天霸一见，更加大怒，奋起雄威，大喝道："众兄弟奋力呀！不要将那贼秃放走呀！"一声未了，只见刀枪棒棍，一齐如雨点一般打下。大家正奋勇格斗，此时白虎岭已被何路通、计全等攻破，登时拥上山来。铁头和尚见白虎岭已破，正在惊惶无措，猛一抬头，只见山内火光冲天，知道庙已被焚，不敢恋战，要想逃走。

话说铁头和尚被黄天霸等人围得铁桶相似，虽欲逃走，插翅难飞。自已一想："我前后总是一死，与其逃走不出，被他们杀死，不若打死他们几个。我就死了，也还扯直。”于是大喝一声：“尔等不要走，看佛爷的家伙！”说着，抡起禅杖拼命扫来，真如出水蛟龙，翻江搅海一样。只见他那条禅杖舞得神出鬼没，连个雨点都洒不进去。黄天霸等看了，个个伸舌，大家也就拼命杀上前去。不一刻，何路通肩膀上，被禅杖扫了一下；幸亏让得快，稍慢一点，一只右膊已被打折下来，何路通只得负痛而逃。又一刻，计全的后背，也被禅杖头子点了一点，计全也就禁受不得，只得退了下来。李昆正欲一枪刺进，被他的禅杖一扫，一杆烂银枪折为两段。李昆也不敢恋战，只得退在一旁，在那里助喊。黄天霸见许多人杀他不过，心中好不着急。暗道：“若再被他逃去，咱们也不算人了！”于是急中生智，故意将身一缩，猛叫“啊呀”一声。说时迟，那时快，黄天霸已偷手将飞镖取在手内。铁头僧见黄天霸弯下腰去，又听他“啊呀”一声，以为他中了禅杖，即抢进一步打来。黄天霸就在这一个空儿，一个鹞子翻身滚在一旁，一撒手已将一只飞镖，认定铁头和尚面门打去。只听铁头和尚说一声：“不好！”那只飞镖早已打中铁头和尚额角上面，陷进了有二寸多深。又听“啊呀”一声，铁头和尚已跌倒在地。大家一见，这才把心放了下来，便一齐走到他面前，先将绳索将他绑起，四马倒攒蹄捆了个结实。然后将镖拔下。他已是血流满面，不省人事。

此时陆老幺见事不妙，已经逃走。不料走至半路，却遇着王殿臣、郭起凤二人在庙内放火回来，一见陆老幺，接着就杀。

陆老幺见庙已焚毁，两个山头又被官军得了，哪里还敢恋战，恨不能插翅飞去，逃得性命。哪知心内越慌，手内的兵器，不必说与人家对杀，连招架人家的兵器，都有些活动不起来，因此被那王殿臣、郭起凤二人擒住。那些喽兵是不必说，早已逃走去了。于是大家会合一处，将铁头僧、陆老幺推在一处看守。黄天霸便率领着众兵丁，前前后后，搜寻温球他的家属。各处寻了一遍，只是搜寻不出。忽然寻到一个马棚内，见里面有呻吟之声，大家进内一看，只见两男一女在那里上吊。众人一齐上去，将三人解了下来，原来就是温球与他妻、子。黄天霸便命人将三人绑了，与铁头僧一齐放下。你道温球如何同他妻、子在马棚内上吊？他也因大势已去，无处可奔，与其被官兵擒住，解到淮安斩首，不若寻个自尽，即使官兵寻出，见他已死，也可就此算了，不再杀头问罪。哪知他恶贯满盈，不能容他不受国法，所以将要自尽也不能由他，可见天理不能违背的。

闲话休表，且说黄天霸等人见山寨已扫清，强人业已捉尽，并未逃走一人，心中大喜。又命众人将火扑灭，又命到青龙岗、白虎岭两处，将山寨也放起火来，烧得个尽绝。又将大寨内所有的金银财宝，一齐查明清楚，派了两个小军在山上看守。于是大声喝令小军，抬着铁头和尚、陆老幺，并温球父子夫妻，一起押解下山，回到大营。

当有关小西同褚标、张桂兰、郝素玉迎接进去，大家聚在一起，当日营中大排筵席。此时金大力的伤已好，李七侯、何路通二人并未受甚重伤，大家就在大帐内痛饮起来，直饮到二鼓方才散席，说不尽那般快活，一宿无话。次日，即命小军到山上，将所有金银财宝，一齐抬到大营，以便带至淮安存库。不一刻，小军已将金银财宝等送到。天霸又复点明，寄存一旁，又饬令小军将所有杀死的士卒，查明来报：计共杀死兵丁二十四名，受伤兵丁二百一十六名。

黄天霸即命：将杀死者赶紧葬埋，受伤者带回淮安医治。小军答应，又去将死尸埋好。诸事已毕，大家休息一日，预备班师。过了一日，黄天霸即命拔队转回淮安。一路上真是鞭敲金镫响，人唱凯歌还。

不一日，已到淮安。天霸命兵丁仍归各部。当日就率领众人，见了施公。施公大加慰劳。当下命令：将铁头和尚、陆老幺，并温球夫妇父子共计五人，一同交山阳县分别收监。过了一日，施公又将铁头僧等五人提出监来，问了一堂。铁头僧等直供不讳。施公即命黄天霸监斩，将铁头僧等五人，分别绑赴市曹，按律斩首示众。于是聚夹峰一案才算清楚。

过了两月，施公在书房内看书史，忽然奉到一道圣旨。施公当即排设香案，跪接圣旨。即拆开，诵读已毕，施公大惊失色。究竟为何，且看下回分解。

第二一四回　施贤臣说词激猛将　黄总镇负气访强人

话说施公忽然奉到一道圣旨，当即开读已毕，施公大惊失色。原来当今皇上，有一匹日月骕骦千里龙驹马，真是价重连城，世所罕有，忽然不知去向。当由在京各大臣踏勘明白，实系为巨寇所盗。京内各官自九门提督，以至五城兵马司、捕盗局等，无日不明查暗访，缉获御马，追拿大盗。争奈缉获虽严，却是毫无影响。这日，便有值殿大臣奏明圣上，请饬令外省各督抚州县，一体查获，务要追寻御马，捕获贼盗。因此当今想起施公面前有个黄天霸，现为漕标中军副将（遇缺即补总兵官），此人猛勇过人，屡获巨寇，迭破大案。因此饬令施公，指明勒令黄天霸将盗取御马之贼寇，并日月骕骦马，限半年内一并缉获交出。将宝马驰送京师验明无误，再行升赏。

施公奉了这道旨意，当将黄天霸等人传入署内，告明一切。大家听说，俱各大惊失色，说道："这件无头公案，从哪里办起？可不是件难事？"施公见众人不回答，便道："本部堂想来，这件事甚不易办，虽然黄贤弟武艺出众，功绩昭然，久为圣上器重。但是这御马，既为盗贼窃去，这盗马的贼寇，自必隐姓埋名，伏在偏僻处所，或深山野洼，或高岭深渊，从哪里得知消息？且又不知姓名，无影响。纵然黄贤弟虽有通天本领，亦未必得知。而限期又促，只有半年，这事从何处着手？若是据情复奏，又怕违旨。不若乘此将为难之处，婉转复奏上去，请旨另派精明强干之人，悉心缉访，黄贤弟但任帮同缉获。如此办法，黄贤弟责任较轻。即使不能访出，黄贤弟亦不致因此获谴。不过此等奏章一发，虽与黄贤弟没有什么大责任，究不免减却黄贤弟半世英名，然亦无法。不知黄贤弟及诸位贤弟意下如何？”施公这一番话，说得虽然婉转，外面看似代黄天霸分身，其实用的是激将法。

只因黄天霸生性如此，若但令他遵旨缉获，他虽不敢违背，究竟怕他不肯出力，因此不说他能缉获，只得请旨另派精明强干、武艺过人、胆识兼优之辈，悉心缉访，不过于英名上有些减色。

黄天霸向来好名心重。别人办不来、做不到的事，他偏要去办去做，等到成功之后，却争了这个名字，哪怕龙潭虎穴，为这名字上，也要拼死去的。所以施公知道他有此性情，惯用这个激将法激他。

哪知黄天霸在先本有个为难的意思，也知道此事实在不容易办。及至听了施公这一番话，不觉气往上冲。黄天霸道：“大人言之差矣！某自从江都承恩提拔，以至今日执鞭随镫，历有十数年之久。是凡大人差遣之事，某无不赴汤蹈火，力效微劳；虽无大功，总未累及大人有获谴之事。今御马为强人盗去，此乃国家无价之宝，即非明降谕旨，也当一体缉获，方是为臣的道理。况某上受国恩，理应协力拿获，无论获谴与否，稍尽其力，藉可上报朝廷。况今日既明降谕旨，饬令某悉心查缉，则是朝廷高厚之处，某焉敢辞？若以难办推诿，畏缩不前，不但有负国恩，有辜大人提拔之德，便是某自己也觉惭愧！某这贱名原不敢说四海皆知，晓得的却也不少。难道即因此一事，将从前的英勇微名，因而埋没？某也不肯甘心受人耻笑。况某有此六尺身躯，既为国家之臣，即为国家所有，即使捐躯报国，亦分所当然，何能因畏难而自惜残质？若谓毫无影响，无从着手，则盗御马的，必有一个人在那里。只要费些工夫，暗暗访查，自然有个水落石出。常言道：‘天下无难事，只怕用心人。’只要用心，还怕查不出么？等到查明出来，任他三头六臂，虎穴龙潭，某黄天霸若说半个怕字，也不算为顶天立地的大丈夫，出色惊人的奇男子！总要将那宝马取了回来，亲自驰往京师，恭呈御览，那时才显得某不是畏难苟安之辈。大人但请放心，某若不将御马追回，誓不立于天地间！”这一番说罢，只见黄天霸气浮于色，好比受了一肚皮的委屈一般。

施公听他这番话，暗暗夸赞他有胆识、有忠心，虽然好名太甚，却是难得。因想道："他既如此爽性，再激他一二句以坚其志。让他由此功名成就，为一朝梁栋，有何不可！"因又说道："黄贤弟，你虽有此忠荩之心，代国家出力，原是难得。但是凡事必三思而行，本部堂细细想来，这御马既为盗去，那盗马的，若非有出色惊人的本领，也不能去盗取。不必说捕风捉影，消息毫无；就便访到下落，恐怕那个盗马的强盗，本领不在贤弟之下。贤弟却不可因一时豪气，只管卤莽从事。虽然是奉旨的要案，不能违旨；若照本部堂方才所说，也不算违背，不过自家的责任，究竟轻松许多。至于少减英名，这也算不了一件大事。而况名之一字，足以累人，又何必定争不已？"

只见褚标一旁插口说道："黄贤侄！你也不必如此作急。我有一言，大家商量便了。"施公道："老英雄有何言语，即请说出，以便大家商议。"褚标道："在老朽愚见：最好请大人一面出奏，言明遵旨，唯限期太促，请旨宽限日期，约以一年为度，俾可从容访查。一面令黄贤侄明查暗访，得有真实消息，可赶紧回来送信，以便大家同去。如此办法，既不违背朝廷旨意，又可令天霸如愿以偿，所谓两全其美。不知大人意下如何？"施公听罢道："老英雄所见，与本部堂略同。便照老英雄所言，据情复奏。但黄天霸如果得有真实消息，还要请老英雄助一臂之力。"褚标道："好在老朽在署终日无事，就与天霸同行，往各处一游，也可稍练筋力，且可助天霸成功，有何不可？谨遵大人吩咐便了。"施公听罢便道："能得老英雄同去，吾无忧矣！某当即日具奏，请旨展限日期。"此时天霸见施公已允他前去查访，并请旨展限，好不欢喜，当即辞出。大家亦俱告退，各回本署，各就本职。

施公晚间用过了晚膳，在书房内灯下观看书史。约有二更时分，忽见从窗户外送进一封书来，上写着"总漕施公赐览"。施公一见，吃惊不小，暗道："此是何人送来了？"因将书信拆开，只见上面写着十六字，乃是："上不在天，下不在田，欲访此人，即在其间。"施公看毕，不知何意，想了一会，仍是不知用意。只得将施安喊进，告知明白，令施安传知外面众人：小心防护，恐有刺客来到。施安答应，告诉了众人。于是李昆、计全等人得了这个信，便来书房问明一切。施公又将大略情形说了一遍。计全道："在末将看来，定非刺客一流，实系为那盗御马一事。只因此间奉了圣旨，饬令黄天霸访查缉获。这盗马之人，必然暗中打听，晓得大人令黄天霸去访。又因大人说毫无影响，他却送一封信来，露些风声，而又不将名姓说出，是令黄天霸作难。末将所见这人本领定不可及，不但在末将等之上，恐黄贤弟也未必有此本领。"正在谈论，忽听屋上有人说道："尔等不必妄自议论，可转告施公，速令黄天霸前去，讨取宝马便了。俺去也！"计全等听了此言，即刻飞上屋檐，预备兜拿强寇。那知计全等人上得屋面，四面一看，连一些人影也看不见。于是大家又前前后后，各处寻了一遍，哪里有一些形迹。

到了次日，施公起来梳洗已毕，正欲令人去传天霸，却好天霸已得着昨晚有人留不露姓的信，早已进来，先向计全等人备细问了一遍。计全等也就细细告知明白。然后天霸便走进书房，给施公请安已毕，侍立一旁。施公道："黄贤弟！可知昨晚此间有人进送一书信，本部堂据理寻思，不知是何解说。后来将计全等人传进来，告知他等，令他等小心防护，恐有刺客到来。计全反说此人绝非刺客，定为盗御马一事，来此稍露消息。正在谈论，忽听屋面上有人说道：'不必妄自谈论，可请施公速令天霸前去，讨取御马，俺去也'这几句话。计将军等人听到此话，即刻追踪而去。哪知上了屋面，寻找了半夜，连一些形迹也没有。黄贤弟，你道奇怪不奇怪？难道此人是神仙不成？才说了一句话，即刻便不知去向。若非神仙，此人必非寻常之辈。据他所言，令贤弟前去取马，那所失的桃花御马，一定是此人盗去了。黄贤弟，你看此人究竟姓甚名谁？居住何处呢？"天霸道："据总兵看来，御马定为此人盗去。他今前来送信，促本总兵速去，是他要在此显显本领，单看某敢去不敢去的意思。此人既来，总兵焉得不去？哪管在天在田，或上或下，总兵务要将他访明下落，擒获出来，把御马交出，方不愧总兵半世英名。"施公道："虽如此说，贤弟却不可恃才傲物，目下无人。就便访出下落，也须商妥而行，万万不可卤莽，自贻后患。”天霸道：“谨遵大人吩咐。总兵之意，即于明日出署，先在就近查访一番。若能访得消息最好，若访察不出，必得远至邻省，细访密查，总期访出盗情，取回御马，捉住强人，方才甘休。不然，暂时也不回署。”施公道：“也不必如此说法，但能细意慢慢访查便了。”天霸道：“总兵明日就动身去访，不再进来叩辞。如果就近地方查访不明，再回来一趟，然后再去。大人但请保重便了。”施公道：“但愿贤弟此去，早早得手，立此大功。本部堂专等佳音，为贤弟庆贺罢！”天霸唯唯，当即辞出。又与计全等人熟商了一会，然后回转自己衙门，稍事收拾，准备先往就近地方访查数日，再作计议。次日一早，即扎束停当，带了银两、包裹，别了褚标、张桂兰，径自出门而去。褚标将天霸送出城外，路上又叮嘱许多言语，总令他不可负气好胜，慢慢访查。若就近地方访不出来，须早日回来，再作计议。天霸亦唯唯答应。

再说阜宁县杨家庄，出了一个命案。这杨家庄本是一个极大的村落，聚族而居有百十户，俱是姓杨。内中有一家名唤杨士兴，妻子王氏。老夫妇两个，生有一子，名唤大富。这大富曾习杂货生意，向在苏、杭一带贩卖杂货，今年二十六岁，于二十三岁上娶亲。岳家姓吴，也是阜宁人氏。其妻吴氏，比大富小一岁，今年二十五岁，于二十二岁上过门，生得颇为美貌。过门之后，与大富极相恩爱，事奉翁姑亦最贤孝。大富娶亲三月，亲往杭州贩卖杂货，本约定年终回家。哪知到了杭州，因一个至好朋友与他合本，前往闽、浙贩卖桂圆，因此一去三年。虽然获利甚厚，未免归期太迟。这日捆载而归。要知后事如何，且看下回分解。

第二一五回　数载归来一朝死去　百身莫赎两个含冤

却说杨大富自闽、浙贩卖杂货，颇获厚利，捆载而归。这日到家，父母、妻子自有一番阔别情怀，天伦乐事。杨大富先给父母请安已毕，又问了许多家中情事。他父母也问了许多福建、浙江各处的风景，彼此俱诉说了一遍。他父母因儿子平时最喜吃活鲫鱼，今儿子老远的归来，当下便命媳妇吴氏烹鱼烧笋。吴氏既奉翁姑之命，便去烹鱼烧笋，一刻儿俱已齐全。真个五味调全，又煮了两壶酒，于是父母、妻子团聚一桌，心下更加喜悦，大家俱各畅快，说不尽那天伦之乐，骨肉之欢。因此大家就痛饮起来，直至日落西山，才算吃毕。一会子点上灯火，所有杯盘碗盏，均有吴氏撤去，亲到厨房收拾一番。杨大富即与父母在室中闲谈。不一刻，吴氏将锅碗收拾清楚，也就回转堂中。老夫妻见媳妇收拾已完，此时已有初更时分，便暗存了一个爱子之心，因与大富说道："我儿沿途辛苦了，你早些睡去罢！为娘的为父的，今日多饮了两杯酒，也有些困倦起来，也要去睡了。"他们说罢，便同杨士兴提灯进房。这里小夫妇也就拿了灯，一同进房安寝。这一夜被底情柔，枕旁私语，自然说不尽那千般恩爱，万种绸缪。常言道："久别当新婚"。其言虽傻，其情的确。一宿无话。

哪知器满招覆，乐极生悲。等到次日天明，吴氏一觉睡醒，因昨晚婆婆吩咐早些起来，代丈夫检点物件，不敢违背。一经梦觉，便即起来，又低低地唤大富道："你醒醒，我起来了，你独自再睡一会罢！"唤了好几声，只是不应。吴氏因笑骂道："懒郎！怎这般好睡？敢是假装不醒么？你会假装，我偏要将你唤醒。"因即隔着被向大富身上摸了一回，哪知大富仍是不醒；又觉得他身体板硬。杨氏暗自疑惑道："如此乱推，何以还不醒来？这也奇了，为何摸他身上，这身子是板硬的？不似昨晚上床时那样身体。就便熟睡不醒，也不至如此板硬，难道有什么怪事不成？"愈想愈疑，因将手探入被里，向大富身上一摸，哪知遍体冰冷，毫无一点热气。吴氏这一吓，可实在吃惊不小。复又向大富脸上一靠，也是冰冷透骨，鼻孔呼吸毫无——原来杨大富早已死去。吴氏此时，真如半天里打下一个霹雳一般，本来要痛哭一场，怎奈惊恐太甚，过于着急，不但哭不出，连话也说不出口。好容易挣了一会，才大声说了一句："不好了！"这一声可实在惊诧之至。说这句话，便呆立床沿，第二句话再也说不出。

却好对房里老夫妇也早睡醒，忽听媳妇喊了一声："不好了！"那种声音急诧得极。老婆子便大声问道："媳妇！你为着何事，如此大惊小怪？究竟什么事不好了，这样来吓人？"老婆子问了好几声，见对房中只是不答应。因说道："怎么不答应，难道真有什么不好的事么？"杨士兴道："敢是媳妇睡魔了？"老婆子道："不是睡魔。我刚才听见媳妇低低喊大富的，怎么会睡魔？"因又喊："大富所为何事？"哪知再喊不应。

老婆子着急道："其中必有缘故，我倒去看看，究竟为着何事如此惊诧？"一面说，一面穿了衣服，赶即开了房门，来到对房去推房门。里面闩着，推不开来。便又在房外大声喊叫。儿媳还是不应。只得将门打开，走进房内一看：只见他媳妇吴氏瘫在床面前地上，面如白纸，口角流涎，已是吓昏过去。老婆子一见，已吓得魂不附体，赶忙上前，一面去拉媳妇，一面喊儿子道："大富！你还不快些起来，你媳妇子昏过去了。快起来去取姜汤。你昨日才回来，究竟为着何事，与媳妇吵嘴？敢是你将他推跌了么？"一面喊说，一面已将吴氏扶坐起来，复又喊杨士兴过来，帮同看视。杨士兴听说，也就抢走过来，嘴里唧唧哝哝，说道："好好的夫妻，为什么吵起嘴来？况且昨日才回来，就便媳妇有什么不好，也不应就吵闹得这快法。"说着，已进了房，看见老婆子扶着媳妇；又见媳妇面如纸色，只有出气，没有进气。杨士兴见着不忍，只得骂着儿子道："你这该死畜生！你不在家，为父母的，全亏你媳妇小心服侍，并没有一件不贤孝的事情。你为什么才到家中，就将媳妇气得如此？还不给我快快起来，去烧姜汤来灌。"骂了一顿，哪里见大富答应？杨士兴也就疑惑起来，正要上前去拉他，只见他媳妇叹了一口气，说了两字："苦呀！"说罢，又不言语，唯有两眼流下泪来。老婆子见此光景，只得劝慰，说道："我儿不要如此。儿子有什么委屈你的事，只管对为娘说明，有为娘代你理直，切切不可如此气恼！"此时吴氏虽然口不能言，却已醒转过来，耳内听婆婆如此说法，真正文不对题，连忙摇头，又将手指着床上。老夫妇误会其意，还是疑惑儿子给她受了委屈，仍然絮絮叨叨"有为娘代你理直。"的话头。吴氏实在着急，这才死命的说出两句话来，带哭道："娘呀！他，他已是死了！"老夫妇见她说出一个死字，便大惊问道："哪个死了？"

吴氏又连哭带说道："你儿子好端端的，不知何时竟死在床上了。我好苦呀！"老夫妻一闻此言，老婆子便大哭起来。杨士兴还不相信，暗道："好端端的一个人，怎么一夜就死呢？"一面说，一面走到床前，将被掀开，近前一看，果然僵卧床上。再用手向他身上一摸，直是体冷如冰，毫无呼吸。于是杨士兴就大哭起来。老婆子见老头子大哭，知道儿子真死了，愈加痛哭不已。吴氏更是不必说。翁姑婆媳一齐跌足捶胸，哭儿的哭儿，哭夫的哭夫，嚎哭之声，直达户外。

这一哭即惊动了左右邻舍，那些族下不知所为何事，也就打门进来，见杨士兴等嚎哭不已。大家先问了个大略，然后将士兴等劝住了哭，复又细细问了一遍。大家也是疑惑：怎么好端端的一个人，昨日才回家，今日就会死，其中必有缘故。内中有个族长，是杨士兴再从的堂叔，此人性情奸猾，刁恶非常。平时人家无事，他况且寻事去做，好于中取利；今见士兴家闹出这样一个大祸事来，他却有了主意，居心想在这件事上得一注大横财。当下因即冷笑，说道："大富昨日回家，今日便死，其中也没有什么缘故，显系身死不明。此事非报官相验不可。"又望杨士兴说道："你们只知道乱哭，就算代儿子申了冤不成吗？你媳妇平日虽然贤孝，可知道‘知人知面不知心’。在我看来，这其中必然有些不妥。还不快些将吴家的人唤来，我们大家也好说话，给你儿子申冤！”杨士兴夫妻听了这番话，半疑半信，也只得着人到吴家送信。

话说杨士兴听了堂叔杨怀仁这番话，不免半信半疑，因暗道："不论是身死明与不明，也该去吴家送信。”因立刻着人前去。原来吴家也是阜宁县的大族，在有名的吴家甸。这吴氏之父，名唤吴有德。他妻子李氏，膝前有两儿一女，女儿就许配杨大富为妻。这吴有德为人忠厚非常，实在是个有道长者。家里也有些薄薄的产业，在吴家甸居住，就要算他是个首富。自女儿嫁到杨家之后，除非家中有婚丧喜事，才将女儿接回来过两日，事完之后，又将女儿送回夫家。虽常有穷人说道："你女婿久不在家，就留你女儿多住一两个月，也不算什么事。”吴有德听了这些话，便与人争论道："女婿在家，将女儿接回来多住些时日，他翁姑自有女婿侍奉。女婿不在家，便仗着我女儿侍奉他父母。我若将女儿接回来，则女婿的父母又靠谁人侍奉？”这是向旁人说的话。及至向他女儿所说，皆是叫她善事翁姑，留心家务。却好吴氏也从未违背，总是唯唯听命，所以在杨家也极其贤孝。这日吴有德正从外面回家，忽见杨家有人前来送信说，女婿于昨日回来，今一早不知如何便会身死，请他赶紧前去。吴有德听了此话，真是半天里打下一个霹雳，因问来人道："究竟大富因甚病死的，你可知道么？”来人道："听见说大富是身死不明，所以请你老人家赶紧前去商议。”

吴有德只得进内，大略告诉妻子李氏一遍，李氏也吃惊不小。当下夫妻两人即刻出了门，雇了一辆车子，趱赶前去。吴家甸距杨家庄有二十余里，不一会已至杨家。未入大门，吴有德夫妻便一路哭了进去。杨士兴夫妇见亲家已来，吴氏见父母俱到，于是大家又哭起来。唯有吴氏哭昏了几次，真是哭得肝肠寸断，死去活来。好容易慢慢劝住了哭。

吴有德先问了一遍，如何身死情形，杨士兴即大略告诉了一遍。

吴有德又细细问了女儿一遍。吴氏也就细细将始末根由，哭诉了一遍，因道："我的爹妈呀！你女儿也不要活了，就此随你女婿一齐儿死了，免得你女儿有冤无处申，死了丈夫还落个不美之名。不如从此一死，也可表表心迹！"说着，就一头向壁上撞去。杨士兴的妻子在旁看见，赶紧抢上一步，将吴氏一把拉住，说道："我儿！你不要如此，你的心迹，为娘是知道的，是非自有公论。好在你爹妈俱已在此，我儿子虽说死得不明不白，总不能够说是你害死他的。大家商议起来看，如何代我儿子申冤！不然，你的冤枉也无处申，我的儿子也不知因何而死？"吴氏听了这番话，虽觉得有理，总以死了干净，免得随后纠缠，口口声声，直是要死。吴有德明知女儿绝不能得个水落石出——女婿到底因何而死，所以存了这个心，因道："我的儿！你切切不可寻死觅活，虽然痛夫心切，你翁姑却无甚他意。但是女婿身死不明，连我也有些疑惑。在我看来，倒是去县里报报案，请县官前来相验一回，你也可明一明心迹。就是女婿也可弄清他是因何身死。你若现在死了，在知道的，说你是大义殉夫；在那不知道的，还说你畏法身死。你此时可死不得，等将来有了水落石出，你那时再死不迟。"这一番话，说得在情在理。吴氏本来决计殉夫，甘心死节，现在听了父亲这些话，忽然大悟，暗道："我此时可实在死不得，就便我没有良心，也要代丈夫申一申冤枉，才对得起他。"因此一悟，也就将死抛在一旁，专等报官相验。

那杨怀仁初意说了许多唆使的话，本想吴有德暗暗买嘱他，便好得些钱财，再来说项。现在听见这番说，这报官相验一层，反出在吴有德之口，因道："我这侄孙昨日始回，今日便死，其中显有情弊。不怕你亲家见怪，光景非鸣官不行。"吴有德听说也道："你老人家言之差矣！我本来也是此意。但是报官一层，从无母族去报之理。亲家翁是分不开身来。此外又无人可去，在我看来，莫若就烦你老人家进城一走。好在你老人家也是杨家族长，此事也应该问的。我等当在尊府，恭候本县到此相验，好见个明白。事宜早办，就请你老人家进城一走罢！"

杨怀仁被吴有德这番话，说得顿口无言，又不好说不去，只得答应着前去报县。说着，当即出大门，匆匆地直望城里而来。

进了城，到了县门。却好这日是被告之期，便请人写了一张状词，即刻呈递进去。阜宁县接到这案，见是“谋毒亲夫”重案，当即准词，饬令：预备尸场，听候相验。杨怀仁见准了词，也就即刻出城，直奔杨家庄送信。当有本庄地保预备尸场，听候县官前来相验。

到了次日，约有巳牌时分，阜宁县带同差役、仵作乘轿而来。及至杨家门口，降舆而进，即刻升坐公案。先提原告杨怀仁略问数语；又提被告杨吴氏至公案前，略问一遭。吴氏便将前后的情形，哭诉了一遍，因道：“小妇人丈夫身死不明，总要求大老爷申雪！”阜宁县正欲下问，杨士兴便跪在地下，向上说道：“儿子杨大富身死不明，求老爷从公申雪！”阜宁县向下问道：“你是何人！”士兴道：“小人是死者的父亲。”阜宁县道：“你叫什么名字？”士兴道：“小人名唤士兴。”阜宁县道：“怎么那状词上不是你的名字？何以怀仁反是原告？本县可不明白。”士兴道：“怀仁是小人从堂叔父，小人因不能分身进城，所以请叔父怀仁前去喊冤。”阜宁县道：“原来如此。”一面问话，一面察看吴氏动静；只见吴氏跪在地下嚎啕痛哭，实在不是谋害亲夫的情状。而且吴氏端庄诚实，哀毁之至，又非那淫泼一派。阜宁县此时已知道其中定有奸人唆使。又将杨怀仁望了一回，觉得杨怀仁颇非善类之人。看了一遍，因饬令仵作：悉心检验，据实详报。仵作答应下去。不一刻，喝报上来：验得尸身肚腹青紫，委系中毒身亡，余处并无伤痕是实。阜宁县据报，复走出公案，亲视一周无误。因命填了尸格，饬令先行收殓。所有原、被告带回衙门再讯。毕竟杨吴氏是否谋害亲夫，且看下回分解。

第二一六回　法外推情恩准视殓　事后报案意图雪冤

话说阜宁县令姓颜名继祖，山东人氏。是个两榜出身，屡膺要缺，清白自持。而于这命案上，尤不肯卤莽从事，唯恐有冤抑等情。所以颜县令沉吟良久，因望杨士兴道："尔子虽然中毒身亡，其中不无冤抑。据本县察看，尔媳亦非凶恶之妇。本县此时却不能草草定案，即谓尔媳谋死亲夫，必须带回衙门彻底根究，才能定谳。尔子既已身死，尔可妥为收殓，本县将原、被告一并带往衙门审讯便了。"

杨士兴听了这话，感激非常，因跪下求道："求大老爷公断，总期儿子含冤得白，大老爷便朱衣万代了。"颜县令点头，正欲饬差将原、被告带往，忽见吴氏跪下哭诉道："小妇人求恩暂免带往，俟丈夫收殓已毕，小妇人亲视含殓，稍尽夫妻之道，然后再奉提听审，按法处治。若此时便去，小妇人实在不忍。自小妇人嫁夫三月，丈夫就出外经营，一别三年，未克稍尽妇职。满望此次回家，得遂偕老初愿，不料昨归今死，此为小妇人意料之所不到，抑亦小妇人命该如此，猝失所夫。虽是不美之名，小妇人亦唯有一死报之，使地下人知我无他，小妇人纵死亦得瞑目。若竟舍此而去，即使仰邀冰鉴，小妇人并无谋害亲夫情事，发放生还，那时小妇人虽有余生，对于地下人多有负疚。所以求大老爷恩准亲视含殓，趁此相对片时，聊当相伴。过此以往，须等大老爷治罪之后，未亡人伏法之时，才可得见于地下呢！"说罢痛哭不已。吴氏说了这一番话，不但吴氏自家痛哭，就是杨士兴夫妇、吴有德夫妇，以及左右邻舍，杨家本族人众都哭起来。

就是颜县令也不免涕泪滂沱，闻之酸鼻，因暗道："这样一个贤德妇人，说她谋害亲夫，本县实在不信。又何以尸身实系中毒身死，真令本县难办此案了。也罢，且准她亲视含殓，再行带往复讯便了。”因吩咐道：“姑念你一再哀求，从宽：着俟尔夫殓后，即行到署候讯。原告杨怀仁着暂行看管，一并候提。”颜县令吩咐已毕，打道回衙。

这里杨士兴便请了许多人，进城制备棺木衣衾，诸事已妥毕，然后入殓。吴氏三番二次哭晕在地，那一种可惨情景，虽铁石心肠人，也没有不见此垂泪的。杨士兴夫妇，吴有德夫妇，一是痛儿子死得不明不白，媳妇如此哀痛，又不像是她谋害的神情；一是痛女儿死了丈夫，还落个不美之名，免不得匍匐公堂，出乖露丑。大家俱有心事，也是哭个不了。又听吴氏哭诉道：“我的亲人呀！你把我抛得好苦！我担不美之名，还是小事，究竟你因何而死？死得这不明不白，叫人好不伤心！但愿你这不白之冤，早些儿申雪出来，你这不肖的妻子，就死也可瞑目。我的夫呀！你这魂灵儿须要有些灵验才好哇！”一面诉，一面哭，真个哭得死去活来。吴有德夫妇也再三劝慰，吴氏才算隐忍。此时已是天晚了，大家安歇一夜。吴氏虽然睡在铺上，哪里睡得着，却又哭了一夜。次日，一早起来，两只眼睛已是红肿合缝。吴氏垢面蓬头，麻衣如雪，勉强吃了点饮食，便催着翁姑父母率领她进城，亲自赴县报到。杨士兴夫妇、吴有德夫妇也不便拒却。杨士兴又在庄上雇了两辆小车，给吴氏等人乘坐。吴氏又到大富灵前磕了两个头，哭诉了两句，然后上车，直望城中而去。

不一会到了县衙，由杨士兴报到已毕。颜县令知道，立刻传谕：值日班好生看管，并将原告提到，听候午堂审讯。差役答应下去。不一刻已至未末申初，颜县令升堂，书差衙役齐立两旁。县令命先带原告杨怀仁听审。差役即刻将杨怀仁提到跪下，望上叩了一个头，说道：“侄孙被吴氏谋害身死不明，求大老爷申雪。”颜县令问道：“尔说你侄孙被吴氏谋害，尔何以知其底细？”杨怀仁道：“小的居已死侄孙家间壁。十六日见侄孙作客归来，好端端的一个人，为什么过了一夜，就会身死？若说他因急病所致，又何以早不得病，迟不得病，偏在第一日回家，第二日就得病而死？天下哪有这样的巧事？而况侄孙妇自从嫁与侄孙之后三月，侄孙便出外作客。平时见侄孙妇外似庄严，内实轻佻，难免毫无外遇。求大老爷严加审讯，必得其情，俾侄孙不至含冤莫白！”颜县令道：“尔说侄孙系为尔孙妇谋害，尔能指出实据么？”杨怀仁道：“小的不必再指实据，大老爷已验得尸身肚腹青紫，委系中毒身亡，此即谋害的真凭实据。但求大老爷严讯，自能水落石出。”颜县令道：“本县看尔孙妇痛夫甚切，并无乐生恕死之意。恐怕尔侄孙并非尔孙妇害死，其中另有别情罢！”杨怀仁道：“大老爷明鉴。在大老爷已经验得中毒，若非侄孙妇谋害，难道还是侄孙自己服毒以寻死吗？再不然，父母将他害死？天下万无此理。若谓自己服毒，侄孙在外经商，获利甚厚，又无不了之事。今始归来，正好叙天伦之乐，何以自寻死地呢？总求大老爷明察。”颜县令道：“据尔所言，尔的侄孙定是尔孙妇谋害无疑了。尔侄孙身死，何以他父母不来喊控，偏是尔代他申冤，这是什么道理？”杨怀仁道：“大老爷明鉴。小人既为杨氏族长，是凡本族无论大小事件，理应小人出问，何能置身事外？而况堂侄痛子情深，已三番两次欲自寻死地。小人见如此情形，侄孙已身死不明，何能眼见堂侄自觅死地，置之不问？又因堂侄委顿不出，特地嘱托小人报案禀控。不平之事，外人尚可代庖，何况一族，又何况一族之长乎？大老爷未免错怪小人了！”颜县令被他抢白了一番，本待急欲申饬，又因他所说并非无理；而且杨大富实系中毒，不免有不实不尽之处，且待问明之后再作道理。因此暂为隐忍，当下说道：“尔且退下，带杨士兴问话。”杨怀仁答应，退下一旁。

差役将杨士兴带到，跪在下面。杨士兴向上叩了一个头。颜县令问道：“尔子身死，据尔叔禀控：谓系尔媳谋害。在本县看来，尔媳似非狠毒之人，未必下这毒手。究竟尔媳当尔子在外经商之时，有无流动情事？尔终日在家谅可知悉，尔不妨据实陈明，本县令好代尔子申冤。”杨士兴哭诉道：“若说儿子不在家，媳妇也不曾忤逆，也能操持家务，并没有什么不安之处。不知为什么儿子才回来，她就下此毒手，将儿子谋害死了。总求大老爷申冤！”颜县令听罢点点头，又命退下，便叫带吴氏听审。

不一刻，差役将吴氏带进。颜县令望下看去，只见吴氏垢面蓬头，麻衣如雪，悲痛之状，有奄奄欲绝之势。低着头一步步望前慢慢走进，到了堂上，向公案前跪倒，便向上磕了一个头，匍匐在地，口中哀哀哭诉道："小妇人蒙恩提案，求大老爷明镜高悬，从公判断。只要生无负屈，死不含冤，小妇人虽罪拟凌迟，也不算愧对亡夫于地下了。"说罢，哀哀哭泣不已。颜县令见此情形，闻此言语，真是目不忍见，耳不忍闻，酸鼻痛心，莫此为甚。因暗道："照此看来，若说这个妇人会下毒手，谋死亲夫，本县虽死也不相信。但这所中之毒又是何故呢？诚如杨怀仁所言，断不会自寻死地。此种疑案，好令人难明呀！也罢，且待本县恐吓她一番，看是如何，再作道理。"因问道："吴氏！尔夫中毒身死，据尔夫族叔祖，谓尔谋害毙命。尔究因何事将尔夫谋死？尔可从实供来！若有半字含糊，本县言出法随，三尺法棍决不宽恕的！速速招来，免受大刑吃苦！"吴氏在下面听了这番话，痛入骨髓，便哭诉道："大老爷，冤枉！小妇人虽不读书，也曾粗知大义，岂有忍心害理，谋死亲夫，自罗法网？但亡夫既已身死，小妇人亦百喙难辩。好在小妇人本系未亡人，夫死随之，自古所尚。唯望大老爷将亡夫究竟因何中毒，以致身亡，一一剖明。小妇人虽死之年，犹生之日。若令小妇人招出如何谋害，小妇人亦不知如何招法。大刑俱在，唯有待死以报亡夫于万一耳！小妇人当亡夫方死之时，即欲相从于地下，怎奈觅死不得。总以人言可畏，皆言小妇人一死，显系畏法身亡。因此忍死偷生，苟延残喘。一俟亡夫含冤得白，小妇人当死于公堂之上，用以自明。若大老爷定谓小妇人实系谋害，加以大刑，治以国法，小妇人亦所甘愿。不死于亡夫方死之时，而死于国家公堂之上，则从夫之义，殉节之情，较之自导死地者尤胜百倍！大老爷应如何讯断之处，总求赐以一死便了。"说罢，嚎啕痛哭不已。

颜县令听了这番话，好生不忍。又暗道："照此情形，听此言语，实在是个烈妇。本县若定照谋害亲夫例严刑拷问，不但这妇人冤沉海底，便是本县亦不免要受冥法。若不讯明，不但原告不肯了结，就是死者亦不甘心。虽非死于吴氏之手，究竟这所中之毒从何而来，本县也要求个自信。”沉吟良久，忽然想道：“我何不如此，或者可以明白。心中想罢，因饬令：“将原、被告分别看管，听候本县复讯。”差役将杨怀仁、杨士兴及吴氏带下。颜县令亦即退堂，走入书房，好生不乐，专等晚间好去办事。用过晚膳，便斋戒沐浴换了衣，带了一个书僮，背着一个行李，就出衙门，直望本邑城隍庙而去。入庙以后，焚香点烛祷告一番。然后就命书僮将铺盖在大殿上打开；又命书僮先自回去，明早天明再行来接。书僮去后，颜县令即就大殿旁侧睡下，以觇梦示。

始则翻来覆去，不能合眼。好容易蒙眬睡去，但觉已身走入一处，非寺非庙，地方并不宽大。内里走出一人，古服古装，便向自己通名问姓。自己问那人姓名，只见那人道：“在下姓金名介，字花封。久仰清操，欲见无由。今幸辱临寒舍，在下增光多矣！某酷嗜诗词，有近作一首，敢求赐教。不卜尚蒙俯赐一顾否？”颜县令当即拱手敛容谢道：“先生高才。既蒙见教，敢不拜读。即乞示阅。”那人便在袖中出一纸，递与颜县令。颜县令接在手中一看，见是一幅花笺，上写着一个题目是：《村居小饮》。以下便是一首七绝，因读道：

紫荆花下碧栏边，
正是江南春暮天。
有酒一樽鱼一尾，
陶然醉卧便神仙。

颜县令将诗读毕，因赞道：“即景生情，古音古节，的是村居雅致。先生殆有意隐乎？”那人正欲回答，忽见一阵狂风，飞沙走石。风过处一声长啸，一只斑斓猛虎迎面扑来。颜县令不暇顾及那人，望里面躲去。不意心急力软，足下又被石子一绊，跌倒在地。因此惊道：“我命休矣！”这一声喊，急出一身冷汗，忽而惊寤醒来，乃是南柯一梦。即披衣而起，走下大殿，但见月明在天。走上殿打坐一回，又将梦境及诗句默悟一会，似与所办之案，文不对题。因暗道：“难道求神指示，即此梦境么？果如此，好令我索解不得。”停了一会，又觉有些倦意，因倚枕而卧。才一合眼，便见殿上所供城隍站立在前，以手指道："尔能关心民瘼，慎重人命，不肯草率从事，求之近今，不可多得。吾神已令稽察司显示案情，尔可回衙细悟之，自会明白。倘仍不解得，可趋晤漕督施某，请其解说，自能彻底澄清，两无冤屈。好自为之，吾神去也！"说罢，拂袖而去了。忽然惊觉，已将天明，又将神示各语，将梦中诗句，在花笺上写出。照字逐句再四推敲，细细研究，毫无领悟。又将幕友请到，大家参悟一回，仍然未得真解。因此大家商议，便叠成文卷，预备详请施公办理。这且不表。

再说黄天霸，自受施公用了激将法，他便往各处明查暗访，缉那盗御马的强人。先在附近一带州府县、城乡内外留心访查。

一连访了三四日，并无消息。又亲往酒楼、妓馆查访一番，仍是终无消息。这日，走到海州一座酒楼，这酒楼名叫醉白楼，乃是海州城里第一座有名的酒楼。是凡绅商仕宦经过海州，无不到此痛饮。更有一种自酿美酒，名唤玉壶春，此酒甘美出奇，比那玉液金波尤胜百倍。而且物美价廉，每两只须大钱六文，只要将此酒倾在杯中，固然酒花错落，颜色动人，那一种芳香，尤足动人，不饮而醉。饮在口中，不但香沁心脾，还可使浊者能清，迷者能悟，这酒楼因此生意之盛，亦甲于海州。真是"座上客常满，杯中酒不空"。闲话休提。黄天霸上得酒楼，就向南窗子口拣了座头。当有小二上来问道："老爷还是一人小饮？还是请客？"天霸道："咱便小饮。你这店内有什么下酒的时新小菜，及顶好的美酒？"小二道："你老爷若问小菜，俺这店中最时新的，是竹笋、鳜鱼；此外鸡鱼肉鸭，无不俱全。还有牛肉脯、鳝鱼丝，听老爷点用。若问好酒，小店最出名的是玉壶春。"天霸听说，便点了一样牛肉脯，一样竹笋红烧肉，又命将玉壶春先打两斤，随后再添。小二答应下楼而去。天霸忽然向东一看，只见东壁墙一张桌子上坐一人。毕竟此人为谁，且看下回分解。

第二一七回　醉白楼道士泄机　漕督府贤臣聚议

话说黄天霸在醉白楼才拣下座位，令小二去拿酒来，忽然掉转头来向东一望，只见靠着东壁墙下一张方桌子，上坐一人，头戴逍遥巾，身穿鹤氅，淡黄色面皮，大鼻梁，阔口，两道浓眉，一双秀眼，虽然道家装束，飘飘然，却实在不凡。靠着桌子，有一面白布招牌，上写着："知机子善相天下士"。两旁又有两行小字，上写一行是："能知过去未来事"；下写一行是："善识穷通寿夭人"。黄天霸见了那人，觉得他生得不凡，好生惊异，因即频频注目。道士瞥见天霸如此，也就将目光径送过来，直对天霸看视。天霸被他看得心下有些不耐烦起来，因就对面喝道："呔！你这道士，为何频频注目看着咱家？难道咱家脸上与众不同么？"那道士见他喝问，因即冷冷地答道："长官何以局量如此褊浅？长官不看小道，怎么知道小道看长官？而况小道这招牌上写着是：'善相天下士'。即使小道擅看长官，亦与招牌上五字相合，长官亦何必见怪？又何必见恼？然小道推察长官之意，长官固存着一肚皮的心事。殊不知长官的心事非私事，乃公事；且不但公事，而且是奉旨紧要的公事。小道本欲趋前为长官一卜，又不敢冒昧，恐触长官之怒。或者长官见了小道的招牌，亦将就小道一决趋向。哪里知道反触长官之怒？"

黄天霸被那道士一番抢白，本待欲极力发作，又听他这些言语，却是道着自己的心事，不若且问个明白。主意已定，当即改容谢道："某不识道长能知过去未来，言语冒犯，尚望见宥！某还有一言动问，据道长所说之话，是知道某的心事。但不知某有何心事已现于色？乞道长一言，究竟是否？”那道士便也笑道：“长官心事，小道虽不能尽知，却也略知一二，长官此时这件心事，所谓：‘踏破铁鞋无觅处，得来全不费工夫。’现在失物虽然未获，又不知失落何方。但不过费些时日，吃些辛苦，自然就有头绪。一有头绪，那时就好办了。长官的心事，可是如此么？”天霸闻言，暗自吃惊不小。因道：“他既知道我如此心，他必知道那盗马的人。我何不细细一问？或可凭他言语，前去找寻，有何不可。”因敛容谢道：“道长既如此高明，何不请来同坐？得以畅聆大教呢！”

那道士亦欣然允诺。却好小二已将酒菜送上楼来，天霸又叫小二添了一副杯箸，便邀那道士入席，又让那道士坐了首席。天霸便满斟一杯，送至那道士面前，然后方自斟酒。

三巡酒罢，天霸问道：“道长幸勿吝教，乞即明白一言，卜着失物落于何处？系何人所盗？限日能得人赃俱获，某定当重谢，决不食言。”那道士笑道：“长官少待，候小道一卜，以决趋向何如？”天霸道：“便请赐教，少时再当奉饮。”那道士即从袖中取出一个小小课筒，内藏金钱三枚，先将课筒执在手中，默祷了两句，然后将课筒摇了三次，金钱亦倾倒三回，然后照着卦爻，自己先解了一回，方才向天霸说道：“小道据这卦爻上看来，这所失之物，却非寻常人盗去，要去寻找，必须向西北方追寻。但这地方，三面皆水，一面是路，若由正路进去，曲折连环，甚不易行；若由水路而去，亦复连环曲折，不易出入。所失之物，虽在那里，毫未损坏，但暂时不能到手。即使有人领路到了那里，亦还有一番大大的周折。这是小道据卦爻上所断。若照长官尊容上看来，早晚必可得一个实在的消息，其中还须有人帮忙前去，方可成功。小道句句实言，长官不必疑惑。”天霸听罢，即谢道：“多承指教，事成之日，当再奉谢。”于是二人痛饮了一回，用了饭食，天霸还了酒饭钱，与道士下楼。道士亦再三致谢而去。

天霸与道士别后，心中想道：“我已出来好些时，大人在衙门内，必然记念。我何不先回去一走，将此话与大人禀明，然后再出来到各处缉访呢？”主意想定，当即向淮安而去，不日已到。大家先问了有无消息？天霸便将道士的话，向大众说了一遍。这才进内，到了书房，给施公请安已毕。施公命他坐下，便问道："贤弟出去，将有半月，曾否有些消息探出？"天霸道："消息却不曾探访出来，倒是在海州醉白楼酒馆内遇见一道士，那道士颇有些气概。末将便与他阔谈起来，哪里晓得他早已知道此事。他说能知过去未来，末将便请他一决。他便代末将卜了一卦，据说照卦爻看来：所失之物，现在西北方，并未损坏，如寻此物，须向那一方寻去。但是那个地方，三面是水，一面是路。若由正路进去，亦是曲折连环；若舍陆而水，亦复连环曲折，出入甚不容易。设使有人带路，到了那里边，有一番大大的周折，急切断不能到手。他又说：照末将面上的气色看来，早晚必得有实在消息。既得消息之后，还须有人帮助前去，方能成功。据那道士所言如此，末将因思西北方地方甚大，必须慢慢踩访，方可探其下落。又恐大人记念，所以先自回来一走，将此事禀明，再行出去明查暗访。"施公听了，甚为喜悦。因命施安道："你可出去将他们大家请进来，斟酌斟酌。再到黄老爷衙门内，将褚老英雄请来。"

施安答应。不一刻，关太、李昆、计全、李七侯、何路通、朱光祖、金大力、王殿臣、郭起凤等人已进来。又停了一会，褚标与贺人杰亦复来到。大家施礼已毕，褚标便向施公问道："大人叫唤小人，有何吩咐？"施公道："并无他事。只因黄天霸方才回来，说起一个道士能知过去未来，他便请了道士卜了一卦。据那道士说：这所失的物件，可向西北方去寻。但是那个地方三面是水，只有一面是路。若从正路而进，却是曲折连环，颇不易走；若从水路而入，也是连环曲折，出入颇难。但不知这是一个什么地方？有如此许多曲折连环，连环曲折。本部堂因此请老英雄及诸位贤弟进来，大家斟酌一回，或者这个地方黄贤弟不知道，诸位中有知道的，便可说出来，好设法前去。但不知褚老英雄及诸位贤弟，照那道士所说这曲折连环地方，可有知道的么？"褚标首先说道："据老民看来，虽据道士所言，却亦不可深信。他怎么就知道这地方三面是水，一面是路，皆是曲折连环，不易出入呢？这总是江湖卖术的通病。"

忽见朱光祖在旁说道："弟倒记起一件事来。小弟在二年前，听得江湖上朋友所说：窦耳墩有个儿子叫窦飞虎，其人本领异常出众，他却安分守己。他所住的地方，就叫作连环套。今照那道士所言，什么曲折连环，莫非就应在此地？但是这窦飞虎从来不做这些事的。果是窦飞虎将御马盗去，不是小弟多嘴，还是褚大哥前去一走，当面与窦耳墩要回。只因窦耳墩那老儿，与褚大哥也有些交情。如今褚大哥前去，只要与窦耳墩说明，窦飞虎究竟是个小辈，不能回绝褚大哥的面子，或者御马要得回来。若令黄贤侄亲去，他虽与天霸并无仇隙，究竟因天霸的父亲黄三太，三打窦耳墩，其中不免有些违碍之处。恐怕因此，顺事反成逆事了。褚大哥你老的意见，尚以小弟之言为是么？"

褚标正欲待言，忽听外面喊冤之声，不绝于耳。施公即命施安出外询问。施安答应出去，不一刻，进来禀道："外面喊冤的叫作吴其士，因他女儿为采花大盗先奸后杀。该盗临去时，留下一枝白绒扎就双燕子的花为凭据，其父到此喊冤，求恩公代他女儿申雪！"施公听罢，将眉一皱，因道："这真是一波未平，一波又起。御马盗去，尚未得有消息，现在又出了一件采花杀人盗案。这从哪里下手？先办哪一件是好？而况这采花大盗又是谁人？偏又留下一枝双飞燕花来，皆是令人恍惚。"只见朱光祖上前复又说道："大人放心，这件案不难破获。这留花的人，民人虽未曾见过，却也已是早知其名。见了此花，即知他的名号，此人绰号就唤双飞燕，专擅采花本领，比那蔡天化亦不相上下。蔡天化有运气的功夫，这双飞燕却惯用一对倒刺钩，百步之外，百发百中。任你什么兵刀，总敌他不过的。但此人行迹无定，不知他现在何方，也须暗访明查，打听踪迹，然后方好动手。"

施公听说，因即说道："朱壮士既如此说，本部堂之意，拟请褚老英雄先往连环套一行；朱壮士与天霸亦齐同往。若探得御马果在那里，即烦褚老英雄向窦耳墩要回，先结了一宗公案。若再能沿途访出双飞燕的踪迹，就请褚老英雄与朱壮士、天霸就近会议，应如何捉拿之处，悉听裁夺。若打听不出实在踪迹，就先将御马一案结清，然后再捉拿双飞燕归案。不知褚老英雄尚肯屈驾，以助天霸一臂之力否？”褚标道：“大人吩咐，怎敢不遵？但有一层，虽据朱老兄弟说得如此容易，若御马不在连环套；或御马果在那里，老民也进去面索，窦耳墩竟不肯交，那时大人可莫怪老民做事不力。总之，老民竭力去做，此时却不能预定，还求大人宽恕。”施公道：“但得老英雄允准，本部堂已感激不尽。如若御马实在连环套，窦耳墩又看老英雄的金面，三言两语，便即取回，固是大幸；即或不然，本部堂只好再想他法，何能怪及老英雄不力？老英雄但请放心！唯愿此去，御马取回，双飞燕又被拿获，二案齐破，本部堂当再竭诚奉谢便了。”褚标道：“大人说哪里话来，老民当诚心竭力去做，何敢言谢？特恐老朽无能，有负大人吩咐。只要大人不罪老民，便感激无他了。”说罢，便即告辞。大家亦即同退出去。施公又命施安，即刻吩咐差役伺候升堂，带吴其士审问。施安答应，也就传出话去。

施公少停一刻，便自升堂。吴其士趋赴堂上，向公案前跪下，先磕了一个头，然后哭诉道：“生员吴其士求青天大人代女儿申冤，捉拿强盗。”施公当下问道：“尔系何处人氏？家住哪里？你女儿为何被强盗所杀？可一一从实说来。”吴其士道：“生员祖居山东济南府，近因就幕徐州，故将家眷移寓村城居住。不意本月初八日早间，有婢女兰香到女儿房内有事，瞥见女儿床前有血迹一堆。婢女即颇为惊讶，便走向面前看视，又将帐幔掀开去呼唤女儿。哪里晓得掀开帐幔，已见女儿被杀身死，赤身倒卧床上。婢女一见，惊喊生员之妻子何氏进房亲看。生员的妻子闻声赶去，果见女儿被杀。因思女儿遵听母教，何以赤身露体，仰面而卧？当时即颇生疑虑起来，因此检察私处，已为污辱。彼时当由生员妻子用被覆上，喊生员进房。生员才进房门，忽见帐幔上插着一枝白绒扎成的双飞燕，见了此花，便想到是采花大贼所留记号。本日即往铜山报案。当蒙县主到房检验，验得果系强奸不遂，先奸后杀身死。铜山县亦即俯准，饬差缉获正凶，所有绒花存案备质。无如县差虽不敢疲玩，大盗实在难擒。因思大人素著威严，又兼台下将士甚多，皆是武艺出众之人，故此匍匐求恩，申冤雪枉，擒拿大盗，以伸国法，而慰亡魂！”说罢，复叩头不已。施公道：“据尔所言，已赴县投报，何以该县并未申详到来？须候本部堂札饬该县详报情形后，本部堂当为尔严加缉获便了。”吴其士见施公已准严缉，这才起来从容退下。

施公正欲退堂，忽见承发房书吏送进两角公文，递呈上去。

施公一看，却是两件申详公文。一件封面上写着铜山县谨封，一件写着阜宁县谨封。施公先将铜山县那封申文拆开，看了一遍，即是申详吴其士女儿被采花大盗先奸后杀一案。施公看毕，摆在一旁。又去拆阜宁县那封申文，从头至尾看了一遍，又细细揣度一会。因暗说道：“据这申文上所详情节，这阜宁县却是一个关心民瘼的好官。就是那女人也似非谋害亲夫之辈；何以诗句上又令人恍惚，不可思议？倒叫本部堂殊难测度了。也罢，暂且退堂，容再寻思这诗句上的道理。”暗自说罢，将这两件公文拿在手中，即刻退堂进去。

你道阜宁县这件公文，却是何事？原来就是杨大富中毒身死，杨怀仁控告杨吴氏谋害亲夫，阜宁县宿庙求神那宗案卷。阜宁县因解悟不出诗句上的隐语，又不敢擅自讯断，妄作解人，故此叠成文卷，申详上来，求施公指示。施公退堂以后，即将那两件公文带入书房后。更了衣，施安又泡了一碗茶，送到施公面前。施公喝了两口。且看下回分解。

第二一八回　观书消遣顿悟诗词　报病传医密询底蕴

话说施公将阜宁县申详的那件公文，据详推究。又将颜县令梦中所看的诗句反复推敲，终不能解。正在寻思之际，忽见施安来请吃饭。施公便站起身来去用晚饭，一会儿用毕，净面漱口，吃了两口茶，就在书房内一面散步，一面又推敲那首诗的语意。左思右想，还是悟解不出。当时就在书架上顺手抽了一本书，携至书案上，就灯下观看。见书签上写着本草六反第三函，原来是一本药书。施公坐定，就翻开来从第一章看起，上面皆是说的某药与某物相反，不能同用，某物又与某药相仇，服下立毙。施公看至第八页第三行，只见上面写着：荆芥不可与鲫鱼同食，如误食者，必然肚腹青紫，中毒而毙。施公看到此处，忽然触悟那诗句，第一句："紫荆花下碧栏边"，因道："这定是荆芥。"第二句："正是江南春暮天。"想道："此时却是荆花大开。"第三句："有酒一樽鱼一尾"，又道："难道他所食的鱼，是鲫鱼么？何以大家同吃的，旁人偏不中毒，偏他一人中毒呢？"末句那："陶然归卧便神仙。"想道："这是他吃醉之后去睡觉了，这便神仙三字，一定含着死字。"施公解悟一会，颇有领会，便欣然写了一道饬知，饬令阜宁县即日带同杨怀仁原、被告人等来辕，候本部堂亲提详讯。将这饬知写毕，命施安发了出去。自然星夜前往，可不必交代。一宿无话。

次日，朱光祖、褚标、黄天霸便进来告辞，前往连环套打听消息，及饬拿双飞燕一案。施公答应，当又与褚标、朱光祖道了辛劳；吩咐黄天霸诸事小心。三人唯唯而退。且按下黄天霸等前往连环套不表。

再说阜宁县虽然将杨大富这一案申详上去，但不知施公是否准驳，不免心下悬悬。又于无事之时即去推敲那四句诗，终想解悟出来，就代她将冤判别清楚，便可使她回家守节。因此日盼施公那里来文，或亲提面讯，或遵谕结案，就如此急上加急，已有了一个多月。施公的下行公事尚未见到。颜县令颇费踌躇。不期看管押所的家丁，这日禀报上来，说："杨吴氏近日呕吐异常，不沾饮食，已是大病起来。"颜县令一闻此言，即刻传到官医，代杨吴氏诊治。官医奉命，哪敢怠慢。也就即刻到了押所，先代吴氏将两手脉细细按过，觉得吴氏六脉平和，并无大病。唯细按左关，脉起如珠，却是一派喜脉；不时呕吐，此乃胎气上冲所致。官医看毕，因暗地问明看管押所家丁，此是何案？那家丁即将原委告诉了一遍。那官医道："烦你回明县太爷，就说在下已经代这犯妇看过，无须服药，细按该妇，六脉皆是和平；唯左关脉起如珠，却是一派喜脉。照此脉象看来，受孕不过一个多月。胎气上冲，以致不时呕吐，毫无妨碍的。"说罢，官医告别而去。那家丁听说此言，不敢隐瞒，即刻进了衙门，据情在颜县令前陈说一遍。颜县令不听此言犹可，一听此言，心下好生惊讶，登时神沮色变，叹道："此事本县见理不明，还说杨吴氏是个节妇，哪里知道他已怀孕在身；据此说来，这杨怀仁告他谋害亲夫，是未必无因了！"

说罢，长叹不已。那家丁在旁说道："老爷不必因此一言，就委屈贤妇。且据医生所云，细按此脉，受孕不过一月有余。在小人愚见，揣度吴氏之夫，也不过死了一个多月，难保非受孕之日，即该夫回家之时。老爷明鉴，可再参酌一番，果以家人中之言为然，则该妇既有身孕，亦足为该妇可喜。况据那医生所说：'左关脉起如珠。'家人之意左为男，右为女，说不定还是男喜。苟能如此，将来也可为死者留存一脉，且可坚该妇守节之心。若疑惑到不实不尽上去，在家人看来，未免冤屈该妇了。家人还有一个主见，可以立见分晓，但不知老爷意下如何？"颜县令道："你有什么主意？不妨说出来，好待让我斟酌。"那家人道："此事必须请太太将该妇之姑传进去一问，便知虚实了。”颜县令闻言，已明白此话，因道：“尔之主意甚好，我即进去与太太说明。尔便出去将该妇之姑传来，以便太太问个明白。”那家人答应出去。颜县令也就即刻回进上房，将这番话与太太说明。颜太太亦颇乐从。

到了次日早晨，吴氏之姑王氏已传进来，见了颜太太先磕了头，站在一旁。颜太太便命他坐下。王氏道：“民妇蒙太太呼唤，有何吩咐？”颜太太道：“我唤你进来，没有别事。只因你媳妇在押大病，呕吐时作，不沾饮食。据看管家禀报上来，老爷即命医生去诊。据医生诊视，你媳妇脉象，说是并非有病，是喜脉，已有了一个多月的身孕。因此看管家人又据医生的话禀报老爷。我家老爷在先看你媳妇，并非谋害你儿子的人，今闻他已有身孕，老爷便疑惑起来，说你儿子久不在家，何以你的媳妇就有孕呢？照此看来，显系你媳妇是有外务，将你儿子害死了。现在老爷要照谋死亲夫例，治你媳妇的罪。我因此与我老爷争执，请老爷暂缓定罪，等我将你传进来问个明白，究竟你媳妇平时为人如何，是否端正贤孝？你与她为婆媳，自然是知道的。你必须从实说来，告知于我！”王氏听罢，忙即说道：“太太的明鉴。若论这个媳妇，平时那种孝顺，民妇是更不必说了。不知道何以冤祸临门，儿子才回来第二日，就中毒身死。所以民妇等也是半疑半信。若论医生说，我媳妇已有身孕这件事，这句话确有些凭据。不瞒太太说，我那媳妇的天癸，儿子回来前三日，才算干净的。依此看来，就是我儿子回来之日，这一夜我媳妇受孕的。还求太太在老爷面前将此话说明，求老爷开恩。但请老爷将儿子的冤枉判明，留着我媳妇不要治罪。一来随后让我媳妇回家，我老两个人有人侍奉，二来媳妇现在既已有了身孕，将来生男生女，生一个出来，儿子虽死，还有这一条根。如果是个男的，那不必说，自然抚养成人，靠他传宗接代；若是女的，也是我儿子的一点骨血。所以民妇总求老爷公断，俾儿、媳两无冤枉才好。”颜太太听了这番话，又夸赞王氏一番，又叹惜吴氏一回。因道：“我知道了，将你这话告诉老爷便了。”王氏又磕了个头谢过，又复说道：“民妇还有一事，要求太太开恩。媳妇现在押所，既这样呕吐不止，不思饮食，民妇却是放心不下。想求太太恩典，向老爷说知，准民妇到押所一看。”

却说颜太太听罢道：“你却是一番怜爱媳妇的好意，我可不能自主。是否能令你前去，须要问老爷。你在这里等一会儿，我叫人去与老爷说。”因即喊了一个仆妇，使她去颜县令那里告知。哪知颜县令早已藏在附近处所，听得清楚。仆妇走到颜县令面前，就将颜太太使她前来的话，说了一遍。颜县令也是允许。那仆妇来说明，王氏便千恩万谢，告退出去。这里颜县令与颜太太又议论一番。颜县令又道：“吴氏这身孕，据王氏所说，虽然的确无疑；唯恐案结之后，吴氏分娩之时，杨氏族中不免又有一番议论。必得想个法儿，此时代他预先留下地步，以杜将来人之多言才好。且待我慢慢想来，再作计议便了。”颜太太在旁也极称是。不表颜县令处处留心，矜孤恤寡。

且说王氏出了县衙，先去会着杨士兴，将以上的话告诉一遍，杨士兴也无话说。王氏便往押所而来，到了门口，并无阻挡。

原来颜县令已着人招呼过来。王氏一直进去，见了媳妇，便想起儿子，好不悲惨。又见媳妇那种情形，更加伤感不已。吴氏一见婆婆进来，止不住抱头痛哭，道：“娘呀！莫非是与你不孝媳妇，梦中相见罢！你媳妇累得你儿子送了性命，我是百身莫赎。但是你老人家偌大年纪，将来依靠何人早晚侍奉？媳妇已是不孝，还累及我的亲娘到此看我，你媳妇更加有罪了。”自己说了一遍。王氏见她如此，本来有一肚皮话，要与媳妇谈谈，因此反而一句说不出来，只是相对而哭。

姑媳二人正在哭得难解难分，忽然走进一禁卒，向王氏喝道：“你这老太婆好不知进退！你虽然是奉了太爷之命，到此看你媳妇，可知道这是什么地方，怎容得你两个人这样的哭起来？你进来时候儿也久了，还不给我快些儿出去么？”一叠连声赶王氏出去。王氏被禁卒这一阵大喝，更是有话不能说了。

还是吴氏在旁，带着哭向禁卒哀告道：“公差爷！且不必动怒，让我婆婆与奴家稍谈片刻，随当请我婆婆送些茶钱敬与公差爷笑纳便了。”那禁卒听了这番话，因故意说道：“不因为你婆媳两个这般苦恼，哪里容得你进来？既是如此相商，你们有什么话，可赶紧儿讲完了出去。”王氏连连答应道：“多谢公差爷，我说完了话便出去的。”那禁卒说着，也就走了出去。王氏才抢进一步，向吴氏耳畔低声问道：“为娘的昨日被县令太太喊进去告诉我，说是你近日呕吐时作，不思饮食。此间看管的人，报与县太爷知道。县太爷即命医生代你诊治。后来据医生说，你不是病，是恭喜了，才有一个多月。因此县太爷便疑惑起来，使县令太太将我喊进去问。为娘的已代你说明白了。我听见这句话，所以不放心，好容易求了太太，转求县太爷，才准我到此看你。我的儿，为娘的记得你那月事，不是我大富回来的前三日么？我儿你可实告诉了我，好使我放心。”吴氏听了这句话，不觉面红过耳，羞愧难胜，因道：“这总是你媳妇作的孽，你老人家还问他作什么呢？无论是与否，好在你媳妇打定主意，只等县太爷判明你儿子如何中毒身死，我便随你儿子去了。只不过可怜娘日后无人侍奉，亦说不得这句话了。何必生在世间，被人家耻笑，连父母翁姑都不能兼顾，问什么别的事呢？”王氏听了这番话，却是一悲一喜。喜的是儿子虽死，现在媳妇已有身孕，将来还可生个遗腹子孤儿，传宗接代；悲的是媳妇负屈含冤，口口声声皆是要死，因此又不免流了许多眼泪。因道：“我儿，你的心我已明白了，听说县太爷已详报出去。好在县太爷是个最清不过的青天，将来不致使你含冤负屈。就是为娘的，现在已深自懊悔，大不该听信人言。为今之计，我儿既有了身孕，更见我儿子死得苦。可怜为娘的，将来无人侍奉。能得托祖宗保佑，你日后生个遗腹子，一来为我家传宗接代，二来为娘的，也可有人侍奉。我的儿，你切切不可存那寻死的心。我儿子已死，这已是挽回不来的了；你若再死去，使为娘的尚有什么指望呢？劝你好好的保养，不要糟蹋了身子，等事结之后，就可回家，虽说不能如儿子在日一家团聚，到底也算骨肉重圆。我的儿，听为娘的话是不错的。我也不能与你多谈了，过两日再进来看你罢！”王氏说了这番话，吴氏也无他言，只说了一句：“娘呀！怎怪得你老人家？这皆是你不孝的媳妇命苦，带累了杨氏一家。你老人家也可早些出去罢，免得那班人再罗嗦。”说着，又催了两次。王氏无奈，只得别了媳妇，含着两眼的泪，悻悻而去。吴氏见婆婆已去，自己又暗恨了一回，哭泣了一回，暂且按下。

再说颜县令这日接到施公来文，令他将杨怀仁控告侄孙媳谋害亲夫一案，即率原、被告，人证，尸属、尸亲，及犯妇母家人等，一并解往淮安，听候亲提讯问。当下颜县令即刻备了申文，报起解日期，交来人带回呈缴。一面将原、被告，尸亲，以及吴氏之父吴有德，一并传齐，即日押解前往。当下颜县令又找了两只船，一只是自己坐的，一只是给原、被告人等及差役坐的。这日押解动身，开船而去。却好顺风，不过一日时光，已抵淮安城下，将船停泊。当即饬差先将杨吴氏、杨怀仁押解进城，分别寄交山阳县官寓羁禁；其尸属人等，亦着来差妥为看管，听候提讯。颜县令这才上岸，坐轿进城，先到漕督衙门禀见。当有漕辕巡捕官禀报进去。施公闻说原、被告，人证，俱已由阜宁县解来，现在辕门候示，当即传见。巡捕官传谕出来，颜县令即便趋进。一见了施公，请安已毕，站立一旁。施公命他坐下，有人献了茶。颜县令禀道：“卑职自奉大人亲提得公事，已将杨怀仁，杨吴氏，原、被告，人证，俱已解到，现在寄交山阳县，分别羁押，听大人明断！”施公道：“据贵县来文详诉各节，足见贵县慎重民命，钦佩之至。现已解到，候本部堂明日午堂亲讯便了。”欲知如何审出实情，且看下回分解。

第二一九回　因疑案县令诉前情　秉公心贤臣听冤讼

话说阜宁县蒙施公奖励了两句，并属令听候亲提审讯。颜县令当下禀道："卑职查得该氏，实系端庄自守。谋害亲夫，似非出于该氏之手。但氏夫杨大富，又系中毒身亡。因此卑职详讯数次，该氏既不辩驳，亦不呼冤，唯有声称将故夫因何中毒身亡实在情形判明后，该氏即欲从夫殉节。卑职因此宿庙求神指示，或可得知底细。不意蒙神所示诗句，卑职推敲忖度，殊难悟解。故此申请大人定可否，仰求先为教诲，卑职就感激之至了！"施公道："本部堂在先亦殊费解，后来偶阅药书，见有荆芥与鲫鱼相反，若食者立毙，因而才将那诗句解悟出来。虽然如此，还有可疑之处，候明日讯问时，再作计议。"颜县令听了施公这句话，登时也解悟过来，因又道："大人卓识，卑职实在惭愧。今已有头绪，便好为该氏解脱冤枉了。尚有一事，还要求大人代该氏预留地步，以免他日之患。昨因该氏在押抱病，卑职即传官医诊治。据官医诊看，谓氏已有身孕，才有一个多月。卑职反复推究，与该氏故夫回家之日，身死之期，亦颇相合。将该氏之姑王氏密传到县，询问各节。据氏姑所言亦颇确凿，并谓："该氏既有身孕，还算杨氏不幸中之大幸。'据称如此，是该氏委无别项情事无疑。原告杨怀仁，系该氏再从叔祖，其人奸险异常，今若不为该氏留下地步，将来生产遗腹，难保不生枝节。所以卑职再三思虑，总想代该氏免绝后患，方可得安。愚昧之见，不知大人意下如何？"施公听罢，先点了点头，再说道："贵县成人之美，本部堂何乐不为，明日一并计议罢了。"颜县令唯唯告退出去。施公也就回了书房，当日无话。

次早辰刻，阜宁县也早来到。施公亦即升堂，正面坐下。颜县令坐在旁侧。施公即命先带杨怀仁听审。当有原差将怀仁带到，跪在下面。施公望下问道："你唤杨怀仁？"答称："小的便是杨怀仁。"施公道："杨吴氏是你何人？"怀仁道："是小的侄孙媳。"施公道："尔控告吴氏谋害亲夫，是将你侄孙谋害？"怀仁道："大人的明鉴。正是侄孙被其谋害。"施公道："尔既知尔侄孙为尔侄孙媳谋害身死，可将当日如何谋害情形，对本部堂据实禀来，本部堂好代尔侄孙申冤。快讲！"杨怀仁道："大人听禀：只因侄孙娶媳三月，即出外经商，一去三年。于本年三月初八日，才由外路回家。那日到家时，甚是强健，不意当夜就为吴氏谋害身死。次日早晨，方才知觉。小的因侄孙身死不明，这才赴县禀报。蒙县太爷恩往相验，据仵作验得尸身肚腹青紫，实系中毒而亡。可怜侄孙三载离乡，一旦回家，即遭谋害。堂侄又系独子养亲，吴氏存此辣手狠心，实为族人共嫉。总求青天大人严讯吴氏，为侄孙申冤！"施公听罢，因道："杨怀仁，尔与杨士兴同门居住么？"杨怀仁道："小的住在士兴家西首，算是紧邻，却不同住。"施公道："据尔所说，吴氏谋害亲夫，尔当有些实据了。尔究竟有何实据？可对本部堂说来。"杨怀仁道："大人若问实据，小人却不敢妄说。但吴氏平日甚为流动，因此生疑。这请大人明鉴：若非吴氏谋害，何以侄孙前一日回家，第二日即中毒身死呢？这是千人共见，非是小人敢妄指的。"施公道："本部堂只有一事不懂。尔侄孙上有父母在堂，何以他父母不去首告，偏是你前去首告呢？"怀仁道："小的忝居族长，族中凡有事，理应小的承管。今侄孙为侄孙媳谋害，小的首先控告，此亦义不容辞。"施公道："原来你是个族长，所以你要首告。但本部堂看你这人似非忠厚之辈，难免其中无藉端敲诈之处。你且退下！"杨怀仁只得跪在一旁。施公又命：带杨士兴。即刻，杨士兴带到，跪在下面。施公问道："你唤杨士兴？"答称："小的是杨士兴。"

施公道："本部堂问你儿子如何被你媳妇谋害，可将实情诉来，本部堂好代你儿子申冤。"杨士兴道："小人的儿子，前一日由外路归家，次日即死于床上。小的当时并不知道，还是小的妻子王氏在房里面，见媳妇喊了一声：‘不好了！’那声音颇为惊诧，小人的妻子闻声而去，打开媳妇房门，见媳妇已昏晕在地，不省人事。当时小人的妻子，即招呼小人前去。小人进房一看，见媳妇如此，还道儿子与媳妇吵闹，将媳妇推倒在地，跌晕过去；并且还骂了儿子两句，呼唤儿子起来，去取姜汤来灌媳妇。哪知再唤不应。一会儿，媳妇醒过来，见小人在那里骂儿子，他便摇手，又指着床上。小人不知他的意思，还以为他是叫小人去拖儿子。小人正欲前去，媳妇忽然挣出一句话来，说是：‘儿子已死了。’小人与妻子这一听，便走向床前将被掀开一看，果然死在床上，小人夫妇即悲恸不已，大哭起来。小人的堂叔也就来了，问及情形，他便说：‘其中定有缘故。何以你儿子昨日回来，今日就会死呢？怕是你媳妇谋害死的，此事非报官相验不可。’小人听堂叔所说之话，也甚有理，因即请他进城报县。后来县太爷到小人家内相验，果然验出是中毒身死，所以小人就相信不疑了。今蒙大人饬提前来，还求大人代儿子申冤，此就是小人的实情。若说媳妇如何谋害，小人却不知道。”施公道：“还要问你，这媳妇平日待你等夫妇如何，可端正不端正么？”杨士兴道：“小人是从来不撒谎，有一句说一句。若说媳妇，平日待小人夫妇也还孝顺，举动也还端庄，并不似人家那种不孝顺、不端庄的人。不知她怎么会把儿子谋害死的？”施公道：“据你所说，你儿子定被你媳妇谋害身死无疑的了。”杨士兴道：“小人也不敢说定是媳妇谋害的。但是儿子中毒是实，还求大人公断。”施公道：“你且跪在一旁，候本部堂代你儿子申雪。”杨士兴移跪下面。施公又命带杨王氏。

少刻，杨王氏带到。施公问了一会，杨王氏所供的，与杨士兴相同。施公也命她跪在一旁，听候发落。这才命带杨吴氏，当有原差答应，一会儿，将吴氏带进，向公案前跪下，先磕了一个头，然后匍匐在地，哭诉道：“求大人明镜高悬，从公判断，但为亡夫，死无冤枉，小妇人虽万死不辞。”施公听说便道：“吴氏！你可抬起头来，本部堂有话问你。”吴氏答应，将头微微抬起。

施公见他泪痕满面，悲痛难胜，颇觉可怜，因问道：“吴氏，尔可将自从你丈夫回家时，以至身死，其中所有情形，及所食的饮食，一一详诉明白，本部堂好给你丈夫申冤，代你辩白。不可稍有半字不实，快讲。”吴氏因又磕了一个头说：“丈夫大富，自三月初八，由外路回家。小妇人翁姑，因丈夫在他乡日久，家乡风味久不领略，又因丈夫平日喜吃鲫鱼，命小妇人挖取了许多竹笋。于是烹鱼煮笋，翁姑父子夫妇，一家团聚饮食，当时甚是快乐。直吃到日落才吃毕。大家都有酒意，小妇人即收拾杯盘清楚。此时已是上灯时分。小妇人的翁姑，因丈夫沿途辛苦，即命丈夫早些去睡，因此大家提灯进房安睡。不意小妇人次早起来，见丈夫死于床上，当时小妇人即惊慌起来。婆婆闻声，即至小妇人房里看视。彼时小妇人已吓晕在地，后来被婆婆唤醒；此时公公已被婆婆喊进房内。大家一见丈夫死在床头，便大哭起来。那时小妇人痛夫心切，只想随丈夫同死。不意有夫族叔祖见此情形，说是：丈夫昨日回来的，何以今日就死？显系为小妇人谋害。小妇人亦不敢赖。当下将小妇人父母请来。小妇人父母也无从分说，只好听报官相验。哪知县太爷来验，果系中毒身亡。小妇人亦不知如何中毒。但是小妇人嫁夫从夫，夫死理应同死。即谓小妇人谋害，小妇人亦不敢辩，好在同一死法，有何足惜？唯恳求大人将丈夫如何中毒身亡判明，小妇人死亦感恩不已。”施公听罢道：“但本部堂看你似非谋害亲夫之人，本部堂又何能委屈你这贤妇？可知你丈夫中毒之故，本部堂早已知道。且再问你，你家厨房离正屋有多远，院落内有何花木？再对本部堂一一说来。”吴氏道：“小妇人家中厨房，只离正屋相隔一间院落。这院落之内，也无别样花木，只有荆芥一棵。”施公点点头，因又道：“你等由正屋去往厨房，可走荆芥树下经过么？”吴氏道：“这荆芥是有架子的，平时出入都要走荆芥架子下经过。”施公道：“你那日在厨房内将鱼煮好，端回正房，是荆芥花下经过，曾有荆花落入鱼碗之内么？”吴氏道：“小妇人将鱼煮熟，端入正房，并未见荆芥落入鱼碗之内。后来去厨房内添汤，复走出来经过荆芥架下，忽然一阵狂风，将荆芥花吹得纷纷落下，鱼碗内也曾落了许多。”施公道：“曾将荆花拣去么？”吴氏道：“小妇人当时并未拣去——因手内还有别物，到了正屋，才将荆花拣去。”

施公道：“你拣去后，还有别人吃这鱼汤么？”吴氏道：“彼时翁姑饭已吃完，只有小妇人丈夫一人饭未吃完，因用这鱼汤泡饭的。”施公道：“这一碗鱼汤，你丈夫哪里一人饮尽了，还有余剩下来的么？”吴氏道：“不曾剩余。丈夫将饭吃毕，那鱼汤还剩了半碗，是婆婆又叫丈夫喝了罢！因此丈夫就喝完了。”

此时施公在那里问吴氏，堂上跪着的那些人，即堂下听审的人，皆不知何故？个个暗道：“何以专问荆芥花与鱼汤，这是什么缘故？难道其中有道理么？”正在疑惑，忽听施公喊道：“杨士兴，你听本部堂告诉你，尔的儿子并非尔媳妇将他谋害身死，乃系鲫鱼汤吃死的。”杨士兴道：“大人明鉴。小人却有些不懂。小人及小人的妻子媳妇皆吃鲫鱼，何以都不死，独有儿子被鱼汤毒死？”施公道：“你无须多言，听本部堂将中毒的缘故告诉你。尔等所食鱼汤，内中无荆芥花；尔子所食的汤，有荆芥花落下，所以因此身死。本部堂且问你，尔子末后所食鱼汤，尔可曾看见尔媳妇将碗内荆芥花拣出去么？”杨士兴道：“小人亲眼看见我媳妇拣去的。”施公道：“尔等曾喝此汤么？”杨士兴道：“小人等皆不曾喝，只有儿子一人喝的。”施公道：“这就是了。你可听本部堂说，荆芥与鲫鱼本来相反，若是并在一处，误食下去，必然肚腹青紫，中毒而亡。本部堂还有个效验与尔等见证，尔等方知杨大富非吴氏谋害，实系误食荆花鲫鱼汤而死。”

施公说着，即命差役速去街上买两条活鲫鱼，药铺内买二两荆芥穗，立等应用。又命人在外面牵一只狗来。各人遵命去办。一会儿俱已齐备。又把两条活鲫鱼，二两荆芥穗，放入锅内，去煮鱼汤。一会儿鱼汤煮好，将锅从火炉上端在一旁。等那鱼汤将冷，令人将狗牵至锅面前来吃。不一刻，狗倒在地下，乱滚乱叫，又一刻，狗死。施公见狗已死，又命人将狗翻在地下，看那肚腹，果然青紫不堪。忽听施公道：“杨士兴尔可相信你儿子不是你媳妇谋害死的么？”杨士兴道：“大人的明鉴。小人相信了。若非大人如此神断，不但儿子有冤难申，连媳妇还要冤沉海底的。”杨士兴话未说完，杨王氏又向上连连磕头道："小妇人蒙大人的神断，不但代儿子申了冤，代媳妇雪了枉，保得媳妇性命，还可保得我媳妇的遗腹呢！"说着又连连的磕头。施公正欲设法代吴氏保全遗腹，难得他婆婆先说出口，这就更觉好办了。因故作正色喝道："王氏你何得胡说？据尔等所说，你儿子娶亲只有三月，便即出外经商。一别三年，始于前月初八日回家。尔媳妇哪里来的身孕？这不是胡说？来给我将王氏拖下去掌嘴！"王氏听说，极口呼冤道："求大人开恩！不是小妇人胡说，媳妇实在是有了身孕。计算起来，将及两月，实系小妇人的媳妇从儿子回来后才有身孕。"施公道："本部堂万不能信，候本部堂验明，方可相信，如果不实，再行掌嘴！"当传官医到堂来细细验脉。当下官医喝报："验得该氏左关脉起如珠，是受孕将近两月，而且是个男孕。"施公道："你验明白吗？"那官医道："医生验明确实，毫无虚假。"施公道："你敢具结么？"那官医道："医生愿具切结。"施公便命官医具下切结。

官医退去。施公正欲与杨怀仁说话，忽见吴氏跪在下面，向上面磕了个头，口中说道："今蒙大人神断，将小妇人夫妇两重冤枉，俱已判明。小妇人生不能报答大人，只好结草衔环于地下了。"说着，立起身来，便向堂上柱子上一头碰去。

施公一见知道不好；却好吴氏的父母站在一旁，赶着抢上一步，将吴氏抱住，幸而未曾撞着。施公见有人将吴氏救下，心中好不赞叹，因问道："尔是何人？"吴有德答道："杨吴氏之父。"施公道："你叫什么名字？"吴有德道："小人名唤有德。"施公道："尔居然有一个节烈的女儿，可羡！可羡！本部堂就将你女儿交付与你，听候本部堂发落。"吴有德才赶紧跪下，磕头道谢毕，又站立一旁——去防女儿再要自尽。只见施公向吴氏说道："尔之节烈，本部堂已知道。现在尔之冤枉，也算判明，何必再寻自尽？原知妇人以殉节为重，但是你现有身孕，尔夫又无兄弟，可以接嗣大宗。难得尔尚有遗腹，将来生产下来，也可传宗接代。况且尔平时又克尽妇道，侍奉翁姑，亦极孝顺。尔若此时但以殉夫心重，将来尔之翁姑，又有何人侍奉呢？尔须明白这个道理，只要善事翁姑，即是尔夫虽死，也要感激你代他克尽孝道。本部堂再代你请旨旌表，日后果系生下男孩，还可令他读书，功名上进。尔有这许多大事，许多好处，在你一人身上，何必定要殉节呢？须遵本部堂的好话，不可再存妄想。”吴氏感激不已。只得谢道：“蒙大人恩典，小妇人焉敢不遵！夫死妇亡，理所应得。既承大人谆嘱，小妇人当谨遵恩命。以后自当格外善事翁姑，代亡夫克尽子职便了。”

施公闻言，更加赞叹，因又向杨士兴道：“你媳妇节烈可嘉，尔等当谨善视。不得因她系无夫之妇，又感于世俗之谈，说她‘命不好’了，将你子妨死等语。须知你媳妇如此孝顺，如此节烈，在那世家之中，也就难得。而况出在尔等乡村之中？尔等倘敢故违，本部堂一经访出，即提从重严办。”杨士兴道：“媳妇是我杨氏门中第一个贤孝节烈的人。小人等若薄待了媳妇，也对不起小人的儿子。当谨遵大人恩命。”王氏也说道：“小妇人当作儿子一样看待，能于日后生个遗腹孙子下来，那就更感大人的大恩了。”施公见杨士兴夫妇如此，心下十分喜悦。因又将杨怀仁喊到面前，向杨怀仁喝道：“你现在可相信你侄孙非你侄孙媳谋害死的么？”杨怀仁道：“小的此时相信了。”施公道：“若非本部堂给你侄孙媳判明，吴氏的一条命，岂不被你冤诬而死？本部堂本来要办你一个诬告的罪名，姑念你尚无别项情事，从宽发落；着重责二十板，以惩将来好事生非。”杨怀仁听说，更加吓得胆战心惊，哀求道：“小的知罪，还求大人格外宽恩。杨怀仁以后当不敢再如此藉端生事了。”施公见吴有德也代他苦苦哀求，方转弯说道：“姑看你代他哀求，着令当堂具下切结，以后断不藉端生事，始准从宽释放。”当下杨怀仁具了切结。施公道：“可了结此案，你可回去。”次日即禀辞回署。这里施公也就代吴氏请旌表。吴氏怀胎十月，居然生了一个遗腹儿子，后来抚养成人，还进了一个阜宁县学的生员，这也算吴氏能尽节孝的报应。毕竟此人是谁，且看下回分解。

第二二〇回　黄天霸大闹桃花庵　马如龙独战吕祖殿

回头再说黄天霸同着褚标、朱光祖三人，前往连环套，探听盗御马的消息。一路上饥餐渴饮，夜宿晓行，已走了半个多月，却不曾打听出来。这日走到一个所在，忽见前面有镇市。

天霸便向褚标道："褚老叔！咱们到前面那座镇市上歇一会儿，再向前进罢！"褚标道："便是咱也有此意，咱们可赶到那里去歇罢！"说着，三人走了一会，已到了面前的镇市。天霸就在这镇上街口，寻了一座大酒楼。只见牌上写"集贤居"三字。

天霸与褚标、朱光祖等三人，进得店堂，上了楼，在窗口一张桌上坐下。当有小二上来问道："你老还是饮茶？还是饮酒！"

天霸道："先泡两壶茶来解解渴，然后再打酒来。"小二答应下去。一刻工夫，送上两壶茶来，又打了三盆面水，在各人面前放下。褚标等洗净了面，然后坐下来喝茶。小二站立一旁伺候。

褚标便问道："这镇市唤什么名字？哪一县所管？"店小二道："这镇市叫桃花镇，系济宁州所管。"褚标道："原来这就是桃花镇。人说济宁州有座桃花镇极其繁华，果然名不虚传，却是一个好地方。"因向窗外观看街上的人景，只见往来杂众，车马喧阗，实在是个冲衢要道的景象。看了一会，小二又向天霸问道："你老还是拿酒？还是再等一回儿？"天霸道："你这店里有什么好酒？"小二道："原泡高粱是顶好的。"天霸道："你就给咱打二斤。"小二道："你老用什么菜？"朱光祖道："你可将你店内顶好的菜，随便取两样来下酒。"小二答应下楼。一会儿拿了两壶酒，四碟菜，摆在桌上。无非是鸡、鱼、牛肉、蛋之类，这也不必细表。三人便饮起酒来。正在吃得高兴，忽听一片吵闹之声；接着乒乒乓乓一阵乱响，好似摔了许多碗碟。黄天霸首先向楼外一看，只见对街一座酒楼上拥着许多人，在那里吵闹相打。

黄天霸看了一看，但见内中有一人，身体魁梧，相貌不俗，身穿一件白缎绣花直缀，头戴一顶英雄巾，脚踏一双薄底快靴，是个武生打扮，接着一人在那里厮打，口中嚷道："咱将你这囚攮的打死，方知道爷爷的手段！难道我是过路人，就应该被欺负么？"说着，又是几拳头打下去。只听底下那人哀求说道："小人有眼不识泰山，还求爷爷饶恕！再打可是要死了。"

黄天霸正不知所为。忽见店小二在旁说道："这人也真奇怪，自从上月到了这里，已有二十余天。每在酒馆内专门与我等作对，稍不遂意，便即相打。听说住在桃花庵，又不知他来此何事？但有一层，只要将他伺候好了，可真是银钱毫不吝惜，三两五两，十两八两，只管乱使。"朱光祖在旁听说，便望天霸使个眼色。天霸会意。褚标此时也看出来了，于是三人不追问。

话说黄天霸等三人，才上得对过酒楼，已不见厮打店小二的那人。你道这人是谁？就是双飞燕。他因闻得施公着令黄天霸去到连环套要那御马，他便想也去送信与窦耳墩。后来到吴其士家采花，将那吴其士女儿杀死，他即预备赶往连环套。走此经过，却恋着一个妓女，因此在这镇上耽搁下来。这桃花庵是这镇上第一个大寺院，双飞燕所以也住在庵内，他一来恋着妓女，二来他又想打听有什么好女子、好妇人，便又采花。不意在那酒楼上，正打得那小二叫苦连天，哀求不已，瞥眼看见黄天霸等在对楼上，目不转睛望他。他这一见，虽然认不得黄天霸，自古道："好汉识好汉，英雄识英雄。"他已猜着九分。

又见朱光祖望黄天霸丢了个眼色，他格外明白。因此撇了店小二，便下楼去。他又料定黄天霸必然打听他的住处，故此去到庵内好作准备。所以黄天霸等到了那里，已不见双飞燕的踪迹。当下便向褚标说道："那人已不见了。咱们还得前去那里才好。"褚标道："咱们且走到那里，探听探听是否那人，再作计议。"天霸、朱光祖答应。

于是三人出了那酒楼的门，又问明那个桃花庵的路径，一齐前去。不一会已到，三人便走进庵门，果然里面金碧辉煌，好一座庙宇。三人信步而进，直走到方丈。当有住持僧迎接进去，彼此坐下来谈了片刻。褚标正要探问，忽见打店小二的那人走了进来。褚标一见，即低问那和尚："大和尚，你可知道此人姓什么?"那和尚道："据他说是姓马。"褚标道："大和尚，可知他哪里来的?"和尚道："他说从淮安而来，又说从徐州而来。"褚标正盘问和尚的细底，瞥眼间又不知那人去向。

因与黄天霸道："此人定是那人了。"天霸点头称是。褚标又向和尚问道："向来认得他么?"那和尚道："本来不相识，因他住在这里才认识的。"褚标又向和尚道："我等有一句话奉告：此人是著名的一个采花大盗，名唤双飞燕。我等俱是淮安总漕施大人那里的人，近因奉了大人之命，出来访拿他。不意他住在你这庵内，我等即刻就要去拿他，所以先告诉你一声，你可不必怕。但是他现在住的什么地方?你可告诉我，好让我前去。"

和尚道："原来这姓马的，还是个采花大盗！僧人从那里得知?他却住在九十九号屋内，在后殿西首廊下，门口有方横匾，上写着'吕祖殿'三字。"褚标听说，记在心中。当下天霸等三人，也就将外面大衣脱去，各人拿了兵刃，跳出方丈，直向吕祖殿而来。

此时正是六月十三酉末戌初之候，月色正明，他三人顺着路径，到了吕祖殿门口。褚标站在门外，黄天霸首先入内，朱光祖一个箭步，上了房檐，顺着房垄来至屋后，在屋上接应。

天霸走入屋内，趁着月光，便去寻九十九号。转弯抹角，过了月亮门。只见对面走出一人，天霸定睛一看，正是双飞燕。此时打扮却不是在那酒楼上的装束，但见他身穿紧身衣靠，头扎英雄包脑，脚踏薄底快靴，手拿着一对倒刺双尖钩。因大声喝道："来者可是天霸小子么?"天霸答应道："既知老爷的大名，还不早早受缚?免得老爷动手。”双飞燕道：“你若能赢得咱爷爷手上家伙，咱爷爷任你处治。”天霸道：“好大胆的贼子！你到处奸人妇女，又将吴其士之女杀死。今奉总漕施大人之命，特来擒你。你还敢恃强抗敌？不要走，看刀！”说着，就是一刀砍去。双飞燕大笑道：“好小子，来得好！”说着，即将左手刺钩向上架住，右手一起，那把钩已放了出去，来打天霸。天霸见来势凶猛，即将手中刀拨回，对准刺钩向上一迎。

只听当啷一响，将双飞燕的钩拨在一旁；趁势一刀，向双飞燕左肋下刺去。双飞燕左手的钩往下一磕，靠着刀就要来绞。天霸看得清楚，不敢怠慢，将刀一掣，急急一个箭步，纵到双飞燕背后，一转身，就从他后肋送进一刀。双飞燕也就即转身过来，将天霸一刀让过，起右手钩来刺。天霸复一纵，到了双燕左边，用了个旋风刀，直向双飞燕腿上搠到。双飞燕两钩合就一齐舞动，认定天霸前后左右上下，钩绕进来。天霸的那口单刀，也算用法精明，遮拦格架，来破他的双钩。哪知双飞燕的双钩，实在神妙莫测，把个天霸直杀得只有招架之力，并无还刀之功。天霸杀得性急，尽力杀了几合，知道敌他不过，便急急拨开一钩，撒腿跳出圈外，当时就取出飞镖，预备去打。哪里知道双飞燕亦早防备，怎容得天霸发镖，他却早已赶了过去，仍是双钩齐下。口中喝道：“好小子！你打量用镖来打爷爷，可知道你爷爷早已识破你那诡计。往哪里走？看钩罢！”

话未说完，钩已应声而到。黄天霸只得仍然用刀来敌。二人又杀了一二十个回合。黄天霸看看抵敌不住。

却好朱光祖在屋上看得真切，一声大喝道：“双飞燕！你休得逞强！咱祖爷爷来取你的狗命！”说着手舞双刀，从半空中跳下来。手起刀落，直向双飞燕顶门砍到。双飞燕见屋上又下来一人，他那敢怠慢？一面敌住黄天霸，一面留神顾着上面，正在预备招架，已见朱光祖双刀到，逼近顶门；双飞燕此时，可是万难招架，只得一甩手，向天霸甩手一钩，复将腰一弯，向斜刺里一蹿，让过朱光祖的双刀。朱光祖双刀扑下，却扑了个空，险些儿误砍到天霸身上去。朱光祖才算立定脚步，双飞燕已将双钩飞舞回，复向朱光祖钩来。黄天霸一见，从斜刺里接住。接着朱光祖也就舞动双刀，齐杀过来。三个杀在一团，真个是将遇良材，棋逢敌手。正在难解难分之际，忽见朱光祖一声喝道：“好强盗！你不要逞能，看镖！”双飞燕听说看镖，疑惑朱光祖也有暗器，便分了一点神，防备镖打。那知哪里有什么镖来？却是朱光祖用的诈敌之计，居心想吓他一吓，他一定要分神在这镖上，便可趁这空儿刺他一刀。那里知道双飞燕未见有什么镖来，他知道是诈语，也就无意提防，仍是死力接战。黄天霸实在杀得兴起，便拼命与他死杀。朱光祖亦不遗余力，拼命上前。三人又杀了一会，只见黄天霸喊了一声道：“好强盗！咱老爷杀你不过，你休得来追！”双飞燕就急急赶来。朱光祖怕天霸有失，也就赶下去杀。双飞燕赶得切近，只见天霸手这一扬，毕竟双飞燕曾否中镖，且看下回分解。

第二二一回　双飞燕败走桃花庵　老褚标夜宿松林甸

话说双飞燕正赶黄天霸，忽见天霸手这一扬，知道放了暗器，急急预备留神躲让。哪知天霸的镖，已到了面前。双飞燕说声："不好!"赶着将身子向偏一让，算是让了过去。接着天霸又是一镖打来，双飞燕久知天霸是传家的镖法，百发百中，今幸将他第一只镖躲过，连着又是一镖过来。双飞燕知道难让，正在打点主意，还想闪让，那第二只镖已认定右足打到。双飞燕即刻向上一纵，离地有三尺多高，那只镖又被他让过。却好朱光祖已赶到双飞燕背后，乘势就是一刀，向双飞燕连肩带背砍下。双飞燕知道朱光祖已至背后，说时迟，那时快，他已跳在一旁。朱光祖见这一刀落空，复进一步去砍。双飞燕接住，又斗起来。此时黄天霸又复上来助战。外面褚标等了一会，见里间毫无动静，又不知胜负如何，因也提了朴刀，走了进去。

转过月亮门，早看见他三人在左首那方大院落内厮杀，正是杀得难解难分，不分胜负。褚标飞舞朴刀，一声大喝道："好小子！认得褚标么?"话犹未了，已从人丛中砍杀进去。双飞燕一闻此言，赶着留神，急拨开黄天霸的刀，顺手还了朱光祖一钩。正要撒腿就走，却好褚标刀已经向面门砍到。双飞燕此时可急了，将右手钩一起，接住了褚标的朴刀，左手钩先向朱光祖虚晃一钩；朱光祖才待让开，他便趁势向黄天霸甩去。黄天霸不曾留意，肩膊上已被双飞燕的钩搭住了。双飞燕见打中了天霸，一面拦住褚标的枪刀，一面使足了劲，就将搭着天霸的那把钩，向怀里一拉。天霸说声："不好!"肩膊上衣已被他拉下一块来，幸喜不曾伤动皮肉，只将紧身衣靠却拉破了一块。

朱光祖、褚标二人见天霸已中了双飞燕的兵刃，便一齐拥上来，不分皂白，乱砍乱杀。双飞燕见不是势头，当即抖擞精神，将褚标、朱光祖二人的三口刀分开，自己即从平地将足一顿，犹如一条黑影立刻飞上屋檐，乘势就揭起瓦来，望下一摔。黄天霸、朱光祖见他上屋，他二人也就要赶了去，只见摔下七八片瓦，黄天霸、朱光祖略停滞了一刻，双飞燕就在这些工夫，已撒腿蹿房越屋，一溜烟逃走。等到天霸、朱光祖二人上了屋檐，急急赶下，双飞燕已走得远了，追赶不及。黄天霸还不肯舍，仍急急地向前赶。赶了好一会，只不见踪迹。天霸道："寺内不就这一片地方，这忘八羔子走向哪里去了？"

原来双飞燕上房檐后，他便到方丈内寻住持和尚，要与他说话。不意和尚不在方丈，他只由方丈之内墙上越蹿而去。黄天霸等又寻了一会，仍然不见他，只得怏怏而回。此时已将五鼓，只得齐回方丈，歇息片时。

那方丈却备了许多早点，请他们受用。黄天霸等杀了一夜，正在腹中饥饿，和尚备出点心，正可以疗饥。此时业已天明，三人穿好外衣。天霸道："咱们这会儿向哪里去呢？可恨双飞燕这厮，又被他逃走，甚是可惜！不免往后又是费周折了。"褚标道："这也没法，只好再为查访，能将他的住处访明，那就容易设法了。咱们此时，只好先向连环套打听御马的消息，再作道理。"天霸答应，便与朱光祖三人，一齐出了桃花庵，直往连环套而去。沿途趱赶，戴月披星。这日，因贪赶路程，过了投宿之处，无所止宿。褚标等三人正在犹疑，打点主意，忽见东北角有座松林，劲节参天，浓荫匝地，约有千万株松，却是好个所在。就从松林里面，隐隐地露出烛光。天霸道："那松林内定有人家，咱们到那里借宿一宵。"于是三人走了一刻，进了松林。只见松林内有三五人家，茅舍竹篱，颇有脱尘之概。黄天霸仔细看见末了一家，屋内尚有灯光。即向褚标说道："那家定未睡觉，你老前去打门，见了你老偌大的年纪，与他商量借住一宿，定然应允。若是小侄前去，他们见了少年的人深夜借宿，断不敢相留。"朱光祖道："黄贤侄这话倒说得不错。褚标哥就去打门罢！"

褚标答应，即走到有灯光的那家门口，先用手在大门上拍了两下，只听得里面有人问道：“夜晚更深，哪个前来打门？有什么要事？”说着，好似走出来开门的声音。少刻，只听里面先把门闩拔下，又听吱呀一声，门已开了。里面走出一个老者，苍颜白发，约有六十岁开外年纪，手上执着一个手照，先将手照向门外一照，口中问道：“是哪个到此敲门？有什么事？”褚标见问，便上前先拱了一拱手，然后说道：“老丈，是俺等惊扰。只因贪赶路程，走过宿头，无处落店。故此冒昧到府，意欲奉商暂宿一宵，不知尚肯容纳否？”那老者先将褚标上下打量一回，见他也是白发苍颜，与自己年纪访佛，谅非歹人，因说道：“寒舍蜗居，恐不堪老丈下榻。既然无处投宿，有屈一宵，谅也无妨。”褚标便谢道：“既蒙老丈相留，已是感激之至。但某尚有同伴二人，现尚在林外立等，未知老丈尚可一齐容留否？”那老者道：“贵同伴现在何处？就请老丈将二位请来便了。”褚标见那老者已经答应，心下甚喜，当下就将朱光祖、黄天霸邀来。那老者将大门关上，在前引路，过了院落，便是三间客堂。那老者将手照摆下，便请褚标等坐。褚标等三人也就与老者行了礼，然后问道：“老丈尊姓大名？某等多多冒昧，尚乞弗罪！”那老者道：“某复姓东方名亮。相逢萍水，亦人之常，何罪之有？尚不曾请教三位尊姓大名，仙居何处？”褚标道：“某姓褚名标。这位姓朱名光祖。这位便是姓黄名天霸。现同在总漕施大人标下。只因近来往北直一带访案，贪走路程，因此造府投宿，得见尊颜，这真三生有幸了。”那老者听了褚标这番话，当下惊讶问道：“原来就是诸位英雄，某闻名久矣！惜未能一见尊颜。今见尊颜何幸如之。但有失迎迓，尚求见宥。”当下谦逊了一回。东方亮即起身向褚标说道：“失陪片刻，便即出来。”褚标道：“请从尊便。”东方亮转身入内。原来他进去喊了人烹茶造饭，款待褚标等人。不一刻，复又出来向褚标道：“诸位沿途辛苦，戴月披星，想尚未用过晚饭。某已办了水酒，诸英雄能赐光么？”

你道这东方亮究是何人？何以与褚标等素昧平生，一见便如此殷勤款待？原来东方亮也是个年高有道的隐者，因闻褚标等忠义之名，今日一见，故如此殷勤相待。闲话休表。不一会，已由庄丁拿出两壶酒、四样菜，调开坐位，请褚标等依次坐定，自己便在下首相陪。家丁在旁挨次斟上酒。东方亮执杯在手，让道："乡居市远，盘无兼味，聊备村醪，恐不甚适口，幸勿见笑。"褚标等亦再三谢道："某等夜半更深，前来打扰。既蒙容纳，已自不安。老丈又复多情，赐以酒食，某等更加感激，只好容图后报了。"东方亮道："老丈说哪里话来，某久仰诸位英雄盖世，忠义为怀，亟思一识尊颜，稍慰平生渴想。乃半以道途多阻，半以俗务羁身，欲去无由，因此牵绊。今者难得相逢邂逅，正可作永夜之谈了。"褚标道："老丈高义，世所难得。但某等以萍水相逢，过蒙厚待，心甚不安。"东方亮道："不必过谦了，我们吃酒罢！"于是大家吃了一会酒。

东方亮又道："某有一事，敢问诸位，施公为世之名臣，朝廷之柱石，所谓至公无私，清如水，明如镜，比之龙图阁学士亦不过如是。天下凡有冤屈者，莫不思得施公而一剖之，以为可以明白，可以申冤枉。街谈巷议，妇孺皆知，施公之声望，可谓至大且远。施公之神明，可谓至奇且精。但不知非所辖者，如有冤枉可能向施公而一诉奇冤么？"褚标等听了这话，暗道："这老儿问的话，可奇怪。难道他有什么冤枉，要去大人处申诉么？"因问道："老丈你不知道，我们施大人是位钦差大臣，并巡按大人。凡有民间冤屈，只要有原告前去，无不准词的。哪怕就是隔了省份，也可移知本省督抚，将案卷调去审问的。老丈忽然问及此话，难道老丈有什么过不去的事么？"东方亮道："某寄情泉石，啸傲烟霞，日与老妻、稚子作布衣暖，菜饭饱，以乐晚年，哪里有什么冤枉？不过于耳闻目睹中，有件极不能平的事。若非施公神明，恐今生今世不能判断明白；便是来生来世，也不能申此冤枉。久有此意，欲去淮安告状，恐怕公因越省渎诉不准；待欲京控，又怕京中无施公之神明断者。因此负屈含冤，已将半载，若再延时日，不免要定成死罪了。"

黄天霸道："敢问老丈，这受屈的究是何人？系为何事呢？"

东方亮道："说起来也甚可惨。离此不远，有一市镇，名田家集，系属固始县所管。集上有一家药材铺，唤作大生堂。店主姓沈名天成。这沈天成夫妇两个，他妻子梅氏，生得颇为美貌，年约二十开外。这天成却是续娶；前妻并无儿女。这大生堂的生意颇好，店中除伙计以外，沈天成有个表弟姓杨，名唤式玉，也在店内帮同沈天成管理账务。三月间，沈天成就命他表弟出外办货，约一个多月。杨式玉办货回来，见他表兄已经身死，药铺亦复关歇不开，店中伙计全行歇去。杨式玉这一见，自然惊慌无地，追问表兄如何身死？他表嫂梅氏说是'患痧而亡'。杨式玉就有些疑惑，而又死无对证，也就罢了。那杨式玉也未回家，当日仍在表兄家内住下。因为表兄虽死，各伙计虽然辞歇，店中还有些账目要盘查一番，该还的还人家，该讨的讨回来，好为寡嫂将来过日子。杨式玉这个好存心，也不算坏。哪里知道第二日一早，即有本集地保陶三，说杨式玉杀毙寡嫂，将他拖到县里报案。固始县因人命重案，随即到集上相验，果见有个无头的女尸横在房内。因此固始县即将杨式玉讯问了几堂，叫他招出如何杀毙表嫂？这杨式玉受刑不过，只得屈打成招。固始县又要叫他将人头交出，他哪里交得出来？两次三番，受尽苦楚，到现在还不曾将人头交出。诸位你看他可冤屈不冤屈么？"黄天霸道："据老丈所言，这杨式玉既受此冤枉，难道他无家属，不去上宪那里控告么？"东方亮道："这杨式玉并无家小，只有一个老母，今年有五十多岁。她也曾到府里喊冤，怎奈府里不准。又往省里控告，依然批驳下来。真所谓：天高皇帝远，有冤无处申！居心欲往施公那里告状，又恐越省渎诉，还是不行。因此在家，坐而待毙。"黄天霸道："这陶三家离沈天成家有多远？他又何以知道沈梅氏是杨式玉杀死呢？"东方亮道："陶三家紧靠沈天成家宅后。据陶三所报，系这日早间，因见沈家后门口有血迹一条，因此追问。又去沈家探视，才知道梅氏被杀。"黄天霸道："何以晓得梅氏被杀，确系杨式玉所杀呢？"东方亮道："据陶三所说，当沈天成在日，这杨式玉便与他表嫂不睦，时常吵闹，有要将她害死之说。却好他表兄已死，沈家又无旁人，定系挟仇将她杀害。陶三因贴近紧邻，恐将来受累，因此前去投案，将杨式玉捉去。"黄天霸道：

“这陶三现在还住沈家宅后么？”东方亮道：“并未移居，还住在原处。”黄天霸道：“据老丈所说，这杨式玉的冤枉，恐是一定无疑了。但不知杨式玉这人平时行为如何呢？”东方亮道：“若问杨式玉的为人，虽然才二十多岁，却甚忠厚老实。通田家集的人，没一个不知道的。现在他遇了这件事，通集的人也没有一个人不给他喊冤枉，却是没法。”天霸道：“虽然如此，好在杨式玉不曾将他表嫂的人头交出来，就固始县再糊涂些，总不能定案。施大人那里原可去告。怎奈路途太远，他一个老母怎能去得呢？我们施大人秋间要请陛见，不过九十月便要进京，那时必走此处经过。可命杨式玉的母亲就近拦控，施大人也可就近准词审问。”东方亮道：“照尊驾说来，没有人头，是不能定案的？”黄天霸道：“俗语说：‘捉奸捉双，拿贼拿赃’。何以见得是他所杀呢？因此虽已成招，却无真实凭据，所以不能定案。”东方亮道：“施大人究于何时才可驾临此地呢？”天霸道：“至迟十月，就要从此经过了。”

东方亮道：“那时诸位还同来吗？”天霸道：“某等都要来的。”

东方亮道：“那就好了。这事非是某多言，实在见那杨式玉是个好人。今遇此难，未免可怜，究竟有无冤枉，必待施大人一断便可明白了。说着，东方亮又劝了一回酒，然后才撤去残肴，大家安歇。

不一会，果真东方已亮，天霸等起来预备动身。东方亮又做了许多早点，请他们三人用饱，然后告辞而去。后来杨式玉的老母，果然等施公陛见进京，道经河南，他便前去告状。经施公将杨式玉判明冤枉，又捉到奸夫淫妇，将固始县参革结案，此是后话，暂且不表。

且说褚标、黄天霸、朱光祖三人离了松林甸，只望连环套而去。毕竟黄天霸何日才进连环套，且看下回分解。

第二二二回　老褚标患病在中途　朱光祖设计诱强寇

话说黄天霸、褚标、朱光祖三人，直望连环套而去。这日走至天津不远，寻了客店住下。忽然褚标在路大病起来，一连三四日，不但是腹泻不止，而且寒热交作。黄天霸、朱光祖二人，好不急躁。好容易到了七日，才算退了寒热，腹泻也算止了。天霸便与朱光祖道："我看褚老叔病虽渐好，还须养息才好。将褚老叔送回淮安，连环套让我一人独去。朱老叔意下如何呢？"朱光祖道："将褚大哥送回淮安，虽是极好，但恐怕混进不行，连环套须得他前去走一走方好。"天霸道："我亦知道不可无他。但是病虽稍退，若再沿途受些感冒，他是有了年纪的人，可万不能再病了。莫如送他回淮安去，他老人家固可养息，我等亦可放心。愚见还是送回去的好。"朱光祖道："我却有个主意在此：赶紧修书一封，着个妥当人，连夜赶回淮安，请大人将关参将、计都司、李五爷派来。留一人在此，专门与褚大哥调理病症；其余同往连环套。事成之后，再一同回淮安，不知贤侄以为然否？"黄天霸道："如此所为，往来也须一月，岂不有误日期么？"朱光祖道："赶得快，来往二十日足矣！等他们到来，再行一同前去，也还不迟。"二人正在互相议论，忽见关太、计全、何路通、李昆四人走进店来。黄天霸一见，好生诧异，因急问道："诸位兄长何以也到此地？"计全道："不期在此遇见，真是巧极了。只因大人于贤弟走后，忽然有个朋友从京里出来，便道淮安，到衙门里去拜。大人随即相见，闲谈中说起连环套一事。大人的那个朋友因说：'连环套这个地方，尚在口外张家口。'大人听了此话，第二日即命我等前来，为的是恐怕贤弟等不知连环套在口外，难于探访。不意在此遇见，正好一起同行了。但不知贤弟也住这里呢！”黄天霸闻说，心中好不喜悦：因得了连环套的所在，免得沿途探访地名。因将褚标害病的话说了一遍。计全这才知道，因又同至褚标房内问病，又将来意说明，褚标也甚喜欢。

当日大家商议，即留李五爷在客店内与褚标作伴，其余同往张家口连环套，探访御马消息。过了一日，黄天霸、朱光祖、关小西、计全、何路通五人，辞别褚标、李五，直往连环套而去。在路行程，非止一日。这日，已至口外，沿途问明路径。又走了一日，已离连环套不远。黄天霸等寻了客店住下，当有小二进来招呼。晚间无事，计全便问店小二道：“我等闻得这里有座连环套，这里面地方甚是广大，我等意欲进去一游，不知你可能带我等进去么？”店小二一闻此言，先将舌头一伸，说道：“你老可真奇怪，什么地方不好去游玩，偏要到连环套去，这个地方也可去游得的么？”计全道：“我等闻得那里甚为热闹，怎么去不得呢？”店小二道：“你老真是所闻不实了。这连环套是个强盗窝，怎么你老要去那里？俺们可实在不懂了。”计全道：“怎么连环套现在变了强盗窝了？我可不知道。但是那里有多少强盗？为首的姓甚名谁？”小二道：“俺也不知道为首的是哪个，姓甚名谁，更加不清楚了。若问如何厉害？但听人说：‘个个皆会飞檐走壁，武艺精强。’俺却不曾见过。”计全道：“你可知道那里有什么规矩么？”小二道：“也曾听说这连环套三面皆是水，只有一面是陆路。内中曲折连环，不认得路的，走了进去，必然走不出来。而且山下皆有人把守，进出的人皆有腰牌，若无腰牌，除非头目不问，其余总要盘查的。不但盘查，而且还要当奸细看待。虽是强盗，规矩却是极其厉害。”计全道：“你可知周围有多少地方么？”店小二道：“周围四十里，皆是连环套所管。由平地直到山顶，听说共有三道关寨。把守的极其严密，若无腰牌，虽插翅也不能进去。”计全道：“原来如此，我们误听人言了。若不细细问你，误到那里，还要险遭不测呢！真所谓‘欲知山下路，须问本方人’。这真是古语不错了。”计全将连环套大概问明，店小二也就出去。

计全便与大家商议道："据店小二说来，这连环套如此严密，怎么能进去呢？"黄天霸道："计大哥不必过虑，任他龙潭虎穴，俺们既到了这里，还能不进去么？无论他怎么把守严密，总要设法进去的。好在已知道路径，今夜便可前往探听一回，再作计议。"朱光祖道："老贤侄！你倒不可孟浪。窦耳墩这老儿可非寻常的小辈，你家令先尊大人那种盖世英雄，还须三次才将他打降服了，即此也可知他的厉害。此时老贤侄若将他当为寻常小辈看待，孟浪前行，恐伯于事不成，反受其累。必得大家商议个妥当计策，然后依计而行，方免后虑。只要进去将那御马的消息打听出来，那御马果在那里，却就易于设法了。"黄天霸道："据老叔所言，好谋而成，固是极好之事，但不知计将安出呢？"计全道："愚兄倒有个主意在此：明日可即离此地，换一家客店。将我们带来的人，全装着车夫模样。再在本地雇一二十辆小车，车上多装石块，又用包袱盖好。贤弟扮作保镖装束；我等也装着保镖人，押着小车走他山下经过。他见了这许多银两，岂有不来劫掠之理？那时再并力与他们一战，务要将他头目擒一个过来，然后再作计议。却不可将车子的物件，被他看出破绽来，那可不好行事了。"黄天霸道："此计虽好，哪里去雇这许多小车呢！"朱光祖道："小车倒不难，只须有钱便雇得到。不过须请本地人去雇，我等恐怕不行。还有一说，计贤弟说须要离此地，重换一家住下，好去办事。我的愚见，客店也不须重换，不妨将这店内的主人请来，告诉他明白。"大家答应，于是便将店主人唤进。

原来这店主人姓陆，名唤松云。陆松云走到房中，先问了黄天霸等尊姓大名，然后问道："客官呼唤，有何吩咐？"计全道："我等没有别事，只因连环套是个大盗的窝巢，往来客商，无不受他的大害。我等并非客人，乃系奉旨前来，剿灭山寨。方才听你家伙计所说一切，奈他那里防守甚严，外人不易进去，因此我等设计前去诱他。现在却少一物，非贤东代办不可。所以相烦一办，却不可稍露风声，使该盗知觉，我等枉劳心机。"陆松云道："不知诸位官长所需何物？请即吩咐便了。”计全道：“烦你代办小车十几辆，沙袋二三十条，石块千余斤，后日都要齐备。”

话说陆松云听说此话，因道：“既承诸位官长到此捉拿强人，剿灭山寨，为我们地方除害，小人们且感恩不尽，理应稍竭微劳。但是长官所要各物，这车辆尚可如期应命，沙袋也还可以设法，唯有千余斤石块，后日断不能如数全有。长官能展限一日，小人便好去办了。”朱光祖道：“稍迟一日，却也无妨。但不过务要机密，万不能稍露风声。倘若泄漏风声，那时可不能怪我等毫不容情了。”陆松云道：“长官但请放心，小人若稍漏风声，甘愿治罪。”朱光祖大喜。陆松云也即出去。到了第四日，俱已全备。这日，黄天霸改扮了保镖的装束，朱光祖、何路通、关太、计全，也各改扮随行保镖的模样。大家饱餐已毕，暗藏了兵刃，将沙袋所装的石块，分装上十二辆小车，车上插着保镖的旗号，命车夫推着车辆，出了店门。黄天霸等在后押解，直往连环套而去。走了约有半日，早望见一座高山，但见峭壁悬岩，由山根上去，大概有二十余里。山顶上并不见什么房屋，唯见树木森森，上蔽天日，这山势好生险峻。天霸一面前行，不一会已离山根不远。

天霸正在凝神观看，忽听一声梆子响，山中冲出一队喽兵来，后面有四个大汉皆骑着马。为首一人，身长八尺开外，猪肝色面皮，颔中一部钢须，手执朴刀；后面跟随三人，皆是强盗形容，满脸的穷凶极恶之状。只见为首的那人，一声大喝道：“你等听着！快将买路钱送来，放你等过去。若有半字不肯，可知道你爷爷的厉害！”黄天霸一见，也就迎了上去，喝问道：“你是何人？快通名来，咱爷爷刀下不斩无名之辈！”那为首的强盗道：“好小子！要问咱爷爷的大名，你且听了。咱乃连环套大王郝天龙的便是！这后面三位，是咱爷爷的三个兄弟：郝天虎、郝天彪、郝天豹是也。你是何人？快快报名过来，好待咱爷爷送你归阴。”黄天霸大怒道：“咱乃保镖大师傅王雄是也！你不必多言，快放马过来厮杀。”郝天龙闻言大怒，大喝一声，飞舞朴刀，拍马过来。黄天霸也舞刀相迎。两人战未数合，郝天龙已是抵敌不过，正要败走，早被黄天霸伸过手去，将郝天龙生擒下马，命车夫将他绑了。郝天虎三人一见哥哥被人生擒过去，大家一齐并力杀上前来。黄天霸抖擞精神，便迎住郝天虎，计全、朱光祖、关太、何路通也就齐来迎敌。战未一刻，郝天虎等固然力不能敌，且又寡不敌众，皆被黄天霸等杀得大败而去。黄天霸便要赶杀上山。朱光祖道："老贤侄不必性急，现在已经捉住一个。咱们欲进连环套，就在捉住的那人身上。咱们可先将他带回去，再作道理。"天霸道："现往哪里去呢？"朱光祖道："咱们来的时节，见离此三四里路有一客店，咱们且回到那客店住下，再作商量。"

天霸当下答应，吩咐车夫，将车辆回头赶去。他便押着郝天龙一路回来。不一会，已到客店。黄天霸等将车辆安下，又将郝天龙放在一旁。走进房间，当有店小二招呼已毕。黄天霸便问朱光祖道："朱爷，你老方才说欲进连环套，就在此人身上，但不知如何设法，乞道其详。"朱光祖闻言，即走到黄天霸面前，附耳低低说道："只须如此如此，便可知里面的消息了。"天霸听说大喜，即刻同朱光祖、计全、关小西、何路通五人，来到郝天龙房里。只见郝天龙四马攒蹄捆在那里。黄天霸即上前亲解其缚，向他躬身一揖，道："某多多冒犯，幸勿见罪！"郝天龙也还礼答道："某被擒之人，敢劳如此？前者冒犯，亦望恕罪无知。"天霸道："岂敢！岂敢！"随即送郝天龙到房间重新施礼。郝天龙又与朱光祖等人见礼已毕，然后坐下。

天霸又命店小二送上茶来。天霸复问道："好汉在这连环套，还是独守此山？还是另有寨主？"郝天龙道："俺不过率领兄弟四人。多蒙寨主之情，在这连环套当了四个头目，镇守四座寨营。俺家寨主平时却不出来。"天霸道："但不知贵寨主姓甚名谁？镇守此山有几年了？"郝天龙道："俺家寨主姓窦名耳墩，到此已有多年。从前专在北路一带，做些买卖，江湖上也大大的有个声名。还有个小寨主，名唤飞虎，也是武艺精强，江湖上也有些名望。"黄天霸道："我道是谁？原来就是窦老英雄，某闻名已久矣！常要去拜访，恨无其便。今幸到此，明日当竭诚去拜他一拜。但不知这山上那四座寨栅如何严密，某可能上山么？"郝天龙道："若问这四座寨栅，第一道名叫飞豹栅，是俺四弟把守；第二座名飞彪栅，乃俺三弟把守；第三第四这两座名飞虎、飞龙，却是俺与二弟分别把守。平时无论什么人，欲进大寨，却不容易。俺们上山有个规矩：是凡在山的人，上自俺等兄弟，下至小喽罗，每人都有一面腰牌，出入须要验明腰牌无误，方准放他行走。若无腰牌，就便是自家人，也要当作奸细办的。因此人人腰间备有腰牌一面悬挂。尊驾若要上山拜访寨主，俺便即日回山告知俺三个兄弟，如见尊驾一到，叫他们即刻开栅便了。”

此时朱光祖在旁见郝天龙身旁挂着腰牌，因暗与黄天霸打了个手势。天霸会意，也就指着那腰牌与郝天龙道：“尊驾这腰间所挂的，莫非就是腰牌么？”郝天龙道：“正是腰牌。”天霸道：“如要上山拜道，就以此物为凭据？”郝天龙道：“即以此物凭据；若无此物，就干例禁了。”黄天霸道：“既如此，某明日要上山拜访寨主，虽有尊驾之言，可请令弟开放进去。若令弟那时偶然不在那里，某无此腰牌，不但不能进去，还恐有干例禁，那不是空跑一趟么？某意敢请尊驾这腰牌一用，到山之后，即便奉还。不知尊驾尚可见允么？”郝天龙笑道：“尊驾未免过虑了。既然如此，这腰牌借与尊驾有何不可？”说着，便从腰间摘下来，递与天霸。天霸道：“某还有一虑：今虽承尊意肯借腰牌，若某到了宝山，寨主爷不肯相见，那不还是空跑一趟，有负某的诚意么？”郝天龙道：“尊驾如实意前去，俺家寨主断不会不见的；即使有什么话说，俺当一力荐引，断不至有负尊驾之意，但请放心。”天霸道：“能得尊驾先为我荐，咱便毫无他虑了。”郝天龙大喜，当即辞别。原来郝天龙是个莽夫，被黄天霸这一番说项，把个郝天龙说得糊里糊涂，把腰牌送与天霸，道谢而去。黄天霸将他送出门外，转身回来。

朱光祖又向天霸用话激道：“老贤侄，现在腰牌虽有了。但是那山上实在不容易上去。虽然郝天龙有此一番说话，强盗的心却不可测度；万一郝天龙明日又变过来，那时老贤侄身入险地，恐怕不便。在我看起来，还是不进去的为妙。”天霸一闻此言，直急得七孔生烟，三尸冒火，大叫一声道：“俺黄天霸若不将御马探听出来，誓不相见！”说着掉转身便气冲冲而去。毕竟后事如何，且看下回分解。

第二二三回　联交结强盗苦陈词　探情由总兵假献马

话说黄天霸被朱光祖这一番话，激得他三尸冒火，七孔生烟，也不管他是虎穴龙潭，便负气出门而去，暂且不表。再说郝天龙别了天霸等人回转山寨，走到半路，正好遇见郝天虎等，带了许多喽兵，重新赶到杀来。郝天龙一见便喝住道："兄弟不必如此！那姓王的却是好人。为兄的被他捉去，以为性命难保。哪里知道，他不但不与我为难，反而给我亲解其缚，与我谈了半日。我将寨主大名说出。他原来久慕寨主的大名，要来拜望寨主。将为兄的腰牌借去，说是明日一定到山给寨主拜望。"说了，当下便一齐回转山头。

到了次日，窦耳墩便将郝天龙等传至大寨。大家参见已毕，窦耳墩道："近日山下有什么肥羊从此经过？"郝天龙道："并没有什么肥羊。"窦耳墩道："诸位贤弟，既然无有生意走此经过，还须到各处张罗才好。不能坐吃山空。"郝天龙答应道："早晚当去远方打听便了。"正说之间，只见有个巡山喽兵拿了一封简帖，走到窦耳墩面前跪下，说道："启大王爷！山下现有一个姓王的，说是久仰大王的姓名，前来拜访，不知大王可招呼进来么？"窦耳墩闻言，因问道："此人有多大年纪？"喽兵道："约有三十岁开外。"窦耳墩道："他还带什么人来？"那喽兵道："就是他一人，并无伙伴。"窦耳墩道："这可奇怪。他既未带有伙伴，怎么独自到此？他是一个小娃娃，又何以知道俺的名望？你去向他说，就说我不见，叫他好好回去罢！"

郝天龙在旁说道："大哥，在小弟的愚见，还是见他的为是。"

窦耳墩道："贤弟！你此话怎讲？"郝天龙道："大哥有所不知，

人家既有心前来拜访，哪管他年纪大小？不必说那姓王的有三十多岁，就是他十几岁，只要他竭诚而来，也是他一片好心。若不将他请进来，显没了俺们江湖上义气，而且要被他小量了俺们。所以小弟愚见，还是见他的为是。”窦耳墩道：“据贤弟所言，这姓王的是要见的？”郝天龙道：“要见的。”窦耳墩道：“见得的？”郝天龙道：“见得的。”窦耳墩道：“既然见得，就烦贤弟与咱一同出去相迎。”郝天龙答应。窦耳墩又命众喽兵排队迎接。众喽兵答应一声，即刻排起队伍，大寨内又奏起乐来，大吹大擂，窦耳墩迎接出去。

黄天霸正在寨外等得心急，忽闻大吹大擂，鼓乐齐鸣，知道山上有人迎接出来，他便留神观看，但见：前面走的四人，便是昨日会见的郝家兄弟。后面一人，身长八尺开外，五色脸，凹眼睛，尖鼻梁，扫帚眉，颔下一部红须，实在相貌狰狞，穷凶极恶；身穿一件洒花直裰，脚踏粉底乌靴。黄天霸正自凝神观看，忽听一人招呼道：“来者莫非姓王么？”黄天霸一闻此言，知道是郝天龙的口音，因抢进一步，答道：“在下便是王姓。哪位是寨主？”郝天龙指着窦耳墩道：“这便是俺家寨主。”黄天霸便即上前，欲与窦耳墩行礼。窦耳墩当下拦道：“且请大寨内坐下谈心。”黄天霸答应，窦耳墩便让天霸前往大寨。不一刻，已到了大寨，彼此行礼已毕，窦耳墩让天霸上座。有喽兵献上茶来。天霸开言说道：“在下久仰大名，如雷贯耳。早欲前来拜访，恨无便到此。今日便道经过，一来拜望；二来特献一匹好马与寨主乘坐，但不知寨主爷尚肯笑纳否？”

窦耳墩道：“俺与尊驾向未谋面，何敢擅收宝马？但不知所得之马，谓何宝马？可能一闻其详么？”天霸道：“寨主若问此马，虽不能算龙驹，也要算得一匹马中的良骥。俺因此马非绝大英雄，人中豪杰，恐不能消受。某素仰寨主英名，故愿献此马以为坐骑。这匹马某本无意而得，昨经过张家口，偶在马市闲游，忽见这匹马身长丈二，离地高有八尺，浑身毛片雪白如霜，四足开张，大如盘盖，两个呼风耳，高竖顶门，真好一匹坐骑。某见此马，便要出价去买，可恨那卖马的高抬其价，说要一千银方可出售。某一时性急，见故意居奇，便存了一个盗马的心思，使他一两银子都取不回去。因于夜间到马市，轻轻地将马盗了出来，某便骑上那马飞奔而走。哪知此马放出一身绝技，其快似飞，真个是逐电追风，日夜可行八百里。某亦明知此马虽然盗了出来，也是难带回去。若欲送与他人，实在又不能割舍。因仰寨主大名，所以特此奉献。”

窦耳墩见说，哈哈大笑道：“原来尊驾得了这匹马，就将它说得如此宝贵。在俺家看来，也不算什么希罕。俺家现放着一匹不世的宝马，真要算得价重连城，名唤‘日月驌騻’，日行千里，比尊驾的这匹马，可是要宝贵百倍了。”天霸闻得此言，心中暗喜道：“果然此马被他盗来。既有着落，那就易于设法了。”因问道：“寨主爷既夸得这‘日月驌騻’马，如此宝贵，但某不曾亲见，总有些不肯相信。某以为咱这匹马，就无处寻觅，哪里还有‘日行千里’的马么？恐怕是寨主爷故作此说罢！若果真有此马，可能赐咱一看，好给咱见识见识。”

窦耳墩道：“尊驾如不肯信，俺家就将那马牵出，给尊驾一观便了。”窦耳墩当即命人将“日月驌騻”马牵来。当有喽兵答应前去。

不一刻，已将马牵至寨内。窦耳墩即请黄天霸去看。天霸只得极口赞道：“果是好马，不愧寨主爷居奇。但是寨主爷这匹马，系从何处得来，可能一道其详么？”窦耳墩道：“尊驾不知，此马乃当今万岁之叔梁九公千岁的坐骑，向在御马房喂养。俺家久已羡慕，因此将它盗来。”黄天霸道：“这匹马就是御马。现在被寨主所盗，难道当今万岁就罢了不成？也不追问么？”

窦耳墩道：“尊驾此话又不明白了。御马房既失了马，哪有不追问之理？但是他不知道是俺所盗，又向何处追问呢？”天霸道：“若是有人知道这匹马现在这里，到京里报上一信，当今万岁便即刻发兵前来，那时寨主爷能不将此马交出否？”窦耳墩道：“果能有人知道，俺家别有道理。哪怕他发兵前来，只要寻不出此马，他又能奈我何？”天霸道：“敢是寨主爷到了那时，又将此马藏在他处，使官兵搜不出来，或是闻风而逃么？”窦耳墩道：“俺实不相瞒，只因有一家，可以去寄在那里。不但寄在那里，俺还要去送信：说是此马是他所盗，俺便可以置身事外。自古道，‘捉贼拿赃，捉奸拿双’，只要有了真赃，还怕他赖不成？不是他盗的，到了那时，见有原马在此，也是他盗的了。不然何以这匹马就在那里呢？即使有人实在知道是俺所盗，将俺捉去，俺也要将他扳上一扳，说是他使俺去盗，也要将他扳倒，使这一家问罪。”黄天霸道：“寨主爷如此所为，莫非这一家与寨主有仇么？”

窦耳墩当下便道：“尊驾有所不知，这人虽非血海冤仇，也算仇深似海。只因当日有个黄三太那老儿。”天霸听他说了一句，便变色问道：“黄老英雄怎样？”窦耳墩道：“那老儿俺与他向无仇隙，他做他的镖客，俺做俺的买卖。这日因打擂台，他将俺三次打败，因此俺的名望被他败了！”天霸道：“据寨主所说，到底他老人家算得是个老英雄，天下闻名了。寨主既被他老人家打败，就该自悔，才是道理。为何要出这等毒计，前去害他？”窦耳墩道：“你这话说得太不近情了。你可知道谁不要名？谁不要脸？那老儿虽有了声名，俺家可不能名闻天下；不但如此，而且被江湖上朋友耻笑。你道这仇恨可深不深么？俺家久思报复，恨未得便。现在将御马盗来，移害他一家性命，才出俺心头之恨呢！”天霸道：“寨主爷！俺且问你一人，现在那总漕施大人，此人究竟如何么？”窦耳墩道：“那施不全俺家亦久闻他的大名了。”天霸道：“这施大人还算是清官么？”窦耳墩道：“他要算是大大的一位清官。”天霸道：“还是清官好？还是赃官好？”耳墩道：“自然清官好，哪有赃官好的？”天霸道：“你既知道清官好，你怎么不怕清官呢？”窦耳墩道：“俺又不去惹他，为什么要怕他呢？”天霸道：“你虽不去惹他，就是你移害于人的恶计，若被施大人知道了，也不能轻恕于你。就便施大人不知道，难保黄老英雄不去他老人家那里申诉？既到他老人家那里申诉，这要经他老人家讯问，也不怕你不招出实在口供来。那时虽要移害于人，恐怕未必能够。”窦耳墩道：“就便施不全知道，或是黄三太那老儿去告，不必说施不全没处寻俺；即使将俺寻到了，只须俺咬定牙关，硬栽那老儿主使，施不全又能奈我何？”天霸道：“据你所说，施大人死也不怕的。你可知道黄三太老英雄早已去世么?”窦耳墩道:“那老儿死了?”天霸道:“他老人家去世了。但是他却有个儿子，现在要算得是国家的栋梁，施大人心腹，天下无人不知，无人不畏，四海闻名——一个大大英雄黄天霸么?”

窦耳墩道:“原来那老儿已死，可是便宜了他。若说他的儿子，也不过是个无名小辈，未必有什么能为，你不必说他的儿子如此的厉害。”此时天霸正是怒不可遏，免不得大声说道:“你说他儿子是无名小辈，你可曾会过这黄天霸么?”窦耳墩道:“俺虽不曾会过，料想也甚平常。”天霸道:“你要会他么?”窦耳墩道:“俺又何必会此小辈?”天霸此时实捺之不住，因大声喝道:“窦耳墩！你这老儿坐稳了。你可认得漕标副将，遇缺升补总兵官，咱老爷黄天霸么?”

窦耳墩一闻此言，大惊失色，因也怒道:“黄天霸！你这小子，休得口出大言，须知俺爷爷不是好惹的。”天霸道:“俺老爷哪管你好惹不好惹，只要你将御马速速献出，俺老爷与你万事甘休；若再有半字含糊，可莫怪咱老爷有些对不起你。”

窦耳墩道:“天霸，你休得猖狂，你可知道俺的双钩厉害么?”

天霸道:“咱也不管你双钩单钩，只要将御马火速送出，咱爷爷或可看你的薄面，不加罪于你；若再自恃武艺，难道你有钩，咱老爷没有刀么?”窦耳墩道:“天霸！俺家也不与你辩此口角。尔若赢得俺的双钩，再将御马复盗出去，俺家便从此撒手，永不再做此等买卖。”天霸道:“咱若赢不得双钩，盗不出那御马，咱也不算是个赫赫有名的黄天霸。但是咱今日手无寸铁，不便与你争论，明日吾来擒你便了。”窦耳墩道:“既如此说，君子一言，快马难追。”天霸道:“明日定来会你便了。”黄天霸说罢即辞出，独自下得山来，赶回客店。

朱光祖一见便问道:“所访各节，究竟有无消息?”天霸道:“御马也曾见过。原来就是这窦耳墩老头儿所盗；他因为与小侄的父亲有夙仇，要将此马来送到咱家，扳害俺全家性命，现在小侄已经与他说明。他说：只要小侄赢得他的双钩，便将御马送出。小侄也与他说定：明日会他，与他比个高下。”朱光祖听说，当时眉头一皱，又将头摇了一摇。天霸道：“叔父如何这等模样？敢是料小侄不能赢他的双钩？还是怕他不还御马么？”朱光祖道：“俺倒不甚怕他不交出御马，只愁老贤侄赢不得他手内双钩。”天霸道：“他的双钩就怎样厉害么？”朱光祖道：“贤侄有所不知，他的这双钩，却非别样兵器，名曰‘虎头倒刺软索钩’，百步之外，钩人兵器，百发百中。人若碰到他钩上，这人定然肉绽皮开，筋酥骨断。而且他这一对虎头钩，曾用毒水煮过，所谓见血封喉。人不被他钩上，却不要紧；若皮肤被他钩被，只须七日，浑身定然发肿而亡。他却有解毒的妙药。所以昔日你家尊大人与他比试擂台的时节，曾经与他讲明，不准带着兵器，只比拳脚。后来被你家尊大人暗用金镖，将他打败。因此与你家尊大人有如此仇隙。他今既约你前去，与他比试，贤侄又答应下来。如若不去，必然给他耻笑；如若前去，他这双钩，贤侄定然赢不得。非是俺长他人志气，灭自己的威风，其实那人双钩真是厉害。贤侄既与他约定，明日前去，务要格外留心，万万不可勉强！贤侄宜见机而作，不可任性而为。”天霸听朱光祖说了这话，知他是一片好意，也就唯唯应命。

黄天霸安歇一夜。次日一早，即便起身，饱餐已毕，便约朱光祖等，一齐前去。走了一会。已到连环套山下。天霸即向朱光祖等道：“诸位可在此稍等一回。”朱光祖慨然答应。但见天霸装束停当，取了单刀，藏了镖囊，飞身上马。各人亦带兵器。黄天霸一骑马，便飞到山前，高声大喝：“上面听着！你可速报知窦耳墩那老儿，就说漕标副将升授总兵黄天霸老爷，特来与他比试。叫他速速下山，比个高下。”那巡山喽兵一闻此言，即刻飞报进去。毕竟胜负如何，且看下回分解。

第二二四回　使双钩败走黄天霸　设妙计暗算窦耳墩

话说窦耳墩提钩上马，冲下山来，早见黄天霸立马以待。黄天霸一见窦耳墩出来，大怒喝道："该死的匹夫！大胆的强盗！不思悔过，反要移害于人，擅盗朝廷的御马。咱老爷今日到此，还不早早下马受缚，难道真要与老爷比试么？"窦耳墩闻言，也大怒道："好杂种！你休得多言。大丈夫一言既出，驷马难追。你若赢得咱老子手上的双钩，咱老子自然将御马交出，让你去朝廷立功；若赢不得咱老子的双钩，不但休想御马，还要使你磕个四方头，方饶你性命。若道半个不字，休怪俺老子无情，将你擒获上山，替那黄三太送死。好小子！你快放马过来便了！"黄天霸闻言，"哇呀呀！"一声大喝，因骂道："咱老爷若不将你这无耻的老匹夫捉住，碎尸万段，誓不为人！"

说着将马一拍，飞纵过来，举起一刀，直望窦耳墩劈面砍去。

窦耳墩一见黄天霸举刀砍来，哈哈大笑道："来得好！"说着将右手虎头钩一起，就向天霸的刀上来迎。天霸也知他的双钩厉害，哪里能将手中刀给他的虎头钩搭住？随即将刀向怀里一收。窦耳墩一刺落空，不曾将天霸的刀钩住，即飞起左手的钩，向天霸刺来。天霸见来势甚猛，便将马向旁边一领，那马从窦耳墩身旁擦过。天霸就回身反手一刀，向窦耳墩连肩带臂砍下。窦耳墩说声："不好！"赶将左手钩向里一收，又将右手钩向背后来迎天霸。天霸已打定主意："任你双钩厉害，我总不与你对面交战，专在你背后乱砍。难道你有后眼，可使双钩么？"天霸见窦耳墩已回转身来，左手钩刺到，天霸也不去迎接，又将马一拍，从窦耳墩右侧闪躲过去，趁势又是一刀，直向窦耳墩右肋下刺进。窦耳墩道：“好小子！来得好！”说着就将右手钩，向天霸刀上一磕，准备碰上去，就这一绞，哪怕你刀法再厉害，总要被他绞落下去。天霸见了这钩磕将下来，知道他要来绞刀，便又将刀向怀中一收，窦耳墩的钩落空之时，复一刀认定窦耳墩胸前刺到。此时窦耳墩右手的钩不及来迎，只得将左手钩复又来迎。天霸这一次又未刺中，他的钩复又刺来。天霸暗想道：“我与他如此战法，怎能赢得他的双钩？不若冒险与他试一试看，单看他双钩怎样厉害。”主意已定，一面将钩让过，一面喝一声道：“窦耳墩你这老儿，看你老爷的刀罢！”说着就一路花刀砍进去，只见前八刀，后八刀，左八刀，右八刀，上下又是八刀，真个是舞动如飞，大有神出鬼没之妙。窦耳墩也就前后左右，上下遮拦隔架，迎接他的花刀。在天霸，满想这一路花刀杀进，总可伤及窦耳墩一处；哪里知道窦耳墩的钩法，实在厉害，不但不能伤他，而且无懈可击。在窦耳墩，初以为他藏闪躲避，不敢与他左右争斗，只道他有名无实，今见他舞出花刀，暗暗有些惊讶！虽然自家钩法却是精妙无匹，唯花刀一层，不能过于藐视，若偶然大意，不免即为所败。因此也就格外留神迎敌。两个人全有用意。等到天霸一路花刀使完，你也不曾将我刺伤，我也不曾将你打败。

此时天霸杀得兴起，准备与他死战，偏要胜他的双钩。因大吼一声：“窦耳墩你这老杂种！咱老爷不愿你在马上相斗，你敢下马步战么？”窦耳墩闻言，正中心怀——你道这是何故？原来马战，虽然得势，却不比步战灵便。步战身纵蹿跳，自由便利。马战任你身躯灵活，总不能如步战便捷。因此窦耳墩正中心怀，当下说道：“好小子！你要步战，咱老子还惧你不成？”说着就跳下马来。黄天霸见他下马，自己也即跳下，站立身躯，放开架路，随即一刀向窦耳墩刺来。窦耳墩也就接住。两人一来一往，又杀了三十余个回合。忽见天霸一刀砍去，窦耳墩将双钩一接，不知不觉这左手的钩已将天霸的刀搭住，趁势向怀里一拉。天霸说声：“不好！”知道自己的刀已被他钩住，因急向怀中来拖，居心将他的钩拉断下来，便可将刀收回。哪里知道正在用尽平生之力，与窦耳墩夺刀，又见窦耳墩左手钩又到。

天霸心中暗道："此时若欲胜他，断断不能，不如使他上个小当，后再设法。"因将手一松。窦耳墩出其不意，咕咚一声，栽倒在地。天霸见他跌倒，便趁着抢进一步，一面取出镖来，准备去打。哪知窦耳墩虽然跌倒，并未昏迷，还是刻刻留神，防备天霸暗算。此时已看出破绽，赶将身子爬起，一撒手，早将手中的钩抛了过来。天霸不及提防，小腿上早被着了一钩，所幸不曾着肉，系将靴统子钩住。天霸连说："不好！"急急将小腿望后一缩，那靴统被钩下一段来。黄天霸手无寸铁，不敢恋战，只得撒腿就跑。朱光祖等远远见天霸败下，赶着追过去，给他将马圈住。天霸上马，一齐败回客店而去。窦耳墩大获全胜，心中好不欢喜。也不再追赶，率领众喽罗回山。

且说黄天霸等败回客店，众人下马，进入房间。朱光祖首先问道："老贤侄你中了他一钩，曾伤及哪里？"天霸道："幸不曾伤及皮肉，但将靴统子钩去半截。"朱光祖道："还是不幸中之大幸！若伤及皮肉，那可真费事了。"天霸道："果然这老儿双钩厉害，怎样想个法儿，去破他双钩？"朱光祖道："他双钩一日不破，这窦耳墩一日难除，御马一日不能取回。可是要破他的双钩，实在不甚容易。别样兵刃他可许你近身，独有双钩只准他钩人，人却近身不得。"天霸道："便如何是好？"朱光祖道："也实在没法。"关太道："何不也学黄老伯父，不与他比试兵刃，明日约他比试拳脚。若胜得他，就叫他将马交出；否则群起而攻之，将他打死，可将那御马取出来了。"朱光祖道："关贤弟！你只知道与他比试拳脚，可知从前他上黄老英雄的当，现在再要如此那样，他也不肯与你比试的。"计全道："既如此说，难道一日不能破他双钩，就一日取不出御马；若一年破不了双钩，这御马就不去取了不成么？"朱光祖道："咱却有个主意在此，但能成功，不但御马可取出来，就是窦耳墩那老儿也可擒获。但恐一次不行，又恐他防卫甚密，更怕他收藏地方咱不知道。"

计全闻说此言，忽然大喜道："朱大哥能如此办法，那就妙了。"

黄天霸在旁虽闻此言，却不知是何意见，因急急问道："朱老叔！你究竟是什么主意？快说明了罢！免得使人怪气闷的。"

朱光祖道："老贤侄！你可不必着急，任那老儿双钩厉害，咱都要聊施小技，将那老儿收服过来，以助贤侄立此大功。非是咱故意夸口，那老儿不过仗着那双钩，除去双钩，那老儿就无依靠了。"朱光祖笑道："老贤侄！这窦耳墩所恃的就那双钩厉害，唯有将他双钩先盗回来，然后再与他交战。哪怕他有三头六臂，也不足虑了。"黄天霸闻言大喜道："能得你老如此出力，小侄就感激不尽了。但不知何时去呢？"朱光祖道："说去就去，还有什么延挨？唯虑他戒备甚严，一次恐不能到手。且到了那里，再作计议便了。"大霸又给他谢了一回，然后大家摆出酒饭。用毕，朱光祖就养了一回神，约至初更时分，他便装束停当，带了单刀，又将鸡鸣断魂香藏在身旁，并带了火种，使出赛时迁的手段，直望连环套而去。

原来朱光祖有两个绰号，一唤草上飞，一唤赛时迁，只因他飞檐走壁的功夫，要算第一。不论到什么地方，皆是毫无声息，真是身轻似叶，步快如风，展出那偷盗的本领出来，不亚当年时迁盗甲。所以他的绰号，名叫草上飞，又叫赛时迁。朱光祖一路走来，不一会已至连环套山下，当即放出飞檐走壁的武艺，由山脚下蹿到半山，早到第一座关隘。此关原来郝天豹所守，名为飞豹关。朱光祖到来关下，一纵身飞过寨栅，见里面尚有人声，他知道是守关喽兵尚未睡觉，暗想道："这里面的道路，连环曲折，甚是难认，我又不知路径，怎么认得进去？不若如此如此。"在山路上拾了一块石子，拿在手中，四面一看，只见东面有一间小小更楼，便将手中石子向那更房门上打去。只听啪的一声，早惊动里面巡更喽兵，疑惑是巡夜头目出来巡查，赶着拿了更锣，开门出来。朱光祖此时却早隐在黑处，等那巡更的喽兵敲着更锣，走到僻静地方，先将刀背向那巡更喽兵背后一刀背。只听得巡更喽兵"哎呀"一声，还未喊出来，朱光祖已跳到面前，喝道："你喊，咱就是一刀。"那巡更喽兵一见，实在吃惊不小，赶着跪下哀求："老爷饶命！小人再不敢嚷。"朱光祖道："咱且问你，此去大寨还有多少路程？究竟是什么走法？你如说得一字不差，咱就饶你狗命；倘若含糊，咱就将你的首级割下。"那喽兵道："老爷开恩，小人情愿直说。”朱光祖喝道：“你且说来。”那巡更喽兵道：“此去路径，曲折连环。老爷只认定西南转弯，皆是生路。约有二里光景，便是第二座关。进了关，可不能向西南走了，可要倒回头向东北，也约有二里路，便是第三座关。进了关，又要向西南走，还有一里多路，就到了第四座关。进了关，可又要向东北走，约有半里路的光景，那里有一棵大松树，既不能向东南，又不能向西北，可是要先向东南，后向西北，再走一里多路，便到了大寨了。”朱光祖听得清楚，又细细记了。复又问道：“现在这时刻你还进去么？”那更夫道：“小人们待到三更时分，便进去换班。现在已将三更了，小人要进大寨去换班了。”朱光祖道：“你叫什么名字？”那更夫道：“小人叫王八。”朱光祖听他一番言语，将路径切记清楚，便起手一刀，将王八杀死。就将他的灯笼向他身上一照，只见王八腰间，挂着一面腰牌，上写“前哨更夫一名王八”。朱光祖一见大喜，当将王八牌儿取下，又将王八身上衣服剥下。先将腰牌挂在身间，然后将王八衣服，也穿在身上。这才将王八的尸身，推在一旁。他便提着灯笼，提了更锣，藏好单刀，一路敲着锣，依着王八所指路径，一直向西南走去。

约有二里的光景，果然到了第二座关。正要越关而进，早见关内已走出一人，手里也提着更锣、灯笼，由关内唱出，向朱光祖迎面走出来。到了朱光祖面前，只见那人问道：“来的可是王老八么？”朱光祖也就含糊答应，走了过去。进得关来，仍照着王八的话，向东北走去。不一刻，已到了第三座关。朱光祖一看，见栅栏关闭。他便上前叫门道：“换班了！开关呀！”里面有人答应道：“不要叫，换班就换班，要这样喊法做什么呢？”朱光祖也道：“人家巡了半夜，你们好睡呀！还不换班，难道还要巡到天明吗？”正说之间，关门已开。朱光祖不问原由，埋着头直向里走。那守关的喽兵也不盘问，总以为是自家人——每夜皆是如此的。朱光祖过了第三关，仍然照着王八的话，直向前进。一会儿已到了第四座关，却比前三关紧，每夜皆要盘查的。朱光祖才走到关前，当有人出来问道：“你是谁呀？”朱光祖见问，便答道：“咱是王八。”那人又问道：“你是哪一哨的？”朱光祖道："是前哨的。"那人道："你是前哨第几队？"朱光祖见他盘问他第几队，只得含糊应答"是第三队"。那守关的道："你的腰牌拿来我看！"朱光祖就从腰间将腰牌取下，递给他看。那人验明无错，复又换了一面腰牌，递与朱光祖。朱光祖当将腰牌接过，仍然挂在腰间，即向大寨而去。

不一刻已到大寨，想道："我到是到了此地，却不知那窦耳墩那老儿的卧房在哪里？与其前去寻找，不如再停一刻，等个人出来，向他问一问房间。问明白了，直截前去岂不较为爽快？"主意打定，便在黑暗处，将身子隐藏好，躲在那里。等了一刻，只见对面走来一个人，朱光祖仔细一看，不是别人，正是郝天龙。朱光祖赶着将身子缩过去，转到那边，探身来望，只见郝天龙走过，后面跟着三人，仿佛喽兵模样。又见末后一人，不跟着郝天龙一齐走出，偏向旁边走过去了。朱光祖看了一会，见郝天龙已经走过，他偏去追那末后的一人。

转了两个弯子，居然被他赶上。此时来不及拔刀，走上前去，便在那人背后就这一腿。只听得咕咚一声，那人栽倒下来。就在这个时候，朱光祖已将单刀拔出，向那人面上一晃，口中说道："咱老爷有话问你。你若不说真话，咱老爷就是一刀，送你的狗命。"那人被这一吓，又是跌在地上，苦苦哀求道："老爷，老爷，有话要问小人，便请说出。如果小人知道，断不敢撒谎。"朱光祖说道："咱且问你，你家寨主现在哪里？你可速速说明，咱老爷饶你狗命。若有半字虚言，将你一刀砍为两段。"那人道："容小人奉禀：俺们寨主现在上房，大概已经睡觉。老爷问他有何话说？"朱光祖道："咱找他有事，你休得多言。这上房在哪里？"那人道："在这大寨后面第三进。是东首一个。"朱光祖道："你可知你家寨主的那一对虎头钩，他平时放在何处？"那人道："小人这个实在不知道，还求老爷恕罪。"朱光祖见他说不知道，也不追问，随手一刀，结果了性命，直往上房而来。

朱光祖此时将王八的衣服脱下，摔却灯笼，也不管那人尸首倒在地下，他便提着刀，直向上房而去。走到大寨围墙以外，便一纵身，蹿房越屋，到了第三进，便到东首那间屋上，就房檐倒垂下来，用了猿猴坠枝的架落，将身向窗户外望房里一瞧。只见房里面尚有灯光，便用津唾将窗纸粘湿，用刀尖戳了一个小孔。此时他已轻轻地跳落地下，靠窗脚下站住，复又从窗户纸上小孔中望了进去。只见那房内靠东首板壁，摆着一张方桌子，又一个半明不灭的残灯。

当面有一张床铺，挂着蚊帐，帐子却放着，拖在床前。朱光祖心中想道："这床铺，大概是窦耳墩的卧床了。可不知他现在可睡在这里不曾？"于是用刀尖轻轻的将窗户拨开，用了个飞燕穿檐的架式，一缩身蹿到房内，即向桌上那残灯上取了一个火，将那鸡鸣断魂香，熏着了一会。然后走到床铺前，将帐门拨开，向里一看，床上并未睡人。朱光祖惊讶道："窦耳墩那老儿不在这里，难道我受了那人骗了么？"因又道："且不管他在哪里，只要将他的双钩寻找到了，将这件东西盗了去，就没有事了。"一面暗想，便转过身来，在房内各处寻找了一会，并不见有什么双钩。只见壁间挂着个木匣，约有三尺来长，有七八寸宽。朱光祖暗想：难道他那双钩藏在那木匣内不成？一面想，一面就走到那里，从壁上将木匣取下，就灯前开了，向木匣内一看，原来是一对雌雄剑。朱光祖见不是双钩，心中好生着急，又将木匣盖好，仍代他挂在原处。复又寻找一回，仍然不见。暗说道："这双钩藏在何处呢？也罢！咱寻不到双钩，便将御马盗出来，亦是好事。"又想道："又不知御马现在何处，又如何去盗呢？不若仍是寻双钩为上策。"因此又出了房间，将窗户仍代他关上，即从这边檐上飞身上去，蹿到西首那房间屋上，伏身细听。

只听西首房里有酣睡之声。朱光祖暗道："大约那老儿睡在这边了。"因又走到房檐口，将身子跳落下来。先在窗外静听一会，房里鼻息之声，仍然如是。朱光祖便放着胆，将窗子拨开，取出火亮，向房里一瞧，见当面也是一张床铺，也挂着蚊帐。朱光祖便即蹿身进房，正要取火种点灯，忽听得床上一人喊道："天霸呀！天霸！不怕你绝大神通，你若赢不得咱老子的双钩，着想将御马交出，可是梦想了。"说到此处，又鼻息如雷。朱光祖道："此人定是窦耳墩了，咱何不就此将他杀了？那双钩无论寻得出来与否，人既杀死，虽有双钩，也无用的，就如此办法。”主意已定，手执钢刀，走到床前，将帐幕挑开。忽又听床上有人说道：“咱什么皆不怕，所怕他前来盗我的双钩，万一被他盗去，那可就战他不过了。”讲只两句复又睡了。

朱光祖又要上前动手，忽又听他说道：“咱爷爷的伙伴，尔等就将他摆在鼓楼上，万不可又换地方。还要严加看守，提防有人来盗。”朱光祖一听，心中大喜道：“原来他的双钩摆在鼓楼上。既知收藏所在，那就易于寻找了。”正要转身去寻双钩，忽又想道：“我何以如此呆法，为何定要盗他的双钩？还不乘此将这老儿杀了，免得随后又要与他争斗，又何必定要盗去双钩呢？”心中想罢，即刻抽出刀来，将火卷一亮，向床上一照，便举刀向床上砍去。哪知不亮这火卷，还可将窦耳墩砍死；此时因这火卷一亮，早把窦耳墩惊醒过来，即听他说声：“不好！”因又喊道：“有奸细，快来捉人！”朱光祖一听此言，也不管他何如，随即一刀向床上砍去，只听得啪一声响亮，并未砍在人的身上，却是砍到床上去了。朱光祖便掉转身子蹿出房外，一箭步飞身上屋檐，再四面一看，东方已经发白。他却不敢怠慢，急急向山下投奔。却好未碰着一人，走到天明，已经到了第二座关。守关喽兵尚未起来，他便越关而去，暂且按下。

再说窦耳墩醒过来，说一声：“不好了！”喊人：“来拿奸细！”怎么他就不见了？难道他会隐身法不成？诸公有所不知，因他这床后有个暗门，里面安了消息，外人看不出来。他却特为装好此门，以防人家暗算：若遇到三更半夜，措手不及之时，他便将暗门推开，就从这门里逃走。所以他一经惊醒，喊了一声：“不好！”又喊了一声：“有奸细！拿人！”他却早已从暗门内逃走去了，所以朱光祖不曾砍中。此时朱光祖虽走，窦耳墩却传齐合寨人来，各处寻找奸细。哪里寻得出人来？早已不知去向。一直寻到大寨以外，忽见有个死尸倒在那里。大家一齐上前一看，不是别人，却是郝天龙随身唤的小使扣子。大家惊讶道：“怎样他死在这里？却是被谁所杀？”忽见第一关守山喽兵，匆匆地走到窦耳墩面前，先请了个安，然后说道：“启大王爷！前哨巡更夫王八，不知被何人杀死，尸首抛在地下。”窦耳墩更加疑惑，这王八又是何人杀的呢？郝天龙说道：“据小弟看来，定是那黄天霸小子到此。”窦耳墩道：“俺也曾看见那奸细，却非黄天霸那小子，可不知究系谁人？”郝天龙道：“即非黄天霸，也是那黄天霸那里一起的人。”窦耳墩道：“这话却也有理，除却他那里，还有什么人到此作奸细呢？”郝天龙道：“大哥不曾见个什么物件么？”窦耳墩道：“幸亏愚兄被他火卷惊醒，不然，险些儿送了性命。”郝天龙道：“照此说来，还不是个奸细，竟是刺客了。”窦耳墩道：“何尝不是刺客。”

郝天龙道：“这两日内，大哥还要小心。就是咱们大家也要小心巡查，不可再被这奸细混进来才好。”窦耳墩道：“贤弟这一二日内，倒可无虑。那奸细定料咱们这里这两日必然加意防守，断不敢来到。再过了两天，反要严加防守。他以为过了几日，俺们这里见没有事，也就松懈下来；他却趁此又到，以致后患。”郝天龙大家齐声说道：“大哥的高见，咱们就遵命照此办法罢！”于是大家各归本寨而去。

再说朱光祖奔走下山，便一口气跑回客店。黄天霸等一见，便迎接上来。计全首先问道：“朱大哥辛苦了，所办之事已到手么？”朱光祖道：“再莫提起，算是白跑了一回。咱早虑到，怕是一次不能到手。却好打听出来，那老儿的双钩收藏之所。今日双钩虽未盗回，好在他藏钩的所在，咱已知道。包管我明日再去，将那双钩盗回便了。”

天霸道：“他这双钩究竟藏在哪里？”朱光祖道：“咱在先也不知道，后来听他梦中所说，才知他双钩所藏的地方。那时也怪我贪心，不然，那双钩也可到手了。”天霸道：“怎么贪心？”朱光祖道：“咱听他说了双钩的所在，咱本要去。后来一想，他既然睡在这里，何不将他杀死？只要他死了，那双钩虽然厉害，既无人用，也就成了废物了。”天霸道：“你老的这主意，真是不错。后来怎么不杀那老儿呢？”朱光祖道：“咱怎么不去杀他？咱才将火卷一亮，哪里晓得就这一道亮光，把老儿惊醒了。他便大喊起来，说是：有奸细，叫人来拿。咱听此言，哪敢怠慢，即刻举刀砍去。哪知道一刀砍去，已不知那老儿何处去了。咱那时却不敢恋在那里，因此才出了他的房门。再向外面一看，东方已经发白，我便急赶回来。这不是咱贪心么？若不贪心要杀，那老儿的双钩，岂不盗回了么？”天霸道：“原来如此。但是老叔明日再去，他那里岂不严加防备？怎么得盗出来呢？”朱光祖道：“咱料彼这两日来，不致防备，以为咱断不敢去的。过两日，他那里却有了防备；以为咱料他防备松懈下来了，恐怕咱要前去，因此防备起来。那时咱要前去，岂不仍是空跑？咱偏要在他料所不及料，防所不及防的时候，前去出其不意，将他双钩盗来，岂不省了许多事？”计全道：“朱大哥！你真可谓知己知彼了。但你老虽然料事如神，咱却有些不放心你老独自前去，在咱的愚见，不若黄贤弟与你老同去。使他在那里掣老儿肘，你老便去盗钩。等得盗到以后，再来招呼他。能合力将那老儿制服住了便好；不然，能将那御马盗回，亦是大妙之事。不知你老意下如何？”朱光祖道：“计贤弟，你这话倒使得。叫黄贤弟与咱同去，咱也多一帮手，就此说法便了。”

一日无话。到了晚间，黄天霸与朱光祖，各穿了夜行衣服，各藏兵刃，暗暗出了店门，又望连环套而来。不一会，到了山下。朱光祖放出飞檐走壁的手段；黄天霸也是如此，好在他两个人皆是熟路。一齐越过五关，果然那里毫不防备。天霸与光祖道：“老叔！你便前去盗钩，咱便去那老儿房里办事，能将他一刀杀死最妙；即使不然，咱总将他牵制住了，你老放心大胆盗钩。但钩一到手，你老可要送个信来。如若不及送信，总以天明为度，无论事之成否，那时便下山回店，再作商量。”朱光祖道：“此言甚合我意，咱就去了。”

这里黄天霸也飞身上屋，到了大寨后三进。先到东首那间屋面上。伏身望那房里，静听一会，里面既无声响，又无动静。便缩身下一只脚，倒挂在檐口，一只脚盘在树上，向房里细瞧，仍不见有什么动静。天霸因将腿放下来，跳落在地。取出火种，将纸卷燃着，就手一晃，放出亮光，向里一看，仍看不清楚，因有窗户阻挠。天霸即用刀尖戳了一个眼，近身窗外，用足了眼力，向里观瞧，房里并无人睡。天霸见窦耳墩不在这里，因又蹿到西首房间外面，靠着窗户旁边，正在凝神侧耳，忽听更锣响处，只见那更夫敲着锣缓缓而来，嘴里喊道：“各寨睡醒些呀！恐防有奸细进来呀！”一面喊，一面转过大寨的后面。天霸在屋上往下一看，见大寨后并无房屋，乃是一片空地，地上堆了许多乱石。天霸此时即飞身向寨后跳去。只见他一个箭步，却好站在那更夫面前。那更夫正往前走，忽见半空中飞下一人，这一吓即便跌倒在地。天霸随即将手中刀向更夫面上一晃，说道："你嚷，立刻送你的狗命!"那更夫好容易静了一会，才说出一句话来："老、老、老爷开恩!"黄天霸道："咱且问你，那窦耳墩这今往哪里去了？为何他不在寨内？"那更夫说道："小人可真不清楚。既然不在上房里，或者现在内寨，也未可知。再不然，咱家寨主还有一个好地方，别人是不能到的，除非自家人才可进去；不然，连门都不会开，怎么进去呢？"天霸道："这到底是什么所在？何以如此难进去？"那更夫道："那要晓得却不难。只用两个指头，向那石板上一按，里面就现出石门。人即从门内进去。等进了石门，又用两指在门里一按，那石板复又盖上了，依然如初。咱家寨主还有个小姨姨，住在那里。他今夜不在大寨内住，定然到那石室屋里去了。"天霸又问道："你可知这石室在哪里呢？"那更夫道："知虽知道，但是不会开那石门。还听人道，那石门如不会开，误碰里面消息，定然要被大青石压死。因此小人不但不敢去开门，连那里也不敢常去。"天霸道："你若怕死，便领咱前去一看，将那石室看过，再领我到内寨去走一遭，咱便饶你性命了。"那更夫道："只要老爷不杀小人，无论什么地方，小人都情愿领带老爷去的。"天霸说："既如此，引咱前去。"那更夫不敢怠慢，便站起来，提着灯笼，在前引路，直望石室而去。转弯抹角，已离石室不远。更夫指道："那峰岭参差，悬岩峭壁的就是了。"黄天霸闻言，便将更夫两膀背绑起来，又在他身上割下一块衣襟，给他塞在口内，把他向无人处一抛，这才前去。不知后事如何，且看下回分解。

第二二五回 施神勇英雄盗双钩 畏罪法巡卒私逃难

话说黄天霸处治了更夫，直望石室而来。才转过两个弯子，只见对面来了一人。他一见天霸，便大声喝道："来者何人？到此何故？"天霸躲避不及，只得答道："你是何人？快通名来。咱老爷乃黄天霸是也！特来盗窦耳墩那老儿的双钩。"

那人一听此言，也不回话，转身就走。天霸一见，知有缘故，也就跟随下去。只见那人随弯就弯，两腿如飞，跑到一个所在。天霸一见，是一座高楼。又见那人推开楼门，直走进去。天霸一见此情形，此时也就跟了进去。只见那人匆匆上得楼梯，急急向一个去处。天霸也轻轻地由楼梯上去，四面一看，只见楼上东首，放着一个鼓架，架着一面大鼓。又见那人爬上鼓架，向鼓上一望，不知不觉，就一吃惊，从鼓架上跌倒下来，只听咕咚一声，把那楼板震得乱响。天霸此时便抢进一步，将那人按住。只见那人已如半死。天霸便要问他的话，见那人张着口，苦着脸，好像有件不了之事。停了一刻，只见那人喊了一声道："双钩不见，性命休矣！"天霸听得清楚，知道这鼓内就是收藏双钩的所在，现在已被朱光祖盗去了。此时心下好不欢喜，也来不及问那人的话，掉转身出了楼门，寻找朱光祖去了。你道那人是谁？原来是窦耳墩看守双钩的头目，唤作吴用人。这吴用人因得了腹泻的病，出来上厕，忽遇见天霸。听天霸一句话，说要去盗钩，他已惊吓不小，所以赶着没命的跑回去，预备将双钩拿出来，赶紧送把窦耳墩，他便没有事了。哪知天霸一见他那种情形，早猜着八九分，所以也就急急跟他跑去，打算如朱光祖不曾盗去，他便自己去盗。哪知此钩早被朱光祖盗去了。

自从朱光祖与天霸分头去后，他便寻到鼓楼，先将楼门轻轻地推了几下，见里面关得甚紧。他便不去推门，就飞身上了楼屋。原来这鼓楼四面楼窗以外，皆有栏杆。朱光祖在楼上望下一看，见栏杆可以搭脚，楼窗紧靠栏杆，他便轻落身躯，一只脚站立栏杆上面，一只脚盘在楼窗外短柱以上，将刀取出来，轻轻向楼窗窝槽底下，拨了两拨，打量拨开楼窗，钻身进去。

哪知里面有铁索连住，再也拨不开来。朱光祖也不再三去拨，复又跳上楼屋，另打主意。到了楼屋之上，暗道："我何不由此下去?"主意已定，即将楼上的瓦揭去了一半，下面露出木板；他又将刀挑木板，划开一块，摆在一旁，便轻轻地先将两只脚望下一试，觉得下面并无阻绊，又将脚缩回来。复又伏身望下一看，将下面的地方看准了，然后用了个燕子穿帘的架式，一蹿身飞入里面，脚踏实地，这才四面观看，去寻双钩。寻了一回，但见东边鼓架上，有面大鼓，周围钉了许多三棱钉，他便知道那双钩定然藏在鼓内了。此时不敢怠慢，复使出时迁盗甲的本领，先走到鼓架面前，向上细细一看，但见无一处可以立足。又向四面再看，忽见这鼓架高耸半空，却离正梁不远，他便从此生出计来：便一蹿身，由楼窗上面，逐节爬到正梁上，复由正梁上将身子倒垂下来，两只脚挂定正梁，一手用刀戳在鼓架子上好借劲。一手便去拔那三棱钉，好容易拔了十几根下来，看看可以立足，这才将刀拔起，回转身躯，两只脚立在没有三棱钉地方，便要去取双钩。哪知却又寻不出来，原来这双钩藏在鼓内。朱光祖暗想道："当日水浒上那个时迁前去盗甲，那副甲却藏在鼓内，难道这双钩也藏在鼓内么？咱不管他，且将这鼓皮划开看一看再说。"因取刀在手向鼓上一划，咕咚一声，鼓皮已经划破。先将刀向里一探，觉得有物。又将刀取出来，即在身旁取出火亮，在手内一晃，借着亮光，向鼓里看去，果见一对双钩，挂在里面。便即探手去取，哪知取不下来。又将火亮一亮，才见有细连环铁索，将双钩在那里系住。朱光祖又将刀送到里面，斩断铁索，方将双钩盗出。当即向背后插定，打算仍由楼屋上面而去。正在打算，忽听楼梯声响，朱光祖大吃一惊，便即敛声息气，侧耳细听那声音。听一刻，那声音渐渐而远，方知是楼上人下去。又听得声响，是开门出去的声音。朱光祖暗道："难道楼上看管的人，知道咱在那里，前去送信不成？且不管他，好在咱已将钩盗出，即使有人前来，咱又何惧？就是窦耳墩老儿亲来，咱也不怕他奈何我了。"复又想道："楼门既开，且不问他是否前去送信，咱何不从此下楼出去较为爽快呢？"主意想定，即刻带双钩下楼，去寻天霸。哪知彼此相左，天霸又跟着吴用人到了鼓楼。及至见吴用人说出那："失去双钩，性命休矣！"他知道已被朱光祖盗去。当即下楼去寻光祖，预备一同下山。

天霸出得楼门，仍望大寨而去，想道："若碰见朱光祖更好，如遇不见，好在双钩他已盗去，咱也可回店，稍歇一日，明日再来与那老儿讨马。"一面走，一面打点主意，正望前进，忽见一个黑影子一闪。天霸当下便击了一声掌，送了个暗号；只听得对面也击掌相应。天霸知道是朱光祖无疑了。当下便走到面前，低低问道："可是朱光祖老叔么？"朱光祖道："老贤侄，咱们去吧！"黄天霸道："那东西得了么？"朱光祖道："得了，咱们快走吧！时候儿不早了。"天霸答应，便与朱光祖二人，仍使出那飞檐走壁的功夫，真个是人不知鬼不觉，将双钩盗出，下山去了。

再说吴用人吓倒在地，渐渐醒来，见双钩不知去向，心中想道："我若去送信，他必然说我不小心，性命必不可保；若不去送信，也是不好。三十六着，走为上着。不如趁此逃下山去，寻找天霸。给他送上一信，将御马在何处的所在，告诉于他，叫他前来，或取或盗。我不但无性命之虞，说不定还有好处。"主意已定，连衣服行李也不要了。只穿着随身衣服，连夜绕转山后路，攀岩越岭，逃命下山。且将他暂且按下。

再说窦耳墩这夜，实在那石室内睡觉。因他近今得了一个美人，故此在那里取乐。次日一早，窦耳墩到了大寨，正要传齐各寨的头目，商量大事。忽见有几个喽兵飞跑进来，先向窦耳墩请了个安，跪下道："启寨主爷！今有巡更喽兵李四，不知被何人背缚，口塞衣襟，抛在石室相近之地。小的今早走到那里一看，才知道是李四。现在已经带来，求大王爷示下。"窦耳墩一闻此言，已吃惊不小，因即说道："将他带来问话。"

那传令喽兵出去。窦耳墩又命传合寨的头目集议。当即有人前去。不一会，郝天龙、郝天虎、郝天彪、郝天豹等，都已齐集大寨；那巡卒亦将李四带到。窦耳墩对郝天龙道："方才据巡卒来报，声称巡更夫李四，昨夜不知被何人背缚在石室相近之地，口塞衣襟，昏倒在地，今早始被巡卒看见。难道昨夜那天霸小子又来过不成？"郝天龙道："这事不难追诘，但须问明李四便知分晓。"窦耳墩道："咱已去传李四了。"只见那巡卒禀道："小的奉大王之命，已将李四带来，听候示下。"窦耳墩道："叫他进来问话！"那巡卒答应，即刻将李四带进大寨。李四跪在下面。窦耳墩将他一看，只见他惊魂尚未大定，面色如土。窦耳墩道："你昨夜何时被人背缚？抛在哪里？你可从实诉来。若有半字虚言，即刻推出斩首！"李四跪下磕了一个头，战兢兢回道："小的于昨夜四更以后，由东寨巡更，走到大寨围墙以外。正走之间，忽见大寨屋上跳下一人。小的一见，便欲声喊：'捉拿奸细！'哪知小的还未喊出声，早被那人一刀背，将小的打倒；复将那明晃晃的钢刀，架在小的颈上，向小的恶狠狠说道：'你可知黄天霸厉害么？"

窦耳墩听"黄天霸"三字，便吃了一惊，因向郝天龙道："贤弟，果然不出咱之所料，竟是这个天霸小子复来。但是仔细想来，这件事还要怪贤弟不是了。"郝天龙道："怎么又怪咱不是？若昨夜格外严防，天霸即便前来，也要被咱们捉住了。你老说料他定不敢前来，不需防备。所以咱们大家也就遵命了。你老怎么又怪起咱们不是？"窦耳墩道："咱不怪你不曾防备，咱怪你当日见事不明，将那小子带进山来，使他知了路径。不然任他武艺再好，怎么能到此地呢？"郝天龙道："咱当日因不知道是黄天霸，就是你老也不知道是他。后来他追究御马起来，你老又将那御马牵出，与他去看。他这才说出他的名字。你老又约定与他比试武艺，这又怪谁来呢？”窦耳墩还要与辩驳。郝天彪道：“大哥也不必与窦寨主辩驳了。在小弟看来，都有失察之误。此时不必说前番的话，且问李四，以后又怎么？”窦耳墩道：“黄天霸小子怎么绑缚你的呢？”

李四回道：“后来黄天霸一面将刀架在小的头上，一面说道：‘你嚷咱就是一刀。’大王呀！谁不怕死？谁不要命？只得哀求，说道：‘有什么话说，但请见问，小人就其所知的，对你据实讲说便了。若连小人都不知道的，你虽将我杀死，一刀砍两段，也是枉然。’黄天霸此时才说道：‘咱老爷且问你，你家寨主住哪里？’小人先回他道：‘住哪里，小人实在不知。而且小人是巡更夫，不进大寨，所以不知道寨主所住的地方。老爷若问小的，据说寨主或住大寨，或住内寨，或住石室。’黄天霸听了此话，他又说道：‘大寨内不见你家寨主，这内寨与石室在何处？你可带我前去。’小人心中一想，若不带他去，那时即刻性命难保；若带他到内寨，万一大王果在内寨怎办？虽寨主不怕，但深夜间一时不防备，又还恐大王那时睡着，他先将小人杀死以灭口，防有声张之患；然后他即进房行刺，那可是万分不妥。小的只得带他到石室那里去。小的用心，实因那石室，不知道的，不但不晓得门在哪里，还要有苦吃，所以才带他去。哪知他逼迫小的，先带他往内寨。小的说：‘不在内寨。若是不信，老爷只管前去。’那时小的又想激他一句，叫他独自去寻，小的便可赶紧出来招呼了。哪知他听了小的这话，他又不去内寨了，就拉着小的直向那石室。小的没法，无计逃脱，只得将他送到石室那里去。看看离石室不远，他又向小的说道：‘等到了那里，你可给咱老爷将石室开了，让咱进去。事成之后，咱重重有赏。’大王明鉴：小的受大王的恩典，是何等深重！不必说小的不知道那石门如何开法，即便知道，也不能开门揖盗，作那家鬼弄那家人的事呀！”

李四才说得这句话，忽见窦耳墩一笑道：“你还知这家鬼弄家人、开门揖盗的事是做不得的么？”李四道：‘小的虽是个小人，这点道理也还明白。所谓在一家顾一家，在一国顾一国。何能做出那等事来呢?”在李四却是无心话，在窦耳墩可实在有些指着郝天龙。此时郝天龙明知窦耳墩这话有因，是指着自己将天霸引上山来，却不能再与他辩。而且自己有些不是，只得隐忍不言。只听窦耳墩又问道：‘黄天霸叫你开门，你怎么与他说的呢?”李四道：“小的就向他说道：‘老爷若真送小人性命，不肯放这残生，便请老爷将小人即此一刀杀死，免得受罪。小人实在不知开那石门，老爷使小人开，小人如何开法呢?’黄天霸听小人这番话，当下说道：‘你既真不知道，咱老爷也不勉强你。咱自会去开，但不能将你放去。’小人听了这句话，心下暗想，难道还杀我不成?小人正在暗想，忽见他将小人两只臂膊，向背后一剪，立刻缚了个结实。又在小人身上，用刀割下一块衣襟，叫小人把嘴张开来，他将那割下的衣襟塞在小的口内。那时小的可真不能开口了。他还不肯放松，又将小的抛在山凹子里。”窦耳墩道：“他将你抛在山凹子里，后来可知道他究竟去开那石室的门没有么?”李四道：“哪里还看得见他去开门呢?但远远听得一句道：‘咱黄天霸特来盗取双钩的!’可不知系同何人所说?以后可全不知道了。直至天明，方才遇见这巡卒，将小人救起来的。”

李四尚未说完，只见窦耳墩听说盗钩的这话，即刻面色如土，大惊道：“这便如何是好?万一我那双钩被天霸那小子盗去，咱可真无所仗恃了!”郝天龙道：“寨主休得惊慌，即使天霸本领精强，要去盗那个双钩，甚不容易。而且他绝不知这双钩藏在鼓内。他此来是先打听，看这个双钩究竟在于何处；等打听实了，然后再来盗取。”窦耳墩道：“既如此说，贤弟可前去一看，是否被他盗去?速速回信!”郝天龙答应，随即动身出寨，直望鼓楼而去。到得鼓楼门口，只见楼门大开。郝天龙走上楼梯，向上一看，这一吃惊，实在不小。只见楼屋上面，有两架宽阔椽子，露出光来，是通天的。郝天龙知道有人揭去了天窑子了。再仔细一看，又见那鼓架子旁边有拔下来的三棱钉。再从鼓上一看，那鼓皮已经划开。郝天龙即照平时那取钩的法，向鼓内去取，哪里还有什么钩来?此时郝天龙知道双钩已为人盗去，便急急寻那看管双钩小头目吴用人，再寻也寻不出。只得转回大寨，回复窦耳墩。

且说窦耳墩着郝天龙去后，两眼望穿，等他回信。正在盼望，忽见郝天龙跑得气喘喘奔进寨来。窦耳墩见他那种光景，知道不妙，便急急问道："咱的伙伴，怎么样了？"郝天龙道："还要问他作甚么？完了！"窦耳墩道："怎么完了？为什么不说明白？只管这样含糊。"郝天龙道："什么含糊不含糊，明白告诉你吧！被人家盗去了。可不是完了吗？"窦耳墩一听此言，只听："哇呀呀！"一声不曾喊得完，向后便栽倒在地，登时昏晕过去了。当下郝天龙等一面来救，一面口中说道："这才真完了，咱们快将御马送了去罢！"还是郝天豹道："大哥，你不要这样说。就便将御马送出，也须将寨主唤醒，与他说明，然后再送出去，方是道理。终不成看着寨主昏晕过去，咱们就袖手观看，见死不救吗？"于是大家七手八脚，取姜汤的取姜汤，呼唤的呼唤。好一会，那窦耳墩才算苏醒过来，口中喊道："黄天霸！黄天霸！你家父子皆与咱作对定了。你既与咱作对，咱定与你誓不两立，不拼个你死我活，我不甘休！你以为盗去咱爷爷的双钩，咱爷爷就此惧你，把御马送还与你么？好小子！你真是梦想呢！"此时窦耳墩真急得七孔生烟，三尸冒火，喊了骂，骂了喊，暴跳如雷，闹得不已。郝天龙、郝天虎、郝天彪也是骂不绝口。

郝天豹道："诸位兄长不必作恼，小弟却有一言，望诸位兄长容纳。自古道，'兵来将挡，水来土掩'，此一定不易之理。今双钩既为他盗去，咱料他明日必定复来要索御马。但是他明日果来要马，诸位兄长还是与他战？还是与他和？若与他战，诚如我大哥所言，黄天霸虽无三头六臂，可是我辈皆非他的对手。前者尚有寨主的双钩，可与对敌；就是他亦甚惧寨主的双钩。今双钩已入他人之手，战是定战他不过，不战便与他和。但既与他和，不将御马送出，那还是句空话，他也总不肯依。势必送出御马，还要低心降气。与他言和——这又未免失了咱们志气。在小弟之见：莫如等他明日再来时，与他讲明，双钩既为你盗去，这便算是你的本领；你若再能于三日内，再将御马盗去，咱便与你世代言和。若三日之内盗不去，不但仍将双钩送还，而且不能再要御马。你坚执不行，咱们就与你拼个你死我活。如此办法，似于咱们面子上好看多了!”窦耳墩道：“贤弟！你这话又差了。咱这双钩，他既能盗去，岂有不能盗御马之理？这不是徒说白话么？”郝天龙道：“寨主所说，话可不差呀！双钩既能盗去，岂有不能盗御马之理？那不是一句白话么？在咱看来，还是与他拼力斗一回，拼个你死我活，免得又被他耻笑。”窦耳墩道：“还是这样好。”郝天龙道：“可不是这样好么？”郝天豹复又再三说道：“小弟之意，还是约他前来盗御马。若盗得去，咱们就与他言和；若盗不去，他也不甘心，势必要与我厮杀。那时再拼个你死我活，也还不迟。何必就如此急急呢？而况小弟还有一说，那御马所藏之地，他即使前来，绝不知道。咱们再一面日夜巡防，还怕他来盗去么？等到三日后，他如盗不去，那时他必不甘心，势必与咱为难。好在咱们山上地雷火炮多，咱们就预先埋伏起来。等他来时，将他诱到有埋伏的地方，放起地雷火炮，把他轰死，也可以报复前仇，消却此恨了！小弟愚见如此，不知诸位兄长意下如何?”窦耳墩听了此言，因道：“咱倒忘却地雷火炮一事了。今既如此设法，咱们就预备起来便了。”大家答应。窦耳墩又问道：“咱还有一事，那看守双钩的吴用人，现在何处？他为何不来禀报?”郝天龙道：“还提他什么？吴用人早不见了。”

窦耳墩道：“就是不见，也寻个下落，还是被天霸杀死，还是到哪里去了?”郝天豹道：“小弟可想起一句话来。方才据李四说，听见黄天霸说：‘特为前来盗钩。’不知与何人所说。小弟现在仔细想来，定是与吴用人说的。但是鼓楼离石室还远，怎么吴用人会到那里去呢？这可又不解了。”窦耳墩道：“据贤弟这样说，咱又想起来了。吴用人不是昨日来告假的，说他现患腹泻。昨夜定是吴用人出去大解，他看见天霸，定然问天霸何人。天霸那时却也不知双钩的所在，因即用了个投石问路的计策试试看。吴用人一听他来盗钩，他自然赶紧回去，却好带领天霸去了。天霸既到了那里，不必说，自然将吴用人绑缚起来，他好行事。这吴用人不是天霸杀死，定是天霸将他抛入山洼里去了。可赶紧叫他们各处寻找一会，有无下落，前来回话。”

当下令喽罗往各处寻找。这里窦耳墩也就回入内寨；郝天龙等亦各回本寨而去，暂且按下。

再说黄天霸与朱光祖将双钩盗出，回至客店，心中好不欢喜。当下计全、何路通、关太都将朱光祖称赞一回。朱光祖也觉自鸣得意。大家摆出酒来，尽欢而散。席间，计全便议道："朱大哥今日将双钩盗出，那老儿自必无所仗恃。小弟愚见，明日咱们大家各带兵刃，一齐上山，与那老儿索取御马，使他速速送出。他若再有犹疑，咱们趁此就焚毁他的寨栅，将窦耳墩捉住，与御马一同送入京师销案。"大家称是。一会儿酒饭已毕，大家正坐在那里闲谈。忽见店小二进来问道："哪位是黄老爷？外面有个人，说是要见黄老爷，有机密话说。"大家一听，顿觉奇异，因道："这是何人，有机密来报？"计全便对店小二道："你且叫那人进来问话。"店小二答应出去。你道这人是谁？原来就是窦耳墩着人各处寻找、疑惑被黄天霸杀死的那个看管鼓楼上双钩的小头目吴用人。这吴用人自失去双钩之后，他便畏罪，由后山小路逃走下山。沿途访问，知黄天霸住在此地，即前来求见，禀报机密，也算是悔罪投诚。当下店小二出来道："黄老爷叫你进去呢！"吴用人听说，就跟着进去。店小二先向黄天霸说道："求见黄老爷的人，带进来了。"

天霸道："叫他来见我。"店小二即命吴用人进去里间屋内。吴用人到了屋里，他也看不清楚谁是黄天霸，只得说道："哪位是黄老爷？"天霸道："你唤什么？见我有何话说？"吴用人听说，即向黄天霸面前跪下，说道："小人姓吴名唤吴用人，本是连环套的小头目。因有机密事，特前来禀报，还求老爷屏退众人，以便呈诉！"欲知吴用人说出什么机密事来，且看下回分解。

第二二六回　吴用人详细说机关　黄天霸决计索御马

话说吴用人一见天霸，跪在地下。天霸问了他的名姓。吴用人将名姓报出。天霸又问他前来禀报何事？吴用人道：“小人却有机密奉禀，请老爷屏退左右，小人才敢细说。”天霸道：“此间皆是同来的老爷们。尔有什么话，但说不妨！”吴用人道：“小人本是连环套窦耳墩寨内看管鼓楼双钩的头目。因昨夜老爷在山上遇见小人，说是前去盗钩。小人恐怕有失，赶着奔回鼓楼，哪知双钩已经失了所在。后来小人一想：既然失去双钩，窦耳墩必然要问小人的罪，小人因此逃下山来。本拟投往他处的，后来仔细思想，因闻老爷的大名，是一位忠心赤胆的国家大忠臣，而且武艺超群，名闻天下，故想前来投诚。又思窦耳墩他虽然现在强横，不过是一名草寇，终久都要被老爷们剿灭的，何必在那里随他为寇。将来天兵到此，或竟由老爷们焚毁山寨，将他等捉住正法；小人如在寨里，也不免玉石不分。因此左思右想，还是投到老爷麾下，哪怕当个马夫，执鞭随镫，总比那做强盗的声名好多了。”天霸道：“你既有机密，速速说来，不必再说闲话了。”吴用人道：“只因那匹御马，自盗来的时候，以至老爷第一次上山，皆在马房内喂养。及至老爷去后，窦耳墩便藏到那石室内去喂养了。”

天霸听了此言，便问道：“你可知道么？”吴用人道：“小人知道的。小人此来，就是要将那开石门的法儿，禀知老爷，好使老爷前去，将那御马取回，送往京城复命。”天霸道：“你既知道，可详细说来。”

那吴用人道：“那石板上面安着一副铁环，猛然间可瞧不出，必得细细去看，才看得出来。只要将那铁环用手指扳定，先向外一推，后向里一拉，那石板大开，即有门径可入。但必须将那铁环再向中间一按，内中便有双连环钩，将石板钩定，再也不得覆关起来。不然人才下去，一触消息，石板即压下来，任你有本领的人总要压成肉酱——这件事为最最要紧。下去之后，皆是连环路。人家但知此山名曰连环套，其实这石室内才是连环套呢！老爷如进去时，切记八十步一转，少一步不能，多一步不可。若实在记不了这许多，但看那有石墩子所在，就向右首转弯。随后出来，都向左首转弯。到了里面，有个六角门，门内就是那养马的所在。但是六角门是终日闭着不开。看起来并不希罕，只要将它推开来，就可进去了；其实不能推，如若去推，不但门不能开，而且上面有八十斤重的大钢锤，只要将门往里一推，那两个锤头就打下了，即刻脑浆迸裂。如要开此门，还要将门上两个大铁圈，攀定在手上，轻轻地向怀里一拉，那上面两柄锤头，自然而然就分在两边，那两扇门也就自然而然开了。若要关此门，那门后还有两个小铁圈，也将那铁圈执在手中，还是向怀里轻轻一拉，那两扇门自然关了。出来的时节，人在门里，却不要开门，反要推门。那门经人一推也就开了，这是六角门的暗记。窦耳墩的住房，就在这里面一块玲珑石背后。那玲珑石也是暗记，只要认定石头左半边，有个拳大的小孔，用二指按在那小孔里，那块玲珑石自然推过去了，里面便现出门来，人就在此进去。到了里面，有道月亮门，门后有根铁索。只将铁索向右边一拉，外面的玲珑石，复又将门挡起来。出来的时节，将铁索向左边一拉，那玲珑石又推过去，那门复又现出。若误拉了铁索，上面埋伏着钢刀五把，就要落下来，将人扎为两段。老爷若要前去，但将小的所说的话记清了，未有不马到成功的。”

黄天霸等听了吴用人的话，觉得句句是实在，并无虚言，因即说道：“你既改过自新，到此投诚，本总镇本拟照法处治，姑念你竭力报效，且在此处充个亲兵。俟本总镇成功之后，将窦耳墩捉住，连环套剿平，然后再行升赏。”吴用人当下给黄天霸磕了个头，又给计全等大家谢过，复又说道：“以后若有用小人之处，小人虽赴汤蹈火，亦所不辞，藉图报效。”黄天霸即命他到外间歇下。此时天已将晚，一会儿店小二送进晚饭，大家用毕，闲谈了片刻，便去安歇，以便明日一齐到连环套，与窦耳墩要马。一宿无话。次日一早，大家起来，梳洗已毕，用过早膳，装束停当，各带兵刃，直望连环套而去。

黄天霸等共计五人，一直来到山上。先向守山喽兵喝道：“你等听着：速报窦耳墩知道！就说黄天霸老爷到此，叫他速将御马送出，咱老爷可以留他一个全尸。若再延迟，咱老爷就要立刻削平山寨，将他捉住，碎尸万段了。”那守山的喽兵听了这番话，怎敢怠慢，随即飞跑进去。却好窦耳墩尚在寨内与大家商议埋伏地雷火炮的事。那守山喽兵，跑到寨内禀道：“启大王爷，不好了！前夜来盗双钩的黄天霸，现又带领了四五个人，前来要那御马。声称叫大王爷若速将那个御马送出，还可稍留情面，舍大王爷一个全尸首。如再迟延，便要削平山寨了。请大王爷从速示下！”窦耳墩听说，直气得三尸冒火，七孔生烟，一声大叫道：“天霸你这小子！欺人太甚！咱定与你誓不两立了。”说着即命人备马，决计与他拼个你死我活。

郝天豹当时拦道：“寨主且请息怒，天下事急行缓办。有道：‘小不忍，则乱大谋。’今黄天霸前来，明知他欺人太甚，寨主这就此下山，与他争斗，纵未必败，也不能胜。何如仍照前议，等他三日之后，御马盗不去，他必不肯甘休，定要与咱们厮杀，那时咱们的埋伏已预备好了，还可以将他诱入。此时出去，万万不可！”窦耳墩听了这番话，才将气平下去。因与郝天豹道：“据贤弟所言，虽甚有理。但天霸这小子，在山前索马，还是出去与他说明才好。”郝天豹道：“小弟愚见，还是把他请上山来，先以礼节待他。他见咱们以礼相待，他不立刻反脸。然后再约他盗马。天霸虽是厉害，却处处要面子好胜。他即不肯答应盗马，只须用言反激他，无有不答应的。”窦耳墩道：“就如此办法，且将天霸等迎接进来，然后再作计议便了。”

当下即命人摆队相迎。窦耳墩率同郝天豹等兄弟四人，一齐下山，去迎天霸。到了山口，只见天霸在山下大骂不止，口口声声说道：“怎么这许多时候，还不将御马送出？”正在暴跳如雷，忽见窦耳墩从山上迎接下来，远远地就招呼道："诸位到此，某等有失相迎，尚望恕罪。敢请诸位进寨一叙，某还有要话面商。好在敝寨不远，请即前去何如？"

黄天霸等听了窦耳墩这番话，向计全、朱光祖道："咱们就进去一走，看他有何话说。"计全道："使得。"朱光祖道："可行。"于是大家一齐走上山来。窦耳墩接入。不一刻已进大寨，耳墩请众人挨次坐下。黄天霸首先说道："窦耳墩！你现在应该知道咱老爷们的厉害了。双钩既为我等盗去，你也无所恃仗，正可悔过自新，将御马速速交出，免得老爷们不留情面。今你不即送出御马，还请老爷们进寨，有要话面商。但不知你有何话可商？难道还不肯送出御马么？既有话说，可速说来，可行则行，否则可不要怪老爷们动怒！"窦耳墩道："俺家双钩虽失去，这盗的未必是你所为，谅你这小子无此本领。今虽双钩已失，你若有此胆识，能于三日内，独自上山，将御马盗去，俺家从此即拜你为师。若盗不来，可对你不起，今生也休想此马。"天霸听了此言，当即笑道："窦耳墩，你不要小量于咱。你双钩虽然不是咱独自盗去，是咱们这位朱老爷所盗；但朱老爷既盗得双钩，咱黄天霸就盗不得马么？你预备好了，三日内看咱老爷来盗御马。"窦耳墩道："若盗不去呢？"天霸道："若盗不去这匹御马，咱就不要了。"窦耳墩道："你不要此马，还是小事。只可惜你一世的英名，就此消灭，再也说不起嘴了。"天霸道："咱若盗去了御马，你又何如呢？"窦耳墩道："你若将御马盗出，咱已经说过，拜你为师。"天霸道："你有反悔么？"窦耳墩道："君子一言，快马一鞭，哪有反悔之情？"朱光祖在旁说道："黄老爷！你可要三思，不要上这老儿的诡计。在咱家看来，还是向他要马的好呀！"黄天霸道："朱老爷你这话差矣！他这里不过是座连环套，难道是龙潭虎穴不成？就便是龙潭虎穴，咱黄天霸说了这话，还有什么更改么？咱们就此去罢！"郝天龙道："天霸你不要说反齿的话。三日内就要来盗！三日内若盗不去，咱家寨主就将此马杀了，煮肉吃了。"天霸闻言，将他一看，因大笑道："咱道是谁？原来是你。你不必在此说这二话，若非咱老爷宽待于你，早已送了你的性命了。你今日也在这里说剩话，岂不可耻？你快点儿去罢！老爷不与你计较了。”这番话把个郝天龙说得羞惭无地。

天霸借着郝天龙羞辱一番，也就站起身来，与朱光祖等人出寨，下山而去。窦耳墩见天霸等人已走了，也预备埋伏地雷火炮，专等黄天霸三日后的消息。

且说黄天霸、朱光祖等下得山来，沿途计议道：“这老儿可真要死在目前了。他不思速将马送出来，悔过自新，尚自怙恶不悛，叫咱前去盗马。他以为咱不知道他藏马的所在，又不知道开他的那座石门。咱看他太不知自量了。”计全道：“在愚兄看来，窦耳墩必有他谋，断不是叫贤弟前去盗马。而况窦耳墩向来性情暴躁，今虽自己双钩被人盗去，而又当面遇见仇人，不但不万分仇视，而且故作从容，其中必有诡计。倒不可不防。”

朱光祖道：“咱亦虑及至此，但是如何办法呢？”计全道：“咱倒有个主意：咱们回店后，即令吴用人上山细细打听，究竟有何诡计，再作商量。”朱光祖道：“此事正合吾意。”不一会已到客店。此时天色尚早，计全即将吴用人喊至，向他说道：“今有一事，非你不行。你既矢志投诚，这件事若打听清楚，将来定然重重有赏。但不知你敢不敢去？”吴用人道：“只要老爷不疑小人，虽使小人赴汤蹈火，小人也是情愿的。老爷有什么事，但请老爷吩咐，小人当遵命前去，竭力报效便了。”计全道：“咱今使你连夜往连环套一走，将近两日内的实在情形，打听明白，赶速回来禀报。不知你敢去不敢去？”吴用人道：“小人当得遵命。但有一件须要呈明，今夜前去，明日夜间方可回来。只因小人不能由前山进去，要由后山小路而去。这后山小路，还须渡河，方能上去，所以要夜来夜往。若白日上山，恐怕为窦耳墩知道，小人的性命倒不算什么，将来贻误了公事，那就有负老爷的恩典了。”计全道：“明夜回来，倒不妨事，但须打听确实方好。”

吴用人道：“小人自当悉心打听确实，老爷但请放心便了。”说罢便即告辞出去。等到天黑，他便饱餐晚饭，装束停当，又带了些干粮，然后出了客店，直望连环套而去，闲话休提。

到了次日四更时分，居然打听回来。此时黄天霸等，正在盼望。只见吴用人敲门而进。天霸等一见，好不欢喜。因即问道："你去打听窦耳墩山上，还有什么新闻？"吴用人道："幸亏老爷料事如神，若不差小人前去打听，几遭窦耳墩所算。"

黄天霸道："到底怎样？你快说来。"吴用人道："小人由后山上去了，悄悄去找一个至好朋友名唤高三。这高三也是山上的小头目，小人找到他，即假意说道：'高三哥，你要救我呀！'高三便问道：'你这两日到哪里去的？大王的双钩不见了，你怎么不看守好？'小人便与他道：'这件事怎么能怪我呢？我现在已两天不吃了。'高三问道：'你怎么两天不吃呢？'小人便说道：'自从那夜来了个姓黄的，到鼓楼上盗那双钩。我当时惊醒了就要喊，不意被那姓黄的看见，就将我绑缚起来，口里又塞了衣襟，将我塞在楼梯底下。急死了！想人前去救我，哪里晓得去寻找的人，总不曾到那里去找。我打量一定死在那里了。该因命不断绝，不知怎样忽然松下绑来，我才得活手活脚，将口内的衣襟掏出来。打算去到大寨报知大王；后来一想，不能前去。不知近两日的情形，若是话说得不对，反而性命难保。因此先到你这里，问个明白。请你想个法儿，救救我的性命！不然，我虽不为大王所杀，若是大王将我赶下山，我又到哪里去吃饭？那还不是饿死了么？所以请你想个法儿，安插我个吃饭的所在。或是你先在大王面前见机说，烦将我这番苦衷说明。'高三见小人说了这番话，他便对我说：'你真是被塞昏了！你还不知道，这两日大王等忙碌异常，在各处埋伏地雷火炮。'小人见说，就问高三：'埋伏地雷火炮作什么呢？'他就说道：'窦耳墩约定天霸，三日内盗御马之时，预备乘此就要害天霸的性命。'小人见他说了这句话，便又问他：'地雷火炮埋伏在什么地方？'他说：'凡要道口，都埋伏下了。只有石室与后山两处，不曾埋伏。'小人听这话，又问他道：'为何石室与后山两处不埋伏呢？'他说：'听窦耳墩等议论，石室那里，若有埋伏，恐怕把石室毁了。后山，天霸不知道从那条路上山，故此不曾埋伏。'小人见他说了这些话，小人也就不托他想法了。后来小人就躲在那里一天，等到天黑，才瞒着他悄悄出来，仍由后山下来，赶回来给老爷送信。”

当下天霸即命吴用人退出。歇息黄天霸与计全、朱光祖道：“今据吴用人所言，果不出二位所料。但前山既有地雷火炮，而后山又是水荡，如何可以上山去盗御马呢？”计全道：“在愚兄看来，此事竟非何大哥不能为力。但恐何大哥不肯帮助，又便如何？”只见何路通在旁说道：“计贤弟，你这话是怎么说？咱自从随了大人之后，与老弟共事，也有多年。同办公事，也觉不少。只要老弟吩咐下来，哪件事推诿过的？今日要用愚兄，但急吩咐便了，咱怎么个不行？老弟又何以知道咱不行呢？这可不是笑话。”计全闻言，知道自己这句话说错了，只得转过话来，说道：“何大哥！你为何不等人将话说完，就生起气来，说了这一串的话？其实你还不曾知道小弟的用意，你是何苦错怪人呢？”何路通道：“咱怎样错怪你？既是这样说，愚兄就算错怪于你了。你再讲罢！有什么事，就请吩咐，咱当遵命！莫要说咱又是不行。”计全道：“小弟所说这不行两字，并非说你不肯，只因那水荡不知离后山尚有多远？又不知有无船只？你虽能在水里埋伏七昼夜，咱们大家皆不识水性。就使你一人由水荡能过去，咱们不能过去，还不是个枉然么？若今你老哥独自上山，那后山的路径，你又不熟，咱们又何能使你独自前去？所以咱说出那个不行两字，是这个道理。你怎么就误会其意？只当咱说你不肯了。”何路通被计全这番话，说得顿口无言。听了一回，这才说道：“既这么说，还得大家想法儿前去才好，终不成就半途而废么？咱总是现成，如有用咱之处，咱总效力便了。”天霸道：“你们两个人也不要抬杠，皆是公事。这个公事仍照公办了。在咱看来，还将吴用人喊来，再作计议罢。”

当下又把吴用人喊进来，问道：“据你所说后山，皆是蚕丛鸟道，又有水荡拦阻，行走颇为不便。但是你如何得过去的呢？”吴用人道：“小人曾识水性，因此涉水而过。”天霸道：“这水荡周围有多少宽阔？中间的水有多少深浅？你可明白说来。”吴用人道：“山后一带皆是水荡，所谓‘三面是水，一面是路’，即此之谓。若问中间的水有多少深浅，最深的地方有五六尺，其次皆四五尺，再其次只三四尺。”天霸道："那里有船可渡么？"吴用人道："从前寨内本有巡船，后来不知为什么一律裁去。"计全道："四围一带有民船可雇么？"吴用人道："那水荡不通河道，哪有民船？"计全道："方才据你所说，前山各要隘，皆设有地雷火炮，除却后山，万不能上去。而后山又有水荡阻隔，不能飞越而过，你还有什么法想，可以上得山去？不妨说来，大家商议。"吴用人道："小人只有一个主意，恐不能用。"天霸道："你且说来。"吴用人道："前山要隘已有埋伏，万不能行。后山水荡阻隔，又不能过。为今之计，小人先下水去，来背老爷好上去。所幸那河面不过五六丈宽阔，次第将老爷们背过水荡，那不是老爷们可上山么？"计全道："你既能如此，这就可以设法了。你不知道咱们这位何老爷，才是绝好的水性呢！"吴用人道："小人不知。"计全道："你且去歇息，再听咱们招呼罢！"吴用人当下退出。天霸道："计大哥，你老有什么主意呢？"计全道："也没有别样主意，所幸那河面不宽，只得请何大哥辛苦一趟，与吴用人到了那里，将我等背驮过去。好在我等人数不多，除何大哥以外，只有四人，只要两起，便可背过去了。"朱光祖道："就此办法，不必再打主意了。"计全道："但是明日午后，就要起身。"一宿无话。

到了次日午后，约有申牌，众人都收拾停当，各带兵刃。

何路通便穿水行衣靠，即带了吴用人，一同出了店门，直奔连环套而去。不到初更时分，已到了那里了。当下何路通即将外面大衣脱下，递与黄天霸手内。天霸也将外面大衣脱下来，执在手中。何路通便先下水，先试一试，觉得不太深，正要来背天霸，忽见吴用人喊道："此处不能去，这地方的水是最深的。老爷虽不怕，恐黄老爷到了中间，也要下水了。还要走过去一箭路，那里的却是最浅。"何路通听说，即向西首走了一箭多路，然后叫天霸伏在背上，他背驮过去。朱光祖就在吴用人背上，也驮了过去。何路通、吴用人将天霸、光祖送至对岸，后又过来背关小西、计全，四人皆已过去了。何路通与吴用人，就席地坐下，歇了半刻。此时大家俱是短衣紧扎，当由吴用人在前引路。果然山势嵯峨，崎岖万状，大家皆是攀藤附葛，好容易走了有一个更次，才把那蚕丛鸟道将次走完。又走了一会，已看见正路。黄天霸道："咱们已进了山，但是怎么办法？还是分头前去？还是合力同行？"计全正欲答话，忽见吴用人道："在小人愚见：莫若先到石室，将窦耳墩捉住，或将御马先盗出来，然后再搜寻埋伏，平毁山寨。"计全道："此言甚合吾意。就请朱大哥、黄贤弟进到石室里面，咱们全在外面接应。"黄天霸、朱光祖二人答应，便急急望石屋而来。不一刻到了石室外面，此时已有三更时分。黄天霸即照吴用人所说之话，向那石板上仔细一看，果然有两个铁环，安在石板之上。

天霸即将铁环执定，先向外一推，复向怀里一拉。只听吱呀一声，那石板向旁边转过，内里闪出一道石板门来。天霸又将那铁环向中间紧紧一按，果然落下一个双连环铁钩，将石板钩住。

黄天霸在先，朱光祖在后，进了石门。又记定吴用人所说八十步一转，但见有石墩子，就向右边转弯。走了一会，果然见了六角门。黄天霸又记定吴用人的话，看定门上那两个铁圈，执定在手，轻轻地向怀里一拉。只听得门里哗啦啦一声响，好像有两样物件从旁边分开的声音。天霸正在凝神细想，早见两扇门已经开了。天霸大喜，便与朱光祖进去，便各处找御马。转弯抹角，走了好些地方，只是寻不出来。两人正在着急，忽听嘶地一声。天霸道："这声音好似在那假山背后。"朱光祖道："你我便去那里寻找。"就顺着声音一路寻去，到了假山那里，四面一看，并无空地。那假山以外，便是一道围墙。天霸道："这可把我闹糊涂了。"朱光祖道："咱们何不上假山一看呢？"

天霸答应。当下二人便一齐跳上假山，向那围墙里面望去，天霸便悄悄与光祖道："你看那里这一带房廊，莫非即关在房廊里面么？"朱光祖道："咱们且跳下去寻一寻。"黄天霸道："但一件，跳下去可极容易，必要将出路寻出方好。我看围墙外面并无门路，此时跳下去，得了御马，没有门径，怎么将马牵出来？"朱光祖道："老贤侄！你且这里等一等，让咱先下去踏看一番，再作计议。"天霸答应。毕竟御马是否藏在里间，且看下回分解。

第二二七回　黄天霸活捉窦耳墩　众英雄大闹连环套

话说朱光祖跳入围墙里面，四面一看，见左首一带房廊，约有五丈阔光景。对面有一所高大的房屋，里面尚有灯光。朱光祖暗道："莫非这是老儿暗室？咱且不管他，先将御马的消息，打听出来，然后再将门径探明，好作计议。"当下便使出草上飞的本领，走到那房廊。轻轻将窗格撬开，探身入内，凝神定睛一看：果见有匹马拴在里面柱子上。将那马细看一番，实在与凡马不同。朱光祖大喜。于是赶出去寻门径。寻了一会，忽见南首上围墙有一个极大的圆圈。朱光祖便上前一望，乃是一个月亮门，他便顺着方向，打量了一刻。心中暗道："吴用人曾经言过，说那假山背后，月亮门内，就是老儿住所。只要将那玲珑石推开，便可进去。现在月亮门已寻着，但是有假山挡住，难道说这假山就是玲珑石不成吗？且等咱再出去与天霸说知，让他照吴用人所言，先将假山上的暗记寻出来试一试看。"主意打定，立刻又飞身出来，将此话告知天霸。天霸闻言大喜，也就立刻下了假山，寻找石头左边那个拳大的孔。不一刻居然寻到，天霸将二指在石孔一按，并不费事，也不费力，只见那假山石头，即刻推在一旁，现出门来。天霸又向光祖道："朱叔台！你可仍由墙上跳到里面，以便接应。咱便由月亮门进去便了。"朱光祖答应，复又从围墙上跳入；天霸即从月亮门内进去。二人见面，天霸道："朱叔台！马在哪里？"朱光祖道："马在这里。"天霸就跟定光祖，走到房廊那一间，正要进去盗马，忽听对面那所高大的屋内，窗格响亮。天霸掉头一看，只见迎面走出一人，出声大喝道："来人敢是盗马的么？"

天霸见有人知道，也就高声大喝道：“你是窦耳墩！咱正是前来盗马——那马已被咱老爷盗去了，你还在梦里呢！”天霸话未毕，对面的那人已不知去向。天霸好生疑惑，即向朱光祖道：“朱叔台！你看那人忽然不见，究竟是人是鬼呀？”朱光祖道：“老侄！你且不必讲是人是鬼，包管你即有人出来厮杀了。”天霸道：“杀便杀，还怕他不成？”

正说之间，忽见一片灯光，即从那对面屋内出来，为首一人，正是窦耳墩。手执双刀，一声大喝道：“好小子天霸！你当真敢来盗马吗？”天霸道：“老匹夫！你死在头上，还不知道，尚敢说出这无耻的话么？御马已被咱盗去了，特地前来捉你。”窦耳墩一听，真个是三尸冒火，七孔生烟，当下“哇呀呀”一声，手舞双刀直奔天霸。天霸一见，哈哈大笑道：“老儿你还敢放肆么？来得好。”说着也就飞舞单刀迎接上去。此时窦耳墩恨不能生啖其肉，只见他刀不留情，劈面一刀望天霸砍到。天霸急急架过。窦耳墩接着又是一刀，认定天霸肩膊上砍来。天霸又让过。窦耳墩右手的刀一起，左手的又接着下来，这叫作连环拨风刀。这个刀法，如遇见旁人，也是万难抵敌。

天霸见连环刀接连砍下，也就杀得高兴起来，使出六十四路的花刀出来，两人大杀一阵。天霸一路花刀使完，窦耳墩看看抵不住。那知天霸愈杀愈紧。窦耳墩究竟年纪大了，手内又失去了从前的双钩，这双刀拿在手中，究竟不十二分精熟，但见天霸愈杀愈急，知道抵敌不过，便举起刀来，向天霸虚砍一刀，即思奔逃。却好朱光祖在旁，一声喝道：“你向哪里走？可认得朱光祖么？”说着就是一刀，从窦耳墩背后砍到。耳墩一听朱光祖三字，便大吃一惊，暗道：“我今性命休矣！”一面暗想，一面即转身来迎。窦耳墩方转过身来，天霸又是一刀砍到。耳墩知是不济，便跳出圈外，将朱光祖、天霸两刀让了过去。那天霸真个飞快，便就抢进一步，又是一刀向耳墩左肋刺入。窦耳墩急将手中刀往下一磕，将天霸的刀掀在一旁。此时他也不还刀，但向后退。天霸见他后退，便直向前进。正赶之时，忽听耳墩喊道：“天霸小子！不要赶，看家伙！”天霸一听，怕他有暗器打来，凝了一刻神志。窦耳墩便趁此时，一个箭步，飞身上屋。黄天霸见他飞身上屋，也就将身子一缩，两脚一跺，即刻追上屋去。方到檐口，耳墩早揭了几片瓦向天霸打来。天霸说声："不好！"将头向旁边一偏，所幸不曾打中，让了过去。却好朱光祖也上了屋面，就从背后出其不意，一腿将窦耳墩打倒屋面。天霸见光祖将耳墩打倒，赶进一步，举起一刀，认定他右手一下，耳墩万避不及，只听"哎呀"一声，刀已落下。天霸砍第二刀；朱光祖又在他腿上砍下一刀。耳墩已是动弹不得。天霸便将他从屋上摔了下来。但听咕咚一声，耳墩已死了一半。于是天霸、光祖飞身下屋，就将耳墩绑缚起来，四马倒攒蹄，捆了结实，抛在一间房内。

光祖便与天霸道："老侄！你就在这里看好御马，咱出去望望他们现在哪里，曾否与他们动手？"天霸道："咱也去走一趟，好在耳墩已被捉住，还怕谁来？"说着就与光祖一同由月亮门出来，走出石室。只听西北角上一片喊杀之声，真是震动山岳——知道关小西等已在那里动起手来。即便顺着声音，赶杀过去。却好见关小西敌住郝天龙，计全战住郝天虎，何路通力敌天豹、天彪，七个人杀得难解难分。天霸大喝道："各位兄长使劲儿！御马已得了！耳墩那老儿已被捉住了！不可以将这些毛贼放走，咱们齐力将他这伙强盗一个个捉住，解到京师，听候按律治办。"关小西等一听"解到京师，听候按律治办"，更加高兴，真是个个争先，人人恐后，奋勇杀上前去。

郝天龙等听了这话，却是个个胆寒，暗道："大王被人捉住，御马又被他盗去，这还有什么想头呢？"各人就此存了这个心，不觉看看抵敌不住。只见关小西一刀，早将郝天龙砍倒在地。接着计全又是一刀，向郝天虎砍去，天虎正要去架，不料关小西在郝天虎背后砍来，两面夹攻，郝天虎也被砍倒在地。

那边郝天豹、郝天彪双战何路通，见两个哥哥俱被人砍倒，于是心慌意乱。郝天豹早被何路通打中肩窝一拐，只听"哎呀"一声，望后便倒。郝天彪此时更加慌乱，便向何路通虚砍一刀，急待要走；哪知天霸跳到他背后，将他手擒过来，趁势望地下一摔，也跌得个七死八活。于是大家一齐喊道："你等喽兵听着！耳墩今已被捉，郝天龙等又被拿获，你等如要性命的，快快归降！倘若再执迷不悟，咱老爷等即刻将你等杀得个鸡犬不留。"那些喽兵一一跪下哀求，情愿投降。天霸等准如所请，即命众喽兵赶速将前所有各处埋伏的地雷火炮，全行拆去。那些众喽兵怎敢怠慢，立刻，一齐到各处拆毁埋伏去了。这里天霸道："耳墩这老贼虽已被捉，众头目亦已被擒，但是他的家小必在后寨。咱们且将他家小搜寻出来，好一齐解往京师，听候治罪。"话犹未了，只见吴用人跪下道："小人冒死有一言上禀：还求老爷俯纳。窦耳墩虽然作恶，罪不容赦。他家小平时也甚正直。今祸首已被擒获，自当按律治罪，可否祈求恩体罪属不拿之意，免诛家小科条。耳墩将来虽明正典刑，他也要衔感大老爷大德。这是小人冒死仰求；只因小人眼见得他全家遭戮，实在不忍。"天霸本是个有义气，有血性，傲上不凌下之人，今见吴用人如此哀求，心中也未免不忍，只得说道："本总镇本要全行拿获，姑念你一再哀求，又道他家小亦甚正道。你可即传言，令他们迁徙下山，另谋居住，安分为民。所有细软资财，准他带往，以示体恤！"

吴用人闻言，磕了个头，给天霸谢过，直向后寨而去了。及至到了后寨，早已不见。吴用人又寻了一遍，毫无形迹，知道是闻风逃去。只得复行出来，对天霸等禀知。天霸道："既然畏罪而逃，也就算了。"却好此时那些去毁埋伏的人也来禀报：地雷火炮已一一毁去。黄天霸即向众喽兵道："你们这些人，从前皆是良民，误入此地，本总镇不为难你等，有家者归家，无家者各寻生活，不得再蹈故辙！若无财产者，等本总镇将窦耳墩所有家财查明，再行分给尔等，速速下山，各安生业。"这些话一说，那些喽兵个个感激无地，真个是欢声振动，专候分给资财。

这里黄天霸与朱光祖、关小西、计全、何路通四人，去到石室，将御马敬谨牵出；又解窦耳墩出来。此时窦耳墩已经半死，不复从前那样极恶穷凶。天霸等将他押解到大寨，与郝天龙等放在一处。又将那匹御马拴在一旁，命人守好了。复去各处查点资财，以一半散给众喽兵下山；以一半带了下山，充作沿途的经费。然后命人将连环套内所有的房屋，放起一把火来，烧得干干净净。然后与众人带了这一匹“日月骕骦”御马，并押解窦耳墩五人下山。一直到了客店，大家住了歇息，即命店主人传了好些木匠来，连夜的打了五个囚笼；又命铁匠打些铁索，就将窦耳墩五人等锁起，打入囚笼。又将那无家可归、情愿投降的喽兵，拨了二三十名，充作护勇，以便保护御马，押解囚车。又请朱光祖会同褚标、李昆回淮安报信，分派已定。

停了一日，黄天霸等及一切人众，保着御马，押解囚车，直望京师进发。在路行程，非止一日。这日进了张家口，到了一个所在，大家走得困乏，就树林内稍为歇息。才坐下来，忽见林内窜出一人，浑身短衣靠扎，手执双刀，一声大喝：“你等哪里去？快快丢下买路钱来！”众人一见，吃惊不小，报知天霸。天霸闻言，立刻跑到面前，正见那些侍从的人，被那手执双刀的人，杀得乱奔乱走。天霸喝道：“好大胆的囚徒，竟敢抢劫！快快留下名来，好让我送你性命。”那人应声答道：“咱爷爷乃独角蛟李霸是也！你是何人？敢来送死。”天霸大怒道：“这个贼囚！咱老爷乃总兵黄天霸是也。”独角蛟听说黄天霸三字，他知道不妙，也就急急地向天霸虚砍一刀，掉转身向树林内跑去。天霸见独角蛟逃走，也就追赶下去。只见他进了树林，片刻间已不知去向。天霸一人怅怅而回。

你道这独角蛟是何人？原来离张家口八十里，有座卧牛岗，岗上有三个大盗：一唤抱不平王勇，一唤唬死人薛超，一唤都不怕胡广。这三个大盗，专门在各处抢掠贪官污吏的财物，从来不打劫经商过客的，因此也就从来不曾破过一案。这独角蛟是卧牛岗上的一个头目，这日因派他下山，打听各路买卖。忽见黄天霸那一起护从，抬着囚车，他却不曾看得明白，疑是一注大财，因此就下山来抢劫。及至黄天霸说出自己名姓，独角蛟一听，早已胆战心惊——向来虽未会过此人，却是久仰大名。又仰他是个忠义之士，而且素知他武艺出众，因此料无本领与他对敌，所以逃入树林内，跑回卧牛岗去了。

及到了卧牛岗，见着王勇三人，行了礼，坐下一旁。胡广首先问道："兄弟你今日下山，打听得有什么买卖?"独角蛟道："三位兄长在上，小弟今日下岗，买卖倒不曾打听出来，却遇见一个三位兄长平时极敬重的那个人，小弟险些儿送了性命。"王勇道："这是个什么人?你怎么又险些儿送了性命?好叫我听得气闷!"独角蛟道："大哥!你不是平时常说，现在最了不得的英雄，只有一个黄天霸么?"王勇道："这天霸本来是天下第一大英雄，你难道遇见了他不成?"独角蛟道："正是小弟遇见，因此险些儿送了性命的。"王勇道："你遇见他也不算什么，怎送了性命呢?"独角蛟便将以前的事说了一遍。王勇道："这本是怪你卤莽，不打听明白，就去动手么!"当下薛超便与王勇道："今李兄弟如此说法，黄天霸押解的那起，不是恶霸，定是强人了。"王勇道："我有一事可疑，他怎么从口外来的?他现在淮安施不全那里做副将，去到口外作什么呢?"胡广道："好在早晚都要走此地，将他那跟随的人，捉一两个问一问，就知道了。"王勇忙应道："这主意我看来却不妥。愚兄倒有一个方法不知二位兄弟可肯依从么?"胡广、薛超一齐说："只要大哥说出来，弟有什么不从?"

王勇便与胡广等议道："兄的意见，我等在此落草，也皆出于无奈，不过暂为之计，久想图个出身，早离了这个行业。倘久久恋此，终非了局。即如天霸，当日也是我辈中人，一旦向上，投顺施公，今做了国家的大臣，说起来哪个不敬重?愚兄久有此意，欲去结识他。怎奈路途遥远，不便前去。难得今日走此经过，咱们就预备些羊酒，一起下山，就以李贤弟误犯劫掠为名，到他面前谢罪。他本是个义气人，见了我等如此行为，必然心许。那时我等就将他请上山来，将这一片诚心，对他讲说，请他携带，图个出身。他如肯携带，那便极好;即使不肯，我等也从此结识一位天下的英雄，国家的栋梁。然后就舍此他去，或买些田产，耕种度日，或往各处贸易经商，也可不失个好人。二位贤弟看愚兄的话，错也不错?"薛超、胡广听了此话;齐声答道："便是弟等亦有此意久矣!所以不敢出口者，唯恐有违大哥的本意。今兄长既决意如此，弟等岂有不从之理?当从兄长之命便了。"王勇即预备了许多羊酒，仍命独角蛟下岗打听。约有半日光景，忽见独角蛟匆匆回来说道："小弟今探得明白，明日定过此岗了。"王勇大喜。次日一早，即命众喽兵担酒牵羊，率同薛超、胡广、李霸三人，一齐下得岗来。就在那要道口歇下，专等黄天霸经过，便去请罪。且说黄天霸自将独角蛟逃入林内，他便遵江湖上的规矩，遇林不追，让独角蛟逃去。然后率众又望前进发。又走了四五十里地面，天已不早。天霸即命护从的人寻了客店住下，歇息一宵，又起身前行。

约有巳牌时分，早离卧牛岗不远。在前护从的人，就跑到天霸面前禀道："前面有座高山，甚是险峻，恐有强人下山抢掠，请老爷定夺！"天霸听说，即向前一望，果见前面有座高山，甚是险恶。因与计全等议道："计大哥、关大哥，你二位在后面保护着御马，小弟与何大哥率众前行，以防那山上强寇下来打劫。"计全应道："是。"又走了一会，约有申牌时分，已到卧牛山下。正走之间，只见前面站立着一排人，约有二十多个。为首三人，虽带着些强盗样子，却是气概不凡。天霸好生疑惑，暗想道："若说这等人皆是本地良民，却又带些凶恶之气象；若说是些强盗，又何以如此循规蹈矩，拱立道旁。"正在疑虑，忽见一人走到马前，双膝跪下，口称："小人独角蛟，前日冒犯大老爷的虎威，特地前来请罪。"又见那为首的三人，也双膝跪地，口称："卧牛岗草寇王勇、薛超、胡广，今特带领独角蛟李霸，亲向老爷请罪，并聊备羊酒少许，用犒护从诸人，借赎李霸之罪，尚求老爷赏纳。"天霸见说这番，更是犹豫不定，因道："尔等且站起来，有话再说。本总镇与尔等素不相识，何以如此多情？即是独角蛟有冒犯之处，只要尔等悔过自新，改邪归正，本总镇亦断不与尔等为难。尔等又何必多此一举？而况本总镇现有钦犯在此，须急押往京师。尔等可速退去，休误本总镇的公事。"王勇、胡广、薛超又说道："老爷的台命，敢不遵从，但小人在此落草，亦出于无奈。久思前趋投效，又思公门深远，不敢冒犯虎威。今幸虎驾遥临，正千载难逢的机会。若过此以往，再欲瞻仰颜色，正不易得。因此攀辕志切，叩马情殷。若蒙不弃卑微，许以执鞭随镫，小人等当焚毁山寨，愿效犬马之劳。"天霸听了此言，心中暗暗道："他等既然有心于我，我若不应许于他，未免不恕道了。也罢，我就答应他便了。”因道：“诸位不必如此，既是有心向上，改邪归正，咱也非决绝之人。但是有钦命在身，不敢顾及私事。候某将钦犯押解到京，复命之后，当再为诸位设法引荐。至于羊酒等物，某本不当领，既蒙情意殷殷，某当领一半；分酬护从，俾共沾惠赐便了。”王勇、薛超、胡广三人，见天霸已允设法引荐，好不欢喜。当即又谢过一番，复又说道：“今日天色已经将晚，也不能趱赶路程；即到前途，也须假寓客店。小人等拟屈驾到山，暂住一宵，明日小人等当护送前行，聊尽执鞭之意。务望勿却，则更幸甚了。”天霸道：“为时尚早，尚可进前。诸位不必如此多情了。”王勇道：“老爷若再辞却，这仍是不能心许，小人等不敢深信无疑。”

天霸一想：此时天已将黑，到了前面也是要寻客寓的，他等既如此情殷，断非歹意，不若就在此暂宿一宵，明日再行前往罢。因又暗道：“天下事一人不敌二人计。咱与计大哥商量一番，看是如何，再定行止。”天霸即飞马来到后面，与计全说知。计全道：“老贤弟！你的意下以为何如呢？”黄天霸道：“在小弟看来，似非心存歹意。但不敢自决，仰求老哥斟酌而行。”计全道：“待我看来，再定行止。”天霸大喜，便与计全一同来到前面。计全将王勇等三人看了一遍，因悄悄与天霸道：“可行可行。”于是黄天霸便先令护从人等押着五辆囚车先行上岗，然后带着御马，与计全、关小西三人这才上山。当由王勇让入大寨，复与计全等通过名姓，行礼已毕。王勇等还是小人长、小人短的。天霸好不过意，便道：“咱们可再不要如此称呼了。”不知王勇等可否遵行，且看下回分解。

第二二八回　缴御马黄天霸升官　极恶徒双飞燕授首

话说黄天霸听了这些话不耐烦起来，因道："咱们既承诸位不弃，岂有个东道主人，有如此称呼之礼。此种称呼，务望改去罢！"王勇道："何敢越分？"天霸道："这有什么越分不越分？只要心心相印，便是知己。而况'四海之内，皆兄弟也'。诸位若再如此，咱黄天霸就即刻告辞了。"计全、关小西、何路通也从旁说道："万不可如此，咱们即以兄弟称呼罢！"王勇又说道："既承诸位如此谦逊，咱就放肆改口了。"说着即命人大排筵宴，众人各依次序坐定。酒过三巡，王勇就问黄天霸因何出关？天霸也将朝廷失去御马，如何钦命访拿，如何各处缉访，如何三进连环套，捉拿窦耳墩的话，前后说了一遍。王勇道："原来你老有此一番功劳，此去京师，交还御马，解送强人，朝廷定然器用，更加升赏了。但是某等今承你老不弃，并蒙诸位一视同仁，将来仰求携带，大小争点功名，也不愧为人一世。"天霸等齐道："但请放心！某等只要有机会，定代置位的。"于是大家欢呼畅饮。外面那些护从的人，也皆待以酒食。直至夜半，方才散席，各去安寝。

到了次日一早，天霸也就起来，预备动身。王勇等知道天霸有钦犯在身，急需解京复命，也不敢再留。只得备了早饭，给黄天霸等人大家饱饭一餐，押解囚车，保护御马下山。王勇、薛超、胡广三人，又亲自护送。黄天霸再三拦阻，王勇等再三不行，天霸只得答应。当下便一齐下山。王勇等送了一程，天霸又复相阻，王勇等这才答应。临别时又谆嘱再三，请黄天霸等人，将京中事料理清楚，务必再过卧牛岗，盘桓数日。当下天霸即与他说道："某等复命之后，即须赶到淮安，万难绕道再至尊处。如尊处等实系有心撒手，即请回山后，速为料理，直往淮安漕督衙门，寻访某等便了。”王勇等道：“既然如此，某等亦不敢强留。不知诸位何时可得到淮安。”黄天霸道：“某等至迟亦不过九月间，总要赶到了。那时当在衙门恭候。”王勇等听说，这才揖别而去。

这里天霸等也就押着囚车，带了御马，直向京城进发。在路行程，非止一日。这日，已到京师。当在九门提督衙门，先接了禀报。九门提督听说御马寻回，并将正盗缉获到案，当即到了兵部，由兵部会衔呈奏进去。万岁见了这道本章，龙颜大悦，即传旨：令黄天霸将御马亲自送到御苑，以便验看。所有窦耳墩等五名，发交刑部按律治罪。内监将旨意传出，黄天霸即将御马敬谨送入御苑，呈请万岁验明无误。隔了一日，又传出谕旨：着令黄天霸升授淮阳总镇，遇缺即补提督。其余在事出力之人，均着照本官加升一级。施公亦传自嘉奖，并着来京召见。这道谕旨一出，所有在京官员，无不到黄天霸的客寓来恭贺。真个门前车马，闹日喧阗。黄天霸次日又具了谢授升缺总兵的奏本，仍请兵部代奏上去。隔了一日，又蒙召见。直至刑部将窦耳墩等五人问明口供，按律治罪之后，黄天霸这才陛辞，与计全、关小西等出京，仍回淮安供职。

大家出得京来，还是饥餐渴饮，夜宿晓行。在路行程，约有半月。这日，走至王家甸，大家寻了客寓，歇息下来。当有小二前来招呼，无非是拿酒拿饭，这也不必细说。大家晚饭已毕，天霸坐在那里，与计全诸人闲谈，讲说了一会。大家皆因沿途辛苦，总要早些安歇，于是各去安寝。约有二更时分，天霸还未曾睡熟，只听窗外蟋蟋之声。天霸便不敢睡，侧耳细听。

忽又听见那窗格好似推开来的声音。天霸知道有人，便急急地将刀顺在手中，细听动静。他才将刀顺过来，早见从窗外蹿进一个黑影子来，直向天霸床前扑到。天霸知道有了刺客，说声：“来得好！”两脚一挺，就在铺上蹿过去，早离那张床铺；却好那刺客扑了个空。你道这刺客是谁？原来就是双飞燕。他自败定桃花庵之后，便思去到连环套送信。只因沿途耽搁，直至黄天霸追出御马，捉住窦耳墩，焚毁山寨，他才得到那里。一见如此，知道是天霸所为，便急急赶回，预备去寻窦耳墩的儿子窦飞虎去报仇雪恨。沿途听说黄天霸已将御马押解进京，窦耳墩已问了罪，天霸因此升授了总兵，而且遇缺即补提督。他这一听此信，更加不平，因即沿途探访，总要将黄天霸刺死。一来为窦耳墩报仇，二来为自己雪恨。这日打听黄天霸等五人在王家甸歇下，他以为天霸等人沿途辛苦，到了客店，必然睡熟，因此便来行刺。

哪知被天霸知道，当下一刀，从双飞燕背后杀来。双飞燕急将双钩执定，一个转身来迎天霸。一面厮杀，一面骂道："天霸你个小子！窦耳墩与你有何仇隙？他将御马盗去，与你何干？你便仗本领高强，要灭尽江湖上的我辈。咱双飞燕今日偏要与你拼个你死我活。"天霸一听，好不欢喜，暗道："我道是谁？原来是他，这真是'天网恢恢，疏而不漏'了。"因大喝道："狗强盗！咱老爷本待要捉拿你，为众人除害，只因窦耳墩一事未曾清楚，故此让你多活几日。现在咱老爷事已清楚，本来要各处访拿，难得你自来送死。这真是阎王不寻小鬼，小鬼来寻阎王了。今日既来，咱老爷若再将你放走，也算不得老爷堂堂的一家总兵。"一面说，也是一面去杀。此时计全、关小西、何路通三人，俱已惊醒，也就一齐赶杀上来。只见双飞燕力敌四人，毫不惧怯，遮拦架隔，井井有条。大家杀了半个多时辰。双飞燕心中一想："咱在这房间里与他厮杀，终是碍手碍脚，不能尽我所长。不若且到外面，杀个畅快。就使咱被他等杀死，也做个畅快鬼。不然，这里局促得实在难受。"一面暗想，一面留神看，预备得空就走。虽然如此想法，争奈各人本领精强，哪里还让他得空就走。大家又杀了一会，只见刀来钩挡，钩去刀迎，五个人杀在一团。此时双飞燕杀得兴起，便大喊一声，紧一紧双钩，直望何路通杀到。何路通急将双拐去架双飞燕的双钩，真如两条龙飞舞半空相似。何路通也就有些抵敌不住。虽然双飞燕望何路通杀去，那还顾着黄天霸、计全、关小西三人的刀，不时还要遮拦隔架，哪里能全然不管呢？双飞燕杀到了妙处，只见他双钩一起，先向天霸劈面一钩。天霸便要来迎，他钩早已收回，向计全钩去。计全这一吃惊，便欲来迎，万来不及，只得向旁边一让，闪出一条路来。双飞燕就得着这个空，便一个箭步，认定去路，从窗户内蹿到院落当中去了。天霸等说声：“不好!”也就一个个噗噗噗齐蹿出来。

哪知双飞燕早已上屋。等到天霸等追赶出来，他早已飞上屋面，天霸也就赶上屋面。大家又在屋上面大杀起来。此时黄天霸杀得兴起，飞起一刀，认定双飞燕肩膊上砍去。双飞燕赶着将身一偏，让了过去，才预备还他一钩，不意关小西舞动倭刀，拦腰搠来。双飞燕说声：“来得好!”就将手中钩认定关小西的刀钩去，却好正钩着关小西的刀背；正拟向怀里来拉，却好何路通的双拐在双飞燕的手上磕到。双飞燕看得真切，急忙将钩收回来迎何路通的双拐。哪知计全又是一刀，从背后砍到；接着黄天霸又飞动单刀砍来。关小西也就抖擞精神，将倭刀舞动如飞，好似旋风一样，直向双飞燕浑身上下乱砍。

双飞燕实在本领精强，任凭这四个人围住厮杀，他仍毫不惧怯，架开刀，躲开拐，有时得空，不论何人，还要还他一钩。天霸等见战他不下，也就个个胆寒。暗道：“咱们四个人杀他一个，若再不能取胜，是真枉为人了。”因此大家打暗号，都要拼力死斗，务要将双飞燕捉住，不能再将他放走。

合该双飞燕恶贯满盈，今日难逃此难。不知不觉，一钩向关小西搠去。关小西将倭刀一起，来迎他的钩，只听喀嚓一声，又是当啷一响，无意中将双飞燕右手的钩削去了一截。双飞燕这一吃惊实在不小，意欲逃走，便将左手的钩，向天霸虚刺过来。天霸向后一退，双飞燕就抽着这个空，撒腿就跑。只见蹿房越屋，其快如风。天霸哪里肯舍，也就飞赶下来。正赶得急切，忽见双飞燕身子一晃，接着咕咚一声从屋上滚跌下来。

此时天霸好不欢喜，赶着就向腰间掏出一只镖来，正欲望下打去，却好计全已从上飞下，关小西本不会上高，已从外面转到那里，一齐来捉双飞燕。双飞燕由屋上滚跌下来，大家以为他失足，哪知他却用了一计：以为自已跌倒下去，屋上的人定然要跳下来，他便在地下蹲着，专等上头的人跳下，他好行事。

计全还不知是计，才从那屋跳下。立足尚未定，哪知双飞燕一钩，已经向计全腿上钩到。计全说声："不好！"只听咕咚一声，也就栽倒在地。双飞燕好不欢喜，即刻身子站起来，又是一钩刺去。天霸在屋上看得真切，说声："不好！"即将那只镖认定双飞燕执钩的那手打来。双飞燕却不曾提防，正欲将钩向计全刺去，已被黄天霸的镖打中右手，不觉手一松，登时钩落在地。可巧关小西一刀砍来，就在双飞燕右腿上又砍中一下。

此时双飞燕手中金镖，腿着倭刀，已有两处受伤，若论别人，早已不能动，他还在那里想挣扎，仍然拾起钩来，再争斗十数合。试问黄天霸等，好容易将他办到这地位，何能容他再挣扎起来与自己厮杀呢？于是大家一齐动手。天霸先跳下来，当顶就是一刀。双飞燕将身子偏去，打算来让，哪知不曾让得及，左臂膊上已中了一下，险些儿一只臂膊削去。只听双飞燕喊了一声："哎呀！"便即栽倒在地。接着关小西又举起刀来，在大腿上连砍下来。计全见他已经栽倒，又报复他一钩之仇，也就爬了起来，在他身上连搠了两刀。何路通见他们都砍过了，唯有他不曾动手，心中也觉高兴，也走上前来，给双飞燕右边肩窝上连砍了两拐。一会儿工夫，你两刀，他两拐，把个铁铮铮的双飞燕，就弄得如泥塑木雕的一般，听人侮弄。天霸近前一看，见双飞燕已经不能动弹，倒在地上，只是哼声，于是才住了手。大家把双飞燕拖到屋内，此时客店里人众俱已惊醒起来，前来看视。天霸即将前后的原委向客店内的人细说一遍；又命店小二拿了两根既粗又结实的绳索，将双飞燕四马倒蹄全捆绑起来，然后大家这才又去安息。

不一会已经天明，天霸等也就起来，命店内的人将本处地保传到，抬了双飞燕，一起解往本处地方官衙门里去，当由地方官审明口供，录了供状。黄天霸即请地方官就地正法。地方官知道有此案件。原来施公早已行文各省州县，一律缉获，且要拿住即行就地正法，所以地方官毫无为难。天霸见将双飞燕正法之后，又将双飞燕的首级装入木桶，带往犯事地方，悬竿示众。诸事已毕，这才趱赶回淮，暂且不表。

且说施公这日往天王庙拈香回来，才出了庙门，便有五只麻雀，向施公轿前飞来，一翅飞进施公大轿以内，就在扶手板上歇下。施公一见，好生诧异，即用两手来挥麻雀，哪知再挥那麻雀也不去。施公心知有异，便说道："麻雀，麻雀！你难道有什么冤枉，要求本部堂给你申冤？若果真有冤枉，你便各叫一声；若无冤枉，可快给本部堂速速飞去，不要自罹罗网。本部堂是朝廷一品官员，尔这禽类，何能前来侮我！"施公话才说完，可也奇怪，那五只麻雀，果然向施公叫了五声，然后飞去。施公一路想来，早已到了衙门。施公下轿，进入书房，更衣已毕，便将此事告诉施安。施安也甚觉奇异，因道："据大人看来，这件事还办不办呢？"施公道："若待不办，其中定有冤枉；若待要办，又从哪里办起？况且天霸等又不在此，还不知那御马之事究竟如何？叫本部堂好生烦闷。"施安道："非是施安多话，前日桃源县来告的那个李盛氏，他那状词上，说是他儿子李世良身死三日，媳妇高氏就不知去向。在施安看来，难免其中无有冤屈之处，或者那李世良竟为高氏所害，他随奸夫逃走远方。今有此麻雀一事，说不定应在高氏那件案上。"

施公道："本部堂也未始不想到此处，但是何以有五只麻雀一齐前来呢？本部堂可实在参详不出了。"施安道："大人也不必为此过烦，只将这件事放在心中，或者随后也会巧机碰着的。"施公道："只好如此，若一定去办，这毫无头绪的事件，又从哪里办来？总之，本部堂这为国为民的一个心，上可以对神明，中可以对父母，下可以对幽独，总不敢置之度外便了。"正与施安在那里谈论，忽见值日的禀了进来，说是："李昆与褚老英雄、朱壮士三人回来了。"施公一听，好生疑惑，怎么他们三人回来？这可实在奇怪了。忽见朱光祖、褚标、李昆三人一齐进来，先给施公请了安。施公就命他三人坐下，三人依次坐定。褚标先向施公说道："老民可是要给大人道喜。"施公道："老英雄是怎么？本部堂又喜从何来？"褚标道："怎么不要道喜？而且这喜事，非小可喜事。"不知什么喜，且看下回分解。

第二二九回 喁喁小语妯娌谈心 煌煌纶音英雄受赏

话说褚标给施公道喜，却又未曾说出何事。施公便道："老英雄，究竟何喜？可请明白说出。"褚标道："天霸已将御马盗出；窦耳墩捉住，现在已解京师去了。这不是一件天大的事情，怎么不给大人道喜呢？"施公听说，心中真是大喜，因道："此皆仰众位英雄之力，成此大功，上纾宵旰之忧①，下除小民之害。本部堂有何与焉？但是本部堂有一事可疑，老英雄本与朱壮士、天霸三人同行，李昆却与计全、关太、何路通继日前去，此时怎么又是李昆与老英雄、朱壮士同回呢？"褚标见问，因将中途患病，巧遇李昆等人，天霸即留李昆在客店照应，自己与朱光祖、关太、何路通、计全往连环套，比及盗出御马，请朱光祖同褚标、李昆先行回家，给施公送信的话，细说了一遍。施公这才明白。施公又问了朱光祖，如何盗御马、如何捉住窦耳墩的情形。朱光祖即将黄天霸如何捉拿窦耳墩的话，也细细说了一番。施公听罢，道："如此说来，此次功劳真是朱光祖居多了，实是可敬。"朱光祖又谦逊了一遍，大家辞出。

此时贺人杰、金大力等人，均已前来与褚标等行礼已毕，又将以上情形问了一遍。贺人杰虽然是个千总，究竟还有小孩子的脾气，因即跑回天霸的衙门，与张桂兰送信。张桂兰听见此言，那一番欢喜自不必说。就是贺人杰的母亲，也是欢喜无限，因向张桂兰道："妹妹，我看此次叔叔既将御马盗回，窦耳墩捉赴京师，万岁爷定有一番恩赏的，这是我妹妹的福气。"

---

① 宵旰之忧：宵衣旰食，天不亮就穿衣起床，天黑了才吃饭。形容勤于政务。

张桂兰道："妹子何敢妄想，不过是姐姐的福，老爷能平安无事，捉住强人，呈缴御马，早日回来，便是妹妹心满意足了，还望升官受赏？若是圣恩浩大，忽有非分之加，这也是老爷的作为，妹妹亦不过随夫光耀罢了。姐姐不须烦恼，在我看来，大哥虽然弃世，不曾受皇家一官半职，固然有些遗恨，便是姐姐今日看见我们如此，也不能怪你心酸。但是我这侄儿，有此品貌，有此武艺，现在官职虽小，不患将来不作国家栋梁。而况现在亲已聘定了，前日老爷还提侄儿的亲事，预备今冬明春给他成亲起来，好让姐姐有个媳妇在面前服侍。况且殷家的女儿，也是极美貌、极端庄、极有武艺。将来一对小夫妻，佳儿美媳，在姐姐面前孝顺，姐姐也可以消闲了。再等一二年，人杰侄儿再有个小孩子，姐姐不是就有抱孙儿的日子了吗？若我那侄儿再立一二件大功劳，也就可以邀朝廷的上赏，给姐姐请了诰封，那时姐姐也是一位太夫人了。看看妹子，虽然现在夫荣妇贵，但是小孩子不过才两岁，若等到我侄儿这样大的岁数，还是很费一番心力，才可以抚养到如此呢！还不知道将来成人不能成人。姐姐，你有我侄儿这样一个好儿子，还有什么可虑，还有什么可烦恼吗？不是妹子取笑你，即便我那大哥尚在，你老也老了，也没有甚趣味了，怎比得少年夫妻那等你恩我爱，时刻难离开么！"这句话说，把贺人杰的母亲引笑起来，顺口说来一句："妹妹，你真会讲。想是昔日妹妹与叔叔在凤凰岭招亲的时节，终日终夜总不肯与叔叔离开的了，不然何以知道少年夫妻时刻不能离呢？"张桂兰听了这话，直羞得面红过耳，当下带笑说道："我不过说一句，看你就说出这一番话来，叫人怪臊的。咱们别说话罢，不要取笑了。"却好贺人杰在旁说道："母亲，你老人家不必烦恼。儿子虽小，也有十八岁了，再过几年，也可建立些功劳，与叔父一般荣贵。"说罢，即掉转头向外面跑去。张桂兰与贺人杰的母亲复说笑了一阵，贺人杰的母亲，也就将心中的烦恼解散去了。

闲话休提，再说施公这日正在书房中，想那五只麻雀的事，忽见值日巡捕官进来，禀道："有圣旨到！"施公听说，吃了一惊，不知又有何事。因即命人排设香案，到大堂上接旨。宣读已毕，原来是传旨嘉奖，并着令施公来京召见，暨转饬黄天霸，补授淮扬镇总兵，原任总兵杨大本，着开缺来京听候另用。关太顶补漕标中军副将，计全顶补漕标参将，何路通顶补漕标都司。递遗员缺，着令施公当本标拣员补授。施公当即谢恩，行了三拜九叩首礼，这才起来，将圣旨恭请进去。一面将众人传了进来，告知一切；一面就写了谢恩的奏稿，并遵旨转饬黄天霸等各补本缺。所遗守备员缺，即以李昆请补。千总员缺，即以李七侯请补。又申叙觐见日期，大约在十月中旬，并请旨简放大臣署理漕督各节等，一一起了奏稿，发与幕宾缮写。随即排齐香案，将此折本拜发出去，当驿递恭赍进京。

此时，漕标合营上下人等，都晓得黄天霸升授了淮扬镇总兵，关小西升授了副将，其他人等俱皆递升。唯有郝素玉听得此言，因关太尚未回来，不敢据以为信，要想着人去督辕讨信，又恐为人家取笑，说他性急，暗想："莫若我去副将衙门，姑作给张桂兰道喜，便可打听出来了。"主意已定，即刻着人预备轿子，到黄老爷衙门道喜。当有仆从传出话去，一会子已备了大轿。郝素玉便装束齐全，带了两个女仆丫环，上了轿，不一刻已到，当即投了帖，自有人传报进去。

张桂兰一听，即刻迎接出来。两人一见面，郝素玉给张桂兰说道："我来给姐姐道喜呀！"张桂兰道："妹妹，你这是怎说？有何喜事，给愚姐道喜！"郝素玉道："你不要故作不知了，现在外面谁不知道，你还在这里装佯，这是何必！不然妹子又何必这时候前来，给你道喜呢。"一路说着，已进了内宅。贺人杰的母亲，也就迎了出来。

大家坐下，有丫环送上茶来。张桂兰便向贺人杰的母亲说道："姐姐，妹子告诉你一宗奇事。郝妹妹方才到此，一见面就说，是特地前来给咱道喜。咱问她有何喜事，她便怪咱装佯，故作不知。又说：'外面通知道了，怎么你自家的事，偏说不知道。这不是来骗人？'姐姐，你看这话可冤不冤呢！别人就作不知道，姐姐是终日在这里的，咱妹子可有什么喜事么？你既知道，何不说出来给大家知道，便是愚妹也可明白。这样一个闷葫芦，叫人怎打得破呢？"郝素玉道："姐姐，你真个不知么？"张桂兰发急道："妹妹！你这是什么话，咱若知道，还要问妹妹么？”郝素玉道：“非为别事，只因方才听人传言，说你家老爷升授了淮扬镇总兵，我家老爷就递补了你家老爷的缺，计老爷递补了参将。外间传说纷纷，所以妹子特地过来道喜。如今姐姐说不知道，难道这件事还是谣言么？”张桂兰听了这句话，登时也就半信半疑起来，正欲回答郝素玉的话，忽见贺人杰气喘吁吁跑了回来。一见张桂兰，便抢着磕了头，方才站立起来；忽见郝素玉也在这里，又走到郝素玉面前，也抢着磕了个头。站起来正要开口，他母亲便急急说道：“你为什么如此，敢是发疯么？”贺人杰道：“孩儿不是发疯，现在黄伯父与叔父都升了官了，孩儿不要给二位婶娘道喜么？孩儿本来回来给张婶娘道了喜，再去郝婶娘那里道喜的。难得郝婶娘也来到此，孩儿省得又过去了，所以就在此磕了头，不过就不恭敬些，不曾亲自登门。”张桂兰、郝素玉听了此话，不等贺人杰说完，就一齐抢着问道：“你叔父真升了官么？”贺人杰道：“二位叔父不曾升官，难道侄儿这两个头，是无故磕的吗？那是母亲所说，真个发疯了！侄儿早间到衙门里去，尚不曾有此消息，后来奉谕出去，接到圣旨。黄叔父升补淮扬镇总兵，关叔父升黄叔父的缺，计叔父就补关叔父的缺，何叔父顶补计叔父的缺，李五叔父现在大人已给他请要守备缺了。圣旨还令着大人进京陛见呢！侄儿本早要回来送喜信，因衙门里走不开，所以此时才回来的。如此喜事，难道不要给二位磕头道喜么？”张桂兰、郝素玉二人听了这话，真个是喜出望外。

贺人杰的母亲，也就给他二人道喜。郝素玉便向张桂兰说道：“姐姐，你现在深信无疑了罢！方才你说我冤枉于你，这可不是一件大事？”张桂兰道：“罢呀！你还说不冤枉人，人家不晓得，你偏要说人家晓得，这可不是冤枉我么！”郝素玉道：“此时不冤枉你了，是一位堂堂皇皇的总兵夫人了。”张桂兰一听，带着笑望郝素玉说道：“你不要嚼碎舌头，你家老爷回来，反不听与他说话。”郝素玉还想要回他两句，取笑一番，却好褚标抢了进来，向着二人说道：“你们二人不要如此争斗，咱看起来都是夫人，都是太太，只是咱老头子到今日还是个白丁。看起你们这些小孩子，夫人的夫人，太太的太太咱老头子真要气死了！咱这白丁的老头子，倒要给你们恭喜恭喜啦！”

张桂兰、郝素玉一齐笑着说道：“老爷子！你可不要这样说，你老人家是不愿意做官，难道当日大人不曾给你老人家保举吗？你老人家肯做官，包管还要比他们大得多了。就是他们现在如此，也是你老人家提拔出来的，你老人家心里也该欢喜。”褚标道：“天霸与小西两人，咱倒不曾十分提拔他们。郝姑娘面上，咱也不敢居功，那全是李五爷的大力。张姑娘你倒不要说，自从你偷盗金牌以后，以致将你匹配与天霸，其中虽然是朱老儿的力，可大半是咱老头子的力多啦！你现在居然做了二品的夫人了，真也可喜之至；就是郝姑娘比你略卑一节，指日也是要擢升的呀！”褚标又哈哈大笑，却好有人进来请吃晚饭，褚标才出去。这里张桂兰也就留郝素玉吃饭，素玉也不推辞，此时二人好不欢喜。晚饭以后，郝素玉告辞回去。张桂兰送他上了轿，又与贺人杰的母亲闲谈了一会，这才大家安歇。

过了两日，黄天霸、关小西、计全、何路通俱已回来，先到衙门里见了施公。请安已毕，施公命他们坐下，当下慰劳了一番，又将京中的事问了一遍。天霸就将解御马进京，直至捉拿双飞燕为止，细细陈说了一回。施公大喜道：“足见恶人万做不得，即如双飞燕那样凶恶，今日也就将他拿住，明正典刑了。”当即传出话去，着令山阳县将双飞燕的首级解往徐州犯事所在，悬竿示众。并饬令传原告，当面验明销案。当下人传话出来，外面自然遵照办理。施公又与黄天霸等说道：“诸位贤弟！恭喜你们都升了官，本拟即命饬令各赴本任，以重责守。但是本部堂昨奉谕旨，着令进京召见。本部堂意见，还想诸位贤弟一同进京去走一趟，或者沿途有什么事办，方有照应。到京以后，本部堂或回原任，或留差遣，那时再让诸位贤弟各赴本任何如呢？”黄天霸等人齐声说道：“悉听大人的吩咐！”

施公见他们如此，心中甚喜，又改说道：“诸位贤弟，现补各缺，都是钦差谕旨的。好在各衙门皆在城里，各位贤弟稍停一二日，就择期赴各本任接印，以重责守了。”黄天霸当即谢了饬赴本任的恩。施公又将麻雀子飞来鸣冤的话，告诉了天霸等。天霸等亦觉可怪，当下又道："大人不必过虑，好在总兵等已经回来，细细打听，细细查访，将此案访明便了。"施公点头，又道："诸位贤弟，沿途辛苦了，可各回衙门歇息歇息罢。"天霸等这才告辞出来，然后各回衙门而去。

且说黄天霸、关小西回到自己衙门，张桂兰、郝素玉接着，自然是先行道喜，然后叙述一番阔别之情。又过了两日，黄天霸、关小西先就料理起来，预备交代，各赴新任。这日，择定九月二十四吉日，黄天霸与关小西接印上任。计全自然也是二十四日接印，不必细说了。到了这日，早有两边衙门里的书差预备齐全，两人各接了印，望阙拜印谢恩。诸典礼俱皆行过，然后二人又到辕门，禀知接印任事，并谢恩。这一日，在城文武各官及两地绅士，均往两处道贺如仪。隔了两日，黄天霸又将家眷迁到总兵衙门里居住，关小西家眷也就迁到副将衙门里来。计全等人，自然也就各往任所。大家忙碌了半个月，才布置大定。接着，施公的进京日期又将次看近。大家又预备起来。

再说施公看看十月将近，批折尚未回来，不知漕督着何人署理。麻雀子鸣冤一案，究竟是何冤情，尚未查访出来，倒也是烦恼异常。这日正在盼望批折，忽然由驿递将批折寄回。施公当即敬谨拆开一看，见了上面奉朱批：漕运总督印务，即交淮扬海兵备道兼行护理。施公看罢，一面札饬淮扬道遵此，一面择了十月二十六日启程，一面随将日期奏报出去。又附片奏明，仍带黄天霸等北上，如有淮扬镇总兵等员缺，均就近拣员署理。这日拜发了奏折，仍交驿差驰递进京，算是进京的事已将料理清楚了，只等届期启程。唯有那麻雀子鸣冤一事，毫无头绪，施公实在纳闷。又过了有半个月，又是十月十五日，循例往天王庙拈香。施公先两日就挂出牌来，饬知所属文武各官，一体遵照。到了十五这日，施公便乘轿亲往天王庙，拈香已毕，打道回衙。才上了轿，那五只麻雀又飞进轿来，仍在扶手板上落下，望施公喳喳的乱叫。施公心知有异，因道："雀儿，雀儿！尔果有灵，或应今日破案，尔便带同部堂前去，本部堂即可代尔等申冤了。"施公说了此话，见麻雀飞去，命随从人等跟去。究竟后事如何，且看下回分解。

第二三〇回　报恩德麻雀再鸣冤　察形迹和尚真倒运

话说施公在轿内命随从人等，抬着轿子，跟那麻雀前行。忽听施公在轿内喊道："尔等将路上那五个和尚拿来，不准放走一个，全带回衙门听审。"差役闻言，一声答应，即将头一掉，果见路旁有五个和尚，若有躲避之意，那种颜色甚为局促。差役一见，一齐动手，立刻将那五个和尚一齐拿了。施公见捉住了五个和尚，就命打道回衙。你道施公为何捉这五个和尚？只因他坐在轿内看得清楚：那五只麻雀儿在前时飞时止，忽然飞到此处，便歇在和尚站的那里，喳喳地叫了几声。施公便闪眼一看，忽见那五个和尚，皆穿着一色簇新的缁衣，就如麻雀儿身上羽毛一般。因此施公顿然省悟。又见那五个和尚，面貌颇非善类，所以才命人捉拿。

一会儿到了衙门，当即吩咐差役，将和尚好生看管，听候午堂严讯。施公下轿，进入书房，更衣已毕，便将计全等人传来，告知他五个和尚的光景。因道："诸位贤弟，你们大家看，这五个和尚内中有什么缘故？"计全道："参将等不敢妄议。"施公道："现在外面，你们何不前去看看，以便大家商议定了，好升堂审问。"计全答应，随即出外来到班房内，将那五个和尚详视一番，复进入书房。施公问道："诸位贤弟，看见过了，究竟那和尚有无形迹可疑之处？"计全道："在参将看来，恐怕不尽是和尚。"施公道："何以见得？"计全道："如此说，内有一个和尚甚觉可疑，有类女流的气概。"施公道："本部堂在先初见时，尚未曾详视出来，及至带回衙门，沿途见他们步履，内有一个甚非男子的步法。今贤弟所云，实在所见略同。但不知这和尚中，何以又杂入尼姑一人，甚是不解。难道是僧尼通奸不成!”计全道：“大人的明鉴，参将还有一事可疑，何以那五个人，皆穿着一色簇新的缁衣？显便新近改妆，使人不能识破。少时大人升堂审问，参将却有个愚见。”说至此，便走进一步，低声说道，“可如此如此，即可分别出来，立判真假了。不知大人意下如何？”施公听罢，拈须微笑道：“所见甚是。本部堂随机应变便了。”

不一会，施公便命升堂。外面也传出伺候，书差衙役均已齐集。此时街坊上的人皆已知道，都说：“这五个和尚既未闯祸，又未犯法，何以施大人将他们捉去审问？我们倒要前去看看，单看施大人何以审法，审出什么案情来，我们也可以见识见识。”因此随声附和，纷纷而来。偌大的一庭大堂，竟被那六街三市的闲人挤得全无隙地。当由差役弹压，手里拿着刑杖，向两边乱扎，好容易分在两旁，站立下来，中间让出一条甬道。

正在纷纷扰扰，众口喧哗，忽听阁子后头响一声，从差役起以至闲杂人等，无不肃然起敬，鹄立两旁，屏气敛容，听候施公升堂。又见暖阁门开，施公从内里一踮一跛走了出来。当下差役即齐呼威，喊堂已毕。施公已升了公座，当将朱笔标了提刑牌下，着人去提和尚。

差役答应，不一刻立将那五个和尚一齐提到，当堂跪下，五个人齐磕了头。施公便指着那中间灰面的，问道：“你唤什么名字？”那和尚道：“僧人唤作悟空。”施公又问道：“你是哪里人氏，俗家姓谁？”悟空道：“僧人是桃源县人，俗家姓郎。”施公问道：“出家几年了？”悟空道：“僧人出家两年。”施公道：“你为何事出家？”悟空道：“只因看破世情，向空门中寻些乐趣。”施公道：“你在哪里剃度？”悟空道：“在京口金山寺剃度。”施公道：“你受过戒么？”悟空道：“还不曾受戒，此时正从金山告假，前往五台山受戒，走此经过，便到俗家省视父母，然后再行北上，去受三衣钵，具顶礼皈依。”

施公听他说话，甚是不俗。因又问道：“尔曾读过书么？”悟空道：“僧人也曾读书，但涉猎不精，粗识之乎而已。”施公问罢，又向上首那淡黄色面皮一个问道：“尔唤什么名字，哪里人氏，俗家姓谁？”那一个道：“僧人名唤悟性，也是桃源县人氏，俗家姓黄。”施公道：“你又为何事出家？”悟性道：“也因为看破世情，因此一齐在金山与悟空削发。”施公又问下首那粉红面皮的一个道：“你叫什么名字，俗家姓谁，哪里人氏？”那和尚道：“姓李。”施公听说姓李，即便留神，因为李盛氏一案。又听他说道：“名唤悟色，也是桃源县人氏。悟性与我家邻居，隔有五六家。我也因看破世情，与他一齐往金山寺削发。”施公听他所说的话不甚圆转，因望下追问道：“尔俗家尚有何人？”悟色道：“俗家并无多人，尚有一个母亲。”施公道：“你为什么不在家中侍奉老母，却去削发为尼的？”施公有意错说一句“为尼”，即从此看他的颜色。哪知那悟色一听此言，登时脸色变了颜色。而施公看得清楚，便将惊堂木一拍，道：“尔往下讲来，为什么削发为尼？”只见悟色已吓得说不出话来，勉强答道：“大人怎么说我是削发为尼，这话可不奇怪？”施公一面听他说，一面又去看悟性、悟空，及那两个颜色。但见悟性、悟空神色不定，又想悟色说话的光景，早看出有五六分奸情来。因又向悟色说道：“尔说不是女尼，本部堂细看你相貌，微察你声音，无一非女人形体。本部堂在先就看出来了，因此才叫人将尔等拿来，尔尚敢狡辩！”

这一番话，只问得悟色面如土色，不敢声张。施公道：“尔为什么不开口，难道本部堂说的话不是么？”悟色正要勉强辩驳，只见悟性在下面禀道：“大人可不要错疑惑了，僧人与悟色既系邻居，又系同志，实系不是女流，尚求明鉴。”施公道：“若非同志，焉得僧尼同行？本部堂明镜高悬，尔可代他狡辩。本部堂少停一刻，给尔个凭据，究竟是僧是尼，那时尔才无得抵赖。”

说着又去问那两个和尚，道：“你这两个叫什么名字，是哪里人氏，俗家姓谁？与他三个人想也是一齐削发的了。”这一个道：“僧人名唤觉慧。”那个道：“僧人名唤了凡，均是寿州人氏。出家五年，尚未受戒。今年闻说北五台放戒，僧人前去受戒，走此经过，遇这三位师兄，约同一齐前去。僧人万不敢为非，务求大人超豁。”施公听罢，见这两个和尚，却非悟性、悟空那种酒肉气象见于形色，因道：“你们两个，不是与他三个一齐削发的?”觉慧、了凡齐说道：“僧人实在不是与他三人一齐削发。而况从前并不相识，还是前月在此地客栈内遇见，说起来才与他们三个人相熟的。”施公道：“你既要往北五台受戒，为何不去呢?”觉慧道：“僧人本即要前往，因悟性、悟空说之至再，要结伴同行，又道：‘放戒日期尚早，我等还有件事尚未清楚。稍等半月，将事办毕，即与你同去了。’当时僧人就说道：‘我等盘川不敷，未经受戒，沿途又不能挂单，等到你们何时呢?’悟性、悟空又道：‘你二人不必着急，盘川不足，自是我等资助，何足为虑。’因此就耽搁下来。”

施公道：“你既与他们不是一起，所穿衣服，又何与他们三人一色簇新呢?”觉慧道：“这两件新缁衣，也是悟空做给的。”施公听罢，也不往下再问，即传官媒立刻到堂谕话。

话说施公命传官媒，当下差役答应，立刻将官媒传到，给施公磕了一个头，站在一旁。施公便指悟色道：“尔将这个和尚带去，将他验明，前来回话。须要据实禀报，不准含糊隐瞒，若有半句虚言，本部堂定严究不贷。”那官媒听说，暗道：“今日大人传俺到堂，这做官媒虽属贱业，到底是妇人，何以令我去验看和尚！这事如何做得呢?”只见她甚是为难地站在那里。

施公见此情形，也知道她的本意，因又道：“你为什么违背本部堂的堂谕，还站在这里不去么?”那官媒听说，又向施公跪下，回道：“大人的吩咐，官媒究是个妇人，何以能去验和尚，还求大人的明鉴。”施公听说，便微笑道：“你疑惑他真个是和尚么?他却外面是和尚，其实是个尼姑，本部堂业经看明无误，只因还欲强辩，所以将尔传来，确实查验，方使他毫无遁饰。本部堂岂有不知你系女流，何能与和尚查验。因本部堂业已查明，欲使尔作个见证，尔可从速前去。”

官媒听了这些言语，不敢不遵，只有站起来，走到悟色面前，即拖下去。悟色一见官媒婆来拖，真个吓得魂散九霄，魄飞天外，跪在那里哀求，说道：“僧人实系和尚，并非女流，还求大人明鉴。”施公听罢，忽然大怒道：“尔等可先代他将衣服剥下，验明之后，如果实非女尼，本部堂当从宽释放；若果系女尼，定即严刑处死。”那些差役一声答应，即走过来，将悟色翻倒在地；官媒婆首先动手，先将他外面缁衣剥去，即来剥他的第二层，一连剥了两件，官媒即用手在悟色胸前一按，掉转头来向施公回道：“大人的明鉴，底衣毋庸剥了，验得她胸前两乳高耸，确系女流。”施公闻言，即命将她翻转过来问话。差役答应，又将悟色推至公案下面跪倒。此时悟色直吓得口噤难言，向上只是磕头求恩。施公道：“本部堂将尔验得明白，尔尚有何抵赖么？”悟色道：“尼僧再也不敢抵赖了。”

施公道：“尔为什么与和尚同居一处？”悟色道：“这才是悟性害得我好苦，求大人问悟性便知道了。”施公道：“但凭尔据实说来，若真为他所骗，本部堂代尔申冤。”悟色正要说出，见悟性在旁使了个眼色，悟色欲言不语了。

施公看得清楚，即向悟性大喝道：“好大胆的刁僧，在本部堂公堂上，还敢如此刁狡，速看大刑。将这刁僧拖下去，先行打五十大板，然后再问。”差役一声答应，立刻将悟性拖到阶下，按倒在地，褪下裤子，一五一十，连打五十大板，只打得悟性叫苦连天，皮开肉绽。施公命将他拖翻过来，又问道：“你为什么与尼姑杂居一处？其中定有隐情，尔快从实招来！若有一句不实，再看夹棍相待。”悟性在下面还是辩道：“僧人并不知所犯何法来，遭大人提案，真是冤枉！而况僧人实不知道她是个女尼。她说为僧人所害，僧人还说为她所累呢。要求大人明鉴，格外施恩。”

施公见他还是不招，因又问悟色道：“尔为什么为他所害？尔可从实招来，若有虚言，也叫尔皮肉受苦。”当下悟色见悟性被打如此，若不说出来，定要挨打，只得说道：“小妇人本非女尼，他也本非和尚。小妇人姓李，母家姓高；他姓柏，名唤长善，与妇人是邻居。只因他将小妇人骗出来，当时小妇人深恐为人看破，他便叫小妇人前去削发，他自己也将头发削去，一路改扮和尚，由桃源逃至淮城的。”施公道：“原来尔被他奸拐出来的。”李高氏道：“何尝不是。”施公道：“尔为何受他的哄骗呢？”李高氏道：“只因小妇人家贫，丈夫实不能养活，因此他逐日甘言蜜语，将小妇人诱上手，然后逃出来。也是小妇人一时不明，致罹法网。”施公道：“家有何人？”李高氏道：“丈夫名世良。”施公道：“你婆婆母家姓什么？”

李高氏道：“姓盛。”施公道：“你丈夫名唤世良，你婆婆母家姓盛，你丈夫果知道你被他奸拐么？你家中曾有人出来找寻你么？”李高氏道：“小妇人自从被长善奸拐出来，怎么得知道家中有人出来寻找？料想我婆婆都要着人出来寻找小妇人的。”

施公道：“这句话倒被你猜着了。尔可知尔婆婆到本部堂这里来告，说是他儿子世良，被你因奸将他谋害死了。头一日他儿身死，第二日尔就逃出。可是据尔所说，尔丈夫定是为尔谋害无疑了。快讲！为什么将他谋害？从实招来。”李高氏一听，更是吓得魂不附体，因哭诉道：“小妇人实在不曾谋害亲夫呀！是他自己病死的。大人如不信，可传小妇人的婆婆来问，便知明白了。”施公道：“尔说不曾谋害亲夫，尔丈夫第一日死，你为什么第二日就跟人逃走呢？”李高氏道：“只因家中贫寒，丈夫一死，小妇人更难度日，因此柏长善就将小妇人带出。”

施公道：“胡说！天下岂有此情理，亲夫才死，尔便跟人逃走。其中显系谋害，恐怕随后被人觉察，因即先期逃脱，何可瞒得本部堂来。”说着即命人将夹棍抬上，差役答应。施公又道：“将他夹起来再问。”差役一声吆喝，登时就将李高氏夹起来，将两头绳子执在手中，听候吩咐收紧。施公在上又问道：“尔招是不招，若再不招，尔就要吃大苦了！”李高氏道：“青天大人呀！妇人实在不曾谋害亲夫呀！”施公听说，喝道：“尔不吃苦头，断不肯招。”令将夹棍收起。下面差役听说，即刻将两头绳子一收，只见李高氏大声喊道：“痛煞小妇人了，小妇人没命了。求大人宽恩放下来，小妇人情愿从实招来。”

施公便命松下来，李高氏这才招道：“丈夫李世良本来多病，自从去年又添了病症，只因家贫无力医治，柏长善就常来资助些银钱，给丈夫医病。日过一日，渐渐与小妇人眉来眼去，后来竟为他诱奸，其时丈夫并不知道。小妇人也常与柏长善说：‘若我丈夫病好了，知道我与你如此，我没有命了，我丈夫定要处死我的。’柏长善听了小妇人这话，他就叫小妇人不要怕。他说：‘你家丈夫定然不久于人世，眼见要死了。’到了两个月前，小妇人的丈夫，更加病重起来了。柏长善这日到了小妇人家内，他见我丈夫病势垂危，他还为叹息，临走时他又向我婆婆说道：‘我看你家儿子这个病，是好不得了。若要好，须服一灵丹，或者碰他的造化。’我婆婆说：‘哪里来的灵丹呀！’他又说：‘那灵丹么？不过这样说罢了。’我婆婆就谆嘱他：‘如有处讨，讨一服来给他吃。’长善说道：‘既这么说，我就去讨来。’到了将晚那时节，他果然拿了一包末药来，交给我婆婆，说道：‘既然如此，我给你办一服，给你儿子吃下去，碰碰他的造化罢。’柏长善当时就走去了，我婆婆也将末药交与丈夫服下了。到了半夜，丈夫果然真死了。小妇人就将婆婆喊起来，告诉他，丈夫已死了，这是怎样好！我婆婆也不疑惑是那末药吃死的。到了天明，柏长善又来到小妇人家内问病。才进门来，我婆婆就告诉他，人已死了，这是如何好，衾衣棺木一概没有。他就向我婆婆说道：‘既然如此，我给你办一套来，随后你再陆续还我钱罢。’我婆婆听说这句话，真个是千恩万谢。他办了棺木衣衾，当日就将我丈夫收殓起。后来他就告诉我道：‘你丈夫本来是要死的，与其留在世上受罪，不如叫他早些死了还好，是我那末药将他毒死的。’”未知后事如何，且看下回分解。

第二三一回　治罪人遵依国法　率臣职入觐天颜

话说李高氏说出她丈夫李世良是柏长善用末药毒死，收殓以后，才将实话告知李高氏。施公听到此处，便向李高氏问道："柏长善既告诉你丈夫是为他末药毒死，你那时听了这话，是怎样对他说的呢？"李高氏道："小妇人听了这话，便与柏长善道：'你如此狠心，害的我好苦。我丈夫虽不会好，还让他好好善终；你今日将他毒死，叫我所靠何人呢！'他就说：'我早预备了，现在没有别的主意，你明日就跟我走将起来，定不少你的吃着，总比你丈夫在日好些。'小妇人当时只是不行。他见小妇人不行，他又说道：'我费了多少心，不过为的是你。你丈夫虽然死了，我又买衣衾棺木，将他收殓起来，也算对得起他。我好意花了这些钱，又将你带走，还给一生吃着不尽。此时你不跟我走，不但叫你所有的衣衾棺木的钱立刻还我，还要带你去县里报官，说丈夫是你害死的，我们是邻居不能不报，那时你可就没命了。若即时跟我远走他方，我定看待你比你丈夫好上几百倍。'彼时小妇人听了这话，若不答应跟他走，怕真报了官，小妇人还是没命，因此就跟他逃走出来。到了外面，他又说：'我同你男女同行，路上诸多不便，不若一起削去头发，才好掩人耳目，人家才看不出来，而且断不疑惑。'小妇人心想：既已逃走出来，也不能再回家去，万一被人识破，反而不美。不若就依他的话，把头发削去呢。这就是小妇人的实供。丈夫实在不是小妇人谋害的，求青天大人明鉴！"

施公道："据尔所说，只是尔与柏长善两人逃出来，怎么又与那三个人在一起呢？"李高氏道："那个觉慧、了凡，实是在客店里遇见的。这个悟空也是桃源县人，小妇人却不认得。这日走在路上遇见他，他却认得柏长善。他一见了柏长善，又见小妇人，他就问柏长善，道：‘这是何人？’柏长善当时便骗他道：‘是我表妹。’他又说道：‘既是你的表妹，你为何与他私自出来？’柏长善听见这句话，疑惑他是知道拐奸的情节，便邀他到了客店，苦苦哀求，叫他不要声张了。他见柏长善情虚，也就种种的敲诈起来。柏长善见他如此，怕他声张，因此衣服饮食均是柏长善包管。”施公道：“据尔所说，怎么他也去削发呢？”李高氏道：“他本来是和尚，就是柏长善叫小妇人削发，还是看见他，才想起这个主意来的。”施公听了，便叫李高氏跪在一旁，去问柏长善及悟空。他两人见李高氏一一招出，知道不能抵赖，也就说了口供。施公便命分别收禁，候传到李盛氏再行发落。差役答应，即带下分别收禁起来。施公也就退堂。那些看审的人，无不佩服。

闲话休提。过了两日，差役又将李盛氏传到。施公又将那柏长善等一干人犯，提到堂上，又复了一审。施公又命柏长善照着原供，细细招出。李盛氏在旁听得清楚，才知自己儿子是被柏长善害死，当即求施公申冤。施公即判：将柏长善秋后处决。李高氏虽非谋害亲夫，亦非自己起意，事先不知情，但不应听凭柏长善诱奸；事后既已知情，亲夫为人所害，因何不投官求雪，反因柏长善骗吓，遂致潜逃，已是罪有应得，判将李高氏绞死。悟空遇事生风，任意敲诈，着重责二百板，押解回籍，勒令还俗。觉慧、了凡，讯无别项事情，姑从宽释放，着即赶紧出境，不准逗留。李盛氏准着其于族中择嗣应继。施公判毕，当即发落清楚，这才退堂。你道那五只麻雀儿，又何以知道前来鸣冤呢？只因李世良当日见一古照壁上，有个麻雀窠窝，那时被那狸猫在上争食，误将麻雀儿窠跌下来。李世良便上前一看，见窠内有五只雏雀，他存心不忍，即将这五只雏雀，带回家中喂养。等到羽毛丰满，即将这五只麻雀儿放去，所以五只麻雀儿感他这一点好生之心，今日前来与他申冤雪恨。亦老人结草、黄雀衔环之意。所以，世间人万不可因细物无有知识，遂致戕其性命，以为此不过是些飞禽昆虫之类，即戕害亦不足奇。殊不知古来有多少善人，一念好生，遂致大富大贵、福寿绵长的不知凡几。类如那董昭，在河岸旁边见了一丛蚂蚁被水冲散，余在水面，他即用一根芦，慢慢地将些蚂蚁救起。到了夜间，梦见一位黑衣使者，前来谢他，口中说道："我乃蚁王也！蒙君能拯救我家的族类性命，赖以更生，感君之恩，特来敬谢！我已上恳天曹，保君今科大魁天下。"谢毕，那蚁王辞去。后来董昭果然状元及第。又毛宝于幼时，见渔人网一大龟，浑身绿毛。他一见便觉奇异，就掏出钱来向渔人买去。那渔人见他钱少，又见他是个小孩子，因与他说道："我绿毛龟，若担到市上去卖，人家要用绿毛龟板的，定然出多钱买；不然我卖药铺里去，也要值好些钱了。你这几个铜钱，就买这绿毛龟，哪里肯卖。"毛宝当下就问那渔人，道："你说这龟可以卖多少钱，人家买去有何用处？"那渔人道："将这龟打碎，配在药中，可以治病。"毛宝听了这句话，又问那渔人，道："这龟既为人打碎，那不是死了吗？"那渔人道："自然死了。"毛宝听说，心下好生不忍，因即将那渔人领回家中，向他父母索出多金，将这绿毛龟买了。等渔人走后，他又重到那河边上，将龟放去。后来毛宝被难，到了前临大河、后又有追兵的时节，他自问是死定了。正在无可设法之时，忽见河内浮起一个绿毛龟来。那龟头只是望他乱点，若有救他之意。毛宝会悟，想起幼时曾放一龟的，或者就是这个龟前来救我。因此就跳上龟背，只见那龟头昂在水面，将毛宝渡过江去，后来毛宝官居极品。

话说施公自钦命南江漕运总督，三年满任，循例禀请陛见，迨奉旨：着即日来京。施公便遵旨入觐，并带领黄天霸、关小西、何路通、计全、李昆、李七侯、金大力、王殿臣、郭起凤、贺人杰等人一同进京，为的沿途恐有事办，一来用资防护，二来借此访拿恶霸土豪。这日雇了船只，率众同行，前集书中已说明一切，不必再表。

此时随从诸人，却都情愿，唯有关小西放心不下，看官你道为何？只因郝素玉已有身孕，行将足月临盆。王道不外人情，所以关小西实在不放心他妻子一人在家，却又王事勤劳，不便辞却。只得重托黄天霸，转托张桂兰并贺人杰的母亲，随时照应。张桂兰与郝素玉本来情同姊妹，岂有不答应之理。关小西这才放下一半心来，跟随施大人入觐。临行时，又亲至总镇衙门，与张桂兰面托一番。这才是“儿女情长，英雄气短”的光景。那贺人杰此时也跟随施公前去，在贺人杰的意思，只想立一两件功劳，再升个一官半职，不但自己有荣耀，且可慰死父于地下、生母于堂前。哪里知道，他母亲却实在有些不放心他前去。这日未动身的前一日，向着人杰说道：“儿呀！你明日就跟大人与诸位伯父、叔父进京，在你的本意，固是一心向上，耀祖荣宗。可知道为娘的实在有些放心不下。但愿你沿途谨慎，不可逞一己之勇，目下无人。诸事总要听你黄天霸叔父的教训，不可违背好言。只要随大人安稳回来，为娘的也可放下一段肠子了。”说罢，不禁流泪不止。贺人杰看见如此光景，不免也流下几点英雄眼泪，因即说道：“母亲！何必如此伤感，孩儿此去，沿途有诸位伯父、叔父一起同行，还有什么可虑的事情。即使大人有一两件事派孩儿去办，孩儿自当遵依大人的吩咐，并随时请教诸位伯父、叔父的指示，总期有益无害，免得您老人家挂怀。母亲，您老人家放心罢。”他母亲听了人杰这番话，实在又悲又喜。喜的是儿子不过才十八岁，便知立功替父增光；悲的是这样一个年轻孩子，在别人家，方且连大门尚不许他出去，只因他没有老子，便几千里的跟着施公出远门进京。因此一想，故又不禁悲喜交集。好容易忍着泪，又向人杰说道：“我儿，你能如此谨遵母命，为娘的也可放心了。”人杰退出，他母亲又去黄天霸住宅内，面托天霸道：“叔叔，你明日跟随大人进京去了，此一去定然官封极品。家中，叔叔倒不必挂心，妹妹与侄儿自有愚嫂照应。但是愚嫂要重托叔叔，人杰儿年轻，叔叔看他父亲的分上，随时随事教训于他。不但愚嫂铭感不忘，就是他父亲在九泉之下，也要感激叔叔的。”黄天霸道：“嫂嫂说哪里话来，想我天霸与大哥情同骨肉，只恨他去世太早，不能共享荣华。今人杰侄儿能与大哥增光，也是嫂嫂的福气。咱天霸说的话，不必嫂嫂吩咐，此去回来，即使沿途无甚功劳，想大人也要保举侄儿加一官半职的。再那回来之后，咱便要与人杰完娶婚姻。殷家女儿年岁也不小了，早一点娶回来，也好早些抱孙子，好慰晚景。嫂嫂你但放心了，总之人杰的事，总是咱天霸一人承当，不须嫂嫂担忧，也可对得起咱大哥在日那种交情呢。”说罢，贺人杰的母亲自然心里感激不尽。又将人杰唤来，当着天霸的面教训一番。张桂兰在旁也就说道：“嫂嫂，你尽管放心罢。侄儿又不是三岁两岁的小孩子，不懂事，他已十八岁了，兼他聪明加人一等，嫂嫂你还有什么可虑的呢。”人杰的母亲也道：“这总是叔叔、大妹妹抬举他的罢。”又谈了几句闲话，这才大家各去安睡。一宿无话。

次日早间，黄天霸带领贺人杰，便随施公动身。那边关小西也叮嘱了素玉许多话，无非叫他临产时加意保重。郝素玉也不免一番惜别之情。施公动身以后，酌定水陆并进，按站而行，代访土豪恶霸，并一切疑难案件。暂且不表。

再说郝素玉自关小西动身之后，不到十日，便觉身孕沉重，大有临盆之意，她便先为预备。俗话说得好：六甲行人，说到就到。郝素玉早将临盆一切应用物件，及饮食之类，预备停当。又将贺人杰的母亲接来，以备临盆时需人照应。却好她的嫂子是早知她有身孕的，且晓得她将及临盆，也从菊花庄家内赶来，并由郝其鸾亲身送到，兼来看看他妹子。是日兄妹姑嫂见了面，好不亲热。你道郝素玉自从嫁与关小西之后，与她的哥嫂已有三四年不见，今日见面，岂有不亲热之理，此亦人情之常，不足见怪之事。当下郝素玉就备了酒席，为她哥嫂接风。此时郝其鸾还不知道关小西跟随施公进京陛见，还是郝素玉说出，方才知道。当下其鸾夫妇，又与贺人杰的母亲见过礼。郝素玉又将始末的话，告诉其鸾夫妇知道。郝其鸾方才晓得是贺人杰之母，也就羡叹了一回。一宿无话。

次日，郝其鸾便独自街坊上闲游了一回。他妻子又去拜望张桂兰，当由张桂兰接入，彼此又谈了许多阔别之情，是日桂兰即请她便饭。次日张桂兰又去回拜，郝素玉也就留桂兰便饭。

隔了几日，张桂兰又备了盛宴，请素玉的嫂子赴宴。郝素玉的嫂子也都送了些土仪过去。此时，褚标闻了郝其鸾来了，也想去拜望一回。又因只有行客拜坐客，没有坐客拜行客之礼。却好郝其鸾闻得褚标尚在天霸衙门内，他便先去拜望。褚标听说他来，好不欢喜，当即请见。彼此见面，真个是言语投机，心心相印。谈了好一会，郝其鸾这才别去。次日褚标便去回拜于他，郝其鸾正把褚标请入里面，家丁献上茶来，彼此尚未谈了两句话，只见有小丫环匆匆地走了出来，向外边喊道："你们快来两个人！贺太太吩咐，着一个去总镇衙门里，将黄太太即刻接到；着一个赶速去接稳婆。太太现在要临盆了，你们切不可误事。"那外面的家人听了此话，哪敢怠惰，即刻如旋风一般分头前去。这里小丫环也就仍回上房。褚标与郝其鸾听了此言，也就帮同催人再去接。张桂兰先到，接着稳婆也来，大家到了上房。此时也不便与郝素玉说话，只问了两句，腹中觉得如何。郝素玉只是双眉并蹙，勉强答应道："也说不出怎么样！唯有腹痛难忍，好是往下坠的光景。"毕竟何时方产下来，且看下回分解。

第二三二回　郝素玉喜产佳儿　张桂兰巧捉窃贼

话说郝素玉身孕已经足月，将次临盆。只见她紧蹙双眉，哼声不止，当由稳婆代她试验了一回，知已要产。即便扶她上了盆，又命人打了许多水来。外面自有郝素玉的嫂嫂率领丫环仆妇安排参汤等类。不一刻，只听房内稳婆喊人拿参汤。外面答应，即刻将参汤端进，由稳婆取在手中，递到郝素玉唇边。

郝素玉轻启樱桃呷了两口。此时只觉腹中愈痛愈紧，虽当此九月天气，总痛得香汗盈腮。房中虽围着多人，却是静僻，毫无声息。大家正在等候，只见郝素玉眉头一蹙，脸一苦，一个噤战，忽听“哇”的一声哭，已产下一个孩儿。稳婆接在手中，先报了一声喜，是一位公子。大家一听，俱各欢喜，却也不便多说话，只催着稳婆将素玉扶上床，好生坐定。稳婆这才来与小孩子用水净洗。此时却早有小丫环飞报出来，给郝其鸾报喜。

郝其鸾一听此言，自也喜欢无限。褚标在旁，便与贺喜道：“恭喜老侄台，添了外甥了。关贤侄虽不在家，这场饼宴是要老侄台代办的。”郝其鸾道：“自不必老叔烦心，小侄自当代办。”

当下又问小丫环，产妇是否结实？小丫环回道：“太太结实的很，现在已上床了，舅老爷请放心罢。”郝其鸾自也欢喜。不一刻褚标辞去。郝其鸾便走进上房，在房门问了一声，由他妻子代应了一声。郝其鸾又吩咐他妻子好生照应，又向贺人杰的母亲并张桂兰道了谢，然后出去。房内尚有些未了之事，又由稳婆进去收拾清楚，这才告退出去。张桂兰因自己家中无人也要回去，临行时又谆嘱郝素玉一番，叫他格外保重。郝素玉又道了谢，张桂兰这才回去。郝大奶奶送上轿，并请他闲日来看洗三，吃汤饼宴，张桂兰亦满口允诺。

郝大奶奶回到上房，自然小心照应。郝素玉自上床之后，果然结实异常，隔了一日，便下床来净洗一回，又抚弄婴儿一番。说也奇怪，那孩子酷肖小西的模样。贺太太在旁便取笑道："妹妹，当日倒难为你家老爷呢，怎么这小孩子与你家老爷竟是一模无二！不必说睁眼睛的看见，知道是关老爷的儿子，就便瞎子来摸，也不会说错的。真正像极了。"这两句话，把个郝素玉已说得满面通红，好不害臊。光阴迅速，又是三朝。张桂兰一早就来道喜，接着稳婆又来。到了午末未初，便代小孩子洗浴，大家又掷了许多洗儿钱，稳婆更是欢喜。洗儿已毕，正要抱出去给人观看，却好郝其鸾领着褚标已走进来，稳婆即把小孩子抱出来，先给郝其鸾拜了两拜，然后送至切近与其鸾解看。其鸾便命稳婆抱着，代小孩子拜见褚标，口中说道："尔还不会给老爷子磕头。"稳婆即便抱着小孩子，转身向褚标拜了两拜，又送至切近给褚标观看。褚标一见，便笑道："不必猜疑了，分明是个小关西，还有什么话说。"于是抚弄一回，又在身旁取出两件器物，是把镀金锁、一副小金镯，当下给孩子戴上，口中说道："保佑你福寿绵长。"稳婆在旁代为谢过，郝其鸾又谢了一回。却好外面已有家丁进来，请赴汤饼宴。当下郝其鸾便邀褚标至外面饮酒，上房里面也摆出酒席。是日贺太太首座，郝大奶奶相陪。素玉独在房中，自己生产后不能出来，恐怕经风。稳婆自有老妈妈陪他去吃饭。一会子，大家饮酒已毕。郝素玉开发了稳婆的钱，稳婆告退下去。于是张桂兰等四人，大家说笑了一回，也就散去。郝其鸾与褚标饮酒已毕，褚标然后告退，仍回天霸署中。郝其鸾又写了一封书，着人送到驿站，沿途探报关小西，使他得知，以免悬挂。郝其鸾夫妇等素玉满月之后，因家事摆脱不开，也就回去。趁此交代。

这日张桂兰与贺太太回到衙中，也无甚闲话可表，用过晚膳，各自安歇。不期这日夜间，总镇衙门里却捉住一个窃贼。过天星的小贼，姓蒋，排行第二，人就唤他蒋二。他本是宿迁人，因在本地犯窃的案子太多了，各衙门捕捉得紧。他因为怕被捉住，便离开宿迁，换个地方，一来让让风头，二来拣个把富户做一趟买卖。这日到了淮安，听说城里有一大家富户，叫作王十万，就在总镇衙间壁。蒋二打听清楚，便思去王十万家行窃。又因近逼镇台衙门，更兼闻黄天霸新近升了总兵，恐怕此去万一王家警觉，惊动了黄天霸那边，那可实在不妙。后来又打听，天霸已随施公进京，这蒋二便大胆前去，准备将王家偷窃一空。当晚，就独自喝了一两壶酒，趁着酒兴，挨到三更时分，从黑暗里溜到王十万家后墙边。本来是挖洞而进，因墙垣的根脚皆是石头与三合土砌就的，甚难钻入，因改从高而进。哪里知道看错了路径，不意走到总镇衙门里来。当下还不知道，跳过墙垣，一路蹿房越屋，直望上房而来。可巧走到这爿房屋上面，就是张桂兰的卧室。

此时张桂兰早已睡觉，忽从梦中惊醒，觉得房屋上面有脚步声音，再一细听，果然不错，暗道："这个笨贼，也不打听打听，怎么偷到你祖宗这里来！也罢，我且看你如何偷得去。"

暗自说罢，一翻身坐了起来，侧耳细听，只听得"啪"的一声，从屋上掷下一件东西来，知是问路石子。张桂兰一听，也就轻轻的下了床，顺手取了一把刀，正要开房门出去，复又听那屋檐口有人下来的声息；她便蹑着脚步，走到窗子口，向外面一看，果见一个人从屋檐上，用着一根绳子放了下来。张桂兰一见，便知此人无大本领，也就不放在心上，心中暗道："我何不使个关门捉贼计呢，料想这个贼也脱逃不去。"正在暗想，又听房门外有撞门之声。张桂兰还是不声张，反将窗户轻轻用刀撬开半扇，她便一纵身跳出窗外，复将窗户反关起来，便由外面绕到堂前。此时蒋二已将房门撞开挨进去。张桂兰见窃贼已进了房，她也挨身进内，便从房门后将身子掩住，看那贼人行事。只见那小贼，先将火卷一亮，四面一照，便走向皮箱前，从腰中取一把小刀，准备去剥开皮箱，以便倾倒。这个时候，张桂兰却不等他划皮箱子，便一个箭步，轻轻跳在蒋二背后，将刀一举，使刀背子认定蒋二的右臂上，一声断喝，一刀背砍了下去。

蒋二被张桂兰一刀背砍中右臂，登时栽倒在地，口中哀求说道：

“求老爷饶命。”一连喊了两声。张桂兰复又在他左肩头，用刀背又砍一下，直砍得蒋二哼声不止，死去活来，蹲在地上动弹不得。张桂兰见他已是不能动弹，这才取了火种，将灯光亮起来，在蒋二脸上一照，见他约有二十多岁年纪，虽然来做窃贼，倒也生得不甚丑陋。再将他浑身上下一看，他穿一身玄色衣靠，旁边地下落下一把八寸八长的尖刀。张桂兰看罢，将灯放在桌上，便喝问道：“该死的贼囚，尔胆敢凌太太的虎威么？尔可知这是什么地方！太太是何等样人！你这死囚也不打听清楚了，就来犯窃，咱倒不曾听说窃到总镇衙门里来了。”蒋二此时已被他两刀背砍昏晕过去，渐渐苏醒过来。一闻此言，方才明白，是偷错了人家。又听张桂兰太太长、太太短，在那里乱嚷，心中暗道：“怎么女人家有这等本领，想来定是个蛮婆子。”一面想一面将眼睛睁开一看，见是个三十上下的美貌妇人，心中更觉奇异。正要开口求饶，又见张桂兰问道：“你这贼囚，姓甚名谁，哪里人氏？怎么太太问你的话，你还佯装不睬太太么？”蒋二哀求道：“求太太格外施恩，小人实是误犯。小人姓蒋，排行第二，就唤作蒋二，是宿迁人氏。只因小人幼失父母，稍长便喜舞弄枪棒，又好结交朋友，却是无以生计，因此就做了狗偷之事。起初窃了一二回，无人知道，也未犯过案，由此胆大起来，以为这件事是终不犯案的。哪里知道愈做愈多，失窃的人家恨极了，就去禀了地方官，请地方官捕捉。地方官因窃案迭出，觉得于他自己官声有碍，又恐被地方上官绅士告发他纵贼贪赃，因此差了捕快，立限捉拿，务要将屡犯贼案的窃贼拿获到案，追究惩办。果真上头追得紧了，他们就叫小人去别处躲避躲避，等过这阵风头，然后再行回去。小人在宿迁窃案可做得不少，平时虽有捕役地甲做了护身符，从来不曾拿获到案。此次因失主有两个是本地方的绅士，坐在县里要人。他们知道再也不能蒙混，只得令小人向外躲避，躲些时再行回去，小人因此到了此地。才进了城。就听人说衙门隔壁有个王大户，有万贯家财，只可恨他为富不仁，专在小人身上刻薄。小人听了这话，又因他是个为富不仁的，就便偷他些钱财，也不为损德。后来一想，断不可去。他既靠在总镇衙门，难保不与总镇黄天霸大人有些往来。黄大人是个名闻天下，武艺超群的人，万一小人去偷时，把他家人惊醒，被黄大人前来捉我，不必说一个蒋二，就有一百蒋二，也不在黄大人心上。那时小人因此想不去，不料又闻人说：'现在黄大人已随施总漕进京去了，动身尚未多日。'小人因此拿定主意，前去偷他，满拟此次得手，必然得注大财物，小人就想趁此洗手不做了，免得留一个贼名。哪里晓得鬼使神差，误入此处，若非太太方才说出'衙门'二字，小人再也不知道，还当在王十万家被人捉住的。今既被捉，虽太太赐小人以死，小人亦死有余辜；若太太恕小人无知，真是误犯的，赐小人一条生路，小人当感太太的大德。自今以后，再也不做此偷儿的事了。"说罢，磕头不止。

张桂兰听了他这些话，暗道："这人虽然是窃贼，听他所说之话，倒也是句句老实，并无狡赖情事。而况我家物件，又不曾损失一件，我又何必难为他呢！"因问道："你这贼囚，你说能蒙咱太太宽恕于你，饶你一条死命，尔便从此洗手，不做此等生涯。咱恐你有此言，并无此心。不过现在被咱捉住，希冀免目前之难，只要咱果真放了你的生路，你又故态复萌，虽不在此地做此狗贼，还是到宿迁干你的旧业，咱可不能相信于你。况你除了这件事，还有何事可以做呢？"蒋二听张桂兰说出这些话，似有放他意思，因又哀求道："小人果真实是要洗手，再也不做此生涯。太太的明鉴，从前小人所以恋恋不舍者，实因所窃各案，向来不曾被人捉住，故也不曾吃过苦恼。今日吃太太这两刀背子，小人想来，从前实乃万幸，如何再去干这等事业。从今以后，小人洗了手，不论什么事，只要我混得一碗饭吃，小人也愿心愿意去干，再也不做此等事了。"张桂兰听说，又道："你果真再不做此事么？"蒋二道："如再做这偷儿的事，小人定死于刀箭之下。"张桂兰道："你果能如此，咱有一件事，你可做得：咱这衙门里，虽不要使唤，就再添上一名兵卒也还可以。你如愿心愿意，咱就给你补上，每月兵饷银三两六钱。你可甘愿做此事么？"蒋二一听此言，赶着叩头说道："能蒙太太提拔，小人虽死也难报此大德，还有什么不愿干呢。就请太太给小人补上这名兵额罢。"张桂兰答应。

此时天已将明，内里的仆妇、丫环，是已早知捉住窃贼，皆在房内看张桂兰审问。桂兰当下即命丫环到外面，将褚标请进来，告明一切。褚标也甚愿意，暗暗羡张桂兰居然能恩威并用，收服小人。又与张桂兰说了两句话，便即将蒋二带了出去，一面命人随时补了兵额。蒋二自此以后，就在总镇衙门里当兵，后来居然是个好人，而且成家立室。这也不在话下。

且说施公带着天霸等人进京陛见，一路上水陆并进，饥餐渴饮，夜住晓行。按站俱有地方官前来迎接。施公不肯骚扰，所有供给费用悉行免去，故此一路上颂声载道。又兼施公审案神明，清白无比，那赛龙图的声名，早已传闻远近，因又引出许多事来。这日到了山东济南府，才进城垣，往济南府衙门暂且一宿。一来息肩，二来打探些本地人情风俗。一众人等，方到济南府衙门，忽见轿旁有一美貌女人，手捧状词，跪在一旁呼冤。施公听她之声颇为情急，因命天霸将状词收下。天霸答应，随即在妇人手里将状词取过，呈送施公细看。施公从头至尾，细细看了一遍，当即准词，命先退下，候补提被告，再行审断。毕竟这状词内写的是何情节，是何冤枉，且看下回分解。

第二三三回　节妇鸣冤孤儿待恤
贤臣听讼太守无知

话说施公在济南府收下一张状词，先令原告退下，候补提被告，再行判断。那美妇当即退下候讯。施公也就由济南府迎接入内。济南府参见已毕，分宾主坐下，家丁献上茶。施公先问济南府道："贵府所属民情，想是循良的。"济南府道："卑府所属，托大人的福，'物阜民良'这四个字，尚可称得。"

施公道："这府城内绅士，尚跛扈否？"知府道："绅士与卑府倒也是和衷共济，凡遇地方上大小事件，无不秉公酌办。"

施公又道："据贵府所言，绅士悉皆品行端方，这也难得。可有一二劣绅，借恃欺孤虐寡、贿赂公行的事么？"济南府忽听了这句话，登时就有些不安。你道为何？只因这知府姓汤名法，是个捐纳出身。今见施公问了这句话，他故此立时不安起来。当下回道："卑府自到任以后，弊绝风清，断不敢行贿。即遇有所属解府的讼词案件，卑府亦细心研究，总使民不含冤，上酬朝廷知遇之恩，下慰小民清白之望。贿赂之事，一概尽绝不行。"施公道："这是贵府难得了！但本部堂方才在贵府署前，收到一张状词。据那状词看来，贵府就是不公的意思。但不知贵府曾判断过这种公案么？"汤法道："卑府不知是何案件，求大人明白示知。"施公见说，当在靴桶内将美妇控告的那张状词取出来，与汤法观看。汤法接过，随即打开来看。只见上面写道：

具禀孀妇王梁氏为族侄背义诬蔑贞节，斩宗灭伦，谋家夺产，迫切申冤事：窃氏夫王有仁向为绸业，家资数万，年数八十，嗣续尚虚。氏父梁鸿才，数受氏夫恩德，无可报答，因于五年前，将氏身许与氏夫为妻。春宵一度，氏遂有身孕。不料氏过门以后，未及三日，氏夫便尔身亡，应派族侄王法，过门立嗣。彼时族侄见氏年轻，又听信合族之言，恐氏不安于室，令氏再醮。氏因女子从一而终，誓此死守，不甘再嫁。彼时氏亦不知有身孕，比至三月后，方才知觉，当以含羞，不便告人。迨至足月后，产有遗腹一子。在氏方且窃喜，以为氏夫虽死，尚留一点亲骨肉以为嗣续；讵料氏族侄见氏生有一子，不谓氏夫有此遗腹，反诬氏以苟且之行。当即邀集王姓合族人等，聚议纷纷，皆谓氏夫年逾八十，枯杨何得生根？合族诸人，又以族长王守道为主。王守道亦诬氏定有私情，硬将氏母子等即日逐出。氏母以王家势力甚大，不敢与辩。又复因氏夫家合族之言，据以为信。当时将氏母子由氏父母带回母家。氏父复以氏做此不端之事，以为羞辱，遂欲置氏母子于死地；幸氏母舅张弼臣闻风到来，百般劝令氏父母，不能以无端讹语，屈贞节为淫污。因此氏母子由舅领回权为收养。氏遭此诬蔑，心实不甘，遂呈控本县，以求申雪。讵料氏夫族长王守道唆氏夫族侄王法，贿通官吏，得以批驳不准。

氏又控诉本府，以为可以申雪，亦复显遭驳斥。皆因氏夫族长王守道暨族宗王法贿通所致。氏因含冤未雪者，已及五年。氏含此覆盆，若不切实申雪，非但氏遭此诬蔑，心实不甘，即氏夫嗣续，亦将灭绝。氏不忍既受诬蔑，复又灭绝氏夫宗支，为此追求：青天大人申签提氏夫族长王守道暨族侄王法，暨合族人等以申冤屈，而存宗嗣，实为德便，朱衣万代。上禀。

汤知府将这状词，前后看了一遍，不觉吃惊不小，暗道："这王梁氏竟有如此胆略，敢在施公前告状起来。这件案既经了施公判断，一定有个水落石出。等到判明，果真王梁氏实系冤屈，本府恐有些判断不明的处分；莫若此时趁他未审之先，自己站立脚步。"想了一会，因说道："王梁氏具控一案，当原告来控时，卑府就思彻底根究。后因该氏族长王守道，并该侄王法等合词具禀，情愿自行具结。卑府的愚意，以为地方上总以息讼为是。因此，也就批了个'着该族人等，持平议结'。去后，已经两年，并未具见该氏复票呈控。今见大人驾临此地，或者该氏将出以刁狡之情形，冀蒙大人神明之断，亦未可料。在卑府的愚见，大人既准了该氏状词，何不就先提该氏一问，但须加以恫吓，料该氏定能吐实承招。是否虚实，亦得以明了。不知大人尊意如何?”施公听了此言，暗道：“好个刁猾的官吏！可恶，可恨。本部堂想来，何不将计就计，先将王梁氏提来一问。得其大概后，再提被告人等，有何不可。且可使这狡吏领略领略本部堂的风味，叫他先为寒心。”想罢，因与汤法道：“贵府所言极是！就请贵府转饬差役，提该氏立刻到案。本部堂先讯一堂，是否问个大概。”汤法答应，即刻传令差役，立提王梁氏到案听审。差役答应下去，不一刻将王梁氏提到，回明施公。

施公当即升堂，并令知府汤法坐在一旁观看。差役将王梁氏提到堂上，王梁氏就在公案前跪下，先向施公叩了头后，口称：“钦差青天大人，申冤!”施公在上，复将王梁氏看了一遍，见她生得端庄贞静，绝非苟且淫污一流，因往下问道：“王梁氏，据你所控各节，尔父向来做何生意?尔是几岁由尔父许与王有仁为妻?尔夫在日，实在年纪究竟若干?尔父因为何事，感尔夫大德，将尔许嫁与他?尔可从实诉来，本部堂自然代尔申冤。若有半字不实，可莫怪本部堂问尔诬告之罪。”王梁氏见问，又磕了头，口称：“青天大人容禀。孀妇的父亲，曾领氏夫一千两银子资本，出外贩卖绸缎，不料半途遭风，资本消灭，因此回来不敢见氏夫之面。哪知祸不单行，是年，孀妇的祖母又因病弃世。孀妇的父亲，此时就出外设法向人借贷，给祖母置备棺木；不期中途遇见氏夫。当经氏夫问明原委，孀妇的父亲颇抱不安。后经氏夫百般劝解，说道：‘出外经商，赚钱折本亦复常事，何必如此。现在尔母既然见背，棺木衣裳想也无从设法，不若仍在我处，取一百两银子回去，置办停妥，赶紧成殓。等尔将转运之后，再还我不迟。’孀妇的父亲不得已，只得又借他一百两纹银，回来殡殓祖母。因此父亲就感氏夫之恩不尽了。”

话说施公正问王梁氏的情由，忽见知府汤法从中说道：“大人只须问她有无私情之事。”施公听说，也不等他说完，便将脸往下一沉，正色说道：“贵府！你也为民父母，怎么问案不从根源上问起，何以能得实在情由？今贵府受了王姓之贿，不令本部堂问出情由。贵府安坐，勿复一言。施某当得悉心根究。”因又问道：“王梁氏，你父亲又受了你夫百两银子，置备棺木，与你祖母殡殓，后来还受他什么恩德呢？”王梁氏道：“后来孀妇的丈夫，因孀妇的父亲终日在家毫无生计，又命他与孀妇的堂侄王法，合理绸缎之事。孀妇的父亲，因此更加感德了。后来见孀妇的丈夫已经八十余岁，尚然无子，常叹道：‘此人平生积善，存心忠厚，怎么没有子嗣？’又见他虽年老，却是强壮过人。因此情愿将孀妇嫁与他为妻。彼时亡夫尚且不肯允，后经我父苦苦相劝，亡夫方才允纳。不料过门之后，一宵而有身孕，未及三日，亡夫便即身亡，彼时孀妇才十六岁。此是孀妇因父亲感受大恩，将孀妇许配为妻的实在情形。至以后各种情节，悉在大人状词上面，求大人公断便了。”施公又问道：“这王法是尔丈夫的侄儿，还是远房抑是近房呢？”王梁氏道：“孀妇过门三日，尚未得知。后来才知道，王法是亡夫的四服族侄。因近房无人，不能应继，所以派王法承继过来。其实亡夫所遗家产，将来也不免公分。”施公道：“王法既不容尔守节，尔既生产，产后他倒没有暗害你么？”王梁氏道：“大人的明鉴，怎么不存心谋害？只以孀妇防守甚严，他等无从下手，因此才将孀妇的父亲唤来，诬孀不节，退回母家。孀妇的父母又迫于势，只得领回。又亡夫八十多岁，似不能一宿即有身孕，也就疑惑孀妇有私，故亦要置孀妇于死地。幸亏孀妇母舅张弼臣到来，将孀妇母子领过去，才得以不死，以全王门之后。孀妇彼时心实不甘，屡在县老爷及府大老爷前控诉，均被王守道、王法串通贿赂，俱经驳斥不准。今蒙大人驾临，是以孀妇冒死渎诉，还求大人从公提讯，以昭冤屈。”施公道：“你遗腹子今年几岁了？”王梁氏道：“今年六岁了。”施公道：“尔子曾带来么？”王梁氏道：“不曾带来，尚在母舅家内。”施公道：“下次集讯，尔可将尔子一并带来，给本部看视。”王梁氏答应道：“遵大人吩咐。”施公又道：“尔且退下，候传齐被告，再行讯办。”

王梁氏道："遵谕。"退下。

施公退堂，与知府回至书房，又道："再烦贵府即刻传谕，本部堂明日早堂集讯。所有原被告，均限辰刻带到听候，不得有误。如有抗提不到等情，俱唯贵府是问。"汤知府只得唯唯答应，当即传谕出去。一宿无话。

次日一早，施公起来梳洗已毕，用过早点，即传令升堂。

却好黄天霸也进来，给施公请早安。施公一一见毕，命天霸等皆在外面伺候。施公即便升堂，就公座上坐定，即命："先带原告。"差役答应，将王梁氏带上。施公见王梁氏右手携一小儿，虽只六岁，却生得鼻正口方、眉清目秀，实是仪表非俗，心中已暗暗欢喜道："老翁有此令子，实为积德之征。"因往下问道："王梁氏，这就是尔夫的遗腹子么？"王梁氏答道："正是。"施公道："叫甚名字？"王梁氏答道："乳名叫八三子，因是亡夫八十三岁时生的，所以取名叫八三，以记不忘念之意。学名还不曾起呢。"施公道："本部堂给他起个学名，唤做'德官'罢。以取他父亲积德而有此子之意。"王梁氏叩头道："敬谢。"施公于是又将前情细问一遍，王梁氏复申诉一番。

施公便命带王守道、王法，不一刻二人上堂。施公先问王法，道："尔之庶母王梁氏，既为尔继父之妻，又复生遗腹孤子，尔为什么谋绝宗支，不顾大义，忍心害义，诬以不贞，暗图谋害。希图独得家产，不顾继父骨肉，勒令尔庶母母子退回母家。究竟尔之庶母，有何不贞之处，可有实在凭据？尔须从实招来。如有实情，本部堂当代尔讯断。"王法道："此子断非继父亲骨肉，遂令王梁氏父亲将他母子领回。在监生的用意，已算宽待王梁氏的了。以贱妾与人私通，妄称家主骨血，若监生不分皂白，据以为真，岂不犯孽子乱宗之罪。因此监生不忍诛求，只令他回转母家，听其再嫁。而况此事，亦非监生所敢自主，并且商之族长王守道，族长亦谓如此，是以监生方有此举。历经王梁氏蒙控县主及府尊，均蒙明察不准。今王梁氏闻得大人驾临此地，又来讹控诬告，居心欲使大人巧受其欺。监生久仰大人判断如神，自能洞烛该氏的欺诳。若王梁氏所生遗腹果是继父的骨血，在监生方且保护不暇，何敢做此灭伦之事，不认宗支呢？求大人明察。”施公道：“据你说来，王梁氏所生此子，定非尔继父的亲骨血。若果真是尔继父的亲骨血，尔果相认么？”王法道：“大人的明鉴，怎么知道是继父的真骨血呢？”施公道：“你如果愿认，本部堂自然给你个真实凭据，断不能叫你为孽子乱宗。”王法道：“如果真实有凭，监生何敢不认。”施公道：“既如此，本部堂还你那真实凭据便了。今尔候跪在一旁，且听本部当堂试验。”王法道：“遵谕。”跪在下面。

施公又唤王守道，道：“尔为王氏族长，凡有不公平的事，尔宜代为理论，总使两造毫无偏倚，方是尔做族长的道理。本部堂看你年纪，也有六十余岁，怎么这些小事，总不能明白其中道理？也与尔之后辈同是一般见识，硬说王梁氏遗腹并非王有仁亲生，冤屈母子，勒令回母家再嫁。显系串通，图谋家产，斩宗灭嗣，逼寡欺孤。此系尔这族长做的事么！若说老翁不能育子，你又有什么凭据？而况年老生的人，亦复不少。尔等是存心吞产，故加其罪，致令王有仁灭嗣，王梁氏含冤，实属荒唐已极；复又胆敢贿通府县，经王梁氏一再控告，皆驳不准。尔等究存何心，欲令王梁氏母子含冤莫申，王有仁九泉遗恨。本部堂欲严刑拷问，姑念你年过六十，不能受重刑；今本部堂法外施仁，思得一验试骨血真假之法，以便尔等心服。尔等各人愿意验试么？”王守道道：“若蒙大人有法可验，职员又岂敢不遵！特恐恍惚难凭，职员也不甘折服。”施公道：“尔这说话也尚有理，若非王守仁真正骨血，本部堂也不能勉强尔等行事的。”王守道答应。

话说施公将王守道训斥了一番，令他站在一旁，听候验试。又将王梁氏的生父梁鸿才传到，问道：“尔既为王梁氏的生父，在前受王有仁的大恩，受恩必报，古之大义也，应该另想他法以报恩德，怎么甘心将一个亲生弱女，不知审慎，猝然许与王有仁那一个垂死的老夫，这也是错事于前，也该自己追悔。怎么王有仁既死之后，尔女生有遗腹子，王氏不能容留，勒令尔女改嫁，尔就该力与王法等人争辩，何能听信王法等一面诬栽之言，遂令尔女母子自寻死地。尔难道不知尔女平日性情如何么？”梁鸿才道：“小人岂不知女儿在家时生性端庄，小人感恩王守仁大德，又因他年老无子，不过一时之念，便将女儿许他为妻。过门未及三日，王有仁便自身死。又岂料女儿自出嫁之后，不过一宿便有身孕，这是小人再也想不到的。及生下遗腹，王法便疑女儿这遗腹子定非王有仁的骨血，当将小人呼唤前去，与小人辩驳。小人亦与理论道：‘我女儿这身孕，如果未满十个月，生下孩儿，这就是我女儿在家不端；若果已经足月，且不止十个月，这就是我女儿从王有仁死后，干出不端的事情。今日女儿所生遗腹子，计算起来，从嫁与你家日起至生产日止，不多，不少，足足十个月，怎么说道我女儿不端，不是王有仁的骨血呢？’小人虽如此向他理论，争奈王守道、王法执定：‘八十多岁的老翁，固然不能生育，且从来没有一夜之后，即受胎成孕，什么凭据？’小人见王守道、王法两人说的这句话，虽是强词夺理，细细想起来，也不尽无理。又因小人是个平民，他家是有功名的，财固不能相敌，势又不足抗衡，无可奈何，只得将女儿带回。小人又是个好脸的人，旁人说女儿不端，有些闲言闲语，小人面上很觉惭愧。因此才令女儿自寻死地，为的是女儿果有私情，一死就可灭了口；如若是冤枉，我女儿到阴间，也不能饶王守道、王法那两个欺心昧己的人。不料小人正使女儿自尽，忽然小人的妻弟闻风而至，将女儿母子二人带往他家。并说小人万分糊涂，冤屈亲女。小人的女儿既到他家，也是心实不甘，便控诉府县，以冀申雪，哪知均未曾允准。今闻大人到此，又来申诉求雪，还求大人明断。”

施公听罢，见鸿才实是个忠厚老实人，并无半字刁狡，因又说道：“今本部堂已思得一法，代尔女验试。如果验得确实，尔女并无苟且不端情事，本部堂不但令王守道、王法置备花红，将尔女领回，好生看待；还要代尔女出奏，请旨旌表。但尔一误于前，再误于后，不能不稍有薄惩。”梁鸿才说道：“小人实是昏愦，情甘领罪，听候验试。”

当下施公又与原被告人等说道：“尔等不知道验试之法，待本部堂告诉尔等人一番：但凡少年强壮之人，所生之子，先天满足，这小孩子浑身精血坚凝；若是垂老之人，所生之子，先天便自不足，那生下的小孩子，身上的精血便也轻薄不凝。现在验试之法：只须在外面拣那贫户人家，少年人所生的孩子，抱一个来；再将中年人所生的，也抱一个来；更将老年人所生的，也抱一个来。当用清水一碗，将各小孩子身上的血，刺一点出来滴在水内。那少年人生的孩子，其血滴入水内，登时沉在碗底，聚而不散；中年人生的孩子，其血滴在水内，凝结水之中央，欲下不下；老年人所生的小孩子，其血滴在水内，即刻见水便散。此为真凭实据，万不能假的。”这番话，说得王守道等大家皆是将信将疑，就连知府也不甚信。施公见他等都有些不信，因命下役出外把小孩分别抱来，验试之后，不但小孩子有赏，连尔亦复有赏。差役听说，哪敢怠慢，当走了出去，不到一刻，已经分抱了三个孩童进来了。

施公验明，分别少年、中年、老年，各立一处。又命王梁氏的儿子德官也抱来，站在一旁。又命人取了一碗清水，并一张洁白纸，放在当堂地下，各物俱备。施公便命知府汤法，亲自取根针来，并在上房内取些果饼饵子食物之类。知府答应，即刻命人取出。施公命将果子食物，先分给各孩子吃。然后先将那少年所生的孩子拉过来，令知府一面用言语哄他，一面将小儿的手把定。随即取出针来，在小孩子的手上刺出血来。即将刺出之血，刮下滴在水碗之内。那血见了水，果然如珍珠一般滴溜溜圆，沉到水底。知府此时见此光景，已是有八分相信。

又去拿那中年人所生的小孩子的血，滴在碗中，真个凝结中间，欲下不下。又去拿那老年人所生的孩子的血，滴在碗中，真个说也奇怪，登时便散开来，只有些形迹浮在水面。施公见抱来的三个孩童，俱已如法试验，毫不差谬。施公命差役，将是碗水拿与王守道、王法二人并梁鸿才看了一遍。施公道：“尔等曾看清了不成？”王守道、王法道：“职员、监生看清了。”

施公道：“此是外来的小孩子，王梁氏所生的遗腹，尚未验试。待本部堂令府尊再如法验试，以坚众信。”说着又命知府汤法去试。汤法哪敢怠慢，随即将王德官的手取过来，也用针刺出血来，也放在水内。哪知道德官的血才见了水，即刻就散布无形，连一点血丝也不见浮在水面。此时王守道等皆众目昭然。

当下王守道、王法二人，见了这个真实凭据，也自知冤屈好人，却又心胆勃勃，唯恐施公治罪，赶不及跪下来叩头，说道："大人的神明，职员等情甘认罪。王梁氏贞节可嘉，此子亦实系王氏真骨血。职员等情愿置备花红，将王梁氏领回，好生看待他母子两个，以表贞节，而存宗支。尚求大人格外施恩，宽免职员等不明之罪。"施公见王守道、王法二人如此哀求，请免治罪，当下说道："本部堂本应从重治罪，尔等诬屈节妇，谋占家产，绝灭宗支，姑念尔等一再哀求，着从宽发落。王梁氏即着先行回转母家，尔等即于三日内，备办花红迎归，王法亦当以庶母看待。所有家产，现在暂归王法管理，候德官成立后，归德官。王法既先承继王有仁，着将家产分出一半，以为承继应得。并于三日内，将家产所有若干呈报地方官立案，不得稍有吞没；如敢有违，一经王梁氏查出，准予赴县控告。王梁氏贞节可表，本部堂自应专奏，请旨旌表。梁鸿才为父不明，本应薄惩，姑念尚无别项情事，亦从宽释放。王梁氏之舅，着王法出银五百两送给，以为见义勇为者赏。所有小孩子三名，亦着王法各给纹银三两。供事差役，亦着王法共给纹银二十两，以酬奔走之劳。"施公判毕，不知王法可能一一遵断否，且看下回分解。

第二三四回　窦飞虎矢志报父仇 马虎鸾同心存友谊

话说施公判毕，王守道及王法即各叩头遵断。王梁氏及梁鸿才等更加叩头感恩不已。王梁氏叫德官向施公叩头道谢。这德官也是生就的聪明，听见他母亲吩咐，叫他给施公叩头，他便恭恭敬敬向上望着施公，磕了三个头，而且颇有大人的气概。

施公见如此光景，不禁极口称赞。又向王梁氏说道："尔子如此聪颖，且气度从容，将来必成大器。你必须好生抚养成人，异日他成立之后，功名发达，也可慰你年轻守节之志。"又向王守道、王法二人说道："此子局度安详，将来定在尔等之上。尔等亦宜悔改前非，加意信护，若有仇视之意，本部堂访出，定即加一等问罪。"王守道、王法二人只是唯唯遵命。施公退堂，各人散去。当下施公到书房，又将知府汤法训斥一遍，还算这汤法运好，不曾将其参革。王守道、王法回至家中，果然遵施公所判，三日内置备花红，迎归王梁氏；并将王有仁所遗家产悉数查出，赴县存案，当由县官申报施公。施公也就代王梁氏上表申奏。诸事已毕，施公便起身向北京进发，在城文武各官，还是恭送如仪，这也不必细表。

如今且说两个人又要与施公为难。你道是谁？原来，窦耳墩之子窦飞虎。当日黄天霸三进连环套，但将窦耳墩捉住，问了典刑。其时窦飞虎适值因事外出，故不曾寻获，也算他局运甚高。及至他回来，见已家破人亡，再一打听，方知他父亲系为黄天霸所害。因此，杀父之仇，刻不能忘，总想将黄天霸捉住，报仇雪恨。又恐一人力不足敌，他有个极好朋友，姓马名唤虎鸾，其人也是关外热河人氏，与他最为莫逆。却学得一身盖世无双的本领，两臂有千斤之力，惯使一百炼纯钢两刃刀；若论飞檐走壁夜行功夫，不在天霸诸人之下。还有一种暗器，唤作三棱箭，这箭仿佛袖箭，却比袖箭厉害百倍。那箭头上有三角棱，锋利无比。若是人无意中了此箭，虽不能损命，却要大大地受一次大伤。他放了出来，人家说百发百中，他射的一点不差。却向来不曾到南方一带来过，皆是在关外做些买卖，所以南方人没有一个知道他的本领却好到这般。可有一件，生平最喜吃酒，只要见了酒，则各事皆废了。他有两个绰号：一唤“盖三省”，此指东三省而言；一唤“赛谪仙”，此指喜酒而言。窦飞虎既已无家可归，便去投奔于他，见了他面哭诉前由。马虎鸾道：“老兄弟不要悲痛。愚兄帮助你报仇雪恨便了。”

窦飞虎说道：“现在黄天霸跟随施不全在漕督任上，我辈南方不曾去过，虽欲报仇，实因路径不熟，如何去得？”马虎鸾道：“兄弟你此话错了，只要报得此仇来，哪怕他远在天边，也是要去的。若怕路径不熟，老兄弟你一人不敢前去，咱同你俩一道儿去，总要寻着这天霸小子，或将他捉住，剖心沥血，以祭伯父的灵魂。既不然，能将施公刺死，黄天霸也就要有罪了，也算是报仇雪恨了。”窦飞虎道：“若得兄长帮助，小弟是感恩不尽了。”于是二人就由热河向南方进发。

这日走至河南、山东交界的地方，名唤草凉驿。见有许多官员及差役人等，乱哄哄地那里搭盖彩棚，是个接差官的样子。又听旁人说：“光景今晚明早，总要到此地。”那个又道：“不知到了此地，还有耽搁么？”那个又道：“这倒说不定，但愿此处无人喊冤，他没有事干，总走得快。”那个又道：“到底是做大人的好，你看他这一个人，不过走这里经过一趟，就有这些人给他办差。本地的官员还要按站迎接，等他走了，又要护送出境。为他一个，你看这是忙了好多人。”

又有一人道：“你倒不要这样讲，还有一件，要把你气死呢！听说这位大人还是个十不全的样子；偏是他有福，皇帝又相信他。那些有武艺的人又佩服他。你不要说别的，只看当日这北道儿上，是多少绿林中强盗？是多少恶霸土豪？自从他老人家到处查访，随地擒拿，不足十年，竟然被他老人家收服的收服，正法的正法。现在道途平坦，往来行旅，无不颂德歌功。真所谓：功德在民，垂之不朽。”那个又道：“你这话咱却不懂，你又说他是十不全，怎么他又能擒拿绿林中的豪客、江湖上的强人呢？你这不是自己在这里打自己的嘴巴么？”这人道：“老兄弟！我说他老人家是十不全，是他老人家的样子；至于访查强人、捉拿豪暴，他哪里亲自来哩，是他设了妙计，是他那一班跟随的好汉前去捉拿。就如那黄天霸一人，江湖上是哪一个不闻他名，不怕他的武艺！你想有这一班好汉，那绿林暴客、江湖上强徒，岂有不被擒获之理！譬如猛虎下山。俗语说得好：‘文官动动嘴，武官跑折腿。’就是这个意思了。”两个在那里你一言我一语，正谈得高兴。马虎鸾与窦飞虎也在旁边，听得清切，心中颇为欢喜，暗道：“咱们正要去寻他，以报大仇。难得他自来送死，这就路狭了。”

两人想了一会，便故意上前，向那谈论的几个人问道：“咱请问一声，方才你老等所谈的这十不全，究竟是谁？现做什么官呢？你老等竟称道他这等好法，可能请教请教么？”内中有个老者，见问此话，就将二人打量一回：只见上首站的一个，年约二十四五岁，身穿一件蓝布直裰，脚踏扳尖趿鞋，黑漆漆的面庞，两道浓眉，一双圆眼，凹鼻梁阔口，颇具凶恶之状，此人便是窦飞虎；那下首立着一人，也是年纪二十四五，身穿一件紫花布短袄，脚踏芒鞋，瘦小身材，淡黄面皮，两道长眉，一双圆眼，高鼻梁四方口，虽然瘦小，却具有英雄气概，此人便是马虎鸾。那老翁将二人看毕，因问道：“敢问二位尊姓大名，你问这位官长有何事件？”窦飞虎先答道：“在下姓窦名飞虎，这一位姓马名虎鸾，皆是关外人氏。只因到南边要访一位官长，这长官姓施名唤仕伦，浑名不全。闻得他为官清正，惯能除暴安民，收服四方豪杰。咱等不惮远路而来，要前去投他，图个出身。不知你老所说的，可是这位施不全大人么？”

那老者答道：“小人说谈的正是这位老大人。”窦飞虎道：“咱闻这位施大人现在做漕督，为何到此呢？”那老者道：“尊驾有所不知，只因他老人家，不久奉了圣旨，着他进京陛见。此是进京必由之路，咱们地方官例当接迎。所以在这里办差，你看那驿馆中，就是预备他老人家行辕的所在。”窦飞虎道：“原来如此，不知几时可到呢？”那老者道：“至迟明早也要到了。”马虎鸾道：“这遇巧了，咱们正要去投他，不料竟在此相遇，也可免咱跋涉之苦了。”说罢，向那老者拱一拱手，说道：“惊动，惊动！咱们再会罢。”说毕转身而去。

话说窦飞虎与马虎鸾二人，探听得施公早晚就要到此，他二人便就近寻了客店住下。二人私相计议道：“施不全这赃官早晚就要到此，咱们务要竭力去将他刺死，方解咱心中之恨。”马虎鸾道：“兄弟，你前日怨黄天霸小子害了老伯的性命，虽然是天霸动手，其实指使的人，乃是不全。施赃官他奉了圣旨，命天霸去干。天霸既归施不全节制，这就唤做：奉公差使，身不由己。他若不将人捉住，他便自己有处分了。因此看来，天霸虽属可恶，情尚可原。只是这个施不全，全使刁钻恶计，实在难恕。今既狭路上他到此，这就是运气低，要在此把他命送掉了。”窦飞虎道：“施不全既来，咱俩断没有饶他过去之理，可是怎么报仇？”马虎鸾道：“贤弟放心，等施不全既到此地在驿馆内住下来，咱便与你去打听消息，看他有耽搁否？如有耽搁，此事即好极了；若无耽搁，只好咱俩再追上一程，务要将他捉住。”窦飞虎道：“总要仗兄长之力，以报先父之仇。”此时天已将晚，二人又说了一会，有店小二送进酒饭，俩人饱餐一顿，然后安歇。

次日一早起来，梳洗已毕，用了早点，才出得店门，但见街上乱哄哄的，皆道：“施钦差到了，咱们去看接钦差呀！”窦飞虎、马虎鸾闻得施公已到，他二人便杂在人丛中，也去观望。只见一骑马飞来，马上一人说道：“尔等闲人站开，钦差到了！”话犹未了，一班地方官员趋跄而走，皆止行辕两旁，分文东武西站立下来，以便迎接。随后便是飞虎旗、清道旗、衔牌，各执事；接着上来几匹马，马上皆坐着些武士，有红顶子、蓝顶子、水晶顶子不等。末后一抬八人大轿，轿旁有两个人扶着轿杠，直向行辕而来。才到行辕，那马上各官一个个都跳下马来，站立两旁。顷刻，施公的轿子已到，只听三声炮响、鼓乐齐鸣，施公进了行辕。那两旁文武官员，也都随着大轿趋跄而入。

施公在暖阁下轿，当有黄天霸等进内参见。接着有卫辉府及各文武官员，进来禀见。施公均一一接见。随后各官退出，黄天霸等也就退出来。施公自有施安、施孝及书童等伺候，这且不表。

再说黄天霸正从行辕内出来，出得辕门，瞥见人丛中站着两个人，面带杀气，颇有凶恶之形。天霸一见，就知有人在此探望，夜间恐怕又要前来，一面暗想，一面又将那二人看了一遍。两边闲看的人，一会也就各自散去。卫辉府虽然退出，却还在这里听差，恐防钦差有事吩咐，才得灵便。施公在内稍息了片刻，外面就有办差的送进酒饭。施公用了午饭，净面漱口已毕，便命施安传出话来："准于明日早晨启马，所有迎送各兵，一概不必护送出境。"这话一经传出，登时你传我，我传你，各各皆知道了。窦飞虎、马虎鸾二人，也就打听的确，当下回转客寓。飞虎与虎鸾说道："施不全明早走，今夜正好前去行事。但不知怎的个去法呢？"虎鸾道："愚兄前去行刺，老弟在外巡风，总要期事必成，不可徒然空跑。"窦飞虎道："咱们可于三更时分，暗暗出了客店，到得辕门，正是三更过后，那时他那里也可睡静了，若去得太早，惊动里边的人，于事便觉不济。"马虎鸾道："贤弟之言，正合吾意。"二人从此就住客店内，专等三更行事。

再说天霸自见了窦飞虎、马虎鸾二人，虽然不知他二人是何姓名，却见他面带杀气，心中就万分放不下。当时又到了行辕，与计全、关小西说道："小弟方才在辕门外，偶见人丛中站着两人：一个怪眼浓眉，一个身材瘦小。见那两人四只眼尽向辕门里探望，而且俱是面带杀气。在小弟过虑，只怕今夜又要出个把乱子，咱们倒要防备防备，宁可无事也就罢了。若过于疏忽，万一闹出乱子来，咱们就大有处分的。"计全道："贤弟所说怕闹乱子，想是怕有人前来行刺么！"天霸道："正是此意。"计全道："咱们今夜大家辛苦些，防备防备就是了，咱们既有这许多兄弟在此，不必说他是两人，就仍上来十个，还惧怯他不成么？"天霸道："话虽如此，咱们自然要防备的。但是大人前这句话可告诉不告诉呢？"关太道："咱的愚见，是宜禀知大人，请他老人家加意小心才好。"计全道："此计你又错了，就便大人加意小心，既有了刺客，大人还是能与刺客砍两刀战一阵么？那还不是全靠咱们保护、追贼。在愚兄的意见，与其告诉大人，徒然使他老人家心忧，不若不告诉他，咱们暗地里加意保护。”李昆道：“计大哥之言有理，我们在夜无论有无刺客，总宜大家合力保护便了。”天霸道：“小弟看那二人的本领，却也不在你我二人之下，万一上了小弟的话，务要合力将那两个捉住，方免后患。”关太道：“这个自然。”

计全道：“今夜黄贤弟、李五贤弟，你二人可伏在大人书房外面；贺贤侄可在书房内，随时保护，若大人要问你，为什么要来保护，你可说此地向来系盗贼的窝巢，难保无人存心不善，宁可保护，不可疏忽，这叫作‘有备无患’；李七贤弟与何贤弟，在书房外面两廊上黑暗之处巡风，如见有动静了，即击掌为号，总使他不能下来；我与关贤弟往各处巡查；王贤弟、郭贤弟可在前半段巡查。如此办法，还怕他前来行刺么！”计全安排已毕，大家俱放在心，于是才去用酒用饭，到了午后，各人便去安歇。

午觉既醒，已是上灯时分。天霸等又用过酒饭，各人便预备起来。只见各人一个个都换了玄色紧身衣靠，身藏暗器，手执兵刃，各按地段前去防守。贺人杰便至施公卧房内保护。施公一见人杰进来，因问道：“此时你来做什么呢？还不去睡觉吗！”人杰道：“不瞒大人说，这个地方，向来是盗贼窝巢之所，难保无歹人黄夜前来，千总所以特来保护。”施公见说这两句言语，直喜得心花都开了，当下赞道：“难得你用心甚深；前来保护，好一个有备无患，虽然如此，我命系之于天，虽有强人，亦何能害我！但是你这小小孩童，有此深心，实属可嘉之至。你便在此坐下，本部堂与你谈谈：一来防患未然，二来借此消遣全夜。”人杰道：“大人尽管安睡，千总一人在此防护，是不妨事的。”施公道：“你且坐下来闲谈一会，好在这会儿尚早，本部堂就去睡觉也睡不着的。不若与你谈谈，借此消遣消遣。”人杰见说，只得在一旁坐下，与施公闲谈起来。暂且不表。

再谈窦飞虎与马虎鸾二人，到了三更时分，就脱去外面便衣，换了夜行衣靠。窦飞虎手执双钩，马虎鸾暗藏三角棱箭，取了两刃刀，轻轻的将房门拨开，就从店后院墙上，扑扑两声跳出墙外，认明路径，直奔草凉驿行辕而来。到了行辕，正是三更已过。二人先在行辕外面静听了一会，觉得里面静悄悄地，毫无声音。二人便走到行辕后院墙，靠着墙根，窦飞虎便缘墙而上，就如壁虎一般，快捷异常。接着马虎鸾亦跳了上去，真个是身轻似燕，体捷如猿。二人上了墙垣，就在墙头上借着星光向里面四处一看，但见灯火不明，人声静悄。二人大喜，又看了看，只见逼近后垣墙有一所竹院。竹院前面，便是一进五开间上房，左侧又是一所三开间的客厅。窦飞虎说道："那五开间里面，施不全光景就住在那里了；即不然，那左侧客厅内一定是他的住屋。咱们何不就此下去呢？"

马虎鸾道："兄弟你且慢着急，你听那边更声来了。"窦飞虎侧耳一听，果然从行辕里面有了更锣之声，渐闻渐近。窦飞虎道："咱们何不等他更夫来得切近，将他捉住，问明施不全实在住的所在，好去下手，也免得捉摸不定。"马虎鸾道："正是如此。"

二人正说话间，那更夫已行来切近，但见走前一人手提灯笼，后跟一人敲着更锣，口中喊道："里面诸色人等睡醒些呀！防备有人来偷物件呀。"说罢，又将更锣敲了三下。飞虎听见更夫口中喊说有人，他倒吓了一跳，赶紧将身子往下一伏，预备等那更夫走到跟前，便去动手。那边马虎鸾见他将身子伏下，他也作了个倒卷珠帘式，两只脚挂在墙头上，两只眼仔细去望更夫。不到半刻，那两个更夫已走到了切近。马虎鸾一见，便将手掌一击，用了暗号，随即拔出两刃刀，将两只脚一松，一个翻身，已跳落在地。只下认定前一个更夫，迎面就是一刀，却不曾着伤，只迎着他门面晃了一晃。那更夫正向前走，忽见墙上跳下一人，已经吓了一跳，正欲嚷叫，已见一把明晃晃的钢刀，来到自己面门之上，只听说道："你嚷！咱就是一刀，断送你的狗命。"这更夫被此一吓，再也不敢声张。那后面的更夫，眼见得面前的人如此，他哪里还敢怠慢，掉转身来想欲逃，哪知两只脚就如钉在地上一般。正在着急，窦飞虎又从后面跳下来，出其不意，就认定这更夫背后，一刀背砍下，这更夫连一句话都不曾喊出来。窦飞虎又跳在当面，举刀在手，低声道："你若要嚷，咱也是一刀。"这更夫也是不敢声张，只得跪在地下，哀求道："乞大王饶命。"窦飞虎正欲问话，只听马虎鸾向那更夫问道："尔既怕死，尔可将施不全的住处说来，就饶你的狗命；若有半字不实，即刻将你砍为两段。"那更夫道："大王如果饶命，小人定然实告。"马虎鸾道："你速速讲来，不要多话。"那更夫道："施不全可是总漕施大人么？"马虎鸾道："正是！"那更夫道："施大人现在就住在那一进五开间那所屋，东首第二个房间里面。"马虎鸾道："现在施不全想也睡了。"那更夫道："施大人是早睡了。小人方才走那里经过，看那屋内还有他带来的一个人，是十八九岁的孩子，还不曾睡，此时不知他睡也不成？"马虎鸾见说施公房中有个孩子，并不曾睡，心中暗道："难道他逐夜皆有人保护么？"因又想道："凭我这一身武艺，不必说是个小小的孩子，还在那里保护，就是个三头六臂的汉子，又何惧哉！"因又问道："你话果真么？"那更夫道："小人焉敢撒谎。"马虎鸾当时执刀在手，就在那更夫衣上，割下一块小襟，喝令更夫将口张开，用小襟塞了口，使他唤叫不出，又将他两手背绑起来，轻轻地提向竹院一摔；那边窦飞虎亦复如法炮制，也向竹院一抛。然后二人飞身上了房檐。直奔上房而来。蹑足潜踪，轻快无比，不一刻到了上房。

马虎鸾照着更夫所说的话，直向东首那间房屋檐上，轻轻地用了个猿猴坠枝的架式，两只脚挂在檐口，将身子倒垂下来，贴近窗户，将刀轻轻地在窗户纸上戳了一个小孔，自己用眼光向房间里去望。但见房里还点着一盏半明不灭的残灯，当面设着一张铺，铺上垂着帐幔。施公此时已睡的光景，就铺面前下首坐着一个十八九岁的后生，手中拿着一对软索铜锤，却在那里打盹。马虎鸾一看心中大喜，暗道："施不全，今日合该要断送性命了。你叫人保护，你倒叫那年力精壮的人在你身旁看守，怎么叫这个小小的娃儿在此保护？"想罢，便将身飞落在地，急将两刃刀去拨窗户，已被拨开。此时真是怒从心上起，恶向胆边生，手执两刃钢刀，脚一蹬，就从那里一个箭步，飞身进内，认定房间里铺上戳了进去。至铺面前，那把刀尚未送进去，还不曾落得稳，正向前面跑的时节，忽听当的一声，只见一样物件在那两刃刀上一砍。马虎鸾说声：“不好！”再一细看，是铺旁边坐着那个小孩子。此时马虎鸾却不顾得去刺施不全了，只得掉转身来，敌住这两柄软索铜锤。

你道贺人杰为何到此时才知道的呢？看官有所不知，他却是早已知道了。当马虎鸾与窦飞虎跳上房檐来到上房之时，他就有些知道；及至马虎鸾从房檐上倒垂下来，用刀轻轻地去戳窗户眼，他是那时更清清楚楚晓得有人前来，却故意装作打盹，让马虎鸾不把他放在心上；他却居心要诱马虎鸾进房，他便出其不意，想一个人将马虎鸾捉住，在施公面前显显手段。所以等马虎鸾将到床前，正欲将刀送进去行刺，他此时可不能再慢了，是以即将软索铜锤先将他两刃刀上打去。居心想这一锤打了出去，只要他受伤，就可以将他捉住，在施公面前献功了。

哪知马虎鸾功夫纯熟，又兼力大无穷，手中的刀握得甚紧，虽经了一锤，却不曾被他打落。只听当的一声响，马虎鸾知道不妙，便转过身来敌住铜锤。贺人杰见一锤不曾将他的刀打落，心中暗想：“咱这一锤，却腕力不算轻的，他刀不曾被我打落，此人的本领，就不在我之下。咱倒要防备防备，不可看轻了他。

心中一面想，手中的那柄锤头，趁马虎鸾掉转身来时候，也就认定马虎鸾太阳穴打来。马虎鸾才转过身躯，见一锤从太阳穴打到，说声：“不好！”赶着将身一偏，把锤让过。贺人杰见这一锤又不曾打中，却是杀得兴起，口中大骂道：“好大胆的强盗！咱家老大人与你有何仇，你敢黑夜前来行刺！须放着老爷在此，尔可快留下名来，待老爷擒住于你，将你明正典刑！”说着，手舞铜锤如雨点般直往下落。毕竟二人胜负如何，且看下回分解。

第二三五回　三杰大战马虎鸾　小西杀退窦飞虎

话说马虎鸾见贺人杰的一对软索锤如雨点般打下，也知道此人虽然年轻，这锤法甚是精利。因也一面招架，一面喊道："好小子！尔既问咱爷爷的姓名，尔可站稳了！爷爷姓马名唤虎鸾，绰号盖三省。只因咱与窦飞虎是誓同生死之交，他的老子窦耳墩，被黄天霸小子受了施不全的诡计，将他害死。咱特与窦飞虎一同前来，替他报杀父之仇的。你若知道进退，可赶紧将施不全献出，与你小子无干。你若有半字不行，可莫怪咱爷爷这两刃刀送了你的性命。"贺人杰听说方才明白，原来是为窦飞虎报杀父之仇。因也骂道："大胆的狗强盗！咱老爷道是谁，原来是个无名小子。尔不怨窦耳墩那老儿自作自受，反怨及咱家大人与黄天霸老爷。这真是怙恶不悛了。尔既到此，咱若不将尔捉住，也不算老爷保护大人之功。"马虎鸾又道："好小子！既如此说，尔亦须通过名来，好待咱老爷送你的狗命。"

贺人杰道："你听真了，咱老爷乃总漕施大人标下，千总贺人杰是也！"说罢，便又起铜锤直望下打。马虎鸾正要招架，忽听窗外扑扑两声响，又跳进两个人来，大声喝道："狗强盗，猖狂！咱老爷黄天霸、李昆前来捉尔，快快受缚。"马虎鸾见天霸、李昆二人又跳进来，心中一想："咱在此与他等相斗，咱虽不惧怯，争奈这房间内窄狭，何能对敌，万一被他捉住，那是阴沟里遭风呢！"一面想一面乘个空儿，退到窗户口，手将两刃刀向着天霸、李昆、贺人杰三人，用了个狂风扫落叶的架式，就此一扫。他三人见这刀法甚是厉害，便赶着向后退了一步。马虎鸾就趁此一个飞身，跳出窗外。黄天霸等三人，见他已跳出房外，唯恐他就此逃走，也就赶着一飞身出来追赶马虎鸾。

马虎鸾跳出房外，实指望窦飞虎前来接应，哪知窦飞虎从屋檐上跳下，早被关小西、计全、李七侯、何路通四人，在那里截住大杀。你道窦飞虎如何又被计全等截住厮杀起来？原来计全向各处巡察，在先并不知道，巡到后院，只听竹林里有哼声。计全便进去一看，见是两个更夫被捆绑抛在那里，知道有了人，即赶回来，却好窦飞虎正从屋上跳下。计全一见，即大声喊了一句道："捉贼！"一面喊就与他对敌起来。那边黄天霸等一闻喊声，各各齐奔出来，一齐动手。天霸、李昆正要前来帮助计全，又闻得施公房里有厮杀之声，因即转身杀进房中去助人杰。关小西、李七侯、何路通便来帮助计全。

话分两头。如今且说马虎鸾望窦飞虎不至，就知道有人与他交战，此时也不能兼顾，只得各顾各的性命。他便虚张声势，舞动两刃刀，如旋风一般，或上或下，或前或后，专认定天霸、李昆、人杰三人那要害致命处刺去。天霸等三人也是各尽所长，遮拦隔架，合力厮杀；四个人在院落中间，三把刀、两柄锤，你来我往，足足杀了百十个回合，不分胜负。正杀之间，忽见马虎鸾将两刃刀望两边一扫，随即撤回，进一步直向天霸当胸就刺。天霸说声："来得好！"正要招架，那马虎鸾的手法，可是真快，早已收了回去，天霸的刀落空。马虎鸾一面将刀收回，一面又把刀先从左边向李昆一点。李昆正欲招架，不意竟来不及，肩窝上已着了一刀，只听"哎哟"一声，赶紧退了下去。马虎鸾明知李昆中刀，却又不敢追逐，因右边那贺人杰的铜锤又打了过来。他就赶着撤回刀去挡人杰。才把人杰的锤挡过去，迎面天霸又是一刀当胸刺来。马虎鸾急急招架，掀在一旁；复又一刀，在天霸面门上虚晃了一晃。天霸望后一退，马虎鸾一纵身就向对屋上一个箭步，跳上房檐。贺人杰见他飞身上屋，他也赶着纵身跳上屋檐。接着天霸也就上去。贺人杰才上了屋檐，只见马虎鸾右手一扬。贺人杰知道有暗器，说声："不好！"赶着向旁边一闪，才闪过去，险些儿中了暗器。马虎鸾见自己的三棱箭不曾打中人，又从腰间百宝囊内，取了一枝出来，正要望外发，忽见迎面一道金光，从面门上打到。他也知道有了暗器，也就赶着将身子一偏，却好那道金光也就从耳畔擦过，只听当啷一声落在瓦上。他听了这声音，早知道是天霸的金镖了，心中想道："人说天霸的金镖百发百中，今观如此，咱虽不曾被他打中，可是他这镖法实在名不虚传，倒要好生防备。"话未说完，天霸第二只镖又打出来。马虎鸾见他第二只镖打出，心中暗道："咱何不将三棱箭放一枝出去，单看你中我的箭，还是我中你的镖。"说时迟那时快，马虎鸾亦将三棱箭放了出去。黄天霸见马虎鸾手一扬，也知道他是放暗器。这马虎鸾早见天霸放了金镖。两个人你防我、我防你，却都身手快捷，不约而同。马虎鸾到金镖切近，左手一扬，说声："往哪里走？"便将一只镖从半空里抢了过来。那边天霸见马虎鸾的三棱箭到了面前，也就用右手一起，将三棱箭抓在手内。他二人还不肯抛落，彼此复又打出，各还各人，可是皆未中着。二人到了此时，却是你羡慕我，我羡慕你，将那拼命捉贼，矢志报仇的意思，全抛在九霄云外去了。贺人杰在旁看见这般光景，他却不耐烦起来，依旧将两柄铜锤飞舞打去。马虎鸾见他铜锤复又打来，只得再用两刃刀招架。接着天霸又舞刀过来助战。马虎鸾此时一面招架，一面退后，又见天色将欲明亮，若再不走，那可就逃不脱了。因此且战且走，直退至后垣墙，一翻身已跳到墙外，连蹿带钻，把个身子一转，已逃得远了。及至天霸跳下来去赶，早已不知去向。

依人杰还要分头赶去，天霸却依遵古语"穷寇不追"四个字，只得由墙垣跳进，预备帮助计全等捉拿窦飞虎。哪知窦飞虎早已逃脱。你道为何？只因窦飞虎与计全等杀了五六十个回合，渐渐抵敌不住，并非他力不如人，实因众寡不敌。他便急急地想了一个妙法：乘计全一刀砍来，他故意向后一倒，计全以为他是中了刀了，便抢进一步，居心想要结果他的性命。哪知窦飞虎刁恶非常，出其不意，将双钩一起，认定计全肩窝上一钩。计全毫不防备，措手不及，竟被他钩中一下，所幸不曾钩到肉，只将紧身靠衣钩了下来。计全掉转身就走，关小西见计全败下，他便挥动折铁倭刀，飞舞过来。窦飞虎仍用前计，打量再将关小西钩中一下，也就可以走了。哪知关小西才近身，窦飞虎已从地上站起来，也是出其不意撒手一钩，向关小西钩去。关小西说声："来得好！"急用手中刀，认定那钩下一削，把他的双钩削去一个。窦飞虎因此再也不敢恋战，只得飞奔，仍由墙上逃走去了。

所幸关小西不能上高，他得以赶回客店，仍由店后院墙跳了进去。此时已将天明，自己虽然逃走出来，却记挂着马虎鸾尚在行辕之内。若要再去接应，手中又折了兵器；若不去救应，又恐他一人不能抵敌大众。正在踌躇之际，忽见房门轻轻地推开，外面走进一人，再一凝神，就灯光下望外一看，正是马虎鸾，心中不觉大喜。因悄悄问道："兄长，你如何逃得出来？"马虎鸾就将以上情形，说了一遍，又问窦飞虎："如何先走出回来？"飞虎他将如何钩打计全，如何关太削折双钩，因此不敢恋战，急急逃走的话，说了一遍。虎鸾道："为今之计，施不全固未将他刺死，又未伤他手下一人，反使他知道我等几个，这便如何是好？在兄之意，此地是万不能耽搁。黄天霸等虽不曾赶了下来，他一等到天明，必然各处寻找，那时他便寻找到了，我等究竟是寡不敌众。而且你的兵器又折断了，如何与他等对敌。咱们不如趁此店主人未起来，此时天尚未大明亮，就此走了，赶到前站再寻下客店。你赶将双钩配全，再设法报仇雪恨。"窦飞虎道："兄长之言，甚合吾意。"于是二人赶将包裹打好，即刻出了房门，仍从墙垣跳了出去。此时天已明亮，窦飞虎、马虎鸾二人哪敢怠慢，直奔来的路，向回头去了。暂且不表。

再说天霸等赶马虎鸾不及，只得回转房去，安慰施公。此时施公见强人已走，早已从床上起来，一见天霸、贺人杰进来，便即安慰道："今日本部堂险些儿又送了性命，若不亏黄贤弟与贺人杰防患未然，本部堂的性命断然难保。贺千总之功，真莫大焉！"人杰当躬身谢道："千总不敢自邀其功，若非黄叔父在先预备，千总亦不知这两个强人到此。"施公听说，便问天霸道："贤弟何以有先见之明呢？"天霸道："卑镇昨日私出辕门，在人丛中见有二人，相貌凶恶，带有杀气，在辕门外窥探。卑镇见了，恐有意外之虞，是以回来便与计全参将商议防护。然亦不过有备无虞之意，不期竟为卑镇所料，这也是大人的洪福。只可恨二贼在逃，李都司受有微伤，计副将亦有伤创。可喜关副将的折铁倭刀能将窦飞虎的双钩削去一把，还算差强人意。但此二人虽然在逃，那窦飞虎具有一腔杀父之仇，此时纵然不敢再来，恐前途尚有可虑。”施公道：“在本部堂之意，何不趁此趱赶前去，将这二贼捉拿前来，以免随后又多一番周折。”天霸道：“大人明鉴，何尝不是。但卑镇逆料二贼，自此以后决不敢再留此处，一定奔向他方。此时纵竭力追寻，又不知向哪方逃走，歧途观望，于事无济，不若待他自来，卑镇等自当合力擒拿，以免后患。至前途防护，好在卑镇等随侍，料亦无妨，大人尽管放心便了。”施公道：“本部堂既有贤弟等随时保护，还怕有什么意外之虞；其所以令贤弟等趱赶前去者，诚恐该贼远遁，将来兜拿不易。今据贤弟如此说法，亦系至稳至当之理。本部堂悉从贤弟之意便是了。”正说话间，关小西、计全等皆来请安，并请未能擒获窦飞虎、马虎鸾二贼之罪。只有李昆未来。施公见他等前来请罪，因道：“诸位贤弟，这件功劳甚是不小。本部堂若非诸位贤弟暗中保护，恐不免已为刀下之鬼了，何罪之有？而况李贤弟因与贼斗，又复身受重伤，本部堂实深抱歉。但不知李贤弟所受之伤，尚不妨碍么？”计全道：“李都司不过身受微伤，谅无妨碍，只得稍为歇息，便可痊愈，尚请大人不必挂念。”施公道：“但愿无妨，本部堂亦可稍免抱歉。”说罢，众人退出。施公也就不睡了。

顷刻天明，施公梳洗、早点已毕。外面已有人传票进来，卫辉府柬见。施公传谕请见，卫辉府趋跄而进。参见已毕，施公命他坐下。卫辉府便请示道：“大人昨日吩咐卑府，已将车马齐备，所以过来请示。在卑府之意，拟仍求大人暂驻行旌，稍歇征尘，再行启行。不知大人可否俯允。”施公道：“本部堂本拟今日即行启行，只因昨日夜半，忽有刺客二人前来行刺。多亏本标总镇黄天霸等事先预备，当时保护，格杀一夜，本部堂方保无虞。又以该贼凶恶异常，乃竟被脱逃。本部堂因此也是被闹了一夜，到这会儿还不曾睡，所以本部堂今日不走。”

卫辉府闻说，这一惊非同小可，当即谢罪道：“这是卑府防范太疏，致累大人受惊。卑府死罪，还求大人宽恕。”施公道：“贵府不必如此，这也非贵府所知。想本部堂向来严拿太甚，以致若辈含恨刺骨。但此二人一名窦飞虎，一名马虎鸾。这窦飞虎即系窦耳墩之子，马虎鸾是帮助飞虎前来报仇之人。贵府可即移知各府州县暨防营一体缉获，务必拿获前来，照律惩办好了。”卫辉府当即又说道：“此皆是卑府分内之事，卑府一面赶令皂快两班购线缉获，一面移知各府州县暨防营一体查拿便了。”说罢，当即告辞出去。又至天霸等人那里，前去道谢保护施公。当日又送入几桌上等酒筵，以为供应。一面即签令本衙门三班衙役，先在草凉驿各客店内搜寻二遍。此时窦飞虎、马虎鸾二人所住的那家客店，到了天明见店中少了两个客人，正暗惊讶，忽闻总漕施大人昨夜遇了刺客，今日卫辉府雷厉风行，令人在客店中搜查。那客店主一闻此言，再也不敢声张说是客店内昨日住的两个客人，今日忽不知去向的话了。公差先在客店搜寻一遍，并无踪迹，只得回来复命。卫辉府仍令赶紧访拿，府差遵命退下。

卫辉府又来禀知施公，道：“卑府自闻大人遇盗之谕，即刻先令随来差役，往本镇各客店搜寻，并无踪迹，想非下在客店。卑府只得又命差役赶紧访拿，务获破案，照律惩办。”施公只得点头称是，心中却道：“这两个恶贼，若靠你衙门里那几个差役，就便访拿一年，也寻获不到，不过是官样文章罢了。”卫辉府回禀明白，复又退出，便到黄天霸那里，问明窦飞虎二人身材长短，面貌如何，以便画影图形，悬赏缉获。黄天霸即将二人身材相貌与卫辉府说明。卫辉府即用笔记下，收在怀中。候施公启行后，回至本衙，即便悬赏。闲话休表。

且说施公又住了一宿，次日一早起来，梳洗已毕，用了早点，即传谕大众启行。黄天霸等已早预备好，一闻传出此谕，即刻将行装等物，装上驿车，派人先行押往，然后与施公出了草凉驿馆，望前途而行。卫辉府自然恭送如仪，休要烦絮。再说卫辉府将施公送上了路，当日也就回城。到了署中，即刻命书差写了赏格，先拿出去各处张贴起来。卫辉府将此赏格，凡属通衢要道，城乡内外，令人遍贴晓谕，以冀缉获正凶。不知究竟拿到否，且看下回分解。

第二三六回　毛家营强盗落店　贺二房店主设机

话说卫辉府将赏格悬挂出去，并移知邻境各府州县防营。不到数日，各处皆接到公事，也就分别派人擒捉。更兼通衢要道画影图形，往来之人无不知道。因此，大家俱有些想得赏的心，也就处处留神。凡那些营汛兵丁，遇有往来面生可疑之人，都要向他盘查。这个风声传出，远近皆知。

且说窦飞虎、马虎鸾二人，自从草凉驿逃走了之后，便从原路赶奔同行，且预备前途得空，再行动手。窦飞虎又将双钩收拾好了，准备再厮杀一场。这日走至毛家营。这毛家营系与山东、直隶交界地方，也是个极大的乡镇，做买卖的亦复不少。

他二人到了镇上，先住了客店。才进得店门，见有一丛人在那里观望，墙壁上贴了一张告示，大家啧啧哑哑念个不了。窦飞虎二人看见，也不认识，虽听得各人念道，却也不甚清楚；再一细听，却听出他二人自己的两个名字，说什么若捉拿着了，还有赏银五百两。二人听到此处，窦飞虎即将马虎鸾暗暗一扯，马虎鸾会意，当即走了过来。窦飞虎又向他做了个暗号，马虎鸾更加明白，当即便借话说道："咱们到这好一会儿，你们店主连招呼都不招呼，敢是瞧不起咱们是过客么？既如此，除了你这家客店，难道没有别家！咱们走罢，免得这里受他娘的鸟气。"说着就掉转了身来，向店外就走。

那主人先见他二人进来的时候，倒不在意，此时见他二人口中借话发作，又见他二人形色仓皇，便有些疑惑起来；再将他二人细细一看，与那赏格上所填的相貌，一般无二，因即吓了一跳，暗道："原来就是他两个，怪道这般仓皇，欲借话发作，趁此逃走呢！咱何不作个见怪不怪，将那二人诳谎下来，先以好言安慰，再以美酒醉他，然后把他二人绑起来。听说施大人早晚也要到了，将去请功，岂不是一件大大的财运么！”心中想罢，便即赶上前，向他二人说道：“二位尊客休得动怒，请宽恕小人接待来迟。只因小店过客甚多，往往有接应不暇之势，难得尊客前来照顾小店生意，小人岂有将生意推出门外之理！只要客官住下来，所有一应茶水、面饭、米饭、酒菜，一切都件件精美；小二们包管一呼即至，尊客要什么有什么。在小人看，尊客还是在这里住下罢，省得又去别家了。”窦飞虎与马虎鸾二人听了店主这一番话，倒觉得委婉动听，又见那店主人一团和气，自己觉得有些不好意思起来，因也说道：“非是咱们要别家去住，你瞧你家可有招呼么？”那主人见窦飞虎等二人似有活动之意，因赶紧进言道：“你老如果住下，咱们必加倍照应，以赎前罪如何呢？”窦飞虎望马虎鸾道：“兄长你意下如何？”马虎鸾向窦飞虎道：“老兄弟，咱想这儿到处皆然，既是掌柜的这般殷勤，咱俩就住下罢，不必三心两意了。”窦飞虎听他说“这儿到处皆然”一句话，也早会意是含着那件事了，因也接口道：“既是兄长看掌柜的好，咱们就住下便了。”说着二人复又转身进来。

店主人见他二人进来，心中好不欢喜，当即带着笑，将他二人引到店后那间空房内去。窦飞虎二人进了上房，将房子一看，果然洁净，心中也甚欢喜，便就坐下。那店主人在旁说道：“你老请坐，咱去唤伙计来伺候，并去打了面水、泡上好茶，请你老净面、饮茶。”窦飞虎答应，那店主人出去。不一刻，店小二果然打了两盆面水、两壶好茶，摆在二人面前。窦飞虎二人先净了面，这才喝了两口茶。店小二在旁又问道：“你老还是先饮酒？还是等一会儿？如果就饮酒，可要什么？你吩咐咱好出去叫唤。”窦飞虎道：“你家有什么好酒菜，说两件给咱们听一听，好便咱们拣来合意的要。”店小二道：“咱们店里顶好的酒，是竹叶青、菊花黄、玫瑰露、原封的顶好高粱。菜是醋溜鱼、白切鸡、烧牛脯、鸡子儿、油煎豆腐、黄芽菜、炸肉丸、炒鸡丝、玉兰片皆有，听你老拣点罢。”窦飞虎道：“你就给我俩把那烧牛脯切二斤，把肥鸡切一盘，黄芽菜、炸肉丸各做一件，竹叶青打上二斤。有面饭么？”店小二道：“卖的是面饭，肉馒头、糖馒头、锅贴儿、大饼通有的，你老要啥呀？”马虎鸾道：“你就再给咱薄饼打上四十张，锅贴儿做二十个，再拿两碟甜酱就得了。”店小二答应，不一刻拿了两壶酒、两副杯箸、四个小菜碟，将桌子上排好。那四个小菜碟内，一碟是大椒黄芽菜，一碟是拌韭黄，一碟是猪肉，一碟是乳牛脯。窦飞虎在上首，马虎鸾在下首，二人对面坐下。小二在旁又说：“你老叫的菜顷刻就来，厨房里在那儿做了下锅，一会就到。你老先饮酒罢。”窦飞虎二人便将酒壶拿起来，先斟了一杯，在口边呷了一呷，觉得一阵清香直入鼻孔，暗道：“果然好酒。”于是一饮而尽。正要催菜，只听外面喊道：“王家第二的快来端菜罢。”店小二听喊，赶着答道：“来了。”一声未完，早掉转身出去，顷刻间端了进来，在桌上一件件摆好。

窦飞虎二人也就执着筷子，一件件尝了滋味，觉得件件可口，心中大喜。店小二此时尚未退出，站在一旁伺候。窦飞虎就向店小二问道：“你可是姓王，排行第二？”那店小二随道：“咱这店里都叫咱做王家第二的。”窦飞虎又问道：“你掌柜的姓什么呢？”王二道：“姓贺名唤世保。”窦飞虎道：“你这店里有多少人？在此开了几年了？”王二道：“咱这店是家老店，连我家少掌柜的已有三代。不瞒你老讲，南来的，北往的，谁不知道咱这贺二房，买卖公平，伺候周到。但是咱与你老两位谈了这半天话，咱还不曾请教你老两位尊姓呀。你老尊姓呢？”

窦飞虎见问，不敢说出真姓，随口应道：“咱姓张。”指着马虎鸾道：“这位姓李。”王二道：“你老两位是打哪儿来的？还是往北边去？还是往南边去呢？”窦飞虎道：“咱俩是往南边去的。”王二又道：“你老俩向来做什么贵业呀？”窦飞虎道：“咱向来做布业，这位李客人做烟业，一向是在北边做买卖；现在因为有两个朋友，咱俩到南方合作一家买卖，因此经过这里。”王二道：“原来是二位大客人，小人倒失敬了。”窦飞虎又问道：“王第二的，你这店里共计有多少伙计呀?”那王二道：“没多少，连咱家掌柜的，总计十七个人。到了忙的时节，还是照管不过来，所以常常得罪客人。所幸咱掌柜的从来不曾见怪，都是笑脸相迎。因此来往的客人，只要住了一次，下次皆要到这里来的。”

话说窦飞虎与马虎鸾一面饮酒，一面与王二闲谈，王二也不厌烦，有心有肠在一旁回答。窦飞虎二人，不知不觉已将两壶酒饮完；加之马虎鸾更喜饮酒，今日见了这上等好酒，只顾在这里痛饮，把那赏格上事忘了。两壶酒饮完，王二在旁看得清楚，不等他二人叫添，他早到外边又拿了两壶进来。马虎鸾二人，见他灵巧非常，心中甚喜。因又接壶在手，二人又斟上一杯，对面畅饮。马虎鸾又问道：“王第二的，咱且问你：咱们方才进来的时候，那边簇着许多人，在那儿看什么，你可知道么?”王二一听此言，心中暗想：“你这忘八羔子、狗强盗，你还在爷爷跟前装佯；你既装佯，咱倒不能不告诉你，给你知道。”因说道：“你老不知，只淮安有一位总漕施大人，奉旨进京陛见，打从草凉驿经过。于前月二十六夜，在行辕内忽然来了两个刺客，要刺他老人家。后来被他手下一个天下闻名的人，现在做了总镇，唤做黄天霸，还有什么副将、参将等一干人知道了，因此那两个刺客就与他等大杀起来。哪知那两个刺客本领高强，不曾被黄天霸等捉住，反而脱逃去了。因此施大人心中不甘，定要捉住这两个刺客问罪。又恐这两个刺客走远了，所以各处行文，悬了赏格，就同古来那画影图形一样。那些人簇在那看的，就是赏格上面写得好不厉害，说是不论军民人等，如有将那刺客窦飞虎、马虎鸾二名擒获着了，每名赏银五百两；如有知风报信，因而拿获的，每名赏银一百两。有人看了这赏格，皆道这两个刺客，大概本领是天下无敌，连那天下闻名的黄天霸，总也不曾将他拿住，还有什么人能捉住他呢？这张赏格，还不是空贴了吗！窦飞虎、马虎鸾二人听了小二之言，心中也觉有理，暗道：“有一个黄天霸，还有许多犬群狗党，皆是能征惯战之人，总不曾将咱等拿住，足见咱俩的本领，也可算得天下无敌了！”想罢，因说道："王第二的，你这话果然不错。就是咱俩看起来，这两个刺客，也是拿他不住，那张赏格还不是白贴吗？"说着好生得意，又一面大饮起来。

他二人一壁厢畅饮，王二一壁厢暗道："你这两个死囚，死在头上还不知道。眼见得用酒将他灌醉，好歹拿去施大人那里献功。"王二尽管暗想，他二人的两壶酒倒又饮完。窦飞虎饮了两壶却也够了，唯有马虎鸾最是贪杯，只要有了酒，虽把刀架在他头上，他皆不顾，还是吃酒，总要吃到烂醉如泥的时分，他才丢手不吃。此时的酒，只不过有了十分之四，他哪里就肯不吃呢？因又叫小二去添。王二将好酒又打了两壶进来。马虎鸾接着壶，又斟上一大杯，向飞虎说道："咱们吃了这杯，也可吃饭了。"飞虎道："可吃饭了。"因向王二道："那薄饼可曾打好吗？"王二道："早好了，你老就吃吗？方才两壶酒还不曾饮完呢！"窦飞虎道："你去取来，咱们就要吃的。这两壶酒还怕不完吗！"王二答应，转身出去取饼，一会子饼取进来。二人便将酒壶放在一旁，来拿饼吃。此时窦飞虎已吃得有八分醉了，马虎鸾竟是有九分醉了。

你道为什么方才已不过十分之四，怎么顷刻间就醉到九分呢？

诸位有所不知，刚才王小二拿进来的这两壶酒，虽然同从前的一色，却是加了些作料进去了。就是如那《水浒传》上所说的蒙汗药，因此马虎鸾吃了一杯，就醉到有九分了。

且说窦飞虎已醉了八分，勉强吃两张薄饼，便就不能吃，就想去睡。马虎鸾正吃之间，忽觉头一晕、眼一花便坐不住，登时就往后一仰，跌倒在地。窦飞虎虽然想睡，心中却又明白，一见他倒下来，心中暗道："这怎么了？咱俩俱醉了！咱虽不曾醉倒，如何也是四肢无力。万一此时有人将咱俩暗算起来，却才是睁着眼自投罗网呢！"一面想一面也就不觉得睡去了。王二在旁看得清楚，只见他二人仰面朝天，酣呼大睡。当下飞奔出屋，走到店东面前，说道："小掌柜的，那两个狗强盗已醉倒了，现在都已睡熟了，你老去动手罢。"

当下店主人即与王二先将他二人的包裹打开，只见里面包着有二三百两银子，外有一把两刃刀，一副双钩。店主人看见这两件兵器，知是他二人所用之物，拿出来叫小二在外面藏好，防备他二人醒来拿起来杀人。将他的兵器拿去，他虽醒来，也就英雄无用武之地了。又在飞虎身旁搜了一回，并无他物。复在马虎鸾身上去搜，搜到腰间，有一件东西，有八寸长一个竹筒。店主人也不知何物，拿在灯下仔细一瞧，见竹筒两头俱是消息儿，因此便不敢动，想是里面有什么伤人之物。幸亏他自家小心，若稍一大意，一定是要受伤的。

原来这竹筒内就是马虎鸾所用的三棱箭暗藏在内。主人若要取出来看看，那就不妙了。店主也就将三棱箭放在一旁，叫小二拿出去，与那兵器放在一起。这才命王二寻了两根粗麻绳，又喊了五六个伙计进房来，大家一齐动手，去捆窦飞虎、马虎鸾二人。大家七手八脚，一面捆一面骂道："你这两个忘八羔子，施大人是当今的一个清烈贤臣，自从有了他老人家出来，代我们这些百姓除了多少害。你这两个狗强盗，不思改邪归正，又要仗着自己的本领，做那无法无天的事，前去行刺他老人家。幸亏黄天霸老爷与一众英雄知觉，与你们格斗了一夜。施大人不曾被你害了性命，不然就送在你两个狗强盗手内了。"骂着，早将二人绑缚起来，抛往一旁，贺店主率领众人出房而去。

贺店主一至天明，便趱赶去迎施公送信，好献功领赏。沿途迎去，不到五十里光景，居然迎到施公的台驾。当下便由施公手下人传告进去，一闻此言，当即传贺世保问话。贺世保走到前面，见了施公。参见已毕，施公便问了姓名，又将拿住情形问了一遍。贺世保一一述说，因道："小人虽将那两个强盗设计擒获，绑缚在店，唯恐该盗本领高强，万一醒来被他逃脱，不但有误大事，小人还要受伤。务求大人速派大将前去，将他押解来此，听候大人惩办，方有不误。"施公道："尔所言甚是有理，本部堂便即刻命人前去便了。你且带路，候验明本身不误，自当领赏。"说罢，令贺世保退下。贺世保也就磕了一个头，退下来。施公即命黄天霸、李昆、关小西、贺人杰四人前去。当下四人答应，即刻跟随贺世保而去，暂且不表。

再说窦飞虎被绑之后，到了天明时，酒已醒了。但觉身上四处疼痛，四肢皆动弹不得，心中暗道："还是吃了两壶酒，醉到这样也是有的，为何身上痛得如此，这是何故？"此时倦眼迷离，欲将两手来揉两眼，正欲抬手，哪里抬得上来？却是被绑在背后。窦飞虎这一惊非同小可，赶着睁开眼向旁边一望，见马虎鸾也被绑在一旁，还未醉醒，尚在那边鼾睡。窦飞虎看毕，更加吃惊，暗道："咱俩上了那忘八羔子的当了，他用酒将咱俩灌醉，设计害咱俩，他定是前去报功了。也罢，且待咱挣脱起来，若不逢命绝，尚可挣脱逃走；万一应死在这忘八羔子手里，也是命里所遭，不可设法。"一面想一面就运起气来，预备将身上绑的绳索全行挣断，他便可脱身了。哪知运好一回气，用尽平生之力来挣绳索，再也挣不断；心中着急，又平平气，预备再挣。却好马虎鸾已是将近要醒了，窦飞虎在旁只见他打了一个哈欠，也是想用手擦眼，忽然两手抬不起来。他便即此一急，早将酒吓到九霄云外去了，当下已是醒来，见窦飞虎也睡在一旁。他疑惑窦飞虎尚不知道，即便唤窦飞虎："你醒来，咱们俩被店内那忘八羔子暗害了！"窦飞虎不等他说完，当即说："小弟早知道了。欲要挣脱，无奈用尽平生气力，只是挣脱不开。兄长尚有什么法么？要想一想才好。不然，难道我们俩还束手待毙吗？"马虎鸾听了此言，只急得三尸冒火，七孔生烟，大叫一声道："真气杀我也！大江大海总走了过来，皆不曾存什么畏避，不料在这阴沟里遭风，须放着咱挣不脱，若能挣脱开来，不把这一起忘八羔子杀个尽绝，咱誓不为人。老兄弟且等着，不要惧怯。"说着便将浑身上下的气运足了，便来挣断绳索。不一刻气已运足，只听他又大叫一声道："咱道你是钢绳铁索，也不过是两根麻绳，就想将老子绑住么？去罢！"一声未完，只听咯噔咯噔几声响，早见身上所有的绳索，一寸寸如刀斩一般齐断下来。窦飞虎在旁好不欢喜，因急喊道："兄长！可速来将咱解下。"

马虎鸾正欲去亲解窦飞虎的绳缚，忽见房门外拥进七八个店伙来。个个手中皆执着木杠、门闩等类，马虎鸾一见这些人进来，也等不得去解窦飞虎的绑缚，便去取他的两刃刀，哪知掉转身去取兵器取不着，包裹都没有了。你道他可急不急，又向腰间一摸，想取三棱箭出来去打这伙人，哪知也不见了，这才知道是被店中人一起搜去。此时马虎鸾就大喊一声说："好一伙忘八羔子，胆敢暗害爷爷么！还把爷爷的兵器藏了个干净。尔等以为爷爷失了兵器，就不能与尔等厮杀。好小子来看爷爷的手段罢。"说着便进身去打，却好那七八个小伙计，皆是一拥而上。马虎鸾先闪躲了一会，得了空便进了档，见迎面有个小伙计，举着大杠子当头打下。马虎鸾说声："来得好！"只见他将腰一弯，右手一起，认定迎面来的那小伙计一冲拳，正迎他小腹上打去。

那小伙计万来不及让，"哎呀"一声，跌倒在地。只听得乒乒乓乓，所有进来七八个小伙计，皆被他打死的打死，打伤的打伤；还有见事不妙，趁着腿快溜出来的。

马虎鸾正要去解窦飞虎的绳索，又有十来个庄汉，手中拿着钉耙锹锄之类，蜂拥进来。内中还有两个人，拿着两柄铡草的刀。马虎鸾大喜，心中暗道："将这两把刀夺一把过来，咱便可以无虞了。"正是心中暗想，那些庄汉已一齐不分横竖直打过来；马虎鸾也不分青白横竖，打了过去；两只眼觑定那拿刀的两个人打去。那拿刀的两人，也就恶狠狠的举刀就砍。马虎鸾便趁势将那人执刀那双手腕抓住，就此用劲一捻，这把铡刀早已离了手，只听当啷一声，抛落在地。

马虎鸾也不去拾，复觑定那一个，赶着飞起一脚，那一个手上的铡草刀又抛落下来。那些庄汉，还是向前乱打。马虎鸾杀得兴起，就一阵乱冲乱打，早把那些庄汉打得个个倒退，再也不敢上前。马虎鸾此时才把铡草刀从地上拾起来，退转身进房，去割窦飞虎的绑缚。窦飞虎爬起来，马虎鸾就将手中的铡草刀，分了一把与他。二人说道："咱俩就是走，也要勒令他将咱俩的兵器交出，前途方保无虞。不然怎么样去得？"二人正在计议，忽又听得一片锣声，接着人声鼎沸。窦、马二人正要赶紧逃走，忽见从半空中飞进一只金镖来。毕竟马虎鸾中镖不曾，且看下回分解。

第二三七回 贺人杰追赶马虎鸾 关小西捉拿窦飞虎

话说马虎鸾、窦飞虎二人，正思逃走，忽从半空中飞进一只金镖，认定面门打来。马虎鸾说声："不好!"赶紧向旁边一闪，那只金镖却不曾打中。只听扑扑两声，从对面屋上跳下两个人来。再一细看，却是黄天霸、李昆二人。彼此见了面也不搭话，黄天霸舞动单刀，直奔马虎鸾。李昆舞动朴刀，直奔窦飞虎就砍。

先说黄天霸，认定马虎鸾砍去。马虎鸾赶着将铡刀向上一架，就势向旁边一撇，隔开黄天霸的刀，便急急还了一刀，认定黄天霸半腰扫去。天霸急抽刀向中间一隔，随即向边一拨，早将铡刀拨在一旁。马虎鸾见这一刀不曾砍中，又被他拨开，便即从下面往上一翻，这叫作海底捞月，向天霸脑门上砍到。天霸向旁边一跳，让过一刀，跟着就翻起一刀，向马虎鸾左肋下搠进。马虎鸾也将刀隔住，两人一来一往，斗了七八个回合。马虎鸾总碍着兵器不合手，又因在店房内不好施展，因就一面杀一面向外退，居心想退到店屋外面院落中间，可以大展武艺。黄天霸的心也是如此，所以两人也就一齐想到院落内厮杀。哪知两人斗来斗去，总不能出那间店屋。此时两人杀得兴起，马虎鸾一声大喝道："黄天霸你这小子，且住一住手，咱与你有话讲，若用暗器伤人就不算是好汉。咱俩在这屋内厮杀，总不能各显神通，多半碍手碍脚；咱俩且到院落杀个痛快，你敢与你爷争斗么?"黄天霸难得马虎鸾说出这话，正中心怀，当即骂道："好杂种!既如此说，咱老爷还惧怕你不成!"说着，两人都一个箭步跳在院落当中。

马虎鸾也不等天霸站定，就急急地出其不意，一铡刀向天霸杀来。天霸喝一声："好！"当即将两足一纵，离地有五六尺高，让过铡刀。马虎鸾这一刀又砍了个空，正想拔回来再砍，哪知天霸的刀已用个泰山压顶的架式，当即砍下。要在旁人，这一刀万万躲不过去。可是马虎鸾早防备到这一着，因急急地将身子一缩，等他的刀离当顶逼近，他便一纵，这叫做毒蛇出洞，早已纵到一边。天霸的刀欲要收住不往下砍，却万不能够。只听喀嚓一声，将院落中的一块石板，砍得粉碎，只见火星乱迸。天霸说声："不好！"正要将刀提回，不提防马虎鸾的铡刀，从他背后也用了个泰山压顶的架式砍来。天霸知道定有此着，却也不慌不忙，将手中刀执定十二分的足劲，等马虎鸾刀来得切近，他便一个翻身，背往下，脸望上，手中刀一翻，认定上面将这刀一隔，只听叮当一声，两把刀金光乱迸。接着又是一声响亮，原来马虎鸾的铡刀，被天霸的刀削去了一段，掷落在地。马虎鸾当下，吃惊不小，暗道："此刀一折，咱的性命恐不能保。"复又想道："怕什么？只要拼得命，还怕敌不过他么？"正想之间，天霸的刀又到。此时天霸却欺他手中无合手的兵器，因此一刀连一刀，一刀紧一刀，如旋风般砍来。

马虎鸾先还用那半段的铡刀，遮拦隔架，斗了十数个回合，索性将那半段的铡刀抛去，凭着赤手空拳与天霸争斗。只见他蹦纵蹿跳，闪躲避让，身躯却再没有同他那种灵便。虽是天霸武艺高强，刀法精妙，不曾伤他一下，还把天霸闹得要发昏。正在心力并用之时，居心想这一刀发出去，就要伤了马虎鸾的要害。哪知马虎鸾更加狡猾，不知不觉蹿到天霸背后，顺势右手一起，急将天霸的胳膊就顺一挈，左手便来夺刀。天霸不防备，胳膊被他挈住，正要将那双手来打马虎鸾，早被虎鸾将刀夺住。

天霸没法，又恐将刀被他夺去，自己反倒赤手空拳，急中生计，便赶将右手一起，一劈掌认定马虎鸾手腕一剁；马虎鸾手一松，不期那把刀就抛落在地。天霸也来不及拾，只得将那被马虎鸾挈住的一双胳膊用力一挣，算是挣脱下来，赶着一翻身，又与马虎鸾交手。

所幸贺人杰在房子上，看得清清楚楚。见天霸没有兵器，便舞动软索铜锤，从屋上跳下助战。马虎鸾见屋上跳下一人，瞥眼一见，就是草凉驿只身保护施公的那个小孩子。此时见天霸有人来助，他也有些惧怕，唯恐随后还有人来。虽然自己本领高强，到底寡不敌众。并且不知窦飞虎究竟胜败如何，只得思想逃走。当下觑定空处，向着天霸虚打一拳，拨转身蹿蹦跳纵，一路飞跑出去。黄天霸见他逃走，想要取镖打他，却好贺人杰从后赶去。天霸就趁此在地下将刀拾起来，也就赶了出去，及至追到店外，早已不知二人去向。随后，黄天霸赶了一回，仍无踪迹，只得回来，暗道："好在马虎鸾手无寸铁，又无暗器，大概人杰也吃不了他的亏。"掉转身回至贺二房，却好李昆与关小西二人，已将窦飞虎捉住。

你道如何捉住的？先时那窦飞虎与李昆竭力抵敌，看李昆已有些敌不过，可巧关小西从店外进来，不问青白，一路花刀也就将窦飞虎杀得头昏目眩，难以对敌。哪知窦飞虎手中的铡刀，又被关小西的倭刀削去一半，却万万不能抵敌，因思逃走，却又无处可逃。那时就急中生计，却好店内放着一只铁香炉，便急急抢在手中，认定关小西抛去，关小西怎能不让。李昆欲待动手，却被他奋身一纵，上了房檐，撒腿就跑。李昆一见他逃走，哪里肯舍，当下也就上了屋，急将弹子掏出，按在那弓上，认定窦飞虎的背后颈子上一下。窦飞虎此时却只顾向前逃命，万难兼顾后面，因此不提防中了一弹；急将脸掉转过来，就望后看，再也没有那般巧法，李昆第二个弹子又到，正打中面门。窦飞虎一声"哎呀"还不曾喊出来，李昆又一弹打到，正中左眼。窦飞虎血流满面，痛不可忍，只听咕咚一声打从屋上滚跌下来。关小西见屋上滚下一人，就近一看，正是窦飞虎，因又举起倭刀背，在他腿上砍了几下，窦飞虎此时真个不能动弹了。当下关小西就招呼李昆下来，遂用绳索将窦飞虎四马倒攒蹄捆个结实，抛在一旁。绑缚停当，黄天霸已是回来，便将追逐马虎鸾不着，并贺人杰追寻前去不知去向的话，说了一遍。关小西、李昆二人，便急急说道："好在窦飞虎已经捉住，不如咱们再分头去赶罢。"

黄天霸、关小西、李昆三人，正议分头去赶马虎鸾，好帮助人杰。忽听外面传话进来："大人到了。"黄天霸等一听，当即迎接出去，正好施公下轿，天霸等上前请安。施公进店内坐下，天霸就将马虎鸾仍复在逃、窦飞虎业经就获、贺人杰追赶马虎鸾不知去向的话，说了一遍。施公道："黄贤弟！贺人杰既追赶马虎鸾不知去向，诸位贤弟也须赶紧分头去赶。贺人杰年轻好胜。但是三位杀了一日，皆辛苦了，可在此稍微歇息，本部堂再派旁人，再分头去追。"即向计全、何路通、李七侯、金大力四人说道："四位贤弟，分头去赶一趟，务要将人杰寻到。至马虎鸾能否就获，倒也不必偏执，就此一行，不可有误。"计全等四人当即答应，转身出店，飞赶而去。暂且不表。

且说施公见窦飞虎已经捉住，当下便令天霸把贺世保传来，夸奖了两句，并着他去查受伤人。等一会子，贺世保进来跪禀道："小人查得本店共计受伤八人，身死一人；本镇庄汉受伤五人，却无死亡。"施公又命天霸去看。天霸即一同贺世保，将身死、受伤的人验看属实，回来禀明。施公又命将身死的备棺成殓，并将尸属传来，所有棺殓一切等费，均由施公发给，并赏恤银五百两；受伤的各给纹银五十两，备以养伤。贺世保店中所毁物件，着估价加倍赏银，亦如数发给。当下又命本镇地甲前来，饬令他到本地方官衙门禀明，并拿了一封名帖，令施安随同地甲去请本地方官。

次日本地官即来，施公交代清楚，所有赏给各项银两，均着本地方官如数发给，准其正用开支。本地方官哪敢不允，并将窦飞虎押解回衙，即行就地正法。吩咐已毕，地方官告辞而去。

看书的人看到此处，又要说我作书的人胡说了。怎么一位钦差大人，沿途经过各地方，没有该管地方官，要拿了帖子去请，哪里有这等事？诸位有所不知，只因施公已在先札饬各地方官，所有经过各地方，该管地方官毋庸出境迎接并转差各事，理宜关心民事为重。所以各该管地方官知道施公言出法随，不在这些浮文末节上讲究，因也遵命照办。这皆是施公清廉的好处，若放在那些专好礼节儿的大员，经过处所，该管地方官若不出境迎接，也便大怒起来，轻则借端记过，重则借词参劾，此等人还是好的。更有一种贪婪的，所有经过的地方，各该管地方官还要送程仪路费，若送少了，心中还不愿意。试问这些程仪，难道真是地方官的腰囊么？俗语说得好："官出于民。"也还是剥削民脂民膏，取诸庶人，供彼所欲。施公知道这等弊端，又以保民为重，所以才这等做法，不然倒不算得是清烈贤臣了。

再说马虎鸾自逃出贺二房，以为可以就此高飞而去。哪知贺人杰又从后紧紧追来。马虎鸾见他追逐得紧，要欲与他对敌，又恨手无寸铁；如不与他对敌，追到天边，也是要被他追上的了。直杀了一日，腹中也有些饥饿，身上也有些困乏，跑也跑不快了；又看天色又将晓了，到此时真个穷无所之，毫无法想。

正是一面跑一面想：作何区处呢？忽见前面有一带大树林。马虎鸾见这一座大树林，好不欢喜，当即一口气直向树林跑去。

你道他为何向树林跑去？自来做强盗的有个入林不追的规矩。他仇深似海，只要一入了树林，后面追的人便要止步。为什么呢？只因树林丛密，前面的人已经入了树林，后追的人看着里面，不甚清楚；若再追赶入树林，万一前面的人伏在林内，赶他追了进来，便放了一件暗器，后面的人不及防备，那不是自投罗网么？所以后面赶的人，一见前面的人进了树林，便止步不赶。马虎鸾见着树林，便以为贺人杰必不进来追赶。哪知贺人杰明知有此规矩，他偏要赶了进去。虽说他的好胜心重，却也免不得小人行险侥幸。马虎鸾一见人杰复赶进来，若在平时，人杰今日是吃定苦了。可是马虎鸾所有防备的暗器，早被贺世保代他收藏起来，这也算是英雄无用武之地。

人杰既入了树林内，虎鸾心中一想："咱若在平时，今日叫这小杂种定然命丧我手，只恨手无寸铁，暗器又被那贺世保偷去，这便如何是好！"因就急中生计，何不如此如此？是以在树林内各处藏躲，贺人杰也是无可如何。他二人就趁着月光，在树林内鬼闹了半夜。

到了二更以后，马虎鸾忽见树林内西北角上，有了所大村庄，因复想道："咱何不抽个空，再跑出树林，向那村庄上借住一宿，他就不能再来追赶。"心中想罢，便一溜烟跑出树林去了。人杰正是在那里急得三尸冒火，七孔生烟，捉也捉他不住，赶也赶他不及，忽然间不见虎鸾的踪迹，心中更是气恼，因道："难道他飞上天去了不成么！"于是又寻找了一会，只是不见。此时人杰实在身体也困乏了，又想道："这狗强盗，既不知去向，咱也困乏起来，此地又无村庄可以投宿，不如且在林内歇息一夜，明日天明，再做计议便了。"心中想罢，就席地坐下，歇息片时。不料坐下未久，两个哈欠一打，不知不觉睡着了。所幸他睡的所在，是靠着一株极大的树根，上面又是树枝密交，尚不曾为风霜所苦。他一觉直睡至天明，还未睡醒。忽然间耳畔有人喊叫，他才惊醒。

原来叫唤他的人是计全。当下计全就将来意说明，他才知道。因向计全说道："小侄赶马虎鸾到此，他便进了树林。小侄本不敢追近他，却因他手无寸铁，料他不能奈何，因此也就赶入林中。实指望将他捉住，哪知咱四面兜拿，他却四面藏躲，隐隐忽忽，直闹昨夜三更以后。小侄偶一疏防，早被他逃脱不知去向。彼时因夜深了，又无处可以投宿，身上又困乏起来，哪知才坐下，不知不觉就睡着了；若非伯父到来喊叫，小侄还不能就醒呢。"计全道："你睡在这里，也不怕风霜侵骨么！"贺人杰道："小侄倒不觉怎么冷。"

二人正在谈论，计全忽见林外头西北角上，有所村庄，因作惊讶道："原来那边还有一所大村落，贤侄昨夜可曾看见么？"贺人杰即便看去，果见林外一所大村落，因答道："小侄昨夜不曾看见。"计全道："吾料马虎鸾定然向那村落中投宿去了。"贺人杰道："伯父怎么见得？"计全道："贤侄到底年轻，不知他的诡计。他料你在此，只管与他追赶，断不致再有去处，即使见有这所村落，他亦料定你断不疑惑他前去。为什么呢？他却存了这个见解，以为你的心，觉得他可以前去投宿，难道你不会再赶前去。所以料定你料他不敢去的。他偏料你所不及料，却好你也不曾看见这所村落，只也是他不该招擒。就便昨夜贤侄看见了这所村落，贤侄可去赶不赶呢？"贺认杰道："诚如伯父所言，小侄也料他断不敢去。为今之计，伯父已到了，小侄可也仗胆了，不论他在那里不在那里，咱们暂去寻他一寻。在伯父意如何呢？"计全道："此言正合吾意。"毕竟寻得马虎鸾不曾，且看下回分解。

第二三八回　大树林虎鸾遁迹　花豹村人杰寻踪

话说计全与贺人杰出了树林，直奔林外西北角那所村庄而去。你道这村庄是何地名？原来唤做花豹村。只因当日有一只花斑的野豹在此村中，居民受害不浅。后来有个风水先生在此经过，知道那花豹厉害，便令村中将名改换叫作花豹村，可以免其豹患，因此就叫作花豹村了。这村中聚族而居，约十数家人家，皆是姓花，平日皆以打猎为生。内中有庄首叫做花熊，绰号赛活猴，其人生得尖嘴削腮，约有三十多岁，习就了一身好武艺。在这庄中，算他是一庄之主，却有一层好处，平时仗义疏财，扶危济困；更喜打抱不平，无论你是什么人，只要落难来，他无有不帮忙的；惯用一把牛耳泼风刀，有万夫不当之勇。庄上十数家，每家的男子，没有哪一个不学武艺。他自己家中也养有十数个庄汉，也是个个武艺精强。平时放出各山打猎，得了禽兽，便拿去城中变卖，得的钱也是大家均分。此外有百数十亩良田，只有夫妇两个，倒过得极其舒服。官不差、民不扰，做一个小小富家翁。他却有一门亲戚，也是赫赫有名的人，就是殷家堡殷龙。那殷龙却与他是姑表兄弟。殷龙的妻子就是他的胞妹。这花豹村离殷家堡不过四十里地，一个在东南，一个在西北。这日他已经睡觉，忽听有人叫门，他便命人出去动问。却好就是马虎鸾前来投宿。

马虎鸾却不曾说出是行刺施公，被贺人杰追到此，力穷无所之；他却说是往南方有事，不意在中途被盗，将盘川盗去，险些儿害了性命。现在正往南方，不意又走过了宿头，因此前来暂借一宿。那庄丁见他说出这些话来，便进去告知主人。花熊听说，只以为他遇盗情实，又走过了宿头，当即命庄丁请他进去。花熊将他一看，见他颇有英雄气概，于是便问他的姓名。

马虎鸾却不敢说出真实姓名来，改了一个姓，他说姓熊名唤如虎。花熊也就信以为实，当晚又具餐以待。两人饮酒之中，又问他可会武艺。马虎鸾见问，倒也不曾瞒他，当下说道："也曾学过，但不过不精。"花熊见他会武艺，便请他试演了一回，虽都平常，也还过得去。因又与他说道："不怕尊驾见怪，如尊驾这般武艺，遇见了一个初出来的，你还可以抵敌；若是老江湖上的人，要吃他的亏了。在愚下看来，如尊驾这样，能再练三五年，便可以去南到北，不患有强盗打劫了。"马虎鸾听花熊说了这番话，口中虽是唯唯，心内却暗暗笑道："你真个是'门缝子看人，少所见而多所怪了'。咱今日是因手无寸铁，不得已故意如此，若在平时，我把武艺显出来，要把你吓死呢！不必说你一个花熊，就是数十个花熊，也不是咱爷爷的对手。"

当下只得暗笑了一回。两人饮酒已毕，花熊就留他在西厢房住下。次日即交天明，他便起身就要告辞，花熊再三留道："你我虽是萍水相逢，这也不可多得。尊驾既已到此，敢多留一日，愚下也稍尽地主之情。"马虎鸾推辞不过。当时花熊备了早点，请他用点心。

二人正在用点之时，忽见庄丁又进来说道："回庄主爷知道：外面有两个官家的模样，说是奉施大人之命，特地过来拜望庄主，有话要说。"花熊见说，心中暗道："咱向来与什么施大人不曾见过，平时也绝无来往，为什么特地差人前来拜望？这倒有些奇怪。"因问道："这两个差官有多大年纪？姓甚名谁。"那庄丁道："一个叫计全，约有四十岁上下；一个姓贺名人杰，不过二十岁上下。"花熊见说，当下便命庄丁去请。这里马虎鸾听计全、贺人杰前来，知道一定是寻他的，却也不便说出。因暗想道："何不如此如此，做个脱身计呢！"因假意说道："尊府贵客到此，在下理当回避。"

花熊见他如此说法，也是礼尚应有之事，当下也说道："这在下也向来不相识，今既前来，也不得不请他一见，但不免有慢尊驾了。好在这两位到此，料个也无甚紧要事件，不过一见而已。纵使有话商量耽搁稍久，在下也可嘱小儿出来相陪尊驾，倒未免对不起了。”马虎鸾见他答应，好生欢喜，仍到西厢房内，静听计全等有何话说。

你道计全、贺人杰为何也寻到花熊庄上呢？只因他二人到了庄前，并无别姓，问了一遍曾有人前来借宿？别家皆言没有。二人正在疑惑，忽见旁边有个庄丁插口道：“咱今日早听见说，因大庄主家昨夜来了一人投宿，不知可是此人？”计全便追问道：“你们大庄主家住在何处？姓甚名谁。”那庄丁道：“咱这庄上皆是姓花。咱们大庄主就是这庄上的首领，单名叫个熊字，绰号赛活猴。只因他老人家平时仗义疏财，无论远方近地，有人前来，或是投宿，或是借贷，他老人家无不应允。因此借宿的人时常有的。不知你们二位长官寻的是何人？可到他家问一问便知道了。”当下庄丁就指引他二人前去。

计全、贺人杰在庄门外等了一会，见庄丁走出来请他二人进见。计全心中大喜，当与贺人杰二人跟着那庄丁走了进去。才进了二门，早见里面走出一个人来，身穿紫花布棉袍，头戴暖帽，脚穿扳尖趿鞋，黑黝黝的面皮，两道长眉，一双凹眼，大鼻梁阔口，迎接出来。计全将他一看，知道必有本领，而且不是凶恶之人。正要上前动问，只见庄丁走到面前说道：“这就是来拜我庄主的两个长官。”花熊见说，赶着趋步上前，将手一拱道：“二位长官请了！不知二位长官驾到，小人有失恭迎，尚乞恕罪。请里面坐罢。”计全与贺人杰也就拱手答道：“倒惊动了。”花熊见计全二人实在是两个英雄的长官，而且毫无刁气，没有官家的架子。再一细看，两人皆是短衣扎袖。计全背后插着一柄单刀，贺人杰腰间挂着一双铜锤。花熊看毕，甚是不解，便让计全、人杰二人到了厅上。计全二人复又与花熊行礼，各还一礼，然后分宾主坐下。有庄丁献上茶来，花熊便开口道：“二位长官是从哪里到此，寻找小人有何见谕？”

计全道：“一来久仰大名，特来拜望；二来动问一事。”花熊道：“有何吩咐？”计全道：“因总漕施大人奉旨进京，路过草凉驿，于夜间进来两个刺客，要报仇雪恨，一名窦飞虎，一名马虎鸾。现在窦飞虎已在毛家营贺世保家擒获，当即就地正法；那马虎鸾因他当场逃走，夺路而去。贺人杰在后追赶，直追至尊居前面那树林之下，马虎鸾进了树林。咱这位老贤侄也追进树林，还在林内相斗了两个更次。忽于二更时分，马虎鸾忽然不见，复又被他逃脱。彼时因夜静更深，难以追赶。今早才看见尊居离那树林不远，或者马虎鸾昨夜前来投宿，因此才来进访到尊姓，打听一回。后闻贵庄的庄丁说，是尊府昨夜有人到此投宿。因此在下过来动问一声，昨夜曾否留下一个姓马的强人，尚乞见示。”花熊当下便答道：“昨夜三更时分，有一过路客人，因错过宿头；前来借宿，姓熊名如虎。因往南方作客，不料半途遇盗，劫去盘川。所幸不曾有伤性命，只身逃脱，仍往南方，因贪赶路程，特来借宿。小人所留的实系熊如虎，并无马虎鸾。长官，尚请容察。”

贺人杰道：“还请问尊驾，这熊如虎约有多大年纪？他是个什么样面貌？身穿什么衣服，请一一告知。”花熊又道：“此人年约三十岁上下，身穿紫花布短袄，脚踏扳尖趿鞋。”话犹未完，贺人杰在旁说道：“不瞒贵庄主说，马虎鸾所穿衣服，却与此人一色无二。贵庄主所留的唯恐即系马虎鸾了。”花熊道：“长官幸勿多疑！小人还有一说，若谓此人即系马虎鸾，照长官所言，这马虎鸾悍勇异常，以长官的武艺，尚未能就地擒获，足见马虎鸾本领过人。既然彼为刺客，岂有手无寸铁便去行刺？二位长官倒不必错疑了好人。”贺人杰道：“贵庄主有所不知，还有许多情节，容在下说明，便可知其详细。”因将以上各节，细细说了一遍。花熊仍不肯信。计全道：“某有一法，与庄主说明。照庄主所说，昨夜留宿的实系姓熊名如虎，却非马虎鸾，在下亦不必与贵庄主深辩。好在此人现在房间，即请贵庄主将这熊如虎请出来，俾某等见一见。如果是熊如虎，某等万不能难为他，若果系马虎鸾，可请贵庄主助一臂之力，帮同拿获。俟某等回明施大人，定然酬报，何如呢？”花熊听说这句话，心中想道：“他如此说法，倒也公平之至。我且去请他出来，他如果肯出来相见，便非马虎鸾；若有疑难，一定是他了。此种大胆妄为的强人，咱又何必帮助。什么酬报倒还小事，咱也可落得个声名，是咱刚正不阿；一味相抗，不但无功，恐还有非。”主意已定，因答道：“长官所言，实系公平之至。请二位长官稍待。”说着起身就去。

再说马虎鸾在厢房内，听他们在外面讲话，始则听花熊坚不肯认，心中大喜；继则听计全说，要请他出去相见，心中就有些不悦；后来又听得，花熊答应计全前来招呼，心中吃惊不小，暗道：“我若不出去，也由不得我自主；若出去，对了面怎么说？”正在左右为难，忽见那壁上挂着一口宝剑，心中大喜。随即向壁上将那口宝剑取下来，拔剑在手，暗自说道：“咱得了这件兵器，如虎添翼，咱何不趁此就走？免得他来噜苏，反为不美。”想罢，就将窗格推开下来，正要纵身飞出，忽见花熊从房外走来说道：“熊大哥，方才两位官差，误疑尊驾为马虎鸾，经在下再三辩白，他等终不相信，欲请尊驾出去一见何如？”马虎鸾见此时欲不去可不能，忽然想道：“咱何不如此如此！也甚便当。”因道：“即如此说，咱便与庄主一行便了。”说着，花熊在前，马虎鸾在后，一同出了厢房。花熊只以为果真前去，哪知他暗存诡计，走到院落中间，忽见他将身子一缩，两足一蹬，飞身上了屋檐。花熊见了，说声：“不好！咱中了他的计了。”正要追上屋去，却好计全、贺人杰二人在客厅内早瞧见，也就飞身出了大厅，一齐飞上屋面。这花熊赶着到兵器房内取了一把单刀，他却不上屋，竟由大门赶了出去。计全、贺人杰二人上了屋面，马虎鸾在前跑，计、贺二人在后追。正赶之间，却好花熊又提刀出来，三人合在一处，并力追赶。

马虎鸾是脚不贴地，舍命猛奔，一直奔庄口而去。不一刻出了庄口，只因心急，不辨脚下有物，忽被石块一绊，登时跌倒在地。贺人杰一见，好生欢喜，因即大踏步赶上前去，满拟一锤即要伤他的性命。哪知才赶到面前，马虎鸾已从地下站起来，一见贺人杰赶到，而且手舞铜锤直往下打，此时却不能再不招架，于是赶着举起那口宝剑，更不搭话，两人就交起手来。

马虎鸾一面与人杰交手，一面留神防备计全、花熊二人前来助战。只见他遮拦隔架得手，还剑毫无破绽。人杰杀得兴起，也就飞舞铜锤奋力死战。二人正在杀得我要你死、你不许我活的时节，计全、花熊二人赶到，又复舞双刀如旋风般砍到。马虎鸾见来势凶恶，心中暗道："若与他三人死战，我必不免予难，不如还是逃走"。主意已定，望着贺人杰虚击一剑，复又撒腿便跑。人杰、计全、花熊三人，见他又逃脱，哪里肯舍，仍合力紧紧赶去。

马虎鸾腿法轻快，不一刻已走下十余里，人杰等三人，再也赶他不上。又赶了一回，只见马虎鸾在前，终是可望而不可及，三人好生着急，只见花熊笑道："该死的贼囚，跑入死路去了。"计全不知所以，因问道："庄主何以说道他跑入死路？实是不解，敢请详告。"花熊道："前面有两条路：向西北一条路，是通京大路；东南一条路，就是殷家堡的后路。要走入此路，不过五六里宽阔地面，其余皆是九弯十八曲，路径不熟的人，万万不能进去。为什么呢？只殷家堡新近设了防备，凡遇有面生可疑之人，只要进了这条路，都要将他拿住，送到殷龙那里，细问一番。如果实非歹人，当即着人将他送出；若审出有什么不妥之处，他也不私设刑法，就随时送交地方官惩办。这条路上，固然是九弯十八曲，却又一里一个分寨，每寨设五个人防备。不论他是何人，只要进去，断不能出来的；若是熟人，外有暗号，说出就没事了。咱所以说跑入死路去，就这缘故。咱们也可不必急急去，好在他已上了我们的牢笼，迟早终要将他捉住。而况有人给咱们代捉，咱们也可稍息气力了。小人与殷龙是姑表兄弟，只要他捉住了，咱们去他家要过来便了。"

计全听说他与殷龙有亲，便大喜道："原来庄主与殷老英雄是至戚，某等实在不知，多多得罪。如此说来，咱们又是自家人了！"

花熊见计全如此说法，也不知所以然，因急问道："莫非长官与殷兄长有什么瓜葛么？"计全道："在下与殷老英雄并无瓜葛。我这位贺贤侄，却是殷老英雄的驸马。前者殷家堡误劫饷银，后来奉大人之命征讨殷家堡，彼此相持有一个多月，还是朱光祖听见这个消息，由他出来和解。后殷老英雄请朱光祖作伐，将赛花小姐匹配我们这位贺贤侄。如此说来，庄主还是我们贺贤侄的表叔岳了。真是奇遇。"花熊听说，更是乐不可支。毕竟马虎鸾如何被擒，且看下回分解。

第二三九回　羡奇遇郎舅相逢　说前情英雄畅叙

话说计全将贺人杰系殷龙的女婿告知花熊，花熊当下大喜道："原来如此，真是奇遇了。既这么说，那马虎鸾更加无处逃脱了。咱们可赶紧前去，招呼他堡内的人，设法兜拿，不要懈怠。"说着三人又一同飞赶而去，不一刻已进了后堡。花熊就与堡内人先行了暗号；堡内的人知道是自家，当即上来招呼。

花熊又将追赶马虎鸾的话，告诉一遍，并问道："可有这么一个人逃进来么？"那人道："我方才由前堡回来，不曾看见，我去问一问便知。"花熊道："你就去问一问罢。这位小将军，就是你家老庄主的姑爷。咱们现在到你家老庄主那里去了。你们一得信，或已经将马虎鸾捉住，随即前去告诉咱们大人。"

众人听了此话，哪敢怠慢，即刻转身而去。于是花熊就同计全、人杰去往殷龙家中。未走多远，忽见迎面两个少年人招呼道："来者可是花表叔么？"花熊见有人招呼，也就应声答道："你可是三贤侄与四贤侄么？"又听两少年向人杰说："咱们久违了。现在何以到此？有何贵干？真个奇遇。"人杰再将两少年仔细一看，原来不是别人，就是他的第三、第四两个舅子。一叫殷刚，一叫殷强，二人行了常礼。因说道："便是小弟，也违教久了！还是那年在安东打擂台、捉拿蔡天化的时节一见，以后便直至如今了。岳父、岳母想均康健，大哥、二哥及二位嫂嫂想亦安好。"殷刚、殷强道："两位老人家及哥嫂，均托庇安好。但不知兄长为何从后路而来？"贺人杰就将追赶马虎鸾的情形，前后大略说了一遍，并道："现在该贼已进了堡内，还望贤弟代愚兄设法，赶紧拿获，不能再使他漏网才好。”殷刚道：“兄长放心，包管在今日，将这逆贼绑缚献上便了。”说着就向殷强道：“四弟，你可去招呼各人，务获该贼，莫使漏网。一面赶紧回去，禀知父亲，就说人杰兄来了。”说罢，又与计全行了礼，然后四人就缓缓而行，直望殷龙家内而去了。

走了一会，已望见前面一带庄房。殷刚向计全道：“计老叔，小侄引导。”计全道：“岂敢岂敢！”说罢，殷刚在前引导，不一刻过了护庄河。只见一簇兵丁齐声笑道：“来了，来了！”说着就有两三个飞奔进去。计全等刚到庄门，早见殷龙带着殷猛、殷勇、殷强三人迎接出来，向着计全说道：“不知老兄弟到此，有失迎迓，尚望老兄弟恕罪。”计全道：“岂敢岂敢！便是小弟只因公务羁身，有疏问候，亦望恕罪。”殷龙复笑道：“岂敢岂敢！彼此彼此！”说罢，又向贺人杰道：“三年不见，你越发成人了。”贺人杰不等他说完，即上前先请了个安，把个殷龙直乐得笑容可掬，不知要怎样才好，当下说道：“罢了罢了！此非行礼之处，咱们里面坐罢。”说着，就让计全先行，人杰随后，花熊相陪，一同进了门，到了客厅。大家重复见礼已毕，分宾主坐下，庄丁献上茶。殷龙首先向计全说道：“老兄弟！自从那年咱们一别，于今又是三年了。光阴迅速，可怕可怕！老大人身体想当康健，褚老英雄与朱老兄弟并黄贤弟以次想均安好的。”计全道：“均托庇平安。但是朱大哥不常在淮安，他是或去或来，行踪莫定，倒也优游自在。”

殷龙又道：“愚兄方才听说小儿言道，什么马虎鸾前去行刺，当场格斗未能擒住，复又逃脱。因此沿途追赶到此。到底是怎么一回事？究竟这马虎鸾在何处行刺？贤弟可将前后细情说一遍，使愚兄得知罢。”计全道：“说来话却甚长，兄长请听便了。只因大人奉旨陛见，于月前率领咱兄弟们动身。”方说到此处，殷龙赶着问道：“老大人来了么？现在哪里？”计全道：“毛家营暂住。不知这两日动身没有。”殷龙又说道：“既是大人现在毛家营，那儿不过是个村镇，怎么好使？咱且着人将大人请到这儿来往上两日，也可稍尽地主之谊。”

计全道："恐怕大人未必肯来。"殷龙道："咱亲自去请，料想大人鉴咱诚心，或者可以光顾也未可定。"说罢，因即命殷猛、殷勇二人道："你两个赶紧分头迎上前去，若遇见施老大人，务必请他老人家惠顾一趟，就说咱随后亲自就前来迎接。无论他老人家行与不行，都要竭诚请他老人家前来盘桓两日。还有诸位叔父，一齐都请过来。不可迟误，赶快迎上。"殷猛、殷勇哪敢怠慢，当即转身出门而去。

殷龙见两个儿子去了，复又问道："大人既动身进京，这马虎鸾在何处行刺?"计全道："这日走草凉驿，就是前月二十六夜三更以后，忽有窦飞虎、马虎鸾两人暗往行刺，当即黄贤弟预先知道。到了晚间，大家防备起来。这一次，若非令婿独力保护，大人几有性命之忧。"殷龙听说这句话，望着人杰欢喜非常，因又问道："后来怎样呢?"计全道："到了三更以后，那两个狗强盗突然进来。先是马虎鸾去大人卧房以内，令婿一见有人进来，就与他格斗。后来黄贤弟、李五弟，均进去助战。马虎鸾复又抽空跳出房来，当下又在院落内杀了两个更次。马虎鸾带伤脱逃，未经擒获。大人因日期急迫，只得将本地方官传来，令他悬赏缉捕。这日忽有毛家营开店的上前来送信，声称马虎鸾、窦飞虎两人误落客店，被看破用酒灌醉，绑缚他店内。大人一闻此言，即命黄贤弟、李五弟、关贤弟并令婿四人，飞赶前去。以为既被贺家的人绑缚起来，料难挣脱，不过前去好看守，以防不虞。哪知黄贤弟等尚未到贺二房，马虎鸾、窦飞虎二人早将绳索挣断，已与贺二房的伙计大杀起来。正在彼此相斗之时，黄贤弟却好已赶到，即上前厮杀。哪知马虎鸾赤手空拳，又复被他逃脱。窦飞虎即于彼处擒获。令婿一见马虎鸾逃走，他却不肯放松，紧紧去赶。此时小弟尚未到贺二房，随着大人在后，及至到了客店方才知道。当下大人唯恐令婿年轻，或有疏虞之处，因命小弟与何贤弟、李七弟，王、郭、金三位，分头赶来。不意在令亲花豹村东南地方那树林内，瞥见令婿在树根下打盹。因将令婿喊醒，方知与马虎鸾在林内杀了有两个更次，不料又被马虎鸾逃走。复与令婿追到花庄主家，哪知又为该贼逃脱，所以沿途赶来，巧遇令郎。哪知此时反得相遇，这不是天缘凑合。”殷龙听罢这一番话，也大笑道：“真是天缘凑合，愚兄再也想不到此时可以相会的。”

话说殷龙正与计全畅叙寒暄，只见两个庄丁上前说道：“老庄主吩咐的事已办妥了，请示定夺。”殷龙听说，道：“拿住了么？”庄丁道：“拿住了。”殷龙说：“哪里拿住的？”庄丁道：“在枯树湾拿住的。”殷龙道：“怎么将他拿住的？”庄丁道：“用挠钩捉住的。”殷龙道：“现在哪里？”庄丁道：“现在外面。”殷龙道：“将他押进来。”庄丁答应，转身出去。殷龙便与计全说：“马虎鸾已被拿住，幸不辱命。”计全听了大喜。马虎鸾怎么被殷龙庄丁拿住？原来他误入后堡，固已不知路径，后来因殷刚、殷强遇见计全，殷刚便与殷强到内堡招呼。殷龙将值日的庄丁传了来，吩咐一切，真是个一呼百诺，这一句话说出来，不到半个时辰，合堡的人都知道了。马虎鸾走到枯树湾，只见两旁有两株枯树，道路也甚阔，并不知道此地是陷人坑。正往前走，忽然脚下踏空，跌下陷坑内。一声响亮，当时即转出好几个庄丁，手执挠钩将他搭住，随即用绳索绑缚起来，当有庄丁扯至殷龙庄上。不一刻将马虎鸾押至厅上，并有一个庄丁呈上一口宝剑。花熊在旁看见，认得是自己的，因方悟道：“原来他将我的宝剑盗去。”当下与计全说明，即将宝剑取过来。马虎鸾一见计全、贺人杰，大骂道：“你等用这诡计将俺擒获，这算什么好汉，给咱做小子还嫌你等无用。”贺人杰在旁大怒，便欲上前拷打。计全忙拦道：“贤侄不必如此，好在他已被拿，暂且寄在令岳处，多派数人看守。等大人到此，再去请示，应如何办理之处，悉听大人吩咐便了。”

人杰见说，方才止住不动。计全又与殷龙道：“这恶贼悍勇异常，可惜他不为正。若是归正，也可为国家出力立功。如今还要请兄长多派几个心细胆大有为的人看守，将他看管起来，更要多加两条麻绳，加一加绑，方免后虑。”殷龙道：“不消贤弟费心，愚兄这里多可应办。”只见庄丁插口说道：“大老爷不消烦虑。这绑缚他的绳索并非麻绳，却是牛筋结成的。小人们知道他是个要犯，又闻他甚狠，恐有疏虞，故特为拿这牛筋绳将他绑起，任他本领再大，也断不能将这牛筋绳挣断的。”计全听说，甚是放心。庄丁也就即刻将马虎鸾押解出去，自有地方将他锁起来，派人看守。

此时天已正午，殷龙早已命人备了酒筵。当有庄丁来请，酒席业已摆上，殷龙便邀计全赴席。大家入席，分宾主坐下。真个是欢乐畅饮，直饮到日落西山，方才散席。这日便留计全、贺人杰并花熊在庄上住下。殷龙晚间回到内室，早有他妻子李氏向他说道：“我日间听计老爷说道：‘施大人本拟出京回任时，预备给人杰完婚。’此事在我看来，施大人陛见之后，回任与否尚在未定；人杰今年也十八岁了，赛花儿年纪也不小了。难道施大人既有此意，又难得他老人家现在这里，不如等他老人家明日到我家来的时候，就请计老爷与他老人家说，留人杰在此，择个吉日，代他们把这百年大事成就起来，免得随后又要费许多周折。好在女儿妆奁一切，终是预备现成的，只要拣个吉日就是了。不知你意下如何？”殷龙听了甚是有理，因道：“你这话说的却也不错，不过有一件，你我皆无可无不可，即是人杰也没有什么为难的。但不知施大人可能应准。”李氏道：“我看施大人虽然脾气古怪，我料他于此等事件，亦不得不允。”殷龙道：“且待明日与计全说知，请他在大人前先探探口气，然后再做计议便了。”当下夫妇两个人也就安息了。

次日一早起来，殷龙梳洗已毕，便至外面来看计全，却早已梳洗清楚。贺人杰、花熊也早已起来。殷龙就命人拿了早点，大家一齐用毕。计全就要告辞，殷龙再三相留。计全道：“小弟本可盘桓一日，只因大人不知到了何处。又不知令郎前去曾否碰头，故要前去探探踪迹。而况马虎鸾既已在此捉住，也当与大人禀知一切，好叫大人放心。有此几层，小弟所以不敢久留。”殷龙道：“既如此说，愚兄劝贤弟再留半日，一来等大小儿、二小儿回来，看他曾否迎着大人；二来愚兄尚有两句要言，要与贤弟商酌。”计全听殷龙说出这话，心中早已明白八分，因说道：“兄长所云要言，敢是要请我吃喜酒么？”殷龙道：“贤弟，你真聪明，怎知道愚兄就是此事呢？”计全道：“欲认心中事，但听口中言。此事却是也要办了。但不知兄长是个什么主意，如何办呢?”殷龙于是就将妻子所说的话，细细地说了一遍。计全道:“此举甚好！容小弟见了大人，当代婉转陈词，善为说项，料想大人不能不允。”殷龙道:“此事总请老弟大力一言便了。”计全满口答应。贺人杰在旁听了这番话，只羞得满面通红，低头不言。殷龙见人杰如此形状，却也暗暗发笑。

日将至午，里面又摆出酒来，于是大家又复午饭。席尚未撤，殷猛、殷勇已经回来。殷龙一见，即问道:“施大人曾否迎上么?”殷勇道:“孩儿已迎上了。现在六里铺住下，今日不走了。回说:‘因日期已近，早日到京陛见，回来时再来拜庄。’孩儿说道:‘大人若不俯允，孩儿的父亲亲自前来请安，求大人枉顾了。但是父亲本不敢屈大人的大驾，只因此间房屋窄小不堪住，所以斗胆请大人厚临小庄暂驻檐帷，这却是过分之举。’施大人见孩儿说出这番话，又道:‘既承你尊大人之意，本部堂本不当却，实因趋赶进京，只得心感厚意，候回任之日再去罢。’孩儿见大人如此推辞，却也不便往下再说了。施大人又问孩儿:‘马虎鸾究竟可知设法将他捉住。’孩儿说:‘总可报命，所患他不曾进堡。若果进来，断没有再让他逃脱的。’施大人听说，又嘱咐说:‘上复令尊，务请设法相助，毋任该贼再有漏网之事。’孩儿当下就唯唯退出了。到了外面，又重托黄叔父再三奉请。黄叔父道:‘大人既执意不行，也就不必勉强了。’正议之间，却好何叔父、李七叔父、金叔父等人，亦俱皆回来，说不曾赶上人杰贤弟。当时黄叔父就将人杰贤弟在我们这里告知何叔父等人，诸位叔父也就放心了。孩儿临走时节，黄叔父又令孩儿与计全叔父及人杰兄弟说:‘请他们两位，一经将马虎鸾拿住了，即刻回去。’又令孩儿拜上爹爹说:‘本来要过来拜望，实因不便离开，望父亲恕罪。’”殷龙见施公不来，便与计全道:“大人虽执意不来光临，愚兄却是要亲自前去拜见一番，聊尽思慕之意，不知贤弟以为如何?”

欲知计全说出什么话来，且看下回分解。

第二四〇回　村老多情恭迎宪驾　贤臣略分接见乡民

话说计全见殷龙欲去拜见施公，当下答道："兄长既如此竭诚，或即前去，想大人礼贤下士，也不致托故不见。他老人家唯恐开长这里必要多所应酬。他老人家是万万不肯打扰人家的。"殷龙道："愚兄已深知大人的用意了。为今之计，咱们就往六里铺一行如何。"计全道："使得使得。"当下殷龙即到里面换了大衣，命家丁鞴了三匹驴子，同计全、人杰三人一同出了庄门，上驴子而去。不多时刻，早到了六里铺。

施公因人杰等赶马虎鸾未回，又因前途尚有六七十里方有客店上宿打尖，所以就在六里铺暂住一宵，明日再行打听人杰的消息。现在殷龙与计全、人杰到此，当下问明镇上的人，施公住在哪家客店。这六里铺所有的人无不认得殷龙的。因此知道施大人就在方四房居住。殷龙即带着计全、人杰等到了方四房。进得门来，先有店主人方得贵上前向殷龙说道："你老人家很是难光顾的，今日到此，有何贵干？"殷龙道："咱是给大人请安的。施大人现住哪里？"方得贵道："施大人现在第三进上房内居住；他们那些老爷们，皆在第二进居住。你老人家认得吗，可要咱送你去？"殷龙道："不消送得，咱自会进去。"说罢，即与计全、人杰往里面去。才过店堂，却好天霸从里面出来。人杰瞥眼瞧见，当即喊道："黄叔父，你老往哪里去？计叔父与侄儿的岳父都来了。"天霸见说，即止住脚步，正要问人杰的话，早见殷龙、计全二人进来。天霸抢一步走到殷龙面前，拱手喊道："老英雄违教了，不知老英雄到此，有失远迎，尚望勿罪。小弟本拟竭诚奉拜，实因此间寸步难离，所以早间请令郎再三上复老英雄，请安致意，不恭之至，惭愧之极！”殷龙见天霸如此亲热，当即就与天霸拉手说道：“贤弟你别要如此说了，便是咱也不知大驾遥临，未曾远接，咱们大家总不要说客气话罢。老弟，你我自从一别，老弟是升官了，现在是怎么个好法？劣兄望着老弟实是羡慕钦佩，不似劣兄老朽无能，草木同腐。”天霸道：“老英雄，你是安享田园之乐，儿孙绕膝，夫妇齐眉，何等不乐！何等不快！不似咱们勤劳王事，身非由己，东西奔跑，无一刻休息之时。”殷龙道：“这也是贤弟能者多劳，国家借重的。”计全在旁见他二人立谈起来，也不进去，这是何意呢？便说道：“你们如此亲热，何必立谈，何不请到里面坐呢。”天霸道：“荒唐荒唐！请里面坐罢。”

当下殷龙到了里面，先与诸同人见礼已毕，然后分宾主坐下。大家又略叙寒暄。黄天霸复问：“老英雄，那马虎鸾曾否劳驾拿住么？”殷龙道：“已经敝庄丁在枯树湾用挠钩将该贼擒获，现在敝庄饬人看守，万无一失。故劣兄特地前来，一则给大人请安；二则来向大人请示，该贼是否押解前来，抑送往地方官惩办；三则劣兄尚有一件要事，与老弟斟酌，并求大人恩准。”天霸道：“马虎鸾既承协力擒获，感谢之至。稍停小弟当代禀知大人，看他老人家可否请见？但不知老英雄有何要事与小弟商量，尚乞见教。”殷龙道：“此事曾与计贤弟说过，就是为令盟侄之事。”黄天霸一闻之言，心中暗道：“咱本有此意要与他面谈，候出京后代人杰完娶，难得他先有此言，真好极了。”因问道：“老英雄如何商量，小弟无不从命。”殷龙道：“便是劣兄也知老弟无不应允，不过恐怕大人不能即时俯允，所以要与贤弟商量妥了，然后再求大人恩准。”黄天霸道：“老英雄且请说来，大家斟酌。”殷龙就将他妻子与他说的话，一一告知天霸。天霸道：“老英雄的用意未为不妥，便是小弟又何尝不可遵办。但不知大人意下如何。”计全、李昆皆在旁说道：“据某等之意，即照老英雄之言与大人说知，想大人亦可从权。若大人传见老英雄，还是与大人面言，想大人不能过却来意，某等再从旁襄赞，此事必谐；若大人不即传见，再由某等善为说辞。不知老英雄意下以为然否。”殷龙道：“诸位所见略同，就照此法。但老朽当面与大人谈及此事，恐有些冒昧。”天霸道：“不然某等进去禀明大人时节，即谓老英雄竭诚前来，一来为给大人请安，求大人光临他家，暂息征骖；二来有事面求大人。某等说了这句话，大人必要追问何事，然后某等只说老英雄须要面见大人之后，方肯面禀。如此一说，大人势必传见的。老英雄便可面禀了。”殷龙大喜道：“好计好计！就此办法。就请诸位与劣兄禀知一声罢。”

计全道：“爽性我去，本来要销差。”说着，又将人杰带了一同进内见施公。先请了安，站立一旁。正要开口，施公先问人杰道：“小英雄，你连日辛苦了。那马虎鸾曾赶上捉住么?”

人杰道：“马虎鸾刁猾异常，悍勇百倍，千总三番五次与他格斗，终被他逃脱。后来他误入殷家后堡，现在由千总岳父殷龙派人在殷家堡内设计将他擒住，还在殷家堡派人看守。是以千总与计伯父赶紧回来，禀知销差，并候大人示下。再千总岳父殷龙，现亦前来给大人请安求见。”施公听说，便带笑道：“这殷龙未免殷情太过了。昨日命他两子到此，请本部堂到他庄上暂住，这也是他仰慕之忱。计贤弟你可请他进来，但不知他有何话与本部堂说。”计全道：“便是参将也曾问过他。他也说道此事要求大人恩准，还说要参将与他在大人前善为说辞。参将细细想来，他也无甚要事求大人恩准，或者是为人杰的姻事亦未可定。”施公听说此话，便笑道：“计贤弟你猜的这句话，恐怕有七八分就为此事；若果殷龙是为此意，本部堂且看他说得如何，怎么样个办法，再行酌办便了。计贤弟，你且将他请来再说。”计全答应，转身出来，便将此话告知殷龙。

殷龙大喜，随即与计全进内见了施公，倒身下拜，先将昔日误劫饷银的事谢了罪，然后又将蒙允与人杰结亲谢了恩。施公见他如此谦让，也就出位将他扶起，说道：“老英雄何必如此！当日的话，咱们一概不表。你请坐下来，咱们叙谈了。”

殷龙还不肯就座，又再三谦让，然后才告坐，便与施公说道：“村民久感大人的恩德，亟思趋往淮安上叩尊颜，又恐冒昧不便，私衷耿耿，迄未释怀。今者大人入觐天颜，村民实系不知，有失远迎，抱罪之至。昨日故特命犬子恭请宪驾，以冀惠顾茅庐。此事本是村民越分之举，不过大人因行旌暂住此地，究觉窄隘非常，所以胆敢竭诚恭请，乃未蒙大人俯允。村民想来，还是自家未尽竭诚，以此不能速驾，所以今日特地亲自趋前，务乞光临。”

施公见殷龙说出这番话，觉得他虽是个村民武夫，言词也还委婉，礼貌谦恭，耐人接见，当下笑道：“老英雄说哪里话来，本部堂亟承厚意，也思造府拜望。只因行期且近，未便过事耽延。满拟年内到新年元旦，现在是十月将尽，不过才到此处，计算路程始有一半，前途尚不知有无事件耽搁。所以如无要事，也就不便过事耽延了。今老英雄如此盛情，倒叫本部堂实感抱歉。好在来日方长，候本部堂入觐以后，如蒙奉旨回任，彼时道经贵处，再当造府盘桓。计算日期，亦不过明年二三月内。或竟留京内用，老英雄这番美意，本部堂当铭泐[1]不忘。况本部堂禀性耿介，你我相知在心，不必定于形迹上，做外面的通套。老英雄也是个直朴人，想不以本部堂之言为谬。本部堂实非故却，尚望老英雄原谅。”殷龙见施公执意不行，也不能勉强，只得说道：“村民实系竭诚而来，大人既不肯惠临，只得遵命，于明年春间恭迓大人台驾便了。”施公道：“本部堂如果回任，定然造府。”殷龙又道：“马虎鸾既经村民设法将他擒住，锢禁敝庄，该贼还是押解前来请大人亲自办理，还是送往本地方官惩办？悉听大人吩咐。”施公道：“该贼既承老英雄协力将他捉住，锢禁贵庄，本部堂仔细想来，此间亦非审问之所，好在他是个行刺的正身，也无甚口供审问。本部堂之意，明日可令关副将将该贼送交本地方官，按律惩办便了。”殷龙唯唯。

施公又问道：“顷者计参将与本部堂说及，老英雄有话要与本部堂商量，但不知有何话说，何不就此一言呢？”殷龙见问，因道：“这件事村民不敢冒昧上陈，‘王道不外人情’，或者仰蒙俯允。只因赛花

---

① 铭泐：名：名刻；泐（lè）：书写。

小女今已及笄年岁，贺人杰亦复行将弱冠，男婚女嫁当在此时，论男女年岁原不得谓过大，但人杰随侍大人刻不能离，又不便因此告假前来有误公事。若村民将小女送往淮安，沿途亦不无周折。难得人杰随侍大人经过此地。村民的愚见，想面恳大人恩准赏假一月，就于此时为一对小儿女成了亲。一俟满月后即令人杰赶赴京师，听候驱策。候大人回任之时，再令小女同赴淮安。观如此办法，两有裨益。在村民既可了却一件首尾，在人杰亦可定了百年大事。诚如大人所言，入觐之后，如奉旨内用，大人就暂时不能回来，人杰亦何可独自回南；如果回任，自令小女随同人杰偕赴淮安。即使大人高升擢为内用，人杰亦可在京供职，那时村民也可将小女妥送到淮，朝夕侍奉。人杰既不致心挂淮安老母无可侍奉，而母亲亦可得小女，晨昏定省不患无人。且使人杰在京，一劳永逸伺候大人供职。或者蒙大人的恩典，逾格栽培，所谓一举而数善。在村民愚见如此，但不知可否蒙恩典，体谅下情，俯准村民之情是幸。”施公听了这番话，心中暗道：“不料这老头儿如此设想，竟是面面俱到，而且叫本部堂不能不答应他。”因道：“据老英雄所言，实系情理兼尽，本部堂有何不可，况婚嫁大事理所应然。但本部堂办事，不能不为贺人杰设想。极承美意，在人杰固是感激不尽。但是人杰随本部堂前来，初未料此举。老英雄已为令媛备置一切，而人杰一无备办，似难草率从事。虽老英雄未必求全责备，总之男家亦须略尽仪节，方是道理。今日各事未备，何以为情呢？”殷龙道：“大人说哪里话来，世俗之见方在那仪文末节上苛求。村民虽是乡僻村夫，也只知六礼既全便为婚嫁的大礼，其余一概浮文末节，尽可消除。而况人杰大礼早全，尚复有何未备之处。至于衣冠一切，现在可由村民代为置办，将来候人杰回南时，再令他如数偿还。此事本是从权，何能计及到此。大人未免为人杰过虑。”施公听罢，笑道：“老英雄未免儿女多情，本部堂当照老英雄所言，未免于人杰面上稍微减色些罢了。”殷龙道：“人杰得大人恩典，逾格栽培，便是村民也不知增光几许，他又有什么减色呢？既蒙恩准，村民真感激不尽了。”当下就出位给施公叩头道谢，施公亦谦让不遑。叩头起来，却好人杰从外面进来，殷龙又命他向施公磕头道谢。施公此时也甚喜悦，因将天霸等人传了进来，告知一切。

天霸等无不欢喜，齐道："这皆是大人的恩典。"施公又向施安道："你去取三百两银子出来，把与贺千总，作为他的婚费。"说罢，施安答应去取。施公又向殷龙道："当黄总兵、关副将完娶时，本部堂皆是三百两婚费，今日仍照旧例，此款即请老英雄收下。所有应备物件，亦请老英雄代为置办，幸勿推辞。"

殷龙本来要辞不肯收，因见施公说出黄天霸、关小西二人当日亦是如此，现在仍照向例，所以也不再辞，只得唯唯答应。不一刻，施安已将三百两银子取出来，交与殷龙。殷龙只得收下，又复向施公道谢。贺人杰也就过来谢了施公。殷龙当下亦即告辞而出。到了外面，大家欢喜无限，有与殷龙闹喜酒吃的，与人杰取笑的，笑说一回，好不快乐；唯有贺人杰脸上只是红一阵，白一阵，害臊的不得了。

此时已将日暮，殷龙便辞别众人回庄。到了家中，与他妻子说及施公已允准贺人杰入赘，他妻子更是快乐，因此举家都忙乱起来。殷赛花听说此言，早已躲了不见面。他妻子说道："施大人光景明日不走，我们这里就多备两桌盛筵，送到客店内以为供应，俟他老人家动身的时节，再去恭送。如此办法，我觉得比送重礼还高，不知你意下如何。"殷龙道："你这话倒是不错，我就照你这样办罢。"一宿无话。

到了次日大早，殷龙就起来，梳洗已毕，用了早点，正要出门打听，却好关小西已来。殷龙就将他迎进去，彼此坐下。殷龙问道："大人今日可动身么？"小西道："便是大人着某前来，将马虎鸾押送本地方官究办。如果回来得早，大人就动身；如若稍迟，明日方能起马。"殷龙道："如此说今日是不能起解的了。此间进城尚有二十里，来往便是四十里，任你走得快，回来已是晌午了，怎么还可动身呢？老弟台不必着急，稍停一会，咱再派几名庄丁，与老弟台一同押解马虎鸾进城罢。"

欲知后事如何，且看下回分解。

第二四一回　六里铺贤臣启行　殷家堡人杰大婚

话说关小西在殷龙家内耽搁一刻，用了早点，由殷龙派了八名庄丁，将马虎鸾抬出，随小西押解进城，交地方官按律惩办。暂且不表。

再说殷龙料定施公明早方可动身，当下即招呼厨房内去赶紧备了三桌盛筵，到巳牌时分，即着庄丁挑往六里铺，一面自己又亲自往客店。不一刻到了客店，先与黄天霸说明，今日供应已经备办，叫他们不必另备，还请施公务要赏收。黄天霸就将他言禀告施公。施公见他诚意实心，也不便过却，只得答应。即令天霸代为致谢。天霸出来说明施公道谢的话，殷龙好不欢喜。当时并不告辞，就在客店内与诸人闲谈，并议论贺人杰入赘所用的物件礼节。大家正谈论之间，忽见施安出来向天霸说道："大人请进去说话。"天霸答应，即刻随施安进内。施公向他说道："我想人杰入赘一事，虽然有殷龙代为料理，总不能使他这一个小孩子独自在此，也未免有些不便当。而况他诸事未谙，也须有两个人陪他在此，遇有事件也可大家商量；即无事件，姑作媒妁之人，于理上也说得过去。即是当日贤弟入赘的时节，有褚标、朱光祖为媒；关太入赘的时节，有李昆、计全料理；人杰的原媒虽然是朱光祖，他却不在此间。我想将计全、李昆二人留在此地，作为媒妁之言。等到人杰满月以后，便与他一齐进京，沿路也可有伴。或者到了那时，我已陛见过了，仍奉旨回任，我再有信与他，便令他们就在此等侯。贤弟你看如此办法，究竟如何呢？"天霸答道："便是标下也这样想，但不过未便与大人说明。今大人格外栽培，将计参将、李守备留在此处，帮同人杰照应，这是更加好极了！大人的恩典，待人杰真可谓无微不至。不必说人杰仰大人的恩惠，即使贺天保在九泉之下，也是仰感不尽的。”施公道：“这也不算什么恩惠，不过因这小孩子甚是可造之器；又因贺壮士在这里有功，他总不负本部堂，我却有负他之处。他今日遗下这个孤儿，我若再不照应他，未免就有负故人之谊了。而况婚嫁大礼，岂能无媒妁之言，所以本部堂才要留他二人在此照应。贤弟你可将这话转告计贤弟、李贤弟二人。并告殷龙使他得知，能再与殷龙商量，他在庄上另有空屋最好腾出一所，让李昆、计全、人杰三人居住。等到吉期再搬过去，就更加有些规模了。至于人杰的吉日，本部堂代择定十月初六，是个上吉良辰，万一赶不及，就是十六。这两个日期，均是大吉大利，可告知殷龙。若是初六，人杰满月之后，他三人还可赶到京城；若是十六，爽性过了年再动身一齐进京罢。贤弟可将这番话，就告诉他们知道便了。”

天霸答应着出来，就向殷龙、计全、李昆、贺人杰悉数告知了一遍。殷龙更加欢喜。贺人杰的面上虽不喜形于色，心中却是欢喜非常。计全、李昆二人也得清闲两月。大家皆是欢喜。殷龙又向计全、李昆说道：“二位贤弟，等大人动身后，你二人同人杰就搬到咱庄上去。咱庄南有一所空屋，虽不宽大，却也洁净，而且离我家不远，不足半里之遥。好在离喜期不过十日。这十日之中，愚兄也可陪二位贤弟小聚小聚，畅谈畅谈。但是礼节多亏，不能把二位贤弟当做大宾款待，一切尚望包涵。”计全笑道：“你这话是怎么说！咱们既是大宾，你就不能怠慢。况且又是奉了钦差大人之命委派为媒，你纵不看我等面子也要看钦差的大面，更加不能怠慢。每日供应：早间每人六个鸡蛋、茶，午饭青菜、豆腐汤，晚间烧酒、豆腐干、小米粥，这总是要的。若有一件缺少，总非待尊客之道。”殷龙也笑道：“二位既吩咐，谨遵台命，断不敢稍缺一件便了。”大家听说，笑个不止。

正笑之间，庄丁已将酒席挑来，当即送了一席进去与施公；外面分摆两席。却好关小西也回来，当下进内，在施公前销了差，并说道：“知县听副将说大人已经起马，他还要追赶前去相送。后来副将照着大人吩咐，再三拦阻，该县方才答应并极言抱歉。马虎鸾，也照大人吩咐，一经审明口供，即行就地正法，随后再行申报。”施公点头，关太退出到了外面。大家就一同入席，畅饮起来，真个是“酒逢知己千杯少”，直饮到日落西山，方才散席。这里散了席，那边庄上又送了两席来。殷龙爽性不要歇，畅饮到天明，好伺候大人起马。此时大家亦颇高兴，于是又掉开座位，真个将酒席摆上。施公的一席，仍送往里面。这里大家稍停一会，约有初更时分，复又入席痛饮起来，直饮到三更将尽，大家皆有疲倦之意，方才散席，就铺上安歇一会。殷龙这夜也未回庄，就在客店借了一床铺盖，胡乱睡了一夜。

到得五更以后，大家俱来料理行装，准备伺候施公起马。不一会施公起来，梳洗已毕，用了早点，外面夫马俱已齐备。施公便命动身，又招呼了计全、李昆、贺人杰三人几句话，又望着殷龙致谢一番，并叫他不必远送。殷龙哪里肯应？施公见他诚心，只得由他。当下就命天霸等还房钱。哪知房饭钱早由殷龙付讫，施公也只得道谢一番，然后动身而去。殷龙直送至二十里外，方才与计全、李昆、贺人杰回来，便到自己庄上安住。只待吉日，与人杰完姻。这且慢表。

再说马虎鸾送往县里，当由本县审明口供，录了供词，因为是行刺钦差的要犯，奉了施公的公文，哪敢怠慢，一面申文，申详本省督抚，不数日接到批文，着即就地正法。知县奉到这件公事，当即请了本城守备，将马虎鸾从监内提出，绑赴法场，按律斩首示众。趁此交代，施公自六里铺起身，沿途均尚无事。也不必细表。

回头再说贺人杰自与计全、李昆到了殷龙庄上住下，只待吉日完姻。看看十月已到，又是冬月，殷龙本拟初六使人杰入赘，因为有施公那句话，可以在此度岁，落得稍迟数日，就择十六喜期。一到冬月初间，殷家就忙碌起来。一面着人向各家亲戚送信，一面派人进城备办一切应用物件。不数日，所有亲戚亦皆陆续前来。加之堡内的族中凡有面子的，亦皆来此帮忙。自初八九就将喜房逐次收拾，所有前前后后各处房屋，一律收拾清楚。真个是张灯结彩、挂紫悬红，好不热闹。到了十月十三日，这殷龙便备帖请两位大宾赴宴，兼看新房。

计、李两个当下随着殷龙去往内室。走过两进房屋，到了第三进，在院落左侧有一道六角门。进了六角门，是一所小花园，内种了许多梅花，正是大开的时候，芬芳扑鼻，仿佛入神仙境界。计全赞赏道："这个地方，咱们何修而得此，殷大哥真不愧为神仙中人。"迎面是一排朝南五开间的楼房，窗明几净，亦雅洁、亦繁华。殷龙在前带领着计、李两个，穿过那朝南的房屋，后面又是一座院落。在右侧上有一个月亮门，殷龙进了月亮门。计全在月亮门外往上一看，见门头上嵌着一方小匾额，写着"小桃源"三字。计全、李昆进了月亮门，里面垒石为山，周围皆种着许多碧桃。计全道："可惜此时正交冬令，若至春间，这桃花鲜艳，又是一番神仙乐境了。"说罢，因问道："到底新房设在何处？"殷龙道："就在这里。"计全听说，抬头一看，见上首一顺三开间朝南的房屋，檐口挂着许多灯彩，迎风荡漾，红绿相间，一色通明。殷龙带着计全、李昆二人进了那屋。只见明间上面摆着一红木搁几，左边摆了一座漆红细瓷花瓶，瓶中插了许多梅花、天竹；右首一面大理石插牌，当中挂着"刘阮到天台①"的图画。两旁挂一副描金团龙红笺七言对，两边分排着一色红木雕花八张交椅。壁间上首挂八幅唐伯虎的"汉宫春色②"，当地铺了五色毡毯，上面悬着四张大红纱灯。在搁几下摆设着一张红木八仙方桌，桌上也摆着许多古玩，桌面前系着一幅大红平金福禄寿三星的桌帷；紧靠搁几分摆了两张宝座。他二人四面观看了一回，已是称羡不已。

猛然间见上首一幅大红门帘，被风飘起。计全、李昆同一看时，

---

① 刘阮到天台：南朝宋·刘义庆《幽明录》："汉明帝永平五年，剡县刘晨、阮肇共入天台山取谷皮，迷不得返"，望山上有一桃树，遂采桃充饥。后遇二女子，姿质妙绝，见刘、阮，"便呼其姓，如似有旧，乃相见忻喜。问'来何晚邪？'因邀还家。""至暮，令各就一帐宿，女往就之，言声清婉，令人忘忧。"其地草木气候常如春时。二人停半年还乡，子孙已历七世。

② 汉宫春色：东晋·佚名撰写的一本汉孝惠张皇后的外传，记录了汉孝惠张皇后悲凉的一生。相传她姿色过人，淑良温善，十岁入主中宫，一生克己坚贞。犹如一朵莲花被人强行移植到污秽淫邪的汉朝皇廷，受尽婆婆、丈夫、大臣们的压迫。她的清洁无暇，把整个宫廷不堪入目的沉沦之欢衬托得越发光怪陆离。作者仅花了只言片语提到张皇后年幼守寡，坚贞不屈的生平。反而是花了大量笔墨从汉朝皇宫黑暗的政治纠葛、情欲偷欢、欲望沉浮的角度来展现张皇后的正直气节。可谓以邪写正，以反写正的代表作品。

只见一幅大红贡缎五彩平金门帘，上面绸额上有四平金的金字：百子千孙；门头上装着一块白绢，画五彩和合团的灯匾额；门柱两旁皆贴着万年红贴金字的联句，写的是："世无双美玉称完璧，称第一仙人许状元。"那计全、李昆二人看罢，当由殷龙邀进新房。

一进里间，只见五光十色，几有目不暇接之势。但见迎面一排红木嵌玻璃竖柜，柜以上四双一排，两排朱红漆的大皮箱。下面箱柜皆钉着白铜四脚，锁匙配搭齐整；上面当中安设了一张红木雕花大床，床上有花板雕刻《满床笏》[①] 花纹；顶上还有一架床棚，是请名人画就的"织女图"。上挂湖色湖绉鸳鸯帐幔，大红缎平金帐沿，镀金帐钩，大红飘带；床上堆叠着五色丝绸被褥，一对鸳鸯绣枕并列中间。紧靠房门摆设着一张红木四方桌，上下皆排着交椅；桌上摆了许多芸香炉台并花烛等类。壁上挂着一幅天仙送子图，两边也悬着七言联对。对面檐口是一排两扇吊窗，上糊着绯色红纱；窗脚下摆着一张红木条桌。厢房迎面也是一排吊窗，一样的绯色红纱糊就；窗脚下也摆了一张红木三抽屉长条桌，桌上摆设了许多妆镜、梳箱之类。迎窗户对面壁上挂了四幅美人琴条，下面摆着一座红木雕花衣架。条桌对面一排红木方几、四张红木靠背椅。竖柜的面前摆了两张红木春凳。计全、李昆二人细细看了一遍，因向殷龙道："老大哥，你今日代他们铺设如此整齐，如此华丽，便宜了小两口儿受用。这真是佳儿佳婿，溺爱过深了。"殷龙道："二位老弟有所不知，咱的赛花女儿虽然性情有些倔强，她却有一件好处，于'忠孝节义'四个字上颇能讲究，而善事我老两口儿；就是对于姑嫂分上，她还尽情尽理，从不曾恃爱，所以我们老两口儿看她如此居心，等她嫁人的时节，好好儿的陪送她一份妆奁，觉得心上才可以过得去。又说我那女婿，见识是大的，逐日所见皆是繁华之地，富贵之场。咱若太鄙陋了，岂不给那女婿笑

① 《满床笏》：指地位煊赫，家中权贵极多，上朝所持板子叠放满满一床。唐朝汾阳王郭子仪出将入相，既富贵又高寿，七子八婿，皆为朝廷显官。郭子仪做寿那天，家人拜寿时把笏放在两边桌上，竟致堆满。后人将此编为戏曲，剧目就叫《满床笏》。故事详见《因话录》。

话。又况施大人待我女婿那段恩德，我将妆奁稍赔得厚些，便是施大人听见，我也觉体面些了。”计全、李昆听罢，复赞道：“老大哥，你真是表里兼尽、文质得宜，但未免太费心了。”说罢，彼此哈哈大笑。

当下一同出了新房到了外面，计全便指着对过一个房间，说道：“这房间又做何用，想也陈设精致了。”殷龙道：“这个房间，也是为他们两口儿所设。虽然为他们设的，却还是专为人杰一人。这是怎么说的，平时料想人杰不能常在这房内，也得另外有个起坐。所以在这对过，给他收拾一间出来，好让他做个退步，咱们何不再去看看呢。”说着，又一同到了对面房内。果然也是陈设精致，却不同新房内那一种旖旎风光。计全、李昆又称赏了一回。

正自要去，忽听一阵妇女笑语之声，打从外面进来。计全、李昆便不敢出去，就在这里间坐下。殷龙见有妇女到来，而且是笑语嘈杂，赶着大步出了房门，低低说道：“有客在这里，你们到新房里罢。”他这出去招呼，为的是叫她们不可太为笑谑，恐为尊客听见，笑话他们没规矩。就殷龙出去的时节，计全与李昆便在房内向外偷瞧。但见两个二十上下的女子，生得颇为娇美。原来这两个就是殷龙的内侄女，一个名李月英，一个名李秋英。接着是三个，二十岁上下，一个是殷龙的外甥女名唤王兰珠，那两个是外甥媳。后面又是两个少妇，年纪也不过二十上下，就是殷龙的两个媳妇。末后一个老太婆，那就是殷龙的妻子。计全、李昆看罢，却好殷龙转身进来。计全、李昆赶着坐定。只见殷龙说道：“劣兄这几个内侄女、外甥女，平时与赛花最为亲热，比同胞的还要好呢。我昨日一起把他们接了来，让他们与赛花儿谈说谈说，不过就是专好说笑，未免有些不雅。”计全、李昆说：“少年人大半如此，这也不算什么。”说着向外而去。

计全、李昆看了新房，由殷龙陪伴出来，仍到客厅饮了一回酒，这才散席。贺人杰今日却不曾来，仍在南庄。那屋内有殷龙的两个儿子陪他。计全、李昆回去，殷猛、殷勇这才回来。当下计全、李昆就把新房内所有陈设如何精致，如何繁华，与人杰说了一遍。人杰外面害臊，心里却甚欢喜。光阴迅速，早又是十六。这日一早，殷龙就派人拿了名帖及衣冠等类过来，请二位大媒并新郎过去。当由计全、李昆将衣冠接过来，令人杰装束。不一会那边又放三乘大轿过来，却好人杰已装束停当。计全、李昆先上了轿，然后人杰也上了轿，还有鼓乐在前引导，一路吹吹打打，不一刻已到庄前。

那庄口上早有人在那里盼望，一见新贵人已到，赶着有人取了一挂旺鞭点燃起来。只听炮声震耳，那鼓乐更是不住吹打。三乘大轿由正门而进，到了前厅，三人下了轿。计全、李昆引着人杰趋跄而进。里面早有许多亲戚朋友迎接出来，一齐进了正厅。计全、李昆先与殷龙道喜，然后贺人杰由殷龙起挨次行礼，拜见诸亲友。见礼已毕，又有傧相将人杰领人后堂，拜见岳母等人。当下殷龙体贴入微，就命傧相此时不必拜见，随后一起见礼罢，傧相答应退出。此时客厅上来看新姑爷的人，已拥挤的数层，你言我语。有的道："这新姑爷真是好体面的!"有的道："你知他生得体面，不知他的武艺更好呢!"又有的道："我是知道他武艺的，那年在我们这里争斗的时节，我们老庄主都不曾赢他一刀一枪，你道他本领可好不好呢!"那个又道："那年他在这里的时节，那身材比现在还要小呢，看将去真是个小娃娃，不过隔了两三年就长成为大人了。"又有一个道："看将起来，他不过十八九岁。"那个又道："何尝不是呢。我老说比老庄主的女儿大一岁，今年赛花姑娘十七岁，他一定是十八岁了。"又有的道："以我们家赛花姑娘匹配他，这才是：'天生一双，地生一双'呢！两个人模样儿又好，武艺儿又好，真是选也选不出来的。"那个又道："如果不是这样，我们老庄主也不肯就答应嫁他呀。"又有一个道："不知我们赛花姑娘曾看见过他么?"那个又道："你不是发糊涂么！你不记得那年，赛花姑娘还与他战了好几阵，两个人一般的不分胜负。"

大家正说笑之间，忽闻得一片鼓乐之声从里面吹出，原来是傧相率着乐人出来，请贺人杰进去沐浴更衣，参拜天地。当下贺人杰随着傧相进去；停好一会，复由傧相、鼓乐将人杰引导出来。只见人杰此时不似进门时模样，但见朝衣朝服、披红插花簇簇一个新贵人。到了客厅略坐片刻，有庄丁摆上酒席，大家依次入席。今日贺人杰是首席首座，大家坐定。由殷龙送酒已毕，然后各人胡乱自吃了一顿饱。为的是巳正二刻吉时新人交杯合卺，因此大家不便闹酒，唯恐耽误吉时。且留着量晚间痛饮，因此吃得颇为快速。午饭已毕，又稍停了片刻，只见傧相来请新贵人登堂交拜。贺人杰即随傧相进入，里面红毡贴地，殷赛花早有两位搀亲全福太太并喜娘人等搀扶出来。

傧相赞礼，二位新人先拜了天地、祖宗，然后彼此交拜，送入洞房。由贺人杰带着红巾，二人坐床撒帐，合卺交杯，诸事已毕；傧相在外又请两位新人出堂，恭拜亲戚故旧。喜娘在里面答应。不一刻二新人扶出洞房，来到客厅，分上下首站起。此时厅上所有亲友齐列两旁，只听殷龙开口说道："请二位大宾老爷开拜。"傧相迎接奉请，计全、李昆二人即便上前，傧相便请二位新人拜见，共计拜了四拜。计、李二人亦复回拜了四拜。那边殷龙还道："诸事大宾费神，理当再拜四拜。"计、李二位再三逊谢，傧相这才止住。接着家内亲戚，挨次拜毕。最后请殷龙夫妇暨殷猛、殷勇夫妇，殷刚、殷强等人，拜毕，诸亲友退下。复由喜娘搀扶新娘进房，人杰亦随了进内，两位新人就在洞房稍歇片刻。傧相复又出来，请诸位亲友去看看新娘。殷龙首先邀了计全、李昆二人，其余亲友亦各随其后，大家一起来到小桃源。

计全、李昆首先进房。喜娘一见大宾老爷进来，当即请新娘立起迎接。计全、李昆近前将赛花上下看了一遍，极口称赞道："风流庄静，体态端凝，将来定准是一位夫人，真生得好个福相。"说罢，又掉转头来望殷龙说道："老大哥！这是你的福气。这样一对佳儿佳婿，你也算得心满意足了。"殷龙道："这总是托老弟及大人的恩典，成全他们的良缘，劣兄有什么福分呢。"接着诸亲友挨次近前看了一回，无非是称赞个好字。大家看过新娘，复由殷龙邀同出去。里面还有些女眷去看新娘，也不必细表。

此时是仲冬天气，俗话说得好："十一月中，梳头吃饭工。"极言日短之意。就是这两个新人拜堂已毕，送入洞房，交杯合卺，复又出来参拜亲友，大家看过新娘，却又是上灯时分。只见前后各处所有的灯烛，只点得一色的通明，如同白昼。殷龙因喜欢热闹，又雇了两班清音，分为前后，演唱曲词。此时诸事已毕，两班清音便一齐打了锣鼓开唱戏文。只听得鼓乐喧天，声音嘹亮，前后都大唱起来。不一刻厅上又摆出酒席，晚间的首席座便是计、李二位。厅中一顺排了两席。计全年龄稍长，就在上首一桌首席上坐下；李昆年龄稍轻，就在下首一席首座坐下。殷龙在计全这席相陪，其余诸亲友各依年龄坐定。

殷龙又叫人将人杰请出来，派他在第三席坐下。人杰再三相让不敢先坐，诸亲友亦再三相让，人杰只得坐下。酒过三巡，清音拿了戏目上来，请诸位尊客点戏，乃送至计全面前请点。计全也不看戏目，只点了一出《满床笏》。其次李昆点了一出《佳期》。再其次即挨到人杰，人杰不敢。先各亲友，招呼班头送往他客先点。各亲友有点《教子》的，有点《梳妆跪池》的，有点《大宴》的、《小宴》的，还有点《赏荷》的，各人点毕。挨到殷龙点了一出《甘露寺相婿》接唱《洞房》。大家一看殷龙这出戏，齐声笑道："你看这老儿自命得太厉害了！谁不知你相得好女婿，你还怕人说你眼力不好，偏要点这出戏炫耀于人。你这老儿也未免太狂了。"说罢，大家笑个不止。

于是清音就唱起来。诸亲友传杯弄盏，互相痛饮。酒至半酣，大家皆吃得高兴。如何大闹洞房，且看下回分解。

第二四二回 贺人杰初入婿乡 施贤臣经过神庙

话说殷龙家内厅上摆列着酒筵，大家酒至半酣，另使厨房内再备一席，送往新房痛饮。殷龙不便推却，当即命人前去，反是计全、李昆拦道："今日天气已不早了，主人也连日辛苦了，咱们不必往新房内再去饮罢。停一会时两新人送进了房，好使主人安歇。明日再使人杰陪诸位痛饮数杯如何？"大家见说，碍着情面，也就不再深说，只得又大笑了一会，向殷龙道："今日便宜你了。"殷龙道："深蒙诸位见爱，明日再当令小婿、小女赔罪何如？"大家又笑了一阵，于是又饮了一回酒，这才筵散。却好清音上的戏文亦唱完了。计全与李昆说道："咱们送房罢。"李昆道："好。"便命乐人作乐，将人杰送入洞房。大家又一齐到新房内，略略闹笑了片刻，便即出来。

有喜娘代两个新人宽了衣带，随同丫环、仆妇出了房门，将房门倒掩起来。人杰在房内，便与殷赛花叙了些阔别思慕之言，然后同入罗帐，共谐鱼水之乐。真个是鸳鸯交颈，其乐如何。人人皆然，这也不必细说。

明日天甫明亮，即有丫环、仆妇、喜娘之类进房打扫各事。两新人也就起来。殷赛花见了这些仆妇、丫环，若有羞态；贺人杰亦未免有些赧颜。当下有仆妇送进面水。二人梳洗已毕，用了些早点，遂即冠带起来，出房往内室给岳父母请了安，并与亲戚参见。殷龙夫妻见一对佳儿佳婿，好不心满意足。当下又赠了多两见面礼，二新人当又拜谢。接着又参拜诸亲长辈。贺人杰此时就往外厅陪客。内有各女眷们，与赛花说玩话的，有与赛花昵昵私语的，有与赛花半说半笑半挖苦的；最是他两个表姊妹，出口尖利。李月英先说道："妹妹昨夜可曾与妹夫打仗么？"殷赛花听了这句话，顿时脸上飞红，欲说不好，不说又不好。接着，李秋英说道："姐姐你不要说这些旧话了！赛妹妹从今后我料他将那人要作心肝般看待，还有什么打仗不打仗呢？即打起来，也是恩打，断不是如那年那样仇打了。"王兰珠也在旁边说道："你们二位都不是这般说，我却有一句至公至平的话：没有当日那般雠仇，何有今日这般恩爱。雠仇其名也，恩爱其实也。有今日之恩爱，即断不行再记当日之雠仇。若说打仗一层，我恐从今以后，若有任何人得罪了妹夫，我们的赛妹妹一定帮着妹夫，去与人家打仗的了。我看你们二位，是要防备些，出言不可大意；若触了赛妹妹的怒，说不定他去告诉妹夫，合同妹夫前来，与我等为难。你可知妹夫的本领高强，武艺出众，咱们已闻风先惧了！"李月英道："你怕，咱是不怕。为什么妹夫初到来，就有些屈情之处，即使赛妹妹唆使他出来，料他也不肯听信。"李秋英道："倒也未必尽然，假若赛妹妹使出雌老虎的脸来，我那妹夫吓就要吓杀了，还敢说半字不肯吗？"殷赛花听了他们的言语，真是急杀。欲要发作，争奈是个新娘，虽然入赘在家，究竟有些不便；若不发作，实在气不过。忍之至再，只得站起来，向她母亲房内去了。哪知李家两个、王家一个，不肯就罢，还要将她取笑一阵，也就跟了出房。正要取笑，却好殷龙进来。他们三人向来有些惧怯殷龙，当下也就住口不说。

此时又是中午，外面仆妇又进来，请她们出去吃酒，由是才把那说笑打断。当下赛妹妹才一同出来午饭。外面厅上已摆好了酒席，大家又复入席，欢喜畅饮起来。今日贺人杰却陪了众人吃了许多酒，好一会才筵散。是日就有远路的亲戚，告辞回去。三日已过，所有各处的亲戚皆去，陆续告辞。计全、李昆也就搬到殷龙家住。贺人杰温柔乡里尽得风流，亦颇安心适意，只等度岁以后，打算起身进京；还指望施公奉旨回任，可以免再跋涉，且可在婿乡多留恋几日。哪知事不如愿，不足半月，不但贺人杰、计全、李昆要去效劳供职，便是殷赛花也要帮助乃夫，做一件极大的事；殷家父子，也不免劳力一番，且待慢慢表来，如今将这边搁下。

再说施公从六里铺动身，夜宿晓行，饥餐渴饮，循途而进。走了十里，沿途并无事件，这日走至直隶大名府界，忽然出了一件大事，几乎丧了施公的性命。你道为何？只因大名府大名县界西南，有一关王庙。这庙亦系敕建的丛林，从前所有住持僧皆是道德高尚，惯守清规。三年前，忽然从外方来了个行脚僧，到这庙来挂单。这庙内住持名唤静性，看那行脚僧恐也甚好，就将他留在寺中供职。那行脚僧名唤无量，却生得仪表非俗，以外面看起来，是个有德行的样子。哪知他奸淫邪盗，无所不为，却会得一身绝巧武艺，惯使一条禅杖，有一百余斤。他外出云游，只拿这禅杖担着物件，外人却不在意。静性将他留在寺中，其先他还循规蹈矩，渐渐地就有些不端，却还不敢在住持面前放肆。不料静性一病奄奄，当因寺内无可靠之人，使之住持；又看着无量外场又好、气概又好，即将寺内所有的一切事件，尽交付他掌管，他即做了住持。静性死后，他也代他穿孝，各事料理，外人看起来，都说他是个有道的僧人；即是本地的人见了他也还器重他。更有一件好处，不但武艺过人，还兼能文墨。平时无事，也常与文人来往，诗酒往还，颇合人意，故传说开了，即是本地的大缙绅，也诗酒来往。他就此一来，交接上本地缙绅，他便有了护身符。先暗暗地将庙内常住的僧人，陆续借端逐退，复又招集了他从前一班朋友，俱是大盗出身。无量见党羽已成，便日渐放肆。先在附近，见哪村中美貌妇女，他无论如何，都要百般引诱，奸宿起来；又去各处暗访，觅到美貌的，他便使人于夜半抢劫回来，在寺内逞其所欲；甚至往数十、百里之外去觅，有哪个不愿从的、贞节的，因此送命，亦不知凡几。就是失节妇女之家，虽控告到地方官，亦无从缉访。一二年来，从未破过案。案虽未破，可是他的胆愈壮愈大，愈过愈放肆了；渐渐又使他的羽党往各处抢掠财物，以充庙内的应用。这关王庙的田产虽不甚多，谨小慎微，每年除去开支，还可以稍余。他却挥霍太甚，万万不足。

这日施公到了大名府界，离城还有十余里，走关王庙后经过，忽见关王庙大殿屋上，卷起一阵狂风，到了轿前；接着庙门口又是狂风陡起，吹得溜溜圆不散。施公见此大风，知道有异，暗说："这青天白日，云净风微，他处毫无风丝，为何这庙内如此狂风？其中必有缘故。"

施公知道有异，当命众人即往大名府城暂住。吩咐已毕，施公忙与众人缓缓进城。及至离城不远，又命分头进去，不要惊动府县，只在城内寻一大客店住下，就说是进京的客商，不可说出实话。众皆答应，当即分开为两起，陆续进城，果然府县毫不知道。进得城来，就在热闹市口寻了一所客寓。这客寓名唤吉升栈。施公同黄天霸等人均开了房间，分别住下。外面只说途中相识，搭伴进京，客寓主人倒也深信。晚间，有店小二进来伺候。

施公与店小二攀谈起来，因说道："店伙计，你姓甚名谁呀？"那小二道："小人姓陆，排行第三，都唤小人陆老三。你老尊姓甚？"施公道："咱姓任。"那小二又问道："你老贵处是哪儿呀？"施公道："咱自北京城里。"那小二应："是。"

施公又问道："陆老三，咱问你。这城外十余里，那西南上一座大庙，是什么庙呀？"陆老三答道："那庙叫关王庙，是这里大名府第一座丛林。"施公又问道："这庙内是道士住持呢？还是和尚住持？一众有多少人？"陆老三回道："你老问这庙内和尚么？"施公道："咱只因有个亲戚，因与家内淘气出家，现在有人传他在这大名府关王庙内居住。咱走此经过，想去庙内访一访咱这亲戚，不知可在那里没有？但不知这庙内住持，唤做什么名号？老三呀，你可知道呀？"小二道："庙内住持叫无量。你老不知道，这无量和尚甚有势力，咱们本地的乡绅都与他往来。因为腹中甚好，还能吟诗，本地绅士往往到他庙中闲坐。可有一件，他却绝不进城到绅士家。今年六月里，他几乎吃一场官司。并非本城的人告他，却是外乡的移文移到本县，说他窝藏妇女，好盗邪淫，移至本县，一体访拿。后多亏本地乡绅代他公保，方才没事。"

施公听这话，心忽一动，暗道："这和尚并非安分之徒，一定是借本地绅士做护符，窝藏妇女；我何不再盘诘他一番，追究些破绽出来，本部堂好自做事。”因问道：“陆老三，你曾见过这无量么？”小二道：“咱怎么不曾见过？每年逢三月，那庙内都要做一次水陆道场。小人到了那时也要去玩半日。那住持僧他也亲自登坛，参拜仙佛，宣演经忏；可是他目不邪视，只管说法。事毕之后下坛，便往方丈去与本地这一班绅士们闲谈，或演些经忏，或谈论些诗文，从来不曾听说有一句闲言。所以今年六月里那场官司，若非本地绅士保护及地方官知道他平时的作为，那可真要冤气他了。”施公听罢，又觉好生疑惑，暗道：“据此说来，又是如此规矩，难道无量真是好人，并非是奸淫之徒。却为什么他庙内起那怪风呢？倒叫本部堂好生疑惑。也罢，明日等我去私访一番，再做区处。”当下用了酒饭。小二出去。

施公暗暗将黄天霸、关小西喊进来，即将看见关王庙起怪风并店小二所说的话，告知一遍。天霸道：“大人不必过疑，既据店小二所说如此，而且本地绅士又与他往来，光景无甚邪恶。”施公道：“虽是如此，然本部堂有些不信。不然，何以那阵狂风来得奇怪？即使这和尚果真清正，难免别有缘故。本部堂要前去私访一番，若实在无甚奇异，本部堂也不致多事去问；若是有些奇异，多代民间除一害，申雪一件冤枉，也不愧食君家俸禄。”黄天霸见施公是决意要去，知道拦不下来，只得说：“既是大人要去，标下随大人前去便了。”施公道：“这倒可不必，还是本部堂独自前往，料无什么意外之事。”天霸、小西只得随口答应，心中却是暗想：“他老人家又要去冒险了，若无奇异也就罢了，若有了意外之事，不但咱们要费事，而且把咱吓得要死，这是何苦呢？偏生咱们也不曾见过什么怪风，偏他老人家又见着怪风，这不是合当有事么！”二人只管在此暗想。施公见他二人若有疑虑之状，早知他们心事，因道：“二位贤弟不要过虑，就是本部堂前去私访，也只是随机应变，断不有累二位贤弟的。”天霸一闻此言，真急得三尸冒火、七窍生烟，当下说：“大人！你这是什么话？难道标下是惧怕不成么？标下所以疑虑的，又恐你老人家，万一有了意外之事，你老人家又要吃苦。标下所以如此，还是为的你老人家，怎么说起标下怕受累起来？还求大人的明鉴呢！大人既如此说，明日便不随大人前往，不过请大人务要见机而作，早去早回，以免标下挂念。”施公道：“那个自然的。”说罢，天霸、小西二人退出，即将此话悄悄地告知何路通、李七侯等人。大家一听此言，也是说施公多管闲事。众人议论了一回，各自前去安息。

到了次日早上，施公起来，梳洗已毕，用了早饭，便装了一个书生的模样，出了吉升栈，独自往城外而去。踽踽而行，直走到午后，方见关王庙。到了庙外，先在四面一看，只见一带红墙，里面的房屋不少。庙门口一顺三座大门，对面有大照壁，上写着六个大字，乃是：“南无阿弥陀佛。”山门上嵌着五个大字，是：“敕建关王庙。”施公进了山门，迎山门有座神龛，中供一座韦驮尊神，两边值日功曹。转过韦驮殿，是一座极大的院落，上面一道台阶，以上便是大殿。施公上了台阶，迎面一看，见竖着一方大匾额，上面写了三个大金字乃是：“关帝庙”。施公暗道：“原来这不是佛殿，是关圣大帝。”于是进了这大殿，向关帝神像前行了三跪九叩首礼。就这行礼之时，将来意暗暗祝告一番。参见已毕，两边望了一回，这才出殿外。渐至后院，又是一座五开间金碧辉煌的殿宇。施公抬头一看，见殿屋上顶嵌四个朱红磨砖的字是“大雄宝殿”。施公说道：“这便是佛殿了。”当时又进入里面，但见中间塑着三尊大佛，两边十八尊罗汉，皆是金装得极其华丽。当下有小沙弥送茶来。施公接在手中，喝了一口，又递还过去，小沙弥接过，便在腰中摸了几个铜钱，放在茶盘之内。小沙弥将茶钱送在一旁。施公就在蒲团上坐下，歇息歇息。那沙弥复走过来，合十问道：“施主尊姓，从哪里而来？”施公忙答道：“在下姓任，从城里而来。”因又问道：“你家大和尚可在家吗？”小沙弥回道：“现在方丈内，与城里二位乡绅老爷在那敲诗。施主亦认得方丈吗？”施公随口应道：“咱也与他会过。”说着立起身来，向殿外而去。不知后事如何，且看下回分解。

第二四三回　探情由无意遇绅士　借诗句当面讽淫僧

话说施公见说方丈在家，与城里的绅士在那里敲诗，当下便出了大殿，欲往方丈而去。才要出殿门，只见那小沙弥喊道："施主你向哪里去？到方丈那儿去，要这殿进去呢。"施公随机应变说："我知道。我要出去小解。"小沙弥又道："小解这后面有便处可解，何必出去呢？"施公趁此就回转身来，向后殿走去。转过大殿，又是一道朱红门。又穿此门，便是一所院落，只见院落内松篁交翠，幽僻异常。穿过院落，又是三层台阶，一顺三开间，外面摆着一块粉红漆牌，上写"禅堂"二字。这禅堂的门却是闭住，施公便也不进去。左首有个六角门，却是磨砖砌，贴着"方丈由此进"五个字。施公看罢，便从六角门进去，但见一道鹅卵石砌就万字纹的曲径，两旁竹篱笆编成麂眼，篱笆以外种了些松竹，也颇幽静。施公顺着曲径，走至尽处，只见一道方门，里面六扇云蓝洒金的屏门，门上横嵌着"方丈"二字。施公进了此门，只见山色玲珑，有二三十盆鲜花，香气扑人，芬芳可爱。施公暗道："如此好境，偏使那秃头受此清福；便是本部堂也不曾有一日如此清幽。"

一面想，一面信步走去。远远听得有吟哦声，施公想道："照此看来，和尚似非奸淫凶恶一流了。"想着，已走到方丈。只见一顺三间，中间装有风窗，上面挂着一条秋香布的暖帘。施公走到风窗前，将暖帘轻轻掀开。里面有一道人走出来，将施公一看，当下说道："先生从哪里来？到此寻谁？"施公道："咱因慕你家大和尚的诗名，特来拜访。请你通报一声罢。"那道人又将施公上下打量一回。进去不一刻，那道人先走出来，随后方丈无量亦跟至门首。施公瞥眼看见，便问那道人道："这就是你们方丈么?"那道人答道："正是。"施公欲上前，无量早已迎出，将两手一合，口中说道："先生请了！僧人不知先生惠临，有失远迎，尚望恕罪。"施公也答了揖，口中说道："久仰大和尚诗名，特来拜候，尚乞见教。"无量道："岂敢！先生饱学，尚乞裁成。"说着，就让施公里面坐。

施公跟了进去。但见里面陈设精致，毫无尘俗之气，施公实深叹赏。无量又将施公邀入上首一间房内。原来这房屋，是两明一暗。

施公进房，只见里面有两个学究的模样，一见施公进来，赶着起身迎接，彼此一揖。无量便引施公，先指着一个六十多岁的说道："这位是本城的庚子翰林吴幼山老先生。"又指着一个五十多岁的道："这位是本城壬辰科翰林黄宜伯先生。"施公听说，又与吴、黄二人重新揖了一揖。吴、黄二位让施公上座。施公逊了一番，这才坐下。有道人献上茶来。吴幼山开口问道："还不曾请教尊姓大名。"施公道："学生贱姓任，草字也樵。"吴幼山又问道："尊居何处?"施公道："敝处北京城，烂面胡同。"吴幼山又问道："贵榜是哪一科?"施公道："说来惭愧，学生是大兴优廪膳生。"吴幼山道："岂敢岂敢！"接着，黄宜伯又问道："先生此来，欲向哪里去?"施公道："因为学生有一世伯，是现任山东巡抚，月前折柬相招，命学生前去，就便道经贵地，访一至好友人。不期外出未归，学生未免有室迩人遥之叹！故而假寓客邸，稍候数日，或者可以相晤。昨日在寓闲暇，与店中人闲谈，说及此间大和尚颇擅诗才。学生因不揣冒昧，特来相访，私心想与这位大和尚推敲，不知能允许否?"吴幼山在旁又说道："这位大和尚广结交游，日与文墨中骚人，更喜结纳。难得老先生不弃，惠然肯来，这是大和尚求之不得了。"无量也就说道："僧人略识之乎，过蒙本城诸位老先生谬奖，得以忝附末光，得交文士。今得任老先生光临敝寺，倘蒙不弃鄙陋，时赐教言，则僧人受惠多矣。"说罢，便向施公打量一番。施公一面说，一面也将无量细细观看。但外面虽仪表非俗，而且满面斯文；其实内藏凶恶之形，更多酒肉之气。为最的，那两只眼睛淫光灼灼，凶气射人，实非善类。施公看罢，又问道："某方才从方丈室进来，闻有吟哦之声，光景是两位老先生与大和尚在这里推敲诗句。但不知大作可能乞赐一观？"黄宜伯道："某等因此梅花大开，在家沉闷非常，特地来此与大和尚作首梅花诗，亦是随口胡诌，借消岑寂。既蒙见爱，当得献丑，尚乞见教，勿吝玉音。"说着已将诗稿取出，送与施公观看。施公接在手中，但见一张梅花笺，纸上写着一个题目，却是"寻梅"二字。以下便是一首七绝。施公吟道：

山深水曲静无哗，惹得诗人兴更赊；

到处寻梅寻不到，美人偏在老僧家！

施公吟罢，哈哈笑道："好个美人偏在老僧家！老先生之言，有意乎？是无意乎？然以某视之，当为老先生暂易一字，便成双绝了。"黄宜伯道："当易何字？不妨赐教。"施公道："如是易来，未免过于作谑，然谓之打油诗，亦无不可。其老字不如易一小字，岂不即景双关吗？在老先生以为何如？"黄宜伯、吴幼山齐声笑道："这一字改得真正趣绝，我两人要拜你为师了。"施公道："即景生情，文人游戏笔墨，大都如此。但和尚色即是空，空即是色，谓为绝无美人，亦可谓为真有美人，亦无不可。若在这个美人，非真正美人，某亦不敢如此失言了。"一面说，一面偷看无量，但见他神色顿改，局促不安。

施公看罢，更料到九分了，故意又要吴幼山的诗看。吴幼山也就取了出来。施公看了一遍，也不过平常诗，无甚新声，便赞了两句，摆在一旁。又向无量索观，无量不得已，也取出来。施公接过手中一看，只见上面写：

闻到梅花处处开，骚人镇日费徘徊；

暗香疏影知何处，踏遍山隈与水隈。

施公看罢，一面赞好，一面又暗暗讽道："但须和尚费点心，各处打听打听，便得暗香疏影的所在。然以某看来，这暗香疏影，虽绮阁画楼之畔，蓬门板屋之家，亦多有之；不必尽在山隈、水隈，要在和尚寻找得法耳。"这两句话说罢，施公又暗暗偷看无量的情形。

话说施公慢慢地说了那番话，皆是刺着无量的心。无量一听此言，心中无不疑惑，暗暗发恼道："这个人忒也可怪，为什么处处总刺着我的心，这是什么人呢？"心中暗恼，脸上却有些怒色了。因问施公道："你这老先学，咱出家人，并不曾与你有什么难过，为什么要闹僧人顽笑？"施公道："大和尚忒也见怪，某说的是佛经上言语。大和尚既参禅说法，怎么连这佛经也不知道吗？况且始作俑者，并非某为始，有黄老先生之'美人偏在老僧家'一句，他已先某而言，某不过假而戏谑，以老字易一小字，这也不算什么。至说'暗香疏影知何处，踏遍山隈与水隈'，这是和尚寻梅诗，某亦不过进一句，不必在山隈、水隈，就是绮阁画楼、蓬门板屋，暗香疏影也是有的。难道和尚定是派梅花在山隈、水隈去寻，别的地方，就不许有梅花么？大和尚，非是某强辩，你也未免少见多怪了。"

这一番抢白，无量顿口无言，半句也说不出，只是暗暗含怒道："咱若不因黄、吴二人，咱倒不管他是什么廪膳生不廪膳生，咱就要结果他性命。他处处打趣我，偏说出一片大道理，堵住我的口，岂不可恼？"此时脸上就有万分不善的形色现出，而且露出杀机。

施公一见，便料得十分。正要拿话打开，免致受他的苦恼，却好吴幼山在旁说道："和尚也不要动气，任老先生也不须动气。我们到此为寻消遣，既是你老先生到此，为慕诗名而来，若因这游戏笔墨两人动恼起来，不但结不成方外良缘，倒要变成文字之祸了。现在天时已不早了，将次日落。咱们进城，还得有十余里地，不如趁早回去罢。不要赶不进城，城闭起来，那就费事了。"施公见说，因乘话说道："若非吴老先生提起来，某真个忘却路远的事了。但今日乘兴而来，尚未尽兴而返。诸位大作，均已捧读，某尚未效颦呈政，拟仍明日与二位老先生约定再来此一聚，好好地做一个围炉饮酒，联句吟诗，不知大和尚可能见纳鄙人，不致闭门不纳么？若得容纳，当一洗今日恶习，不涉于游戏。如不遵者，罚生金谷之数何如？"这一番见怪不怪的话，说得无量倒好笑起来，暗道："这分明是个浑人，不然定是书腐。不必说他别的，看他说这些话，也不曾看看我的脸色，尽着随口乱道便了。"心中尽管这般想，口里却不能不答应，因答道：

"任老先生说哪里话来？僧人唯恐老先生动气再也不来。若老先生仍以僧人为可教，明日务请早临，以便僧人领教。"施公道："如此则太妙了！也可补今日之不足。"说罢，便与黄宜伯、吴幼山一同站起身来，向无量拱手，说道："打扰了，明日再来叨教。"又与黄宜伯、吴幼山谦让了一回。吴、黄两位让他先走。施公又再三逊让，只得在前走了。吴、黄二人在后相陪。无量直送至方丈外，才转身进内。

施公与黄宜伯、吴幼山三人出得庙门，缓缓进城。沿途三人谈得颇合适，盖因都是学究，所以极谈得来。哪知施公当出庙门的时节，迎面来了一个和尚，一见施公，就将他上下一看，心中好生疑惑，暗道："这不是施不全么？"认得施不全的，你道是谁？原来这和尚名唤智能，在先姓黑名唤一个亮字，绰号黑煞神；本在落马湖李配名下做一名头目，惯使一把戒刀。当施公被困落马湖的时节，他曾见过；后来李配被捉破了落马湖的时节，他却借水逃走出来，流落在外，做了一二年流寇。后来遇见无量，因与无量结为生死之交，又经无量劝他削了发，好掩人耳目，他就改名智能。所以现在也在这关王庙内。他日间无事就在各处巡风，打听有什么大注财物并美貌妇女，打听实在，就回来送信与无量，就着分派人前去抢劫。无量手下这一班师弟兄却也不少，共有十八名，唤作十八罗汉，个个皆是武艺超群，本领出众。一律是智字排行：一个唤智亮，绰号赛金刚，使一把中耳泼风刀；一个唤智明，绰号铁背汉，使一把五股叉；一个唤智化，绰号三太保，使一把戒尺；一个唤智武，绰号伏地太保，使两把双刀；一个唤智慧，绰号飞毛腿，使一根齐眉棍；还有智行、智空、智其、智悟、智性、智静、智诚、智定、智法等人，皆是武艺出众。唯有智慧那两条飞毛腿，一日可行五百里。只要在五百里之内有了财爻，或是见有美貌妇女，他便去抢劫，到来往返，只消两日，从来不曾被人捉住。更兼那齐眉棍有五六十斤。更有铁青汉智明、赛金刚智亮，飞檐走壁，其快非常，而且他二人两般兵器，亦复超群出众。无量看重他们三人，就是抢劫来的财物、妇女，都与他们这一起人大家享用。这十八人，平日却不常见面，都在外面时多，即使回庙，多半在禅堂里，关着禅堂，不使外人看见。

黑煞神智能进了方丈，一见无量，便问道：“师兄，今日有什么客人到来？”无量见他问得诧异，因即说道：“贤弟，你向来不曾问过这些闲事，今日忽然问我有甚客来，却是何故？”智能道：“师兄！我问的不是熟客，问的是什么生客到来不成？”无量见问，更加疑惑，因答道：“有是有的，但有一个十不全的模样，他自称姓任名唤也樵，北京人氏，是一个优廪膳生。说因山东巡抚与他有世谊，请他到巡府衙门做师爷，他路过此地，要看一个至好朋友，不期未遇，住在客店。闻得愚兄的诗名，特地前来拜访。愚兄见他倒是个书生本色，觉得还有些傻气。彼时黄翰林皆在此处，便与他谈了一阵诗词，才走了没一会。他临行时，还说明日再来与愚兄联句吟诗。就是这个任也樵，并没有别的生客了。”智能又问道：“他还是与黄翰林、吴翰林二人一齐来，向来与他们二位相识的？还自独来的呢？”无量道：“黄翰林、吴翰林本不认识他，还是这里相识的。贤弟追问他做甚？”智能道：“他独自来的了。”无量道：“不错。”智能道：“小弟问你，那总漕施不全，兄长可认得他么？”无量道：“咱不认识。”智能又道：“师兄不认识，这也罢了；可曾听别人说过这‘施不全’三字么？”

无量道：“怎么，听说施不全这赃官专与咱们一路上的朋友作对，谁不恨他，要将他碎尸万段呢！”智能道：“师兄可知今日来的那个任也樵是谁？”无量见问这句话，忽然将他提醒过来，便说道：“难道他是施不全么？”智能说：“不是他还是谁呢？你不问他姓，但看他那十不全的样子，就该明白了。”无量听说，直气得三尸冒火，七孔生烟，大喊不止。智能道：“师兄但如此发怒，有何益处？须得想个方法儿将他捉住。”

不知他们想出什么法儿来，且看下回分解。

第二四四回　贼秃寻仇遣刺客　英雄有眼识凶人

话说无量见智能叫他想法将施公捉住，以免后患。当下无量说道："照贤弟看来，怎么去把他捉住呢？"智能道："就此赶上前去捉回来，又有什么难处，这不是手到擒拿吗？"无量道："话虽如此，可有一件难处：他是与黄、吴两个翰林一起走的，你若此时去赶着他捉住，这黄、吴二人看见，岂不是要免后患反弄出后患来么？"智能道："这怕什么？黄、吴两个翰林，他从不曾见过小弟，他知道是谁呀？"无量道："他虽不曾见过你，咱们却有一件碍眼的处：在你我皆是和尚，他二人岂不疑惑？"智能道："他二人绝疑惑不到这庙里来。"无量道："这话料不定。咱们今年三月里不闹那件事，县里没有拿访咱们的消息，今日没这件事，他们二人再疑惑不到此处；既有三月里那件事，今日若做了这件事，他二人也就要疑惑到这里来了。贤弟这个法儿甚不妥当，还是另想他法方好。"智能听说这话，也甚有理，因道："如兄长所说，难道就放他过去么？他今日独自前来，小弟料他居心不存好意。若不将他置之死地，恐怕不出十日，就要坏事了。"无量道："愚兄却有了主意，想请贤弟尾随他后面，单看他进城住在哪家客店，然后回来送信，再使智明、智亮两位前去，将他刺死，岂不是两全其美么？又不碍黄、吴二人的眼，咱们又免了后患。贤弟你看如何？"智能道："此计虽好，在小弟看来，还嫌慢。若等小弟访实他的住处后，再来送信，然后再使智明、智亮二人前去，这一往还，万一他走了，又往哪里去赶？"无量道："他怎么能走得这样快呢？"智能道："等我探明住处，赶紧出城回来送信，再同智明二人进城，那时城门已关了，必不能越城而进，势必等到天明方能进去。等了天明，还能行刺吗？既不能行刺，保不定他明日不走。而况还有一说：即使他不走，我料他断不是一人住在客店，一定还有他的从人，如黄天霸之类保护着他。就是那年在落马湖，也见他前来私访，后来被人困他在湖内，准料无人知觉。依李大王的初见，当时把他杀死，倒也罢了；后一转念，将他困在阴井内，要叫他活活饿死。就此一来，反被黄天霸等人将他救出，大破了落马湖，把李配等人一众拿去，治了死罪。弄得画虎不成，反被犬害。只因施不全，看他那种三分不像人，七分不像鬼，却是诡计多端，神出鬼没；又兼黄天霸等人武艺高强，本领出众。所以要捉施不全，都要出其不意，还要飞刺得快，使他那一众保护的人，迫不及防，才可有益。若稍迟延，就不能下手了。因此小弟觉得兄长这条计太缓，还须另想别法为是。”无量道：“除却愚兄，贤弟可再想一个法儿，说来大家商量得至妥至稳去干。俗语说得好，‘开弓不许回头箭’，方才高妙呢！”智能道：“正是此话咧。在小弟的愚见，现在小弟即行前去，尾随于他，师兄即赶紧使智明、智亮二人也尾随在后。小弟一进城，他二人也就进城，相离总不能远。能于城里空阔处得手，就将他刺死更好。万一不能，只得认定他客寓，智明、智亮可于三更时分，窜身进去刺死他。小弟在店外巡风，以防他保护人等。如此办法，觉得较为快速，或者可以得手。其实最好是此时赶即前去，不须怎么费事，只要走在他背后，出其不意给他一刀，包管他见阎王。争奈又碍着黄、吴二人的眼，这事可冤不冤呢！”无量道：“贤弟你就此去罢，谅这施不全走得慢，不能与黄、吴二人并行。他一人落在后面，只要所过之处，没有人烟，贤弟也可照你这法儿去办，不必一定的。就是一刀结果了他，也未为不可。愚兄也就命智明、智亮二人前去。”智能答应，随即提了戒刀，大踏步转身而去。出了庙门，直向前赶。

这里无量也就密请智明、智亮到了方丈，告知一切。二人一闻此言，只气得怒不可遏，因说：“施不全你这赃官，今日大概是你死期到了。人不去寻你，就是开恩，让你活在世上，多活几年，你反不知足，反要来寻俺们。这可不怪咱们心毒。”

骂了一顿，又向无量说道：“师兄你尽管放心，咱们兄弟此去，包管将这赃官捉住，以免后患便了。”无量道：“全仗二位贤弟相助。”智明、智亮回道：“不敢。”说着，也就转身出外。到禅堂里，各人藏了利刃，换了一身夜行衣，外面仍将法衣披上，直奔庙外而去。

且说智能在先追赶前去，走了有十里开外，远远地见着施公还与吴、黄二翰林在前，一踮一跛的缓步，一路开谈。走了一会，已见城门。智能想道：“咱可要紧两步，跟着他进城方可。若放他先进城，城里人多路歧，只要二三个弯子一转，咱就不知道他走向哪里去了。”一面想，一面紧两步赶下来，没片刻已跟在施公后面。又一刻，二人与施公进城，智能也就随后进城。只见施公走了两三街，便与黄、吴二人分别。吴、黄二人走向东街；施公走向西街。智能故意退后几步，让吴、黄二人走过，又赶下去。不提防李七侯从里面走来，一见施公，彼此打了个照面，并不曾说话，让施公走过，他便跟随在后。再一转脸儿，见后面跟随了一个和尚，满脸凶恶。李七侯心知有异，故意装不看见，反向岔路而去。等智能走过，他又从背后赶来，即在后面察看，只见那和尚跟定了施公。李七侯看在肚内，好生疑惑。也就跟了一回，不一刻已到吉升栈，施公进了客寓。智能跟在客寓左右看了好一会子，这才转身而回。

李七侯看了这般光景，早已明白。一见智能回身，又向旁边一闪，不使智能看出破绽，远远地看智能走过去，再出来大踏步向客栈而来。进了客店，直奔后进。此时黄天霸等人尚未回来，多半是出城迎接施公，恐怕有什么。既见了，就不能不格外小心防备。若不去寻找天霸等人，又恐到了夜间有了意外事，一人兼顾不及。正在纳闷，却见天霸回来，一见李七侯，便问道：“大人回来了么？”七侯道：“回来了。”天霸道：“既回来了，咱去叫他们不要出城了。”七侯道：“他们在哪里，把他们唤回来罢！恐怕保不定，今晚要出大事！”天霸道：“这是何说？”七侯将遇见智能跟定施公说了一遍。天霸诧异道：“果有此事么？”七侯道：“谁骗你来？”天霸答应一声，即转身出去。

尚未到城门，只见关小西、何路通、金大力、王殿臣、郭起凤五个人匆匆行来，天霸赶上前，打了个照面。大家一见，随又打了暗号。天霸等一听暗号，也就转身陆续回寓。

话说黄天霸等人一齐回至吉升栈，李七侯将上项的事说了一遍。七侯道："我等且进来问一问大人，到关王庙的时节，见了和尚是什么光景？然后就明白了。"当下天霸即至里间，先给施公请安，然后问道："大人今日到关王庙，曾遇见和尚么？还有什么形迹可疑之处？"施公见问，便将如何评诗，如何讽刺，无量如何怒形于色，只碍着黄宜伯、吴幼山不便翻脸，只辩了两句，后来又用言语辩驳了一番，和尚无言可对，及至临行时，又如何约定明日再去的话，细细说了一遍。天霸道："似此看来，那和尚并无什么恶处了。"施公道："外面虽如此，只见面色不善，两眼的淫光灼灼射人。本部堂当讽他的时分，偷眼瞧见他，乃实在有虚心之处。本部堂也因那和尚似非善类，所以借口回来，若留恋在彼，难保无意外之事。"天霸道："大人还遇见什么和尚么？"施公被这句话一问，猛然提醒，说道："本部堂在先进庙时，只不过有一个小沙弥，后来出庙门的时节，见迎面又来一个和尚。这和尚也非善种的样子，将本部堂瞧了一眼，他随后就进庙去了。"天霸道："大人幸亏回来，不然恐又要为他所算了。"施公道："贤弟何以见得？"天霸就将李七侯遇见和尚跟随施公背后、关小西等看见和尚进城的话，说了一遍。因道："大人明日可不要去罢。"施公道："本部堂也不过那般说法，本也不去了。满拟明日想令贤弟前去，再探一番。"天霸道："这倒使得。"说罢，即便退出。却好店小二送进晚饭，大家便饱餐一顿，然后就各自安寝。

再说智能将施公住处，看在眼内，当下便找智明、智亮商议。可巧智明、智亮从城外进来。智能便暗暗地递了消息，于是两个贼秃一齐走到僻静处所。智能与智明、智亮商议道："如今这施不全赃官的住处是打听明白了，但不知二位师兄如何办法？"智明道："且待三更时分，咱与智亮同去，定将这个赃官刺死便了。"智能道："依小弟的愚见，三更迟了，施不全他左右保护人多。常闻人说，他们每夜到二更过后，便分班保护，为的是有备无患。若至彼时再去，万一被人看见，虽不至于给他拿住，但于事究无益了。不若趁他们未上班的时节，给他个毫无准备，于事或者有济。好在你二位身轻似燕，不似小弟这笨汉，不能上高。二位师兄以为何如？”智亮道：“这个法儿倒也好。”说罢，去街市上寻了一个小饭店，三人用饱酒饭，就在饭店内稍行歇息。

约至二更将到了，街坊上少人来往，智明、智亮、智能三个贼秃，便出了饭店，走奔吉升栈而来。到了客寓门首照壁后面，三个贼秃拣那黑处站立。智明、智亮便将外衣脱去，交智能拿着，向他说道：“贤弟你就在门外巡风，若有人出来，只要看准了是施不全手下的人，便用刀去砍。”智能答应。当下智明、智亮各带了兵刃，绕出照壁，直奔吉升栈而去。走到吉升栈后面，两个贼秃便一蹿身，皆上了屋面。由是蹑足潜踪，各处寻找了一会，不知他住在哪里？忽然见后院内有个人影一晃，智亮瞥眼看见，登时一晃身，也就跳下屋去，跟着人影儿，蹑足潜踪跟随下去。再一细看，原来是个店小二打扮，前去登厕。智亮远远观瞧，见那店小二进了厕所，才将裤子褪下来，智亮手提刀来，一蹿身蹿到厕所，将手中刀即在小二面上一晃。小二只一吓，向后一仰，幸亏这坑厕上有木板，人不能跌陷下去；若无木板，这店小二早就请他吃粪了。智亮也不管他什么，当即一弯腰，将店小二提出厕所，到僻静之处，将他掷在地上。复用刀架在他项上，说道：“你若喊，咱就一刀结果你的性命。咱且问你，这店内有个施不全，住在哪一间屋内？你且说明，饶你狗命；若有半字虚言，咱师父的这口刀是不留情的。”那店小二，在先被他那口刀一晃，早已吓了个半死人。被他提到此地，再用刀架在他项上，看官你道那小二可怕不怕么？智亮尽管问，那店小二尽管不答，原来已是吓昏过去了。智亮见他如此，复又等他醒来，然后又问。店小二说道：“求客爷饶命！小人实不知有什么施不全。咱店内住店客人，倒有二三十位，却没有一位姓施的。小人若有诳言，情愿千刀万剐。”智亮听说，因暗道：“我又问错了。想他是不知道，不可冤枉他。”因又问道：“你既不知道这姓施的，咱且问你，尔店内有个十不全样子的客人，住在哪里？这个你该知道了。”那小二道：“那个客人不姓施，他姓任，这是有的。他却住在中进那上首的那房间内。小人方才走那跑出来，你老要寻他，他还不曾睡呢。”智亮又问他道：“你既从他那里来，可知他在房内干什么？”小二道：“他一人在灯下观书。”智亮道：“你话可真么？”小二道：“小人焉敢撒谎！你老不信，且请去看。”智亮闻言，满心欢喜，因道：“咱本待送你狗命，因你说出真言，饶你去罢。”说着，就用刀在小二衣襟上，割一块衣襟，放在小二口内，使他不能声张；然后在腰间掏出麻绳，给小二捆绑起来，就将他抛在一旁。然后，智亮复蹿身上屋，直奔客店中进而来。

却好智明在前面屋上老等，一见智亮已来，两下一击掌，彼此心照。智亮在先，智明在后，两人便走到上首房间屋上，轻轻的由屋檐上倒挂下来，向房内看去。不看则已，这一看，把两个贼秃只喜得心花都开了！原来施公所住的这个房间，屋檐下那六扇窗格只关着两旁四扇，中间两扇却是大开。所以这两个贼秃一见，心下大喜，暗道：“这真是天助我等成功了！难得这窗格也不曾关闭，由此进去，好不便当。”虽然如此，他们不敢冒昧，唯恐是诱着，且恐施公不在房内。复探身细细看了一遍，只见房内靠东首墙壁一张方桌，桌上点了一盏油灯，却不十二分明亮。施公坐在上面椅上，手扶着头，在那里打盹。智亮看罢，暗道：“合该这赃官要死了。窗格既不关，又在那里打盹，咱还在这里做什么呢？”心中想罢，便一翻身跳落在地。智明见他跳下去，他也随即跳下。二人一齐跳在地上，真个是毫无声息。只见智亮看见窗门，将身一缩，一个箭步蹿到里面，就举手一刀，认定施公胸膛刺去。不知施公究竟性命如何，且看下回分解。

第二四五回　中金镖智亮被获　免大难贤臣受惊

话说智亮进了施公的房，劈面就是一刀。只见施公身子一歪，向旁一晃，跌倒在地。智明在外看得清楚，心中大喜！以为施公一定被智亮刺死。说时迟，那时快，正要进房帮助智亮动手，忽然又见智亮跌倒下来。智明心知有异，赶着蹿身进房，拔刀来救。尚未走至里面，忽见里面一物，直向面上飞来。智明说声："不好！"旁着身子一偏，转身就走。正待转身，那迎面来的一物，已在肩头擦了一下。智明知道中了暗器，不敢进房，还是急急思想逃走。再一细看，只见房内跳出一个人来，手持大刀，大声喝道："贼秃可认得黄天霸么？"

话犹未完，早已迎面一刀过来，此时智明哪敢怠慢，急急将刀招架。未及两合，只听一片声喧说："不要将这贼秃放走了。"说着，关小西、何路通、李七侯、金大力、王殿臣、郭起凤等人，各执兵刃，围杀过来。智明见事已败，又见这里人多，哪敢恋战？只得且战且走。正欲想走，无如你一刀，他一棍，包围得如铜墙铁壁一般，万难分身逃走。还亏智明武艺过人，不然早被天霸等捉住。

彼此大杀了好一会，只见王殿臣大喊了一声："不好！"早咕咚一声，栽倒在地。原来王殿臣大腿上被智明刺了一刀。智明就趁此睹着空儿，往屋上一蹿。接着黄天霸、何路通、李七侯亦就追赶上去。正往上蹿，忽见上面哗喇喇抛下许多物件来，照黄天霸等三人打下来。智明早一溜烟飞身逃去了。及至天霸上去，已是赶他不及。原来智明由屋上逃走至后垣墙，当即跳出。却好智能仍在那里巡风。此时已是三更过后，智明一见智能，即悄悄地打个暗号，说道："再想法儿，快走罢!”智能一听，便知未能得手。等走至僻静的所在，智明方将以上的话，告知与他。智能方才知道，因说道：“咱们到哪里暂避一避，候天明才好出城。”智明道：“你且随我来。”

不一刻到了一个地方，智明上前敲门，只听里面有人答应，将门开了，放智明、智能走进去。当下那妇人见了那智能仓皇，便开口道：“你等为何慌张得如此呀?”智明即将以上的话，说了一遍。那妇人道：“既如此，且在此暂避一夜再说罢。”当下两个贼秃安歇下来，且待天亮，再回庙内送信，暂且按下。

再说天霸等见智明逃走，他等也不追赶，恐怕房中那个贼人还要逃走。因即赶到房内，看了一看，见智亮仍昏卧地下，不能动弹。天霸即令人将他绑起来，以便明日送交本地官审问。不一刻将智亮绑住。此时智亮已醒过来，心中好不切齿。施公便命人看守好了，以便送县。你道施公明明坐在那里打盹，智亮明明将刀刺去，这施公又明明将身子一歪，跌倒在地，是施公明明被智亮刺中，又为何这施公并不曾死，而且未受微伤，反是智亮中了暗器被擒，却是何故?原来天霸自从与施公说明，忽遇见和尚随尾在后，嘱令施公不必再去关王庙之后，他便回到自己房内，晚饭后略歇了片刻，准备三更将近，再行起来去保护施公。哪知到了二更将近，忽听屋上隐隐有脚步声，这种声音，若在稍微心粗的人也听不出。只因他心细神定，刻刻留心，听了这脚步之声，当即暗自说道：“不好！屋上有人。”即刻起来拿了刀，即奔施公房内而去。打从院落经过，将头仰起一望，屋上一看，只是有个人影儿一晃，早不见了。天霸便知道有了刺客，此时也不及喊众人，赶奔到施公屋内，看见施安，即向施安招招手。施安过来，天霸向耳畔边说了两句话：“等贼人来时，协力兜拿，房中自有我保护。”施安即便出房，前去招呼何路通等人。天霸又不肯惊动施公，复又想道：“我何不用个法子，将贼人引诱进来，使他中我这条计。”因轻轻地将窗格开了两扇，他便伏身躲在施公背后，引得贼人进来，好去捉他。所以智亮进来的时节，做梦也想不到，天霸躲在施公背后。但见施公坐在那里打盹，又见房内并无一人，因此蹿身进房，拔刀就刺。哪知天霸等来得切近，先将施公坐的那张椅一挪，施公已坐立不住，身子一歪，跌倒下去。让出个档儿，他便出其不意，一镖认定智亮下部打去。智亮哪里防备？正中大腿胯，腿只一软，一负痛，所以向后便倒。及至智明见智亮栽倒，知道不妙，赶着进房，预备救助，又见迎面飞来一物，这也是天霸见第二人来，满想“一箭射双雕”，因又祭上一镖。不意智明躲得快，不曾打中，只在肩头上擦了一下，依旧被他逃走。这就是智亮被擒，施公免祸的原委。若不补说明白，看官又道小子叙事不清了，闲话休提。

且说施公见已擒住刺客，而且是个和尚，心中大喜，向天霸道：“若贤弟不能未事先防，施某今日定为这贼秃所害。”天霸等答道：“标下沐恩，何足挂齿？还是大人的洪福罢了。”说着，大家知已无事，便去安歇。次日一早，施公即将店主人以及住客，一并请来，招呼他们一切。店主人见捉住刺客，施公等人正要将他送往本县惩办。现在一闻施公招呼，当即进来。

施公便将以上的事说出，店主人方知施公是钦差大臣漕运总督，现在进京陛见。当下只一吓，赶紧跪下说道：“小人有眼不识泰山，尚求大人恕罪。”施公道：“店老板！你且起来，不须如此。”店主人谢了一回，当即爬起退出，约束伙计，招呼客人，果然并未泄露。施公又写了一封信，着施安送往大名府投递。

大名府知府章有为接到此信，阅看一遍，只吃惊不小。当即传了大名县，一同来吉升栈给施公请安，并问明各节。施公接见之后，且问了两句闲话，随后说道：“本部堂要借贵署，审一审那个刺客。”章知府唯唯应诺。却好此时，所有人夫轿马已纷纷到了吉升栈门首。有人进内回明，章知府便请施公暨众人，一齐搬往衙门居住。一面又派差役押着智亮，回大名府而来。不一刻施公到了大名府，章知府暨大名县知县王智珪，也跟随施公进内。请入书房坐定，有人献上茶。章知府知道施公尚未用过早点，即令厨房赶速办了早点，请施公与大众人等饮食。施公用了早点，便命章知府饬令各差役站堂伺候。

不一刻通班书差俱已传齐，皆在堂上伺候。施公又命在二堂审问，不许闲杂人等进内。章知府又传命出去，差役奉命，即刻将人驱逐殆尽；来到二堂，请施公升堂。黄天霸等亦立在案旁，章知府、王知县随施公旁坐在侧。

施公升了公座，两旁下人吆喝已毕。施公命带刺贼。下役答应，顷刻将智亮押推到堂。那智亮立而不跪。施公喝令："跪下！"智亮两眼圆睁，望着施公，骂道："不全呀！咱师父不幸为你手下所擒，这也是咱不谨慎之处，误中诡计。今日既被你捉住，当杀当剐，速速行刑，不必多问。"施公见他如此，因想道："本部堂若要严刑拷问，定挺刑不招；不若用骗功骗他，或者可得实情。"正自暗想，忽听两旁差役吆喝道："好大胆恶贼！见了大人，还敢出言不逊，不给跪下，咱知道你皮肉要吃苦了。"智亮亦复大骂不止。施公赶着说道："你等不必如此，且等本部堂说来：凡行刺的人，皆是本领出众、武艺超群、敢做敢为的好汉。本部堂向来敬重这一起人的。况且本部堂自从初任江都，即有刺客与本部堂为难。后来被擒，本部堂钦佩他们的本领，有的是收服在门下，有的问两句，即放他去的。譬如黄总镇当初也是前来行刺，后来被擒，本部堂劝了一番，他便诚心归服。到而今功成名就，连皇上都夸奖他武艺出众，累建大功，赏他记名提督，实缺总兵，也是一位大人了。这和尚前来行刺本部堂，都以为行刺钦差大臣，是个杀罪。要知道所刺之人是否身死？若已经被他刺死，无论当场就获，或事后缉拿到案，只要果是正凶，断无可赦之理；若并未将人刺死，自己已为人获，这必须拿问官厅，就要问明他的根底，还是故杀，抑是有人指使。倘是故杀，还要问明他究为何事？如可宽解，也当减一等问罪。设或因人指使，自身为从，指使为首，应得之罪，还归指使之人。如此代他分判，他岂有不感激之理？若一概绳以法律，制以科条，未免有屈了好汉。"

施公说了这番话，正要使智亮打动心意，回转口来。哪知智亮闻施公这番话，竟入了施公的圈套。当下扑通地一跪，口呼："青天大人呀！你才是一位圣明的青天大人哪！咱只闻人言说：'你是个江湖上的对头，与绿林中豪杰为难。'哪知耳闻不如目睹。咱今见你大人这般如此，可实在人的话冤透了你老咧！哪有如此青天大人，甘与咱绿林中为仇，难道这不是冤透了大人么？"

施公见说，心中大喜，便和颜问道："本部堂且问你，尔叫什么名？在哪里削发？既有这身本领，为何要做和尚？既做了和尚，现在哪座庙里？又为什么不拜佛参禅，反来做盗，行刺本部堂？看你倒也是个好汉，恐怕也是受人指使罢？你且从实说来，本部堂定不难为你的。你若不尽情吐出，本部堂可是不容情了！你说出来，本部堂从轻释放你。好好儿讲。"智亮见施公和颜悦色，并无一点难为他的话，心中想道："咱何不尽行招出？不使皮肉受苦，或是还可得些好处。那黄天霸当日咱们是尽知道的，并非他谎言。咱说出来，若他高兴，也可以赏咱的功名，咱何必不招呢？"正要向上招，复一想："咱不要上了他的当。他这些话，分明是来骗咱的。若招供出来，给他得了实情，一定带人前去毁庙。将咱师兄弟捉住，到后来一并问罪，哪里还有什么好处？这不是梦想吗！还是不招的好。"

因又大声喝道："施不全呀！咱师父几乎上了你的诡计，你这番话，分明是骗咱的口供。若咱实供出来，你又不是如此了。咱何必被你骗，害了旁人？咱是不招的，前后总是死，听凭你这赃官便了。"

施公见说，顿时勃然大怒，将惊堂木一拍，口中骂道："好大胆的贼秃！本部堂先看你是个好汉，有心提拔，不肯加罪，只要你说出指使的人来，就免你的罪。哪知你怙恶不悛，反把本部堂的美意看坏了，实属不法已极。拖下去，先打二十大板，然后再问。如若不招，再看大刑伺候。这是他自讨苦吃，怪不得本部堂狠心了。"说着，即望黄天霸使了个眼色。

天霸会意，正要过来，忽听两旁下役吆喝一声，来拖智亮。天霸赶着拦道："你等且慢拖他，待本镇再劝一番，好使他知道。"因即走过来，又劝了智亮一遍。又道："大人从来是不撒谎，你放心罢。你若将细情招出，大人包管有好处与你。你若不信，本镇可代你做保。在本镇看来，还是招的好。"智亮道："你这小子，也尽为骗人，谁信你的话？"天霸道："你若不信，不干我事，只要你受得住那等夹棍拶子！此时尚可来得及，只要你吐出实情，大人面前，咱就代你做保，亦未为不可。你从实说来罢。”智亮听说，又向天霸道：“咱也不上你的当。你这小子，但图自己功名，不顾当年之义气。逼死义嫂，杀死义兄，谁似你这无义气的种子。或剥或剐，咱自现成。若要使咱招供，咱也不知道什么叫做供，只知道义为重。咱告诉你实话，咱的同类多着呢。”说着，又向施公道：“施不全你若将咱斩了，便二十年一过又是一个好汉。而况咱自有兄弟们前来报仇雪恨。”说罢，复大骂不止。

施公此时，真是不能再用骗功了。只得喝道：“尔等速将这贼秃拖下去，重打四十大板，然后再问。”下役答应，即刻将智亮拖下来，一五一十，用足了劲，打了四十大板。足打得皮破肉绽，鲜血直流。施公又命将他推上来，问道：“你招是不招？”智亮道：“你不过打咱这板子，咱早已说过，连杀头也不怕，这板子就算事了么？咱不知道什么招不招。你这赃官要打，再重重的打一顿，咱若讨饶，就算不了是个好汉。”施公见说，又命抬夹棍，下役答应，顷刻将夹棍抬上，把智亮翻倒在地，将夹棍在腿上夹起，两边人拉定绳索，只听施公示下。施公又问道：“尔招是不招？”智亮道：“你这赃官，怎么这般罗嗦，要夹便夹，不必多问了。”施公又命：“快夹起来。”一声未完，下役答应。顷刻将绳子一收，早将智亮的腿几乎要夹断了。此时智亮已昏晕过去，施公命且松下，叫人取了凉水，在智亮脸上喷了一口。智亮醒来，施公又问道：“招是不招？”智亮还是熬刑。施公又命：“将他那一条腿再夹起来。”下役答应，即刻又将那条腿又夹将起来，照前一样。智亮此时已不能再熬，心中悔道：“咱早知如此，不如招了。事到此时，咱若再不招，还不知道有什么厉害刑法呢！不如招罢，以免皮肉受苦。”心中想罢，大声呼道：“施不全你松开来，咱告诉你便了。”施公见他招了，便命人将他松开来，好使他从实说来。这才是个：“民情是铁，难逃官法如炉。”毕竟招出些什么话来，且看下回分解。

第二四六回　案情重大知府调兵　淫恶难逃总镇献计

话说智亮受刑不过，口呼愿招，施公命人松了刑。施公问道："你将实话招来，本部堂自可宽免于你！"智亮道："咱叫智亮，现住城外关王庙；咱师兄名唤无量，现为该庙中住持。同类共计有十八弟兄，名唤十八罗汉，各人皆是本领出众，武艺超群。"施公又问道："尔为什么前来行刺本部堂呢？"智亮道："只因大人昨日到咱庙内去了一趟，咱师兄无量并不认识大人的面目；后来是咱师弟黑煞神智能在庙门口遇见，他便到方丈里告诉师兄，说是：'大人叫施不全，此来必非好事，一定私访咱们的隐处，若不将他捉住，后患无穷。'咱师兄就问他，何以知道？他说：'从前在落马湖见过，因此认得。'咱师兄听他此话，就叫他想个法儿。他就说：'最好是前去行刺。'无量便信他话。又因他不能上高，便命小人与智明前来行刺，智能在外巡风。昨夜连小人共来三个。智明与小人上高，智能在外面守候。不料小人慌忙中镖，致被擒住，智能、智明逃脱。这是小人的实供。"

施公又问道："本部堂闻得关王庙内私藏妇女，专在外面劫夺财物。到底现在庙内还藏着多少妇女？共害了几多性命？外面的劫案共做了几回？快讲出来与本部堂知道。"智亮道："自从无量开了色戒，先在附近村庄诱引民间妇女，入庙奸宿，不曾逼死了人命。后来便向境外劫夺妇女，黑夜带往庙中，逼令奸宿，若有不从，登时送命。"说完，施公又问道："你庙中除却无量如此奸盗淫邪，其余那些人也像无量如此么？"智亮道："大半如此。"施公道："哪里有这些美女呢？"

智亮道："有的无量分给的，有的自家出外去奸宿的，还有半途劫夺而来的。”施公道：“尔倒不与他们一样么？”智亮道：“小人也曾有过的，不久才死了。”施公问道：“你的这个是哪里来的呢？”智亮道：“是无量分给我的。”施公道：“这个妇人是怎么死的呢？”智亮道：“附近村庄，因病死的。”施公又问道：“你方才所说的那间暗室，在庙中什么地方？”智亮道：“若问这暗室，有些难寻的呢！就连小人也不曾进去，是在方丈的里面花园内假山石下。这暗室四面皆有消息儿，若误踏消息儿，必要给他捉住。”施公道：“究竟有什么消息儿呢？”智亮道：“听说四面皆有翻板，若踏了翻板，人便滚下去了，他便将你擒住。”施公又问道：“据你说来，这无量是个万恶的凶徒，难道所做的事，没有一些影儿风声么？”智亮道：“怎么没有？今年三月里，还有外县差役捕快到这大名县里投文，访那无量的。后来多亏本地绅士代他出了公保的切结，方才没事。县里也就据着绅士的切结，移文到外县罢了。”施公道：“你可知道本地绅士哪些人最好呢？”智亮道：“本地绅士，皆与无量有往来，也都与他甚好。承各绅士的情，都说他志诚老实，才学精通，皆愿与他结交。”施公道：“那个姓黄的翰林与那姓吴的翰林，无量与他要好么？”智亮道：“那吴翰林、黄翰林是无量要好的朋友。”施公道：“这两个人，平时可做些什么坏事呢？”智亮道：“听说这两个，是本城最肯为善，最肯出力，是有势力的绅士。大概做好事，不做坏事的。”

施公又道：“你所说关王庙，有十八个罗汉，你可将他们那些名字都上诉本部堂，好使本部堂知道。”智亮又将那十八个罗汉的名字，一齐告诉出来。施公听罢，即将智亮先行钉镣，发交大名收禁。俟将无量等十八名擒获后，再行议处。当下差役答应，即将智亮上了刑具，押往县监禁。

施公退堂，到了书房，便与府县道：“贵县地方出了这凶恶僧人，贵府县不能明查暗访，为民除害；反凭本地绅士一纸空文，就据以为实。就外面看来，似乎难为民牧；然其中有无受贿情事，本部堂尚须访查。即无受贿情事，亦不免随波逐流，以耳代目，并不关心民瘼，除莠安良。我辈受国家俸禄，本当代国家治民。以贵府县如此所为，是直尸位素餐，有负朝廷恩典了。为今之计，请教贵府县，若何办理？还是听其所为？还是赶紧设法拿获呢？”章知府、王知县见施公所说各节，已自惭愧无地。又见问他若何办理？真是毫无主意。不得已勉强应道：“大人的明鉴。既关王庙凶僧人众，断非捕役所可擒拿。若不调取营兵，断难一网打尽。卑职的愚见：可即调取营兵，先将该庙围住，然后多派捕役、营役，各备兵器，并力擒拿，或者可以就获。不知大人意下如何？”施公道：“这大名府内有多少营兵呢？”章知府道：“连防营、城守营共计一千余人。”施公道：“其能猛力杀敌奋勇不惧的有多少呢？”章知府道：“城守营额设五百名，其强壮的不过百余人；防营较此过半，通计不畏兵刃能力战的约五百名。”施公道：“能有此五百名，足可敷衍。贵府县可即调取齐全，按兵不动。一俟本部堂往调，即刻就要飞奔前往。”章知府、王知县唯唯答应。

施公又向黄天霸等人说道：“今据智亮所供一切，贤弟等有何良策？总宜即早剿灭，免生后患。还恐该凶僧等一闻此言，立即逃脱，再四处访拿，更加掣肘了。”天霸道：“该僧逃走一层，大人倒不必虑得。某料该僧必不逃走。他以为寺中人多，且有暗室可恃，负隅自固，势在必然。所虑者此处诸人不足以资调遣。计全、李昆、贺人杰又在殷家堡，急切不能调回。此间各人又不能齐赴该庙，为的是大人面前还要留二三人保护。难保僧人不再分遣贼秃前来为难。某之愚见：莫若一面差人星夜飞往殷家堡，调取计全、李昆、贺人杰，并请殷家父子等人暨殷赛花前来，一同帮助更妙；一面大人诈称赶紧进京，明日就起程，连府县差役总不可使其知道。大人却住在此地，某等阳为护送一程，随后转回。倘能于途中遇见该贼人，则便好。半途拦劫，或可随时擒拿，多捉他一人。既捉住之后，当就该管地方官衙内，押送收禁，随后一同完案。该僧等一闻大人已经起程，他便毫无顾忌，又恃本地绅士为护符，包管他无逃走之事。不过所虑者，他一闻大人起程，难免不来劫狱，此事却不可不防。好在此间尚有五百余名可用之兵，即令该管营官，日夜督率各兵，妥为暗地防护。如此办法，似竟稍微妥当。大人意下如何？”施公道：“此计甚妙！”即作了书，交与知府，转饬心腹家人，星夜前往殷家堡。一面诈令差人赶紧预备车马，以便施公起节。这个风声传了出去，城内的人，个个知道是施大人私访，捉住一个和尚，不知为了什么，现在本县监内。你传我，我传你，登时传说纷纷，就连本地绅士黄宜伯、吴幼山也知道了。再一打听，即是昨日在关王庙遇见的那人。黄、吴二人，也不免暗自说道："咱们幸亏不曾小觑他，若有得罪他的事情，虽不能奈何我等，又何必使他怀恨呢？"闲话休表。

且说到了次日，施公起身，本城文武各官，皆恭送如仪。

关王庙的无量，自从智明与智能逃脱之后，在智明的姘妇那里住了一宿，刚至天明，二人即赶紧回庙送信。众人闻言大惊！当即命飞毛腿智慧，赶紧进城打听消息。到了晌午时分，又回至关王庙，与无量道："师兄放心罢！智亮虽然是现经施不全严刑审问，他竟是抵死不供。施不全没法，只得将他收禁，饬令知府知县悉心审讯，务要追出主使之人及窝藏之人。施不全明日即动身了。我想施不全一走，这件事就可松懈下来，咱们再设别法，或去劫狱将智亮救出，亦无不可。"无量听了这话，心下稍定，又命智慧道："贤弟！依某愚见：还请贤弟进城悉心打听，到底施不全明日走与不走？"智慧道："此事放在小弟身上，打听明白，回来告知师兄便了。但小弟还有一说，趁施不全走的时候，最好在半途将他刺死，那可就免了后患了。"无量道："恐怕不能，如能将他刺死，那更好了。"智明、智能在旁说道："师兄这句话倒也不错，只恐他前途人多，不能下手。"智慧道："且打听的确，再作商量便了。"无量点头，智慧便转身而去。当即又到城内细细打听。到了次日一早，果是施公动身。在城各官护送，前呼后拥，一直出了城。在城各官，仍然回城而来，施公坐在轿内，自有黄天霸等在两旁保护而行。飞毛腿智慧看得清楚，当即抽身飞奔回庙告知无量去了，这且慢表。

再说投书到殷家堡去的人，星夜飞驰，不日已至。当问明路径，到了殷龙庄上，先问庄丁道："这里可是殷龙老员外家么？"那庄丁见他是公门中打扮，便答道："正是此处。"那府差道："烦你进去，与计老爷去通报一声，就说施大人有紧要公文在此，特差某前来投递，须要面交，不可迟缓。”庄丁也就不敢怠慢。赶紧进去，先与殷龙说知，殷龙也就即刻与计全说知。计全命将来差唤进。

那府差到了里面，见有三个人坐在厅上，便问道：“哪位是计老爷？”庄丁便代为指引道：“这位是计老爷，那位是李老爷，这就是咱们家主。”来差先给计全、李昆请了安，又给殷龙请了安，然后向计全说道：“小人王贵，是大名府章大老爷转奉施大人面谕，饬令小人驰书前来，请计、李、贺三位老爷，并殷老员外公子，还同贺太太一齐赶紧星夜驰往大名府，有要事相商。如殷老员外公子等不去，计、李、贺三位老爷是不必说，一定要去的；就便贺太太也要随往。”说着，便将施公的书，掏出来递过去。计全即将来书接在手中，原来是一封加紧公文。又拆开一看，另外一封书信，只见上面写道：

> 钦差大臣，头品顶戴，正任漕运总督堂，世袭一等侯爵施为札饬飞调事：本部堂途经大名府界，西门外二十余里，见有关王庙一座。忽见该庙旋风大作，当知有异。即于是日驻节大名，次日亲往私访。虽查无异事，唯见该庙住持僧形色不正。当经本部堂面为讥讽，该僧若有仓皇之色。本部堂见查无实据，旋即回城。讵料当夜即有恶僧三名前来行刺。当即拿获一名，其余二名夹逃未获。次日，就大名府署严讯该僧口供。据称：该庙共有十八名，俱系奸盗邪淫，无恶不作。名曰十八罗汉，并有地窖，私藏妇女等各情节。似此淫恶凶僧，不法已极，若不尽行诛戮，何以正国法，而安闾阎？为此饬令，合亟飞到。该参将计全、都司李昆、千总贺人杰，即便遵照，星夜驰赶前来，会同拿获该僧等以正国法，毋得观望迟误，致干未便。特札。右仰知悉。

计全看罢，一面着人到里面唤贺人杰出来，告诉他底细。即令着赶紧收拾，即便动身；一面又将那封书拿在手中一看，见上面写着是殷老英雄惠启。计全向殷龙道：“这封书，是大人寄上老哥的。”殷龙道：“你且拆开来看，里面讲的什么？大家好斟酌行事。”计全便拆开大家同看，道：

殷老英雄足下：前者道经贵地，诸蒙辱爱，情文兼尽，纫感之至。迩来起居顺当纳福，羡颂无既！人杰想已入赘，佳儿快婿朝夕随侍，其乐如何？某行经大名府，目睹怪异，凶僧淫恶，不法已极。理合设法拿获，上正国法，下除民害。除令札饬计全等飞速前来，合再驰书奉告足下，令嫒赛花武艺超群，可否割爱令随人杰同来。大名事成之后，某当汇奏，请予恩赏。足下倘亦疾恶，再得贤郎共襄其事，该僧虽顽，定难幸免。如蒙见允，惠然肯来，协力擒拿，以除大恶。地方幸甚！闾阎幸甚！临书仓猝，不尽所言。施某特白。

殷龙听此书写得如此谦让，因大笑道："大人也太客气了。既然关王庙淫僧不法，欲令我父子前去，但须招呼一声就是了，还要如此作书，倒叫殷某何此克当呢？"说罢，因向计全道："贤弟打算何日动身？"计全道："大人的来书既那样迫切，某等当即日前往。若迟误时刻，万一该僧等闻风逃脱，我等就不免处分了。"殷龙道："贤弟之言甚是有理。愚兄也就可与贤弟等即日同行便了。"说着，即叫人到里面将赛花喊出来。

却好贺人杰已经出来。计全就将以上的话，告知人杰。人杰亦欣然愿行。不到片刻，殷赛花也就出来，先给计全、李昆二人行了礼，然后向殷龙问道："爹爹呼唤孩儿，有何吩咐？"殷龙见问，就将施公来函，请他们父子、父女前去大名府，捉拿淫僧、大破关王庙的话，说了一遍。殷赛花一闻此言，登时眉飞色舞，说道："爹爹，既是大人这样看得起我们，哪有不去之理。孩儿就此收拾，好与爹爹同去便了。"殷龙大喜，又将猛、勇、刚、强四个儿子喊出来，告知各节。猛、勇、刚、强四人，无不欣然愿往。就此各人收拾起来。殷龙便命人鞴了许多马匹。大家先行饱餐一顿，然后上马而行。毕竟后事如何，且看下回分解。

第二四七回　飞毛腿刺杀假施公　殷赛花投宿关王庙

话说计全等九人直往大名府而去。走至中途，计全因问来差王贵道："大名城中有什么宽大的客栈?"王贵道："要算吉升栈最大了。施大人就在那里住的，捉住刺客之后，方搬到府衙。"计全道："咱们就在吉升栈聚齐。"大家答应。计全又向王贵道："你可先赶一步进城，先见咱们大人，告诉他，我们在吉升栈聚齐。"王贵答应，飞马而去。于是计全又向众人说道："我等这个样儿，还是不妥。须要改扮起来，陆续进城，方不碍眼。"殷龙道："此话便是有理。咱就扮作乡佬的模样，叫赛花改作村女如何?"计全道："使得。"猛、勇、刚、强四人道："咱弟兄装扮什么呢?"计全道："你四人就是生来面目，好在穿得衣服皆是公子打扮，不要更改。"猛、勇、刚、强四人答应。计全、李昆、贺人杰改扮了军官模样。当下就分头前进。离城不远，计全、贺人杰、李昆先行进城，就往大名府去见施公，回明一切。施公又将各情告知一遍，然后退出来，往吉升栈住下。殷龙父子及殷赛花，亦陆续来到。大家见面，彼此会意，分别住下，只等施公令下，便去关王庙行事，暂且按下。

再说假施公与黄天霸等人离了大名府，直往京城大道而行。走了一日，已至广平府界，时将日落，正要寻找客栈，忽见前面有一处苇塘。这苇塘芦草丛杂，地方幽僻，若有刺客藏在此间，必无人看见，天霸也就暗中防备，又故意不做防备。施公的马刚走苇塘旁边，忽见苇塘内那些苇草一动，噗一声，蹿出一个人来，迎着假施公就是一刀。天霸急急上前救护，假施公已被刺死，跌于马下。那人一见刺死施公，好生欢喜。正要转身飞跑，却好天霸、关小西等蜂拥上来，四面围杀。那人便竭力招架。只见他凶勇异常，毫不惧怕。天霸等与他约斗了有二三十个回合，忽见那人觑着空，虚砍一刀，撒腿就跑。天霸等急急相赶，哪里能赶得上？你道此人是谁？原来就是飞毛腿智慧。他打听施公已经起脚，先与无量送了个信，然后他就一人瞒着大众，独自出来跟了下去，在此埋伏，刺死施公；他就不知道是个假的。看官，这假施公又是哪里来的呢？原来是从监里那死囚与施公模样仿佛的，装扮起来。黄天霸等人，也是假扮的。其实施公、黄天霸等，皆在大名府内住着；飞毛腿哪里得知，就是大名府合城的人，也一个不能知道。当下，假施公自有人将他掩埋起来，假黄天霸等也就回转大名府而去。飞毛腿自然也回关王庙送信，夸张自已本领功劳。无量听说，好不欢喜。

且说施公见众人俱到，便暗请殷龙到大名府衙内，向他商议道："本部堂请老英雄前来，有一事要与老英雄商酌，拟请老英雄扮做村老的模样，令嫒扮做村姑，暗藏利刃，前往关王庙，诱令该庙住持将令嫒骗人暗室，作为内应；老英雄也在那里，用言将该僧稳住了心，然后再将寺中路径打听明白，本部堂自有人前来接应。"黄天霸道："某等定于今夜三更时分前去，断不有误。此系除患之事，幸老英雄切勿推却。"殷龙道："某等已奉命而来，何却之有？当照大人吩咐便了。"施公又道："事成之后，本部堂当为令嫒奏请奖赏。"殷龙道："这却过当，倘有疏忽，望祈勿罪。"施公道："这须老英雄协助，断无不成之理。"殷龙答应，当即退出。回至吉升栈，将此话与赛花说明。赛花本意要帮助人杰立功，今闻此言，焉有不愿之理？当下就改扮起来。不多一刻，改扮停当。殷龙也改扮清楚。

约有日落时分，父女二人出了店门，出城往关王庙而去。这里，黄天霸、贺人杰、计全、关小西、李昆、何路通、李七侯、殷家四虎，也就陆续扎束停当。当即出城，在附近一个所在等到三更时分，以便前往，一齐动手，暂且按下。

且说殷龙带着殷赛花，约有二更时分，到了关王庙门。此时庙门尚未闭，父女两人奔入山门，直往庙内而去。走至大殿，见有两个小沙弥在那里讲白话。殷龙走到那小沙弥面前说："大师父！敢在你们庙内借个光，容咱父女两个暂住一宿，明日当得奉上些香仪。"那小沙弥听说，当即涎皮涎面，向殷龙说道："放着客店你们不去投宿，反到这里来借宿。须知道咱们出家人怎么留得妇女在此！这是有干法纪的。"殷龙道："大师父！你们两位有所不知，这因咱们贪赶路程，今日多跑了些路，此时已有初更时分，城门是关了，城外又没处止宿，不得已才到贵刹借宿一宵。务祈大师父行个方便。"

那两个小沙弥道："你们虽如此说，我们可真不能做主，这须我们当家的他说行就行；说不行，你们父女只可再寻别处投宿。"殷龙道："一家有一主，一庙有一神。既如此说，就请二位师父进去与当家的大和尚说一声；恐怕他不行，我与你一齐进去，哀告他老人家行个方便。"小沙弥道："你们且在这里听信便了。"小沙弥转身进去，到了方丈，却好无量在那里吃晚饭。小沙弥道："禀师父：现在庙内来了父女两个，口称：'因贪路程，无处止宿，要在咱们庙内借宿一宵，明早便走。'徒弟不敢自主，特来请命师父，留与不留，好去回他。"无量听了这番话，心中一动，暗道："这真是咱的时运到了，但不知那女子生的如何，如果品貌美秀，便将她留此庙中，与她乐一乐，有何不可？"一面想，一面问道："这两个父女，有多大岁数了？"小沙弥道："看着那老头子约有五十多岁，那女子不过二十上下。"无量一听，就想问小沙弥那女子生得如何？又碍难开口，因说道："既如此，咱且与你看来。"说完就站起身来，同小沙弥到了大殿。

殷龙在那里正是盼望。忽有小沙弥出来，后面跟着一个和尚，殷龙想道："一定是方丈无量了。"打算上前问话，又听那和尚道："人在哪里呢？"小沙弥答道："就是坐在窗格口的那两个。"无量见说，就近前来。殷龙也就起身迎接上去。殷赛花见爹爹迎上去，她也随即走过来，口中说道："爹爹你老人家务要同这位老和尚情商，请他留我们在此坐一夜，行个方便。你女儿实在不能走了。"就只两句话，那一种娇声娇语，早把那个无量的魂灵儿捏在半空中去了！当下无量听了这两句话，连姓名都不曾问，便与殷龙说道："我们这庙里本不能留妇女止宿。因你如此年纪，又因你这女儿走不动了，出家人行的是方便，故此留你们父女两个暂住一宵。你且跟我这里来，有个僻静所在，与你两人住下罢。"

殷龙当下说道："这就是师父行方便了。"说罢，无量就将他父女两个带入里面。转弯抹角，走了好一会。殷龙处处留神，记定出路。走到一个所在，抬头一看，却是一明两暗，三间瓦房。无量道："就是这个所在。我这地方，本来是为城里有绅士们来，碰着晚了，不能进城，就留他在这里住的。你们就在这里住一宿罢。"殷龙称谢道："难得大和尚行这个方便，真是感激不尽了，明日当再告谢。"无量就将他父女引了进去，又叫人点了灯火进来。无量这才将殷赛花仔细看了一遍。只见他柳眉杏眼，粉脸桃腮；身穿一件翠蓝布棉袄，腰束青布裙，轻踏弓鞋，那一对金莲刚有三寸；头上一束乌云，绾了一个螺髻，实在美貌出众。看罢，心中暗想："咱这庙里现放着七八个，哪个能如她这样美貌？今日真是意料不到，有如此美人送上门来，只可恨这老头子碍眼。"又想道："我何不如此如此？那就好办了。"

无量一面望赛花，哪知赛花也就故意卖风骚去勾引无量，心中却恨不能将他立刻杀死，暗道："你这秃驴，你把姑太太当做何等人物！眼见得你死期快到了。"无量却哪里得知，因又问殷龙道："你是从哪里来的？曾吃过晚饭没有？"殷龙道："我们从沧州来的，要到大名府投一个亲戚。晚饭却不曾吃呢！"无量道："你们既不曾吃晚饭，我叫人送些晚饭来与你们吃。饿着肚子，却不难受吗？"殷龙道："师父，就叨扰你宝刹，再扰你晚饭，怎么过意得去呢？"无量道："这又什么要紧？"又问："会吃酒么？"殷龙一闻此言，就明白他的用意了。因凑趣说道："老汉生平一无所好，唯有见了酒就是命，任谁送老汉的东西，都不受；若送老汉的酒，比送什么还高兴。"接上赛花在旁插口说道："大和尚！你老人家不知道，咱爹爹有了酒，他什么事都不管了。问他的酒量并不大，至多一壶，他便醉了。既醉之后，就要去睡。这一睡，可是任你什么事，总叫不醒他。大师父虽然是美意，在我看来，可不要赏酒与他喝罢。万一他喝得醉了，咱只得一个人，要有什么意外之事，怎叫得醒他呢？”这句话一说，无量心内暗道：“若不用酒将他灌醉，这事却不好办。”正自暗想，忽见殷龙道：“姑娘！你这是什么话？难道你不知我爱的是酒，难得有喝，可不是要我命么？若说有意外之事，这位大师父赏酒与我，你叫我不要离此所在，还怕有强盗来打劫么？况且你我身上，不过带了些散碎银子，通共不足十两；就是我醉着了，有人将我银子拿去，也不算什么。姑娘！你不要说了。老子跑了两天，总不曾喝一顿好酒，今晚让老子喝一顿好酒罢！”无量听说这番话，好生欢喜，便转身而去。

这里殷龙与殷赛花见无量绝不疑惑，心中大喜。当下赛花道：“我看这地方幽僻异常，断不是个好所在。爹爹，咱们何不趁着这秃驴不在此地，咱们四面瞧看一回呢？”殷龙道：“使得。”当下提了手灯，先到下首房内一看，只见有两张铺，也有帐子挂着，铺上被褥俱全，这便是预备本地绅士在此住的。

殷龙父女两个，看了一回，无有可疑之处；又到上首房内来看，只见里面也设一张铺，也有帐子、被褥，靠铺旁边，上首设有两张书柜。那柜可不小，柜门关住，上面有锁锁着。殷龙就有些疑惑，到了此处，便执着灯，走近书柜，仔细一看，却早已看出破绽了。原来那柜门是假的，内里藏了消息，若要将消息在那里一带，这两扇柜门，登时就开，人便可从此进去；这边也有消息，只须将柜门上那把锁一按，柜门也就登时大开。殷龙看罢，心中大喜，便低声与赛花说道：“我儿你可瞧见么？”赛花道：“瞧见了。合该这秃驴要倒运了。”话犹未完，只见外面已有道人送进酒饭来，在桌上摆好。那道人就请殷龙父女去用酒饭，而且颇见殷勤，向殷龙道：“我家大和尚因有点小事，未便过来相陪。请你老多饮一杯罢。”殷龙也就回说：“请你谢谢你家师父，就说我感激他盛意。”那人答应。

殷龙与赛花二人饱餐了一顿，却不敢饮酒，恐怕误事。壶内酒，却泼在房内地下去了。此时已经有二更时分，殷龙道：“咱们就在这房住下，等等消息，再做计议罢。”赛花答应。

当下父女两个，就进了上房。殷龙一倒身，向那铺上一困，养歇养歇精神，好去动手。才倒上铺，不到片刻，就听见柜门吱嘎一声响，殷龙知是他，暗暗将赛花喊过来，说了几句话。赛花就在铺上一坐，低头如有所思；殷龙在铺上，故意打起呼来。

赛花偷眼观看，只见那柜门果然大开。那和尚从里面走出来，在柜门口略停脚步，一听铺上有人打呼，知道那老儿已是睡熟，便走至赛花面前深深一揖。赛花故意惊惶道："和尚！你且放稳重了，为什么一人到此？你且退去。我父亲现在睡熟了，我是个女子，不便与你接谈。"口中只管如此说，那眼睛还是只管溜。无量看着了哪得不动心？更向前走近一步，道："小僧大胆，一见小姐如此美貌，就心慕神往。好容易将小姐请到此间，总要小姐行个方便才好。"殷赛花见他如此说法，心中恨不能拔刀，就此一刀将他砍为两段；又恐他寺内人多，外面众人未到，一经动手，无人接应。只得耐着性子，脸一红，口中说道："和尚！你敢是疯了么？你趁着我爹爹睡熟时，你来欺负我女子么？"无量道："小僧怎敢欺负？实在是心爱不舍。务祈小姐方便。"赛花道："这可不能，你赶快出去，若再如此，我要叫我爹爹了。"无量此时也就勃然大怒道："我且告诉你，这是什么地方？你不进来算是你的运气；既然到了这里，想不给你师父快乐一夜，那是断断不能。你如果是明白的，好好跟师父到那边屋里，先陪师父饮几杯酒，然后与师父行乐，咱把你作心肝般看待。若有半字不行，那可由不得你不行，咱就要动武了。"赛花听了此言，直气得柳眉倒竖，杏眼圆睁，就要拔刀相向。殷龙在床上，也知道女儿忍耐不住了，恐怕性急，反于事无济，只得暗暗捏她一把。赛花知道，复又将一口气捺住，仍与秃驴商议，万万不可。无量哪里答应？抢一步就将殷赛花的手执定，拖着就跑，进了柜门，直向那边去了。殷龙见殷赛花被和尚拉到那边去，他也就一翻身爬了起来，将身边的利刃取出，一蹿身到了房外；随即纵身上了房檐，向那边屋内看，忽见迎面一条黑影一蹿。不知此人是谁，且看下回分解。

第二四八回　贤父女诱擒恶贼　小夫妻力杀淫僧

话说殷龙蹿上屋檐，打算向那边屋内探听，忽见迎面一条黑影飞了过来。殷龙知道外面的人已到，因就一击掌，迎面那影子也就立定脚，应了一声。殷龙知是自家人，再一细看，原来是贺人杰。殷龙便低低招呼一声道："大众来了么?"人杰答应道："全来了！黄叔父派我到这里来，帮助你老人家。现在里面怎样?"殷龙道："赛花儿已深入内地了，你就在这里等着，好接应里面。咱还要进去，打从他暗门进去，好帮赛花厮杀；你但听咱的招呼，你便进去便了。"人杰答应。殷龙随即跳下房檐，仍去里间房内，将那柜门的锁轻轻一扭，那柜门吱的一声，开了下来。殷龙向上看时，见上面有根软绳，兜住柜门，只要一松手，那软绳往下一落，这柜门又关起来。他便将手中刀，把那软绳挑断，柜门便关不起来。他就悄悄进去，转弯抹角，只见里面还有些消息。他先一处一处，将那些消息破去，然后入去，又见里面是一座净室，净室内灯光明亮。殷龙便在窗外，用力戳了一个小孔，将眼看将去，只见自己女儿与无量对面坐着，旁边站了二三个妇女，在那里斟酒。又见无量笑嘻嘻地说道："美人哪，咱们不能饮了，咱们去睡罢。"赛花道："你再饮一杯，就招呼他们撤去残肴便了。"无量又端起酒杯来，一饮而尽。才将酒杯放下，只见从窗外面，嗖的一声，飞进一只金钱镖，正照无量脑后打到。殷赛花一见，知道是自己丈夫的暗器，便一撒手，将外面衣服一抛，从腰间拔出两把刀来。大喝一声："大胆的贼秃！认得姑太太殷赛花么?特奉施大人之命，前来捉你。"说着就是一刀，劈面砍去。无量虽然坐在那里饮酒，背向外、脸向里，看不见外面的人，耳畔忽听嗖的一声，也就知道有人暗算，赶着躲开去，却不料殷赛花翻起脸来。此时赛花拔刀相向，无量就一声大喝道："好丫头！你敢以美人计前来赚咱么？咱看你小小年纪，今日要死在咱师父手里了。"话声未完，殷赛花的双刀已到。无量此时手无寸铁，起来将自己坐的那张椅子，提起来挡过一刀，便一蹿身，蹿到上首床铺那里，在壁上摘下一口宝剑，拔出鞘，就与赛花交手。赛花自然是不肯放松一着，也就舞动双刀，直认他致命处去砍。

此时殷龙在窗外听得房内一声喊，知道赛花已与他交手，当下也就舞动环龙大刀砍进去。却好贺人杰在屋檐上跳下来，从窗户纵身进内，举锤就打。此时父女、夫妻三个人，将无量团团围住，四个人又杀了好几回合；忽见贺人杰虚打一锤，将身躯向后倒退了一步，故意卖个破绽。殷龙不知何意，殷赛花早明白了。又见贺人杰推了窗子口，反而故意让出一条路来，好似让无量的光景。哪里得知贺人杰暗用妙计。无量趁此虚砍一剑，拨转身向窗外就跑。殷赛花即赶紧追到窗口，忽见无量望后一仰，咕咚一声，栽倒在地。却好殷赛花身临切近，一见无量跌倒在地，哈哈大笑道："贼秃，算你今日没有乌珠儿，给咱家姑娘取去了。"一面说，一面起右手刀，就认定无量的身上，一刀砍去，代他卸了一只右臂下来。

贺人杰见无量倒在地上，已是不能动弹，心中大喜。当下拿出绳子，将无量两条腿捆了结实；又拿铜锤，在无量的左肩上打了一下，又把左臂打折下来，就将他抛在那里。便与赛花道："你去到里面搜一搜，如有妇女被陷在里面的，都将她们唤出来，不要再伤她们的性命了。"赛花答应，心中一想："但不知这些妇人藏在何处？"正在思想，忽见右首有一个小门，赛花一见，心中暗想："莫非这里面还有暗室不成？"想着就走了过去，抬头仔细一看，只见上面有个铃铛儿，下拖着一根绳子。赛花顿生灵机，暗道："这铃子有点奇异，我何不将这绳子拉上？看里面有什么动静。"想着，一伸手就去拉绳子上消息。只听那铃锤子一阵响，小门内走出一个虔婆的样子，一见赛花，吓了一怔，正待思想望外就走。赛花赶上一步，刀一晃，喝道："你是何人？快快讲明，饶尔的狗命！”那虔婆见问，也就说道：“尔是何人？到这里来干什么的？”赛花道：“特来擒捉淫僧无量，咱姑太太已将那贼秃杀死了。尔如不信，且出去看看，外面被捆的是何人？”那虔婆果真将头向外面一探，只见一个秃头躺在地下，浑身是血。那婆子这一吓，即刻向殷赛花面前一跪，哀求道：“姑太太！你老人家施恩。婆子们在此，也是出于无奈。今日你老人家既来，想是要救人性命呀。这屋里还有七八个少妇呢！皆被这和尚抢来的。乞你老人家开恩！一起将她们救出去罢。”赛花道：“既如此，你且引路，给姑太太进去看看再讲。”说着，婆子答应一声，转身走进。

赛花随后跟来，转弯抹角，过了好几个弯子，这才到了一处，四面明窗净儿，陈设精致。赛花到屋中坐定，就有好几个妇女走过来说道：“这小姐，敢也是给那贼秃抢来的么？”赛花正欲答言，那婆子在旁说道：”这位姑太太并非和尚抢来，她是来杀和尚给大家救命的。现在外面住持爷已被杀了，特来救众人的。”那些妇女一闻此言，大家环跪下来，齐声求道：“总望小姐速速救我们大家性命。若迟了，这庙中不止贼秃一人，还有许多呢！若要齐来，那可不得了呵！”赛花道：“你们不要害怕，咱们奉施大人之命，前来捉拿凶僧的。外面还有许多老爷们在此，庙外更有官兵围住，不怕那凶僧再来。”那些妇女一闻此言，真是个个喜出望外。赛花又向那婆子说道：“这间屋内出来的路径，可走哪里去？”那婆子道：“来看！东首还有一个门，通着方丈花园里面。”赛花道：“你且指我看来。”

那婆子又带他去。赛花看在眼中，到一处就代她看破一处消息。

走了片刻，又到了好些层台阶，一层层走上去，婆子指道：“这就是翻板的背面，若是上面有人踏着这个翻板准跌下来，跌入坑内，叫他们拿住。”赛花仔细一看，见旁边有两个大坑，坑上两块石板。赛花又问那婆子：“这里怎么上去？”婆子说：“你看我使来。”赛花答应着，只见两旁有两个窟窿，婆子将手向窟内一按动，毫不费事，那石板就转开。赛花已然明白，急将手中刀在那石板旁边，用刀一划，忽见那块石板下落坑内去了。此时却现出一个地道出来，赛花便由台阶上出了地道，果然是座花园。只见花园墙上两个黑影，一个在前面跑，一个在后面追。那前跑的那个，实在跑得飞快；后面追的那个，再也赶不上。殷赛花再仔细一看，原来前面那个却是个和尚，后面追的却是黄天霸。你道这是为何？只因黄天霸等到了关王庙，大家上了屋。贺人杰就直奔方丈，帮着赛花去拿无量；黄天霸等都到了禅堂，捉拿智慧、智能、智武等人。合该这一起凶僧就缚，大家都困着了。李昆就出了个主意，与天霸等说道："咱们能不与他们厮杀更好，只要将他们一起捉住，咱们可不必费那么大事了。"天霸道："李昆五哥！你这话可是戏言了。这许多人，不动武就捉得住吗？"李昆道："不瞒老弟说，咱身带有熏香。我因这里人多，恐怕捉不住，带了这个物件，准备到此，若遇他们都困着了，就要用熏香将他们熏昏了，好捉活的。"天霸道："那更好了。"于是李昆就将熏香燃着，将香烟送入禅堂以内。李昆又狠狠地一烧，把熏香的气味烧浓透了，送进禅堂。约待到了时候，所有那些凶僧，大家都着了香气，不能动弹。李昆等一齐进内，正要拿出绳子去绑，忽见外面扑扑地跳进三个贼秃，各举兵刃前来。黄天霸知道有了接应，也就赶着招架。你道这三个贼秃又是谁呢？却原本是智慧、智武、智能，他三人却不在禅堂里面，是宿在禅堂旁边。此时他三个人也已经睡了，忽然智慧起来小解，一见屋上站了许多人，又见禅堂外站了好几个，皆是执着兵刃。他就知道不妙，赶着回房，将智武、智能唤醒，各执兵器，直奔禅堂而来。

到了禅堂，已见禅堂门大开，知道来人已进去了。他三人也就扑奔进来，预备到里面帮师兄弟动手。哪知到里面一看，见他师兄弟高卧不起，便知道有异。等不及问话，大家便动起手来。智慧直奔天霸，智武直取李昆，智能直奔何路通。天霸等也就各自抵敌，大家厮杀了一会。智武中了李昆一弹子，转身就跑。却好计全上来，迎面一刀。智武闪开，接着李昆从背后又是一弹，正中手腕之上，当啷一声，把手中兵器打落在地。旁边走过殷刚，手起一刀，认定他的肩窝砍去。智武见手无寸铁，就想上屋逃走，才把头向上一望，忽见有个物件直向两目飞来，万躲不及，正中两眼，咕咚一声，栽倒在地。李昆见智武栽倒，正要上前去捉，却好殷勇一刀，认定智武脚上一剁，已代他削去一足。智武算是被捉，不能动弹了。那边智能与何路通正在打得难解难分之际，忽觉两目之内，钻进两件东西，也是躲闪不及，只听“哎哟”一声，也是咕咚栽倒在地。

何路通心中颇为疑惑，这是什么原故？哪里知道贺人杰在暗室内用金钱镖将无量两目打瞎，殷赛花捉住之后，他便叫赛花去搜寻妇女，自己便来到此处，却好智能、智慧与天霸在那里厮杀。忽见智武要逃，贺人杰一见，就将金钱镖取出，先打中智武，后打中智能，所以这两个贼秃，均栽倒在地。智慧还与天霸在那里厮杀，忽见智武、智能都已被捉了，可不敢久恋，仗着自己飞毛腿跑得快，当时卖了个破绽，转身蹿上房屋，放开飞毛腿就跑。天霸哪里肯舍，也就蹿上屋，直追下去。

这飞毛腿跑得真快，只见他蹿房越屋，如旋风一般相似。天霸在后紧紧相追，只是赶不上。直赶至花园内，飞毛腿打从花园围墙上跳下，便逃命去了。所以他在前面跑，天霸在后追，只是赶不上。殷赛花此时看得真切，心生一计道：“好贼秃！往哪里走？着姑太太的镖。”一声未完，殷赛花将手一扬。飞毛腿智慧正跑得急切，忽闻下面一声呐喊，他便吃了一惊，就此脚步停了一步；又见殷赛花将手一扬，料定是有暗器打到，赶着躲闪，却原来并无暗器；正要往前又跑，又听殷赛花一声道：“你这贼秃！想躲姑太太的暗器，哪里能够？着宝罢。”飞毛腿一听，不能不防备，恐怕她前一回是诱着，此次是真有暗器打来，又看定下面好着防备。又见殷赛花的手一扬，飞毛腿赶着又向旁边一躲，就在这个时候，飞毛腿正躲殷赛花的暗器，不提防脑后中了一镖，只听咕咚一声，从墙上栽跌下来。天霸见飞毛腿跌落在地，当下也就跳下，唯恐他逃走。却好殷赛花早到面前，已将飞毛腿的小腿砍下一段。天霸望着赛花赞道：“贤侄媳！若不亏你那一声喝，想这贼秃，说不定还要被他逃走。”赛花道：“这贼秃跑得真快，侄媳还不曾见过这般快腿呢。”天霸道：“侄媳你不知道，他就叫作飞毛腿。”殷赛花听得哈哈大笑道：“现在不能叫飞毛腿了，只好叫半条腿罢。”天霸道：“里面这事情，侄媳想已办妥了。”赛花答道：“不辱叔父之命，那无量贼秃已被捉住了。可不是侄媳一人捉住，是同你老人家侄儿一同捉住的。”天霸道：“只要是捉住，不管是一人二人，总是你夫妻两个的功劳。现在哪里？”赛花道：“现在绑好放在暗室里面，我爹爹在那里看着呢。”天霸大喜。又问道：“这暗室从哪里走去？”赛花就指着那地道，告诉天霸一遍。天霸道：“我且将这半条腿绑起来，再到外面去看一看那里是怎样，然后再到这边。”说罢，将飞毛腿绑缚起来，抛在一旁，便从方丈内出去。

走到禅堂那里一看，只见禅堂内，一个个贼秃，都绑缚好了。点一点数，少了一个；连无量计算，应该十九个，现在只有十八个。你道这一个是谁？怎么不在庙内？原来只个就是智明。他因进城打探智亮的消息，这日并未出城回庙，就在他那个相好的住了，所以不曾被捉。其余一个不曾逃脱。当下天霸当那些贼秃均已捉住，只少一人，又向各处寻搜了一回，只是些小沙弥。那些小沙弥，一见如此，早吓了个半死。其余那就是些看香火的道人。天霸等也就不与他为难，却一个不准走；那些小沙弥等哪敢不遵？只得聚在一处听候发落。天霸又至庙外，将那二百名小队，调了一半进来，看守这些被捉的贼秃。

关小西此时也就同着兵丁进庙来了。天霸就请小西督率兵丁，看守贼秃。他便带了十数名兵丁，到暗室内及花园内，将无量及飞毛腿、智慧抬出来，放在一起；又去暗室内，将所有妇女及婆子等众，都告诉他们，在此听候发落。此时天已将明，大家歇息了一会。等到天亮，天霸即差了几个兵丁，去城里府衙门送信，说庙内贼秃全被捉了，请施公与知府、知县监临察看，以便发落。兵丁遵谕而去。毕竟施公如何发落淫僧，且看下回分解。

第二四九回 关王庙淫僧正法 保和殿贤臣面君

话说施公及大名府知府，与大名县知县，见兵丁回来报信，说关王庙已破，所有淫僧全行被捉，请前去踏勘，以便发落。施公闻言，好不欢喜。当下即命知府，传齐差役人夫轿马听候，一同出城。章知府答应，即刻传谕出来，一面命厨房预备早点。不一会，施公用了早点，外面人夫轿马也齐了，便有丁役进来禀报。施公便与知府出城，乘轿走了好一会，已到了关王庙门首。早见知县在庙门首伺候。施公下轿，知府也就下轿，一同进内。此时天霸等早已得信，大家一齐迎接出来。将施公迎至方丈坐下，大家上前，参见已毕。施公便问大概情形，天霸等人也大略告诉一遍，又把一个逃走说明。施公点头，便命人先将无量带进来审问。有人答应去带无量，不一刻带进来回报。施公又命将受伤未死的，命章知府亲往察勘。章知府遵谕出来，察看属实，又进去回报。施公命人将未死的各僧一齐带入方丈听审。不多一刻，共计抬进十七个。施公一一讯明口供，此众皆是直认奸淫不讳。施公命人落了口供，随即命黄天霸督率兵丁，就在庙门外的左首那片空地，立刻就地正法，为的是收禁以后，恐有别样意外之处。好在是这十七个皆是直认不讳，正法之后，别无他虑。黄天霸答应，立刻将十七个凶僧，五花大绑，推出庙外空地，一一斩讫后，回来销差。施公又命悬竿示众，此事自有差役去办。所有尸身，亦命掩埋。施公又命将暗室内所有妇女，概行提出，问了一遍，俱是民间妇女，被寺内各淫僧抢劫来的。那些妇女见了施公，皆是哭哭啼啼，哀求拯救。施公见此情况，当命章知府将各妇女姓氏、居址查明，近者着令妥差饬送回家。远者行文与该管地方官，转他家属，命其亲自来领；现在暂寄官寓，好生留养。章知府也就遵议，谕饬妥差，先行将妇女送往城中官寓寄养。那些妇女见如此办法，人人望着施大人叩谢大恩。施公命他们退下，自有妥差先带进城去了。施公又命将庙内所有小沙弥，及香火道人等众，又一齐提来，各人又审问一遍，倒也委实无别项事情。施公便命香火道人愿回家的，准其回家，各寻生业。其余小沙弥，即日驱逐出境，不准逗留庙内。那些小沙弥怎敢不遵？也就一个个打点打点，即日出庙，往各处挂单去了。施公又将庙内所有什物、银钱及田产之类，概行查明，一齐入官，候随后有虔诚僧住持，再行发给。诸事办毕，施公仍回府衙。到了衙门，即命大名县在监内提出智亮，也于是日就地正法，以绝根株。

不一会，大名知县将智亮斩讫，到府衙销差。

此时已是正午，施公用饭，黄天霸等众也在府衙用饭；殷赛花是被章知府太太请进上房里面去了。施公用饭已毕，便向知府说道："烦贵府将那黄宜伯、吴幼山两个绅士请来，本部堂有话与他们讲。"章知府不知何意，只得遵命。即刻命人拿了一封愚弟的帖子，到黄、吴两家去请。吴幼山、黄宜伯二人见府里有人前来，说是施公请他们到府衙说话。二人好生疑惑道："这可是怪事！十日前，施公已经动身，怎么他倒又来了？既然请我，我就前去一趟，也无妨碍。"一面回复来差，一面即刻乘轿到府。不一会，因施公是个钦差，他们两人就用了二封红呈投递进去，自有执帖家人，进内禀报。施公命请，黄宜伯、吴幼山不一刻一齐进内，到了花厅。施公迎至厅口，拱手说道："二位老先生违教了！"黄宜伯、吴幼山赶着答道："岂敢岂敢！便是晚生不知钦差宪驾仍在敝地，有失趋向请安，尚望恕罪。"说着，进了花厅。黄宜伯、吴幼山便与施公行礼已毕，分宾主坐下。有人献了茶。黄宜伯首先向施公说道："大人呼唤晚生等，有何见谕？"施公道："只因某现在查办得一案，就是为那关王庙住持僧无量，及合寺凶僧作恶多端，现为某查访明白。因二位老翁，曾经出具保结，代该僧立保，委无奸淫情事。今有该僧等口供单在此，所以某特请两位老先生前来一阅。”说着，将各凶僧的口供单，命知府取过来，递给黄、吴二翰林看。黄、吴二人接过来一齐看毕，直羞得面红过耳，汗流浃背，一面将口供单仍递给知府，一面起身向施公谢罪，道：“晚生等昏愦糊涂，罪不可赦。仰感教诲，铭泐难忘。”说罢，跪下去磕头。施公赶着扶起，仍请他二人坐下。说道：“某今请两位老先生到此，并非加罪之意；不过有一事相托，以后如遇此等情事，总请老先生慎益加慎，会同本地方官，妥为查访，不可以耳代目为好。”黄、吴二人恭恭敬敬答道：“晚生等谨遵宪谕，以后敢不慎重，以仰负大人今日教训之恩！”

说罢，又站起身来，深深一揖。施公又谦逊一番。黄、吴二人又问道：“宪驾何日起身？”施公道：“某明日齐动身了。”黄、吴二人道：“晚生暂且告辞，明日再当恭送宪驾。”施公又再三叮嘱后送出。

施公回至花厅，又把殷龙等传进来，向他说道：“此次老英雄辛苦，令嫒首捉淫僧，其功不小。待某进京面圣后，当为令嫒、令婿一齐保举，以邀恩奖。老英雄贤父子，也得请旨奖励。”殷龙道：“小民父子，无尺寸功，断不敢妄邀恩奖。即是小女从夫办事，理所当然，亦不敢上冀荣宠。”施公道：“本部堂自有主见。但本部堂明日即要起程，令嫒仍请老英雄与她同回；贺千总即随本部堂进京，明年本部堂或回任，或不回任，再令贺千总前来接取家眷。”殷龙唯唯答应，当即退出。施公又申斥章知府几句，以后令他若遇见要案，务要随时访查，不可以耳代目。章知府自然喏喏连声，哪敢道半个不是。晚间，章知府即传谕差役，将所有人夫轿马预备齐全，伺候施公明日动身。当晚又备了几桌盛筵，给施公众人送行。大家俱各畅饮而散，一宿无话。

到了次日天明，施公等起程，本城文武各官前来恭送。殷龙父子，亦与各官直送至二十里外，方才回程。施公沿途趱赶，却好这日到京，正是十二月二十八日。施公当下先在宫门禀到。

次日传旨出来，着令元旦日率同黄天霸等朝贺之后，便殿召见。

施公奉旨，到新正元旦，就换了朝服，带同黄天霸、关小西二人，随同朝臣，挨班朝贺。其余计全等，因官职不合随班上殿，只得在午门庆贺。各大臣朝贺已毕，圣上退朝，诸臣朝散。施公在朝房内，先与同僚诸人谈了些外省各事。不一刻内侍宣旨，着令施公在保和殿召见。施公遵旨，即刻趋跄进去，见了圣上，自然俯伏，口呼万岁。圣上当即问了许多事情。施公便一一奏对，又将黄天霸等，以及殷赛花各人所立功劳，又复细细奏了一遍。天颜大喜，随传旨黄天霸、关小西即刻召见。也就赶速趋跄而进，不敢怠慢，俯伏金阶，山呼已毕。圣上又顾问了许多话，黄、关二位也是奏对详明。圣上龙心大悦，当即面谕，退出候旨升赏。施公等又叩头谢恩，然后下殿出朝，退到官厅，静候升赏。

话说施公陛见之后，当蒙圣上令他候旨。施公便带领黄天霸等，在京内公馆中居住，专候圣旨。当在京城时，自有许多亲戚故旧前来拜访，并互相筵宴等事；黄天霸等也是如此。这日元宵佳节，京城内外大放花灯，共庆升平之乐。宫内自然也是大排筵宴，庆赏元宵。这宫内所有筵宴上的器皿，自然藏诸内府。外间哪里有这等上用的宝物？即使偶然无意而得，亦断不敢公然应用，定要敬谨入贡，不然要有了罪名。这皆是古礼，臣子不敢僭用天子之物。除非是钦赐物件，遇有大事，方敢请出供奉堂中，半为尊君，半为荣宠。这日圣上因元宵佳节，又因四海升平，龙心大悦。因命内监在大内里将外国进贡来的一对琥珀夜光杯，取出来饮酒；待至筵宴既毕，内监当晚未及珍藏原处。到了次日，忽然这一对琥珀夜光杯不知去向。当下经管内监即各处寻找，哪里来的形影？内监见这琥珀夜光杯忽然失却，只吓得胆战心惊，却又不敢隐瞒，只得于圣上驾临早朝时，自己待罪奏闻，先请失察的罪名。圣上闻奏，龙颜不悦，却是仁慈为怀，当下并未问着内监的处分，便与众大臣说道："朕上用的这一对琥珀夜光杯，原不算什么宝物，即使丢失，却于无关紧要。但宰庭之内，居然有此不顾王法的人，前来盗劫，若不严加拿缉，何以申国法以肃宫廷。尔等文武功臣，着即一体明察暗访，果为何人所盗？务要追还原物。统限三个月，将原物进呈，不得空言塞责。倘逾期未获，所有值日各官，定即革职拿问。"当下施公却也在朝，听了这道圣旨，随即出班俯伏金阶，奏道："据臣愚见，皇上所失的宝物，绝非宫廷之内的人所盗，必有外来巨盗，将此宝物盗去。但不知昨日御膳之后，这夜光杯摆在何处？圣上可传经管内监询问明白，便知底细。”圣上道：“是。”当即传旨，即着施公将经管内监，带往刑部讯问。施公领旨。圣上退朝。施公也就散朝。当下并不先回私第，即将经管内监带往刑部，讯了一堂，方知这琉璃夜光杯是御膳后未经收入大内，即摆在内监房中，预备明早再行珍藏。施公问明，次日又奏明圣上，请旨踏勘失窃之处。奉旨着照所请。

当下施公即遵旨，由经管内监带领到失窃之处，看了一遍。

施公见无甚形迹，好不纳闷。当即退出，回至公馆，便将上项的话与黄天霸等说了一遍。天霸听说，吃惊不小，因向施公道：“在大人的意见：这琥珀夜光杯忽然失落，还是为宫内的人所盗去？还是为宫外的人盗去呢？”施公道：“据本部堂看来：宫内的人断不敢有此胆量，定然是宫外的人所盗。但经本部堂亲去查勘，毫无形迹，因此又疑惑是宫内人了。”天霸道：“据卑镇看来：定是宫外人所盗。惜卑镇不能进宫查勘，若能奉旨入宫，查勘形迹，便可知道这盗杯的人是宫内的人，抑是宫外的人了。”施公道：“且候本部堂明日早朝，再行奏闻。如蒙奉旨准予贤臣入宫查勘，即就有些端倪了。但不过一层，如果查出是外人盗去，恐怕贤弟又不免要奉旨访查了，那时如何推却？”天霸道：“大人言之差矣！为臣子者，食君之禄，当忠君之事；今者上用之物被人盗去，若不访缉出来，既非慎重国宝之道，也非忠君之心。而况访拿缉盗，是卑镇等应分之事。如果有旨奉行，何敢不遵呢？”施公大喜道：“贤弟如此忠心为国，某当代奏明，贤弟明日可即预备，候旨遵行。”天霸唯唯答应。

施公到了次日果然奏明圣上。当即奉旨，着黄天霸入宫查勘一番。只见失落御杯那间房内屋上，有一排望砖，非同他处可比，分明是盗贼由屋面揭去砖瓦，垂身而下，将御杯盗去。

天霸看明，也就出来回明施公，请施公代奏，并请旨宽限。施公答应，次日又代奏闻，圣上大喜。这日圣旨出来：仍着施公回淮安漕督本任；黄天霸补授江南提督；所有漕标向来出力员弁，均着以本缺坐升；其贺人杰着加恩以游击遇缺补用；殷龙着赏给“急公好义”匾额；殷猛等兄弟四人，均以千总发交施公差遣；殷赛花也有奖赏。施公遵旨，便率领黄天霸等谢恩、请训，就预备出京回任。施公、天霸当殿陛召见之时，圣上又命他出京以后，沿途遇有土豪恶霸，不公不法之事，仍要随时办理。并面谕黄天霸仍随施公前往江南，沿途缉访御杯所在，俟拿获正盗，取回御杯，再行赴提督本缺。施公、黄天霸二人，复又遵旨谢恩退出，三日后即行出京。这日，自有许多官员前来相送，这也不必细表。

计自施公上年十二月二十八日到京，至本年二月二十八日出京，统共两个月。这日出京，自然还带了关小西、何路通、计全、李昆、李七侯、金大力、王殿臣、郭起凤、贺人杰等人。现在关太已坐升总镇，计全升副将，李昆升参将，何路通升都司，其余皆坐升一级。沿途之上，大家皆为那一对琥珀夜光杯用心查访。在路行程，不止一日，并未访出一毫影响。

这日，到了山东沂州府界，正是三月中旬，颇觉春光和煦。当下施公就命随从诸人等就驿站住下。施公因闻沂州有座琅琊山，甚是高峻；昔日齐景公曾与晏子说过：“吾欲观于转附、朝舞，遵海而南，放于琅琊。”这琅琊山就在沂州府境内。施公便想到琅琊山凭眺一回，却不曾与黄天霸等人说明，心中却是暗想。哪知黄天霸等已知此心，却不是为去游观，想要到琅琊山左近，访查访查可有夜光杯消息。当下施公就在驿馆中住下，当晚就与黄天霸等说道：“本部堂因近日车马劳顿，意欲此间暂歇一两日，再行前进，不知诸位意下如何？”黄天霸等齐道：“便是某等也想暂歇一两日，不过不敢与大人启齿。今大人既有此意，某等当得遵命。”施公大喜，一宿无话。

次日，黄天霸等也就进内禀明施公，欲往附近一带地方访缉访缉夜光杯的消息。施公当也答应。黄天霸等大家商议，就留贺人杰、金大力二人保护施公，其余诸人皆分头往各处而去。

施公自己也就换了便服，招呼施安看守驿馆，便自出去游玩一番。此一去有分教，闹出一件天翻地覆的事来，且看下回分解。

第二五〇回　钦使遥临琅琊税驾　高贤莅止蓬荜生辉

话说施公出了驿馆，向街坊上走去，原来这馆驿的地方就唤做琅琊驿，也是六街三市，颇为热闹。施公在街上闲逛了一回，只见人烟稠密，甚是齐整。因信步走去，不觉走了二三里地，却离街坊已远。但见前面一座大树林，当此暮春天气，树木正旺之时，远远看见，好不可爱。又当麦苗欲秀，遍地生气勃勃，更夹着那些桃红柳绿，实在是春景怡人。施公心下颇为适意，因慢慢向着那大树林走去，不一会已走至树林前面。但见林外现出一所大村落，有数十间房屋。施公便穿林而过，到了村口，又见村庄迎面一条护庄河，旁边支着一道小板桥，便于来往出入。河堤一带，栽着许多垂柳，更夹着许多桃花，真是别饶风趣。施公看罢，又向村中那一带房屋看去，又见迎面朝南有一道大门，周围一带垣墙，约有一二里方圆光景。在庄房里面，西北角有一座茅亭，高露墙腰，里面陈设却看不清楚。茅亭四面，好像是一座花园。那一带房屋甚是造得清爽齐整。

施公看罢，羡慕之至，意欲过小桥游玩一回，又恐人地生疏，不敢冒昧前去；意欲回去，又想到花园中游玩一番。正在斟酌行止，忽见从门内窜出好几只狗来，一见施公，便狺狺乱吠；接着有一个苍髯老者走了出来。施公将他上下一看，但见他身穿的一件土布夹衫，脚踏芒鞋，手携竹杖，颇有隐士之风。

那老者一闻狗吠，知道有生人前来，赶紧出来。一见施公站在村口徘徊观望，他便将施公细细打量一番。觉得施公形容虽然生得古怪，却有一派正气，与俗不同。他便上前说道：“老先生请了！小庄僻陋无华，老先生何不请至敝庄暂驻芳踪？何事站立桥畔，观望徘徊呢？”施公听他言语不俗，也就赶着应道：“岂敢岂敢！只因某路经贵地，偶尔闲游，不期信步而来，得瞻风采。某因爱尊居如此清雅，真是城市山林；亟拟进府奉拜，又恐素昧平生，不敢造次，所以在此徘徊观望。不期老先生赐教，施某真是万幸了。”施公因羡慕他人品又好，地方又好，不意将自己姓名，忽然道出。所谓“一言既出，驷马难追”。那老者听施公说出“施某”两字，凝了回神，不禁正色说道：“老先生便是总漕施公么？”施公见自己为人家识破，只得说道：“漕督使者，便是施某。”那老者听说，便急向施公道：“某僻居村落，不知钦使遥临，有失迎迓，罪何可及。敝庐局促，不知台驾尚肯惠临一叙否？”施公道：“亟拟进庐，不敢造次。既承相召，幸何如之。”那老者见施公答应，喜悦非常，便向施公道：“既蒙辱临，某当领道。”说着，就引施公过了小桥，一直领着施公，进了庄门。

施公进内，走了两进房屋，从东南角门内走进去，便是一座小小花园。其中虽无玲珑山石，却竹篱茅舍，潇洒出尘。中间有一条曲径，两旁编着一路的麂眼篱笆；走过曲径，便是朝南一座五开间的一所竹屋，甚是宽敞洁净。那老者邀施公入内，即让施公坐下。施公也不过于谦让，就客位坐了下来。这才向那老者道：“施某荒唐之至，虽承雅爱，还不曾动问上姓大名，疏忽之处，务求宽宥。”老者亦谢道：“某姓吕名焕，贱字云章，曾中丁酉科进士，世居于此二贤村。只因无志功名，告老致仕，守两亩园田，免得与人争名夺利。”施公道：“据老先生所言，真是勘破俗尘，安享田园之乐，可羡可羡！”吕云章道：“岂敢岂敢！不过聊以守拙而已。岂似大人兴利除害，救弱锄强，为国家栋梁，功在社稷，德被生民呢？”说着，有庄丁献上茶来。吕云章又向施公道：“某久闻大名，如雷贯耳，亟欲趋谒，恨无缘可入；今幸得见颜色，真乃识荆有幸了。但不知大人此次驾经敝地，还是进京陛见？还是公干到此呢？”施公道：“某因去岁奉旨陛见，入觐天颜之后，又奉旨仍回本任。现在道经贵地，是往淮安回任。因连日车马劳顿，暂息征尘；又因天朗气清，故此偶尔出游，不期得遇老先生，并瞻仰华庄之盛，某亦是喜出望外了。但老先生有几位世兄？想皆是清贵之品，可能请出一见么？”吕云章道：“有三个豚儿：长名沛，系前科的举人；次名济，曾补县学生员；三名泗，尚在幼读。本当唤出来谒见，只因长次两子，皆就馆于外，使他们借此阅历；少子因连日感冒风寒，不堪出见，容日再令其竭忱恭叩便了。”施公道：“有老先生家学渊源，三位令郎，某虽不见，可想其饱学了。”吕云章道：“辱承雅爱，又何敢当？所幸三子皆守书本，幸能遵守成规，谨法而已；其他也就毫无所知矣！”施公见说这番话，于是又问道：“此时沂州府知府秦霭仁老先生，想是常见的了。”云章道：“秦太尊自去岁到任后，承他到敝庄拜过一次，今年彼此循俗例，互相贺了个年节；此外如宴会等事，皆未与列，某亦不愿与官府往来。并非某故事耿介，只因敝族亲友甚多，保无有词讼事件。他们一见某平时与本地父母官时常往来，设若遇有事故，必致前来请托。某如不应，势必有拂亲友之情；若竟答应，今日你来，明日他至，不但烦劳之至，且于某声名有碍。存了这个心志，就是亲友之类，也不甚相怪于某。某若遇有地方上兴利除弊之事，某亦不敢坐视不言。倒也要挺身而出，帮同料理。可谓公事则与闻，私事则不敢稍涉。也好在这秦太尊亦复是个良吏。更此间民俗质朴，亦不难治。”施公听说，又着实称赞一番。此时已有晌午，庄丁已将酒饭摆上。吕云章就请施公入座，施公先道了谢，然后举杯饮酒。

不一时酒饭已毕，净面漱口，又饮了两杯茶。吕云章即请施公到他花园内，游玩一会。但见插竹编篱，豆棚瓜架之外，也有些四时不谢之花，颇为雅洁；又在草亭上坐了片刻，但闻有朗朗读书之声，又有琴声自墙外而至。施公便问道：“读书之声，想系令孙辈在馆中所读；这琴声又从何处而来呢？”吕云章道：“只因幼女淑兰，酷好丝桐，想是她在那里胡乱拨弄的。”施公听说，又复称羡不已。各处游玩一遍，施公便道谢告辞。吕云章只得将施公送至庄口，躬身一揖而别。施公仍走原处，穿入树林，忽从后面有一人，在施公腿上尽力打了一棍，将施公打倒。不知性命如何，且看下回分解。

第二五一回　朝舞山王朗激云鹤　二贤村世雄劫施公

话说施公进了树林，走未多远，忽从背后来了一人，给施公冷不提防，在他两小腿上就是一棍。施公“哎呀”一声，登时栽倒在地，已昏晕过去。那人便从身上掏出绳索，将施公四马倒攒蹄捆绑起来；又脱了一件衣服，将施公连头带足包裹好了，向肩头上一负，背了就走。你道这人是谁？原来那日黄天霸大破关王庙，关王庙的智明和尚却不在庙中，至城里访探事情，因此被他漏网。后来他知道关王庙的人全被黄天霸等人捉住，一概正法；他又怕随后仍要捕捉于他，因此别了他的相好，就远走高飞，投奔他一个至好朋友。他这朋友，姓曹名勇，绰号盖世大王，生得虎背熊腰，两臂有千斤之力，惯使一对流星锴，更有一种暗器，名唤百练飞抓，百步之内打人，百发百中。

这曹勇却是绿林中后辈，现在朝舞山独自为王。专劫各方远地富商大贾，或一年做一次，或半年做一次。下有两个结拜兄弟：一姓朱名唤世雄，一姓尹名唤朝贵。这二人也是飞檐走壁，本领甚高。朱世雄惯用两柄飞抓，能在空中打人；尹朝贵惯用一把单拐，平时帮助曹勇做些买卖，到得山上，三股均分。

这日智明从大名府逃至此处，见了曹勇，将关王庙如何被施公私访，如何被黄天霸破了关王庙，杀死众位兄弟；因自己不在庙中幸未被捉，赶紧逃脱前来，请他报仇的话，说了一遍。

当下曹勇闻说，大怒道：“俺不料施不全竟如此作恶，专与俺们绿林中作对。此仇不报，还算什么义气？”说着，就将智明留下。又与他道：“贤弟但请放心！为兄慢慢的打主意给众兄弟报仇便了。”智明道："兄长但说报仇，不知施不全手下能人甚多，仅靠咱们这三四人，断断不能行事，总要想出个妙法来才好。"曹勇道："贤弟无虑！劣兄自有章程。因不久得了一个极好的朋友，与愚兄也是结拜过的，姓云名鹤，绰号就唤飞云子；却是道家装束，其人能在空中行走，如风卷白鹤一样。他有两口宝剑，名唤灵武剑，却是一雌一雄；这两口宝剑真是削铁如泥，任你什么兵器，只要碰着宝剑，立刻截为两段。当今之世，可说天下无敌了。若请他前去，何患不能得手呢？"智明道："若得如此，即使我们不能亲自报仇，也可算得是借刀杀人了。但不知此人现在何处？"曹勇道："现在琅琊山镇山太岁那里帮忙，起造一所名楼，名曰：齐星楼。"智明道："这镇山太岁起造齐星楼，做何用处？"曹勇道："镇山太岁这座楼，起得却大有道理。现在也不必问，随后你我自然知道，而且可以到他楼上去立一番事业。"智明见如此说法，也就不再往下追问了。

隔了一日，曹勇来到琅琊山见了飞云子，和镇山太岁王朗，说明一切。飞云子道："此事万不可行。"曹勇听罢，高声说道："兄长平时常说，为人一生，总要做几件出色惊人，惊天动地的事来，我等皆以为兄长必非虚言。今日有这件事，我们料兄长必然欣然前去，哪里知道反而畏惧起来？也不知兄长是恐怕自己的本领不佳，不敢前去。若是不愿前去，我等却也不敢勉强了。"这番话说罢，那飞云子冷笑一声道："二位贤弟言之差矣。想愚兄具此一身本领，虽不敢说天下无敌，却也不弱于人，有什么不敢前去？但恐闹出事来，将来贤弟们恐遭不测，愚兄才有这番言语。今二位贤弟既如此说，愚兄只好勉强一行，若能得到手中，可是有一句话，愚兄交与贤弟之后，我就要远走高飞了。好在此间楼已造成，无事可以帮助。贤弟们若能答应，愚兄便去走一遭；如若不然，我却不敢应命。"王朗道："兄长且将此物取来，再做计议。如果不抛小弟，共图大事，则是小弟的大幸。万一坚执，小弟亦不敢勉强，听兄自便了。"

此时曹勇、王朗二人，见飞云子答应，好不欢喜。是日即大排筵宴，给飞云子送行。飞云子也就即日前去。你道飞云子所取的这样东西，却是何物？为何如此贵重？原来就是盗的那琥珀夜光杯。飞云子去后，曹勇也就回朝舞山，这是十二月的话。

飞云子不日到了京中，就将那琥珀夜光杯盗出，送回琅琊山，交与王朗，他也就真个走了，不知去向；直至后来黄天霸大破齐星楼，捉拿王朗，才有飞云子的说话，随后自有交代。

曹勇回至朝舞山，就与智明、朱世雄、尹朝贵三人说道："现在飞云子虽然前往北京，能否到手也不能知。咱总要再遣一个人去京，打听打听；万一不得手，那里也有个人知道底细。并且还可以打听施不全是否留京内用，还是回淮安本任，我们还好另想别法。"智明就说道："小弟情愿去走一趟。"曹勇道："你不能去，莫若朱贤弟辛苦一趟。"世雄道："小弟怎敢推却？明日前往便了。"曹勇大喜。说："贤弟此去，务要谨慎小心，不可疏忽。"朱世雄唯唯答应。次日就别了曹勇往京师而去。及至到了京中，细细打听，那琥珀夜光杯早为飞云子盗去。现在京城内一体访拿盗杯之人。并有旨饬令黄天霸等细细访缉，务要人、杯并获。朱世雄打听清楚，好不喜悦。就将此事摆在一旁，再探施公是否内用，抑系回淮？

这日有旨下来，着令施公仍回本任；黄天霸又升了江南提督。等到施公陛见出京的这日，朱世雄暗暗想道："我若此时回山送信，叫他们前来拦劫，这件事不必妄想；他手下有这些人，如何拦劫得去？我何不跟他下去？等他沿路住下，若有疏漏的时候，我能独自将施不全拿住，送回山中，这件事也算是一件惊天动地的事了。"因此跟着施公一路而来，可巧这日施公在琅琊驿住下，又往二贤村游玩，不期竟被朱世雄说着。当施公出了驿馆，在街坊闲游时，朱世雄正在酒馆内饮酒，瞥眼见施公出来，又看了看，并无一人跟随，好生欢喜。当下就尾随于后，争奈人多不能动手；及至到了二贤村，又被吕云章邀入庄上。朱世雄暗暗想道："你这赃官！除非是不出来，你若要由此经过，却休想逃脱。"想罢，便在树林内暗自躲好，等到施公由庄上出来，朱世雄在暗中打探，见吕云章并未着人护送。朱世雄便等施公到了林内，他由施公身后，拿出铁尺，在施公腿上打了一下。

话说朱世雄一铁尺将施公打倒，当下绑缚起来，用衣服裹好，背负飞奔而走。看看天已将黑，走到河口，叫了一只船，将施公放在船上，他也上船，喝令船家开船。那船户不知底细，便问道："今夜如何开得？且到天明再开罢。"此时施公却也醒了，听说此话，便大声说道："船家你万万不能开船！这个人是个强盗，我乃漕督施某，被他抢夺而来；你若能将这强盗拿住，将本部堂送回琅琊驿，本部堂自有重赏。"此话尚未说完，只听朱世雄大吼一声，向这船家说道："你胆敢多言！若再不开，我便送你的狗命。"那船户也道："你这大胆的贼强盗，胆敢抢夺钦差，该当何罪？难道你不知王法么？若要我开船，只怕今生也休想。"朱世雄听了这话，忽然大怒，随即在腰间拔出铁尺，恶狠狠直往这船家打来，这船户知道不妙，即将身子一让，只听扑通一声，往水里跳下。朱世雄却也会水，见船主跳下水，他也跳下水去追。这船户见朱世雄也跳下来，知道不能抵敌，只得踏着水逃命而去。

朱世雄在河底下追了一回，见捉不住那船户，也只是钻出水面，仍然上船，将衣服脱下来拧干，晾在船板上，使风吹干，即便撑篙将船开去。原来这条河，却通朝舞山后面，不过半日就到，但须走那后港；若走前河，非两日不能到山。朱世雄独自撑篙，不过到天将微明，已经行至后山脚下。当即弃船登岸，却将施公背起来，直往山上而去。却好有巡山喽罗，见二王回来，赶着一面进内报信，一面就迎接上山。朱世雄一见喽兵前来迎接，便将施公摔在地下，交与喽兵，便送与大寨。那喽兵怎敢有违，当即答应。朱世雄便独自上山，走进大寨，早有曹勇、尹朝贵、智明等人迎接出来。朱世雄道："我且进寨再谈罢。"说着，一起进了大寨，挨序坐下。曹勇又急急地问，朱世雄就将以上情形，说了一遍。大家听说，齐道："无怪贤弟满面喜容，这个古怪，真是比那夜光杯更宝贵了。"犹有智明在上说道："诸位兄长，不必过于喜悦。依小弟看来，恐怕不是真施不全。"曹勇道："贤弟！这话怎讲！"智明道："只因施不全诡计甚多。去年在大名府将智亮拿住后，他就假扮了自己，即日动身。将智亮交与府县审问。

那时小弟见他已经动身，便赶着回庙送信；我大哥就差人暗暗在半途行刺，居然出其不意将他刺死。我大哥当时自然心满意足，以为除了一害，又可代我们绿林中报了仇。哪知大破关王庙之后，方才知道前次杀死的并非施不全，是大名府狱内死囚改扮起来，故意叫我们刺他，好叫我们不防备，他好于中行事，乃竟上了他的当了。朱兄长今日又将他捉住，所以小弟想起去年的事来，颇为疑惑，唯恐又是假的。”朱世雄一听此言，倒反觉疑惑起来，暗道：“若果是假的，就将他杀了。”当下说道：“智明贤弟！你既如此说，真施不全你可认得么？”智明道：“我曾前去行刺，看得明明白白，怎么能不认得的？”曹勇道：“这就容易辨别真假了。莫若将他抬上来，给智贤弟认一认。若是真的，愚兄另有用处；若是假的，即便将他杀了。算是朱贤弟白吃一趟辛苦，随后再想别法便了。”正说之时，只见喽兵进来报说：“禀二大王！那个十不全的人，已经将他抬上山来，现在外面，请大王示下。”

曹勇道：“即将他推进来。”喽兵一声答应，即刻退了下去。不一刻，蜂拥推到，来至大寨。施公向上一看，只见四个强盗，内中还有个和尚，心中暗道：“莫非这和尚就是关王庙那个在逃的秃驴么？”正是暗想，忽听上面大喝道：“施不全你抬起头来，可认得法师么？”原来智明一见施公，已知道不是假的了，故有此言。施公见他一问，更觉明白，一定是关王庙在逃的那个智明，因大骂道：“好大胆的贼秃！尔前次幸逃法网，不曾按律问罪，就该悔过自新，勉为好人，方是道理；竟敢不知悔过，仍复怙恶不悛，将本部堂劫夺到此。尔等究是意欲何为？若好好将本部堂送至山下，或可减一等问罪，否则恐尔等亦不免碎尸万段。劫夺钦使大臣，哪里还知道王法呢？”说罢，又复大骂不止。

智明亦骂道：“施不全！我且问你，我那师兄等与你平时有什么冤仇？你偏欲与咱等作对。尔以为仗着黄天霸等这一班小辈，可以保护于你；今日尔既被拿，你那保护的人尚能到此来救你出去么？这也是你作恶多端，杀人无算，也有今日之报。尔尚有何言呢？”施公道：

“本部堂既已上山，尔等要杀便杀，不必多言；就便死了，看尔等也未必能够逃罪！”说罢，就低头不语。只见曹勇说道：“智明贤弟！愚兄却有个主意，若就将他杀了，虽破腹开膛，也毫不费事，那倒便宜他受用。咱们先叫他受些凌辱罪，然后等他将死未死之时，再将他破腹开膛，二罪并罚。你道如何呢？”智明道：“但不知兄长如何处治他呢？”曹勇道：“可将他先吊在厕所旁边，叫他受些秽气；然后把他送往暗室内，饿他三日，将他饿得气息奄奄；再把他拖出来，给他一个开边庭，从脊背上用刀划开，劈分两爿；把他的心割下，遥祭绿林中诸位已死的朋友。你看这个主意，可好不好么？”智明道：“兄长此言，甚是有理。”施公听了暗道：“不期结怨已深，致有今日，料想这条命今日是活不成了。但不过这起恶贼存心未免太毒。”施公正在暗想，忽听曹勇喝令喽兵：“将他推下，先吊在厕坑旁边，叫他受些秽气；然后再将他送至暗室，封锁起来，多派人看守，给他饿三日，等他气息奄奄，再来禀报。”喽兵答应，推推拥拥，将施公拉至寨外，就向厕所旁去吊。寨内是日大排筵席，互相庆贺。

且说施公吊在茅厕旁边，固然臭气难闻，更是心骨疼痛，恨不得自己寻死，免得受此恶罪。无奈欲死不得，实在悲惨交集。约有半日光景，忽然有个喽兵走此经过，一见施公，登时吃惊不小。暗道：“这便如何是好？我若不救他，我就天良全灭了。但是怎样救他才好呢？”急中生智，忽然想起一个主意来，我何不如此如此，问问他们情形呢？便向左右喽兵问道：“这是什么人？将他吊在这里？”内中就有一个喽兵答道：“王头目！你那里不知道么？”那人又道：“我怎么得知呢？我刚才从山下回来，到底他是谁人呢？”那喽兵又道：“这就是漕督施不全，今日被二大王将他捉上山的。”那人道：“既将他捉住，为何不杀他呢？”那喽兵又将曹勇说的话，细细的告诉了那人一遍。那人一闻此言，故作失惊！说道：“既大王招呼你们那样办去，当要小心。”但他如何救出施公，且看下回分解。

第二五二回　用巧言报恩旧主　设妙计醉倒喽兵

话说那人向喽兵说道："你看他气息奄奄，已是将死的样子，还不快将他送往暗室，受那饥饿的罪去。"那喽兵见他说了这话，向他冷笑了一声，说道："王头目！这句话也不像你说的，三位大王的脾气，你还不知道么？他如何吩咐是要照做的。招呼我将这施不全吊到向晚时节，然后令他再受别罪。此时才有半日工夫，便将他换了地方，设若为大王知道，岂不说我们违他的号令？那时问起罪来，如何担受得起。你们是事外人，故可说这现成话，我是万万不敢违令的。而况这赃官平日专与我们绿林中作对，曾记我哥哥在关王庙当个庙祝，好容易小心伏侍，讨了无量的欢喜，将庙中所有的田地，归他掌管。满想三年后便可起家立业，享个半世安闲。谁料不上数月，就遇见这赃官，无辜的不干他事，偏要明查暗访，寻出破口，命黄天霸、贺人杰等，无辜的杀死我哥，复将十八罗汉正法。幸亏智明师父那日未曾上山，脱了此难，方有今日。可怜我哥哥在庙中睡觉，忽然来了一个大汉，手提朴刀，不问青红皂白，将他杀死。我幸亏不与他住在一处，听见前面大事已过，开了后门，连夜逃走。所有上半世辛苦的钱财，以及我哥哥的遗物，全行去了干净。后来若非访知智明师父到此，来这里投奔，早已经饿死了。平时想起来，恨不能将这人碎尸万段，方泄心中之恨。难得今日为二大王捉住，背上山来，这也是冤家路窄，独巧今日派我当差，命我看管这厮。你想一想，如此大仇，可能轻恕么？"说罢，气恨不止，又将施公大骂了一顿，复将绳索紧了一紧，然后向那人道："王头目！你此暂且去午饭，等到向晚时节，你我两人沽一壶酒，慢慢地在此饮酒，看他受罪。”

那人听喽兵说了这番话，方知他与施公也有前仇。心下想道：“这厮如此恶毒，若再深说，反使他疑惑我。看他这样，也是一个酒徒，何不如此如此，将他灌醉，然后干事。”登时带笑说道：“老哥！我道你平时甚是和气，凡大小事件，无不彼此相商；今日何以如此动气，原来有这缘故。若不说明，小弟几乎怪你。此时既遇仇人，报了前仇，小弟理当也奉敬一杯，为老哥贺喜。”说罢，转身出去，到了厨房，向厨内取了一壶热酒，另用一托盘，摆了四碟下酒的小菜，将酒也摆在里面；唤了一名打杂的喽兵，命他端好，跟着自己来到原处，向那看施公的喽兵说道：“老哥！此时暂平一平气，咱们先到那屋里饮一两杯。谅这赃官，吊在这里，没什么要紧。等到向晚时节，搬到那忍饥受饿的地方，使他很受点罪孽。你老哥意下如何？”

喽兵见他如此殷勤，又见盘内端着酒菜，本是个酒徒，岂有不欢喜之理？随即满脸堆下笑来，向那人道：“王头目！承你这般美意，小弟只得领情了。但是这赃官在此，也须要人防备，不可大意才好。你看这十不全的模样，倒是个怪可怜的样子，殊不知他心地比什么人还毒十倍。加之他手下一干人，那黄天霸、关太、贺人杰等人，无不武艺高强。此时虽吊在这地方，设若大意，保不定他那众人将他劫去。咱们就此胡饮一顿，岂不是公私两便。”

那人听了喽兵这两句话，心下很是着急，暗道：“你这厮倒也小心。若不将你骗离此地，何能报我从前的大恩？他现在如此讲说，究竟作何话说，方使他随我走去？”当想毕，哈哈笑道：“此时仇人见面，正该痛饮两杯。难道小弟请老哥饮酒，该派在这污秽地方吗？你自己虽忍得下去，也不问人能受不能受。”说罢，脸上便装着怒容出来。喽兵见他已动气，赶着笑脸说道：“王头目不必动恼，此不过小弟谨慎的意思。既然你老不愿在此，咱们到里面去便了。”说罢，命那打杂的喽兵，将酒菜端入屋内；自己与那人也就过去，设了两副座头，彼此对面坐下，先向那人道：“王头目！今日小弟得报大仇，该咱做个东道，反叫头目破钞，这是如何说起？也罢，头目先请一杯。”

说着，取了两双箸儿，摆在各人面前，随将酒壶提起，满满地在酒杯内斟了两杯。那人见他如此爽快，正合己意，忙道：“老哥也不必谦让，你我皆是直性，不分彼此。但以多饮的为是。”

喽兵本是个有酒必饮，不醉不休的人，见那人如此说，却将杯即自斟满即吃，连添数次，又闻得酒杯内香味扑人，钻入五脏里面，登时笑不绝口，举起酒杯一饮而尽。那人见他并不推辞，随即又斟满一杯，复又饮下。就此你谈我说，不知不觉，早把那一壶酒，饮得空空如也。那人见喽兵尚没有十分醉，乃道：“老哥酒量甚高，这小小酒杯，不能满量，不如换只斗来，好痛饮一番。”说罢，随命打杂的喽兵，复到厨房内，取了两只酒斗，又加了两壶酒来，复又痛饮一回。

究竟有心算计无心人，不多一会，喽兵又有了七八分醉意，歪着头，斜着眼睛，口中不住的流出浓涎。那人见他到了这地步，心下好不欢喜，不禁大喜道：“老哥！你平时酒量甚好，为何今日便醉了么?”喽兵不等他把话说完，忙道：“王头目！你也是门缝内看人了，我虽比不得李太白为酒中的仙人，若说这两杯酒将我醉倒，也太胡说了。你若不信，我再饮与你看。”

说着，满口浓涎滴滴的，站起身来，将那酒壶执在手内，也不向酒斗去斟，自己的嘴对着壶口，噜噜苏苏的说道：“你看我醉不醉!”这句话未曾说完，早已听不清楚。但见他如牛饮水，仿佛一口气，将所有的酒全行饮下。只听咕咚一声，连人带壶，俱跌倒桌下了。那人哈哈大笑道：“我说你醉了，偏不相信，此时真醉倒了。有这差事在此，又不能无人看管，只好我代你照应一会了。”那人此时见醉的醉，走的已走，忙道：“此时不救恩公，等待何时？只是我一人也不能将他救离此地，必得问明他的来历，方可设法。”想罢，走到外面，先将头道绳索解放下来。复将绳索从铃铛上解开，轻轻将施公松下，用手将他胸口一摸，所幸周身温暖；再向脸上望去，虽然皮色大变，鼻孔内尚有呼吸之气。知道他未曾气闭，赶将施公扶坐，在地下将他手足展放开来，又在脊背上轻轻拍了数下。

此时施公虽不能开言，心下却甚明白。过了一会，将眼睁开，将那人上下一望，好像在哪里见过相似，一时想不起来，暗道："在这强盗窝内，谅有什么好人，无非是他一类。但他忽然将我放下，不知他有什么意见，倒要问他一问。"当时先舒了一口气，然后问道："汝这狗强盗，本院乃朝廷大臣，只因赤胆忠肝，为民为国，将天下的强人、恶寇，扫除净尽，为百姓除害。今日不幸，遭那强盗之手，要杀便杀，还有何说！方才为那班狗头将我吊在此地，已是拼着一死；汝为何复将本院解下？难道那强盗使汝前来，又有什么摆布吗？"那人此时，正想施公说话，一见他能说言语，心中大喜，两手一松，将施公推在前面，转过身来，纳头便拜。说道："小人受大人厚恩，何敢另有歹意？小人此来是救大人的。大人且看一看，可认得小人么？"施公见他说了这番话，反而疑惑起来，忙道："汝这人姓甚名谁？为何说前来救我。汝且将名姓说来，免得本院疑惑。"那人道："小人不说，大人也忘却了。可记得大人前在江都任上，捉住那窃贼王雄么？自蒙大人不治死罪，历年以来，恨不得结草衔环，以报大德。今见大人遭此大难，人非草木，何能不拼命来救。"

施公听了此话，方才明白。原来初任江都时，合境窃案迭出，屡次出差擒贼。那些有本领的人，皆闻风逃走；独将这无本领的王雄，捉来完案。施公讯了一堂，知他是个生意中人，不肯将旁人的罪名，推在他身上，因此劝了他一番，命他改邪归正，又赏他几吊大钱做营生，免得做这不法之事。此时听他说出"王雄"两字，方才想起，乃道："王雄，你这人好无血性，本院从前免汝死罪，本想汝改邪归正，做个好人。为什么事隔多年，仍然怙恶不悛，在这山上为寇。今日还亏你有这面目来见本院。送往厅前，不关汝事，少不得日后黄天霸等闻风到此，将汝等捣巢灭穴，鸡犬不留。"当时大骂不已。

王雄见施公动了真怒，当时不敢言语，跪在地下，只不开口。等施公骂毕，然后说道："且请大人息怒，小人有下情上禀。自蒙恩放之后，便将赏给的钱文做了生意。在前数年倒还无往不利，每日必赚得数百余文；后因本钱稍多，因想这小本营生，断无出头日子，适身边积聚得百十千文，有人与小人合本，说近年北货甚好，如金针菜、枣子、柿饼等类，若由出产地方运回江都贩卖，可得数倍利息。只因小人图利的心重，一闻此言，便将所有的本钱同人合本，预备到河南、山东一带，贩卖各货。谁知到了这琅琊山下，被这班强人打劫得一无所有。彼时自忖不想活命，谁知山上的寨主名唤盖世大王曹勇，见小人生得魁梧，不但不杀小人、反向小人说道：'汝若能归顺俺大王，补你个喽兵头目，包管你一生吃着不尽。'小人彼时出于无奈，因此在这里数年。不意今日得遇恩公。恩公为何被捉？还是一人前来？还是另有别人？大人可从速说明，小人好设法解救。"

施公听了他这言语，方知他无什么歹意，便将进京陛见，蒙恩仍回淮安本任，以及无意遇见朱世雄，被捉上山的话，说了一遍，乃道："本院今日被捉，能将我救出，随后自与你个前程，免得在此做这不法的事件。但是方才那个喽兵，到哪里去了？为何换了你来？"王雄见问，便将酒醉喽兵的话告知了。

施公便道："此是你的一片诚心，但此时天已不早，耳目又多，设要这看管人酒醒过来，或有人前来探望，见你将我解下，报与大王知道，那时两人的性命不保。"王雄道："唯今之计，大人且将同来的人说明，住在何处？今晚谅曹勇等人绝不能将大人置于死地，必得小人下山送信与众人，然后大众商议一条妙计，好将恩公救出，方保无事。"

施公正要告之天霸等人的住处，忽听屋内一声响亮，施公吃了一惊！忙令王雄里面去看。原来那喽兵因饮酒过多，睡在地下，一时酒涌上来，不禁大吐不止，过了一会，复又转身呼呼睡去。王雄道："此时天已将晚，必得如此如此，方免这厮疑惑。是以禀明恩公，非是小人斗胆。"施公道："汝此番救我，正是汝周密之处，汝但照行便了。"原来王雄欲将施公仍然捆起，然后去喊那喽兵。此时见施公允许，当时在地下先请了罪，依然照方才所捆的式样，捆缚起来，放在地下。走到里面，将那喽兵喊醒、叫道："你这人酒量不佳，便不该说嘴要吃。你是醉得快活，只是累得我苦。费了钞请你吃，还要代你当差。你看天已晚了，大王怎样招呼你的，还不将这厮送到那暗室里面，然后去禀明大王呢！"

喽兵被他喊叫了一会，此时酒已半醒，睁眼看来，果然天色已晚。无奈身体困倦不堪，满嘴里如同麻木一般，实在是懒于起来，就说道："王头目！你一个人情，可当到地头，我万分起不来了。大不了的事，就请你将他搬到那暗室里去，怕他还逃得了么？他想逃时，已有半死了。等到半夜之时，真是奄奄一息，那时我酒已全醒，再去禀明了大王，结果了这厮性命，岂不是好？免得此时空跑了一趟。"说着，向王雄谆嘱了几句，正要去睡，谁知曹勇那里已派人来问。王雄见有人来问，又回来道："施不全现已不能动弹了，我现在帮同你老哥，送他到暗室里去，使这赃官再受些饥饿的罪，方泄我的仇恨。等到临危之时，再送与大王处治便了。你们此时回去禀知大王，说我也在此处。"来人见是王雄，也就别无话说，照他的话回复曹勇去了。

这时王雄只得将施公送至暗室，先去寻了一张芦席铺在地下，令施公睡下、低声说道："大人权且耐心片刻，小人出去，取点人参，好请大王充饥。"转身又到自己房内，取了两枝出来，复去送与施公，又嘱咐了一番。施公也只得答应。王雄直至定更以后，方才偷下山去，寻找天霸等人。且看下回分解。

第二五三回　出驿站细访琅琊山　入酒馆小闹沂州镇

话说黄天霸、关小西等人早间出了客店，一去访琅琊山的所在，以便将夜光杯的下落探访出来，好完了这件大事。众人到各处探问了一回，不见有什么动静。到了晌午时节，又值暮春天气，不免困人。小西向天霸道："黄贤弟，你我走得困了，此时腹中饥饿，不如拣个酒馆，众人痛饮几杯，便可问知路径。"天霸听他说得有理，乃道："小弟也是这般想着，只是没有镇市如何？"王殿臣在后说道："你们只管想，怪不得望他不见。你看这东北角上那一带，树木森森，不是极大的村镇吗？既有这派气概，想必也是个通衢要道，自然酒馆饭店也俱全有的了。"天霸转身一望，果然偌大的一座镇市。众人随信步向镇上而来，不到二里远近，已到了镇口。只见牌坊上面有三个金字，乃是"沂州镇"。到了镇上，但见客商店面热闹非常，原来是个水陆码头。离城三十五里。由北京大道至沂州城内，皆须由这镇上经过。

天霸到了此时，见前面街口挂了一个酒幌，下面悬着个灯笼，上写着"家常便饭"四个红字。天霸向众人说道："料想这地方无什么大的酒馆，就在这里面胡乱饮酒罢。"说着领了众人走到里面。谁知在街上看来，不过是个饭铺，绝无出色地方；哪知到了里面乃是正开间，一连三进，陈设的器具无不精致非常。所有座头皆是十分拥挤。天霸见前一进没有空位，只得到第二进看；及至到了二进，仍然如是。王殿臣道："这店内生意如此兴旺，此时正是午饭，想必第三进也是如此了；我等何必再进去，不如另寻别的所在，免在这等候座头，小二招呼不到，要这件没那件的。"小西道："你说得虽是，现在已经走了两进，爽性到第三进看。若再没有地方，那时出去，也是甘心。不然看这热闹馆子，自己不得入座，岂不可恼?”说着，就左脚已入了第三进的腰门，歪着身子，抬头向里面一看，所有的座头，俱已坐满；唯有正中间着一张四仙桌位，上面设着一副座头，没有人坐。小西向殿臣说道：“照你说来，岂不将这现成的桌位错过，既有这席面在此，你我数人也够坐的了。”大家见了如此，俱各欢喜非常。天霸抢走一步到了里面，向小二招呼道：“堂倌！且取几副座头来，让咱们在这中间桌位坐下，好吩咐你去喊酒。”哪知喊了半晌，没有人前来答应。天霸一时兴起，也不问他原由，走到上面，在椅子上坐定，举起手掌，在桌上乱拍了几下，早把那吃酒的众人，吓得鼓舌摇头。只听天霸骂道：“汝等这班狗头，老爷喊了半会，全没有一人来招呼，难道吃酒不给钱吗?人家来此吃酒，老爷也是吃酒，同一买卖，为何如此看待?”众小二见他动怒起来，欲想上去，又不敢上去；又见他是个武职打扮，同来的人皆非寻常之辈。又必得说明，他方知道里面的缘故。内中有一个胆大的堂倌，看见天霸如此，远远地丢下笑来，高声喊道：“上面老爷，且请息怒，小人有言奉禀。老爷是初到敝地，不知道这地方的事件，只道我等懒惰，也难怪老爷们动怒。小人说明原由，老爷便不怪小人了。”天霸见众人笑面而来，反不再去骂他，乃道：“汝有话快快说来，究竟是什么缘故，不来招呼。”小二说道：“老爷是明理之人，我们开了酒馆，为的生意二字，一去不来，岂有买卖上门不去招呼之理?老爷若是在别处座头，见我等不来优待，便是小人的不是。只因这中间座头，任你是天王到来坐也不许坐的，莫说要我们优待了。”天霸听了此言，越发不解，骂道：“汝这狗头！格外胡说了。这位子既不买卖，为何又设在这里呢?这分明是无话可说，用这言语来支吾老爷。今日偏要在这位上饮酒，看汝能奈何我怎样?”

两人正在争论，旁边有位五十多岁的中年老者，见天霸如此着急，深恐小二吃苦，赶着起身，向天霸说道：“我辈以酒杯消闲，何必遽然动恼?且请过一叙，可知中间这席位，店小二不让与尊驾，却有他的苦衷。这沂州道上，不比南方各省平安无事。只因离此三十里有座山头，名唤琅琊山。山上有个寨主，姓王名朗，真是人才出众，武艺超群，任你千军万马，也没有一个伤他性命；手下有班头领，俱非寻常之辈。只因这王朗喜于饮酒，见这酒馆地方洁净，肴馔俱佳，因此与店主说明，将这第三进中间的席位包定，每天无论来与不来，以十两纹银交兑。凡有过路的客人不知道他包去，要想在正中这席位请客，一切责成小二，不许一人上前招呼。违了他的号令，这个酒馆就开不成了。所幸这通镇的人家以及来往熟客，皆知道这寨主的厉害；凡到这里饮酒，俱不到中间席位上去。客人既不知道，老汉说明，尊兄就不怪这小二了。好在老汉已吃完，且请在这边来坐。”说罢，便命小二收拾残肴等件。

当时天霸等听了此言，心下想着，我等此来，正为琅琊山起见，难得遇见这机会，何不就此探探这人口气。当下也就转过脸来，向着老者拱手道：“咱等不知贵地有这缘故，既是老丈指教，何必寻找是非？便借光老丈桌位了。但咱等萍水相逢，便蒙厚爱，何以克当？拟请老丈暂停玉趾，加饮一杯，聊申敬意。不知老丈可肯赏脸否？”那老者笑道：“贵客盛意相招，理合前来奉陪。”说着，天霸便请老者坐了首位。小二上来问道：“请问客官用什么酒菜？”小西道：“但有上等的酒肴，尽管送来，临了一起给钱与你。”小二见他如此说话，知道这个阔老，随即答应，向前而去。转眼间托了两大壶酒来，四小盘菜，摆在桌上，又将杯箸摆好，然后说道：“客官要添热菜，随意招呼便了。小人还要照应别处，求客官莫怪。”天霸道：“咱知道了。”说毕，随手斟满一杯，递与那个老者，道：“在下初临贵地，还不知老丈尊姓大名？”老者道：“老汉姓徐名德升，向以钱业为生。但不知尊兄何方人氏？”天霸道：“在下姓李名霸天，这位姓胡，这位姓汤。”

话说黄天霸说了姓名，向那老者问道：“方才老者所言，这琅琊山寨主名唤王朗，想必他是横行不法的了。为何这偌大的府城地方各官不去拿获呢？”老者见他追寻根底，深恐惹出是非，乃道：“客官是过路之人，管他什么？我看这寨主在这地方并无什么害处。自从他上山以来，这十数年以内，沂州左近地方从无一家失窃。即便有异方的盗贼前来作案，只要到他山上去说一声，他反要人赃并获，交还原主。有此一来，地方上所以也不在意。”又见天霸是行伍装束，深恐连累自己，忙道：“老汉也从未去过，方才之言，也不过是道听途说；现有紧急事要去，实在不能奉陪了。”说着，打了个招呼，匆匆而去。天霸也不便再问。

当时关小西说道：“这老者方才说琅琊山离此只三十五里，今日天气还早，何不就此一行。”当时王殿臣、郭起凤齐声说：“愿往。”反是计全说道：“黄贤弟，你们真是急性，难得这里有点头绪，少顷小二上来，再问他个仔细，俟明白了，明日前去不迟；而况大人面前也要禀明，随后方有准备。”众人正说之时，那个小二又来问菜。计全便在身边，摸出一锭碎银，向小二说道：“适才这位客官，不知你这里的缘故，错怪于你，这一锭银两是赏你吃茶。但是那个姓徐的老者说的那琅琊山寨主，名唤王朗，我们这位朋友，惯走北道，与这位寨主很有交情。如今正要打听他的路程。汝等既然晓得，可快说明，好让我们酒后前去。”小二见他如此赏号，已经喜笑颜开。又见他们说是个保镖的出身，而且如此装束，也就深信不疑，忙笑道：“客官哪里要如此费钞，早说是王寨主朋友，敢不招呼吗？此去出镇向南走去，约有五里远近，有座吕祖庙；过了庙宇向左转弯，便是一带树林；树林过去，再走十数里地方，名唤琅琊道，就此一直前去，不过二十里，远远见那座高山，便是琅琊山了。”说毕，复问长问短，方才走去。天霸说：“路径是问明了，既然今日不去，也该早回驿馆，回明大人了。”计全道：“咱也不住在这里，问明了，谁说不走？”当时酒饭吃毕，到柜上给了钱文，出了酒馆，仍由旧路，回驿馆而去。

到了日落时节，已离驿馆不远。只见贺人杰站在门首，两头盼望，一见天霸等回来，连忙迎到面前，向他问道：“黄叔父，你们去了这一日工夫，可知大人向哪里去了？”天霸见他说此言，忙道：“我们早间是赶先走的。临行时节，还招呼汝等在家保护，为何大人出去，汝两人不知，此时反来问我？施安可在家吗？”贺人杰道：“我与金叔父到后园内闲逛，回来时，便不见大人，那时就问施安。他说：‘大人招呼，一人出去闲步，不必人跟随。登时换好了便衣，就出去了。’施安此时也在那里盼望呢。”众人听了此言，一一惊疑不定。天霸道：“这地方非比寻常，设有意外之事，便觉十分碍手。这街坊上面也非说话之所，且到驿馆内计议。”当时众人走入里面。

施安见大众进来，也是这番言语。计全道：“大人此去，必又是查访去了。稍停上灯再不回来，必另有意外之事。此时且等一等，然后再分头去寻。”内中唯有天霸性急，说：“无论有事无事，我等就此寻找一番。若能遇见好了，否则还须另想方法。”说毕，仍留贺人杰与金大力在家等候，自己一人先出门而去。随后郭起凤与关小西向东寻找；李昆与李七侯向北；计全与何路通向南；王殿臣已先随着天霸向北而去。众人分头走后，四面八方寻找了半夜，哪里访得出影响？

但讲黄天霸与王殿臣两人出了镇口，凡有村庄镇市，无不细细探问，皆说不见有此人经过。约有二鼓以后，肚中不免饥饿，心中正是着急，忽见一个村庄，一带树林遮盖在四周。天霸道：“你看这个庄院倒是个大户人家，咱们且进去询问一声，能在里面最好。不然与他说明缘故，寻点饮食充饥，然后再去寻找。”两人计议停当，迈步向着前庄而去，不知里面早已惊觉，犬吠之声不绝于耳。天霸到了前面，见一带护庄河，甚为宽阔，只得高声喊道：“里面庄上有人吗？”他两人在外面喊问，里面早已来了数人，手执火把，向外答道：“汝等是哪里来的？我家庄主问你，欲寻何人？”天霸见有人答应。只答道：“贵庄可有一位学究先生，布衣布履，年约五十以外的人吗？”

天霸正在这里喊问，忽见里面走出一个苍髯老者，身着布衫，手携竹杖，见天霸过来，将两人上下一望，说道：“汝等可是找漕运总督施大人吗？”天霸听了此言，不觉也大吃一惊！又见他气度不俗，知道是个隐士。只得据实说道：“下官实为施大人而来，但不知尊处何以知道？”只见那老者笑道：“施公午前惠临敝地，老夫尚与他杯酒盘桓，本拟屈他暂住一宵，以尽地主之谊。只因他以萍水相逢，不肯久留，已于午后回去了。何以二位此时尚来寻找？”原来这地方并非别处，就是吕云章的庄上。天霸见他如此说项，以为施公又向别处耽搁，上灯时节，当可回去。吕云章道："如此说来，真是先后一步。料想此时尚未晚膳，敝庄粗酒残肴，若不嫌弃，就此权请充饥。"

天霸道："叨扰不当，何敢嫌弃？既然老丈命食，下官只得领情。"当时便随云章到了里面。顷刻庄丁端出酒肴。天霸与殿臣谦谢一番，彼此饭罢，已是三更之后。天霸道："下官冒昧造府，又扰嘉珍，唯有铭诸心版。此时未见大人，总觉放心不下，就此告别。"吕云章见他二人如此忠心保护着漕督施大人，重复问过姓名，方知是黄天霸与王殿臣两人。又赞叹一回，知他们不可久留，命庄丁送过庄河，自已与天霸一拱而别。

不说吕云章回庄而去，单说天霸等二人出了庄外，遥想施公早已回去。两人带着月色一路向驿馆而来。到了门外，已交四鼓。两人到了里面，只见计全、李昆等人已经回来，忙问："大人可曾回来否？"计全道："你这话从何说起，我等寻了这半夜，也不知大人的下落。不得已又回来询问，你忽然问几时回来，难道你送大人回来么？"天霸听了此言，不禁跌足道："这明是出事了！"当时就将在吕云章家的话，说了一遍。众人道："照此说来，这必是回来时节有了阻隔。但是这地方很不安静，设要遇见仇人，那时如何是好了？今日既知这琅琊山的路径，唯有明早前去一趟，以便访个实在。"就此众人也不睡觉，等到天明，仍向沂州镇而去。不知此去可访出施公，且看下回分解。

第二五四回　听言语天霸追踪　说姓名吴球交手

话说天霸等到天明，一路向沂州镇而来。到了镇口，已是辰牌时候，觉得肚中饥饿，大众仍然到了那酒馆内。小二看见，忙招呼道："客官说到王寨主山上去逛，为何今日复来此地？"

天霸随口应道："咱此时正要前去，由此经过，特来用了早点心，好去赶路。"小二听了此言，忙道："现在二进内，正有空桌，客官就此请坐罢。"天霸一心要问他的底细，只得依他的言语，走了进来。谁知才进里面，见上首桌位上坐了一个黑面大汉，年约四十上下，满脸的杀气。旁边坐着一个少年小子，见天霸进来，将他上下一望，若有惊疑的模样。天霸也将他一望，随与计全丢了个眼色，彼此心中会意，拣着那个空桌坐了下来。当时小二送上茶水，去喊点心。只见那个小子向大汉说道："爷！咱们吃了点心，赶快走罢。听说朱二爷得彩，这也是意外的事情。咱们前去看看。"大汉听了此言，连忙打了个暗号，叫他不必多言。天霸等是个绿林的出身，岂有不解之理？暗使何路通在门前守候，自己吃完早点，已见大汉给了茶钱，出门而去。

天霸连忙起身，便在后面追去。到了门外，向何路通说道："这厮有几分着眼，汝且进去，命大众前来。"说着，便一直向北跟去。约走了一二里远近，忽然大汉转身一望，见天霸跟在后面，知道不妙。于是向着少年说道："你我今日不利，此时仍然回去罢。想他那里也不能瞒我。"说着，便向东北上岔路走去。天霸听得明白，暗道："不怕你走到天边，要想将大人藏匿，也是万难。"当时仍就紧紧地跟在后面。复走了四五里路，忽然想道："我已经为他认破，此时跟在后面，他越发不露真实了。”想罢，见前面有座树林，赶着抢前一步，隐身入内，远远地望那前面路径。大汉在前走了一会，回头见天霸已不知去向，复向少年道：“你这个小狗头，几乎为你误事；茶坊酒店，乱喊乱叫，就是你一句言语，那厮便随了，倘若退的路程，设若为他访出，朱二爷岂不是白白地辛苦。”少年听了这话，乃道：“爷也太多心了，哪里会这样巧？此时那厮已走，你这还是前去。听说朱二爷昨日下夜时分，将这对头捉住。俺便要前去观瞧，究竟这人有多大胆量，偏与咱们作对。”大汉随即骂道：“你这杂种，叫你不必多言，你偏要在此乱说。你道他真走了？咱们今天偏不前去。”说着，仍向前面去。

天霸此时虽在树林，远远的听得清楚，见他不肯回去，深恐误了大事，忍不住大声喝道：“汝这狗强盗，向哪里走？俺黄天霸在此。”说着，身躯一纵，如燕子穿帘仿佛，早到大汉前面将身落定，便想动手。大汉也吃了一惊，将身倒退了几步，高声骂道：“俺道你是个三头六臂，享这大名，照此看来，也是一个鼠辈，不要走，吃我一拳。”说着，举起左手，便向天霸胸前打来。天霸全不在意，身躯一转，让在右边，再将左手腾出，使了个朴刀削掌式，在大汉胳膊上打来。大汉知道不好，收回拳头，改做个泰山压顶，一拳向天霸头上打去。天霸将腰一扭，让过一拳，两脚在地上一顿，早蹿到大汉的后面，飞起右腿，向大汉肋下扫去。大汉见一拳打空，知道后面暗算，欲回转身已来不及。幸亏少年看得清楚，见大汉不能招架，赶着迈步上前，用了个海底捞月的架式，将周身的气力，运于右臂，伸开手掌，便想抓天霸的右腿。天霸哪里在意，随将腿一缩，脚尖向下一进，认定少年手掌踢将过去，只听“哎呀”一声，五指早已断落地下。少年既已受伤，不敢向前再斗，只有没命地逃奔而去。天霸正想去追赶，又见大汉转身过来，拔出腰刀，当头劈下。天霸回向大汉劈去，彼此一来一往，约有数十个照面。若论天霸的本领，早把大汉杀死。无奈他欲访施公的消息，须得把他生擒过来，方可问个明白。彼此正在恶斗，后面计全、何路通等人早已追到。李昆见天霸擒他不得，赶着身边取出个弹子，向着大汉的面门，拨溜地打去。大汉见天霸刀法厉害，已是兼顾不及，不提防迎面又来一暗器，一刀才架过去，忽然迎面一阵冷风，来了一个石子。晓得不好，向右一偏，耳旁上早中了一下。当时鲜血直流，十分疼痛。知道迎面有了帮手，不敢再行恋战，随即向前虚砍一刀逃去。天霸哪里肯舍？一声暗号，众人紧紧追来。谁知大汉迅速非常，转眼之间，已被他逃入树林里边。天霸到了此时，只急得三尸冒火，七窍生烟，也就不问什么暗器，不问深浅，蹿入林中，提着朴刀，四下里寻找。谁知找了一会，早已不知去向。只得复行出来，向计全说道："这厮不知躲到何处去了！大人的下落，他明明知道；只是擒他不住，如何是好？"计全道："我看这人，也不过住在这左近。他既到沂州镇酒馆，或者那小二知他的下落，也未可知。贤弟与李贤弟前去追寻他一会，若仍然寻他不着，我等仍在酒馆内聚集便了。"天霸听了此言，复又向前追去。

此时日光已经过午，计全等人回转镇上，进入馆内。忽见昨日那个老者又在那里，彼此招呼了一番，拣了副座头坐下。先把小二喊来问道："方才那个黑脸大汉与一个少年小子，在此吃茶，俺们见他甚是面熟，一时记忆不清，不敢上前招呼，此人可是琅琊山的大王么？你可晓得他仔细，可说与咱听。"

小二见问，笑道："客官是看错人了，他却也不是大王。这人姓吴名球，绰号叫一溜烟；那少年小子便是他的义子，名唤吴洪。此人以砍柴为业，平日王朗也招他去结义，他却不愿前去。说绿林买卖终无了局。若山上什么疑难事件，一经招呼，定来帮助。因此王朗知他的禀性，也就不去勉强。所以绿林中朋友却与他皆有交情。此人离镇十里远近，有座高岗，名叫猫儿墩，他就与他义子住在那里。"计全听了此言，乃道："原来就是吴球，我说有些面善。你且去取几件酒肴，这人我知道了。"小二答应出去，却巧黄天霸与李昆已走进来。计全也不动声息，命他与徐德升打了照面，众人入座，吃好了酒，然后出门而去。走到僻静地方，计全把方才的话说了一番。天霸道："既有此处，便好寻找了。莫若我等分头前去。"众人齐声道："好！"

就此各人前去。

话说天霸分头追那吴球，走了八九里路程，果见前面有一高阜之处。天霸往前远远望去，但见周围一带多是松林，没有什么房屋。心中暗道："莫非计大哥受了那小二的谎骗？这所地方多是树木，连来往的客人俱皆没有，纵有吴球哪里去寻？"正望之间，忽见林内一闪，好像一人又蹿了过去。天霸便大声喝道："你这狗头，往哪里躲避？俺不将你捉住，誓不甘心。"

说着，一个蹿身进入林去，早又不见。天霸此时愈加着急，只得蹿林越树，提着朴刀四下张望。忽背后一声响，早有一枝冷箭射了过来。天霸知道暗算，赶将身躯望前一俯，弯着腰，用了个毒蛇出洞的身法，往旁蹿去有一丈多远，那枝冷箭早落于地下。天霸转身，再向前一望，又是一个少年小子，与那吴洪仿佛模样。只听他向天霸骂道："你这无义的死囚，俺兄弟手指为你所伤，爷爷正要寻你报仇，却好自来送死。不要走，吃我一棍。"天霸见他说出吴洪，知是他们一类。忽见他一棍打来，也就提起朴刀，举手劈去。用个独手擒王式，右手向前，左手背后，刀尖望前一进，认定少年胸口，拼力挑来。少年见这刀来得凶猛，赶将身子一转，复又蹿于林前，将天霸一刀躲过。天霸见自己的刀落空，只得也追出林外，与他厮杀。谁知这少年身体异常灵便，等你进去，他便出来，等你出来，他又进去。就此来来往往，把天霸急得大叫连天，做了个"英雄无用武之地"。突然想道："我一人在此，何必与他胡缠？谅这小子，也无什么本领，且将他置之死地，然后再去寻那吴球。"

主意打定，故意这次用了足劲，举起朴刀，蹿入林内；那人依旧蹿跳出来，天霸在林内也不追赶，随在身边掏出金镖，对定少年的右腿一镖打去。那人在林外，不见他追来，心下已是疑惑，赶着回头望去，一镖已到了面前，说声："不好！"右腿已中了一下，"哎呀"一声，栽倒于地。

天霸见一镖已经打中，正欲上前摆布，只听得大吼一声道："黄天霸休得逞能，连伤我二子，怎肯甘休？"天霸吃了一惊，掉转身来一望，原来就是那黑脸大汉，一刀已经到了腰间。天霸赶将朴刀招架过去，高声骂道：“吴球你这狗才！汝不识好人，与俺交手。今日不将汝这厮生擒活捉，不知俺的手段。”

吴球听他此言，也就高声骂道：“天霸你休得胡言。”两人各举单刀，杀在一处，斗作一团，此往彼来，日光早已落尽。天霸见天色已晚，想道：“一人在此恶斗，后面又无人前来，虽然不惧怕这吴球，设若为他逃走，那就又费周折。”到了此时，只得倒退了数步，取出金镖，向他打去。谁知吴球眼力甚好，见他手一起，知有利器到来，赶着向左边一让，天霸的镖已落于地下。吴球哈哈大笑道：“天霸小子，汝这物件能打别人，焉能伤我？不要走，俺的宝贝也来了。”说着袖口一扬，早有一枝袖箭向天霸面前射来。天霸也不在意，将朴刀一起，打落一旁。天霸见未打中，只用了个虚张声势，仍然叫道：“吴球，俺金镖又来了！”说着，将左手故意一掩。吴球不知是计，也就防备躲让。天霸进前一步，举起朴刀已到肋下。吴球说声：“不好！”赶着移动脚跟，向后一纵，退去有一丈远近，天霸一刀仍未砍到。彼此正在拼力恶斗，却好关小西与何路通已到，远远向天霸喊道：“黄贤弟！不要将这厮放走了，愚兄等前来助你。”说罢，扑扑两个都到面前。关小西将倭刀一摆，杀上前来；何路通双拐一提，紧紧地打来。吴球见天霸有了帮手，知道难以取胜，不禁大声喊道：“汝等这班狗头，也非英雄好汉，一人斗俺不过，便添了帮手，俺今日放你去了。”说着，撇了众人，复行蹿入林内。

此时天霸见天已不早，虽然有点月光，究竟不比日间可以入林追赶，只得在林外大骂不止。何路通道：“黄贤弟！且莫焦躁，这人不过躲入里面，俺去寻个火种，将这树林烧着，看他到何处躲避。那时将他拿住，再要他交出大人。”你一言，我一语，在此叫骂。谁知路旁，喘吁吁的走来一人，听众人说“大人”二字，连忙问道：“诸位在此何干？方才所说，可是淮安漕督施大人么？”小西一听此言，赶将那人一望，虽觉得不明白，隐约之间，好像是个喽兵装束。忙道：“俺等正是寻找大人，汝是何人，前来问俺？”那人道：“众人且莫问我，究竟大人与你们在何处分手的？为何此时寻访，若说明来，大人自有下落。”天霸忙接口道：“大人是昨日早间由琅琊驿起身的，一夜未曾回去，我等有保护之职，安得不来寻访？偏偏遇着这对头，他知道大人的下落，再也不肯说出，叫俺与这厮打了半日，现又为他逃入树林去了。汝果晓得，可赶快说来，俺等将大人救出，随后自保举于你。”那人听了这言语，不禁失声道：“小人跑得苦了，这也是大人命不该绝，因此得遇众位老爷。但不知这里面有黄总镇么？”天霸见他问着自己，忙道：“俺便是黄天霸，汝有话赶快说来，大人现在究竟如何？”那人道：“此地不是说话的地方，且到前面，小人当告诉明白。”说罢，匆匆地便向前走去。

众人见他言语实在，也就一齐在后面跟来。约走了一里多路，见旁边有座古庙。那人将庙门推开，让众人进去，然后又将门关上。到了大殿院落，趁着月光，向着天霸等人纳头便拜，众人甚是诧异。小西道：“汝这人姓甚名谁，何以知道大人的消息？此时见面，又何以行此重礼？从实说来，好与咱等明白。”那人道：“黄总镇！小人不是别人，就是大人在江都任上时捉住的那王雄。只因近日在琅琊山栖身，昨日奉令下山差事，晌午回山，听说：‘二大王朱世雄将漕督施公捉住，现在关在茅厕里面，使他先受些秽气，然后剖腹剜心，为绿林中朋友泄恨。’小人听了此言，吓得魂不附体，起紧销差已毕，到那厕屋里一看，果见施大人吊在那里，已是半死的样子。当时欲想救他，又因一人乏力，救他不出。只得想了一法，如此这般，问明了首尾。”说着，就将酒醉了喽兵的话，告诉了众人一遍。然后又说道：“黄总镇！这事万万不可迟延。今夜大人睡在暗室里面，遥想尚不碍事，但是明早便要杀了。方才那个大汉，与我们山上大王很有交情。”但是这大汉，何以认得山上的大王？不知王雄说出什么来，且看下回分解。

第二五五回　众好汉回转琅琊驿
三英雄潜入朝舞山

话说天霸见王雄说出施公下落，随问："吴球何以与山上大王有这交情？朱世雄又从何处捉住大人？"王雄道："这吴球虽是个砍柴的樵子，心地却是甚好。虽有一身本领，不愿落草为寇。他此时怀恨恩公，大约也是平时与王朗等说起大人专与绿林中作对，害了多少英雄豪杰，所以他不服这气。听见朱世雄将大人捉住，也就要去看望。为今之计，若能够将话说明，告知大人是为国为民，并非与强人作对，能将他疑心除去，请他同到朝舞山去，大人包管是万无一失。"天霸道："他今与我杀了半日，此时即便前去，他也未必相信。而况他出没不定，虽知他住猫儿墩，方才那林中一带，也不见有房屋，叫俺到何处寻他？此时不知大人便了，既知大人在这朝舞山上，拼着俺这身本领，哪怕他有千军万马，皆要将大人救出。你且将路径说明，俺此刻便去是了。"王雄道："小人岂不想如此？只因那座山头十分险峻，由此前去，有十数里河道，方可得到山下。上岸之后，尽是小路，就连我们本山的人，黑夜之间，尚难出入。昨晚朱二大王就是在昌家庄前面树林将大人拿住，从后山河路乘船上山。总镇此时若冒险前去，设若误入他埋伏，那时岂不误了大事？且设法将大人救出，随后自然知道。但是这山头虽不比琅琊山高大，也非比寻常，论你三人虽有偌大的本领，这道宽河，今晚皆不得过去。若由后山上去，那路更绕远了。我现在信已送到，此时还须赶回山去，唯恐山上查问。"说着，匆匆地就要出去。天霸一把将他揪住，道："你这人好无见识，方才说河面宽得过不去，难道你来去多是飞的吗？"王雄道："我岂不想带你们进山，只因我来时节，偷了一面腰牌下山；此时回去，叫那渡船，只要将腰牌取出，自然无事。你等又无这凭据，山上查得又紧，何能混得过去？若是明早，将木排推下，趁那无人时节，蹿了过去，躲在那僻静地方。等到晚间进去，那时我出来接应，人不知，鬼不觉，将施大人救出，岂不是好？”天霸听他此言，虽似有理，登时向王雄说道：“你此时快快回去，告知大人，说我等明日定来便了。”说毕，放了王雄，只见他匆匆地开了庙门，回山而去。

此时已交三鼓，三人肚中甚是饥饿。天霸道：“计大哥等人，不知向何处去了？照此看来，今晚是来不及前去，总是明日五更的事件。此时须得将计大哥寻找，到个地方充饱肚子，方可商议干事。”说罢，三人出了庙门，也不问东西南北，顺着月光，一路走去。行不多远，忽见前面来了一伙人，三人疑惑是吴球的党类。正欲上前去问，对面一个哨子，早打了过来，不是别人，正是计全与李昆、贺人杰一众人等。天霸见是自家人，连忙招呼道：“计大哥！你们到哪里去的？我今一人杀了这半日，方才将大人的下落问明，只是有什么办法？”当时聚在一处，便将王雄的话说了一遍。计全道：“我们这山东道上，只知道有个琅琊山，谁知又有朝舞山？但不知这姓朱的又何以与咱们有仇？还是在这山上，大人到此，下山将他捉住？抑是由远处跟随前来，先将大人捉住，然后逃奔上山的？若是由远处跟来，不但大人有了下落，连那个案件，也在这人身上。你可曾问明这王雄吗？”天霸道：“小弟也是这般想法，正要问他，怎奈他立脚不定，说此时要快赶上山，唯恐山上查出，那时误事不浅。因此未曾说明，他便去了。但是大哥等在何处会见？为今之计，如何前去？既然王雄如此叮嘱，除却天明，谅难到他山上。咱们此时又饥饿了，左近一带地方，可有处买点食物？”计全道：“黄贤弟！你因这事，也把方向忘却了。由猫儿墩一路穿小路而来，走过这带树林，不就是琅琊驿么？无论何处，此时夜半更深，也没有吃物买卖。不如仍到驿馆去吃罢。”天霸向四下一望，果然不差。当时随着大众走过树林，到了驿馆。

众人进得门来，施安早来询问。天霸又将王雄送信的话，说了一遍，便命他去做面饭。稍停做好出来，众人饱餐了一顿。然后天霸说道："今番前去，除小弟与贺贤侄外，须请何老哥同去一行，方觉妥当。"何路通道："愚兄本欲前往。贤弟本领虽佳，但那水面的功夫，未曾习过。愚兄此去，正可助一臂之力。"说着，三人带了干粮，天霸命计全等人在河岸一带接应，吩咐已毕，已交四鼓时分。顺着王雄所说的路程，一路飞奔而去。却巧五更光景，已到朝舞山下。但听水声潺潺，周围一带，有十数里河面，绕着山根。天霸道："这样一道宽河，哪里有什么木桥？除非摆渡，方可过去。"正说之间，见对面岸上，隐隐约约有两三个喽兵，在那木排上面，好像是撑篙的模样。

天霸忙问道："何二哥你看对面何事？"何路通道："俺知道了，只因这河面宽大，摆渡又费用折，若造木桥，又无此工料；必是用篾缆将木头编好，从那边撑转过来，编成了一个极大的浮桥，便人行走，你看前面已到河中间了。我们在此也不能立足，莫要被他们看见，反为不美。"说着，拖了贺人杰并天霸，到了树林里面，藏着身躯，向对面看去。不多一会，见两个喽兵，将一座木排，撑过岸来，然后由浮桥上如飞似的跑了过去。何路通道："我们趁此，也可过去了，再迟，有人过来，便不佳妙。"说罢，运动提功，顷刻工夫，由那木桥上，跑了过去。天霸见人杰年纪尚幼，深恐他不知利害，一时粗心失足落水。只得退后一步，命他先行过去，然后自己方才过去。三人到了山前，天色尚未大亮。那里也有个解说：每天日落时，将浮桥起去，山上的人便不得私下山去闲游，外面进来的人，也就便于稽查。五更时将桥放下，山上物件，方可着人到那沂州城内去买。

再说那山上，毫无动静。天霸向着何路通道："你两人且在那树林背后藏躲一会，俺进去先探个消息，如能会见大人，就此将他背出，也免得惊天动地的为人知觉。"说罢，一个箭步，早上了树头，以高视下向山内仔细一望，但见有三个关头，唯有头一座关头甚为雄壮。却好把守的喽兵，不在此处。天霸看明路径，随由树林蹿入里面。

话说黄天霸见关内喽兵不在那里把守，随即一个蹿身，到了里面。只见头关之内，一个大大的兵房，约有四五个喽兵睡在里面。兵房一带，皆挂着那些弓箭之类。当中六扇屏门，门上皆钉着铁钉，绕过屏门，有一个极大的院落；院落两旁栽了些树木。天霸向前走去，约有两箭远近，复有一座牌楼，周围一带，都排立枪炮。当中一门，将倒刺钩钉得密密层层，关门在上面；门前一连六层坡台，皆是青石砌就；两边又有两座兵房，无非是喽兵把守的所在。天霸正往前进，见有这个所在，知道是第二座关了。要想由当中进去，门既关闭，自然难入，只得复将身躯一纵，蹿到那牌楼顶上；两脚尚未站稳，忽听喀嚓一声，兵房里早来了一人。天霸吃了一惊，所幸此时交到五更，天将发白，那个月光正暗下去，猛然由黑里望去，尚辨不清楚。天霸只得将身躯缩小，将牌楼的横额，遮着自己。只听下面一人说道："王三你也该起来了，今日是你的班期，少顷里面有人出来，见我们还未开关，岂不又是倒运？三位大王连日正喜得不亦乐乎，终日里饮酒喝叫。昨日李头目回来迟了，大王问他在何方耽搁，他说老子开关开迟，以致过河不早；大大王迁怒到老子身上，将差额除去，还打了四十大棍，欲将来治死。幸有智明大王说情，保了性命。我看你早些起罢，现在已不早了。"说着，好像小解似的，过了一会，复行进去。

天霸听下面无什么动静，仍就转身向里望去。谁知二关之里，又是三关。里面所有埋伏，向非头两座可比。一带空地，约有一里多些，地下连一草一木都没有，一片平场，好似铺就的仿佛；顶头一连三座大门，皆用铁皮包就，也是两座兵房。

再看里面，灯光雪亮，将一座九层台阶照得清清楚楚。每层台阶上皆设着擂木滚石，当中一座大炮，高悬在半空，四面皆置就车轮炮。若有外人进来，只要将车轮一开，四面八方，皆可照打。天霸细细看来，晓得他的厉害；又不知地下如此平稳，下面埋着什么物件。正在为难，突然左边来了一个灯笼，一人在前，两人在后，且说且走，说："施公在暗室里，又饿了一夜，打量不死也有个八九分没气了。方才听说大大王下令，命人去看，他如已经要死，便将他拖到聚义厅前，照着智明大王所定的，将他开边庭，一人分作两个，把所有心肝五脏俱皆取出，遥祭那班朋友，为绿林中报仇雪恨。谁知不但未死，仍比上山时精神好，听说他还大骂大王呢。这不是件奇事吗？”

后面两人说道：“大哥！在你看来，施公究竟如何？”三人你言我语，已到关口喊关。天霸再一细看，原来左边有一条极窄小路，弯弯曲曲，直抵第三座关下。天霸方才省悟，他中间这条路，尽是埋伏，若是不知他的路径，定然遭他暗算。当时听了此言，知施公仍然无恙，看看东方发白，心下急道：“这三个死囚，还不出去，再迟便不好进了。”正急之间，只听轰隆一声，关上横闩，早已落下。一声响亮，关门大开，三人走了出去。

天霸趁着此时蹿身下来，由那条小路，飞奔而去。到了前面，却是一个小小的铁门。天霸在前正想摇动，忽然里面有人一推，将门开下。天霸吃了一惊，赶着一个箭步，蹿到上面。谁知上面那人早已看见，低声喊道：“黄总镇你来得正巧，小人在此。”天霸见有人招呼，低头向下一望，乃是送信的那个王雄。也就飞身下来，向他问道：“大人究竟怎样了？你何故此时出来？”王雄道：“小人幸亏早到山上，不然几乎为大王查出。却好我上山时已是三鼓以后，到了暗室里面，才将总镇的话，回明大人。聚义厅上查问，说大大王立等大人到厅上问罪，幸亏回了一番言语，方才挽回。直至五鼓以后，始为安静。小人怕总镇已到山上，冒险前来，反误了大事。因此随那里面的喽兵一同出来，却好在此遇见总镇。就此尚无人知觉，赶快出去。山外左边有五六里地方，有个马房，是从前盖的，现在破烂不堪，久无人到。大众可在那里藏躲一天。到了二鼓以后，再由这一路进来，小人总在这里接应便了。”天霸听他所言，又见天色欲亮，只得说道：“大人在那里，俺便不去了。但是这里面路径不熟，夜间前来，又多一番周折，汝必要到此方好。”说毕，仍由原路，出了头两座关头。只见那浮桥上面，已有许多人来往，所幸相离尚远。天霸赶着运动功夫，蹿到树林里面，对何路通说了一遍。依着王雄所说的那个马房，一路而来。果然走了六七里路，渐渐离山后不远，却有一所破屋，四面八方，无人来往。天霸道：“想必就是此处了。”说罢，当先到了里面。何路通与贺人杰两人，也就随着进来。但见些朽坏的马槽，余下也别无物件。当时三人便在里面藏躲，专等二鼓以后干事。

话休烦絮，单说曹勇自从将施公捉至山上，便喜得眉飞色舞，更兼智明要报关王庙大仇，更觉十分高兴。一夜之间，叫喽兵到那暗房里去了数次，皆见施公精神陡长，毫无受苦的神情。曹勇见喽兵如此回复，向着智明说道："这施不全究竟是何人转世，便如此强硬？从昨日下午被捉，至此时未进饮食，而且被捆受苦，仍然不觉得伤损。照此看来，虽饿他两三日，也不得就死。咱们此时正是高兴，何必要到那地方才下刀？此时将他拖来，照着你的法则，由脊背下刀，用那开边庭格式，断送了他的性命，岂不爽快？"智明道："大哥有所不知，这赃官既来山上，若是咱们自家处死，即便说与人知道，绿林中朋友也未必相信。咱们山上的威风以及朱二哥的英名，也不能大震。在小弟看来，莫若等至天明，命喽兵去到琅琊山，将那王朗一班英雄，请至咱们山上，饮酒杀人，使他们亲眼看见，如此也觉得咱们公道。便是日后绿林说起，也该称赞。"曹勇听了此言，不禁大笑道："还是智明贤弟言之有理，此时可叫这赃官多活几时。"说着，便命了一个小头目，等天明开关，由山后小河到琅琊山去请王朗。

且说施公与朱世雄出京之时，正是飞云子盗取御杯的第三日。

只因施公的书无可顿挫，必得说到此时，方可将他摆住。回头再说飞云子得了琥珀夜光杯，自己便匿迹京中，打探事后的消息。到了次日，听见街坊传说，昨日大内里失去宝物，现在皇上召见施公，命他捉拿强盗。飞云子听了笑道："施不全你也太糊涂了，天下事，你可奉旨承办，这件事也要追究，可知我此次前来，也是你种下的深仇，用这事来害你。莫说你倚仗的这一个黄天霸，便有十个黄天霸，能奈我何？既是你为这案出京，我虽不做你的对头，那王朗面前也不能不去交代。"到了次日，果然施公回任，他又跟在施公后面，一路向山东而来。

不知如何，且看下回分解。

第二五六回　献宝杯云鹤说威风
报喜事王朗消仇恨

话说飞云子得了琥珀夜光杯，尾随着施公到了山东，准备将宝杯交下，远走高飞。忽见施公在琅琊驿住下，知道他为访这案件，也就自己拣了客店住下，夜间出去探问消息。你道他为何不就去寨中？只因他并非是杀人放火的强盗，知道施公是个好官，此次进京，也是出于无奈。总因他有这身本领，加之与王朗又有深交，如不前去，反说他失了义气。此时见施公在此，深恐一到了山上，王朗复将他绊住，请他害施公，所以想暂避一时。

不料到第二日，施公就被朝舞山捉去。飞云子得了此信，心下想道："不趁此完了这事，随后事件愈加多了。"次日便回到琅琊山上，早有喽兵禀知里面，适值王朗与一班强寇在聚义厅议事。喽兵说道："现在云老爷已上山来了。"王朗听了此言，便起身来至山前。早见飞云子到了关口，彼此见面，携手而行，直至厅中坐下。王朗首先问道："兄长此去，事件如何？前日曹勇大哥还着人来问，究竟这件宝物，可曾到手？"

飞云子道："取是取来了，不是愚兄夸口，非有通天的本领，也不能得此宝物。自从那日离山，到了京中，已是正月十四。北道上虽走过数次，京城里面却未经久住；那大内里更未去过了。那日晚间，先在琉璃胡同寻了一家客店住下。到了三更以后，蹿出了寓所，那街面上还有来往的行人，加之月色又好，两边铺面，所有灯球点得如灯山一般。当时内宫太监也有出来观灯的，愚兄便随他们混入里面，先将路径看熟，以便次日动手。十五这天，由早至夜间，满街闲人络绎不绝。那些灯彩也说不尽五光十色，天上人间。凡到一段街坊，皆有那武职官巡查，愚兄也就在各处游玩了一回。到了三更以后，方渐渐游人稀少，此时见天色不早，也就不回客寓，直向大内而去。到了里面，谁知许多穿宫太监以及值殿的侍卫，仍旧那里看守。愚兄那时便伏在屋上，听下面的动静。那时午门外转了四更，这许多人始纷纷退去。末后来了个掌院太监，向那二人说道：'汝们在此看管一会，少顷五更，便可换班，免得此时收去，明日又要费事。'说罢，他也去了。愚兄还怕下面有人，赶着将瓦揭去两片，向下面一看，那看守的两人已在那里吃酒。虽然此时尚未走尽，若不趁此下手，便永远不得到手了。只得用了一个缩身法，将身躯钻入里面，蹿到供桌面前，正要动手，无奈皇家的宝贝摆满案前，也不知这杯子设在何处？但见二十四碟果品，全是些珊瑚、翡翠、玛瑙、水晶雕就的器皿；还有些核桃大的珍珠、酒杯大的猫眼，以及乌金盆、铁珊瑚等类，无不见所未见，闻所未闻。那时见有这许多宝物，其中独无这御杯，正要移步细望，那边看守的人已站起身来。"飞云子笑道："愚兄彼时急中生计，赶着用了个鬼招手，右手一起，将御案前两副烛台，全行熄灭。果见正中间有对雪亮的酒杯，杏黄颜色，润泽非常。就此顺手取杯手中，仍由那原来的瓦屋，钻到上面，回到寓中。刚欲动身，已交五鼓了。"说罢，将那夜光杯取出，递与王朗。

王朗接杯手中，细细地一看，见是有生以来目所未睹。这杯子规模与寻常的酒杯略大一套，现出一种鹅黄的颜色，既薄且轻，与鸡蛋壳相仿。上面镌就的一派山水，再由山水里看去，如吞云吐雾，仿佛两条龙盘踞在里面，头角爪牙，无不活现。王朗夸赞了一番，一面令人摆酒为飞云子接风；一面向他说道："这件宝物，非寻常可得，兄长既然取来，也该命人到朝舞山去，将盖世天王曹勇并朱世雄、尹朝贵、智明等人请到山上，珍玩一番，然后将他送至齐星楼上最高一层，以杜人来盗取。"

飞云子尚未答言，只见一个喽兵跑上厅来，向着王朗说道："禀大王！朝舞山大王派了头目朱童前来，请大王上山，说有天大的喜事，在明日去做。大王去与不去，还请示下。”王朗笑道：“曹大哥你也太鲁莽，你那里的喜事，总比不得琥珀夜光杯重大。既可将施不全报仇，又得了这件宝物，岂不是喜上加喜？”当时向喽兵说道：“汝且命来人进来，咱们有话问他。”

喽兵答应下去，顷刻将朝舞山的人带上。王朗问了一遍，不禁拍案叫道：“这可算一时双绝了。咱们去盗此杯，也不过为施不全这一人，现在人杯两得，真乃意想不到。”随即向飞云子道：“不料兄长去后，曹勇又命朱世雄入京，一路追赶，也不过为施不全这一人。现在仇人见面，正好为众英雄雪恨。曹大哥既来招请，兄长也该前去一趟。”

飞云子听了此言，心下说道：“我当初本与他说明，将杯盗来之后，随我到任何地方。他此时却不提此话，现在若遽然说明，反而不得走脱。”当时笑道：“王贤弟，此次愚兄辛苦了，贤弟且与来人先去。愚兄稍息征骖，明日定到。这御杯既交与贤弟，愚兄之事已毕，也落得去看一看喜事。”原来飞云子这句话，却暗藏别见，王朗一时正是高兴，全不以此言留意，当即笑道：“这宝贝既到我山上，理当镇压山头。只好等大众前来再看了。”说罢，命喽兵将楼门开下，自己上楼，将那琥珀夜光杯收在顶上一层那个八门柜内；然后下来，陪飞云子吃了酒，随与朝舞山的喽兵下山而去。这里飞云子见他去后，回到自己房中，将随身物件打了个包裹，也就不辞而别。就此一去，直至大破齐星楼方有交代。

且说曹勇打发喽兵去后，直至上灯时候，又向智明说道：“王朗离此也有数十里路程，今日晚间断不会前来，你我此时何不到暗室一走，若施不全尚可支持，便等客来，再行处治；若已经要死，不如先将他刺心剖腹，将个空尸骸留放在此地，以为凭据。不知贤弟意下如何？”智明道：“俺便与你去，将他数说一番，问他那破关王庙的英雄何在？现在既已到此，也叫他知道是自作其孽，不可挽回。看他如何解说。我恐他此时也悔之无及。”说罢，两人哈哈大笑，一同到暗室里来。不知施公性命如何，且看下回分解。

第二五七回　贺人杰拼力救施公
黄天霸飞镖伤曹勇

却说智明同曹勇来到暗室里，先向那喽兵问道："你在这里看守了两日，施不全此时究竟怎样了？"喽兵道："捆在这里面，虽是动弹不得，但有一层令人奇怪！饿了一日两夜，居然皮毛不变，一点伤损没有，终日里仍是骂不绝口，连小人皆为他骂厌了。"曹勇大怒，便与尹、朱说道："不待王朗到来，在我看来，再将他饿十朝半月，恐也不能将他饿死；倘耽延时刻，为他手下知道。不如此时将他治死，免得后患。"朱世雄道："汝且随我进来，单看这赃官有多大的气力，竟如此难死！"说着，与曹勇、智明等人到了里面。

此时施公已知天霸到了此地，放心大胆向曹勇骂道："你这般狗强盗！平日横行不法，应该早早伏诛。本院乃朝廷大臣，竟敢拘辱此地！倘能悔心改过，将本院送入府城，或可既往不咎，全其首领；若仍目无法纪，本院今日虽死你手，一旦天兵到此，将你等捣巢灭穴，鸡犬不留。"说罢，仍是大骂不休。

曹勇听了笑道："汝此刻死在头上，还用这花言巧语，哄骗众人。可知你作孽太多，仇人过众，俺倒也想让你活命，但恐那死鬼阴魂不肯甘休。你也休得妄想了！"尹朝贵道："大哥！你还同他说什么言语？不如就此抬至厅前，三刀两斧，将他完了；随后再将那黄天霸等人捉住，碎尸万段，以报大仇。"朱世雄也道："依咱的意思，昨日上山时，就要将他处死了。智明贤弟偏想出许多花样，留在这里，直至今日，仍然未死，反被他千强盗万强盗骂了许多。我等先后皆送他一死，等什么王朗？只要有这赃官的尸腔、首级，还怕人不信么？大哥平时性子最急，今日这件要事，反懈怠下来。你道可恼不可恼？”

曹勇被他二人你言我语，说得气涌上来，又听施公仍是不绝地痛骂，就大怒道：“你这厮也自寻早死。本想让你再活多时，等俺一个朋友到来，慢慢处治；谁知阎王簿上注明在此，不能等到夜间。今晚不令你重重地快活一番，还道强盗认真怕你？两位贤弟！可就此动手，将他送往厅前，听俺动手。”说着，只见朱世雄、尹朝贵两个一声答应，走到里面，早将施公平拖出来，一溜烟来到聚义厅，将施公摔下。早见曹勇叫两个喽兵，端一口油锅，一张大凳，所有那麻绳、钵头，以及火炉、柴炭之类，无不预备齐全。然后曹勇又命那宰坊的喽兵，先将施公捆起，四马攒蹄，并在一处。正要向大凳上推去，忽见两个执刀的“哎呀”一声，向后一仰，早已栽倒在地，将手上那柄刀，摔去有五六尺远近，一声响，正落在智明身旁。众人不解何故，反向喽兵骂道：“你这杂种好不济事！还未开刀，就摔了家伙，还能做这买卖吗？”正说之间，又有第二个上来，谁知尚未起身，厅口扑扑两声，早下来一人，高声喝道：“曹勇！你这狗头，敢杀朝廷命官，俺黄天霸来也！”说着就是一刀向曹勇砍下。众人不提防，忽听“黄天霸”三字，如霹雷一声，所有喽兵没命逃去。此时智明虽在后面，到了这地步，也就不能不去动手。赶即跑到前面，将上面一把虎皮交椅抢在手中，便与黄天霸抵敌。谁知天霸一刀，向曹勇砍下，曹勇也是个手无寸铁，仗着身体灵便，便用了个燕子穿帘式，两足往下一顿，早到天霸背后，顺手将腰一弯，在地下把喽兵摔去的刀拾在手内，便想赶到施公面前，一刀结果了性命，然后再与他斗。说时迟，那时快，前面厅口，早已进来一人，双锤一摆，认定曹勇打下。曹勇看的真切，急架相迎。尹朝贵与朱世雄见来人已为他两人接住，趁此便飞到前面，各取自己的兵刃，一个飞抓，一个单拐，抢在手中，复奔到厅上。高声喊道：“大哥！且莫惧怕，俺两人拿着家伙来了。”说着，又直奔天霸。

天霸此时见三人敌他一个，明知贺人杰已到，深恐为众人缠住，不得分身；设若有人将施公结果，那时如何是好？不禁高声叫道：

“贺贤侄还不将大人保出，在此恋战什么?”这句话，把贺人杰提醒，一手舞动飞锤，把曹勇的刀紧紧逼住，一手便将施公身上的绳索，向上一提，望腰间一夹，拚力将曹勇的刀架开，蹿蹦纵跳，早出了厅前。曹勇见施公被一个后生救去，这一急非同小可，赶着在后追来，大声喝道:“汝这小娃，胎毛未净，竟敢与俺作对！不将你这厮杀死，再不能占这山头。”

说罢，也就赶来，蹿过房屋，向他赶去。贺人杰见他来赶，虽不惧怕，因腰间夹着施公，不能听其自便。还未蹿出第二座关寨，后面曹勇已到，只听他高声叫道：“前面喽兵，赶快放箭，莫要被这人逃去。”一声招呼，那守关喽兵早已得信，见一人将施公夹住向外奔逃，知是他手下勇士，当时矢如雨点一般，向贺人杰身上射来。此时前有喽兵，后有曹勇，仗他有通天本领，总不能与这乱箭相敌。贺人杰知事不妙，忽然叱咤一声，掉转身躯，复行杀入里面。

黄天霸与尹朝贵、智明等三人战在一处。见人杰已经出去，也就无心恋战，一刀将朱世雄的飞抓架开，撇开众人，撒腿就跑。所幸出了厅外，便见那个铁板腰门开在前面；蹿门过去，已见贺人杰为乱箭逼住，不能上前。天霸到了此时，只得将金镖取出，相隔有四五箭远，对定曹勇一镖打去。曹勇此时正与人杰恶斗，见他复转身来，与自己拼力，也就大刀一摆，对定锤头遮拦隔架。二人正是你要我死，我要你亡，不防着后面暗器前来，一刀将锤头隔开；正要还手砍去，忽觉脑后冷风一阵，一物打来，晓得不好，赶着一个进身，奔到旁边，那知已来不及，“哎呀”一声，肩头上已着了一镖。天霸见已打中，随即一箭步到了跟前，便想再砍一刀，送他性命。忽听后面智明喊道：“王大哥！快来助战，莫要为这厮走了。”说着，对面来了一人，如风驰电掣一般，从关头飞下，手执连环枪向天霸便刺。贺人杰见曹勇中镖栽倒，便想就此拨箭奔逃。无奈智明等见有人来将天霸敌住，也就一拥上前，来阻人杰，此时把天霸与贺人杰等团团围住。

却说贺人杰见曹勇中镖，正想就此杀出重围，忽见对面又来一人，年约四旬以外，手执连环枪将天霸敌住，后面智明等人，复又拥上。虽然拼力冲杀，只是难出重围。危急之间，忽听叱咤一声："贺贤侄勿得惊惧，俺何路通来也。"言罢，只见朱世雄栽倒地下，眼角上面流出飞红。双拐并施，早把智明战住。贺人杰见有人帮助，赶着一锤将尹朝贵打退，转身向外来打喽兵。顷刻之间，已经杀出一条血路，掉转身望着关头一路飞奔而去。

无奈昨夜到此，虽是五更天气，月色微明，从那浮桥而过。谁知此时这一阵恶杀，早已将方向忘却。出了关门，不向原路去走，反向山后而来。一气奔驰，约走八九里地面，看是树林杂丛，不辨东西。心下明知走错路径，想再寻原路，又恐遇见了强寇，厮杀起来，那时复又入重地；只得穿林越树，向后逃奔。又走了二三里路途，方将树林走尽，以为可寻大路；再朝前面一望，不禁失声喊道："大人！大人！天绝我也！"乃是白茫茫一道大河横于前面。河内连一舟一筏俱无。再朝那树林望去，所幸敌人未来，不得已只得将施公由腰间放下，喊了两声，方才惊醒。见人杰一人在此，忙问道："黄贤弟到何处去了？此时离驿馆尚有多远？后面可有人追来？设非众人前来，施某久已没命了。"人杰见施公尚可能言语，乃道："黄叔父尚在里面，是千总将大人救出的，但是走错了路途，前面这宽河阻住，设若有人追来，那便如何是好？"施公听说，向前一望，也就吓得哑口无言。过了半晌，向人杰问道："何贤弟已到此，何以不见前来？若他能来此，你我便可有命。此时走入绝路，且让我在此少坐，汝可向沿河一带，寻看寻看，若有什么渔船，无论何人，先给他些银两，渡过此河，再灭这山寨。"人杰也是没法，只得依着言语向前寻找，未走了半里远近，见那远滩里出来一只小船，只有一人把舵而驶。人杰喜出望外，正要向他叫喊，只见那人远远地招呼道："岸上这人，可是救施大人的么？前面不能回去，赶快由这里下来。"人杰听了此言，疑惑是山上的喽兵，用这话来哄骗，反而不敢答应。再到前面一望，不是别人，正是那日送信的王雄。连忙答应道："施大人正在此处，汝可将船拢岸，我去请来。"说着，飞奔到了原处，禀明施公，一同到了岸口，搀扶上船坐下。此时天色已将五更。王雄一面撑篙，一面向贺人杰说道："老爷们昨日五更到此。黄总镇渡过前去，偷看路径，若非小人细心在那里等着，请众人在马房去躲，日间便立身不住了。及至到了晚间，曹寨主要摆布大人。智明还想等个客来，再来动手。那时小人倒甚欢喜，若能再停一个更次，黄总镇与老爷们便可进去，那时人不知鬼不觉，将大人救出，岂不是好？偏生那个该杀的尹朝贵与二大王噜噜苏苏的说了许多话，把大人便抬出厅前了。小人见刀又拿出，锅又抬出，分明是没命的样子，那时眼泪直往肚内流出，恨不能替大人受罪。欲想去杀曹勇，无奈又没有本领。正在无法之肘，忽有老爷与黄总镇已到，小人又欢喜。忽然对面又来了一帮手，此时小人如淋水一般，浑身乱颤，怕老爷敌他不过；急中生计，赶着又由便门出了后山，驾了这小舟，预备过河，奔到驿馆送信，请那几位老爷们前来接应。不期在此遇见，这皆是朝廷的运气，大人的福泽，绝处逢生了。"说着，那船渐渐地已到了对岸，还未撑篙，只见对面来了数人，一见施公，齐声喊道："大人受惊了！卑职往救来迟，身该万死。"贺人杰再一细望，却是计全、关小西等人。

自从天霸走后，昨日一天未得回信，故此众人前来探访，黑夜之间，不知路径，特地来到此。大众见了施公，便向人杰问道："贺贤侄！何以你一人将大人救出。黄叔父与何叔父向哪里去了？"人杰道："他两位现今尚在里面，不知胜负如何。众位叔父既来，大人便交代众位了，小侄此时尚要去接应。"说着，李昆先将施公搀扶上岸，与众人保护回转驿馆。忽见王雄说道："贺老爷，山上去不得了，小人舍命前来，山上喽兵，也有看见，此时小人回去，岂不遭他们毒手。而且黄总镇战了这半会，现在天已大明，他岂有不杀出之理？老爷何必再去？"李七侯听了此话，知道他不敢再去，连忙说道："汝且随大人前去，这篙子交与我便了。"说着，跳上船头，将篙一撑，早去了一箭之地，直往岸口而去。

不说众人回转驿馆。再说黄天霸将曹勇打伤，正拟上前结果他性命，忽然来了一人，手提连环枪前来帮助。天霸将他一望，知是绿林中好汉，所幸施公已被人杰救了出去，又见何路通进来将朱世雄打伤，心下无所惧怕，当时将刀一起，对定来人，只见刀枪，不见人影。两人杀得不分上下，何路通虽与尹朝贵、智明交手，总不以两人在意。此时见天霸不得脱身，天又渐渐大亮，设若再有人帮助，那时虽杀个对手，何时才走得出去？一时性急起来，双拐一起，左右开弓，尹朝贵被单拐架住，又一面掉转身躯，来助天霸，那人一声叱咤："该死的囚贼，何人畏汝这班死囚，俺不将你两人杀死在此，也不知俺的厉害，来得好，吃我一枪。"说着，转身架去天霸的利刃，枪尖一进，便向何路通刺下。何路通见他来得凶猛，赶将双拐用了个叉字式，拼力将一枪架过。三人你来我往，战在一处，恨不得你要我死，我要你亡。无奈那人枪法精通，只见他上下盘旋，把杆枪舞得如雪舞梨花相似，力敌两将，全无惧怕。直战了有一二十回合，天霸虽拼力向前，何路通已只能招架，一人暗想："天色现已大亮，即便此时出去，那条宽河也难过去。不如先将这厮治死，随后再行走路。"想罢，双拐一架，跳出圈外。此时天霸一刀，向那人后脑砍去，那人连忙枪头一缩，枪杆往下来掀这一刀，忽听耳边一阵风声，晓得有了暗器，赶将枪杆望外一送，身子往下一蹲，那个石子由头顶过去，不禁高声骂道："你这无能的杂种，用暗器也不算英雄好汉。咱们一刀一枪见个高下，方算得正大光明。这暗器能奈我何？若有石子，尽管打来，爷爷怕你，不算好汉。"才说罢，手起一枪，赶对何路通便刺。不知路通性命如何，且看下回分解。

第二五八回　助曹勇王朗大施威　救天霸人杰重入寨

话说何路通一石子未能将那人打中，此时反被他一枪刺来，只得复行进前，再来杀住。天霸从昨日到此，虽然带着干粮，到了向晚时节已吃得干净，现在战了一夜，已是力尽精疲，腹中渐渐饥饿，恨不得就此脱身回去，随后再来灭这山寨。无奈山上人并未动手，忽然来了一人，竟至如此厉害，两人杀一，尚不能得胜。此时见何路通一石子又未打中，不禁怒气填胸，连声叱咤："前面这强盗，本总镇因夜间辛苦，未展神威，汝便如此猖獗，俺便不想出山，看你这强盗奈何俺怎样！"当时将刀一起，纵身到了前面，一个泰山压顶，连肩带背，向那人砍来。那人一枪正敌路通，忽然后面又来了兵刃，也就"呵呵"的喊叫，舞动枪，前后左右，直奔他两人命门而来。黄天霸不敢怠慢，将刀紧了一紧，觑定他的枪头，也是前后左右，遮拦隔架。二人此时正混战一起，远远一声喊道："黄叔父休得多虑，小侄复杀来也！"说着，人杰已入了重围，手起双锤，用了个流星赶月，一连两下，将那人的枪打开在旁边；随即舞动锤法，如泰山一般，只望着那人打下。此时尹朝贵、智明两人，复见那个小子杀来，知施公被他救出，吓得摇唇鼓舌，惊骇非常。到了此时，又恐那帮助的人有失，只得复提兵器，赶上前来，仍然为黄天霸敌住。那人见贺人杰锤头厉害，唯怕再杀多时，败阵下来，反为两人耻笑。存了这个意见，也就无心厮杀，三十六着，以走为上着。等贺人杰将一路锤法使尽，末了一锤有点破绽，赶着一枪，用足了劲，将锤头隔开过去，反手提枪，蹿到关外，仍回本山去了。

你道此人是谁？却是琅琊山的寨主镇山太岁王朗。自从曹勇命喽兵去请他上山，当时便趁着月色，下山而来，到得这朝舞山前，已是四鼓以后。当时浮桥已去，那个喽兵在对河叫了暗号，守山的人方才放船将他渡过。才进了头关，但听叫杀之声，震动山谷。心下正是惊讶，忽然山上跑出两个喽兵，向着众人说道："不好了！施不全正在厅上，要将他开刀，突然黄天霸与那一个少年后生走到厅上，将施不全救去，欲将带出山去。现在三位大王与智明大王俱赶了下来，在二关里面交手呢。你们这里把守好了，莫要被他逃走。大王招呼进去放箭了。"王朗听了此言，不觉吃了一惊，喝道："这姓黄的有多大的胆量，他一人便敢来此，我今不到此地也就罢；现今既到山下，若让你把人救去，随后那许多大事，何能去做？"因此也不问情由，便在兵刃架上，提了一杆连环枪，纵上关头，前去迎敌。不料又来一何路通用石子打伤了朱世雄，贺人杰依然将施公救去。

此时天霸见那人已走，也就招呼一声："贺贤侄！何兄长！你我就此走罢，随后再与这厮算账。"说罢，二人答应一声，扑扑早已身起半空，蹿过了第二座关寨。接着何路通、贺人杰亦是跟随出来。三人来至山下，天霸赶着问道："大人哪里去了？"人杰道："计叔父已经接去。现在李叔父也在这里。前面那浮桥走不回去，随我前来。"说着，飞身在前引路，不多一会，已到岸前。李七侯见他三人前来，赶着将篙子一撑，靠在岸上，三人扑扑扑上了船头，一直向那岸过去。天霸问了人杰，方知这船只是王雄得来。不多一时，弃舟登岸，已是日出东方，一路而来，直至向午时光，到了驿馆。

此时施公诸人在驿馆中，正拟着人来探问，见他三人均已回转，方始改忧为喜。早有施安送上水来，大众梳洗一回，进了饮食。然后施公向王雄问道："汝尚天良不昧，记得前情。本院回任之时，代你保举一声，给你个小小官职，也不负你这一番美意。且将这朝舞山的情形以及手下众人姓名，细细道来，本院好命人前去剿灭。"王雄道："大人有所不知，这朝舞山上并没有什么厉害。所仗的不过这三座关头，平时虽然打劫客商，却多是在别处动手，便是小人从前为他打劫，也是有一无两，故一向地方官俱未得悉。大人现在欲灭此山，必先用计，把这宽河，不得使他拦阻；然后命地方封了船只，由水路攻山，方可得破。不然虽有众位一身本领，也敌不过他。而且他手下朋友甚多，一时号召起来，聚集在山上，那时以主待客，听你如何攻打，未必能够取胜。他山上有这大的地亩，一年不下山来，也不致缺乏。这多是小人身历其境，亲眼看见。大人虽为民除害，也还要三思而行。”施公听了这番言语，正是踌躇不定。只见黄天霸向他问道：“照此说来，如此难破，方才那个用枪的强盗，难道不是本山的吗？此人姓甚名谁？”王雄道：“这人也是强盗，他却不是本山寨主，乃沂州镇那边琅琊道。过去，琅琊山寨主姓王名朗，我们寨主与他至好朋友。从智明到了此间，曹勇也将他请过来了，计议两天，方想出一个主见，令他一个朋友到京干事。”施公与黄天霸听到这里，连忙问道：“你知道他那朋友是谁？到京干的何事？”王雄道：“当时小人也曾打听，只因他们甚为机密，只是打探不出。后来曹勇又叫智明到京打听，究竟这事可办成没有。朱世雄又说：‘他是犯事之人，怕遇见老爷们，不大妥便。’所以自己下山而去。这皆是去年年底的话。不料前日回来，在半路之间便把大人捉住，这不是意外之祸吗。大人若灭此山，须要出其不意方好，不然反中了他的诡计了。”

天霸听毕，向施公说道：“照此看来，那个案件有几分在这琅琊山上了。但是这王朗十分厉害，手下羽翼众多，一时何能前去？在总兵看来，大人在此权往淮安赴任，然后商议个妙策，破这两座山头，以办那件要紧公事。”施公说：“贤弟之言，何尝不是！但是此去淮安，尚有数日路程，虽然本院赴任，脱离这虎口，无如钦限在即，破这山头，也非一天两日之事。那时羽檄往来，诸多不便！本院何能放心得下？不如身在此间，耽搁数月，候将此事办竣，然后履新，一劳永逸了。”天霸道：“大人既如此说，可知这个驿馆，不能防备许多；设若夜半更深，有那意外之事，在总兵看来，那时如何是好！现在如此如此，不知大人意下如何？”施公听了此言，不禁笑说：“这个主见大可行得，但不过又打扰人家。”此时天霸对施公附耳，施公但笑而已。

话说施公听了黄天霸之言，随即笑道：“这事也可行得，但不过又要打扰人家。”你道他两人究竟何意？原来天霸见施公不肯先行回任，须候破了朝舞山，方肯回至淮安。犹恐这驿馆之内，不大稳便。曹勇今番受了这大亏，心下定然不甘，事后必着人下山打听。若知施公在这琅琊驿馆，夜半更深，前来行刺，纵有人防备，只可防得一时，不能日夜守候。因思吕云章乃是这地方财主，那里房屋又多，欲请施公到他家暂住数日。一则来就近等他破山，二则来可无意外之事，就是他们大众与强人争斗，也可放心前去。故将这话对他说了一遍，又将前晚寻找施公到他庄上，并在沂州镇酒馆里面遇见徐德升，以及争中间座位，并与吴球争斗的话，说了一番。

施公道：“这吴球究是何人？何以也知道本院为山上捉去，莫非是他一类么？”天霸道：“总兵前日也如此着想，后听王雄所言，方知这人是个樵夫，平日并不做强盗，此人本领也还了得。但不知他这信息从何得来？”施公听说，复向王雄说道：“汝既认得这吴球，可知他这人究竟如何？他如不做强盗，本院为朱世雄捉上山去，他又何从得知呢？”王雄道：“大人倒不必如此疑惑，此人的本性，前夜已与黄总镇说过。至于说他得着信息，他每日午后，皆为我们上山打柴，前日定是上山之后，听得人说将施大人捉住，所以他喜出望外，欲去观一观。莫说此人虽是粗鲁，平生专抱不平，若告知他大仁大义，叫他前去，虽赴汤蹈火也不辞。”施公道：“你说他如此好法，本院为国家出力，为民间除害，与强盗种下深仇，被强人捉去，他若稍知大义，理合同天霸等人，将本院救出，方是正理。何为反而欢喜呢？”王雄道：“大人有所不知，所以他成了粗人。他但听曹勇他们一面之辞，平时说大人如何贪赃，如何与绿林作对，将人捉去，所有的家财尽行入己，还要将绿林之家小杀个净绝。因此他听了这话，甚是不平。一听朱世雄将大人拿住，他所以要来看望。在小人看来，此人乃一勇之夫，若能待之以恩，便可听我所用。大人能将他说之归顺，命他诈入山中，里应外合，此事无不成之理；不然命人入城告知沂州府，大人将城中所有兵丁调来听用，再加诸位老爷这般本领，这座朝舞山方可破去。这皆是小人的意思，还求大人尊裁。”施公道：“本院做官以来，向不肯惊扰地方，秦蔼仁大人虽是好官，若将兵丁调来，地方上百姓岂不惧怕？汝且不必多虑，本院自有章程。但不知这吴球家中汝可认得？”王雄道：“他住猫儿墩地方，前日黄老爷与他还在那里斗的。”施公听罢，向着众人说道：“汝等连日已是辛苦了，此时可去歇息一番，向晚起来本院有话吩咐。”众人见施公如此，已猜着八九分，当时天霸命金大力、郭起凤等人，保护着施公，自己与众人，也就前去打盹。

闲言少叙，到了晚间，大众醒来，齐至施公前请示。施公道：“古人言：‘询于刍荛①。’又说：‘匹夫之言，圣人择之。’王雄所说之言，正合本院之意。难得有这吴球，本院想请黄贤弟与王雄，同本院前去一走。如这人尚在家中，望赶急回来送信，本院预备亲自前去，拼着三寸舌，两行齿，说以利害，晓以大义，命他投往山内，约期里应外合，将一干强盗剿除，除了这沂州大害。不知你等意下如何？”黄天霸道：“总兵等深恐大人不去，岂有不肯先行之理！”说着，王雄也到了里面。天霸便向他言说：“这个吴球，你想必是认得了，大人今想自己前去，将为国为民的话，对他细说一番，使他归顺。意欲命你同去，作个引线，你看这事可行吗？”王雄道：“若果大人前去，小人看来，他必然一心归顺。此时如果前去，他必然在家里面。不过他那地方不比寻常的所在，恐大人前去，未免亵尊。”施公道：“本院也不是在那里住家，不过闻他这人有这身本领，徒然误听人言，不能上进。故此前去劝他，一则为民除害，二则使他立点功业，随后也好得个前程，不埋没他。”

王雄道：“大人有所不知，他所住的地方，虽有地方，却无房屋。只因猫儿墩这个所在，从前有个猫精，在那树林里面掘了极大的窠巢，青天白日，在满山作怪。彼时被吴球父子打死，恐他窠巢内仍有

① 刍荛：指割草打柴的人。刍（chù）：喂牲口的草；荛（ráo）：柴火。

余孽，因此下去探望，谁知这下面有五间大小的地方，深也有一丈多深，一片平场，十分齐整。里面堆积了些獐狍鹿兔，皆是这猫精平时拖来的。适值他无处栖身，见有个地方，便叫他义子吴洪将这些物件收拾干净，改为自己的住所。人要前去，须得走至树林，由那个方洞下去，方可人内。"

天霸听了此言，不禁说道："怪不得日前与他交手，只不见他的房屋，但见他由树林内出来。原来他有这个所在，倒也别致。"施公道："无论什么地方，本院皆去一走，以表我的诚心。"当时计议妥当，施安做了饭肴，众人吃罢。王雄便在前引路，施公带领着天霸，并关小西、贺人杰数人，一路向猫儿墩而来。

约至二鼓以后，将近三更，已离前面不远。施公止步说道："我们在此且住一住。王雄可先去通报一声，说漕运总督施仕伦前来讲话。"王雄见施公如此待下，实是敬服，心中想道："朝廷有这样好官，天下自然太平。"一面走着，一面乱想。

前面到了树林，本来是常到的所在，走到那大树跟前，便高声叫道："吴大郎，你可在家么？"一声问毕，果然有人答应："王头目，你何以此时前来？寨主买卖可好否？听说朱二大王昨日得了件喜事，我打柴回来遇见刘老四，方才晓得。次日到镇上吃酒，预备茶后前去，忽然遇见黄天霸那杂种跟着俺走，恐此去漏了风声，误了你山上的大事。不意他出言不逊，两人便交手，后来不耐烦与这厮动手，也就退到这里面。所恨俺两个儿子，皆为他打伤。你来此干什么？可对我说明！"王雄听了此言，不知为了何事，且看下回分解。

第二五九回　施大人求贤枉驾　吴壮士弃暗投明

却说吴球见王雄喊他，便问道：“王头目，听说朱二大王得了一件喜事，你不在山上热闹，为何到我这里来？”王雄见他仍问山上的事件，乃道：“我们寨主虽觉得高兴，在我看来，倒不算件喜事，恐随后的忧愁愈觉多了。”吴球听了此言，不禁喝道：“王头目，你何出此言！你若是在山寨内讲说，被几位寨主听见，岂不恼你！”王雄道：“我正为此事前来。我看我们二大王虽将施不全捉住，可知他乃是朝廷的大臣，平日为国为民，方与他们绿林中结下这仇恨。唯他的心迹也是想地方上安静，杀一儆百，使人不为非作歹，做那杀人放火、打家劫舍之事，并非有心要杀那帮朋友。咱们这朝舞山，虽是绿林中一班，施不全不曾与咱们见过一面，交过一言，理应各做各事。谁知寨主们不知这道理，自从智明上山以后，偏把个施不全说成个人间恶鬼、世上魔王，恨不能顷刻之间将他碎尸万段。虽然寨主想出条妙计，命人进京，朱二大王现已将他捉住，不知皆中了智明的诡计，说是为绿林除害，其实报他的私仇，哪里是什么喜事！所以施不全上山之后，次日就出了那祸，依然为人救去了。眼见得不日大祸临身，你老难道不知道？”吴球听了这番言语，忙道：“你说什么？昨日俺还想上山去，看这施不全究竟是个什么样？怎么倒被人救去了！难道就是那黄天霸入山的吗？”王雄道：“何尝不是！”说着，就将天霸等往救施公的话，告诉了一遍，然后道：“你看这不是大祸么？”

吴球听了此言，也就十分诧异说道：“俺与黄天霸战了半日，虽觉本领高强，万不料他有这通天本事，你此时前来，莫非曹勇胆怯，请我上山相助么?”王雄道:“倒不是这个意思,因俺有一事不明,特来请教。大凡人生在世,皆知道善恶循环,此时山寨主既有了这祸,而且这施公威名大震,是天下之清官。此时又在此间,回想当初实有恩于我,意欲去投他,实是委决不下,因此前来问计于你。”吴球听了他这番言语,忙喝道:“王头目莫非疯了吗!据你说来,施不全乃天下一个好人,何以绿林中提起他来,是恨如切骨。况且你是个头目,他是个漕督大员,彼此风马牛不相及,焉得说有恩于你?”王雄道:“你老哪里知道?其实施不全是屈煞了,小人若不遇他,哪还有今日!”当时就将他在江都,如何被施公捉住,如何开恩放他,如何赏他钱令他买卖,以及施公断案如神,申冤理枉,虚贤下士的话,说了一遍。吴球道:“你这话可是真的吗?”王雄道:“我今日正无主意,特来问你,哪里有一句虚言?我若是一派假话,肯说自己做贼么?”吴球不等他说完,忙道:“曹勇、智明这几个死囚,俺老子几乎被你们误了。天下有这等好人,我还要与他作对,代你们出气,岂不是不知人事?王头目,既是施大人待你有恩,理该前去投他,在这山寨中,终无了局。我吴球恨无此门路,若有这个恩人,虽千山万水,也愿去投他。”王雄见他这言语已有投顺之意,忙道:“你老之言,可是真心吗?”吴球道:“谁与你说谎?”吴球即大叫:“曹勇骗得我好苦,将此等好人说是坏人,叫我吴球岂不被人耻笑。”王雄道:“你老倒不必焦躁,设若施大人到此,你可肯代他出力呢?”吴球道:“你不说那梦话!他是个堂堂大人,我是个砍柴樵子,他如何到我这里来?若有人引路,我去投他,收下做小使,也是甘心愿意,留个好名。”王雄知他是真心归顺了,不禁道:“大郎不必如此,咱实对你说,现在施大人已经来了,还不去迎接?”说着,便将自己如何搭救施公,以及施公前来的话,说了一遍。吴球听了说道:“王头目,你这话当真吗?”王雄道:“谁同你作耍?我且请来,好让你相信。”

此时施公与天霸等正在树林盼望,见他前来,忙问道:“吴英雄意下如何?”王雄尚未答言,后面吴球早又跟将出来。一见施公,纳头便拜道:“小人有眼不识泰山,身该万死。此时如梦初醒,有负大人盛德，若蒙恩赏收留，虽赴汤蹈火，万死不辞。何敢劳大人大驾，小人这地窖里面，万不敢劳玉趾。若不弃嫌，此去不远有座古庙，且请大人与众英雄暂行歇步。小人取灯便来。”说着，爬起身来，复向里面去了。施公见他已肯投顺，心下好不欢喜。当时向黄天霸道：“既然吴壮士如此真情，本部堂便到古庙中权行歇足便了。”说毕，仍是王雄在前引路，到了前方那个古庙内。

不一会，早见吴球提着个灯台，后面两人，拿了些矮凳、茶壶之类，到了里面。先请施公坐下，后向天霸赔罪道：“前日冒犯虎威，多多得罪，还求总镇海涵。”施公道：“不知不罪，本院昨日听见王雄一番言语，方知壮士是个清白英雄，虽与强寇往来，却是毫不沾染。本院十分敬重。即如黄贤弟、关贤弟等人，从前也做这买卖。初时也不知本院为何人，故江都任上还前去行刺。后来为本院劝解一番，改为好人，立下多少功劳，做了多少事业。现在身居总镇，耀祖荣宗。莫说本院敬服于他，连当今万岁也以他为重，那些百姓们更不必说是歌功颂德的了。凡事在人为，本院一秉至公，上可对天地君亲，下可对阎罗小鬼。以至屡遭不测，遇难成祥，作为也不必说了。壮士既有这一派人才，又有这两手武艺，虽然打柴自食，不做那强盗事业；可知隐姓埋名，与草木同腐；天地生人，皆要立一番事业，方不愧男子丈夫。而况与曹勇等尚有往来；设若他后来被擒，扳连壮士，有口难辩。事在可疑，岂不以清白的为人，入了恶党。壮士果能真心向上，弃暗投明，便随本院在驿馆中暂宿一夜；明日到朝舞山中，扮为细作，里应外合，除去强人，为地方上百姓除害。然后随本院上任，商议妙计，去打琅琊山，查访那钦限的案件。不知壮士意下如何？”

这番话，把个吴球说得舒心服意，唯唯无言，伏在地下说道：“大人之言，句句金石，人非草木，焉有不知？既蒙大人如此提拔，小人虽执鞭随镫，皆是乐从。但今夜静更深，小人还有器具，存在此间。大人如肯相信，小人明日早间，与小人两子，定到驿馆便了。”说着，便命两个儿子，来与施公见礼。

施公问了名字，方知这个是吴洪，那个是吴涛。然后又向吴球道："大丈夫一言既出，驷马难追。只要诚心归服，即是明日前去，这亦无妨。但不要有负本院的来意便了。"当时王雄说道："吴壮士绝无反齿，此时请大人先行回去，小人还想在此耽搁片时，以便另想主见，报效大人。明早定与壮士前来便了。"施公见王雄说出此言，不再追问。当时起身，又叮嘱一番，然后与天霸由原路回转驿馆。这里吴球将施公送出了庙门，约走了二三里路，方告别回来。

却说施公与大众回转驿馆。吴球与王雄两人仍到林内那地窖中坐下。王雄道："你主意是一定无疑了，但是施大人如此恩宽，收留你我，若无一点寸功为进见之礼，自己也觉得无味。但不知智明上山之时，曹寨主与王寨主商议那条计策，欲害施大人性命，不知究是何事？未有数日，朱大王便下山去了，直至前日回山，便将施大人在半路捉住，你可知道这个消息吗？"

吴球道："俺虽有所闻，只因此事与俺无涉，也就未曾访问。你近来在山可听得朝舞山云鹤的话吗？"王雄听了此言，这才省悟道："怪不得近来到他山上，不见那个飞云子，莫非他干出什么大事？"吴球道："便是此人，听说正月十五元宵佳节，到京城内盗取什么琥珀夜光杯，来害施公。虽有这个议论，不知可曾盗来！"王雄道："如此说来，便实在了。我想朱大王进京，也是为的这事，所以跟随施大人出京，将他拿去。若能把这事访明，禀知大人，岂不是一件大功？而且施大人方才还说回任之后，再来剿灭这琅琊山，想必也为的这事。我想你老今夜何不上山一走？姑作听喽兵传说，施不全是黄天霸救去，深恐山上另外出事，特来探访。曹勇见你前去，必将细情对你说知，请你助他一臂。那时便将飞云子的话，细问一遍，然后下山，到驿馆而去，岂不是件大功？"吴球听了此言甚是有理，忙道："此去虽好，但是明早不定回来；若施大人见我不去，疑我反悔起来，如何解说？"王雄道："这事不必多虑，咱先同你的儿子前去，将这话说明如何？"吴球道："如此讲最好，你同他在此收拾，俺就此前往。"说着，吩咐了吴洪、吴涛，各将兵刃物件，收拾已毕，随王雄去投施公；然后自己直向朝舞山而去。

且说曹勇自天霸救出施公，腿上中了一镖，已是疼痛难忍，接着朱世雄又中了一个石子，不禁怒气填胸，大声骂道："黄天霸你这死囚，我到手的功名又被汝抢去，俺与你誓不两立。"此时尹朝贵与智明见天霸已走，只得向前说道："大哥、二哥暂且回寨内。遥想这施不全不过在此左近，哪怕他再有多人，也经不起王大哥与飞云子两人的本领。为今之计：一面着人到琅琊山请王大哥再来助一臂之力，顺问飞云子可曾回来？一面着人下山，打听他的下落。两位兄长在此徒骂，也是无益。"说罢，便命人将朱世雄与曹勇两人抬至寨内。尹朝贵又在外面查点一番，看那班喽兵，被天霸杀伤的不下有三十人；死者倒有十余人之多，只得命人掩埋。照旧地布了埋伏，三座关头，添人把守。这些事布置已毕，方才回转里面。只见曹勇与朱世雄两人哼声不止。智明道："天霸这个金镖，其毒平常。所幸小弟这里尚存了些药末，敷了上去，便可无事。"当时便到自己房中，将药取出，向那伤痕敷好。朱世雄虽中了一石子，所幸伤痕不大。智明道："这皆是小弟累及兄长，目今事已至此，不去寻他，他反来寻我。但不知二位兄长意下如何？"曹勇道："方才贤弟业已说明，唯有着人去请王大哥，何以半途而去？"

他四人正说之间，只见那个请王朗的喽兵道："大王有所不知，那个到京里去的云老爷回来了，小人到了那里，王寨主也是着人来请大王，但听什么宝杯已经到了。"智明听了此言，不禁大乐道："大哥，此乃天助我等。飞云子适巧回来，王大哥此去，必是约他去了。此时我们且歇息一番，到了晚间，他必然至此。"曹勇听见如此，也是欢喜非常。谁知到了晚间，依然没有动静，心下实是盼望，乃道："莫非王大哥惧怕这天霸，不敢再来吗？他有那身武艺，平时胆量又大，何以今日如此？莫非半路上又遇见对头么？或者他知道施不全的住处，去行刺吗？"众人你言我语，只是想不出个道理。

直至三鼓以后，方见那下山的喽兵前来回信，说："小人奉命前往琅琊山请王寨主，哪知他日间回山，便想请飞云子前来相助，谁料到房里已是不知去向。再四处寻问，那守山的喽兵说：'飞云子自王寨主下山之后，一人拿着自己的物件，也就下山，临行时，向喽兵说明，寨主回山，多多上复，说我飞云子事情已中，从此到他方去也。’因此王寨主听了此言，大惊失色。疑惑他将那琥珀夜光杯依旧带去。当时便到齐星楼上八门柜内去看，所幸这物件尚在里面。王寨主怕天霸等访出这事，到他山上寻事，因此不敢前来，并命小人禀知大王。若怕山上有事，人少难防，就迅速将吴球父子请来，防备数日。打听施不全动身，即便可以行事。”这番话，把个曹勇说得没了主意，向智明道：“这两个山头如何是好？”智明见他惧怕如此，深恐他不肯出力，乃道：“大哥这样烦闷，还能干事吗？小弟血海冤仇，我们去请吴球，此人本领比我们强过几倍，何不就去请他？”

正说之间，早有那守关的喽兵，前来禀道：“回寨主！猫儿墩的吴球现在山前喊关，未敢放他进寨，请示下。”曹勇还未开言，智明忙道：“他此时前来好极，咱们正想去请，俺同你出去迎接。”说着起身，一路出来，赶着将关开了。吴球见是智明，随即问道：“智明寨主，你们受惊了，小弟傍晚回家，听我儿吴洪道：‘朱大王前晚回来，在半路将对头捉住，忽然今早又为黄天霸闯进山将他救出，还将两位寨主打伤。’可曾报信？若能将飞云子请来，大有裨益。”

智明听他言语，便将前后的话，以及飞云子盗取夜光杯，现往别处，王朗不能来的话，前后说了一遍。吴球这才明白，故意对智明道：“照此说来，这大仇是不能报了。”智明道：“小弟岂不知道？只是无人帮助。你老哥素存义气，本要着人去请；此时大哥既来，尚祈助我一臂，将这大仇报过，生死不忘。”吴球道：“贤弟何出此言？愚兄来此，所为何事？今夜且在此防备一夜，等至天明就回去将儿子喊来，一同到这山上。即便有人来破山，也多一个争斗。”智明此时真是千恩万谢，将他领了回寨，与曹勇说明。一夜无话，次日一早，吴球向驿馆来报信。不知施公得着此信，若何施行，且看下回分解。

第二六〇回　何路通入水杀巡兵　黄天霸拼力战强寇

却说吴球打听了飞云子的事件，次日一早，便离朝舞山，向琅琊驿而来，到了驿馆。吴洪兄弟与王雄早已到此，将吴球上山打听虚实的话禀明施公，施公自是喜出望外。现又见吴球到来，连忙问道："壮士昨夜前去，所访的事有无消息吗？"

吴球道："这事小人探明，但是那人现已走了，那个琥珀夜光杯却是在琅琊山上。"这句话尚未说完，只见黄天霸跳起身来，高声问道："这杯子真在此么？那飞云子究是何人，何以有这身本领，江湖上并不知此人，你可知他将杯子存放在何处？现在此人往哪里去了？"吴球道："小人但听智明说：'这人已走。'至于到何处而去，连王朗也不知。现在王朗也就为这事很为烦恼，日夜与那班众好汉，商议妙策，共图大事。此便将这杯为国宝。"天霸道："既然这人走了，此事倒还易办，咱们既有这多人，又有这一身本领，他一个能盗得来，咱们这许多人便不能盗去吗？"复行向施公道："大人此次出京，多半为这案件，前日到此，因为这琅琊山名声甚大，也不过顺便一访。不意就闹出这大祸，到了此时，还是在这里破案。飞云子他究竟有多大的胆量，竟敢做出这天大的事来。钦限在即，朝舞山这班狗盗也没有什么本领，不怕他逃往别方。但是这琥珀夜光杯，既知道在这地方，不若趁早到琅琊山将它盗回，先销了钦限的案件。不知大人意下如何？"王雄听了此言，赶忙说道："总镇莫小视他，可知这王朗他一身本领，不比寻常。不论他山上有数十众英雄好汉，就是齐星楼的埋伏，虽有千军万马也不得进去。听说从前造这楼时，王朗求了飞云子，数月工夫，始肯将这楼图画下。造好之后，也试验过数次，真是神出鬼没，令人不测。想必王朗将这琥珀夜光杯也藏在上面了。总镇若去打这山寨，恐一时万难打下；除却知道飞云子的楼图，方可去破，不然也莫生妄想。设若朝舞山再招集了好汉，两下联络起来，激成大祸，反为不美；不若仍照前议，先将朝舞山破去，使他失去助臂，然后专打一头。好在这山头有吴壮士内应，还怕不一战而获吗?”计全在旁，听了王雄之言甚为合理，随后向吴球耳旁如此如此。吴球诺诺连声，当时带着吴洪、吴涛，仍回朝舞山而去。

施公见天霸不言语，恐他想出这个主意便要去，当时喊道：“黄贤弟！可恼这智明，关王庙死里逃生，还是不知悔过；复又生这毒计，陷害本院。贤弟今晚不将此人捉来，也不消我这仇根。”天霸素来以施公为重，今见他发这怒言，只得将王朗的事按下，向施公说道：“大人吩咐如此，总兵何敢不从，但是这里也须人保护。总兵的意思，留贺贤侄同金大哥、郭大哥在家防守。咱们与关小西、何大哥、李七哥今晚前去，将这厮结果了性命，以为百姓除害，以报昨日之仇。”说罢，命施安做了面饭，先与众人安歇了一回。直至上灯之时，各人饱餐了一顿，命贺人杰等在家小心保护。自己与众人，带了兵刃，换了夜行衣服，直奔朝舞山而来。

且说曹勇自吴球去后，果然智明的药效验非常。到了巳牌时分，已经止痛，下昼时分便能行走。向着智明说道：“吴大哥今来助我，真是万分之幸，唯恐天霸昨夜未来，今晚必来寻事。必得打听施不全是否已经动身，方可无事。”此时吴球与他两个儿子，已经到了山上。听了曹勇之言，乃道：“寨主但放宽心，今有俺父子在此，管他什么三头六臂，也叫他做一团肉饼。我等今晚但开怀饮酒便了。”当时众人听了此言，甚为欢喜。唯有智明一人闷闷不乐，浑身如坐针尖上仿佛，坐卧皆不甚安稳。暗道：“莫非今晚有什么祸事应在俺身上！不然他们俱不觉得，我何以这样难受?”当时也无心吃酒，便到各处巡查一番。等到上灯以后，依然不去睡。

吴球此时一心想将智明等灌醉，直到天霸到来，便上前动手。此时见智明如此防备，疑惑他看出形迹，反而不美，不敢再饮。尹朝贵等人，见智明如此，也就带了喽兵，到各处窥探。

谁知智明正从里面出来，黄天霸等人已到了山下。只因何路通与李七侯俱有水性，到了对岸河口，已交三鼓。知道浮桥已撤，正在钻身下水，将众人渡上岸来。忽听上流头，咿唔的声音远远而来。李七侯眼力正足，随即向前一望，却是一只巡船顺流而下。三个喽兵立于上面，船当中隐隐地露出点灯光。何路通笑道："妙也！咱们正怕费事，哪知这厮便来。"说罢，扑通一声，便跳下水去。接着李七侯也就下水，两人在水内将船帮搭住，往下一拖，那三个喽兵并不提防，只听一声"不好！"咕咚咕咚，一齐栽入水内。两人哈哈大笑。何路通两手一捞，早在水内夹住两人，其余那个喽兵，也为李七侯揪住。复行蹿出水面，跳上了船，举起腰刀，早将三人杀死，将尸骸摔下水去；两人一前一后，将众人撑过岸来，渐渐离寨不远。正拟弃舟登岸，忽然那关寨上面有人问道："来者何船，为何不打暗号？"何路通向李七侯道："咱们做事粗鲁了，早知他有暗号，应该方才向那人问明，然后再结果他性命。此时被他识破，那便如何？"天霸这里急道："咱们已到了此地，怕他什么问，咱们上去便了。"说着，提了朴刀，蹿到岸上。

此时上面的喽兵听他们回不出暗号，知道不好，赶着提起铜锣，乱敲了一顿。天霸见他鸣锣报信，赶向众人喊道："诸位哥！就此去罢。"说罢，关小西、李七侯、王殿臣等人，各举兵刃，到了上面。天霸本是熟路，知道头座山寨无什么埋伏。随即带领众人，在前引路。山上的喽兵见是天霸，正要举兵器来阻，早被一刀一个杀死数人。其余喽兵向里面喊道："黄天霸又来破寨了！二座关上，快点放箭呀！"这派声音，早已惊动里面。天霸也不问他是箭射来，认定前日来的路径，直向里面杀去。此时曹勇与智明正在各处巡查，听见外面的声音，将流星铛端在手中，复又带了百练飞抓，拼命杀出。智明也将钢刀提在手内，随后赶来，蹿出三关，遇见天霸。

却说黄天霸正赶曹勇，忽见他掉转身躯，左手一抬，早把那百练飞抓对他打下。天霸晓得不好，赶用了个倒扳桨的架式，两手将刀护卫身躯，脚跟向后一起，倒退有五六尺远近，方将这飞抓让过。曹勇见一下未中，复行飞步前进，认定天霸没命地打来。链索声音不绝于耳。所幸天霸那口刀，十分锋利，遮拦隔架，便捷非常，曹勇两膀摔得酸麻，只是近身不得，不禁失色喊道："黄天霸，咱与你往日无怨，今日无仇，两次三番入我的山寨，今日这一命同你拼死了!"就把飞抓一手执定，一手执定流星锴，高起双手，两物并甩齐施，直向天霸没命地打下。天霸见他舍命地恶斗，一时杀得性起，恨不得就此一刀结果他的性命，也就精神陡长，拼力前来抵敌。两个人杀在一团，你好似出海蛟龙，欲兴云雨，他好似离山猛虎，去食犬羊，各显威风，不知是谁要谁命。

两个正敌之际，那边关小西见智明来迎敌，不禁高声骂道："不怕死的贼秃，关王庙被汝逃走，未得施刑；今又死灰复燃，在此作恶。你认得关爷爷么?"当时将折铁倭刀一摆，跳上前去交起手来。智明见是小西，提起腰刀便向他胸前刺下。小西将左边一让，躲过这刀，一个旁势，也就一刀向他肋下砍去。

智明见他还手，当时不敢怠慢，用了个秋风扫落叶式，把身体向前，手拐向后，勒定刀柄，觑定小西的刀顶面一拦，响亮一声，火星乱迸。小西见他将这刀拦开去，不禁大怒道："该死的秃囚，还如此猖獗，偏要看汝这腰刀有多大厉害!"说着，将身进前一步，舞动刀法，一路砍来。智明到了此时，已吓得心惊胆战，欲想逃走，也不得脱身；只见他上下盘旋，如刀山相似，直向自己的要害砍来。只得将刀握定，前后左右，拼力招架。哪知小西这口刀却不比寻常，碰在刀背上，还可支持，若遇着刀口，便立时损坏。智明不知他是削铁如泥的宝物，正在舍命地招架，忽然一声响亮，自己的刀被小西兵刃早已削去半段，飞在空中。这一声非同小可，欲想再斗，更是万难。只得大叫一声，转步望寨里跑去。谁知何路通看得真切，飞起一个石子，直对他左眼打去。智明没命跑来，不提防另有暗器，一个黑影飞到前面，正欲向旁边让去，早已躲闪不及，大叫连声，鲜血飞红。何路通见石子打中，紧迫一步，双拐打来。智明晓得不好，赶着掩住眼眶，复行奔跑。谁知下面有块乱石未曾看见，一绊一个筋斗，早已栽倒在地。后面关小西已经追到，手起刀落，一命呜呼，再行一刀，割了首级。里面尹朝贵与朱世雄得了个信，赶拿了兵刃飞奔出来。迎面遇见吴洪，连忙说道："吴贤侄！天霸来了，赶快前去阻敌。"吴洪听了此言，也就应声答道："小侄来也！"说罢，单刀一摆，直向尹朝贵劈下。尹朝贵这一惊不小，喊道："吴洪！你认错人了，咱叫你去杀天霸，怎么杀起俺来？"吴洪骂道："你这狗头，谁是你的贤侄？你现在还在梦中呢，实对你说：俺父亲已投顺施大人了，命我等来灭你山寨，快快将头割下，让俺前去报功。"

尹朝贵听了此言，方知中了他计，不禁怒道："汝这小小匹夫，俺道你父子是个好人，故请他上山相助，谁知道反去助敌，真是人面兽心。今日既然负义，不是你死，便是我亡。"说罢，举手提刀，拼力砍去，两人在聚义厅便大杀起来。

此时李七侯、王殿臣等人早已进入寨中，遇见喽兵，举刀便杀。曹勇在外面与天霸对敌，早已只能招架，不能还手。满眼望吴球前来助战，忽听后面一番喧嚷，如天翻地覆一般，一派红光，照耀得如同白日。早见来了一众喽兵，高声喊道："大王，不好了，后寨起火了！"说罢，那片哭喊的声音已震动山谷。曹勇见大势已去，再见智明已为人杀死了，此时无心恋战，只得虚晃一刀，向前逃去。天霸哪里肯舍？朴刀一舞，紧紧追来。出了头关，但见他向左角一蹿，忽然不见。天霸知他有什么诡计，也就不敢前行，转提朴刀，杀入里面，正拟寻朱世雄等人杀个净绝。谁知第三座关上，火绳一亮，随即响亮一声，如春雷仿佛。天霸这一惊不小，知道是车轮炮发作。正是无可躲避，一时失措，两足站立不定，早已跌入那陷人坑内，那许多炮子，皆由前面过去，反而未能伤损。不多一时，炮子放尽。

天霸便在下面，一个纵身复行跳上，喷烟拨雾，杀上前来。早有关小西由里面出来，见天霸在此寻觅，赶着喊道："黄贤弟！快随我来，尹朝贵已被吴洪活捉了。"说着，只见李七侯、何路通俱皆到了，说道："咱们到了里面，正寻那朱世雄的踪迹，适巧他迎面出来，咱们就与他交手，打量他也飞不出去，忽听前面大炮声响，深恐这里有失，手头一松，就被他走去，此时再也寻找不着了。"众人聚在这里喊问，只听那山上的喽兵，哭声震耳。原来那派火光，是吴球到他那马料房中，放了这无情火的。此时天霸见贼首已走，欲想追寻，已来不及。只听高声喊道："山上喽兵听了，汝等皆地方上百姓，总因这曹勇强寇诱骗前来，做了这不法的买卖，若能改邪归正，就此将曹勇的妻小并强人羽党，活捉前来，皆免汝等的死罪。"这声吩咐，早见那班喽兵皆跪倒于地，声称情愿改悔。当时众人一齐拥起，一齐抢入内寨，将曹勇妻小全行捉出，复又将那几个亲信的头目，俱皆捉住，送到天霸面前。天霸命李七侯、何路通等人，押着人犯；自己前去找了吴球，带了关小西，并吴洪弟兄，将山中所有的埋伏，并那三座关寨，全行拆毁。此时天已大亮，命喽兵放下浮桥，一路过河，向琅琊驿而去。

此时施公正在驿馆内盼望，见他们一夜未回，不知若何景象。忽听门外人声喧沸，听见贺人杰跑了进来，说道："黄叔父与大众皆回来了。关叔父手里还提了个首级，想必是胜了敌人。现在门外招呼地甲，往沂州府投报呢。"施公听罢此言，心下甚为得意，正欲出来瞧看，见天霸与众人进来，将上项的事情禀明一遍。施公道："贼首虽走，所幸这智明当场格杀，这也是一件快事矣。沂州府离此尚远，此地地甲何人？赶命前去通报。"天霸道："总兵已命随同何游击前去通告了。"

且说何路通押着人犯，随地甲一路向府城而来。此时，沂州府秦蔼仁正坐堂问案。忽然值日差上堂禀道："大人快去迎接钦差，现在朝舞山的强寇已押解前来了。"秦蔼仁听报此事，吃惊不小！只得命原、被告暂退，自己迎接出来。不知如何交代，且看下回分解。

第二六一回　施漕督先回淮安任　黄总兵夜探琅琊山

却说秦蔼仁听说施公押犯人到沂州来，赶着出来迎接。只见许多喽兵，押着一个强人、两个女子，另外五六名少年大汉，纷纷拥拥，到了大堂前推下。早有地甲上前禀道："小人琅琊驿地甲李坤，日前漕运总督施大人路过本驿，驻驿馆中，访闻本境朝舞山强人横行不法，特命现任总兵黄大人带领众位英雄，前去剿灭。现在人犯俱由何老爷押解到此，请大老爷发落。"

秦蔼仁听了此言，赶着与何路通见礼已毕，邀入内厅坐下。何路通开口问道："贵府在此，为一方太守，境内有这项强人，不能预期剿灭，叫百姓何以安枕？本游击奉施大人之命，与黄总兵前往山头，现获得强寇一名，名叫尹朝贵，当场格杀了关王庙的逃犯智明，贼首曹勇与朱世雄两人现已逃脱。获得曹勇妻小二人并几个犯事的头目。大人吩咐，赶快审明，就地正法，发往犯事地方，悬头示众。然后到驿馆复命，大人还有吩咐。本游击还求销差，不能在此久待了。"秦蔼仁到了此时，已吓得浑身乱战，明知自己得处分，只得诺诺连声，敷衍了一会。

何路通也就告辞出来，回转驿馆。

施公自将吴球父子并天霸等人夸奖一番。仍想趁此便破琅琊山寨，复取了宝物。唯有吴球同王雄两人十分苦劝。说请施公先回淮安，然后再来破齐星楼，完那要案。施公正犹豫不定，到了上灯时分，秦蔼仁早赶了前来。施公当时传他进见，问了一番，知已将尹朝贵与曹勇的妻小正法，其余喽兵头目，俱各具结改过，恳切劝勉。施公见所办的尚觉稳妥，当即说道："本院初到此地，访闻贵府的声名尚好，且将贼巢善后办法吩咐一番。但是这强人在境，姑息养奸，未免稍担处分，在后还须整顿方好。但不知那山寨的房屋，可曾理终么？"秦蔼仁道："卑府已招呼公正的差役前去查报。所有房屋，一律拆卸，其余物产，择好归公；余下按名分与那班喽兵，另谋生路。卑府捕务废弛，实具过罪。"施公当下也不过于督责，既而对他问道："贵府在此，可知这朝舞山外另有什么强人么？"秦蔼仁道："还有一山，有什么镇山太岁王朗，却不十分清楚。"施公便将飞云子盗取琥珀夜光杯，王朗砌造齐星楼的话，对秦蔼仁说了一遍。秦蔼仁回道："看来此案非急切可破。大人不若先回淮安，不然误了任期，反而于事无济。卑府久闻这山有个飞云子，无人可敌。此楼虽王朗本人尚不能破，非将飞云子原图得来，方可有济。此事还要望大人三思。"施公听了此言，知秦蔼仁是个好官，所言谅皆是实，可以命他小心防守城池，自己择定后日起程，先到淮安赴任。哪知其中唯有黄天霸与贺人杰两人不服，说道："这飞云子也不过是人，难道他制造这楼便无人能破！照此说来，设若飞云子原图竟无人晓得，这钦限案件终就不破了！好在大人后日方才起程，今夜咱两人便去偷探一番，若取得他来，也免得往来转折。"他两人计议妥当，等施公安息已毕，命李公然与小西两人在家保护施公，自己换了夜行衣服，各带腰刀，出了驿馆，一路奔驰而去。

琅琊驿到山头，虽有十数里地面，怎奈他两人夜行功夫十分纯熟，顺着路径，一路而来。约至三鼓之时，见前面一座高山，峭壁悬崖，耸立在琅琊道前面。远远向前望去，但见半山上面起了一座牌楼，许多苍松将它遮盖。两人又走了数里，已至山麓，隐约一带山坡，倚斜而上。此时暮春天气，风声翻腾，把个松林，吼得为万斛银涛相似。天霸与人杰说道："你看这座山头，好一派气概。俺与你便由此上去罢。"说着，二人大踏步上了山坡，只见九曲三弯，甚为险峻。好一会，将山坡走尽，见有一片旷地，当中竖立那个牌楼，盘石砌成，约有五丈宽阔，周围上下皆悬空，有万笏来朝的花样。顶上有块横额，高耸在半空，细细看来，好像似“独居圣地”四字。天霸看罢，对人杰道：“狗强盗如此无礼，你看这四字，自是至尊无上了。”人杰道：“管他则甚？俺但前去将杯盗来，那时他也就惧怯了。”说着，复向山头望去，只见牌楼前面有座寨门，约离有半里之遥，寨门一带皆是粉壁高墙，两扇铁门，关得如水关相似。天霸就此便一个纵步上了墙头，瞥眼望前看去，乃是一个大大的院落，正中一条甬道，两边有十数廊房，窗棂内放出许多灯光照在那院内。天霸知是喽兵房屋，随即蹿房越屋，过了二座重门，乃是朝南五开间大厅。上面排列着十八般兵刃，左边有六角月门，月门内是一带曲折廊房，环抱着个抱厦厅屋；对面一个假山石洞，穿过洞去，是一个花园，杨柳画桥，牡丹亭榭，真所谓无美不备。天霸与人杰看了一遍，彼此说道：“这一带地方皆非正屋，究竟那齐星楼在于何处？必得找了门径，方好前去。”

正说之间，忽见花园东首有个船厅，厅旁有石桥，石桥那面，见了两个十数岁的孩童，一人提着个灯笼，一人端了个茶托。嘴里说道：“偏生我们晦气，昨日上班，今日便出了这事。他山上的事，与我们何关？我们大王偏如是多事。说替他报仇，将什么黄天霸拿着，碎尸万段。到了此时，还未睡觉。一时要茶，一时要酒，我看曹寨主好像个疯子一般，笑一会，哭一会，闹得人不得安稳。这不是倒运吗！”天霸听得清楚，知是曹勇到了这里，赶着将人杰一碰，将身躯躲入假山后面，等那两个孩子走过，也就提步随后跟来。只见出了船厅，穿过竹院，过有了十数进深宅大屋，方到了一个方厅，四面八方，虽有格扇，那前面有块石板，忽然竖起；里面却现出铁门，前面两层坡台，由此进去，复见铜钩响动，依旧还原。天霸看在眼内，不禁诧异说：“这是他会客地方，便有如此关键，那齐星楼更可想而知了。”当时与人杰侧身蹿下，只听里面许多人讲话，有的说：“曹大哥不须烦恼，但求王大哥大事定后，咱们不怕不富贵。”有的说：“咱们这齐星楼也是人间少有，天下无双。将这物放在当中，一日不得出楼，不全一日不能无事。违了钦限，固然有罪，若来争取，也是死命一条。而况我们这班弟兄，谁人好惹。总之，天霸再有通天本事，到了齐星楼前，恐也入于死路。”

天霸听了此言，只气得两眼圆睁，双眉倒竖，欲想便此杀入里面，无奈见他有这埋伏，又因齐星楼尚不知在何处，因此将怒气按住，复行与人杰穿过方厅。但见无限的房屋，排列面前，只不知齐星楼在于何处。天霸道：“此时已四鼓了，只不见那个所在，这山势又高，加上这座高楼，岂有不见之理？”说着，两人复蹿到前面，四下看来。

黄天霸与人杰两人到了高坡之处，四下一望，只不知齐星楼在于何处？心下正在着急，忽听远远地一派锣声，由东北角而来。天霸不知何故，但听那声音渐来渐近，到了院前，乃是两个更夫，敲着更锣四处的巡夜。当时天霸怕为人看见，仍然躲在屋上，伏在瓦上，以便躲过这两人。哪知人杰性急，一时见找不到高楼，见此两个更夫，随即蹿步上前，到了他后面，抬起右腿，一腿打去，只咕咚一声，栽倒在地。前面那人不知何事，正欲回身来望；人杰举起左腿，复又打倒。两人见是夜行的强人，知道事情不妙，便想叫喊起来，人杰早提着一个更夫，刀柄一抽，刀口向上，刀背向下，在那更夫颈上压定。骂道：“你这狗头，若叫一声，便送你回去。”说着，天霸也飞身下来，将前面那人揪住，刀也如法炮制，不许他出声。更夫见他两人各执明晃晃的利刃，早已将舌头吓短，连忙说道：“爷爷爷，饶饶饶饶命！”人杰道：“你要性命，咱有一句话问你，如若说明，便放你回去。你这山上那座齐星楼在什么地方？快说明来！你便无事。”更夫听了此言，说：“楼楼楼。楼不是在前面么？”人杰道：“你这厮死在头上，还要说谎，你说它在前面，为什么咱二人皆看它不见。”更夫道：“爷爷！从我那来处走去，向那边看去，便看见那座高楼了。”人杰还不相信，忙道：“黄叔父！这厮如此可恶，你老偏去一走，究竟看有没有。”天霸听了此言，松开那更夫交人杰看着，自己到了前面，果然一座极高的高楼，在那山顶上面。只因前面是些大树，将他遮住，因此在下面看来，反而不见，连忙向人杰道：“贺贤侄，这楼看见了。”人杰听了此言，举起一刀，结果了更夫性命；复又一刀，将前面那人杀死，随着天霸向齐星楼前来。

原来这座高楼，共有五层，但看见雕梁画栋，精美非凡。唯有那各处的花式，实在从未见过。头一层，一带栏杆。每栏杆面前一枝花朵；栏杆里面虽是走马廊檐，却又弯弯曲曲，宽窄不一。大约有五六步的远近，便有小小石墩；墩子上设着一灯，里面便是正屋。却又门径不一，或大或小，不下有一二十门；里面透出灯光，好似有人在里把守。第二层，见是六角式样，每面一个圆门；圆门里又套了一门，门上现出些虎头模样，张牙舞爪，凶猛非常。周围十二个滴水出檐，支在外面，每处瓦角上都挂着两个铜铃。就此两层已有一丈余高。欲想再向上望，只是看不清楚。天霸与人杰打了个暗号，见身后那个高树有二三丈高，无限的树头，由下至上。天霸便想蹿到树上，再看那三四层楼，以便到最顶上去。当时将身体一转，用个晚雀归林式，两脚一升，满想落定在树上。哪知齐星楼上早已看见，只听嗖的一声，顷刻间大树前面早放出一枝火箭。天霸晓得不好，赶着在树头上一垫，一个游鱼送水式，复行落下地来。谁知火箭闪过，只听炮响一声，那一带栏杆一齐倒下，所有那些花朵，皆变作铁子流星，四下纷纷直对二人打下。但听上面叫道："何处鼠辈？敢偷看咱寨主的禁地！"说着，那石墩上面灯球火把一齐燃着，周围照耀如同白昼一般。

天霸到了此时，已吓得手足无措，只得将朴刀取在手中，预备人到来厮杀。谁知但听得人言，却不见出来动手，反把个天霸弄得惊疑不定。正转身出去，只听一人喊道："黄天霸，汝这狗头，今既入我山寨，欲想出去，留下头来。"天霸转身一望，正是镇山太岁王朗，手提连环枪，劈面刺下。天霸赶将朴刀架去，让过一枪，随手一刀，也对命门劈去。王朗哈哈笑道："黄天霸！你也不打听打听，当着我还是在朝舞山上么？来得好，会我一阵去罢。"说着，枪头在刀口上一隔，身体一转，蹿到楼前，只见他左手一挥，将那铜铃乱敲。屋中立时出来十二个大汉，皆是青黄赤黑白五色面孔，锤棍斧叉，直奔天霸砍杀。此时贺人杰恐天霸有失，只得将双锤一摆前来助战。

哪知这十二个人才要动手，复又一派喧嚷，齐声喊道："王大哥！

莫被这厮走了，咱兄弟来也!”只听扑扑扑蹿过树林，八九个强人手执刀枪，前来混战。

天霸与人杰到此地步，只得将性命置之度外，施开手段，抖擞精神，隔架遮拦，与众强寇大杀不止。王朗在上面看得清楚，只见他二人两般兵器，左冲右突，惧怯毫无。复又向下说道：“天霸，你是好汉，便上楼来，咱与你杀个你死我活。”说罢，跳到第二层楼上，方角门一启，早飞出一件利器到了树前；顷刻之间，那树响亮一声，哗啦倒下，几乎压在天霸身上。二人吃惊不小，不知这里面暗器从何而来？赶着把刀杀了一回，不敢再行恋战，一声暗号，虚晃一刀，蹿身逃走。

王朗见他二人败去，复行一声吆喝，许多强盗紧紧追来。

人杰也就且战且走。到了那花园里面，只见一大汉，提斧砍来。后有人追，前有人阻，不禁连声叱咤。双锤隔过斧头，复又往前而去。谁知正往前跑，忽然又见一枝火箭从旁射来。举起锤头，正欲将它打落，哪知第二枝火箭，复又射到，闪躲不及，肩头上已中了一箭；当时只得忍痛逃奔，夺路而去。所幸前面尚无阻挡，一直蹿房越屋，逃出山来，四下找寻，只是不见天霸。此时心下好不着急，只得在牌楼前等侯天霸。哪知天霸在里面几乎送了性命。他见人杰敌住众人，心想：“王朗在那楼前，趁此上去，向后一刀，结果了性命，岂不完事？”当时主意想毕，提起刀，便蹿身绕过大树，飞上楼来，谁知到了面前，那个滴水廊檐忽然倒下；圆门一转，出来个蓬头使者，手执许多铁索，对面飞来，直向天霸摔下。天霸到了此时还想往旁躲避。谁知那铁索锋利无比，每圈上面，皆挂着倒刺钩儿，早已钩住他的短袄。天霸这一惊不小，赶用朴刀将衣襟割去。转身蹿出楼前，直奔院落而去。所幸人杰现已逃走，虽然有人在后追赶，仗着夜行的功夫胜人一着，也就从正屋蹿到山前。人杰见他出来，连忙喊道：“黄叔父！侄在此。”说着，依旧聚在一处，过了牌坊，奔琅琊道而去。二人一路言语，到了日光东出，已抵驿馆。不知后事如何，且看下回分解。

第二六二回　负冤鬼三更托梦　诚孝子满心怀疑

却说天霸与人杰到了驿馆，已是日光东出。关小西见他回来，连忙问道："齐星楼可易破么?"天霸道："咱是绿林出身，英雄好汉也不知遇了多少。今日遇见这案件，便不能将此害除去，岂不令人可恼!"说着，就将夜间事说了一遍。人杰道："但有一件，小侄不解，姑作这飞云子厉害非常，他也不是神仙，哪里便会变化。你记得那大树有二三丈高，顷刻之间，便尔倒下；栏杆上的花朵就改作流星；六角门内又有圆门。这许多暗门、暗器，皆人所未见。虽有通天本领，也不能一刀一枪两下厮杀，何能同那些暗器争斗?眼见得目前破不下来了。"计全在旁道："贺贤侄，你有所不知，古人云：'强中更有强中手。'你道他这齐星楼是神仙所造么?不过飞云子用的一套功夫，装就这许多暗器，无非是关捩子生死门而已。只要知道他的妙法，便一点不难破了。据我看，还是不可着急，仍然同大人先回淮安上任。那里朱光祖、褚标等人，皆是老走江湖，见多识广，或者他们知道这破法，亦未可知。不然有人知飞云子的大名，然后再大家设法，重破此山，完了那琥珀夜光杯的案件，方是妥当。"人杰道："叔父之言固是有理。但小侄肩头中了这火箭，此时疼痛非常，如何是好?"计全道："此箭不知可有毒药吗?如没有毒药，咱这里尚有药治。"

说着，便取末药，在他肩头敷好，令他休息一番。此时施公已经醒来，听得他们所言，知是黄天霸夜间去访山寨。当即将计全喊去，问了一番，方知这齐星楼的厉害。随即命贺人杰与黄天霸好生歇息，定于次日回转淮安。这个风声传出，早有秦蔼仁率领兵丁前来恭送。

施公又命他以地方为重，平日小心防备，莫为强人肇乱的话，说了一遍。然后命他回城。

次日一早起程，众位英雄，各乘马前去。夜宿晓行，非止一日，这日到了徐州府属萧县境内，渐渐天色已晚，随命施安拣了村镇投店住下。这地方唤隋家洼，众人下了店，安顿已毕，送上茶来，坐了一会，吃了晚膳。施公因连日途中辛苦，便命众人早为安歇，自己也就安心去睡。到了三鼓时分，忽见一只猛虎向自己身上一扑，张牙舞爪，欲来啖吃；卧床下面爬起一人，举起一棒，将虎打死。施公正要开言问他姓名，又见床上睡着一人，满身是血。不禁一惊，转醒过来，乃是南柯一梦。施公自己甚为骇异，当时又将梦中之事，记忆了一遍。复行安歇了一回，已是日光将上，外面俱皆起身，吃了早点，便皆动身赶路。施公道："本院今日身体不爽，在此权住一日，俺还要访一案呢!"众人见他如是，不解何故。忽然管账的小二进房有事，施公见他穿一身孝，便问道："汝姓甚名谁?"小二道："小人名字叫裘龙。"施公又问道："汝今几岁了?身上制服为何人戴孝?"小二又道："是为我父亲戴的。"施公道："你父亲叫什么名字?"小二道："我父亲叫裘伯虎。"施公不禁一惊，忙道："他是几时死的?"

小二道："去年腊月十四日，与我叔叔一天死的。"施公惊讶道："哪里有这巧事，他两人便一天同死么?"小二道："何尝不是，小人的父亲同我叔叔，睡在一个房内，次日早间，小人到房内喊他两个人，全没气了。小人那时如天崩一般，一天遭此横事，心下有点疑惑，恐怕为人害死。无如他两人，是住一间房内，临死之时，我叔叔尸骸在床上，我父亲的尸骸却倒在我叔叔床外。当时小人进去看，便是如此。怎奈我年幼无知，我想告官，又无势力，只得将我叔叔同父亲的衣服等件变卖些钱，买棺收殓。至今小人想起来，还哭个不止。"施公听了此言，心下甚是惊异，暗道："这是必有缘故了。我夜间所梦的是一只虎向我扑来，床下那人便一棍将他打死。后来床里又睡着一人，浑身又有血迹。这孩子说他父亲如此死法，名叫裘伯虎，伯字与扑字虽不同，音还相近。必是他有冤枉，前来示梦与我，这是求我的意思。照此看来，又与这姓裘的裘字相合。必是裘伯虎这人求我申冤了。”随向那小二问道：“你说你父亲身死，有点疑惑，但死后尸骸，可有什么伤损么？”小二道：“你老还不知道，若无伤损，我为什么疑惑呢？可怜他两人初死时，尚不觉得。后来临下材时，我叔叔眼内不住地流血，父亲脊梁骨忽然断下。这不是显而易见吗？”施公道：“你父亲平时可有仇人么？”小二道：“他在店中二三十年，从无人与他难过，不知为何如此？”说罢，不禁大哭起来，依然走去。

此时施公甚是不乐，暗道：“本院出任以来，为民申冤理屈，若不在此将这案访明，岂不令人生死含冤！”当时便将计全等人招呼到房内，将这话说明。众人齐声道：“现在钦限在即，琅琊山之事尚无头绪，且请大人回任罢。这事虽属可疑，无奈他儿子皆说不出底细，这案从何处访问呢？”施公见众人如此，乃道：“本院连日路途辛苦，本想在此暂停几日，又有这个疑案，若竟自不问，未免亏心。现以两日为度，两日之中，破了此案；如若不能，本院也就起程了。”计全知道施公的禀性，当时退了出来。

施公一人到了店前，便在外面闲游一会，信步到了镇外。但见些乡民农户耕力田间，一曲秧歌，颇为有趣。行了一二里，忽然天云漫黑，风雨欲来。施公深恐自己遇雨，只得复行回来。谁知走到镇前，那黑云复又散去。当时一人暗道：“天有不测风云，人来暂时祸福。此言真是名论。你看这雨势又倒过去。”想罢，转身向乡间走去。正走到方才的所在，谁知风声又起，云雨交施，忽然一阵狂风，吹得毫毛直竖，大风里面，犹如两只野猪到了面前。施公惊骇非常，正欲让它过去，那野猪在地一滚，顷刻不见；满天红日，照耀如常。

施公当时点点首，知道是裘伯虎案件，随即回转镇上，到店内坐下。将那小二喊来问道：“你们这店中，可有个云里猪么？”小二道：“没有，没有！莫说我们这店中没有这人，连镇上也没有姓云的。你老问他则甚？”施公见他回得切实，也不向下问，随命天霸、小西与计全等人出去，到镇上去问同音的姓名，拿来讯问。大众听了此言，暗道：“我们初到此地，向何处去问？这偌大个村镇，难道挨户问姓么？岂不是强人所难？”计全道：“好在大人有言在先，两日之后，访问不出，仍然动身。此时咱们便去访一访算了。”当时众人吃了午饭，彼此出外访去。唯有天霸一人性急，也不问方向，直向那村庄的地方一路而来。走了几处村庄，见那男子、妇女，均不在家，只有些年老妇人、幼年孩子。向他问话，皆是所问非所答，把个天霸急躁得万分。

此时又到了个人家，仍然见一孩子，天霸不得已，问道：“这里可有姓云的么？你家大人向何处去了？”谁知那小孩是个哑子，见来了一个生人，已是惊疑不定，又见天霸那身装束是个武士派头，更是咿咿呀呀闹个不了。天霸见他指手划脚，说不出一句话来，更是怒气非常，当时骂道：“偏是俺今日晦气，遇见你这个小杂种，连言语还说不出，还要在世上吃饭。”说着，便匆匆向前而去。哪知这个哑子，见天霸如此模样，一时惧怕，便大哭起来。

正闹之时，前面田内早已听见，随即跑来数人，向哑子询问。劈面遇见天霸，疑惑他是个强盗，连忙骂道：“汝这狗头，白日间想来打劫！不是爷爷宽厚，将你这厮捉住，送到县衙，送汝一条狗命！”天霸听了此言，哪里忍耐得住？转身喝道：“汝这班混账杂种！知俺是谁？在此撒野，县衙里也管得老爷么？”说着，便立下身躯，端然不走。也是应该破案，谁知那人见天霸说这大话，不禁抢上一步，举起拳头，劈面打来，嘴里骂道：“老子在此立业，谁不知道俺的大名，你也同拳头粗作对。”天霸一时听不清楚，见他说是“拳头粗”三字，疑惑他说的是云里猪，赶着将左手伸开，对定那人拳头一把揪住，忙问道：“你叫云里猪吗？”那人不知他问的是何缘故，依然怒道：“老子便叫拳头粗。能将老子的拳挡得住，也是废话。”说着，便猛力向前，想收回去。天霸见他承认，也不问是与不是，便将他向身边一提，夹在腰间，大踏步转身便走。来到了镇上，便在店门外面，摔了下来。那人还是大骂不止。里面许多人，见门外喊嚷，赶着出来瞧望。见地下躺着一人，天霸左脚踹在那人身上，右手取了条麻绳，便行捆缚。此时施公也就出了店外，见天霸捉来一人，连忙问道：“黄贤弟，且莫动手，让本院前来问他。”说着，只见天霸将他提起，到了店内，高声喊道："汝这厮知道俺是谁？俺乃现任总兵黄天霸是也，这位乃漕运总督施大人。可知道你做的案件，有人在此告你。"

此时店主连忙上前请罪道："小人不知大人驾到，照应不周，望大人恕罪。"施公道："本院向来如此。你到城内县衙投信，命萧县县令前来会我，本院有话吩咐。"店主听了此言，哪里还敢怠慢，随即传了地甲，到县衙而去。施公一面问道："你这人姓甚名谁？还是祖居于此？还是目下到此？"那人听说是施大人，心下早已吓慌，深恐那亏心的事为他问出，连忙道："小人姓朱行二。"说着，那个脸变了色，战战兢兢地现出那情虚的模样。施公见他如此，连忙喝道："汝这狗头，可知你平日的事情，本院已皆知道了。你明是姓云叫云里猪，为何将上两字改去单说姓朱呢？"朱二听了此言，方知天霸的言语误听，一时急道："小人实是姓朱，排行第二，只因平时性情不好，动辄与人交手，因此外人起了个绰号，唤做拳头粗朱二，并非什么云里猪，大人不信，这店中管账的小二，认得小人，问他便知真实了。"施公本是个依样葫芦问这案件，见他说是"朱二"两字，心下恍然悟道："这人定有眉目了，方才黑云里面两个野猪，分明是个朱二，云里猪、拳头粗，也还顺音。且等本院来吓他一番，看他如何回答！"当时喝道："汝这狗头，还要提那管账的小二，他的父亲、叔叔皆为你害死，你还想他来辨认么？"此时朱二吓得魂不附体，脸上颜色早已吓变，嘴里噜噜的回道："小人此事不敢，求大人放我回去。"

正说之间，那个小二已由外进来。忽见施公面前跪着一人，仔细一望，不禁道："朱二叔，你还在此么？"施公见他向朱二说话，连忙问道："此人你可相识？可知你父亲身死，便是此人谋害。某非别人，正是现任漕督施某便是。汝可将这人原由，告知本院，本院自与你父亲、叔叔申冤。"小二一听，赶着俯伏于地下，放声哭道："小人今日遇见青天，这疑案可以明白了。但是这朱二乃是我父亲的表弟，前来借钱，因父亲手头无钱，未能应命；后来我父亲死后，他因无人可靠，第二日他便回去了。不知何以为大人捉来？"施公听毕，冷笑一声。复向朱二问道："你这厮可招也不招？当时以何物害死他二人？

可知本院日为阳官，夜为阴宰，日前你表兄已经告你，我今劝你赶快说来，不然便用刑来了。”当时便命施安取出五根铁条，约有七八寸长，另外一个铁筒，有笔筒大小，摆在旁边。朱二本知施公断案如神，现在见他一语道破，心下如同小兔一般，过了半晌，方才说道：“大人之言，乃是无辜的牵涉。而且小人姓朱，名叫朱二，此乃人人知道，不能因小人的浑名，硬行将‘拳头粗’改作‘云里猪’三字。若叫小人招供，小人从何招起，岂不将小人冤煞么？”施公听罢，怒道：“汝这巧辩，倒辩得清楚！可知瞒得他人，瞒不得本院。本院这刑具向不常用，今日倒要试验你的手段。”说罢，便命施安将铁条放在筒内，将朱二的手拖出来，塞在筒内，每指缝夹隔一榻铁条。

只见施安两手抱定上面，用力将铁条一夹，早把朱二夹得叫苦连天，筋骨毕露。连忙道：“大人饶命，小人情愿供来，求大人先行松下。”施公冷笑道：“你这厮不到此地步，你心也不死。赶快从实说来，将汝松下。”朱二此时实在是疼痛难忍，连忙招道：“这皆是小人一时之错，干出这丧心害理之事。小人家住沛县十里庄地方，因连年五谷不登，日食难度，所有陈米陈稻，以及衣服等件，又为小人平时赌尽；加之天寒岁尽，无可如何，心想我表兄在这店中有二三十年之久，谅该积聚许多钱文，因此前来想问他借钱度岁。谁知他一毛不拔，也不令我回去，问起他来，便说无钱。小人疑惑他现财难舍，便怀恨在心，暗道：‘我与他是至亲，他竟如此悭吝，何不用个毒计，将他两人治死？他儿年纪又小，不知世情，便可得他的财物了。’即日主意想定，听说那药老鼠药内放有砒霜。赶到城中，买到两包末药回来，和在酒内，以便将他药死。谁知这裘伯虎未曾吃酒，反被他兄弟裘伯龙吃下，当时并未发作。小人恐他一时不死，访出真情，反害自己。小人左思有想，无计可施，当时便以瞌睡为名，先行走去。却暗躲在他床下，到了二鼓，裘伯龙只喊肚疼，未到三更，便大叫一声，竟自死了。裘伯虎也在房中，听他这个声音，随即起身来问。小人怕他看出破绽，顺手便是一棍，打中他的腰下，大叫一声，栽死于地。”这番供毕，不知后事如何，且看下回分解。

第二六三回　传县令录供拟抵　归故里毙命离奇

却说朱二招出一派口供。施公复问道："汝既将他两人害死，为何不回沛县，仍在此处呢?"朱二道："小人当时到了外面，次日他收殓时，见裘龙变卖他衣物，方知他实是无钱。当时心下也就悔恨，虽然他年纪尚小，这店中人多眼众，见裘伯龙七孔流血，恐怕众人疑惑到自己身上，故入殓之后，次日便回去了。近因家中田地已经变卖，无田可耕，特来此地，今日便破这案，也是小人作恶报应。但求大人开一线之恩，苟全性命，小人还有八十余岁的老母呢!"这派口供，说得那店中人各吓得鼓唇摇舌，齐声说道："我们这店中出此横事，凶手在内，皆不晓得。施大人昨日到此，今日便破此案，便是宋朝的包龙图也未必如此神断。真乃是民之父母，万家生佛了。"

众人正自讲说，唯有裘伯虎的儿子，见了父亲被朱二害死，登时号啕痛哭，抢上前来，揪着朱二骂道："你这丧心的强盗，我父亲、叔叔待你不薄，平时也常周济于你，你反恩将仇报，所欲不遂，便下这毒手，不是我父亲阴灵有感，遇见这青天大人，虽有血海的深仇，也无时申雪。"说罢，便将朱二乱打乱踢，拼起命来。施公连忙说道："裘龙，你且不要胡闹，可知本院既已讯明，断不能轻饶这凶犯。且待本县太爷到此，自有定夺。"当时便命施安与郭起凤等人，将朱二带去看管。小二又向施公磕了几个响头，方才哭哭啼啼地站立旁边，专候县官前来再说。

这萧县知县姓刘名大成，祖贯洛阳人氏，本是少年科第，十六岁上中了乡榜，连捷进士。榜下即用知县，适值萧县出缺，便令他前来接篆。到任之后，果然一清如洗，一明似镜，案无留牍，钱不私留；三月之后，萧县的绅民无不颂声载道。这日正坐早堂，谁知本邑有一乡户姓仇的人家，婆媳、母子，共是三人，儿子名叫仇瑶，媳妇王氏。这仇瑶娶亲之后，未有三月，闻得广东潮扇颇可获利，便自凑集些资本，预备贩买回来，转卖各户。这日本银凑定，择日起程，谁知一去十年，毫无音信。

于是母亲李氏自是倚门而望，日夜焦愁，衣食乏资，渐无着落。所幸他媳妇王氏克尽孝道，平日为人家针线，指头之费，为供养之资。虽然不能富丰，也还不至冻馁。而且这王氏终日亦绝不出门，她说人生在世，所靠者丈夫、儿子，现在她年老之人，儿子远出，已是悲苦万状；我若再出门另觅生活，虽然一样孝养，终不比依依膝下可解愁怀。因此人家知她这个意思，将衣服针线送来与她做活。每夜晚间，皆婆媳同榻。虽然思夫甚切，却又不现于形色。每逢李氏愁怨之时，她反百般慰藉。

这日午后，正在家做活，忽然门外敲门声甚急，“哎晴哎晴”的，好似挑夫的声音，连忙问道：“谁人敲门？”外面有人答应：“娘子！仇瑶回来了。”他婆媳一听，真如半空中得了日月，忙着将门开下。果是仇瑶，骨肉相逢，自然悲喜交集。

当时仇瑶开发了挑夫，将行李物件，搬到母亲房中。然后他母亲问道：“我儿一去，十年不归故里，将为娘同你媳妇苦坏了。”

仇瑶千里归来，此时见他婆媳无恙，自是欢喜不尽。当时便将在广东遇见了客人，同约到南洋买卖了一趟，因此漂海出洋，行迹无定，以致归期久滞，所幸买卖获利颇厚的情形说明。当时他母亲自是喜出望外，遂命王氏烧了茶水，与他梳洗，又办了饮食。仇瑶复又说了走后的事情。他母亲道：“我儿此去，设非有这贤孝媳妇，老娘早已饿死了。”便将他如何做针线养活自己的话说了一遍。仇瑶自是感激他妻子不尽。

到了晚间，他母亲见他夫妇久离，遂不免生了个怜爱之意，向着王氏说道：“我儿！你丈夫今日回来，衣服等件恐有破坏，今晚搬到自己卧房去睡罢，就近可以询问。”王氏听了此言，也知婆婆的用意，而且丈夫远别，岂有不思。也就答应，将房内收拾出来，三人又谈说一回，候他母亲安寝，夫妇两人方同归房内，锦衾角枕，各叙离怀，久别鸳鸯，自不免欲翻水浪。

哪知仇瑶忽然大叫一声，翻过身来，顷刻丧了性命。王氏不知何故，赶着起身，提灯来看，谁知他血流满褥，气息毫无。王氏此时自是魂飞天外，不禁大哭起来。她婆婆正在睡熟，梦寐之中，为她惊醒，疑惑她儿子委屈她媳妇，赶着问道：“我儿何故拌嘴？今日远出方回，为什么两人不和？”王氏听婆婆开言，赶着道：“不好了！他死了。”说完，亦即气闭倒地。李氏即赶着起身，忙忙的跑进房来，只见媳妇已气闭过去，不知何故；将帐幔掀开一望，果见她儿子直挺在床上，摸一摸，鼻息已是冰冷。当时她就痛入骨髓，大哭一声：“我儿苦也！”一个筋斗，昏晕过去。

此时她婆媳已痛绝过去，所幸在乡间尽是草房，间壁人家，听得如此喊叫，说是她儿子死了，也不知道是何事，只得起身出来，将他家大门推下，走到里面。见她婆媳皆在地下，赶着将自己家人喊醒过来，烧了姜汤，将她婆媳灌醒，忙向李氏问道：“你儿子今日方听见回来，为何便身死了？”李氏见众人询问，忙道：“我正在房中睡熟，忽听我媳妇叫喊一声，惊醒过来，便到这里，谁知我儿子已死了。这不知道他是何病症？今日到家，便遭此事，这不是天塌下的祸吗？”便向王氏问道：“我儿！你丈夫回来，究竟同你说何言语？为何便自死了？你且说个明白。”王氏见婆婆问他身死的缘故，真是又羞又苦，说不出来，过了半晌，乃道：“这总是你媳妇命苦，叫我从何说起。老母但看你儿子身上，便知道了。”李氏听了此言，只得哭哭啼啼到了床前，将被一掀，早见儿子鲜血淋漓，下身上洞然无物，不禁失声道：“这是怎样说了？天下哪里有这病症，此事总该知道究竟怎么去的，现在到何处去了？”王氏此时，愈觉苦恼，只是说不出口。

此时邻家众人，见他婆媳如此，有那好事的男子，也上来观望，直是猜疑不定。只得向王氏说道：“人生色欲，都是有的，即便他在顽笑场中染了毒气，患了杨梅，总是有个溃烂的样子。他也不是这样病症，何故连根皆拔尽了呢？娘子！你同他是夫妇，究竟是什么道理，将这物件断送自己的性命。姑作我们是外人，你们婆媳也该说明。虽然人死不能复生，也叫人知道他死的缘故。”众人你一言，我一语，把个王氏羞得无地可容，号啕痛哭。那众人愈见她不说，愈来追问，王氏被众人逼迫不已，只得哭着说：“他方要。”这三字尚未说完，复又忍住，哭个不止。众人再向下问她，实是回答不出。乃向李氏哭道：“婆婆！总是你命苦，你儿子既死，我也无望，只得随他到地下了。”说罢，一阵伤心，复又昏去。李氏见媳妇如此伤心，不知如何是好。众人到了此时，只得向她说道：“你家出了此事，全无男子做主，听说你的内侄现尚在他家，喊他来照应各事，总比我等邻舍亲近许多。”

李氏此时也是无法，只得道：“我的内侄，闻说昨早动身到扬州买卖，不知他可真在家？如尚未动身，便请你们将他喊来。”

众人道：“我等且喊他去。”常言道：“远亲不如近邻。”当时有人便匆匆寻了灯笼，出门而去。谁知这李氏的内侄，名叫李贺芳，自幼读书不成，改习了绸缎生理。从前在这萧县绸缎店内做个伙计，无奈他不守本分，终日与那班差伙、光蛋、游手好闲之人联为至好，吃喝嫖赌，无所不为；不到数年，把祖上产业败得干净。店内管事的见他所交非人，也就将他歇下。

谁知他更肆无忌惮，终日与一班搭台讹诈的朋友吓诈乡愚，时常到仇瑶家中看他姑母。哪知他以看姑母为名，实则因仇瑶久出不归，见王氏有几分姿色，起了那不良之心。言语之间，百般挑弄。无奈这王氏十分贞烈，任他如何言语，总以正言责之。两次三番碰了恶语。

李贺芳知他不得下手，因此怀恨在心。近来谎言骗他姑母，说到扬州买卖，因缺盘川，前来借贷。那李氏因自己的儿子远出，一个内侄，未有不怜之理。见他说做买卖，便将王氏针线钱给他。虽然有此意思，总因自己家贫，媳妇寻钱甚苦，不好明说出来。王氏明知李贺芳是派假言，无奈见婆婆如此用意，孝顺媳妇，总想讨老人欢喜，因向他婆婆说道："表叔无钱前去，媳妇前日还有三吊铜钱，可给他贴补盘费。"李氏见他说出，自然赞叹一番，将贺芳喊来，王氏将钱取出，向着贺芳说道："叔叔此去，将本求利，愿你生意兴旺，发业起家。愚嫂因你改邪归正，故给你这盘费，若日后归来，依然如故，恐你自己也惭愧了。"这番话，说得李贺芳无言可答，只是敢怒不敢言，诺诺连声，称谢而去，因此愈加怀恨。此时在家，正与人赌钱，忽然见他姑母的邻舍于二匆匆跑来，喊道："李大爷！你表兄死了，你姑母喊你快去呢。"李贺芳听了此言，忙道："哎！于二爷，你作要什么？仇瑶出去十年未回，你哪里知他死的？是谁前来送信？"于二道："你还不知此事，仇瑶昨日午后归来的，方才进屋睡觉，忽然大叫一声，死过去了。问你那表嫂何以如此，她又是不肯说出，这事岂不奇怪！现在你姑母同他媳妇俱哭昏在地，请你赶快去罢。"李贺芳听了此言，暗喜道："我两次三番不得到手，他反骂我一顿，今日遭了这事，到我手里，也叫她知我的厉害。"当时将赌账算明，与于二匆匆而来。

到了仇家，他姑母同王氏俱已为人灌醒。李氏见了他内侄，自是格外伤心，将仇瑶回来的话说了一遍。李贺芳向着王氏说道："冤有头，债有主，哥哥是个活人家来的。这事喊我前来，也是无益。但问嫂嫂，方知底细。既不是暴病而死，又非带病回来，至于那人道的事情，也人人有的，从未听过因此绝命，难道不是人为吗？这事显见有别情，若不控官，也不明白。"

说着，恨恨地将他姑母拖去，向她说道："你老人家平时以她为好人，左一个贤孝的媳妇，右一个贞烈的妇人，今日知道为人了。不是与人通奸，被奸夫将仇瑶害死，为何他方到家内，便如此死去呢？"李氏听她内侄之言，连忙哭道："这明是他身死不明，但是我媳妇贤孝万分，断无这苟且之事。你切莫如此乱说，这也是我命苦。老年丧子，好在他昨日回来，带有银两。你带我前去买口杉木的棺材，并那衣服等件。这惊动官府之事，我是不做。儿子已死，不能冤枉媳妇了。她平时与我片刻不离，而且连大门不出，哪里会有此事？"李贺芳看他姑母如此，冷笑道："常言道：'私盐抱紧越好卖。'她做的事，你怎能知道许多？表兄身死不明，我若不代他申冤，外人还要骂我。照此看来，谋害亲夫，已是可怕，随后再将你老害死，我们这般亲戚担当不起。天下也未见过儿子为媳妇害死，我们不去申冤，反说媳妇是个好人，岂不令人可恼？"他两人在外面讲，王氏在里面早已听见。知他欲报前仇，赶着出来，对他婆婆说道："自古妇人'出嫁从夫'，这四字我也知道。现在你儿子已死，我里外全无望想，居心一死，相从地下。但是他这身死不明，连我也不明白，既然叔叔告官，此事甚好。听说这县太爷也是一个清官，果能将此事审明，那时媳妇虽剐虽剁，也是甘心，对得起你儿子了；不然目下虽死，还落个不美之名，还说我畏罪身死呢！"说罢，不禁大哭，反催李贺芳前去报案。

李贺芳本是个无赖，当时便出去寻了地甲并那班搭台子讹诈朋友，写就禀词，到城内报案。此时刘大成正升早堂，看见一个状词，当时展开看道：

具禀人李贺芳，年二十八岁，本邑人，为谋弑亲夫，迫叩临验事：窃民姑母仇李氏，生有一子，名唤仇瑶，兹因娶妻王氏，举止不端，秽声四播，不得已，远出广东，集资贸易。近以老母在堂，日久未，殊深焦灼。于某日回乡视亲，兼扫祖墓。不意王氏同夫夜睡，私约奸夫，将亲夫仇瑶谋害，受毙致命之处，难入呈词。为此姑母遣民据情投报，叩求青天大老爷，赶速赴乡，验明尸身，将王氏讯明，照律惩办，实为德便。上禀。

刘大成将这呈词看毕，随向李贺芳问道："这案件乃逆伦之事，何以仇李氏不前来具禀呢？"李贺芳道："仇李氏已年老难行，族下又无他人，唯恐自己前来，仇王氏乘隙逃脱。小人是他的内侄，属在姑表，理合禀诉。"刘大成见他所言也还觉确当，当时只得传了通班，带同仵作、刑房，下乡而来。到了午后，早已临报，随将地甲并邻舍传来讯问，皆说："仇瑶久出是实。至于昨日回来，夜间何故身死，小人等实是不知。"

刘大成道："你既是邻舍，人家出了这逆事，也不能置身事外。

李贺芳那禀上说，仇王氏谋弑亲夫，但仇王氏这人平时为人如何，尔等应该知道。晓得她奸夫是谁？从实供来，本县好出捕拿人。”邻舍道：“小人虽在邻近，但仇王氏平日实是贤孝无比，大人如不相信，问她婆婆便了。唯有死者伤痕，令人真是奇怪，非大老爷验后，不得而知。”刘大成见众人如此言语，又不知伤痕在于何处，即是李贺芳禀上，亦未说明，已是满腹疑惑。此时，只得将仇李氏并他媳妇提到面前。只见王氏垢面蓬头，悲苦情形，不堪言状。虽然有几分姿色，却无一点轻狂习气。到了案前，大哭不止。县官问了数句，但说道：“小妇人愿随夫死，但夫死之故，实是不明，叩求大老爷判明这缘故，小妇人虽千刀万剐，亦所不辞。”说罢，便大声痛哭。又将李氏问了数句，皆说是儿子昨日回来，夜间身死，求大老爷申屈。

县令此时，只得命衙役如法相验，才将尸身抬至场上。不知他说出什么，且看下回分解。

第二六四回　刘县令具详请示　施漕督拍案惊奇

却说刘县令登场之后，命衙役将尸身抬上，把被褥掀开，不禁吃了一惊！暗道："这案叫本县实是惊骇，莫说未曾见过，连这致命的所在，从未听人说过。若真奸情，本县定将这奸夫加一等问罪。"当时只见衙役如此验毕，高声报道："男尸身下部致残，系毒物咬毙。"衙役尚未报毕，贺芳忙到了案前，向县官说道："这案求大老爷另换衙役，秉公相验。此人显系奸夫贿托，相验不明。仇瑶夫妇，两人在床，明是同房之时下的毒手。这衙役报的毒物咬毙，此乃有心掩饰，欺蒙老爷，求大人复验。"刘大成听了此言，赶将衙役传来问道："这尸骸身死，乃是夫妇同房，以致毙命，汝何以说是毒物呢？可知这案情重大，不能糊混。汝受何人贿托？从实供来！"衙役见县官如此询问，忙跪下回道："老爷的前程，小人的性命，弑夫案件，非同儿戏。小人若受贿欺蒙，情甘具结。如有相验不实，请老爷反坐便了。"刘大成见他如此言语，乃道："你说他是毒物咬毙，你究竟有何凭据呢？"衙役道："下部尚有齿痕，照此验来，恐是毒蛇之类。"刘大成还不相信，只得亲身下了公座，目睹一番，果然不错。无奈李贺芳一口咬定是奸夫谋杀。

当时刘县令只得将尸骸权行小殓，详情临封相验。然后将王氏、李氏并贺芳一干人证带回衙中，细细审问。无奈据仇李氏说他媳妇十分贤孝，绝无苟且；王氏但说愿随夫死，唯求大老爷将此案讯明，究竟是何物毒毙！李贺芳总说是另有奸情，请老爷照弑夫案办。把个刘大成弄得抓耳挠腮，想不出个主见。但看他婆媳言语，迥非奸淫所致。欲想代她剖白，又不敢十分相信，一人只是委决不下。却巧施公命地甲同店主前来，断那裘伯虎案件，传他前去。刘公得着此信，自是喜悦非常，说道："本县正因这案难办，难得施大人到此，他乃是第一清官，疑难案件，不知断了多少，何不向他禀明，请他详查。"当时便带了原班，随着来人，一齐前去。

到了店房，对施公请安已毕，侍立一旁。施公问了名姓，方知便是大成，乃道："本院一向风闻贵县的官声甚好，今日奉请前来，只因本院路过此地，休息在此店中，夜间偶得一梦，因此破了这案件。本院虽是漕督，只因此案乃贵县境内的事件，特请贵县前来，将朱二带回衙中，录供详报，照谋财害命的律例抵罪便了。"当时刘大成诺诺连声，口称遵命。遂即上前打了一躬，禀道："卑职有一案不明，本欲具详请示，幸得宪驾到此，特来面询。"说毕，将仇瑶的案卷呈上。施公展开看了一遍，也是惊骇非常。乃道："据这仇李氏的口供，说这王氏实是个孝媳，但是这仇瑶身死，实在可疑。贵县权将朱二带回衙中，将此案完结，明日前来候示。"大成见施公也断不出个虚实，只得遵命退出，带了犯人，回衙而去。

这里施公候他去后，复将案卷细看一番，只是不明其理。暗说："夫妇敦伦，本是常事，而且他彼此阔别，自必鱼水和谐，胜人一倍。为何这般伤法？若谓毒物咬毙，姑作床上有什么蛇物，为何王氏也无伤损呢？这事叫本院实在不明。"一人坐在房内，将原卷看了十数番之多，依然寻不出理解。到二鼓以后，复又寻思一番，忽然拍案叫道："必是这个缘故了！"说着，当时便写一道札文，将那审案的原由叙在上面，命天霸连夜进城，传刘大成明日午堂验明，前来复命。当时天霸只得领了札文，向城中而去。到了县衙，刘大成当即迎入，天霸遂在身边将公文取出，交与县令，对着刘大成说道："大人吩咐，请贵县今晚将公事看毕，依计而行，定可知晓。"大成当时称谢一番，请天霸吃了夜膳，命人送回驿馆而去；然后将公事细细看了一遍，回至上房，与夫人商议了一番。

次日早间，未及升堂，将原人证传齐，说是午堂问讯。此时王氏在狱听候审讯，忽见有个老年媒婆进来说道："娘子，今日里面夫人传出话来，命我带你到后堂问话。"当时便将刑具除去，出了狱门，向后堂而去。王氏到了里面，只见上面旁边坐了一位二十二三岁的少妇人，正中间坐了一位四五十岁的中年太太。当时往前问道："哪位是夫人？"早有媒婆指道："这位便是夫人，那中间的便是太夫人。"王氏上前，叩了两礼。只见太夫人问道："好一位娘子，偏偏遭了这事。老身听见，亦为可怜了。你今年纪多大了？"王氏见她二人皆是一团和气，连忙答道："小妇人今年二十八岁。"太夫人道："你多大嫁与仇家的，于今几年了？你丈夫出门贸易，何以这许多年？家中除了婆婆而外，尚有何人？"王氏听了此言，不禁心内一酸，登时流泪，忙回道："罪妇十八岁于归，弹指之间已有十载。丈夫结姻三月便至广东，直至前日方归故里。谁知命途多舛，便尔身亡。想来好不苦恼！"说到此处，那声便呜咽下来，不能再说。太夫人见她如此讲话，实不是个淫妇，乃道："据你说来，实为可叹！但是你丈夫出外，家中做何养活呢？"

王氏道："针黹度日，侍奉婆婆。"太夫人又道："你有小孩么？"王氏道："丈夫在外，焉有小孩？"问到此处，太夫人便起身叹道："照此说来，你真苦煞了！难道你年少青春，便能够久旷在此？我知道你受屈了。随我走来，有话问你。"便将王氏携进房中，低声问道："你这案件，老爷久知道你是孝妇，无奈你丈夫实是死得奇怪，不将这缘故问明，你那个表小叔李贺芳固然是要上控，就是你这个名节反而有伤。你且将你丈夫那日回来，以及临睡时同房，如何身死的话细说一番，好与你转禀老爷，结此案件。"当时王氏只得将前后的话，带泪含羞，说了一番。

太夫人想了半晌，问道："照你说来，是同房之时身死的了。但是你平日可曾思念么？"王氏道："丈夫初出之时，四五年间，心有所思。只因妇人从来不敢越礼而行，故十年以来，犹恐守身未固，时值婆婆年老，立志同卧一床。一则代丈夫聊尽子道，二则完全自己名节。不觉苦志十年，反遭此祸。"太夫人道："你但言四五年前，偶尔思想，近年可还思想么？”

王氏道：“近年之间，每遇思念的时节，觉有一物，在腹下里面蠕动，稍顷便也忘却了。”太夫人听了此言，怪道：“难得！难得！你今日的冤枉可以明白了。”王氏听得他言，也是不知何故，只见他出来对那少年的妇人低声的说了一番，然后对王氏道：“你且出去等候，顷刻老爷便升堂了。”当时王氏只得出来。谁知刘大成早已在套房里面听得清楚，随即传令坐堂，问明此案。

却说王氏退了出来，听候传令升堂，当时便在大堂伺候。

谁知刘大成往日皆坐大堂，今日忽然在花厅升座，命将犯人一并带入，当时威武一声，皂役、书差两旁侍立。先将李贺芳带上来，问道：“汝供你表嫂谋杀亲夫，可知你那位表嫂实是个孝妇。本县已访明实情了，好言劝汝，汝反强词夺理，可知诬害节妇罪名难逃，本县若不将此案理清，也不能使汝心服。尔且具结前来，若果取出毒物，便将汝加等问罪。”李贺芳听了此言，心下暗想：“明是这狗官欲了此案，见我言语坚执，特用这言词哄吓一番，此时若听他道，如何能泄我仇恨？”当时回答：“小人所禀，实系真情，若是虚浮，小人反坐便了。”说罢，当时便具了一张切结送到案前。刘大成复又说道：“王氏乃女流之辈，问案之际，本县与汝应得避嫌，你我二人，权在此堂上，令他婆婆协同王氏，并媒婆等人，到上房取验，若有毒物，随禀前来，你心可甘服么？”李贺芳此时拿稳取不出物件，当即回道：“只求我姑母亲眼看见，取出了这物，小人也就深信了。”说罢，大成便命媒婆并李氏、王氏，同到那花厅对过闲屋里面，复行将太夫人、夫人请出，督同看见。

只见太夫人向李氏说道：“你这媳妇甚是贤孝，可知你儿子身死，并非他不端之故，乃是他贞烈所致，以至生此毒物，伤害你儿子性命。我们老爷禀明施大人，方得了这件秘法，为你儿媳申冤。你在这里眼看着便了。”便命媒婆取物，李氏也不知何故，说道：“我媳妇本是个好人，无奈我儿子身死可疑，因此前来控告，若蒙老爷问明，依然留我媳妇，以尽残年，也就感激不尽了。”说罢，只见那个媒婆，命王氏躺下，先将底衣脱去，命李氏将两眼遮盖，免得她见了害怕。随即从身边取出一根短小铁条来，一面用牛肉裹好，先在滚水内烫得湿热，然后由下部诱引，用力往外一拖，只听砰的一声，突见一物抽出在地，随即上前将它击死于地下。

李氏此时大惊失色，忙哭道："我媳妇也不是妖怪，为何里面有这毒物，难道我儿身死，便是这物件害死的么？"太夫人连忙道："何尝不是？若非施大人寻出这个道理，几乎将你媳妇冤煞了。"说罢，便将王氏搀扶起来，连忙问道："你此时觉身上怎样？"王氏道："不知何故，但觉腹下松了许多。"

媒婆当时说道："娘子，你肚子有此怪物，焉得不害人的性命？现在老爷在堂上等信，我去禀明就来。"说罢，便取了那毒物，到了花厅，正是刘大成在那里盼望。见她走来，随即问道："媒婆，尔可曾验明白么？手中所取何物？"媒婆见问，连忙上前禀道："小人奉命将王氏试验，果如施大人所言，腹中有此一物，现在此间，请老爷审阅。这仇瑶身死，必是为此物咬毙的。"

刘公听了此言，真是惊叹不已。随对李贺芳言道："现在已有实据，这毒物是方才验明出来。"说罢，便将王氏在上房说的言语，以及媒婆如何试验的话，说了一遍。然后道："汝这狗头，无端诬控，非本县细心查核，几乎将贞烈的妇人污了名节。可知此物名叫女贞，此乃防节保身之物，非真是节烈妇人，断不肯有的。汝此时可明白么？"

正说之间，李氏又哭了出来，说道："大老爷！我媳妇为这案件拖累多时，今日方才明白，这是老妇人亲自看见，想必我儿那日也是这样送命的了。但求大人将我媳妇放回家中，买棺为我儿成殓。这里老妇人叩求销案。"李贺芳听得刘大成一派言语，复见他姑母前来销案，当时只得不发一言，听县官做主。刘大成复又说道："大凡平常细故，一经诬告，审出情由，皆加三等问罪。此乃杀夫讼案，汝乃挟己偏见，越俎公庭，汝说你表嫂往日不端，尚可解说。他自从丈夫外出，尽心竭力，伏侍孀姑。今日特遭此事，汝便该愈加怜悯，曲示张罗，代她办此丧事，方是亲戚的道理。本县屡次劝汝，还敢坚辞固执，顶撞本县，如此刁风，岂可以长？本县且将带汝至施大人面前，禀明此案，拟定罪名，以为遇事生风者戒。”说罢，就命差役，先将贺芳钉上刑具。然后命人拿了一块大红缎匾额来，铺在公案上面，自己取了大笔，浓墨写了四字，乃是“贞节可风”。

复将自己官轿执事预备在堂前，然后将王氏传到面前，说道：“汝事姑尽孝，守节堪嘉。可知非遇着本县，几将汝冤沉海底。本县非施大人到此，也不能水落石出。今日案既问明，此后可愈加谨慎，以保终年，若日后不周，本县定来接济。那请旌表之事，谅施大人皆要代奏的，守节孝妇，幸勿稍失，勉之慎之。”

这番话说罢，随命众人鸣炮奏乐，用了自己的仪仗送王氏回去。

王氏当时却感激万分，遂即叩头谢恩，与李氏一同乘轿回去。

这里刘大成带了那女贞毒物，同李贺芳一齐到了陶家洼来见施公，已经下昼时分。当时到了里面，先将试验明白的话，说了一遍。然后说道：“卑职年幼无知，但从赴任以来，无不以民心为心，实缘事大案重，卑职思量数日，实想不出个缘故，不知大人从何处得来，便如此明鉴万里。敢求指示，俾有遵循。”

施公道：“贵县如此用心，诚为难得，本院昨晚因看案卷，见贵县详文说这王氏平时颇为贞节，因思古人造字，大抵因鸟兽成名，如此这般，不一而足。曾记《说文》：贞，定也，精诚不动，诚之谓贞；尸格上面又说他致命所在是毒物咬毙。显见这物是腹中之物了。以她贞节上推求，必是她丈夫外出，思念过深，日久便生此物。若是她平时不端，断不会有此物的。而况人之一身常有虫物，如虱子、蚤虫等类，无不由皮肉内生来，由此类推，方明此理。不料果然验出。”便叫人取来看示。不知后事如何，且看下回分解。

第二六五回　施大人谢恩任事　黄天霸远别回衙

却说施公说明那女贞缘故，遂将那物命人取来，看了一会。又道："可知这审案一层，万不可粗心浮气，若尽以一纸供词，便可为据，或以原告口利，辩说分明，即定了罪案，也不知冤枉许多人了。但酌理推情，细心揣度，断无不明之理。贵县如此细心，尚不愧为民吏。但说王氏口供案卷，贵县可摘由详报，以申奏朝廷，表请旌节。"刘大成便将先赏匾额，及将她送回去的话，说了一遍。施公甚为称赞，遂命刘大成将李贺芳照诬告例严加惩办，唯念情节太重，罪至凌迟，着减等永远监禁。

朱二之案，问明正法。刘大成一一领命下来，伺候施公起程。

施公又道："贵县且请回衙办理案件，本院明早启程，无须贵县往送。"刘大成知道施公平时禀性，当时只得进城而去。

次日早间，果然大众启程。唯有裘伯虎的儿子痛哭非凡，恋恋不舍。施公便去安慰他一番，然后向淮安进发。萧县离淮安不远，数日程途，这日早间到了城外，早有漕督衙门差官前来迎接。施公亦不另择公馆，遂即乘轿到了衙门。此时护院的总督却是淮阴道代护。当时出来迎接，请了一安，预备交卸。

所有黄天霸等人皆到院上，忙忙碌碌闹了一番。到了下昼时分，方有头绪。施公择了次日子时接印。天霸等人虽各有衙门，欲想回去看视一番，无奈见接印的时辰甚早。当时众人计议道："我等连日车马劳顿，此时回去，又有一番讲说，不如在此权住一宵，候大人接印之后，再回衙署。"于是命人到厨房里面备了酒肴，大众到了晚间，吃酒已毕，安歇去了。

到了二鼓以后，大众便都起身，穿了披风，齐到大堂，两旁侍立。少顷，巡捕官设了香案，三声炮响，锣乐喧天，淮阴道差官捧出样印。施公朝服行过拜礼，然后望阙叩首谢恩，升公堂座，用印标封，受僚属贺礼。这些礼制已毕，已是天亮时候。黄天霸候施公退了后堂，众人方来请示，各回衙门。此时张桂兰久已得情，听说大人回来，连忙着了差官到院上打听。遂命厨下备了酒席，以便为丈夫接风。所有褚标、朱光祖，现在俱在衙门，得了这个信息，也就到里面向桂兰说道："听说你家大人回来了，此时夫荣妻贵，做了夫人，万勿能让我老朽退出门去。现在预备的何席？赏点我两老吃吃。"桂兰听了，忙道："老爷子，酒已摆了，你去吃罢。"朱光祖早将褚标拖出，此时天霸到了署内，夫妻见面，自必喜欢非凡。桂兰忙叫道："贺贤侄哪里去？为何不同你前来？"天霸道："贺贤侄究竟有孩子气，今日一早便同我说，听说关叔父家，婶娘生了个兄弟，他要去望，此时准是去了。"说罢，他的母亲也就走了出来，与天霸见礼已毕，问了入京以后的话。却巧人杰走了回来，见了张桂兰磕头便拜；然后又向他母亲磕头。此时母亲见他得官回来，自必愈加欢喜。桂兰道："姐姐真是福气，佳儿佳媳美玉成双，此时官职虽卑，日后定然重用的。"人杰母亲也只得称谢一番，说："承妹夫提拔。"

当时人杰向天霸问道："黄叔父，那个飞云子，你老曾问过老爷子么？他们可曾晓得。"天霸道："我们方才回来，哪里就要问起这事。总之，这人也非什么大有名人，不过那座山头有点碍手。"张桂兰听了此言，知道又出了事件，连忙问道："你们问的是何人？莫非又有什么案件！"天霸道："何尝不是！不然我们还在京中，哪里便可回任。只因皇上内殿的御物为人盗去，因此大人禀明出京，访此案件。"当时便将元宵佳节飞云子盗琥珀夜光杯，沂州府施公被擒，以及劝降吴球，大破朝舞山，杀死智明，并自己偕同贺人杰夜走琅琊山，人杰中了火箭逃回驿馆的话说了一遍。张桂兰道："照此看来，这飞云子又不可小看，而且此人必不是歹人，他如与王朗一类，何不便在山中？这总是智明与王朗以义气待他，故此他去盗此物。听说得来犯禁之物，依然远走高飞。我们虽在江湖上多年，可知强人之中还有好手。且请老爷子等人进来询问，或者他们知道这人。”当时人杰早已出去对褚标与朱光祖说知。光祖一闻此言，随即到了里面，向天霸道：“这飞云子可是姓云叫云鹤么？”天霸见他来问，疑惑知道此人，忙答道：“正是此人，你老可知道么？”朱光祖道：“这人虽未见过，但他这大名久听万君召说过的。他说，陕西五子唯这个飞云子最狠，其余什么穿云子、吞云子，皆不及他。照此看来，必得将这人访明，细问了他的楼图，然后这案方可明白。但不知万君召现可在家？必得命人前去问他，随后寻找飞云子，方有下落。不然，则偌大的天下从何处得知呢？”天霸听了此言，方晓得飞云子本是个能人。当时又谈论些闲言。人杰便将肩头的伤痕褪出，与朱光祖看。朱光祖道：“这必是此人了。不是老汉说大话，凡此道上的利器，无论谁人的案件，到了眼前，未有不知。你这伤痕，却是个云派，所幸入肉未深，不然也没有性命了。”彼此谈论一番，日光已是交午。

天霸饭罢，早有何游击、计副将、李参将、关总兵，都到了天霸衙门，与褚标、朱光祖两位老英雄请安。天霸又将朱光祖的话说了一遍。计全道：“黄贤弟总是性急，当时王雄前来，说了‘飞云子’这三个字，俺就知道他不是等闲了。此时万君召既知道此人，且等明日禀明大人，前去到那里询问。”众人在此谈论了半日，复又日光落尽，明月东升，大家便饮酒畅谈，席散回去。

贺人杰虽是新婚，无如殷赛花大破关王庙之后，已随殷龙仍回殷家堡而去，此时到了内堂，母子两人各叙了些家常的事件。唯有天霸与关太两人，久别闺房，此时张桂兰、郝素玉鱼水寻欢，自说不尽那夫妻之乐。次日天霸一早起身，同贺人杰到了衙门，见关太等人已到了里面，当时等施公升堂，堂参已毕。天霸等进入里面，便将朱光祖知道飞云子的话，说了一遍。

施公道：“朱老英雄，本院久经阔别，现在仍住在贵提督衙内，何妨就此去同褚老英雄一齐请来，一叙离愫！”天霸见施公如此，只得命人杰先行回去，说大人相请。

却说褚标、朱光祖两人见人杰回来，说施大人请他前去。当时两人换了衣服，同人杰到辕门，来至后厅里面，早有差官报了进去。施公当即起身迎到檐前，高声招呼道："老英雄一向可好？本院久违了！"朱光祖、褚标两人见他迎来，赶着抢上一步，口称："我等山野村夫，何敢劳大人迎迓！"当时进入屋内，彼此行礼坐下。施公先叙了寒暄。褚标等向施公道喜，道："某等前闻差官传说，大人钧驾已抵前路，知是圣眷优渥，复莅此邦，真乃万民之福。昨日大人接印，便当前来叩贺，借叩钧颜，只以山野村夫，不知仪节，反恐有扰大典。顷间才正拟趋前，面申阔怀，不料大人不弃葑菲，遣使相传，实深感激。但不知大人破关王庙后，圣意若何，连日京中有无新政？我等虽不知时事，但道听途说，聊助谈资，尚祈示教。"

施公见他二人说这闲话，那琅琊山之事犹同不知道一般，因此想道："这必是他想我请问了。"乃道："本院自蒙诸位贤弟及老英雄大破关王庙，除去淫僧，谁知漏网一人，复行为祸。虽蒙主上加恩，宠眷优渥，无奈恩光愈重，报效愈难。此次出京，几为逃犯智明丧了性命，皇家宝物亦为人盗去，虽蒙众贤弟将本院救出，复莅斯邦，无奈这钦限的案件未能破获。明知这琥珀夜光杯在琅琊山里面，只是无人破得，徒叹奈何。以上各情，想黄贤弟已与老英雄等说过，但不知这飞云子，众英雄何以能知此人？尚求见教。"朱光祖道："我等生长江湖，绿林中英雄无不知道。后来与万君召偶然谈论，那时也不过是一句闲话，谁知今日果有此事。若要访飞云子下落，除万君召知道，别无一人。"施公听了此言，也半忧半喜。喜的是万君召尚能知道，忧的是万君召非褚、朱两人去请，不肯前来。当时向朱光祖说道："万英雄既知此人，足见是国家洪福。但他远在海州，本院虽想趋前，屈躬下问，无奈到任伊始，未便擅离。往来案牍，全未披阅，若命别人前去，又恐万英雄见怪，说本院自高声价，不肯屈尊。有此两层，以此不妥。老英雄与万英雄交情莫逆，拟想求大驾前去一行，将本院下情，务求转达，然后将飞云子下落细问一番。务请他同老英雄前去寻找，上为国家出力，下为百姓除害，不但本院刻刻不忘，那百万苍生也受德惠的。”朱光祖听了这番言语，不禁踌躇了半晌，乃道：“某等自蒙知遇，虽赴汤蹈火，万死不辞，岂有不肯前去万家村之理？但万君召的性格不与人同，自他回转海州，立志再不出来管世间闲事。即如我等在黄贤侄衙内，他还说我等俗尘未除，贪恋那富贵场中。即便前去，他亦闭门不纳；想要他出来，更是无望了。”施公见他推辞，乃道：“万英雄性格，本院岂有不知，但此时非江湖中绿林可比，为国为民，一举两得。老英雄与他是莫逆的朋友，前去尚未必行，如黄贤弟等人皆身有官职，这些人前去，更是水火不入了。”复向褚标道：“褚老英雄与万英雄也是至好，敢求两人同去海州，将本院不得已苦衷细细转达。万英雄素称爽直，或可鉴本院的诚意，惠然肯来，两位幸勿推却。”朱光祖还是推辞。

只见贺人杰走了上来，向朱光祖说道：“老爷子！大人如此言语，你何故总是不去？可知我这肩头上中了那一箭，虽然未曾丧命，至今还未封口。说若因此丧了性命，我父亲英雄一世，半路之上，只留我一人继承宗嗣。那时老爷子也不代我报仇吗？你平时很为疼我，今日我为人伤害，又有大人如此相求，你竟不肯前去，忍令我这无父的孩子，吃人家暗苦，你平时亦是白疼我了。若是我父亲在日，何至如此？”说罢，站立在朱光祖面前，好像要流泪样子。谁知这番话说来，不但施公与黄天霸等人听了悲惨，反把个光祖与褚标说得哑口无言。心想：“贺天保在世那样英雄，江湖上谁不知道？现在只有这孤子，即使施大人不令前去，自己看人杰吃人家暗苦，也要拔刀相助，为其报仇，方不负‘义气’两字，而况贺天保与大众皆有交情，平时又疼爱这人杰，今日坐视不顾，不独负施大人的这番美意，兼又何以对得起天保？”故此听了此言，不觉悲感起来，十分惭愧。

褚标在旁看见，知光祖甚为作难，乃道：“万君召那人虽然古怪，但以大义相劝，未必始终不允，你我两人便去一走罢了。”光祖到此时也推辞不得，乃道：“非是我明作故意为难，有负大人的盛意，其实此人实难解说。既是你老情愿同往，或者两人以情相待，或肯前来，我们明日便去是了。”人杰见他已经答应，自是欢喜非凡。当时向他说道：“老爷子！你可要将他请来，不然我这一伤痕一天不好，那就不恨王朗同飞云子两人，专与你这老爷子作对了。里外你这胡须太长，爽性将它拔去，同你拼命。”这番话反把光祖说得笑起来。本来施公最喜人杰，见他说了此言，虽是戏言，却比自己亲说的愈加切实，乃道：“人杰，你也休得无礼。老英雄前去，自会将万英雄请来，何容你在此乱说。”当时便命人摆酒，请朱、褚二人上座，为他送行。两人道：“大人初回此任，我等礼合具酒奉敬，为大人洗尘。乃寸意未伸，先叨厚惠，岂不是倒来么？”当时逊谢一番，大家坐下。朱光祖说道：“此去海州虽不远，但琅琊山一事，此非数人可以破得。殷龙老英雄在家，而且他令郎、令媛，俱有一身好武艺，出色惊人。若能请他到此，随后借重甚多。不知大人意下如何？”施公道：“本院久有此意，且殷赛花与人杰新婚未久，便随本院赴京。此时正思念人杰前往，一则使殷老英雄与佳婿聚会，二则将赛花接到淮安，使他夫妻完合，好侍奉他母亲。只因各事纷纭，未计及此，且候老英雄赴海州去后，本院使人同人杰前去便了。”人杰听了此言，自是欢喜不尽，天霸亦甚欢喜。当时彼此痛饮一番，席散而去。朱光祖向施公说道：“不知大人可有书信么？”不知施公意下如何，且看下回分解。

第二六六回　回衙门激说朱光祖　问路径打倒王大拳

却说朱光祖与褚标席散之后，问施大人可有书信带往海州？施公道："本院岂可无情？人既不能前往，简帖复又不周，岂不令万英雄怪我？老英雄且请回衙安歇，本院少顷写就，命黄贤弟带回如何？"朱光祖道："如此，某等前去，便可措词了。明早动身，不再来院请示，俟万君召如何回答，再来禀明。"

当时与褚标两人就此告别，带了人杰，一同回总兵衙门。此时张桂兰与贺人杰的母亲，见朱光祖、褚标两人到衙门，一天未曾回来，正在家里盼望。忽见两人一同走了进来，张桂兰连忙问："老爷子！可是今日吃醉了，睡在施大人那里胡说连天么？不然何以此时才回？"朱光祖笑道："我倒未曾胡说，偏为这小猴狲说了一番，惹下这件事来，叫我如何办法？"张桂兰就忙问何事，褚标只得将施大人请他到万家村的话说了一遍。张桂兰道："这事实是难说，即如我父亲回去之后，至今连信息俱无，把个凤凰岭以他为养老的所在，听你有何大事，他不但不肯出来，连好歹一句话皆不开口。万君召叔叔也是如此古怪，此事确实难行。但施大人如此盛情，贺贤侄又是个年幼的孩子，怪可怜的，吃了人家的暗苦，免不得你老下一番说词，将他请出。好在你老口舌便利，虽然这题目难做，尚不至惹人笑话，说你全无用处，连客皆不会请。"朱光祖听了此言，不禁笑道："你看你这张利口，先将你父亲说得古怪，同万君召一样性格，不肯出来，露了自己脚步，怕人批驳于你；然后用这派话头来激我，总要将他请出，不然羞也羞煞了。可是你这利口，我也不同你辩，但愿黄贤侄出外十年，终日与那些男子英雄打仗，不回来同你交锋，那时你也就要念佛修心，不说这刻薄话了。"

张桂兰听了此言，不禁啐了一声道："你这老古董，人家说的正经话，你偏用这话缠人，你便去罢，明日要动身呢。"说着，自己也就回转房去。却好黄天霸也由院上回来，将书信交与朱光祖，然后取出一包银两，与他两人为路费。当时又说了些话，并请他致意万君召一同前来，然后回转上房。

次日一早起身，朱光祖与褚标两人，每人各带了一个包裹，吃了早点，直向海州而来。原来海州虽是个直隶州，却与淮安毗连，不过三四日路程便到。万君召的所在虽在海州的乡下，离城也只有数十里地。这日朱光祖与褚标到了海州，先在城外找了个客店住下，向那小二问道："这一带有一万家村，你可知道吗？"小二道："这个最大的村庄谁不知道？但是姓万的太多，他们族中，连自己皆认不清楚。不知你要问去哪一个万家？"朱光祖道："他村上有个万君召，这人可在家么？"小二道："别人或不知道，好个万英雄，却甚有名望。听说淮安漕督施大人羡慕他的武艺，保举他为官，他只是不肯。现在终日在家栽花插柳、种竹养鱼，享那田园之乐，就连这城内也轻易不到。你老从何处来，问这人何故？"朱光祖道："咱不过与他朋友，便问一声，看他在家不在。"当时小二送上茶水，问了酒肴，与他两人饮食。当晚与褚标歇了一夜，次日一早，给了房钱，直望万家村而去。

行至晌午时候，见前面有一座大大的村镇，镇外一带尽栽着杨柳，每棵杨柳中间夹着杏树。遥想二三月之内，真是个绿荫满地，红杏在林。两人到了镇前，去那个杂货铺中询问。朱光祖道："你看这个镇市，好一个所在。为什么与我从前来时不对，莫非咱们走错了不成？"褚标道："咱虽与万君召认识，他这所在确未到过。既是你有点疑惑，何不到镇上问他一句？"

当时朱光祖只得进了镇门，上首有个杂货铺子，门首站立个少年，约有二十上下年纪。光祖走上前来，打了个拱手道："朋友，借问一声，这里可是万家村么？"那个少年将他一望，见是个过路客商，乃道："你这人也不是瞎子，这圈门上明明写的是'华家镇'，为什么要代他改号！说是什么'万家村'，还不为我滚去。你这个老杂种，向着你爷噜苏。"朱光祖看了此人，反觉好笑，心中暗想道："这厮真是造化，放着俺十年前的性情，早将你这厮一拳打死！俺问你的路，便出口伤人。"当时反笑道："朋友不必动怒，老朽不认得字，故而动问，既不知道，再问别人何如？"说着，便向前去。谁知那少年见他如此说项，疑惑他可以欺吓，当时追了上来，一把将他的肩头揪住，骂道："老子叫你滚，你便要在镇上胡闹，你要问路出镇门去，这地方不准你到。"此时朱光祖虽然动气，总因自己手辣，不肯轻易动手，反将一肚怒气按捺下来。谁知后面褚标正是忍不下去，当即上前喝道："汝这少年，如此撒野！俺朋友问你的路，你不知道也就罢了，为何不许他另问别人？难道这镇上是你一人家住么？还不与我松手？像你这模样，也要在俺面前骂人！"少年见褚标前来说他，当时转过脸来，高声驾道："你这个老乌龟，老子与他说话，谁要你多言？你来，我爷爷就与你作对，只要你认得爷爷的拳头，也不打听打听，爷爷在镇上，谁不知道这个王大拳，容你这个老杀材的多嘴。"褚标见他举起拳头，实是又怒又笑，骂道："你这小狗头便叫王大拳吗？你褚爷爷也叫褚大拳，怕你那个大拳遇见俺这大拳，就叫王不拳了。"那个少年听了他言，哪里容得下去？当时举起拳便向褚标的胸前打下。褚标倒也好笑，顺手向外一推，只听咕咚一声，一个仰面朝天，早跌在地下。当时爬起身来，抱头便跑，嘴里骂道："你这两个老杂种，在此等着爷爷，总叫你吃苦头便了。"说着，出了镇口，飞奔而去。朱光祖笑道："这人也是倒运，今日遇见你我，但不知他姓甚名谁？"旁边那店内说道："二位爷！这人便是前面万家村的，此人姓王，你老问万家村何事？"

却说朱光祖听那人说出万家村来，连忙道："在下正要向万家村去，不知走哪条路径？方想借问一声，偏遇着这杂种，胡闹了一气。"那人见朱光祖年纪虽大，却是甚有精神，知他两人不是寻常之辈，因指道："此去转弯向东行，过了那三岔大路，前面一带树林便是了。"

朱光祖谢了一声，遂与褚标两人顺着他说的路径走去。

到了前面，果然一派村庄，不下有四五十户。朱光祖道："这地方不错了，他的住宅，还在这庄子后面。"说着，便向前引路，绕过大庄，复向小路走去。远远见一所庄房排立在对面，庄前有一道护河，两边也是栽的杨柳，沿堤一带有几只渔船在那里撒网；当中一道石桥横卧在水上。两人过了护河，便是个大大的打麦场，锹锄犁耙，无不齐全。门外高积了一个草堆，高过屋脊；大门口外坐着个小童，石凳上拴着一头黄犊。看见有客前来，连忙起身问道："二位客人到此何干？且请说明，好进庄通报。"正说之间，里面早出来两条恶犬，见有生客，不住乱吠起来；接着又走出一个四五十岁中年老者，向朱光祖询问。光祖道："烦你进去通报一声，说淮安府黄总兵衙门内有位姓朱的，同一位姓褚的，前来造访。"那小童听了此言，忙道："可是黄天霸么？"光祖见那孩子甚是伶俐，也道："便是此人，你何以知道？"小童道："我家爷在家时，常说起什么黄天霸、关小西，我等听熟了。你两老来此有何事件？"褚标道："稍顷见了你家爷，便知道了。你知道我叫什么名字？"小童道："我家爷也未说过，我又未与你见过，哪里知道？"

正说之间，早听里面有人招呼道："朱老叔、褚老叔，你两老什么风吹到此？小侄屡次思想，欲着人前去相请，又恐这山野村庄，不得那富贵场中热闹，因此屡屡中止。既然不远而来，且请里面坐罢。"说着，命小童将他包裹携着，向里走来。

褚标四下一看，只见大门之内一个极大的院落。院内皆种绿竹。过了竹院便是二门，却是三间矮屋，过去一带竹篱，编就些荆条等类，弯弯曲曲一条幽径，下面铺着卵石；穿过竹篱，朝南一个方厅，皆是竹子造就，里面摆设皆不离个"竹"字。

上面设了一张竹床，床上铺了两面竹簟，正中设一个竹几。竹几上摆的竹根帽筒，下面竹椅、竹桌、竹凳、竹帘、竹窗、竹灯，无物非竹子造成；过了方厅，又是一个院落，中间四棵柏树，清风拂拂，音韵欲流。地下栽的绣墩草，旁边有一个六角洞门，进了此门却是一个花园，里面海棠、兰草、芍药、牡丹各类齐备。当中一个六角琉璃厅，里面铺设十分幽雅。万君召将他两人邀至里面。朱光祖道："老朽一别经年，实深怀想，还不知贤侄有如此乐境，较之前次造访，益发幽逸了。"说着，彼此见礼，下榻而坐。小童送上茶来，然后打了面水，为他两人净面。褚标道："难怪贤侄置身高尚，原来有此幽境，我等到此，几成俗物了。"万君召道："二位老叔前来，经过此地，施大人与诸位兄弟可好？诸位可升官否？侧耳听来，好为他称贺。"朱光祖见问，忙道："某等特地前来，专程造谒，不知贤弟可能容纳否！"说着，早有小童送酒肴，请他两人饮食。

彼此方才入座，忽听外面众人喊道："这两个杂种连跌我两个筋斗，还未同他算账，此时到咱这里，哥哥为什么留他，不把他重打一顿，为我报仇，反将这厮当作客人相待，岂不令我气死！你们这班狗头，为何他来要报知里面？汝等小心是了，早晚令你们认得我的拳头。"朱光祖听得清楚，不禁大笑起来，向万君召道："听说贤侄武艺，越发长进了，两只拳头长得有水缸大小，不知这话果确与不确？"万君召不解何故，忙笑道："你两人初来此地，何故拿小侄取笑？人的拳头，哪里会如许大法？"朱光祖道："你说拳头不大，怎么你家有个王大拳呢？没武艺人尚称大拳，你这有武艺的拳头，岂不有水缸大么？"

万君召听了，方才明白，忙道："莫非这厮得罪老叔么？"光祖道："他虽得罪于我，我却未与他动手。却是褚标老叔气他不过，跌他两个筋斗，但不知此人，贤侄可认得么？"万君召道："此人便是小侄的表弟，名叫王陶。只因姑母亡故，无处安身，因此将他留在庄内。无奈他不肯上进，教传他武艺，也不经心，学了几趟毛拳，便自生非闯祸。每日里在那镇上，与他人争斗。所幸小侄尚有人缘，因人人看小侄情面，不与他较量。今日又得罪老叔，岂不是自寻苦楚么。"当时只听得他在外乱叫，随即喊道："王陶，你还不进来赔罪，不知这两人便是时常我说的朱光祖与褚标两位老叔，你有眼不识泰山，还在此乱喊乱叫。"说着，便自己出去将王陶拖来。此时褚标反不好再说什么。只见王陶到了里面，向朱光阻说道："咱王大拳，听哥哥吩咐，为你老赔礼了。今日你老跌我筋斗，为你作揖，明日你老将送我命，哥哥还要磕头呢！”

朱光祖见他是个半痴，忙道：“贤侄且请坐下，老夫有一言奉劝，大凡人生世上，皆不可以自满。强中更有强中手，何能自以为是？譬如咱与你表兄本领，不在人下，还以和气为贵，今你本领未经到家，何能与人交手？下次这个性情，千万要戒一戒方好。”王陶听他言词，只得默坐一旁，无言可对。还是褚标将他邀入席中，一同饮酒。

彼此饮了数杯，朱光祖道：“某等今番到此，也是喜者喜，愁者愁，不知施大人此时怎样了！”万君召忙问道：“老叔由淮安而来，不过数日，何以便虑及他人？闻得施大人去岁进京的，皇恩高厚，而且大破关王庙，除去淫僧，久已威名大震。此时出京回任，正是喜事重重，哪里有什么愁事？”朱光祖便将智明如何在关王庙逃走，投到朝舞山，与曹勇等人到琅琊山上，请飞云子谋害施公，盗取琥珀夜光杯，起造齐星楼，以及大破朝舞山的话，前后说了一遍。然后道：“某等此来，正为此事。”说着，将施公亲笔的手书由身边取出，递与君召。不知他说什么，且看下回分解。

第二六七回　辞委任褚标用激词　感知遇君召勉应命

却说朱光祖将施公的书信取出，万君召看了一遍，方知是欲叫他去寻飞云子的下落。当时冷笑了一声，向朱光祖说道："这事你两者也空跑了。小侄蒙大人知遇之恩，不究前罪，此恩德没世不忘，理宜为其前去，稍尽微劳。只因其中有两层缘故：一则小侄避居此地，闭门思过，犹恐难周，名利两途，久无此志。此时忽然出去，知道的是为宪命所迫，不知的恐笑我无恒。虽承施大人盛意殷殷，屡思保奏，无奈宦途人事，缺然于怀，故小侄不肯应命。如此时可以前去，当日保荐的时节，久已为官。耿耿此心，你两老谅皆知道。二则飞云子虽与小侄有旧，他却还在陕西，自从早年路过潼关，与兄弟见面，当时承飞云子盛意，苦留小侄歇马陕西，不必再回此地；那时小侄心高志大，立意回来。临走之时，飞云子言道：'但愿你老哥此去，大业能成。设有不然，切莫再来此地。'言犹在耳，何日忘之？不料回转此间，大事未成，依然故我。虽蒙施大人宽厚，得以养晦田间；回思飞云子之言，尚自羞愧无比。此时再到面前，恳求此事，岂不令人愧死？而且他行踪无定，或往或来，还不知现在何处。有此两层，小侄万万不能前去。还求老叔回禀大人，另派能人前往，方有不负委任。若命小侄，断不能从。"朱光祖听了说道："贤侄之意，老夫岂有不知？故动身之前，又向大人告禀；无奈他谆谆劝导，义不容辞，故此前来一走。但人生在世，与其隐姓埋名，与草木同腐，何如为国出力，留此芳名；虽不做官，未为不可。若说飞云子，无颜见他，这话殊为费解；未来之事，岂能预知？那时未遇施公，自然独行其是，古人言：‘识时务者为俊杰，明哲者必知机。’既遇贤人，理宜顺从。此正是英雄的作为，即令飞云子听见，还道是贤侄不敢去会他。在某看来，总宜前去为是。”万君召仍是一言不发。

褚标道：“朱大哥，那时我说不来，你偏不肯相信，可知他果不出吾所料。我如有这样田园、房产，虽死在此地，也是情愿；管他什么大人的知遇，朋友的盼望，旁人耻笑，名声好不好，我只求快活便了。难得生个人来，为什么要奔走劳苦？我看施大人也不思想思想，有人能行的，有人不能行的，一味地苦心苦意，屈己求人，到此有何用处！万贤弟不肯前去，想必知道这个飞云子，有不敢去的缘故，方才如此，何必苦苦地奉劝呢？可惜我等老朽无能，不知道这飞云子住所，若有一面交情，虽万水千山，也要前去一走。一则蒙大人如此看待；二则为国家出力，替主宣劳；三则为朋友助一臂之力；四则虽不做官，也叫人敬重，享个大名。有此四件，虽赴汤蹈火，也可去得。何况访人的下落呢？”褚标这一派激功，把个万君召说得开口不得。过了半晌言道：“你老之言，人非草木，岂有不知！但不过一出此山，更多事故。小侄若执意不去，两老岂不责我！但有一言，先行告禀。此去陕西，有两个月的来往，若到潼关之时，飞云子在家，自是顺事；设或他未曾回去，由琅琊山往别地方，这偌大天涯，尚不知在于何所？既然大人有命，总之将飞云子的楼图得来为度。随后事件，小侄不能过问了。况飞云子之父云逸，其人家学渊源，不可究竟，制造一切，奥妙非常，如诸葛武侯之木牛流马，《淮南子》飞车等类，无不得其真传。五子之中：长名云龙、次名云虎、三名云鹤、四名云雕、五名云鹄，飞云子班次行三，凡云逸的真传，他俱皆学会。所造这个齐星楼，想必另有秘法，俱是他殚心竭虑，始获造成，未必轻易将图取出，这事只好临时再说了。”朱光祖、褚标见他肯去，当自是欢喜。席终而罢，撤去残肴，彼此又谈论了一回。万君召方将他两人带出庄前，观看了一番村景，直至月光东升，始行入内。晚间席散，便在内花园内安歇一宵。

依朱光祖、褚标两人，便想次日启行，无奈万君召苦苦相留，耽延了两日，到了第三日，三人方才一齐动身，各带包裹，向淮安进发。晓行夜宿，一路而来。

这一日，已到了淮安城内，当时来至辕门，先命差官进去通报。此时施公正与天霸等人在里面议论，说："朱光祖有心推却，虽然勉强前去，尚不知万君召果否肯来；设若绝计不行，这飞云子无人去寻，齐星楼何日能破？那时误了钦限，如何是好？"天霸道："大人不必忧虑，朱老英雄不去则已，既往海州，不将万君召请来，他也不能辞责。而况褚老英雄一同前去，即使君召不肯前往，见他两人殷殷劝驾，也觉得不能固执了。"

正说间，只见差官进来禀报，说："朱老英雄同万壮士在辕门伺候，请大人示下。"施公一听此言，自是喜出望外，当即命人请见。一面与众人走出后堂，在厅前迎接。一见三人进来，连忙高声言道："老英雄回来了！万壮士一别数年，今始到此，真乃万幸！"说着，抢前一步，携手同行，一同到了厅内。君召道："小人自蒙知遇，片刻不忘，只以山野村夫，不谙世务，虽欲趋前叩谒，不免言与心违。日前接到赐书，复邀驱使，唯恐前途渺渺，报效不周，有负厚望，当即力言推却；无奈朱、褚二位老叔之言，言之谆谆，万不敢自外生平，安居乡里，只得趋前请示。但不知大人何以知道这齐星楼是飞云子所造？设若假用其名，虽万某奉命前往，恐亦无济于事。"说着，与施公见了一礼，然后与天霸见礼坐下。此时彼此又叙了寒暄，复又提到这齐星楼之事。

施公道："壮士不必多虑，此楼本院虽未亲见，据黄贤弟说来，甚为险峻，所有的埋伏皆是目所未睹。况朝舞山头目王雄现尚在本院衙门，曹勇与王朗所谋之事，无不尽知。非壮士将飞云子下落访出，将原图得来，此楼万难破去。"万君召道："岂敢推却？但是飞云子远在陕西潼关口外，若他果在家中，自是幸事；设若行踪无定，再往他方，那么再等小人回来，岂不误了钦限？在某愚见：一面到陕西寻访，一面请大人派人前往，另请能人先破这山寨。万某此去，断不偷安推卸的。"施公听他所言，甚是有理。当即命人摆了酒席，众人入座谈心。

酒至三巡，施公道："本院除黄贤弟等人，别无能手，且请壮士先行前往，此处再设法便了。"朱光祖道："某等在海州数日，不知大人果曾命贺人杰到殷家堡去么?"施公尚未回答，万君召接着问道："可是那殷老英雄么?此人本领甚为惊人，何不请他同去?此外如黄贤弟之岳父老英雄张七，此两人与朱老叔、褚老叔皆是江湖上前辈，见多识广，本领高强；若得此两人与众位仁兄前去，何愁此山不破!"褚标道："据你说来，将这个琅琊山视同儿戏了。可知你我长枪大戟，虽斗个三天五夜，也不惧人。若是摆什阵图，说什么门径，不知他的法则，何能去破他?贤侄能将原图得来，那时也要随众兄弟稍助一臂。日前命贺人杰去请殷龙，不知大人有何吩咐?"施公道："贺千总已于昨日动身了。"万君召见众人所言，是专等自己前去，当时道："既蒙大人委任，何敢自外生平，此地既无别事，万君召明日动身便了。"施公见他绝不迟延，心下甚是欢喜。当时称赞了一番，席终而散。是晚朱、褚众人也不回去，一齐在此歇息，以便明日送行。次日一早，便起身出来，取了二百两碎银送他做为路费；又给了沿途文凭一道，恐此去日期耽搁，脱了盘川，或有什么案件，或到地方官那里办事。

万君召当时接在手中，用油纸包好，揣在身边。然后穿了短衣，装成那武士的模样，带着两柄腰刀，一个小小的包裹背在背上，别了众人，直向陕西而去。权且将他摆住。

单说贺人杰从朱光祖到海州去后，次日施公便命一个差官同他向殷家堡而去。在路行程非止一日，这日到了庄前，却巧殷强在庄前闲游，抬头见是人杰，不禁喜出望外，迎面跑来，向他问道："贺贤弟!你今日来了么?爹爹连日正是盼望，不知道大人可曾出京?满想命大哥到淮安探问，你我快些进去罢。"

说着，命庄丁将他包裹接下，自己一人先跑进去。人杰与差官进了庄院，早听里面许多笑声，跑了出来，齐声笑道："我们娇客到了，快些进来，叫赛花姐姐放心。"人杰抬头一看，乃是赛花的两个表姐，并殷刚、殷猛等人，接着殷龙也走了出来。

人杰赶着上前叫了一声，然后到厅前，只见赛花站在厅前，笑容可掬；人杰反不好意思前去招呼。只得向殷龙见礼，然后与殷刚兄弟见礼坐下。

殷龙问道："大人是何时出京？听说又回本任，你此时由何处前来？"人杰道："从正月十五大内里失去御物，次日皇上命黄叔父擒获此案，便命施大人回任，一路访获这案。小婿等于十七日便随大人启程，到日前方抵淮安接印任事。"殷龙忙道："怪不得久久无信，原来有这些情节，看这钦限案件又要为难。但不知大内里失去何物？这盗取的人，可曾访出么？"人杰道："访是访出了，实有许多碍手，小婿几乎送了性命。"

这句话，把个殷赛花吃了一惊，忍不住出声问道："谁人与你作对，现在怎样了？"殷龙道："怎么讲？可慢慢道来，与岳父知道。"人杰道："一时也说不了这案件，小婿前来，无非是施大人的意思，请岳父同破此山。少顷小婿再为细细告知。"

殷龙见他如此，只得命人取面水来，送上茶点，使他进了饮食。

人杰方将飞云子盗去琥珀夜光杯，黄天霸大破朝舞山，自己夜探齐星楼，及朱光祖到海州请万君召，前后的话，说了一遍。

殷龙明白此事，忙道："我儿肩上的伤痕可好么？你母亲精神可好？"人杰道："家母幸尚康健，命小婿请安道谢。肩上伤痕，虽未全好，谅也别无妨碍。但不知这个飞云子，岳父可也知道么？"殷龙道："北道上面，虽常听人说及，是什么云家五子，想必就是其人。但未曾见过，不知他本领怎样？我儿且在此间多住几日，养息伤痕。即使朱光祖到了海州，将万君召请出，既是飞云子远在陕西，非一朝半日之事便可回来。明日且着人到淮安打听，万君召何日动身的，几时回来？然后你我再行启程，也不误事。"贺人杰听了此言，乃道："岳父之意，虽是爱惜小婿的道理，但大人为这个钦限，日夜焦愁，恨不能立时破去，故命小婿前来，面请岳父助一臂之力。若在此耽搁，岂不令他盼望？"殷龙道："他虽着急，你今日才到这里，难道明日便走么？你岳父自有主见。”当时命人预备酒席，郎舅、夫妻到了晚间，便在后堂畅叙，当时众人酒过数巡。

殷龙又问起关王庙事后，皇上升赏如何？人杰将众人提升，以及自己升官的话，告诉一遍。殷龙望着他直笑声不止。遂向赛花道：“我的儿！人杰居然已升官了。这也是你的命好，八字旺夫。”说着，那胡须皆乍开，反把赛花说得面孔飞赤。大家谈笑了一番，然后席散。殷龙向人杰道：“你连日路途辛苦，今日且早些安歇罢。”说毕，复命殷猛兄弟各自回上房而去。

这里人杰与赛花到了房中，彼此欢爱之情，自是笔墨难述。赛花复问了他别后一番细话，然后彼此就寝。次日一早，便自起身。要知底细，且看下回分解。

第二六八回　小夫妻逃走殷家堡　贤郎舅约探齐星楼

却说贺人杰正要起身，只见殷强走了进来，在房外问道："贺贤弟，可曾起来？"人杰听是殷强，连忙答道："小弟起来了，哥哥且坐一会，即刻出来。"说着，就披好衣服，到了外面。殷强道："小弟此来，非为别事。但是那琅琊山上究竟如何厉害？若能将飞云子访到，自是好事；设若寻不到他，难道这山头就不去破吗？我想王朗等人也不过是个我辈，只要将他引出山来，把他擒住，这楼自然可破。即便有埋伏在内，有了人，还怕那御杯不得到手吗？因此愚兄前来询问，但不知贤弟与妹子意下如何？"殷赛花听了此言，也知道他的用意，乃道："哥哥莫非要去破山吗？妹子也有这个意思；只因他初到此地，不知他可情愿？咱们想施大人如此厚恩，设若万君召将飞云子寻不到，误了限期，固是有那处分。江湖上面，谁不知我们这班英雄的大名，今日为一个王朗造了这齐星楼来，就无一人敢破，还要寻张找李，求人帮助，岂不为人取笑？爹爹的意思，虽是爱惜你我，只不想这个道理。想我等在时，若能前去将王朗捉住，破了此楼，毋论施大人要重重保举，便是万君召、黄叔父等人，也把我们看得起。而且张桂兰与郝素玉婶婶，从前干了许多大事；咱们本领也不在她之下，为何不去破山头？因此欲想前去，一则恐爹爹不肯答应，二则怕他初来，贪恋此地。那时迫他前去，设有他虞，爹爹与母亲岂不说我不贤？故而未经说出。你今既有此意，只问他便了。妹子无有不可。"

贺人杰听了此言，正是喜出望外，忙道："你两人果能如此，岂不是条上策！虽然我肩头上中了一箭，尚无大碍。有我三人这本领，只要王朗下山，那时不怕他走上天去。不过岳父面前须你们开口，方可行得。若是我去同他说，他必说我伤痕未好，且待痊愈，再行同去。那就无可更改了。”殷强道：“贤弟，你说哪里话来？若想告知爹爹，一年也走不了。在咱看来，不去则已，去则不辞而别。好在这条路径你也走过，到了那里，破得齐星楼更好，不然纵有人受伤，或为他拿上山去，那时再赶回来报信。我三人皆是爹爹心爱的人，怕他不去解救么？”

他三人本是年幼无知，恃着自己的手段无敌，便把琅琊山看得容易。贺人杰听了这话，不禁喜道：“果然哥哥如此妙计，你我今晚便收拾停当，明日午后，就自动身。”殷强同殷赛花也就答应。

当时商议停当，三人到了殷龙的房内，请安已毕。殷龙见他一对小夫妻，如一双美玉一般，自是欢喜。当时就吃了早点，又到了上房里，与一班舅嫂等人，谈说了一会。殷龙见人杰不提淮安之事，疑惑他安心在此，以待消息。谁知到了晚间，赛花先将自己的动用短衣并两口利剑，打在一个包裹里面，随手带了铁背花装弩，换了小袖衣衫、大脚裤、铁尖快鞋；复行取了二百两银子，放在包裹之内。此时贺人杰已与殷龙吃了晚膳，回转房中。见殷赛花收拾已毕，两人就连衣而卧，安歇了一宵。

到了五更时分，殷强又过来，肩头上负着一个包裹，身穿玄色短袄，排门密扣布列胸前；头戴一顶英雄盔，浑圆一朵绒球颤在面前；玄色洒花兜裆衩裤，薄底靴儿；手提一柄生铁飞叉，腰刀藏在里面。向着人杰道：“天色现在不早，再迟可有人看见，那时便走不了。”赛花道：“你我虽然前去，也要留个信下来，使爹爹知道方好。不然岂不说咱等背父而逃？”殷强道：“咱那里已留下字迹，爹爹起来，到我房中，便可看见。你两人不必耽延了。”人杰听了此言，也就催赛花赶快前去。当即三人到了房外，将窗格倒关起来，出了檐口，扑扑两声，便由屋上出庄而去。一路晓行夜宿，赶奔前趱。

这日到沂州府界内，殷强道：“贺贤弟，此地离琅琊山还有多远？你我且寻个客店，安息一天，打听他山上的事件，然后再去破楼，你道我此言如何？”人杰道：“前面离琅琊驿不远，这地方热闹，虽有客店，但是我等前月在此耽搁了许多日期，总有人认得；设若漏了风声，王朗逃走，或使人暗来行刺，那时岂不是多事么？在咱看，还是别寻个客店为是。”赛花道：“你如此说，就此前去寻找，唯最要便当方好。”人杰答应了一声，当时转过了那驿站，走了有四五里远近，有个小小村镇，里面有十数户人家，其中有个客店。人杰到了门首，只见个老者向他问道：“客人可是寻店么？这里面地方虽小，一切尚是清洁；现在上首房内，尚无人住，客官共有几人？何不在此歇马？”人杰道：“此地正好，我去找个朋友就来。”当时转身向外，前来告知了赛花，三人就在这店中住下。谁知这地方，乃是个僻静的所在，所有来住客人，大半俱在前面住下，非到了阴天雨夜，方有人住。故这店中生意十分淡薄。老者见他三人俱是少年，而且又武士打扮，忙问道：“客官由何处前来？到此何干？”人杰道：“只因咱们这朋友，到此地寻亲，忽然身子不快，故在你店中暂息两日。”当即问了酒肴，送上茶来，然后走去。殷强道：“无论二百三百，今日到此地，晚上我是要去的；哪怕他是个刀山，我四爷也不惧怕。”当晚一人饱餐一顿，在房中养息了一番，到了二更以后，每人各带了兵刃，蹿出房屋，只向那琅琊山而来。

行了十数里路径，又值黑夜之中，到了前面，只见山阜上那派风景，如长江大海仿佛，所幸星光之下，尚辨得出东西。

人杰在前引路，蹿林越树，到了半山，那个楼前搭个更棚，里面点着个灯球，两人在里敲那更鼓。殷强走上前去，将那个更棚一掀，拔出腰刀，一刀砍去。更夫见有人来，赶着起身一望，见是个少年大汉一刀砍来，早吓得魂不附体，连忙让过一刀，向殷强跪下道：“爷爷饶命！”殷强道：“你且将埋伏说明，由此上去，还有没有埋伏？咱便饶你这狗性命。”再寻那一个更夫，早已不知去向。殷强疑惑他逃命去了，出了更棚，便与赛花上山走去。谁知方上山坡，未到那个楼门面前，忽然脚下一绊，咕咚一声，栽倒在地。接着一阵铃声，早将殷强陷入坑内。

却说殷强跌下那陷人坑内，赛花正欲前来相救，复听铜铃声响，半山来了一人，手执大刀，飞奔而至。口里叫道："何处的野囚，前来偷探？不要走，爷爷来也！"到了面前，举起一刀，便向殷赛花砍下。原来王朗自从黄天霸与贺人杰两人那夜来后，就知道施公那里总有人来，当即命各处埋伏了许多暗器；半山腰那个更棚与这陷人坑，是两个看守。殷强杀死一个更夫；那一个见有人来，就出了更棚前去报信。因此铜铃响动，把殷强陷入坑中。此时这人前来，殷赛花双剑一分，用了个二龙出水式，左手一剑，将刀隔去，右手一剑对定来人的咽喉刺去。那人见是个女子，也不将她放在心上，见自己一刀砍去，剑已前来，赶将身子偏让于左边，刀头一转，隔在一旁，两人厮杀起来。那二百个喽兵，齐声叫喊，山谷里面，如千军万马一般。贺人杰赶到面前，见殷强已中了埋伏，唯恐山上头再来强盗，赶着双锤一摆，杀上前来。谁知殷强跌入坑中，却是个鱼鳞铁网，铜铃一响，已有把守的军士，走来擒捉。殷强晓得不好，遂将生铁飞抓双手一举，两脚在铁网一顿，就想由坑内蹿纵上来。

此时山寨里已早得信，王朗听得铃响，随向世雄说道："朱二弟，你可赶快前去，怕施不全那里又有来人，交起手来，务必将他引到里面来，等咱活捉这狗头。"朱世雄答应一声，也就提了飞抓前来抵敌。见殷强正往上纵，遂即高声叫道："你这杂种还想上来！不要动，爷爷来请你。"说着，举起飞抓，在坑前护定，两边喽兵一声叫喊，挠钩齐下，已将殷强擒捉上来。人杰到了此时，吃惊不小，随即提了兵刃即赶上来，已来不及。当时一声叱咤："朱世雄休得逞能，俺贺爷爷来也！"

双锤飞起，从顶上打来。世雄抬头一看，见是人杰前来，知道他的厉害，赶将那飞抓勒定了，足下蹦动开来，嘴里招呼道："尔等赶将那厮押至寨内，请大王前来厮杀。"说着，并力上前，把锤头隔开去。人杰知道他武艺有限，遂将锤头乱舞，一气打下，早把个朱世雄杀得浑身是汗。殷赛花与那人战了六七个回合，忽见殷强被人捉去，心头大怒，双剑分开，一个二龙出水，早把那头颅砍下。两足一纵，到了前面，直向那喽兵砍杀。朱世雄见来了一员女将，深恐将殷强救去，只得舍了人杰，反奔前来，将赛花敌住。后面人杰又到，锤如雨点，一路打出。所有喽兵，杀得天翻地覆。

王朗在里面听得，正派人迎敌，早有一人喊道："大哥，把守此楼，让小弟前去。"钢叉一摆，飞下山来。见殷强正要挣扎，赶着又一叉。谁知人杰手段飞快，见他来得厉害，将身躯一矮，锤头高起隔去钢叉，一手将殷强夹在腰间，便想逃走。

蒋责哪里肯舍？一声吆喝，所有的喽兵，围绕上来。殷赛花见救了殷强，也就放胆宽心，与朱世雄厮杀。两人一来一往，复战了有七八个照面，朱世雄只能招架，难以还手，掉转身躯直向山头逃去。赛花此时也不追赶，上前一步，将蒋责敌住，随向人杰喊道："你将四哥解下，就此杀上山头。"说罢，双剑齐使，早将蒋责的钢叉逼住。人杰听了这句话，来不及解绳索，在殷强肋下，拔出腰刀，将绳索割断。殷强放开手足，飞抓乱舞，杀上前来。蒋责哪里是他三人的对手，高声叫道："若是好汉，奔上山来，俺与你斗三百回合。"人杰笑道："汝这狗头，也要逞嘴，俺怕你的埋伏，也非好汉。"说罢，三人各举兵刃追赶上来。谁知王朗见朱世雄败回，知那些寻常埋伏擒他不住，随即传令让他进来。当时与众人到了楼前，站立台阶，直等人杰。

他三人见无人抵敌，也就蹿蹦纵跳，到了花园，离那棵大树前不远。殷强还要前进，人杰知道厉害，赶着喊道："四哥且住，待俺前行。"当时便想绕过那树木，蹿上楼去。王朗早已看见，刀头一指，霹雷一声，火球飞至。人杰知道不好，随即向旁一让，到了左边；谁料殷强随后走来，迎面相逢，正落在肩头上面。登时燎起大泡，痛入骨髓，大叫一声："痛煞我也！"飞抓一舞，跳到树前，直向王朗打下。人杰恐他有失，也杀奔前来。王朗也不交锋，复将栏杆一推，花朵中早飞出流星火弹，前前后后，直向两人打来。殷强到了此时，也就不敢前进，飞抓在手中舞得如雪片一般，遮挡流星火弹。奈此弹总线发作，火弹过去，无限的火箭，复又射来。殷强身上早已中了数箭。人杰又恐他再战，赶着喊道："四哥此时不走，尚待何时？你脸上已中了火箭了。”说着，掉转身躯，便想逃走。

到了琉璃厅口，里面已蹿出数人，锤棍刀枪，一齐杀入。当首便是曹勇，高声喝道：“汝这小贼，前番未送汝命，已是万幸，今日复来送死。曹寨主在此，不要走，吃我一铛！”说着，流星铛一起，连肩带臂，一下打来。人杰此时不敢恋战，只得将双锤一架，夺路而逃。所幸赛花未曾受伤，此时见众人杀到，知道力敌不过。随将铁背花装弩取出，一声响亮，一弩射出。

曹勇冷不提防，见有暗器飞至，赶将身躯一让；后面那人躲避不及，早已射中命门，“哎呀”一声，栽倒地下。曹勇一人来厮杀，他三人趁此漏空，出了花园，复向寨门逃去。

三人到了山下，方才碰在一处，喘息一番。此时殷强脸上已肿得有面盆大小，冷风吹入，疼痛非凡。赛花此时也就着急，只得令人杰将殷强背负肩头，回转店中，将原由告知了店主。

店内方知他三人是施大人手下的人。赶着烧了面水，让殷强薰洗一番，身上箭伤，复行扎好。人杰虽未中火弹，右臂上又中了两枝火箭，两人睡在房中疼痛非常。到了天明，殷强大叫一声，早已疼昏过去。殷赛花真是手足无措，向着人杰道：“这事如何是好？早知如此，临动身时，将爹爹的末药皆带来了。现在用何药敷治呢？”人杰到了此时，倒是哼声不止，见赛花如此着急，便道：“此去十数里，有个村庄，这人家姓吕名叫云章，你到他家，说明缘故，或者有什么解救，亦未可知。不然就请他儿子去到殷家堡送信，他必然肯的。”不知如何，且看下回分解。

第二六九回　见伤痕英雄痛儿女　探消息豪杰访强人

却说殷龙天明起来，梳洗已毕，不见人杰出来，心下暗道："这总是他夫妻贪睡，此刻尚不起身。我且不必喊他，看强儿在那里有何事。"随即信步走出，才到殷强房内，但见案上放一张纸帖，上面写了数句："禀父亲安，男与妹夫、妹子，同破齐星楼去也。"殷龙见了字条，不觉大惊道："这三个畜生，好不知事！连天霸与朱、褚两人尚不敢前去，你们有多大本领，竟自背我而行，岂非自寻死路么？"当即跑到赛花房中，哪里有个人杰？殷龙这惊不小，即命殷猛、殷勇两人前去追赶，哪里追赶得上？到了上午时分，仍就回来。这三人本是殷龙心爱的儿女，此时见他们冒险，只得向殷猛说道："汝且去此，赶赴淮安报与施大人知道，说贺人杰带同你妹子三人去破琅琊山，唯恐他此去有失，快请黄叔父与朱老英雄一班人众，前去救护。我此时随即动身，在琅琊山左近等候。设若万君召回来，得了齐星楼的原图，那时便大众去破这山头，千万莫要误事！"说毕，殷猛只得领命往淮安而去，自己与殷勇、殷刚，带了动用的各件，一路追赶而来。

这日到了山东，正访琅琊山的路径，忽见有个老者，喘吁吁的向那人说道："我昨日店中住下三个客人，谁知是施大人的手下，昨日夜间去破齐星楼，皆受了王朗的重伤，现在问我吕云章的庄子，你们可知道这路径么？"殷龙听了此言，忙向那人道："这三人可是两个男子一个女子么？"老者见殷龙询问，忙道："你老何以知道，问他则甚？"殷龙道："此人现在何处？赶快带我前去，那伤痕可致命么？"原来此人就是店内店主。见殷龙问得急迫，指道："前面过去，东边那个庄上第二家，便是他住的所在。”殷龙听了这话，顺着路径飞奔前来。到了店前，只见殷赛花站在店前。殷龙不禁怒道：“你这三个畜生瞒得我好苦。设若丧命此地，叫我怎见施公？现在他二人究竟怎样了？”赛花见了父亲前来，如半空中接着日月，忙道：“他虽中了火箭，尚还支持得住；唯四哥伤痕太重，现在昏在床上呢！”殷龙此时光景，已是怨愤交集，欲想再骂他夫妻，又是娇养惯的，实在骂不出来。看着殷强，自是着急，忙道：“你且将受伤的原由，告诉我来，看我可有敷治的药料？”

赛花将昨夜入山，如何中他埋伏，前后说了一遍。殷龙尚未听毕，不禁顿足道：“这事如何是好？这火弹名叫流星弹，内有毒药造成，打在人身，不过七日，便要身死。为父的无救药，只有褚标那里的化热丹可以解救。但离此甚远，着人前去，也来不及，如何是好？”殷勇道：“爹爹且勿着急，孩儿看咱们那个清凉散，也可用得。何不先代他敷上，能将这火气拔去，也就轻松一半了。人杰兄弟已中了火箭，此时先代他将箭药敷上，然后再讲罢。”当时殷龙只得将包裹打开，取出末药，将箭疮敷好。究竟人杰受伤不重，虽然觉得疼痛，自从敷药之后，那火气已拔出了几分；唯有殷强，只是昏迷不醒。殷龙此时眼望他受罪，恨不能将王朗擒住，一刀报了此仇，焦躁一番，只得出来向赛花埋怨；赛花此刻，也是悔之不及，只望褚标果能到此，两人方可有命。

谁知殷猛奉了他父亲之命，去到淮安送信，一路之中，不敢怠慢，昼夜而行，这日已到了漕督的衙署。当时找了巡捕，说明来历，进内报告施公。施公听了此言，也是大惊失色，说道：“贺千总如此冒险，设若有失，如何是好？”随即将殷猛传了进来，问了一遍，方知是殷龙留他在家，恐怕误了限期，因此他三人暗自前去。施公道：“贺千总你性太急了，那样一座高楼，岂是你三人能破的？”当即将黄天霸、关小西一班人众，并朱光祖等人，一齐请来。见了殷猛，访知这番事件，无不齐声说道：“三人前去，必然有失。殷龙虽是赶去，还要请大人示下。”施公道：“本院为这案件，恨不得立时破获，无如飞云子下落未曾访明，因此权且等候。褚老英雄虽然又去探访，不知何日回来。本院此时，只好急其所急：黄贤弟、关贤弟同朱老英雄三人，就此随殷猛连夜而行，赶到沂州，如他三人未曾受伤，仍然同回，等把飞云子访明，再行前去；设若有意外事件，大众便聚在那里，等万壮士回来，再行定夺。那时能破不能破，皆可知道了。”黄天霸见人杰为齐星楼案件复又前去冒险，心下甚为着急，见施公如此吩咐，唯恐朱光祖推辞，忙道：“朱老叔，人杰这小孩子，你老怪喜欢他的，设若此去有失，冥冥之下，何以对得起天保？你我就此去了罢。”说着拖了光祖，别了施公，回到自己的衙门。张桂兰与人杰的母亲也是吃惊不小，当时将黄天霸朴刀以及随身的物件，一齐打入包裹，命他连夜而行。光祖此时也无可推辞，带了兵刃，与天霸到了辕门，关小西同殷猛两人已在那里等候。天霸又向计全、何路通叮嘱一番，叫他们小心保护；万君召一经回转，便大众齐来。说毕，别了众人，直向沂州而去。

看官，你道殷猛前来，为何施公叫褚标又去探访？只因万君召走后，褚标对朱光祖说道：“我看齐星楼这案件，断非此数人可破。若能将凤凰岭张七请来，便可得个大大助臂。今日万君召虽去，唯恐迟不救急，误了限期，为害不浅，”光祖说：“张七那人，倒不必去请，唯有琅琊山的消息，现在如何动静，全不知道；不若去打听明白，一经万君召回来，那时便可以前去，到了山下，有人接应，也可不至于耽搁，岂不比去请张七较为妥当么？”两人计议停当，褚标也不告知施公，一人便向山东一路走去。后来施公不见褚标，询问起来，方才晓得。这也是殷强命不该绝。他三人来到沂州，褚标已先期住下。这日上山之后，受了重伤，次日褚标已打听明白，心下吃了一惊，明知化热丹可以解救，虽在自己身边，却不知他们的下落，只得在琅琊山左近四处寻访。不知殷强性命如何，且看下回分解。

第二七〇回　褚标解药救殷强　君召投山寻普润

却说褚标因探听王朗的消息预先到了山东。贺人杰等人受伤，次日他已知道，只不知他三人住在何处？只得在琅琊山一带探访。谁知殷龙见殷强受伤甚重，无法可治，只得自己想出些散毒药物，预备进城制配。却巧走出店来，未有四五里路，正是心中焦急，不防着对面有人招呼道："殷老英雄何时到此？你令郎究竟如何了？现向哪里前去？"殷龙抬头一看，见是褚标，自是喜不自禁。也就迎了上来，忙道："褚老哥，你何以也在此地？快随我来，救你侄儿性命。"褚标疑惑贺人杰上山，殷龙知道，忙道："你老也太大意了，怎么在江湖半世，不知这个利害，令他三个孩子前去冒险。"殷龙见他知道这事，心下也甚疑惑，忙道："你老哥怪我，我也冤煞！他们三人瞒我到此，叫我怎么样？昨日前来，已经如此，正想你到此解救，不知那化热丹可曾带来么？"褚标道："这也是他们命不该绝，我由淮安至此，不过因大人走后，此地无人探听，怕王朗趁此起事，故而前来打听打听。那日临动身时，并未随带多物，所幸这化热丹还在这里。你我且前去看了伤痕，再行取药。"殷龙听了此言，自是感激不尽。

随即二人一路转来，到了店内，早有赛花看见，忙道："老爷子你来了吗？真是巧极了，你的丹药可曾带来？"褚标见她问得急迫，故意说道："我知道你们有这身本领，断不会受人的埋伏，因此未曾带来。听说你三人已将齐星楼破去，那琥珀夜光杯现在何处？且取来让我老汉一看。"殷赛花见他如此说来，明知是取笑的，乃道："你老也不必说了，现在既已如此，后悔已迟，我哥哥伤痕太重，请你老就此看视罢。”说着，殷龙只得将褚标领到房中，此时人杰见他进来，也是欢喜。只见他到了殷强床前，将那清凉散先行洗去，问殷龙道：“你看他如此肿溃，为什么不将这毒水放出，留在里面，岂不更烂么？”当时取出一根银针，是凡有泡的地方，俱皆挑破，但见那淌出毒水腥秽非常。褚标便令赛花将房内窗棂全行糊好，以免透风，然后出了房门，回转自已寓所而去。到了上午时分，已转回来。又命赛花向店家取了一杯暖酒，先将末药冲入里面，向殷强灌下，然后用净水调了一些，轻轻地敷了。未有一个时辰，只听殷强大叫一声：“疼煞我也！”殷龙等人，见他转醒，方才放心。赛花忙上前问道：“哥哥此时怎样了？”殷强将眼睁开，看见了殷龙在此，忙道：“爹爹几时来的？王朗好厉害呀！”

殷龙此时正是转忧为喜，看他如此，也是可怜，哪里还去抱怨？乃道：“我儿且安心在此，等你伤痕全好，不日大人到来，这齐星楼便不难破了。”当下又复安慰一番出来。褚标又为贺人杰将箭药敷好，然后出来向殷龙说道：“这座山头万分难破。即便无此埋伏，那负隅之势，已厉害非常；加上那座高楼，非等万君召回来，不能得手。闻说现在有准备，他三人受伤之处，尚是极小的埋伏；那四五层楼上，连他山上的人尚不知道，何况我等外人。但贺人杰由淮安动身，为何这般迅速？在殷家堡临走之时，你难道不曾知道！”殷龙此时只得将他三人约伴逃走的话，说了一遍；然后命殷猛到淮安送信的话，说了一番。

褚标道：“照此说来，我也不必回去。施大人得了此信，总要命天霸前来，不如大众权歇此间，专等万君召的消息。咱看这店中也不妥当。候殷强伤痕全好，搬至那洪家道镇上去，泰来店中与俺住在一处，岂不是好？”殷龙听了此言，也就答应。

自此未有数日，殷强的伤痕已好有九分；人杰已能行走。

这日打算移居客店，忽见褚标笑脸进来，向殷龙道：“你老放心罢，天霸与朱光祖等俱来了，现在到我寓所饮食，稍顷便来。你儿子也来了。”人杰听了此言，随即问了路径，去见天霸。

接着殷龙与殷勇、殷刚三人，也出了店门，一路而来，行至半途，天霸等早已遇见，向着殷龙笑道："老英雄可谓是儿女情长了。设非人杰冒险，你老肯轻易到此吗？现在咱们已经前来，这事究怎样说法？连日可曾到那山上么？"殷龙还未开口，人杰道："黄叔父此时万不能前去了，小侄两次受了重伤，所幸未曾送命，唯有等万叔父前来再说！但不知你老由淮安动身，可有什么消息？"天霸笑道："你这孩子，也看得太容易，难怪吃了此苦。此去陕西有两月路程，哪里便如此迅速？现在殷强伤已全好，我等在此住下罢。仍请褚老叔到凤凰岭去，将我岳父请来，大家聚议，也来助一臂之力。不知你众人意下如何？"

殷龙道："可知你我住在此间，无济于事。张七果然前来，便要他交手方好，不然也是空跑。但是飞云子的下落，不知君召可曾访到？意想今晚我等众人上山，细探一番，看它究竟怎样厉害！"朱光祖见他高兴，也就答应愿往。于是众人进了寓所，约定同探那齐星楼的消息。

且说万君召别了施公，一路向陕西行来，走了一月有余，离潼关只有十数日的路径，那日向晚，寻店住下。想道："此离潼关不远，曾记早年在此有座山头，名叫狮子山，那个铁背头陀普润，此人甚有本领，与飞云子也是朋友，何不到他山上先问一番？便知他下落。"当时主意想定，便命小二取上酒肴，一人饮毕，然后问道："这里到潼关还有多少路程？那个云梦山你们可知道么？"小二道："此去半月光景，方才得到。但听人讲，老寨主已死，那后辈五个兄弟，也不在山内。因他名望过大，不时有那些好汉会他，因此恐惹出是非，向各处游历游历，每人每年也不过回来两趟。"君召听了此言，心下很不自在，暗道："我今日远来，设若他不在家中，如何回去复命？施大人那里谆嘱，见我空手而回，岂不说我办事不力？"当时闷闷不已！只得安歇一宵，次日早间，便向狮子山而去。

到了山下，正拟向前招呼，忽听一棒锣声，出来了数个喽兵，高声叫道："小子慢去，留下买路钱来。"万君召到了此时，甚为好笑，欲想与他作耍，又恐误了程途，乃道："汝等喽兵且勿动手，你家铁背头陀可在寨内么？"喽兵听了此言，赶着退了几步，齐声问道："你问寨主何事？你老从何处而来？且请说明，好进山通报。"万君召道："俺乃万家村万某是也。与你家寨主从前在云梦山相会，今有多载，特来拜谒。"喽兵听是远客，也就不敢怠慢，报上山来。顷刻之间，早来了一位胖大和尚，远远地喊道："万大哥！如何到此？僧人久别了。"

说着，万君召也上了山头，两人进寨，彼此行礼坐下。普润问道："闻得大哥回转南方，干那大事，今日何以到此？"君召道："小弟自愧无能，岂能成事？一向在敝乡闲处，寂寞无聊，故而前来访友。但不知飞云子贤弟，还常见面么？"普润见他问及云鹤，忙答道："'能者多劳'这四字，他足当的了，可惜老哥迟来一天，不然在此会见。"这句话，把万君召说得急煞。

不知后事如何，且看下回分解。

第二七一回　出潼关义重普润僧　献楼图得遇飞云子

却说万君召听普润说你来迟，忙问道："他是几时到此，现在又往何处去了？"普润道："云龙、云虎现自从云老叔亡故，便与咱们绿林朋友联为一气，唯有他怕后来多事，便由此处往他方，想脱这个买卖。无奈我辈中朋友，皆闻他的大名，往往恳留他去，请他共图大事。近闻又在山东，干出一件大大的事来，唯恐后来牵连在内，因此仍然回来。在俺寨中，住了有两月工夫；前晚方才辞别，此时大约还未到家。大哥若要会他，非得到潼关不可。但是你轻易不来，今日到此，必有要事，何妨与咱说明。"

当时早有人摆上酒肴，两人入席坐下。君召道："说来也是惭愧，只因小弟无能自立，自从与老哥别后，无处栖身，欲想干这生涯，怎奈善恶到头，终有报应。因此便想自树一帜，以享大名。无奈事业未成，反为黄天霸等人所诱，彼时自知有罪，无可宽容。不料施大人恩德高厚，收留小弟；又见咱有两手武艺，遂至缮本保奏，保举为官。只因俺不悉世情，又恐日后复行恳退，近数年来，只在敝乡闭门思过，足不出门，所以黄天霸屡次升官，小弟俱不在座。谁知飞云子干出这一通天大事，累及施公访出小弟与云家五子有生死之交，特命人前往海州，登门奉请；小弟受恩深重，义不容辞，故此前来探问一番，不料在此不遇，只得再往潼关去找。"普润听了他这派言辞，方知已归顺施公。乃道："咱闻这施不全专与咱绿林作对，说来乃是我等的仇人，大哥何以归顺于他？"君召道："这才将施公冤煞了。你老虽未至淮安，此道上的英雄无不知道。诸如凤凰岭张七、殷家堡殷龙，以及褚标、朱光祖等人，谁不是江湖上的朋友？现今俱在施公的麾下。但这些人皆有大名，那奸盗邪淫、损人利己之事，可皆是从不做的么！施公所提的强人，皆非此辈，果是英雄好汉，他爱才如命，不惮屈己相求，哪里肯与他们作对？这皆是邪淫奸盗、强寇，见施公威法过严，布这谣言坏他名声。不然小弟还肯归顺么？”普润听了此言，乃道：“照你说来，施不全既是好人，飞云子做的这事，是害他不得，你今前来，有何话说？”万君召料他已是知道的口气，乃道：“你老既然明白，还不知小弟来意么？现在钦限在即，皇上的御物固然要紧，那王朗的作为，你老还不知道么？那些事情，已把绿林中的脸面丧尽，地方上的人也不知为他害了多少。这样的人，飞云子竟帮他干事，岂不是助纣为虐么？小弟前来，无非因那座楼的事件，你老还知道这门径么？”普润道：“僧人一向不知王朗如此为人！照此情形，莫说是施不全不能容他，俺普润也去杀这狗贼了。但是飞云子有言在先，从此回家，再不出世。唯恐此去，也是空走。也罢，大哥既老远而来，俺与你且同走一走，看他如何？”当时万君召听他此言，正是喜出望外。彼此谈论一番，次日一早，两人便下山而去。

这日出了潼关，离飞云子山前不远，山上的人见是普润前来，无不识得，忙道：“普师父你来么？且请里面奉茶。”普润道：“我自会理得。你家三爷现在哪里？”众人道：“我等方才下山，不知可在里面，你老且在此待着，小人进去看看。”

君召见这人言语皆不实在，怕他推辞，随向普润道：“你老既是常来，咱们就此进去罢。”普润也知道他的意思，不等那人回报，便自向里面走来。过了厅前，正听那后面道：“你去说，我前日出门去了，早则半年，迟则一载，方才回来。免得外人知道。以后无论何人，皆是如此回答。”君召在外听得清楚，知是飞云子口音，不禁高声喊道：“云鹤，你也太高傲了，咱由海州到此，数千里路，方至山头，难道你一面不见吗？便与我万君召没有这交情，还有朋友在此，为何也一律推辞？”飞云子在后面听得此言，知是回报不去，而且听是万君召，自是又愧又喜。只得走了出来，忙道：“我当何人？原来是大哥到此。现在大事想必干成了！”万君召听了此言，不禁满脸飞红，向他说道：“贤弟何故再言，愚兄已悔之无及了。但是吉凶顺逆，人贵知己，愚兄之大事不成，贤弟干了大事，回转此山，也是一样的意见，何必仍以从前的言语作为口实呢？”飞云子见他说了这话，已知他的来意，忙道：“小弟既回山中，大哥也不提既往，你我从此隐姓埋名，那外面是非，彼此皆不必多管罢。”

普润本是个直性人，听飞云子如此言语，乃道：“贤弟之言差矣！要得人不知，除非己莫为。琅琊山你做下那事，累得施大人好苦。今日君召前来，无非问那个齐星楼的门径，这楼既是你造，未有不能破之理。不如与他同至淮安，破了这案，改邪归正，留个英名，岂不是个好汉？咱今同他到此，特为相求而来。这派言语，向你说明，你究竟如何定夺？”这番话，把个飞云子说得哑口无言，半晌道：“小弟也是一时之误，听了智明的言语，为王朗等人逼迫，看那个义气为重，只得做了此事。事后回想，也是后悔，因此独自回来。但不知天霸等人如何救出施公，琅琊山可有人前去？”万君召只得将前后的话，并施公命朱光祖到海州请他前来的话，说了一遍。然后道：“愚兄此来，专这事。现在钦限在即，大人以下，无不等俺回去破那个琥珀夜光杯的案件。尚望贤弟看愚兄的薄面，同去一行，不然将原图取来，好令愚兄带回，按图办事。不但愚兄同施大人感激，便是当今皇上，也要喜笑的。”

当时云鹤见万君召说得恳切，又见普润在旁说话，欲不答应，实是自己一时之误，为王朗等人干出这不法事件。此时既连累施公，又为那班英雄耻笑，说他助纣为虐。而君召同普润又是自幼的弟兄，设若却他来意，无论他两人不肯甘休，便是自己也难推却；若欲骤然允许，这齐星楼明是自己所造，除却本人，绝无别人能破，将来王朗活捉，送了他性命，那些江湖上朋友，也是说自己全无义气，出尔反尔。思前想后，正是左右为难。

当时只得说了几句虚话道：“此事小弟本来干得鲁莽，既二位兄长到此，敢不将图献出？但是这件琥珀夜光杯乃是皇家的御物，随后入奏朝廷，将宝物敬献，那时勿株连小弟，便是幸事了。但此图现在后楼收藏，两兄此来，绝无就去的道理，且请在此盘桓数日，小弟或可同走，也未可知。”君召见他应允，竟是欢喜非常，乃道：“贤弟美意，足感盛情，既蒙慨允，何不就此前往？目下施大人望眼欲穿，恨不得立破此案，销了钦限。在愚兄看来：在此杯酒盘桓，其事甚小，救人破案的事大，便请即刻下山罢！”飞云子尚未开口，普润在旁哈哈笑道：“万贤弟你也太性急了，你不远千里而来，云兄弟这地主之情，岂能不尽？便是他肯同你前去，我也要在此耽搁一宵的。”飞云子见普润如此言语，正是合了本意，随即答道：“还是普师父爽快，万大哥可莫再催。”说着，便命人到厨下吩咐酒肴。

三人坐在厅前，谈论些别后之事；君召又将施公及黄天霸等人如何义气，自己不肯做官的话说了一遍。当时摆下酒肴，三人入席畅饮，酒过数巡，忽见个孩子匆匆进来，高声叫道：“禀三爷！二爷与大爷回来了。”普润听了此言，赶着起来，向君召说道：“万贤弟，今日凑巧极了。他两人前日到我山上说：‘往陇西买卖，早则半年，迟则一载，方可回来。’此时回转山头，岂不是凑巧已极！”君召亲来一看，原来这两人，便是云龙、云虎。慌忙出席喊道：“两位兄长，今日相遇，小弟君召想煞了。”龙、虎二人见是君召，当时不知他的来意，正是惊喜非常，也就齐声答道：“贤弟何以到此？你我阔别多年，不期先君见背，回思往昔，如在梦中；今日相逢，真是出人意外。”说着，彼此行礼已毕，便在上横头坐下。云龙本来性急，不等大众开口，随向君召问道：“万贤弟心大志大，欲想干一番大事，目下自是功成名就了。但是此道上朋友，屡屡传知，闻你现在万家村隐姓埋名，不问外事，岂不与你初志相反？”万君召听云龙这番言语，知他是一番盛意，欲想将来意说明；无奈他不比云鹤，一经说出缘故，必有一番争论，只得含糊答道：“多承大哥盛意，小弟足感美情。此时大哥回来，谅必车马劳顿了，小弟仍有一番细情，尚须细说。”云虎见他半吞半吐，疑惑他落魄下来，前来投奔，连忙插言道：“贤弟何必如此，我弟兄也非那势利之人，淡薄贤弟；贤弟有话，但说无妨。”

普润知他的用意，乃道："二位贤弟虽是美意，可知万贤弟此来，正是你我出身之路。从前江湖上面皆说漕运总督施不全是个赃官，专与我们绿林中朋友作对，谁知是个好官，为人冤煞。我等把琅琊山王朗当着了好汉，那倒竟是混账东西，败坏了我们的体面。非万贤弟前来，几误了大事。"云龙听了此言，不禁起身叫道："普师父，你这派言语从何说来！无论江湖上说来，不知为他害了多少性命？就是那黄天霸杂种，杀死盟兄，逼死盟嫂，投在他麾下，巴结功名，此人也非人类。施不全如是好官，还肯受用这等人么？"他两人在此言语，把君召在旁急煞。一人暗道："照此看来，今日免不得要动手了。"只见普润道："你二人勿得多疑，可知三弟造那齐星楼，误中王朗的计策，把个施大人冤煞了。万贤弟在家稳姓埋名，不问世事。施公命朱光祖驰走海州，登门奉请，令他千里而来请问三弟。此时到此，正是为那齐星楼案件。现在三弟已经俯允，将图献出，完了这钦案。两位贤弟回来，正好助施公一臂之力，也落得个弃暗投明，免得为江湖耻笑。"

云龙见普润欲投施公，登时虎眉倒竖，怒眼圆睁，高声叫道："你这秃驴，口说何言？我云家五子肯投在这赃官麾下么？敬重你，喊你声师父；俺翻脸过来，便是咱绿林仇敌。咱本欲留万贤弟盘桓数日，以尽愚兄这个地主之情，三弟既摆酒相酬，且看旧日交情。你这秃驴赶快回去！若有不然，我这两个拳头，谅你也知厉害。"谁知普润也不能受人言语，大声骂道："云龙你这狗头，我劝你一派好言，反而出言不逊，你这拳头，谁人怕汝。若不同去破了山头，欲想我二人下山，也是登天向日。欲斗便斗，难道俺怕你不成？"说着，就便与他动手。飞云子赶着起身，居中拦住，忙道："普师父，切勿动气，此事容缓商量，不可伤了和气。"他一人正在调处，忽然云虎跳起身来，向云龙喊道："大哥，且不必向秃驴争论，且将这奸细逐出门去，便安然无事了。"说着，抬起左脚，一个旋风腿，早将座头踢在院落里面；袖口高转，露出拳头，直奔万君召面门打来。君召吃了一惊。不知君召性命如何，且看下回分解。

第二七二回　飞云子强做解纷人　普润僧反成和事佬

却说云虎举起拳头对着万君召打来；君召碍于飞云子情面，只得向左边让过。谁知云虎疑惑他惧怯，接着骂道："你这杂种，也知道你二爷厉害，还不为我滚出。"说着，又是一拳从左边打来，君召只得又向右边躲去。云虎见自己两拳打去未中，复又一拳，对定胸口打来。君召再想让去，已来不及，只得将脚跟在地下一顿，用了倒扳桨的架式，向后一蹿，倒退有五六尺远，方将这一拳让过。

此时君召又恐他再行打来，只得向云鹤说道："三贤弟，亲目所睹，愚兄被二哥连打三下，皆看昔日交情，未曾还手。若再争斗，非是愚兄无礼了。"云虎听了此言，更是怒不可遏，骂道："你这无志的杂种，用这花言巧语前来哄谁？俺兄弟为你哄骗！若要他下山，休生妄想。"说着，一个蜻蜓点水，到了君召面前，便想用二指将他乌珠挖出。君召见他来得厉害，心下想道："我为他打下三拳，也就算情理两足，此时再不还手，只道我惧怕于他。"登时举手答道："云虎！你休得猖狂，俺君召手段也不在汝之下，既然苦苦相斗，却就难怪小弟了。"说着，竖起两个指头，用了个恶鬼敲门法，在云虎肘关上着力的打了一下。只见云虎脸嘴一努，那双手如不是自己的一般，自手尖直至膀背，一路酥麻，十分难当。登时将左手收缩回来，掉转身躯，将腰刀拔出，仍然向前争斗。君召见他取出兵刃，恐彼此皆有失误，登时将身逃在云鹤身后，高声叫道："三弟救我。"

此时飞云子正拦普润同云龙两人，忽见云虎与君召争斗起来，心中格外着急。正是左右为难，见君召已到了身后，赶向普润说道：

“普师父，你知道俺大哥的性情，且请你老息怒，护庇着万家兄长，俺与二哥说情。”说着，便将普润向后一推，同君召站在一处。自己蹿身到了前面，向云虎道：“二哥不可动气，小弟有言奉告：万大哥此来，虽为那齐星楼案件，但此事实系小弟一时之误，干出这尴尬事来。今日万兄长前来，也是苦苦逼我，不过想我等弃暗投明，落个好名，为江湖上朋友生色。去与不去，皆由我等做主，何必伤了和气？且万大哥乃是我等自幼的弟兄，千里相投，不能尽地主之情，反而送了性命，那时你谈我论，我等气量太小，岂不为外人耻笑？且请二哥住手，咱们再从长计议。”说着，上前便将云虎的腰刀夺下。

此时云龙见飞云子如此言语，也就气平了一半，站在一旁。君召本是解人，见他两人没有言语，趁此便转出来，向着云龙道：“小弟一时失言，冒犯虎威，致劳二位兄长动怒，此时海量包涵，蒙恩容纳，实为万幸！小弟这旁有礼了。”说着，向着他两人深深打了一躬。

云龙兄弟本是个直性，见他如此服礼，回思从前的交情十分亲密，现在一言不合，动怒起来，反觉自己无味，只得道：“贤弟既然知过，从此还自交情，再不许谈施不全这杂种了。”

君召只得唯唯答应。飞云子连忙命人将座头扶起，复整杯盘，重新入席，再不敢提齐星楼的事体。无如君召为这事前来，深恐飞云子借此反悔，不肯下山，那时便误了大事。嘴里虽然谈论，两只眼睛直望着云鹤。飞云子无奈一时不能开口，只得向云龙问道：“大哥自那前月下山，说往陇西买卖，为何此时便尔回来？莫非遇见敌手么？”云龙道：“不知万贤弟是何日到此？别后在何处栖身？何故又受施不全的驱使？”飞云子见云龙复行询问，不等万君召开口，便将他如何受施公厚恩，如何保举，他不愿为官，如何在万家村居住，朱光祖登门奉请，如何前来访问，遇见普润，以及到此间请他下山的话，前前后后说了一遍。云龙道：“照此说来，施不全倒是个铁面无私的好官了。但是江湖提起‘施不全’三个字，无不恨如切骨，难道我辈中个个与他为仇么？此事在愚兄看来，还须三思而行。万贤弟虽是知己的朋友，常言道：‘耳闻不如眼见。’我等总未见过这施大人是何如人，不能信一面之词，与我绿林中朋友作对。贤弟既造下此楼，虽是为王朗所赚，也只好全始全终；若是再破楼，是自己同自己交手了，出尔反尔，岂不为人耻笑？如你定然前去，也觉无妨。此去山东虽不过一两月光景，由山东到淮安，再加半月日期，来往三个月工夫，也可转回。且待愚兄前去访问，若果施不全是个好人，不但贤弟可去，便是愚兄也可助他一臂。”君召听此言语，心下急道：“现在钦限在即，再等你前去回来，已早误了大事；若再另生他故，将大人在淮安结果性命，那便如何是好？”正想趁此开言，普润早说道：“贤弟如此过虑，可知此去淮安，非旦夕的路程，等你回来再去，岂不误了大事？即使万贤弟所言不实，三弟在此道上面也时常来往，一路上百姓谁不知施公是个好官，难道他访闻不实，还须你打听么？在愚兄看来，贤弟既不相信，自然不敢勉强，而万贤弟到此，又不能久待。唯有一法，且请三弟同我等一齐前往；贤弟到了淮安，访知施公是个好人，那时便命万贤弟禀知大人，我等驰赴山东，将齐星楼破去。如若不实，仍然回家，岂不两全其美？”万君召听了此言，不觉喜出望外，忙谢道：“还是普师父语言爽快，他日事成，定当躬谢！今日暂住一宵，明日二位兄长同三弟起身如何？至于那一幅楼图，仍望三弟取出一观，俾知大概。”飞云子见他要楼图观看，乃道：“大哥且勿着急，如能小弟前去，还怕那座楼不破么？但不知大哥、二哥意下如何？”云龙道：“普师父所言也是，咱家明日便同他前往，若是所言不实，不但施不全用我不上，唯恐琅琊山又添了几个英雄好汉了。”君召见他已经允许，也就称谢一番，不再言语。

哪知云虎坐在一旁，却是一言不发。复饮了数杯闷酒，起身向普润说道：“师父在此多饮一杯，小弟一路而来，车马劳顿，此时实支持不住，稍时便来。”当时打了招呼，随即向后去了。君召与普润以为他是个真话，也就不向下问。唯有飞云子神情慌乱，见云虎起身走去，知他另有别的意思，赶着出席，随后追去。到了里面，见云虎取出一个小小的包袱，往肩头上一背，便是个出门的样儿。赶紧抢上一步，向云虎问道：“二哥，你我到淮安前去，无非为这事件，欲走同走，现在一人欲往何方？且请说明，以定行止。”云虎道：“贤弟改邪归正，愚兄尚有何说？这包裹乃是方才带回的物件，你问做甚？”飞云子见他如此，也就不便再问。

却说飞云子见云虎如此言语，当作他是真言，也就不敢再问，但道：“二哥，既是如此，也免得遗臭万年，小弟与大哥大约明早便须动身了。因施大人钦限在即，万大哥又远道而来，若大哥不允君召同去则已，此时既已允许，迟早皆要去的，何必在此耽搁？二哥，这包裹可无须再解了，好在明日便要启行，免得临走时再行收拾。”云虎此时只是糊涂答应，也不说出缘故，竟自携着包裹，向旁边书房去了。云鹤当时也就出来，复行饮了数杯，看看天色不早，只得命从人将残肴撤去，安排普润与君召安息。

且说万君召同普润来到个小方轩内，见西首一个大大的房间，点着玻璃灯球，上下设着两张床铺。两人到里面坐下。君召道：“蒙师父大力解了此围，实为万幸！但云二哥匆匆席散，不知明日是否动身？若再迟延，岂不令大人在淮安盼望？”普润道：“俺们不答应则已，既已允你同去，少不了飞云子总要动身，若能此人前去，还怕这件事不成么？”彼此在内谈论，一面只得和衣睡了。

君召恐飞云子仍有推却，而且云虎在席间忽然走去情形，甚为可疑，设有变动，这便是空跑一趟了。一个思前想后，总难睡熟，到了四鼓以后，方觉得身上困盹，沉睡下来。未到五更，早有普润起来，高声叫道：“万贤弟，此时不早了，你既有要事在身，还不到前面催促么？”君召为他惊醒，于是拗起身来，将灯剔亮了，复行将衣服整理了一回，然后来到厅前，天色才觉微亮。普润便呼幺喝六，将孩子们唤了起来，一面命人去打面水，一面招呼到里边催促。停了一会，云龙亦走出来，问道：“三弟已起身么？厨下已招呼置办馒头，稍停出来，我等便可饱餐赶路。”正说之间，飞云子也就走出。

当时四人净面漱口，送上清茶，专等云虎前来饮食。等了好一会工夫，只是不见动静。普润急着问道：“二弟昨日在先睡觉，此时我等俱已起身，难道他还未睡醒么？再不出来，咱便要先吃了。”云龙见普润性急，只得命人到前书房喊叫。谁知过了一会，那人回来说道："二爷昨晚酒后回转书房，将那口佩刀带了去，说是下山去了，若有人去问他，便说到淮安访案。"君召听了此言，不觉吃了一惊。忙向飞云子问道："二哥与贤弟是不住一处么？"飞云子道："这里边本有五个书房，为我弟兄五人所住，因敝眷居住后山，偶来此间，稍觉便当。不料二哥昨晚席散，复然下山，想必他是不愿前去了。所幸大哥与普师父皆在此间，若能同行，非是小弟夸口，这山头定可破了。"

普润道："既是二弟去了，此时说也无益，我等赶快饮食，下山赶路。"说着，便拿了数个馒头，夹着牛肉、葱白大嚼起来。云龙也就一同饮食。早有孩子们打包裹，摆在厅前，专等他四人行路。

众人吃完早点，君召向飞云子道："多蒙贤弟盛情，此去定可成事，但不知那幅楼图可曾带下么？"飞云子道："此乃最重要之事，何能忘却？大哥在此稍待片刻，小弟取来如何？"

说毕，转身到了里面，以便取那物件。谁知走进书房，再向那书柜内一看，早吓得魂飞天外。忙将管书房的孩子喊来问道："这柜子除你那里有这钥匙，旁人绝不会开，今日天气尚早，你开这柜子何事？"那个孩子过了半晌，方才说道："昨夜二爷进来，听见这柜子响动，小的只道是爷招呼他来，故未进去看视，想必就是他开的了，但不知里面携去什么？爷且查他一查，当可知道。"

飞云子听了此言，也就猜着八分，只得将抽屉掀开，翻了一会，那个齐星楼的原图，早已不知去向。当时心急如火，只得匆匆出来，向云龙说道："大哥，不好了！二哥昨晚下山，谁知将楼图窃去，这便如何是好？"万君召听了此言，自是格外焦躁，又恐飞云子借此推却，未必真有此事。当时大笑了一声，向着普润说道："普师父，我万君召也不是个孩子，只因与云家弟兄非泛泛之交，故允了施大人这差事，此时鹤弟说原图窃去，眼看这琅琊山不能打破，可知这事尚小，叫俺如何回去？知道的，说咱空吃了这趟辛苦，连自幼的兄弟皆不能请来，还说什么义气；不知的，还道小弟躲避艰苦，假意说项。哪里有兄弟的物件，哥哥盗去之理，这不是掩耳盗铃的话头么？"

飞云子听他所言，知他是疑惑的意见，不禁急道："万大哥！你我是相好多年，也不敢如此欺人；今日如小弟谎说，咱云鹤便有恶报。大丈夫明去明来，不答应你则已，既已允你同行，岂肯半途推却？也罢，少不得小弟与王朗翻脸，这楼图尚有一副张存在他楼上，等小弟到了山东，将此图盗出，交与大哥办事，那时便知咱云鹤了。"万君召见他如此着急，方才深信不疑，只得说道："贤弟何必如此？愚兄也是情急了。果能如你所言，不过多一番手脚。随后大人面前，当竭力保举便了。现在天已不早，咱们就此走罢。"说罢，同普润、云龙等人，各自带上包裹，一齐下山，向潼关前进。

行了数日，已到了陕西境内。这日天气将晚，满想着前面有个村镇，以便借宿一宵，次日再走。谁知一直大路，走了有二三十里，依然不见个村落。众人又走了数里，见前面隐隐的有带廊房，有树林遮住。普润说道："万贤弟，前面有人家了，你可先行一步，无论这人家是谁，问他要些面饭，与我等充饥，然后再向他借宿。"君召听了，无奈为自己事件，当时不能推却，只得答应前去。到了树林前面，趁着月光将那房屋一望，谁知不是个住宅人家，乃是一座破烂古庙。当中一块白色的匾额，模模糊糊辨不出上面的字迹。心下暗急道："他三人前来是个勉强之事。到了这落荒地，难得有个人家，谁知又变做古庙，眼见得是没处借宿了。"一人正自踌躇，忽听喀嚓一声，山门大开，里面出来一个大汉，嘴里高声叫道："老大，你在这里稍待，小弟取些野食来，请你老下酒。"说着，两手将山门一带，直向大路而去。

君召此时好不欢喜，赶着将身躯向树林内一隐，等那大汉走去，复到了门前，心下想道："这必是我辈中人，在此做个腰站，他既有酒可饮，自必也有面饭了。且待我进去观看观看，如果是个软货，或者熟人，便免得我动手。"想毕，转身就走，打哨子叫普润等在前面等着，自己将长衣掀着，一个箭步蹿上墙头，展眼向里面看去。只见窗格眼里露出一线灯光，知道有人在内，随即飞身下了墙头，蹑足潜踪，到了窗口，偷眼朝里望去。不知里面果有何人，且看下回分解。

第二七三回　投王朗巧遇旧宾朋　见黄成喜分佳饮食

却说万君召到了窗棂前面，转身向里一看，中间神台上面，竖着三尊佛像，所有烛台等类，空无一物。上首有一张四方仙桌，东倒西歪，尽靠在墙上。上面设着一盏灯，已是半明不灭。

君召细细看去，却不见有个人影，只得大着胆量，挤身到了墙面，穿过神台，却有个大大的方门，里面一派笑声，送出大殿。

君召暗道："这必是有了买卖了，他们既有多人，料想硬来不得，不若听他一听，究是谁人，再作道理。"想罢，一人便静靠门框，侧耳听去。但闻里面说道："四弟，可知道强中还有强中手？江湖上面谁不知道贺天保是个英雄好汉，他的儿子，自必也不落人后了。谁知王大哥造下这座高楼，竟无一人破得。贺人杰不知分量，初次与黄天霸前去，受了重伤；二次与殷家的兄弟又去，几乎送了性命。现在听说殷龙赶了前去，与褚标要了救药，救了他两人性命。虽然未能身死，可见得这座高楼轻易难破了。"接着一人答道："二哥，你莫这样说法，我看黄天霸绝不肯甘休的！王大哥今日请我等前去，也是他惧怕的意思，准备敌人来破此楼，以便厮杀。但不知施不全在淮安现在如何？"里面你言我语，不料君召早已听见，心下好不欢喜。当时赶着回转身子，蹿出到了外面，将所听的言语，对飞云子说明。云鹤道："既然如此，大哥同普师父在此稍待，俺与咱哥哥前去便了。"说毕，便同云龙到了门前，高声向里面喊道："哪位朋友在里面饮酒？小弟飞云子接待来迟，是兄弟前来相会。"说着，两人早进了大殿。

里面众人正在谈论，忽然外面来了两人，不禁吃了一惊，赶着到了外面，也就高声答道："是谁在此？"飞云子道："原来朋友方才言语未听清楚，可知飞云子便是在下，此乃家兄云龙。此去正拟前往山东，不期在此得遇足下，但不知里面尚有何人？朋友尊姓大名，宝山何处？与王寨主有何交情？"这番话才说明，只见那人倒身下拜道："小弟有眼不识泰山，素闻大名，如雷贯耳，今日萍水相逢，设非大哥自道姓名，几乎失之交臂！小弟说来，也甚惭愧，先君在日，名叫黄通，绰号火弹子，与云老伯父也是深交，自从到了关西，彼此便绝了音信，后来在五虎山做了响马。在下小弟名唤黄成，江湖上因俺面黑，为俺起个绰号，叫黑玄坛；里面便是俺的胞兄黄达，绰号叫红毛猴。今日得遇尊颜，实乃三生之幸。"说毕，便请飞云子到里面入座。飞云子道："俺兄弟此来，尚有伙伴，只因赶路错过路头，以致到此借宿，现有朋友在外。"黄通道："且请进来一同饮食。"当时飞云子便转身出去，到了外面。早见普润在那里站起，一见云鹤出来，赶着上来问道："你在里面言谈些什么？可知我这肚皮却要饿坏了。现在如何说法，无论是朋友是谁，且让我吃他一饱。"飞云子道："此人说来，谅师父也可知道，他便是火弹子黄通的儿子，名叫黄成，与他长兄在这里面。只因王朗怕黄天霸攻打，特地命人请他入伙，故而在此耽搁。里面此时正有酒肴了，且请师父同我进去。"普润听了，自是喜出望外，大着步子先到了里面。万君召也就随后跟着来，低声问道："贤弟进去，愚兄作何话说？"飞云子道："这事不必多言，小弟已经遮瞒了。"当时一齐到了里面，大家问了姓名，黄成方才知道。

正说间，方才那个大汉才转回殿来，见有众人在此，便向黄成问道："这四人何处而来？难道是咱们一伙么？"这句话反把黄成疑惑起来。忙道："你是琅琊山之人，为何不相认识？莫非他是冒名顶替么？"飞云子不等他说完，赶将那人一望，不禁哈哈大笑道："我道是谁？原来是高头目么？"大汉再将他一望，也就惊讶非凡。忙道："你老为何到此？可怜王寨主自从你去后，如失左手，不知目今要往何处呀？"飞云子道："俺正欲投他去，不期在此路遇，真是可喜之至。"普润在旁喊道："你们既然认识就不必文绉绉的了，我腹中已饿得好久，里面既有酒肴，快取出来，让和尚先饮数杯，方是道理。哪里有饿肚子闲谈的道理？"

黄成听了此言，赶着同黄达将酒肴取出，七个人也不谦让，狼吞虎咽，吃了一会，然后方才谈论。飞云子向高头目问道："自从我下山之后，山下可有别事么？朝舞山曹勇何以为人攻破，将施不全救了出去？嗣后有谁人来破楼？目下来请黄成，是何主见？"高头目见他询问，不知他顺了施公，就将以前的话，说了一遍。君召细细想道："这必是我走之后，大人命贺人杰到殷家堡去请殷龙，因此他夫妻、郎舅，干出这冒险的事件。"当时只得唯唯否否，不措一词。只见飞云子问道："汝三人明日可能起身么？为何在这半路上耽搁？"黄成道："我等因闻这路上有件买卖，因此做这个露水，若是你老欲去赶路，咱弟兄少不得奉陪。飞云子听他说尚有耽搁，正是合了己意，乃道："我等也要到别处访个朋友，多则十天，少则五日，方可向琅琊而去。如二位先到山上，且请将路遇的话，禀报一声，好使王寨主知道。"黄成也连连称是。众人谈论了一会儿，便在殿上和衣睡去。

次日早间，飞云子与君召说道："小弟此去，正要盗那原图，不期遇见这两人，正是我等引路的机关，俺与哥哥且同他前去，你同普师父就此奔转淮安，报与大人知道，遂同黄天霸等人前来攻打。那时等众人齐到山头，小弟趁便将图取出，听随众人攻打。以后事件，自也不能过问了。"万君召见他如此，正是喜出望外，随即与普润跳起身，将黄成兄弟喊醒，乃道："昨晚俺兄弟多承厚爱，本当结伴同去，为他相助，无奈前途有人守候，不便随行；待小弟将这事件办完后，再往山头助王寨主一臂之力，此时只得告别了。"黄成不知他是施大人手下的，见他与飞云子同走，也就深信不疑，忙言道："朋友且请自便，我等后会有期，在琅琊山恭候便了。"说着，便将昨晚所剩的酒肴，先让普润等饮食，随后送他两人启行。

万君召将饮食吃毕，与普润别了云鹤，出了庙门，直奔淮安而去。

且说施公自从贺人杰去后，日夜望殷龙前来，大家便商议主意。这日见殷猛前来，说："人杰与赛花带同他四弟殷强，私下逃走，前奔琅琊山攻打。今特奉殷龙之命，前来报信。请施公速派能人前去接应。”施公听了此言，真是万分焦躁，乃道：“贺人杰乃是本院极钟爱的将士，虽是他有一身本领，总不比黄天霸手段高强。他二人前在沂州镇时，尚不能将齐星楼破去，此时虽有赛花，自然也是无济；设若丧了性命，这钦限未曾破获，反失了我的将士，这便如何是好?”此时黄天霸、关小西等人皆得着此信，也是陆续到了辕门。众人面面相觑，想不出一个主见。施公道：“万壮士此去潼关尚无多日，即使将飞云子请来，也是缓不济急。黄贤弟、关贤弟有何妙策，救了他三人的性命?”天霸道：“在总兵看来，唯有我等赶速前去接应于他，舍此并无别法。所幸殷老英雄已先追去。纵然人杰冒险受伤，是他自己的爱婿，绝无不设法之理。这事虽险，尚无可虑。唯是我等起行，大人这里无人兼顾，设若王朗暗施毒计，前来行刺，甚是可虑!”施公道：“本院自莅任以来，民心爱戴，此间绝不致有此事；即使王朗命人来谋害，而且何游击、计副将皆在此间，汝两人走后，将这干人传来上宿，也就万无一失了。”黄天霸与小西两人见施公如此言语，知道他说一不二，也就不敢推诿，只得听命。谁知无巧不成书，黄天霸领命回来，便向计全等人商议妥当，命何路通、李七侯、金大力、王殿臣、郭起凤、李昆等人，二人一班，分夜逡巡，专等万君召由潼关回来，将飞云子请到，便大队人马前往琅琊山而去。

不说黄天霸两人次日启程，单说施公吩咐之后，一人坐在书房思想了一会：“人杰虽然冒险，黄天霸说殷龙既然前去，此事是无妨碍。但是钦限已过，虽主恩高厚，未曾加罪，但我既食君禄，当报君恩。倘飞云子不来，这齐星楼何时得破?”一人想了一回，闷闷不乐，只得又将日行的公事，翻看了一回，已是上灯时候。只因天霸有言在先，唯恐他放心不下，自己传了李七侯、郭起凤两人进来上宿，自己仍然办那些公事。到了二鼓之后，忽然听前屋上响了一声。郭起凤虽不留心，李七侯甚是细心，随即拗起身来，一肘子将郭起凤一推，登时用了个燕子穿帘，上了房屋；定睛向四面一望，只见花厅后面有个黑影子一晃，顷刻间便看不见。知道有人暗算，赶紧蹿蹦纵跳，一路追去。正行之间，后面又听有个哨子，向南边去了。李七侯知道不止一人，也就向南望去，正恐一人难以兼顾；幸郭起凤也上房来。李七侯连忙叫道："郭贤弟，有刺客了。"说着，拔出腰刀，蹿下房来，一路向那人追去。

到了大堂外面，但见那人一身皂衣，头上扎了个青布巾，当中一个大红绒球，站立在院落中间。见李七侯追出大堂，高声叫道："俺一朵缨不肯下手，汝尚苦苦追来，不要走，吃俺一刀！"当时如赤链一般，一道红光，早见一口单刀，对李七侯拼命砍下。李七侯见来势凶猛，知他非无名之辈，赶急举刀相架，让在一边，两人就此对面交锋，双刀并举，把个大堂院落当着战场一般。谁知郭起凤上了屋檐，见李七侯向南赶去，犹恐下面屋有强人，设若趁此杀了施公，此祸不小。随即又下了房屋，向里面叫喊起来。所有那一门差官，以及护军漕队，登时惊醒起来，各执兵器，进来保护。郭起凤见人已来齐，有了防备，又蹿上墙头向前赶去。但见大堂外面兵刃声音，在那里恶对。

郭起凤不知有多少强人，只得握定大刀，前来助战。到了外面，将那强人一望，不觉吃了一惊。赶即前进一步，举刀在中间一隔，连忙喊道："李老哥休得动手，赵五哥不得参商，且听小弟一言，彼此息怒。"那人见有人阻隔，疑惑李七侯得了帮手，正是勇猛交斗；再将郭起凤细细一看，连忙向起凤言道："郭老爷！小人知你老在此，再也不敢来了。自从往年别后，哪日不思念厚恩？不期在此，忽然相见；不知老爷一向如何，何以随大人至此？"起凤听了此言，不禁失声问道："汝可是上年路过蝌蚪山，那里寨主一朵缨赵五么？"赵五道："小人何尝不是？外面便是咱哥哥赵四，老爷若欲问他，咱便叫他下来。"起凤说道："这便奇了！你既知道俺在此，如何前来做这事件；可知施大人乃国家栋梁，今日非俺在此，设若为汝等送了性命，那便如何是好？"赵五道："老爷且请下来，小人有言奉禀。"说着，便打了哨子，一个纵步进了大堂，将刀扔下；接着外面也跳进一人，便是他哥哥赵四。起凤随即也将李七侯招呼下来。赵五道："俺弟兄自从蝌蚪山相别，今已相隔多年；早若知老爷在这地方，也不答应王朗了。”李七侯听了此言，也不禁吃惊道：“朋友，你说这王朗，可是那山东琅琊山的寨主么？”赵五道：“便是此人。只因施大人专与我们绿林中人作对，因此王朗请飞云子盗取御杯陷害；不期黄天霸与贺人杰屡次攻山，王朗听曹勇之话，特命我等来到此间，见机行刺。今既遇二位，反叫小人为难了。”李七侯笑道：“难怪王朗不能成事，他也不知进退，这偌大的一座衙门，又复有俺众人在此，汝两人前来，有何用处？汝今既难回复，且待咱回明大人，自有道理。”说毕，便命众人退去，自己到了里面，见施公已抖颤万分，赶着上前说了原委。施公道：“此人来得甚巧，此时黄天霸等未动身，汝可将此人带来盘诘一番，一面到黄贤弟衙门传他说话。”李七侯答应退出，先叫施安去请黄天霸；自己到了堂口，将赵五兄弟喊了进去。

施公见他进来，随即起身道：“两位英雄尊姓大名？今晤尊颜，实为万幸！但不知英雄与王寨主有何交情，为何舍命至此？设若送了性命，岂不误了自己？”赵五道：“大人有所不知，小人虽是鲁莽，那‘义气’二字，也还知道。只因十数年前，小人未上蝌蚪山聚义，其时小人兄弟万分落魄，投奔于他，始有今日。今命小人到此，所谓滴水之恩，不可不报；不期在此又遇见郭大老爷，反成画饼。今日之事，尚求设有妙计，命小人回转山东，从此弃这生涯，改邪归正。”

众人还在此谈论，早有施安率同天霸进来，先向施公行礼已毕。赵五见了天霸，随即起身问道：“这位就是黄老爷么？小人久仰大名，如雷贯耳，今日相逢，足慰悬念。”天霸见他如此谦和，也就答道：“在下正是。二位英雄到此何干？”赵四在旁答道：“俺兄弟已去向大人言过，不过是知恩报恩，可知俺弟兄此次前来，琅琊山上已出了大事。”施公听了此言，明知是贺人杰前去，不禁吃了一惊，连忙下问。欲知后事如何，且看下回分解。

第二七四回　得细情天霸赴山东　施手段普润打客店

却说施公见赵氏兄弟说琅琊山出了大事，知道贺人杰之事，忙问道："英雄所言，究是何事？莫非为那齐星楼之事么？"

赵四道："大人所见不差，小人此来，正因贺人杰同他妻子二人偷探，被王朗拨动机关，用火箭射他，二人受伤。虽然为他逃走，大约下山之后，便要送命。此事在王朗看来，已觉得毫无惧怯，无奈曹勇从旁怂恿说：事由根起，祸不单行，贺人杰上山，皆是大人指使，若不将大人送了性命，这里能人广众，少不得寻觅了好手，报复于他。故命小人兄弟来干这事件。可怜他的山上那个姓殷的，必是送命了。今小人倒有一计在此，黄老爷有这一身本领，何不同我等前往山东，用个里应外合，岂不是好么？"施公道："英雄此来，所为何事？此事未成，已令汝兄弟为难，若再命黄贤弟同去，设处事不密，岂不反送汝二人之性命？"赵五道："大人且放宽心，常言道：'良禽择木而栖，贤臣择主而事。'大人为国家的栋梁，口碑载道，谁不知之。王朗虽有恩于我，是私恩也。咱们为大人出力，是公恩也！公而忘私，有何不可？但得黄老爷同去，里面消息。自可得知，若能趁此破了此楼，小人也有出头的日子了。"施公听了此言，也觉出于至诚，便向黄天霸道："贤弟本欲前去一往，难得有他弟兄作为内应，谅无不成之事。本院忠厚待人，他弟兄当可为力。"天霸道："既然大人吩咐，咱与他同去便了。"说着，施公便命厨下送出酒肴，就在书房一席坐下。赵五又与郭起凤等人，谈论江湖上事件，约至四鼓以后，方才散席。

众人谢了施公，各回自己的所在；唯有天霸仍回本人的衙门，同张桂兰说明此事，命他瞒着人杰的母亲，自己收拾包裹，率同关太，复行到了辕门，拜别众人，与赵氏弟兄向山东而去。

在路非止一日。这日过了徐州，已是夕阳西下，远远见前面有个村镇。天霸向着关小西说道："关大哥，咱们走困了，今日在此权住一宵，好让俺明日赶路。"赵五道："俺也饿了，前面这镇上咱有个至好的朋友，名叫独眼龙方刚，在此开设个吃食店面，往来皆住在客店中，好酒好肴，悉听其便。"天霸道："既有这座所在，你便前去通知，俺三人后来便了。"赵五听了此言，随即赶先前去，到了镇上，见方家店前，拥着个大大的人圈，叫喊之声，络绎不绝。赵五不知何事，只得将长衣掀去，两个拳头用了个分水式，一声叱咤，闯进店中，便当中一站，将两首的全部分开，连忙高声叫道："佛爷爷！有赵五在此，你我皆江湖上朋友，有话但说不妨，何必彼此较量。"说着，将方刚推了过去。

那和尚忽见来了一人，将自己拦住，也就向赵五道："朋友，且听我讲明，便知出家人的委屈。咱与朋友由潼关而来，到了河南，不期抱病，俺想等他数日然后同行。谁知一病半月，精力不佳，暂时不能举步；只因要事在身，故命俺先自启行。今日到了这店中，觉得身子不爽，犹恐再去赶路，受了风寒，反误了事件。见这店中也还洁净，遂取了五六两碎银，命他代办些面饭；上午已过，下昼时分肚中饥饿，命他蒸两笼馒头下酒。谁知他早间将银两取去，此时便坏了心肠，这店内许多客人，走进来的，俱皆吃毕，只有俺的久久不来，你道是恼与不恼？因此俺请教了他几句，反说俺是出家之人，不应吃这牛肉馒头；故俺一时气恼，与他动起手来。不期台驾到此，有何见教？"赵五还未开口，方刚早已骂道："你这贼秃，还亏你会撒这谎话，若再开言，便要汝这乌珠去合药！你道俺惧你不成？"

赵五知他两人总有不是，因道："方大哥，你且将原委说来，究竟何以动手？"方刚道："五哥有所不知，午前这秃厮过来，便蛮唤乱叫，要了这件，复要那件。因为是件生意，只得命小二小心服侍。吃毕之后，计算各账有八两多银；向他讨要时，他说我是出家之人，与这里募化顿午饭。咱还道是嬉笑的话头，也就不向下问。方才下昼之时，又要许多酒菜，小二便向他要钱，他便老羞变怒，敲打起来，以致彼此争论。俺这行业虽小，也是个生意，你今日来闯光蛋，他明日又来白吃，这店门早经关闭的了。咱在江湖上也有这一派名声，谁不知俺的手毒？他这秃驴敢来放肆，还能受他的威胁么？”

赵五听他所言，不禁勃然大怒道：“汝这秃驴，在俺爷爷面前，胆敢花言巧语！不要走，吃俺一拳！”说着，左手一起，一个独立擒王，劈面打去。和尚见他动手，也就翻脸过来，左手向前，右手向后，用了关门捉鬼式，五指分开，便想握他这臂膀；赵五一时性急，不分皂白，乱打起来。和尚见了说道：“你这无用的死囚，别走了，四五个来往，便出这个模样，你佛爷爷便怕你不成么？”当时叱咤一声，如雷贯耳，两只手尽对着赵五的手肘，紧紧隔架。赵五本想乱打一番，使他个措手不及。谁知这和尚十分猛勇，不但不能取胜，反而支持不来；加之肚内空虚，早已汗流浃背。

正在危急之际，外面黄天霸等人早已到了，见赵五与和尚动手，也不道原因。赵五欲上前，只见黄天霸迎面上前大声喊道：“赵五哥权且住手，俺黄天霸助你一臂之力。”说着，袖口一起，取出金镖，便向和尚打去。和尚正欲摆布赵五，忽听“黄天霸”三字，不禁吃了一惊。正思住手招呼，犹如闪电一般，一阵冷风，对命门打下。和尚晓得不好，赶急转身一扭，左手一起，将那只金镖接着，复向天霸笑道：“姓黄的，闻你大名已久，能奈你佛爷爷怎样？有金镖全数打来，若伤俺的毫毛，也不在此道之上了。”天霸也甚惊讶，忙道：“咱天霸萍水相逢，何肯遽然动手。只因路途经此，见汝这和尚与俺朋友交斗，特恐互有伤损，因此略施一镖，以解此争。咱们皆是久慕，还不知和尚仙山何处？到此何干？”和尚见他如此言语，乃道：“汝问此何干？汝问那个君召，便知和尚的来历了。”

天霸听了此言，心下愈觉疑惑，赶道：“和尚俗家莫非姓云么？”

和尚听了笑道：“汝这言语，也就奇了！难道万君召的朋友，只有姓云的一人，此人而外，别无朋友么？在汝既认识君召，何故又与俺动手呢？”这番言语，反把黄天霸说了疑信参半。只得上前问道：“和尚既言君召，何以他此时不来，抑或途中另有何故，且请说明，俾知底细。”和尚道：“此地非谈话之所，若欲问他事件，且命治壶酒来，咱们谈论谈论。”天霸欲问君召，只得命赵五退了下去。向着和尚打了个稽首，乃道：“万君召乃俺至好的朋友，只因前月奔往潼关，日久未回，正深盼望，你老何以知他的底细？且请与我说明。”和尚道：“说来谅也知道，俺非别人，乃普润是也！自从君召过俺山头，方知为琅琊之事，访那造楼之人。俺与云家兄弟交非泛泛，故一同驰往潼关，说明缘故。”便将路遇黄成的话，前后说了一遍。天霸不禁大喜，乃道：“照此看来，是俺自家朋友了。赵五哥，这店主也是你的朋友，彼此谈起，皆有面熟，今令俺做一小东，大家聚谈一晚，明早各自行路。”

方刚听说黄天霸到此，不禁肃然起敬，听他如此言语，随即走了出来，向着普润道：“和尚，俺们不知不罪。既然赵五哥在此，又有黄大人吩咐，你老的房饭银两，皆小弟代办了。”此时店门外的人，见他们俱已无事，也就各自散去。

方刚将众人带到后面，拣了一座大大的席面，请他众人坐下。普润先行向天霸问道：“黄贤弟，汝此时意欲何往？君召现病在河南，特命俺到淮安送信。还是得着琅琊的消息，还是别有他故么？”天霸将那赵五弟兄行刺的话说了一遍。普润道：“飞云子与黄成分路前去，无非为这楼图非盗取出来不可。今俺既然相遇，何不一同前去，若能里应外合，俱省却许多事件。”

关小西在旁言道：“你老虽急欲成事，在俺看来，还是徐图的为是。咱虽未见过这齐星楼如何厉害，前在沂州镇时，早已打听明白。目下大人盼望君召，如大旱望雨一般，仍是请兄台赴淮安送了那信，我等仍在沂州等候；候你到来，咱们再行上山攻打。”普润哪里肯信，说道：“咱们今日遇见，方知万君召的下落，设若彼此相左，有谁再往淮安；咱不知道这机会便罢，既是赵五哥可以为力，正可相助一臂，何故又往淮安？”天霸道：“既然佛师不去，咱也不便相强；唯君召病在河南，这便如何处置？在俺意见：请你老前去迎接，同至山东聚会。”普润道：“这事又可不必！遥想此时他病已全好，设若彼此两误，徒然耽搁日期，大人面前自有他回去报信的。”天霸与小西见他执意要同去，不便过于勉强。早有方刚命小二取出许多酒肴，掌上灯台，众人入座。普润道：“俺肚中实在饥饿了，上午那样馒头，还要俺十两银子，幸亏俺未带银子，打了一顿，不然吃你的苦处，还能抵赖么？”方刚听了笑道：“还亏你说得出口，方才与赵五言语，说咱们用你十两，此时又说出真情了；不然为你打了一顿，尚是当这白吃的账目，还无着落呢！怪不得说出家人是葵瓜心，原来你便是这样。”说着，众人也大笑起来。彼此开怀畅饮，直至二鼓以后，方才席散。次日一早，赵五便起身，将众人喊醒。此时连普润共是五人，别了方刚，即向沂州进发。

且说王朗自贺人杰二上山头，虽恃着齐星楼埋伏，心下不无有许多畏忌，因此命人各处去请人。这日正在山头，忽见喽兵来报道：“禀寨主！高头目与黄成兄弟现在山下，飞云子一同前来。”王朗听了这个信，便起身出了方厅，一路奔出山门，早见牌楼前面，远远来了一人，当头一位虽是高球，后面接着便是飞云子兄弟。此时如获至宝，不禁大声叫道：“云三哥，久违多日了，小弟接待来迟，尚祈宽恕。”云鹤见王朗出来，就高声答道：“云某前固要事在身，以致不辞而别，抚心自问，感愧万分，今日特来请罪！”王朗道：“三哥说哪里话来，从前诸多简慢，夙夜悚愧，自别尊颜，如失左臂。”说着，众人已到了寨口。王朗见黄成弟兄已到，也就周旋了数句，众人向里行来。

不到一刻，进了方厅，大家分宾坐下。王朗向飞云子问道：“三哥一向何处安身？”飞云子道：“某自别后，便往陇西山铁面阎王胡熊山上，时值家兄云龙、云虎皆在彼处，弟兄相遇，各道由来，多蒙胡大哥十分钟爱，将愚兄弟留在山中，过了数日。怎奈长安虽好，终非久恋之家，二位家兄欲回故里，故前月复回潼关。不期道路传闻，言说黄天霸攻打琅琊山，欲将齐星楼拆毁。因思此楼乃小弟所造，虽然机关震动，也须有精熟之人，方有效验。特恐寨主用人不当，误了大事，累及众人，那时反难对寨主。时值家兄有南行之志，因此邀同前来，同助一臂。”说着，便指云龙说了名号。

王朗听说是飞云子的兄长，慌忙起身说道：“小弟有眼不识泰山，大哥光临，未及远迎，抱罪之至！”说着，到了云龙面前，彼此行礼。云龙也就将路遇黄成的话，说了一遍。王朗自是欢喜，随即命厨下摆酒接风，众人入席坐下。王朗便将别后之事，细说一遍。飞云子接着说道：“小弟造下此楼，除却俺弟兄五人，别无一人可破。贺人杰与黄天霸连来两次，也算得个大胆包身，但不知受了重伤，随后曾否送命？”王朗道：“天霸来后，现已与施不全回转淮安。贺人杰二次前来，又闻为殷龙救了他性命。目下住在左近村镇，行踪无定，迁徙频闻。小弟久想前去究他下落，先送了此人性命；又恐殷龙非无名之辈，那时反误了大事。因此虽有此意，久久未行。若得大哥相助一臂之力，还虑这两人不成路鬼么？”飞云子听说贺人杰未曾送命，心下安慰了许多，当时也就唯唯称是。席散之后，已是天晚，早有那旧时的朋友前来会晤，迎来送往，曲尽周旋，无非为飞云子是好手，而且他哥哥初次前来，许多人未曾见过的，格外殷勤款待，彼此谈论，直至二鼓之后，方才安静。

王朗拣了一所清洁的房屋，请他弟兄居住。次日清早起来，云龙向飞云子道：“普润与万君召驰赴淮安，目下恐未到此，愚兄久闻殷龙的大名，意欲借此访一访，且可将我的细底，告之与他，命他安心等候，候淮安众人到此，便破此山，岂不是好？”飞云子道：“大哥所言虽是，但这山下村镇，非止一处，知他现在何处？此时东寻西找，设若漏了风声，反为不美。在小弟看来，不若在此权住数日，先为打探一番。知道住的地方，然后暗暗地前去，岂不完密？”云龙本来性急，不等飞云子说完，便道：“昨晚已经说明。”遂不听飞云子所言，便欲行去。

不知后事如何，且看下回分解。

第二七五回　用机谋复见王朗　探消息初访殷龙

却说云龙欲去探访殷龙，飞云子虽绝意阻挡，全不肯听，当时起身，梳洗完毕，早有王朗前来问道："两位兄长不远千里而来，实乃阖山之福；但不知三哥有何见教，设使黄天霸等人再来攻打，有何法将他擒获？"飞云子知道云龙阻挡不住，与其随后漏出风声，为王朗知道，不若此时见机进言，免得随后疑惑。当时向王朗说："寨主但放宽心，既有俺兄弟前来，哪怕黄天霸怎样！常言道：'水来土掩，将领兵行。'昨晚寨主曾言殷龙父子并贺人杰夫妻当在左近，俺大哥欲想就此下山，去寻找这班寇敌，若能打死他一人，他等便少一帮手。寨主不来，俺兄弟也想说明前去。"云龙见飞云子言语，就从旁说道："俺云龙不到此则已，既上山头，岂能袖手？"王朗听此言语，心下甚是欢喜，乃道："多承二位兄长的美意，但是远路而来，理合歇息数天，再为奉请，此时前去，心实不安。"云龙道："吾们以肝胆相照，早迟皆是要前去的，何必如此官语？"当时王朗便命人摆上早点，吃了饮食。云龙别了众人，下山而去。

且说殷龙自救了贺人杰夫妻，恨不得将齐星楼立时破去，以报今日之仇。无如万君召前往潼关，不知何日方到，只得等淮安的人来，再为斟酌。这日人杰与赛花两人向他说道："爹爹，你我在此，孤立无援，设若万君召一日不来，难道俺们便不去攻打么？常言道：'人闲思旧怨。'你看这王朗如此声势，岂不令人闷煞！意想今日往山头，杀他几个喽兵，也泄了这鸟气。咱们在殷家堡独霸一方，也不在人之下，今日为这高楼，便束手无策么？"殷龙听了此言，连忙拦道："吾儿有所不知，‘强中还有强中手’，前次一时之愤，便中了他的毒手，此时唯有暂时忍耐，等到众人来时，其事方得妥当。”

正说之际，只见殷勇、殷强跑了进来，向着殷龙说道：“方才店内来了两人，向那小二问咱们可曾到此，孩儿看那模样，好像琅琊山的喽兵，不知此来所为何事？”殷龙还未开言，早有贺人杰跑了出来，高声骂道：“何处杂种，前来探问，俺贺人杰现在此间，难道惧怕这狗头么？”说着，便飞身冲了出来，到了店堂，不分皂白便叫喊起来。殷龙恐又肇祸，赶即随后追出。只见人杰向小二问道：“你见这两厮向哪边去了？赶快说明，饶汝狗命。”小二知道他的性急，欲想说出，又见殷龙追出，知他是阻挡的意思；欲不告知与他，犹恐他动气来，性命不保。当时只得答道：“爷爷，他已去远了，小人未曾看见，请你再问他人罢。”贺人杰不由分说，登时骂道：“汝这乌珠，也不是个瞎子，方才他两人明明问你，为什么同俺撒谎？”说着，伸开指头，将那小二的左手拖出，接着手缝套了进去，便拼力一夹，只见小二已是疼不可忍，只得说道：“他二人是正北去了，爷爷可快撒手！”人杰听毕，将小二推倒在地下，一溜烟飞奔而去。

跑了有数十里路远近，早见两人在前行走，忽然一个少年回头一望，见了人杰，遂向那人耳边低声说了许多。人杰知他是琅琊山的奸细，走上前高声叫道：“汝这两个杂种前来为谁打探？俺贺人杰来也！不要走，吃俺一拳！”说着，就是一个泰山压顶对那少年打下。你道此人是谁？正是云龙同那个喽兵二人。云龙看见人杰动手，随将身一闪，让在一边；用了个二龙出水式，将人杰一拳让了过去。人杰本是个会手，见云龙站在旁边，晓得他是试看武艺。当时冷笑道：“俺贺人杰生在江湖，好汉英雄，也不知见了多少，若是不服，何妨战个高下？”说着，立着身躯望着云龙。云龙也就答道：“朋友，你这话头说谁？若要动手，俺便陪你；若回你半个不字，也不能在潼关行走了。”这句话，原来云龙有心说出，令人杰知道。

谁知人杰一心好胜，当时便大怒起来，出言骂道：“汝这狗头，用这潼关吓谁！爷爷怕你，也不敢来。”云龙双拳劈面打来。人杰左脚支在前面，右脚后跟紧靠在股头，将身倒卧，见云龙劈面打来，赶将脚尖踮定，右腿一扫，紧对着云龙腰下打来；云龙随即向下一蹲，两手对着靴头，便想握住。人杰叫道："不好！"随即收回腿脚，改了个江心捞月式，脚头向下。两人在此，你来我往，正是打在一团，斗在一处，起了有数十个拳式，早把喽兵看得如木偶一般。正然难分难解，后面殷龙复又追到，见他两人拼斗，知对面不知个落脚，赶着上前叫道："人杰休得无礼，何处英雄前来访问，俺殷龙来也！"

云龙见对面又来一人，听他报出姓名，心下不禁大喜。随即蹿身跳出圈外，就望着殷龙道："咱云龙此来，正自访汝，来得好，咱两人见个高下！"殷龙听他说"云龙"两字，不禁疑惑道："君召曾说是云家五子，此人自说云龙，莫非此人便是飞云子一类么？此时前来，特地访我，莫非其中另有别故。"当时不便问他，忙答道："你既前来会我，莫说是无名小辈，便是潼关以外的名角，若回他半个不字，也不知咱的厉害！"云龙听他已经知觉，连忙笑道："今日我有事上山，不能在此耽搁，非是好汉，明日在此拼个你死我活。"说着，便撒了众人，与喽兵回山而去。

这里殷龙与贺人杰同聚一处，开言说道："汝这畜生全然不知利害，可知此人前来，并非与我等寻仇，乃是有益于我，汝可知道？"人杰道："岳父何出此言？他乃琅琊山的强人，岂得与咱们有益？若存好意，还与我等动手么？"殷龙道："你方才不听他言，自称是云家五子，居住潼关，见咱说出姓名，便尔回山而去，汝试想来，岂不是飞云子一类么？"人杰听了，此真是如梦初醒，乃道："孩儿既已与他交手，显见负却他的美意，设若翻过脸来，岂不误了大事？殷龙答道："这事倒可无虑，他如不来，又何必约定明日呢！明日到此，汝可勿来，咱与他自有道理。"说着，两人到了店内，专等云龙的消息。

且说云龙回转山中，早有王朗上前问道："大哥今日下山，可曾遇见殷龙么？"云龙道："咱因日光已午，腹中饥馁，不便交锋，只与贺人杰斗了数十合拳脚。此人在俺看来，也不过是寻常之辈，只须明日将殷龙打死，这许多小辈便可无虑了！"

王朗见他言语，不禁欢喜非常，连连称谢，即命喽兵摆下酒来，款待他兄弟。席散之后，飞云子向他问道："大哥，今日下山，既已会见人杰，但不知黄天霸可曾在此否？"云龙道："愚兄正要询问，只因喽兵在旁，不便启齿，已约定明日相会了。"

正说之间，早有黄成进来询问。却说黄成自到山上，见王朗款待他兄弟不十分周到，暗与黄达说道："我等也是他命人请来，虽然未曾落后，究不比云氏兄弟，如花如火，连这阖山的喽兵皆敬重与他；相形之下，岂不令人可恼！"黄达道："大哥有所不知，你看山上多少英雄，胜我的固多，不如的也有，所有那周旋供应，也是不相上下，推其缘故，大约因这齐星楼是飞云子所造，故此十分恭敬。"黄成道："咱们昨日始到这里，虽未见过，遥想也不甚出奇。据咱看来，飞云子也不过是寻常之辈。今日他哥哥下山，连一贺人杰也敌他不得，还说什么今日明日，遥想殷龙也敌他不过。依愚兄之见：明日禀明寨主，讨令下山，将殷龙送了性命，好令他知咱兄弟也不在他之下；若不在这事上现出本领，在此随声附和，与那般鼠辈一样看待，岂不令人羞煞！"黄达听他所言，也只得唯唯答应。

当时二人便到云龙房内，先向云鹤道："三哥造下此楼，真乃惊人出色。小弟虽不曾目睹，以众人夸奖而论，便知此楼是厉害的了。但殷龙如此无礼，住在山下，专等人来，见得小觑我辈；若不送了他性命，焉知咱们厉害！小弟不妨明日请大哥暂歇息一日，待小弟前去会他，两脚三拳，打死在地，好代两位兄长出气。"云龙见他抱这奋勇，无非要王朗敬重的道理，心下不禁动怒。正要开言，早有飞云子笑道："黄大哥若能如此，便是王寨主的造化了！咱看殷龙也不过是我辈，有大哥这身本领，还不能送他的性命么？"云龙见他说出此言，甚为着急，乃道："三弟何出此言？殷家堡这座地方，谁不知他的厉害！非咱说此大话，除去咱兄弟两人，若能有人胜他，咱就肯拜下风了！"黄成听了笑道："云大哥，你也太说他了，小弟虽不如你老兄，若以殷龙而论，也是探囊取物；除去你两人，并无一人抵敌，设若为小弟打死，那时如何说法呢？"云龙道："你如将他送命，咱便誓不在山了。”黄成道：“大哥何出此言？但愿你应了此言，咱也下山而去。”当下两人各抱奋勇，说定之后，各自分开。黄成专待明日下山动手。

这里云龙向飞云子道：“贤弟，何必长他人志气，灭自己威风，欲令他下山会敌。”飞云子道：“大哥有所不知，殷龙久著大名，谁不知他手段；这黄成不知进退欲去，得了下风，是你我两人的体面。谅他也非殷龙的对手。待他送了性命，王朗这厮也少一帮手。借刀杀人，有何不可呢？”云龙道：“贤弟之言，甚是有理。愚兄明日便同他下山，使他个死无葬身之地。”两人谈笑了一会，一宿已过。

次日绝早，黄成便起身前来，却巧王朗已到此处。飞云子首先说道：“黄大哥昨日有言，说殷龙住在山前，实为本山之害，咱大哥约他今日相会，唯恐手段有限，输败于他；黄大哥奋勇当先，出手相助，若不将殷龙打死，誓不在此山中。小弟特察明寨主，请他施行。”王朗道：“虽承黄贤弟美意，但是此人非无名之辈，万不可小觑于他。咱这山中不下有数十好汉，皆闻他的大名，不敢轻易交手。非是小弟阻挠，黄大哥且请在此共保山头，小弟便感激不尽了。设若此去送了性命，那便如何是好？”黄成冷笑一声，向着王朗说道：“寨主既如此惧怕，除却这齐星楼一无可恃了！咱兄弟不到此则已，既在此间，焉能不稍助一臂！”王朗见他执意要去，只得听其自去。当时吃了早点，黄成便邀同云龙下山而去。

行了有数里远近，却遇殷龙劈面而来。见了云龙高声叫道：“云大哥，信人也！咱殷龙候你多时，今日前来，有何见教？”

云龙恐他说出破绽，当时答道：“昨日放你过去，只因日光当午，饥渴万分，姑且全汝性命，今日既不知死活，且请放手过来，比个高下。”黄成恐他先行动手，随即插身说道：“云大哥权请住手，咱黄成在此，怕他怎样？”说着，将身一纵，到了殷龙面前，举起拳头，当胸打去。殷龙见他来势凶猛，将身一闪，偏在一边，正想回手打去；哪知黄成万分性急，见自己一拳未中，右手一举，肋下捶来。殷龙知他是个冒失的急鬼，不禁哈哈笑道：“汝这拳头，奈何咱怎样？”黄成又将右腿打来。殷龙将功夫一提，黄成那条右腿如打在棉花上一般，棉软非常，全无痛苦。殷龙见他三下打毕，向他哈哈笑道："野种由何处而来，在咱爷爷前出丑，不要走，咱也奉敬你一拳！"

说着，用了个蛟龙出水，分心就刺。黄成见三下未中，已慌得七上八下，着急非常，此时见他还手，更是躲避不及，随即掉转身躯，往旁边一让；殷龙见他闪躲过去，也就如法炮制，第二次迎面打来。黄成知道他厉害，赶急脚跟倒退，离去七八尺远近，方才让过。殷龙道："今日休想活命。"说着，两手舞来，如落花相似，左右前后不住地打来，早把黄成打得个只得招架，不能还手。顷刻之间，汗流浃背。这一拳手脚稍慢，只听咕咚一响，一个筋斗，早跌下尘埃。殷龙赶上一步，左脚踹住他小腹，右手上前，将两手握定，向他骂道："汝这乌珠忘八，有跟不识泰山；王朗这厮尚不敢小觑于我，汝偏恃才逞勇，自寻死路。今日落在我手，存亡死活，在我一人。若欲全你狗命，只须喊咱三声爷爷，咱便饶汝狗命。"黄成到了此时，不肯放手，只得将两眼紧闭，听他处置。谁知殷龙年纪虽大，性情却是急躁，见他全无言语，便用指头在鼻梁上一点，只听"哎呀"一声，忽冒出许多鲜血。殷龙复又骂道："这厮也是个人类，难道是纸扎的货色么？方才恃狠，此时便如何不济呢？"黄成见他如此，又恐打下来，赶急叫道："爷爷，咱有眼不识泰山，不知你爷爷的厉害，且请你爷息怒，从此便回转本山了。"殷龙听了笑道："你这无耻的狗头，敢在咱面前说谎，既然到此地步，还能全你性命么？休得多言！"说着，一手将衣领抓住，向下一撕，胸口露出，贯足力气，连皮带肉抓了下去，早把黄成的胸前戳了一个窟窿，顷刻呜呼，死于非命！

云龙见他如此布置，当时在旁说道："殷大哥，你且撒手罢，这个尸骸随他在此，咱们还须谈正事呢！"殷龙听了此话，随即站起身来，将手上血迹抹去，抬起左脚，将尸踢过后面，向云龙招呼道："朋友到此何干？既由潼关到此，但不知路途上面，果曾遇见个姓万的么？"云龙道："此人名叫君召，现已回转淮安，月内定可到此。此处非叙话之所，且请向前一步，咱们再谈。"后事如何，且看下回分解。

第二七六回　抱奋勇兄弟亡身 遇宾朋翁婿得胜

却说云龙说出君召，殷龙一听，正是喜出望外。随他走到后面，有座大大的松林。云龙向他问道："请问老英雄何时到此？黄天霸可曾前来？昨与令婿交锋，多多冒犯，敬祈恕罪！"

殷龙言道："朋友，莫非是云家五子内一位英雄么？"云龙道："俺便排行第一，学名叫个'龙'字。飞云子乃是俺的三弟。老英雄既到此间，为何在此静坐？英名大震，难道为座齐星楼，便尔埋没么？"殷龙见他说这言语，无非是探他口气，乃道："大哥有所不知，常言道：'惺惺惜惺惺，好汉识好汉。'若以拳棒而论，俺殷龙在江湖上面，也不至落在人下，只因这齐星楼另有机关，非俺一人可以破。故施大人命黄天霸屡次窥探，皆大败而回，无非为暗器冷箭防不胜防的道理。目下万君召尚未前来，不知前去潼关，可曾将令弟请至？因此静以待时，专等令弟前来，便可动手。但不知大哥可知令弟的行踪么？"云龙听了笑道："老英雄果然名不虚传，肝胆照人，实为确当；既承实言相告，俺三弟现已到此了。万君召与俺们在半途分路，计算日期，久已到了淮安，为何黄天霸等人尚未到此？"当时便将遇见黄成兄弟，以及君召到潼关的话说了一遍。殷龙方才知道，便道："难得令弟仗义前来，既然内里有人，还怕此楼不破么？俺们客寓离此不远，何不前去留饮数杯，细谈一会。"

云龙道："黄成已为老英雄治死，沿途一带，皆有喽兵，此去必定到山前报信，倘或走漏风声，反为不美。好在尊寓前已去过，一候天霸到来，或俺三弟将楼图盗出，当来报信便了。"

殷龙道："既蒙谬爱，深感盛情，此时且请自便罢。"说罢，两人约了日期，分别而去。

不说殷龙转回客寓，再说云龙回到山上，来至牌楼前面，早见黄达大哭而来，见着自己放声哭道："云大哥，我哥哥死于非命，此仇不得不报，此去不将这殷老狗头拼了此命，也不能泄此仇恨！你者此时回山，命意何在？小弟敢求引路到前面，助我一臂。"说着，顿足捶胸，哭跪下去。云龙见他这样，心下暗道："汝两个狗头，此时方知厉害，咱若助你，也不去访那殷老。"乃道："黄贤弟，且勿悲伤，此乃令兄自寻死路。俺昨日便早请教过，殷龙非无名之辈，若果交手，定难生还；他反向我动怒，此时既已身死，即使贤哥前去，也胜殷龙不得。若说命愚兄相助，如可胜他，方才也报仇雪恨了。在俺看来，贤弟回山中，另想别计。譬如没有这无用的哥哥，你还可以夸口，倘再前去送了性命，连尸骸也无人埋葬了。此乃金石之言，信与不信，听你做主，愚兄是不能奉陪了。"黄达本想同他去报仇，故而哭跪在地下。

此时听云龙这派言语，明是灭威于他，直急得三尸冒火、七窍生烟，站起身来，大声骂道："云龙你这杂种，欺吾太甚。殷龙与你有何交谊？如何助他的威力。咱哥哥同你一起下山，死于非命，你倘以义气为重，应舍命报复，以报此仇，方是好汉的作用；现在怕死偷生，回转山寨，已算不得个好汉，还敢这派胡言，代他说话，难道是我哥哥该死，殷龙的仇，是不应报的么？咱暂不同你多说，倘我哥哥有灵，此去报仇雪恨，那时回到山寨，再至王寨主面前，同你讲论。"说毕，大骂不止。

一路号啕痛哭，下山而去，直至黄成的身死所在，满拟殷龙在此，拼个你死我活。谁知到前面，除却山上的喽兵，那殷龙的形迹早已不见。黄达躁急万分，向着喽兵骂道："殷龙躲在何处？"那班喽兵见黄达开言如此，只得答道："黄将军请勿悲伤，殷龙去此不远，你老且去寻他，定可遇见。"黄达听了此言，不问青红皂白，一路飞奔而去。跑了有四五里远近，前面不见一人，直是哭骂不已。

也是黄达应该身死，殷龙与云龙会见之后，回至店中，将此言告知赛花，众人自是欢喜。无奈贺人杰是个火爆将军，听黄成被殷龙打死，更是喜出望外，跳舞如飞。出了店外，一路飞奔而去，以便到了前面，加上两拳，踢上两脚，倘有喽兵看守，顺手打死几个，出口鸟气。正走之间，见路上一人哭骂，口里说长道短，大骂殷龙；贺人杰哪里忍耐得住，走到面前，高声喝道："汝这杂种在此寻谁？咱便是殷龙女婿，贺人杰是也！"说毕，就举手向前就是个泰山压顶，当头打下。黄达正然嚎哭，忽听贺人杰对面开言，又见头上一拳打下，不禁吃了一惊。赶着将身躯一偏一拖让过，随即骂道："汝这不怕死的野种，两次上山，命在危急，今日还敢来送死！倘不将殷龙交出，代我哥哥泄恨，欲想有命，转世为人！"当时抬起左腿，对定人杰的裆下一脚踢来；人杰便用了那运气的功夫，将小肚一挺，两腿撑开，蹲在下面。黄达见他并不闪躲，疑惑他不识这腿法，拼力向前送去。谁知踢在裆下，如棉花一般。见人杰全无苦色，晓得不好，赶着将腿收回，哪知已容他不得。只见人杰将两腿一并，自己的腿脚如入火坑一般，既麻且木，非凡烫人。人杰当时笑道："汝这杂种，还有什么本领？此时还不献丑？你既想你哥哥，且请你到阴间相会罢！"说着，举手将他脚跟抓住，用了个开门泼水式，顺手向前一劈，咕咚一声，将黄达送去有四五尺远近。随即一个箭步，到了面前，一脚将他踏住。黄达此时为他摔这筋斗，已是魂灵出窍，不省人事。人杰疑他装腔作势，一时性急起来，对定他鼻头上一拳打下，登时血流满面，白沫直流；复行一拳，送了性命。

那几个看守喽兵，见黄达去找殷龙，多时不见他回来，知道不是好事。当下蹿柳越榆，才到前边去看动静。谁知众人来时，黄达已死于非命。贺人杰打得性起，再想找了几个好活活手脚，却好抬头见树林内一个人影，随即蹿到前面，追奔而来。

可怜那个喽兵，毫无半点思量，见人杰追来，早吓得浑身发软，两脚提走不得，只得跪在尘埃，高喊饶命！人杰哪里听见？三拳两脚，早送他去见阎王。还有几个喽兵，早已飞奔上山，进寨报信。

此时王朗已在聚义厅上向那班强寇说道："愚兄这座山头，幸得诸位相助，也算得人马极盛了！倘非施不全与咱作对，命黄天霸众人攻打，就此带领兵马杀奔山下，还恐不成大业么？无奈天不从愿，遇见这个对头，岂不令人可恨！今日黄氏兄弟与云大哥出战，欲想将殷龙送命，在咱看来，恐其无益。但不知此时胜败如何，哪位贤弟前去探听？"话犹未了，早见巡山的喽兵飞奔而至。到了檐口，单落膝报道："禀大王，大事不好！黄寨主与云寨主下山，黄寨主被殷龙打死山下。现在云寨主回山报信，黄达已前去报仇，不知此去如何，快请寨主定夺！"

王朗听了此言，叹道："黄贤弟也太为自满了，殷龙非等闲之辈，愚兄昨日劝你，全然不听我言，今日死于山前，令我又失一臂助，岂不令人可恼！"话犹未了，早已见云龙走来，向王朗说话。

却说王朗见喽兵报信，知黄成为殷龙打死，正在厅前叹息，直见云龙到了里面，向着自己说道："黄贤弟不听我言，致有身死之祸，愚兄自愧无能代他报仇泄恨，此罪难恕！但不知黄达下山胜败如何，快请寨主定夺！"王朗见云龙如此言语，急忙道："此非大哥之过，乃黄成不听人言，致有今日。殷龙武艺本是高强，大哥尚不能胜他，还有何人敢去？"正说之间，又有喽兵来报说："黄达为贺人杰打死。"王朗听了此言，不禁滔滔泪下，大声骂道："汝这死囚，咱与你有何仇恨？两次三番与我作对，今日又将他二人打死，此恨此仇，何时可泄？"随向云鹤道："自从贤弟造下此楼，本拟共图大事，不意贺人杰这班小辈如此英雄，若不除却此人，老弟英名，岂不挫灭？目下楼已造就，所有机关，皆按图行事，贤弟能再助一臂之力，就此下山将殷龙治死，这山上威名便可大震了！"飞云子听了此言，正是合了意见。当时乘机说道："寨主不必焦急，常言道：'欲速不达。'又言：'人无远虑，必有近忧。'黄成身死，虽是可恨，若以一朝之愤，就此下山，二虎相争，必有一损。假若胜不得殷龙，这座高楼，谁人可守？在俺想来，仍然静以待动，今晚同寨主上楼，复将原图取出，将各处埋伏，细看一番。咱想施不全必不肯甘休，旦晚之间，定有人来攻打。那时等众人上山，将埋伏发出，一战而获，送了他性命，岂非上策！”王朗本是个草寇，听飞云子这番言语，犹如至宝一般，连声说是，只得命人下山，先将黄成兄弟尸体抬回，买棺收殓。

不表飞云子骗取楼图，单说赵五与天霸等人，在方刚店内，见过普润，一路奔沂州而来，行了有两三日路径。这日晌午时分，正拟寻店饱餐，忽然东北角上一朵黑云从空而起。普润道：“黄贤弟，你看这天色要变了，咱们赶快前进，找个饭店饱餐一顿，等这黑云散去，然后大家赶路。”黄天霸与赵五抬头一看，果然黑云飞布，涌满上来。正说之间，但听飒飒风声，飞尘扑面，知道有了雨意，赶即往前奔走，未到半里之遥，早已滴滴倾盆，大雨如注，所有众人衣服，已自湿透淋漓；只得冒雨往前而行，复走了一里远近，腹中已饥馁万分。忽见松林外面一带高墙，像个大家庄院。黄天霸首先说道：“你看前面一座人家，定是一个财主，不然这带庄院，定不会如此阔大。咱们且一同前去，说明来历；若庄主闻咱大名的，留此庄内暂宿一宵，也未可定。”普润道：“你们在此守候，等咱一人前去，保令你好酒好肉，吃个快活。”说罢，撒开大步，一路冒雨而去。天霸见他是个浑人，心下只是好笑，也只得随后走来。

谁知普润到了前面，见庄前有个小孩子，同一苍髯老者，站在庄门里面，指东划西地闲谈。普润看在眼内，不禁动怒起来，心下说道：“咱们等如此苦恼，这般大雨，还在大路上赶行，腹中如此饥馁；这两个狗头，既看见我们冒雨而行，论理就应将我请进，即摆出酒饭，给我们饱餐一顿，方是道理。他偏然不睬，闲嚼他娘的皇天，明是看老子的穷相了。你既这样，且待咱吓你一吓，好令你知咱手段。”当时一声叱咤，一个箭步，蹿过麦场，高声骂道：“你这两个狗头，在这里说什么？咱乃云南普润是也！快去通知主人前来迎接；如若稍迟，先送汝两个狗命。”说罢，身躯一落，却巧站在老者面前。老者正看雨景，不防着胖大和尚站在面前，如玄坛一般，只听咕咚一声，栽倒在地，嘴里直叫：“大王，饶命，饶命！”普润见了这样，心下实是好笑，骂道：“汝这狗头，且没有眼乌珠，咱乃路过和尚，谁是大王小王？”那人听见，方才定心，乃道：“佛爷爷，今日来得不巧，若是往常，莫说募化斋饭，便是起庙，也可随缘助施。咱们主人最喜布施，每年用够一千八百。只自出了好心，没有好报，遇见这班强盗，闹得人神不安，现在主人、主母正在上房痛哭，谁敢进去回禀？连咱们午饭还未到嘴，哪里有斋饭与你吃？”普润听他所言，却知是有了缘故，忙道：“汝的主人姓甚？为什么受强盗啰唣？可知咱这手段，要与强人为难；若你主人请我吃顿斋饭，并我朋友们一起前来，保管你安然无事。”那老者听他这派言词，也不知是真是假，只得问道：“和尚，你法号何名？哪方人氏？可真能拿强盗么？”

普润见他不肯相信，忙道：“你这老奴，说咱撒谎，且令你看个见证。”说毕，举起袍袖，走到场前，两手一伸，举起两个极大的石磙，前三后四，乱舞了一回，然后一齐摔下。忙道：“你两人可能相信？若再不为我通报，便将你两人当做强盗，看你怕也不怕！”那老者到了此时，早已魂飞天外，忙道：“佛爷息怒，咱且进去禀明。”

正说之间，后面黄天霸等人，已到了门外。普润便将方才的话，告诉众人。天霸道：“这也难怪老者，想必这左近地方有什么草寇为害。”随即向老者道：“汝且进去报知主人，这淮安漕运总督施大人标下，有个黄天霸求见，他便可知道了。”

那个人听了此言，先将黄天霸上下望了一眼，然后扑通一声，跪在地下忙道：“小人有眼不识泰山，你若可是随施大人那个黄总兵么？今日前来，该应我主人可以脱难了。且请在此稍待，容小人进去通禀。”说毕，站起身来，匆匆进去。普润向黄天霸问道：“咱也不少半个鼻孔，一对乌珠，为什么与他说话，他说我是个强盗，吓得如黄牛倒地一般？一见你来，便如此模样，岂不令人气煞！”天霸听他所言，心下实是发笑。还未开言，早见那个老者领着个半老官人迎走出来，高声说道：“在下庄野村夫，不知大人驾到，有失远迎，抱罪之至！”说着，举手一拱，便请天霸入内。天霸也就还礼，回答道：“某等冒昧造府，实因大雨倾盆，难找客寓，故而至此。但不知尊兄高姓大名，初次识荆，有劳远接。”说着，也就进了庄门。后边赵氏兄弟、普润等一齐入内。

到了厅前，分宾主坐下。天霸开言问道："尊兄住居此地，想必是自耕自种，乐享田园，何以与人家去结了仇根？"那人见他询问，不禁长叹一声，道："大人有所不知，且待老拙细禀：村夫姓李名根。祖父道荣，乃落第的举子，只因未谙吏治，不愿为官，遂以舌耕①度日。到了晚年，积蓄得数百余亩地，在这地方，置下薄田。先父遂勤劳耕种，日有余资，以致家业日进。老朽苦守祖业，早年博得一衿②，左近乡人便以李秀才称我。目下年登花甲，膝下只有一女，名唤秀英，只因择婿太苛，尚然待字。不料上年有一伙强人，名叫爬山虎秦明，在这庄东虾蟆山中，结伙为盗，杀人放火，无所不为。地方官屡次出差捕获，无奈他人少地广，捕他不得。老朽庄上也来借粮数次。谁知前月初一，这秦明来送信，他喽兵说：他家寨主近奉沂州府琅琊山王朗之命，请他上山聚义，共图大事；只因自己尚无压寨夫人，闻得你家小姐尚未婚配，因此命我等通知，择定初四日行聘，娶你家小姐，做个压寨夫人。说毕，不问老朽行与不行，转身就走。可怜老朽听了此言，如半空中打了个霹雳！老朽这门第也是清白人家，何能以强盗为婿。至初四日，便前来行聘了。"说罢，不禁放声大哭。不知天霸听了此言，如何处置，且看下回分解。

---

① 舌耕：指以教书为生。典故见晋·王嘉《拾遗记》卷六。讲述的是贾逵从小聪慧过人，五岁那年，隔壁老先生教学生念书，贾逵隔篱笆一边静听，一边小声朗诵，一年四季，从不间断。贾逵隔篱偷学了五年，十岁时，已经熟读经书。由于家境贫寒，无钱买纸张，贾逵就剥下庭中桑树皮作书板，有时还把字写在门扇或屏风上，边诵边记，不满一年，把《左传》和《五经》读完。贾逵长大出仕后，远近许多人都向他求教，贾逵口授经文，诲人不倦，得到的酬劳常致谷米满仓。因为他的报酬是以口授经文而获，所以人们就把教书称为"舌耕"。

② 衿（jīn）：指秀才。

第二七七回　傻和尚努力加餐　浑强盗艳装入赘

却说李根说了一派言词，不禁放声大哭。天霸连忙说道："尊兄且勿悲伤，某等做宰为官，专除的强人恶寇，此时既知这事，断无坐视不救之理！汝且直说不妨。秦明初四行聘，那时你如何处置呢?"普润不等李根开言，连忙插言说道："李根，你还自称是秀才，连这人情世务全不知道，也难怪秦明欺负于你。咱们冒雨而来，为的是腹中饥馁，想问你讨顿饮食，大嚼一餐。此时请咱进来，只顾你说长道短，我腹中乱响乱叫，便不听见，这不是你不识世务？俺与你明讲，你们将大壶酒、将大块肉，堆盘满盏，请俺们吃顿舒服午饭，莫说一个秦明，便是十个秦明，也要砍为肉酱。"这番话把个黄天霸说得发笑起来，只得向李根说道："某等冒雨造府，实因腹中饥馁，尊兄既称慷慨，且命厨下略备一餐，加倍算给便了！"李根听了此言，连忙起身说道："老朽因见大人前来，如拨云见日，遂将所有冤情尽情告禀，以致累诸位老爷挨饿，有罪！有罪!"说毕，随命人到厨下去取酒肴。

顷刻之间，早摆得满桌。李根遂请众人入座。普润最饿得厉害，当时也不谦让，伸出五爪肉钉，夹了五块鱼，抢了半块肉，后又取了几个馒头，挤作一团，张开大嘴，向里面一纳。只见他狼吞虎咽一般，一连几次，早吃得干净。赵五兄弟见他如此吃品，遥想吃他不过，不如不吃的为妙。哪知普润仍然未饱，复向李根说："你这老汉也太悭吝，常言道：'在生不饱，强如活埋。'这饮食也不是喂猫喂狗，先前不吃的时节，也还可以忍饿；此时将馋虫引出，正吃得高兴，已早干净，岂不令我受罪么？你如要咱们去捉强盗，照这样的饭菜，再取十桌，包管你一件不剩。那时吃得愈多，力气愈大，哪怕有上千上万的强盗，包管你捉干净。”李根见他这样，直吓得摇唇鼓舌。复又命人如数地取出酒肴，请众人饮食。

普润吃毕之后，捧着肚皮，十分高兴。遂向李根说道：“咱们无功不受禄，且将秦明行聘时是何情形，与咱说明，好代你活捉强盗。”李根道：“老朽自他送信之后，心下正无主意，哪知初四早间，便先来两个强人，一个名叫赛活猴孙五，一个名叫恶老虎高三，说他前来为媒，所有聘礼，随后便到。当时老朽想翻过脸来，恐怕全家没了性命，只得忍气吞声，出厅迎接。不多一刻，果然大吹大打，无数的喽兵抬着牛羊彩缎到了厅前，一齐放下，转身就走。那孙五同高三也就起身言道：‘秦寨主择定八月十五日为上吉良辰，前来入赘，尊处所有陪奁，就此赶快备办。’说毕，也是不分皂白，回山而去。这伙强人，全不知天理国法，说将出来，便做到这地步。可怜我女儿得了此信，就两次三番寻死觅活；老朽的妻子也是哭得死去活来。今日是八月初十了，离十五还有五天，那时他前来招赘，叫我如何处置？因此为这件事，想不出个主意。不料大人忽到此，真乃万分之幸！大人能申了此冤，除去这大害，不独老朽感激不尽，便是这左近地方老幼百姓，也是感恩戴德了！”说毕，便向天霸叩头不已。普润哈哈大笑道：“俺道他是要娶你女儿，既然是他要来入赘，这也是他倒运了。不瞒你说，我也同他一类，从前在山寨里面娶那压寨夫人，如此这般，吃了那一次的毒手。秦明这事件也与从前仿佛，咱也用这条妙计，请他受用，汝看妙与不妙！”赵五等人大笑不止，乃道：“怪不得你老做了和尚，原来受过这种苦楚，方才削去头发。既然如此，咱们便在此等候数日，除了这地方大害。那琅琊山上也少一强人，岂不是一举两得！”黄天霸也以为然。李根见众人如此，自是喜出望外，随命人收拾了三间房屋，取出衣服，请众人穿换。

当晚又备了酒肴，为天霸等人接风。这许多闲话，权且不表。

却说黄天霸到了十四晚间，向李根说道："明日便是十五，咱们与秦明交手，若不将他擒住，更是火上加油，归罪于你。动手之时，又恐汝女儿惧怯，不知在这左近地方可有间屋？且将汝女儿、妻子先行躲避，等秦明前来，汝与他略见一面，等到送房之后，汝便趁此躲去；随后之事汝且不问，只听了有锣声，然后再回转家中。"李根连连称是。只见普润笑道："俺这个胖大和尚，妆做新人起来，也不十分丑陋。但是他进了洞房，汝等要起先打个暗号，不然为他看出破绽，那时便为祸不浅。"天霸道："这事咱自理会。咱们定个条例，在房外捉他不住，咱们三人担这责任；若进入洞房，擒他不得，这便归罪于你。"普润道："这个主见也好。"说毕，当晚李根便将妻女送至别处，二鼓以后，方才回来。厨下备了酒肴，为天霸、普润四人助威，直吃得明月西沉，方才席散。

次日早间，也照着办喜事一般，前前后后挂灯结彩。到了午后时分，普润便饱餐一顿，然后换了紧身短袄，腰间藏着利刃，进了内堂。早有两个大胆的仆妇，命普润净面漱口，换了装束，在床沿边上专等秦明进来。外面天霸、赵五等人，早有李根送出三套衣衫，命他三人换上，扮作儒士模样，好陪新人。

所有庄汉、长工，无不分派着执事。直至日落时分，远远地听人声喧嚷，鼓乐齐鸣。早有门丁进来禀报道："离此约有里许，有顶绿呢花轿，前面许多执事，大吹大擂，向庄前而来，想必便是秦明了。"天霸听了此言，恐他们临时慌忙，乃道："汝且前去等候，等他到了门前，然后再来报信。"正说之间，听门外一片人声、爆竹声音，到了里面，说是媒人来了。天霸见不是秦明，只得耐着性子，整束衣冠，同赵五迎了出来，向着高三一揖；高三也不意竟有天霸在此，当时同至厅前，叙了寒温，分宾坐下。却巧李根正在里面，听说媒人前来，也只得出来与两人见礼。接着门外大炮连声，人喊马嘶，纷纷而至。高三知秦明已至，随即迎了出来。到了门前，但见许多喽兵拥着大旗金扇，后面也有许多少年幼童，披红插花，两边开道，直至庄屋前面，排立两旁。当中远远地来了一匹五花大马，白铜鞍辔，五色争光，鞍鞒上一匹大红绸缎，打了十字两朵团珠，挂在后面；上面坐着秦明，也是满身的大红，红袄、红袍、红帽、红靴，远处看来，犹如火星菩萨相似，不是个财主官人，还是个黉门秀士。

当日秦明说道："俺做了他女婿，若现出强盗的本相，不但他们见我，恐怕俺夫人看见如此，就要吓煞了！你是见多识广，喜事里的规矩，谅该知道，且代我配一身簇新的衣服，预备应用物件。"高三听了这言语，哪里知道什么，乃道："这事大王不必过虑，包管在咱们身上。常言道：'大红大绿，婚姻成熟。'咱们买卖场中，虽忌的红色，无奈那绿衣、绿帽穿戴在身，大不雅观，还是红的为佳。"秦明当着他真个知道，听了哈哈笑道："你也太无礼了，你明知喜事要穿红色的衣服，偏先说出绿衣、绿帽穿戴在身，咱的夫人尚未娶来，哪里派戴绿帽子呢？"此时到了庄前，早有喽兵放炮连天，奏乐之声，不绝于耳。李根见他这般恶相，早已浑身发抖，站立不住，扑通的朝下一跪。秦明不知他为害怕所致，疑惑他是跪接自己，当时在马上相见，赶着撇了鞍鞒，飞下坐骑，高声呼道："岳丈请起！小婿初次到府，理合登堂拜谒，下了全礼，方是子婿的道理。何敢劳岳父如此，是不将令小婿折煞么？"说着，便走上前来，一拉李根。

早有高三将他扶起，道："秀士何必如此？女婿乃是半子，理合入内受拜。"说着，便命从人升炮，将秦明、李根一齐邀入厅上。李根心下直是乱抖，只得大着胆量，向秦明说道："大王乃一世英雄，入赘寒门，已万分之幸，何敢自居长辈，受此重礼？"高三哪里肯听？早命秦明拜了四拜。厅下鼓乐喧天，倒也十分热闹。黄天霸与赵五弟兄早已换了装束，扮作文士模样，儒冠儒服，站立阶前；此时见秦明行过仪注，当向前作了一揖，命人奉过莲茶，请秦明上座。但见他身高八尺开外，黑漆的面目，一双低眉，两个铜铃眼，高鼻阔口，腮下一部短须，丑陋之中露出杀气。他也不知是天霸等人，见他文士衣服，心下暗暗笑道："这两个朽烂腐儒，居然大胆前来陪我，俺且用两句话吓他一吓。"随向天霸说道："这两人尊姓何名，两臂有多大膂力？每天能杀几人么？"天霸见秦明如此言语，明知他来吓自己，乃道："某等乃文墨之士，不知杀人。大王若肯教传，十日半月，照着大王头颅，即多几个，也可杀去。"秦明见他这样，也不知有意骂他，乃道："秀士，你也不知厉害了，'杀人'两字，乃性之所致，岂是教传而来；你若要俺教你，等俺花烛之后，一同到俺山上，看俺杀人如何?"天霸道："大王说不会杀人，今日便想显显手段，不知大王果惧怕么?"说着，大众也大笑起来。赵五道："黄贤弟又发狂论了！常言道：'书呆造反，永不成功。'也与你杀人的一样。"李根此时恨不得将秦明送进里面，早早完结他性命。当时说道："今日天已不早，厅前备下酒肴，且请大王宽饮数杯，然后送入洞房，与小女百年和合。"说着，便请众人入座。

天霸与赵五有意将秦明灌醉，入座之后，任意传杯，你三拳，我五杯。上了四五个大菜，秦明已有了五六分醉意。

秦明虽有几分醉意，只因一心好色，恨不得立刻入内。心下尚是明白，向着李根说道："岳父年迈，理当安息，令嫒想也盼望，何不就此散席？且小婿酒量太浅，设若误了佳期，反恐令嫒不悦。"说着，便想起身进去。天霸见他要走，恐他进去看出破绽，心下正然着急。却好李根女儿的乳娘甚为伶俐，见秦明尚未大醉，赶着上前言道："老奴奉小姐之命，转告郎君，请郎君多饮一杯，以助兴致。因喜事吵闹，小姐身体柔弱，送房时节，不能奉陪，故命老奴代敬一杯。"说着，取过大斗满斟一杯，奉敬过来。秦明听说是小姐之命，乐得心痒难熬，忙道："多谢小姐，这酒是该饮的。"伸着两手接过，一饮而尽。乳娘又是两斗斟来，秦明俱皆饮下。谁知这里面放下麻药，顷刻之间，酩酊大醉。

天霸唯恐他假装醉，仍是照着送房的仪注，为秦明收拾。秦明此时由外进来，已有好一刻工夫，嘴里虽醉得不能开言，心下却半醒明白。见天霸命了两个女仆，掌着两张灯在前引路，到了洞房门口，见里面直是黑漆，一点灯光没有，不由得含糊问道："俺今日前来招亲，正夫妻完娶之日，为何里面没有灯光，难道你家小姐不在里面么?"天霸听了，正吃一惊，忽见方才这个乳娘答道："寨主，你也太粗鲁了，我家小姐乃金玉之体，兰蕙之姿，从来在闺房里面，不见生人。今日寨主前来，虽是夫妻，初次见面，总有点羞答答的，故命老奴将灯熄灭。寨主进去，脚下放稳一点，不要惊吓了小姐。”秦明听了笑道：“咱们既为夫妻，还有什么害臊？既然如此，俺就轻轻走路便了。”说着，如怕踩死蚂蚁一般，走入里面。

此时普润躲在床上，吃了满肚的黄酒，将上下衣服脱个干净，直挺挺仰在床上。听见秦明进来，当时也不声张，先将那口戒刀顺在手内。但听秦明扑通一声，将门关上，嘴里咕咕哝哝地说道：“我的娇娇滴滴的心肝，魂灵儿为你想煞了。俺这样一个山头，金银财宝，哪件没有？现在琅琊山寨主王大哥那里，又约我共图大事，他如做了天子，我至少也封个王爵，你那时还不是随心所欲？今日你我夫妻非亲亲热热的不可。”说着，走到床前，两手将床沿一摸，却巧普润直挺挺睡在那里。

秦明哈哈大笑说道：“我道你还未睡下，哪知道在此等候了。”说着，便将磕膝跪在床上来。此时普润实在忍耐不得，左手向前一揪，身体向上一拗，高声骂道：“你这狗强盗，道俺是谁？还不代我滚去！”说着，向外一摔，只听“哎哟”一声，秦明早跌了下去。

秦明知道有了变局，赶着在地拗起，直奔前来，以便开门逃走。普润哪里容他？跳下床来，便是一刀，黑暗中砍去。秦明幸是一个会手，听见刀风到了身上，赶向左边一让，伸手摸个物件，可以招挡。却巧窗户下面竖着个面盆木架，提在手中，便上下左右乱舞一阵。无如木架甚大，房间里地方狭窄，虽然有这笨手家伙，不是碰了这件，便是打倒那件，全然不能顺手；二来有几分醉意，加之由外面亮处进去，黑暗之中不分皂白，比不得普润本在黑暗处看，尚有个地步。两人乱打一会。此时天霸在外面早听见两人动手，遂赶着脱去长衫，拔出腰刀，跳了进去，高声喝道：“汝这无名的草寇，俺黄天霸是也！还不代我将头献下。”当时劈面进来，前后攻击。秦明听是黄天霸三字，已吓得魂不附体，架开单刀，便想夺门而去。不知秦明性命如何，且看下回分解。

第二七八回　贪女色秦明被获　重友谊洪魁报仇

却说秦明听是黄天霸进来，哪里还敢怠慢？赤条条举起木架，左遮右隔，护着周身，想从房内跳出。无奈普润不肯稍让，大骂道："汝这狗头往哪里逃去？吃我一刀！"只听刷的一声，秦明股头上早砍中一下，登时血流不止。手内又无兵器，眼望着明处，外面不见一个喽兵，知道为他所算。一时气冲牛斗，向着普润骂道："俺道你是个三头六臂的天将，原来是一个无耻的秃驴，顶替着人家妇女，你也不知道羞耻。俺今日不将汝这秃头取下，也不知俺的手段！"说着，一个燕子穿帘，跳出房外，反将那个木架摔去，两个拳头摆出门路，专等他两人的刀来。普润先是在黑暗之中，料他不能取胜，现在到了外面，唯恐他就此逃走，戒刀不住的一路砍来；秦明两个拳头，直向命门打去，欲要砍中，难乎其难。

天霸到了此时，也只得将金镖取出，大声喝道："狗强盗休得逞强，俺宝贝来也！"左手一伸，早打中他的肩上。秦明正在与普润对敌，不防着一镖打来，"哎哟"一声，跌了下去。

普润用脚踹定胸前，顺手一刀，将他砍伤，然后取过绳索捆绑起来。此时赵五兄弟在腰门外面，听得里面响动，知已动起手来，也就命人将庄门紧闭，拔出腰刀，向那许多喽兵喝道："汝等这班鼠辈，胆敢助纣为虐，良家妇女，抢虏上山，还有什么王法么？俺乃漕运总督施大人标下黄天霸总兵的先锋赵五老爷是也！秦明这狗头已为黄天霸擒获，眼见得死在目前，汝等随他前来，亦断无活命之理。但汝等无非左近百姓，为他逼入山上，入伙为寇，若果一律诛杀，俺也于心不忍。汝等山上还有几个寨主？共有多少强人？王朗几时招秦明入伙？从实说来，便饶汝等狗命！若有一句虚言，顷刻死在刀下！”

言还未了，后面冲出个胖大和尚，持着大刀，向赵五说道：“那个狗头，已为咱们擒住了！这里还有何人，还不代俺动手?”说着，如砍瓜切菜一般早杀死有十数个头目。其余喽兵早已跪下哭道：“佛爷爷饶命！此乃高三一人主使，不干我等之事。我等皆是秦明擒上山的，不得已顾了这性命，顺他做个喽兵，心中实在不愿。现在山上还有两个寨主，一个叫大刀洪魁，一个叫冷箭王杰，此二人皆是秦明结拜的兄弟。老爷们若饶我等性命，就此回转山中，将他两人诱来，为老爷擒住，将他置之死地。”接着，天霸也喊了出来道：“赵贤弟，汝且进去看守那强盗，俺有话问这班强盗。”当时也就照赵五所说的话，问了一遍。普润说道：“还说你是个内行，连这打草惊蛇，尚不知道；让他们回去，岂不与俺们有碍么？汝既放他前去，咱是不能饶过的，只留下一件宝贝，做了记号，方知俺的手段。”说毕，把那些喽兵耳朵每人割下一只，命他回去报信。

这里天霸等众人去后，知道山上必有来人报复，赶着将秦明推到厅前，结果了性命，然后传齐庄汉，各执家伙、火把，一路迎去。行了有半里之遥，早见远远来了两匹坐骑，灯球火把，蜂拥而来。但听他高声叫道：“黄天霸，你杀俺哥哥，俺洪魁来也！”天霸见敌人前来，赶着命庄汉排立两旁，执着腰刀，当先骂道：“狗强盗既闻俺的大名，便应束手就缚，秦明已被杀死，汝是何人？速来纳命。”洪魁见说是天霸，也不分皂白，一刀砍下。天霸见来得厉害，也就贯足了劲，一刀掀去。洪魁见杀他不得，登时喊叫连天道：“黄天霸，汝这无情无义的匹夫，咱们绿林朋友待汝不薄，汝乃杀死盟兄，逼死盟嫂，随那施不全做了这个鸟官，与俺绿林作对。今日前来，又将俺大哥杀死庄前，此仇如何可恕！”说罢，随将大刀砍下。先前黄天霸见他这样厉害，疑惑他是个好手，此时几刀砍来，顺手掀去，也是个无用之辈。到了七八刀上，拼力一刀隔在旁边，向着洪魁骂道：“汝这不知死活的强徒，俺在此道上面，也不知遇了多少英雄豪杰，谁不知俺大名？汝这一把大刀，只能杀得他人，奈俺天霸怎样。”

说着，使了个蛟龙出水式，对定洪魁胸前刺下，洪魁见他还手，在马上说声：“来得好！”响亮一声，拼力砍去。天霸怕他再来还手，随即取出金镖，左手执刀，向马头砍去，右手一起，早已放去。洪魁正掀过一刀，又见他一刀砍来，忙将马头一拧，意想向左边让。谁知道一道金光，早到了面门之上，栽于马下。

天霸正要结果性命，忽听有人喊道：“黄天霸休得逞能，咱也有宝贝来也！”说着，也嗖的一声，对太阳穴射来。天霸是惯走此道的，岂有不知道这暗箭？连忙将身子一偏，将一枝冷箭让过，原来便是那个冷箭王杰所放。王杰到了面前，对天霸说道：“俺们两人还是斗拳脚的功夫，不准斗那个暗器；大丈夫明来明去，说定在先，随后便没有反悔的。”天霸道：“汝乃无名的小辈，俺若开言，便说欺汝这小辈，马上步下，听汝便了。”王杰当时跳下马去，舞动双锤，便同天霸交手。就此一来一往，约有十余个回合。天霸见胜他不得，心想道：“此人本领不在俺之下，若能将他收服，做个内应，岂不是个上策？”当时将刀一隔，说声：“且住！俺与你有话讲。”王杰见他住手，也就站定说道：“黄天霸，你莫非斗俺不过么？”天霸道：“汝且勿得猖狂，俺有一言问汝。咱在这此道上面，非止一年，好汉英雄，无不知道，汝可知俺的名姓么？”王杰听了笑道：“汝的姓名，岂有不知，绿林中谁不骂你？亏你不知羞愧，前来问人，休得多言，从速动手！”天霸道：“俺也不惧怕你，何必问这闲话。但汝等只知其一，不知其二。俺也是绿林出身，何故不做这买卖呢？实因有个缘故，人生在世，不过‘忠孝节义，礼义廉耻’这八个字。自从江都任上，直至如今，不知干出许多要案，因此皇上加恩，做了总兵官职，即便此时为汝杀死，后人议论，皆说俺为地方上除害。俺看汝周身本领也不在人之下，与其同王朗一类遗臭万年，何不及早回头，改邪归正。倘得一官半职，封妻荫子，为祖争光，方不虚生一世。汝且仔细思量，是与不是？”这番话，早把王杰说得哑口无言，心下想道：“俺闻施不全实是个清官，只因仇人太多，以致屡次为人谋害。俺若投在他麾下，少不得立了功名，封官就职，此时既有这机会，何不趁此投顺呢?”乃道：“既大人有心提拔，人非草木，岂不回头?大人可先上崷山，将秦明等尸骸埋葬，然后将喽兵遣散，所有资财送回淮安。咱们一同齐赴沂州，到王朗山中做个内应，不知你意下如何?”天霸听了大喜，忙道：“大丈夫一言既出，驷马难追。俺就与你上山便了。”说着，便命那些庄汉在山下等候。自己将一口腰刀撇下，一路而去。到了山寨，王杰便请他上座，拜了两拜，便道：“咱王杰虽是绿林草寇，也知顺逆利害，虽得大人如此婆心，便是俺之出路，所有事件，全凭大人做主了!”说着，到了后面，先将人名册籍并粮草帐簿，送在天霸面前。

天霸命他将山上头目喊来，将洪魁、秦明犯罪该死，并王杰改邪归正的话，说了一遍。然后道：“汝等虽目前为寇，无非为秦明这狗头逼迫所致。但是本总兵宽其既往，将这资财分给汝等，去恶从善，可速三思!”话犹未了，喽兵纷纷而至，高声道：“大人开恩，情愿回去归农。”说着，一个个跪在檐前，同声感戴。天霸便唤了两个老年头目，命他按名散放；择定后日，各自回家，放火烧山，以除大害。

此时天色早已大亮，普润在李根庄上看见秦明等人已死，所有喽兵非杀既剁，剩下许多酒肴，也无人吃。普润当时就狼吞虎咽，吃了一饱，随即提刀飞舞而出。谁知他乃是赤身露体，杀了秦明之后，便想将衣服穿好，后见赵五等人追杀高三，他便出来助战，一时将此事忘却。现在提刀出了庄门，那种赤条条一丝不挂的，实在不堪入目。正跑之间，谁知秦明的喽兵躲在树林里面，见个胖大和尚赤身过去，知是天霸一类，赶紧取出一箭，对定他胸前，拼力射去。普润虽是鲁莽，这明兵暗器尚可遮护。正向前来，忽听嗖的一声对面而至，赶着将刀望下一遮。谁知他用力太过，将那枝箭头打断，穿入臂上，鲜血淋漓，痛不可忍。再将自已一望，方知身上没有衣服，骂道：“俺不是为黄汤灌死了，为什么不穿衣服，追杀出来?设若射中了和尚，连撒尿也不便当了。”登时拔出箭头，转身回去。当时天霸已命山上的头目前来送信，令庄汉去请李根，命他安然回家，然后普润、赵五等人同上山去。一连数日，喽兵遣散已毕。王杰取了流星锤，先将山寨烧去，随后同天霸等人向沂州而来。在路非止一日。这日离琅琊山不远，王杰开言说道："咱就此投往琅琊山，诸位兄长若有下落，务必设法报信山中，好让小弟知道他底细，送信过来。"天霸道："此时不能预定，等到将殷老英雄寻到，各事便易商办了。"王杰别了天霸，走到琅琊山下，早有巡山的喽兵高声问道："汝这大汉从何处而来？快将来历说明，不然俺便放箭了。"王杰道："俺乃虾蟆山寨主王杰是也！王寨主屡次相邀，请俺入伙，今日特地到此，汝可进去禀明，以便彼此相见。"喽兵听说是王杰，连忙道："王寨主，你老且此待着，小人进去禀明，好请咱们寨主出来迎接。"说毕，转身奔上山去。

此时王朗正因黄达弟兄为殷龙翁婿杀死，请飞云子整顿高楼各处埋伏，日前云鹤命他将楼图取出，当时并无疑惑，到了晚间，早有曹勇到他房内言道："寨主以为黄达兄弟死在殷龙之手，抑死在云龙之手么？"王朗道："此言是何说法？黄成先为殷龙打死，后来黄达前去报仇，遇着贺人杰，因此两个先后身死，怎么说是云龙呢？"曹勇道："寨主无须执见，明是云龙置之死地。先是云龙初次下山，遇见殷龙，他若帮助寨主，理合便与动手。那时不肯交锋，反说他武艺高强，敌他不过，以免寨主命他出战，此是第一破绽；黄成心抱不平，欲与殷龙厮杀，他又故意拦阻他去，又出激词与他赌胜，是第二个破绽；黄成为殷龙杀死，不与他报仇，黄达前去，他反回来，此是第三个破绽。有此三层，回想飞云子临行之时，不辞而别，前日又无因而至，这不是他心存别见么？这楼是他所造，图又是他绘成，岂有忘却之理？何必取图查看。咱恐他弟兄不怀好意，欲想将楼图骗出，乘隙逃了，除了这个干系，那时回往潼关，尚是小事；设若投顺殷龙与黄天霸等人，联为一气，里应外合，攻破此山，那时悔之何及！咱见他事有可疑，因此与寨主说明，那个楼图千万不能取出，等咱们各处的朋友齐请上山，然后再将这高楼大家整顿，那时众目昭彰，飞云子方不能更变呢！"王朗听了此言，真是如梦初醒，忙道："设非贤弟看破，几乎为他所卖。方才已允将原图取出，现在如何回答他？若真个改变，这个如何是好呢？”曹勇道：“寨主不必多虑，且待飞云子明日如何。他果有心计算，自己必催寨主取出；如若不催，等各朋友到齐，再行举办。”王朗本是个无谋强盗，便信曹勇之言。

到了次日，不将此事提起。飞云子见他怠慢，必是他有了变局，心下虽急，想取此图，恐说出为他疑惑，也就不去催促。谁知云龙等待不得，当时向王朗说道：“大哥造下此楼，本想共图大事，外有殷龙窥探，内无十分埋伏之功，倘黄天霸一旦而来攻打山寨，那时恐不比初次，何不趁此时精益求精，置下埋伏，方可万无一失。昨晚与俺三弟已经说明，难道今日忘却么？还不趁此时将图取出，更造一番，岂不完美！”王朗听了，笑道：“云大哥，你不远千里而来，理合歇息数日，再行办事，方是正理。咱这山中，虽不能如铜墙铁壁一般，也不致轻易攻破；虽有一两个奸细，恐也不能成事。此乃咱一人之事，大哥能屈留数日，便请稍助一臂，如若不能，天下名山，何止倍蓰，请大哥另行别路便了。”云龙一闻此言，明知有人进了谗言，不禁大声怒道：“王朗你这狗头，这派言语，前来吓谁？俺三弟为你这强徒造下这铜墙铁壁的楼，大事未成，便尔相弃，还有什么义气！”说着，便是一拳当胸打去。王朗见他翻脸，又恐飞云子动了真怒，兄弟两人，难以制服。登时向左边一闪，让过一拳，向飞云子喊道：“三弟救我！愚兄一言之误，冒犯大哥，三弟可为我劝解。”说着，便跳到飞云子身后。飞云子也只得故作拦阻道：“大哥不必动怒，咱们义气，不可为人笑话，且请住手！”说着，将云龙拦住。曹勇听见，也就上前请云龙坐下。谁知云龙蹿到外面，携了自己包裹，便向王朗骂道：“汝这狗头，不知进退，咱云龙再见便了。”说着，一路的下山而去。不知后事如何，且看下回分解。

第二七九回　恶曹勇献计请名人　妙赛花当场施毒手

却说云龙见王朗说他是奸细，登时大怒起来，便想动手。此刻为曹勇劝解下来，一路下山而去。这里飞云子恨不得将王朗结果性命，齐星楼图末得，此图乃是家传宝物，奈他生死各门，以及八卦、五行之类，稍一错误，便坏了大事。虽因自已起造，到了用关键时节，仍然按图行事。若因一时之误，绝了交情，王朗自格外防备，那图依旧取不出外边来。当时见云龙带怒下山，也就向王朗说道："王大哥，你我金石同心，肝胆相照；咱若三心二意，初时为何造下此楼；此时与俺哥哥前来，难道另有别意么？非俺出大言，这合山之—中，如有人与我打个照面，破一门路，也是英雄好汉；在俺看来，也不过是无名之辈拨弄是非，非是他的技艺。你乃是一山之主，用人好坏，尚不知道，尚能成什么大事？今日与你说明，这里俺在山中，这楼上事件须凭咱专主，不能由你牵制，如若不能，俺也自走他路，莫说我有始无终。我哥哥现在去山下，不知又奔赴何处。岂非是汝别寻烦恼哩！"这番话只说得王朗哑口无语。曹勇在旁，只是面红耳赤，当时只得答道："云三哥幸勿多疑，寨主想汝上山，如鱼得水，岂有反听人语之理？这楼上制度请你摆布便了。但是各处朋友，尚未齐集，且等众人上山，再兴工役。那时施不全无人来，咱也要奔赴淮安，杀他个尽绝。此时三哥权请息怒，小弟明日下山追请大哥便了。"飞云子到了此时，也只得趁此下楼，回转书房而去。

这里王朗为飞云子一顿抢白，也是将信将疑，只得再将曹勇请来，暗下计较。曹勇道："这情形早已露出，目下唯有开列山名，派人星夜到各处敦请，若将众英雄齐集山下，虽再有黄天霸等人，也无大碍于事。”说毕，便开了一单，写了名姓，并珍珠宝贝聚请之物，命人分路而去，约定下月初一到山。两人分拨已定，拣了几个亲信的头目，带着喽兵分头而去。次日，王朗恐飞云子疑惑，就出来赔礼，请他上楼，商量各事。飞云子也有所耳闻，也就不动声色。

光阴倏忽，约有半月光景，这许多强盗皆陆续而至。到了初一，王朗便命阖山杀牛宰马，重新聚义。内中唯有黑阎罗同蛮和尚最为凶恶。黑阎罗头戴一顶豹子冠，身穿一件鱼鳞袄，兜裆衩裤，脚下铜裹铁尖鞋；另有一种绝技：那鱼鳞甲内藏着四百七十个铁弹子，到了争斗之时，遇见敌手，即使用此器伤人，任你再眼明手快，也要伤损。蛮和尚头戴束发紫金箍，身穿百衲衫；手使铁禅杖，十八菩提珠，百发百中。当时向王朗言道：“大哥这山中也有这许多人马，一个施不全尚摆布他不得，还想什么天下呢？非我出大话，今日就此下山，奔赴淮安，除去这狗官，共图大事，也如探囊取物。何况一个殷龙，便各惧怯。”黑阎罗道：“殷龙这杂种，也只能在殷家堡独霸一方，见了我两人，恐那个盖世英雄，一朝丧尽。”两人你言我语，豪兴登时勃发，便要下山寻殷龙厮杀。王朗知道不能拦阻，只得命人送他下山，向殷龙店内而去。

却说云龙下山之后，便先寻了殷龙，与殷龙说了一番。乃道：“我家三弟，与我性情不同，此时未得楼图，断不肯半途而去。但是普润到淮安送信，至今不知如何，万君召与天霸皆不见前来，你们翁婿二人久久在此，也是无益。我既与他翻脸，此处安身不得，不若此时投到淮安，催促众人到此，那时里应外合，一鼓可破。”殷龙也知道人少力薄，于事无济。见他自己要去，自是喜出望外，当时即写了书信，禀明施公，速请天霸前来相助。云龙就此前去。

这日殷龙与赛花在店前闲谈所做的事件，忽见对面有个少年，在门前望了一眼。殷龙知道是巡风的喽兵，登时向赛花说道：“我儿，你曾看见么？”赛花道：“与爹爹就此前去，看有谁在此探窥？”说着，两人离了客店，约走了二里多路，前面一带树林，早见方才的喽兵站在林外；后边一个束发金箍的和尚，手执禅杖，高声叫道：“殷龙这狗头，既在此地，我去试他一试。”说着，连蹿带蹦，跳出松林。赛花哪里忍耐得住？腰间拔出利刃，两个足尖向前一顿，早到松林近前，向着和尚叫道：“秃驴休得猖狂，奶奶乃殷龙之女殷赛花是也！汝是何人？敢来送死！”蛮和尚见来了一个女子，哪里放在心上，不禁哈哈大笑道：“佛爷爷菩萨心肠，不肯犯色戒，若要你这贱货无用，看你姣姣的女子，也难挨一禅杖。今开莫大之恩，饶汝狗命，从速回转，命殷龙前来好好送死！”赛花听他这言语，不由得举剑就刺，说声：“秃厮，休得逞嘴，看剑！”说着，已望那秃头上一下。蛮和尚毫不介意，将禅杖望上一迎，说声：“来得好！”但听当啷一声，早将那利剑掀在旁边，接着一禅杖也就拦头打来。赛花见他来得厉害，也就不敢怠慢，两手贯足了劲，用了个古字式，将禅杖架住。

殷龙见女儿吃力，恐败在这秃驴手内，赶着到了面前，喝道：“秃狗头，与这女子交手，尚算英雄好汉么？要会殷龙，殷龙在此！马上步下，听汝前来。”和尚见殷龙出面，随即收回禅杖，望殷龙上下一望，笑道：“我道你是个人间恶鬼，天上邪神，不能奈何汝怎样，在我看来，也不过寻常之辈。不要走，看我家伙！”说着，用了个拜佛听经式，身躯向上一蹿，禅杖头在上，铁柄在下，左手向前，右手握杖，由上而下，拼力地从头上打来。殷龙看见，吃了一惊，暗道：“这贼秃驴好一派身手，幸得我与他，若是别人，这一杖便难躲过。”当时赶将利刃握在手内，一个鹞子翻身，翻出圈外，用个四两拨千斤的刀法，对上禅杖，拼力往上一隔，方才掀了过去。和尚不等他还手，复又一下，拦腰扫来。殷龙反进前一步，到了和尚面前，举起利刃，便往他手腕上一下。和尚吃了一惊，随即骂道：“好杂种，汝这诡计，前来吓谁？”说着，拖着兵器，两足往后一退，方将一刀让过。殷龙恐他又来还手，遂用了雪舞梨花的刀法，前后上下，如刀山一般，直奔和尚砍去。和尚见了笑道：“殷龙，汝享了半世大名，今日英名何在？我只杀了两下，汝便现出这模样，难道佛爷爷便怕汝这刀法么？”当时就将禅杖飞舞起来，对定刀头一路掀去，招架上下盘旋，毫无半点漏空。殷龙一路刀法舞毕，末了一刀，稍有破绽，被和尚一禅杖掀落在下面；然后将禅杖高起，四十八路一齐打来。殷龙幸知道他这门路，赶将利刃护着周身，对定了禅杖头儿紧紧地隔去。一来一往，力战了二三十合，彼此不分胜负。

赛花见父不能取胜，便从那袖内取出金镖，对着和尚一镖打来。蛮和尚正打之间，忽然一道白光对命门飞下，知道有人暗算。但将头颅一偏，两指头当中一夹，却巧那只金镖拿在手内。赛花见一镖未中，复又一镖放出，正对咽喉；蛮和尚将头向下，张开大口，随即咬住。此时赛花心下着急，一连又发了两只金镖，已到前面，仍然用手接住。接住第二只，又将才接的金镖放下。

却说殷赛花连发四镖，未能将蛮和尚打中，心下正然着急。忽见他袖口一起，飞来一物，有酒杯口大小，此便是这和尚的十八菩提子母铁弹。赛花也跟明手快，拔出双剑，舞得如天花坠地相似，早把个铁弹子打落地下。殷龙见女儿也不能取胜，一时大怒起来，舞动朴刀，当头乱砍。黑阎罗那边孙勇见和尚力敌两人，恐有损伤，也就摇动铜锤，当先争斗。早有赛花接着厮杀。四人在树林外面，真个是你要我死，我要你亡。四件兵刃，杀得日色无光，烟尘四起。正是难解难分的时候，前面远远来了四人，当首一个出色英雄，手提单刀，到了前面，见殷龙在此厮杀，赶着高声道：“殷老英雄权请住手，我黄天霸来也！”叱咤一声，飞入圈内。

原来天霸与普润等人，自虾蟆山收服了王杰，次日便一起动身，向沂州进发。这日离琅琊山不远，王杰向天霸道：“小弟多蒙兄长提拔，把给功名，本拟随兄长共破此寨。无奈王朗人多粮足，山中事件不得而知，现在离山还远，难得王朗与我有约，此去投他做个内应，岂不是条妙计？唯恐兄长未能相信，故而将这事禀明行止，请兄长定夺。”天霸听了笑道：“这皆是贤弟多疑，我们肝胆相照，凡事但求有济，何必拘于形迹，贤弟请自便罢！我们明日在山前会晤如何？”王杰见天霸答应，当即便分路投奔琅琊山而去。这里天霸与普润、赵氏兄弟，到各处村镇去寻殷龙的下落。走了十数里地面，不说此人已走，便说搬移别处去了。行了半日，皆未访实，心中正然着急，忽听喊杀之声，震动山谷，赶急顺着声音而去。却巧殷龙正与和尚厮杀，因此跳入圈内，拔出单刀，对黑阎罗便砍。

殷龙与赛花正斗两人不过，忽听“天霸”二字喊叫而来，抬头一看，已到面前。心下好不欢喜，就高声叫道：“黄贤弟，来得正好，万勿将这厮走了！”普润见天霸说出殷龙，知已寻着朋友，也就应声道：“我普润寻觅多时，不期在此相会，这秃厮且留下与我罢！”说罢，两柄利刃，一齐砍下，将蛮和尚的禅杖掀去。接着赵四、赵五各取兵刃，两边杀来。赛花见来了多人，愈加奋勇几倍。八个人，八件兵器，如走马灯相似，将黑阎罗、蛮和尚夹在中间，四面八方，全无漏空。此时他二人，虽有十二分本领，怎经得起他六人皆是个有名好手；到了此时，已是只能招架，不能还手。杀了有半个时辰，黑阎罗恐有伤损，虚晃一锤，冲开门路，直奔前败走。蛮和尚见他逃去，也就随后而逃。普润还要追赶，还是天霸说道：“我们不必追了，老英雄方才寻着，正要有话面谈；这两个强盗，明日还不结果么？”赵五道：“他山中埋伏甚多，胜他一阵，已是幸事，此去若中了埋伏，反为不当。”普润听了此言，当即转身回来。早有殷龙向天霸问道：“贤弟何时到此？何日由淮安动身？大人面前谅该安静？为何万君召与殷猛未曾回来？请贤弟说明与我知道。”天霸道：“我们一言难尽。这地方非言谈之地，你老现住在何处？咱们安歇下来，再行谈论。”赛花听说，便在前引路。却巧殷强与人杰坐在店内，闻殷龙、赛花与人交战，也就前来助战，不期在路又遇见众人。正是喜出望外。

人杰首先向天霸叫了一声：“叔父！”一路到了客店，殷强先命小二收拾面水，备下酒肴，众人净面漱口，将包裹取下，送至里面。然后天霸便将殷猛送信，说人杰与赛花私自逃走，冒险攻山后，正想命人打听，却巧赵五弟兄入衙行刺，收服两人，又说出人杰受伤，朱光祖救了他们性命；因此大人命我前来，在路遇见普润，方知君召在河南有病；虾蟆山又收服王杰，此时去投王朗，做了内应的话，前后说了一番，殷龙才知道，又把飞云子弟兄已到此处，杀死黄成，气走云龙，现在邀约强人的话，复又告知天霸。天霸道：“咱们现已到此，少不得要上山一走，但飞云子不知果能一会么?”殷龙道：“此人虽归顺咱们，无奈曹勇这狗头心怀不善，专门窥探他的破绽，现在楼图尚未到手，故他不肯轻易出来，连咱们至今日尚未见过。”

普润道：“咱们既晓得这缘故，若再耽延时日，此山何日能破?今晚咱们同上山头，先看一番动静，明日再设法攻山。”众人计议妥当，当时吃了饮食。到了二鼓时分，早有普润、黄天霸、贺人杰三人，换了黑衣的装束，各带家伙，飞奔而去。

且说黑阎罗孙勇与醉菩提蛮和尚为天霸等败走，当即到了山中，对着王朗说道：“咱们今日下山，不期巧遇着殷龙与他女儿，一同厮杀，满拟将他结果了性命。谁知交手之间，忽然黄天霸与一个和尚，共计四人前来助战。天霸的本领高强，真乃名不虚传；他那一口单刀，实是惊人出色，因此将殷龙救了回去。咱想殷龙父女在此，尚无妨碍，今又添了这许多人，眼见得不日便要攻山，还须请寨主加意防备才好。”王朗听了此言，道：“咱便请云家兄弟整顿高楼。现在二位贤弟杀败，而目下唯有紧守山寨，盘查奸细，唯恐天霸等夜间窥探。”黑阎罗道：“咱们今夜轮班上宿，若天霸大胆前来，务必将他擒住。施不全除了此人也便没有妙手了。”王朗道：“这事须告知那云家兄弟，请他防备一宵，专司楼上的埋伏；其余飞叉将军郭天保、急三枪郑得仁、双枪将邓龙，以及穿山甲刘飞虎等人，务宜尽上高楼，各守一面，方才无隙可入。”

三人计议已定，随即将众人请到聚义厅上，对着飞云子道：“今晚黄天霸必然上山，三哥乃齐星楼之主，故求上楼专司埋伏；余下八门及第二、三层的关键，愚兄皆派人分守。总期将来人置之死地，方知道咱们的厉害呢!”飞云子听了此言，心下甚是踌躇，不能言语。曹勇在旁言道：“云三哥，你莫非有退意么?大丈夫始终如一，不能半途而废。今晚天霸前来，正是绝好机会，何故半晌不发一言呢?”飞云子笑道：“你以为我惧怕于他么?只因此楼非一朝一夕可成，自从那日去后，以为黄天霸等人来过数次，不知可有损伤?今晚便想开了机关，将敌人拿获；设误触机关，不但不能擒人，反伤了自己的性命。日前王大哥将楼图取出，至今未曾交来，欲想修理一番，又不能听俺专主；设若冒昧应允上楼办事，那时误了大事，岂不将盖世英名一朝丧尽！有此一番情节，故此目下踌躇！汝今谓俺有退意，俺道王大哥与汝反疑心于俺了。在俺看来，今夜但防守一夜，只须将他败走，随后等埋伏步位齐全，再行与他厮杀。王大哥若定要在今晚发动，那时误了大事，与俺无涉。”王朗听了此言，又恐飞云子因此动恼，乃道：“三哥何出此言！咱们义气相投，已非一日。咱不过为黄天霸屡次上山，擒他不得，欲想趁此送他性命。三哥既如此用意，咱便遵命是了。”当时便命厨下备了酒席，大众开怀畅饮，直到二鼓以后。王朗向众人言道：“从前方厅里面皆是众人埋伏之所，自黄天霸追来之后，便换了他处。今日齐星楼下必须分了地段，谁人愿守何处，各人自己说明，此不过权宜之事；等到云三哥功成圆满，然后听咱调度！”飞云子当时说道：“寨主如此吩咐，极为妥当。”

不知王朗如何守候天霸，且看下回分解。

第二八〇回 普润僧再上琅琊山 黄天霸三探齐星楼

却说飞云子回转到自己房内。王朗便向众人说道："云三哥虽不上楼，那黄天霸非寻常之辈，臂如云三哥这齐星楼既在此间，派人前来，也要安放埋伏；咱们各人守一路，大家以金钟为号，无论何处见有人来，便将机关下，然后传信各处，四面兜拿，方可万无一失！"黑阎罗日间为黄天霸败下，恨不得将他捉住，以享大名，当时言道："咱们在这山中，虽不能居二，那平常的小事俺也不做；乃做毛遂自荐，楼台上面，头道铁栏杆，为俺把守。俺闻每根栏杆里面皆有枝火箭，这面埋伏甚是厉害，非俺有这身本领，也不能担此重任。王大哥可将此事让俺罢。"说着，也不等他回答，便向楼前而去。接着，蛮和尚言道："俺闻方厅外面那块石板底下是个陷人的大坑，欲至楼上，非过此不可，这个小差可以让我。咱想那楼上的事，须要耐心等守，这地方是天霸必由之路，只要他前来，便可厮杀，岂不是件快事？"说着，提了禅杖，也就走了。这里王朗言道："他两人所守的地方，虽是要害，尚还有躲避地方。唯有第二层埋伏最多，所有那乌鸦嘴、长蛇头、金龙爪、蜂虿刺、壁虎尾、恶狗沫的六件毒气，都在那前后左右上下六门，非得六位好汉把守不可。第三层乃是昼夜六时，按着子丑寅卯十二个时辰。这三层乃是金木水火土五行的埋伏，黑阎罗守的那火气的兵器，便是火门；所有总头，皆在第三层上面。此层楼面最高，非将一二层破去，方能到得三层。此时人不敷用，天霸虽然凶勇，也未必如此易破，尚可不必防守。咱拟郭天保把守乌鸦嘴的前门，小阎王管理长蛇头后门，郑得仁防护金龙爪的右门，一撮毛看守蜂虿刺的左门，穿山甲把守壁虎尾的上门，何福坤司理恶狗沫的下门。”这六门分拨已定，还有那龚得广、邓龙这班强盗，在第一层及二三层，按着金木水火土五门巡缉。分派已毕，早是三鼓时分，每人饱餐一顿，各带兵刃，短衣结束，分头而去。王朗与曹勇仍然在第三层防备。还有许多小头目在山前山后，四面巡风，更鼓之声不绝于耳。

且说黄天霸与普润、贺人杰、赵四、赵五，出了店门，直向山前进发。天霸与人杰虽是熟路；无奈前几次上山皆是黑夜到此，临走之时，又受了重伤，加之又隔了数月，此时前去，反记忆不清。所幸赵氏弟兄本在山内；此时便在前引路。到了山上，穿过牌楼，低声向天霸说道：“俺们且蹿上牌楼，看个动静，恐咱们走后，山上来了能人，另有什么埋伏。”天霸道：不差，咱也上去一看。”说着，噗噗噗如飞燕入巢一般，五个人齐到了上面。赵五举眼向里面看去，但见高楼上面隐隐现出灯光，或明或灭，第二层杀气腾腾，已是有了防备了。普润道：“这又奇了，此楼除却云鹤无人会用这埋伏。飞云子既归顺了咱们，何至再为他用？但不知飞云子住在里面何处？若能探出真情，俺便下去，先将他找着，通个消息，随后再去攻打。”

赵五道：“这事倒也不难，里面地方俺尚认得，只顾飞身进去，就可将他寻着。但有一层，即使他肯说实情，这四五人如何敷用？且到里面杀死几个强盗，削去他的羽翼，然后再见机攻打。若徒一味逞能，这便是自速其死了。”天霸听了此言，正拟命他下去。赵五道：“咱们趁此便进去了如何？”说着，在前引路，进了寨门，顺着那埋伏的地方，暗暗走来。人杰是个急火性子，走了两重门，到了假山面前，知道内中那样厉害，又不敢冒失上前，只得回头向赵五打了个暗号。

赵五本是里面强人，路径未有不熟，当即踹着石板，先让人杰等过去。进了花园，来至方厅下面，倒着身躯，暗暗细听。谁知王朗在第三层楼上，照着个千里灯球，由上而下，看得十分清楚。此时四面巡来，忽见方厅外有个黑影，赶着将金钟敲了数下。复将灯球向方厅前照来。所有楼上各人，俱已知道，随即你传与我，我传与你，四面八方，无数金钟敲起。顷刻工夫，许多灯球，向方厅前面照来。只听高声叫道："不要放走了奸细！黄天霸进了山寨，咱们快来兜拿呀！"赵五这一惊不小，唯恐被众人看见，知他顺了施公，愈加不妙。所幸路径尚熟，掉转身躯，赶着躲入假山背后。黄天霸此时也顾不得存亡死活，叱咤一声，向人杰叫道："贺人杰，咱们就此杀上罢！"说毕，舞动单刀，逢人便砍。贺人杰双锤并举，一上一下，杀得如雨点一般。顷刻间，早把那巡夜喽兵打死了数个。蛮和尚听外面喊叫，犹如火上烧油，禅杖一提，寻人厮杀。却巧当头便遇着普润，对定秃头一杖打去。普润举刀来架，掀在一旁，随手还了他一刀。蛮和尚哪里放在心中，喝道："来得好，代我去罢！"登时禅杖一起，响亮一声，火星乱冒，早把普润的刀掀开去。

普润见来得凶猛，也知道厉害。蛮和尚见他用了刀法，随即招架，杀在一团。两人正在混杀，天霸早又到楼前，见那一带生铁栏杆，不禁高声大骂道："王朗，汝这该死的强盗，前次在此为汝暗算，能奈我何？今日前来，定伤汝命！"说着，一个箭步，蹿到面前，便上了栏杆垛上，就此便欲蹿上楼梯，取回宝物。王朗看得真切，早把关键握在手内，正拟来开，忽见黑阎罗孙勇不动声色；王朗不解何意，只道他惧怕天霸躲开别处，深恐将关键开来，下面无人应答，反触了别项关键。谁知孙勇也是刁顽的强盗，听说黄天霸屡次前来，皆被他逃走，此时见他上楼，反而随他入内，等他到了里面，然后再开关键，将他治死。

天霸不知有人，正拟上楼，忽听有人蹿了出来，举起双锤拦腰打下。天霸知道不好，掉转了身躯，将身让过一边，一个顺手推门式，一刀便向后砍去。黑阎罗见一锤让去，早已知道厉害，接着一刀砍来，赶将双锤高起，左手来隔单刀，右手将锤磕下。天霸恐放出暗器，拼力砍了数下，让出左手，取出金镖，对定黑阎罗打去。孙勇久闻他大名，也防着放出暗器，举头见金镖打来，已闪躲不及，只得将身躯向外一偏，那金镖从肩头擦过；接着使个猛虎归山的形式，蹿身穿进栏杆，高声叫道："黄天霸，俺战汝不过，休得前来！"说毕，便向里一钻，早已不见人影。天霸知道不好，只得转身就走；无奈非常快利，顷刻工夫，楼内亮如白昼，一声响亮，栏杆垛上早放出许多火箭向天霸打来。

天霸防不胜防，当时四下一看，见栏杆左边有块石头台阶，当中有个门路。天霸便拨着火箭到了阶前，身上已伤了两处。只见台阶上站着一人，手执红旗，见天霸上来也不阻隔。天霸还道他是个真人，谁知他动也不动。但听扑通一声，如天翻地覆一般，顷刻倒了下去。仔细一看，乃是个木偶人物造就机关，在此摆舞。此时被天霸一刀砍跌下去，只见他左手上套着一根铁绳，由下往上一抽，将那两扇铁门顷刻开下，里面早出来一人，手执双锤，望天霸便打。天霸举眼一看，便是黑阎罗孙勇，不禁怒气冲天，高声叫道："狗强盗，大丈夫明来明去，岂可暗箭伤人！汝这样或藏或现，咱天霸便畏惧于汝么？来得好，代我去罢！"说着，拼力向前，将锤掀去。接着一连几刀，向他要害砍下。

此时孙勇也无心力战，但想诱他进门来，置之死地。当时双锤高起，将天霸的刀隔在一边，高声叫道："黄天霸，汝死在目前，尚然猖獗，若是好汉，进来与俺战三百合。"说毕，握定了双锤，转身入内。天霸只道他战已不过，舞刀前进，冲入门来。忽然响亮一声，那里依然关闭。天霸这一惊不小，正待回转，那门如铜墙铁壁一般，再也开他不下，里面黑漆漆，灯影全无。但听孙勇叫道："黄天霸，俺在东边屋门，汝敢前来吗？"天霸此时，不敢向前，但四面八方，不分皂白，心下想道："俺便在此等个通夜，就进了他这门径，料想也难出去，他在里面喊叫，想必总有路径，不如向东而去，寻着路追去，或可得出此楼。"当时主意想定，认定直向东走来，乃是一条黑暗的小巷。穿过巷头，向外一望，乃是一个绝大的火门，红光四起，原来是个火箭总头。下面排着许多铁子，烧得如闪电一般，嗖嗖的声音，在外响亮。天霸知道中了埋伏，正要转身就走，左边现出个楼梯，只得蹿身而上。谁知到了上面，宽大非常，一带平楼，空无一物，当中悬着个灯球，两边现出六个门径。

天霸也不论好歹，蹿上楼来，待要寻条生路，忽见那灯球一动，左边门内走出一人，手执长枪，高声骂道："黄天霸狗头贼俺急三枪郑得仁在此！"举手一枪，对着咽喉刺来。天霸见有人来，正是怒不可遏，登时气冲牛斗，单刀一起，隔去长枪。此时司理恶狗沫的何福坤亦赶上前来，天霸已将命置之度外，提起刀来，便向何福坤头顶砍来。何福坤见来得厉害，赶将铁棍横开，架住兵刃，顺手用了个泰山压顶的门路，拼力一棍，向头顶磕下。天霸自受了金龙一爪，已是疼不可言，忽见一棍到了面前，深恐打着伤痕，性命不保。把那口刀也就同鹞子翻身相似，靠上铁棍，掀在一边。两人一来一往，约有五六个照面。天霸究竟带伤，站立不住。只见贺人杰也与那边一人恶斗。

你道人杰何故也中了埋伏？只因他同天霸前来，见普润在方厅外面已与秃头厮杀，晓得这里面知觉，欲想回头，所来何事？心想："赵五兄弟必知全面，出入死生，当可了然。"转头想寻他同去，哪知赵五已经躲避。复见天霸一人到了楼下，早把那栏杆触动，放出火箭。心下怒道："大丈夫死得其所，虽死犹生。咱非黄叔你竭力提携，安有今日？他此时负气而去，大半是凶多吉少。咱若是不赶去助战，无论自己，心中不安，便是上天也不原宥！"想罢，舞动两锤，飞身上去。彼时小阎王与天霸交战，当时无人拦阻，随即蹿上二层，正拟寻个生门，进内攻打。谁知王朗在上面，早已看见，赶将灯球一起，下面掌楼强寇，放出暗器。不知贺人杰性命如何，且看下回分解。

第二八一回　临危地赵五救人杰　道姓名天霸遇云鹤

却说贺人杰上了二层楼来，王朗早已看见，赶将灯球一起。守门将士飞叉将军郭天保在前门正然防备，忽见灯球打着本门暗号，随即舞动飞叉，到了楼上，果见一个少年孩子，手提双锤在那里乱闯。郭天保首先喝道："汝这无知的黄牙，乳臭未除，胎毛未干，有何本领？前来送死！俺郭天保一生无子，就汝这小畜生尚有人形，不忍送汝的性命。汝若顾全性命，在此喊三声义父，俺便高抬贵手，送汝下山，换那殷龙前来会俺。如再在此耽搁，这飞叉上面便是汝送命之日。"贺人杰哪里忍耐得住，喝声："狗强盗休得胡言，且吃小爷一锤！"说着，一个流星赶月，双锤一连打下。郭天保只道是个乳臭小孩子，全不放在心上，见他双锤打来，将飞叉向上一架，满想就此开去。谁知人杰是天生的膂力过人，两锤堆在叉上，犹如泰山一般。天保的气力，又未全行使出，只听"哎哟"一声，几乎将飞叉打脱，当时连开数次，带拖带架，让过两锤，那虎口早已震裂。人杰见他难以抵架，锤头起处，不住地打来。郭天保只杀得汗流浃背，赶将飞叉虚刺一下，拨转身躯，向前逃走，嘴里高声叫道："汝这小畜生，俺杀你不过，若有本领，就此追来。"人杰知道他又施诡计，到了此时，但想结果他性命，也顾不得这前面的厉害，喝声："强寇哪里逃走？俺贺爷爷来也！"说着，摆动双锤接踵追去。

天保见他紧紧追来，心下大喜，顺手拨动机关，前面早露出个门户，身躯一转走入进去。人杰也不分皂白，一气追到了里面，正寻天保厮杀。但听"喳喳"声音，飞出一群乌鸦，向着自己乱啄。人杰疑是个羽毛鸟雀，无什么厉害，便将双锤向前打去。谁知一只乌鸦飞到人杰面前，对定着头啄了一下，犹如铁链一般，真正痛煞；再想提那柄铁锤，竟提不起。原来这里面造就机关，这群乌鸦尽是铁嘴，所以啄了一下，登时大叫一声，顷刻之间，毫无踪影。人杰只得带痛四下寻路，谁知铜墙铁壁，无处可逃，黑暗之中，辨不出东西南北；肩头上伤痕又十分疼痛，因此大叫连天，乱喊天霸。天霸又为恶狗咬了一下，也是痛不可支，彼此但听见言语，欲想见面，并无门路。

他两人困在楼上，暂且按下。

但说赵五两人躲入假山后面，虽然王朗未曾看见，无奈躲藏的地方与那厅前一气砌成，方石一起，这假山便已下去。当时躲在那里，但见普润与蛮和尚杀得正难解难分。天霸、人杰早上楼去，心下这一惊非小。忙向赵四说道："普润师与醉菩提战斗，咱们素不认识，还可上前相救；唯有他两人上楼，多半凶多吉少，不幸丧命在内，这夜光杯取不出来，尚是小事；设若因此下山谋反，争取城池，大人面前，除去天霸，尚有何人除这恶寇？"赵四道："咱们两人欲想救他，唯有奔赴飞云子面前，请他设法相救，舍此别无他策了。"赵五听了，忙言道："咱们就此前去，汝仍在这地方暗助普润。"说着，转过假山，一路向里走去。谁知那灯球火把，照得如同白昼一般。

正走之时，劈面来了一人，正是王朗的兄弟王彬。见着赵五高声叫道："赵五哥，汝赴淮安，何以夤夜回来，施不全可曾结果么？"赵五见是王彬，即应道："这狗官已经摆布了。方才走到山前，听说天霸上山攻打，因此赶上山头，以便助战，现在寨主可在楼上么？咱同你去杀他一阵。"王彬只道他是好意，乃道："黄天霸已中了埋伏，此刻命在须臾，咱同你就此前去。"说着，在前引路，向楼上而来。赵五见他同行，正是中他妙计，拔出腰刀，对定肩头，就是一下。王彬不曾防备，转身向后，见赵五一刀砍来，知他有了反变，正要喊叫，又是一刀结果性命。

赵五随即飞奔前进，到了飞云子房内。谁知飞云子因王朗与曹勇心生疑惑，唯恐露出破绽，正拟私下送信殷龙，如若天霸前来，暂缓上山动手。后来听得人言，王朗已自行分派多人，分守各处；接着听见杀声，知是天霸到此，心下正然着急。无奈那楼图未经到手，一经翻脸去救天霸，后再大破此楼，就费了许多周折。只得出了房门，向前观望，但见第三层楼上，黑雾迷天，下面火光腾腾直上，知已中了埋伏。不禁大声喊道："咱飞云子不去搭救，等待何时？"掀去长衫，一路飞奔而去。

因此赵五前来，已不见面，彼时不知他在何处。眼见得楼上灯球乱起，也就奋不顾身，拔刀而去，一路砍到楼上，早杀死许多喽兵。但听下面喊道："不好了！杀上来啦。"王朗在上面正命人去捉天霸，忽见下面人喊马嘶，正要命人查看，早有喽兵到来，说飞云子手执宝剑，由生门上楼助战。王朗听了喜道："咱此楼是他所造，他如上去，这两人便能擒获了。"

飞云子到了楼上，孙勇劈面遇着，连忙叫道："云三哥，来得正好，黄天霸与一个乳臭的孩子俱围在下面门内，此时前去，正可擒他。"飞云子道："这上面有俺动手，方厅外面那个胖大和尚，十分厉害，赶快前去助战。"孙勇不知他是计，双锤提起，匆匆下楼而去。飞云子不敢怠慢，入了生门，先到长蛇头那个门径，按定机关，踹了上去。想道："这两个人想必便是天霸了，俺与他虽未见过，且救出门来，然后再作道理。"不禁高声叫道："里面何人，可是黄天霸与贺人杰么？俺飞云子前来救汝，速通名姓，早早下楼。"人杰与天霸正在猜疑，忽听"飞云子"三字，天霸便大声叫道："云三哥，俺天霸已受重伤，不分门径，普润僧同至山上，若蒙搭救，真国家之福也！"飞云子听说是天霸，赶即开了门户，绕过乌鸦嘴，穿过恶狗沬，到了前门，转身进去，见天霸正睡在地下，举手将他提起，驮上肩头，便想出去。天霸道："云三哥且缓，那边还有贺贤侄受伤甚重，不知从何而去，可快前去将他救出！"云鹤道："可是贺天保之子贺人杰么？"天霸道："正是此人，是俺盟侄。"云鹤道："那边虽隔了一层，就此前去，又入死地，咱先同汝下楼，然后再来相救。"说着，飞步到楼口，所幸孙勇不在栏杆的前面，一个箭步飞下楼来，便向花园内奔去。正恐无人保护天霸，却好赵五到了楼口，但见火光高起，对着楼上，自己不敢上去，只得转身去助普润。一路走来，正见飞云子背着天霸，当时喊道："云三哥肩上可是天霸么？咱们正寻他不着，三哥既将他救出，此时意欲何往？"飞云子见是赵五，不觉喜道："天霸受了重伤，此时虽到此间，尚不能径自出去；贺人杰仍在楼上，必得将他救出，一同走出，方可无虑。汝来得正好，且将他交付与你。"说着，将天霸放下，复行抱上赵五的肩头，转身又入生门，到了里面，将人杰夹在身边，回身就走。不意龚得广在外面巡风，劈面撞见，不禁吃了一惊，向着飞云子喊道："云三哥，此人已困在楼上，此时将他背出，意欲何为？王寨主现在上面，一经看破，又何回答，那不是出尔反尔，私通敌人么？"云鹤见他不住地喊叫，犹恐再有人来，当时并不回答。举头向第一层观望，见王朗手执令旗，各处招展，命人去捉普润。飞云子见他来，自己回着头向龚得广言道："汝来得正好，汝道俺此时出去么？只因天霸受伤甚重，无人进去将他捆缚，咱们方才下楼，见这乳臭的孩子，凶恶异常，因此拨动机关，中了埋伏，将他与寨主发落，汝既前来，且将他交付与汝，俺去捆天霸去了。"龚得广不知是诈，便将兵刃丢下，来接人杰，早被飞云子一剑砍中咽喉，扑通一声，栽倒在地，接着又是一剑，结果了性命。

人杰虽受了伤，心下明白，见一人将他救出，虽未与飞云子见过，料想必是此人，见他将来人杀死，带着疼痛，拼力拗起身来问道："救我者莫非飞云子么？"云鹤道："休得多言，须防耳目，俺便是云鹤也！黄天霸现在前面，且随我来。"当时便抱着人杰，一路到了花园。赵五早令赵四前来迎接。飞云子向两人言道："此时楼图未得，俺不能随汝出去，天霸伤痕，非消除万毒丸，不得相救，切记切记！"正说毕，将人杰放下，转身就走。这里天霸早已抬身不得。赵氏弟兄各自负在背上，各自拔出利刃，大喝一声："俺赵五、赵四顺了官兵，汝等让我者生，挡我者死；王朗乃无名草寇，恶贯满盈，改日必有杀身之祸。黄天霸、贺人杰，已为咱们救出了。"说罢，不分皂白，一路杀去。那些喽兵，听说是赵五救出天霸，犹如天翻地覆一般，无不各大声喊叫："不好了！赵五到淮安，顺了施不全，现在楼上将黄天霸救出，在楼前杀人。"无数喽兵同声呐喊，早惊动了王朗，赶即传令，将寨门紧闭。赵五到了门前，但见守山头目排列两旁，枪棍刀叉，迎面砍下。他两人到了此时，也只得拼命厮杀。赵五在前，赵四在后，两柄刀犹如砍瓜切菜一般，逢人便砍，遇贼即亡，满想大杀一阵，夺开一条血路。谁知里面知山前无什么能人，王朗特命黑阎罗孙勇前来追赶。

孙勇本在那栏杆前面施放火箭，忽听王朗调度，带双锤到了山下，见赵五肩上背着天霸，暗道："这狗头既有反心，与他交手起来，总是不肯相让，不如先将天霸这厩打死，然后与他争斗，便是万无一失了。"当时便在鱼鳞甲内，摸出个铁弹子，向前喊道："赵五，掩孙勇宝贝来也！"说着，放出弹子，便对天霸的后心打去。赵五正夺路而走，也不防着孙勇赶来，谁知天霸命不该绝，铁弹子正然发出，忽然闻喽兵队里冲出一人，举手将弹子接住，袖口一起，放出一枝冷箭，向孙勇左眼射去。孙勇见一弹未中，忽然一箭射来，已是吃惊不小，赶着将头一偏，那箭射在豹子冠上，不禁怒气冲天，飞起一锤对来人打下。你道此人是谁？正是虾蟆山的王杰，与天霸等人同到沂州分头之后，便到这山上投来，方才听说紧闭寨门，莫放天霸，正是焦急万分，无可搭救，只得同李兴一同前来，看个动静。不意进了寨门，见赵五背着天霸，后面赵四也负着一人，一个大汉拼命追逐。忽见孙勇一弹子打来，只得蹿身到了前面，将弹子接住。此时孙勇一锤打来，只得将护身的佩刀拔出，将一锤隔开去，复行一刀阻住去路。一面招呼赵五："俺王杰在此厮杀，赵五哥快下山，勿再耽搁了。"赵四背着人杰，见王杰出来救应，胆大了数倍，奋步当先举刀乱舞，顷刻之间，两人早冲下山去，行至牌楼前面，却巧赛花与殷龙前来接应。

赛花见人杰又受了重伤，心下好不难受，只得在赵四肩上，将人杰扶下，人杰此时尚是清楚，随向殷龙说道："俺与黄叔父虽受重伤，所幸脱离山寨，此时普润和尚在山内厮杀，里边好手甚多，一人恐难抵敌，岳父可前去将他救出，与王杰一同前来，再做计议。"说罢，一声大叫："疼煞我也！"几乎昏坠下去。

殷龙听了此言，只得命赛花同赵家兄弟送他两人回店，自己提着朴刀一路而去。进了寨门，果见一人奋力厮杀，便知道是同来的王杰。当即蹿身上去就是一刀，对孙勇肩头劈下。孙勇见王杰放走人杰，已是虎眉倒竖，怒发冲冠，两个锤头，不住地打下。殷龙跳入圈内，忽然一刀砍来，更是怒不可遏，骂他："汝这两个狗头，若有本领，尽行放出，若要想逃去，转世为人。"左手一锤，将刀掀去，右手一锤，当胸打来。殷龙也是个英雄好汉，彼此一来一往，杀在一团，斗在一处。王杰见有人敌住孙勇，随即抽身到了里面，见蛮和尚正与普润作斗，还有许多强盗围在核心，普润已是招架不得。王杰将刀一摆，杀入重围，大声叫道："普润和尚，俺王杰前来救汝，快随俺杀下山去！"一声叱咤，普润见有了帮手，也就放心厮杀，戒刀起处，滚滚人头，杀开一条血路，与王杰下山而去。

蛮和尚杀了一夜，虽然未曾输败，两膀也举动不得。当时只得回转方厅，命人上楼打听。早有王朗走过前来，不禁长叹一声，向众人说道："不料俺们这山中，竟有许多奸细，天霸、人杰已是身临死地了，乃竟为赵五两个狗头将他救出，从此又成后患！虾蟆山乃俺邀他入伙，他反顺了敌人，上山厮杀，这不是意想不到么？此次虽获胜仗，无奈楼上的关键，损去七八，又非修理不可。云三哥昨日言语之间，早有退意，昨夜之事，未必不怒于我，若再袖手旁观，不肯出力，岂不是进退两难？"

说罢，进入大厅，向众人闷闷不乐。但见孙勇首先说道："寨主何出此言？胜败军家的常事，咱们大杀一夜，天霸虽然未死，那伤痕也不久人世，还敢上山报仇么？飞云子今夜未曾出来，正是他避嫌之意。寨主此时何不自去面请他，若将该楼复行整顿，岂不是依然照旧么？"这番话说得王朗不知如何，且看下回分解。

第二八二回　寻救药送信淮安　脱病躯误临黑店

却说孙勇命王朗去请飞云子，当时蛮和尚就言道："寨主何必以此为虑，咱们山上有许多好汉，还怕殷龙怎样！即使飞云子有了他意，俺这刀枪头上，不致于落在人后。"王朗道："多谢诸位仁兄竭力帮助，但是强中还有强中手，纵有能人，总不比这座高楼可静以待动。"说罢，便命人到飞云子房内，请他前来商议。飞云子自救了天霸，深恐被人看见，进入房内，先将自己的宝剑、许多暗器藏在身边，准备厮杀。到了天亮时候，外面杀声渐渐地散去，忽见一个喽兵匆匆进来，说道："王寨主在方厅内等侯，请寨主速去议事。"飞云子只得起身，随那人走入厅内，见众人闲坐里面，无防之意，心下方才坦然。

只见王朗起身言道："云三哥，这是小弟薄命，难得你老造下此楼，满望共成大事，不料天霸两次三番被他逃脱。今日上楼，期其必死，谁知王杰与赵五兄弟顺了官贼，救了众人，不又是画虎不成反类犬么？因此请三哥前来，为俺划一个良策。"飞云子听了此言，不禁大喜："也是他气数该绝了，他既请俺划策，不趁此时将原图骗出，更待何时？"想罢，乃道："这事请寨主无须多虑，但能信实待俺，不听谗言，这座高楼，凭在小弟身上。莫说黄天霸受伤甚重，性命尚且不保，便是转死还生，前来攻打，也不过是自寻苦恼。但此非一朝一夕的事件。现在楼下杀死众人，不计其数，且命人前去埋殓，然后命人下山访天霸消息。一面山上置下埋伏，整顿高楼，再图机会，还怕什么官兵攻打？"王朗听了言道："三哥如此用心，真乃合山之福，小弟敢不深信；但是这楼图尚在楼顶上面，与夜光杯收在一处，一时尚难取下。”飞云子见他不肯取出，当时也不催促，但道：“此乃不急之务，从缓整顿便了，但是山寨前面非严加把守不可，恐殷龙见女婿受伤，前来报仇。”王朗也只得依言办理。

不说飞云子守候楼图，再说赵五将天霸救出，一路到了客店，早已不省人事，赶将人杰放将下来，赛花见丈夫命在垂危，不禁放声大哭。赵五道：“人杰虽然受伤，一时尚不致送命；但是天霸头足皆肿，神志糊涂，恐其性命不保。飞云子临行之时，说是消除万毒丸方得救性命。但不知此丸在何处购买？现在且不必痛哭，打算主意，救人为重。”殷龙想了一回道：“从前人杰伤痕，幸得褚标前来救了性命，此时这消除万毒丸是何人所造，绝非市镇药铺购买。咱们一面将那万功散先为他敷上，一面命人奔赶淮安送信。或者张桂兰与众人知道这个药名也未可知。”殷龙正然吩咐各事，但见人杰睁开二目，向殷龙说道：“岳父不必焦愁，前在淮安，每闻张婶母谈及，说他父亲张七自制炼就一丸，名为消除万毒丸，无论跌打、刀伤，虫蛇恶毒，将此丸服下，不到一夜工夫，便能起死回生，上场交战。孩儿的伤痕，尚无大碍，岳父可从速命人向淮安而去。”殷龙听了此言，虽是有了出处，但是天霸受伤甚重，往来有个月日路程，设若辗转不及，送了性命，如何是好？心下正自踌躇。王杰道：“此去淮安非俺不可。咱这两条铁腿在路走起来，一日可行二三百里，约有半月工夫，便可回转；此事不能耽搁，你老如有书信，从速写成，就此便去。”殷龙道：“此乃汝亲眼所见，前往淮安见了大人，但将这细情说明，自有人去请张桂兰前来解救。”说毕，王杰就带了包裹，出门而去。

且说万君召自与飞云子弟兄别后，与普润到了河南，一病不起，只得命普润先去送信，自己在客店养病，满想耽延数日，便可动身。谁知一月以来，仍然未愈，所有盘费概行用尽，渐渐地将衣服变卖。那开店的店主见他如此落魄，不但不去照应，反而赶他出去。君召初时尚不在意，后愈催愈紧，不禁怒道：“汝这狗头，知道老爷是谁？咱乃漕运总督施大人的朋友，前往潼关访案，路过此地，病在店中，难道你这房饭店钱，尚有差错么？今日来催，明日来要，不是老爷耐气，先将汝这乌珠剜下，然后鸣官算账。”谁知那店主也不是好人，专门在黄河一带开那黑店，与那些绿林朋友皆有来往。王朗欲害施公，此事他也知道，听说与施不全是朋友，又说到潼关访案，无非与绿林中朋友作对，暗道：“这也是此人命该绝了。咱闻王大哥正与施不全交战。何不将此人送了性命，献上山头，做个见面之礼，好到他山上入伙，免得在此做这买卖。”当时故意说道：“小人有眼不识泰山，不知老爷是钦差所使，还求大人方便。”

说罢，便命人送茶送水，周到万分。君召只道他是真心照应。到了上灯时分，这店主复又进来，向着君召问道：“老爷前往潼关去访何案？咱闻施大人是个正直清官，意想投奔于他，谋个出路，老爷若能引进，便是出头之日了。”君召道：“此事在咱身上，但是咱病后初愈，如有上等酒肴，赶快送来，日后加倍照给于你。”店主听毕，喜出望外，暗道：“咱正忧无处下手，他既要酒要肴，何不就此摆布！”因道：“这是小人奉敬老爷，想要什么，但说不妨。”当时便走了出来，命人取过四个菜碟，皆是清淡的肴馔；到了自己房内，将蒙汗药放入酒壶，然后打了一斤黄酒，送在君召的面前。

君召正是病后，闻这一派酒香，登时扑入鼻中，垂涎欲饮。不禁斟了一杯，只见颜色焦黄，令人可爱。随即饮了一口，看是色香味三绝。取过箸儿，夹着肴馔。究竟是病后方愈，禁不起这个酒兴，忽然头眼昏花，撑持不住，不禁诧异道：“咱平时虽不能十分豪饮，也不至如此浅量，为何才饮一口，便如此昏晕，莫非这店主有什么歹意么？”想到此处，便将杯放下，暗道：“若果这狗头如此暗算，不将他送了狗命，也不知咱的厉害。”想了一会，却巧院落内有只花狗，即割一片咸肉，在酒杯内涮了一下，摔在阶前。那狗一口吞下，未有片时，便乱叫起来，四下乱蹿；再等了一会，只见着栽倒地下睡去。君召见了这种情况，登时心头火起，站起身来，将桌子掀去。一声响亮，早惊动了外面店主，已知君召看出破绽，急急跑进里面，准备结果他性命。谁知君召举眼看见，蹿前一步，抓着领头，便将店主按在地下，举拳就打。

店主知道他是个辣手，连忙求道："老爷息怒，这事小的实在不知，老爷且饶命！"

君召明知是他所为，心想道："咱便将他打死，也不能动身，不若如此这般，使他知咱。"想罢，便在鼻梁骨上就是一拳，早已血流不止。店主在地下只得磕头，说道："若饶了小人，随便怎样吩咐，皆可应允；只是不能带上京都，那就全家没命了。"君召见他苦求，心下骂道："这狗头也是无用货色，偏要生出这事，岂不是他倒运么?"当即喝道："汝既要活性命，老爷的言语，可是要依从，不是此时答应，一经放下，便尔不睬。"店主见他换了口吻，只得求道："老爷何必多虑，但求放了小人，便是重生父母，再造爹娘，哪里还敢违拗，求老爷从速吩咐便了。"君召道："汝既有此心，眼见这店中不能居住，若要走去，又无盘费，汝且将好酒好肴，供应一顿，送出纹银二十两，做个买命的银钱，随即饶汝狗命了！"店主听说放他，当即向外喊道："汝等快将咱们的好酒送一壶来，上等的肴馔送进几盘，老爷便饶我性命了。"君召不等他说完，接着又是一拳，骂道："汝这杂种，还不改换心肠，若将汝的酒饭取来，这分明又是暗号了。且同你讲：若请老爷饮酒，须要汝自己相陪；凡有酒来，汝必先饮一杯，然后老爷再饮。所有肴馔也是如此，那二十两银子，还是先给老爷，方才无事。"店主两手护住面孔，口里连连应道："老爷，老爷！银两照付便了。"

此时那许多小二，见店主如此吃苦，早已跑了干净，怕君召迁怒于他。店主喊了几声，只是无人答应。君召故意喝道："汝这伤人的狗贼，预先令人躲去，此时反假意乱喊，咱也不想酒喝，不要钱文，但要汝去见阎王。"说着，举起拳头，又对脊背打去。店主格外着急，喊了王三，又喊李四。末了大声喊道："诸位小二哥再不敢前来，咱们的性命就不保了。"连喊带哭，叫了一会工夫，方有一人前来。君召道："这事乃店主所为，与汝等小二无涉，快依他所说的话，将酒肉、银两一齐取来，好教咱前去了；不然连汝这班狗头，全行送命。"

小二听了此言，哪里还敢怠慢？走到堂前，取了一壶顶好美酒、四碟佳肴，放在桌上。君召道："我已在先说明，要与这狗头同吃，还不快取一个小几儿，搬到我这所在。"小二见他怒气冲天，哪里还敢言语？只得将客厅内几儿取了过来，放在院落里面，斟了一杯酒。无奈君召有意报仇。君召接在手中，饮了一口，骂道："死囚囊！老爷向不饮哑酒，汝不饮便无法处置么？"说着，一手拨开他大口，一手端酒硬向下一灌。登时在小几上取了一条鲫鱼，连头带尾，便向口里一搋。那店主如同鸡子一般，所有鲜血尚未淌完，早已随酒咽下。正要作呕，那条鱼又搋了下去，两下在咽喉一撞，不由得忍耐不住，又咸又酸又辣又臭，四个气味混在一处。大口一张，犹如冒鸡屎一般，连呕带吐，冒得君召一脸。君召不说他摆布的厉害，反而故意地怒道："我说这里面放了毒药，汝才饮下便如此发作，还要糟踏老爷？"说着，一连几拳，复又打下。店主真是个忍气吞声，不敢言语，只得在地下两手作揖。君召到了此时，已是出了怒气，站起身来将几儿踢去。骂道："汝这狗头，不是我高抬贵手，顷刻命入黄泉。这酒菜难道真吃么？今日权命汝知道一点厉害！快将银两取来，让我动身，若再不改变心肠，指日由淮安转来，将汝身首异处。"当时小二早已交出二十两银子，揣在身边，携了包裹，带怒而去。

在路有四五日路程，这日到了徐州府属萧县界内，看看天色不早，想道："此地离淮安不过三五日光景，今晚且寻个客店，歇息一宵，明日天明起身，再来夜间放个夜站，两日便到淮安了。"想罢，赶着路程，一路向村镇而来。此时日光早经落去，但见那月色渐渐地东升。看看面前有个镇市，正待迈步进前，忽见对面来了一人，手提着一个篾篮，两眼泪痕，匆匆而去。君召见了，甚为疑惑，故意止步问道："俺且问你，前面村镇是何地名？汝也是行路的客人，为何不住在此处？"那人见君召询问，不禁摇手答道："客人快转回去，这镇上是不能住宿的。前面镇口的来福客店，我们同来五人皆下落这店内，今早起来，已不见了四人。我以为他们是起早出去了，谁知寻了半日，找到他后屋里面，有个窖房，闯了进去，但见那四人犹如牛羊一般，赤条条捆绑在宰凳上，那人头早不知去向了。小人这一吓，非同小可，明知一人敌他不过，又不敢喊叫出来，送了自己的性命，只得走了出来，以便报案。谁知这地方的保正，全不闻问。听说是来福的案件，就如同没有此事，反将我们骂了一顿，要将我送回店内，这不是有冤难申么？因此愈想愈怕，不敢再去住宿，因此天晚尚自赶路。”君召听了怒道：“青天白日，村庄上面哪里会有此事，汝且随我前来，指个明白，待我今晚送这个狗头的性命。”说罢，不问他肯行与否，挽着手臂，向前就走。问道：“汝这人姓甚名谁？何方人氏？约伴到此何干？”那人道：“小人名叫朱魁，祖籍扬州人氏，素贩北货为业。只因经过鸡山，路见一伙强盗，名叫托天王华盖，所有银钱货物，均为他劫掠到山上。同伴之中，杀死三人，其余五人，逃躲在树林里面，方才活命。满想到施大人衙门告状。谁知在此又遇这大祸，小人准备是没命了。”君召道：“汝且不必号哭，我便是漕运总督的朋友，这案在我身上，包汝这冤仇不难破案。汝且随我前来，指明店面。”朱魁见他这般装束，又听他一番言语，也是半信半疑。只得随他到了镇上，远远地将客店指明，然后说道：“小人向别处安身，明日在此候信。”说罢，掉转身躯寻路而去。

君召背着包裹，到了客店里面，迎面站下，向着里面问道：“汝店中可有闲房么？若有洁净的所在，我便住宿一宵，房金照算。”里面见有人问话，只道是个富户，忙道：“客人且请里坐，里边有宽大的房屋，一切俱全，听便拣取便了。”说着，出来一个堂倌，便将君召的包裹接过。君召也就随他人内，但见五开间一所店堂，上首支着个厨房，七口大锅，一连而下；下边设着个案板，鸡鱼鸭肉铺列在一堆；当中一个腰门，里边一个院落。穿过院落，又是五间房屋，当中三间，设着桌椅，许多人饮酒叫菜；两边两个房间，乃客人的卧室。君召拣了一间宽大的所在，命小二将包裹放下，打水泡茶，净面漱口。小二尚未回来，忽听响亮一声，摔下一物。君召吃了一惊，赶着出来观看。

只见客堂里面有一人，年约四十上下，身高七尺开外，两道浓眉，一双快眼，身穿玄色短袄，头戴一顶英雄盔，正中一朵绒球，坐在上边。但见满脸的怒气，高声骂道："我也不是白吃的，黄金、白银，听汝算账，为何来这多时，酒肉还未取出？那边有后来的人，早经吃毕，这不是有意欺人么？"说着，拍着桌凳，骂个不已。

君召听了一会，是为酒肉来迟，因此叫骂，也就不去过问。只见那小二送进茶水，向他问道："你老何方人？这店内有上等的酒肴，欲吃何物，在先说明，好前去叫点。"君召想道："朱魁说这店是个黑店，想必所买的肴馔，皆是人肉所造的了，我且将他馒头试他一试。"乃道："我们老远而来，别项物件，总要等侯，先取两盘馒头，为我充饥，然后上等酒肴，尽数送来，一总算账。"小二答应前去，顷刻送来十个馒头，一壶清茶，放在君召房内。君召待那人出去，先将房门关上，掌上灯火，将那馒头掰开细看，也不见有什么破绽，只送入口内，刚一品气味，觉得有点微酸。一人犹疑不决，暗道："这就令人难辨了，这店既是歹人，不应有许多客人在内饮酒，而且这馒头里面又无人腥气味；若说是平常的客店，朱魁那样痛哭，断无假装之理。我且等到夜间，辨个真假。"当时漱口。

少刻，小二送进酒肴。君召正要下筷，那外边一阵声音，早惊动各处。但听一人喝道："汝这瞎眼的狗头，我在这北道往来多时，好汉英雄不知遇过多少。汝敢出言不逊顶撞老爷，且将你店主唤来，问个明白。我姓王的，难道与他有仇隙么？进来这许多时会，酒未见有一角，菜未见有一件，将我的钱骗去，命我在此挨饿，究竟是何道理？不要走，且与汝去问店主。"

说着，将这里有的桌儿，并许多动用的物件概行毁去。正闹之间，忽然又来一人，大声喝道："何处的野种！也不访我的大名，便在这店中啰唣！我偏没酒肴与汝，若知麻利，赶快出去，不然便送汝狗命！我这店中不容汝在此喊叫的。"话犹未了，那人怒发冲冠，大声喝道："好奴才！你道我不知底细么？汝既做这买卖，江湖朋友也该探访，我若仍在山头，将汝这厮先结果性命。"

君召听见此言，知此二人皆非善类，当即出了房门，走到二人面前问道："二位请了，我们初临此地，不知这地方的规矩。但彼此交易，一去百来，客人出外行商，理合和平为贵；店主将本求利，何能怠慢来人？二位权行息怒，且向店主细细问个明白。"那客人见君召这番言语，忙道："咱们皆是过路之人，不是腹中饥馁，何故在此闲坐？小弟一进来，便交下十两银子，命他送两壶酒，几碟菜，用毕还去赶路。谁知他将我的钱收下，命咱们到这里守候。自下昼时分等到此时，酒不见有一壶，菜不见有一样；这客堂里许多后来的人，尽行吃去，咱还未曾饮食，这不是有心欺负么？"君召道："这乃店主不是，如何收去银两，不去买卖，他也不是白吃你的。"那人见君召也说他不是，怒道："他也不是你的亲娘舅，要汝多这闲话。咱这店内喜卖与这人方才卖，不喜卖与这人，他有银钱，咱们没有银钱么？进得门来，便用这银子吓人，如此小气，咱们还能让他受用么！我看这狗头亦无本领，三拳两脚便见阎王，自寻苦恼。"君召见了怒道："你这人好无道理，既不要向他买卖，为何收下银钱，这不是汝不是么？汝若识得抬举，就此送出酒肴，使这朋友饮食；若道半个不字，莫说你这样身材，便是生铁罗汉，也要将你磨个光亮！你道我这样是惧怕你的么？且与你个榜样，方晓得我的厉害呢！"说罢，见那客堂外边有棵二人抱不过的槐树，到了面前，举手一摇，随即一脚，踢倒在面前。店主见了这样，也就半晌不言。所有那饮酒的客人，无不齐声惊讶。当即来了两个小二，深恐那店主眼下受苦，赶着上前大哭道："客人有所不知，我这敝东平时有点呆气，是凡酒后便不知轻重。方才这位进来，说是将银钱交下，小人却未曾见。常言道：'买卖认分毫。'咱们东家又未招呼送酒，一人说已经交钱，一人说未经交下，随后两不认账，不是小人晦气么？因此他内中有这缘故，说明出来，两位客人便可息怒。现在既已争论，想必是敝东呆气发作，忘却银钱，致令这客人受饿。但是今天天色已晚，不能前去赶路，不如在此暂住一宵，小人立刻送饮食进来。"说着，便拖着他那店主向外而去。

那人见君召如此慷慨，走上前来问道："借问老哥尊姓大名？贵地何处？由何处而来？此去意将何往？"君召见他来问，便答道："在下乃漕运总督施大人麾下至交朋友，海州万家村万君召也！汝是何人？且请说明名姓！”那人听说是君召，不觉喜出望外，忙道：“莫非你老由河南来么？目下贵体如何？普润和尚已到沂州了。”君召听了此言，更属诧异，忙道：“普润僧人正是俺的朋友，汝何以与他相识？”那人道：“不欺尊驾，咱也是绿林出身，向在蛤蟆山与洪魁这干人聚义，姓王名杰，排行第四，便是小可。只因黄天霸与赵氏弟兄路过山下，杀死洪魁，欲烧山寨，普和尚与众人劝俺归降，同赴沂州攻打王朗。不料王朗十分厉害，天霸与人杰同上山头，为齐星楼的埋伏打了半死；现在人杰尚可言语，天霸早已不省人事。因此小人讨这个差使，驰赴淮安送信，速请他妻子到张七那里，将消除万毒丸要来，方救得天霸的性命。因此到了这店中，便进了饮食，仍去赶路。不期这个杂种同俺作这个对头，不是你老前来，定将这狗头打死。”君召听了此言，自是吃惊不小，忙道：“飞云子既在王朗山中，为何不将楼图取出，反致天霸中这埋伏呢？”

王杰道：“咱也上山杀了一阵，只因云龙与曹勇口角，不辞而去，王朗不免疑惑，常常要这楼图，总是托言不与，飞云子又不便过显形迹，以致迟延至今。前天霸非飞云子搭救，早经惨死在楼上了。你老自河南抱病，何故这许多日子？此时大约是前赴淮安了。”两人说明名姓，自是一家的好汉。君召便命王杰将自己的包裹搬在一处，乃道：“今日已将更鼓，夜站也不便行走，咱们坐一夜，明日早起，两人一齐同行，路途也有个伙伴。”王杰听了此言，自是愿意。

不必说他二人在此等候，且说两个小二将店主拖了出去，到了店堂坐下，低声言道：“这两个皆是肥羊，不过那一个甚为棘手，咱们须设个计策，将他擒住，得了宗大大的财帛。”

你道这店主姓甚名谁？此人有个外号，称他赛时迁王七。此时为小二拖出，乃道：“这两只羊虽然缠手，但是用了那药酒，将他们灌得烂醉，也就直手直脚。”说罢，便命小二前去置办，以便害他二人。不知君召与王杰性命如何，且看下回分解。

第二八三回　施大人待客情殷 张桂兰救夫心切

却说王七被万君召抢白一顿，到了外面向小二说道："这两只肥羊，甚有油水，只是不易动手。咱们仍将那一种顶妙的药散入里面，多备绳索，抬入后面，专候我前去动手。"小二道："咱们自理会得。但前来的那人，不过是火暴性子，唯有后来的，不但有那样膂力，好像是个内行，咱们倒要留心才好。"

说罢，便命个伙计托了一盘肴馔，一把酒壶，放在里面。后面人来，取着筷儿，提了抹布，一直到了后面，拣当中一个方桌放下，向着君召说道："请你老做陪客，为咱们这客人解恼，咱们小人奉敬一杯了。"说着，按了两副座头，将箸儿放好，手执酒壶，每人斟了一杯，便请他两人入座。

君召虽是病后，凡事仍是留心，又因朱魁说这是个黑店，犹恐中暗算。当时虽然坐下，并不去取酒杯，两只眼睛但向那杯望。王杰早饥饿，只恨没有酒肴，此时已到面前，那个小二斟了一杯，接着就举手要饮。君召赶着拦道："且慢，咱们先令他吃一杯。"说着，就将王杰的酒取过来，便命小二饮下，小二见他这样，心下早已害怕，暗道："倘这内里面设被知道，如何是好！且待骗他一骗。"忙道："这事小人何敢？小人情愿领罪，不敢这样无礼。而且方才言明，敝东有点呆气，若被他看见，他不说是客人赏赐，反说小人嘴馋，打着客人的旗号，自己饮酒。有此两层，还请客人自饮罢！"君召冷笑说道："汝这厮倒会遮饰，道俺不知你这个买卖？方才中指甲内放的何物？替我从实说来，若有半字虚言，先要汝这狗命！"说着，便一把将小二揪住，用力一摔，倒在地下；一手握定他的下腮，一手将嘴拨开，不由分说，往里一灌。王杰见君召如此，更是火上加油，骂道："原来狗头下这毒手，此必是店主所使，咱且将他擒住，送回阎王，然后与他算账。"当时站起身来，一脚将杯盘踢去，蹿过腰门，到了前面，果见那个店主坐在那个店堂里面。不禁大怒道："俺与汝今日何冤，往日何仇，一心要谋害俺？汝既有此心，也不怪俺手毒了！"说罢，到了前面，一手将王七捉起，按于地下便是一拳，早打得门面流血。王七尚自辩道："汝这两个野种，何故在此撒野？咱也不是开了黑店，谋害人财，怕汝惊动官府，打得老爷便会得交手。"说着，便想在地挣扎起来。王杰不等说完，顺手便是个嘴巴，骂道："老爷倒想饶汝，只是汝这强嘴，容你不得。"说着，又是一下，早打去数个门牙。接着君召也去了前面，向着王杰说道："咱们不必与之拌嘴，哪怕他躲入天牢，俺要将他破绽寻出。且将这厮带了同去，若搜出不尴不尬的物件，然后将他治死，为众报仇。"王杰听毕，便将他提了起来。君召在前，王杰在后，穿过后堂，四下寻找。走了一会，只不见有什么腥味。君召正然疑惑，忽见墙脚下面有块方砖，向上一竖，又望下一落。

君召连忙喊道："王杰，这所在有了埋伏了，咱们且看他一看。"说着，将方砖拨开，便是个绝大的空房，下面黑洞洞空无一物；左边一顺下去，却有数层坡台。君召向王杰道："这里定有消息儿，咱们且带了他进去，分个皂白。"

两人当时下了台阶。谁知下面乃是一处极大的地窖。到了里面，却是砌就的三间暗室，上首三口大锅，刀铲刷帚，各式齐全；下面一个方凳，抠着凹槽，四条腿钉于地下；旁边一个大盆里，水勺、木桶放在其内。王杰道："这厮原来也是个我辈，你看这几件家伙，岂不是快活凳、送命盆、浇心桶、刷毛台么？"说着，再抬头一看，墙壁上面尚挂着四五个人头，便是朱魁伙伴的那几件家伙。君召勃然骂道："汝这个狗贼，丧尽天良，取了客人的财物，还要伤他的性命，这不是情理两亏么？汝既害死多人，俺便要汝偿命！"说着，便将王七捆缚起来，按在凳上，命王杰上去，将几个小二同喊来，使他见个明白。当时王杰便到了前面，所有的客人见君召看出破绽，知道是个黑店，一齐起身，跑个干净。许多小二恐连累着自己，也各自逃走了。只有那个送酒的，就躺在地下。王杰寻了一会，不见有什么别人，只得复行下去。王七知道没命，当下哀哀地求道："二位老爷，小人触犯，有眼不识泰山，你两人盛怒，小人自知死罪；但是家有老母，别无人养，要活活地饿死了。"

说着，只是叩头不已。君召骂道："汝这狗头，做这丧心害理的事，你母亲要你这逆子，也是玷辱门庭，不如结果了，倒也干净；若你母无人养活，咱们回明施大人，命地方官月给口粮一份，正作开销，也比你这逆子行凶作恶胜加十倍。"说着，王杰按定身躯，君召拔出腰刀，咽喉一下，结果了性命。随即将锅炉、木盆，以及那动用物件，毁个干净。将尸首放入在下面，然后走了出来，进了饮食。君召先到街坊，问了保正的所在，然后将他叫来，说明来历，命他至县内报案。保正听说是施大人的差遣，分明是顶头的上司，哪里还敢怠慢？一面命伙计进城，一面连夜备了棺木。到了天明亮时，君召将这事吩咐已毕，仍然同王杰一起向淮安而去。

这日到了衙门，却巧李七由里面出来，劈面见着君召，不禁喜出望外，忙道："大人连日正然盼望，为何一去潼关，杳无信息？飞云子曾否寻到？"君召道："咱们一言难尽。大人现在何处？且进去讲个明白。"李七道："大人现在书房，你我可一同进去。"说罢，便在前引路，进了衙门。早有照门的丁役见是君召回来，知道有紧要的公事，赶即趋前到了里面。

施公在书房内，正看那日行的公事，忽见门役进来说："万英雄在外求见。"施公不禁大喜，一面说声有请，赶即起身出了书房，向外迎来。走至转弯，早见李七在前，后面两人，一是万君召，其余一人不知是谁。施公首先问道："万壮士别来无恙！此去潼关，何多日也？且请里面奉茶。"君召见施公迎出，连忙赶上一步，向着施公说道："万某不才，有劳大人盼望，大人公事平顺否？"说着，已进了书房，彼此见礼坐下。君召望着王杰说道："此人乃殷老英雄使来送信，他姓王名杰。所有琅琊山事件，皆他亲目所睹，万某路遇此人，故此一同进谒。”

说罢，王杰便上前行礼已毕，侍立一旁，便将天霸如何路遇普润，如何在蛤蟆山杀死洪魁，飞云子如何二上琅琊，及天霸与人杰受了重伤，并飞云子等候楼图，说那消除万毒丸可救天霸的话，说了一遍。施公这一惊非小，忙道：“天霸受此重伤，下官如何拯救？若果此人丢命，这琅琊山从此就难除了。既是人杰说张七有这种丸散，且快传信桂兰，使她早早前去。”当时便进里面书房，命李七传进几个差官，将计全、金大力、王殿臣这干人，分头传来。先令中军到天霸衙门去送信。

此时张桂兰自天霸动身之后，久久不见来信，但不知他胜负如何，心下正然盼望。忽听见中军到了衙门，向着里面说道：“漕督大人吩咐，快请黄太太速进衙门，有话吩咐。现在沂州来送信，说大人二上琅琊山，中了齐星楼埋伏，命在垂危，快请夫人前去救命！”张桂兰听了此言，大惊失色，忙道：“这是报马前来？抑是别人送信呢？”中军道：“听说万壮士回来，并有一位姓王的。”

却说张桂兰骂了一阵，随着中军，一路向漕运衙门而去。

不一会到了衙门，只见李七侯、金大力、何路通这干人纷纷而至。彼此晤面，各自问道：“黄贤弟受了重伤，如何是好！若有差错，俺们与王朗这强徒誓不两立了！但是大人心急如焚，必定要亲身前去，就此一来，又闹出许多周折了。”桂兰道：“我丈夫受此重伤，咱的性命也只与王朗拼了你死我活。咱们且到里面问明缘故，究是何物打伤。”正说之间，接着郝其鸾、郝素玉也陆续而来，众人一齐过了大堂，在内厅坐下。

中军到书房报知施公。万君召只得请大人一起出来，先与众人行礼。桂兰首先问道：“万大哥，你兄弟的伤痕，究竟怎样厉害？从速对俺说明这个道理。”施公见桂兰神色仓皇，忙道：“女英雄且勿着急，此乃王杰由沂州而来，故知这底细了。”

当时王杰将天霸在齐星楼上被金龙爪抓破头颅、恶狗沫伤了两足的话说了一遍。桂兰含泪言道："此楼乃飞云子所造，这许多毒物，莫非有什么邪术么？用那妖术伤人。"王杰道："楼乃是按着'休生伤杜景死惊开'八个门户，且里暗藏五行，分着八卦，所有一切机关，都是生铁造就，关键一切，犹如活龙一般。至那恶狗的毒沫，皆是五行的毒气了。此种机关譬如那诸葛亮木牛流马，墨子翟的飞鸢，也是这个道理。无奈此楼非寻常可比，生门、死门，无穷的变化。飞云子虽然可造，却须看楼图行事；离此楼图，莫说起造不成，便是破这高楼，也是妄想。因此他为这幅楼图不能擅离山上；不然，这齐星楼早经破去了。但是这消除万毒丸只有张老英雄有这物件，设非贺人杰说知，尚不知何处寻找。现在人杰尚是明白，天霸俱已不知人事，多亏殷龙将万功散为他敷上，若再迟延，恐有性命之忧了。"

桂兰听了怒道："此丸我父亲那里虽有此物，此去凤凰岭不下有五六日路程；自从他回转山头，临走之时，便说隐姓埋名，不问世事，即便俺亲自前去，恐他也是个不肯见面；即使得了此丸，非在受毒的面前调服，不能见效，这事也如何肯行？"

说罢，不禁大哭起来。施公见她如此，心下愈加懊恼道："常言'英雄气短，儿女情长'，汝是他的女儿，为丈夫受了重伤苦苦求他，岂有不救之理？本院命郝素玉同汝前去，修书一封，与汝带去。"桂兰到了此时也是出于无奈，只得请施公一面修书，一面与郝素玉回转自己的衙门，收拾了一夜，预备次日一早动身。当时贺人杰的母亲，听说儿子也有重伤，自是放心不下，见张桂兰去求张七，也只得忙了一夜。到了次早，送她启行，自己在衙门候信。

桂兰带着两个亲随，一个丫头，先到了漕运的衙门，郝素玉尚未到来，施公先将她传了进去，向着桂兰言道："汝去凤凰岭将张七请来，便同径赴沂州，先救了天霸，本院与万英雄、众位英雄，择日带领大队，亲赴山东，向琅琊山攻打。"桂兰道："大人的行期尚未定了主见，殷老英雄尚在沂州，不知如何盼望；咱们顷刻便自动身，仰求大人仍命王杰先回报个信息，好令赛花等知道。"施公道："本院也有此意，无须女英雄吩咐。"

此时郝素玉已进入内堂，施公叮嘱一番，一路小心前去。两人出了大堂，跨上鞍韂飞马而去。

在路走了两日。这日，到了一个庄上，夕阳西下，见有小小酒旗一角挂在檐外。素玉道："咱们且进去饮食，那亲兵、丫头也该饥饿了，饱餐一顿，夜间便可行走。"说着，两人进入店门，见柜台外面，坐着个黑脸大汉，犹如锅底一般。两道倒刷眉，一双茨菰眼，腮下一部黄须，五短身材，坐在前面。看见桂兰进来，连忙起身问道："娘子到此，莫非欲饮酒么？"桂兰道："咱们酒是不饮，有什么肴馔尽数取来，一总给钱与汝。"

那人听了笑道："这里面大肉馒首、牛肉包子，正好饮食。"桂兰与素玉到了里面，外面两个亲兵同丫头坐在一处。素玉将那黑汉一看，向着桂兰说道："这个黑畜生不是善类，咱们且防备他片刻，免得又生枝节。"张桂兰道："妹妹请用点心，咱可摆布于他。"说着，那黑汉走到前面，张开大嘴，露出黄牙，笑脸向桂兰说道："现在天色晚了，娘子乃女流之辈，有何要事，便想夜行，岂不坏了身体？连日客商来往，说前面十里地方有个山洼，名晚猴子窝，出了一伙强人，专门打家劫舍。凡有客人走他山前经过，不分男女，掳入山林，男则入伙，女则为妻。数月以来，所有行人，只敢巳、午、未三个时辰路过此地，交罢申初，便不能行走。咱看汝两个娘子，皆是女流之辈，鞋弓足小，有何本领？见了强人，不但不能抵敌，恐一吓便是栽倒了。那两个亲兵，他是身小力亏，有何胆量？咱这店中，另有洁净房屋，在此暂住一宵，明日上午前去，岂不是好？"

素玉尚未答言，桂兰着怒答道："承你店家盛情前来关照，无奈俺是强盗案中自幼长大的。莫说一伙强人，便是上千上百的强人，奶奶也毫无惧怯！汝且勿管闲事，若有强人，俺会摆布，不要汝在此噜苏！"黑汉听了此言，不禁带怒言道："汝这贱货好不识抬举，咱好意将此事告汝，既是如此抢白，若遇强寇，可勿后悔。"说罢，便含怒而去。

桂兰也不理他，吃毕馒头，向小二取水净面，给了银钱，同素玉同去赶路。谁知这个黑汉本是个有名的强盗，各唤黑李逵张焕，自幼在此做买卖，平时劫掠客商，奸淫妇女，不计其数。方才见桂兰有点姿色，本想将她骗下，到了夜间，好去苟且。不料桂兰也是个绿林豪杰，将他看出破绽，抢白一顿，正是无可出泄。一人暗道："汝这两个贱货，老爷欲想汝到手，怕汝跑上天去，不令她知道俺厉害，也不叫做黑李逵了。"想罢，便到了里面，取出他一身装束，出了后门，直向前来。

且说张桂兰与郝素玉出了店门，明月早已东升，两人策马当先，带着亲兵，一路向凤凰岭而来。行了有十数里路径，前面路上一片树林，密密层层，遮盖在前面。桂兰向素玉说道："咱们加一鞭，免得又费周折，你看这树林里面，恐不干净。"

素玉尚未开言，忽听树声响动，一柄锤头向马头打来。桂兰说声："不好！"赶将马头一领，向左一让，拔出利刃，将一锤隔开去，不禁高声叫道："何方强人，敢来剪径？姑奶奶张桂兰在此！"说着，飞下马来，蹿入树林，便寻人厮杀。只听里面也叫骂出来："汝这无耻的贱妇，胆敢出言不逊，顶撞老爷！俺非别人，黑李逵张焕是也！汝既前来，且与汝杀个死活。"说罢，便跳出树林，举锤便打。桂兰抬头一望，正是那酒店黑汉，当时骂道："黑贼，敢在你姑奶奶面前献丑！不要走，吃我一刀！"说着，一刀早对着肩头打下。张焕总欺她是个女子，无什么惊人的本领，也就急架来迎，双锤并起，将桂兰的刀磕于下面。桂兰见一刀未中，不觉心中火起，蹿前跳后，舞得如蛟龙出水相似，一刀紧似一刀，向张焕浑身乱砍。黑汉复与他战了一回，心下甚是踌躇，虚打一锤，跳出圈外，定身向张桂兰问道："汝这女子从何处而来？为何也用这张家的刀法？"这句话说出，不知桂兰如何回答，且看下回分解。

第二八四回　历险路兄妹相逢　述下情父女觌面

却说张焕见了张桂兰的刀法，不禁诧异道："你为何也知这刀法？莫非与咱是一门传授么？"桂兰见他问这刀法，不知他果怀何意，乃道："汝问俺的刀法，且在这树林前站稳，咱乃凤凰岭张七的女儿、黄天霸的妻子张桂兰是也！自幼跟随父亲不知杀败多少英雄好汉，岂惧你这毛贼？"话犹未了，只见张焕将两柄锤向远的摔去，双膝跪在尘埃，高声叫道："咱乃是疲鬼张五的儿子，自幼父亡，故多蒙叔叔怜爱，教养兼施。只因咱不肯向上，到了十一岁时节，私下便逃下山去，仗着这两手拳棒，东奔西荡，萍踪无定，一提及双泪无干。现在得遇阿妹，岂非天作之缘？今日冒犯虎威，还要阿妹宽恕！"桂兰想了一会道："且将汝名说来，便知真假。"张焕听了笑道："父母随意命名，叫了'黑头陀'三字，不知是与不是？"桂兰也就笑道："此真乃咱的五哥了！"桂兰见是自己的哥哥，不禁带泪言道："兄长有所不知，俺们骨肉相逢，理当稍叙衷曲，只因汝妹丈现在沂州遭了强人毒手，立等消除万毒丸前去解救。因此与这妹子披星戴月，一路而来，以便到凤凰岭求父亲前往沂州，救丈夫性命。丈夫危在旦夕，此去琅琊山，尚有许多时日，万不能再有耽搁了。"张焕道："愚兄久欲上岭拜见叔父，追念前事，无颜相见。今日得遇贤妹，何不趁此同行？若可效劳，应助一臂。"桂兰见他如此言语，也就认做兄妹，请他在前开路；放马而行，直向前跑。

过了两日，这日到下午时分，已离凤凰岭不远，桂兰开言说道："哥哥且缓一步，待愚妹上山通报。"说着下马，拔出刀，上了山坡，早有个喽兵对面而至。桂兰上前问道："孩子住了，咱们老爷子可在山上？"喽兵抬头一看，见是桂兰前来，登时笑言答道："姑奶奶从何到此？咱们老爷子正在山上，你老但上山便了。"桂兰只得迈步上前，过了山寨，再向西望，与从前的景象大不相同。当初这凤凰岭前一带树林，皆按着九曲三弯的埋伏，现在一片空地，现出个归隐的气象。

当即领着素玉到了寨门，直向内而去。走了两重厅屋，并不见有一人。素玉道："老爷子倒会享福，你看这座高山，好一派气概，得闲暇无事，饮酒钓鱼，栽花种竹，也算得神仙境界了。无怪大人两次三番命他为官，还是不肯出山。"

两人一时闲谈，早到了东花园内，见许多孩子拿着鱼竿，张七坐在石礅子上面，看着众人钓鱼。桂兰不敢遽然上去，轻移莲步，到了前面，正拟上前行礼，早被那几个喽兵看见，齐声叫道："老爷子，你昨日思念着姑奶奶，这不是桂姑娘回来了？"桂兰见众人喊叫，趁此便跪了下去，说道："爹爹在上，女儿桂兰这旁有礼。"张七转身一看，果然是桂兰前来，不觉大惊失色，连忙问道："我儿权且起来，有话问汝。前闻天霸升任总兵，汝为何不在衙门？来此何干？"桂兰道："爹爹有所不知，只因琅琊山王朗，造下高楼，盗取琥珀夜光杯，藏了皇家的宝物。因此施大人三打琅琊山，未能将楼攻破。日前天霸与人杰复上山头，中了齐星楼的埋伏，奄奄一息，困在沂州。因此女儿求见爹爹拯救。"张七听了，半晌言道："这事非为父的推托。自从施大人命我为官，那时便矢志不移，回转山头，不问外事。天霸现虽紧要，但是穷富得失，听之于天，即是汝此时前去，他若寿命短折，早已亡故；若是他命不该绝，为父不必前去，他也是有救星的。此去山东非一朝一夕，咱实不能前往。而且王朗的埋伏不知用的何物，俺不知道；即便前去，也不过空跑一趟，无济于事。"桂兰不等他说完，复又跪了下来，忙道："爹爹膝下只有女儿一人，天霸辛苦半生，至今尚无子嗣，设若因此送了性命，女儿靠着何人？就是父亲盖世英雄，亲生的女婿死在恶人之手，知道的说爹爹高尚，不知道的反道是欺善怕恶，徒有虚名，为人唾骂。若能救了他性命，皇天保佑，生下孩儿，两姓兼祧，接了爹爹的后代，香烟接续，历代流传，岂不是受享不尽。爹爹若不去，反贪一时快乐，误我终身，夫若有差池，女儿这性命也就不要了！”说罢，跪在地下，只是痛哭。

郝素玉在旁说道：“老爷子，你也太高尚了。功名不就，尚可算隐士；女婿不救，岂非是个恶人？俺姐姐又无一男二女，设若天霸送命，你老也为人唾骂。而且施大人盛意殷殷，致书劝驾，此时不去，岂不负他的来意！便是江湖上好汉，绿林中豪杰，也要在旁议论呢！”说着，便在身边，取出施公的来信。

张七拆开观看了一回，乃道：“飞云子既是知道这消除万毒丸，当时何不给他服下，此去沂州偌远的路程，为父的何能得去？而且这丸药早经用尽，非修合半年不能成，叫俺一时从何置办？”

桂兰道：“爹爹不必推辞，若无丸药，那末药便无用么？女儿千里而来，几乎送了性命，非遇着咱的哥哥，已在半途伤命；爹爹竟不看这情面，女儿又尚有何望么？”说罢，大哭连天，站起身来，便想寻个自尽。早被郝素玉一把揪住，当时也跪了下去，苦苦的哀求。张七为她缠得无法，不禁长叹一声，开言说道：“俺道是看破世情，一尘不染，在这山中做个隐士；谁知天不由人，出了这事，叫我怎生说法。也罢，且与汝前去一行。但是救活天霸，仍然独自回山，所有琅琊事件是不能过问的了。但是这一带山林，下山之后，无人管理，为父怎放心得下？”桂兰道：“孩儿已有言在先，路遇哥哥，便是五伯的儿子现在山前等候示下！”张七听了此言，真是喜出望外，忙道：“莫非是黑头陀张焕么？”桂兰道：“正是此人，爹爹且命人去呼唤。”当时便将如何遇见的话，说了一遍。张七一闻此言，却是悲喜交集。悲的是，兄弟七人只留着自己孑然一身，无依无靠，回想起从前的光景，不觉如在梦中；喜的是，多年叔侄一旦相逢，百年之后，张氏门中，尚有这一后代。有此两层，以致悲喜不定。

当时张焕早走了进来，向着张七磕下头去，嘴里一面说道：“不孝的孩儿自幼远离，不知家事，父母亡故，渺不知期，生不能侍养于前，死不能成哀于后，抚衷自问，不能为人。平日专恃这两个拳头，为非作歹，回思昔日，玷辱门庭；今日得见尊颜，求叔父开一线之恩，收留教训，便此改邪归正了。”说罢，匍匐台前，放声大哭。常言道：“一息尚存，皆可为善；回头是岸，福德在人。”张焕是个杀人放火的朋友，想到父母身上，也不住流下泪来。

却说张七听了张焕一派言词，当时起身将他扶起，忙道：“我侄儿回转山头，乃是祖宗之德，就此住此山中，安居乐业，那强盗买卖是万做不得的。”张焕只是诺诺连声，随即命人到那店，叫令闭歇。这里张七向桂兰说道：“既是侄儿在这山上，大家照应，汝姊妹两人今晚暂住一宵，明日为父的与汝同去。”

有话即长，无话即短。次日一早，张七便起身到了后面，先将所有的物件并粮草等物，交付张焕；然后取了药料，带上盘川，取了朴刀，向桂兰说道：”汝两人虽可行走，但是天霸命在垂危，早一日到了沂州，便少一日的灾难。俺此时便独自前往，汝两人带着亲兵随后前去便了。”桂兰知道他的用意，深恐救了天霸，众人将他不肯放走，先到了前途，只要将他救了过来，他便乘隙脱身。若自己一同前去，便留心在他身上，脱身不得。桂兰心下虽不愿意，无奈是自己的父亲，这是违拗不得，当时只得应道：“爹爹一人前去，如何是好？孩儿看来，虽不必与我同行，带个喽兵，一路也可照应。”张七道：“为父的自己晓得，汝等随后赶来便了。”说着，便背着包裹一路的下山而去。这里桂兰与素玉，未有半个时辰也就启行。

不说他三人向沂州进发，且说殷龙自天霸受伤之后，只是闷闷不乐，所幸万功散敷在上面，虽不见有何效验，却无什么坏处。唯有日夜提防，派人看守，这却比交锋打仗辛苦数倍。

殷赛花见贺人杰受了重伤，一时不能全好，咬牙切齿，只恨王朗。怎奈飞云子楼图未得到手，即便上山，也是无益。只得每日望王杰回来，好知道张七的消息。谁知王朗自得胜之后，次日杀牛宰马，大犒三军。当晚饮酒之间，孙勇向王朗言道：“咱有一言与寨主商议，不知可能允从么？”王朗道：“贤弟有言，但说不妨，何故这半吞半吐？”孙勇道：”咱闻‘兵贵神速’，又云‘先声夺人’，昨夜一战，已叫那殷龙丧气。咱想趁天霸受伤之时，前去将他结果了性命。此人乃施不全第一个助臂，只要将此人伤命，余者便可无惧了。”王朗道：“咱们久有此心，只因诸位昨晚辛苦万分，一时万难开口，因此聊备杯酌，以庆功劳。贤弟若肯相帮，这便是愚兄的造化了。”孙勇道：“受人之托，要终人之事。小弟明早定下山头，先将那殷龙结果了性命，然后再杀那人杰。”蛮和尚听了此言，高声叫道：“喜逢双入，祸不单行。昨晚那秃头和尚，咱们与他杀了有十个回合，未能将他送命，俺明日也下山一走，决个死战。”

郭天保也应声答道：“俺也前去走走，杀了他两人，开了利市。”三人一时商议妥当，次日一早，各带家伙，向殷龙的寓所进发。殷龙连日打了败仗，正是加意提防，深恐琅琊山上趁此来人，不时地请普润在门前打听。普润暗自说道：“殷龙是个有名的老辈，为何杀了一阵，便如此心惊胆战？在俺看来，也是有名无实。”正说间，早有那店小二走进来，匆匆说道：“和尚，不好了！琅琊山又来了强人，现在离店前不远了！”普润听了此言，哪里忍耐得住？一声叱咤，提了朴刀，一同前去。赛花等他两人走后，向着赵五说道：“汝弟兄二人在此，俺不将来人送了性命，我不泄心头之恨。”说着，出门而去。

且说普润出了店来，拣了一块宽大的地方，当中站下，果见那交手和尚远远而来。彼此见面，并不搭话，两人就此争杀起来。彼此战了有三四十个回合，不分胜负。孙勇在后面看得火起，舞动双锤，前来助战。这边殷龙当时闯上前去就是一刀，对孙勇肩头劈下。孙勇见是殷龙，知道他的厉害，双锤高起，急架相迎。四个人杀在一团，战在一处。赛花在后观战，见普润虽是英雄，只是战个对手，不趁此时送他性命，尚待何时？想罢，便在肩头上面，将铁背花装弩取下，扣好弦，一箭射去。

蛮和尚正与普润战个对手，急想获胜。看普润举刀来隔，忽听得嗖然一声，犹如电闪一般，一箭向命门射去。蛮和尚说声：“不好！”急忙将头一扭，肩头上面早中了一箭，抬头一看，正是赛花，哪里忍耐得住！骂道：“汝这贱妇敢来暗施毒计！不要走，留下命来！俺来会汝。”说着，撇了普润，直奔赛花。

赛花深恐不与她厮杀，此时见和尚奔来，两脚尖轻向上一蹿，早到了蛮和尚身后，对定后心，一剑刺去。蛮和尚知道不好，掉转身躯已来不及。只得将两足向前一纵，约有十数步远近，方将一剑让去；转身回来，还了禅杖。赛花将双剑高起，用了个古剪字式，将那禅杖架住。骂道：“来得好，代我去罢！”说罢，两膀用了十二分力，向前一送。蛮和尚不过是个肉头和尚，他这禅杖能挡何宝剑？因道：“汝这秃驴，俺道汝是个三头六臂，刀枪不入，水火不怕。”蛮和尚见她推开，也就拼力地下坠。赛花见他不肯相让，心想道：“叫这厮受些苦恼。”想罢，两足在地立定，两只宝剑往身边一缩，随即向后一退，早把蛮和尚那支禅杖打落在地下。只见他向前一个筋斗，跌在下面。赛花见他中了妙计，当时抢上一步，举起宝剑当头砍下。

后面飞叉将军见蛮和尚要丢性命，赶即抢上一步，大声喝道：”汝这贱妇，勿得伤人，俺郭天保来也！”只见钢叉一起，早把赛花的宝剑隔在一旁，两人便就此交手。郭天保道她是个无用的女子，全不放在心上，或而在前，或而在后，随便向身上刺来。赛花见他这样，知道是小看自己，心下正是欢喜，暗道：“难得汝这厮如此猖狂，不若先将汝送了狗命，使他们知俺的手段。”当战数合，随即虚晃一剑，转身就走。郭天保见她败了下去，举动飞叉，在后面紧紧的追去。赛花见他正合己意，只得转身回来，复又战了数合。此时一面招架，铁背花装弩箭早已放了出去。郭天保只知长枪大戟，来不及防备那弩箭，谁料她一下早经射来，到了面前，正对左眼角上。当时这一惊不小，赶着向左边一让，耳门外面，早是个通心直过，登时血流满面，疼痛非常。一柄飞叉直奔赛花刺下。赛花两口宝剑也是如游龙仿佛，前后左右，认定他兵刃招架，杀了有二三十合。

郭天保也是胜她不得，男女二人，只分不出个胜负。孙勇与殷龙杀了一会，也不见胜负。当时孙勇那一柄锤头，直对殷龙的要害打下。不知殷龙性命如何，且看下回分解。

第二八五回　见乌鸦漕督究奇案　起尸骸县令赴尸场

却说孙勇因战殷龙不过，不禁怒发冲冠，大声喝道："殷龙，俺与汝誓不两立了，不是你死，就是我亡。"两个铁锤，尽对他肩头打下。殷龙虽心下着急，只得将朴刀舞起，上下遮拦。战了有十数个照面，殷龙渐渐地招架不住。赛花虽与郭天保交手，所幸他一双宝剑快舞如飞，上下盘旋，毫无半点破绽；远远见父亲欲败了下去，赶将剑法便紧紧逼住天保的飞叉，一手将铁背花装弩搭上弓弦，说声："孙勇休得逞能，俺姑奶奶宝贝来也！"说罢，一箭飞到前面，正对孙勇的太阳中了下去，"啊呀"一声，栽倒在地。殷龙见孙勇栽倒了筋斗，赶着上前，便想一刀结果了性命。谁知蛮和尚甚是眼快，正将普润的戒刀隔去，转身一步，赶到面前，将殷龙的朴刀架住。孙勇拗起身来，不敢恋战，只得转身回山而去。赛花见射中了一箭，哪里肯让他逃走？迈步上前，随后追道："恶贼向哪里逃走？俺姑奶奶追得来也！"殷龙恐她有失，赶急撇了蛮和尚，仍然追去。

这里郭天保与蛮和尚两人，也已脱了圈子，也就各回山去。

不说殷龙父女回转店中，再表施公自张桂兰走后，一连三日，将地方上公事连夜办清。这日早间，便将淮扬道传见，将所有要物交付与他，一切寻常事件，命他代拆代行；然后择了日期，将计全、何路通、李七侯、金大力这一干将士，皆传了进来，每人带漕标亲兵，可约有一千余人，分作五队，按队而行。所有褚标、朱光祖等人，皆约在沂州相会。到了行期前一日，先将印册送与淮扬道，到了吉期，放炮三声，拔队前进。

在路非止一日，这日到了沛县境，施公正在思想天霸，不知他性命如何。忽然一只乌鸦对定面前，“哑哑哑”的声音叫了三下。施公当下好生疑惑，暗道：“本院出辕，并非为那词讼案件，何故这乌鸦向咱乱叫？莫非有冤情么？”当时在轿内喊道：“乌鸦，乌鸦！若有冤情，再叫三声！”只见那乌鸦向轿前又叫三声。施公只得命人住轿，将何路通喊到面前，说道：“汝且带亲兵八名，随这只乌鸦一路而去，本院在前面驿站等汝，若有动静，赶快告知，以便着地方官追究。”何路通领命去了，谁知这乌鸦一路飞叫，不疾不徐，但在何路通面前缓缓飞去。

约有半里远近，前面一个水塘，乌鸦便盘旋绕了一会，飞身水上一歇，一个蜻蜓点水，钻了下去。何路通站在路上，心下疑道：“这事甚是奇怪，乌鸦乃天上飞禽，何故反入于水内？莫非这塘内有什么异事么？”随即在周围看了一回，然后命亲兵将本处乡保喊来，当时问道：”这水塘是官塘？还是乡户自己的呢？”乡保听说是施大人的差官，已吓得了神昏失志，忙道：“小人是新近上卯，尚未查问这底细；老爷前来查问，且待查问明白，再来奉告。”何路通见他畏缩的样子，看在眼内，甚是好笑，乃道：“汝这狗头，所干何事？自己分内的事件，尚敢说个不知，本官本应严责，姑留汝等体面，从速访查，立待回话。现在施大人在驿站候信呢！”乡保战战兢兢，磕了几个响头，站起来一路飞奔而去。

少顷，带了一个少年，约在三十以外，身高体胖，凶恶异常。到了何路通面前，回道：“小人奉命查问，这水塘乃是这男子的家塘，祖业留传，世居此地，小人已将本人带到，请老爷问他便了。”何路通向少年问道：“汝姓甚名谁，做何生理？家下尚有何人？从实说明，好禀知大人定夺。”少年见是路通，当即答道：“咱姓高名飞，字翔云，祖籍乃沛县人氏，向以贩席为业，清白平民，毫无劣迹，不知老爷唤小人则甚？”何路通道：“非是咱与汝作对，只因汝做事不妥，把这官塘可埋下物件，因此施大人前来查勘，本官且带汝去见大人，然后定夺。”当时便将高飞交付了亲兵，自己押解，到了沛县的驿站。

此时沛县知县郑昌年，早得了信息，飞奔而来。何路通当即将方才的事禀明施公，随即命带高飞。高飞一见了施公，早已魂飞天外。施公命他抬起头来，但见他满脸的凶相，一团杀气，不禁将惊堂一拍，喝道："汝这狗头干得好事，还不将实情说出？"高飞见他突然而来，说不出个题目来，乃说："小人自幼安分守业，从不作歹为非。大人提小的前来，但命小人实供，小人既无人控告，又不告人，叫小的从何供起呢？"这番话，反把个施公说得开口不得，心想道："这狗头说得有理，但是他这面目实非善类，咱又不能以那个乌鸦便据以为实。不若如此诈他一诈，若能问出情由，便可由此追问。"想了一会，笑说道："汝狗头，倒会说嘴，可知本院一清如水？若无人在本院前控告，本院又何必拿汝？且将那个姓邬的事件，从实供来，若有半字含糊，这腿上先送汝狗命！"说着，将惊堂拍得连天价响，令他直认。高飞见施公说出个姓邬的，又如半空中突下霹雳，形色仓皇，露出外面，乃道："小人家并无什么姓邬的，只有五年前有个长工伙伴，名叫邬三，他乃四川人氏，早已回转家乡了。"施公见他说出姓邬的叫邬三，正应乌鸦叫了三声，赶着惊堂一拍，大声喝道："汝这狗头还不从快说出，邬三乃于前晚已在阴间告了状子，说汝将他害死，隐瞒他历年的工钱，并骗奸他妻子，若不从实吐供，先打断汝这狗腿。"

说罢，便命人将他推下。高飞哪里就肯承认，只在下面喊道："大人乃当朝的官长，小人若果为非，情甘领死。实无这个事件，即便将小人打死，也无口供。"说着，矢口否认，绝不供招。

施公心下暗道："此人虽说出引线，但是全无实据，何能遽尔用刑？"当时问高飞道："本院不给你个实据，谅汝不甘认罪，且待汝同去见个皂白。"说着，起身带了人众，同沛县知县郑昌年，一路到了水塘前面，向着昌年说道："此案乃贵县的分内，可向左右村庄田户百姓借一部水车，将里面的清水车去，命人到下面踏勘，便可分明。"郑昌年只得遵命照办，当时借取水车，忙忙闹了一日，到了向晚时节，方才将水车尽。

当时早有五六个亲兵，跳了下去。众人用手一摸，齐声喊道：

“下面是块大石，约有方桌大小，咱们移动它不得。”施公听说，当又添了数人，下去搬运，只听“哎哟”一声，众人早吓得摇唇鼓舌，个个惊疑。你道何故？只因众人到了下面，先将边围一摸，好似个石磨一般，每人提定一面，拼力向外一翻，早有个尸骸绳捆索绑，纳于下面。施公此时早经看见，向着郑昌年说道：“这事有了形迹了。”随命人将尸骸抬上，搭盖席棚，将他遮住。一面仵作将泥污洗去，露出身形。施公与郑昌年走到面前，细为一看，却是个四十以外的中年男子。面上皮肤，虽为泥污模糊，那身材形象上，还看得出。仵作当时如法相验。停了一会，仵作下面报道：“无名尸骸一具，年约四十以外，生前中毒身亡。胸下有铁尺伤痕，宽约二分，长约二寸；发根有铁钉一根，深有五寸；背脊绳索一根，钉死后捆缚所致。”喝罢，施公命郑昌年填了尸格，发落收殓；然后带领众人转回官衙。

且说施公填了尸格，将人众带回驿馆，升了公座，将高飞带到面前，大喝道：“汝这狗头还有何说？此乃彰明昭著之案，这具尸骸汝可认得么？再不承招，便用大刑拷问了。”高飞已是开口不得，过了半晌言道：“小人方才禀明，用的那个长工，是在三十岁以外；今看这尸骸，已是四十上下，而且他面目模糊，从何辨认？若说邬三，此人早回川去，何至死于此处？这分明另是一案，投在小人的水塘，这个尸骸污秽，已是挽回不来，不能无辜再受这冤屈！”施公听了怒道：“你这厮倒会强辩！左右，先将他重打四十，然后用大刑拷问。”两旁一声答应，拖倒下来，如数打毕；施公只得向何路通耳边说了许多言语，随即起身退后，命人将高飞带入县衙。何路通领命出来，先将乡保唤到面前，问道：“汝知这高飞家内向有何人？左右邻舍做何生理？就此赶速前去，将他家小带来回话。”乡保答应下来，真个是到了高家，如鹰啄兔，早将高飞的妻子并一个六岁的女儿，带至驿站。

施公先命人将所用的大刑全行伺候。升了公座，将人犯提上，问道：“汝这妇人可住在高飞家内么？本院知你有了冤情，特为你丈夫申冤，你可情愿么？”施公此言，正是前来诈她。

那女子只道是为高飞申冤，会错了意儿。当时在下面禀道：“大人恩典，小妇人丈夫实在冤枉！”施公道：“汝既是冤枉，且将高飞如何害你丈夫，从实说来，本院自可减等。汝是何方人氏？娘家姓甚名谁？”只听下面禀道：”小妇人娘家姓戴，丈夫即是高飞，现为仇家暗害，将死尸送入咱家水塘里面，蒙大人将丈夫提案，欲问根由，其实不知此事。”施公听了喝道：“汝这无耻泼妇，在这本院面前尚自抵赖。汝丈夫早已言明，汝乃邬三之妻，与他奸合，谋死亲夫，汝还信口胡赖？本院执法如山，不将汝这淫贱的妇人问出口供，那无头的案件还能审么？左右，先将这淫妇叉入油锅，烹他的手脚，看他供与不供！”

施公一声，两边差官兵役如狼似虎的一般，早将戴氏拿下。

顷刻之间，火油鼎沸，赤焰焰地如火蛇相似；两个差官，将戴氏双脚提住，搭在锅边上面，专等施公再喝一声，便向里边丢下。戴氏见了这样情形，早吓得心惊胆战，高声哭道：“大人饶命！小妇人情愿实供。”施公见她肯认这事，当时命人放下道：“汝这贱妇从快说来，怎样将邬三害死？”戴氏到了此时，欲不说，眼见人下油锅，立刻没命；若欲说出与高飞那样恩情，顷刻定了死罪。当时欲言又止，半晌无言。施公见她又欲抵赖，骂道：“本院尚未松刑，便又如此狡猾，左右，速将他叉入锅内！”

戴氏听了此言，不觉失声哭道：“这事小妇人虽闻其事，实是高飞有心谋害。邬三本是四川人氏，十五岁逃难至此，在前庄王家饭店做了伙计。二十岁娶了小妇人为妻。那时高飞亦在店中执役，见小妇人有几分姿色，多方勾引，骗诱成奸，向邬三说道：‘为人执役，无所了局。咱们家内有几亩薄田，咱们自耕自种，免得受人家使唤。’邬三是异方人氏，听了此言，岂有不应？因此到了他家，因慕成奸，因奸成妒，遂起谋害之意。不料邬三命该逢绝，这日忽然思念家乡，欲与小妇人回转四川，回归故里。高飞听了此言，哪里忍耐得住？暗与小妇人商量，等他动身之时，前两日将左邻右舍请到家中，代他饯行。到了临行日期，故意送他一程，出了本庄，便将他结果了性命；又恐事后发作，特将一个石磨捆在后心，推入塘内，就此与小妇人做为夫妇。后过了一二年间，说他杳无音信，便彰明昭著嫁他为妻。不期邬三冤魂不散，复向大人面前告了阴状。此乃小妇人的实供，求大人开一线之恩，饶我性命！”

施公听毕，命沛县招房写了一个口供，使戴氏画供，然后将她送入城内，收入女牢；复行将高飞提出，问出实情，施公便判了秋审施刑，斩首抵罪。搁了一夜，次日绝早起程，直向沂州进发。

单说张七当日下了山头，提了朴刀，直向沂州进发。他本是单身独马，适值夜色又好，他便连夜赶行。忽然后面一声响亮，灯球一显，四百儿郎排于两面，挠钩火把向前扑来。张七见了好生笑道：“老爷是强盗的祖宗，并不知是这样的规矩，难怪当日劫掠客商，一经手便可得利，原来有如此的凶勇。”

当时四下围了上来，只是不敢动手，命一个头目匆匆的去飞报上山。隔了一会，只见一人，单身舞动单刀，飞奔而来；到了山下，劈面见了张七，骂道：“汝这该死的匹夫，还不丢黄金买路。”张七将他一望，也知他是个会手，登时怒道：“无知强寇，敢出此言，不要走，看刀！”说着，举手一刀，对面砍去。那人见张七来得凶勇，赶将单刀架住，用了个丹凤朝阳式，还手一刀，向咽喉刺下。张七毫不在意，顺手隔了开去。你来我往，杀了有十数个回合。

张七一心赶路，虚砍一刀，转身就走，口内说道：“俺张七往沂州去有事，改日回来，与汝战个你死我活。”那人见他收兵要走，赶急上前拦道：“汝这人到沂州何干？莫非也投那琅琊山王朗么？”张七听他说出“王朗”二字，其中显有别故，也就止步答道：“俺乃捉王朗之人，岂肯前去投他？”那人听了诧异。忙道：“汝这人姓甚名谁，为何欲捉王朗？”张七见他来问，不禁笑答道：“汝问俺的名姓，说来也该知道，某乃绿林的老辈，凤凰岭张七是也！”那人听了此言，不禁大惊失色，忙道：“咱道是谁？原来老英雄到此，小可多多得罪。但是前往沂州，还因有人拜请？抑是与王朗有隙？且请说明，俾小可知道。”张七见此人细问根由，只得止步答道：“汝问俺则甚？且将汝名姓道来，老夫自然相告。”那人听了此言，只得对张七说道：“王朗此楼，乃某等之过也！在下姓云名虎，排行第二，那飞云子就是俺的兄弟。只因万君召奔赴潼关，请俺三弟，彼时因施不全是个赃官，不肯随去，一时之愤，竟将楼图窃去，奔走四方，满想到了淮安，将施不全结果了性命。谁知一路而来，口碑载道，沿路百姓无不歌功颂德，说他是个清官。咱反追悔从前不当如此，这明是王朗这强盗暗害他性命。可知琥珀夜光杯乃是皇家的宝物，过了钦限，赃贼两无，岂不获了重咎？而且他这齐星楼，只有俺三弟照着楼图可以前去攻破。现在此图既在俺身上，虽然有心交付三弟，奈因无颜见面；又恐万君召等人笑俺反复，以至欲行不果，故在此胡混。老英雄既来此地，敢烦将此楼图带去，交与普润和尚，好与三弟大破高楼，为国家出力，俺就此便回转潼关了。”张七听了此言，自是喜出望外。当即同云虎上了山头，一同入寨。到了聚义厅，云虎便请他上座，命喽兵取过面水，奉了清茶。厨下已备了酒馔，当时摆了筵席，为张七接风。如何回答，且看下回分解。

第二八六回　张老七解囊施药　黄天霸起死回生

却说张七被云虎请到山上，酒席之间，各言衷曲。张七将天霸受伤，此去解救说了一遍。便想约云虎一同前去，攻山之时多一帮手。无奈云虎执意不从，只得随他去了。一宿无话，次日天明，张七便起身赶路，早有云虎送出个小小拜匣，外面一个红布包裹，裹住当中，里面一幅楼图，卷藏在里面，当时交付张七，又送了许多盘费。张七也不肯受，只得携了拜匣，别了云虎，下山而去。复走七日路程。这日离沂州不远，一路上但听说道："琅琊山王朗建造高楼，以便夺取天下；现在黄天霸身受重伤，命在旦夕，报马到了淮安，施大人亲自前来破敌；昨日沂州府得了施大人公事，命他备一所行辕，择地下寨；听说带的兵马，不过一千上下，唯有那麾下的将士，无不飞檐走壁，出色惊人；这一路而来，还破了许多无头案件，眼见得这沂州界内要做战场了。"张七听在耳内，所幸天霸尚未送命。

当向那人问道："汝可知施大人麾下那个老英雄殷龙现在何处？连日王朗曾否派人与他厮杀。"那人道："此人谁不知道，此去约二三十里，有个盘龙镇，镇内那个庆成客寓，就是他居住的所在。时常飞叉将军郭天保与黑阎罗孙勇，屡次与他交战；所幸殷赛花有那个铁背花装弩，射人百发百中，到了临敌之时，战他不过，便用这暗器伤人，因此战了数日，并无胜败。"张七想道："此去二三十里路径，咱何不就此前行？今晚就可救天霸了。"主意打定，随在酒店里打了一角暖酒、牛肉馒头，吃个顶饱，趁着月色，飞奔而去。

行了二十余里，只听远远的杀声，料想是王朗山上前来厮杀。随即将包裹紧了一紧，拔出单刀，一路前进。到了前面，果见一个黑汉，舞动双锤，与一个年少的妇人在那里交战。张七知是赛花，叫道："赛花侄女，休得慌忙，张七前来助你。"

说着，一个箭步，蹿到面前。手起刀落，那个黑汉的锤，几乎脱离手腕；随即一刀，对孙勇锤头砍下。孙勇与赛花正杀得难解难分，忽然来了一个年老英雄，约在六旬以外，身背包裹，手执单刀，拼力杀至，不觉吃了一惊。赶将锤头紧了一紧，遮拦隔架，一路提防。约战有七八个照面，孙勇撇了一锤，回山而去。张七也不追逐。只见殷赛花站立在后面，见是张七前来，自是喜出望外。赶忙上前喊道："老爷子，你到今日才来，咱们想得好苦！黄叔父与俺的丈夫伤痕未退，连日言语皆不启口了！咱爹爹现在店内，你老快随我来。"说着，便在前引路。

走过一会，早见赵氏弟兄同普润迎来，见了赛花忙忙地说道："天霸的妻子同那个郝素玉俱皆到了，说她父亲张七已在前动身，想必不日也可到此。"赛花听了笑道："你这和尚当面错过，这不是老爷子张七么？适才非他助战，与孙勇尚不知战到何时。"

张七也就问了姓名，一路而来。到了客店，殷赛花首先进内，高声叫道："爹爹赶快出来，老爷子来了。"这一声早惊动了里面。但见殷龙匆匆出来，见了张七问道："俺的哥，为何今日才到？这两个侄女已到了半日，为何有意在路耽搁呢？你看你女婿那样英雄，弄得如此地步，你见着岂不心疼？"当时便挽着张七入内，早有张桂兰两眼通红，出来迎接，唤了一声："爹爹！"止不住盈盈泪下。当时张七到了里面，先将包裹放下，向着殷龙说道："咱虽在路耽搁一日，不但未耽误事，反有件大功。说了出来，真算得是踏遍天涯无觅处，得来全不费功夫了。"当即将那拜匣取了出来，命桂兰放好。殷龙道："你女婿如此重伤，不说便去解救，却在此说这样的闲话，岂不令人急煞？"张七道："咱女儿必是放了夜站，连夜而行，故走得如此飞快，俺若不破站行路，此时尚在半途，那时又便怎样？且俺这个方药，非按时敷上，不能收效。非俺在此夸口，便是普润和尚偌远而来，比不得俺的机会。”殷龙急道：“咱们皆是绿林的汉子，虽然不干这买卖，也未曾逢场应考，但这文乎文乎，有话但说不妨，何必令人猜问。”张七道：“俺实对你讲，那个齐星楼原图为俺得着了，岂不是件喜事么？”普润不等他说完，连忙问道：“照此说来，莫非遇着云虎么？”张七道：“正是此人，岂非喜事？”

当时便将云虎剪径，彼此交手，以及送出楼图，他回转潼关的话，说了一遍。众人听见，自是喜出望外。

殷赛花见众人出神问话，并未吩咐小兵取水进来，赶着出去招呼了一番，备酒肴请他饮食。张七净面漱口，奉上茶来，然后执灯台到了天霸面前，看了一会，不禁叹道：“此乃是金龙爪抓伤头角，以致如此肿溃，再至三日，肿到胸前，那就解救不得了。”便命桂兰取过一个茶杯，自己在身边取出一个葫芦，将塞子拔下，复命人取了火炉，烧开热水，茶杯放在水壶里面，烫了温热，然后将末药放了少许。复取出个药瓶，约有三寸多长，里面许多黑线。张七抽出一条，放入水壶里面，登时那线长大了数倍，明亮非常，乃是个玻璃的药管，将茶杯内末药灌入里面。复取了一盆冷水，在内浸了一会；拣起之后，又在火盆里熏了一会。如是七次，方用那末药茶杯灌下。其时约有三鼓时分，张七先用白布手巾，将天霸伤痕上面揩抹了一会，取了一根鸡毛，将末药慢慢地撒在天霸伤痕上。但见那个颜色，或红或紫，或青或黑，顷刻工夫露出几个颜色，那伤痕上面如火烧一般热辣辣地冒出青烟。张七到了此时，赶将方才凉水洒了一次，火气方才冒出。如此到了天明，忽然天霸大叫一声：“痛煞我也！”翻身复又睡去。众人听他已能喊叫，方觉转悲为喜。张七道：“汝等且勿多言，所幸来得甚巧，咱这药料，轻则半个时辰，重则两个钟头，便可转轻。他自三更以后，直至此时方才苏醒，也算得是病入膏肓了。”随又用药在他腿脚之上敷去。然后方将人杰推转过来，如法炮制，敷在脸上，等到日色上升，阳光当头，两人方可言语。

张桂兰与殷赛花两人见丈夫安然无事，自是喜不自胜。随命人煎了两碗粥汤，慢慢地为他两人灌下。只见那人杰睡眼骂道：“这个瘟贼的王朗，竟敢下此毒手，闷得小爷好苦！心下虽明，只是说不出来。老爷子既到了此地，又不怕他的埋伏，何不与岳父今晚上山破了山头，使他个防备不及。”张七听了笑道：“汝这小狗头倒是个真种，汝父亲在日，也是急不及待，谁知汝也是一般性格，无怪汝易于伤损。咱既至了此间，还能个让他逃过？而且大人的亲兵纷纷而来，汝还不去迎接。此事理合等大人来，再行定夺。汝与天霸养息数日，专待厮杀便了。”

说着，早有报马到来，说大人离镇不远。殷龙向张七说道：“咱们赶快先去见了大人，将天霸苏醒的话先行禀明，然后看大众在何处落脚，众人好前去参见。”张七道：“此时大人自必到了城内，一时间忙忙碌碌，即便前去，也不能细说，待他营寨扎定，沂州知府晓得俺们在此，自必命人寻找。”殷龙见他推辞，只得先在客店坐下，与大众皆在店候信。

且说赵五出了店门，直向沂州城而来。行了有一二十里路，远远见雉扇高撑，墙头远立，面前有一个帐篷，知是大人的行辕。赶即抢步到了面前，却好王殿臣也奉了大人的钧命，各处找他众人的下处。你道是何缘故？只因王杰由淮安动身，但说在沂州界内，未曾将众人的住所叫何地名说明。施公到了沂州界了，沂州府知府早已知道，出来问知。这知府姓陆名平，甚是糊涂。当时见了施公，问知此事，反说：“本府界内甚是安静。”施公听了此言，不禁怒道：照此讲来，全是虚言。本院已经访出了强盗王朗，将皇上琥珀夜光杯的宝物盗去，造下一座齐星楼，招集四方强寇，准备共图大事。本院黄天霸等人迭次前来攻打山寨，此乃天霸等奉公廉洁，不肯打扰地方，故此当地不曾供应；还说没有此事，岂不是昏愦糊涂！本院此次到此，访闻汝在这地方有了劣迹，本院定即详参，此时先将汝摘去顶戴。”陆平听了这派官话，吓得魂不附体，当时请罪施恩，自己将顶戴摘去。施公随命他让出衙门，只得命王殿臣出城寻找，迎面遇见了赵五回来，禀见了施公，说张桂兰请动张七，救活天霸与人杰，并路遇云虎，得了楼图的话，说了一遍。施公甚是欢喜。当时命赵五先行回店，次早所有的人众全行进衙居住，俾得呼唤灵通。赵五便领命，回来将此事禀明天霸。

天霸此时虽然活了性命，精神疲困，还在店内。殷龙在店言道：“咱们明早定行前去，唯有桂兰与赛花在此，还要稍住数日。”张七哑口无言，一辞不赞。彼此并不在意。唯有张桂兰心下明白，攻山之时，欲派他前去，断然不肯出面，又恐临时情义待他，告辞不得。心中急欲先行回去，免却许多烦恼，因此一人切口无言。桂兰到了面前，向他言道：“施大人偌远而来，爹爹与他久未会面。现在天霸已无事，何不与殷老爷子同去一见，慰他渴想。”张七道：“为父自有道理，汝等且勿多言。”桂兰当时不敢再说。殷龙在旁也看出缘故，恐他就此走了，攻山时节又少一人。且这齐星楼十分险恶，设若有人再受重伤，非他解救不可。心下主意想定，当时并不开口。出了店门，将郝素玉喊到面前，叫她就去进城，将此言与关小西说明，回禀施公，请命定夺。素玉随即领命而去。

到了次早，殷龙与众人正要收拾进城。谁知小西已飞马前来，到里面说道：“大人问张老英雄偌远而来，救了两人性命，且喜且敬，特命咱先来通问，大人随即来奉候了。”张七听了此言，心下虽不愿意，无奈他十分恭敬，只得起来说道：“咱乃村野之人，何劳大人下问。”正说之间，外面人喊马嘶，说施大人已经下轿，众人只得迎了出来。施公首先见张七道：“老英雄别来无恙！自别尊颜，倏经数载，不期今日在此相遇，真乃国家之福，令婿之造化也！施某不才，得劳老英雄相助，喜乐何如！”说着，便携张七的手，进了里面坐下。此时殷龙、殷强、殷赛花、贺人杰、王杰、赵五等大众，俱来见礼。施公先问了人杰的伤痕，见天霸未曾前来，想必伤痕未愈。便即起身向人杰说道：“你黄叔父住在哪里？受此重伤，得老英雄救了性命，真也难得。”人杰只得领他到了天霸的榻前。天霸拗起身来，尚要行礼。施公随将他止住，问了山上的蹊径，并埋伏上有何毒物？天霸当时回答了一遍，然后在施公的耳边说了许多言语。施公只是点头，随后出来向张七说道：“王朗造了齐星楼，此图既为老英雄所得，其中死生门户，恐不能一望而知，非将飞云子请到城内，命他指示一番，方可知道，此事非老英雄助我一臂不可！咱们且快叙数日，等令婿伤痕痊愈，择日破山，尊意如何？”张七为施公这番言语，早经推辞不得，只得答道：“某乃山野愚民，不知谋略，大人若有差遣，愿效驰驱，何敢有劳枉顾！”施公见他并不推辞，心下不胜喜悦。就此同人众一齐入城，单留天霸与人杰在店，这且不表。

单说王朗自获胜仗之后，请飞云子整顿高楼，复加埋伏。每日命人下山，打听黄天霸与人杰伤痕如何。这日正与郭天保等人商议发兵之策，忽喽兵报上山来，向着王朗说道：“禀寨主，不好了！殷龙那里来了什么张七，用那消除万毒丸将天霸与人杰救活回来了。两员女将厉害非常，不日便要上山攻打了！”

王朗听了，真个是惊恐无地，向飞云子道：“云三哥，这消除万毒丸，他何以知道此药？莫非有奸细漏了消息？”飞云子听说，知有人前来，既有人有此妙药，必不是等闲之辈。今晚倒要乘间下山，访问消息。当时对王朗道：“寨主不必多虑，凡事成败，皆有一定；咱山上有许多好汉，即使那天霸死而复生，到了山中也是个死命。明日可先命人与他会战，若果这人厉害，俺便用毒物伤他。此事寨主不必多虑！”王朗听他言语，自是欢喜非常，命人复去打听。

飞云子到了晚间，正欲飞身出外，忽听窗上有弹指声音，随即开口问道：“哪位朋友在此？若有要话，何不面言？”话犹未完，赵五早蹿入里面，转身将窗格关起。飞云子见他前来，忙问道：“五哥到此，有何见教？莫非张七与天霸复然上山么？”

赵五道：“小弟前来，特报佳信。令兄云虎，张老英雄在路相遇，已将齐星楼原图带回，因此大人命俺前来通个信息，请三哥与俺同进城，指点楼图，如何布置！”飞云子不待他说完，自是喜不可遏，忙道：“俺哥在何处遇见？咱们困在山上，不过为这件图样；他既有了原图，咱何必人困在里面！汝此时且回去，明日晚间，便前来相会。”说罢，便催赵五下山而去。

不知明晚飞云子如何下山，且看下回分解。

第二八七回　筹计策细阅楼图
逞威风独临战阵

却说飞云子命赵五回转城中，次日早间，便到王朗那里，言道：“昨日打听施不全亲自前来，他手下的能人甚多，虽这座高楼无人破得，唯恐今日来战，明日来攻，带领众人将四面围定，咱们这座山上粮草虽多，总不能吃食不尽；一年半载，困于此地，咱们山上不能外出打粮借食，断了咽喉。即是他似逸待劳，以静待动，等到山上食尽，那时并力攻山，一鼓而下，咱们这番心血，岂不是空用么？咱倒有一条妙计，山上各人，分作三寨：前寨在牌楼面前，后寨在山后小路，中寨仍然不动。外面如此布置，里面却连为一气，三个寨头立下暗号，金敲则退，鼓发则进；设有敌人，巡防较易。但不知寨主意下如何？”

王朗听道：“三哥之言，甚是有理。但山上虽有多人，这座高楼上下三层，尚不敷调度，若再分为三处，何以分派得来？”飞云子道：“寨主何必拘泥？常言道：‘水来土掩，将领兵行。’咱们内里本联为一气，等到敌人进了中寨，那时寨主放了号炮，众人赶奔楼前，各守门户，岂不是首尾相顾？”王朗本是个无谋的强寇，但听他说的周到，那个“用兵之时，心如风火”这两句话，久经忘却了。飞云子见他不再多问，犹恐他犹豫不决，忙道：“咱们趁此下山，与殷龙打个照面，他若恃而无恐，闻俺自己前去，定命人与俺对敌，一经交手，高下分明，随后有把握了。”王朗尚未开言，早有郭天保等陆续到来，听飞云子这派言语，一个个齐声说道：“三哥何能出去！设有人趁隙破楼，寨主一人，岂能如此灵便？既要探防他消息，小可不才，代三哥一往。”当时孙勇便提起双锤，一路下山，向沂州城下而来。

此时施公正与张七等人，将云虎的楼图取出，还未观看，见有探事进来说：“琅琊山强寇在外讨战。”施公听了怒道：“王朗，汝这强徒，真乃目无王法！本院亲自到此，不知将御物献出，俯首乞怜，饶全狗命，还敢如此无礼，命人讨战！本院今番不将此人擒获，这偌大的山头，何时得破？”当时即命人取出衣冠，自己率领众人，到了城外。孙勇正在那里观望，忽见那城门大开，纷纷地出来许多将士，后面一人，手足脸嘴无一全美，那种丑陋的样子，出生以来，实未见过。孙勇见了笑道：“人说施不全不是他名号，看来他这种嘴脸，必是外人取笑，说他‘不全’两字。咱们既与他对面，倒要显个威风，使他晓得。”当抢上数步，将鱼鳞甲在身一抖，然后大声喝道：“来者何人，莫非施不全这狗官么？老爷在此，快来纳命！”

普润见他猖獗，手提戒刀，跳上前去，一刀便对孙勇砍下。孙勇见是普润，举起双锤，将一刀掀去，劈面用了个一龙出水式，一上一下，头上打来。普润见他甚是凶勇，头向左边一闪，戒刀向上，隔过两锤，扭动身躯，早到了孙勇的背后，一刀刺去。

孙勇晓得不好，欲待转身，已来不及，只得用了一个调虎离山的身法，两足运了气力，脚尖在下踮了一踮，前去有十数步远近。孙勇一锤打个落空，一时动气，双锤并舞，迫上前来，对着普润上下乱打。普润本是个浑人，见他拼力前来，也就急架相迎，一场混战。他两人各不相让，你来我去，刀砍锤迎，约斗了三十个照面。施公在上看得真切，向着殷龙说道：“这个强盗便如此恶斗，无怪这齐星楼十分难破了。今日初次交手，若果失利，岂不为王朗耻笑！”殷龙尚未开解，早见关太蹿到面前，高声叫道：“大人不必多虑，咱去将这厮拿来。”说罢，把折铁倭刀提在手内，就此一个猛虎擒羊，蹿到圈内。说道：“和尚快速让开，咱关太来擒此贼！”倭刀一摆，掀起锤头，便尔厮杀。孙勇正然混战，忽见来了一人，换去和尚，赶将那锤头紧了一紧，叮当一声，将倭刀隔开去，顺手一锤，在他后心打下。关太毫不在意，兜回箭步，打了个照面，一刀早将铁锤隔开。孙勇见他刀法厉害，恐一时胜他不过，便将双锤握定手内，虚晃一锤，转身就走。关太不知是诈，随后紧紧追来，唤道："狗强盗，向哪里走？留下头来！"孙勇见他来追赶，将双锤并在手内，鱼鳞甲向前一散，犹如撒网一般，早飞下十数个铁弹子，七零八落，向关太身上打来。关太见他放出暗器，晓得不好，仗着自己的倭刀可以斩钉削铁，随即舞动刀法，前三后四，左五右六，舞得如天雨飞花相似，只见刀来，不见人身。孙勇的铁弹，早已被他的刀风打滚在地。再看关太身上，全无半点伤痕。孙勇到了此时也吃惊不小，暗道："难怪绿林中传说，施不全的麾下能人甚多，以此一人，便知众人的手段了。你看这前面许多将士，皆不是无名之辈，自己一人拼力攻打，也是徒然；不如且回山上，然后约众下山，战个胜败。"只得上前，再与关太又战了数合，锤头一摆，拼力逃出，直向山上而去。

这里施公见他败走，向着众人言道："今日非关贤弟刀法厉害，几乎失了锐气，此害如再不除，如何是好？"当时只得回转城内。施公进了官衙，便将殷龙、计全、张七三人请到书房里面，令人备了酒肴，四人入席。酒过数巡，将云虎交还楼图，随即命人取出，向着计全说道："计副将，汝看他一幅图便构下如此大害，今日咱四人且细瞧一瞧，若能得明其故，就此派人前去盗取御杯，岂不为美？"计全道："据俺看来，非飞云子指示，这楼图不能明白。此楼且是他所造，若里面无什么精奥，飞云子既然投顺，何不能破？以他而言，尚不敢离图做事。咱们是门外的汉子，这里面的门户、生死机关，一时岂能明白？看来非等飞云子不可。"施公虽以他话为然，只因案情重大，飞云子不知一定前来，只得对众说道："咱们大众且细瞧一番，如若不知，再等他来问。"当时起身到了签桌上，将零星物件全行搬过，然后打开包裹，取出拜匣，拜匣上面锁着一把铜锁。施公道："这不是有意谎人么，既将拜匣送来，何以没有钥匙，怎便如何开法？"计全听了笑道："大人不必焦灼，在计某看来，钥匙必在这拜匣外面；云虎既献楼图，断无忘却钥匙的道理。咱们再细细地瞧看瞧看！"施公听了此言，只得又将拜匣端起，四下望了一会，仍然空无一物，复递与计全，道："计贤弟，这也不是刺绣的细针，一时瞧他不见，你看他的四面金漆造就，哪有钥匙在内？"计全接在手中，先四面一望，果然没有一物。心下思想了一会，暗道："这铜锁，造成的套锁么？"见丝纹横在两头。计全取了一根牙签，用刀削得如针尖一般，对定丝纹里面，轻轻向外一推，忽然露出一根极细的铜丝，约有半寸长短。计全向施公说道："既露出这个物件，其余便可下手了。"即便将牙签放下，两个指头将网丝拈定，向外一抽，忽然当啷一声，锁壳下面早落了一块铜片。

计全将铜片拾起，细为一望，边框上制造凸槽，再将铜锁翻身一望，里面却有一金锁铺在当中。

却说施公看了那金锁，仍是不知开处。计全说："这钥匙必在铜壳里面了。"随将那铜片取在手中，将边框上的凸边折入铜轧夹缝里面，却巧不多不少，一气将三块铜片拨完，上面只看见不动。计全甚是疑惑，暗道："这金锁虽是贵重，三面开来，这一面无开他不下的道理，究竟是何机巧？想他不通。"顺手将铜片一推，谁知这三块并在一处，知是三层槽缝，再向壳子上面望去，也是一连三四个缝。计全不禁喜道："这钥匙必在上面了。"登时将铜片并做一块，对定原缝投了进去，早已响亮一声，应手而下，一柄金钥匙约半寸多长，端端正正摆在金锁上面，顶头一个金圈，将他套住。施公见了喜道："无怪这齐星楼如此险要，但看这金锁，便知其他了。"计全随即取下钥匙，将锁开了，复行把外面锁壳仍然套好，放在头抽屉里面，然后将拜匣开下，递与施公。施公取在手内，里面有一个黄绸包裹，紧紧结扣打在上面。当时将包裹提出，放在桌上，将结打开，只看见一方锦裱的册页，叠成四叠，装在里面。

施公命计全将拜匣取过，搬着一张金漆方桌，将楼图轻轻地打开。四人看了，但见五色增光，填写明白，却是三层角楼。

第一层一带栏杆，围于四面，周围共有四门，分着东西南北：东边方位写着"甲门"，甲门里面三个台阶，上写着"天地人"三个字；台阶一带旁画着半截短墙，墙上布列着铁网，铁网的总线穿在墙内，里面一根铁杆，将总头扣在杆上；下面一条矾石的路径，注明一丈五尺；顶面一道围门，围门里面画了许多榆柳杏枣树木；上面铺着一层铁板，便是第一层楼面。左边望去，便是南边方位，上写着内门里面一个极大的圈子，上写“圆坑”二字，坑外一个小门，周围堆着许多煤铁；当中一个六角方亭，中间站立一人，手执一柄火叉；亭内许多箭头，堆在一处；穿过亭子，三间房屋，檐前一个生铁照壁；过了照壁，一条石路前去，也到了楼面。向西看去，便是庚门，门内画着许多金甲神人，手执利器，围绕在一所四角厅上；厅前排列着四面大架，架上写的是“春夏秋冬”四字；过去有条生铁绳索，上系着个铜铃，却又穿到后面木柱上，柱子竖立当中，周围一带有杂木栏杆，防护在四面；过去仍然是一条石路，直至楼底。

北方写着“壬门”，里面尽是一派黑气，凸凸凹凹许多土堆，横排在里面，再向前看，辨不出里面什么物件。众人看了一会，但知他接着四面方位，不知那生死门户于何处分别？第二层楼梯，便在第一层楼梯上面，顺着东边上楼。四面八方，尽是矮屋，每间屋内或写着龙蛇鸡狗，或画着走兽飞禽，种种不提，笔难尽述。但见那房屋尽是比邻，彼此可通，亦彼此阻隔，要想知何处进出，实是寻找不着。顶上便是第三层楼面，四下八个门户，上写着“休生伤杜景死惊开”，每面各有铁门；里面一带设着许多铁柜，顶上铁梁铁瓦，当中梁上系着一个铁箱子。

众人看毕，只不知从何处破起。计全道：“这图既已得来，少不得有破山之日，咱们且等天霸痊愈，飞云子到来，自有个主见。”当时仍将楼图叠起，议论了一会，方始酒散。

且说孙勇败回山上；见了王朗，说道：“施不全名不虚传，手下能人十分厉害。今日咱战关太，几乎送了性命；设若众人皆如此手段，虽有这座高楼，未必全行得胜。云三哥既在山头，何故不谋一策呢？”飞云子听了，心下暗道：“汝这狗头自恃凶勇，此时也杀败回来，不趁此时下山，尚待何日？”随言道：“孙大哥，你也太无礼，这高楼是俺所造，几次要取楼图，寨主皆犹豫不决。连日闻施不全亲身到此，某欲自己下山，看他动静，又为汝等阻挠。此次汝大败回来，不说汝本领平常，反说俺不谋一策，究何道理？非是俺自满夸口，这山寨里面，除得俺飞云子造下此楼，将黄天霸连败数次，谁人能在俺之上？不说俺尽心竭力，武艺出众，反说俺有了外心了。这样寨主，这样帮手，倒怪俺飞云子识他不确，为这班无能无谋无见识的种子，干下这通天的大事，此非俺不识人之过么？汝说我不谋一策，你的妙计何在？莫说汝这班匹夫不能献一谋，便是这糊涂寨主，也是听人谗言，不分好歹。今日俺先说明，非是俺有始无终，半途而去；如此不分贤愚，明日俺可回潼关了。"这番话说得孙勇与王朗哑口无言、羞惭无地，半晌不能言语。郭天保见他如此决裂，赶忙说道："云三哥，咱们乃至好的朋友，孙大哥有口无心，何能这样计较？你若负气而去，岂不为绿林耻笑么？"飞云子也不开口，当即一人回到房内。郭天保又劝王朗前去赔礼。

到了晚间，正置酒款待，只见喽兵前来说道："云寨主方才下山，有个字帖，命咱们送与寨主，且请寨主申阅。"王朗接在手中，打开一看，乃是："愧不知人，妄为汝用；留下高楼，听汝更动；自去潼关，消息早送。"看毕，王朗惊道："云三哥半途弃我，我便如何是好？你看他末了一句，想必是去投施不全了。此楼乃他所造，岂有不能攻破之理？此去敌营，如何是好？"孙勇道："不必多虑，他楼图未能取去，即便投顺敌人，也奈何咱们不得。此时唯有分派各人，紧守山寨，专等他前来破寨。此次交战，所谓骑虎之势，两不相下，非咱们获胜，便是咱们大败，成败在此一举，请寨主定夺了。"王朗此时也就无法，全凭众人你言我语，各守门户，以便厮杀。

且说飞云子回到自己房中，将双刀插在身边，打了小小的包裹，一路而来。先到殷龙店中，却巧普润与殷龙由城内到此，见飞云子到来，心下大喜。忙道："汝何就此便来，莫非山上有什么消息么？大人方才将楼图看了一遍，听说不知这底细，专等你进城择日行事，我与你就此前去罢！"殷龙见是飞云子到此，即向前见礼道："咱殷某无才无德，致令小婿身受重伤，不能设法解救，非英雄慷慨，大力提携，焉能出得山寨！如此厚谊，铭感不忘。”说着，便又奉了一揖。天霸当时也起身相谢。飞云子谦逊一番，然后与普润别了众人，进城而去。到了府衙，普润命他在外守候，自己先到里面，与王殿臣等人说明，进来通报。施公听说飞云子到了，连忙与计全、张七迎了出来，说声：“有请。”王殿臣传了钧命，早有普润领着飞云子到了里面。只见施公在前说道：“施某久仰大名，如雷贯耳，自万壮士登门奉请，每饭不忘，何幸惠然肯临，在此相遇，实为万幸！”

飞云子也就答道：“云某不知世事，误入迷途，身负大罪，多蒙大人不咎既往，今日到此，尚乞恕罪！”当时施公便将飞云子让入里面，与张七、计全行礼坐下，通了姓名。施公随命人摆酒接风，饮了数巡，便说起王朗之事。飞云子道：“此人无智无谋，不难剿灭。推原祸根，皆云某之罪，若非误听人言，造下齐星楼，盗取御杯，这强盗也不敢如此大胆。现在山上唯有孙勇泼乱反叛，能将此人拿获，枭首示众，则王朗不足破矣！”

不知后事如何，且看下回分解。

第二八八回　飞云子初次识施公　众英雄更番战王朗

却说施公见飞云子一番话头，当时喜出望外，乃道："施某得遇英雄，可谓相见恨晚！但是所绘那座楼图，何以看他不出？此时英雄既到，敢求指示一二！"飞云子道："此中变化，言之不尽，便是云某说来，也是略言大概。总之，他按的个东西南北中的五行，由五行按八卦，分了生死门户，临时破敌，非在先将众人派定，某人破何处，某人在哪个方位指示明白，随后方能前去。且这楼图非某所绘，乃是祖代留传。诸如东方甲门，乃是按东方甲乙木，木能生火，故里面栽着许多榆柳枣杏引火之物，矾石路径通于南方。南方丙门，即丙丁火之说，六角方亭堆许多箭头，箭必有矢，矢乃属金，故南方虽是火门，里面与西方却有相通。西方庚门，庚者，庚辛金，金盔金甲神人，手执利器，虽是木位埋伏，其实金能生水，故铁索穿到后面木位之上，直通北方。北方壬癸，又是属水，那派黑气皆水所致，许多土埋通于中央。中央为戊己的方位，戊己皆是属土。故外面看来，分为四门，里面却有生生不穷之意。木能生火，火能生金，金能生水，水又能生木，木又能克土，水又能克火，火又能克金。其中或生或克，非临时细心的审认不可。第二层则由五行中生出八卦，外面是'休生伤杜景死惊开'八字，其实内里是'乾坎艮震巽离坤兑'，所有那走兽飞禽，皆钢铁造就，接着方位，运动机关，由生门进去，处处得生；由死门进去，则步步逢殃。云某今日到此，不知大人麾下有多少能人？此去破山，云某愿在前引路，使各人上去，皆入生门，将那许多机关闭住，便可横行无阻，毁拆此楼。此时且请大人将麾下众人的姓名说出，云某好量才委用。”

施公听了这番言语，不禁喜笑颜开，忙道：“承蒙指示，如醉方醒。欲取花名，此事甚易，明早大堂传命，请壮士择人从事如何？”当时便命备了酒席，将万君召、赵五、赵四这三人传来相陪。

一宿无话，次日黄天霸与贺人杰早领着桂兰、赛花进城而去。他四人本在店中养病，昨晚中军传出信，说明早大人大堂传令。深恐上山时节，没有他四人差使，因此带病前来，准备厮杀。少顷，施公具了衣冠，所有漕标的将士概行站在两旁。

先将花名册铺在公案面前，点名已毕。飞云子先将众人观看一回，拣那有名将士派了方位。过了一会，自己在公案前，写了一个人名单子，递与施公观看。乃是：引路赵五、赵四，守牌楼郭起凤、王殿臣，寨门金大力、何路通，巡防李七侯、李昆、方刚、关太。第一层栏杆张桂兰、殷赛花，东门黄天霸，南门贺人杰，西门普润，北门郝其鸾。第一层楼面，金龙爪万君召，长蛇头褚标，蜂虿刺朱光祖，恶狗沫张七，乌鸦嘴郝素玉，壁虎尾王杰。所有殷勇、殷猛、殷刚、殷强，皆跟着殷龙在各处接应。施公将人名忙看毕，向着飞云子道：“壮士如此分派，足见井井有条。但是第三层，乃紧要地方，那琥珀夜光杯，必然在这上面，何故这地方并未派人？”飞云子道：“大人有所不知，此处乃王朗拨关键的所在，等到下面破去，再行上楼。那机关一转，关闭死门，只就大为不利。因此云某不才，在这上面稍助一臂，以俺一人敌一王朗，将那总机关抢到手内，开动生门，百无一失了。但是云某年幼无知，将许多老英雄分派前去，其罪甚深，还乞诸位见谅！”说着，两眼直望着张七。

施公会意，答道：“壮士何必过谦，率土之滨，莫非王臣，何况众英雄，也曾受国家的恩典。张老英雄此次前来，更属公私两尽，岂有不愿出力之理，壮士但请放心，鼎力相助便了。”当时分派停当。是日到了晚间，施公大摆筵宴，犒赏三军，预备上山破楼。

到了二鼓之后，一个个结束停当，各带兵器，飞步出城。到了琅琊山上，早有赵四、赵五在前引路，转过牌楼，飞身上了寨门，到得里面，听山上毫无动静，瞧瞧无一人声音，心下疑惑。暗道：“王朗莫非已得了信息，就此逃走不成！”正疑惑之际，早见飞云子运动身子，黑布包脑，皂衣皂裤，手执短刀，一路向楼前而去。少顷，天霸、贺人杰也过了方厅，在假山前守候；其余众人，也就陆续到此会齐了。栏杆前面，早见张桂兰与殷赛花在那里乱杀。孙勇见他是个女子，全不放在心上，双锤一起，左右开弓，每人一下打去。张桂兰见他来得凶勇，双刀将锤隔去，高声骂道：“狗强盗，姑奶奶的丈夫两次三番皆为汝这狗头用了埋伏，几乎送了我丈夫性命，今日特来寻汝，以报前仇！”说罢，双刀还未砍去，殷赛花的宝剑早已刺来。孙勇凭着自己武艺，奋勇当先，与他力战，毫无半点惧怯。

这里正杀在一处，那东南西北四面门户，早有人前去攻打。

只见飞云子高声叫道：“汝等皆由东门进去，到了里面，再分方位。”正走之时，忽见邓龙、郭天保一路迎来，见了众人，赶即敲动金铃，传了号令。上面王朗在第三层楼上，听见铃声，早已魂飞天外，赶将机关拨动，只见栏杆外面火焰当空，许多火箭由里面发出。天霸、赛花正杀得性起，忽见火箭乱飞，只得转身向外逃去。谁知火光到了半空，忽然一阵风来，倒转到里面而去，栏杆里面喽兵直烧得焦头烂额，喊叫连天。赛花见埋伏无用，复舞动双剑对孙勇上下砍来。孙勇此时更加诧异，暗道：“寨主在楼，专司拨那机关，何故这埋伏忽而更变，烧入里面去了？”当时只得拼力上前，力敌两员女将。

邓龙与郭天保在那里正战天霸，满想铃声一动，火箭射来，接着上面的铁板突下。谁知敲了一会，呼应不尽，天霸的单刀早到了面前，郭天保知他的厉害，飞叉一起，招架相迎。接着贺人杰锤头又到，邓龙正举刀相助，早被普润的戒刀在肩头砍了一下，已是动弹不得。郭天保知有了奸细，赶即上楼开动埋伏。那万君召、褚标二人，早已上了二层楼面，与郑得仁、一撮毛两人杀得难解难分。郑得仁舞动枪头，分心刺去，万君召早是一刀隔在旁边，随手一下砍来，用了个丹凤朝阳式，得仁向后一退，枪头舞起，架在一边。战了三四个回合，知是战他不过，忙将金龙爪的机关拨了一下。果然响亮一声，一条金龙，张牙舞爪，向君召面前横下。君召吃了一惊，正待举刀挡，但听一声喀嚓，那龙爪断折在下面，嗦然一声，全行突下。郑得仁这一惊不小，见自已的门户为人破去，随即拖起银枪便想逃走，早被万君召上前一刀，结果了性命。转身向北行去，见一个小小方门，顺手一推，早见一撮毛、褚标两人杀在一处。褚标朴刀遇着一撮毛的手段，却也不相上下。君召大吼一声："逆贼还敢如此猖獗！王朗的埋伏已为俺破去，汝看金龙爪还在那所在么？"一撮毛见君召进来助战，已是出乎意外，听他说金龙爪无用，更是忧惧非常。知是埋伏破去，一声叱咤，拼力上前，那柄刀紧对君召与褚标砍来。褚标见他杀得性起，反转身子一让，眼见一撮毛一刀落空，立即上前一刀砍去，早已砍中肋下；君召接上又是一刀，结果了性命。张七与朱光祖正在那蜂虿刺、恶狗沫两个房门里面，何福坤与小阎王各提兵刃向前而来。张七本是个英雄老辈，那口单刀状如游龙一般，前后盘旋，直对何福坤砍下。何福坤与小阎王各提兵刃向前，杀得四五个照面，已只能招架，不能还手。何福坤只得让过一刀，来开恶狗沫的门户，未及动手，早被张七一腿踢倒，举起刀来，结果性命。刘飞虎与小阎王两人正与郝素玉、王杰厮杀，但见黄天霸、贺人杰一干众人纷纷拥入，杀上楼来，声称破了埋伏，赶着撇了他两人，前去逃命。

王朗此时见埋伏无用，真是气冲牛斗，大骂道："云鹤，云鹤！汝这狗头，俺待你不薄，为何一言不合，遽尔逃去？弄得俺抛山不得，逃避无门，这座齐星楼反害了咱的性命，岂不是汝自用机关将俺暗害么？"说着，怒气冲天，举起钢鞭，奔向正梁下面，便想一鞭将铁箱打下。谁知一下未能打中，再行向上一看，那个箱子早已不知去向。到了此时，晓得大势已去，连忙双鞭一舞，蹿到楼前，便想逃走。谁知背后早有一人，大声喝道："王朗，汝这狗头！咱飞云子在此。只因投顺施公，前来破这山寨，汝若一心改过，由此自已束缚，同咱去见施公，或者可饶你性命；不然，要想逃出此楼，也是登天向日。"这番话说得王朗切齿咬牙，大声喝道："飞云子，你原来是个有始无终的畜类，今日不是你死，就是我亡，欲我投降，也是梦想！"

说着，双鞭乱向飞云子打来。飞云子到了此时，便想结果他性命。忽然暗道："此楼乃我所造，推原祸始，乃是曹勇这狗头的主意，我若将他拿获，日后为人议论，岂不说咱得新弃旧，见利忘义，杀害旧时朋友么？现在御杯既到咱手，不若趁时回转城内，献与施公；让他逃走，不幸被别人拿获，便不在我名下了。"

原来飞云子上楼之时，王朗未曾看见，便先将各处关键望里拨开，所有死门一律闭起。众人在下面就拨动埋伏，不是翻身打下自己，便是猛然突下搅坏机关。王朗见火箭倒射回来，更手足无措，两手上下不时乱动。正在仓皇之际，飞云子便趁此纵上正梁，将铁箱取下，把琥珀夜光杯端在手中，揣入怀内。

此时与他拼力厮杀，当时不肯伤命于他；王朗随见飞云子已经走出，赶将双鞭一摆，去到了下面向外逃去。谁知巧遇李七侯巡防到此，当即上前向他拦挡，喝道："王朗留下命来，七爷守候已久。"王朗道："让我者生，挡我者死，从速闪开，饶汝狗命！"说罢，双鞭在肩头打下。李七侯架住，恨不能就此将他擒获。彼此一来一往，战了有十数个回合，李七侯只战个平手，彼此不能取胜。王朗只得舞动双鞭，夺路而去。谁知道恶贯满盈，罪有应得，报应来了。天霸见他正要逃走，大声喝道："汝该死的强盗，向哪里逃走？俺黄天霸饶尔不得，赶快前来，束手待擒。"王朗到了此时，已将生死置之度外，向着天霸道："追人不可追急，咱王朗大事不成，也是天不容我。大丈夫可杀不可辱，一刀一枪，为汝杀死，岂可容汝拿获？"说罢，一双铜鞭，犹如天翻地覆一般，不住的对他两个打下。

天霸与李七侯各将兵刃紧了一紧，前后夹攻，将他裹在中间，左右抵敌，直战二十个照面。王朗早两膀酸疲，动弹不得，满身汗如雨下。正在难解难分之际，只见殷赛花远远而来，高声叫道："李叔父、黄叔父暂住手，这强贼待侄媳拿获。"当时如飞燕一般，蹿身到了面前，两剑砍下。王朗一人岂能力敌三将，忽然孙勇远远赶来，说道："休得惊慌，俺孙勇前来助你。"原来张桂兰与赛花二人在栏杆前敌孙勇，见火箭已破，唯恐楼上有失，随即舍了桂兰，来到楼上。不期褚标等人，早将埋伏破去，到得顶层，见王朗已经逃走，一路问了喽兵，知他向后园而去。因此飞赶前来，举锤就打。赛花见孙勇又来助战，虽然毫无恐怯，唯恐王朗趁此逃走，赶将铁背花装弩取下，嗖然一声，对孙勇射去。孙勇正然争斗，不期对面来了一物，不禁吃了一惊，赶将身子一让，左肩头早已中了一下，“哎哟”一声，栽倒在地。

王朗见孙勇受伤，更是心慌，手头一软，双鞭便舞动不得。

天霸一刀砍来，已是招架不住。李七侯抢上一步，抬起左腿一下扫来，早将王朗打倒在地。若在别人，就此一刀，便结果了性命，无奈他是个钦犯，随后审明，奏知天子，要将他解京施刑。因此李七侯赶上前来，将他按住，腰下解开丝鸾带，紧紧将王朗缚住，背上肩头。天霸在前，赛花在后，转身一路杀出，真个是逢刀必死，遇枪即亡。到了楼前，高声叫道：“山上恶贼听了，罪魁王朗，已为俺天霸擒获，汝等众人及早归降，饶汝死命！若再恃强逞狂，顷刻放火烧山，焚个殆尽！”一声叫喊，合山喽兵以及大小头目，见寨主已被擒获，那片喊杀声音，震动山谷，深恨少生两只脚，各处逃命去了。

且说飞云子弃了王朗，将夜光杯揣入怀中，夺路下山，向城中而去。不一刻进了官衙。施公正在大堂听候消息，见飞云子匆匆而来，起身问道：“壮士此来，想必是那琅琊山已破了。”飞云子答道：“托大人福，王朗已困在楼前，料想好汉英雄十分广众，一时断难逃去。只因琥珀夜光杯乃皇家御物，既已取来，岂能再失！因此先将这宝物送上，然后再去接应。”说着，将夜光杯从怀中取出，供奉在桌上。施公起身一看，自是喜出望外，忙道：“英雄立此大功，改日申奏朝廷，定加升赏。”飞云子道：“云某何敢妄望恩赏，但求大人将云某之罪减等施刑，那就铭感不尽了！”说着，转身向外，复又前去迎敌。未到头门，只见普润与李昆早抬来一个和尚，满身鲜血淋漓，到了公堂，扑通一声将秃囚掷下。飞云子见是醉菩提蛮和尚，随向普润问道：“一路而来，王朗可曾擒获么？”李昆道：“咱们为这秃禅，早已费尽无穷的气力，哪知道王朗事件呢？”

飞云子只得又转身前去。不知后事如何，且看下回分解。

第二八九回　飞云子计破齐星楼　黄天霸威震沂州府

却说飞云子轻身复上山头，行至半路，早见山上火起，赤焰当空，光芒四起，那片哭喊的声音，令人不忍听闻。再向前走了数里，朱光祖、褚标等人，已命人将一撮毛、郭天保等人尸骸抬至楼前；接后黄天霸押着王朗已到城下。飞云子见山寨已破，前去扑灭了余火，直至日光高照，方才同进城来。施公命人将所有的要犯先行下监，自己带领天霸等人到山前踏勘。

此时虽烧得七零八落，那山势依然险峻。施公命人查了仓谷，记算军装，送入城内；然后将大寨烧去，自己同众人进城，已是午牌时候，备了酒席，为众人庆功。

午后将王朗提到堂前，先为审讯。当时具了衣冠，升堂入座，两边皂役排列左右，堂上一声："传钦犯王朗提到。"只见王朗大吼一声，向上骂道："施不全，你若问俺的实情，大逆不道之事，皆王朗一人所干，与众人毫不干涉。俺一人送了性命，死也瞑目。若将俺朋友定了死刑，那时咱死在地下，生不能食汝之肉，死当追汝之魂！要杀便杀，有何多问！"施公见他如此强硬，仍就命上了大刑，收入监内。所有一撮毛、孙勇、蛮和尚这干人众，皆是枭首示众，悬挂城门，诸事俱定。施公到了里面，先将夜光杯、赃盗并获的奏折写好，穿了朝服，在大堂望阙谢恩，拜了奏折，飞马进京，升奏皇上。所有钦犯，也是解京审问，或是就地正法，等批折回来，便可定夺。

次日，施公将殷龙、计全、黄天霸等人传进书房，言道："本院初到此间，方知这沂州府知府名叫陆平，郡下有这强盗大案，乃全然不知，平日吏治废弛，已可概见。本院想就撤任，因不知他在这地方于百姓是宽是酷，汝等且出去打听打听，回来禀明，以定去留。”殷龙答应，出了书房，向着天霸说道：“只因咱有了这女婿，便生这许多事件。破了强盗，又访赃官，真是他不惜劳苦，若待下去，又是殷殷劝驾，一时何能推却？咱们今日也快乐一天，然后再去访案。”

黄天霸因他年老，凡事皆推尊于他。当时到了外面，便在中军房内打了床铺，命人在厨下要了许多酒肴，众人就此痛饮起来。殷龙说起贺人杰夫妻私下逃走，几乎伤了性命，当时便甚为恨怒；即说到人杰武艺超群，便又眉开眼笑。彼此杯来盏往，到二鼓时分，忽然大堂屋上，轻轻地响了一声。殷龙是个内行，岂有不听见的道理？忙将天霸推了一推；天霸也就会意，蹑着步走到檐前，抬头向上一看，见一个黑影逃去。天霸复又入了座头，对殷龙打了个暗号；殷龙也就会意，彼此留心细听。只见贺人杰由里面而来，天霸问道：“大人现在书房没有动静么？”人杰道：“正与飞云子在那里说话，叔父问他做甚？”

天霸听了此言，不是里面事件，赶问殷龙道：”这必是王朗的伙伴了，设若就此脱逃，那就误事，咱倒要前去观看。”这话说罢，就运动身子，蹿到屋上，向东看去。

谁知官禁的内监，却在东边明巷里，天霸到了面前，举眼见屋脊上伏着一人，蹲然不动，知是等候动静。天霸看准来人，举手在袖内取出金镖，喝道：“何处强徒，敢来劫狱！俺老爷宝贝来了！”说着，一镖向那人打去，但听“哎哟”一声，早中了那人腿上。只见其人竭力起身，急忙逃走。天霸又追了前去，接着一镖将那人打倒。里面殷龙等人听见天霸动手，也就随后追来，见那人已经栽倒，赶着上前捆在一旁。天霸命人推倒在大堂，自己到了后面禀报。施公随即升堂，自己到了前面审问。你道此人是谁？他命该绝，自寻死路。便是琅琊山的强盗、把守壁虎尾的刘飞虎。自从飞云子破了埋伏，见大势已去，晓得王朗皆要遭擒，抽身躲入方厅陷人坑下，等到施公踏勘之后，烧去山寨。他便下山在森林躲避。眼见黄天霸等人将王朗解进城内，凶多吉少，急欲就此邀功；明知这众人他杀不过，只得等他过去，远远地进城，来在衙门口一带打听，知道了王朗未曾送命，收下监牢，等批折回来，再行定夺。刘飞虎便想了这劫狱的主意，前来相救。谁知又为天霸擒住。施公问出真情，推出前门，枭首示众。

复行过了一夜，殷龙与天霸出了衙门，扮作个买卖客人，向前走去，到了个浴堂里面。殷龙道："咱进去且沐浴一会，若能打听消息，便可免了许多周折。"两人就此便到了里面，早有堂倌上前问道："二位爷可是沐浴？"黄天霸道："俺们正是沐浴而来，又何必多问？"堂倌道："非是小人多话，只因这地方有个规矩，凡是沐浴之人，皆要自己挂号。"天霸道："这也不是旅店客房，要问本人的来历？"小二道："老爷们有所不知，从前这沂州府内没有这个规矩，自从前年来了这个姓陆的知府，便立下许多名目。初到任时，真个是一清如水，一明如镜，一到三更半夜，皆是亲自巡查，无论大小案件，一概随到随问，随问随结，是非曲直判得明明白白，地方上百姓感他的恩，称他陆青天。谁知二三月之后，白天变作一个黑天，一味糊涂，不分皂白，当时原告翻做被告，不应打的，不是一千，就是五百，如此颠倒错乱。若他糊涂也就罢了，谁知他生出许多名目，如咱们浴堂、剃头店、饭店、酒店，皆用那个循环的簿子，名为查匪，其实每人每日须送他钱文。就此一来，变作一个赃官了。"又骂道："若非赃官在此，哪里有这累害？"说罢，恨恨不已。又有一人插言叙说。

却说黄天霸正听那小二说陆平的陋规，又有一人插言道："王三，你但知其一，不知其二。这狗官一日不走，咱们一日不得安宁。日前北门街朱大武家被劫，失去有五六千金家产，人家出了这横事，理应进城来禀案。在先他是下乡踏勘，出了赏格，代他捕获。不知未到数日，竟将朱大武提案，说是有人密告他，乃是诬贼做赃，有心诬告，反将朱大武打下四十大棍，勒令他堂上具结。这朱大武虽不是缙绅人家，也是个秀士，哪里忍耐得下？其时在堂上顶撞了几句，不肯具结。谁知这狗官买盗诬良，硬要监禁报他同谋作案反将朱大武钉了镣铐，收下监牢，将他定成死罪。"天霸道："这又奇了，难道朱大武遭如此大难，他家竟无别人，不曾上宪衙门上控？"那人听了此言，忙道："老爷是外方人氏，不知这狗官的厉害。从前有一家人大同小异，命人到上宪衙门控告，他接有这个消息，一面令人上省里外花费，一面五十两银子买个大盗，在半路将这人杀死。朱家知道这个事件，不敢再蹈此辙。"天霸道："照此说来，这沂州府缺分，每年可得多少银两呢？"那人道："在别的官府做来，真是刻苦非常；自他到任之后，各处设法搜罗，贪财害民，每年可得二三十万。便是朱大武这个案件，外人传说，正盗已获，送他一万银子，即将真盗放去，翻过脸来与朱大武为难，这不是有冤无处申吗？"

天霸听了此言，已是按捺不住，忙道："若是俺家在此间，明不能奈他怎样，暗地里将他结果了性命。"殷龙恐他使出怒气，连忙拦道："黄贤弟，咱乃过路之人，何必作此闲气？少不得有恶贯满盈的日期，彼时总要现报。"天霸道："咱们前日到了贵地，听说漕运总督施大人在此剿贼，不知这强盗是何姓名。平日陆知府何以不知道呢？"那人道："说来也是可恨，他与王朗结拜的弟兄，三节两寿，王朗皆有孝敬，故此不肯详报。听说施大人昨日已将王朗擒获，尚未审出这段情节，能将这狗官定罪，那便是地方上的洪福了。"天霸听了此言，随即沐浴了一会，回转衙门，禀明施公。

次日清早，施公升坐大堂，发出告示，如有贪官污吏，剥削贫民，准其据实控告。这个风声传开之后，次日早间，便有许多百姓焚香跪道，来衙喊告。施公命中军将呈词细细地看阅一遍，无非皆是受陆平冤屈。当即传命出去，三日后来衙听讯。

百姓听了这话，真是喜出望外，到第三日，纷纷前来。只见施公升坐大堂，传命到沂州府带陆平，里面传话出去。不多一刻，陆平进来，参谒已毕。此时见了许多人告他，自己开言不得，当即将自己顶戴摘去，到了案前跪下。施公向他冷笑道："贵府身居五品，为一郡太守的分位，不为不重了；受国厚恩，理合为民理事，何以这多的百姓前来控告？本院也不知是真是假，且将众人呈状听汝理结。"说罢，将所有的呈词递与陆平去看。

陆平见施公这番言语，早已魂不附体了，只得接到手中，翻开一望，都是平时害民的案件，当时哑口无言，半晌不能言语。施公见了怒道：“汝这狗官，皇上待汝不薄，食禄厚俸，取给于民，何意不思报上之恩，反贪害百姓，岂不是丧心灭理么？汝也是个两榜出身，读圣贤书，辜负苦功十载了！”当将那百姓的案件，是非曲直，断得清清楚楚。将陆平撤任，将本县升署府缺，复行查了仓库，所有欠缺，皆令陆平赔补。诸事已毕，到了晚间，书房具了奏折，将陆平劣迹奏知皇上，专等批折回来再说。

且说沂州城内有个显宦人家，姓胡名文骏，官居刑部尚书，在京之日一味贪财，目无王法，欺君虐民，朝廷大臣不知参劾了十数余次。无奈他皆能隐忍，小忠小信，欺骗皇上，因此不能将他治罪；到了施公二次回京，将他劣迹载明十大款，奏知皇上，始行交部议处。到了施公出京之后，复又重用。膝下一子，名唤胡通，名为在家读书，其实仗着父亲的势力，寻花问柳，欺虐贫民，强占良田，抢民妇女，不知干了多少无法无天的事件。受害人家畏他势力，多半忍气不与他较量。即使有人控告到官，地方上官吏皆知他父亲财势，不但不代他申冤，反而治了重罪。合当这胡通恶贯满盈，这日在娼家饮酒回来，是半夜的时分，蒙胧醉眼，见前有一个少年妇人，提着个灯笼向前走。胡通在轿内暗道：“这女子深夜一人行走，必非良家妇女，不是夜奔，必是苟合。何不就此寻着她住处，带回府内，明日拿帖送官。”仆从听他招呼，知他的用意，如狼似虎走上前去，将那妇人拦住。谁知这妇人乃是孝妇，丈夫姓高名万成，是个科第的举子，去岁方才亡故。娘家王氏，也是乡宦人家，只因婆婆身抱大病，无人延医，只得自己出来请医诊治。忽见胡通的家人上来啰唣，骂道：“汝等这班狗头，府城之内，啰唣人家妇女，该当何罪！我丈夫也是功名在身，殴厚斯文，王法何在？”胡通在轿内听她娇滴的声音，早已魂飞天外，连声命人拿获。

谁知众人正闹之间，殷赛花与张桂兰正是出衙闹游，玩看月色。一路而来，见前面有人喊叫，当时便想上前，又因自已是个女子，若为排解，就有许多不便。只得纵身上屋，以看动静，只听那有妇人喊叫之声，有“抢掠”二字，桂兰此时并不知轿内是何人物，总以为无非是地方官出来查夜。当时只得回转衙门，命人杰传了中军，前去打听。顷刻回来，告知底细，贺人杰大怒不止，便想前来结果了胡通的性命。张桂兰连忙阻住道：“先进去禀明大人，然后定夺。”殷赛花在旁说道：“这事可不必，曾听咱父亲言过，胡文骏与大人有不解之仇，此时若禀知大人，前去将他拿住，自是上着。设若传言不实，将胡通传来，这狗头一味抵赖，写信进京，请他父亲奏知天子，说大人诬栽欺虐，岂不多一番唇舌？在俺看来，仍然咱两人前去，先将那个女子救出，然后再结果胡通的性命，使他无踪无影，岂不为妙？”

两人计议妥当，复又带了兵刃，一路而来。到了刑部府内，只听见里面有人喊叫，骂道：“你这贱妇，好不知造化的女子，俺公子是个六品的判官，刑部大堂是他生父，要你这女子为妻，岂不天大的造化？不说前来谢俺的公子，反而在此叫骂，等到公子动起怒来，滴血挑牙，置之死地，看你何处去申冤？”那女子听了此言，更千强盗、万恶贼，大骂不止。张桂兰伏在檐上，见下面有一二个僮仆，围着那个妇人，你言我语，说个不了。当时向赛花打了个暗号，身边取出袖箭，对定烛头射来，单把那灯光射熄。众人正在议论，忽然灯熄，黑洞洞不见你我，正在诧异。那妇人早被桂兰蹿下身来，救上了屋。妇人不知是谁，知有人搂抱，大骂不止。那许多仆从听见妇人的声音，到了屋上，赶着取了灯光，四下里照着，早已不见了人影，这一惊非同小可。只得约齐进去禀知胡通。此时胡通醉意已醒了大半，忙道：“不不，不得了！听说王朗的山头为施不全所破，咱们家中有了这件事，必是施不全下面能人干出这个手段。明日施公前来追问，那便如何是好？”胡通正在惧怕，旁边有个蔑片，名叫活嘴王三，从旁言道：“公子何必多虑？常言道：‘做贼获赃，捉奸拿双。’他手下人将人救去，咱们门内已没有形迹了，即便他前来追问，不说是有意诬扳吗？且老大人在京中，写信前去，奏知皇上，施不全虽不送命，也要参官。”谁知他两个在下言语，上面早有一人听见。不知此人是谁，且看下回分解。

第二九〇回　获强人申奏朝廷　治奸臣降施刑法

却说活嘴王三正与胡通言语，谁知上面早恼了一人，两手端定一物，对定胡通劈面摔来。胡通正在言谈，忽然头顶上面落下一物，冷水淋漓，臭不可避，动手一摸，起身跳道："不好了！这是谁人与俺作对，用这污秽之物，打在咱公子身上，汝等从速上去，将这人捉下。"话未说完，又是一物劈面泼下，耳孔、眼目无处不有，一个白面书生，成了个黄脸的道士。那种臭秽之气味，早满了那间屋内，一个个闹得不定。但听上面喝道："胡通，汝这狗头，平日干的甚事，俺贺爷来送你狗命！"

说着，飞身上了阶前，拔出腰刀，下手砍死；随即将那些家人，及动用的物件，皆打得死死伤伤，将有四鼓的时候，方才散去。

原来张桂兰去时，贺人杰看见，他也跟来，不知胡通的大门在于何处，只得顺着院墙，由后花园进去。谁知月光又暗，飞身下去看不清，踏在茅厕里面，心下一恨，想出一条妙计，俺这两只靴子，也是不能再穿，不如将这物件请胡通受用。便折两根枝儿，将靴子挑在前面，却巧那妇人为张桂兰救去，就此便请胡通受用这美物。此时既将他致死，随即回转衙门，禀知施公。施公道："胡文骏这个赃官，生下如此的儿子，既已将他杀死，且命人将那妇人送回家去，命他不可张扬，本院自有道理。"次日，施公又具了奏折，说他与王朗曾通连一气，审出实情，就地正法。又将胡通的家人提来两个，问供具结，才完了这个案件。

且说当今皇上，自命施公出京访那琥珀夜光杯案件，务要人赃并获。每有施公奏折进京，皆是请皇上治罪，皇上知他是个清官，平日勤劳久著，明知这案件难办，也就不去究办。这日上朝，黄门官上前奏道："今有漕运总督施不全，移节山东沂州界内，将盗取琥珀夜光杯的要犯琅琊山强盗擒获，大破山头，得了御物。"皇上闻了此言，正是喜出望外，命值殿官将奏折呈上，展开观看，即传旨驰往沂州，命施不全带领各官押解钦犯来京治罪。

这日旨意到了沂州，早有报马先进府衙禀明。施公随即具了朝服，大堂设了公案，三跪九叩，行了朝礼，然后俯伏在下面，命人开读毕，施公望阙谢恩，将圣旨便供在堂上；然后告知众人，择日进京，论功行赏，大家无不欢喜。唯有张七、殷龙、褚标、朱光祖四人，不发一言。施公进了签押房，便择了第五日起程，命人打造囚车，押送要犯。

行期前两日，早有地方上百姓焚香，为施公饯行。到了晚间，张七首先进来，向施公说："咱山野村夫，不知荣辱，为官做宰，俱非咱们的本领。大人此去京城，自必受国厚恩，开府内阁。女婿天霸自随大人前去，咱便明早就此告别了。"施公尚未开言，接着朱光祖、万君召、褚标、殷龙异口同声，皆来告别。施公知他五人不愿，只得说："此番有劳大驾，为国宣劳，指日进京，若有佳音，定当登门奉请。"即命备酒肴为他五人饯行。次日张七等先别了施公，各自回去。施公亦于第五日升坐大堂，将王朗提出，当堂钉铐镣，穿上红衣，打入囚车里面。先命黄天霸、关太二人，率领众人作为头站；然后将所有的行装，陆续扛抬出去，自己方才起身。

施公回转京中，先择个大寺改作行辕，不敢先回府第。当晚先往起发处投到。到了五鼓，穿了朝服，来至朝房。许多旧好同僚见施公回转京中，无不前来动问。少顷，景阳钟响，皇上受百官朝见。文武官员两旁排立，早有值殿官出班说道："有事出班请奏，无事卷帘退朝。"文班中早有施公出班奏道："臣施某愿皇上万岁！前因奉旨回任淮安，当即衔命出京，择期赴任。旋蒙御旨，以琥珀夜光杯于元宵夜为贼窃去，拿查务必人赃两获。数月以来，有误钦限，抱罪实深！曾当具折申明，自请处分，蒙恩免咎，感戴无涯！月前打破山头，拿获钦犯，奉旨押解来京解交刑部，所有那琥珀夜光杯御物，臣已随身敬谨带来，进呈御览。”随将御杯取出，双手捧过头顶，递与值殿官，转呈御案上面。皇上听他奏毕，不禁龙颜大悦，说道：“卿家忠心保主，为国勤劳，将御物取回，甚是可喜。”即将夜光杯取在手中，观看了一会，果然是御物。随即赐了一柄如意，命施公先行出朝。所有在事出力之人，开列姓名，论功行赏。施公见了这道旨意，俯伏趋前谢恩，只见皇上已卷帘退朝，文武百官皆散。施公到行辕，公事办毕，回还私第。此时施公府内早已得信，一见施公到了，自必喜之不尽。

这日施公正在厅前与兄嫂闲话，忽门官禀道：“方才刑部胡文骏大人讯问王朗事件，说正犯逃脱，从犯冒充，欺君罔上，申奏朝廷，请治大人重罪。”施公听了，当即命人再去打探，王朗如何认供。正说之间，天霸也就前来，施公命他在书房相见。天霸问道：“大人可知胡文骏是谁人之父么？”施公道：“本院何有不知？他乃沂州恶豪胡通之父，日前贺人杰因他抢逼妇女，将他杀死；本院已奏明朝廷，说他与王朗连为一体，大逆不道，请皇上治罪，至今尚未揭晓，莫非他已知道此事。”

只因奏事许昌是文骏门生，平日外省所有奏折，若有关系的事件，须先送他银子，他方代奏明皇上。不料施公第三次奏折前来，却是奏劾文骏的，说胡通与王朗表里为奸，大逆不道。许昌见了这个奏折，随即携在身上，来到刑部告知胡文骏，请他作速料理。未有数日，施公到了京中，这奏折仍然未递。不知施公明早入朝，如何奏明圣上，及与文骏如何辩白。后事如何，且看下回分解。

第二九一回　除奸贼满朝清正　降御旨众将加封

却说奏事官许昌将施公奏参的事件按下，未有数日，施公已到了京中。却巧王朗这案件发在胡文骏手中，命他承审。文骏当时想道："若不趁此时下手，等他回奏朝廷，将俺治罪，那时圣旨高厚，盛怒难逃。"随即提进王朗，将谎供串了一遍，说施不全得了正犯钱财，将他改放，反将从犯作为正犯，奏明天子。皇上听了骇道："施不全乃清正廉明的官吏，何得有此不端之事？胡文骏既已奏来，且等明日早朝，再为问明缘故。"

次日，施公先将胡文骏的家人在沂州所具的供折揣在怀中，五更时便入朝房。王居正等人早已风闻此事，为着施公担忧，低声的询问。施公道："小弟身受国恩，何忍做此非礼之事？少顷本院奏参于他，确有实据，圣上面前，自分皂白，年兄便知高下。"正说之间，胡文骏先入朝房，见施公已先到此，故意殷勤。施公问道："闻说敝属下沂州府的案件，发交大人讯审，但不知这强寇可曾供认否？"胡文骏见他来问，故作惊疑道："这事小弟不明，方将奏明天子，老兄清正自矢，不但同寅等晓得，即今圣上、地方百姓，也是无不知道。何以该犯供认不是王朗正身，乃是从犯王奎顶替？只得前来奏明。"施公道："原来如此，但不知大人近来可得家信么？贵府人众曾有供结一道，少顷恭呈御览，大人便知这王朗真假。"这句话把文骏说得神色仓皇，手足无措。忽听得景阳钟响，天子临朝，早有胡文骏出班奏道："臣蒙皇上将琅琊山钦犯王朗交部审讯，奉命之下，细心究问。据王朗所言，并非王朗，乃是从犯王奎，施不全一路串供，命他顶替。推其缘故，王朗被获之后，将山上金银粮草，送给与他，不下有数万余金，因此将他放走。又恐皇上亲提要案，只得命王奎替换。此乃一品大员，盗取禁物事，叛逆之要案，臣不敢自行擅专，请陛下天鉴！”天子当传了旨意，命施不全参见。施公领圣旨，到了御案前面，俯伏跪下。天子问道：“方才胡文骏所奏，贤卿谅皆见闻，且将王朗是非真假，据实奏明，凭朕核夺！”施公道：“臣有一事不解，自从王朗被获之后，迭递奏折，未奉批回，不知圣上收臣几个奏折？”天子道：“卿家所奏的本章，只有两本，皆为擒捉王朗要案。”施公道：“照此看来，且将微臣所奏第三次本章，追回细阅，便知这要犯真伪！且臣仍有一物，特即进呈，即知底细。”说着，将胡家所具的供单呈了上去。天子龙目观看，大发雷霆道：“胡文骏，汝教子不明，反来欺辱大臣，误国家的事件。朕平日待汝不薄，何敢欺君罔上，诬害大臣？不将汝这奸臣治罪，在朝诸臣何能诚服？左右，将文骏推出枭首示众！”

殿前侍卫一声领旨，早将胡文骏捆绑起来，正要推出午门，早有他那羽党俯伏金阶，口称：“皇上暂息雷霆，胡文骏身在都中，其子胡通枉法为非，实出于教管之不到。伏念胡文骏乃一品大员，平日在京供职，勤恳自矢，丛脞毫无，乞皇上俯念，免其死罪，革职致仕，赶速出京，实为万幸！”天子见众臣如此启奏，也只得将胡文骏推转回来，金殿上打了四十御林军棍，然后驱逐出京。随发圣旨一道，明日午时三刻，将钦犯王朗枭首示众，仍命施不全监斩。施公领旨，谢恩出朝回府。早有黄天霸、贺人杰接着这个消息，一个个欢喜非常，说：“大人宠眷优渥，虽有奸贼诬害，一言之下，便交分明，皇上便将他治罪，这不是‘善恶到头终有报应’么？”

到次日早间，施公上朝已毕，先到刑部将王朗提出，略问数句，验明正身，然后命武士绑好了。此时护法场的将士，如黄天霸、关小西及贺人杰等人，无不身着戎装，威风凛凛，先在杀场等候。所有京城里百姓，听说施不全监斩那盗取夜光杯的要犯，你传我，我传你，顷刻的工夫，站下许多的人，来看王朗临刑。少顷，呐喊之声远远而来。知是人犯已到，天霸等先让出一条路径。三下炮响，施公已到了法场，在公案后坐下。

中军官将王朗跪在一块土堆上面，一人将头发倒拖在前面，一个行刑的刽子手执明晃晃的大刀，专等阴阳生报了时辰，便一刀身首异处。此时，破锣破鼓的声音闹成一片。许多百姓见阴阳生手执红旗，到了法场中间，向着施公面前案下一舞，高叫一声："午时三刻！"只听一声炮响，王朗的头早落在地下。百姓一声呐喊，四下飞奔，各自散去。

施公遂进朝复命，奉旨将该犯首级发往出事的地方示众；然后命施公将在事人员，开单御览。施公谢恩出来，自己回到府中，将各人所出力的功劳，细推一遍，然后挨次开了人数，次早入朝恭呈御览。天子展开龙目，看了一遍，即朱批了一道圣旨，将在事各官衔名列于后：

> 提督黄天霸赏穿黄马褂，并加宫保衔，妻桂兰赏给正一品夫人；总兵关太升授提督，并赏果巴哈噜，妻郝素玉加封勇静夫人；计全升授总兵，并加提督衔；李昆升授副将，并加总兵衔；李七侯升授游击，并加参将衔；金大力升补都司，并加游击衔；王殿臣、郭起凤升授守备，并加都司衔；贺人杰着免补都司，以游击、参将补用，妻殷赛花每次破敌有功，赏给四品夫人；郝其鸾、王杰封守备；殷勇、殷猛、殷刚、殷强四人均着以守备用；云鹤以参将用；云龙以守备用；殷龙、张七、褚标、朱光祖、万君召五人不愿为官，均赏给"豪迈英雄"匾额；施公公忠体国，加恩赏给太子太保衔，紫禁城骑马，南书房行走。曾祖父三代以原官加一级封典。

施公接到这道旨意，随即入朝谢恩，赐官授职。从此清平世界，共享太平，君明臣良，国家永固矣！

后 记

以清朝康熙年间著名的靖海侯、福建省水师提督施琅次子施世纶为原型，敷演而成的《施公案》，塑造了一个断案如神、执法如山、安暴济民、惩恶扬善、忠君重义、清正廉洁的清官形象。

施世纶（1659—1722 年），字文贤，号浔江，福建晋人，祖籍河南固始，后被编入清八旗汉军镶黄旗。康熙二十一年（1682 年）六月，时任福建水师提督的施琅受命武力平台。施世纶与兄弟施世骠都参与了武力攻台。施琅率领水师两万余人、战舰百余艘，从铜山出发，直抵澎湖，经过数天鏖战，大败守军。施世纶当时随父出征，亲眼目睹了这场波澜壮阔、激烈空前的澎湖海战，于是满怀激情地写下了这样一首律诗：

独承恩遇出征东，仰借天威远建功。
带甲横波摧窟宅，悬兵渡海列艨艟。
烟消烽火千帆月，浪卷旌旗百万风。
生夺澎湖三十六，将军仍是旧英雄。

康熙二十四年（1685 年），施世纶因父荫出任江苏泰州知州。其后，陆续出任扬州知府、江宁知府。

康熙三十五年（1696 年），施世纶父亲施琅逝世，总督范承勋因为施世纶深受人们的爱戴，上疏请求朝廷允许他在任守制；御史胡德迈上书说，施世纶要去职守丧，后来又为其母守丧。过了一年多，施世纶又被授为苏州知府，施世纶仍然推辞不去就任。守制三年结束，施世纶被授为江南淮徐道。

康熙四十年（1701 年），湖南按察使职位空缺，大学士伊桑阿入朝上奏，推举施世纶去就任，康熙帝下诏说："朕深知施世纶为官非常廉洁，但是他遇事偏执，普通民众与诸生打官司，他一定会袒护民众；诸生与缙绅打官司，他一定会袒护诸生。处事一定要公正无私，岂能偏执行事？像施世纶这样的官员，将钱粮一类的事情交给他则正好合适。"于是，这一年施世纶被授为湖南布政使。本来湖南的田赋丁银需要交纳徭费，漕米需要交纳京费。施世纶到任后，全部废除徭费，减免四分之一京费，百姓纷纷立碑颂扬他的做法。因为民意挽留，施世纶长期在江苏和安徽做地方官。

康熙四十三年（1704年），施世纶被调任安徽布政使司，翌年调任太仆寺卿。康熙四十五年（1706年），因为在湖南任内营兵劫掠当铺时失察，施世纶被罢职。三月，又被授为顺天府尹，他上书朝廷请求禁止司坊擅自处理诉讼、奸诈之徒包揽捐纳之事、牙行霸占货物、流娼歌舞饮宴等，康熙帝令各部议定成例。

康熙四十八年（1709年），施世纶被授为左副都御史，兼管府尹的事务。后迁移为户部侍郎，总理钱粮。很快又被调往总督仓场。

康熙五十四年（1715年），施世纶被授为云南巡抚，还没来得及上任，就被任命为漕运总督。施世纶上任后，详细考察了漕运的积弊，革除了羡金，并且弹劾贪墨的官员，废除了不合理的劳役，治理漕运非常严格。当时朝廷正在西北边陲用兵，施世纶利用漕运运输物资，经河南到达陕西。

康熙五十九年（1720年），陕西爆发旱灾，发生饥荒。康熙帝命施世纶到达陕西帮助总督鄂海筹集军饷，并令他在去陕西的途中沿路勘察河南府至西安的黄河漕运的路径，并考察陕西现存谷石的数目上奏。施世纶沿着黄河西上，详细考察黄河河道与码头，并写成奏章，描绘河道图上呈康熙帝。奏章送入之后，康熙帝决定拿出黄金五十万两赈灾，并下令开仓放粮；又因为地方上大半的官吏在军前，下令选拔部院的官员到达陕西，命施世纶负责。施世纶下令分十二路去考察贫民，按照每家的人口分给粮食，远近都得到了救助。第二年春天，因降雨灾情得到缓解。康熙帝下令让施世纶继续总督漕运。

康熙六十一年（1722 年）四月，施世纶因病提出告老还乡，康熙帝下旨挽留，并且下令让其子施廷祥飞马到驿站探望。同年五月，施世纶病逝于淮安任上，终年 64 岁。遗疏请求随父施琅葬在福建，康熙帝允许了他的遗嘱，下旨奖赏他的清廉，并予以厚葬。

本次编辑出版的《施公案》由上中下三册组成，在保留全书整体面貌的前提下，对全书篇幅略做压缩，有的章回做了合并，以期更便于作者阅读。

（参与本书相关工作人员：孙蕾、德臣、洪生、邱政、清秀、雪莲、玉琴、孙婷、淑珍、金焕、黄琼）